westermann

Politische Bildung
Berlin/Brandenburg

Mensch & Politik

Sekundarstufe II

Erarbeitet von

Erik Flach
Pierre Oliver Kabisch
Felix Kollender
Stefan Menzel
Albrecht Simon

Update-Service

Für ausgewählte Diagramme und Schaubilder in diesem Band überprüfen wir regelmäßig, ob es neue Daten gibt, und aktualisieren diese entsprechend. Die aktuellen Grafiken findet man mit dem Webcode **WES-117977-001** unter https://www.westermann.de/webcode.

Mensch & Politik
Sekundarstufe II

Erarbeitet von
Erik Flach
Pierre Oliver Kabisch
Felix Kollender
Stefan Menzel
Albrecht Simon

Mit Beiträgen von
Klaus Barheier, Dr. Slobodan Comagic, Prof. Dr. Joachim Detjen, Martin Erdmann, Karin Herzig, Karl-Heinz Meyer, Christian Raps, Ulrike Simon, Wolfgang Sinz, Dr. Veit Straßner

Druck A[1] / Jahr 2026
Alle Drucke der Serie A sind im Unterricht parallel verwendbar.

Redaktion: René Betker, Berlin
Umschlaggestaltung: LIO Design, Braunschweig
Layout: Typo Concept GmbH, Hannover
Druck und Bindung: Westermann Druck GmbH, Georg-Westermann-Allee 66, 38104 Braunschweig

ISBN 978-3-14-**117977**-4

Inhaltsverzeichnis

4. Kann der Nahost-Konflikt befriedet werden? 90

II. Demokratie 118

1. Kann der Bundeskanzler durchregieren? 120

2. Demokratie in der Krise – braucht es ein Update? 144

3. Demokratie in Gefahr? Wie weit darf die Verteidigung der Freiheit gehen? 170

III. Politik und Wirtschaft 260

1. Klimageld und Emissionshandel – Beispiele für eine nachhaltige und soziale Wirtschaftspolitik? 262

2. Wirtschaftliche Rezession durch den Krieg in der Ukraine – hat man die richtigen Maßnahmen ergriffen? 292

3. Das Lieferkettengesetz – Beispiel für eine nachhaltige und gerechte Organisation des Welthandels? 318

IV. Globales Regieren 386

1. Zeitenwende – wie kann Frieden gelingen, wenn Krieg herrscht? 388

2. Globale Herausforderungen – wie können wir Ressourcen und Lasten gerecht verteilen? 422

3. Ist China auf dem Weg zur Weltmacht? 440

4. Berichterstattung in den Medien – manipulieren sie die Wahrnehmung? 454

3. Grundeinkommen oder Eigenverantwortung – welche Richtung nimmt der deutsche Sozialstaat zukünftig? 536

4. Welche Einwanderungsgesellschaft wollen wir? 560

5. Die Europäische Union – quo vadis? 600

Anhang

Liebe Schülerinnen und Schüler,

dieser Band von „Mensch & Politik" wird Sie in der Sekundarstufe II im Fach Politische Bildung begleiten. Er bietet zuverlässige Informationen, verschafft Grundwissen und hilft, Zusammenhänge zu verstehen. Damit möchten wir Sie zum einen sicher auf das Abitur vorbereiten. Zum anderen hoffen wir, Sie für die Inhalte des Fachs zu begeistern und Sie anzuregen, Antworten auf die relevanten Herausforderungen für die Gestaltung unserer Zukunft zu finden.
„Mensch & Politik" orientiert sich an den Vorgaben des neuen Rahmenlehrplans für Berlin und Brandenburg und ist darauf angelegt, dass Sie die darin geforderten Kenntnisse und Fähigkeiten erwerben können. Um Ihnen die Arbeit mit dem Band zu erleichtern, möchten wir Sie noch auf einige Besonderheiten hinweisen:

- Der Band gliedert sich in **fünf große Hauptkapitel**, die sich den zentralen Themengebieten des Fachs Politische Bildung widmen: der Demokratie, der Wirtschaft, der Gesellschaft, der Europäischen Union und der Internationalen Politik.
- Jedes Hauptkapitel beginnt mit einer **Auftaktdoppelseite**. Auf ihr wird durch Bilder, Karikaturen und Zitate ein anschaulicher Einstieg in zentrale Themen und Probleme ermöglicht.
- Die einzelnen **Teilkapitel** sind in der Regel nach dem **Doppelseitenprinzip** aufgebaut. Die Doppelseiten dienen zur Orientierung innerhalb eines Themengebietes und können als unterrichtspraktische Abschnitte genutzt werden.
- Umfassende **Materialseiten** mit fundierten Grundlagentexten, ausgewählten Fallbeispielen und vielfältigen statistischen und bildlichen Materialien sollen Sie zusammen mit den **Aufgabenstellungen** zu kontroversen Auseinandersetzungen anregen und Sie beim selbstständigen Arbeiten unterstützen.
- In den Aufgabenstellungen wird zudem der Umgang mit den klausur- bzw. abiturrelevanten **Operatoren** gefestigt. Die Operatoren (Anforderungsverben) sind dabei farblich hervorgehoben, damit Sie wissen, wie die jeweiligen Aufgaben zu bearbeiten sind. Dabei unterstützt Sie eine Übersicht auf den Umschlagseiten am Ende des Buches, die Ihnen erläutert, wie bei den Operatoren vorzugehen ist bzw. was hier von Ihnen erwartet wird. Außerdem sind die Operatoren drei **Anforderungsbereichen** zugeordnet.
- Am Rand finden Sie wichtige Informationen zu Begriffen und Personen (**INFO**). Verweise auf das **GLOSSAR** zeigen Ihnen, welche Begriffe dort nachgeschlagen werden können. **QUERVERWEISE** verdeutlichen thematische Zusammenhänge und verweisen auf hilfreiche Methoden zur Bearbeitung der Aufgabenstellungen.
- Auf einigen Seiten finden Sie **Web- und QR-Codes**, über die weiterführende Informationen sowie interessante Internetlinks direkt abgerufen werden können. Den **Webcode** bitte einfach ins Suchfeld von **www.westermann.de/webcode** eingeben.
- Des Weiteren erwerben Sie praktischen Einblick in zahlreiche fachspezifische und übergreifende **METHODEN**, die jeweils im konkreten thematischen Kontext vorgestellt und eingeübt werden.
- Die mit **VERTIEFUNG** gekennzeichneten Seiten bilden die Vertiefungsmodule des Rahmenlehrplans ab, also welche Inhalte und Themen eine Wahloption darstellen.
- Die **KLAUSUR**-Seiten dienen der Vorbereitung auf Prüfungen und das Abitur, indem anhand von ausgewählten Materialien Themen beispielhaft problemorientiert bearbeitet werden.
- Der Anhang enthält kurze Erläuterungen zu im Band genutzten **Lernwegen** (S. 606/607), ein detailliertes **Stichwortverzeichnis** (S. 620-623) und ein ausführliches **Glossar** mit Begriffserklärungen (S. 608-619).

Wir hoffen, dass dieser Band Ihr Interesse an Politik bestärken und Sie gut bei der Arbeit im Fach Politische Bildung unterstützen wird. Für Rückmeldungen und Kritik sind wir sehr dankbar. Richten Sie diese bitte an: info@westermann.de.

I.

ZUM WAHLLOKAL

ALLE MENSCHEN
SIND GLEICH
ABER MANCHE
SIND
REICHER

Was ist Politik?

Demokratie ist nicht die einfachste Staatsform, weil sie täglich des eigenen Engagements bedarf.

Bernhard Vogel (1932–2025), deutscher Politiker

Eine Politik, die Reiche bevorzugt und wenig gegen Armut und soziale Ungleichheit unternimmt, untergräbt das Vertrauen in die Demokratie.

Oxfam, internationale Nichtregierungsorganisation

Weltweit sind wir von einem nachhaltigen Leben, Wirtschaften und Arbeiten noch weit entfernt – an einigen Stellen auch in Deutschland; das muss man ganz offen sagen. Das zeigt sich auch in gewaltigen wirtschaftlichen und sozialen Unterschieden. Wir nähern uns den Belastungsgrenzen der Erde und haben sie zum Teil schon überschritten.

Angela Merkel (* 1954), ehemalige Bundeskanzlerin

Zeichnung: Kostas Koufogiorgos

1. Demokratien – die überlegenen politischen Systeme?

1.1 Einführung

M1 Wie steht es um die Demokratie auf der Welt?

INFO

Demokratie
Eine Demokratie als Ausgestaltungsform eines politischen Systems zeichnet sich dadurch aus, dass es ein enges Geflecht an Machtbeschränkungsmechanismen gibt. Klassischerweise kommt dieses durch Gewaltenteilung, Rechtstaatlichkeit (einschließlich Grundrechten) und Wahlen, die in parlamentarischer Repräsentation gipfeln, zum Ausdruck.

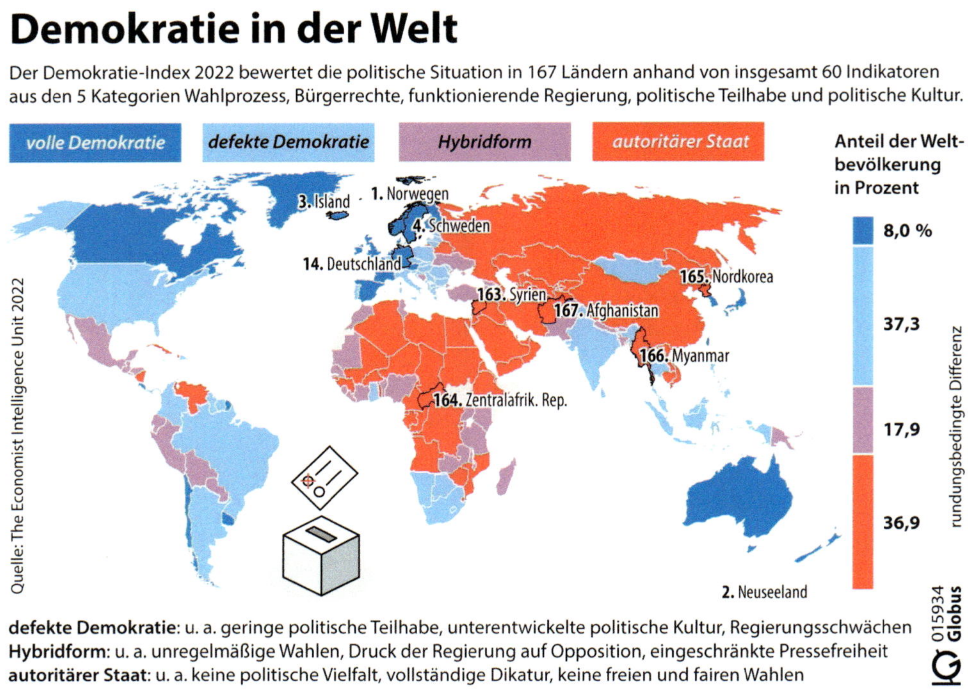

M2 Bewegen sich die USA „in Richtung einer Autokratie"?

GLOSSAR

Autokratie
Demokratie
Diktatur
Totalitarismus

Auszug aus einem Interview mit der Politikwissenschaftlerin Julia Simon zur zweiten Amtszeit von US-Präsident Donald Trump.

Frage: Es gibt derzeit Beobachter:innen, die sagen: Wir erleben den Anfang vom Ende der US-amerikanischen Demokratie. Wie sehen Sie das?

Simon: Es passiert gerade etwas, das wir noch nie in den USA gesehen haben: Das Land bewegt sich in Richtung einer Autokratie, manche Entwicklungen weisen sogar faschistische Züge auf. Die freie, liberale, rechtsstaatliche Ordnung wird massiv angegriffen. […] Das sehen wir beispielsweise am Umgang der Regierung mit der Gewaltenteilung, der Rechtsstaatlichkeit oder der Unabhängigkeit der Justiz. Die Regierung attackiert Richter verbal, diffamiert sie und setzt sich de facto schon über Gerichtsurteile hinweg. Außerdem werden die Wissenschafts- und die Meinungsfreiheit angegriffen. […]

Frage: In der US-Demokratie sollen sich verschiedene Institutionen gegenseitig kontrollieren. Eine davon ist der Kongress. Könnte er Trump ausbremsen?

Simon: Der Kongress hat neben der Aufgabe, die Exekutive zu kontrollieren und Gesetze zu erlassen, vor allem finanzielle Macht. Wenn Trump zum Beispiel Steuererleichterungen beschließen oder Behörden Geld entziehen will, braucht er dafür eigentlich die Zustimmung des Kongresses. Der Kongress kann theoretisch auch Untersuchungsausschüsse anstoßen oder ein Amtsenthebungsverfahren einleiten. Solange jedoch die Republikaner die Mehrheit haben, ist das unrealistisch. Denn die republikanischen Abgeordneten stehen aktuell geschlossen hinter Trump. Manche haben Angst vor Vergeltungsmaßnahmen, wenn sie Widerspruch äußern.

Frage: Am liebsten arbeitet Trump derzeit sowieso mit „Executive Orders". [...]

Simon: Dieses Instrument wurde auch schon von anderen Präsidenten zum Teil stark genutzt. [...] Problematisch ist vor allem, dass einige Executive Orders als verfassungswidrig eingestuft werden. Zum Beispiel wollte Trump das Recht auf die US-Staatsbürgerschaft qua Geburt aufheben. Verheerend ist auch, dass er per Dekret in die Organisation und rechtlichen Grundlagen von Wahlen eingreifen möchte, obwohl das im Aufgabenbereich der Bundesstaaten und des Kongresses liegt. [...]

Frage: Bundesgerichte und das oberste Gericht, der Supreme Court, haben ja das Recht, den Präsidenten zu stoppen, sollte er unrechtmäßig regieren. Funktioniert das noch?

Simon: Derzeit gehen viele Klagen gegen Trumps Maßnahmen ein. Diese Verfahren dauern oft lange. Das rechtsstaatliche System ist nicht darauf ausgelegt, dass jemand in diesem Tempo mutwillig die Verfassung bricht. Zugleich gibt es im Supreme Court eine konservative Mehrheit, und der oberste Gerichtshof hat bereits Urteile, die Bundesrichter gegen Trumps Vorgehen ausgesprochen haben, wieder einkassiert. Es ist aber ohnehin nicht sicher, ob sich die Trump-Regierung künftig noch an Gerichtsurteile halten wird. Damit würde sie die rechtsstaatliche verfassungsmäßige Ordnung und das grundlegende Prinzip der „Checks and Balances" in den USA vollständig kippen. [...] Die Zwischenwahlen zum US-Kongress, die sogenannten „Midterms", im Herbst 2026 werden richtungweisend sein, je nachdem, wer die Mehrheit bekommen wird, die Republikaner oder die Demokraten.

Mirjam Ratmann, „Die USA bewegen sich in Richtung einer Autokratie", in: https://www.fluter.de/usa-trump-demokratie-autokratie, 04.06.2025

INFO

Diktatur
Die Diktatur stammt begriffsgeschichtlich aus der Verfassungslehre der Römischen Republik in der Antike und ist dort als eine Art Amt mit weitreichenden Vollmachten konzipiert zur Überwindung einer Krise. Nach dem politischen Ausnahmezustand sollte die Macht wieder an die ursprünglichen Verfassungsorgane zurückfallen. Heute meint Diktatur eine Herrschaftsform mit uneingeschränkter Macht einer Person oder Gruppe, oft repressiv und gewaltsam errichtet.

Autokratie
Eine Autokratie bezeichnet allgemein jede Regierungsform, in der die Macht bei einer einzelnen Person oder einer kleinen Gruppe liegt und stellt damit einen allgemeinen Gegenbegriff zur Demokratie dar – sie kann diktatorisch, aber auch weniger repressiv ausgeprägt sein.

M3 Demokratie und Autokratie im Vergleich

Die politischen Institutionen unterscheiden die Demokratien grundlegend von ihren autokratischen Gegenspielern. Markenzeichen der Demokratien sind Machtaufteilung (insbesondere zwischen gesetzgebender, vollziehender und rechtsprechender Gewalt), Wahl und Abwahl der politischen Führung durch das Volk, Existenz einer Opposition und – im Fall der „Liberalen Demokratien" – ein funktionsfähiger Rechtsstaat, der die Grund- und Freiheitsrechte seiner Bürger sichern kann. Autokratien hingegen erkennt man insbesondere an Machtkonzentration und nichtdemokratischer Führungsauslese. Diese erfolgt beispielsweise durch Erbfolge, wie in Monarchien und bislang in Nordkorea, durch nicht-öffentliche Auseinandersetzungen im Führungszirkel einer Staatspartei, durch einen Putsch, oder durch Meritokratie, also leistungsorientierte Bestenauslese, die, manchen Bewunderern der Volksrepublik China zufolge, die Rekrutierung des Spitzenpersonals in Chinas Kommunistischer Partei bestimme. Ein weiteres Markenzeichen der Autokratie ist der Status der Opposition. Diese ist entweder illegal, wie in den Hardliner-Autokratien, oder wird massiv eingeschränkt, wie in den elektoralen Autokratien. Überdies sind bürgerliche Schutz- und Freiheitsrechte bestenfalls nur ansatzweise vorhanden. Besonders große Unterschiede bezeugt der Vergleich von etablierten Demokratien des Westens und den extremen Autokratien, den „totalitären Regimen". [...] Ihre alle Lebensbereiche beherrschende Politik, ihre Gewalttätigkeit nach außen, gegenüber anderen Staaten, und nach innen, gegenüber ihren Bürgern oder Teilen der Bürgerschaft, kennzeichnet die totalitären Regime. Ihre Exekutivapparate scheuen selbst vor massenhafter Verfolgung und massenhafter Tötung nicht zurück. Auch jenseits von Repression und Gewalt unterscheiden sich die etablierten Demokratien grundlegend von den extremen Autokratien. Die kommunistischen Länder in Mittel- und Osteuropa der Jahre von 1945 bis 1990 schlugen Wege ein, die ihre politischen Führer als „historische Errungenschaft" begriffen: Als „Errungenschaften" werteten sie wirtschaftspolitisch die Planwirtschaft, gesellschaftspolitisch die Zerschlagung gegnerischer sozialer Klassen und sozialpolitisch das Bestreben, eine Sozialpolitik eigener Prägung, einen „kommunistischen Wohlfahrtsstaat" mit Vollbeschäftigung, aufzubauen. Doch was als „historische Errungenschaft" galt, entpuppte sich bei Lichte besehen oftmals nur als eine rückständige Wirtschaft, als Zerstörung von Humankapital und Ausbau einer Sozial- und Beschäftigungspolitik, welche die Wirtschaft überlastete, ihre Neuerungskraft herabsetzte und ihre Konkurrenzfähigkeit, sofern überhaupt vorhanden, untergrub.

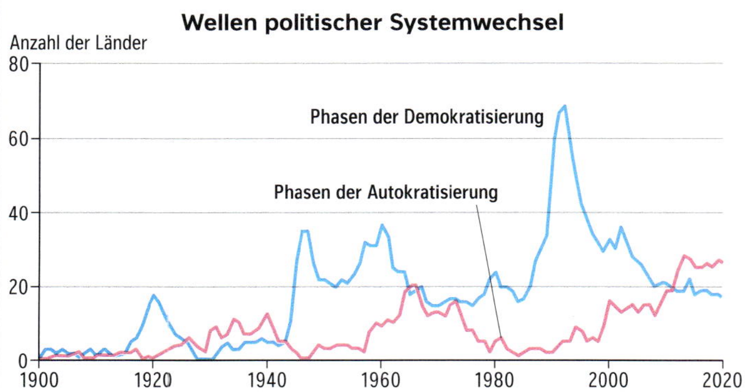

Quelle: Bundeszentrale für politische Bildung 48828EX

INFO

Alexis de Tocqueville (1805–1859) Das bekannteste Werk des französischen Politikers und Historikers ist seine Darstellung „Über die Demokratie in Amerika" (1835/1840).

Große Erfolge werden hingegen den Demokratien gutgeschrieben. [...] Die Demokratien überträfen alle anderen Regime allein schon bei der Förderung des Wohlstandes und der Friedenssicherung. So heißt es in [...] [einer] Theorie. [...] Weitere demokratiefreundliche Bewertungen haben andere Fachleute beigesteuert. Die Konfliktregelung in den Demokratien beispielsweise erfolge vorwiegend durch Wettbewerb und Aushandeln, seltener durch Befehl von oben. Das mache Konflikte kalkulierbar und ermögliche, sie meist gewaltfrei zu regeln. Zudem halte das Regelwerk der Demokratie dem Verlierer einer Abstimmung zukünftige Siegeschancen offen. Diese Chancen erleichterten dem Verlierer die Hinnahme seiner Niederlage – sofern die Mehrheitsverhältnisse nicht festgezimmert seien und immer nur eine Partei, eine Klasse oder eine Volksgruppe gewänne. Als besonderer Vorteil der Demokratien wird ihre Fähigkeit gerühmt, Fehler zu korrigieren. Dieses Lob spielt seit Alexis de Tocquevilles berühmtem Werk über die in Amerika entstehende Demokratie [...] eine prominente Rolle in der Debatte über die besten Staatsverfassungen [...].

Warum sind die Demokratien besser in der Fehlerkorrektur? Die Antwort der modernen Demokratietheorie lautet: Die Demokratien [...] sind lernfähiger als ihre autoritären oder totalitären Gegenstücke. Zugute kommen ihnen dabei ihre zahlreichen Frühwarnsysteme in der Politik und der Gesellschaft – unter ihnen Massenmedien, Wahlen, Petitionen, Demonstrationen, Bürgerinitiativen und Meinungsbekundungen in den sozialen Medien. Zudem wirkt das Recht mitunter wie ein Frühwarnsystem für die Politik. In den „Liberalen Demokratien" ist die Rechtsprechung so einflussreich, dass dort der Spielraum für die Politik durch das „Regieren mit Richtern" viel enger begrenzt ist als andernorts. Selbst im Lichte regimeunspezifischer Messlatten sind viele Demokratien leistungsfähiger als die Autokratien.

Manfred G. Schmidt, Demokratien und Autokratien: Ein vergleichender Überblick, in: Deutschland & Europa, Heft 79/2020, S. 26 ff.; https://www.deutschlandundeuropa.de/79_20/demokratie_krise.pdf

1 **Werten** Sie die Karte in M 1 und die Grafik in M 3 **aus** und **benennen** Sie Problemstellungen.

2 **Fassen** Sie die Argumente für die These einer Autokratisierung in den USA unter US-Präsident Trump **zusammen** (M 2).

3 **Vergleichen** Sie Demokratien und Autokratien (M 3).

4 **Verfassen** Sie ein erstes Urteil zur Frage der Systemkonkurrenz zwischen Demokratie und Autokratie (bzw. Diktatur) (M 1–M 3).

1.2 Was ist das Ziel von Politik?

M1 Zitate

Politik ist die autoritative (von Regierenden, von Herrschenden) verfügte Verteilung von materiellen und immateriellen Werten in der Gesellschaft.

David Easton (1917–2014), kanadisch-amerikanischer Politikwissenschaftler

Politik [ist] der alle Bereiche des gesellschaftlichen Lebens durchdringende Kampf der Klassen und ihrer Parteien, der Staaten und der Weltsysteme um die Verwirklichung ihrer sozialökonomisch bedingten Interessen und Ziele.

Wörterbuch der marxistisch-leninistischen Soziologie (1969)

Politik ist Kampf um die rechte Ordnung.

Otto Heinrich von der Gablentz (1898–1972), deutscher Politikwissenschaftler

Wer Politik treibt, erstrebt Macht.

Max Weber (1864–1920), deutscher Soziologe und Nationalökonom

[D]er Sinn von Politik [ist] Freiheit.

Hannah Arendt (1906–1975), deutsch-amerikanische Historikerin

Die spezifische politische Unterscheidung, auf welche sich die politischen Handlungen und Motive zurückführen lassen, ist die Unterscheidung von Freund und Feind.

Carl Schmitt (1888–1985), deutscher Staatsrechtler

Politik ist jenes menschliche Handeln, das auf die Herstellung und Durchsetzung allgemeinverbindlicher Regelungen und Entscheidungen (d. h. von ‚allgemeiner Verbindlichkeit') in und zwischen Gruppen von Menschen abzielt.

Werner J. Patzelt (* 1953), deutscher Politikwissenschaftler

Unter Politik verstehen wir den Begriff der Kunst, die Führung menschlicher Gruppen zu ordnen und zu vollziehen.

Arnold Bergstraesser (1896–1964), deutscher Politikwissenschaftler

Politik [ist] der Kampf um Veränderung oder Bewahrung bestehender Verhältnisse.

Christian Graf von Krockow (1927–2002), deutscher Politikwissenschaftler

M2 Politik – ein Kernbegriff ohne Kern?

Viele Wissenschaften und Disziplinen stehen vor dem Problem, dass sie ihren eigenen Grundbegriff und zentralen Betrachtungsgegenstand nicht endgültig und umfassend definieren können. So hat die Soziologie einige Schwierigkeit klar zu sagen, was denn nun eigentlich diese Gesellschaft sei, genauso diffizil wird es in der Medizin, wenn gesund und krank trennscharf geschieden werden sollen. Der Politikwissenschaft und dem Politikbegriff ergeht es da ganz ähnlich.

Grundsätzlich sollte der Politikbegriff nicht zu beschränkt gefasst und mit allerlei modernen Voraussetzungen belastet werden: So braucht es für Politik keinen Staat, sie trat auch schon bei Nomaden und einfachen Stammesgesellschaften vor Tausenden von Jahren auf. Allen Definitionen ist gemein, dass Politik etwas Menschliches ist und nur in menschlichen Gemeinwesen auftritt. Aristoteles charakterisiert den Menschen daher auch als *zoon politikon* – als Gemeinschaften bildendes und Politik betreibendes Tier. Eine weitere Konstante ist es, dass es um das Treffen von Entscheidungen geht, um diese dann für das gesamte Gemeinwesen durchzusetzen. Man unterscheidet zwischen einem engen und einem weiteren Politikbegriff.

Ersterer bezieht sich dabei tendenziell auf die Ausgestaltung und das Handeln von zentral mit der Herbeiführung und Durchsetzung von politischen Entscheidungen befassen Institutionen, wie etwa Regierungen oder Parlamente. Im weiteren Sinne werden alle Prozesse, die in der Gesellschaft als Ganzem oder auch in Teilgruppen zur Herbeiführung von Entscheidungen beitragen dem Feld des Politischen zugeordnet.

Autorentext

M3 Die drei Wurzeln der Politik

INFO

Dolf Sternberger (1907–1989) Der deutsche Politikwissenschaftler gilt als Begründer der Politikwissenschaft in Deutschland nach 1945.

Niccolò Machiavelli (1469–1527) italienischer Philosoph

Augustinus (354–430) bedeutender Kirchenlehrer des Christentums

Aristoteles (384 v.Chr.–322 v.Chr.) einer der einflussreichsten Philosophen der griechischen Antike

Dolf Sternberger sieht in der Herstellung von Frieden das zentrale Ziel jeglichen politischen Strebens und identifizierte drei Wurzeln der Politik:

- Erstens den **dämonologischen** Ansatz, der sich mit dem Politikverständnis von Machiavelli in Verbindung bringen lässt und Politik im Kern als Kampf um die Macht und ihre Erhaltung sieht. Dazu schließt er die Anwendung von Täuschung und Gewalt, sowie die Ausübung von Grausamkeiten nicht aus, solange sie auch langfristig dem Machterhalt und damit der Stabilität der Ordnung dienen. Das Feld des Politischen wird von der Moral weitestgehend entkoppelt. Es geht nicht um die gute Ordnung, sondern um eine funktionierende Ordnung.
- Zweitens der **eschatologische** Ansatz im Sinne von Augustinus, wobei Politik die Suche und Errichtung einer perfekten, gerechten, ewigen Ordnung, orientiert an göttlichen Gesetzen, darstellt. Dazu muss der als unzureichend empfundene Zustand durch eine große Wende bzw. Revolution überwunden werden, um die finale (gottgewollte) Ordnung verbeizuführen. Es geht nicht um die gute Ordnung, sondern um die richtige und ästhetische Ordnung. Die politische Welt wird dazu in Unterstützer und Gegner der veränderungswilligen Bewegung unterteilt.
- Drittens, der **politologische** Ansatz im Zusammenhang mit Aristoteles, bei welcher Politik als Aushandlungsprozess zwischen gleichen, freien und vernunftbegabten Bürgern verstanden wird, die ihre widerstreitenden Interessen einem Ausgleichzuführen wollen, um größtmöglichen gesellschaftlichen Wohlstand zu erzeugen, was auch gleich die Definition einer guten Ordnung wäre. Um diese herzstellen bedarf es der Schaffung von stabilen Institutionen gerahmt durch Verfassung innerhalb von Staaten, welche über Gesetze geregelt werden.

Autorentext

M4 Die drei Dimensionen von Politik

Dimension	Erscheinungsform	Merkmale	Bezeichnung
Struktur	▪ Verfassung ▪ Normen ▪ Institutionen	▪ Organisation ▪ Verfahrensregeln ▪ Ordnung	*polity*
Inhalt	▪ Aufgaben und Ziele politischer Programme	▪ Problemlösung ▪ Aufgabenerfüllung ▪ Wert- und Zielorientierung ▪ Gestaltung	*policy*
Prozess	▪ Interessen ▪ Konflikte ▪ Kampf	▪ Macht ▪ Konsens ▪ Durchsetzung	*politics*

M5 Der Policy-Zyklus: Politik als Maschine

Der Policy-Zyklus ist ein politikwissenschaftliches Modell, das beschreibt, wie konkrete Maßnahmen bzw. Entscheidungen (*policy*) im Politikbetrieb entstehen, umgesetzt und bewertet werden. Es teilt den politischen Prozess (*politics*) in aufeinanderfolgende Phasen auf und betrachtet dabei auch die Strukturen (*polity*) innerhalb derer eine Verarbeitung stattfindet.

1. Problem

Am Anfang jedes politischen Prozesses steht ein Problem, das von einzelnen Bürgern, Interessengruppen, Medien oder politischen Akteuren wahrgenommen wird. Es handelt sich dabei um einen Zustand, der als untragbar oder veränderungsbedürftig empfunden wird – beispielsweise Umweltverschmutzung, soziale Ungleichheit oder Wohnraummangel.

2. Auseinandersetzung und öffentliche Debatte

Sobald das Problem identifiziert ist, beginnt eine Phase der öffentlichen und politischen Auseinandersetzung. Verschiedene Akteure – wie Parteien, Medien, NGOs, Bürgerinitiativen – diskutieren, wie das Problem einzuordnen ist, welche Ursachen es hat und welche Maß-nahmen geeignet wären, das Problem zu beheben bzw. zumindest zu verkleinern. Ziel ist es, das Problem auf die politische Tagesordnung zu setzen (Agenda-Setting), um überhaupt einen Reformprozess in Gang zu bekommen.

3. Entscheidung

In dieser Phase treffen die zuständigen politischen Institutionen (z. B. Parlamente, Regierungen) eine verbindliche Entscheidung darüber, wie mit dem Problem umgegangen werden soll. Das kann in Form von Gesetzen, Verordnungen, Förderprogrammen oder anderen politischen Maßnahmen geschehen.

4. Implementierung

Die beschlossene Maßnahme wird nun in die Praxis umgesetzt. Behörden, Verwaltungen oder andere zuständige Stellen übernehmen die Aufgabe, die politischen Entscheidungen durchzusetzen. Dabei kann es zu Schwierigkeiten kommen, etwa durch unklare Zuständigkeiten, fehlende Ressourcen bis hin zu passivem Widerstand in den Amtsstuben.

5. Bewertung

Nach einer gewissen Zeit wird überprüft, wie wirksam die Maßnahmen waren. Experten, Wissenschaftler, politische Gremien oder auch die Öffentlichkeit analysieren, ob das Problem gelöst wurde oder ob es unbeabsichtigte Nebenwirkungen gab.

6. Reaktion

Je nach Ergebnis der Bewertung reagieren die politischen Akteure: Sie modifizieren, erweitern oder beenden eine Maßnahme. Diese Reaktion führt oft dazu, dass der Zyklus von vorn beginnt – mit einem neu formulierten Problem oder einer angepassten Lösung.

Autorentext

1 **Wählen** Sie **aus** M 1 jeweils die Politikdefinition aus, die Ihnen am meisten und am wenigsten zusagt, und **begründen** Sie Ihre Auswahl.
2 **Fassen** Sie M 2 **zusammen**.
3 **Ordnen** Sie die Politikdefinition aus M1 den drei Wurzeln der Politik nach Dolf Sternberger (M 3) **begründet zu**.
4 **Gestalten** Sie auf Grundlage von M 3 ein Schaubild zu den drei Wurzeln der Politik.
5 **Ordnen** Sie den drei Dimension von Politik (M 4) Beispiele aus der Bundesrepublik Deutschland **zu**.
6 **Nehmen** Sie **Stellung** zu der These: „Bereits die Entscheidung für oder gegen eine Politikdefinition eröffnet oder verstellt die Chance auf Demokratie."
7 **Erstellen** Sie ein mediales Produkt, in dem Sie das Ziel von Politik diskutieren.
8 **Erläutern** Sie den Policy-Zyklus (M 5).
9 **Vergleichen** Sie auf Basis selbst erstellter Beispiele den Verlauf des Policy-Zyklus in Demokratien mit dem von Autokratien bzw. Diktaturen.

1.3 Planspiel: Survival Island – gestrandet auf einer Insel

FILMTIPP

Herr der Fliegen (1963)
Britische Verfilmung (Regie: Peter Brook) des gleichnamigen Romans von William Golding. Eine Gruppe junger Schüler muss nach einem Flugzeugabsturz auf einer unbewohnten Insel ihr Überleben sichern.

Situation – Teil 1: Sie sind mit einer Gruppe auf Kreuzfahrt im Südpazifik. Nach einem Sturm ist das Schiff gänzlich seeuntauglich geworden und droht zu sinken. Sie sind auf einer Insel gestrandet.

Situation –Teil 2: Bei dem Sturm auf hoher See und der Strandung des Schiffs haben sich zwei Gruppemitglieder verletzt. Die Nahrungsvorräte reichen nur noch für zwei Tage. Erste Erkundungen haben ergeben, dass die Insel Süßwasser birgt.

Schritt 1 (individuell): Sie müssen sich schnell entscheiden. Notieren Sie, welche fünf nützlichen Dinge Sie von Bord mitnehmen (2 Min.).

Teilen Sie den Kurs in drei bis vier Gruppen auf.

Schritt 2: Stellen Sie Ihre Liste an Dingen der Gruppe kurz begründet vor, einigen Sie sich auf fünf Dinge für die ganze Gruppe (5 Min.).
Malen Sie die fünf Gegenstände auf je ein A5 Blatt und legen Sie sie auf den Tisch. Nur diese stehen Ihnen im Laufe des Spiels für Aktionen zur Verfügung.

Schritt 3: Eine zügige Rettung ist nicht zu erwarten. Sie müssen also Ihr Überleben auf der Insel organisieren.

- Zunächst müssen die Verletzten versorgt werden, entscheiden Sie zuerst, wie Sie mit den Verletzten umgehen (1–2 Mitglieder haben zufällige Verletzungen verschiedenen Grades → Rollenkarten).
- Erstellen Sie eine Liste der Aufgaben, die erledigt werden müssen, um ein Überleben der Gruppe sicherzustellen, beachtet Sie dabei den Zustand der Verletzten.
- Verteilen Sie die Aufgaben in der Gruppe.
- Überlegen Sie, wie Sie diese Aufgaben nun umsetzen können. Bedenken Sie, dass Sie zur Umsetzung nur die vorher ausgewählten fünf Gegenstände zur Verfügung haben.
- Halten Sie Ihre Ergebnisse schriftlich fest.

QUERVERWEIS

LERNWEGE
Fishbowl
S. 609

Schritt 4: Sie werden sich wohl für die nächste Zeit auf der Insel einrichten müssen. Dazu müssen Sie Ihr Zusammenleben organisieren. Erstellen Sie dazu schriftlich ein Regelwerk mit 8 bis 10 Regeln.

Schritt 5: Überprüfen Sie, ob Ihr Regelwerk Antworten auf die folgenden Fragen bereithält.

- Wie werden bei Ihnen Regeln gemacht?
- Wer bestimmt, welche Regeln gelten sollen?
- Wie regeln Sie die Arbeitsaufteilung und die Freizeit?
- Welche Regeln gelten für Männer und Frauen?
- Wem gehört was? Was gehört dem Einzelnen, was gehört allen?
- Welche Rechte haben die Menschen auf Ihrem Inselabschnitt?
- Welche Strafen drohen bei Vergehen?
- …

Übertragen Sie Ihr Endergebnis auf ein Großformat und hängen Sie sie zusammen mit den Ergebnissen der anderen Gruppen aus.

Schritt 6: Schauen Sie sich die „Insel-Verfassungen“ der anderen Gruppen an. Sie haben für jede zu bewertende Verfassung je zwei grüne und zwei rote Punkte. Platzieren Sie grüne Punkte an den Stellen, die Sie für besonders wichtig und richtig halten, rote Punkte dort, wo Sie Regelungen ablehnen.

Schritt 7: Schaffen Sie eine Sitzordnung für die Anwendung eines Fishbowls. In der Mitte sitzt eine Gruppe, die auf Basis ihrer Insel-Verfassung auf eines der folgenden vier Ereignisse spontan und direkt reagiert:

- Vulkanausbruch
- Containerschiff
- Tsunami
- Motoryacht

Die Beobachter machen sich Notizen zur laufenden Diskussion. Danach setzt sich die nächste Gruppe in die Mitte und verhandelt über ihre Reaktion auf eines der Ereignisse.

1 **Führen** Sie das Planspiel wie beschrieben **durch** (M 1).

M 1 Schiffbruch, Überleben, Gefahren, Rettung, ...

1.4 Survival Society

M1 Maslowsche Bedürfnispyramide

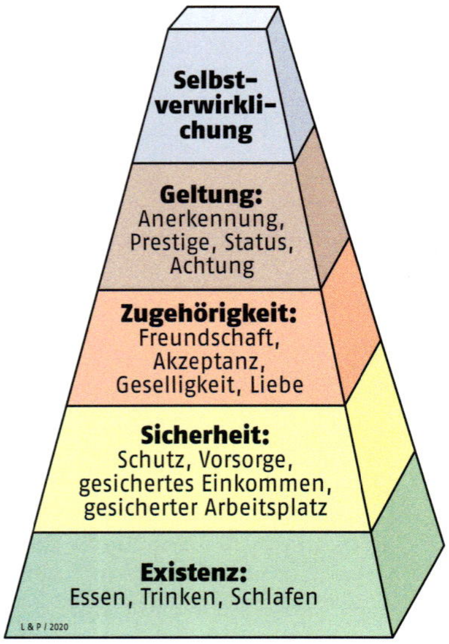

INFO

Maslowsche Bedürfnispyramide
Der amerikanische Sozialwissenschaftler Abraham Maslow (1908–1970) beschäftigte sich mit der Frage, welche Bedürfnisse für die Menschen von Bedeutung sind und ordnete diese in aufsteigender Reihenfolge an. Dabei müssen zuerst Grundbedürfnisse befriedigt werden, bevor andere Bedürfnisse ausgeprägt werden.

M2 Typologie der Staatsformen

	„gute" staatliche Form (zum Wohle der Allgemeinheit)	„entartete" staatliche Form (zum Eigennutz weniger)
einer regiert	Monarchie	Tyrannis
einige regieren	Aristokratie	Oligarchie
alle	Demokratie	Anarchie

L & P / 6361

Ob im Kleinen im Falle dörflicher Gemeinschaften oder im Großen für ganze Städte und Staaten stellt sich stets die gesellschaftliche Frage nach der Organisation des politischen Betriebs zur Entscheidungsfindung.
Schon in der Antike hat man sich politikwissenschaftlich mit Staatsformen auseinandergesetzt und so kam das berühmte aristotelische Sechserschema zustande. Der griechische Philosoph unterteilte die Staatsformen zum einen nach der Anzahl der Herrschenden (einer, wenige, viele) und zum anderen in „gute" und „entartete" staatliche Formen, also danach, ob die staatliche Ordnung den Regierten oder den Regierenden nützte.

M3 Eine Gemeinschaft neu erschaffen – die Kibbuzim in Israel

INFO

Kibbuz
Das Motto der Kibbuzim „Jeder arbeitet soviel er kann und bekommt soviel er braucht" erinnert nicht zufällig an ein Zitat von Karl Marx: „Jeder nach seinen Fähigkeiten, jedem nach seinen Bedürfnissen!"

Kibbuz bedeutet auf Hebräisch so viel wie „Versammlung". So werden ländliche Kollektivsiedlungen in Israel bezeichnet, welche auf bestimmten Prinzipien sozialer Gerechtigkeit, wie gemeinsamen Eigentum und basisdemokratischen Strukturen, beruhen. Die meisten verbliebenen Kibbuzim (Mehrzahl eines Kibbuz) sind im Süden Israels an der Grenze zum Gazastreifen beheimatet. Hier gibt es Kibbuzim bereits seit über 100 Jahren – noch vor der Staatsgründung Israels. Als Anfang des 20. Jahrhunderts Zehntausende europäische Juden nach Palästina ins Gelobte Land zogen, verwirklichten sich viele jüdische Bauernkollektive in den Kibbuzim ihre sozialistischen Vorstellungen von Freiheit und Gleichheit. Ziel der Bewegung war die Vorstellung eines jüdischen Arbeiterstaates und die Errichtung einer klassenlosen Gesellschaft, in der Eigentum gemeinschaftlich verteilt wird. Im Kibbuzim ist die Versammlung die die höchste Instanz. Hier wird diskutiert, bis ein gemeinsamer

Foto: Junge Frauen eines Kibbuz bei der Feldarbeit

Konsens erreicht ist. Die Bedürfnisse des Einzelnen werden von der Kommune gedeckt und das alltägliche Leben vom Kollektiv organisiert. Auch die Produktionsmittel gehören der Gemeinschaft an. Insgesamt spielt Gleichheit eine große Rolle in den Kommunen. Weibliche Mitglieder von Kibbuzim erhalten sogar Förderungen, um ökologische und soziale Gleichheit herzustellen. Die Kinder werden von allen Mitgliedern der Gemeinschaft erzogen. Je nach Ausrichtung gibt es säkulare und religiöse Kibbuzim, die jüdische Traditionen unterschiedlich stark ausleben. [...] Aus den eher einfachen Kibbuzim entwickelten sich schon bald Dörfer mit stabiler Infrastruktur, Geschäften, Schulen und Privateigentum. Ein Großteil der Kibbuzim sind inzwischen privatisiert [...].
Heutzutage leben nur noch etwa 1,8 Prozent der israelischen Bevölkerung in einem der rund 270 Kibbuzim – insgesamt etwa 180 000 Menschen.

Julian Schmelmer, Leben im Kibbuz: Worum geht es bei den sozialistischen Dorfgemeinschaften?, in: https://www.stern.de/politik/kibbuz--was-ist-das-und-worum-geht-es-bei-kibbuzim-in-israel--33903842.html, 11.10.2023

M4 Individualismus versus Kollektivismus

Der **Individualismus** stellt das autonome Individuum ins Zentrum der Gesellschaft. Der Mensch gilt als selbstbestimmtes Wesen mit eigener Vernunft und Verantwortung. Identität entsteht durch persönliche Entscheidungen, Selbstverwirklichung und die Wahrung individueller Freiheiten. Politisch schlägt sich dieser Gedanke im Liberalismus nieder: Der Staat soll möglichst wenig in das Leben seiner Bürger eingreifen und vor allem die Grundrechte – wie Meinungsfreiheit, Eigentum und Privatsphäre – schützen. Soziale Beziehungen sind in individualistischen Kulturen meist freiwillig und flexibel; Eigeninitiative und Selbstverantwortung werden hochgeschätzt. Gesellschaft gilt primär als Rahmen, in dem das Individuum seine Ziele verwirklichen kann. Dieses Weltbild ist vor allem in westlichen Demokratien verbreitet, etwa in den USA, Kanada oder Westeuropa. Die Gefahr des Individualismus liegt jedoch in einer möglichen Entsolidarisierung, in sozialer Isolation und in der Missachtung kollektiver Verantwortung, etwa gegenüber dem Gemeinwohl oder kommenden Generationen.

Im **Kollektivismus** steht nicht das Individuum, sondern die Gemeinschaft im Mittelpunkt. Die Identität des Einzelnen ergibt sich aus seiner Zugehörigkeit zur Familie, Gruppe oder Gesellschaft. Das Selbstverständnis ist relational: Man ist, was man für andere ist. Der Mensch hat Pflichten gegenüber der Gemeinschaft, deren Wohl oft über den eigenen Interessen steht. Politisch führt dies zu einer stärkeren Betonung des Gemeinwohls, sozialer Harmonie und staatlicher Fürsorge. In kollektivistischen Kulturen – etwa in China, Japan oder vielen afrikanischen Gesellschaften – spielen Tradition, soziale Hierarchie und Gruppenzugehörigkeit eine zentrale Rolle. Freiheit wird weniger als individuelle Autonomie, sondern als Teilhabe am funktionierenden Ganzen verstanden. Der Vorteil liegt in sozialem Zusammenhalt und gegenseitiger Verantwortung. Die Kehrseite des Kollektivismus kann jedoch die Einschränkung persönlicher Freiheiten und Konformitätsdruck sein – insbesondere, wenn Kritik oder Abweichung als Gefahr für die Ordnung empfunden werden.

Autorentext

1 **Stellen** Sie einen Zusammenhang zwischen der Bedürfnispyramide von Maslow (M 1) und Ihrem Verhalten im Planspiel **her**.

2 **Verorten** Sie Ihre politische Ordnung aus dem Planspiel auf dem Schema von Aristoteles (M 2). **Erörtern** Sie die Gründe für Ihre Entscheidung.

3 **Vergleichen** Sie die Kibbuzim (M3) mit den Gemeinschaften, die Sie im Planspiel hervorgebracht haben.

4 **Vergleichen** Sie die Gesellschaftsformen Individualismus und Kollektivismus (M 4).

QUERVERWEIS

Planspiel: Survival Island – gestrandet auf einer Insel
S. 20 f.

1.5 Was ist eine gerechte Gesellschaft?

M1 Bildungschancen in Deutschland – ist das gerecht?

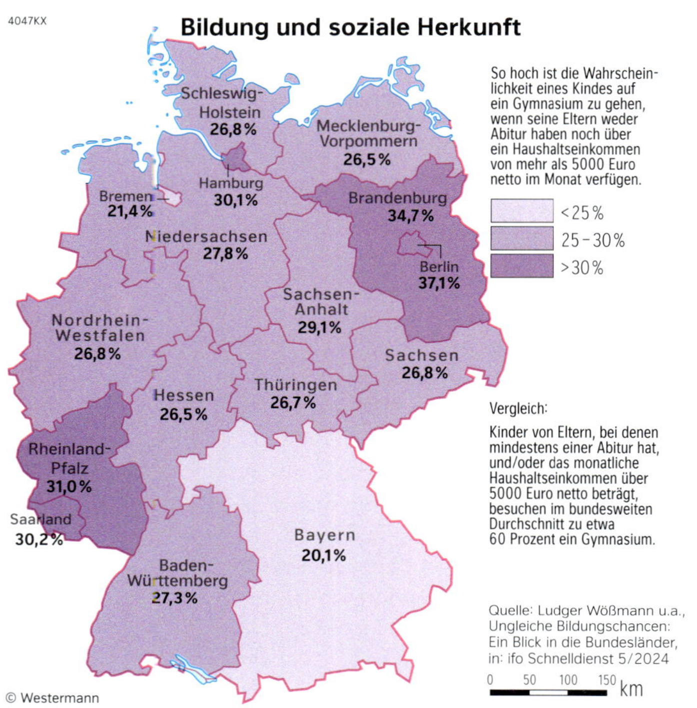

Karikatur: Michael Hüter

M2 John Rawls: Unter dem Schleier des Nichtwissens

Als Vertragstheoretiker stellt sich Rawls folgenden Naturzustand vor: Alle Menschen einer Gesellschaft befinden sich in einer Art transzendentalen Vorzimmer, bevor sie in ihre konkrete Existenz auf Erden geworfen werden – er selbst nennt diesen Zustand die „original position“. In diesem wird unter dem Schleier des Nichtwissens, in Bezug auf ihre spätere konkrete Position in der Gesellschaft, über die Grundregeln nach denen später gelebt werden soll, verhandelt. Man stelle sich also vor, jeder zieht eine Art Rollenkarte, auf dem das Geschlecht, der Gesundheitszustand, die Begütertheit, der Bildungsstand und sonstige Fähigkeiten und Neigungen vermerkt sind, und legt sie vor sich ab. Es ist bekannt, was für Rollenkarten in etwa im Umlauf sind, dass es einige Millionäre, einige Akademiker, aber eben auch Privatinsolvente und Schulabbrecher, junge und alte, sowie körperlich und geistig behinderte Menschen in dieser Gesellschaft geben wird. Der Clou ist, dass niemand seine Rollenkarte ansehen darf, bevor das Vertragswerk über das gesellschaftliche Zusammenleben nicht fertig ausgehandelt worden ist. Dies führt in den Verhandlungspartnern zu folgenreichen Abwägungsprozessen. Von besonderer Bedeutung in diesem Zusammenhang ist der Gedanke, wie die Gesellschaft ausgestaltet werden muss, damit auch ich, sollte ich in eine stark benachteiligte Position rutschen, noch vernünftig leben kann. Das Interessante an diesem Ansatz ist, dass Rawls kein voraussetzungsreiches Menschenbild benötigt und auch moralerzieherische Maßnahmen nicht von Nöten sind. Rawls braucht nur den *Homo Oeconomicus*. Dieser wird nach der Maximin-Regel stets bestrebt sein, das Maximum an Lebensqualität für den Fall der ungünstigsten Lebensumstände herauszuschlagen.

Aufgrund dieser Gedanken wird wohl jeder jedem ein gewisses Minimum in Form von Grundgütern zugestehen. Als da wären: „Rechte, Freiheiten und Chancen, sowie Einkommen und Vermögen.“ Insgesamt destilliert Rawls selbst zwei Gerechtigkeitsgrundsätze heraus:

(I) Jedermann hat gleiches Recht auf das umfangreichste Gesamtsystem gleicher Grundfreiheiten, das für alle möglich ist.
(II) Soziale und wirtschaftliche Ungleichheiten müssen folgendermaßen beschaffen sein:
(a) sie müssen unter der Einschränkung des gerechten Spargrundsatzes den am wenigsten Begünstigten den größtmöglichen Vorteil bringen, und
(b) sie müssen mit Ämtern und Positionen verbunden sein, die allen gemäß fairer Chancengleichheit offenstehen.

Nicht nur wird Ungleichheit damit rechtfertigbar, Rawls gibt auch die Bedingungen für die Rechtfertigbarkeit von Ungleichheit an, nämlich dass dem Schwächsten damit geholfen sein muss. Daraus erwächst das Prinzip der substanziellen Chancengleichheit, welches besagt, dass durch umverteilende Maßnahmen die Benachteiligungen und Bevorteiligungen der natürlichen Lotterie teilweise ausgeglichen werden müssen, damit Chancengleichheit nicht zu einer leeren Phrase verkommt.

Autorentext

INFO

John Rawls
(1921–2002)
Das Hauptwerk des amerikanischen Philosophen ist sein 1971 erschienenes Buch „Eine Theorie der Gerechtigkeit".

Homo Oeconomicus
wirtschaftswissenschaftliches Modell eines Menschen, der stets rational handelt, um seinen eigenen Nutzen mit minimalem Aufwand maximal zu steigern

M3 Die vier Formen der sozialen Gerechtigkeit

48810EX

1 **Werten** Sie die Karte aus und **interpretieren** Sie vor diesem Hintergrund die Karikatur (M 1).

2 **Ordnen** Sie eigene Beispiele den vier Formen der sozialen Gerechtigkeit (M 3) **begründet zu**.

3 Wir stellen uns vor, wir haben drei Kinder und nur eine Flöte: Ein Kind hat die Flöte geschnitzt, das zweite kann sehr gut Flöte spielen und das dritte hat sonst gar kein Spielzeug. **Formulieren** Sie für jedes Kind ein Argument, warum es die Flöte bekommen sollte. **Ordnen** Sie anschließend die jeweiligen Argumente den Konzepten in M 3 zu.

4 **Fassen** Sie die Theorie von John Rawls **zusammen** (M 2). Klären Sie dabei, wann genau ein gesellschaftlicher Zustand als gerecht eingeordnet werden kann.

5 **Beurteilen** Sie Ihre Insel-Verfassung aus dem Planspiel nach John Rawls Theorie (M 2). Wäre sie unter dem Schleier des Nichtwissens in dieser Form entstanden?

6 **Entwerfen** Sie ggf. Änderungen an Ihrer Insel-Verfassung.

QUERVERWEIS

Planspiel: Survival Island – gestrandet auf einer Insel
S. 20 f.

1.6 Akteure – wer sind die wichtigsten Spieler?

M1 Die Spieler in Aktion

Zeichnung: Horst Haitzinger

Zeichnung: Burkhard Mohr

M2 Die zentralen Akteure im politischen System

Parteien

Parteien sind zentrale Vermittler zwischen Gesellschaft und Staat. Ihre allgemeine Funktion besteht darin, politische Interessen zu bündeln, Kandidaten für Ämter aufzustellen und Regierungshandeln zu gestalten. Ihr Ziel ist es, politische Macht zu gewinnen oder zu beeinflussen, um bestimmte Programme durchzusetzen. Parteien sind auf Dauer angelegt und besitzen eine feste Organisationsstruktur. Ihre politische Beteiligung ist direkt, da sie aktiv an Wahlen, Regierungsbildung und Gesetzgebung teilnehmen.

Verbände

Verbände vertreten die Interessen bestimmter gesellschaftlicher Gruppen wie Arbeitgeber, Arbeitnehmer oder Umweltschützer. Ihre Funktion ist Interessenartikulation und -aggregation gegenüber Politik und Öffentlichkeit. Ziel ist die Durchsetzung oder Verteidigung spezifischer Anliegen. Verbände sind in der Regel dauerhaft organisiert. Ihre politische Beteiligung erfolgt indirekt, meist über Lobbyarbeit, Stellungnahmen oder Verhandlungen mit politischen Entscheidungsträgern.

Medien

Medien informieren die Öffentlichkeit, kontrollieren politisches Handeln („vierte Gewalt") und schaffen Foren für gesellschaftliche Diskussionen. Ihr Ziel ist es, Information zu verbreiten, Meinungen zu bilden und Machtverhältnisse transparent zu machen. Medien können sowohl dauerhaft bestehen (z. B. Zeitungsverlage) als auch flüchtig sein (z. B. einzelne Sendungen). Ihre politische Beteiligung ist indirekt, indem sie Debatten beeinflussen und Agenden setzen, aber selbst keine Entscheidungen treffen.

Unternehmen

Unternehmen sind primär wirtschaftliche Akteure, deren Funktion die Produktion von Gütern und Dienstleistungen ist. Ihr vorrangiges Ziel ist die Gewinnerzielung und die Sicherung ihrer Marktposition. Unternehmen existieren dauerhaft, können sich aber durch Fusionen, Übernahmen oder Insolvenz verändern. Politische Beteiligung erfolgt meist indirekt, etwa durch Lobbying (Verbände), Sponsoring oder die Unterstützung bestimmter politischer Projekte oder Initiativen.

Wissenschaft

Forschungseinrichtungen und Wissenschaftler tragen zur Wissensproduktion, Innovationsentwicklung und evidenzbasierten Politikberatung bei. Ihr Ziel ist die Erweiterung, Sicherung und Anwendung von Wissen. Diese Akteure sind dauerhaft in Universitäten, Instituten oder Netzwerken organisiert. Politische Beteiligung geschieht indirekt, indem sie Expertise liefern, Empfehlungen geben oder öffentliche Debatten aus wissenschaftlicher Sicht kommentieren.

Bürgerinitiativen

Bürgerinitiativen entstehen meist spontan aus einem konkreten Anlass heraus, oft um auf Missstände hinzuweisen oder bestimmte Projekte zu verhindern oder zu fördern. Ihr Ziel ist die direkte Einflussnahme auf politische Entscheidungen oder gesellschaftliche Entwicklungen. Sie sind häufig nur temporär organisiert, können aber auch in dauerhafte Bewegungen übergehen. Ihre politische Beteiligung ist direkt, etwa durch Protestaktionen, Petitionen oder Beteiligung an Volksbegehren.

Autorentext

M 3 „Dauerberieselung“ durch die Finanzlobby?

Banken, Versicherungen und Fondsindustrie geben Millionenbeträge aus, um mit Hunderten Lobbyisten Einfluss auf Gesetze im Bundestag zu nehmen.

Nach einer Auswertung der Bürgerbewegung Finanzwende ist keine andere Branche unter den 100 finanzstärksten Lobbyakteuren so stark vertreten wie die Finanzbranche. Das gehe aus dem öffentlich einsehbaren Lobbyregister des Bundestags hervor, erklärte der Verein. Demnach sind zehn der einhundert Lobbyakteure mit den größten Budgets Banken, Versicherungsunternehmen und Investmentgesellschaften. Zusammen kämen sie auf jährliche Lobbyausgaben von fast 40 Millionen Euro und 442 namentlich im Register genannten Lobbyistinnen und Lobbyisten. Die in Deutschland traditionell starke Autolobby sei dagegen nur mit sechs Einträgen und einem Lobbybudget von knapp 18 Millionen Euro unter den Top 100 vertreten. [...]

Die Verschärfung der Anzeigepflichten habe zu einem „massiven Transparenzgewinn“ geführt, erklärte Finanzwende. „Durch das verbesserte Lobbyregister wird endlich mehr von dem sichtbar, was früher im Verborgenen stattfand. Wir sehen die Bandbreite der Einflussnahme durch die Finanzlobby und leider auch, wie erfolgreich sie ist“, sagte Geschäftsführer Daniel Mittler. Auch bestimmte Seitenwechsel von der Politik in die Finanzlobby seien jetzt sichtbarer, meint der Verein. Lobbyisten müssen nun angeben, ob sie in den letzten fünf Jahren im Bundestag, in der Regierung oder der Bundesverwaltung tätig waren. Bekannte Ex-Politiker oder Mitarbeiter von Abgeordneten sind für die Finanzlobby mit ihren Insider-Kenntnissen über die Abläufe in Ministerien und Bundestag Gold wert. Spitzenreiter bei den Lobbyausgaben ist der Auswertung zufolge weiterhin der Gesamtverband der Deutschen Versicherungswirtschaft (GDV). „Niemand gibt über alle Branchen hinweg mehr Geld für die Beeinflussung von Bundestag und Bundesregierung aus als die Dachorganisation der Versicherer“, heißt es bei Finanzwende.

Der Verband vertritt die Interessen von Versicherungsunternehmen und investiert dafür jährlich rund 15 Millionen Euro. 93 namentlich genannte Lobbyisten zogen für den GDV die Strippen und beteiligten sich [...] an [...] [zahlreichen] Gesetzen und Verordnungen. „Wer über so viele Ressourcen verfügt wie die Finanzlobby, kann Dutzende politische Prozesse gleichzeitig begleiten. Im Lobbyregister ist die Dauerberieselung von Abgeordneten zu sehen“, erklärte Mittler.

Fast 40 Millionen Euro pro Jahr, 03.01.2025 © dpa Deutsche Presse-Agentur

INFO

GDV
Hauptgeschäftsführer des Gesamtverbands der Deutschen Versicherungswirtschaft Verbandes ist seit 2020 Jörg Asmussen, der zuvor u. a. als Staatssekretär im Bundesfinanzministerium tätig war.

WEBCODE

WES-117977-101
Lobbyregister beim Deutschen Bundestag

WEBCODE

WES-117977-102
ZDF-Reportage zur Frage, wie Lobbyismus funktioniert

1 **Formulieren** Sie Deutungshypothesen zu den Karikaturen in M 1.
2 **Gestalten** Sie ein Schema, indem das Beziehungsgeflecht der in M 2 genannten Akteurstypen dargestellt wird.
3 **Problematisieren** Sie die in M 3 dargestellten Vorgänge.
4 **Stellen** Sie die Notwendigkeit als auch die Gefahren von politischer Verbandsarbeit **dar** (M 3).
5 **Diskutieren** Sie die Problemfrage, indem Sie ein begründetes Ranking erstellen.

1.7 Wann ist politisches Handeln legitim?

INFO

Max Weber (1864–1920) deutscher Soziologe und Ökonom; sein Werk gilt als Klassiker der Geistes- und Sozialwissenschaften

Herrschaftstypologie
Daneben besteht der Typ der ideokratischen Herrschaft, der häufig theokratische Gestalt annimmt; aber auch faschistische und sozialistische/kommunistische Regime bedienten sich dieser Begründungsstrukturen. Hierbei ist Herrschaft durch weltanschauliche oder religiöse Setzungen begründet. Ihr Zweck ist die Umsetzung bzw. Verwirklichung einer von der Masse der Beherrschten anerkannten Ideologie oder Religion.

M1 Staat und Gerechtigkeit – die Sicht des Augustinus

Was sind überhaupt Reiche, wenn die Gerechtigkeit fehlt, anderes als große Räuberbanden? Sind doch auch Räuberbanden nichts anderes als kleine Reiche. Sie sind eine Schar von Menschen, werden geleitet durch das Regiment eines Anführers zusammengehalten durch Gesellschaftsvertrag und teilen ihre Beute nach Maßgabe ihrer Übereinkunft. Wenn eine solche schlimme Gesellschaft durch den Beitritt verworfener Menschen so ins große wächst, dass sie Gebiete besetzt, Niederlassungen gründet, Staaten erobert und Völker unterwirft, so kann sie mit Fug und Recht den Namen „Reich“ annehmen, den ihr nunmehr die Öffentlichkeit beilegt, nicht als wäre die Habgier erloschen, sondern weil Straflosigkeit dafür eingetreten ist.
Hübsch und wahr ist der Ausspruch den ein ertappter Seeräuber Alexander dem Großen gegenüber getan hat. Auf die Frage des Königs, was ihm denn einfalle, dass er das Meer unsicher mache, erwiderte er mit freimütigem Trotz: „Und was fällt dir ein, dass du den Erdkreis unsicher machst? aber freilich, weil ich es mit einem armseligen Fahrzeug tue, nennt man mich einen Räuber, und dich nennt man Gebieter, weil du es mit einer großen Flotte tust.“

Augustinus, Zweiundzwanzig Bücher über den Gottesstaat, in: https://bkv.unifr.ch/de/works/cpl-313/versions/zweiundzwanzig-bucher-uber-den-gottesstaat-bkv/divisions/106, 10.07.2025

M2 Herrschaftstypologie nach Max Weber

Max Weber unterscheidet klassischerweise drei Typen legitimer Herrschaft:

- Die **legal-rationale Herrschaft** basiert auf Rechtsregeln und sachlicher Kompetenz der politischen Verantwortungsträger. Die maßgebliche, allen anderen Normen übergeordnete Rechtsregel ist die Verfassung. Diese Herrschaftsform ist in der Moderne am weitesten verbreitet.
- Die **traditionale Herrschaft** fußt auf der Autorität der Tradition bzw. der Unantastbarkeit der von jeher geltenden Ordnung, welcher der Status der Gottgewolltheit zugeschrieben wird. Auf dynastischer Erbfolge beruhende Monarchien, die sich auf jahrhundertelange Anerkennung stützen können, sind diesem Herrschaftstyp zuzuordnen.
- Die **charismatische Herrschaft** gründet auf der persönlichen Ausstrahlung und Anziehungskraft eines Einzelnen. Typisches Kennzeichen ist die Hingabe einer Gefolgschaft an einen Führer, dem sie übermenschliche Fähigkeiten zutraut.

In der Realität kommen freilich nur Mischformen dieser idealtypischen Unterscheidungen vor. Oft wandelt sich das Legitimationsverhältnis über die Zeit. So ist es oft unausweichlich, dass ein zu Beginn charismatisch auftretender Führer auf Dauer seine Macht durch legal-rationale Institutionalisierung festigen muss.

Autorentext

Typen der Herrschaftslegitimation (nach Max Weber)

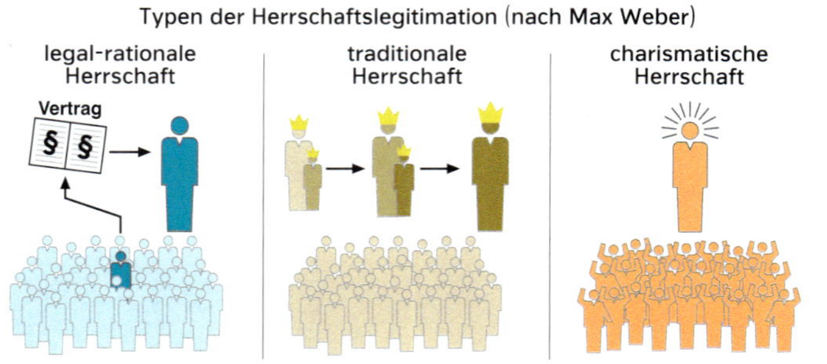

Herrschafts-typ	Legitimitäts-kraft	Träger	Prinzip	Organisations-struktur	Zugangs-kriterium
Legalität	Satzung	Reglement	Rationalität	Bürokratie	Kompetenz
Tradition	Heiligkeit	„Sitte“	Billigkeit	Patronage	Privileg
Charisma	Affekt	Person	Verkündung	Gefolgschaft	Treue

Nach: dtv-Atlas Politik, Politische Theorie - Politische Systeme - Internationale Beziehungen, Bonn 2011, S. 668 (verändert) © dtv Verlagsgesellschaft, München 28927EX

M3 Donald Trump – ein Sultan in Washington?

Donald Trump ist 2024 zum zweiten Mal durch eine reguläre demokratische Wahl ins Amt als US-Präsident gelangt. Üblicherweise wäre davon auszugehen gewesen, dass er Schlüsselpositionen mit erfahrenen Experten seiner Partei besetzt, um mit der republikanischen Mehrheit in beiden Kammern des US-Kongresses (Repräsentantenhaus und Senat) und den Institutionen des Landes sein Programm unter dem Slogan „Make America Great Again" (MAGA) Schritt für Schritt planvoll umzusetzen.
Doch dieses gewohnte rationale Vorgehen lässt Donald Trump spätestens in seiner zweiten Amtszeit praktisch vollends vermissen. Politische Ämter besetzt er mit Günstlingen und Gefolgsleuten, so z.B. Pam Bondi, die ihn u.a. bei einem Amtsenthebungsverfahren und beim ersten Anlauf zur Wiederwahl unterstützte. Auch Familienmitglieder werden immer wieder mit Posten bedacht. Besondere Aufmerksamkeit erhielt Trump für die Einsetzung des Unternehmers und Milliardärs Elon Musk (u.a. Tesla, SpaceX) als Chef der eigens geschaffenen Behörde DOGE (Department of Government Efficiency), welche offiziell Bürokratie abbauen sollte. Das jähe Ende dieser öffentlichen „Männerfreundschaft" offenbart jedoch einen weiteren Aspekt des trump'schen Führungsstils: Dieser ist neben häufigen Kurswechseln getragen von Eitelkeiten und Bauchentscheidungen – bis hin zu Willkür. So ließ Trump jüngst die Zollverhandlungen mit Kanada abbrechen, da dort ein Anti-Zoll-Werbespot veröffentlicht wurde, der ihm missfiel. Monate zuvor hatte er persönlich veranlasst, das neue Mautsystem im New Yorker Stadtteil Manhattan stoppen zu lassen, um auf seiner eigenen Plattform „Truth Social" den Vorgang mit dem Tweet „Manhattan, und ganz New York, ist gerettet. Lang lebe der König" zu kommentieren. Abweichende Meinungen, gerade in den eigenen Reihen, werden nicht toleriert, sondern unmittelbar Ziel von finanzstarken Gegenkampagnen und Hetze in den sozialen Medien, wie z.B. die republikanische Senatorin Joni Ernst, die die Bestätigung von Pete Hegseth als US-Verteidigungsminister aufgrund von sexuellen Belästigungsvorwürfen gegen ihn verhindern wollte. Von den eigenen Leuten wird jederzeit bedingungslose Gefolgschaft gefordert. Es herrscht das Prinzip „Drohung und Belohnung". Selbstverständlich geht Trump mit noch größerer Härte und oft ohne Rücksicht auf rechtliche Schranken gegen Gegner vor. Beim Versuch, die an sich unabhängige US-Notenbank (Fed) unter seine Kontrolle zu bekommen, entließ er die Fed-Gouverneurin Lisa Cook, bis ihn das Oberste Gericht des Landes, der Supreme Court, vorerst stoppte.
Für seine in Teilen fanatischen Anhänger steht fest, dass nur die Person Donald Trump allein Amerika wieder groß machen kann. Das Überleben eines Attentats im Wahlkampf wird als göttliches Zeichen interpretiert. So kann Trump die Aushöhlung und Umgehung von staatlichen Institutionen als Kampf gegen den sogenannten „deep state" („Staat im Staate") inszenieren und dies sogar als Legitimationsressource nutzen. Folgt man den herrschaftssoziologischen Analysen Max Webers, erinnert das alles stark an den überwunden geglaubten Patrimonialismus und den Sultanismus als dessen Extremform, in denen rationales Handeln von Experten durch Willkür und bedingungslose Gefolgschaft von Dienern ersetzt wird. Alles wird auf eine Person hin ausgerichtet. Daher verwundert es auch nicht, dass das Amt als Gelegenheit zur Selbstbereicherung gesehen wird. Worin dann auch die größte Schwäche zu erkennen ist, denn Korruption kann nicht als Dienst am Volk verkauft werden.

Autorentext

Der amerikanische Geschäftsmann und Politiker Donald Trump (* 1946) ist nach seiner ersten Amtszeit (2017 bis 2021) seit 2025 das zweite Mal Präsident der USA.

INFO

Sultan
Herrschertitel u. a. in Indien und im Osmanischen Reich

Legalität
Gesetzmäßigkeit – ein Handeln ist legal, wenn es der aktuell gültigen Gesetzeslage entspricht

Legitimität
Anerkennungswürdigkeit – ein Staat oder Herrscher ist dann legitim, wenn er auch unabhängig von geltenden Rechtsnormen als gerechtfertigt anerkannt wird

Fed
Federal Reserve System

Patrimonialismus
bei Max Weber eine Unterform der traditionalen Herrschaft. Diese zeigt sich als personalisierte, traditional legitimierte Herrschaft, in der öffentliche und private Macht des Herrschers miteinander verschmelzen.

1. **Fassen** Sie die Argumentation des Augustinus **zusammen** (M 1).
2. **Erklären** Sie die drei Formen legitimer Herrschaft nach Max Weber (M 2).
3. **Charakterisieren** Sie die Herrschafts- und Legitimationsmethoden des Patrimonialismus unter Trump (M 3). Wodurch kann es zur Delegitimierung kommen?
4. **Erörtern** Sie, welche Legitimations- und Herrschaftsformen einer funktionierenden Demokratie zuträglich sind.

1.8 Der Staat – Ermöglicher von Freiheit oder Instrument zur Unterdrückung?

GLOSSAR

Staat

M 1 Der Staat – ein mythisches Wesen?

Ausschnitt aus dem Titelbild des 1651 erschienenen Buches „Leviathan“ von Thomas Hobbes

M 2 Der große Leviathan

INFO

Thomas Hobbes (1588–1679)
Der englische Staatstheoretiker und Philosoph gilt als bedeutender Vertreter eines aufgeklärten Absolutismus.

Die Absicht und Ursache, warum die Menschen bei allem ihrem natürlichen Hang zur Freiheit und Herrschaft sich dennoch entschließen konnten, sich gewissen Anordnungen, welche die bürgerliche Gesellschaft erfordert, zu unterwerfen, lag in dem Verlangen: sich selbst zu erhalten und ein bequemeres Leben zu führen; oder mit andern Worten, aus dem elenden Zustand eines Kriegs aller gegen alle gerettet zu werden. [...]

Um aber eine allgemeine Macht zu gründen, unter deren Schutz gegen auswärtige und innere Feinde die Menschen bei dem ruhigen Genuss der Früchte ihres Fleißes und der Erde ihren Unterhalt finden können, ist der einzig mögliche Weg hierzu der: dass jedweder alle seine Macht oder Kraft einem oder mehreren Menschen übertrage, wodurch der Wille aller gleichsam in einen Punkt vereinigt wird; so dass dieser *eine* Mensch, oder diese *eine* Gesellschaft eines jeden einzelnen Stellvertreter werde, und ein jeder die Handlungen jener so betrachte, als habe er sie selbst getan, weil sie sich dem Willen und Urteil jener freiwillig unterworfen haben. [...]

Auf diese Weise werden alle Einzelnen *eine* Person und heißen *Staat* oder *Gemeinwesen*. So entsteht der große Leviathan oder, wenn man lieber will, der *sterbliche Gott* dem wir unter dem ewigen Gott allein Frieden und Schutz zu verdanken haben.

Dieses von allen und jedem übertragene Recht bringt eine so große Macht und Gewalt hervor, dass durch sie die Gemüter aller zum Frieden unter sich gern geneigt gemacht, und zur Verbindung gegen auswärtige Feinde leicht bewogen werden. Dies macht das Wesen eines Staats aus.

Thomas Hobbes, Leviathan (17. Kapitel), übersetzt von Jacob Peter Mayer, Reclam: Stuttgart 1998

M 3 Die Rolle der Institutionen

Auszug aus einer Diskussion zwischen den deutschen Philosophen Theodor W. Adorno und Arnold Gehlen.

Adorno: Wir sind uns darüber einig, dass die Menschen heute [...] von den Institutionen und das heißt hier in erster Linie von der ins Ungeheuerliche zusammengeballten Wirtschaft und in zweiter von den Verwaltungen in einem umfassenden Sinn, die aber mit der Wirtschaft teils fusioniert und teils ihr nachgebildet sind, dass die Menschen also davon abhängig sind. [...] Sie sind dazu geneigt, diese Institutionen als eine Notwendigkeit aufgrund der Mangelsituation des Menschen [...] zu bejahen, und zu sagen: „Ohne diese Übermacht der auch den Menschen gegenüber verselbständigten" oder wie ich sagen würde, verdinglichten und entfremdeten – „Institutionen würde es nicht gehen. Sie entlasten die Menschen, die sonst unter der Last aller möglichen Dinge, die sie gar nicht mehr bewältigen können, zusammenbrechen würden. Sie geben den Menschen allerhand Direktiven" [...] – Demgegenüber würde ich sagen: Auf der einen Seite ist genau diese Macht der Institutionen über die Menschen das, was man in der alten Sprache der Philosophie als heteronom bezeichnete, [...] sie stehen den Menschen als eine fremde und bedrohliche Macht entgegen. [...] Dem würde zunächst einmal entgegenzustellen sein [...] die Frage, [...] ob [...] diese Institutionen zu verändern wären und solche an ihre Stelle zu setzen, die für die Menschen vielleicht [...], weniger entlastend sind als die Institutionen heute, aber auch dafür nicht diese entsetzlich drückende Last sind, die jeden einzelnen unter sich zu begraben droht und die schließlich so etwas wie die Bildung eines freien Subjekts überhaupt nicht mehr zulässt. [...]

Gehlen: Herr Adorno, ich gebe Ihnen vollkommen zu, diese fundamentalen anthropologischen Einrichtungen, wie Familie, Recht, Ehe, Eigentum usw. Wirtschaft, Zusammenwirtschaften, bieten ein ungeheuer mannigfaches Bild in der Geschichte, und ich kann auch nicht absehen, dass sich diese Substanzen selbst einmal auflösen. Sie werden sich weiter transformieren. Aber [...] Sie fragen mehr: „Warum insistieren Sie denn so auf den Institutionen?" [...] Ich glaube, dass die Institutionen Bändigungen der Verfallsbereitschaft des Menschen sind. Ich glaube auch, dass die Institutionen den Menschen vor sich selbst schützen. Gewiss auch Freiheit beschränken. [...]

Adorno: [...] Diese Verpflichtung kann [...] ebenso die Gestalt der Anpassung und der Unterordnung haben, die Sie mir stärker zu betonen scheinen, wie auch die, die ich stärker betonen würde, [...] das zu verändern, was verhindert – und zwar alle Menschen verhindert – innerhalb dieser gegebenen Verhältnisse ihre eigene Möglichkeit zu leben und also das zu verwirklichen, was als Potenzial in ihnen steckt.

Gehlen: [...] Woher wissen Sie denn, was als Potenzial in den Menschen ungelenkt steckt?

Adorno: [...] Ich weiß aus allen möglichen [...] Teilansichten, dass die Anpassungsprozesse, denen die Menschen heute gerade unterworfen sind, [...] auf Verkrüppelung der Menschen hinauslaufen. [...] [und dazu führen,] dass die Potenzialitäten der Menschen durch die Institutionen in einem noch nie da gewesenen Maß verkümmern und unterdrückt werden.

Gehlen: Das glaube ich eben nicht.

Zitiert nach: Was ist der Mensch? Diskussion über Selbstbestimmung und Institutionen zwischen Th.W. Adorno und A. Gehlen, in: https://roteschnur.de/kuestermann/Mensch/Was-ist-der-Mensch_Selbstbestimmung-gegen-Institutionen_Diskussion-zwischen-Adorno-Gehlen.pdf, 10.07.2025

INFO

Theodor W. Adorno
(1903–1969)
Der deutsche Philosoph gilt zusammen mit Max Horkheimer und Herbert Marcuse als der einflussreichste Vertreter der Kritischen Theorie (auch: Frankfurter Schule).

Arnold Gehlen
(1904–1976)
Der deutsche Philosoph zählt zu den Vertretern der Philosophischen Anthropologie und war in den 1960er-Jahren ein bedeutender (konservativer) Gegenspieler Adornos.

Freiheit
Negative Freiheit ist die Abwesenheit äußerer Zwänge und Beschränkungen durch andere. Positive Freiheit bezeichnet die Fähigkeit, selbstbestimmt zu handeln und das eigene Leben aktiv zu gestalten und sich zu entfalten.

1 **Beschreiben** Sie M 1 und fassen Sie die Aussagen von Thomas Hobbes in M 2 **zusammen**.

2 **Vergleichen** Sie die Standpunkte von Adorno und Gehlen (M 3) im Hinblick auf deren Ansichten zur Bedeutung von Institutionen.

3 **Beurteilen** Sie, unter welchen Bedingungen ein Staat zum Ermöglicher von Freiheit wird (M 1–M 3).

4 **Erörtern** Sie, wie sich in der Corona-Pandemie das Verhältnis zwischen Freiheit und Sicherheit in Deutschland darstellte.

WEBCODE

WES-117977-103
Grundgesetz und Grundrechte in Zeiten der Corona-Pandemie

1.9 Keine Macht für niemanden?

INFO

Ton Steine Scherben
Der Sänger der deutschen Rockband in den 1970er- und 1980er-Jahren war der Musiker Rio Reiser (1950–1996).

WEBCODE

WES-117977-104
Ton Steine Scherben: Keine Macht für Niemand

M1 „Keine Macht für Niemand" – ein Lied von Ton Steine Scherben

Ich bin nicht frei und kann nur wählen,
welche Diebe mich bestehlen, welche Mörder
mir befehlen.
Ich bin tausendmal verblutet und sie ham
mich vergessen.
Ich bin tausendmal verhungert und sie war'n
vollgefressen.

Im Süden, im Osten, im Westen, im Norden,
es sind überall dieselben, die uns ermorden.
In jeder Stadt und in jedem Land,
schreibt die Parole an jede Wand.
Schreibt die Parole an jede Wand.
Keine Macht für Niemand!
Keine Macht für Niemand!

Reißen wir die Mauern ein, die uns trennen.
Kommt zusammen, Leute. Lernt euch kennen.
Du bist nicht besser als der neben dir.
Keiner hat das Recht, Menschen zu regier'n.

Im Süden, im Osten, im Norden, im Westen,
es sind überall die dieselben, die uns erpressen.
In jeder Stadt und in jedem Land
heißt die Parole von unserem Kampf,
heißt die Parole von unserem Kampf.
Keine Macht für Niemand!
Keine Macht für Niemand!

Komm rüber Bruder, reih dich ein,
komm rüber Schwester, du bist nicht allein.
Komm rüber Mutter, wir sind auf deiner
Seite,
komm rüber Alter, wir woll'n das Gleiche.

In Augsburg, in München, Frankfurt,
Saarbrücken,
es sind überall dieselben, die uns
unterdrücken.
In jeder Stadt und in jedem Land,
mach ne Faust aus deiner Hand.
Mach ne Faust aus deiner Hand.
Keine Macht für Niemand!
Keine Macht für Niemand!

Ralph Möbius, Keine Macht für Niemand, David Volksmund Verlag und Produktion, Berlin

M2 Der Machtbegriff und dessen Typologie

Gesichter der Macht	Ausübungsformen der Macht
Durchsetzungsmacht die Fähigkeit, eine Entscheidung durchzusetzen, z. B. eine Fernstraße so und nicht anders bauen zu lassen	**offen angewendete Macht** konkrete Machtanwendung im Einzelfall, z. B. mit Polizei eine Demonstration auflösen
Verhinderungsmacht die Fähigkeit, die Durchführung einer Entscheidung zu verhindern, z. B. durch das Einlegen des Vetos im UN-Sicherheitsrat	**vorauswirkende Macht** durch die Androhung des Einsatzes von Machtmitteln und die damit verbundene Vorauswirkung das gewünschte Verhalten herbeiführen, z. B. durch bloßes Vorzeigen der Folterinstrumente
kommunikative Macht jene Begriffe prägen, anhand welcher erörtert wird, was durchgesetzt oder verhindert werden soll, z. B. indem man „Stabilisierungseinsatz einer taktischen Reserve" statt „Kampfeinsatz" sagt	**strukturelle Macht** Konstruktion der staatlichen und sozialen Strukturen in einer solchen Weise, dass einige stets bessere Chancen haben als andere, ihren Willen durchzusetzen, z. B. Dreiklassenwahlrecht in Preußen

M3 Das Rätsel der Macht

In einem Raum befinden sich ein König, ein Bischof und ein reicher Händler. Zwischen ihnen steht ein bewaffneter Söldner. Jeder der drei bittet den Söldner die anderen beiden zu töten. Wessen Befehl wird er folgen? Wer lebt, wer stirbt und warum?

Autorentext

M4 Der Foucaultsche Machtbegriff

Ein Ausgangspunkt des Nachdenkens von Michel Foucault über Macht ist die Tatsache, dass bis etwa in die Epoche der Aufklärung drakonische Strafen von der Obrigkeit gegenüber den Untertanen verhängt wurden. Brutale öffentliche Hinrichtungen mit vorgelagerten Folterungen sollten der Abschreckung und somit der Aufrechterhaltung der herrschenden Ordnung dienen.

Dies haben moderne Gesellschaften offensichtlich nicht mehr nötig. Macht scheint hier anderen Funktionslogiken zu folgen. Nach Foucault ist Macht keine Substanz, die man besitzen kann, bzw. die ausschließlich von oben nach unten in der Vertikalen als Instrument der Unterdrückung wirkt. Vielmehr ist es ein Netz aus sozialen Beziehungen, in welchem sich Macht horizontal entfalten kann. Es gibt dabei nur Machtgefälle, niemand ist dem-nach völlig machtlos.

Für Foucault entfaltet sich Macht vor dem Hintergrund der Vernunft als ultimative Prämisse jeglicher Argumentation in Form der Anhäufung von Wissen, welches benutzt wird, um eine zwingende Logik aus ermittelten Fakten in Verbindung mit dem eigenen Wertehorizont abzuleiten.

So ist es doch einigermaßen erstaunlich, dass beispielsweise nahezu alle Familien in Deutschland erhebliche Kosten auf sich nehmen, um ihre Kinder im Auto mit einem teuren und sperrigen Kindersitz auszustatten. Nach Foucault liegt das nicht daran, dass man bei Zuwiderhandlungen mit Bußgeldern rechnen muss, sondern daran, dass der unbedingte Schutz des Kindslebens (Wertehorizont) in Kombination mit der Studienlage bei Crashtests (Wissen) es argumentativ-logisch erzwingt, dass es fahrlässig wäre keinen Kindersitz zum Einsatz zu bringen. Dies wird nicht etwa mit der Faust im Nacken durch die Polizei gegenüber den Bürgern durchgesetzt (vertikal), sondern z. B. durch die entsetzt zürnende Ehefrau gegenüber ihrem Mann, der doch tatsächlich der Meinung war, man könne die gemeinsamen Kinder auch mal drei Kilometer zum Supermarkt ohne Kindersitz transportieren (horizontal).

Autorentext

INFO

Michel Foucault
(1926–1984)
französischer Philosoph

Friedrich Nietzsche
(1844–1900)
deutscher Philosoph

1. **Fassen** Sie die Grundaussage des Liedes (M 1) **zusammen**. **Benennen** Sie die Intention des Werks.
2. **Ordnen** Sie weitere Beispiele von Machtbeziehungen und Machtanwendung der Machttypologie aus M 2 **zu**.
3. **Erörtern** Sie die „Lösung" des Rätsels (M 3).
4. **Grenzen** Sie die Foucaultsche Machtkonzeption von bisherigen Ansätzen **ab** (M 4).
5. **Diskutieren** Sie, inwiefern es möglich und sinnvoll ist, eine Gesellschaft nach dem Prinzip „Keine Macht für niemanden" zu betreiben.
6. **Setzen** Sie sich mit den folgenden Zitaten **auseinander**.
   Max Weber: „Macht bedeutet jede Chance, innerhalb einer sozialen Beziehung den eigenen Willen auch gegen Widerstreben durchzusetzen, gleichviel worauf diese Chance beruht."
   Friedrich Nietzsche: „Es ist alles eine Frage der Interpretation. Welche Interpretation jedoch zu einer bestimmten Zeit obsiegt, hat nichts mit Wahrheit, sondern mit Macht zu tun."

Filmanalyse

LITERATURTIPP

Robin Alexander
Die Getriebenen. Merkel und die Flüchtlingspolitik, Siedler: München 2017

Der deutsche Film „Die Getriebenen“ aus dem Jahr 2020 (Regie: Stephan Wagner) basiert auf dem gleichnamigen Sachbuch des Journalisten Robin Alexander (2017) und beschreibt die politischen und sozialen Ereignisse rund um die Flüchtlingskrise 2015 in Deutschland. Im Zentrum steht Angela Merkels Rolle und die Dynamik in ihrer Regierung. Der Film zeigt kaleidoskopartig das Zusammenspiel aller politischen Ebenen, von der EU über weitere Nationalstaaten, Ministerien und Ämter bis in die eigene Parteienstruktur und Lokalpolitiker mit den jeweiligen Spannungs- und Konfliktverhältnissen. Alexander beleuchtet in seinem Buch die Entscheidungsprozesse, die Kommunikation und die zunehmende Ungewissheit der Akteure angesichts der hohen Flüchtlingszahlen und des gesellschaftlichen Drucks damit politisch umzugehen.

Angela Merkel wird in „Die Getriebenen“ von der Schauspielerin Imogen Kogge dargestellt

Arbeitsteilige Filmanalyse

Schritt 1: Zur Filmanalyse gehören standardmäßig eine Reihe von Aspekten und Kriterien, zu denen man sich beim ersten Schauen des Films in den jeweiligen Arbeitsgruppen Notizen macht.

1. Handlungsverlauf
Notieren Sie stichpunktartig den Handlungsverlauf. Legen Sie auch Augenmerk auf die genannten Orte.

2. Charaktere/Akteure
Erstellen Sie eine Liste aller vorkommenden Akteure mit Namen und (politischer) Position. Nehmen Sie zu den wichtigsten Akteuren zentrale Zitate auf.

3. Ton/Musik
Dokumentieren Sie den Einsatz von Musik und Ton. Welche Stücke kommen zum Einsatz?

4. Bild/Schnitt/Kamera
Notieren Sie den Einsatz auffälliger Drehtechniken (Kamerafahrten, extremer Perspektiven, Sitzordnungen im Raum und den entsprechenden Kameraeinstellungen im Umgang damit, etwaige Split-Screens). Listen Sie Methoden der Informationsvermittlung jenseits von Dialogen auf, legen Sie besonderes Augenmerk auf die Verarbeitung dokumentarischer Realschnipsel.

Schritt 2: Die gewonnenen Daten werden nun anschaulich aufbereitet und miteinander in Beziehung gesetzt.

1. Handlungsverlauf
Erstellen Sie einen Zeitstrahl und eine Karte, auf der der Ablauf des Geschehens in Zeit und Raum abgebildet ist. Definieren Sie den dramaturgischen Höhepunkt des Werks.

2. Charaktere/Akteure
Erstellen Sie ein Akteurs-Netzwerk aus dem sowohl die Machtverhältnisse als auch die (inneren und äußeren) Konfliktlinien hervorgehen. Weisen Sie die Interessen und Standpunkte anhand von Zitaten und Handlungen nach.

3. Ton/Musik
Ermittelt die Wirkung des Ton- und Musikeinsatzes in der Szene. Recherchieren Sie ggf. die Herkunft und den Originalkontext der Stücke. Sind Leitmotive zu erkennen? Verorten Sie den Einsatz ggf. auf einem Zeitstrahl.

4. Bild/Schnitt/Kamera
Ermitteln Sie die Wirkung der ausgewählten Mittel in ausgewählten Szenen (Unterstützung der Stimmung/Handlung). Verorten Sie den dokumentarischen Realmaterialieneinsatz in einem Zeitstrahl und einer Karte.

Schritt 3: Schließlich kann es sinnvoll sein arbeitsteilig einige Szenen näher zu analysieren. Dann ist das enge Zusammenspiel aus beispielsweise Dialog der Akteure und Kamera(-perspektive bzw. -fahrt) sowie Ton und Musik detaillierter in seiner Analyse darstellbar. Die Deutung der Szene zielt dabei letztlich auf die Funktion für das Gesamtwerk und etwaige Kernaussagen ab. Es empfiehlt sich abermals entlang der obigen Analysekriterien auch innerhalb der Gruppen arbeitsteilig vorzugehen Vorschlag für konkrete Szenen zur Analyse:

- Szene 1: „Heidenau" (etwa 1:10:20)
- Szene 2: „Die Situation hat sich zugespitzt" (etwa 1:18:59)
- Szene 3: „Wir schaffen das!" (etwa 1:17:20)
- Szene 4: „Die Grenzen meiner Belastungsfähigkeit (etwa 1:49:19)
- Szene 5: „Was machen wir, wenn!" (etwa 1:53:00)

Die damalige Bundeskanzlerin Angela Merkel (CDU) am 31. August 2015 während der Bundespressekonferenz, auf der sie ihren bekannten Satz „Wir schaffen das!" sagte.

1 **Fassen** Sie den Inhalt des Films mit eigenen Worten **zusammen**.

2 Schauen Sie in Gruppen arbeitsteilig ausgewählte Szenen noch einmal an und bereiten Sie eine vertiefte Szenenanalyse vor. **Präsentieren** Sie diese vor dem Kurs.

3 **Nehmen** Sie **Stellung** zur These des Drehbuchautors Florian Oeller: Angela Merkel „wurde wie in einem griechischen Drama zur Entscheidung gezwungen. Sie musste auf ihr Inneres hören, weil sie in einer Situation gefangen war, in der sie nicht mehr wie gewohnt den Weg der Mitte beschreiten konnte."

4 **Diskutieren** Sie am Beispiel des Films die These: „Es reicht nicht in der Politik das Gute nur zu wollen, man muss es auch durchsetzen können und darf dabei nicht die Macht verlieren."

1.10 Wahlen – die beste Möglichkeit politischer Partizipation?

M1 Ist der Wähler König nur am Wahltag?

Jedes Gesetz, das nicht vom Volk in Person bestätigt wird, ist nichtig; es ist gar kein Gesetz. Das englische Volk hält sich für frei; es irrt sich gewaltig. Frei ist es nur während der Wahlen zum Parlament; sobald die Mitglieder gewählt sind, ist das Volk Sklave, einfach nichts.

Jean-Jacques Rousseau (1712–1778), französischer Philosoph der Aufklärung

Zeichnung: Sepp Buchegger

M2 Demokratie – ein Begriff, verschiedene Konzepte

GLOSSAR

Demokratie
Volksbegehren
Volksentscheid
Wahlen

Schließt Demokratie das Versprechen der Freiheit von Herrschaft ein? Es gibt Stimmen, die diese Frage bejahen. Sie halten es für möglich, dass die Demokratie Fremdbestimmung, verstanden als Herrschaft der einen über die anderen, ausschließt und jeder nur Vorschriften folgt, die er selbst mit in die Welt gesetzt hat. Eine solche Demokratie verlangt zwingend, dass alle, die den Gesetzen unterworfen sind, diese Gesetze vorher geschaffen haben müssen. Sie müssen mithin Gesetzgeber sein, wenn sie nur sich selbst gehorchen und damit wirklich frei sein wollen.

Eine solche Demokratie, in der Gesetzesunterworfene und Gesetzgeber dieselben Personen sind, nennt man **Identitätsdemokratie**; denn in dieser Demokratie sind Herrschende und Beherrschte identisch. Es versteht sich, dass es in dieser Demokratie kein Parlament geben darf. In einem Parlament treffen nämlich einige wenige Personen Entscheidungen, die alle verpflichten. Das Versprechen der Herrschaftsfreiheit kann die Identitätsdemokratie nur halten, wenn die Gesetzesbeschlüsse einstimmig ausfallen. Vertritt nur ein Mitglied der gesetzgebenden Versammlung eine abweichende Ansicht und wird überstimmt, unterliegt es der Fremdbestimmung: Gehorcht es dann dem Gesetz, handelt es nicht nach seinem Willen, sondern unter Zwang. Um diese Situation zu vermeiden, muss die Identitätsdemokratie große Anstrengungen unternehmen, um im Volk einen einheitlichen (homogenen) Willen zu erzeugen. Grundvoraussetzung scheint zunächst eine geringe Größe des politischen Gemeinwesens zu sein, höchstens eine kleine Stadt, des Weiteren eine gewisse kulturelle und soziale Homogenität. Schließlich stören ebenso Parteien die erforderliche Einheitlichkeit des politischen Willens. Konflikte sind in dieser Demokratie nicht erwünscht. Sie gelten als Zeichen der Krise.

Hält man es nicht nur für unvermeidlich, sondern auch für sinnvoll, dass es eine Arbeitsteilung zwischen gewählten professionellen Politikern und den ihren Alltagsgeschäften nachgehenden Bürgern gibt, dann hat man sich für eine **repräsentative Demokratie** entschieden. Wenn nicht jeder einzelne unmittelbar mitregieren kann oder will, dann muss er seine Interessen eben vertreten lassen. Diese Vertreter (die Repräsentanten) werden durch freie, gleiche, unmittelbare, geheime und allgemeine Wahlen bestimmt. Sie begleiten ihr Amt auf Zeit und sind der Wahlbevölkerung rechenschaftspflichtig, sie müssen sich also für die Folgen ihrer Entscheidungen verantworten. Wenn ein Amts- oder Mandatsträger (z. B. ein Bundestagsabgeordneter) wiedergewählt werden möchte, dann muss er sich so

verhalten, dass ihn bei der nächsten Wahl noch genügend Bürger wählen (Wiederwahlmechanismus).
Einen Mittelweg zwischen beiden Demokratietheorien beschreitet man mit sogenannten plebiszitären Instrumenten. Umgangssprachlich wird in diesem Zusammenhang oft der Begriff **direkte Demokratie** verwendet. Bei dieser Form der politischen Systemgestaltung wird eine repräsentative Demokratie durch die Möglichkeit sachunmittelbarer Einflussnahme auf Entscheidungen angereichert. So kann beispielsweise durch genügend gesammelte Unterschriften eine Gesetzesvorlage ins Parlament eingebracht werden (Volksantrag). Bei Ablehnung dieser Vorlage kann mit noch mehr gesammelten Unterschriften ein Volksbegehren erzwungen werden, welche in einen Volksentscheid mündet (unmittelbare Abstimmung zu einer Sachfrage – z. B. ob ein Bahnhof oder eine Brücke gebaut werden soll). Diese Möglichkeit besteht z. B. in allen Bundesländern der Bundesrepublik Deutschland, sie besteht aber nicht auf Bundesebene.

Autorentext

M3 Wählen, Abstimmen, Delegieren und Losen

Die wohl bekannteste demokratische Methode ist das **Wählen** von Repräsentanten für Parlamentssitze bzw. die Wahl von politischem Führungspersonal als Staatsoberhaupt bzw. Regierungsspitze. Grundsätzlich gilt, wer die meisten Stimmen bekommt, bekommt das Amt oder Mandat. Im Falle von Verhältniswahlen bekommt eine Partei Sitze entsprechend ihres Stimmanteils zugesprochen. Die Amts- oder Mandatsträger sind dann bis mindestens zum nächsten Wahlzyklus in der Verantwortung, wobei sie sich zur Wiederwahl stellen können.
Bei **Abstimmungen** hingegen bekommt der Bürger die Möglichkeit sich direkt für oder gegen die Umsetzung eines Sachinhaltes auszusprechen. Er wählt dabei aber stets nur zwischen Zustimmung oder Ablehnung. In vielen Fällen kann eine solche Abstimmung durch das Sammeln von Unterschriften auch von der Bevölkerung ausgelöst werden. Es ist dann von einer Volksinitiative die Rede. Häufig geht es dabei um das Für und Wider von Bauprojekten oder Sozial- und Bildungspolitische Maßnahmen.
Die Methode des **Stimmendelegierens** ist unter dem Stichwort „Liquid Democracy“ bekannt geworden. Die Kernidee besteht darin, dass man in Sachfragen, für die man sich interessiert und bei denen man sich für kompetent hält, selbst abstimmt. Im anderen Fall gibt man seine Stimme einfach an eine Person des Vertrauens, die dann für einen mit abstimmt. Im Einzelfall können ganze Stimmpakete an Superdelegierte weitergegeben aber auch wieder entzogen werden.
Weniger bekannt ist die Methode des **Auslosens** von Entscheidungspositionen. Sie war im antiken Griechenland ein häufiges Standardverfahren. Da grundsätzlich jedem Vollbürger die Kompetenz zugetraut wurde, das Gemeinwohl zu erkennen und anzustreben. Für die heutige Zeit besteht die Idee darin, dass man ein Gremium über etwaige soziale Grenzen hinweg, bunt gemischt zusammenlosen würde, um ein zufälliges, aber möglichst breites Abbild der Gesellschaft zu bekommen. Dieses Gremium lässt sich dann zu anstehenden Sachentscheidungen durch Expertenbefragungen beraten.

Autorentext

1. **Interpretieren** Sie die Karikatur vor dem Hintergrund des Rousseau-Zitats (M 1).
2. **Vergleichen** Sie Identitätsdemokratie und repräsentative Demokratie (M 2).
3. **Prüfen** Sie, welches Demokratiemodell (M2) der freiheitlichen demokratischen Grundordnung in der Bundesrepublik Deutschland zugrunde liegt.
4. **Erörtern** Sie etwaige Vor- und Nachteile der verschiedenen demokratischen Methoden (M 3).
5. **Diskutieren** Sie die Problemfrage (M 1–M 3).

1.11 Urteil: Demokratien – die überlegenen politischen Systeme?

M1 Demokratie und Autokratie – die politikwissenschaftliche Debatte

Folgt man der [...] [deutschen Politikwissenschaftlerin] Edeltraut Roller [...] hätten Demokratien Konkurrenzvorteile bei Fragen „politischer Effektivität", wie Schutz ihrer Bürger vor innerer und äußerer Gewalt. Es lebe sich in den meisten liberalen Demokratien sicherer als anderswo. Bei der Eindämmung sozialer Ungleichheit schnitten etliche Demokratien ebenfalls besser ab als viele andere Staaten. Ferner seien viele Demokratien beim Umweltschutz engagierter und erfolgreicher als die Autokratien. Und nicht wenige Demokratien investierten mehr in Forschung und Entwicklung als die Autokratien.

Einen weiteren Vorzug der Demokratie hat die „Theorie des demokratischen Friedens" aufgedeckt. Ihr zufolge könnten Demokratien militant, ja: kriegslüstern sein. Doch untereinander führten sie, getrieben von den Interessen und Stimmen ihrer Bürger, keinen Krieg. Je höher deshalb der Anteil von Demokratien an der Gesamtzahl unabhängiger Staaten, desto geringer sei das Sicherheitsdilemma in den zwischenstaatlichen Beziehungen. Dadurch werde die Kriegswahrscheinlichkeit verringert. Das wiederum setze Mittel für zivile Zwecke frei. Machbar werde jetzt „Handelsstaatspolitik", sprich: Wohlstandsmehrung durch zivilwirtschaftliches, weltmarktoffenes Tun und Lassen, anstelle von „Machtstaatspolitik" durch Handelskrieg oder militärische Gewalt.

Ferner spricht die größere Dauerhaftigkeit für die Demokratien, wie die Studien [...] [des amerikanischen Politikwissenschaftlers] Adam Przeworski [...] zeigen. Demokratien überleben meist länger als Autokratien. Mehr noch: Wenn die Demokratien wirtschaftlich einigermaßen wohlhabend sind, sei ihre Überlebenswahrscheinlichkeit besonders groß. [...]

Besonders großes Lob zollt die Lehre der „Zukunftsgüter" den Demokratien. Ihr Urheber ist Otfried Höffe, einer der führenden Philosophen in Deutschland. Höffe zufolge überträfen die meisten Demokratien die Autokratien in vielen wichtigen Angelegenheiten: Bei der Sicherung des „Rechtsfriedens im Innern" und des äußeren Friedens seien sie „ziemlich erfolgreich". Zu ihren Vorzügen zähle laut Höffe „ein zufriedenstellendes Existenzminimum", ein leidlicher Wohlstand, „zahlreiche Bildungsangebote", „eine weithin zuverlässige materielle Infrastruktur [...] und eine ziemlich gute medizinische Versorgung". [...] Zudem genössen vor allem die fortgeschrittenen Demokratien einen „Legitimitätsvorsprung", einen „Wissensvorsprung" und einen „Wirtschaftsvorsprung". Obendrein könnten sie sich eines „Lernvorsprungs" rühmen: Sie seien zum Lernen befähigt. [...]

Eine zugkräftigere Begründung liefert die „Selektoratstheorie" [...] [des amerikanischen Politikwissenschaftlers Bruce] Bueno de Mesquita und anderen. Mit ihr kann der „Demokratie-Vorteil" wie folgt erklärt werden: Die Logik der Politik in den Demokratien gebiete die Bereitstellung vieler öffentlicher Güter für das große „Selektorat" dieser Länder – das ist der Teil des Elektorats, der Wahlberechtigten, der zur Wahl geht – und für die große „Gewinnerkoalition", von deren Unterstützung der Machterhalt der Regierung abhängt. Das sind beispielsweise die Parlamentsabgeordneten der Regierungsparteien. Im Unterschied zu den Demokratien regierten in den Autokratien meist kleine Gewinnerkoalitionen, beispielsweise der Herrscher, seine Familie und Verwandtschaft sowie seine Gefolgsleute. Diese Gruppen würden kraft Gewohnheit, privater Weichenstellungen oder kraft staatlicher Politik vorrangig mit privaten Gütern bevorzugt [...]. Deshalb sei das Volumen der öffentlichen Güter in den Autokratien laut Selektoratstheorie meist spürbar kleiner als in den Demokratien.

Manfred G. Schmidt, Demokratien und Autokratien: Ein vergleichender Überblick, in: Deutschland & Europa, Heft 79/2020, S. 28; https://www.deutschlandundeuropa.de/79_20/demokratie_krise.pdf

M2 Krise der Demokratie?

Der letzte Satz von Hans Vorländer hallte lange nach. […] Eine halbe Stunde lang hatte der Politikwissenschaftler über die Krise der Demokratie gesprochen, über das Schwinden der Akzeptanz und die sinkende Zahl demokratischer Staaten, über die Implosion des traditionellen Parteiensystems und die Angriffe der Autokraten. Eine luzide Analyse einer deprimierenden Entwicklung, die er so zusammenfasste: „Die Demokratie, wie wir sie kannten, scheint zu einem Ende gekommen zu sein." […] Ist die Demokratie, sind die Demokratien in der Krise? Vorländer empfahl, die Frage umzudrehen: „Wie wirken Krisen auf Demokratien?" Denn Demokratien müssen Krisen bewältigen können. Gelingt ihnen das nicht, bricht die Akzeptanz weg. Mangelnde „Problemlösungsfähigkeit" könne dazu führen, dass Demokratien überfordert seien und die Erwartungen der Menschen enttäuschten. Das münde erst einmal in Unzufriedenheit, könne aber auch tiefer gehen – bis hin zu einem Entzug des Vertrauens in die Demokratie.

So weit, so normal, könnte man sagen, Krisen gab es immer. Wobei die Liste derzeit besonders lang ist, Klima und Corona, Krieg und Staatsschulden – und Migration, Migration, Migration. Ein fundamentaler Wandel scheint unterwegs zu sein, er lässt aus Vorländers Sicht alte Gewissheiten zerbrechen. Unsicherheit schafft Verlustängste und ruft „politische Unternehmer" auf den Plan, die dies für ihre Zwecke nutzen. […].

Die Erfolge der AfD in den ostdeutschen Parlamentswahlen bezeichnete [der frühere Bundesinnenminister Thomas] de Maizière kurzerhand als europäisches Normalergebnis. „Ich würde mich sehr wundern, wenn wir das gesamtdeutsch nicht auch bekommen würden." […] Wenn man Andreas Wirsching zuhört, dem Direktor des Instituts für Zeitgeschichte in München, dann lassen sich sogar ausgesprochen westliche Entwicklungen diagnostizieren, die zur demokratischen Pathologie führen – Stichwort Individualisierung oder, nach der Begriffsprägung des Soziologen Andreas Reckwitz, der Siegeszug der „Singularitäten". […] Die Frage lautete also: Wer kommt für die Risiken auf und für die Folgen misslingender Biografien? Wirsching sieht hier die Wurzel einer grundlegenden Veränderung: Der Staat sieht sich immer stärker den Ansprüchen der Menschen ausgesetzt, von sozialer Vorsorge bis hin zu beruflichen Aufstiegschancen. „Zur Bearbeitung dieser Fragen ist inzwischen fast immer der Staat gefordert." Oder eben auch überfordert. […]

Einst waren die Menschen durchweg nach oben gestiegen, Wirsching nennt dies den Fahrstuhleffekt. […] Heute müsse man stattdessen von einer Paternoster-Gesellschaft sprechen: Die einen fahren nach oben, die anderen nach unten – und zwar entkoppelt von der eigenen Leistungsfähigkeit.

Das alte Freiheitsversprechen der frühen Bundesrepublik hat mithin nur in den Köpfen überdauert, in der Wirklichkeit wird es nicht mehr eingelöst. Die Konsequenz daraus: Der Mensch zieht sich aufs eigene Ich zurück, auf die mit fortschreitender Individualisierung fragmentierten Identitäten […]. Vorländer sprach von einer Erwartungshaltung, dass die Demokratie liefere – „Politik als Pizzaservice". Wenn sie nicht so handle, wie der Bürger wolle, werde er zornig und gehe auf die Straße. „Autoritäre Versuchung besteht darin, dass Autokraten sagen, wir wissen, was das Volk will, und wir liefern auch."

Wolfgang Janisch, Politik als Pizzaservice?, in: https://www.sueddeutsche.de/politik/demokratie-krise-leipzig-bundesverwaltungsgericht-lux.BJSechcvSJT8VxDN6qsHU3, 21.10.2024

WEBCODE
WES-117977-105
Besprechung von „Postdemokratie revisited" von Colin Crouch (2021)

1 **Setzen** Sie den Vergleich von Demokratien und Autokratien (M 1 und Seite 15 f., M 3) **fort**.

2 **Beurteilen** Sie die Problemfrage unter Einbeziehung der aktuellen Krisensituation (M 2) sowie der Konzeption von Postdemokratie des britischen Politikwissenschaftlers Colin Crouch.

2. Soziale Ungleichheiten – eine gespaltene Gesellschaft?

2.1 Einführung

M 1 Eine ungleiche Gesellschaft?

Zeichnung: Harm Bengen

M 2 Wie ungleich ist Deutschland? Die Meinung des Bundespräsidenten

Auszug aus einer Rede des Bundespräsidenten Frank-Walter Steinmeier am 21. März 2023.

Eigentlich haben wir Glück, wir Deutsche! Nach Jahren der Teilung leben wir wiedervereint in einem Land. In jedem Nachkriegsjahrzehnt ist die Kindersterblichkeit in unserem Land zurückgegangen. Das Lebensalter steigt in Deutschland weiter, und damit natürlich auch für uns alle die Chance, nach dem Arbeitsleben einen langen und aktiven Ruhestand zu erfahren. Die Arbeitslosigkeit ist in den vergangenen zwei Jahrzehnten stark gesunken, die sozialversicherte Beschäftigung stark gestiegen, und gestiegen, mehrere Jahre nacheinander, sind auch Löhne und Renten. Ich könnte also sagen: Verglichen mit anderen Regionen der Welt geht es uns im Durchschnitt gut. Aber wenn ich sage im Durchschnitt, dann heißt das auch: bei Weitem nicht allen. Ja, wir sind ein reiches Land. Vermutlich ging es in unserem Land noch nie einer Generation besser. Für viele ist vieles selbstverständlich: die eigenen vier Wände, für manche das eigene Haus, das Auto, der Urlaub, vielleicht auch der zweite, auch die Fernreise. Und die meisten haben sich all das durch ihre Arbeit verdient. [...] Das Problem ist, dass viele nicht sehen wollen, wie vielen es schlechter geht. Diese Armut, über die wir reden, ist sichtbar, und das nicht nur an Tafeln oder in Obdachloseneinrichtungen. Sie ist sichtbar in Regionen, die abgehängt sind, in vernachlässigten Stadtteilen und oft schon in Kindergärten und Grundschulen. Nicht nur Kleidung, auch Zahngesundheit gibt häufig Auskunft über soziale Herkunft. In sozial schwächeren Gegenden haben vierzig Prozent der Kinder im Kita-Alter schiefe Zähne, fortgeschrittene Karieserkrankung. In aller Regel sind das erste Anzeichen für die allgemeine Erkenntnis: Wer in Armut aufwächst, hat als Erwachsener eine schlechtere Gesundheit. Dass es einen Zusammenhang zwischen sozialem Status und Gesundheit gibt, das bewegt sich schon lange nicht mehr im Bereich bloßer Vermutungen. [...] Personen mit niedrigem Einkommen, die einem Armutsrisiko ausgesetzt sind [...], [haben] eine deutlich geringere Lebenserwartung [...]: vier Jahre weniger bei Frauen, acht Jahre weniger bei Männern.

Die gesundheitliche Ungleichheit, [...] das ist die Herausforderung für unseren Sozialstaat. Sie berührt nicht nur unser Gerechtigkeitsempfinden, sondern berührt den Zusammenhalt der Gesellschaft und damit das, was Grundlage und Voraussetzung von jeder gelingenden Demokratie ist.

Rede von Bundespräsident Dr. Frank-Walter Steinmeier bei der Eröffnung des Kongresses Armut und Gesundheit am 21. März 2023 in Berlin, in: https://www.bundesregierung.de/breg-de/service/newsletter-und-abos/bulletin/rede-von-bundespraesident-dr-frank-walter-steinmeier-2182344, 28.03.2023

M3 Ist ungleich immer ungerecht?

Die Reichen werden immer reicher, die Armen immer ärmer. Die Schere zwischen Arm und Reich geht immer weiter auseinander. Kaum ein Bundesbürger würde solche Aussagen infrage stellen. Nicht immer allerdings deckt sich die empfundene Schieflage mit der Realität. Eine Pyramide in der Einkommensverteilung, wie viele Deutsche annehmen, gibt es jedenfalls nicht. Professor Andreas Peichl, Volkswirtschaftler am Münchener Ifo-Institut: „Überhaupt keine Pyramide, sondern eher ein Kreisel. Deutlich weniger Menschen ganz unten, mehr in der Mitte und auch am oberen Ende der Einkommensverteilung deutlich weniger Menschen. Aber es ist tatsächlich so, dass viele Menschen denken, dass es viel ungleicher ist in Deutschland als es tatsächlich ist."

Es ist ein vertracktes und durchaus umstrittenes Ding mit der Ungleichheit. Komplizierter als oft in der öffentlichen Meinung vertreten. Vergleicht man Bruttolöhne, ist die Ungleichheit höher als bei Netto-Löhnen. Auf die Gesamtbevölkerung bezogen fällt sie, stagniert dagegen, wenn man nur Erwerbstätige miteinander vergleicht. Zudem diskutieren Forscher darüber, ab wann Ungleichheit ungerecht wird. [...]

Wann aber wird die Tatsache, dass nicht jeder das Gleiche bekommt, ungerecht? Für viele ist das eher eine philosophische Frage als eine für Ökonomen. [...] [Dazu meint Professor Christian Bayer, Wirtschaftswissenschaftler an der Uni Bonn:] „Wir haben auf der Welt ganz unterschiedliche Niveaus an Ungleichheit, Ungleichheit in Einkommen, in Vermögen. Aber ich finde es ist schwierig, aus einer wissenschaftlichen Perspektive heraus zu sagen, ab da entsteht ein Problem. Vielleicht werden bestimmte Dinge kontinuierlich schlechter, wenn die Ungleichheit zunimmt, andere Dinge mögen besser werden, wenn Ungleichheit zunimmt. Aber zu sagen, das ist der Punkt, wo es problematisch wird, das ist schwierig."

Ingeborg Breuer, Ungleichheit muss nicht gleichbedeutend mit Ungerechtigkeit sein, in: https://www.deutschlandfunk.de/gesellschaft-ungleichheit-muss-nicht-gleichbedeutend-mit-100.html, 14.02.2019

M4 Wie gerecht ist Deutschland? Das meinen die Bürgerinnen und Bürger

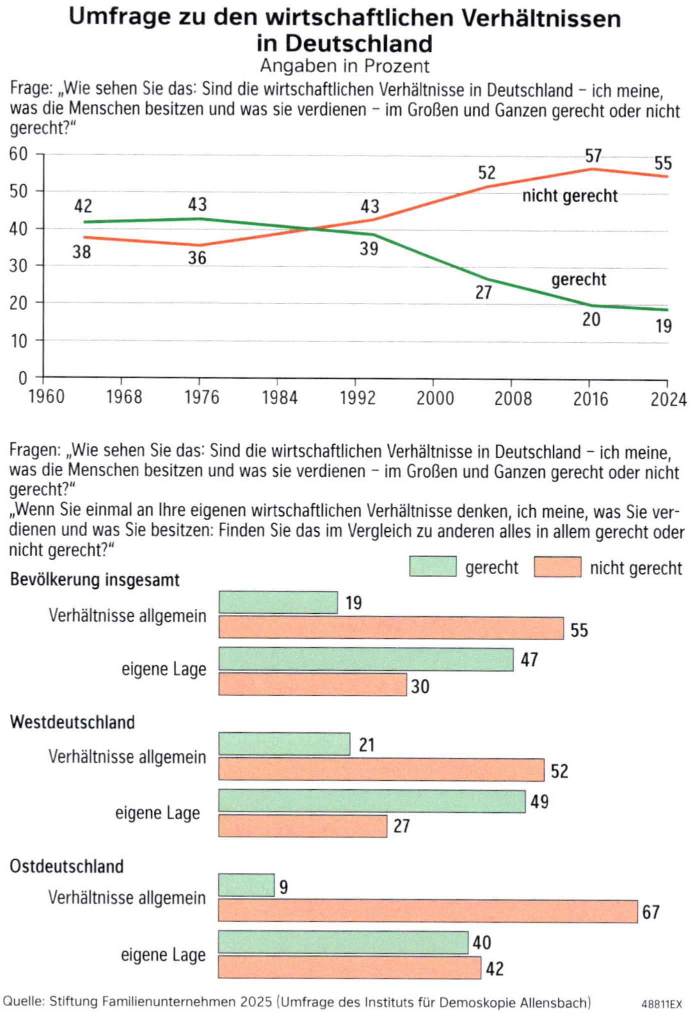

1 **Beschreiben** Sie die Karikatur und **benennen** Sie mögliche Deutungshypothesen (M 1).

2 **Erklären** Sie, wie Ungleichheit in M 2 und M 3 dargestellt wird und **benennen** Sie, welche Inhalte betrachtet werden müssen, um die Problemfrage zu beantworten (M 2, M 3).

3 **Werten** Sie M 4 **aus**.

2.2 Deutschland – wie ungleich ist unsere Gesellschaft?

M1 Nur ein Ost-West-Problem?

Zeichnung: Kostas Koufogiorgos

M2 Einkommensungleichheit

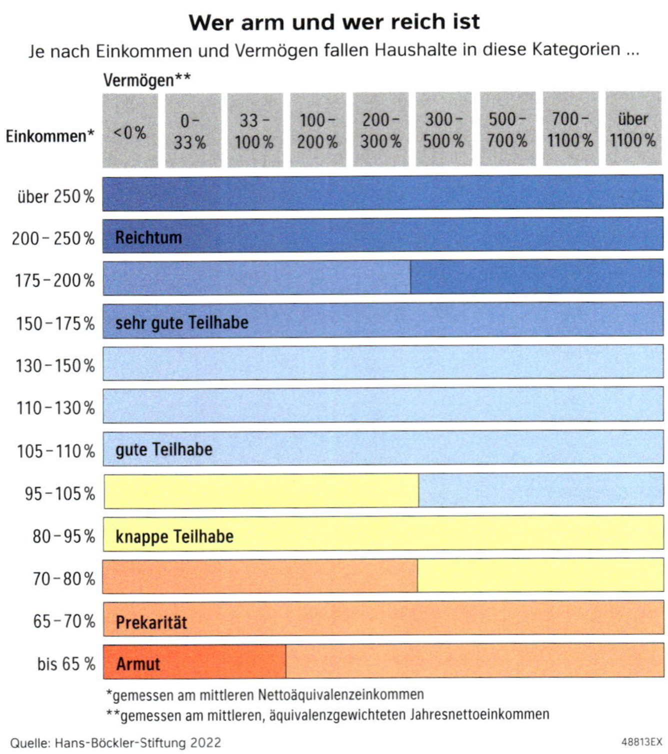

M3 Vermögensungleichheit

Die Privatvermögen sind in Deutschland sehr ungleich verteilt. Der sogenannte Gini-Koeffizient für Vermögen lag [...] [2023] bei 0,76. Auf einen ähnlich hohen Wert kommt in der Eurozone nur Österreich. Je näher der Koeffizient am Wert 1 liegt, desto größer ist die Ungleichverteilung und desto stärker sind die Vermögen bei wenigen Reichen konzentriert. Insgesamt besitzen die wohlhabendsten zehn Prozent der Haushalte zusammen etwa 60 Prozent des Gesamtvermögens, netto, also abzüglich Schulden. Die unteren 20 Prozent besitzen gar kein Vermögen. Etwa [...] [sechs] Prozent aller Haushalte haben negative Vermögen, sie sind verschuldet. [...] Wer ein Vermögen von mehr als [...] [1,1 Mio.] Euro besitzt, gehört [2021] in Deutschland zu den oberen fünf Prozent. Zum Vermögen zählen Sachvermögen wie Immobilien, Unternehmen, Schmuck oder Autos und Finanzvermögen inklusive Wertpapiere und Aktien. Davon abgezogen werden Schulden wie Hypotheken oder Kredite.

Wie sind die Vermögen in Deutschland verteilt, in: https://www.boeckler.de/de/boeckler-impuls-wie-sind-die-vermoegen-in-deutschland-verteilt-3579.htm, April 2017

M4 Geschlechterungleichheit

Vergleich der Geschlechtergleichheit in Deutschland mit dem Durchschnitt der EU-27 anhand der **Kategorien des Gender Equality Index** (100 = volle Geschlechtergleichheit)

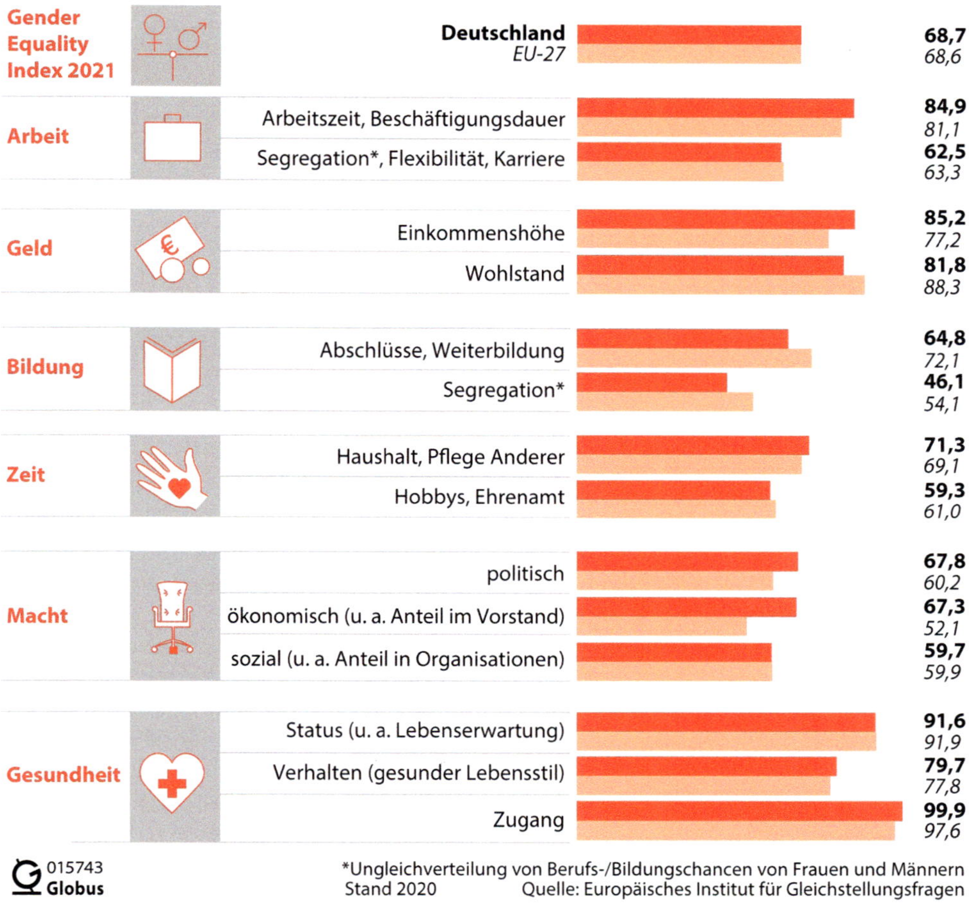

1 **Beschreiben** Sie die Karikatur und **benennen** Sie mögliche Deutungshypothesen (M 1).

2 **Stellen** Sie die Ausprägung der sozialen Ungleichheiten in Deutschland in einem medialen Format Ihrer Wahl dar, indem Sie M 2–M 4 **analysieren**.

3 **Formulieren** Sie auf Basis der jeweiligen Dimensionen einen Definitionsvorschlag für den Begriff „soziale Ungleichheit“.

INFO

Dimensionen
Als Dimensionen der Ungleichheit werden alle Bereiche bezeichnet, in denen man Ungleichheit messen kann, z. B. Einkommen, Vermögen oder Bildung.

2.3 Beispiel Gentrifizierung – brauchen wir einen Mietpreisdeckel?

M1 Wohnen in der Stadt

M2 Was ist ein Mietendeckel und warum wurde er gekippt?

Das Bundesverfassungsgericht hat den Berliner Mietendeckel [im April 2021] gekippt. [...] Die Folgen für Mieter sind groß: Weil das Bundesverfassungsgericht das Berliner Gesetz zur Mietenbegrenzung im Wohnungswesen für von Anfang an nichtig erklärt hat [...], müssen sie nun unter Umständen die Differenz zwischen der gedeckelten Miete und der Vertragsmiete seit Inkrafttreten des Gesetzes im Februar 2020 nachzahlen. [...] Kritiker waren früh davon überzeugt, dass der Berliner Mietendeckel rechtlich nicht haltbar ist.

Denn Mietrecht ist eigentlich Bundessache. Doch den [damaligen] rot-rot-grünen Berliner Senat hielt das nicht davon ab, trotzdem einzugreifen. Er erklärte schlicht die Annahme einer aus seiner Sicht überhöhten Miete zur Ordnungswidrigkeit. [...] Genau diese rechtlichen Hürden fielen dem Berliner Senat nun auf die Füße. Laut Verfassungsgericht sind die Regelungen dem zivilrechtlichen Mietrecht zuzuordnen und damit Bundesrecht. Eine Gesetzgebungskompetenz der Länder ist damit gesperrt. Der Mietendeckel betraf immerhin rund 1,5 von 2,0 Millionen Berliner Mietwohnungen, die vor 2014 bezugsfertig waren. Die Details waren komplex: Bei bestehenden Verträgen wurde die Miete auf dem Niveau vom Juni 2019 eingefroren. Für Neuvertragsmieten gab es eine Obergrenze, gestaffelt nach Baujahr und Ausstattung. [...] Diese Regeln sind nun hinfällig.

Nikas Hoyer, Sieg für die Marktfreiheit – Verfassungsgericht beendet Berliner Sonderweg, in: https://www.wiwo.de/finanzen/immobilien/mietendeckel-sieg-fuer-die-marktfreiheit-verfassungsgericht-beendet-berliner-sonderweg/27097702.html, 15.04.2021

M3 Steigende Mieten

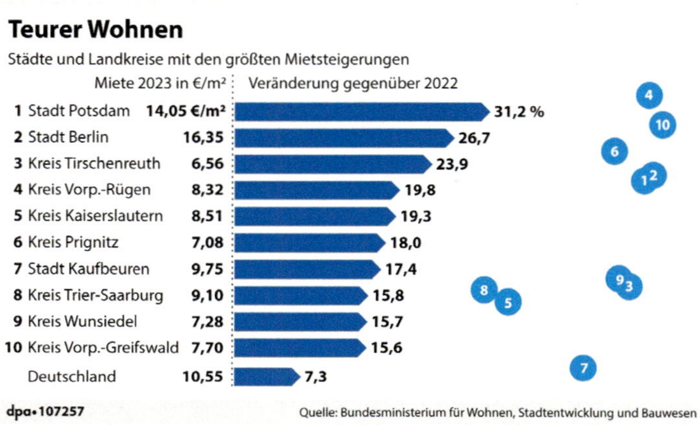

M4 Berlin: Beispiel für Gentrifizierung

„Iso-Doppelverglasung: Wissen Sie, von wann die sind?“ Björn Jotzo, Anwalt der Eigentümerin der Jagowstraße 35, steht in der Küche der Mieterin Katharina S. und notiert penibel alle Details der Wohnung. S. zuckt mit den Schultern, ihr ist die Situation sichtlich unangenehm. Denn die Eigentümerin will den Altbau in der Moabiter Jagowstraße luxussanieren, das Vorderhaus soll sogar abgerissen und neu gebaut werden. Doch dazu müssen alle Mieter:innen ausziehen.

Jotzo soll nun feststellen, in welchem Zustand die Wohnungen sind. Abhängig vom Befund fällt die Mieterhöhung dann aus. „Je schlechter der Zustand, umso höhere Abzüge müssen wir machen“, sagt Jotzo. Um dem Anwalt auf die Finger zu schauen und die Bewohner:innen zu unterstützen, begleiten Mitglieder:innen vom Mieterverein und die grüne Mietenpolitikerin Katrin Schmidberger die Besichtigung am Samstagvormittag.

„Die Miete wird exorbitant höher sein, wenn die Mieter:innen wieder zurückkehren“, sagt Schmidberger der taz. Ebenso drohe den Bewohner:innen dann eine Eigenbedarfskündigung. Bereits 2021 wurde das Haus in Eigentumswohnungen aufgeteilt und der Weiterverkauf genehmigt. Wenn die neuen Eigentümer:innen dann die Wohnung selbst nutzen wollen, können sie die Mietverträge mit wenig rechtlichem Aufwand kündigen. „Es ist dringend benötigter, günstiger Wohnraum, der hier verloren geht“, sagt Schmidberger. Viele Menschen, die hier leben, arbeiteten in systemrelevanten Berufen und seien auf den günstigen Wohnraum in der Lage angewiesen.

An der Jagowstraße 35 zeigt sich der gesamte Wahnsinn des Berliner Wohnungsmarkts: Spekulation, Entmietung, Vernichtung günstigen Wohnraums durch Luxusmodernisierungen und klimaschädlicher Abriss und Neubau. Rechtliche Handhabe dagegen gibt es kaum. Erstaunlich dabei ist, dass es sich bei den Eigentümer:innen nicht um börsennotierte Großkonzerne wie Vonovia und Deutsche Wohnen handelt, sondern um gutverdienende Privatpersonen aus der Unterhaltungsbranche. […] Es besteht kaum eine Hoffnung, dass sich das Blatt für die Mieter:innen noch zum Guten wendet. […] Den […] Mieter:innen droht Klage, sollten sie die Ersatzwohnungen nicht akzeptieren.

Jonas Wahmkow, Heilige Profite, lästige Mieter, in: https://taz.de/Gentrifizierung-in-Berlin/!6004896/, 28.04.2024

INFO

Gentrifizierung beschreibt den Aufwertungsprozess eines Stadtviertels oder Stadtteils, in deren Folge sich die Mieten, die Zusammensetzung der Bevölkerung und die Kultur des städtischen Raums ändern. Erkennbar wird er u. a. an der Verdrängung von einkommensschwächeren durch einkommensstärkere Personen, der Modernisierung von Wohnbeständen sowie Veränderungen des Umfeldes.

Als Phasen von Gentrifizierung lassen sich ausmachen:
1. Ansiedlung von Menschen mit gleichem Einkommen, aber anderen kulturellen und innovativen Ansätzen (Pioniere),
2. Anzahl der Pioniere steigt, Angebote passen sich den neuen Wünschen an, Wohnungen werden modernisiert, Mieten steigen,
3. Menschen mit höheren Einkommen (Gentrifizierer) ziehen dazu, Mietpreise erhöhen sich weiter,
4. ist die Gentrifizierung abgeschlossen, ist die vorherige Wohnbevölkerung größtenteils durch neu hinzugezogene Personen ersetzt worden.

M5 Starbucks statt lokale Geschäfte?

Von außen betrachtet sieht die Welt auf den letzten Metern der Sonnenallee, bevor die Straße in die Nordseite des Hermannplatzes mündet, noch in Ordnung aus. […] Doch die Idylle ist bedroht: Steigende Mieten setzen schon jetzt viele Gewerbetreibenden auf der Sonnenallee unter Druck. Nun will ausgerechnet auf dem benachbarten Hermannplatz ein […] Investor mit dem Umbau des Karstadt-Gebäudes ein Prestigeprojekt realisieren. Das droht die Mieten in der Gegend noch weiter in die Höhe zu treiben. „Es wird nur noch schlimmer“, berichtet Ahmet Yilmaz, Betreiber eines Shisha-Geschäfts, resigniert. Eigentlich heißt er anders, aber seinen Namen möchte er nicht in der Zeitung lesen. Seit sieben Jahren betreibe er den Laden, regelmäßig bekomme er Mieterhöhungen. Bei den benachbarten Läden sei die Situation ähnlich. „In den nächsten Jahren werden hier viele Läden Pleite machen“, vermutet Yilmaz.

Der unerbittliche Kreislauf der Gentrifizierung hat in den letzten Jahrzehnten den Charakter vieler Kieze in Berlin grundlegend verändert. […] Doch Mietsteigerungen sind nicht die einzige Gefahr […]. Bei vergleichbaren Großprojekten in Berlin, wie beim Zalando-Campus oder beim Amazon-Tower, ziehen voraussichtlich zahlungskräftige Unternehmen ein. Die gutverdienende, oft internationale Belegschaft hat andere Bedürfnisse als die lokale Bevölkerung.

Jonas Wahmkow, Starbucks statt Mokka, in: https://taz.de/Gentrifizierung-in-Berlin-Neukoelln/!5911121/, 12.02.2023

M6 Der Mietendeckel – ein unsinniges Gesetz?

Aus der Traum vom Sozialismus! Der Berliner Mietendeckel ist, wie erwartet, krachend vor dem Bundesverfassungsgericht gescheitert, die Blamage für den rot-rot-grünen Senat perfekt. Und das ist auch gut so – aus drei Gründen.

Erstens: Die freie Marktwirtschaft in Deutschland wird gestärkt. Allen Trends zu mehr Regulierung zum Trotz bedeutet das Urteil der Verfassungsrichter, dass der Staat nicht alles darf. Zumindest nicht so, wie es die Lokalregierung von SPD, Linkspartei und Grünen in Berlin anstellte. Zwar hat Deutschlands höchstes Gericht den Mietendeckel allein deshalb für verfassungswidrig erklärt, weil Berlin für das Mietrecht gar nicht zuständig ist. Am Ergebnis aber ändert dies nichts: das rückwirkende Absenken von Mieten, die Quasi-Enteignung Tausender Vermieter, ist gestoppt. Auf privat geschlossene Verträge, die den Staat nichts angehen, ist so – fürs Erste – weiterhin Verlass.

Zweitens: Der Umzug nach und innerhalb von Berlin wird jetzt wieder leichter. Zuletzt hatten es insbesondere jene, die von außerhalb kamen und eine Wohnung in der Hauptstadt suchten, extrem schwer. So sehr der Mietendeckel die Geldbeutel der Einheimischen entlastete, so sehr sorgte er zugleich dafür, dass kaum ein Immobilieneigentümer überhaupt noch Wohnungen zur Miete anbot. Tat er es doch, verlangte mancher Makler von verzweifelten Menschen auf der Suche nach einer Bleibe Schmiergelder in vierstelliger Höhe. Unlängst bestätigte sogar eine Studie des Deutschen Instituts für Wirtschaftsforschung (DIW): Der Mietendeckel senke das Angebot für Mietwohnungen – wohl auch, weil mehr Miet- in Eigentumswohnungen umgewandelt wurden. Wer sich letztere nicht leisten konnte, war durch den Mietendeckels in seiner Wohnung ein- oder aus Berlin ausgesperrt. Damit ist nun Schluss: Das Angebot an Wohnungen wird voraussichtlich wieder wachsen, der Markt sich entspannen.

Drittens: Der Mietmarkt wird wieder gerechter. Klingt ironisch? Ist es aber nicht, denn: Der Mietendeckel hat nicht nur dafür gesorgt, dass ärmere Menschen keine Mieterhöhungen mehr befürchten mussten – sondern auch dafür, dass reichere Mieter ihre monatlichen Zahlungen an den Vermieter senken konnten. Obwohl sie sich die hohen Mieten spielend leisten konnten. Diesen Konstruktionsfehler, den ausgerechnet eine linke Regierung von Anfang in den Deckel einbaute, löst das Urteil nun auf. Wer mehr hat, kann und muss nun auch wieder mehr zahlen, damit er in den schicksten Vierteln der Stadt leben kann. [...] Durch den Entscheid der Karlsruher Richter dürften sich viele im linken Parteienspektrum bestärkt darin sehen, das Mietenproblem in den Ballungsräumen künftig mit einem Deckel per Bundesgesetz zu lösen, statt mit dem einzigen Instrument, das wirklich hilft: Mehr Wohnungen bauen.

Florian Schmidt, Darum ist es gut, dass der Mietendeckel gescheitert ist, in: https://www.t-online.de/finanzen/aktuelles/immobilien/id_89845078/drei-gruende-darum-ist-es-gut-dass-der-berliner-mietendeckel-gescheitert-ist.html, 15.04.2021

M7 Die Mietpreisbremse – besser als nichts, aber ...?

Lebensrealitäten und die politischen Antworten darauf scheinen sich immer weiter voneinander zu entkoppeln. Die SPD feiert es, dass die Mietpreisbremse, die noch bis Ende 2025 gilt, um vier weitere Jahre verlängert wird. Das sei „eine Kampfansage an überteuerte Mieten“, erklärte die SPD-Bundestagsfraktion. [...] Es ist nicht mehr als ein längeres Einfrieren des schlechten Status quo. Besser wäre es gewesen, die Mietpreisbremse zu verbessern, denn die wird schon jetzt wegen zahlreicher Ausnahmen ganz zu Recht kritisiert. So gilt sie weder bei Neubauten noch bei aufwendig sanierten Häusern. Mit möbliertem Wohnen und Kurzzeitvermietungen wird die Mietpreisbremse zudem regelmäßig umgangen. Was die Ampel im Mietrecht nun nach zwei Jahren geschafft hat: Sie will etwas Bestehendes verlängern. Eine Zahl wird durch eine andere ersetzt und das feiert man „als Durchbruch“. Gleichzeitig liegen andere mietrechtliche Vorhaben der Ampelkoalition wie ein verbesserter Kündigungsschutz oder die Senkung der Kappungsgrenze von 15 auf 11 Prozent weiter auf Eis. Letzteres Vorhaben würde den Mietenanstieg bei bestehenden Mietverträgen, die unterhalb der ortsüblichen Vergleichsmiete liegen, verlangsamen. Relevant ist das auch für Wohnungen, die Jahr für Jahr aus ihrer Sozialbindung fallen. Mieter*innen würden davon direkt profitieren. Auch das hätte man priorisieren können, anstatt sich zuerst um etwas zu kümmern, das erst Ende nächsten Jahres ausläuft. Gerade im Mietrecht liegen die Vorstellungen von SPD und Grünen einerseits und FDP andererseits weit auseinander. Die Liberalen sind traditionell für die Abschaffung der Mietpreisbremse.

Jasmin Kalarickal, Wohnen bleibt zu teuer, in: https://taz.de/Verlaengerung-der-Mietpreisbremse/!6002190/, 10.04.2024

M 8 Hilft die Mietpreisbremse den Mietern überhaupt?

Vorweg die gute Nachricht: Viele Vermieter haben die Nöte ihrer Mieter im vergangenen Jahr offenbar erkannt und ernst genommen. Die Nettokaltmieten stiegen laut Statistischem Bundesamt 2022 um 1,8 Prozent. Gemessen an einer Inflationsrate von 7,9 Prozent ist das moderat. Gerade viele Kleinvermieter, die seit Jahren ein gutes und persönliches Verhältnis zu ihren Mietern pflegen, haben Lösungen für finanzielle Engpässe gefunden. [...] Gleichzeitig aber wird die Situation auf dem Wohnungsmarkt immer angespannter. Der eingebrochene Neubau verschärft die Wohnungsnot noch. In den Metropolen werden Vermieter mit Anfragen überhäuft, wenn sie eine Wohnung inserieren. So verwundert es nicht, dass sie mehr Miete rausholen, indem sie ihre Wohnung entweder möbliert oder per Indexmietvertrag vermieten.

Der Wohnungsmarkt ist ein fragiles Gebilde. Zu viel Regulatorik würgt den Neubau ab. Zu wenig führt zu Zuständen wie in London oder Paris, wo sich in den Innenstädten Spekulationsobjekt an Spekulationsobjekt reiht.

Zeichnung: Kostas Koufogiorgos

Die Mietpreisbremse sollte die Waage halten. Allerdings wird sie zunehmend umgangen und damit ausgehöhlt. Man nutzt einfach die Schlupflöcher – und die sind wahrlich groß genug.

Für Mieterinnen und Mieter sind das keine guten Nachricht. Die Mietpreisbremse bremst nicht mehr. Anstatt sie einfach zu verlängern, gehört sie daher auf den Prüfstand. Denn eine bürokratische Regulatorik, die ihren eigentlichen Zweck verfehlt, hilft wirklich niemandem.

Tobias Kisling, Warum die Mietpreisbremse Mietern aktuell kaum noch hilft, in: https://www.morgenpost.de/wirtschaft/article237608017/miete-wohnen-mietpreisbremse-problem-kommentar.html, 11.02.2023

INFO

Mietpreisbremse
Auch wenn der Berliner Mietendeckel 2021 als verfassungswidrig aufgehoben wurde, gilt die bundesweite Mietpreisbremse bis mindestens 2029 weiter. Danach können Vermietungen maximal 10 Prozent über den ortsüblichen Preis liegen; ausgenommen hiervon sind Neubauten.

1 **Beschreiben** Sie die Fotos in M 1 und **benennen** Sie, welche Probleme hier wohl thematisiert werden.

2 **Benennen** Sie Kernideen des Mietendeckels im Gegensatz zur Mietpreisbremse (M 2).

3 **Formulieren** Sie einen Kommentar, in welchem Sie aus Ihrer Sicht und unter Inbezugnahme von M 3–M 8 **analysieren**, ob Berlin als gentrifizierte Stadt gelten kann. Berücksichtigen Sie auch Ihre eigenen Wahrnehmungen.

4 **Erarbeiten** Sie entweder Pro- oder Kontra-Argumente zur Fragestellung „Braucht Berlin einen Mietpreisdeckel?“ und **verteidigen** Sie Ihre Position in einer Amerikanischen Debatte (M 3–M 8).

5 **Gestalten** Sie ein kurzes mediales Produkt, in welchem Sie die Problemfrage „Braucht Berlin einen Mietpreisdeckel?“ **beurteilen** (M 1–M 8).

QUERVERWEIS

LERNWEGE
Amerikanische Debatte
S. 609

2.4 Beispiel Gentrifizierung – sollen Immobilienkonzerne enteignet werden?

M1 Enteignung als Ausweg?

Zeichnung: Thomas Plaßmann

M2 Der Volksentscheid in Berlin

INFO

Enteignung
Gemäß Art. 14 GG ist das Eigentum verfassungsrechtlich garantiert, sein Gebrauch soll aber „zugleich dem Wohle der Allgemeinheit dienen", denn „Eigentum verpflichtet". Weiter heißt es im Grundgesetz: „Eine Enteignung ist nur zum Wohle der Allgemeinheit zulässig. Sie darf nur durch Gesetz oder auf Grund eines Gesetzes erfolgen."

Im Jahr 2018 wurde in Berlin eine Initiative gestartet, die das Ziel verfolgte, die Vergesellschaftung von Berliner Großvermietern über 3 000 Wohnungen gesetzlich zu beschließen. Begründet wurde dies neben den hohen Mieten auch mit einer mangelhaften Instandhaltung von Wohnungen. Dabei konzentrierte sich das Vorhaben zunächst auf das Unternehmen Deutsche Wohnen, mit 110 000 Wohnungen größter Vermieter Berlins, weshalb die Firma auch namensgebend für die Initiative „Deutsche Wohnen & Co. enteignen" wurde. Der hierzu angesetzte Volksentscheid wurde am 26. September 2021 mit 59,1 Prozent der Stimmen bei über einer Million Abstimmenden angenommen. Nachdem die parallel neu gewählte Landesregierung Berlins den Entscheid nicht umsetzen wollte, wurde der Druck immer größer, sodass eine Expertenkommission eingesetzt wurde, die dessen Verfassungsmäßigkeit prüfen sollte. Diese wurde bestätigt, sodass 2023 ein Gesetzesvolksentscheid durch die Initiative angekündigt wurde. Dies bedeutet, dass ein neuer Volksentscheid durchgeführt werden müsste, der aber im Erfolgsfall sofort Gesetzeskraft hätte, da das Abgeordnetenhaus dies nicht mehr verhindern könnte.

Autorentext

M3 Enteignen – ja!

„Holen wir uns unsere Stadt zurück", rief die Sprecherin der Kampagne Deutsche Wohnen und Co. enteignen den Demonstranten zu, letzte Woche auf der Mietendemo in Berlin. Genau darauf zielt der Volksentscheid – und das ist gut so. Denn die großen Immobilienkonzerne haben nicht zum Ziel, uns Berlinerinnen und Berlinern Wohnraum bereitzustellen – ihr Ziel ist es, Profit zu machen. Ihr Geschäftsmodell ist Spekulation. Und darin ist die Deutsche Wohnen besonders gut, das hat sie auch im letzten Jahr gezeigt. Trotz des Mietendeckels hat der Konzern die Dividende erhöht, von 90 Cent auf 1,03 Euro pro Aktie. Damit zahlt jeder Mieter 195 Euro direkt an die Aktionäre. Wie diese Konzerne solche Traumrenditen erwirtschaften, ist bekannt: Mal gar nicht sanieren, mal überteuert modernisieren, Altmieter rausdrängen, Gesetze ausreizen, nicht selten überreizen. Immer mehr Menschen können sich Berlin nicht mehr leisten, zahlen mehr als die Hälfte ihres Einkommens für die Miete, wohnen mit zwei Kleinkindern auf 50 Quadratmetern, ziehen in Brandenburger Dörfer, weil die Rente für die Miete nicht reicht. Mit all dem muss Schluss sein. Und durch die Vergesellschaftung von Deutsche Wohnen, Vonovia, Akelius und Co. könnten die Mieten von 240 000 Wohnungen gesenkt werden. Und nicht nur für die: Durch den Mietspiegel dürfte das Mietenniveau in der ganzen Stadt sinken, oder zumindest nicht weiter explodieren. Berlin kann sich die Vergesellschaftung leisten – Kredite kosten den Staat derzeit nichts und können durch Mieteinnahmen bedient werden. Was die Konzerne können, kann Berlin auch – und zwar besser und fairer.

Manfred Götzke, Sollte man „Deutsche Wohnen und Co." enteignen? Pro-Kommentar, in: https://www.deutschlandfunkkultur.de/pro-und-contra-sollte-man-deutsche-wohnen-und-co-enteignen-100.html, 21.09.2021

M4 Enteignen – nein!

Enteignungen wären [...] ökonomisch und sozial kontraproduktiv: Sie würden zu höheren Mieten, weniger Wohnraum, noch mehr Verdrängung und einer schlechteren Daseinsvorsorge führen. [...]

Wohnen ist eine der wichtigsten sozialen Fragen unserer Zeit. Mehr als 80 Prozent der Berliner*innen wohnen zur Miete. Für die große Mehrheit sind die Mieten in den vergangenen zehn Jahren viel stärker gestiegen als ihre Einkommen, sodass viele ihren Lebensstandard einschränken mussten. [...] Junge Familien werden häufig aus ihrem Kiez verdrängt, da sie in ihrer bisherigen und gerade noch bezahlbaren Wohnung schlichtweg keinen Platz für ein zweites oder drittes Kind haben. Das Resultat ist eine zunehmende Verdrängung und Gentrifizierung. Das ist nicht nur hart für die betroffenen Familien, sondern schadet dem gesellschaftlichen Zusammenhalt und unterminiert das, was Berlin so besonders macht: seine Vielfalt, Offenheit und Durchmischung. [...] Kurzum: Die Frustration vieler Berliner*innen ist verständlich. Denn das System hat nichts mit einer Marktwirtschaft zu tun, sondern mit einer Rentiergesellschaft, bei der die Eigentümer*innen von Immobilien von den vielen hart arbeitenden Menschen profitieren.

Enteignungen lösen dieses Problem jedoch nicht, sondern sie machen es lediglich schlimmer. Enteignungen werden zu weniger Neubau und damit zu einer noch größeren Wohnungsknappheit führen. Dies bedeutet noch stärker steigende Mieten, eine Verdrängung von Menschen mit wenig Einkommen und somit eine noch stärkere soziale Polarisierung. Vielleicht könnte die Stadt Berlin 100 000 Wohnungen vergesellschaften. Die glücklichen 100 000 bis 200 000 Berliner:innen, die diese Wohnungen dann zu einer subventionierten Miete erhalten, sind die Gewinner. Alle anderen 3,8 Millionen Menschen der Stadt sind jedoch die Verlierer, die von den höheren Mieten und einer noch größeren Knappheit betroffen sind.

Marcel Fratzscher, Enteignungen sind keine Lösung, in: https://www.diw.de/de/diw_01.c.875986.de/nachrichten/enteignungen_sind_keine_loesung.html, 28.06.2023

1 **Beschreiben** und **erklären** Sie die Karikatur (M 1).

2 **Erarbeiten** Sie entweder Pro- oder Kontra-Argumente zur Fragestellung „Sollen Immobilienkonzerne enteignet werden?" und **verteidigen** Sie Ihre Position in einem Fishbowl (M 2–M 4).

3 **Beurteilen** Sie die Fragestellung „Sollen Immobilienkonzerne enteignet werden?" selbstständig (M 1–M 4).

QUERVERWEIS
LERNWEGE
Fishbowl
S. 609

Ein Experteninterview führen

Immer dann, wenn man über einen bestimmten Lebensbereich oder einfach nur über die Frage, wie Gentrifizierung in Städten funktioniert, detaillierte Kenntnisse gewinnen will, bieten sich Gespräche mit Expertinnen und Experten an. Diese verfügen oft nicht nur über die notwendigen Kenntnisse, sondern bieten dazu auch persönliche Perspektiven, Werte oder Einstellungen, die ebenfalls ein Analyseschwerpunkt sein können. Diese Expertinnen und Experten können dabei Fachleute sein, Forscher oder auch einfach Betroffene, die ihre Sicht darstellen wollen.

Wofür bieten sich solche Experteninterviews an?

Sie bieten sich immer dort an, wenn man Fachwissen, Einstellungen oder Meinungen zu einem Bereich in Erfahrung bringen will, wo man sich solche Kenntnisse nur schwer selbst „erlesen" kann oder wo man gezielt andere Meinungen zu hören will. Im Gegensatz zu einem Fragebogen, der quantifiziert ist, können hier in einem offenen Gespräch Inhalte vertieft werden und dadurch wirklich das Erkenntnisinteresse erreicht werden.

Was sind mögliche Probleme?

Bei dem hier vorgestellten Leitfaden gestützten Experteninterviews handelt es sich um eine qualifizierte Forschungsmethode, da sie offener und freier ist und eben kein einfaches Ab-haken von Fragen ermöglicht, sondern tatsächlich einen freien Gesprächsverlauf verlangt. Das wiederum muss man moderativ auch leisten können. Zudem braucht man auch Expertinnen und Experten, die sich öffnen und entsprechende Antworten zulassen – dies hängt nicht zuletzt von der Bereitschaft und den Fähigkeiten des Interviewers ab.

Für die Vorgehensweise bietet sich dabei folgende Abfolge an, die ähnlich wie die Anwendung andere empirischer Methoden abläuft.

1. Themenfindung und Expertenauswahl

Zunächst muss eine Fragestellung gefunden werden, die sich empirisch untersuchen lässt. Dabei sollte man prüfen, ob für die Beantwortung tatsächlich das Experteninterview die sinnvollste Methode darstellt. Bei der Frage nach der Entwicklung der Mietpreise in Berlin beispielsweise wäre sie nicht geeignet, da hier nur Daten erhoben werden, bei der Frage nach den Gründen, warum sich Immobilienkonzerne so auf dem Markt verhalten, wie sie es tun, wäre die Methode hingegen schon sinnvoller.
Danach muss nach möglichen Gästen gesucht und mit diesen die Rahmendaten besprochen werden (Zeitpunkt des Gesprächs, Dauer, Beteiligte, Aufzeichnung erlaubt/nicht erlaubt usw.).

2. Vorbereitung des Leitfadens

Nun sollte ein Gesprächsleidfaden vorbereitet werden, der durch das Gespräch „führt". Er darf dabei aber nicht als fester Rahmen verstanden werden, sondern soll eine Idee sein, welche Fragen wie möglich sind. Dabei sollte man vorab auch Informationen über die Gesprächspartnerin bzw. den Gesprächspartner gewinnen und einarbeiten. Bei der Gestaltung des Gespräches gibt es dann verschiedene mögliche Formen, die jeweils durch eine stärkere oder schwächere Strukturierung gekennzeichnet sind:

- strukturiertes Interview: alle Fragen klar festgelegt, gewisse Standardisierung;
- unstrukturiertes Interview: nur grobe Fragen vorhanden, mehr Freiheit, weniger Standardisierung;
- narratives Interview: Erzählen steht im Vordergrund, Expertin/Experte soll also angeleitet werden, selbst lange und intensiv zu erzählen;
- problemzentriertes Interview: Problem steht im Zentrum, dabei kann dies strukturiert oder unstrukturiert ablaufen.

Zudem sollte man vorab genau prüfen, wie man das Gespräch führt – jedenfalls wenn man sich für ein strukturiertes Interview entscheidet.

Dabei sollten folgende Fehlerquellen beachtet werden:

- Werden alle persönlichen Angaben erfasst?
- Darf ich das Gespräch aufzeichnen?
- Wo nehme ich es auf? Kann man dort ein solches Gespräch gut aufzeichnen?
- Mit welcher Technik wird es aufgezeichnet?
- Mit welcher Frage beginne ich das Gespräch? Diese darf nicht zu stark einschränkend sein.
- Gibt es Fragen, die nicht gestellt werden sollten?
- Wann stelle ich welche Fragen und warum?

3. Durchführung

Bei der Durchführung des Interviews sollten die Rahmendaten (Räume, Zeitraum, Technik u. a.) überprüft werden und zudem sichergestellt werden, dass genug Zeit für das Gespräch vorhanden ist, um eine offene Atmosphäre sicherzustellen.

4. Auswertung

Nach dem Gespräch muss das Gespräch zunächst transkribiert werden, das bedeutet, dass – wenn die Zustimmung dafür gegeben wurde – alles von der Audioaufnahme abgeschrieben wird, um es auch in schriftlicher Form vorliegen zu haben. Sollte die Expertin bzw. der Experte dem widersprochen haben, muss das Gespräch als Gedächtnisprotokoll notiert werden, was dann auf alle Fälle zu einer zeitnahen Notierung führen sollte.

Nach der Übertragung muss das Gespräch nun ausgewertet werden. Hier bietet es sich an, die Problemfrage im Blick zu haben und zu schauen, welche konkreten Antworten darauf im Gespräch gegeben wurden. Dabei kann man je nach gewählter Gesprächsform unterschiedlich vorgehen:

- Bei einem strukturierten Interview bietet es sich an, die dort gewählten Kategorien für Fragen auch für die Auswertung zu verwenden.
- Bei einem unstrukturierten Interview kann diese Vorgehensweise nicht angewendet werden, hier sollten aus dem Gespräch selbst die betreffenden Kategorien gewonnen werden. Dabei gilt aber weiterhin, dass idealerweise geprüft wird, welche Antworten für die Problemfrage von Bedeutung sind. Diese könnten beispielsweise beim Thema Gentrifizierung je nach Interview aus den Kategorien „Wie leben die Menschen?“, „Wie fühlen sie sich dort“ oder auch „Was denken Sie über die Veränderung?“ bestehen.

1 **Analysieren** Sie den Gentrifizierungsprozess und die entstehenden sozialen Ungleichheiten auf Basis einer selbst gewählten Problemfrage, indem Sie
ein passendes Experteninterview **vorbereiten** und **planen**,
das Experteninterview **durchführen** und bezüglich der Fragestellung **auswerten**.

2 **Bewerten** Sie Ihre methodische Vorgehensweise.

2.5 Brandenburg in Zahlen – ein Land mit großer sozialer Ungleichheit?

M1 Regionale Verteilung von Armut in Deutschland

INFO

Armut
Absolute Armut definiert einen Zustand, in dem sich ein Mensch die Befriedigung seiner wirtschaftlichen und sozialen Grundbedürfnisse nicht leisten kann. Relative Armut beschreibt Armut im Verhältnis zum jeweiligen gesellschaftlichen Umfeld eines Menschen.

Armutsquote
prozentualer Anteil der Personen an der gesamten Bevölkerung, deren Einkommen unterhalb der Armutsgrenze liegt

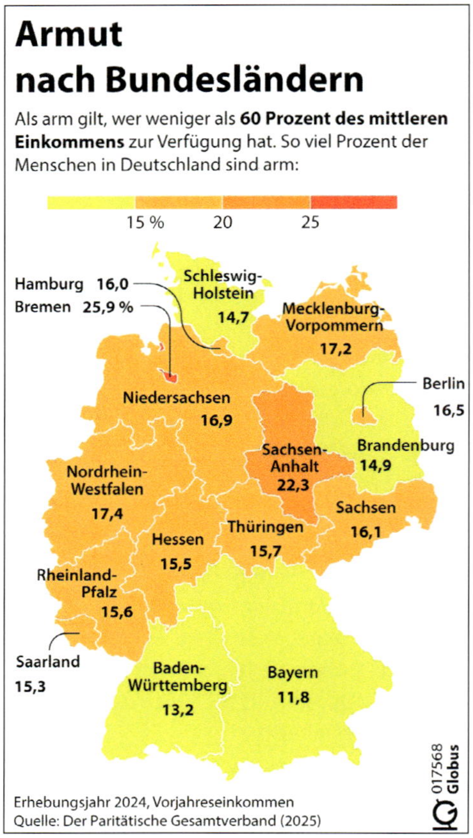

Karikatur: Kostas Koufogiorgos

M2 Die Armutsquote in Brandenburg

Brandenburg hat nach Angaben des Paritätischen Gesamtverbandes die drittniedrigste Armutsquote im bundesweiten Vergleich. Der Anteil stieg nach einem Rückgang im vergangenen Jahr wieder leicht von 14,2 auf 15 Prozent, wie aus ersten Ergebnissen des Mikrozensus zur Armutsentwicklung 2023 hervorgeht. Nur in Bayern und Baden-Württemberg ist die Quote geringer. Bundesweit lag der Anteil 2023 bei 16,6 Prozent. Von 2021 zu 2022 war die Armutsquote in Brandenburg von 14,8 auf 14,2 Prozent gesunken. […]
Linksfraktionschef Sebastian Walter sieht einen Negativtrend. „In diesem Land geht es den Menschen nicht besser, sondern sie haben weniger im Portemonnaie als vor fünf Jahren", sagte Walter. „Vor allem die Altersarmut nimmt in den vergangenen Jahren zu." Außerdem sei der Lohnabstand zwischen Ost- und Westdeutschland nicht gesunken. AfD-Fraktionschef Hans-Christoph Berndt befürchtete gar eine „langfristige Verarmung" in Deutschland. […] Der frühere Sozialminister Günter Baaske (SPD) forderte „eine klügere Familienpolitik". Die Steigerungen für das Kindergeld und die Kinderfreibeträge sollten dafür verwendet werden, dass es Kindern besser gehe und ihnen etwa für Kindergarten und Schule direkt zukommen.
Der Armutsbericht für das Jahr 2022 wies für Brandenburg deutliche regionale Unterschiede bei der Armutsquote aus: Prignitz-Oberhavel kam auf 15,5, Lausitz-Spreewald auf 14,7 Prozent. Oderland-Spree lag bei 14,3, Havelland-Fläming bei 14,0 und Uckermark-Barnim bei 12,0 Prozent. Dabei wurden Landkreise zusammengefasst.

Armutsquote zuletzt höher – Regierung zuversichtlich, 20.06.2024 © dpa Deutsche Presse-Agentur

M3 Vermögensungleichheit in Deutschland

So ist Vermögen in Deutschland verteilt

Lesebeispiel: Die reichsten 10 % besaßen im Jahr 2021 56 % des gesamten Nettovermögens in Deutschland

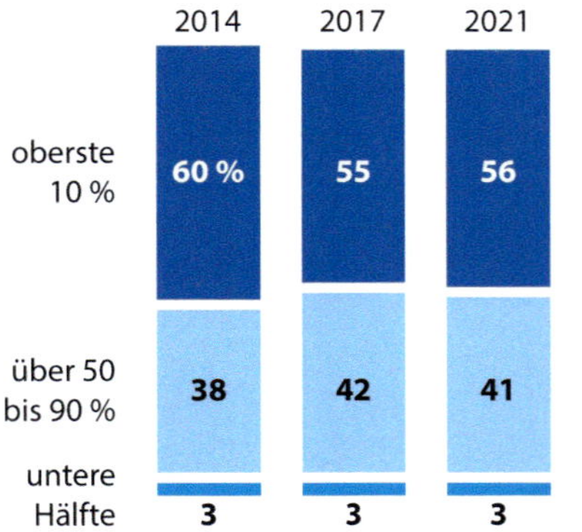

Vermögensgrenzen:
untere Hälfte bis 106 600 Euro
oberste 10 % ab 725 900 Euro

rundungsb. Differenz

dpa•105583 Quelle: Bundesbank

Millionäre im Land Brandenburg

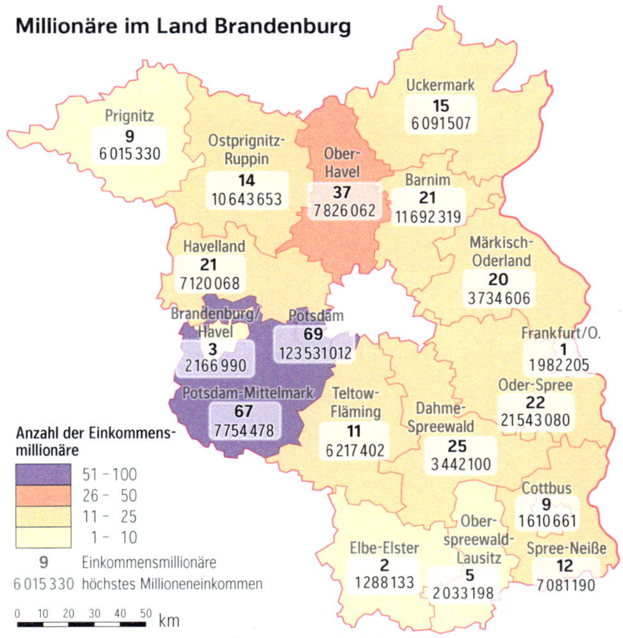

Quelle: Ministerium der Finanzen und für Europa des Landes Brandenburg (2019)

5218KX © Westermann

M4 Einkommensungleicheit bei den Geschlechtern

Gender Gaps in Berlin und Brandenburg

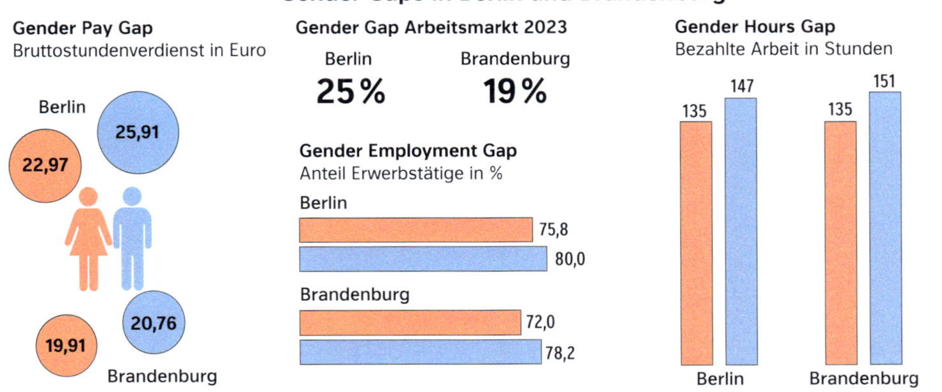

Quelle: Amt für Statistik Berlin-Brandenburg 2024

48815EX

INFO

Gender Gap Arbeitsmarkt
Der Indikator betrachtet neben dem Bruttostundenverdienst (Gender Pay Gap), die monatliche Arbeitszeit (Gender Hours Gap) und die Erwerbsbeteiligung (Gender Employment Gap).

1 **Benennen** Sie die Positionen der Parteien zu Armut in Brandenburg (M 2).
2 **Analysieren** Sie die Karte zur Armutsverteilung in Deutschland (M 1).
3 **Werten** Sie M 3 **aus.**
4 **Interpretieren** Sie die Karikatur (M 1).
5 **Werten** Sie M 4 **aus. Recherchieren** Sie nach Gründen für die Unterschiede.

2.6 Fachkräftemangel – kann Zuwanderung ein Erfolg werden?

M1 Wer soll mehr arbeiten?

Zeichnung: Schwarwel

M2 Fachkräftelücke

45,9 Millionen Menschen haben vergangenes Jahr in Deutschland gearbeitet – so viele wie noch nie. Und trotzdem fehlen branchenübergreifend Fachkräfte. 2023 konnten 570 000 Stellen nicht besetzt werden. Für die Unternehmen im Land bedeutet das: Eigentlich könnten sie mehr produzieren, doch dafür fehlen Mitarbeiter. 2024 gehen der deutschen Wirtschaft dadurch Produktionskapazitäten im Wert von 49 Milliarden Euro verloren. Das zeigt eine neue IW-Studie [...]. Folgekosten des Fachkräftemangels, wie beispielsweise [...] entgangene Innovationen, sind in dieser Summe noch gar nicht enthalten. Weil die geburtenstarken Jahrgänge, auch Babyboomer genannt, in den kommenden Jahren in Rente gehen, dürfte die Fachkräftelücke in Zukunft noch größer werden. Mit ihr wächst dann auch das verloren gegangene Produktionspotenzial: Laut Modell steigen die Kosten des Fachkräftemangels im Jahr 2027 auf 74 Milliarden Euro. Um die Fachkräftelücke zu verringern, braucht es vor allem gut qualifizierte Zuwanderer. Unternehmen können die neue Anerkennungspartnerschaft des überarbeiteten Fachkräfteeinwanderungsgesetzes nutzen, um ausländische Fachkräfte schneller nach Deutschland zu holen. „Besonders effektiv wäre es außerdem, wenn ältere Beschäftigte länger arbeiten würden", sagt Studienautor und Ökonom für Fachkräftesicherung, Alexander Burstedde. „Unternehmen könnten ihre erfahrenen Mitarbeiter mit passenden Angeboten länger im Betrieb halten."

Alexander Burstedde/Galina Kolev-Schaefe, Fachkräftemangel: Wirtschaft verliert 49 Milliarden Euro, in: https://www.iwkoeln.de/presse/pressemitteilungen/alexander-burstedde-galina-kolev-schaefer-wirtschaft-verliert-49-milliarden-euro.html, 12.05.2024

INFO

IW
Institut der deutschen Wirtschaft Köln; arbeitgebernahes Wirtschaftsforschungsinstitut

M3 Gibt es in Deutschland gar keinen Fachkräftemangel?

Auszug aus einem Interview mit dem deutschen Arbeitsmarktökonomen Simon Jäger.

Frage: In den kommenden Jahren gehen die geburtenstarken Jahrgänge in Rente. Bis 2035 fehlen sieben Millionen Fachkräfte in Deutschland, laut dem Institut für Arbeitsmarkt und Berufsforschung. Dieser Fachkräftemangel wird häufig als das größte Problem des deutschen Arbeitsmarktes genannt. Von Ihnen dagegen hat man nun schon öfter die These gehört, es gebe gar keinen Fachkräftemangel. Können Sie mir das erklären?

Jäger: Die Zahl der Menschen im erwerbsfähigen Alter wird in Deutschland stark zurückgehen. Wir müssen uns überlegen, mit welchen Maßnahmen wir gegensteuern möchten. Ansetzen kann man beispielsweise bei der sogenannten stillen Reserve, das sind Menschen, die vielleicht gerne arbeiten würden, die aber gerade nicht in den Arbeitsmarkt hineinkommen. Es gibt auch viele Menschen, die gerade in Teilzeit arbeiten und die unter anderen Bedingungen auch in Vollzeit arbeiten würden. Auch das Ehegattensplitting trägt in Deutschland dazu bei, dass bei vielen Zweitverdienern sehr starke steuerliche Anreize dagegensprechen, eine Tätigkeit aufzunehmen oder mehr zu arbeiten. Auch bessere Kinderbetreuungsmöglichkeiten oder mehr Arbeitszeitflexibilität könnte Menschen helfen, im Arbeitsmarkt aktiv zu werden. Das heißt, wir haben selbst Anreize gesetzt, dass viele Menschen vielleicht weniger arbeiten, als sie es unter anderen Bedingungen machen würden.

Frage: Auch wenn es noch einige Reserven, die bisher nicht genutzt sind, bei den Arbeitskräften gibt – im Augenblick klagen viele Unternehmen, dass Fachkräfte fehlen ...

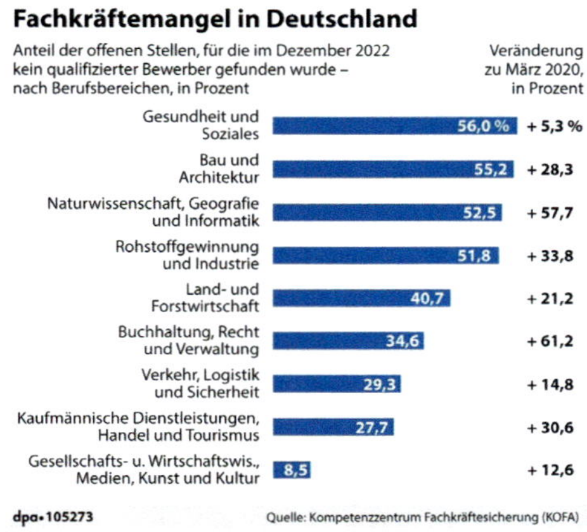

Jäger: Was gegen einen Fachkräftemangel spricht: Wir haben jetzt gerade eine Rekordbeschäftigung in Deutschland. Es arbeiten so viele Menschen wie noch nie [...]. Die Fragen, was ist uns der Faktor Arbeit wert und wie viele Menschen soll es in bestimmten Berufen geben, regeln sich bei uns über das System des Marktes. Insofern haben wir gerade eine Situation, in der die Marktkräfte sagen, dass in bestimmten Bereichen die Arbeitsverhältnisse nicht attraktiv genug sind, um Anreize zu geben, dass Menschen aus anderen Bereichen da hinein wechseln. Deswegen erwarte ich, dass sich dort, wo wir gerade besonders stark einen Fachkräftemangel haben, etwas im Bereich der Löhne und im Bereich der Arbeitsbedingungen tun wird. [...] Das heißt, am Ende ist die Frage des vermeidlichen Fachkräftemangels eine Frage der knappen Ressourcen. Wir haben nicht unendlich viele Arbeitnehmerinnen und Arbeitnehmer, wir haben aber gerade so viele, wie wir noch nie hatten. Und der Frage ist: Wo wollen wir diese knappe Ressource Arbeit einsetzen?

Insa Wrede, „Es gibt keinen Fachkräftemangel", in: https://www.dw.com/de/es-gibt-keinen-fachkräftemangel/a-64633517, 13.02.2023

1 **Beschreiben** und **erklären** Sie die Karikatur (M 1).

2 **Fassen** Sie die Position zum Fachkräftemangel **zusammen**, die in M 2 vertreten wird.

3 **Werten** Sie die Grafik in M 3 **aus**.

4 **Diskutieren** Sie, ob der Fachkräftemangel durch Zuwanderung gelöst werden kann (M 1–M 3).

2.7 Ost-West-Disparitäten – ist Deutschland gespalten?

INFO

Disparität
Verschiedenheit, Ungleichheit

M 1 So sind die Ost- und Westdeutschen?

M 2 Lohnlücke

Die Einkommensunterschiede zwischen Ost- und Westdeutschland bleiben auch mehr als 33 Jahre nach der Wiedervereinigung groß. Im [...] Jahr [2023] verdienten Vollzeitbeschäftigte in Ostdeutschland nach Angaben des Statistischen Bundesamts durchschnittlich 824 Euro brutto pro Monat weniger als Kollegen im Westen. Ein Jahr zuvor betrug die Differenz 842 Euro. [...] Danach lag der Bruttomonatsverdienst ohne Sonderzahlungen bundesweit im Jahr 2023 durchschnittlich bei 4 468 Euro. Im Westen waren es 4 578 Euro, im Osten 3 754 Euro. Den besten Durchschnittswert erreichte Hamburg mit 4 970 Euro. Schlusslicht war Sachsen-Anhalt mit 3 688 Euro. Damit lägen Ostgehälter durchschnittlich bei 82 Prozent der Werte im Westen, [erklärte der Chef der Linken-Bundestagsgruppe Sören] Pellmann.

Lohnlücke zwischen Ost und West bleibt groß, in: https://www.tagesschau.de/wirtschaft/arbeitsmarkt/lohnluecke-ost-west-100.html, 03.04.2024

M 3 Vertrauen in Institutionen

Wem vertraut man in Ost und West?
Angaben in Prozent

Institution	Ost	West	Differenz
Polizei			
2008–2010	73	84	11
2022–2024	81	86	5
Militär			
2008–2010	57	69	12
2022–2024	57	61	4
Justiz			
2008–2010	46	60	13
2022–2024	68	70	2

Quelle: Gallup Deutschland

M4 Ost-West-Vergleich in Zahlen

Die ökonomische und soziale Situation in Ost- und Westdeutschland

Gleichstellung in Ost und West

Erwerbstätig waren von den Frauen in ...

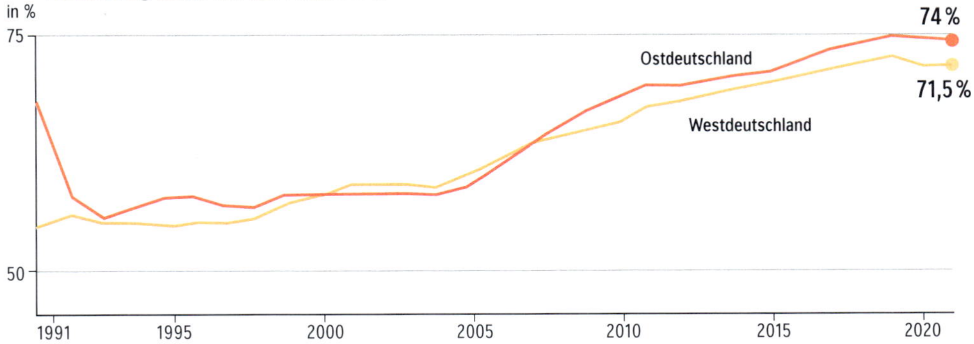

Der Gender Pay Gap betrug 2022 in ...

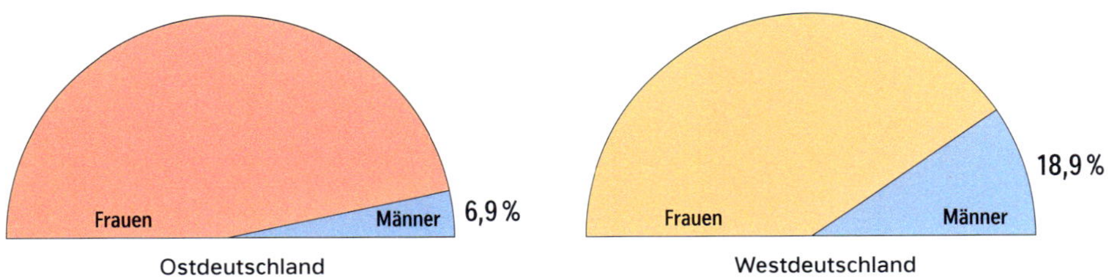

Mehr als 5000 Euro brutto im Monat verdienten 2022 von den Vollzeitbeschäftigten ...

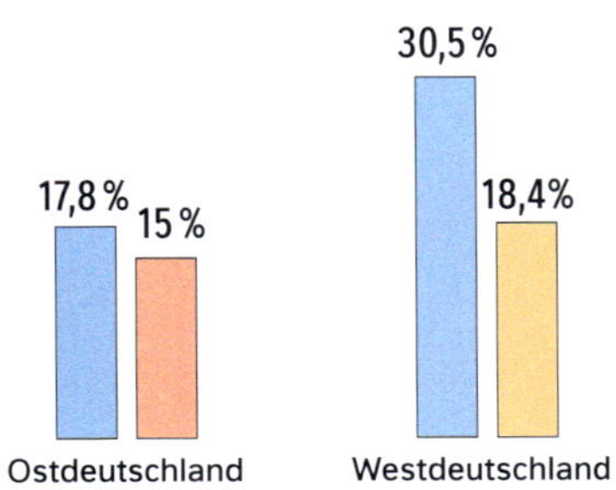

So hoch war 2021 die durchschnittliche wöchentliche Arbeitszeit von ...

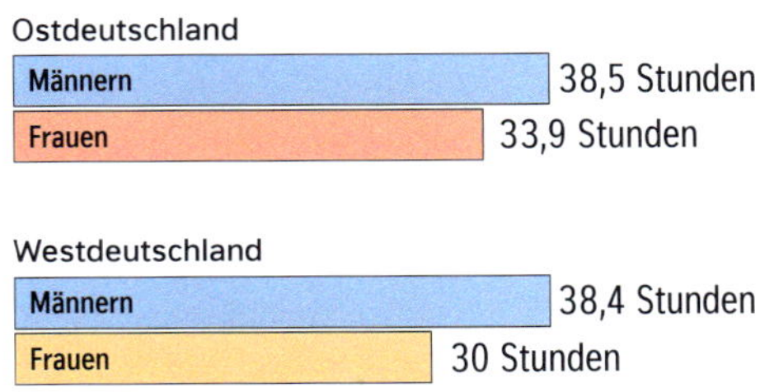

Bei Paarhaushalten mit zwei Erwerbstätigen und Kindern arbeiteten 2021 ...

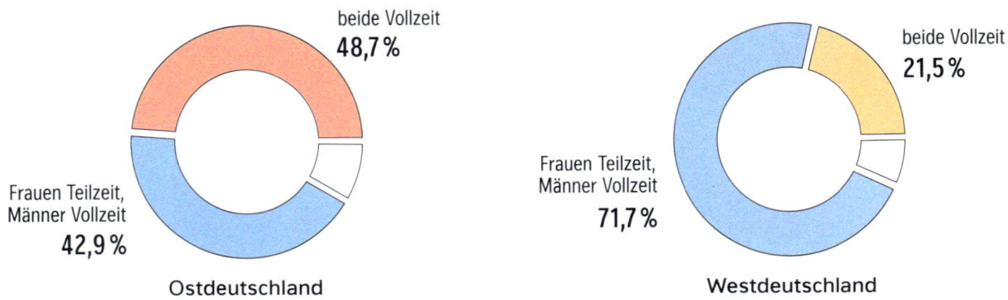

Quelle: WSI 2023

48816EX

M5 Ist „der Osten“ eine Erfindung des Westens?

INFO

Dirk Oschmann (* 1967) deutscher Literaturwissenschaftler

Der Osten ist eine westdeutsche Erfindung, zumindest wenn es nach Dirk Oschmann geht. Der in Gotha geborene und in Leipzig lehrende Germanist erregte bereits im Februar 2022 mit dieser These Aufsehen. Auf seinen damals in der „Frankfurter Allgemeinen Zeitung“ veröffentlichten Artikel folgte ein Jahr später ein ganzes Buch mit dem gleichnamigen Titel, das es bis auf Platz 1 der „Spiegel“-Bestsellerliste schaffte. [...]

Auch 30 Jahre nach der Wiedervereinigung ist das Verhältnis zwischen Ost- und Westdeutschland Thema. Die Lebensverhältnisse in beiden Teilen des Landes sind immer noch nicht angeglichen. Oschmann vertritt nun die These, dass der Westen den Osten als negative Projektionsfläche braucht, um sich selbst in einem besseren Licht darzustellen. Er spricht in diesem Kontext von „Othering“. Das ist ein Konzept, das auf den Literaturwissenschaftler Edward Said zurückgeht, einen der wichtigsten Theoretiker des Postkolonialismus. Der Politikwissenschaftler Aram Ziai fasst „Othering“ so zusammen: „Othering ist abstrakt gesehen die Konstruktion eines Fremden, das als negative Projektionsfläche zur (Re-)Produktion einer positiven eigenen Identität dient.“ So wird der Westen zur Norm und der Osten zur Ausnahme. [...] Was Oschmann mit seinem Buch auf keinen Fall tut, wie er selbst im Deutschlandfunk Kultur sagt, ist, den Osten zu beschreiben. Ganz im Gegenteil. In seinem Buch geht es vor allem um den Westen und wie dieser sich den Osten vorstellt.

ckr, Ostdeutschland als Erfindung des Westens?, in: https://www.deutschlandfunkkultur.de/ist-der-osten-eine-erfindung-des-westens-oschmann-debatte-100.html, 31.10.2024

M6 Wahlergebnisse

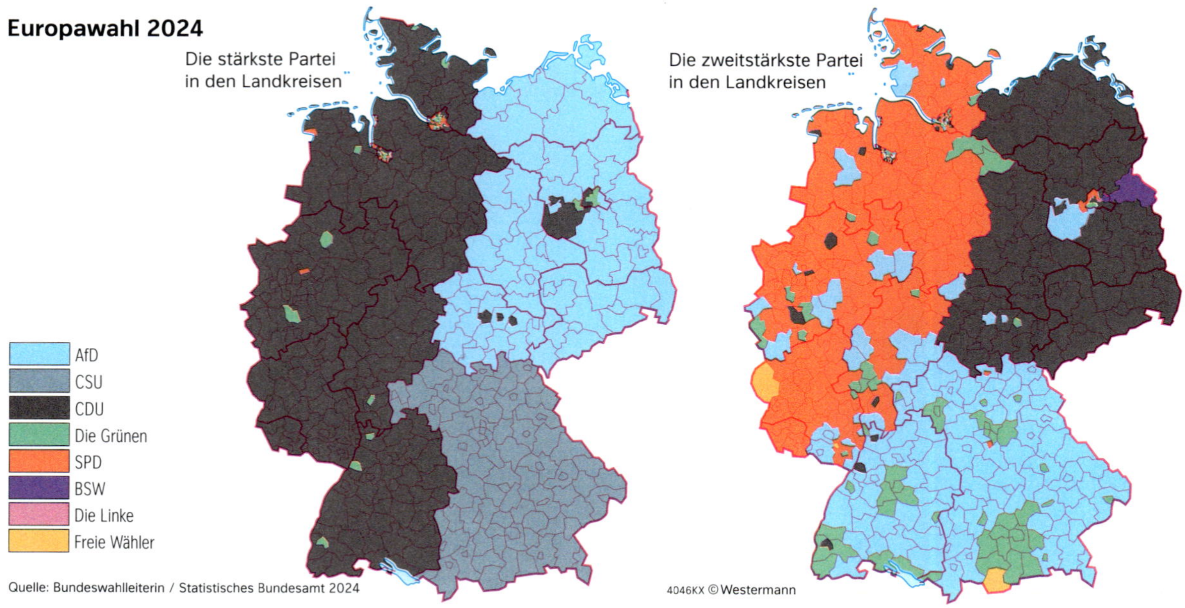

1 **Interpretieren** und **vergleichen** Sie die beiden Titelbilder (M 1).

2 **Fassen** Sie M 2 in eigenen Worten **zusammen**.

3 **Werten** Sie M 3 und M 4 **aus**.

M7 Die Ungleichheit akzeptieren?

Das Wahlergebnis der Europawahl hat einmal mehr deutlich gemacht, dass die deutsche Einheit 1990 zwar auf dem Papier vollendet wurde, dass die Wirklichkeit aber auch 34 Jahre später noch anders aussieht. Der Bedarf an deutsch-deutschen Erklärungsversuchen ist weiterhin groß. Nun legt der Soziologe Steffen Mau mit „Ungleich vereint. Warum der Osten anders bleibt“ ein Buch vor, das sich damit beschäftigt, wie sich das kulturelle und politische Selbstverständnis in Ost und West unterscheidet und welche Konsequenzen man daraus ziehen muss.

Als Willy Brandt am 10. November 1989 den Satz „Jetzt wächst zusammen, was zusammengehört“ ausspricht, ist die Zuversicht groß, die deutsche Einheit würde schnell und reibungslos verlaufen. Dass es nicht so kommt, merken die Deutschen in Ost und West schnell. Trotzdem ist die Zielstellung klar: Einheit. [...] Mau stellt fest, dass der Glaubenssatz, es müsse zusammenwachsen, was zusammengehört, genau jene Unterschiede überdeckt, die sich aus der geteilten Geschichte der DDR und der BRD ergeben und die sich in den letzten Jahrzehnten verfestigt haben. Mau spricht von „asymmetrischen Vorbedingungen der Wiedervereinigung“, die sich zu „hartnäckigen Ungleichheitsverhältnissen“ ausgewachsen hätten. Dazu seien „postsozialistische Dynamiken“ gekommen, die ebenfalls nicht zur Einheit beigetragen hätten, man denke zum Beispiel an die Treuhand oder das Prinzip Rückgabe vor Entschädigung. Natürlich sind das bekannte Fakten. Dass Mau nun aber vorschlägt, diese Ungleichheit zu akzeptieren und sogar anzuerkennen, hat einen entlastenden, fast therapeutischen Effekt. Weil man sich nämlich – statt immer darauf zu warten, dass der Osten endlich so wird wie der Westen – auf dessen Eigenheiten und Problemlagen konzentrieren und entsprechend darauf reagieren kann. [...] Gegen diese ostdeutsche Eigenheit bringt er am Ende seines Buches Bürgerräte ins Spiel. Sie seien eine Form direkter Demokratie, die im Osten Deutschlands besonders gut funktionieren könnte, denn die Ostdeutschen wollen sehr gern mitreden.

INFO

Steffen Mau
(* 1968)
deutscher Soziologe

M8 Erben in Ost- und Westdeutschland

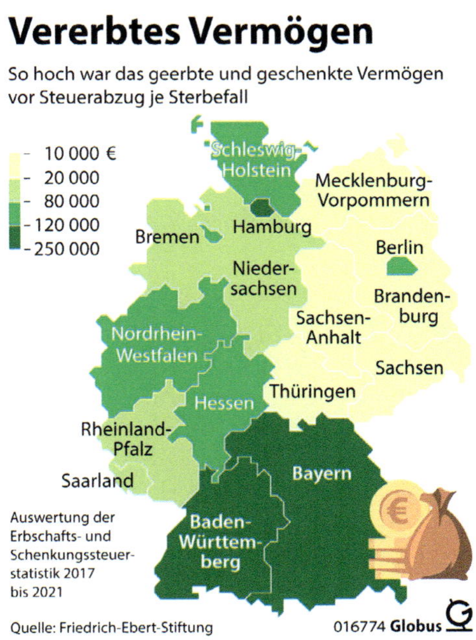

Bettina Baltschev, Neues Buch: Der Osten ist anders – und das ist okay, in: https://www.mdr.de/nachrichten/deutschland/gesellschaft/steffen-mau-buch-ungleich-vereint-kultur-news-100.html, 20.06.2024

4 **Erörtern** Sie die These von Dirk Oschmann, dass der Osten eine Erfindung des Westens sei (M 5), mit Blick auf die Ergebnisse der Europawahl 2024 (M 6).

5 **Nehmen** Sie **Stellung** zu den Schlussfolgerungen von Steffen Mau (M 7).

6 **Analysieren** Sie M 8 und **bewerten** Sie das Ergebnis Ihrer Analyse.

7 **Gestalten** Sie einen Podcast zu der Frage: „Ist Deutschland in Ost und West gespalten?“ (M 1–M 8).

2.8 Urteil: Soziale Ungleichheiten – eine gespaltene Gesellschaft?

M1 Werden Reiche immer reicher und Arme immer ärmer?

Zeichnung: Thomas Plaßmann

M2 Armutsrisiko Wohnen zur Miete?

Die Wohnungskrise in Deutschland wird sich 2024 weiter zuspitzen. Bereits 2023 fehlen mehr als 700 000 Wohnungen, vor allem Sozialwohnungen und bezahlbare Mietwohnungen. Daran wird sich auch 2024 nicht viel ändern, im Gegenteil: Die angespannte Situation wird sich noch verschärfen. Nach Baukostensteigerungen von 15 Prozent in den letzten 12 Monaten und mehr als 40 Prozent seit 2019 ist Bauen so teuer wie noch nie. [...] Die Bauträger ziehen aus dieser Lage ihre Schlüsse. In der Folge ist zuletzt die Zahl der Baugenehmigungen im ersten Halbjahr 2023 bei Mehrfamilienhäusern um fast ein Drittel eingebrochen. Unglaublich vor dem Hintergrund, dass bis 2027 laut aktuellen Zahlen aus der Immobilienbranche bis zu 830 000 Wohnungen fehlen – das entspricht fast 1,7 Millionen Menschen, die auf der Suche nach einer bezahlbaren Wohnung sind. Der Zinsanstieg macht den Immobilienerwerb für Selbstnutzer zudem enorm unattraktiv. Der Druck auf den angespannten Mietwohnungsmarkt wird dadurch noch größer. Nicht nur die Angebotsmieten bei Neu- und Wiedervermietung sind 2023 zum Beispiel in Berlin mit 27 Prozent zweistellig gestiegen, sondern auch die Mietspiegel – also Bestandsmieten, zuletzt in München um historische 21 Prozent. [...]

Ein Ende der Mietpreisspirale ist nicht in Sicht, ganz im Gegenteil: Ein löchriges Mietrecht und hohe Kosten für Heizung und Energie lassen die Wohnkosten von immer mehr Mieterinnen und Mietern dramatisch ansteigen. Bereits heute ist jeder dritte Mieterhaushalt und damit über sieben Millionen Haushalte in Deutschland durch seine Wohnkosten überlastet. 3,1 Millionen Haushalte geben für ihre Kaltmiete inklusive Heizkosten sogar mehr als 40 Prozent ihres Einkommens aus. Für immer mehr Menschen wird Wohnen 2024 zum Armutsrisiko werden. Die Bundesregie-

rung muss endlich aufwachen und die im Koalitionsvertrag vereinbarten Maßnahmen für Mieterinnen und Mieter umsetzen. [...]
Statt über teure und ineffektive Steuergeschenke den Bau von Dachaufstockungen zu finanzieren, müssen die Mittel für den sozialen Wohnungsbau erhöht und die Anzahl öffentlicher Wohnungen vergrößert werden. Wohnungsunternehmen sollten durch Zuschüsse und zinsgünstige Darlehen beim Bau von bezahlbaren Mietwohnungen unterstützt werden. So müssten die Mieten im Neubau zumindest wieder auf das Vorkrisenniveau fallen.

Melanie Weber-Moritz, Wohnen wird 2024 zum Armutsrisiko, in: https://www.wiwo.de/finanzen/immobilien/immobilien-wohnen-wird-2024-zum-armutsrisiko/29554100.html, 29.12.2023

M3 Bezahlbares Wohnen?

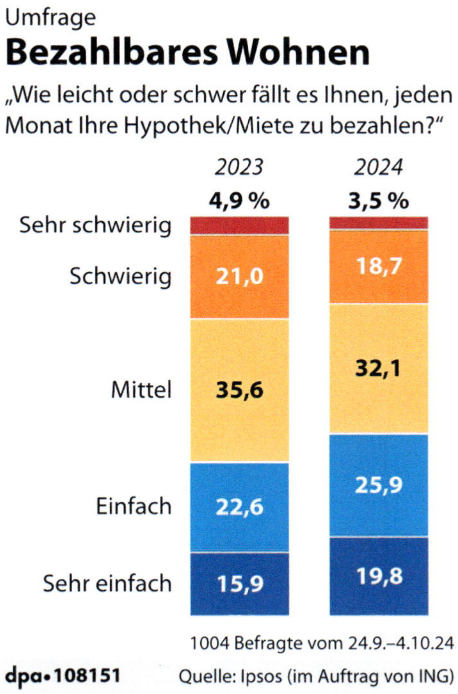

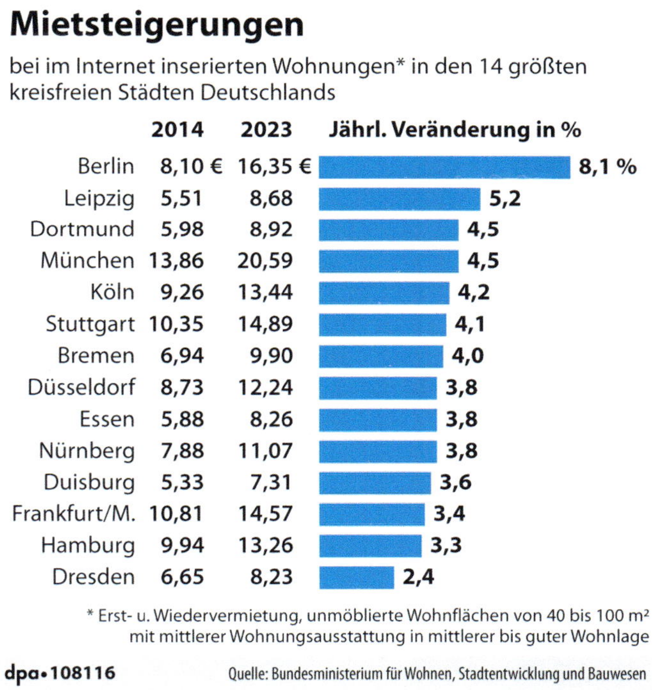

1. **Beschreiben** Sie M 1 und **formulieren** Sie eine Deutungshypothese.
2. **Fassen** Sie M 2 in eigenen Worten **zusammen**.
3. **Werten** Sie M 3 **aus**.
4. **Diskutieren** Sie das Instrument der Mietpreisbremse (Seite 44 ff.) und **beurteilen** Sie, ob eine Spaltung in arm und reich durch die gegenwärtige Situation am Wohnungsmarkt erfolgt.

QUERVERWEIS

Beispiel Gentrifizierung – brauchen wir einen Mietpreisdeckel?
S. 44 ff.

3. Was für eine Wirtschaft brauchen wir?

3.1 Einführung: Warum wirtschaften wir?

M1 Der Markt regelt alles?

Zeichnung: Karsten Schley

"ICH SAGE, DER MARKT SOLL ES REGELN. ICH HABE HEUTE ZWAR KEINE LUST ZU ARBEITEN, ABER WENN DER MARKT MICH BRAUCHT, KANN ER MICH ANRUFEN!"

M2 Weshalb wirtschaften wir?

GLOSSAR
Wirtschaft

Um leben zu können, sind wir auf viele Dinge angewiesen. Jeder Mensch benötigt Luft, Wasser und Nahrungsmittel. Seit vorgeschichtlicher Zeit stellen Menschen Kleidung, Behausungen und Werkzeuge her. Die meisten dieser Güter sind knapp. Das bedeutet, dass sie nicht in ausreichendem Maße zur Verfügung stehen, um die Bedürfnisse der Menschen zu erfüllen. Oder ihre Herstellung kostet Zeit, die dann nicht für andere Tätigkeiten genutzt werden kann. Durch diese Knappheit wäre selbst ein sich allein versorgender Mensch gezwungen, wirtschaftliche Entscheidungen zu treffen: Wie viel (Arbeits-)Zeit und Land sollen auf die Produktion der verschiedenen Lebensmittel – etwa durch Ackerbau oder Viehzucht – verwendet werden? Wie sollen die vorhandenen Rohstoffe genutzt werden, z. B. Holz (als Baumaterial oder Brennstoff)? Wer in einer Gruppe produziert was (Arbeitsteilung)? Wie werden die Produkte unter den Gruppenmitgliedern verteilt?

Überzählige Produkte der eigenen Arbeit können gegen andere Güter eingetauscht werden. Aus dieser Tauschwirtschaft entwickelten sich feste Handelsbeziehungen und spezialisierte Berufe. Mit der Einführung von Geld als Wertmaßstab und allgemeinem Tauschmittel konnten Werte aufbewahrt und Reichtümer angesammelt werden. Im Laufe der Zeit fielen Produktion und Konsum immer mehr auseinander; heute produziert in den Industrieländern kaum noch jemand hauptsächlich für den Eigenbedarf. Haushalte, die Arbeitskraft anbieten und Konsumgüter nachfragen, stehen Unternehmen gegenüber, die Arbeitskraft nachfragen und Konsumgüter herstellen.

Wirtschaft – warum wir wirtschaften müssen, in: https://www.wissen.de/bildwb/wirtschaft-warum-wir-wirtschaften-muessen, 10.07.2025

M 3 Funktionen des Marktes

Der Markt ist in der Theorie der Raum in der Volkswirtschaft, in welchem Angebot und Nachfrage aufeinandertreffen. Er ist damit das Spielfeld, auf dem alle Akteure (Staat, Unternehmen, Privatpersonen) versuchen in einen Handel zu treten, um ihre Ware mit einem minimalen Einsatz (Minimalprinzip) und einem maximalen Gewinn (Maximalprinzip) zu veräußern. Dadurch übernimmt der Markt zunächst eine Preisbildungsfunktion. Durch das Aufeinandertreffen eines Angebots und einer Nachfrage bildet sich ein Preis heraus, welcher wiederum handlungsleitend für das persönliche Vorgehen wird. Zudem hat der Markt dadurch auch automatisch eine Koordinationsfunktion, schließlich werden die angebotenen Mengen und nachgefragten Gütern durch die Rückkopplung mit dem Markt gesteuert. Findet ein Produkt beispielsweise keinen Käufer, dann muss es verbessert oder in geringerer Menge produziert werden. Dadurch garantiert der Markt auch eine permanente Verteilungsfunktion, da nur er der Ort ist, auf dem alle notwendigen Güter verteilt und verbreitet werden können. Außerdem versorgt der Markt die Menschen mit Gütern und bildet damit das Fundament unserer heutigen Wirtschafts- und Gesellschaftsordnung. Alle fünf Funktionen sind interdependent und müssen in ihrer Wechselwirkung betrachtet und auch bewertet werden. So lässt sich kaum bezweifeln, dass die Preisbildung in der öffentlichen Wahrnehmung von besonderer Bedeutung ist, da nicht zuletzt der Preis über eine individuelle Handlung entscheidet.
Für die Analyse des Marktgeschehens ist allerdings nicht die persönliche Sicht entscheidend, sondern es wird eine Addition aller Einzelinteressen vorgenommen (Aggregation), um einen ökonomischen Zustand zu evaluieren und zu analysieren. Daher können Probleme in der Verteilungs- oder auch in der Koordinationsfunktion immer nur bewertet werden, wenn die Wirtschaft insgesamt hierbei in den Blick genommen wird.

QUERVERWEIS
METHODE Preisbildung
S. 68 f.

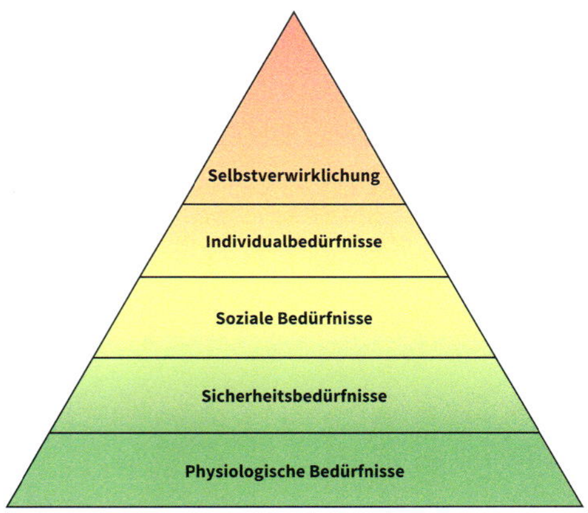

Maslowsche Bedürfnispyramide

Autorentext

1 **Analysieren** Sie die Karikatur und **benennen** Sie das Grundproblem (M 1).
2 **Erklären** Sie, warum wir wirtschaften (M 2).
3 **Erläutern** Sie die Maslowsche Bedürfnispyramide und **beschreiben** Sie Folgen des Modells in der Praxis für das Verhalten der Marktteilnehmer (M 3).
4 **Arbeiten** Sie die zentralen Funktionen des Marktes **heraus** und **stellen** Sie diese in einem Schaubild, auf einem Lernplakat oder in einem Podcast **dar** (M 3).
5 **Bewerten** Sie die Aussagekraft der Funktionen des Marktes vor dem Hintergrund des in M 1 dargestellten Problems sowie der generellen theoretischen Annahmen (M 2, M 3).

3.2 Beachten wir die Folgen des Wirtschaftens?

M1 Wer hätte das wissen können?

Zeichnung: Gerhard Mester

M2 Marktversagen

Von einem Marktversagen spricht man, wenn das Zusammenwirken von Angebot und Nachfrage nicht mehr zu den wirtschaftlich gewünschten Ergebnissen führt und nicht alle Produktionsfaktoren so genutzt werden, wie es effizient möglich wäre.

In der Praxis zeigen sich solche Probleme einerseits dann, wenn sich mit Monopolen oder Oligopolen Situationen auf dem Markt bilden, die zu einer Benachteiligung der Konsumenten führen, da diese dann oft mit höheren Preisen und weniger Alternativen leben müssen. Dieses Versagen zeigt sich aber vor allem im Umgang mit externen Effekten und besonders in der Frage, wie sich nachhaltiges Wirtschaften gestalten lässt. So kann die Nutzung von Elektroautos ökologisch sinnvoll sein, sich aber ökonomisch (bzw. betriebswirtschaftlich) nicht rentieren, wenn es z. B. nicht genügend Nachfrage gibt. In diesen Fällen kann in den Markt eingegriffen werden, um marktwirtschaftliche Anreize zur Handlungsanpassung zu schaffen.

Autorentext

M3 Beispiel: Fischerei

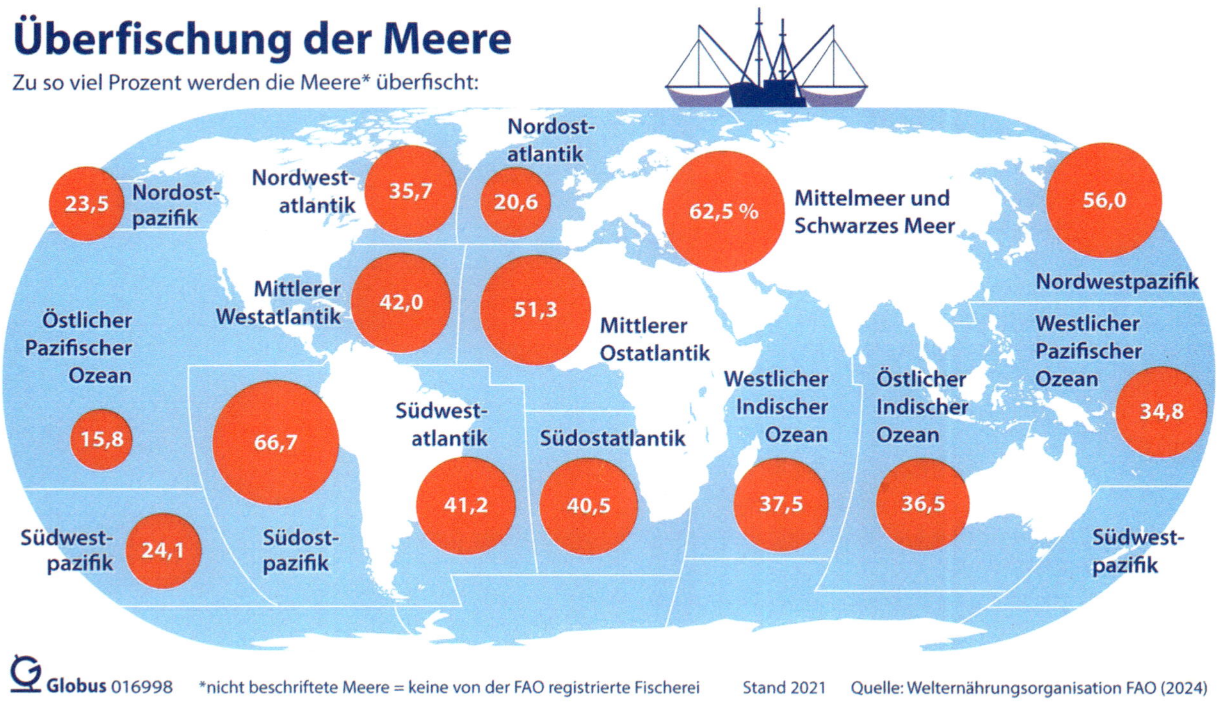

M4 Beispiele Treibhausgase und Heizungen

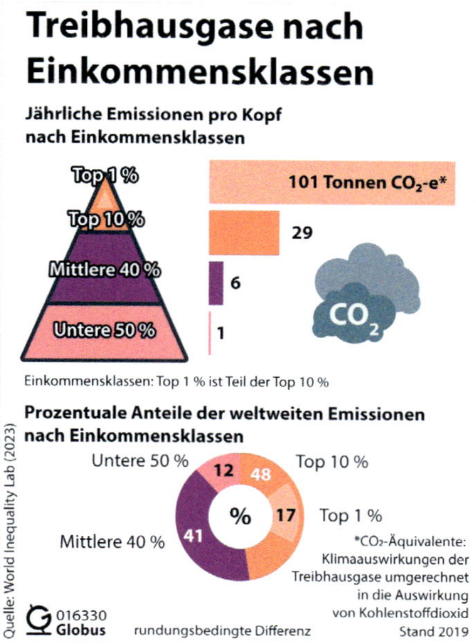

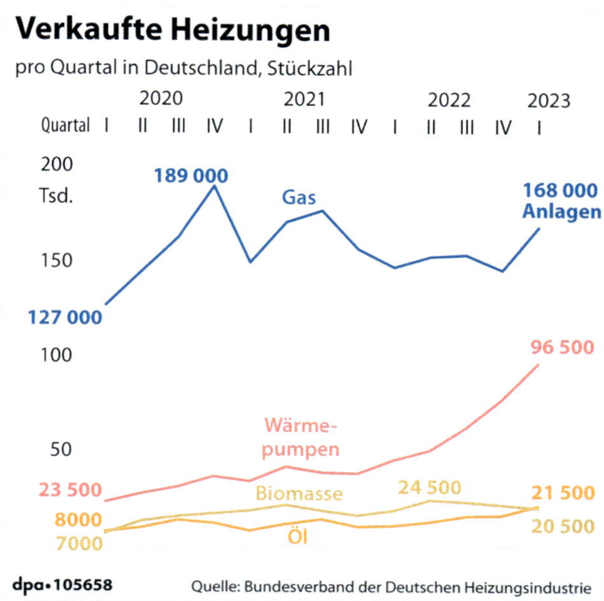

M5 Energieversorger als Monopolisten?

Für seine Mieter macht Lukas Welnowski mindestens einmal im Jahr den Preis-Check. Er schaut nach, bei welchen Versorgern er den günstigsten Gas- und Stromtarif bekommt. Der gebürtige Norddeutsche besitzt ein Mehrfamilienhaus mit einer Gaszentralheizung in Bad Sachsa im Harz, in dem mehrere Mieter leben.

Im vergangenen Winter stellte der bisherige Gasanbieter die Belieferung ein. „Mein Plan war zu dem Zeitpunkt gewesen, dass ich jetzt erst mal ganz normal in die Grundversorgung gehe, um dann in Ruhe ein besseres Angebot für die Mieter im ersten Quartal rauszusuchen“, erzählt Welnowski. Doch dieser Plan ging nicht auf: Statt in die Grundversorgung stufte ihn der lokale Gasanbieter in die damals teurere Ersatzversorgung ein. Ein halbes Jahr später, im Sommer 2023, passierte das auch beim Strom. [...] Die Ersatzversorgung, in die die Mieter von Welnowski kamen, ist ein Sonderfall der Grundversorgung. Darin landen Kunden, wenn zum Beispiel ein Anbieterwechsel vorher gescheitert war oder wenn der bisherige Versorger die Belieferung einstellt, etwa im Insolvenzfall.

Daniel Hoh/Claudia Kaffanke, Nutzen Grundversorger ihre Monopolstellng aus?, in: https://www.tagesschau.de/wirtschaft/verbraucher/grundversorger-monopol-preise-energie-100.html, 02.02.2024

GLOSSAR

Monopol
Oligopol
Polypol

1 **Beschreiben** Sie die Karikatur (M 1) und **benennen** Sie Bereiche, in denen Wirtschaften zu negativen Folgen für Umwelt und Gesellschaft führt.

2 **Überprüfen** Sie, ob M 2–M 5 Beispiele für Marktversagen zeigen.

3 **Analysieren** Sie M 4 arbeitsteilig und **recherchieren** Sie nach Beispielen, in denen sich dieses Handeln in der Praxis zeigt. Beachten Sie dabei das Konzept des ökologischen Fußabdrucks.

4 **Diskutieren** Sie vor dem Hintergrund eigener Wahrnehmungen, ob das wirtschaftliche Handeln in Deutschland bzw. der EU immer alle Folgen richtig einschätzt und mitbedenkt (M 1–M 4).

WEBCODE

WES-117977-106
Biokapazität und ökologischer Fußabdruck

3.3 Gibt es einen vollkommenen Markt?

M1 Neigt die Wirtschaft zu Kartellen und Monopolen?

INFO

Monopolkommission
Die Monopolkommission begutachtet alle zwei Jahre den Stand der Unternehmenskonzentration in Deutschland.

Zeichnung: Schwarwel

M2 Funktionen des Wettbewerbs

Wettbewerb bedeutet, dass verschiedene Unternehmen in Konkurrenz um die Nachfrage stehen. Jedes Unternehmen muss damit rechnen, dass seine eigenen Kunden zu einem Wettbewerber wechseln, wenn dieser vergleichbare Leistungen preiswerter anbietet oder einfach bessere Produkte bereitstellt. […] Von einem wettbewerblich organisierten Markt profitieren damit insbesondere die Verbraucher, weil sie sich diejenigen Güter und Leistungen auswählen können, die am ehesten ihren Vorstellungen (z.B. gute Qualität, angemessenes Preis-Leistungs-Verhältnis […]) entsprechen. Damit übernimmt der Wettbewerb eine zentrale Koordinationsfunktion in der sozialen Marktwirtschaft.

Wozu brauchen wir Wettbewerb?, in: https://www.bundeskartellamt.de/SharedDocs/Publikation/DE/Unterrichtsmaterial_Lehrmappe/Arbeitsblaetter/BKartA_Arbeitsblatt_Wozu_Wettbewerb.pdf?__blob=publicationFile&v=2, 10.07.2025

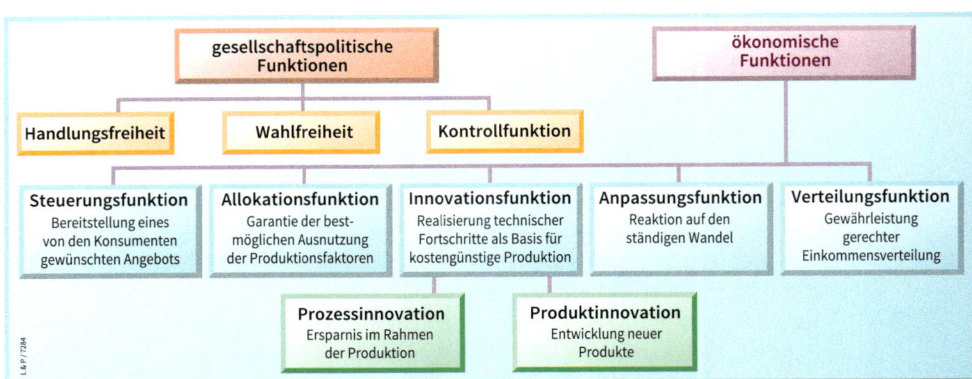

M3 Marktformen

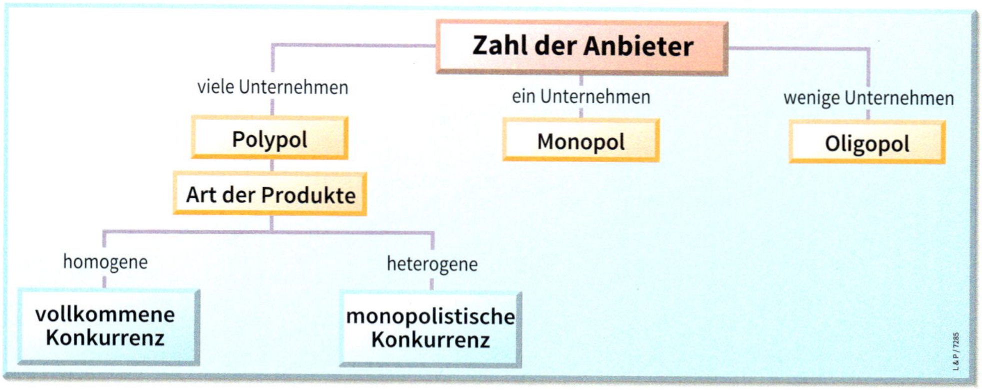

GLOSSAR

Monopol
Oligopol
Polypol

M4 Wettbewerbsbeschränkungen und Wettbewerbsschutz

Eine in der Praxis häufig vorzufindende [...] Einschränkung des Wettbewerbs ist das Kartell. Kartelle sind auf [...] Absprache beruhende Vereinbarungen zweier oder mehrerer [...] Unternehmen zum Zwecke der Beschränkung oder Ausschaltung des Wettbewerbs. [...] Absprachen können sich [...] auf Preise, Absatzmenge und -gebiete, auf den Vertrieb oder sonstige Konditionen beziehen. Die Wahrscheinlichkeit, dass es zu Kartellabsprachen kommt, ist umso größer, je weniger Anbieter auf dem Markt sind, je größer die Markteintrittsbarrieren sind, je homogener das Gut und je unelastischer die Nachfrage nach dem betroffenen Gut ist. Eine Wettbewerbsbeschränkung kann auch durch den Zusammenschluss von Unternehmen eintreten. Je nachdem ob dabei die einzelnen Unternehmen nur ihre wirtschaftliche oder aber auch ihre rechtliche Selbstständigkeit verlieren, unterscheidet man zwischen der Konzernbildung und einer Fusion. [...] Wettbewerbspolitik ist weitgehend Ordnungspolitik. Die für die Erhaltung und Gestaltung eines funktionsfähigen Wettbewerbs erforderlichen Maßnahmen und Instrumente sind daher vorwiegend in Gesetzen geregelt. Zu den wichtigsten Rechtsgrundlagen in Deutschland zählen das „Gesetz gegen Wettbewerbsbeschränkungen" (GWB) [...] und das „Gesetz gegen unlauteren Wettbewerb". Die Verwaltungsentscheidungen werden vor allem durch das Bundeskartellamt [...] getroffen. [...] Zur Begutachtung von Konzentration, Wettbewerb und Wettbewerbspolitik wurde die Monopolkommission errichtet. Sie berichtet alle zwei Jahre über den Stand der Unternehmenskonzentration, bewertet die Wettbewerbspolitik des Bundeskartellamts und nimmt zu wichtigen Fragen des Wettbewerbs Stellung.

Herbert Edling, Volkswirtschaftslehre. Schnell erfasst, Springer: Wiesbaden ²2008, S. 151 ff.

1 **Beschreiben** Sie die Karikatur und **formulieren** Sie mögliche Deutungshypothesen (M 1).

2 **Beschreiben** Sie die Funktionen des Wettbewerbes (M 2).

3 **Ordnen** Sie den Marktformen in M 3 passende Beispiele **zu**, indem Sie in Ihrem Umfeld **recherchieren** (M 3).

4 **Erörtern** Sie, indem Sie einen Kommentar für ein Onlinemedium Ihrer Wahl schreiben, ob es vollkommene Märkte geben kann (M 1–M 4). Beachten Sie dabei mögliche Folgen des Wirtschaftens.

QUERVERWEIS

Beachten wir die Folgen des Wirtschaftens?
S. 64 f.

Preisbildung

M1 Der Preis einer FFP2-Maske

INFO

FFP2-Maske
Atemschutzmaske mit hoher Schutzwirkung

Die Preisentwicklung bei FFP2-Masken während der Corona-Pandemie (2020)

Preise in Euro pro FFP2-Maske

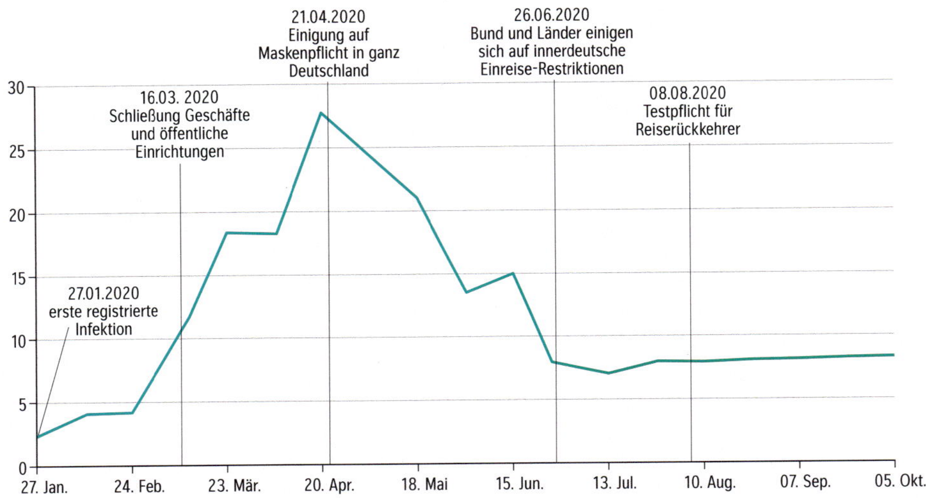

Quelle: EY 2020 (Durchschnittspreise auf der Preisvergleichsseite Idealo) 48818EX

M2 Wie bilden sich Preise?

Auf einem vollkommenen Markt treffen Anbieter und Nachfrager aufeinander und versuchen einerseits den maximalen Gewinn zu erhalten (Anbieter) und andererseits den geringsten Preis für ein Produkt zu zahlen (Nachfrager). Demnach treten Anbieter wie die Hersteller von FFP2-Masken am Markt so auf, dass sie einen hohen Preis erzielen wollen (abhängig von der nachgefragten Menge). Je größer die Nachfrage, desto höher der von den Anbietern geforderte Preis. Die Nachfrager von FFP2-Masken, hier also alle Menschen in Deutschland während der Corona-Pandemie, wollen wiederum ihre Kosten begrenzen und versuchen folglich ihre Ausgaben zu reduzieren – demnach sinkt hier bei größerer Menge der Preis immer weiter. Mit diesen beiden gegensätzlichen Erwartungen kommen Anbieter und Nachfrager nun an den Markt und versuchen einen Preis zu finden, an dem beide Erwartungen gleich sind – diesen Preis nennt man Gleichgewichtspreis. Dieser findet sich in einem langsamen Annäherungsprozess, da die Anbieter mit einem Preis starten und wenn dieser nicht nachgefragt wird, die Preise senken. Dabei ist die konkrete Ausprägung der Erwartungen von Anbieter und Nachfrager (also im Modell die Steigung der Grafen) von deren Einstellungen und Präferenzen abhängig: Ist das Bedürfnis bei den Nachfragern folglich hoch, ist man auch bereit, einen höheren Preis zu zahlen, gleiches gilt für die Anbieter, wenn diese einen höheren Startpreis anlegen können, da sie eine besondere Marktposition sehen. In der Corona-Pandemie wiederum herrschten oft spezielle Marktsituationen vor: So war anfangs das Angebot an Atemschutzmasken sehr gering, die Nachfrage aber sehr hoch. Hier lag ein Nachfrageüberhang vor, der zu steigenden Preisen führte. Dies änderte sich mit der steigenden Produktion, die dann zu einem Überangebot und damit einem Angebotsüberhang führte, der die Preise sinken ließ.

Autorentext

M3 Marktgleichgewicht, Angebots- und Nachfrageüberhang

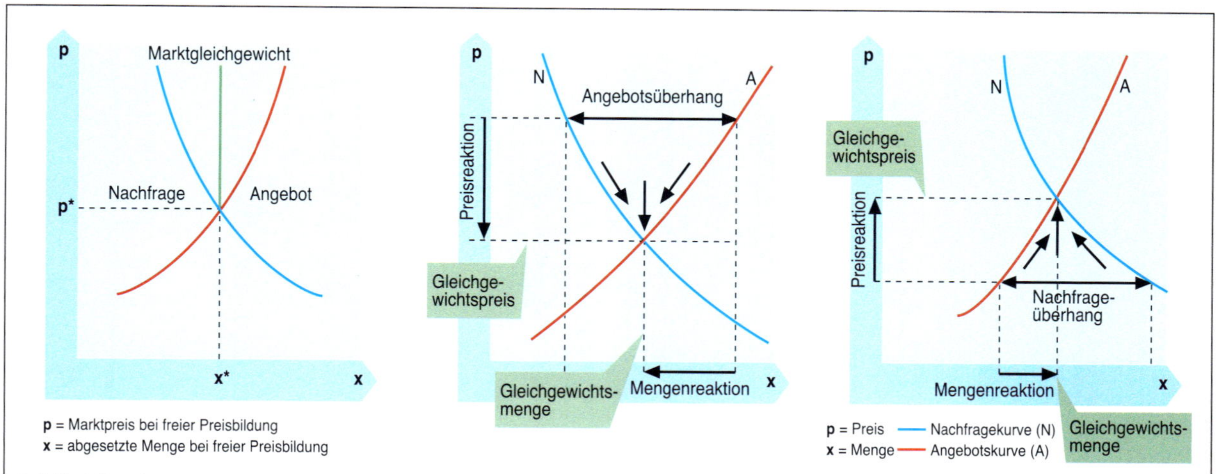

Quelle: Wirtschaft heute, Sonderausgabe der Bundeszentrale für politische Bildung, Bonn 2009

M4 Wie wirken sich staatliche Eingriffe aus? Beispiel Strompreisbremse

Die Stromkosten waren 2022 als Folge des Angriffs Russlands auf die Ukraine stark angestiegen. […]

Der Strompreis bestimmt sich meist nach dem teuren Strom aus Gaskraftwerken. Der Strompreis wird für jeglichen Strom, egal wie er erzeugt wird, durch das sogenannte Merit-Order-Prinzip bestimmt. Je nach Strombedarf werden unterschiedlich viele Kraftwerke zugeschaltet. Das Kraftwerk mit dem teuersten Preis, das noch hinzugeschaltet werden muss, bestimmt den Preis für alle. In der Regel sind diese preissetzenden Werke Gaskraftwerke. Durch das Merit-Order-Prinzip wurde also auch der erneuerbare Strom zu dem hohen Gas-Strompreis verkauft. Weil dadurch der Preis für den Strom insgesamt stieg, mussten auch die Verbraucher immer tiefer in die Tasche greifen.

Dem wollte die Bundesregierung mit der Strompreisbremse entgegenwirken. Der Mechanismus setzte einen Maximalpreis fest, quasi einen Deckel. Verbraucher mussten für einen Großteil ihres Stroms nur diesen Preis zahlen. Sie wurden also entlastet. Doch dadurch entstand eine Lücke: Die Einkaufskosten der Energieversorger für Strom stiegen an, während sie durch den Verbraucher-Preisdeckel nicht ausreichend Geld einnehmen konnten – sie machten ein Minus.

Philip Raillon, Verfassungsgericht urteilt zu Strompreisbremse, in: https://www.tagesschau.de/wirtschaft/energie/bverfg-strompreisbremse-100.html, 28.11.2024

1. **Beschreiben** Sie die Preisentwicklung in M 1 und **benennen** Sie, was Sie dabei überrascht (M 1).
2. Teilen Sie den Kurs in Anbieter und Nachfrager von FFP2-Masken ein. Überlegen Sie sich, welchen Preis Sie anbieten oder für welchen Preis Sie verkaufen würden und **stellen** Sie im Anschluss möglichst grafisch **dar**, wie sich die Preise entwickelt haben.
3. **Erklären** Sie die Preisbildung und **vergleichen** Sie Ihre Erkenntnisse mit dem Rollenspiel in Aufgabe 2 (M 2).
4. **Erläutern** Sie mithilfe von M 2 und M 3 die in M 1 dargestellte Preisentwicklung.
5. **Stellen** Sie grafisch den staatlichen Eingriff in die Strompreisbildung **dar** (M 4).
6. **Bewerten** Sie die Anwendbarkeit des Modells in der Praxis (M 1–M 4).

3.4 Freie Marktwirtschaft – regelt der Markt alles?

M1 Wen oder was richtet der Markt?

Zeichnung: Paolo Calleri

M2 Merkmale

[Freie Marktwirtschaft:] auf den Ideen und Gedanken des klassischen Liberalismus beruhende Wirtschaftsordnung, die jedem Einzelnen volle Selbstverantwortung und wirtschaftliche Entscheidungs- und Handlungsfreiheit gewährt. Der Staat hat lediglich die Aufgabe, Schutz, Sicherheit und Eigentum der Bürger zu gewährleisten, ein Zahlungsmittel bereitzustellen sowie das Rechtssystem zu erhalten („Nachtwächterstaat"). Der Staat enthält sich ansonsten der wirtschaftlichen Einflussnahme und überlässt die Steuerung der Wirtschaft alleine dem Markt, d. h. dem Gesetz von Angebot und Nachfrage. Kennzeichen der freien Marktwirtschaft sind z. B. Privateigentum an den Produktionsmitteln, freier Wettbewerb, freie Preisbildung, Gewerbefreiheit und Konsumfreiheit.

Freie Marktwirtschaft, in: Duden Wirtschaft von A bis Z. Grundlagenwissen für Schule und Studium, Beruf und Alltag, BpB: Bonn 2016; https://www.bpb.de/kurz-knapp/lexika/lexikon-der-wirtschaft/19325/freie-marktwirtschaft/

M3 Das Wirtschaftssystem in den USA

INFO

Joe Biden
(* 1942)
46. US-Präsident
(2021 bis 2025)

Joe Biden [...] begann seine Amtszeit mit einer Überraschung. „Trickle-down Economics hat noch nie funktioniert. Es ist an der Zeit, die Wirtschaft wachsen zu lassen, und zwar für die unteren und mittleren Einkommensschichten." [...] Nun fordert er, „dass die amerikanischen Unternehmen und das reichste 1 Prozent der Amerikanerinnen und Amerikaner anfangen, ihren gerechten Anteil zu zahlen". [...] In einer Rede vor dem US-Kongress [begrub Biden] die Idee des „Trickle-down", also des Durchsickerns des Wohlstands der Reichsten zur normalen Bevölkerung. Die Theorie besagt, dass das ganz von allein passierte, wenn der Staat sich raushält und die Steuern für große Einkommen und Vermögen

senkt. Ronald Reagan spitzte das vor vierzig Jahren auf die Formel zu, die Regierung sei „nicht die Lösung unserer Probleme, die Regierung ist das Problem". [...]
Die Demokratie ist bedroht. Sie muss verteidigt werden. Aber viele Menschen in den USA und anderswo fühlen sich dabei nicht angesprochen. Sie haben andere Sorgen. Es ist nämlich nichts durchgesickert. Das Aufstiegsversprechen wurde gebrochen. Die Mittelschicht schrumpft seit Jahrzehnten. Zugleich wachsen die Vermögen der Reichsten immer schneller. Menschen, die sich vergessen fühlen, sind anfällig für jene, die Wut und Hass anfeuern. Wer das „Soziale" vergisst, der wird auch die „Marktwirtschaft" nicht retten. Wenn hingegen das Versprechen, es werde unseren Kindern besser gehen als uns selbst, wieder erfüllt wird, dann wird sie auch verteidigt. Sicher: Biden ist kein Sozialist. Wie schon Franklin D. Roosevelt will er den Kapitalismus vor sich selbst schützen. Deshalb kämpft er für die Ausweitung der Gesundheitsversorgung und Bildung.

Stefan Liebich, Demokratie in Gefahr, in: https://taz.de/Soziale-Gerechtigkeit-in-den-USA/!5826394/, 20.01.2022

INFO

Ronald Reagan
(1911–2004)
40. US-Präsident
(1981 bis 1989)

Franklin D. Roosevelt
(1882–1945)
32. US-Präsident
(1933 bis 1945)

M4 „Der Markt ist die Ordnung der Freiheit"

Die [freiheitliche Gesellschafts-]Ordnung ist institutionalisiertes Menschenrecht und basiert auf dem Zusammenspiel [...] des freien Marktes, der Herrschaft des Gesetzes, einer gewaltenteiligen Verfassung, der demokratischen Herrschaftsausübung und der offenen Gesellschaft. Diese Teilordnungen sind die Bausteine der Gerechtigkeit; alle sind gleichermaßen Ausdruck der Freiheit und menschenrechtlichen Gleichheit der Bürger [...].
Die Marktwirtschaft ist nicht nur das effizienteste System der Ressourcenverwertung und Güterversorgung. Der Markt ist auch eine wertverwirklichende, eine moralische Ordnung. Er ist eine Schule der Selbstverantwortung und planenden Rationalität [...]. Er führt zur Mehrung des Wohlstandes und einer steten Verbesserung des allgemeinen Versorgungsniveaus. [...]
Der Markt ist die Ordnung der Freiheit [...]. So wie der Rechtsstaat Ausdruck gesicherter gleicher Handlungsfreiheit ist, und so wie die Demokratie Ausdruck des gleichen politischen Mitwirkungsrechts aller Bürger ist, so ist der Markt Ausdruck freien und selbstbestimmten Mitteleinsatzes. So wie alle Rechtspersonen gleich vor dem Gesetze sind und alle Bürger gleiches Wahl- und Stimmrecht haben, so sind alle Wirtschaftssubjekte gleich vor dem Preis. Das besagt: Das Gesetz macht keine Unterschiede, das Stimmrecht macht keine Unterschiede und der Preis macht keine Unterschiede.
Diese Freiheitsordnung des Rechts, der Politik und der Wirtschaft bedingen sich wechselseitig. [...] Je offener der Wettbewerb, je weniger politisch aufgezwungene oder privat errichtete Marktzutrittsschranken, umso ungehinderter die Dynamik der Preisbildung, umso gerechter das Spiel von Angebot und Nachfrage.
[...]
Aber die [...] Marktwirtschaft muss geordnet werden, damit ihre selbstzerstörerischen Kräfte gezähmt werden.

Wolfgang Kersting, Einige Bemerkungen zur Freiheit, in: Friedrich-Naumann-Stiftung für die Freiheit. Verleihung Freiheitspreis am 3. November 2012, Potsdam 2013, S. 31 ff.

INFO

Wolfgang Kersting
(1946–2025)
deutscher Philosoph

GLOSSAR

Marktwirtschaft

1. **Beschreiben** Sie die Karikatur und **formulieren** Sie mögliche Deutungshypothesen (M 1).
2. **Erstellen** Sie ein Schaubild, in welchem Sie das theoretische Funktionieren der freien Marktwirtschaft **darstellen**. Gehen Sie besonders auf die Rolle von Markt und Staat ein (M 2).
3. **Erarbeiten** Sie Pro- oder Kontra-Argumente zur Fragestellung: „Freie Marktwirtschaft – regelt der Markt alles?" (M 3, M 4) und **verteidigen** Sie diese dann in einem Fishbowl.
4. **Formulieren** Sie ein fiktives Posting in einem Social-Media-Netzwerk, in welchem Sie die Frage „Freie Marktwirtschaft – regelt der Markt alles?" **beurteilen** (M 1–M 4).

3.5 Planwirtschaft – nur eine Utopie?

M1 Schlange stehen

INFO

Planwirtschaft
Als Reaktion auf die Probleme des Kapitalismus im 19. Jahrhundert entwickelte Karl Marx seine Kritik an der freien Marktwirtschaft. Im 20. Jahrhundert entwickelte sich daraus eine ökonomische Adaption in Form der Planwirtschaft, die auch in der DDR Anwendung fand.

Zeichnung: Fritz Behrendt

M2 Funktionsweise

Die Plan-/Zentralverwaltungswirtschaft ist ein wirtschaftliches Ordnungsmodell. Bei diesem Ordnungsmodell handelt es sich um ein zentralgesteuertes System, bei dem der Mengenausgleich zwischen den Wirtschaftssubjekten durch Planvorgabe, Anreiz- bzw. Strafsysteme und Zuteilungssysteme erfolgt.
In einer Plan-/Zentralverwaltungswirtschaft übernimmt die sogenannte Planbehörde die Funktion, die in einer freien Marktwirtschaft der Preismechanismus erfüllt. Durch diese werden alle Pläne der volkswirtschaftlichen Wirtschaftssubjekte aufeinander abgestimmt, lenkt die Produktion und regelt diese mit Anreiz- und Sanktionssystemen.
Anhand der Mengenbilanzen erfolgt eine Abstimmung der Einzelpläne, die für alle Güterarten der Volkswirtschaft benötigt werden. Verschiedene Güterarten von Gut A, über Gut B zu Gut C sind untereinander im Produktionsprozess abhängig.
Ein Produkt Auto erfordert bei der Herstellung bestimmte Mengen Blech, und die Blechproduktion basiert wiederum auf einer bestimmten Menge Stahl. Sind die grundsätzlichen Verzahnungen und Abhängigkeiten der Mengenbilanzen einer Volkswirtschaft von der Zentrale festgelegt, so kann in einem nächsten Schritt die Abstimmung der Bilanzen erfolgen.

Günter Schiller, Volkswirtschaftslehre. Eine entscheidungsorientierte Einführung, Winkler: Darmstadt [3]1992, S. 17 f.

M3 Praxis und Umsetzung der Planwirtschaft in der DDR

INFO

SED
Sozialistische Einheitspartei Deutschlands; die Funktionäre der Staatspartei bestimmten das Herrschaftssystem der DDR

In den 1980er-Jahren waren die Industrie und das Verkehrswesen zu 98 Prozent verstaatlicht. Produzierendes Handwerk: 73 Prozent der Berufstätigen arbeiteten in Privatbetrieben, der Rest in Genossenschaften; Landwirtschaft: 79 Prozent der Berufstätigen arbeiteten in Genossenschaften, nur 1 Prozent in Privatbetrieben (Rest = staatliche Betriebe); Bauwirtschaft: weitgehend verstaatlicht (noch 19 Prozent der Beschäftigten arbeiteten in Genossenschaften, 7 Prozent in Privatbetrieben); privater Anteil am Binnenhandel und am Dienstleistungsbereich lediglich jeweils etwa 5 Prozent. Die Verstaatlichung und die Einrichtung von staatlich kontrollierten Produktionsgenossenschaften diente der SED dazu, denjenigen Lebensbereich, mit dem alle Bürger (sei es auch nur als Konsumenten) verbunden sind, zu kontrollieren. Letztlich entschied die Partei darüber, was und in welchen Mengen produziert wurde, welche Investitionen in den Betrieben vorzunehmen waren und wie die produzierten Güter verteilt wurden. Dadurch bestimmte sie auch über die Preise und das Angebot der Konsumgüter. Die Zentralverwaltungswirtschaft unter der Leitung der SED sicherte das sozialistische System, weil verhindert wurde, dass die unterschiedlichen wirtschaftlichen Interessen der Handwerker, der freiberuflich Tätigen, der verschiedenen Gruppen in den Betrieben, in vielfältige politische Interessen umschlagen.
Die Erwerbstätigen in der DDR waren vom sozialistischen Staat voll in den ökonomischen Produktions- und Verteilungsprozess eingebunden und leisteten ihren Beitrag für die von

der Partei vorgegebenen Ziele. Im Rahmen der „Leitungsstruktur der Wirtschaft“ konnten die „Werktätigen“ auf Betriebsebene einen geringen Einfluss auf die Planung ausüben, denn die von der staatlichen Plankommission ausgehende zentrale Planung der Volkswirtschaft der DDR war auf die Informationen aus den Betrieben angewiesen.

Carl Deichmann, Abiturwissen. Der Weg zur Einheit und das vereinigte Deutschland, Klett: Stuttgart 1998, S. 110

M4 Ausstattung und Wertschöpfung in der DDR

Ausstattung mit Konsumgütern in der DDR (Stück je 100 Haushalte)

Jahr	Autos	Fernseher
1955	0,2	1,2
1970	15,6	73,6
1980	38,1	105,0
1990	48,2	117,6

Wertschöpfung der Industrie in der DDR und in der Bundesrepublik im Vergleich

	DDR	Bundesrepublik
verarbeitendes Gewerbe 1950	41,8 %	77,1 %
verarbeitendes Gewerbe 1989	65,6 %	91,2 %
Energie und Bergbau 1950	58,2 %	22,9 %
Energie und Bergbau 1989	34,4 %	8,8 %

INFO

Wertschöpfung
fragt danach, wie hoch der Anteil des jeweiligen Bereiches an der gesamten Volkswirtschaft ist

M5 Planwirtschaft und ihre Möglichkeiten

- Mit der Abschaffung des Privateigentums an den Produktionsmitteln kann ein einzelner kein Vermögen an einem Betrieb erwerben. Damit wird die Entstehung von Vermögenseinkommen in Form von Gewinnen oder Dividenden verhindert, und es entfällt eine wesentliche Ursache für ungleiche Einkommensverteilung in einer Volkswirtschaft.
- Kollektiveigentum vermindert egoistisches Besitzdenken und folglich die Ausbeutung breiter Bevölkerungsschichten durch einige wenige. Starke soziale Gegensätze zwischen Armen und Reichen mit Neid, Missgunst und Aggression, wie sie in der marktwirtschaftlichen Ordnung möglich sind, können damit vermieden werden.
- Zudem bietet die zentrale Lohnfindung die Möglichkeit, bestimmte Tätigkeiten nach gesellschaftlichen Wertschätzungen zu entlohnen. Wird die Arbeit einer Krankenschwester für wertvoller gehalten als die Arbeit eines Steuerberaters, so kann dies in der Entlohnung zum Ausdruck kommen, ohne die relative Knappheit der Fähigkeiten berücksichtigen zu müssen.

Günter Schiller, Volkswirtschaftslehre. Eine entscheidungsorientierte Einführung, Winkler: Darmstadt [3]1992, S. 19

GLOSSAR

Kapitalismus
Kommunismus
Sozialismus

1 **Beschreiben** Sie die Karikatur (M 1) und **benennen** Sie mögliche sich aus dieser ergebene Probleme der Planwirtschaft.
2 **Erklären** Sie die Merkmale der Planwirtschaft (M 2, M 3).
3 **Werten** Sie die Statistiken in M 4 **aus**.
4 **Beurteilen** Sie, wie erfolgreich die Umsetzung der Planwirtschaft in der DDR war (M 1–M 5).

QUERVERWEIS

METHODE Politische Urteile fällen
S. 314 f.

Parteiprogramme analysieren

Parteiprogramme werden, vor allem wenn einmal wieder eine Kommunal-, Landes- oder Bundeswahl ansteht, immer gerne zitiert, obwohl nur wenige sie vollständig lesen. Dabei sind sie noch immer wichtig, um die programmatische Ausrichtung von Parteien zu verstehen und vor allem die Inhalte vergleichen zu können. Nur dann kann man verstehen, welche Rolle die jeweilige Partei beispielsweise für den Staat in der Wirtschaft vorsieht oder wie die Rolle des Marktes verstanden wird. Zunehmend werden die zentralen Inhalte von Parteien auch in ihren Kanälen in den sozialen Netzwerken vorgestellt. Oder man nutzt im Internet Vergleichsportale von Parteiprogrammen wie den Wahl-O-Mat der Bundeszentrale für politische Bildung.

Problematisch an derartigen Vergleichsportalen wie dem Wahl-O-Mat ist dabei, dass hier eine Vorauswahl stattfindet, da jemand vorab die Parteiprogramme nach Kriterien ausgewertet und geordnet hat. Demnach findet immer eine gewisse subjektive Zuordnung statt – wer dies vermeiden will, muss diese selbst analysieren und vergleichen. Dabei bietet sich folgende Vorgehensweise an, die je nach Schwerpunkt auch angepasst und verändert werden kann.

QUERVERWEIS

METHODE Schreibprozesse kollaborativ organisieren S. 286 f.

VERTIEFUNG Welche wirtschaftspolitischen Ziele verfolgen Parteien, Verbände und Nichtregierungsorganisationen? S. 289 ff.

1. Bestimmung des Schwerpunkts bzw. der Fragestellung

Für die Analyse sollte zunächst überlegt werden, ob man sich wirklich das gesamte Parteiprogramm anschauen will oder ob eine Schwerpunktsetzung sinnvoll erscheint. Diese kann inhaltlich begründet sein (nur bestimmte Inhalte werden verglichen, wie z. B. Wirtschaftspolitik oder Verkehrspolitik) oder sie kann sich aus dem Erkenntnisziel ergeben. Will ich mir beispielsweise anschauen, welche Maßnahmen gegen die steigende soziale Ungleichheit formuliert werden, dann folgt hieraus als Schwerpunkt der Blick auf die Sozialpolitik.

Insgesamt bietet es sich an, zunächst die Fragestellung zu formulieren, die das Erkenntnisinteresse leitet, und davon ausgehend dann eine Schwerpunktsetzung vorzunehmen.

2. Festlegung der Untersuchungsgruppe

Für die Analyse sollte nun festgelegt werden, welches Material für die Analyse verwendet wird. Dabei wäre zu überlegen, ob man sich auf Parteiprogramme für eine bestimmte naheliegende Wahl konzentriert oder ob man auf Grundsatzprogramme der Parteien zugreift. Gleiches gilt auch dafür, ob man den Vergleich wirklich für alle Parteien vollzieht oder man hier eine Beschränkung vornimmt. Auch hier sollte man seine Fragestellung genau reflektieren, da man schon dabei festlegen kann, welche Parteien beispielsweise für die Fragestellung von besonderem Interesse sind.

3. Analysieren und sammeln

Nun werden die Materialien analysiert – hier bietet es sich an, dieses zunächst allgemein zu sichten (globales Lesen) und dann vertiefend anhand der Kriterien zu analysieren. Dabei kann das Material dann genauer gelesen und strukturiert werden, was über ein detailliertes Lesen erfolgt.

4. Kategorisieren

Danach sollten die Materialien passend kategorisiert werden, dabei ist das Finden der Kategorien von der Zielstellung und Fragestellung abhängig. Hier bietet sich sowohl ein induktives Vorgehen an, bei dem man von den Materialien ausgehend Kategorien findet als auch ein deduktives, bei dem man vorab diese Kategorien anhand der Erwartungen bildet.

5. Aufarbeiten

Die Materialien sollten dann aufgearbeitet werden, indem man sie in ein passendes Darstellungsformat überführt. Konkret kann dies neben einer textlichen Darstellung im Rahmen eines Dokuments auch eine Präsentation oder eine digitale Form sein; Letztere wäre auch im Rahmen der Kollaboration gut möglich, wenn vorab passende digitale Tools für die Auswertung verwendet werden.

6. Präsentieren

Die Ergebnisse werden danach präsentiert und vorgestellt – ob dies in bekannter Vortragsform erfolgt oder in einer digitalen Präsentation, die dann im Rahmen z. B. eines Gallerywalks dargestellt wird, hängt von der Aufgaben- und Zielstellung ab.

M 1 Auch die „Tagesschau" vergleicht Parteiprogramme

Zur Bundestagswahl am 26. September [2021] können 54 Parteien antreten. Wofür sie stehen und was sie erreichen wollen, steht in ihren Programmen. [...] *tagesschau.de* vergleicht die Wahlprogramme von CDU/CSU, SPD, AfD, FDP, Die Linke und Bündnis90/ Die Grünen anhand von 13 Themenbereichen. [...]

Dieser ausführliche Programmvergleich umfasst alle Parteien, die derzeit im Deutschen Bundestag vertreten sind. Damit sind hier die wichtigsten Parteien berücksichtigt. Diese ganz bewusste Auswahl wurde auch getroffen, um diesen Programmvergleich übersichtlich zu gestalten. Grundlage des Vergleichs sind die Wahlprogramme von CDU/CSU, SPD, AfD, FDP, Die Linke und Bündnis90/Die Grünen zur Bundestagswahl 2021.

Die weiteren Parteien, die zur Bundestagswahl antreten, stellt tagesschau.de demnächst ebenfalls vor. In einem gesonderten Programmvergleich werden ihre Konzepte und Ziele dargestellt. Wer sich nur schnell einen Überblick verschaffen will, welche Parteien diesmal überhaupt zur Wahl antreten, findet bei *tagesschau.de* in Kürze auch eine kompakte Übersicht mit den vollständigen Programmen.

Die Wahlprogramme der Bundestagsparteien sind unterschiedlich lang, unterschiedlich strukturiert und setzen unterschiedliche Schwerpunkte. Für den Programmvergleich wurden daher Themen ausgewählt, die bei allen Parteien eine Rolle spielen. Hier sind vergleichende Aussagen möglich. Zudem handelt es sich um Themen, die in der aktuellen Debatte und im Wahlkampf diskutiert werden, wie etwa Klimaschutz, Gesundheit, Rente oder Bildungspolitik – oder das Oberthema Digitalisierung, das sich quer durch die meisten Wahlprogramme zieht.

Mit diesen Plänen werben die Parteien, in: https://www.tagesschau.de/inland/btw21/programmvergleich, 13.08.2021

WEBCODE

WES-117977-107
Was ist der Wahl-O-Mat?

WEBCODE

WES-117977-108
Welche weiteren Angebote zur Information gibt es?

1 **Analysieren** Sie die Programme passender Parteien im Bereich Wirtschaftspolitik, indem Sie eine eigene Fragestellung finden und nach von Ihnen festgelegten Aspekten **interpretieren**.

2 **Bewerten** Sie die Vorgehensweise der „Tagesschau" bei ihrem Vergleich (M 1) vor dem Hintergrund einer gelungenen Analyse der Parteiprogramme mittels Aufgabe 1.

3 **Vergleichen** Sie die Vorgehensweise der Tageschau (M 1) mit der des Wahl-O-Mats und **beurteilen** Sie, welche Vorgehensweise Sie stärker überzeugt.

3.6 Wirtschaft in den Grundsatzprogrammen der Parteien

M1 Grundsatzprogramm der CDU (Auszug)

INFO

Grundsatzprogramm
Grundsatzprogramme sind die programmatischen Grundlagen einer Partei, die in der Regel über eine Wahlperiode hinweg gültig sind.

Wir Christdemokraten setzen auf das erfolgreichste Wirtschafts- und Gesellschaftsmodell der Welt: die soziale Marktwirtschaft. Sie leitet sich ab aus dem christlichen Menschenbild und ist als Werte-, Wirtschafts- und Gesellschaftsordnung mit ihren Grundprinzipien Wettbewerb, Chancengerechtigkeit, Selbstverantwortung, Schutz des Eigentums, Vertragsfreiheit, private Eigeninitiative, Leistungsbereitschaft, Subsidiarität und Solidarität ausgestaltet. Sie vereint den Grundsatz der Freiheit, die Kraft des Marktes und die Bereitschaft zur Verantwortung für einander. Sie hat zu Wirtschaftswunder, jahrzehntelangem Wachstum, Rekordbeschäftigung, soliden Haushalten, Wohlstand und sozialer Sicherheit geführt. [...]

In Zeiten großer Umbrüche und wachsender Herausforderungen müssen wir das Wohlstandsversprechen erneuern. Dabei setzen wir auf den Schutz des Eigentums, das Prinzip der Nachhaltigkeit, auf Ideenreichtum und Technologieoffenheit, die Kraft des Aufbruchs und der Digitalisierung, auf fairen Wettbewerb, freien Handel, größere wirtschaftliche Souveränität und soziale Verantwortung. [...] Wir setzen auf die Kraft des technologischen Fortschritts. Er verbessert unser Leben. Er ist Treiber für Wachstum und Voraussetzung dafür, dass Wohlstand für alle entsteht. Wir lehnen eine Politik ab, die auf weniger Wachstum und einen Wohlstand ohne Leistung und Anstrengung setzt. Eine Politik, die das Ziel nachhaltigen wirtschaftlichen Wachstums aufgibt, ist eine Politik des Niedergangs. [...] Jeder soll sich darauf verlassen können, dass die Solidargemeinschaft ihn trägt, wenn er sie wirklich braucht. Das ist für uns soziale Gerechtigkeit. Das setzt voraus, dass sich jeder im Rahmen seiner Möglichkeiten in diese Solidargemeinschaft einbringt. Solidarische Unterstützung soll daher wo immer möglich zu Eigenverantwortung und Teilhabe befähigen. Wir stehen für eine soziale Politik, die die aktivierende Vorsorge in den Mittelpunkt stellt und dem Subsidiaritätsprinzip folgt. Unser Sozialsystem ist auf eine starke Wirtschaft mit vielen Arbeitnehmern angewiesen.

Wir müssen deshalb stets mitbedenken, dass soziale Leistungen auch finanziert werden müssen und setzen deshalb auch hier auf Generationengerechtigkeit. In den Sozialversicherungen müssen beitragsbezogene Leistungen wieder klarer von steuerfinanzierten Leistungen abgegrenzt und so Transparenz in den Finanzbeziehungen geschaffen werden. Der Gesamtbeitrag zu den Sozialversicherungen muss stabil niedrig gehalten werden, um die Belastung der Unternehmen und ihrer Beschäftigten zu begrenzen.

Grundsatzprogramm der CDU Deutschlands, in: https://www.cdu.de/app/uploads/2025/08/240507_CDU_GSP_2024_Beschluss_Parteitag.pdf, 10.07.2025

M2 Grundsatzprogramm der SPD (Auszug)

Wohlstand und hohe Lebensqualität für alle waren und bleiben die Ziele sozialdemokratischer Wirtschaftspolitik. In der Vergangenheit ist Fortschritt vor allem als quantitatives Wachstum verstanden worden. Heute zwingen uns der rasche Klimawandel, die Überlastung der Ökosysteme und das Wachstum der Weltbevölkerung, der Entwicklung eine neue, zukunftstaugliche Richtung zu geben. Davon hängt ab, ob aus Entwicklung Fortschritt wird. Wir wollen nachhaltigen Fortschritt, der wirtschaftliche Dynamik, soziale Gerechtigkeit und ökologische Verantwortung vereint. Dafür ist qualitatives Wachstum mit reduziertem Ressourcenverbrauch nötig. Menschen sollen ihren eigenen Lebensunterhalt frei von Ausbeutung und Angst durch gute Arbeit verdienen können. Jeder Mensch soll einen gerechten Anteil am erwirtschafteten Reichtum erhalten. Wir wollen die natürlichen Lebensgrundlagen auch für kommende Generationen sichern. Im 20. Jahrhundert ist mit der sozialen Marktwirtschaft ein herausragendes Erfolgsmodell geschaffen worden. Sie verbindet wirtschaftliche Stärke mit Wohlstand für breite Schichten. Die soziale Marktwirtschaft, maßgeblich geprägt durch Sozialdemokratie und Gewerkschaften, hat aus der Beteiligung und Mitbestimmung der Arbeitnehmerinnen und Arbeitnehmer eine Produktivkraft gemacht und den sozialen Frieden gefördert. Aber die globalen Finanz- und Kapitalmärkte, die keine Grenzen mehr kennen, stellen diese bewährte Ordnung in Frage. Eine ausschließliche Orientierung an kurzfristigen und überzogenen Renditen gefährdet den sozialen Zusammenhalt und ist blind für die ökologischen Notwendigkeiten. Sie untergräbt zugleich den langfristigen wirtschaftlichen Erfolg unserer Unternehmen und unserer Volkswirtschaft.

Grundsatzprogramm der SPD, in: https://www.spd.de/fileadmin/Dokumente/Beschluesse/Grundsatzprogramme/hamburger_programm.pdf, 10.07.2025

M3 Grundsatzprogramm von Bündnis 90/Die Grünen (Auszug)

Die Wirtschaft dient den Menschen und dem Gemeinwohl, nicht andersherum. Nachhaltiger Wohlstand im Sinne von Klimaneutralität, Vorsorge und Gerechtigkeit ist Kern eines zukunftsfähigen Wirtschaftssystems. Ziel ist ein Wirtschafts- und Finanzsystem, das die planetaren Grenzen einhält und mehr Lebensqualität für alle Menschen erreicht, weltweit und für zukünftige Generationen. Dazu ist es notwendig, grundlegend anders zu wirtschaften: Chancen, Ressourcen und geschlechtergerecht. Dies bedeutet einen Wandel hin zu einer sozialökologischen Marktwirtschaft innerhalb klarer Leitplanken und mit Gemeinwohlorientierung, die Konzepte wie Wachstum, Effizienz, Wettbewerb und Innovation als Mittel zum Zweck betrachtet und Konzentration ökonomischer Macht bei Wenigen vermeidet. [...] Wohlstand definiert sich nicht allein durch materiellen Reichtum, sondern meint Lebensqualität. Es geht auch um Sicherheit, Freiheit, Zeitsouveränität, gesunde Lebensgrundlagen, Gleichberechtigung, kulturelle und politische Teilhabe und ein friedliches Zusammenleben. Dafür sind ein neuer Wohlstandsbegriff und ein anderes Wirtschaften nötig. Mit einem umfassenden Wohlstandsindikator können ökologische, soziale und qualitative Merkmale erfasst werden. Wasser, Luft, Boden und Artenvielfalt sind globale Gemeingüter, die abseits einer reinen Verwertungslogik allen Menschen zugutekommen müssen. [...] Märkte können ein mächtiges Instrument für ökonomische Effizienz, Innovation und technologischen Fortschritt sein. Ihre Dynamik und Schaffenskraft sind von großer Bedeutung, um die großen Herausforderungen der ökologischen Krisen zu bewältigen. Unregulierte Märkte aber sind zukunftsblind, krisenanfällig, instabil und können die Demokratie gefährden. Erst klare Regeln stellen sicher, dass Märkte und Wettbewerb funktionieren und im gesellschaftlichen Interesse wirken. Es ist Aufgabe des Staates, für Information, Transparenz und Wahl-freiheit zu sorgen und die Durchsetzung von Verbraucher*innen Rechten sicherzustellen. Märkte müssen so gestaltet sein, dass Verbraucher*innen als Marktteilnehmer*innen effektiv vor Missbrauch geschützt sind und selbstbestimmte Entscheidungen treffen können. Dazu gehören Vorsorge und Schutz auch für schwächere Verbraucher*innen ebenso wie Wahlfreiheit und Transparenz in mittlerweile globalisierten und digitalisierten Märkten. Der Staat muss für diese Verbraucher*innenrechte sorgen, die Durchsetzung dieser Rechte stärken und die Verbraucher*innenpolitik gesetzlich ausgestalten. Er darf die Verantwortung für die Entwicklung der Wirtschaft nicht bei den Verbraucher*innen abladen. Es ist Aufgabe des Staates, einen klaren Rechtsrahmen für Wirtschaft und Wettbewerb zu setzen.

Grundsatzprogramm Bündnis 90/Die Grünen, in: https://cms.gruene.de/uploads/assets/20200125_Grundsatzprogramm.pdf, 10.07.2025

M4 Grundsatzprogramm von Die Linke (Auszug)

Menschliches Leben umfasst die physische, kulturelle und geistige Reproduktion und reicht damit weit über den Bereich der Erwerbs- und Lohnarbeit hinaus. Arbeit ist mehr als Erwerbsarbeit, denn ohne die täglich zu leistende Arbeit in der Haushaltung, in der Erziehung, Sorge und Pflege, im Ehrenamt und im Kulturbereich könnte auch die in Lohnarbeit investierte Arbeitskraft sich im gesellschaftlichen Maßstab nicht reproduzieren. Die Erwerbsarbeit hat die spezifische Bedeutung, dass in ihr die Einkommen erwirtschaftet und die Güter und Dienstleistungen produziert werden, die gekauft werden können. Die Weiterentwicklung der Produktivkräfte erfolgt überwiegend im Bereich der Erwerbsarbeit. [...]

Die Linke will gute Arbeit statt ungesicherter, prekärer und unterbezahlter Beschäftigung. Deshalb soll jede Erwerbstätigkeit sozial versichert sein. Wir kämpfen dagegen, dass reguläre Beschäftigung durch Leiharbeit, Scheinselbstständigkeit, Endlospraktikaschleifen oder Minijobs ersetzt wird. Unabhängig von Geschlecht, Alter und Erwerbsstatus muss gelten: Gleiches Entgelt und gleiche soziale Standards für gleiche und gleichwertige Arbeit. Schluss mit Armutslöhnen und Lohndumping. Die Enteignung der Beschäftigten muss gestoppt werden. Deshalb fordern wir einen gesetzlichen Mindestlohn in existenzsichernder Höhe. Dieser Mindestlohn soll mindestens 60 Prozent des nationalen Durchschnittslohns betragen. [...] Gute Arbeit für jede und jeden erfordert erweiterte Mitbestimmung der Beschäftigten im Betrieb und im Unternehmen. Wir sind für bindende Veto-Rechte von Beschäftigten in bedeutenden sozialen, wirtschaftlichen und ökologischen Belangen. Starke und kämpferische Gewerkschaften sind notwendig. Die Linke unterstützt sie in ihren Anstrengungen. Das ungehinderte Streikrecht, einschließlich des Rechts auf den politischen Streik und den Generalstreik, muss gewährleistet werden. [...] Die Tarifflucht muss gesetzlich unterbunden und das Verbandsklagerecht für Gewerkschaften eingeführt werden. [...]

Wir brauchen einen Richtungswechsel in der Wirtschafts- und Finanzpolitik. Sie muss eine neue Vollbeschäftigung, höhere Masseneinkommen und die Stärkung der öffentlichen Finanzen anstreben. Dabei darf es keine sozial und ökologisch blinde Wachstumsfixierung geben, sondern dies muss mit einem zukunftsfähigen Umbau der Strukturen, mit sinkendem Rohstoffverbrauch und sinkenden Umweltbelastungen verbunden werden. Dazu muss die inländische Nachfrage durch eine Umverteilung zugunsten kleiner und mittlerer Einkommen und eine Ausweitung öffentlicher Leistungen gestärkt werden.

Parteiprogramm der Partei Die Linke; in: https://www.die-linke.de/partei/programm/, 10.07.2025

M5 Grundsatzprogramm des BSW (Auszug)

Seit Jahren wird an den Wünschen der Mehrheit vorbei regiert. Statt Leistung zu belohnen, wurde von den Fleißigen zu den oberen Zehntausend umverteilt. Statt in einen kompetenten Staat und gute öffentliche Dienste zu investieren, haben Politiker die Wünsche einflussreicher Lobbys bedient und dadurch die öffentlichen Kassen geleert. [...] Unsere öffentliche Infrastruktur ist in einer für ein führendes Industrieland blamablen Verfassung. [...] Marode Straßen und Brücken, Funklöcher und langsames Internet, überforderte Verwaltungen und unnütze Vorschriften machen gerade kleinen und mittelgroßen Unternehmen das Leben schwer. Das deutsche Schulsystem [...] verweigert Kindern aus weniger begüterten Familien Bildungs- und Lebenschancen und versagt zugleich vor der Aufgabe, die von der Wirtschaft dringend benötigten Fachkräfte auszubilden. Seit durch die Russlandsanktionen und vermeintliche Klimapolitik auch noch Energie schlagartig teurer wurde, droht unserem Land der Verlust wichtiger Industrien und hunderttausender gutbezahlter Arbeitsplätze. Viele Unternehmen erwägen eine Verlagerung ihrer Produktion ins Ausland.

Andere sind in ihrer Existenz bedroht. Von Konzernen beeinflusste und gekaufte Politik und das Versagen der Kartellbehörden haben eine Marktwirtschaft geschaffen, in der viele Märkte nicht mehr funktionieren. Es sind marktbeherrschende Großunternehmen, übermächtige Finanzkonzerne wie Blackrock und übergriffige Digitalmonopolisten wie Amazon, Alphabet, Facebook, Microsoft und Apple entstanden, die allen anderen Marktteilnehmern ihren Tribut auferlegen, Wettbewerb untergraben und die Demokratie zerstören. Zu einem beachtlichen Teil ist die aktuelle Inflation auch Ergebnis eines durch zu große wirtschaftliche Macht verursachten Marktversagens. Wir streben eine innovative Wirtschaft mit fairem Wettbewerb, gut bezahlten sicheren Arbeitsplätzen, einem hohen Anteil industrieller Wertschöpfung, einem gerechten Steuersystem und einem starken Mittelstand an. Dafür wollen wir Marktmacht begrenzen und marktbeherrschende Konzerne entflechten. Wo Monopole unvermeidlich sind, müssen die Aufgaben gemeinnützigen Anbietern übertragen werden. Die deutsche Industrie ist das Rückgrat unseres Wohlstands und muss erhalten bleiben. Wir brauchen wieder mehr Zukunftstechnologien made in Germany, mehr hidden champions und nicht weniger.

Parteiprogramm Bündnis Sahra Wagenknecht, in: https://bsw-vg.de/wp-content/uploads/2024/01/BSW_Parteiprogramm.pdf, 10.07.2025

M6 Grundsatzprogramm der FDP (Auszug)

Die soziale Marktwirtschaft ist die liberale Werteordnung für die Wirtschaft. Sie ist eine Wirtschaftsordnung, die darauf angelegt ist, Wohlstand, Beschäftigung und sozialen Ausgleich zu schaffen und die Verantwortung für nachhaltiges Wirtschaften ermöglicht. In dieser Verbindung liegt seit jeher ihre besondere Stärke. Die soziale Marktwirtschaft eröffnet in einer offenen, zukunftsgerichteten und freiheitlichen Gesellschaft, in deren Mittelpunkt der Mensch steht, jedem einzelnen die Chance, durch eigene Arbeit, Ideen und Anstrengung an materiellem Wohlstand teilzuhaben. Die konstituierenden Elemente der sozialen Marktwirtschaft sind deshalb sozialer Ausgleich und Wettbewerb. Der soziale Ausgleich hat zum Ziel, den Zusammenhalt der Bürger unseres Landes zu fördern. Der Wettbewerb hingegen fördert durch die stetige Suche nach effizienteren Lösungen und neuen und besseren Produkten die wirtschaftliche Dynamik und die Schaffung von Arbeitsplätzen. Er verhindert Machtkonzentration und sorgt für eine Kontrolle der Kosten, für wirtschaftliche Dynamik und die Schaffung von Arbeitsplätzen. Wettbewerb verteilt den Gewinn nach Leistung und schafft weltweiten Wohlstand und Stabilität. [...]

Das Marktgeschehen wird durch die staatliche Rahmenordnung reguliert. Ihre Regeln müssen für alle gleich gelten. Die Herrschaft des Rechts schützt zwar die Freiheit des Einzelnen im Markt, nicht aber die Freiheit des Marktes oder marktbeherrschender Unternehmen. Sie zielt viel-mehr darauf ab, Macht zu brechen und einen fairen Wettbewerb zu ermöglichen. Der Staat ist Schiedsrichter, nicht Mitspieler. Kommunal- und Staatsunternehmen verzerren den Wettbewerb. Wo Banken, Fonds oder Unternehmen systemrelevant sind, können sie für die soziale Marktwirtschaft bedrohlich werden. Es bedarf einer Stärkung der Bankenaufsicht. Unabhängige Banken sind für Liberale unabdingbarer Teil unseres Finanzsystems. Unbegrenzte Existenzgarantien für Marktteilnehmer führen zu Verantwortungslosigkeit und behindern die Selbstregulierung des Marktes.

Karlsruher Freiheitsthesen der FDP für eine offene Bürgergesellschaft, in: https://www.fdp.de/sites/default/files/import/2016-01/378-karlsruherfreiheitsthesen.pdf, 10.07.2025

QUERVERWEIS

METHODE-Parteiprogramme analysieren
S. 74 f.

VERTIEFUNG Welche wirtschaftspolitischen Ziele verfolgen Parteien, Verbände und Nichtregierungsorganisationen?
S. 289 ff.

1 **Analysieren** Sie die vorliegenden Programme sowie weitere, indem Sie die Fragestellung „Im welchem Verhältnis stehen Markt und Staat?“ untersuchen. **Stellen** Sie diese Ergebnisse klar visualisiert **dar** (M 1–M 6).

2 **Bewerten** Sie Ihr Vorgehen gemäß der Methode zur Analyse von Parteiprogrammen.

Karikaturen analysieren

Karikaturen und ihre Stilmittel

Karikaturen fordern zu einer Stellungnahme des Betrachters heraus und sind dabei häufig gespickt mit Stilmitteln wie Allegorien und Metaphern. Häufig finden Ironie und Satire in bissigen Unterschriften ihre Anwendung. Ein sehr großer Teil von Karikaturen stellt Personen aus Politik, Gesellschaft und Wirtschaft direkt dar, aber auch die Personifikation also die Vermenschlichung abstrakter Begriffe oder auch die Subsummierung einer Gruppe in einer Person haben ihren festen Platz im Repertoire der Karikaturisten. Hier eine Auswahl an verbreiteten Allegorien:

Häufig in Karikaturen verwendete Allegorien

INFO

Karikatur
Die Karikatur (ital. „caricare“: überlagen) ist eine visuelle Satire, die in überspitzter Art und Weise auf ein aktuelles Problem aus Politik, Wirtschaft oder Gesellschaft hinweist, Stellung bezieht oder bewusst provoziert. Kennzeichnend für eine Karikatur ist dabei, dass sie übertreibt, verzerrt, verkürzt und direkt oder indirekt Kritik an Personen, Organisationen, Zuständen oder Ereignissen übt.

Karikaturen interpretieren

Die Interpretation von Karikaturen setzt Vorwissen über den dargestellten Sachverhalt voraus. Für den Erwerb von Informationen eignet sich eine Karikatur nur begrenzt, da das Dargestellte meist eine subjektive Meinung wiedergibt. Sie vereinfacht komplexe Probleme, und der Betrachter läuft dabei unter Umständen Gefahr, in seinen Vorurteilen bestätigt zu werden, statt sie zu hinterfragen.

1. Einordnung

Von wem stammt die Karikatur? Wo, wann und unter welchen Umständen ist sie veröffentlicht worden? Thematische Einordnung?

2. Beschreibung

Was wird in der Karikatur dargestellt? Detaillierte Beschreibung der Personen mit Mimik, Gestik, Körperhaltung, Gebäude, Symbole, Sprechblasen, Unterschriften usw.

3. Deutung

Bezug zum politischen Sachverhalt herstellen. Entschlüsseln der Stilmittel. Zusammenfassung in einer Kernaussage. Intention des Karikaturisten.

4. Wertung

Beurteilen, inwiefern der Kritik des Karikaturisten zuzustimmen ist. Wo bestehen Einseitigkeiten, Verkürzungen, aber auch Treffendes? Abschließende Bewertung unter Nutzung von Sachwissen.

Die Beschriftung zeigt, dass die Karikatur die freie Marktwirtschaft zum Inhalt hat.

Ironischer Kommentar, der die Umsetzung des freien Marktes kritisiert.

Zeichnung: Gerhard Mester

Der große Fisch steht symbolisch für die Starken in der freien Marktwirtschaft, die fast den ganzen Raum einnehmen, z. B. Großkonzerne, Milliardäre.

Kleine Fische werden „aufgefressen", meint hier, dass die freie Marktwirtschaft zu immer größerer Konzentration von Geld, Macht und Einfluss führt.

1 **Analysieren** Sie die Karikatur mithilfe der methodischen Vorgehensweise.

2 **Erstellen** Sie eine Karikaturensammlung, die die Auswahl an häufig verwendeten Allegorien zusammenträgt.

3 **Gestalten** Sie eine eigene Karikatur, in welcher Sie die Kritikpunkte an der freien Marktwirtschaft oder Planwirtschaft symbolisch **darstellen**.

3.7 Arbeitswelt 2.0 – braucht es mehr Homeoffice?

M1 Homeoffice für jedermann?

Zeichnung: Stefan Roth

M2 Wer arbeitet im Homeoffice?

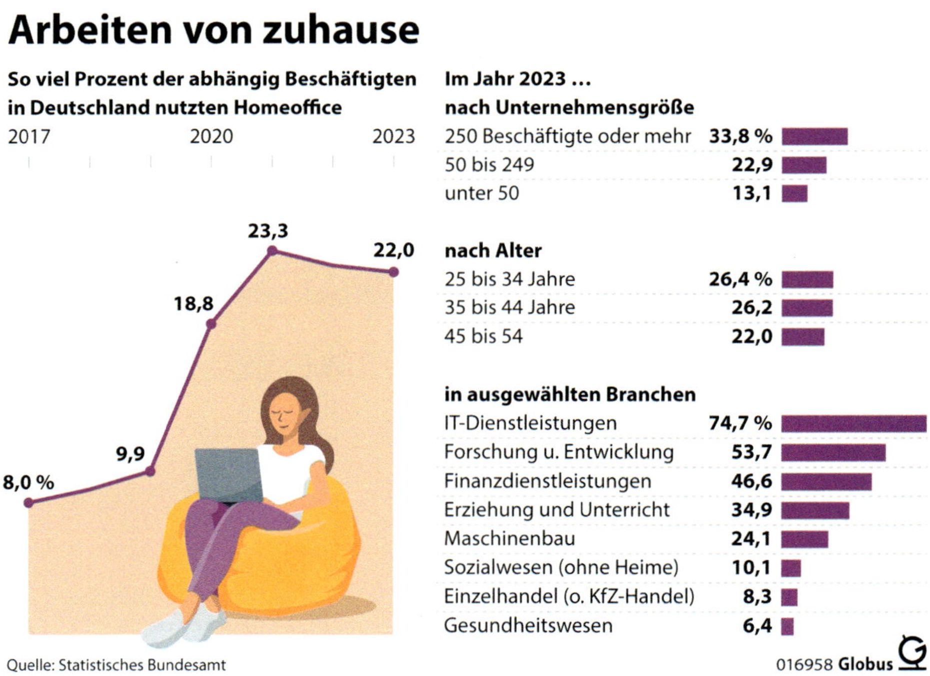

INFO

Arbeiten von zuhause

Im Jahr 2023 arbeiteten von den Erwerbstätigen in der EU manchmal bis regelmäßig im Homeoffice (Auswahl):

Niederlande: 52 %
Schweden: 46 %
Finnland: 42 %
Luxemburg: 40 %
Dänemark: 37 %
Belgien: 36 %
Frankreich: 34 %
Österreich: 28 %
Deutschland: 23 %
Tschechien: 16 %
Polen: 14 %
Italien: 12 %
Ungarn: 9 %
Bulgarien: 3 %

M3 Rückkehr ins Büro?

„Return to Office“: Dieser Begriff beschreibt die aktuelle Entwicklung in vielen Unternehmen, Mitarbeiter zumindest für eine gewisse Anzahl an Tagen aus dem Homeoffice zurück ins Büro zu holen. Eine weltweit angelegte Studie des Immobilien-Beratungsunterneh-

mens JLL ergab kürzlich, dass 33 Prozent der befragten Unternehmen bereits eine Präsenzpflicht eingeführt haben. Weitere 27 Prozent könnten sich vorstellen, dies demnächst zu tun. [...]
Der deutsche Softwarekonzern SAP beispielsweise kündigte [...] an, eine Büropflicht zu verordnen. Ab April [2024] sollen die Mitarbeiter an drei Tagen pro Woche im Büro oder vor Ort bei Kunden oder Partnern arbeiten. Auf Nachfrage [...], warum SAP dies tue, heißt es vom Unternehmen: „Bei SAP sind wir nach wie vor davon überzeugt, dass ein ausgewogenes Verhältnis zwischen Arbeit im Homeoffice und im Büro die Produktivität und Innovationskraft als auch das Wohlbefinden der Mitarbeiter fördert."
Eberhard Schick, Betriebsratsvorsitzender bei dem Softwarekonzern, spricht sich gegen diesen Schritt aus: „Ich weiß nicht genau, was sich SAP-Chef Christian Klein davon verspricht." [...] Schließlich hätten sich die Mitarbeiter auf das Arbeiten aus dem Homeoffice eingestellt und entsprechend eingerichtet. Außerdem habe SAP während der Pandemie zahlreiche physische Arbeitsplätze abgebaut. „Wir wissen gar nicht, wo die Mitarbeiter sitzen sollten." [...] Auch in anderen Firmen löst eine eingeforderte Rückkehr ins Büro Unzufriedenheit bei den Mitarbeitern aus. Fehlt im Unternehmen die Möglichkeit, orts- und zeitflexibel zu arbeiten, sehen dies laut einer Studie der Technischen Universität Darmstadt 24 Prozent der Beschäftigten sogar als möglichen Kündigungsgrund. Zu diesem Ergebnis kommt eine Befragung unter mehr als 1100 [...] Fachkräfte[n] mit besonders hohen Qualifikationen [...], etwa Ingenieure, Forscher, Ärzte oder Juristen. „Die Beschäftigten sehen mobile und flexible Arbeit überwiegend als enormen Zugewinn und möchten ungern darüber verhandeln", so Kyra Voll, Projektleiterin am Fachgebiet Immobilienwirtschaft an der TU Darmstadt. „Wenn also der Arbeitgeber die Beschäftigten zwingt, ins Büro zu kommen, dann agiert er gegen dessen Zufriedenheit und Produktivität und geht letztlich ein hohes Kündigungsrisiko ein." [...]
Trotzdem habe die Arbeit aus dem Homeoffice auch eine Kehrseite, betont [Unternehmensberater Rüdiger] Maas. „Während der Pandemie haben viele Mitarbeiter beklagt, dass ihnen die soziale Interaktion fehle, dass die digitalen Meetings anstrengender seien als analoge." [...] Vor allem für Berufsanfänger sei der rein digitale Arbeitsplatz nicht geeignet.

Anne-Catherine Beck, Pflicht-Rückkehr ins Büro als Kündigungsgrund?, in: https://www.tagesschau.de/wirtschaft/arbeitsmarkt/homeoffice-buero-kuendingungsgrund-100.html, 12.02.2024

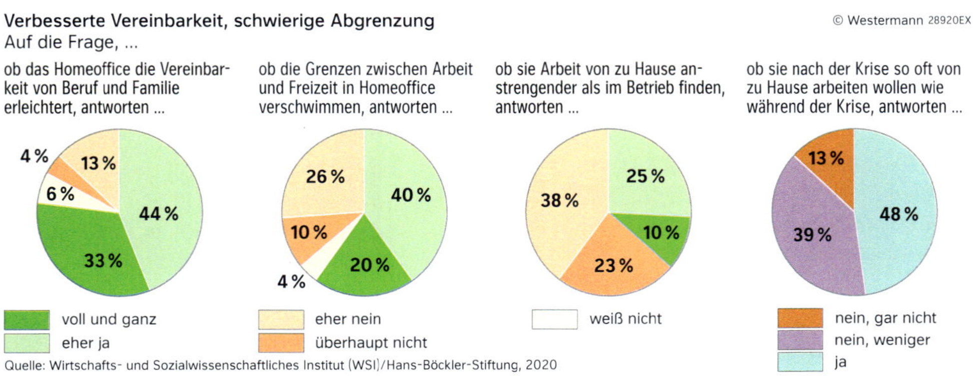

1 **Analysieren** Sie die Karikatur (M 1).

2 **Arbeiten** Sie aus M 2 **heraus**, welche Berufsgruppen besonders von Homeoffice-Regelungen profitieren.

3 **Erarbeiten** Sie entweder Pro- oder Kontra-Argumente zur Fragestellung „Braucht es mehr Homeoffice?" und **verteidigen** Sie diese in einer Pro-Kontra-Diskussion (M 3).

3.8 Arbeitswelt 2.0 – wie viel KI brauchen wir?

M1 Ersetzt KI menschliche Arbeitskäfte?

INFO

KI
Künstliche Intelligenz

Zeichnung: Kostas Koufogiorgos

M2 Wo KI bereits eingesetzt wird

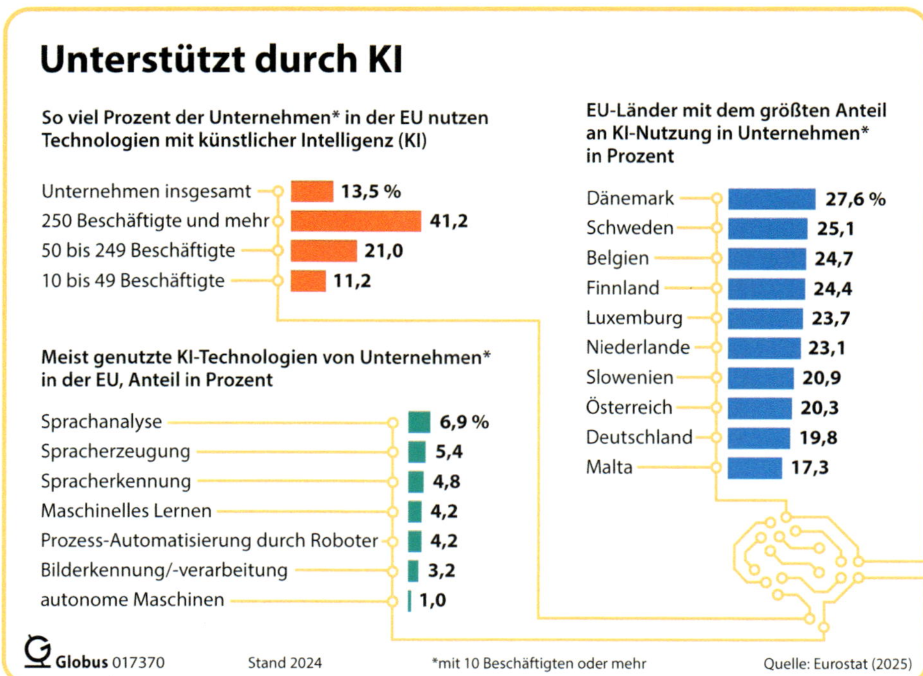

M 3 Welchen Einfluss hat KI auf die Arbeitswelt?

Die Künstliche Intelligenz hat in den vergangenen Jahren große Fortschritte gemacht: ChatGPT und andere Anwendungen können in Sekundenschnelle Aufgaben erledigen, die wir mit dieser Effizienz und in dieser kurzen Zeit wohl nicht geschafft hätten. Werden in Zukunft viele Jobs wegfallen, weil Maschinen die Arbeit schneller erledigen können? [...] Im Interview [...] sieht der Ökonom Jens Südekum nicht die Gefahr einer drohenden Massenarbeitslosigkeit durch die weitere Verbreitung Künstlicher Intelligenz. Veränderungen werde es auf jeden Fall geben, denn die KI sei breit einsetzbar. Einige Berufsfelder seien tatsächlich durch Tätigkeiten geprägt, die durch Technologien ganz gut ersetzt werden können. Zu diesen Tätigkeiten zählen nach Südekum „administrative Routinetätigkeiten, wie das Ausfüllen von Excel-Dateien, aber auch das Schreiben von Standardtexten, die sich immer stärker wiederholen, Recherchen und das Zusammenstellen von Informationen.“ Das seien alles Dinge, die KI in letzter Konsequenz effizienter erledigen könnte. Aber das heiße nicht, so Südekum, dass die Menschen, die diese Tätigkeit momentan noch ausführen, deswegen arbeitslos werden. Eher, dass Beschäftigte künftig von lästigen Aufgaben entlastet werden und deshalb mehr Zeit für Tätigkeiten haben, die Menschen unverzichtbar machen.

Ein Team von Forschenden aus der Schweiz um den KI-Experten Dario Floreano hat untersucht, welche Berufe besonders durch die KI gefährdet sind. Maschinen besitzen heute schon Fingerfertigkeit und physische Stärke – aber überraschenderweise haben sie auch ein Problembewusstsein, denn sie erkennen, wenn etwas nicht nach Plan läuft. Was den Apparaten fehlt, sind Originalität, Koordination oder die Fähigkeit, Probleme zu lösen. Mit diesem Wissen haben die Forschenden für jeden Beruf einen Automatisierungs-Risiko-Index berechnet. Der Beruf des Metzgers hat demnach einen Automatisierungs-Risiko-Index von 78 Prozent. Das heißt: 78 Prozent der notwendigen Fähigkeiten bringen Roboter heute schon mit. Am anderen Ende des Spektrums sind Physiker. Ihr Risiko-Index liegt bei 43 Prozent. [...] Jobs wie Ingenieure, Piloten, Fluglotsen und die meisten Ärzte-Berufe sind laut Risiko-Index sicher. Ausnahmen sind Fachärzte für Radiologie. Sie bewegen sich bereits im Mittelfeld, weil die KI Teile der Arbeit in der Diagnostik erledigen kann. Hier zeigt sich allerdings eine Schwäche der Studie: Die Datenbank listet 18 notwendige Fähigkeiten für Hausärzte auf – Einfühlungsvermögen ist nicht darunter. [...]

Obwohl die KI-Systeme derzeit bei ihren Antworten oft noch fehlerhafte Fakten „halluzinieren“, liefern sie bei Aufgaben wie Übersetzung, Klassifizierung, kreativem Schreiben und Generierung von Computercodes auch jetzt schon beachtliche Ergebnisse. Gerade im Bereich des Journalismus sollte man allerdings die Tätigkeiten nicht komplett der KI überlassen, da sie kein Urteilsvermögen für Fakten hat. [...] US-Forscher gehen davon aus, dass die meisten Arbeitsplätze in irgendeiner Form durch die KI-Sprachmodelle verändert werden. [...] Sogar Rechtsanwälte gehören nach Einschätzung Südekums zur Gruppe der gefährdeten Berufe, weil ein Teil dieser Tätigkeiten prinzipiell automatisierbar ist. „Heißt das jetzt, dass alle Rechtsanwälte arbeitslos werden? Nein, wahrscheinlich nicht. Das heißt aber, dass sich der Beruf wahrscheinlich ein bisschen wandeln könnte in Zukunft“, so der Ökonom. [...] Wenn allerdings immer mehr Menschen Künstliche Intelligenz nutzen, könnte das zu einem echten Problem werden.

Ralf Kölbel, So verändert KI die Arbeitswelt, in: https://www.tagesschau.de/wissen/forschung/berufe-kuenstliche-intelligenz-100.html, 30.04.2023

WEBCODE
WES-117977-109
Job-Futuromat

1 **Beschreiben** Sie die Karikatur und **formulieren** Sie mögliche Deutungshypothesen (M 1).

2 **Untersuchen** Sie in einem eigenen Projekt, wie sich die Arbeitswelt in einem ausgewählten Berufsbereich durch KI ändert, indem Sie diese Veränderungen **analysieren** (M 1–M 3), dafür ggf. **recherchieren**, und Ihre Ergebnisse in einem medialen Produkt Ihrer Wahl **darstellen**.

3.9 Arbeitswelt 2.0 – verändert die Gen Z den Arbeitsmarkt?

M1 Zitate

INFO

Gen Z
Die „Generation Z“ (auch „Zoomer“) meint die Menschen, die zwischen etwa 1995 und 2010 geboren wurden.

Das Leben teilt sich nicht in Lebens- und Freizeit. Es ist alles Lebenszeit.

Götz Werner (1944–2022), deutscher Unternehmer und Gründer der Drogeriemarktkette dm

Es passt nicht zu den Gegebenheiten und Anforderungen unserer Zeit, immer weniger zu arbeiten, aber womöglich noch immer besser leben und mehr Wohlstand erreichen, ja sogar erzwingen zu wollen. [...] Es stünde uns viel besser an, einmal ernsthaft die Frage zu prüfen, ob das deutsche Volk nicht bereit sein sollte, anstatt die 45-Stunden-Woche noch zu unterschreiten, wieder eine Stunde mehr zu arbeiten.

Ludwig Erhard (1897–1977), deutscher Bundeskanzler

Die Generation Z wird dafür sorgen, dass die Arbeitswelt mitarbeiterfreundlicher und lebenswerter ist als wir sie derzeit oft erleben.

Christian Scholz (1952–2019), österreichischer Wirtschaftswissenschaftler

M2 Die Gen Z und der Arbeitsmarkt

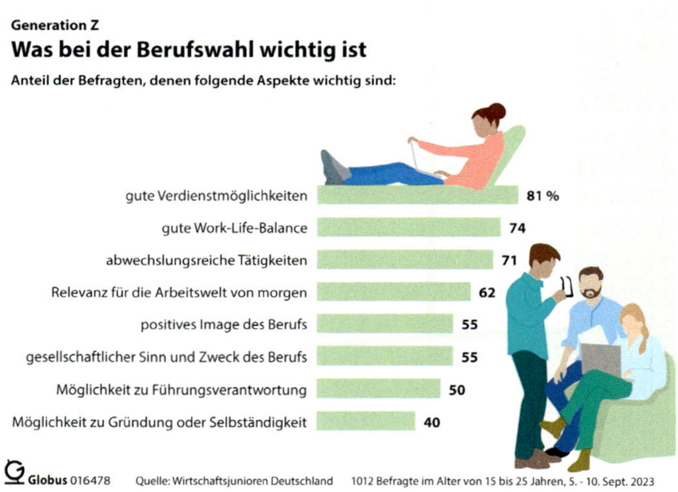

INFO

Markus Lanz
(* 1969)
deutsch-italienischer Fernsehmoderator

Hiermit lade ich Sie ein zum Bullshit-Bingo, Edition „Junge Menschen auf dem Arbeitsmarkt“. Was davon haben Sie auch schon mal gedacht? *Die Jungen sind faul, wollen nur Freizeit, haben keinen Bock aufs Büro / Sie sind unfähig, richtig zu schuften / 4-Tage-Woche, was soll der Quatsch? / Mit der Guavendicksaft-Truppe hatte Markus Lanz schon recht / Nur fordern, aber nichts liefern.*

Und? War was dabei? In der Debatte über die Arbeitsmoral in der Gesellschaft wird konstant auf junge Menschen draufgehauen. Aktuell im Fokus: Die Generation Z. [...] Ihre jüngsten Vertreter*innen gehen mit 14 noch zur Schule, die Ältesten sind mit 29 im Berufsleben angekommen. [...] Man merke also: Eine Generation ist schlimmer als die nächste, schon den Millennials wurde schließlich ein fehlendes Arbeitsethos vorgeworfen. Dieser Generationsdiskurs nervt! Und lenkt davon ab, worüber wir eigentlich sprechen sollten. Die Arbeitswelt ist im Wandel – und besonders sichtbar wird das eben an den Forderungen und Einstellungen derjenigen, die gerade erst in sie eintreten. Der Arbeitsmarkt braucht sie, muss sich an ihnen ausrichten. Im Gegensatz zu den Jugendlichen der 2000er-Jahre ist die Gen Z in einer viel besseren Verhandlungsposition, um ihren Wunsch nach einer guten Mischung von Arbeit, Freizeit und Sinn durchsetzen zu können. [...]

Dazu kommt, dass an dem Vorurteil, junge Leute hätten keinen Bock auf Arbeit, überhaupt nichts dran ist. Die Generationenunterschiede sind gering.

Adefunmi Olanigan, Der Diskurs um Arbeitsmoral nervt, in: https://taz.de/Gen-Z-auf-dem-Jobmarkt/!6004738/, 27.04.2024

M3 Denkanstöße – wie wird sich die Arbeitswelt verändern?

Statistiken ermitteln die durchschnittliche Wochenarbeitszeit. Gesetze definieren, wie lang ein Arbeitstag sein darf. Das bezieht sich nur auf den Beruf. Viele Menschen arbeiten aber auch, um den Haushalt zu führen, die Familie zu pflegen oder den Garten. Das bringt ihnen keinen Lohn. Und genau darum wird es oft nicht als Arbeit definiert. Zumindest bisher. In Debatten über Gleichberechtigung mischt sich die Forderung nach einem Modell, das Arbeit neu definiert und alle Tätigkeiten miteinbezieht, die zur Produktion und Existenzsicherung der Gesellschaft beitragen. So ein Modell ist das bedingungslose Grundeinkommen, ein Gehalt unabhängig vom Beruf. Barbara Prainsack gehört zu den Verfechterinnen: Es würde Ungleichheiten bekämpfen und die Situation vieler Menschen verbessern, die aktuell hart arbeiten, aber nur wenig verdienen, sagt die Autorin und Politikprofessorin aus Wien. [...]

Laut Duden ist Wohlstand die Wohlhabenheit, die einer Person „wirtschaftliche Sicherheit" gibt. Wohlstand definiert sich also über Geld. Der neue Luxus ist Zeit: Umfragen zeigen, dass Vollzeitbeschäftigte kürzer arbeiten wollen. Die Belastung im Job ist hoch, der Stress nimmt zu. Arbeit hat sich verdichtet. Dazu kommen familiäre, freundschaftliche und ehrenamtliche Verpflichtungen, die ebenfalls Zeit erfordern. Neue Arbeitszeitmodelle sollen Menschen entlasten, etwa die Vier-Tage-Woche, bei der Mitarbeitende ihre Arbeitszeit umverteilen oder reduzieren, ohne auf Gehalt zu verzichten. Studien zeigen, dass das Produktivität steigern kann. Und für viele, insbesondere jüngere Beschäftigte ist dieses Modell mittlerweile ein Kriterium, um sich für einen Arbeitgeber und damit eine Stelle zu entscheiden. Schon Keynes träumte von der Freizeitgesellschaft, sagte aber „Nervenzusammenbrüche" voraus, weil die Gesellschaft sich darauf erst einstellen müsse. Ob die Zeit am Ende frei ist oder für andere Aufgaben genutzt wird: In Zukunft muss es mehr jenseits der Lohnarbeit geben. [...]

Im Jahr 2021 haben viele Arbeitskräfte gekündigt, weil sie sich nicht in ihrem Job wohlfühlen. [...] Die Ansprüche an Arbeitgeber steigen. Nach der „Great Resignation" (große Kündigung und Resignation) zeigen Studien, dass viele Menschen in die „innere Kündigung" gehen und nur noch Dienst nach Vorschrift machen. Das muss nicht sein: Die Corona-Pandemie hat gezeigt, dass neue Modelle der Erwerbsarbeit funktionieren. Die Interessen der Arbeitnehmenden haben eine größere Rolle gespielt. Dank Technik und Digitalisierung ist mehr Flexibilität möglich. Was sich in der Pandemie gezeigt hat, wird in Zukunft zunehmen: Gerade da sich der Wert von Erwerbsarbeit relativiert, müssen Arbeitgeber sie so organisieren, dass sie die Interessen der Arbeitskräfte berücksichtig. [...]

Keynes dachte vor 100 Jahren, dass Technik Berufe verändert und ersetzt. Der Bedarf an Arbeit hat durch die Automatisierung aber nicht abgenommen. Im Gegenteil: Es herrscht ein Fachkräftemangel, der in den nächsten Jahren sogar noch steigen wird. Neue Hoffnung ruht auf künstlicher Intelligenz (KI): Sie soll Aufgaben übernehmen. Nach der Automatisierung, die sich auf Produktion bezog, trifft es jetzt verstärkt Wissensarbeit: bei der Bankberatung zum Beispiel, in der Logistik oder Kommunikation.

Mirjam Stegherr, Fünf Denkanstöße für die Zukunft der Arbeit, in: https://www.fes.de/themenportal-bildung-arbeit-digitalisierung/artikelseite/fuenf-denkanstoesse-fuer-die-zukunft-der-arbeit, 08.02.2024

1 **Vergleichen** Sie die Zitate (M 1).
2 **Beschreiben** Sie die Einstellung der sogenannten Gen Z zur Arbeit und der Berufswahl (M 2).
3 **Überprüfen** Sie die in M 3 dargestellten Vorschläge zur Veränderung der Arbeit vor dem Hintergrund der Einstellungen und Ziele der Gen Z (M 2, M 3).
4 **Diskutieren** Sie die These, dass die Gen Z die Arbeitswelt grundlegend verändern wird.

3.10 Urteil: Was für eine Wirtschaft brauchen wir?

M1 Zitate

T-Shirts für drei Euro sind Betrug an der Menschheit. Die Rechnung wird spätestens dann pulverisiert, wenn man den sozialen und ökologischen Fußabdruck mitberücksichtigt. Nur der wahre Preis zählt. Nur der wahre Preis wird uns den ökologisch-sozialen Weg weisen.

Volker Krause (* 1952), deutscher Bio-Unternehmer

Der Markt ist nicht unverrückbar, er wird täglich neu verteilt.

Kurt Brugger (* 1935), Schweizer Unternehmer

Ich brauche keinen Ferrari mehr, den Learjet habe ich auch verkauft. Ich konzentriere mich jetzt wieder auf die wirklich wichtigen Dinge im Leben. Ein Porsche Boxter reicht mir vollkommen.

Tan Siekmann (* 1978), deutscher IT-Gründer

M2 Zukunftsaussichten der deutschen Wirtschaft

[Moritz] Schafstein leitet eine Firma, die einen großen Namen trägt: den der Gebrüder Mannesmann. Ende des 19. Jahrhunderts hatten die Mannesmann-Brüder in Remscheid das nahtlose Stahlrohr erfunden. Eine Erfindung, aus der ein mittlerweile zerschlagener Weltkonzern hervorging. Schafsteins Firma ist, das sagen sie mit einigem Stolz, das letzte gegründete Unternehmen der legendären Erfinder. Der Name ist noch da. Nur die Produktion der Werkzeuge haben sie schon vor Jahren ins Ausland verlagert. Und die Rechnung? Die geht bei Schafstein nämlich geht so: Würden sie den Steckschlüsselkasten in Remscheid produzieren – statt wie aktuell in Taiwan – dann läge der Preis bei sieben- bis achthundert Euro. Dem siebenfachen dessen, was er jetzt kostet. Lohn- und Energiekosten sind in Deutschland einfach zu hoch. Wenn man Moritz Schafstein zuhört, kommen einem Zweifel. Genauso, wenn man ein paar Kilometer weiter mit Markus Lüke spricht. Der Mann ist Chef des mittelständischen Stahlbetriebs Dirostahl, ebenfalls in Remscheid. Hier verarbeiten sie Stahl für Windkraftanlagen. Wenn sie denn arbeiten. Die staatlich subventionierte Konkurrenz aus China nimmt ihnen Marktanteile, Luft zum Atmen. So sehr, dass der Betrieb seit Monaten in Teilen auf Kurzarbeit läuft. „Die Politik hat gesagt: Wir wollen die Energiewende", sagt Lüke. Und die Kunden hätten ihm einen „Tsunami in der Windkraftindustrie" versprochen. Nachfrage: wo der Tsunami jetzt sei? „In Asien." China überschwemmt mit billigen Produkten den Weltmarkt: dieses Thema zieht sich durch fast alle Interviews, die wir führen, von der Stahl- bis zur Solarbranche. Und daran anschließend immer die Frage: Wie soll, wie kann Deutschland darauf reagieren?

Florian Neuhann, Hat „Made in Germany" noch eine Zukunft?, in: https://www.zdfheute.de/wirtschaft/unternehmen/made-in-germany-wirtschaft-krise-100.html, 03.10.2024

QUERVERWEIS

Soziale Marktwirtschaft – dringend reformbedürftig? S. 264 ff.

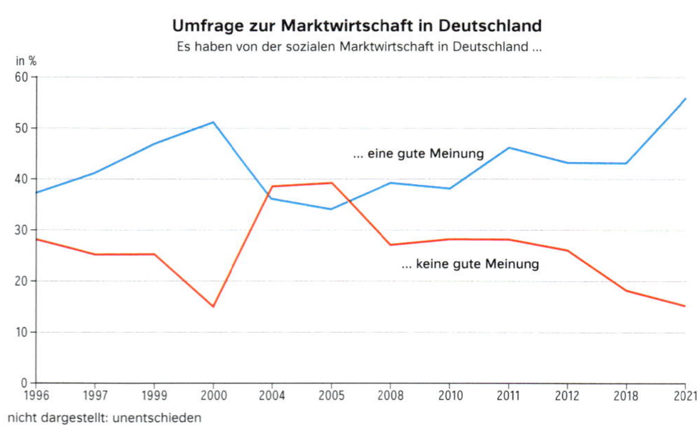

M3 Grünes Wachstum als Chance?

Das Konzept des „grünen Wachstums“, das den Programmen und Handlungskonzepten aller politisch einflussreichen Parteien und wirtschaftlichen Akteure unterliegt, basiert auf der Idee, dass sich Wirtschaftswachstum von Umweltverbrauch entkoppeln lässt – also, dass mehr Wohlstand möglich ist, ohne zusätzliche Schäden an der Umwelt zu verursachen.

In der Praxis sieht das anders aus: Bislang ist es lediglich gelungen, eine relative Entkopplung zu erreichen, also den Umweltschaden und Ressourcenverbrauch pro Einheit des Wirtschaftswachstums zu senken. Und auch das nur in einigen wohlhabenden Ländern des Globalen Nordens und meist nur vorübergehend. Gebraucht wird aber eine absolute Entkopplung, also das Ausbleiben jeglicher zusätzlichen Umweltschäden für weiteres Wirtschaftswachstum. Denn die planetaren ökologischen Grenzen sind bereits erreicht. Und es müsste in allen Ländern der Welt gelingen – also auch in jenen Ländern des Globalen Südens, in die wir die schmutzige Produktion unserer importierten Konsumgüter ausgelagert haben.

Es gibt keinerlei wissenschaftliche Belege dafür, dass es möglich wäre, in der uns verbleibenden kurzen Zeit bis zum ökologischen Kollaps eine solche absolute Entkopplung von Wirtschaftswachstum und Ressourcennutzung zu verwirklichen.

Wenn wir wirklich ernsthaft handeln wollen, müssen wir das Wachstumsparadigma aufgeben und bewusst in Kauf nehmen, dass unsere Wirtschaft in bestimmten Bereichen schrumpft. Nur so können wir die planetaren Grenzen respektieren. Das klingt erst einmal beängstigend. Bedeutet das nicht Verzicht und eine Absenkung unseres Lebensstandards? Tatsächlich ist das Gegenteil der Fall!

Immer mehr Menschen leiden unter den Anforderungen der Wachstumsgesellschaft: Stress, Zeitdruck und psychische Belastungen wie Angststörungen und Depressionen nehmen zu. In einigen vermeintlich wohlhabenden Ländern sinkt sogar die durchschnittliche Lebenserwartung. In den reichsten Ländern der Welt führt weiteres Wirtschaftswachstum schon seit Längerem – das belegen die Zahlen – nicht zu mehr, sondern zu weniger Glück und Zufriedenheit, den eigentlichen Gradmessern unseres Wohlstands.

Nicht nur die Natur leidet, sondern auch wir Menschen. Wir sehnen uns nach mehr Ruhe und Zeit, nach tieferer Verbundenheit mit uns selbst, anderen Menschen und der Natur. In dieser Sehnsucht liegen große Chancen für eine gesellschaftliche und wirtschaftliche Umgestaltung, die ohnehin unausweichlich ist.

Wenn die Vorteile eines Postwachstumsmodells so offensichtlich sind, warum wird es dann nur in Teilen der Wissenschaft und von einigen zivilgesellschaftlichen Bewegungen diskutiert? Warum greifen einflussreiche politische und wirtschaftliche Akteure das Thema nicht auf? Der Grund dafür liegt tief in den Strukturen unserer Wirtschaftsweise. Die Wachstumslogik ist tief in den Kapitalismus, inklusive seiner sozialstaatlichen Abfederung durch Klassen- und Verteilungskompromisse, eingeschrieben.

Thomas Rixen, Das Ende des Wachstums ist notwendig, in: https://www.deutschlandfunkkultur.de/kommentar-klimawandel-wirtschaft-konsum-wachstum-100.html, 21.10.2024

QUERVERWEIS

Ökologie und Wirtschaftswachstum – ein Widerspruch?
S. 278 f.

1 **Vergleichen** Sie die Zitate (M 1).

2 **Entwerfen** Sie Konzepte für die Fragestellung „Was für eine Wirtschaft brauchen wir?“ **Analysieren** Sie dafür vorab M 2 und M 3.

3 **Diskutieren** Sie die These, dass wir unser Wirtschaften grundsätzlich ändern müssen, wenn wir nachhaltig leben wollen (M 3).

4. Kann der Nahost-Konflikt befriedet werden?

4.1 Einführung

M 1 Zitate

Der Frieden ist nicht alles, aber alles ist ohne den Frieden nichts.

Willy Brandt (1913–1992), deutscher Bundeskanzler

Wenn du den Frieden willst, bereite den Krieg vor.

Sprichwort der Alten Römer

Der Krieg ist nichts anderes als die Fortsetzung der Politik mit anderen Mitteln.

Carl von Clausewitz (1780–1831), preußischer Offizier und Militärtheoretiker

Ein kluger Kopf passt in keinen Helm.

Albert Einstein (1879–1955), deutsch-amerikanischer Physiker und Nobelpreisträger

M 2 Gibt es einen Unterschied zwischen einem „bewaffnetem Konflikt“ und einem „Krieg“?

Ein Konflikt ist – völkerrechtlich betrachtet – erst dann ein Krieg, wenn zumindest eine der kriegführenden Parteien diesen auch zu einem Krieg erklärt hat. In der Praxis kommt dies nur selten vor. Der Begriff des Krieges ist daher in der völkerrechtlichen Praxis fast vollständig durch den Begriff des bewaffneten Konflikts abgelöst worden. So sollen die in den Genfer Konventionen und der Haager Landkriegsordnung verankerten Grundsätze auch gelten, ohne dass eine förmliche Kriegserklärung abgegeben wurde. Die kriegsrechtlichen Regeln legen den kriegsführenden Parteien Beschränkungen hinsichtlich der Art und Weise der Kriegsführung auf und dienen dem Schutz von Personen, die nicht oder nicht mehr an den Feindseligkeiten teilnehmen, beispielsweise Zivilisten oder gefangenen Soldaten. Klassische zwischenstaatliche Kriege gab es vor allem in den vergangenen Jahrhunderten. Inzwischen werden sie vielfach als „historisches Auslaufmodell“ bezeichnet. Verschwunden ist der Krieg damit aber nicht. Heutzutage dominieren Konflikte, in denen sich staatliche Streitkräfte und Aufständische innerhalb eines Staates gegenüberstehen. Diese Konflikte werden sowohl innerstaatlich als auch über bestehende Staatsgrenzen hinaus ausgefochten. Es gibt darüber hinaus auch Konflikte zwischen nichtstaatlichen Akteuren, die unabhängig von bestehenden Grenzen geführt werden.

Sven Pöhle, Ab wann herrscht Krieg?, in: https://www.dw.com/de/ab-wann-herrscht-krieg/a-17839893, 08.08.2014

1 **Vergleichen** Sie die Zitate (M 1).

2 **Beschreiben** Sie in eigenen Worten die Unterschiede zwischen Krieg und Frieden und **recherchieren** Sie nach den Ursachen für Konflikte (M 2, M 3).

3 **Werten** Sie M 3 **aus**.

4 **Diskutieren** Sie, ob ein NATO-Einsatz im Nahost-Konflikt zur Befriedung der Region oder zur Eskalation beitragen würde (M 4). **Nehmen** Sie hierzu **Stellung**.

M3 Ist ein weltweiter Frieden außer Sicht?

Globaler Frieden

Der *Globale Friedensindex 2023* bewertet* in **163 Ländern** andauernde inländische und internationale **Konflikte, soziale Sicherheit** sowie den **Militarisierungsgrad.**

Friedenszustand/ Anzahl der Länder

- sehr hoch **14**
- hoch **50**
- mittel **62**
- gering **25**
- sehr gering **12**

Rangliste (5 beste, 5 schlechteste und Auswahl)

1. Island	15. Deutschland	159. DR Kongo
2. Dänemark	67. Frankreich	160. Südsudan
3. Irland	80. China	161. Syrien
4. Neuseeland	131. USA	162. Jemen
5. Österreich	158. Russland	163. Afghanistan

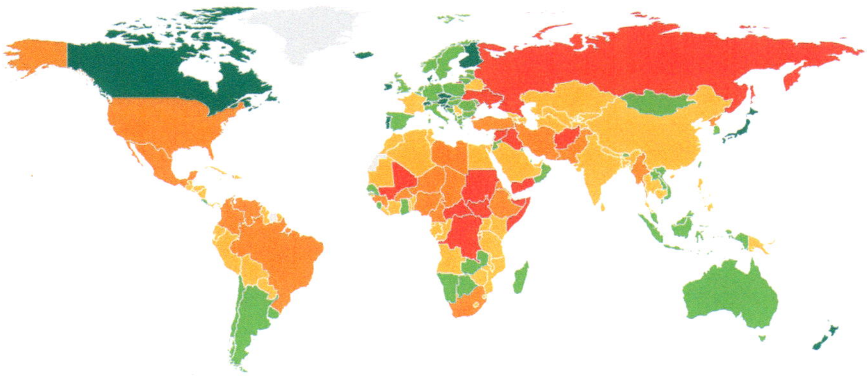

dpa•105828 *anhand von 23 Einzelindikatoren Quelle: Institute for Economics and Peace

M4 Nahost-Konflikt – was könnte die NATO tun?

Dan Perry war früher Chefredakteur der Nachrichtenagentur AP für Europa, Afrika und den Nahen Osten. Kürzlich hat er in der [israelischen] Zeitung „Haaretz" einen Artikel veröffentlicht, der in der allgemeinen Aufregung um den Krieg in Nahost etwas untergegangen ist, aber meiner Meinung nach Aufmerksamkeit verdient. [...] Perry ist der Ansicht, dass die Region einen verantwortungsbewussten Erwachsenen brauche, bevor sie in Flammen aufgeht und sich das Feuer auf die ganze Welt ausbreitet, denn Russland und China nutzten das Chaos in der Region aus, um die USA und Europa zu schwächen. Dieser verantwortungsvolle Erwachsene müsse die NATO sein. [...] Perry schlägt unter anderem vor, dass die NATO die libanesische Armee als Gegenmacht zur Hisbollah aufbaut und bewaffnet. Er hofft, dass eine solche Intervention auch zu einer politischen Mäßigung Israels führen werde. Aber er übersieht einige Dinge, die dieser Perspektive im Wege stehen:

Erstens ist die Türkei NATO-Mitglied. Die Türkei unterstützt die Hamas und ist Israel gegenüber feindlich eingestellt. Obwohl die Türkei ein sunnitisches Land ist und die Hisbollah eine schiitische Organisation, dürfte sie sich höchstwahrscheinlich gegen ein Engagement der NATO zur Eindämmung der Hisbollah und zur Beruhigung der Nordgrenze Israels aussprechen.

Zweitens existiert bis heute ein internationales militärisches Engagement im Libanon: nicht von der NATO, sondern von den Vereinten Nationen. [...] Eine NATO-Truppe wird nicht unbedingt so machtlos sein wie eine UN-Truppe, aber dieser Präzedenzfall verheißt nichts Gutes.

Hagai Dagan, Nato in Nahost?, in: https://taz.de/Loesung-im-Gazakrieg/!6029525/, 24.08.2024

Konfliktanalyse

Wenngleich sich Politik nicht in Konflikten erschöpft, sind es in der Außen- und Sicherheitspolitik vornehmlich Konflikte, die die Aufmerksamkeit auf sich ziehen und, wegen der bei Eskalation drohenden Gefahr für Leib und Leben der Betroffenen, mit besonderer Dringlichkeit Lösungen erfordern. Bei dieser Art von Konflikten ist die unmittelbare Beteiligung der Bürger noch weniger gegeben als bei innenpolitischen oder gar kommunalen Auseinandersetzungen. Gleichwohl werden die Bürger in der Demokratie direkt angesprochen und nach ihrer Zustimmung befragt, vor allem, wenn es um militärische Optionen geht. Die Urteilsbildung wird dabei in hohem Maße von den Medien beeinflusst, da die Bilder aus Krisengebieten fast zeitgleich geliefert werden und intensiv emotional wirken. Wenn man nicht bei spontanen Reaktionen verharren will, sind Anhaltspunkte für eine differenzierte Wahrnehmung der Sachverhalte und Kriterien für ihre Beurteilung erforderlich. Sie lassen sich in Leitfragen für die Analyse übersetzen.

QUERVERWEIS
Die drei Dimensionen von Politik
S. 18, M 4

Wie bei allen politischen Vorgängen zeigen sich auch im Konflikt drei Dimensionen der Politik:

- Inhalt (policy): z. B. Gegenstand des Konflikts;
- Prozess (politics): z. B. die Auseinandersetzungen zwischen den politischen Akteuren in den Medien oder vor den Gerichten;
- Form (polity): Handlungsrahmen, in dem der Prozess ausgetragen wird, z. B. Völkerrecht, Verfassung, Gesetze, ungeschriebene Normen.

1. Analyse des gegenwärtigen Zustandes

Im ersten Schritt steht die Analyse des aktuellen Konflikts im Vordergrund. Dabei ist es entscheidend, die verschiedenen Elemente des Konflikts zu identifizieren:

- Wer sind die Konfliktparteien, und warum wird politisch/militärisch gestritten?
- Wie ist der Konflikt entstanden, und welche Argumente und Interessen liegen miteinander in Streit? (Ursachen des Konfliktes, Auslöser, wenn vorhanden; Verlauf)
- Welche Mittel haben die Konfliktparteien, ihre Interessen durchzusetzen, und welche Folgen ergeben sich daraus für die Konfliktlösung?
- Wie reagiert die internationale Gemeinschaft auf diesen Konflikt?
- Welche Kompromisse sind möglich, z.B. Verhandlungen, Verständigung, Kooperation?
- Welches Ergebnis wurde erzielt, und wie ist dieses politisch zu beurteilen?
- Wie können internationale Organisationen aussehen, die auf eine Prävention von Weltgefährdungen zielen?
- Was folgt aus der Bearbeitung dieses politischen Konflikts für mich und mein eigenes Verhalten?

2. Ursachenfindung

Im nächsten Schritt der Konfliktanalyse liegt der Fokus darauf, die Entstehung des Konflikts genauer zu beleuchten. Es ist wichtig, Antworten auf zentrale Fragen zu finden, um ein umfassendes Verständnis für die Situation zu entwickeln. Zunächst sollten Sie klären, wann genau der Konflikt entstanden ist und welche Ursachen ihm zugrunde liegen. Darüber hinaus ist es entscheidend, die Rahmenbedingungen zu betrachten, die zur Zeit der Entstehung des Konflikts herrschten. Handelt es sich um den ersten Konflikt dieser Art oder ist es ein wiederkehrendes Problem? Indem Sie alle relevanten Informationen zu diesen Fragen zusammentragen, gewinnen Sie tiefere Einblicke in das eigentliche Problem des Konflikts. Dieses Wissen bildet die Grundlage, um sich im Anschluss dem dritten Schritt der Konfliktanalyse zu widmen.

3. Lösungsfindung

Im letzten Schritt der Konfliktbearbeitung geht es darum, geeignete Lösungsansätze zu entwickeln. Hierbei ist es wichtig, dass alle Beteiligten aktiv in den Prozess einbezogen werden. Eine Brainstorming-Session zu den betroffenen Konfliktparteien bietet eine gute Gelegenheit, um verschiedene Ideen zu sammeln und zu diskutieren. Zu Beginn sollten Sie alle möglichen Lösungen in Betracht ziehen, auch wenn diese unkonventionell erscheinen oder eine Seite möglicherweise bevorzugen.

Nachdem eine Vielzahl von Ansätzen gesammelt wurde, ist der nächste Schritt die sorgfältige Abwägung der Vor- und Nachteile jeder Lösung. Hier können verschiedene Methoden, wie etwa die Nutzwertanalyse, unterstützend wirken.

Ziel ist es, eine Lösung auszuwählen, die für beide Konfliktparteien akzeptabel und zufriedenstellend ist. Nachdem eine Entscheidung getroffen wurde, steht die Umsetzung der gewählten Lösung an. Dabei ist eine klare und transparente Kommunikation von entscheidender Bedeutung. Ebenso sollte die Koordination zwischen den verschiedenen Konfliktparteien achtsam erfolgen, um einen reibungslosen Ablauf sicherzustellen. Sobald die Lösung umgesetzt ist, empfiehlt es sich, im Anschluss zu evaluieren, ob die Maßnahmen zur Konfliktlösung geführt haben.

An dieser Stelle könnten ggf. Anpassungen erforderlich sein, um die Effektivität der Lösung zu erhöhen. Darüber hinaus ist es wichtig, den gesamten Prozess sowie den gewählten Ansatz zu dokumentieren. Diese Dokumentation kann Ihnen helfen, ähnliche Konflikte in der Zukunft besser zu bewältigen und von den gemachten Erfahrungen zu lernen.

Die Konflikt-Akteurs-Matrix

Schritt 1: Zuerst sollte man die Parteien, die in den Konflikt involviert sind, sowie andere relevante Akteure identifizieren. Dazu zählen beispielsweise diejenigen, die sich um eine Vermittlung bemühen, sowie Akteure, die zwar nicht direkt am Konflikt teilnehmen, aber entweder unter dessen Auswirkungen leiden oder davon profitieren.

Schritt 2: Die identifizierten Akteure werden eingehender betrachtet. Es bietet sich an, zu analysieren, welche Interessen sie verfolgen, wie groß ihr Einfluss ist, mit wem sie zusammenarbeiten können, um gemeinsame Ziele zu verwirklichen, sowie vor welcher Weltsicht oder welchen Wertvorstellungen sie handeln. Diese Aspekte können je nach spezifischem Konflikt angepasst und erweitert werden.

Schritt 3: Die Resultate lassen sich in einer Matrix, also in tabellarischer Form, darstellen. Dadurch erhält man einen klareren Überblick über die Konfliktsituation und potenzielle zukünftige Entwicklungen.

Akteur	Interesse	Macht/ Machtressource	Ideologie/ Weltanschauung	Koalitionen	...
Akteur 1					
Akteur 2					
Akteur 3					
...					

48820EX

1 **Bewerten** Sie das vorgestellte Modell zur Konfliktanalyse.

2 **Erstellen** Sie eine Konfliktanalyse anhand des Beispiels Nahost-Konflikt auf den folgenden Seiten.

4.2 Israel – welchen historischen Anspruch gibt es auf das Gebiet?

M1 Vom Osmanischen Reich zu Mandatsgebieten

M2 Aus der Geschichte der Juden

INFO

Diaspora
Zerstreuung von heimatlos gewordenen Gruppen in der Fremde

Saladin
(1137/38–1193) islamischer Feldherr und Herrscher

Mamluken
(islamische) Kriegerkaste

Osmanen
islamische Herrscherdynastie

Das jüdische Reich vor mehr als 3000 Jahren lag zum Teil im heutigen Israel sowie im heutigen Westjordanland. Die Ansiedlung der zwölf israelitischen Volksstämme in dem Gebiet zwischen Mittelmeer und Jordan und den umgebenden Regionen ist für die Zeit seit etwa 1250 v. Chr. datiert. [...] Um das Jahr 63 v.Chr. herum eroberten die Römer das Gebiet. Nach Aufständen der Juden in den Jahren 66 bis 74 n. Chr. zerstörten die Römer Jerusalem und den dortigen jüdischen Tempel und erklärten Judäa zur römischen Provinz. Im Zuge des dritten jüdisch-römischen Krieges, dem sogenannten Bar-Kochba-Aufstand, wurde die jüdische Bevölkerung drastisch dezimiert und vertrieben. Die Juden hatten kein eigenes Land mehr. Viele flüchteten etwa in die bestehenden Diaspora-Gemeinden in Persien, Babylonien und Alexandria. Von dort aus verschlug es sie weiter [...]. Im Jahr 637 nach Christus eroberten Muslime Jerusalem. Mit dem Beginn der Kreuzzüge am Ende des 11. Jahrhunderts wurden in der Region Palästina vier christliche Kreuzfahrerstaaten errichtet. Sultan Saladin besiegte 1187 die Kreuzfahrer weitgehend und eroberte Jerusalem. Mamlukische Dynastien beherrschten die Region Palästina seit 1291. Nachdem osmanische Türken im Jahr 1516 die Mamluken besiegten, gliederten sie Palästina in das Osmanische Reich ein, dessen Bestandteil das Gebiet mehr als vier Jahrhunderte lang [...] blieb. [...]
Im Ersten Weltkrieg eroberten britische Truppen 1917/18 das Gebiet Palästina. Allerdings hatten die Briten zu dem Zeitpunkt bereits widersprüchliche Zusagen über dessen Zukunft getroffen: In der sogenannten Hussein-McMahon-Korrespondenz versprach der britische Hochkommissar in Ägypten im Jahr 1916 dem Scherifen von Mekka, dessen Wunsch nach ei-

nem unabhängigen und geeinten arabischen Königreich auch in diesem Gebiet zu unterstützen. 1917 dagegen sicherte der britische Außenminister der zionistischen Bewegung in der sogenannten Balfour-Erklärung die Unterstützung für „eine nationale Heimstätte für das jüdische Volk in Palästina" zu. [...]
Im Laufe der britischen Mandatsherrschaft über Palästina verschärften sich die Auseinandersetzungen zwischen Teilen der jüdischen und der arabischen Bevölkerung immer mehr bis hin zu bewaffneten Kämpfen. Ein Grund war das Erstarken des Zionismus und die zunehmende jüdische Einwanderung aus europäischen Ländern, in denen Juden verfolgt wurden – darunter maßgeblich das nationalsozialistische Deutschland [...].
Seit Ende des 19. Jahrhunderts ließen mehrere Einwanderungswellen den jüdischen Bevölkerungsanteil in Palästina von etwa fünf Prozent bis 1945 auf rund 30 Prozent anwachsen. Die Briten bekamen den Konflikt nicht mehr unter Kontrolle. So kündigten sie 1947 unter dem Druck der Ereignisse an, das Mandat für Palästina an die Vereinten Nationen zurückzugeben.

Die Geschichte Israels, in: https://www.lpb-bw.de/geschichte-israels#c98739, Juni 2024

INFO

Zionismus
Im 19. Jahrhundert entstandene Bewegung zur Errichtung eines jüdischen Nationalstaates im Nahen Osten.

David Ben Gurion (1886–1973)
Der israelische Politiker war der erste Ministerpräsident des Staates Israel (1948 bis 1953 und 1955 bis 1963).

M3 Die Gründung des Staates Israel

Die UNO setzte einen Sonderausschuss ein, der im Mai 1947 erstmals zusammentrat. Am 29. November 1947 verabschiedete die UN-Generalversammlung einen Teilungsplan für Palästina. Ziel war es, sowohl einen palästinensischen als auch einen jüdischen Staat zu etablieren. Jerusalem sollte als „corpus separatum" behandelt und der Verwaltung der Vereinten Nationen unterstellt werden. [...] Großbritannien legte am 14. Mai 1948 das Mandat nieder. Der Tag wurde zu einem historischen Datum: David Ben Gurion proklamierte am Nachmittag in Tel Aviv die Gründung des Staates Israel. Die arabischen Nachbarstaaten erkannten den Teilungsplan und den neuen Staat nicht an. Noch in der Nacht vom 14. zum 15. Mai 1948 rückten die Armeen Ägyptens, Transjordaniens, des Libanons, des Iraks und Syriens auf das Gebiet Israels vor. Der Palästinakrieg begann. Er endete im Januar 1949 mit dem militärischen Sieg Israels. Unter Vermittlung der Vereinten Nationen kam am 24. Februar 1949 ein Waffenstillstandsvertrag mit Ägypten zustande. Bis zum Juli 1949 schloss Israel Waffenstillstandsabkommen mit weiteren arabischen Kriegsgegnern ab. Der Krieg kostete nach Schätzungen über 6000 Israelis und zwischen 4000 und 10000 Arabern das Leben. Im Verlauf des Konflikts hatten israelische Einheiten etwa 40 Prozent des Territoriums erobert, das laut Teilungsplan der UNO für die arabische Bevölkerung vorgesehen war. Ein Großteil der dort lebenden palästinensischen Bevölkerung wurde von den arabischen Armeen zum Verlassen ihrer Heimat aufgefordert oder wurde von der israelischen Armee vertrieben. Der Westteil Jerusalems wurde von Israel besetzt. Im Jahr 1950 erklärte die Knesset die ursprünglich als „corpus seperatum" vorgesehene Metropole zur Hauptstadt Israels.
Für viele Holocaust-Überlebende und deren Angehörige wurde Israel zu einer neuen Heimat und zu einem sicheren Hafen vor dem weiterhin existierenden Antisemitismus in vielen Ländern der Welt.

Einer der wichtigsten intellektuellen Vordenker der zionistischen Idee war der österreichisch-ungarische Journalist Theodor Herzl (1860–1904), der 1896 sein Buch „Der Judenstaat" veröffentlichte.

14. Mai 1948: Staatsgründung Israels, in: https://www.bpb.de/kurz-knapp/hintergrund-aktuell/520720/14-mai-1948-staatsgruendung-israels/, 09.05.2023

1 **Beschreiben** Sie die politischen und territorialen Veränderungen zwischen 1914 und 1923 im Nahen Osten (M 1).

2 **Fassen** Sie M2 **zusammen**.

3 **Erklären** Sie den Begriff „Zionismus" (M 2).

4 **Erörtern** Sie, welchen historischen Anspruch Israel auf das Gebiet hat und **begründen** Sie Ihre Meinung (M 1–M 3).

4.3 Israel – Demokratie in der Krise?

M1 Es wird eng für Netanjahu

INFO

Benjamin Netanjahu (* 1949)
Der israelische Politiker ist seit dem Jahr 2022 Ministerpräsident Israels. Das Amt hatte er bereits mehrfach zuvor inne.

Zeichnung: Heiko Sakurai

M2 Der Staat Israel

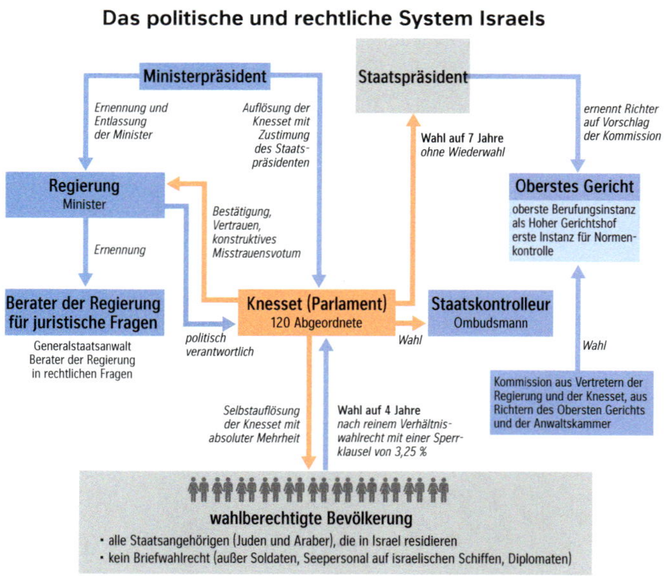

Quelle: Länderbericht Israel, Bundeszentrale für politische Bildung: Bonn 2016, S. 321 48821EX

Israel versteht sich als jüdischer und demokratischer Staat. Das Land hat keine geschriebene Verfassung. Als vorübergehender Ersatz gelten die so genannten „Grundgesetze“. Bisher hat das israelische Parlament (Knesset, deutsch: Versammlung) 14 dieser Gesetze verabschiedet. Es herrscht Gewaltenteilung. Das Regierungshandeln der Exekutive wird von der Knesset überwacht. Verwaltung und Gesetzgebung unterliegen der Judikative; der oberste Gerichtshof entscheidet, ob ein Gesetz mit den Grundgesetzen des Staates übereinstimmt. Die Knesset hat 120 Sitze. Die Abgeordneten werden in einer reinen Verhältniswahl gewählt. In der Knesset ist traditionellerweise eine Vielzahl an Parteien vertreten. Israelische Regierungen sind insofern regelmäßig Koalitionsregierungen aus mehreren Parteien. Israel ist eine Demokratie, deren Innenpolitik zu einem großen Teil von der Heterogenität der Bevölkerung bestimmt ist. Religiöse und säkulare Juden, israelische Araber, Drusen, Zuwanderer aus der früheren Sowjetunion und andere Gruppen prägen das Land.

Israel: Politisches Porträt, in: https://www.auswaertiges-amt.de/de/service/laender/israel-node/politisches-portrait-203848, 04.01.2024

M3 Demokratie und Demokratiebegriff

Handelt es sich beim politischen System Israels um eine Demokratie? In der Wissenschaft wird diese Frage kontrovers diskutiert. Eine genaue Antwort hängt vom zugrunde gelegten Demokratiebegriff ab.

- Einem weiten Demokratiebegriff zufolge, der die allgemeine Gleichheit der Staatsbürgerinnen und Staatsbürger als definitorisches Merkmal festlegt, ist Israel bestenfalls eine defekte und schlechtestenfalls keine Demokratie.
- Auf Basis eines minimalistischen Demokratiebegriffs, der sich auf wenige Kernkriterien wie die Meinungs- und Organisationsfreiheit sowie das Recht zu wählen beschränkt, ist Israel in den Grenzen von 1949 demokratisch.
- Allerdings ist das israelische Herrschaftsgebiet infolge des Junikrieges 1967 um Ostjerusalem, die Golanhöhen, das Westjordanland und den Gazastreifen erweitert worden. Nur im Falle der Golanhöhen lassen sich Hinweise finden, dass den dort heimischen Menschen Zugang zu demokratischen Rechten eingeräumt worden ist.
- Wird daher ein minimalistischer Demokratiebegriff konsequent auf den gesamten israelischen Herrschaftsverband angewandt, kommt man zu einem klaren Ergebnis: Israel, das mit der Aufhebung des Militärrechts im Jahr 1966 noch einen wichtigen Schritt in Richtung demokratischer Konsolidierung gemacht hatte, ging nach den Eroberungen 1967 im letzten Drittel des 20. Jahrhunderts den Weg einer Entdemokratisierung, der im 21. Jahrhundert vollendet wurde.

Martin Beck, Israels politisches System – keine Demokratie?, in: https://www.giga-hamburg.de/de/publikationen/giga-focus/israels-politisches-system-keine-demokratie, Februar 2020

M4 Wohin entwickelt sich der Staat Israel?

In den letzten 20 Jahren scheint sich bei der Sicht auf die grundsätzliche Ausrichtung des Staates, der, wie eingangs ausgeführt, rechtlich sowohl als jüdisch wie auch als demokratisch definiert ist, ein Einstellungswandel auszuwirken. Seit Jahren zeigt sich in Umfragen, dass für immer weniger jüdische Israelis die Definition Israels als gleichermaßen jüdisch und demokratisch von Bedeutung ist. In den nächsten Jahren dürfte sich der Trend zugunsten einer Präferenz für den jüdischen Charakter des Staates verstärken, da nicht nur die Mehrheit der Religiösen und der Rechten, sondern vor allem auch die jüngere Generation, die sich zunehmend dem religiösen und rechten Lager zuwendet, dem Jüdischen den Vorzug vor dem Demokratischen gibt. Dieser Umstand verweist auf die zentrale Frage, ob Israel in Zukunft tatsächlich jüdisch und demokratisch bleiben wird bzw. bleiben kann.

Die Bemühungen, das Westjordanland durch den Ausbau von jüdischen Siedlungen demografisch zu judaisieren, müssen paradoxerweise zur politischen Entjudaisierung des jüdischen Staates führen: Ungewollt bringt die jüdische Siedlungspolitik der extremen Falken immer mehr einen binationalen, also jüdisch-arabischen Staat hervor, der an die Stelle des rein jüdisch bestimmten Gemeinwesens tritt. [...] Mit anderen Worten: Es ist alles andere als ausgeschlossen, dass Israel in Zukunft vor die unmöglich zu lösende Frage gestellt wird: jüdisch oder demokratisch?

Tobias Grill/Michael Wolffsohn, Politisches System und Parteien, in: https://www.bpb.de/shop/zeitschriften/izpb/israel-336/268903/politisches-system-und-parteien/, 28.05.2018

1 **Beschreiben** Sie M 1 und **formulieren** Sie Deutungshypothesen.
2 **Stellen** Sie das politische System Israels **dar** (M 2).
3 **Fassen** Sie die wichtigsten Aussagen in M 3 und M 4 **zusammen** und **formulieren** Sie hierbei Fragen, die sich Ihnen stellen.
4 **Diskutieren** Sie die Frage, ob Israel eine Demokratie in der Krise ist (M 3, M 4).

4.4 Palästina – ist die Besetzung durch Israel illegitim?

M1 Krieg im Gazastreifen

Zeichnung: Jürgen Janson

M2 Geschichte des palästinensischen Volkes

INFO

Nakba
bezeichnet die Flucht und Vertreibung von Hunderttausenden arabischen Palästinensern während des ersten arabisch-israelischen Krieges 1948/49

Hamas
palästinensische Terrorgruppe

Die arabischsprachige Bevölkerung und viele Nachbarstaaten lehnten den [...] [im Jahr 1947 beschlossenen UN-Teilungsplan] aus verschiedenen Gründen ab, die jüdische Selbstverwaltung in Palästina [...] nahm ihn an – obwohl das für sie so wichtige Jerusalem nicht Teil ihres Staates sein sollte. Als am 14. Mai 1948 das britische Mandat über Palästina endete, proklamierte der Politiker Ben Gurion noch am gleichen Tag in Tel Aviv den unabhängigen Staat Israel. Nur wenige Stunden später marschierten die Armeen mehrerer arabischer Staaten in Palästina ein, um den gerade ausgerufenen jüdischen Staat zu zerstören. Israel ging als Sieger aus diesem ersten arabisch-israelischen Krieg hervor und eroberte dabei auch Gebiete, die ihm im ursprünglichen UN-Plan nicht zugesprochen worden waren, darunter West-Jerusalem sowie größere Regionen im Norden und Süden. Die palästinensische Bevölkerung dort floh in der Folge massenhaft; die Ereignisse werden auf Arabisch als „Nakba“, Katastrophe, bezeichnet. Andere Gebiete Palästinas, die laut UN-Resolution 181 eigentlich Teil eines palästinensischen Staates werden sollten, gerieten unter die Herrschaft arabischer Staaten. Jordanien annektierte 1950 Ost-Jerusalem und die Westbank, der schmale Küstenabschnitt um die Stadt Gaza kam unter ägyptische Verwaltung – fortan wurde er Gazastreifen genannt. [...] Im sogenannten Sechstagekrieg eroberte Israel [1967] neben dem Westjordanland mit Ost-Jerusalem, den syrischen Golan-Höhen, der ägyptischen Sinai-Halbinsel auch den Gazastreifen und hielt ihn in der Folge fast 40 Jahre besetzt. [...] Am 12. September 2005 endete offiziell die israelische Besetzung des Gazastreifens, die Verwaltung ging an die Palästinensische Autonomiebehörde über. [...] Im Juni 2007 übernahm die Hamas schließlich gewaltsam die Herrschaft über den Gazastreifen.

Wie der Gazastreifen zum Pulverfass wurde, in: https://www.deutschlandfunk.de/gazastreifen-entstehung-geschichte-israel-palaestinenser-hamas-krieg-100.html, 25.10.2023

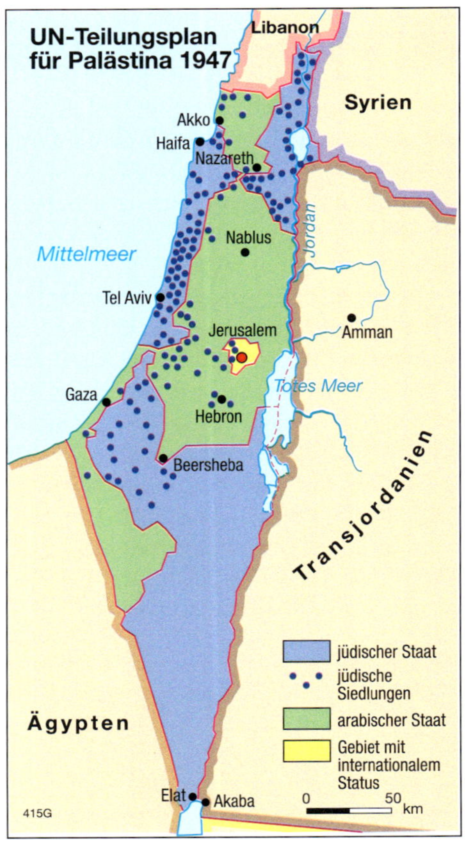

M3 Grenzziehungen

Israel und die palästinensischen Gebiete

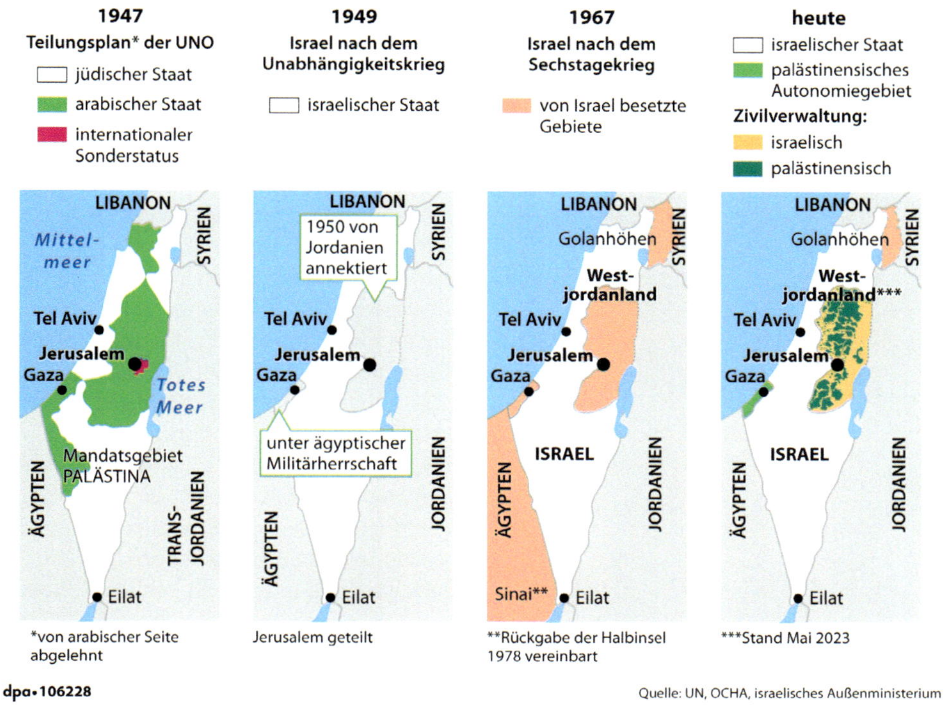

M4 Der schwierige Weg zu einem palästinensischen Staat

Am 15. November 1988 verkündete der Palästinensische Nationalrat den unabhängigen Staat Palästina. Als Staatsgebiet beanspruchte die Erklärung das von Israel seit dem Junikrieg 1967 besetzte Westjordanland und den Gazastreifen sowie Ost-Jerusalem als Hauptstadt. [...] Mit dem Oslo-II-Abkommen vom 24. September 1995 begann 1996 die Errichtung einer palästinensischen politischen Struktur; die Selbstverwaltung der Palästinenser wurde ausgeweitet. Das Dokument teilt das Westjordanland in drei Zonen auf. Die Zone A – sie umfasst unter anderem die großen Städte mit Ausnahme Hebrons – wird vollständig von den Palästinensern kontrolliert. In Zone B haben Palästinenser die zivile Kontrolle, die Sicherheit wird von Israelis und Palästinensern gemeinsam kontrolliert. Die Zone C – palästinensische Dörfer und Felder, jüdische Siedlungen und unbewohntes Gebiet mit Militärstützpunkten – steht unter weitgehender Kontrolle Israels. 2020 machten die C-Gebiete etwa 60 Prozent der Fläche des Westjordanlands aus. Aus dem Gazastreifen selbst zog sich Israel 2005 komplett zurück, behielt allerdings die Kontrolle über die Land- und Seegrenzen sowie über den Luftraum. [...]

Die Funktion eines Parlaments übt der Palästinensische Legislativrat [...] aus. [...] Er kontrolliert die Exekutive und bringt Gesetzesvorschläge ein. [...] Der Präsident wird direkt vom Volk gewählt. Er ist Oberbefehlshaber der palästinensischen Sicherheitskräfte, beauftragt den Premierminister mit der Bildung einer Regierung und hat die Aufgabe, die vom Parlament verabschiedeten Gesetze zu verkünden. [...] Im Januar 2006 fanden die bisher letzten Parlamentswahlen statt.

Die Geschichte Palästinas, in: https://www.lpb-bw.de/geschichte-palaestinas, Juni 2024

QUERVERWEIS

Akteure: Die PLO – eine legitime Interessenvertretung der Palästinenser? S. 102 f.

Akteure: Die Hamas – politischer Akteur oder Terrororganisation? S. 104 f.

M5 Ist die Besatzung durch Israel illegal?

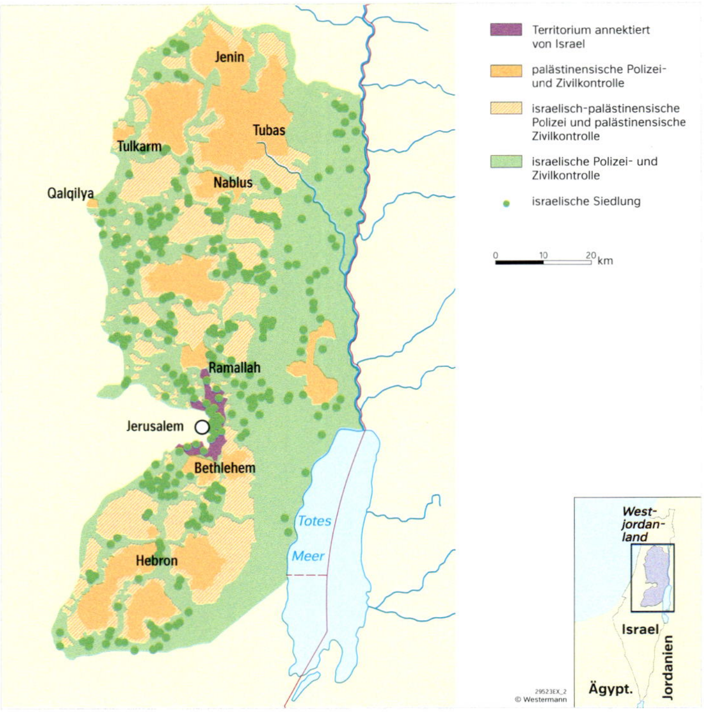

Ein Rechtsgutachten des obersten UN-Gerichts verursacht dem Staat Israel, der an mehreren Fronten in kriegerische Auseinandersetzungen verwickelt ist, zusätzliche Probleme mit unabsehbaren Folgen. Die Besatzung der palästinensischen Gebiete sei illegal und müsse so schnell wie möglich beendet werden, stellte der Internationale Gerichtshof (IGH) in Den Haag fest. UN-Generalsekretär António Guterres wolle das Gutachten unverzüglich an die UN-Vollversammlung weiterleiten, die dann über das weitere Vorgehen entscheiden müsse, sagte einer seiner Sprecher in New York. Israel hatte das Westjordanland, den Gazastreifen und Ost-Jerusalem im Sechstagekrieg von 1967 erobert und besetzt. Die Palästinenser beanspruchen diese Gebiete für einen eigenen Staat, der an der Seite Israels entstehen sollte und den die meisten Länder der Welt, so auch Deutschland, bis heute befürworten. 2005 hatte Israel Gaza wieder verlassen, aber kontrolliert weiter die Grenzen zu Land, Wasser und in der Luft.

„Die anhaltende Anwesenheit des Staates Israel in den besetzten palästinensischen Gebieten ist unrechtmäßig", sagte Gerichtspräsident Nawaf Salam. „Der Staat Israel steht in der Pflicht, seine unrechtmäßige Anwesenheit in den besetzten palästinensischen Gebieten so schnell wie möglich zu beenden", heißt es in einer Zusammenfassung des rechtlich nicht bindenden Rechtsgutachtens, die das Gericht am Freitag veröffentlichte. Weiterhin sei Israel verpflichtet, neue Siedleraktivitäten in den palästinensischen Gebieten unverzüglich zu stoppen und die rund 700 000 Siedler aus den Gebieten wegzubringen. Die Staaten der Welt dürften keine Handlungen unterstützen, die zur Aufrechterhaltung der „illegalen Anwesenheit" Israels in den besetzten Gebieten beitragen oder die Siedleraktivitäten unterstützen.

Besatzung illegal – UN-Gericht bringt Israel in Misskredit, 20.07.2024 © dpa Deutsche Presse-Agentur

Einen Teil der Grenze zum Westjordanland hat Israel mit einer Mauer befestigt, die an mehreren Stellen über die sogenannte Grüne Linie hinausreicht. Die Grüne Linie markiert seit dem Sechstagekrieg 1967 die offizielle Grenze zwischen Israel und den besetzten Gebieten.
Das Foto zeigt einen arabischen Stadtteil Jerusalems, der von israelischem Gebiet durch eine meterhohe Mauer getrennt ist.

M6 Wer Palästina in Europa als Staat anerkennt

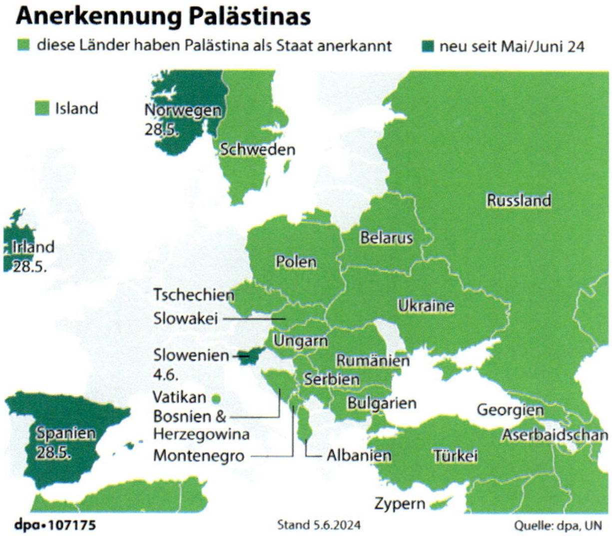

M7 „Wir stehen an eurer Seite“

Außenministerin Annalena Baerbock hat das Hamas-Massaker vor einem Jahr als Einschnitt in der jüdischen und in der deutschen Geschichte bezeichnet. Der 7. Oktober 2023 sei für Jüdinnen und Juden eine Zäsur, nach der es nur ein „davor“ und „danach“ gebe, schrieb die Grünen-Politikerin [...]. „Auch für uns in Deutschland ist der 7. Oktober eine Zäsur.“ Es beschäme sie, dass sich seitdem Jüdinnen und Juden auch in Deutschland unsicherer fühlten und dass antisemitische Angriffe zugenommen hätten – und dass iranische Raketen gegen den Staat Israel auf deutschen Straßen gefeiert würden. „Wir stellen uns dem entgegen. Mit der ganzen Härte des Gesetzes“, betonte Baerbock. An die Menschen in Israel gerichtet sagte sie: „Wir stehen an Eurer Seite. Eure Sicherheit ist Teil unserer Staatsräson. Israel hat ein Recht auf Selbstverteidigung. Gegen die Gewalt der Hamas genauso wie gegen den Raketen-Terror des Iran und der Hisbollah.“ [...]

Am 7. Oktober 2023 hatten Terroristen der Hamas und anderer extremistischer Gruppen mehr als 1200 Menschen in Israel getötet und etwa 250 weitere als Geiseln in den Gazastreifen verschleppt. Dies war der Auslöser für den Gaza-Krieg.

„Wir stehen an eurer Seite“, in: https://www.tagesschau.de/inland/baerbock-israel-antisemitismus-100.html, 06.10.2024

INFO

Hisbollah
libanesische Terrorgruppe, die u. a. vom Iran unterstützt wird

1 **Beschreiben** Sie M 1 und **formulieren** Sie Deutungshypothesen.

2 **Fassen** Sie die Geschichte der Palästinenser seit 1947 **zusammen** (M 2–M 4).

3 **Nehmen** Sie **Stellung** zum Rechtsgutachten des IGH (M 5).

4 **Werten** Sie die Karte in M 5 **aus**. **Benennen** Sie mögliche Gründe, die den Bau einer Mau durch Israel rechtfertigen bzw. verurteilen. **Recherchieren** Sie ggf. dazu.

5 **Analysieren** Sie M6 und **legen** Sie mögliche Gründe für die Anerkennung Palästinas als Staat durch europäische Länder **dar**.

6 **Erörtern** Sie die Position der damaligen deutschen Außenministerin Baerbock (M 8).

7 **Diskutieren** Sie, ob die Besetzung von Palästina illegitim ist (M 1–M 8). **Begründen** Sie Ihre Einschätzung.

4.5 Akteure: Die PLO – eine legitime Interessenvertretung der Palästinenser?

M 1 Zitate

Wir wollen nichts anderes als das Ende der zionistischen Besatzung und die Ausübung unseres Selbstbestimmungsrechts.

Jassir Arafat (1929–2004), palästinensischer Terrorist und Politiker

Israel hat seit 1947 bis zum heutigen Tag 50 Massaker in 50 palästinensischen Orten begangen. 50 Massaker, 50 Holocausts.

Mahmud Abbas (* 1935), Präsident der palästinensischen Autonomiebehörde

INFO

Jassir Arafat
(1929–2004)
Arafat gründete die palästinensische Fatah, war seit 1969 Vorsitzender der Palästinensischen Befreiungsorganisation (PLO) und von 1996 bis zu seinem Tod im Jahr 2004 der erste Präsident der palästinensischen Autonomiegebiete. Im Jahr 1994 erhielt Arafat gemeinsam mit den israelischen Politikern Schimon Peres (1923–2016) und Jitzchak Rabin (1922–1995) den Friedensnobelpreis für ihre Beteiligung am Oslo-Friedensprozess.

Mahmud Abbas
(* 1935)
Der palästinensische Politiker gehört der palästinensischen Fatah an und ist seit 2004 Vorsitzender der PLO und seit 2005 Präsident der Palästinensischen Autonomiebehörde.

Fatah
Die 1959 von Jassir Arafat gegründete Fatah sah lange Zeit im bewaffneten Kampf gegen Israel ein geeignetes Mittel, um einen eigenen palästinensische Staat zu errichten. Die Fatah gilt bis heute als stärkste Gruppe innerhalb der PLO.

PLO
Abkürzung für engl. Palestine Liberation Organization; Palästinensische Befreiungsorganisation

M 2 Die Geschichte der PLO

Der ägyptische Staatspräsident Gamal Abdel Nasser galt als charismatischer Führer. Die Bindung zwischen Herrscher und Volk liegt in einer charismatischen Herrschaft darin, dass der Herrscher Ausnahmesituationen mit Erfolg meistert. Möglicherweise wird Nasser genau solch eine Situation gewittert haben, als er der Palästinensischen Befreiungsorganisation (PLO) zur Gründung verhalf. Nasser hatte der panarabischen Idee unter der arabischen Bevölkerung große Reputation verschafft. Er galt als der unbestrittene Führer in der arabischen Welt.

Bereits Ende Mai 1964 fand in Jerusalem das erste Treffen einer neuen Organisation statt, die den Anspruch als Dachorganisation erhob, alle Palästinenser zu vertreten: die „Palestine Liberation Organization“ (PLO). Auf einer Gipfelkonferenz, die dann im Juni 1964 in Kairo abgehalten wurde, wurde auf Nassers Vorschlag hin der Beschluss gefasst, eine palästinensische Befreiungsorganisation zu gründen, die als offizielle Vertretung des arabischen Volkes von Palästina anerkannt wird. Sie sollte unter der Kontrolle der Arabischen Liga stehen. Am 1. Juni 1964 trat der 1. Palästinensische Nationalrat zusammen und beschloss die Gründung einer „Organisation zur Befreiung Palästinas“, zudem ein „Grundgesetz“, eine „palästinensische Nationalcharta“ und die Schaffung einer „Palästinensischen Befreiungsarmee“ (PLA). Ahmed Shukeiri war der erste Vorsitzende der PLO. [...] 1969 übernahm Arafat den Vorsitz der PLO. Der Machtwechsel führte zu einem Kurs des klaren säkularen Nationalismus, der sich zum Ziel gesetzt hatte, einen palästinensischen Staat in den Grenzen des britischen Mandatsgebiets von 1920 zu errichten. Für einen Staat Israel sah Arafat keinen Platz. Im Gegenteil, es kam zum Aufruf, die Juden aus Palästina zu vertreiben. Der bewaffnete Kampf gegen Israel war 1968 in die Nationalcharta aufgenommen worden. Das alles geschah im Bewusstsein der arabischen Niederlage im Sechstagekrieg 1967. Dessen Folgen waren eklatant, denn sie führten zu einem massiven Verlust an Vertrauen in die arabischen Führungen. Die PLO intensivierte nun ihren Kampf gegen Israel von Jordanien aus. Dazu zählte die Entführung von drei Flugzeugen nach Jordanien. Der jordanische König befahl daraufhin die Vertreibung der PLO, es kam zu einem blutigen Konflikt mit der jordanischen Armee, der als „Schwarzer September“ bekannt wurde. Die PLO verlegte notgedrungen ihr Hauptquartier nach Beirut im Libanon. Aber auch das sollte nicht lange Bestand haben. 1972 kam es durch eine Palästinenser-Gruppe zur Geiselnahme von München. [...]
Um internationale Unterstützung zu gewinnen, erklärte sich Arafat 1974 bereit, die Existenz Israels anzuerkennen und dem Terrorismus abzuschwören. Sein Auftritt vor den Vereinten Nationen im selben Jahr war filmreif. Arafat trug einen Pistolenhalfter. [...] Die

Ereignisse blieben ambivalent für die PLO. 1978/79 kam es zu den Camp-David-Verträgen, dem Frieden zwischen Ägypten und Israel – allerdings ohne konkrete Zusagen für die Palästinenser. [...] 1993 [erreichte Arafat] mit den Oslo-Abkommen die Anerkennung der PLO als Vertreterin der Palästinenser durch Israel. Arafat erhielt gemeinsam mit Jitzchak Rabin und Schimon Peres den Friedensnobelpreis. Durch das Abkommen übernahm die PLO Regierungsverantwortung in Form der Palästinensischen Autonomiebehörde (PA), deren Autorität zunehmend verblasst ist. [...] Nach Arafats Tod 2004 setzte sich der Machtverlust der PLO unter Mahmud Abbas fort. Die PLO bleibt die international anerkannte Vertreterin der Palästinenser, doch der Vertrauensverlust in der Bevölkerung ist wegen Korruption und interner Konflikte unter Abbas immens.

Michael Hesse, 60 Jahre PLO: Ein Kampf um Land, in: https://www.fr.de/politik/palaestina-israel-plo-westjordanland-geschichte-gaza-krieg-nahost-93100920.html, 30.05.2024

M3 Ist die PLO heute „so schwach wie nie zuvor"?

2004 stirbt Arafat. Sein Weggefährte Mahmud Abbas nimmt dessen Platz an der Spitze der PLO, der Palästinensischen Autonomiebehörde und der Fatah ein. Unter ihm nimmt die Palästinensische Autonomiebehörde zwar wieder eine begrenzte Kooperation mit Israel auf. Dennoch vertieft sich die Krise der palästinensischen Führung. Zunehmend verliert sie das Vertrauen der Bevölkerung, die Abbas als Erfüllungsgehilfen Israels sieht. Abbas kämpft mit repressiven Mitteln um seinen Machterhalt statt um die Selbstbestimmung seines Volkes. Die Korruption grassiert in seiner Behörde. Gleichzeitig entgleitet ihm die Kontrolle über das Westjordanland, wo sich islamistische Terrorgruppen breitmachen. Nach den palästinensischen Parlamentswahlen von 2006, bei denen die Hamas eine Mehrheit gewinnt, kommt es zum Bruch zwischen Abbas und der Hamas. Ein Jahr später reißen die Islamisten endgültig die Macht im Gazastreifen an sich. Nun konkurrieren zwei palästinensische Machtzentren. [...]

Dann kommt der brutale Hamas-Angriff auf Israel am 7. Oktober 2023. Während dieser den Islamisten in den palästinensischen Gebieten einen weiteren Popularitätsschub verleiht, fällt die Führung um Abbas vor allem durch betretenes Schweigen auf. Zwar hegen die USA Pläne, die Palästinensische Autonomiebehörde zu „revitalisieren" und sie nach dem Krieg im Gazastreifen als Ordnungsmacht zu installieren. Doch es gibt keinerlei Anzeichen dafür, dass die Führung um Abbas dazu willens oder fähig wäre.

Im Februar 2024 verhandelt die PLO gar mit der Hamas [...] über eine Aufnahme der Islamisten in die Dachorganisation und eine palästinensische Einheitsregierung. Die Gespräche verlaufen ergebnislos. Auch Abbas weiß, dass er in Wahlen gegen die Hamas wohl erneut unterliegen würde. [Der palästinensische Experte für Sicherheitspolitik] Ahmad Khalidi hält es für unwahrscheinlich, dass sich die PLO neu aufstellt und wieder eine Führungsrolle im Kampf der Palästinenser um Selbstbestimmung übernimmt. „Wahrscheinlicher ist, dass wir einen Kollaps [...] im Westjordanland sehen werden. Die USA und die Europäer werden jedoch alles tun, um das zu verhindern. Sie wollen keine Machtübernahme der Hamas", sagt er. Für ihn ist klar: Sechzig Jahre nach ihrer Gründung ist die PLO so schwach wie nie zuvor.

Jonas Roth, Die PLO versinkt in der Bedeutungslosigkeit. Eine Chronologie des palästinensischen Scheiterns, in: https://www.nzz.ch/international/der-niedergang-der-plo-wie-sie-den-nahostkonflikt-praegte-ld.1831697, 28.05.2024

1 **Problematisieren** Sie die Zitate (M 1).

2 **Fassen** Sie die Geschichte der PLO in eigenen Worten **zusammen** (M 2) und **formulieren** Sie mögliche Fragen.

3 **Benennen** Sie mögliche Gründe für den Niedergang der PLO und **diskutieren** Sie, ob diese Organisation eine legitime Interessenvertretung der Palästinenser ist bzw. sein kann (M 1–M 3).

4.6 Akteure: Die Hamas – politischer Akteur oder Terrororganisation?

M1 Für das Wohl der Palästinenser?

Zeichnung: Leopold Maurer

M2 Wer oder was ist die Hamas?

Die Hamas ist eine Organisation der Palästinenser, die von EU und USA seit 2003 als Terrororganisation eingestuft wird. Seit 2007 hat sie die Kontrolle im Gazastreifen. Die radikalislamische Gruppierung ist für Außenstehende eher undurchsichtig gegliedert. Sie agiert im Untergrund und öffentlich. Für ihre Ziele setzt sie politische, militärische und terroristische Mittel ein. Sie entstand auch als eine Opposition zur Palästinensischen Befreiungsorganisation PLO und steht heute in Konkurrenz zur Fatah, die im Westjordanland die palästinensische Autonomiebehörde führt. [...] Die Hamas entstand kurz nach Beginn der ersten Intifada als Ableger der islamistischen ägyptischen Muslimbrüder. Mitgründer Scheich Ahmdad Yasin war bis 2004 ihr geistiger Führer. Nachdem er am 22. März 2004 durch eine israelische Rakete getötet wurde, war Abd al-Aziz ar-Rantisi Führer der Organisation. Doch auch er starb, keinen Monat später, bei einem israelischen Angriff. Seitdem hat die Hamas keinen alleinigen Anführer mehr. Als die wichtigste Führungsfigur [...] [galt bis zu seinem Tod 2024] Ismail Hanija [...]. Ein Jahr nach der Gründung 1987 veröffentlichte die Hamas ihre Charta mit Zielen und Grundsätzen. Ihre Hauptziele sind demnach die Zerstörung Israels durch den „Heiligen Islamischen Krieg“ und ein islamischer Staat „Palästina“. Nach ihrer Gründung trat die Hamas auch als Wohltätigkeitsorganisation auf. Durch Gründung von Schulen und anderen sozialen Einrichtungen erlangte sie Beliebtheit bei der verarmten Bevölkerung des Gazastreifens. Im Jahr 2006 gewann sie dann die bisher letzten Wahlen in dieser Region. [...] Seitdem die Hamas die Kontrolle über den Gazastreifen übernommen hat, gab es mehrere schwere militärische Auseinandersetzungen, vor allem in den Jahren 2008, 2012, 2014 und 2021 sowie seit dem 7. Oktober 2023 nach ihrem terroristischen Großangriff auf Israel. Dessen Regierung und die Armee haben sich das Ziel gesetzt, die Herrschaft der Hamas in Gaza zu beenden.

Magdalena Tannenberger, Wer oder was ist die Hamas?, in: https://www.mdr.de/nachrichten/welt/politik/hamas-gaza-israel--erklaerung-entstehung-100.html, 20.10.2023

M3 Die Finanzen der Hamas

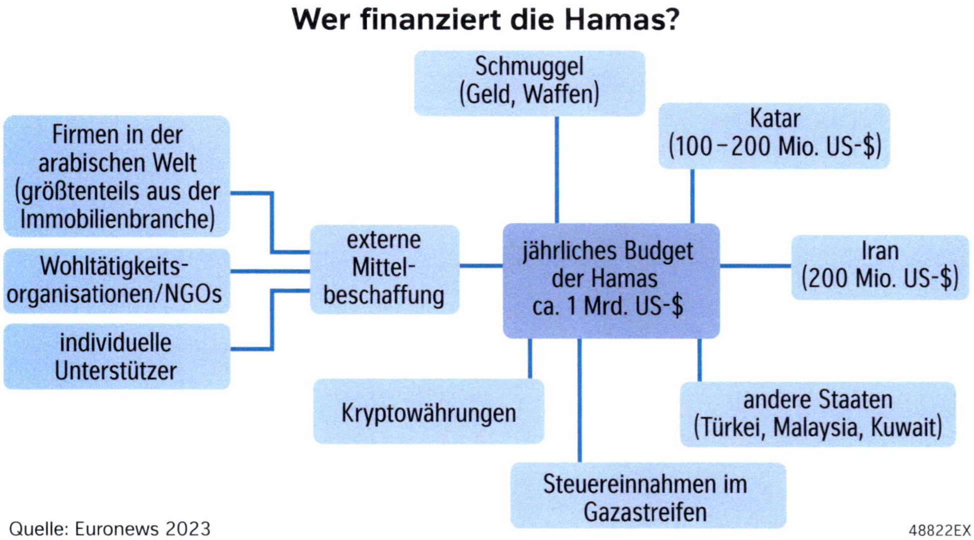

Quelle: Euronews 2023

M4 Fatah: Die Hamas hat die Zerstörung des Gazastreifens herbeigeführt

Die Palästinenserorganisation Fatah hat in einer Stellungnahme die rivalisierende Hamas harsch kritisiert. Die Terrororganisation habe Israel mit ihrem Angriff am 7. Oktober [2023] einen Vorwand für den Gaza-Krieg geliefert, berichtete die palästinensische Nachrichtenagentur Wafa unter Berufung auf eine Erklärung der Bewegung von Palästinenserpräsident Mahmud Abbas. Die Hamas habe die Zerstörung des Gazastreifens so herbeigeführt. Die Fatah warf der Hamas außerdem vor, die Zivilbevölkerung im Gaza-Krieg nicht zu beschützen. Sie habe die Interessen des palästinensischen Volks zugunsten des Iran geopfert, hieß es weiter. Die Fatah beschuldigte die Hamas zudem, auch im Westjordanland Chaos schüren zu wollen. In der Erklärung erinnerte die säkulare Gruppe auch an das gewaltsame Vorgehen der Hamas im Gazastreifen 2007. Nachdem die Hamas 2006 die letzte palästinensische Parlamentswahl gewonnen hatte, riss sie ein Jahr später mit Gewalt die alleinige Kontrolle über den Gazastreifen an sich und vertrieb die Fatah.

Fatah: Hamas hat Zerstörung Gazas herbeigeführt, in: https://www.juedische-allgemeine.de/politik/fatah-hamas-hat-zerstoerung-gazas-herbeigefuehrt/, 13.01.2025

1 **Beschreiben** und **erklären** Sie die Karikatur (M 1).

2 **Fassen** Sie M 2 in eigenen Worten **zusammen** und **formulieren** Sie Fragen, die sich hieraus ergeben.

3 **Werten** Sie M 3 **aus** und **problematisieren** Sie die Finanzierung der Hamas vor dem Hintergrund des 7. Oktober 2023. **Beurteilen** Sie hierbei die Rolle der Hamas (M 2–M 4).

4 **Charakterisieren** Sie das Verhältnis zwischen der Fatah und der Hamas und **diskutieren** Sie, ob einer der beiden Akteure aus den jüngsten Ereignissen im Nahost-Konflikt geschwächt bzw. gestärkt hervorgeht (M 2–M 4).

4.7 Akteure: Israel und seine Nachbarstaaten – umgeben von Feinden?

M1 Der Iran als Spieler im Hintergrund?

Zeichnung: Jürgen Janson

M2 Akteure im Nahost-Konflikt

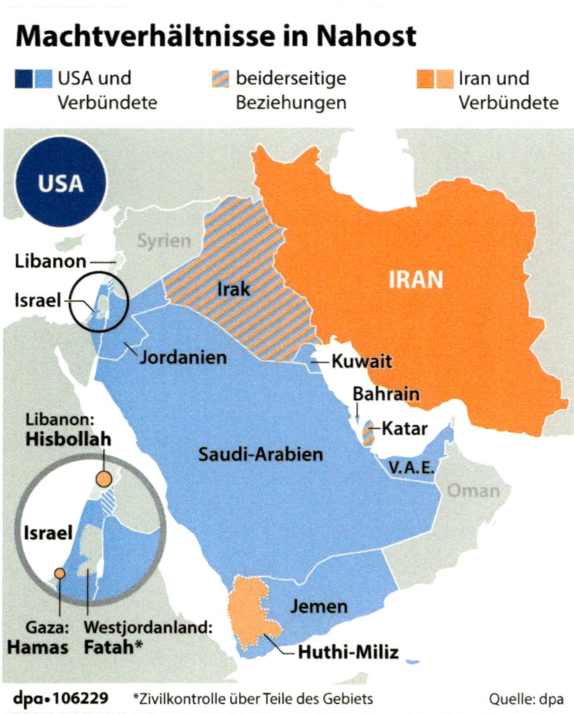

M3 Saudi-Arabien

Der Krieg zwischen Israel und der Hamas beeinflusst zunehmend die Außen- und Innenpolitik Saudi-Arabiens. „Die Situation ist für Saudi-Arabien zu einem heiklen Balanceakt geworden", sagt Sebastian Sons [...], Wissenschaftler bei der deutschen Denkfabrik CARPO, die auf den Nahen Osten spezialisiert ist. Der aktuelle Krieg biete Saudi-Arabien einerseits die Möglichkeit, „sich wieder stärker als Vertreter der palästinensischen Sache" zu präsentieren. Nach Sons Einschätzung war Saudi-Arabien in dieser Hinsicht lange Jahre eher inaktiv. Auf der anderen Seite versuche Saudi-Arabien, seine Beziehungen mit Israel zu normalisieren. Monatelang vertraten beide Länder die Auffassung, dass die Annäherung ihnen politische und wirtschaftliche Vorteile bietet – und gleichzeitig die Region stabilisiert. Zwar wurden die Verhandlungen nicht abgebrochen, aber sie gerieten ins Stocken, nachdem die Hamas am 7. Oktober [2023] Israel angegriffen hatte. [...] Dass „trotz der astronomischen Zahl der Todesopfer in Gaza" die Normalisierung der Beziehungen zwischen Israel und Saudi-Arabien immer noch als machbar gesehen wird, ist für Sami Hamdi ein Zeichen. „Das lässt vermuten, dass es für Saudi-Arabien keine roten Linien gibt, die dazu führen, die Normalisierung aufzugeben", sagte der Geschäftsführer des in London ansässigen Beratungsunternehmens The International Interest. Aber Saudi-Arabiens Unterstützung für die Palästinenser spielt zunehmend eine Rolle dabei. Während sich Saudi-Arabien und Israel annäherten, sei die palästinensische Frage an den Rand gedrängt gewesen, sagt Peter Lintl, Nahost-Forscher am Deutschen Institut für Internationale Politik und Sicherheit. [...] Die USA unterstützen die Annäherung zwischen den beiden Staaten. Mehreren Berichten zufolge hatte Saudi-Arabien Anfang Februar [2024] gegenüber Washington erklärt, es werde erst dann Beziehungen zu Israel aufnehmen, wenn ein unabhängiger palästinensischer Staat anerkannt werde und die israelischen Streitkräfte den Gazastreifen verlassen. [...] Inzwischen hat sich nicht nur die politische Haltung Saudi-Arabiens gewandelt – auch die Stimmung im Königreich hat sich geändert. Die saudische Öffentlichkeit unterstützt traditionell die Palästinenser und ihr Streben nach einem unabhängigen Staat mit Ostjerusalem als Hauptstadt. Nun wächst in Teilen der Gesellschaft die Unterstützung für die Hamas-Miliz. Und das, obwohl die Hamas zu den ideologischen Gegnern Saudi-Arabiens gehört – dem Iran und seiner sogenannten Achse des Widerstands. Allerdings haben sich die Beziehungen zwischen Teheran und Riad inzwischen entspannt.

Jennifer Holleis, Saudi-Arabiens Balanceakt im Israel-Hamas-Krieg, in: https://www.dw.com/de/saudi-arabiens-balanceakt-im-israel-hamas-krieg/a-68289535, 18.02.2024

M4 Jordanien

Wochenlang gingen in Jordaniens Hauptstadt Amman hunderte Demonstranten auf die Straße und protestierten vor der israelischen Botschaft gegen die Kämpfe im Gazastreifen. „Tod für Israel", riefen sie, und „Gaza, bleib tapfer". Die Wut auf Israel scheint im Nachbarland riesig zu sein. Und dann geschah vor kurzem das: Als der Iran mehr als 300 Drohnen und Raketen Richtung Israel feuerte, beteiligte sich Jordanien aktiv an der Abwehr – schoss selbst Drohnen ab, die über das eigene Staatsgebiet flogen. Zur Freude Israels und der verbündeten Länder.

Israels Generalstabchef Herzi Halevi erklärte, der iranische Angriff habe „neue Möglichkeiten der Kooperation im Nahen Osten geschaffen". Entsetzen herrscht dagegen auf der pro-palästinensischen Seite. Beobachter und Kommentatoren in der arabischen Welt reagierten mit Kopfschütteln und werfen Jordanien Doppelmoral vor. In den sozialen Netzwerken wird Jordanien sogar als Verräter beschimpft. [...]

Jordanien befindet sich im Spagat: Auf der einen Seite sind rund 60 Prozent der Bevölkerung palästinensischer Abstammung, darunter auch Königin Rania. Dementsprechend solidarisiert sich die Mehrheit der Jordanier, wie die meisten Menschen in der arabischen Welt, im Nahost-Krieg mit den Palästinensern. Viele werfen Israel Kriegsverbrechen in Gaza vor. Auch das jordanische Königshaus sparte nicht an Kritik Richtung Israel und organisierte eine Luftbrücke für Gaza.

Gleichzeitig hat das jordanische Königshaus bereits 1994 als eines von wenigen arabischen Ländern Frieden mit Israel geschlossen und ist ein enger Verbündeter der USA und Europas. Die Mutter von König Abdallah ist Britin, er und seine Kinder wurden in britischen Eliteschulen ausgebildet. Auch deutsche Soldaten sind in Jordanien stationiert. [...]

Die Bedrohung für Jordanien auch in naher Zukunft sei offensichtlich, sagen Beobachter. Jordanien muss die Balance finden zwischen den aufgeheizten Gemütern in der eigenen Gesellschaft und den Bündnispartnern – das Land übt den Spagat und riskiert, angesichts der jüngsten Aktionen selbst in den Konflikt hineingezogen zu werden.

Anna Osius, Jordaniens Spagat, in: https://www.tagesschau.de/ausland/asien/jordanien-israel-plaestinenser-iran-100.html, 25.04.2024

M5 Libanon

Während und nach dem [...] [ersten arabisch-israelischen Krieg 1948/49] flüchteten Hunderttausende Palästinenserinnen und Palästinenser nach Libanon. Auch nach dem Sechstagekrieg von 1967 nahm das Land palästinensische Flüchtlinge auf – das Verhältnis zu Israel trübte sich zusehends. Denn das kleine Libanon wurde bald zur Basis für den politischen und militärischen Widerstand der Palästinenser.
Der Zustrom der Palästinenser wurde zur Herausforderung für das fragile Gleichgewicht im Vielvölkerstaat, in dem sich Schiiten, Sunniten und Christen die Macht aufteilen. Schließlich kam es 1975 zum Bürgerkrieg: Zwischen der christlichen Phalange-Miliz und der PLO nahm ein jahrelanges Blutvergießen seinen Lauf. Nach einem verheerenden Fatah-Anschlag 1978 in Israel beschloss die israelische Regierung, im Süden Libanons einzugreifen. Auf den begrenzten Einmarsch folgte der israelische Libanon-Feldzug von 1982.
Israel konnte 1982 zwar die PLO vertreiben. Doch die Invasion in Libanon entpuppte sich in gewisser Weise als Pyrrhussieg: Denn aus dem Widerstand entstand ab 1982 die Hisbollah als paramilitärische Organisation. Sie verstrickte die israelischen Truppen in einen blutigen Guerillakrieg. In den vergangenen Jahrzehnten kam es zwischen Israel und der Schiiten-Miliz wiederholt zu militärischen Auseinandersetzungen.

Manuel Imhasly, Kriege, Flucht und Terror: die düstere Geschichte zweier Staaten, in: https://www.srf.ch/news/international/israel-und-libanon-kriege-flucht-und-terror-die-duestere-geschichte-zweier-staaten, 04.01.2024

M6 Die Hisbollah – Handlanger Irans?

Die schiitische Hisbollah, die „Partei Gottes", die ihren Hauptsitz im Libanon hat, besteht aus einer politischen Partei und einer bewaffneten Miliz. Sie sieht sich aber auch als eine soziale Wohltätigkeitsorganisation. Die militante Hisbollah leitet ihre Politik und auch ihr Selbstverständnis aus islamistischen Positionen ab, dem Wunsch nach Stärkung der Schiiten weltweit, einer anti-westlichen Haltung und auch libanesischer Realpolitik. Auch der bewaffnete Kampf gegen Israel steht im Mittelpunkt der Organisation.
Offiziell gegründet wurde sie 1982 inmitten des libanesischen Bürgerkriegs, der schon seit 1975 tobte. Auch die damals im Libanon ansässige PLO, die palästinensische Befreiungsorganisation, spielte eine Rolle in dem Bürgerkrieg. 1982 führten israelische Streitkräfte daher einen Libanon-Feldzug mit dem Ziel, die bewaffneten palästinensischen Strukturen zu zerschlagen. [...]
Mit ihrer Professionalität und Guerillataktik hatte die Hisbollah Erfolg. Durch die Schutzmacht Iran gelang es der Hisbollah, von einer Art Schutzgruppe der Gebeutelten zur dominierenden Kraft im Libanon aufzusteigen. Als die libanesischen Konfliktparteien 1990 den

Bürgerkrieg beendeten und abrüsteten, behielt sie als einzige Gruppierung ihre Miliz. 1992 zog sie ins libanesische Parlament ein. Melani Cammett, Professorin und Nahostforscherin an der Harvard-Universität in den USA [...]: „Sie genoss in ihrer Rolle als Widerstandsorganisation gegen Israel lange Zeit weite Popularität im gesamten Libanon, weil sie als beste Verteidigung gegen Israel gesehen wurde, das Teile des Libanon bis 2000 besetzt hielt." Dass Israel sich schließlich im Jahr 2000 aus dem Libanon zurückzog, wird von der Hisbollah immer noch als ultimativer Sieg gesehen. Seit 2005 ist die „Partei Gottes" durchgehend Teil der Regierung. Vielen gilt sie als „Staat im Staat".

dh, Die Hisbollah – Israels Feind im Libanon, in: https://www.deutschlandfunk.de/hisbollah-libanon-beirut-israel-iran-100.html, 29.09.2024

M 7 Iran und Israel – seit Jahrzehnten verfeindet

Der Konflikt zwischen Israel und dem Iran hat eine neue Eskalationsstufe erreicht. Historisch stehen sich die beiden Staaten schon seit Jahrzehnten feindselig gegenüber. Jetzt gab es bereits zum zweiten Mal [...] [im Jahr 2024] einen direkten Angriff des Iran auf Israel. [...] Schon im April [2023] hatten Irans Revolutionsgarden (IRGC) zum ersten Mal in der Geschichte der Islamischen Republik einen direkten Angriff auf Israel ausgeführt. Dabei feuerten die IRGC-Luftstreitkräfte mehr als 300 Drohnen, Raketen und Marschflugkörper auf ihren Erzfeind. [...] Ursache für die nun erfolgte erneute Attacke des Iran dürften gezielte Tötungen hochrangiger Funktionäre der Hamas und der Hisbollah – zum Teil auf iranischem Staatsgebiet – sein. [...]

Die Feindschaft zwischen dem Iran und Israel begann mit der Machtübernahme des religiösen iranischen Führers Ajatollah Khomeini im Jahr 1979. Unter der vorherigen Regierung von Schah Reza Pahlavi hatten beide Staaten ein freundschaftliches Verhältnis gehabt. 1948 hatte der Iran als erster Staat der Region Israels Existenzrecht anerkannt. Mit der Machtübernahme Khomeinis veränderte sich das Verhältnis zwischen den beiden Staaten. Dieser bezeichnete Israel als „größte Bedrohung für die islamische Welt und die Muslime". [...]

Seit Jahren unterstützt der Iran die Hamas militärisch. Nach Aussagen der palästinensischen Terrororganisation war der Iran auch an der Vorbereitung für den Angriff auf Israel am 7. Oktober [2923] beteiligt. Auch das „Wall Street Journal" sprach von einer Beteiligung des Regimes in Teheran an dem Massaker. Der iranische Religionsführer Ajatollah Ali Chamenei lobte die Hamas-Attacke, wies eine direkte Verstrickung jedoch zurück. Stattdessen gab es Kritik für den Einmarsch Israels in Gaza: „Die Verbrechen der zionistischen Einheit, humanitär und militärisch, haben die roten Linien überschritten, die alle zum Handeln zwingen könnten", sagte der iranische Regierungschef Ebrahim Raisi in einem Interview dem arabischen Sender Al Jazeera. Seit dem Beginn des Krieges empfingen die Mullahs auch immer wieder hochrangige Hamas-Mitglieder in Teheran.

Timm Ottenberg, Der Iran und Israel: Warum die beiden Staaten seit Jahrzehnten verfeindet sind, in: https://www.rnd.de/politik/iran-attackiert-israel-was-ist-die-ursache-fuer-den-konflikt-3LUCUVF54BEEDD7RSMPP4DIKBI.html, 01.10.2024

INFO

Wall Street Journal
amerikanische Tageszeitung

1. **Beschreiben** Sie M 1 und **formulieren** Sie Deutungshypothesen.
2. **Benennen** Sie die Akteure im Nahost-Konflikt (M 2).
3. **Erläutern** Sie das Verhältnis Israels zu seinen Nachbarstaaten (M 2–M 7).
4. **Diskutieren** Sie, welche Chancen bestehen, dass es im Nahost-Konflikt zu einem Frieden kommt, den alle beteiligten Akteure gutheißen (M 2–M 7).
5. **Entwickeln** Sie ein mögliches Lösungskonzept für ein Friedensabkommen, das Sie in einem Brief an das deutsche Außenministerium adressieren (M 1–M 7).

4.8 Angriff der Hamas – war die Reaktion Israels angemessen?

M1 Krieg bringt Zerstörung

Zerstörtes Gebäude im israelischen Kibbuz Kfar Aza infolge des Terrorangriffs der Hamas am 7. Oktober 2023

Zerstörte Gebäude in Gaza-Stadt infolge des Krieges zwischen Israel und der Hamas (Juni 2025)

M2 Der Terrorangriff der Hamas

Am Samstag, dem 7. Oktober 2023 wurde Israel von der islamistischen Terror-Organisation Hamas überfallen. Zeitgleich zu den massiven Luftangriffen drangen Hunderte Terroristen aus dem Gazastreifen in das Grenzgebiet nach Israel ein. Sie überfielen mit großer Brutalität Dörfer und Kibbuzim in Grenznähe. Allein im Kibbuz Be'eri wurden mehr als 100 Einwohner ermordet. Auf einem Musikfestival in der Nähe, das rund 3 500 Israelis besuchten, töteten die Terroristen mehr als 250 Personen. An keinem anderen Tag seit dem Holocaust wurden mehr Juden ermordet als am 7. Oktober. Mehr als 150 Personen wurden von den Terroristen nach Gaza entführt und werden dort gefangen gehalten. Israelische Sicherheitskräfte hatten die Situation erst im Lauf des Sonntags unter Kontrolle. [...] Israel hat mit Luftangriffen gegen die Hamas in Gaza reagiert. Laut israelischen Angaben sind mindestens 1 000 der Angreifer getötet worden, aus dem Gazastreifen werden rund 1 500 Tote gemeldet, unabhängig überprüfen lassen sich diese Angaben zur Zeit nicht. Im Gazastreifen leben etwa 2 Millionen Menschen, seit 2007 wird Gaza von der Hamas regiert. Ob und wann eine israelische Bodenoffensive startet ist momentan unklar. Das israelische Militär hat in der Zwischenzeit die Zivilbevölkerung in Gaza aufgefordert den nördlichen Teil des Gazastreifens zu verlassen, hiervon betroffen wären rund 1,1 Millionen Menschen.

Überfall der Hamas auf Israel, in: https://www.bpb.de/kurz-knapp/hintergrund-aktuell/541653/ueberfall-der-hamas-auf-israel/, 13.10.2023

M3 Hat der Krieg Israels gegen die Hamas Erfolg? – Ja!

Auch wenn es im Rückblick absurd erscheint: Viele Hamas-Mitglieder waren überzeugt, ihre Gruppe werde Israel mit dem Massaker am 7. Oktober 2023 nicht nur verwunden, sondern vernichten. Diese Überzeugung gründete sich auf religiösen Eifer und auf der Hoffnung, die Hamas könnte die Hisbollah und den Iran dazu animieren, sich mit eigenen Großangriffen dem Kampf anzuschließen – und auf der Einschätzung, Israel sei trotz seiner Hightech-Wunderwaffen ein schwacher Gegner. Diese Überzeugung erwies sich als verhängnisvoller Irrglaube. [...] Die Israelis fielen nicht in sich zusammen angesichts des von der Hamas angerichteten Blutbads, das sich […] allem Anschein nach gezielt gegen Soldaten und Zivilisten richtete, um „bei den Israelis Angst zu erzeugen und das Land zu destabilisieren", wie es kürzlich in einem Bericht der „New York Times" hieß. Anders als in früheren Kriegen stellten die Israelis die Kampfhandlungen nicht nach wenigen Wochen ein; weder beugten sie sich dem unablässigen internationalen Druck, noch gaben sie ihre Kriegsziele größtenteils auf, um die Geiseln freizubekommen. Stattdessen schlossen die Israelis die Reihen und trugen den Sieg davon – sofern ein dauerhafter Sieg im Nahen Osten überhaupt möglich ist. Sie haben im Verhältnis zu Libanon und Syrien die Karten neu gemischt. Sie haben den Iran gedemütigt und unschädlich gemacht. […] Sie haben die verbliebenen lebenden Geiseln zurückbekommen, ohne ihren wichtigsten Einflussfaktor im Gazastreifen – die Kontrolle über dessen innere Pufferzone – aus der Hand zu geben. Sie haben muslimische Länder dafür gewonnen, sich dafür einzusetzen, dass Gaza nicht von der Hamas regiert wird. […] Und trotz aller weltweiten Protestkundgebungen, feindseligen Leitartikel und bedeutungslosen Waffenembargos genießen sie die lautstarke Rückendeckung der einzigen ausländischen Regierung, auf die es ankommt: Amerika.

Bret Stephens, Geschlossene Reihen, in: https://www.ipg-journal.de/regionen/naher-osten/artikel/geschlossene-reihen-8627/, 04.11.2025

M4 Hat der Krieg Israels gegen die Hamas Erfolg? – Nein!

Israel hat sich die Vernichtung der Hamas zum Ziel gesetzt. Doch nach einem Jahr Krieg erhält die Terrororganisation weiter Zulauf. Viele fragen sich, ob ein militärischer Sieg überhaupt möglich ist.

Sieht so eine Terrororganisation am Boden aus? Die Bilder, die aus Gaza-Stadt um die Welt gingen, sollen wohl das Gegenteil demonstrieren. Dutzende Männer zeigten sich da im Zentrum der Stadt, wo die israelische Armee sie über Monate heftigst bekämpft hatte. Viele in der Menschenmenge trugen Uniform und waren schwer bewaffnet, hatten grüne Bänder der Hamas um den Kopf gewickelt. Es war ein Zeichen der Stärke, das da am Sonntag gezeigt werden sollte, als die Feuerpause in Kraft trat und drei israelische Geiseln aus der Gefangenschaft freikamen. […] Durch das Vorgehen gegen die Hamas in Gaza sollten nicht nur die Entführten, sondern den Israelis auch Sicherheit zurückgebracht werden. Doch nach mehr als 15 Monaten Krieg gibt es inzwischen viele, die nicht mehr daran glauben, dass die Hamas verschwindet – und dass ein „totaler Sieg", wie Netanjahu es formuliert, überhaupt möglich ist. […]

Yair Golan, […] [der heutige Oppositionspolitiker und frühere stellvertretende Generalstabschef der israelischen Armee], glaubt, dass Israels Kriegführung falsch ist. Nach seiner Analyse liegt das allerdings nicht an den israelischen Streitkräften, sondern an falschen politischen Entscheidungen. „Wenn man Terrororganisationen wie die Hamas bekämpft, muss man hart ihre militärischen Fähigkeiten bekämpfen", sagt er. „Und gleichzeitig brauchen die Menschen in Gaza eine Alternative zur Hamas." Darum hätte man sich seit dem 7. Oktober nicht gekümmert, sagt er. „Das ist das ganz große Versagen dieser Regierung."

Jan-Christoph Kitzler/Anne Armbrecht, Warum die Hamas noch immer so stark ist, in: https://www.tagesschau.de/ausland/asien/israel-gaza-krieg-hamas-100.html, 22.01.2025

1 **Beschreiben** Sie die Fotos (M 1).

2 **Fassen** Sie M 2 in eigenen Worten **zusammen** und **formulieren** Sie Fragen, die sich hieraus ergeben.

3 **Arbeiten** Sie aus M 3 und M 4 Pro- oder Kontra-Argumente für die Frage **heraus**, ob die Reaktion Israels auf den Angriff der Hamas angemessen war. **Diskutieren** Sie die Frage anschließend Frage in Form einer Talkshow.

4.9 Von Camp David zum Oslo-Abkommen – vertane Chancen auf Frieden?

M1 Zitate

Peace is much more precious than a piece of land.

Anwar as-Sadat (1918–1981), ägyptischer Staatspräsident

A peace treaty is not the end of the conflict; it is only the beginning of the battle for peace.

Menachem Begin (1913–1992), israelischer Ministerpräsident

M2 Camp David: Frieden zwischen Ägypten und Israel

Der ägyptische Staatspräsident Anwar as-Sadat (li.), US-Präsident Jimmy Carter (Mi.) und der israelische Ministerpräsident Menachem Begin (re.) nach der Unterzeichnung des ägyptisch-israelischen Friedensvertrages vor dem Weißen Haus in Washington am 26. März 1979.

Als Wegbereiter der Camp-David-Verhandlungen gilt der US-amerikanische Präsident Jimmy Carter. Er hatte bereits als Gouverneur des Bundesstaates Georgia eine Reise nach Israel und ins Westjordanland unternommen. Nachdem er am 20. Januar 1977 als Präsident vereidigt wurde, belebte er den Friedensprozess im Nahen Osten neu. [...] Allerdings stießen Carters Pläne eines umfassenden Lösungsansatzes unter Teilnahme aller im Nahost-Konflikt beteiligten Parteien anfangs auf Ablehnung. [...] Am 9. November 1977 überraschte der ägyptische Präsident Anwar as-Sadat die Weltöffentlichkeit. Bei einer Rede anlässlich der ägyptischen Parlamentseröffnung verkündete Sadat, er sei bereit „bis ans Ende der Welt" und „sogar in die Knesset zu gehen", wenn er damit den Tod eines einzigen ägyptischen Soldaten verhindern könne. Israels Ministerpräsident Menachem Begin nahm Sadat beim Wort und lud den ägyptischen Staatschef nach Israel ein. Am 19. November 1977 besuchte Sadat Israel und bot der israelischen Regierung in einer Rede vor der Knesset einen „gerechten Frieden" an. Die israelische Regierung ließ die Öffentlichkeit wissen, dass sie an die Friedensabsichten Sadats glaube. Andere arabische Staaten jedoch brachen aus Protest gegen die ägyptische Annäherung an Israel den diplomatischen Kontakt zu Ägypten ab.

Zwei wesentliche Ereignisse markieren den Prozess zum Friedensvertrag: Einerseits die Verhandlungen in Camp David vom 5. bis 17. September 1978, an deren Ende das Camp-David-Abkommen stand. Andererseits die Überführung dieser Verhandlungsergebnisse in den Israelisch-Ägyptischen Friedensvertrag, der am 26. März 1979 in Washington D.C. unterschrieben wurde.

Auf Vermittlung von Carter trafen sich im September 1978 Begin und Sadat auf dem Landsitz des amerikanischen Präsidenten in Camp David, um die Inhalte eines möglichen Friedensabkommens zu verhandeln. Die Verhandlungen waren mit großen diplomatischen Schwierigkeiten verbunden. [...] Mehrfach standen die Verhandlungen vor dem Abbruch, sowohl Begin als auch Sadat wollten abreisen. Carter überredete beide, zu bleiben. [...] Am Ende der Verhandlungen unterschrieben Sadat und Begin zwei Dokumente: Eines behandelte das Verhältnis zwischen Ägypten und Israel und beinhaltete bereits wesentliche Punkte des späteren Friedensvertrags. Ein zweites Dokument betraf den Aufbau eines Autonomieregimes im Westjordanland und im Gazastreifen. Aufgrund dieser Vereinbarungen für einen Frieden im Nahen Osten – oft als Camp-David-Abkommen bezeichnet – wurden Sadat und Begin noch im gleichen Jahr mit dem Friedensnobelpreis ausgezeichnet. Der Israelisch-Ägyptische Friedensvertrag [...] beendete den seit 1948 herrschenden Kriegszustand zwischen Ägypten und Israel. Seitdem bildet er eine wichtige Grundlage für die Beziehungen zwischen beiden Ländern.

Israel und Ägypten: Ein Frieden auf Umwegen, in: https://www.bpb.de/kurz-knapp/hintergrund-aktuell/288015/israel-und-aegypten-ein-frieden-auf-umwegen/, 22.03.2019

M3 Das Oslo-Abkommen – ein Traum in Trümmern?

In der Geschichte der Menschheit gibt es immer wieder Momente, die sich ins kollektive Gedächtnis einprägen. So auch [...] am 13. September 1993, als sich Israels Ministerpräsident Yitzhak Rabin und Palästinenserführer Yasir Arafat im Rosengarten des Weißen Hauses in Washington die Hand reichten. Dazwischen stand der amerikanische Präsident Bill Clinton, der den etwas zögernden Rabin schubste, damit er endlich die Hand des Führers der Palästinensischen Befreiungsbewegung (PLO) ergreife. Rabin, einst Generalstabschef der Armee, tat sich schwer, in Arafat einen Partner für Frieden zu sehen, war dieser doch für Terroranschläge gegen Israeli und Juden weltweit verantwortlich. Doch beide Männer hatten ihr Schicksal aneinandergekettet. Sie hatten verstanden, dass der jahrzehntealte palästinensisch-israelische Konflikt ein Nullsummenspiel geworden war. Es gab nichts zu gewinnen, nur noch zu verlieren: für die Palästinenser die Chance, jemals einen eigenen Staat zu bekommen. Und für die Israeli die Aussicht, das Stigma einer Besatzungsmacht endlich loszuwerden. [...]

Das Oslo-Abkommen war ein Meilenstein: Zum ersten Mal anerkannte die PLO den jüdischen Staat, verpflichtete sich, aus ihrer Charta das Ziel der Vernichtung Israels zu streichen. Im Gegenzug akzeptierte Israel die PLO als offizielle Vertretung des palästinensischen Volkes. Der Vertrag, „Oslo I“ genannt, sah vor allem eine Autonomie der Palästinenser im Gazastreifen und im Westjordanland vor. Die umstrittensten Themen wurden aber ausgespart: der Status Jerusalems, die jüdischen Siedlungen im Westjordanland und in Gaza sowie das „Recht auf Rückkehr“ – die Frage, ob und wie die Palästinenser in die Heimat, die sie im Unabhängigkeitskrieg Israels 1948 verloren hatten, zurückkehren durften. Diese Problemfelder wollte man im Zuge weiterer Verhandlungen aufgreifen – was sich rückblickend als eklatanter Fehler erweisen sollte. Was als vertrauensbildende Maßnahme gedacht war, erreichte das Gegenteil: Das Misstrauen auf beiden Seiten wurde immer grösser [...]. Die [...] [jüdischen] Siedler beeilten sich, immer neue Hügel in Judäa und Samaria, wie sie das Westjordanland mit seinen biblischen Namen nennen, zu besetzen und sogenannte „illegale Außenposten“ zu gründen. [...] Bald gehörten massive Demonstrationen und Zusammenstöße mit Anhängern der Friedensbewegung zum Alltag. [...] Dazu kam eine weitere dramatische Entwicklung: die zahllosen Selbstmordattentate der palästinensischen Islamisten, allen voran die radikalislamische Hamas. Ihre Anhänger jagten sich in israelischen Autobussen, auf Märkten und anderswo in die Luft und rissen Dutzende, ja Hunderte Juden mit in den Tod. [...] Am 4. November 1995 wurde der Ministerpräsident [Rabin] von einem nationalreligiösen Attentäter erschossen – aus Rache für die Rückgabe besetzter Gebiete. [...]

[Heute ist] „Oslo“ [...] Geschichte. Doch die im Grunde untragbare Struktur im Westjordanland, die das Abkommen kreiert hat, wirkt bis heute nach: Gewalt und Terror mit zahlreichen Opfern auf beiden Seiten, ohne dass sich irgendetwas ändert. Was könnte anstelle von „Oslo“ kommen? Das Einzige, was man derzeit mit Sicherheit sagen kann: kein Frieden.

Der israelische Ministerpräsident Jitzchak Rabin (li.), US-Präsident Bill Clinton (Mi.) und PLO-Chef Jassir Arafat (re.) nach der Unterzeichnung des Oslo-Abkommens vor dem Weißen Haus in Washington am 13. September 1993.

Richard C. Schneider, Der Wettlauf nach unten: Wie Palästinenser und Israeli die Hoffnung auf Frieden beerdigten, in: https://www.nzz.ch/pro/30-jahre-oslo-wie-palaestinenser-und-israeli-die-hoffnung-auf-frieden-beerdigten-ld.1755690, 13.09.2023

1 **Analysieren** Sie die Zitate (M 1) und **ordnen** Sie diese in den Verhandlungsprozess zwischen Ägypten und Israel **ein** (M 2).

2 **Vergleichen** Sie die wesentlichen Ergebnisse der Friedensabkommen von Camp David und Oslo (M 2, M 3).

3 **Erklären** Sie die Gründe für das Scheitern des Oslo-Abkommens (M 3).

4 **Nehmen** Sie **Stellung** zu der These: „Das Oslo-Abkommen war von Beginn an zum Scheitern verurteilt. Es bestand nie eine Chance auf dauerhaften Frieden.“

4.10 Juden und Muslime – hat Deutschland ein Antisemitismus-Problem?

M1 Der blanke Hass

Zeichnung: Heiko Sakurai

M2 Was ist Antisemitismus?

Klassischer Antisemitismus

Der klassische Antisemitismus ist ein Vorurteil und eine Weltsicht, in welcher Juden*Jüdinnen bestimmte biologische, „rassische“ oder kulturelle Eigenschaften zugeschrieben werden. Diese Stereotype verbinden sich häufig zu Verschwörungstheorien.

Beispiele:

- „Auch heute noch ist der Einfluss der Juden zu groß.“
- „Die Juden haben etwas Besonderes und Eigentümliches an sich und passen nicht so recht zu uns.“
- „Die Juden arbeiten mehr als andere Menschen mit üblen Tricks, um das zu erreichen, was sie wollen.“

Sekundärer Antisemitismus

Der sekundäre Antisemitismus ist eine Form der Judenfeindschaft, die vor allem im Kontext der Erinnerung an die nationalsozialistischen Verbrechen sichtbar wird. Er kann sich etwa in Relativierung oder Leugnung des Holocaust, der Forderung nach einem Schlussstrich unter die Vergangenheit oder in der rhetorischen Umkehr von Opfern und Tätern äußern.

Beispiele:

- „Viele Juden versuchen, aus der Vergangenheit des Dritten Reiches heute ihren Vorteil zu ziehen.“
- „Ich bin es leid, immer wieder von den deutschen Verbrechen an den Juden zu hören.“

Israelbezogener Antisemitismus

Kritik an Israel ist antisemitisch, wenn traditionelle Stereotype auf den Staat Israel übertragen werden oder die Politik Israels mit dem NS gleichgesetzt wird; wenn Juden weltweit für die Politik Israels verantwortlich gemacht werden oder wenn an israelische Politik andere Standards als an andere Demokratien angelegt werden.

Beispiele:

- „Was der Staat Israel heute mit den Palästinensern macht, ist im Prinzip auch nichts anderes als das, was die Nazis im Dritten Reich mit den Juden gemacht haben“
- „Durch die israelische Politik werden mir die Juden immer unsympathischer.“

*Sina Arnold, Antisemitismus unter Menschen mit Migrationshintergrund und Muslim*innen, in: Mediendienst Integration, April 2023, S. 3; https://mediendienst-integration.de/fileadmin/Dateien/MEDIENDIENST-Expertise_Antisemitismus_unter_Menschen_mit_Migrationshintergrund_und_Muslimen.pdf*

WEBCODE
WES-117977-110
Antisemitismus unter Menschen mit Migrationshintergrund und Muslimen

M3 Wachsender Antisemitismus in Deutschland

Dass der Antisemitismus in Deutschland weiter wächst, befürchtet die Islamwissenschaftlerin Susanne Schröter. Drei gesellschaftliche Gruppen bereiteten dafür den Boden, sagte die Direktorin des Frankfurter Forschungszentrums Globaler Islam an der Frankfurter Goethe-Universität: muslimische, linke und rechte Kreise. „Da ergeben sich gerade beunruhigende Allianz-Möglichkeiten. Ich befürchte, dass da gerade dauerhafte Synergieeffekte am Entstehen sind. Das ist für unsere Gesellschaft ein ziemlicher Sprengstoff.“ Alle drei Gruppen stünden in der Deutung des Nahost-Konflikts auf derselben Seite. „Im Islam gibt es einen religiös begründeten Antisemitismus“, sagte Schröter [...]. Ganz offensichtlich sei das bei islamistischen Gruppierungen wie der Muslimbrüderschaft, aus der auch die Hamas hervorging. „Der Hass auf Juden und das Ziel der Vernichtung Israels ist ihr Gründungsfundament.“ Aber auch in den muslimischen Communitys in Deutschland gebe es weitverbreiteten Antisemitismus. „Ich glaube nicht, dass die Mehrheit der Muslime den Anschlag der Hamas auf Israel verurteilt“, sagte Schröter. Auch in akademischen linken Kreisen gebe es „einen explizit pro-palästinensischen Fokus und starke anti-israelische Stimmen“, so Schröter. Dies speise sich aus einer postkolonialen Theorie, der zufolge Israel als „weißer Täterstaat“ gesehen werde. „Diese falsche, aber wirkmächtige Konstruktion ist unmittelbar anschlussfähig an islamistische Narrative.“ Anschlussfähig sei diese Haltung auch an rechte Narrative, sagte Schröter. Schon in den 1930er-Jahren habe es eine Allianz zwischen den Muslimbrüdern und den Nationalsozialisten gegeben. „Sie hatten ein gemeinsames Ziel: die Vernichtung der Juden.“ Bis heute gebe es weltanschaulich „Überschneidungen von islamistischen und rechten Kreisen“.

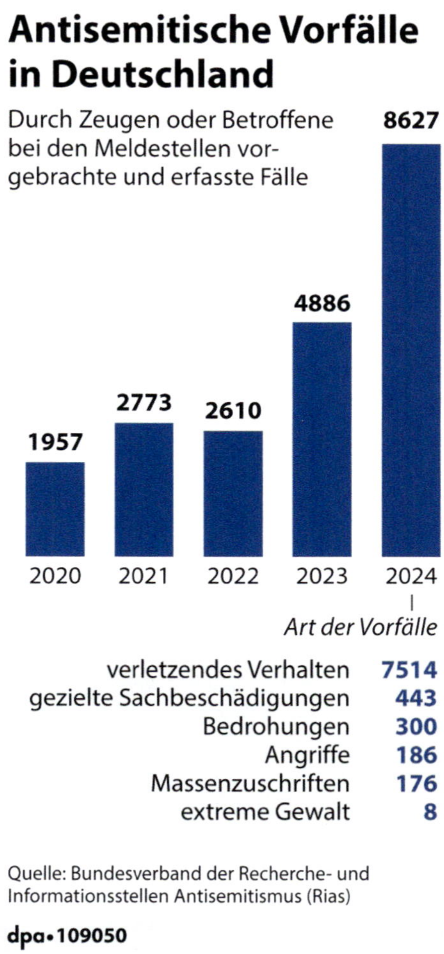

WEBCODE

WES-117977-111
Dossier Antisemitismus der Bundeszentrale für politische Bildung

Sandra Trauner, Wachsender Antisemitismus in Deutschland, 04.01.2024 © dpa Deutsche Presse-Agentur

1 **Beschreiben** Sie die Karikatur und **erläutern** Sie den Zusammenhang zwischen Antisemitismus in Deutschland und dem Nahost-Konflikt (M 1).

2 **Erklären** Sie in eigenen Worten die verschiedenen Formen von Antisemitismus und **recherchieren** Sie nach Ursachen für Antisemitismus (M 2, M 3).

3 **Werten** Sie die Grafik in M 3 **aus**.

4 **Diskutieren** Sie in Gruppen, ob Deutschland ein Antisemitismus-Problem hat und **gestalten** Sie hierzu ein mediales Produkt (M 1–M 4).

4.11 Urteil: Kann der Nahost-Konflikt befriedet werden?

M 1 Mögliche Lösungen

Einstaatlösung
Das Konzept der Einstaatlösung sieht vor, dass aus den Gebieten Israel, Westjordanland und Gaza-Streifen ein einheitlicher Staat gebildet wird. Die Staatsform soll eine Demokratie sein. Juden, Jüdinnen und Araber:innen sollen beide eine gleichwertige Staatsbürgerschaft besitzen und gleichberechtigt miteinander leben.
Der gravierende Nachteil der Einstaatlösung ist, dass dieses Konzept sowohl bei Palästinenser:innen wie Israelis von vorneherein auf wenig Gegenliebe trifft. Die meisten Palästinenser:innen können sich aufgrund der Geschichte schlicht eine Gleichberechtigung im Zusammenleben mit Israelis nicht vorstellen, zu sehr sind sie von der Nakba geprägt. Viele Israelis wiederum fürchten, dass die kinderreicheren palästinensischen Familien die Gesellschaft eines solchen Staates über kurz oder lang in eine Schieflage bringen und Juden zur Minderheit im eigenen Land werden könnten.
Die meisten Staaten mit arabischer bzw. muslimischer Bevölkerungsmehrheit haben die jüdische Bevölkerung vertrieben oder zumindest massiv schlechter gestellt. Hinzu kommen historische Beispiele von der Fehlfunktion multiethnischer Staaten: Jugoslawien, Österreich-Ungarn und nicht zuletzt gerade Palästina während der britischen Mandatszeit sind Beispiele dafür, dass ein friedliches Zusammenleben nicht funktioniert, wenn sich die Bevölkerungsteile stärker über ihre eigene Ethnie als über die des Staates, in dem sie leben, definieren.

Zweistaatenlösung
Die Zweistaatenlösung ist das am häufigsten ins Treffen geführte Konzept. Sie geht vom UN-Teilungsplan von 1947 aus, der neben Israel ein unabhängiges Palästina vorsieht. Israel soll jüdisch geprägt sein und Palästina muslimisch. Beide Staaten sollen das jeweilige Existenzrecht des anderen anerkennen und eine friedliche Nachbarschaft leben.
Die Durchführung dieses Plans scheitert vor allem an unterschiedlichen Auffassungen vom Grenzverlauf: Die palästinensische Seite beharrt auf der Waffenstillstandslinie von vor dem Sechstagekrieg 1967. Damit würde der Staat Palästina die im Juni 1967 von Israel besetzten palästinensischen Gebiete des Westjordanlandes (inklusive Ost-Jerusalem) und den Gazastreifen umfassen. Israel hingegen verweigert die Aufgabe der besetzten Territorien. Mittlerweile läuft auch die Siedlungspolitik Israels der Zweistaatenlösung zuwider: Israel treibt den Siedlungsbau im Westjordanland voran. Käme ein Staat Palästina zustande, müsste entweder Israel die jüdischen Siedlungen aufgeben, was zumindest dem gegenwärtigen israelischen Selbstverständnis widerspricht, oder Palästina müsste jüdische Enklaven auf seinem Staatsgebiet akzeptieren. Dabei würde Israel allerdings mit als Sicherheit anzunehmender Wahrscheinlichkeit darauf beharren, die Siedlungen mit israelischem Militär zu schützen, womit Palästina keine volle Souveränität über sein Staatsgebiet hätte.

Dreistaatenlösung
Das Konzept der Dreistaatenlösung sieht vor, dass Israel die Kontrolle des Gazastreifens an Ägypten und die eines Teils des Westjordanlandes an Jordanien abtritt. Eine Variante der Dreistaatenlösung ist, dass zwei palästinensische Staaten entstehen: einer im Westjordanland und einer im Gazastreifen. Sie werden von unterschiedlichen palästinensischen politischen Gruppierungen kontrolliert.
Die Dreistaatenlösung scheitert allerdings an den ins Spiel gebrachten Akteuren: Keine der palästinensischen Fraktionen unterstützt diese Variante, und obendrein wollen weder Ägypten noch Jordanien die Verantwortung für die Palästinenser-Gebiete übernehmen.

Edwin Baumgartner, Wie kann der Friede in Nahost gelingen?, in: https://www.wienerzeitung.at/a/wie-kann-der-friede-in-nahost-gelingen, 11.11.2023

M2 Israels Parlament lehnt einen palästinensischen Staat ab

Israels Parlament spricht sich erneut gegen die Gründung eines palästinensischen Staates aus. Die Mehrheit der Abgeordneten stimmte für einen Beschluss, der eine Staatsgründung ablehnt, wie das Parlament mitteilte. Darunter waren den Angaben nach die Parteien der rechtsreligiösen Koalition unter Führung von Ministerpräsident Benjamin Netanjahu sowie auch die Oppositionspartei von Benny Gantz [...]. Gantz war bis vor knapp sechs Wochen zusammen mit anderen gemäßigten Politikern Mitglied des inzwischen aufgelösten Kriegskabinetts.

„Die Gründung eines palästinensischen Staates im Herzen des Landes Israel würde eine existenzielle Gefahr für den Staat Israel und seine Bürger darstellen", hieß es in dem Beschluss. „Es wird nur eine Frage kurzer Zeit sein, bis die Hamas den palästinensischen Staat übernimmt und ihn in eine radikale islamische Terrorbasis verwandelt." Diese werde daran arbeiten, den Staat Israel zu vernichten. [...] 68 der 120 Abgeordneten stimmten für den Beschluss, neun Mitglieder von arabischen Parteien dagegen. Der Rest war abwesend oder enthielt sich. [...]

Ein Sprecher des palästinensischen Präsidenten Mahmud Abbas kritisierte das Ergebnis der Abstimmung scharf. Ohne die Gründung eines palästinensischen Staates mit Ost-Jerusalem als Hauptstadt werde es für niemanden Sicherheit und Frieden geben, mahnte er.

Israels Parlament stimmt gegen Palästinenserstaat, 18.07.2024 © dpa Deutsche Presse-Agentur

M3 Deutschland stimmt für Zweistaatenlösung

Die UN-Vollversammlung hat Israel zu einem Rückzug aus den besetzten Palästinensergebieten und zur Umsetzung einer Zweistaatenlösung aufgefordert. Am Dienstag [...] verabschiedeten die Mitglieder mit 157 zu acht Stimmen eine Resolution, in der sie ihre „unerschütterliche Unterstützung" für eine Zweistaatenlösung im Einklang mit dem Völkerrecht zum Ausdruck brachten. Die USA und Israel sprachen sich dagegen aus, zudem gab es sieben Enthaltungen – Deutschland stimmte für die Resolution. Israelis und Palästinenser sollten „Seite an Seite in Frieden und Sicherheit innerhalb der anerkannten Grenzen auf der Grundlage von vor 1967" leben, erklärte die Versammlung. Zudem rief sie [...] zu einem internationalen Treffen unter dem Vorsitz von Frankreich und Saudi-Arabien auf, um die diplomatischen Bemühungen um eine Zweistaatenlösung voranzubringen. Die Zweistaatenlösung sieht vor, längerfristig einen eigenen Staat für die Palästinenser zu etablieren. Die Umsetzung kommt aber seit Jahren nicht voran.

Deutschland stimmt für UN-Resolution zur Umsetzung er Zweistaatenlösung, 04.12.2024 © AFP

M4 Zweistaatenlösung – längst beerdigt?

Zeichnung: Paolo Calleri

1 **Erläutern** Sie die drei Lösungsvorschläge (M 1).

2 **Fassen** Sie die wichtigsten Aussagen in M 2 und M 3 **zusammen** und **formulieren** Sie Fragen, die sich Ihnen hierbei stellen.

3 **Interpretieren** Sie die Karikatur M 4.

4 **Diskutieren** Sie in Gruppenarbeit, ob eine Zweistaatlösung umsetzbar ist (M 1–M 4) und **präsentieren** Sie Ihre Ergebnisse im Plenum.

II.

DEM DEUTSCHEN VOLKE

Aufstehen gegen Rassismus
OMAS GEGEN RECHTS

Demokratie

Es kann nicht die Aufgabe eines Politikers sein, die öffentliche Meinung abzuklopfen und dann das Populäre zu tun. Aufgabe des Politikers ist es, das Richtige zu tun und es populär zu machen.

Walter Scheel (1919–2016), Bundespräsident

Der gesamte politische Tageskampf stellt sich als eine endlose Diskussion über die Gerechtigkeit dar.

Gustav Radbruch (1878–1949), deutscher Rechtswissenschaftler

Wir beschließen etwas, stellen das dann in den Raum und warten einige Zeit ab, was passiert. Wenn es dann kein großes Geschrei gibt und keine Aufstände, weil die meisten gar nicht begreifen, was da beschlossen wurde, dann machen wir weiter – Schritt für Schritt, bis es kein Zurück mehr gibt.

Jean-Claude Juncker (* 1954), ehemaliger Präsident der Europäischen Kommission

Zeichnung: Klaus Stuttmann

1. Kann der Bundeskanzler durchregieren?

1.1 Einführung

M1 Artikel 65 des Grundgesetzes – ein Machtwortparagraf?

INFO

Artikel 65 des Grundgesetzes (GG)
„Der Bundeskanzler bestimmt die Richtlinien der Politik und trägt dafür die Verantwortung. Innerhalb dieser Richtlinien leitet jeder Bundesminister seinen Geschäftsbereich selbständig und unter eigener Verantwortung. Über Meinungsverschiedenheiten zwischen den Bundesministern entscheidet die Bundesregierung. Der Bundeskanzler leitet ihre Geschäfte nach einer von der Bundesregierung beschlossenen und vom Bundespräsidenten genehmigten Geschäftsordnung."

Am 11. August [2022] sagte [der damalige] Bundeskanzler Olaf Scholz in seiner Sommerpressekonferenz zur Richtlinienkompetenz: „Es ist gut, dass ich sie habe. Aber natürlich nicht in der Form, dass ich jemandem einen Brief schreibe: ‚Bitte, Herr Minister, machen Sie das Folgende.'" Zwei Monate später hat Scholz nun doch ziemlich genau so einen Brief geschrieben – und damit auch die Richtlinienkompetenz des Kanzlers aus den Tiefen von Geschäftsordnung und Grundgesetz an die Öffentlichkeit geholt.

Auf den ersten Blick ermöglicht diese Regel dem Kanzler oder der Kanzlerin das Durchregieren, auch gegen den Willen der Ministerinnen und Minister. In Paragraf eins der Geschäftsordnung der Bundesregierung heißt es: „Der Bundeskanzler bestimmt die Richtlinien der inneren und äußeren Politik. Diese sind für die Bundesminister verbindlich und von ihnen in ihrem Geschäftsbereich selbstständig und unter eigener Verantwortung zu verwirklichen." Heißt: Was Scholz sagt, müssen [der damalige grüne Bundeswirtschaftsminister] Robert Habeck und [der damalige liberale Bundesfinanzminister] Christian Lindner machen.

Könnte der Kanzler damit also quasi allein regieren? Nein, denn in der Regierungsarbeit gilt neben diesem Kanzlerprinzip auch noch das Kollegialprinzip. Die Kabinettsmitglieder sind alle gleich wichtig und müssen kollegial zusammenarbeiten. „Über Meinungsverschiedenheiten zwischen den Bundesministern entscheidet die Bundesregierung", also alle gemeinsam, wie es in Artikel 65 des Grundgesetzes heißt. Außerdem „leitet jeder Bundesminister seinen Geschäftsbereich selbstständig und unter eigener Verantwortung" – das wiederum ist das Ressortprinzip. [...] Deshalb ist es so besonders, wie formell Scholz nun die Richtlinienkompetenz anwendet. Meist wird damit nur gedroht, meist üben Kanzler ihre Macht doch eher in vertraulichen Gesprächen aus als mit offiziellem Briefkopf an das ganze Land. Denn wer so auf den Tisch hauen muss, zeigt damit ja auch, dass er sich anders nicht mehr zu helfen weiß, dass er seine Minister nicht mehr überzeugen kann, sondern mit „maximaler Autorität" (Habeck) Paragrafenmacht verfügen muss.

Frühere Kanzler haben das fast immer vermieden. Helmut Schmidt zum Beispiel war stolz darauf, sie in acht Jahren nie angewendet zu haben. Wobei auch Schmidt gern mal Minister auf Linie gebracht hat, nur hat er dazu eben nicht formal auf Paragrafen verwiesen. Dass die Minister wussten, dass er es hätte tun können, hat aber auch Schmidt sicher geholfen.

Zuletzt hatte Bundeskanzlerin Angela Merkel im Jahr 2018 nach langen Querelen mit der CSU in der Flüchtlingspolitik schließlich genug und sprach ein Machtwort: Es sei eine Frage der Richtlinienkompetenz, ob man Geflüchtete schon an der Grenze abweise, die in anderen EU-Ländern registriert seien. Die Warnung richtete sich damals an Innenminister Horst Seehofer von der CSU, der genau darauf gedrängt hatte. Merkel reaktivierte damit ihren politischen Spielraum, den manche schon verloren geglaubt hatten – und eskalierte gleichzeitig den Konflikt mit der Schwesterpartei, die schließlich nachgab. [...]

Breitbeinig trat auch Gerhard Schröder auf, der 2001 seinem grünen Koalitionspartner mit „schwerwiegenden Konsequenzen" drohte, falls dieser die deutsche Unterstützung für den US-Einsatz in Afghanistan weiter infrage stellte. Er habe nicht die Absicht, Abstriche an seiner Richtlinienkompetenz machen. „Das, was ich gesagt habe, gilt."

Lenz Jacobsen/Hannah Bethke, Der Machtwortparagraf, in: https://www.zeit.de/politik/2022-10/akw-entscheidung-olaf-scholz-richtlinienkompetenz, 18.10.2022

M2 Die Struktur- und Verfassungsprinzipien im Grundgesetz

Das **republikanische Prinzip** aus Art. 20 Abs. 1 GG ist das wohl unproblematischste Prinzip, da es in keinem Spannungsverhältnis zu anderen Prinzipien steht und lediglich besagt, dass das Staatsoberhaupt auf begrenzte Zeit gewählt wird und absetzbar ist. Demgegenüber ist die Besetzung des Staatsoberhauptes etwa durch eine Erbdynastie ausgeschlossen. Art. 28 Abs. 1 GG legt dieses Prinzip auch für die Bundesländer fest.

Das wohl bedeutendste und konstitutivste Prinzip für freiheitlich-demokratische Verfassungsstaaten ist das **Demokratieprinzip** (Art 20 Abs. 2 GG). Durch Wahlen wird die personelle Ausgestaltung des Parlaments bestimmt, durch Abstimmungen können Sachentscheide herbeigeführt werden, auch wenn dies auf Bundesebene nicht eingeführt wurde, gibt es doch plebiszitäre Instrumente auf Landes- und Kommunalebene. Die bundesdeutsche Demokratie ist also durch nachfolgende Bestimmungen als mittelbare Demokratie konzipiert worden. Das Volk wählt dazu Repräsentanten (Abgeordnete) in den Bundestag.

Das **Rechtsstaatsprinzip** findet wörtlich in Art. 20 GG keine Erwähnung, zeigt sich aber in der Bindung der „Gesetzgebung [...] an die verfassungsmäßige Ordnung, [und der] vollziehenden Gewalt und der Rechtsprechung [...] an Gesetz und Recht". Dies schützt Minderheiten und den Einzelnen vor Eingriffen des Staates in Grundrechte. Gerade hier zeigt sich zunächst der Konflikt mit dem Demokratieprinzip. Denn ginge das Prinzip des Mehrheitsentscheids über alles, so wären mehrheitliche Grundrechtsbeschneidungen legitim. Das Prinzip der Rechtsstaatlichkeit entzieht also bewusst das Feld der Grundrechte dem demokratischen Prozess.

Bereit die Nennung der Trias „Organe der Gesetzgebung, der vollziehenden Gewalt und der Rechtsprechung" impliziert die institutionelle Ausgestaltung der Bundesrepublik nach dem klassischen Prinzip der horizontalen **Gewaltenteilung** in Legislative, Exekutive und Judikative. Der Grundsatz der Gewaltenteilung aber auch der Grundsatz der Gesetzmäßigkeit der Verwaltung tragen sorge dafür, dass es nicht leichtfertig zu Grundrechtsverletzungen kommen kann.

In der äußerst knappen Erwähnung in Art. 20 Abs. 1 GG stellt das **Sozialstaatsprinzip** eine Staatszielbestimmung dar. Es verpflichtet den Staat zur gesetzmäßigen Ausgestaltung einer sozial- und wirtschaftspolitischen Gesetzgebung, um dann danach zu agieren. In Verbindung mit Art. 1 Abs. 1 GG (Menschenwürde) folgt, dass der Staat menschenwürdige Mindestvoraussetzungen für ein Leben in gesellschaftlicher Teilhabe seiner Bürger garantieren muss. Um diese Ansprüche einlösen zu können muss der Staat zu Umverteilungsmaßnahmen greifen. Hierin liegt dann auch ein weiteres Spannungsverhältnis, nämlich zur Rechtsstaatlichkeit. Wer mittellosen Bürgern in Not ein Minimum an Lebensqualität sichern will, der muss es Wohlhabenderen nehmen. Deren Eigentum und Einkommen ist aber ebenfalls erst einmal grundgesetzlich geschützt.

Das Prinzip der **Bundesstaatlichkeit** gliedert den Bund in Gliedstaaten mit eigenen Gesetzgebungskompetenzen und eigens dafür vorgesehene Gliedstaatsorganen. Durch die Existenz einer Länderkammer in Form des Bundesrates sind die Landesregierungen auch direkt an der Bundesgesetzgebung beteiligt. Nicht selten sind die parteipolitischen Mehrheitsverhältnisse im Bundestag andere als im Bundestag. Demokratisch legitimierte Landesregierungen können also im Zweifelsfall das Gesetzesvorhaben von demokratisch legitimierten Bundestagsabgeordneten blockieren.

Autorentext

GLOSSAR

- Demokratie
- Föderalismus
- Gewaltenteilung
- Grundgesetz
- Grundrechte
- Rechtsstaat
- Sozialstaat

1 **Beschreiben** Sie mögliche Spannungsverhältnisse zwischen Kanzlerprinzip, Kollegialprinzip und Ressortprinzip innerhalb einer Bundesregierung vor dem Hintergrund einer Regierungskoalition aus mehreren Parteien (M 1).

2 **Erläutern** Sie die einzelnen Staatsorganisationsprinzipien (M 2).

3 **Diskutieren** Sie, ob Artikel 65 des Grundgesetzes ein „Machtwortparagraf" ist (M 1, M 2).

1.2 Sollten die Gesetze nicht aus dem Bundestag hervorgehen?

M1 Aufbau der Bundesregierung

M2 Die Rolle der Bundesregierung bei der Gesetzgebung

INFO

Hubertus Heil
(* 1972)
Der deutsche Politiker (SPD) war von 2018 bis 2025 Bundesminister für Arbeit und Soziales.

Prinzipiell haben die Bundesregierung, mindestens fünf Prozent der Abgeordneten des Bundestages und der Bundesrat das Recht zur **Gesetzesinitiative**, d. h. sie dürfen ein Gesetz auf den Weg bringen. In der Realität entstammen fast drei Viertel aller Gesetzentwürfe der Bundesregierung.

Ursprung der Gesetzentwürfe (1949–2021)	
Bundesrat	11 Prozent
Bundesregierung	74 Prozent
Bundestag	15 Prozent

Quelle: Bundesrat

Dies ist nicht verwunderlich, denn erstens wird die Bundesregierung von der Mehrheit des Bundestages unterstützt und zweitens steht der Bundesregierung mit ihren jeweiligen Ressorts und den dazugehörigen Bundesministerien unter der Leitung des zuständigen Bundesministers (Ressortprinzip) Tausende Mitarbeiter zur Verfügung. So wird in einer Fachabteilung eines Bundesministeriums (Referat) von einem Referenten ein Entwurf erarbeitet, von anderen Abteilungen und Bundesministerien geprüft und schließlich dem Bundeskabinett (alle Bundesminister und der Bundeskanzler) zur Abstimmung vorgelegt. Im Fall des Bürgergeldgesetzentwurfes war das Bundesministerium für Arbeit und Soziales (BMAS) unter dem damaligen Bundesarbeitsminister Hubertus Heil (SPD) zuständig; konkret das Referat IIc3 „Leistung zur Sicherung des Lebensunterhalts in der Grundsicherung für Arbeitsuchende“.

Die Frage, ob ein Gesetzentwurf vom Bundeskabinett beschlossen wird, hängt maßgeblich davon ab, ob er im Koalitionsausschuss auf Zustimmen trifft. Dies ist ein vom Grundgesetz nicht vorgesehenes informelles Gremium der Parteiführungen der Regierungskoalitionspartner. Es orientiert sich inhaltlich am Programm des Koalitionsvertrags, welcher (rechtlich nicht bindend) zwischen den mehrheitsbildenden Parteien geschlossen wird. Dabei kann keine Partei überstimmt werden, da sie den Koalitionsvertrag sonst platzen lassen kann mit der Konsequenz, dass der Bundeskanzler seine Mehrheit im Bundestag verliert. Dies zeigt sich auch beim Kollegialprinzip, bei welchen Differenzen zwischen den Koalitionspartner und ihren jeweiligen Bundesministerien ausdiskutiert werden und eine Einstimmigkeit bei Kabinettsbeschlüssen immerhin angestrebt wird, auch wenn formalrechtlich ein Mehrheitsbeschluss genügen würde, was aber wie beschrieben zur Koalitionskrise führen würde.

Kommt es zum Kabinettsbeschluss wird der Gesetzentwurf dem Bundesrat zur Stellungnahme weitergeleitet. Die Anmerkungen des Bundesrats werden ebenfalls von der Bundesregierung kommentiert und schließlich wird der Gesetzentwurf dem Bundestagspräsidenten zugestellt und in den Bundestag eingebracht.

Autorentext

M3 Die Entscheidungsfindung in der Bundesregierung

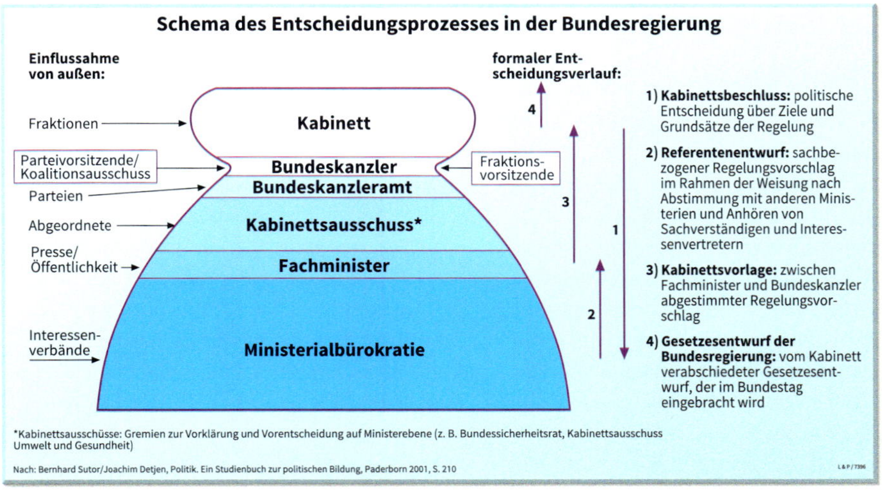

GLOSSAR

Bundeskanzler
Bundesregierung
Koalition

M4 Der ursprüngliche Gesetzentwurf zum Bürgergeld

1. Ersatz für Hartz IV: Bürgergeld ersetzt das bisherige Arbeitslosengeld II (Hartz IV).

2. Höhere Regelsätze: Anhebung der Regelsätze für Empfänger von Grundsicherungsleistungen, um Inflation und steigende Lebenshaltungskosten zu berücksichtigen.

3. Schonvermögen: Erhöhung des anrechnungsfreien Vermögens für Bedürftige. In den ersten zwei Jahren dürfen Betroffene mehr Vermögen besitzen, ohne dass dies auf das Bürgergeld angerechnet wird.
Karenzzeit von zwei Jahren, in der keine Vermögensprüfung erfolgt.

4. Weniger Sanktionen: Reduzierung von Sanktionen bei Pflichtverletzungen (z.B. Nichterscheinen bei Terminen). Sanktionen sind möglich, aber milder und mit mehr Vorwarnzeit.

5. Förderung statt Strafe: Fokus auf Förderung und Weiterbildung statt auf schnelle Vermittlung in Arbeit. Bessere Qualifizierungsmaßnahmen und Unterstützung bei langfristigen beruflichen Perspektiven.

6. Kooperationsplan: Einführung eines neuen Kooperationsplans zwischen Jobcenter und Bürgergeldempfänger, in dem Ziele und Schritte gemeinsam erarbeitet werden.

7. Weiterbildung und Umschulung: Förderung von Weiterbildung und Umschulungen, um die Beschäftigungsfähigkeit nachhaltig zu verbessern.

8. Wohnkosten: Während der zweijährigen Karenzzeit werden die tatsächlichen Wohnkosten vollständig übernommen.

9. Leistungen für Langzeitarbeitslose: Verbesserung der Unterstützungsleistungen für Langzeitarbeitslose, um ihre Integration in den Arbeitsmarkt zu fördern.

10. Bürokratieabbau: Vereinfachte Antragstellung und Reduzierung des bürokratischen Aufwands.

Autorentext

INFO

Gesetzentwurf zum Bürgergeld
Als Bundestagsdrucksache 20/3873 wurde der Gesetzentwurf unter dem Titel „Entwurf eines Zwölften Gesetzes zur Änderung des Zweiten Buches Sozialgesetzbuch und anderer Gesetze – Einführung eines Bürgergeldes“ durch die Bundesregierung am 10.10.2022 in den Bundestag eingebracht.

1. **Problematisieren** Sie den „Ursprung der Gesetzentwürfe“ (M 2).
2. **Beschreiben** Sie den Aufbau und die Grundprinzipien der Bundesregierung (M 1–M 3).
3. **Erläutern** Sie die Entstehung eines Gesetzesentwurfs der Bundesregierung bis zur Einbringung in den Bundestag (M 1–M 3).
4. **Erörtern** Sie (zunächst spekulativ), welche Punkte des Gesetzentwurfes (M 4) im weiteren Gesetzgebungsprozess noch Gegenstand von Konflikten sein könnten.

1.3 Winkt die Bundestagsmehrheit nur noch durch?

INFO

Gesetzentwurf
Der deutsche Politiker Peter Struck (1943–2012), der mehrere Jahre Vorsitzender der SPD-Fraktion im Bundestag war, prägte das Bonmot: „Kein Gesetz kommt aus dem Parlament so heraus, wie es eingebracht worden ist."

GLOSSAR

Abgeordnete
Bundestag
Fraktion
Plenum

M 1 Ein Gesetzentwurf durchläuft den Bundestag

Ein Gesetz geht im Bundestag durch drei Lesungen. Bei der ersten Lesung kommt es zu einer allgemeinen Aussprache im Plenum, bei welcher die Notwendigkeit und Zielstellung des Gesetzes verdeutlicht wird. Insbesondere bei Vorlagen von besonderem öffentlichem Interesse werden die einzelnen Fraktionen in der Debatte die Möglichkeit wahrnehmen ihren Standpunkt zu artikulieren. Anschließend wird die Gesetzesvorlage an die Fachausschüsse weitergeleitet. Der Zuständigkeitszuschnitt der etwa 20 ständigen Ausschüsse entspricht weitestgehend den Ressorts der Minister der Bundesregierung mit ihren Ministerien (z.B. Umwelt, Arbeit, Wirtschaft, Verteidigung usw.). Die Fachausschüsse sind proportional zur Mehrheit des Bundestages mit Fachpolitikern der jeweiligen Fraktionen besetzt. An dieser Stelle ist es nicht unüblich Experten der verschiedenen Verbände und Interessensvertretungen anzuhören. Der Vorlagentext wird in diesem Stadium teils erheblich verändert. Es kommt dann zu einer Abstimmung im Ausschuss und der entsprechenden Ausschussempfehlung. Schließlich werden in der zweiten Lesung im Plenum Änderungsanträge zum Gesetzesentwurf durch die Fraktionen eingebracht. Nach der Aussprache in der dritten Lesung kommt es zur Abstimmung im Plenum des Bundestages. Ein Gesetz kann scheitern, wenn es nicht die einfache Mehrheit der anwesenden Mitglieder erhält. Bei Regierungsvorlagen kommt das aber praktisch nicht vor. Nicht nur weil es für die Regierung und die Regierungsfraktionen blamabel wäre, sondern auch, weil die Regierung ja von der Mehrheit des Bundestages gestützt wird. Es kristallisiert sich eine recht starke Fraktionsdisziplin heraus, d.h. die Abgeordneten stimmen in der Regel einheitlich mit ihrer Fraktion ab, folgen also dem Votum ihrer Fachpolitikerkollegen aus den Ausschüssen.

Autorentext

M 2 Schnittstelle von Exekutive und Legislative

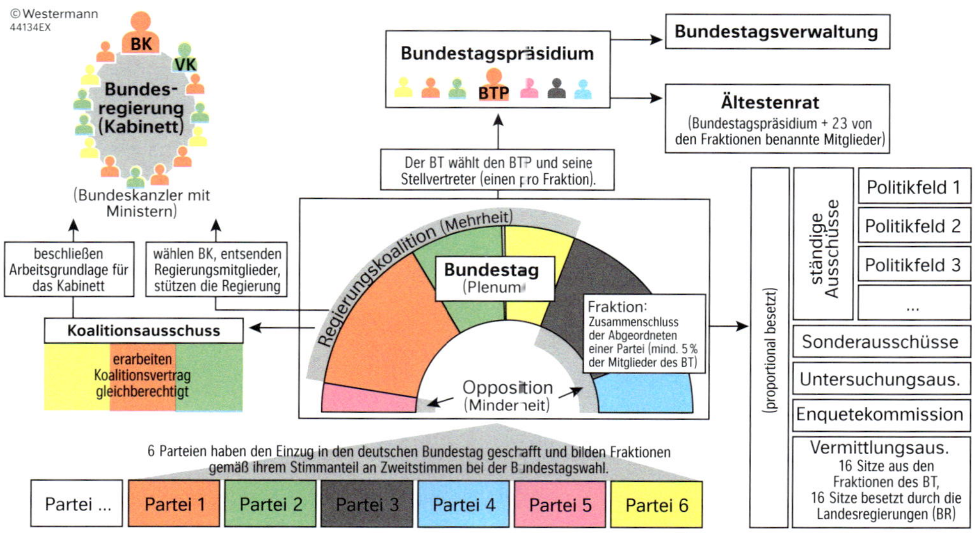

1 **Erklären** Sie, was Peter Struck mit seiner Aussage gemeint haben könnte (M 1).

M3 Abgeordnete und Fraktionen

Sitzverteilung im Deutschen Bundestag am 10. November 2022 zum Zeitpunkt der Abstimmung über das Bürgergeld-Gesetz (2./3. Lesung)

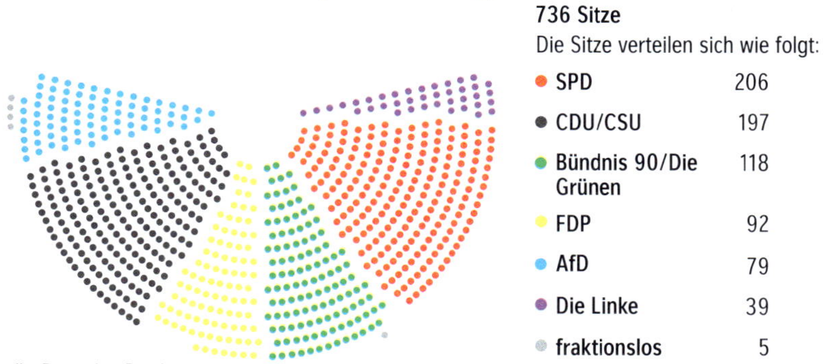

Quelle: Deutscher Bundestag

48823EX

WEBCODE

WES-117977-201
Debatte im Bundestag über das Bürgergeld-Gesetz am 10.11.2022

M4 Redeparlament oder Arbeitsparlament?

[Es lassen sich] zwei unterschiedliche Parlamentstypen skizzieren, für die sich die Formeln „Redeparlament" und „Arbeitsparlament" anbieten.

Ein *Redeparlament* ist ein eminent politisches Parlament. Es erhebt den Anspruch, das wichtigste Forum der öffentlichen Meinung, die offizielle Bühne aller großen, die Nation bewegenden politischen Diskussionen zu sein. Die parlamentarischen Ausschüsse steigen nicht über den Rang mehr zweitrangiger Hilfsorgane hinaus, das Plenum bleibt das entscheidende Aktionsforum. [...] Im Plenum wird nicht primär diskutiert, um sich gegenseitig zu überzeugen. Derartige „Überzeugungsgespräche" finden auf anderen Ebenen in größeren und kleineren Gruppen sowie in vielerlei Form und Weise statt. Die parlamentarische Plenarrede zielt in wesentlichem Maße auf die öffentliche Meinung, die Presse, den Wähler ab. [...]

Während im Redeparlament das Plenum die wesentliche Rolle spielt, sind im *Arbeitsparlament* Macht und Arbeit in entscheidender Weise in die Ausschüsse verlagert. Nicht der Redner, sondern der kenntnisreiche Detailexperte, der unermüdliche, bestens informierte Sachbearbeiter wird zur wichtigsten Parlamentsfigur. [...] Im Arbeitsparlament findet die Regierungskontrolle nicht primär dadurch statt, dass die Regierung und Verwaltung sowie deren politische Apologeten im Plenum von opponierenden Kritikern öffentlich zur Rede gestellt werden. Hier besteht weit mehr die Tendenz, dass das Parlament den Charakter einer betont politisch interessierten Spezialbürokratie gewinnt. Die Macht des Arbeitsparlaments beruht im Wesentlichen darauf, dass in ihm parlamentarische Experten die Experten der Exekutive in höchst intensiver und kenntnisreicher Weise um Rede und Auskunft ersuchen, deren Tätigkeiten und Vorhaben bis zu Detailfragen und Einzelposten hin überprüfen sowie gegebenenfalls durch Bestimmungen im Vorhinein die Aktionsmöglichkeiten der Exekutive einzuengen wissen.

Winfried Steffani, Parlamentarische und präsidentielle Demokratie. Strukturelle Aspekte westlicher Demokratien, Westdeutscher Verlag: Opladen 1979, S. 96 f.

INFO

eminent
sehr, äußerst

Apologeten
Verteidiger einer Ideologie oder Lehre

2 **Erläutern** Sie den Weg eines Gesetzentwurfes durch den Bundestag (M 1, M 2).

3 **Vergleichen** Sie Redeparlament und Arbeitsparlament und **ordnen** Sie den Bundestag einem der beiden Typen **begründet zu** (M 1–M 4).

4 **Setzen** Sie sich mit der Problemfrage **auseinander** (M 1–M 4).

1.4 Ausschussarbeit – die Stunde der Lobbyisten?

M1 Gutachten oder Expertise?

Zeichnung: Gerhard Mester

INFO

Die Arbeitsweise des Bundestages

Plenum

Vollversammlung des Parlaments

Fraktion

Angehörige einer Partei im Bundestag

Arbeitskreis

Fachparlamentarier einer Partei

Ausschuss

Fachparlamentarier aller Parteien arbeiten in themenspezifischen Ausschüssen zusammen

M2 Die Ausschüsse des Bundestages

Die ständigen Ausschüsse werden in jeder Wahlperiode neu benannt und besetzt. Dabei hat der Bundestag nicht völlig freie Hand, denn einige Ausschüsse schreibt das Grundgesetz vor und andere ergeben sich zwangsläufig aus bestimmten gesetzlichen Formulierungen. Zu diesen Ausschüssen gehören zum Beispiel der Petitionsausschuss und der Verteidigungsausschuss. Den Großteil der ständigen Ausschüsse bildet der Bundestag aber als Spiegelbild der Regierung: In der Regel steht je einem Bundesministerium ein ständiger Ausschuss gegenüber. Darüber hinaus kann das Parlament einzelne Politikbereiche durch zusätzliche Ausschüsse betonen.

Die Anzahl der ständigen Ausschüsse kann von Wahlperiode zu Wahlperiode variieren. So hatte der erste Bundestag 1949 insgesamt 40, der sechste nur 17 ständige Ausschüsse.

Hinzu kommen die Unterausschüsse, die wiederum von den ständigen Ausschüssen eingesetzt werden können, um sich intensiv mit speziellen Themen zu beschäftigen. [...] In der Geschäftsordnung des Bundestages werden die ständigen Ausschüsse als „vorbereitende Beschlussorgane des Bundestages" bezeichnet. Bereits diese kurze Definition lässt die enorme Bedeutung der Ausschüsse für die parlamentarische Arbeit erahnen.

In den Ausschüssen werden die Gesetzentwürfe des jeweiligen Bereichs erörtert und vom federführenden Ausschuss in eine Fassung gebracht, die vom Plenum des Bundestages so beschlossen werden kann. Diese sogenannte Beschlussempfehlung des federführenden Ausschusses kann aber auch darin bestehen, einen Gesetzentwurf für „erledigt" zu erklären, etwa weil die Regelungen inzwischen in einen anderen Gesetzentwurf übernommen wurden. Über die Beschlussempfehlung stimmt das Plenum des Bundestages – meist nach erneuter Debatte – ab. Die Mitglieder der Ausschüsse leisten also einen erheblichen Teil der fachlichen Arbeit im Prozess der Gesetzgebung.

In der Regel erhalten die Ausschüsse ihren Beratungsgegenstand vom Bundestagsplenum zugewiesen: Nach erster Lesung im Plenum werden Gesetzentwürfe an die betreffenden Fachausschüsse zur Beratung überwiesen, sei es zur federführenden Beratung, zur Mitberatung oder auch nur zur gutachtlichen Stellungnahme. Die Ausschüsse können aber auch auf eigene Initiative hin tätig werden. Legitimiert durch das Selbstbefassungsrecht, können sie Themen aus ihrem Geschäftsbereich ohne Überweisung durch den Bundestag beraten und sich von den Ministerien über Gesetzgebungsvorhaben informieren lassen.

Die Ausschüsse können auch jederzeit öffentliche Anhörungen von Interessenverbänden, -vertretern und Experten anberaumen. Durch solche Hearings sollen die Ausschussmitglieder ergänzende Informationen erhalten und in die Lage versetzt werden, ihr Abstimmungsverhalten auf der Basis möglichst vollständiger Informationen über die erwarteten Wirkungen des Gesetzes festzulegen.

Ausschüsse und weitere Gremien der 21. Wahlperiode, in: https://www.bundestag.de/einleitungstext-21-866418, 20.07.2025

M3 Öffentliche Anhörung im Ausschuss für Arbeit und Soziales

Am 7. November 2022 fand im Ausschuss für Arbeit und Soziales eine Öffentliche Anhörung mit verschiedenen eingeladenen Expertinnen und Experten zum Bürgergeld-Gesetz statt. Es folgen Auszüge ausgewählter Stellungnahmen.

Anna Robra (Bundesvereinigung der Deutschen Arbeitgeberverbände)
Aus unserer Sicht enthält der Bürgergeldentwurf einige richtige Regelungen, aber eben auch eine Abkehr vom Fördern und Fordern. Dieses Fördern und Fordern hat in den letzten Jahren tatsächlich zu einem erfolgreichen Abbau der Langzeitarbeitslosigkeit wesentlich beigetragen, nämlich um 50 Prozent. Besonders schwierig ist die Gesamtschau aller geplanten Änderungen, die sehr großzügigen Karenzzeiten, die Abschaffung des Vermittlungsvorrangs und die Vertrauenszeit, in der es faktisch keine Durchsetzungsmöglichkeiten der Mitwirkungspflichten geben soll. Das alles zusammengenommen, vermindert Anreize, sich aus dem Leistungsbezug herauszuarbeiten. Gerade für ältere Menschen führt die sehr großzügige Karenzzeit von zwei Jahren zusätzlich zum Arbeitslosengeld-I-Bezug von zwei Jahren, dazu, dass sich zumindest der Anreiz erhöht, sich früher aus dem Erwerbsleben zu verabschieden, als wir das alle vor dem Hintergrund des Arbeits- und Fachkräftemangels uns vorstellen.

Markus Mempel (Deutscher Landkreistag)
Wir denken, dass es zu attraktiv ist, in den Leistungsbezug zu wechseln, gerade in Situationen, wo man sich vielleicht überlegt, ein Sabbatical einzulegen oder seine eigene Arbeitszeit reduziert, gleichzeitig aber 100 000 Euro auf dem Konto hat. Dieses Geld bildet die eigene Lebensleistung ab. Und es dient der eigenen Vorsorge, die aber auch in Fällen, wo ich mich für einen anderen Lebensweg entscheide oder schicksalhaft entlassen werde, dafür da sein sollte, den eigenen Lebensunterhalt zu sichern.

Dirk Meyer (Ökonom an der Helmut-Schmidt-Universität Hamburg)
Bedingungsloses Bedarfsgrundeinkommen, ein Grundbedarfseinkommen. Ich denke mal für die Karenzzeit ist das durchaus in hohem Maße gegeben. Wenn Sie überlegen, es werden vollständig die Mieten und die Heizkosten übernommen. Zudem wird dann in der Vertrauenszeit, halbes Jahr, auf Sanktionen in hohem Umfang verzichtet.

Tina Hofmann (Deutscher Paritätischer Wohlfahrtsverband – Gesamtverband)
Ein zweites Bürgergeldpaket müsste – aus unserer Sicht – unbedingt eine wirklich strukturelle Erhöhung der Regelsätze beinhalten, die über die jetzt vorgesehene inflationsbedingte Anpassung hinaus zu einer strukturellen Anhebung führt. Bis dato müssten die Regelsätze unbedingt um 200 Euro monatlich angehoben werden, um Armut zu überwinden, um ein Mindestmaß an Bedarfsdeckung zu erreichen.

Elena Weber (Diakonie Deutschland – Evangelisches Werk für Diakonie und Entwicklung)
Zum einen – und das haben verschiedene Rednerinnen vor mir schon festgestellt – sind diese Meldungen und die damit zusammenhängenden Rechenbeispiele sachlich falsch. Auch mit der Einführung des Bürgergeldes lohnt es sich zu arbeiten. Das gilt erst recht in einer Gesamtschau aus Mindestlohnerhöhung, Wohngeld und Kinderzuschlag. Das SGB II sichert aber nicht nur das Existenzminimum von Erwerbslosen, sondern geht darüber hinaus. [...] Zum anderen Aspekt übrigens werden bei den Falschmeldungen erwerbslose Grundsicherungsbezieher und Geringverdiener gegeneinander ausgespielt. Das lehnen wir ab.

Holger Schäfer (Institut der Deutschen Wirtschaft Köln)
Die Frage, ob sich arbeiten lohnt, richtet sich im Wesentlichen danach, wie viel zusätzliches verfügbares Einkommen kann ich durch meine Erwerbsarbeit erzielen und wie viele Arbeitsstunden muss ich dafür aufwenden. Dieses Verhältnis wiederum wird vom Erwerbsfreibetrag bestimmt. Das ist die entscheidende Stellgröße für die Frage, ob sich arbeiten lohnt. Arbeiten lohnt sich insofern immer, dass man mehr Geld zur Verfügung hat, als derjenige, der nicht arbeitet. Aber für den einen oder anderen ist der

WEBCODE
WES-117977-202
Ausschüsse des Bundestages

INFO
SGB
Sozialgesetzbuch

GLOSSAR
Nichtregierungsorganisationen
Pluralismus
Verbände

Unterschied natürlich auch nicht genug im Verhältnis zu den Arbeitsstunden, die dafür aufgewendet werden.

Frank Jäger (Tacheles e.V. Erwerbslosen- und Sozialhilfeverein)
Wenn die Unterkunftskosten nicht in voller Höhe übernommen werden, führt das langfristig nicht nur zu schlechten Wohnverhältnissen, weil die Leute immer in schlechtere Wohnungen gezwungen werden, sondern auch zu erheblicher Unterschreitung des Existenzminimums an sich, weil die Bedarfsdeckungslücke, die bei den Unterkunftskosten selbst finanziert werden muss, natürlich aus dem Regelsatz finanziert wird. Um es nochmal hervorzuheben: Es geht hier nicht um die Finanzierung von Luxuswohnungen, sondern es geht um einfachen Wohnraum, der vielerorts auch gar nicht mehr zu den vorgegebenen Mietobergrenzen angemietet werden kann. [...] Insbesondere bei den Neuanträgen wird dadurch das Prüfverfahren insgesamt auch die Leistungsgewährung existenzsichernder Leistungen erheblich hinausgezögert. Das ist natürlich schwierig, weil die Menschen häufig dann nichts mehr zum Essen haben. Statt jegliche Zweifel an der Hilfebedürftigkeit auszuräumen, müssten Bürgerinnen und Bürger im Rahmen des vereinfachten Antragsverfahrens zeitnah zu existenzsichernden Leistungen kommen. Statt dieses Missbrauchsverdachts bei der Antragsbearbeitung braucht es auch im Bürgergeld meines Erachtens eine Vertrauensphase bei der Leistungsgewährung und bei der Antragstellung.

Eva Strobel (Bundesagentur für Arbeit)
Wir haben gesagt, es ändert sich sehr viel. Wir brauchen dafür auch entsprechende Vorlaufzeit, und wir wollen, dass die Intention des Gesetzes auch gut umgesetzt wird. Deswegen dann die entsprechende Vorlaufzeit. Wir begrüßen jetzt die Änderung in der Formulierungshilfe, dass die wesentlichen Teile des Bürgergeldgesetzes zum 1.7. in Kraft treten. Wir begrüßen es aber genauso, dass die angehobenen Regelsätze zum Januar ausgezahlt werden sollen, einschließlich eben Karenzzeit und der Bagatellgrenze. Für Sie auch zur Einschätzung: Die Bagatellgrenze bedeutet über das Jahr gesehen über eine Million weniger Aufhebungs-, Rückforderungs-, Erstattungsbescheide. Das ist ein sehr sichtbarer Entlastungseffekt.

Martin Künkler (Deutscher Gewerkschaftsbund)
Für uns als DGB ist das ganz wichtig und zentral, dass wir neben der Fachkräfteeinwanderung auch darauf setzen, das inländische Fachkräftepotenzial zu heben. Dabei ist es für den DGB ganz entscheidend, dass die berufliche Weiterbildung für Erwerbslose ausgebaut wird. Daher begrüßen wir sehr die Planung beim Bürgergeld. Das Weiterbildungsgeld wird ein ganz zentrales Hindernis für lang andauernde Weiterbildung senken. Aus den Forschungen [...] wissen wir, dass Leistungsberechtigte sagen, dass sie auf Erwerbsarbeit angewiesen sind. Sie können sich keine Weiterbildung leisten. Sie haben zumindest die Hoffnung, immer mal wieder kurzfristig arbeiten zu können und sagen, sie brauchen das Geld dringend für ihren Lebensunterhalt. Da bekommen wir – glaube ich – im Weiterbildungsgeld eine substanzielle Verbesserung.

Birgit Fix (Deutscher Caritasverband)
Wir finden es sehr gut, dass am Sanktionssystem gearbeitet wird. Wir haben hier schon in sehr vielen Runden über dieses Thema über viele Legislaturperioden gesprochen. Es ist sehr gut, dass es jetzt zu einer Beratung auf Augenhöhe kommt, bei der am Anfang die Sanktionen keine Rolle mehr spielen. Denn es geht wirklich darum, ohne Druck gemeinsam Pläne zu erarbeiten. Die Kooperationsvereinbarung gibt auch die Möglichkeit, individuell auf den Menschen zu schauen, Softskills abzufragen, formale und non-formale Bildungselemente abzufragen und das in einer vertrauensvollen Atmosphäre zu machen.

Wortprotokoll der 29. Sitzung des Ausschusses für Arbeit und Soziales, in: https://www.bundestag.de/resource/blob/921556/Wortprotokoll-Buergergeld.pdf, 07.11.2022

M4 Experten oder Lobbyisten?

Grundsätzlich ist Lobbyismus für die politische Arbeit in einem demokratischen und repräsentativen System nützlich und zentral, weil die verschiedenen Interessengruppen über wichtige Informationen und Fachwissen verfügen und dieses auf politischer Ebene vermitteln. Die Lobbygruppen besitzen Expertise in ihren Fachgebieten. Auch die Bewertung von Sachverhalten aus verschiedenen Perspektiven ist für den politischen Diskussionsprozess wichtig. Sie helfen damit, die Folgen und Auswirkungen einer Gesetzesänderung einzuschätzen. Wenn Gesetze formuliert werden, ist die Anhörung von Verbänden, auch aus der Wirtschaft, deshalb sogar explizit vorgeschrieben. [...]

Zur Arbeit von Lobbyisten gehört es, sich ein enges Netzwerk in die Politik aufzubauen. Unternehmensverbände, Arbeitgeberverbände, Gewerkschaften, Kirchen, Nichtregierungsorganisationen, Sozialverbände sowie Unternehmen und politische Gruppierungen bringen ihre Interessen in den politischen Meinungsbildungsprozess ein und geben ihren Mitgliedern und der Öffentlichkeit Informationen. Eine der größten Lobbyorganisationen, der Verband der Chemischen Industrie (VCI), hat zum Beispiel seinen Sitz direkt in Sichtweite des Bundestags. Seine Lobbyistinnen und Lobbyisten vertreten dort täglich die Interessen von nach eigenen Angaben 2 300 Unternehmen. Ihr tägliches Geschäft: persönliche Gespräche mit Abgeordneten und Mitarbeitenden in Ministerien. Es haben sich aber auch Rechtsanwaltskanzleien, PR-Agenturen, Denkfabriken und selbständige Politikberaterinnen und -berater als externe Lobbyisten darauf spezialisiert, im Interesse ihrer Mandanten Verbindungen zu vermitteln, Informationen zu beschaffen oder Themen zu platzieren. [...]

Kritikern zufolge führt die derzeit praktizierte Form des Lobbyismus zu einer starken und einseitigen Berücksichtigung von Wirtschaftsinteressen – Gewerkschaften, Verbraucherverbänden und schwächere Interessengruppen hätten es dagegen schwerer, ihre Interessen einzubringen. Überspitzt gesagt, gelänge es den mächtigen und finanzstarken Interessengruppen und ihren Lobbys immer häufiger, die parlamentarische Demokratie und die Öffentlichkeit in ihrem Sinne zu manipulieren und vorhandene Sicherungen und Kontrollen („checks and balances") auszuschalten. Dabei spielten nicht zuletzt professionelle Dienstleister eine wichtige Rolle, die die politische Einflussnahme zu ihrem Geschäft gemacht haben [...]. Einer der Hauptgründe für das Ungleichgewicht bei der Interessensvertretung liegt demnach neben den ungleichen finanziellen Mitteln auch in der Zahl und dem Netzwerk der Beschäftigten. Große Wirtschaftsverbände und Agenturen beschäftigen oft viele Mitarbeitende, die Protokolle, Gutachten, Studien und Gesetzentwürfe lesen und für sie auswerten. Auf diese Weise bekommen die Lobbyisten politische Veränderungen bereits im Ansatz mit. Zudem haben finanzstarke Lobbygruppen oft ehemalige Regierungsmitglieder sowie Abgeordnete in ihren Reihen mit engen Kontakten in den politischen Apparat [...]. Daher hat es auch immer wieder ein „Geschmäckle", wenn Politikerinnen und Politiker nach ihrer politischen Karriere die Seite wechseln und ihr Wissen sowie ihre Kontakte als Lobbyisten nutzen – oder umgekehrt, wenn Lobbyistinnen und Lobbyisten nach politischen Ämtern streben.

Lobbyismus, in: https://www.lpb-bw.de/lobbyismus, Juni 2024

INFO

Lobbyismus
Der Versuch (ständiger) Einflussnahme auf Regierung und Parlament durch Interessensvertreter aus Wirtschaft und Gesellschaft.

QUERVERWEIS

Akteure – wer sind die wichtigsten Spieler?
S. 26 f.

1 **Beschreiben** Sie die Karikatur und **benennen** Sie mögliche Deutungshypothesen (M 1).

2 **Stellen** Sie die Funktion von Bundestagsausschüssen **dar** (M 2).

3 a) **Arbeiten** Sie die Standpunkte der Expertinnen und Experten zum Bürgergeld-Gesetz **heraus** (M 3).

b) **Erstellen** Sie Thesen zu etwaiger Parteinähe der Expertinnen und Experten (M 3).

4 **Nehmen** Sie **Stellung** zur Einflussnahme von Lobbygruppen auf den Gesetzgebungsprozess (M 1–M 4).

1.5 Bundestagsabgeordnete – nur Rädchen der Partei?

M 1 Freies Mandat?

Zeichnung: Reinhold Löffler

INFO

Fraktionszwang
Verpflichtung eines Abgeordneten nur im Sinne der Fraktionsmehrheit abzustimmen; wird auch als zugespitzter Begriff für Fraktionsdisziplin verwendet

MdB
Mitglied des Deutschen Bundestages

M 2 Fraktionsdisziplin – Voraussetzung für Politik?

Wie aber ist die häufig praktizierte und meist heftig kritisierte Fraktionsdisziplin zu bewerten? Zunächst sei festgestellt, dass in der überwiegenden Mehrzahl der Fälle, in denen Fraktionen geschlossen abstimmen, die Ursache nicht in einer von der Fraktionsspitze verlangten Disziplin, sondern im hohen Grad interner Arbeitsteilung liegt. Jede Fraktion kennt heute für jedes einzelne Sachgebiet ihre Spezialisten. Nichts ist darum natürlicher, als wenn die Mehrheit der Fraktion bei den Abstimmungen den Vorschlägen ihrer jeweiligen Spezialisten folgt. Daraus ergibt sich meist fast selbstverständlich die Geschlossenheit der Fraktion, in deren Gesamtinteresse es ja ohnedies liegt, möglichst einheitlich aufzutreten.
Nur eine geschlossen operierende Fraktion ist in der Lage, ihre Konzeption der Führung der Politik und ihre Überzeugung von der richtigen Ordnung des Gemeinwesens durchzusetzen. Fraktionsdisziplin wird in der Regel nur dort energisch gefordert, wo man sich nachdrücklich in Programm oder Tradition von anderen Parteien unterscheiden will. [...] Überall dort, wo das Parlament wirklich die politischen Grundentscheidungen mitbestimmen soll, muss es zur Bildung einheitlich handelnder Gruppen von Abgeordneten kommen. Das schließt intensive interne Diskussionen nicht aus. Aber die von einer Partei oder einer Parteienkoalition abhängige Regierung kann nur handeln und ihre Ziele durchsetzen, wenn sie sich auch in der Praxis auf die Unterstützung der Mehrheit im Parlament verlassen kann. Die Einordnung in die Disziplin der Fraktion ist deswegen eine der Voraussetzungen dafür, dass eine demokratische Ordnung der Politik überhaupt funktioniert. Mit Rückgratlosigkeit hat sie in der Regel nichts zu tun. Fehlte die Fraktionsdisziplin, so würde sich der einzelne Abgeordnete bald stärkeren Pressionen durch lokale oder partikulare Interessengruppen ausgesetzt sehen. [...]
Natürlich darf man das Prinzip der Fraktionsdisziplin auch nicht überspannen. In echten Gewissensfragen [...] sollte jede vernünftige Fraktion die Abstimmung freigeben.

Waldemar Besson/Gotthard Jasper, Das Leitbild der modernen Demokratie. Bauelemente einer freiheitlichen Staatsordnung, BpB: Bonn 1990, S. 37 f.

1. **Analysieren** Sie die Karikatur (M 1).
2. **Führen** Sie eine Pro-Kontra-Diskussion zur Fraktionsdisziplin **durch** (M 2).
3. **Arbeiten** Sie aus M 3 **heraus**, was das Verfassungsrecht über die Stellung des Abgeordneten feststellt.
4. **Werten** Sie das Abstimmungsergebnis zum Bürgergeld-Gesetz **aus** (M 4).
5. **Erörtern** Sie, ob Bundestagsabgeordnete nur Rädchen der Partei sind (M 1–M 4).

M3 Die Stellung des einzelnen Abgeordneten

Der bzw. die Abgeordnete wird in den Deutschen Bundestag auf vier Jahre gewählt, entweder über ein Direktmandat in einem der Wahlkreise oder über die Landesliste der jeweiligen Partei.

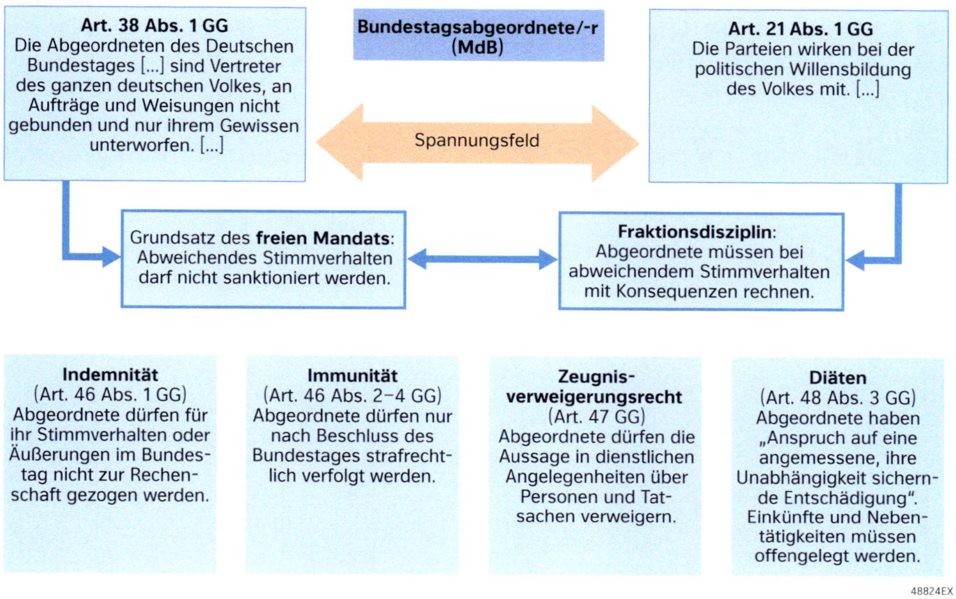

M4 Die Abstimmung über das Bürgergeld-Gesetz im Bundestag

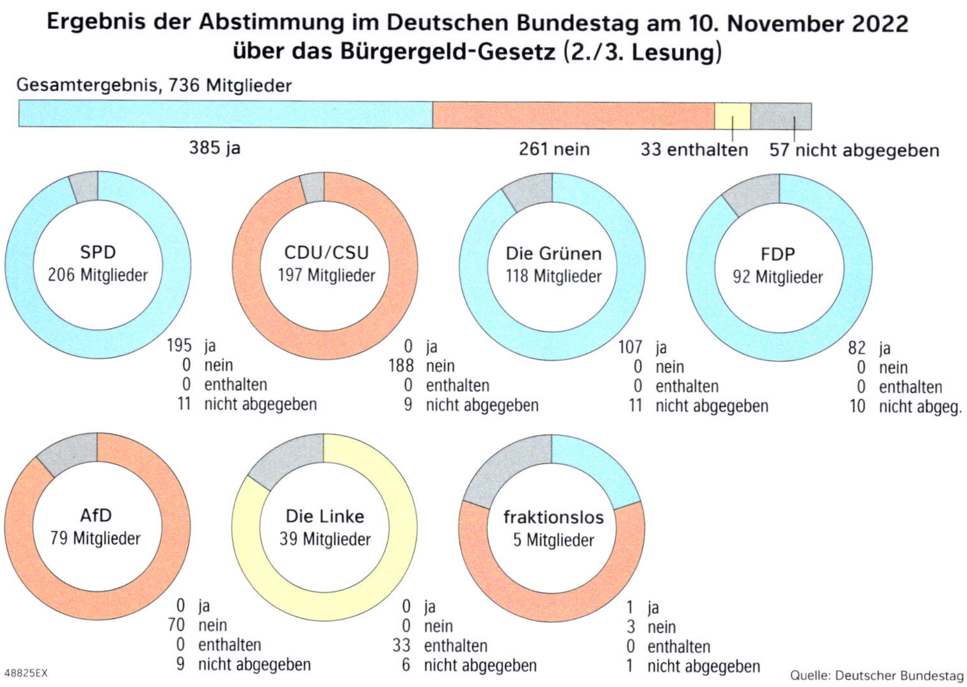

1.6 Medien: Information oder Manipulation?

M1 Die Medienlandschaft in Deutschland

GLOSSAR
Massenmedien

Medien sind heutzutage Formate wie Radio, Tages- und Wochenzeitung (Print und online), Fernsehen (linear und Streaming) sowie das völlig unüberschaubare Angebot aus Blogs, Vlogs und Nachrichten in sozialen Netzwerken, wo inzwischen völlig selbstverständlich professionell erstellte Inhalte gleichberechtigt neben Nutzerinhalten unterschiedlicher Qualität stehen. So war das Bürgergeld-Gesetz kaum durch den Bundestag gekommen, da fluteten die oben benannten Kanäle das Internet mit Artikeln, Karikaturen, Tweets, Memes, ernst gemeinten und satirischen Kommentaren und vielem anderen mehr. Kurzum: Die „Medienschlacht“ um die Deutungshoheit über das Bürgergeld-Gesetz war entbrannt.

Autorentext

M2 Medienfunktionen

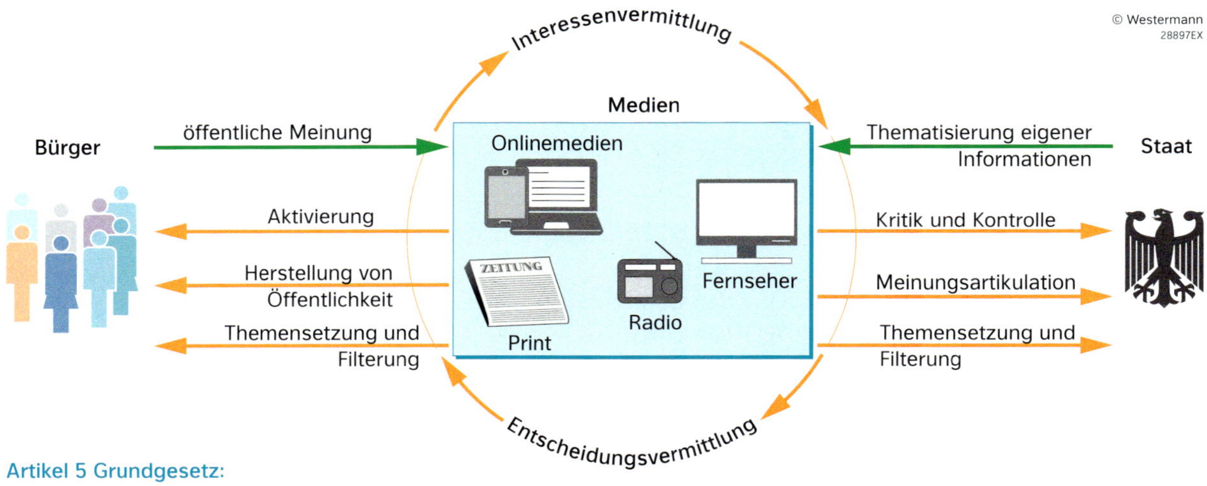

Artikel 5 Grundgesetz:

Jeder hat das Recht, seine Meinung in Wort, Schrift und Bild frei zu äußern und zu verbreiten und sich aus allgemein zugänglichen Quellen ungehindert zu unterrichten. Die Pressefreiheit und die Freiheit der Berichterstattung durch Rundfunk und Film werden gewährleistet. Eine Zensur findet nicht statt.

Quelle: Bundeszentrale für politische Bildung, 2013, www.bpb.de

M3 Wechselbeziehungen zwischen Politik und Medien

Sichtweise	Verhältnis Politik – Medien
Gewaltenteilung	Politik und Medien sind klar voneinander getrennte und autonom funktionierende Bereiche. Medien nehmen im politischen Prozess die Funktion der kontrollierenden bzw. kritisierenden Öffentlichkeit wahr. Medien sind in diesem Sinne die „vierte Gewalt“ im Modell der Gewaltenteilung.
Instrumentalisierung	Es gibt intensive Bezüge zwischen Politik und Medien, die mit einem Abhängigkeits- bzw. Beeinflussungsverhältnis einhergehen. Je nach Standpunkt wird dabei entweder die Politik als Steuerungsobjekt der Medien gesehen oder werden umgekehrt die Medien als Steuerungsobjekt betrachtet
gegenseitige Abhängigkeit (Interdependenz)	Hier wird die Interaktionsbeziehung zwischen Politik und Medien betont. Das Verhältnis wird verstanden als eine Partnerschaft zwischen beiden Ebenen auf der Grundlage einer vorteilhaften Tauschbeziehung: Politik bietet Informationen und benötigt Öffentlichkeit, Medien bieten Öffentlichkeit und benötigen Informationen.

Quelle: Ulrich Sarcinelli, Politische Kommunikation in Deutschland, VS Verlag für Sozialwissenschaften: Wiesbaden [2]2009, S. 117 ff. (verändert)

M4 Wie das Bürgergeld-Gesetz in den sozialen Medien thematisiert wurde

Die Zeichnung illustriert Memes, Tweets u. a. zum Bürgergeld-Gesetz

M5 Aufgespießt

Zeichnung: Ralf Boehme

Zeichnung: Schwarwel

Zeichnung: Schwarwel

M6 Verrechnet?

Das Bürgergeld ist falsch, weil es den Abstand zwischen Sozialleistung und Erwerbseinkommen verkürzt. Für Leute, die nicht viel verdienen, lohnt es sich immer weniger, überhaupt zu arbeiten. Ein Angestellter verheirateter Maler mit zwei Kindern hat jetzt vorgerechnet 2 145 Euro netto plus 438 Kindergeld ergeben 2 583 Euro. Würde er nicht arbeiten, sondern das neue Bürgergeld kassieren ginge die Rechnung so: 502 Euro für ihn, 451 Euro für seine Frau, 318 Euro für das sechsjährige Kind und 420 Euro für das 14-Jahlige Kind – plus 800 Euro Miete und 250 Euro Heizkosten. Das macht 2 741 Euro, die der Maler ab 1. Januar vom Staat bekommen könnte. Also 158 Euro mehr für Nichtstun. Dieses Beispiel, das kein Einzelfall ist, zeigt: Das Bürgergeld hebelt den Grundsatz aus, dass Leute, die arbeiten, mehr Einkommen haben müssen als Leute, die nicht arbeiten. Deswegen ist das Bürgergeld ungerecht. Dass der höhere Mindestlohn daran etwas ändert, darf bezweifelt werden. Angebracht ist auch die Kritik an der langen Karenzzeit. Die Chefin der Mittelstandsunion, Gitta Connemann, sagt: „Dieses Bürgergeld macht Clans noch reicher." Das mag zwar populistisch sein, es stimmt aber. Die FDP hat für das Bürgergeld gekämpft, um Alleinerziehende zu stärken. So haben sich die Liberalen die Ausgestaltung gewiss nicht vorgestellt.

Andreas Schnadwinkel, Bürgergeld ist ungerecht, in: https://www.westfalen-blatt.de/ueberregional/meinung/burgergeld-ist-ungerecht-2645168, 17.10.2022

Umfrage im Jahr 2023 zur geplanten Erhöhung des Bürgergeldes

Persönliche Beurteilung	Angaben in Prozent
angemessen	24
zu hoch	62
zu niedrig	7

Quelle: MDRfragt November 2023

M 7 Berichterstattung zum Bürgergeld in der Kritik

Wegen des Haushaltslochs sucht die Politik momentan nach Bereichen, in denen gespart werden kann. In den Fokus geraten ist dabei auch das Bürgergeld. Doch die Berichterstattung über die Sozialleistung ist von Populismus und Desinformation geprägt.

Von 502 auf 563 Euro steigt der Regelsatz des Bürgergelds zum Januar 2024. 61 Euro mehr für ein „menschenwürdiges Existenzminimum", wie es das Bundesministerium für Arbeit und Soziales formuliert. Für Posten wie Strom, Lebensmittel, Kleidung, Haushaltsgegenstände und Kosten für Verkehrsmittel oder Freizeitgestaltung.

Mit dieser Anhebung steigt der Regelsatz um 12,2 Prozent und wird so durch einen gesetzlichen Mechanismus an die Preise angepasst, die durch die Inflation gestiegen sind. Kein Novum – schon für das Jahr 2023 wurde das Bürgergeld an die gestiegenen Verbraucherpreise angepasst, genau wie der Bürgergeld-Vorgänger Hartz 4 immer wieder angepasst wurde. Doch auch wegen des Milliardenlochs im Bundeshaushalt hat sich um die Sozialleistung eine hitzige Mediendebatte entfacht, die von vielen faktischen Fehlern geprägt ist.

Die „Bild" sieht in der Erhöhung des Bürgergelds beispielsweise eine „üppige Alimentierung" und folgert: „Arbeit lohnt sich nicht mehr!" Dabei ist das Rechenbeispiel der „Bild" falsch, wie das Watchblog bildblog recherchiert hat.

Und auch die AfD-nahe Zeitung „Junge Freiheit" rechnete fälschlicherweise vor, dass Empfangende des Bürgergelds unter dem Strich mehr bekämen als Menschen, die im Niedriglohnsektor arbeiten – wieder mit der Botschaft: Arbeit lohnt sich nicht. Eine Argumentation, die die CSU übernommen und weiterverbreitet hatte, samt fehlerhafter Grafik der „Jungen Freiheit", wie die Website Volksverpetzer berichtet.

„Es ist ein Mythos, zu behaupten, jemand würde mehr Geld bekommen, wenn er nicht arbeitet – das stimmt schlichtweg nicht. Selbst bei einer Single-Person ist der Unterschied zwischen Bürgergeld und Mindestlohn je nach Region in der Regel zwischen 250 und 300 Euro", stellt Marcel Fratzscher im Deutschlandfunk klar. Fratzscher ist Präsident des Deutschen Instituts für Wirtschaftsforschung DIW. Ebenso sei es falsch, dass das Bürgergeld die Menschen vom Arbeiten abhalte – das zeigten verschiedene Studien, so der Ökonom.

Dass viele Medien dennoch das Narrativ der „faulen Bürgergeldbeziehenden" bedienen, hängt für Iris Sayram auch mit dem Komplexität des Themas zusammen. Die gelernte Juristin berichtet für das ARD-Hauptstadtstudio u. a. über Themen aus dem Sozialbereich. [...] Sie rät [...], Abstand zu nehmen von „grobschlächtigen" Betrachtungen und Menschen einzuteilen in Gut und Böse: „Gerade wenn man sagt: das Bürgergeld ist jetzt so hoch, dass Leute reihenweise ihre gut bezahlten Jobs kündigen und lieber die Füße hochlegen und Transferleistungen beziehen – das ist viel zu kurz gegriffen. Und da lohnt sich der Blick ins Detail." [...]

Entscheidend ist für Sayram [...], sich in der Berichterstattung nicht immer auf die Extremfälle zu fokussieren. [...] Es käme viel mehr auf die Zwischentöne an – und auf Sachlichkeit, betont die ARD-Expertin.

Anh Tran, Zu viel Fokus auf Extremfälle, in: https://www.deutschlandfunk.de/berichterstattung-buergergeld-medien-debatte-100.html, 05.12.2023

1 **Erstellen** Sie Thesen, wie über das Bürgergeld in der deutschen Medienlandschaft diskutiert wurde (M 1–M 7).

2 **Stellen** Sie die (politischen) Funktionen von (professionellen) Medien (M 2) **dar** und **nehmen** Sie **Stellung** zu den möglichen Wechselbeziehungen zwischen Medien und Politik (M 3).

3 **Ermitteln** Sie arbeitsteilig die dargestellten Standpunkte in M 4–M 7.

4 **Beurteilen** Sie, wer sich im Kampf um Deutungshoheit über das Bürgergeld durchsetzen konnte (M 4–M 7).

5 **Bewerten** Sie, ob Medien (eher) informieren oder manipulieren (M 1–M 7).

1.7 Der Bundesrat – ein Blockadeinstrument?

M1 Freies Mandat?

Zeichnung: Heiko Sakurai

INFO

Art. 51 GG

(1) Der Bundesrat besteht aus Mitgliedern der Regierungen der Länder, die sie bestellen und abberufen. Sie können durch andere Mitglieder ihrer Regierungen vertreten werden.

(2) Jedes Land hat mindestens drei Stimmen, Länder mit mehr als zwei Millionen Einwohnern haben vier, Länder mit mehr als sechs Millionen Einwohnern fünf, Länder mit mehr als sieben Millionen Einwohnern sechs Stimmen.

(3) Jedes Land kann so viele Mitglieder entsenden, wie es Stimmen hat. Die Stimmen eines Landes können nur einheitlich und nur durch anwesende Mitglieder oder deren Vertreter abgegeben werden.

M2 Aufbau und Funktion des Bundesrates

Die zweite Kammer der Legislative besteht aus Mitgliedern der 16 Landesregierungen der Bundesrepublik Deutschland. Die Bundesländer haben (abhängig von ihrer Bevölkerungszahl) mindestens drei und höchstens sechs Stimmen, insgesamt 69 (Art. 51 GG). Der Bundesrat gilt als ewiges Organ, da seine Zusammensetzung vom Ausgang der jeweiligen Landtagswahlen in den Bundesländern und der anschließenden Regierungsbildung dort abhängt, sodass sich Personen und Parteizusammensetzung stetig verändern. Der Vorsitz über den Bundesrat rotiert gemäß der Königsteiner Vereinbarung unter den Landesregierungen nach einer festgelegten Reihenfolge. Der jeweils aktuelle Bundesratspräsident ist gleichzeitig Stellvertreter des Bundespräsidenten.

Zusammen mit dem Bundestag ist der Bundesrat für die Gesetzgebung in Deutschland auf Bundesebene verantwortlich, wobei der Bundesrat dem Bundestag nicht gleichgestellt ist. Letzterer benötigt die Zustimmung des Bundesrats nur bei Zustimmungsgesetzen. Der Einspruch des Bundesrats bei nicht zustimmungspflichtigen Einspruchsgesetzes, kann vom Bundestag mit Mehrheitsentscheid übergangen werden.

Autorentext

M3 Einspruchsgesetz und Zustimmungsgesetz

Grundsätzlich sind laut Grundgesetz zwei Arten von Gesetzgebungsverfahren vorgesehen: Das Einspruchsgesetz und das Zustimmungsgesetz. Die Zustimmung ist stets erforderlich bei Verfassungsänderungen, Gesetzen die Auswirkungen auf die Finanzen der Länder haben oder bei Gesetzen für deren Umsetzung in die Verwaltungshoheit der Länder eingegriffen werden müsste – in allen anderen Fällen handelt es sich um Einspruchsgesetze. Bis zur Föderalismusreform von 2006 hielten sich die beiden Formen die Waage, seit 2006 sind nur noch etwa ein Drittel aller Gesetze durch den Bundesrat zustimmungspflichtig.

Ein Gesetz hat die Zustimmung oder Billigung des Bundesrates, wenn es 35 von 69 möglichen Stimmen (absolute Mehrheit) erhalten hat, Enthaltungen oder Abwesenheit zählen also als Nein-Stimmen. Zusätzlich gilt, dass die Stimmen eines Landes einheitlich abgebeben werden müssen.

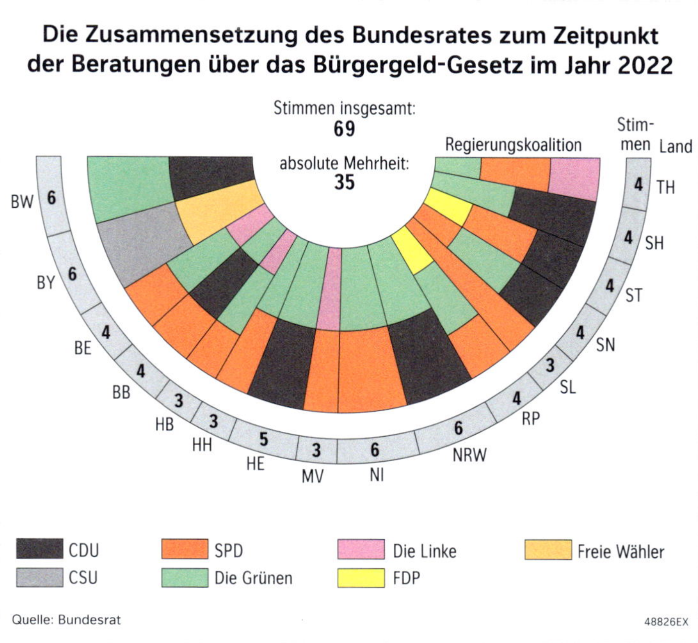

Fall 1: Einspruchsgesetz

Nach dem Erlangen der Mehrheit im Bundestag wird das Gesetz vom Bundestagspräsidenten an den Bundesrat weitergeleitet. Auch hier wird es einem oder mehreren Ausschüssen zur näheren fachlichen Beratung zugewiesen, welche dann eine Beschlussempfehlung für das Plenum erarbeiten.

Im einfachsten Fall stimmt der Bundesrat zu und billigt die Vorlage. Es kommt dann zur Gegenzeichnung durch den Bundeskanzler und den zuständigen Bundesminister und zur Unterschrift durch den Bundespräsidenten, welcher es ausfertigt und im Bundesgesetzesblatt veröffentlichen lässt.

Findet die Vorlage keine Mehrheit, so kann der Bundesrat den Vermittlungsausschuss anrufen. Verstreicht die Frist von drei Wochen wird die Vorlage Gesetz. Nicht selten landet sie jedoch vor dem Vermittlungsausschuss – ein Gremium bestehend aus 16 Mitgliedern des Bundesrates und 16 Mitgliedern des Bundestags. Ziel ist es, die Gesetzesvorlage so zu ändern, dass sie in beiden Kammern (Bundesrat und Bundestag) zustimmungsfähig wird.

Fall 2: Zustimmungsgesetz

Wie beim Einspruchsgesetz gilt auch hier: Nach dem Erlangen der Mehrheit im Bundestag wird das Gesetz vom Bundestagspräsidenten an den Bundesrat weitergeleitet. Es wird einem oder mehreren Ausschüssen zur näheren fachlichen Beratung zugewiesen, welche dann eine Beschlussempfehlung für das Plenum erarbeiten.

Im ebenfalls einfachsten Fall stimmt der Bundesrat zu. Es kommt dann zur Gegenzeichnung durch den Bundeskanzler und den zuständigen Bundesminister und zur Unterschrift durch den Bundespräsidenten, welcher es ausfertigt und im Bundesgesetzesblatt veröffentlichen lässt.

Zeichnet sich eine Ablehnung ab. ist die Anrufung des Vermittlungsausschusses durch jeweils den Bundestag, den Bundesrat selbst oder die Bundesregierung möglich. Allein die Tatsache, dass es zu drei Anrufungen kommen kann, zeigt, dass nun mit anderen Karten gespielt wird. Kann mit dem Bundesrat keine Einigung erzielt werden, fällt das Gesetz in jedem Falle durch.

Kommt es jedoch im Vermittlungsausschuss zu einer Einigung, muss ebenfalls unterschie-

Der Bundesrat stimmte am 14. November 2022 dem Bürgergeld-Gesetz nicht zu: In der Abstimmung erhielt der Bundestagsbeschluss nicht die erforderliche absolute Mehrheit von 35 Stimmen. Die Bundesregierung rief daher den Vermittlungsausschuss an, um mit den Bundesländern über einen Kompromiss zu verhandeln.

den werden, ob dies mit oder ohne Änderung der Vorlage geschehen ist. Ohne Änderung kann der Bundesrat direkt sein finales Votum abgeben, im (wahrscheinlichen) Falle von Änderungen muss es erst erneute Bestätigung im Bundestag finden, um dann vom Bundesrat abschließend angenommen zu werden. Kommt es jedoch im Vermittlungsausschuss zu einer Einigung, muss ebenfalls unterschieden werden, ob dies mit oder ohne Änderung der Vorlage geschehen ist. Ohne Änderung kann der Bundesrat direkt sein finales Votum abgeben, im Falle von Änderungen muss das Gesetzesvorhaben erst erneute Bestätigung im Bundestag finden, um dann vom Bundesrat abschließend angenommen zu werden.

Autorentext

M4 Der Bundesrat als Blockadeinstrument der Opposition

GLOSSAR
Bundesrat
Föderalismus
Opposition

Die Gesetzgebung ist nicht nur das wichtigste Mittel der politischen Gestaltung eines demokratischen Gemeinwesens. In ihr drückt sich auch der Volkswille aus. In Gesetzen sollte sich daher der in Wahlen ermittelte Mehrheitswille widerspiegeln. Das Gesetzgebungsverfahren sollte ferner ausreichend transparent, also nachvollziehbar sein. Die Wählerinnen und Wähler sollten ebenso erkennen können, wer wofür verantwortlich ist. Schließlich sollte die Institutionenordnung so konstruiert sein, dass sachgerechte und gemeinwohlförderliche Lösungen zustande kommen. Aufgrund der Gesetzgebungsmitwirkung des Bundesrates wird keine dieser Anforderungen richtig erfüllt. Bei unterschiedlichen Mehrheitsverhältnissen in Bundesrat und Bundestag wird die Länderkammer nämlich regelmäßig von den Parteien, die sich im Bundestag in der Opposition befinden, als politisches „Widerlager" und Blockadeinstrument missbraucht. Damit wird der politische Mehrheitswille, wie er in den Bundestagswahlen zum Ausdruck kommt, unterlaufen. Und die Landesregierungen, aus denen sich der Bundesrat zusammensetzt, genießen einen Einfluss, der ihnen aus demokratischer Perspektive nicht zusteht.

Autorentext

M5 Der Kompromiss im Vermittlungsverfahren ...

Am 14. November 2022 hat die Bundesregierung beschlossen, ein Vermittlungsverfahren zum Bürgergeld-Gesetz zu verlangen. Das Gesetz war vom Bundestag am 10. November 2022 beschlossen worden, hat im Bundesrat jedoch nicht die erforderliche Mehrheit von 35 Stimmen erhalten [...] Der Vermittlungsausschuss hat in seiner Sitzung am 23. November 2022 eine Einigung erzielt. Das Gesetz wandelt die Grundsicherung für Arbeitssuchende in ein Bürgergeld um. Der sogenannte Vermittlungsvorrang wird abgeschafft. Ziel ist eine möglichst langfristige Eingliederung in den Arbeitsmarkt und nicht mehr die schnellstmögliche Vermittlung in eine Arbeitsstelle. Die Reform gestaltet insbesondere auch die Berechnung der Regelbedarfe neu – sie werden künftig nicht mehr rückwirkend, sondern vorausschauend an die Teuerungsraten angepasst.

Zwölftes Gesetz zur Änderung des Zweiten Buches Sozialgesetzbuch und anderer Gesetze – Einführung eines Bürgergeldes (Bürgergeld-Gesetz), in: https://www.vermittlungsausschuss.de/SharedDocs/beratungsvorgaengeva/DE/20wp/574-22.html?nn=4584050, 14.11.2022

1 **Beschreiben** Sie die Karikatur und **benennen** Sie mögliche Deutungshypothesen (M 1).

2 **Legen** Sie den Aufbau und die Funktion des Bundesrates **dar** (M 2).

M6 … bringt Änderungen beim Bürgergeld-Gesetz

Die […] Beschlussempfehlung […] des Vermittlungsausschusses sieht unter anderem folgende Änderungen beim Bürgergeld vor: Die sechsmonatige, weitgehend sanktionsfreie Vertrauenszeit zu Beginn des Bürgergeld-Bezugs fällt weg. Statt nur um zehn Prozent sollen die Regelleistungen von Beginn an in Stufen um bis zu 30 Prozent gekürzt werden können. Die bisherige Karenzzeit von zwei Jahren wird auf ein Jahr verkürzt. In dieser Zeit soll die Angemessenheit der Wohnung und des Vermögens nicht geprüft werden. Das Schonvermögen bleibt künftig nur noch bis zu 40 000 Euro (statt 60 000 Euro) vor Anrechnung geschützt. Alle weiteren Haushaltsmitglieder dürfen mit 15 000 Euro nur noch halb so viel behalten wie ursprünglich geplant.

Die Anrufung des Vermittlungsausschusses war nötig geworden, nachdem das zustimmungspflichtige Gesetz am Widerstand der unionsgeführten Bundesländer im Bundesrat gescheitert war.

Vermittlungsausschuss ändert Bürgergeld-Gesetz, in: https://www.bundestag.de/presse/hib/kurzmeldungen-922478, 24.11.2022

M7 Das Bürgergeld-Gesetz – im Vermittlungsausschuss geschreddert?

Zeichnung: Harm Bengen

3 **Erklären** Sie den Unterschied zwischen einem Zustimmungsgesetz und einem Einspruchsgesetz (M 2, M 3).

4 **Erläutern** Sie die Funktion des Vermittlungsausschusses am Beispiel des Bürgergeld-Gesetzes (M 2–M 6).

5 a) **Bewerten** Sie die Änderungen beim Bürgergeld-Gesetz, die im Vermittlungsausschuss vereinbart wurden (M 5, M 6).
b) **Interpretieren** Sie M 7.

6 Ausgehend von M 1 und M 7: **Beurteilen** Sie die Frage, ob der Bundesrat ein Blockadeinstrument ist, in Form einer Amerikanischen Debatte.

QUERVERWEIS
LERNWEGE
Amerikanische Debatte
S. 609

1.8 Der Bundespräsident – nur oberster Staatsnotar?

M 1 Grüßaugust?

Guten Tag, ich grüße Sie
Ich bin der Präsident
Schöne Grüße aus Bellevue
Ich bin der Präsident
Ich winke vom Balkon
Da ist ja auch mein Heli
Mit dem flieg ich gleich davon

Tatü tata, der Präsident
Ich fahre mit Eskorte
Ich werde heute Reden halten
Ich hab die Macht der warmen Worte
Ich bin der Präsident
In meinem Leben ist was los
Ich werde heute eine Fähre taufen
Und die Flasche ist so groß

Ich wünsche euch ein frohes Weihnachtsfest
Und ein gutes neues Jahr
Der Aufschwung ist für alle da, trallallallala

Ich freue mich, dass ich auf diesem Richtfest bin
Und der Himmel ist so blau
Ich grüße alle Herzpatienten in Vertretung meiner Frau [...]

Jetzt kommt ein Grußwort für Hartz-IV-Empfänger
Ihr Schicksal trifft mich auch persönlich
Sie halten sich für überflüssig
Es geht mir da ganz ähnlich

Manchmal, da fliege ich in meinem Heli
Und dann schaue ich runter auf unser friedliches Land
Und dann freue ich mich so, dass die Jugend wieder forscht
Sie forscht

Rainald Grebe, Der Präsident, Broken Silence Publishing UG, Hamburg

INFO

Rainald Grebe (* 1971) deutscher Liedermacher und Kabarettist

M 2 Die Rolle des Bundespräsidenten bei der Gesetzgebung

© Erich Schmidt Verlag

Der Gesetzgebungsprozess zum Bürgergeld fand seine Finalisierung, indem es am 20. Dezember 2022 von Bundesarbeitsminister Hubertus Heil, Bundeskanzler Olaf Scholz und Bundespräsident Frank-Walter Steinmeier unterzeichnet wurde. Mit der Verkündung im Bundesgesetzblatt war dann alles bereit für ein Inkrafttreten zum 1. Januar 2023. Die Unterzeichnung von Gesetzen ist dabei nur dem Anschein nach eine reine Formalität. Auch wenn dem Bundespräsidenten keinerlei politische bzw. inhaltliche Einflussnahme (z.B. in Form eines Vetos) zusteht, so kann aus Artikel 82 Absatz 1 des Grundgesetzes ein formales Prüfungsrecht des Bundespräsidenten abgeleitet werden. Um nicht in Konflikt mit der Kompetenz der Normenkontrolle des Bundesverfassungsgerichts zu treten, hat sich die Ansicht durchgesetzt, dass der Bundespräsident seine Unterschrift nur bei „evidenter" (offensichtlicher) Verfassungswidrigkeit verweigern darf. Dies ist bisher lediglich siebenmal vorgekommen.

Autorentext

M3 „Nur als soziales Land bleibt unsere Demokratie stabil“

Auszug aus einer Rede des Bundespräsidenten Frank-Walter Steinmeier am 21. März 2023.

Ja, wir sind ein reiches Land. Vermutlich ging es in unserem Land noch nie einer Generation besser. Für viele ist vieles selbstverständlich: die eigenen vier Wände, für manche das eigene Haus, das Auto, der Urlaub, vielleicht auch der zweite, auch die Fernreise. Und die meisten haben sich all das durch ihre Arbeit verdient.

Ich selbst bin Mitte der 1950er-Jahre geboren, in Verhältnissen aufgewachsen, die man früher einfache Verhältnisse nannte. Ich habe erlebt, wie in vielen Jahrzehnten Wohlstand gewachsen ist. Ich freue mich, dass es vielen in unserem Land gut geht und dass man das auch sieht.

Das Problem ist nicht das; das Problem ist, dass viele nicht sehen wollen, wie vielen es schlechter geht. Diese Armut, über die wir reden, ist sichtbar, und das nicht nur an Tafeln oder in Obdachloseneinrichtungen. Sie ist sichtbar in Regionen, die abgehängt sind, in vernachlässigten Stadtteilen und oft schon in Kindergärten und Grundschulen. Nicht nur Kleidung, auch Zahngesundheit gibt häufig Auskunft über soziale Herkunft. In sozial schwächeren Gegenden haben vierzig Prozent der Kinder im Kita-Alter schiefe Zähne, fortgeschrittene Karieserkrankung. In aller Regel sind das erste Anzeichen für die allgemeine Erkenntnis: Wer in Armut aufwächst, hat als Erwachsener eine schlechtere Gesundheit. Dass es einen Zusammenhang zwischen sozialem Status und Gesundheit gibt, das bewegt sich schon lange nicht mehr im Bereich bloßer Vermutungen. Hier, vor diesem Publikum, bedarf das keiner detaillierten Nachweisführung. Aber der größeren Öffentlichkeit in Deutschland ist kaum bekannt, dass in Bevölkerungsgruppen, die besonders von Armut betroffen sind, das Schlaganfallrisiko zwei bis drei Mal höher liegt, die Sterblichkeit aufgrund von Krebs- und Lebererkrankungen signifikant über dem Stand der Durchschnittsbevölkerung liegt. Das Robert-Koch-Institut hat in einer Studie gezeigt, dass Personen mit niedrigem Einkommen, die einem Armutsrisiko ausgesetzt sind – die also weniger als sechzig Prozent des mittleren Einkommens zur Verfügung haben –, eine deutlich geringere Lebenserwartung haben: vier Jahre weniger bei Frauen, acht Jahre weniger bei Männern. Die gesundheitliche Ungleichheit, die in diesen Zahlen zum Ausdruck kommt – das ist die Herausforderung für unseren Sozialstaat. Sie berührt nicht nur unser Gerechtigkeitsempfinden, sondern berührt den Zusammenhalt der Gesellschaft und damit das, was Grundlage und Voraussetzung von jeder gelingenden Demokratie ist. [...]

Unser Sozialstaat, der muss stark und der muss leistungsfähig bleiben. Noch kürzer gesagt: Sozialpolitik ist Demokratiepolitik. Nur ein Gesellschaftsmodell, das Zusammenhalt unter immer wieder veränderten Bedingungen herzustellen versucht, ein Staat, der die Stimme der Ärmsten und Verwundbarsten nicht überhört, nur ein solcher Staat und eine solche Politik werden dauerhaft auf Akzeptanz stoßen. [...] Den notwendigen Wandel in der Gesellschaft werden wir nur bestehen, wenn auch die Schwächsten etwas zu gewinnen haben. Nur als soziales Land bleibt unsere Demokratie stabil.

Frank-Walter Steinmeier (* 1956) ist seit 2017 Bundespräsident der Bundesrepublik Deutschland.

GLOSSAR

Bundespräsident
Bundesversammlung

Frank-Walter Steinmeier, Eröffnung des Kongresses Armut und Gesundheit, in: https://www.bundespraesident.de/SharedDocs/Reden/DE/Frank-Walter-Steinmeier/Reden/2023/03/230321-Kongress-Armut-und-Gesundheit.html, 21.03.2023

1. **Formulieren** Sie Deutungshypothesen zum Lied von Rainald Grebe (M 1).
2. **Benennen** Sie die Aufgaben des Bundespräsidenten und **erläutern** Sie seine Rolle beim Gesetzgebungsprozess (M 2).
3. **Analysieren** Sie die Rede von Frank-Walter Steinmeier (M3) vor dem Hintergrund des Bürgergeld-Gesetzes.
4. **Beurteilen** Sie, ob der Bundespräsident nur oberster Staatsnotar ist (M 2, M 3).

1.9 Urteil: Kann der Bundeskanzler durchregieren?

INFO

Bundeskanzler
Der Bundeskanzler bestimmt als gewählter Mehrheitsführer des Bundestags die Richtlinien der Politik (Art. 65 GG). Er ist oft zugleich Vorsitzender der eigenen Partei mit beträchtlicher politischer Hausmacht, erwählt und entlässt die Minister seiner Regierung. Die bloße Androhung der Vertrauensfrage entfaltet bereits eine disziplinierende Wirkung. Als Regierungschef wirkt er auch an der Europapolitik mit.

M1 Der Bundeskanzler im System der Macht(-begrenzung)

M2 Konstruktives Misstrauensvotum und Vertrauensfrage

Art. 67 GG
(1) Der Bundestag kann dem Bundeskanzler das Misstrauen nur dadurch aussprechen, dass er mit der Mehrheit seiner Mitglieder einen Nachfolger wählt und den Bundespräsidenten ersucht, den Bundeskanzler zu entlassen. Der Bundespräsident muss dem Ersuchen entsprechen und den Gewählten ernennen.
(2) Zwischen dem Antrage und der Wahl müssen achtundvierzig Stunden liegen

Art. 68 GG
(1) Findet ein Antrag des Bundeskanzlers, ihm das Vertrauen auszusprechen, nicht die Zustimmung der Mehrheit der Mitglieder des Bundestages, so kann der Bundespräsident auf Vorschlag des Bundeskanzlers binnen einundzwanzig Tagen den Bundestag auflösen. Das Recht zur Auflösung erlischt, sobald der Bundestag mit der Mehrheit seiner Mitglieder einen anderen Bundeskanzler wählt.
(2) Zwischen dem Antrage und der Abstimmung müssen achtundvierzig Stunden liegen.

M3 Gewaltenteilung: Einhegung von Macht

GLOSSAR

Gewaltenteilung

Das Grundproblem jeder politischen Ordnung ist die Möglichkeit des Machtmissbrauchs, insbesondere dann, wenn zu viele Kompetenzen und Befugnisse bei zu wenigen vereint liegen. Das moderne Konzept der Gewaltenteilung soll hier Abhilfe schaffen. Eine Gesellschaft muss dabei aber noch regierbar bleiben, es kann also nicht nur um bloßes Verhindern gehen. Der englische Begriff der „checks and balances" (Kontrolle und Gleichgewicht) ist für die politische Praxis daher eigentlich passender.

Horizontale Gewaltenteilung
Die wohl bekannteste Form der Gewaltenteilung ist die horizontale Gewaltenteilung nach Montesquieu. Das Grundkonzept besteht darin, dass die Macht auf verschiedene Organe verteilt wird. So schlägt er eine Exekutive (ausführende Gewalt), eine Legislative (gesetzgebende Gewalt) und eine Judikative (richterliche Gewalt) vor. Diese Teilung wird jedoch in der Praxis bei Weitem nicht so streng gehandhabt, wie es in der Theorie klingt. Es haben sich daher eine Vielzahl von Gewaltenverschränkungen herausgebildet, um den politischen Ablauf flüssiger zu gestalten. Wichtig dabei ist, dass es institutionelle Kontrollmechanismen gibt; ob sie dabei der klassischen Teilungslinie folgen, ist wenig bedeutend.

Vertikale Gewaltenteilung
Hierbei wird die Macht auf verschiedene Ebenen verteilt. Die Bundesrepublik ist als föderaler Bundesstaat mit seiner Einteilung in Bund, Länder und Kommunen ein klassisches Beispiel. So stehen den zentralen Bundesorganen noch jeweils teilstaatliche Institutionen mit eigenen Kompetenzen gegenüber. Diese Kompetenzen werden nach dem Subsidiaritätsprinzip vergeben. Dies bedeutet, dass die jeweils obere Ebene nur Dinge regelt, die auf der jeweils unteren Ebene nicht zufriedenstellend geregelt werden können. Das Gegenstück zum Bundesstaat ist der Zentralstaat, der auf diese Form der Gewaltenteilung verzichtet.

Temporale Gewaltenteilung
Eine weitere, häufig anzutreffende Form der Gewaltenteilung ist die Vergabe politischer Ämter und der damit verbundenen Macht auf Zeit. Auch die Begrenzung der Wiederwahl politischer Akteure fällt in diese Kategorie.

Konstitutionelle Gewaltenteilung
Durch die Verwendung einer Verfassung, in welcher das institutionelle Zusammenspiel sowie Grundrechte der Bürger gegenüber dem Staat und anderes geregelt sind, wird der Bereich, über den überhaupt noch inhaltliche Entscheidungen getroffen werden dürfen, von vornherein begrenzt. So können beispielsweise keine verfassungswidrigen Gesetze erlassen werden und selbst eine Verfassungsänderung bedarf oft hoher qualifizierter Mehrheiten (beispielsweise einer Zweidrittelmehrheit) in den entsprechenden Parlamenten. Manchmal gibt es sogar einen Verfassungskern, der überhaupt nicht berührt werden darf.

Dezisive Gewaltenteilung
Für moderne demokratische Staaten, die sich dem Prinzip des Pluralismus (Vielfalt der Meinungen, Parteien, Weltbilder und Lebensstile) verpflichtet sehen, darf man sich den Gesetzgebungsprozess nicht zu idealisiert vorstellen. Es ist bei Weitem nicht so, dass nur die verfassungsmäßig vorgesehenen Organe, allen voran Regierung und Parlament(e), daran beteiligt wären. So reden in der Praxis Parteien, Interessenverbände, Medien, Vertreter politischer Strömungen und Religionsführer mit.

Soziale Gewaltenteilung
Idealerweise nehmen am politischen Prozess Vertreter aus allen Schichten und Bereichen teil. Dazu werden die Ämter durch freie und faire Konkurrenz der Kandidaten besetzt.

Autorentext

M4 Sonnenkönig?

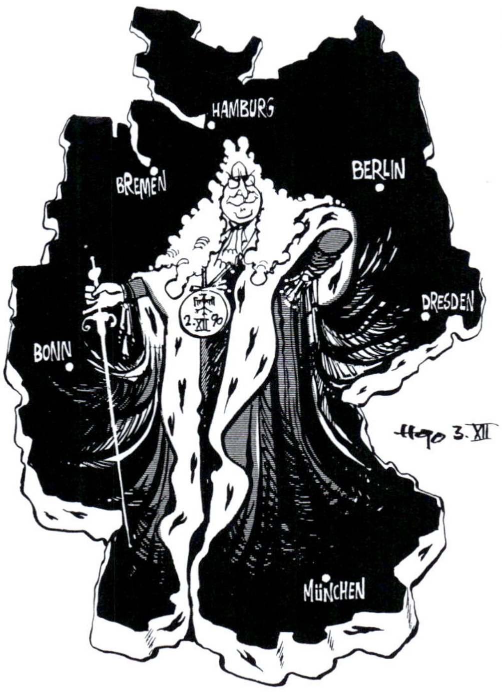

Zeichnung: Horst Haitzinger

INFO

Sonnenkönig
Der als absolutistischer Monarch unumschränkt herrschende französische König Ludwig XIV. (1638–1715) trug den Beinamen „Sonnenkönig“.

1. **Beschreiben** Sie das Gefüge der Macht und Machtbegrenzung (M 1–M 3).
2. **Gestalten** Sie ein Schaubild, dass den Ablauf des konstruktiven Misstrauensvotums und der Vertrauensfrage darstellt (M 2).
3. **Fassen** Sie den Gesetzgebungsprozess in der Bundesrepublik Deutschland in einem Fließschema **zusammen**.
4. **Diskutieren** Sie ausgehend von der satirischen Überspitzung in M 4 die Frage, ob der Bundeskanzler durchregieren kann.

2. Demokratie in der Krise – braucht es ein Update?

2.1 Einführung

M1 Umfrageergebnisse

Wie steht es um das Vertrauen in die Demokratie?
Angaben in Prozent

Zufriedenheit mit dem Funktionieren der Demokratie

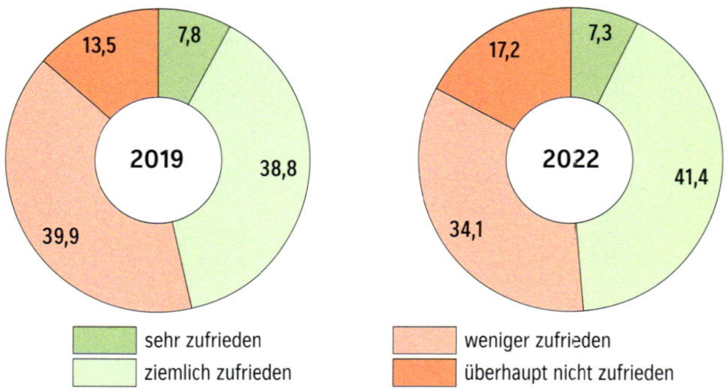

Politische (Selbst-)Wirksamkeit
Angaben in Prozent, 2022

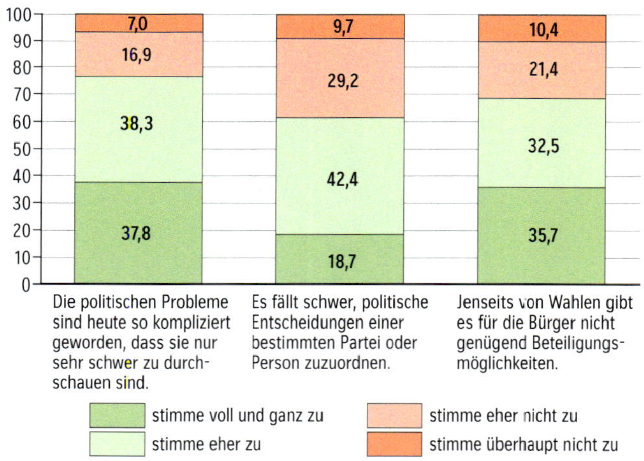

Bestes Regierungsmodell: Experten im jeweiligen Themenbereich
Angaben in Prozent

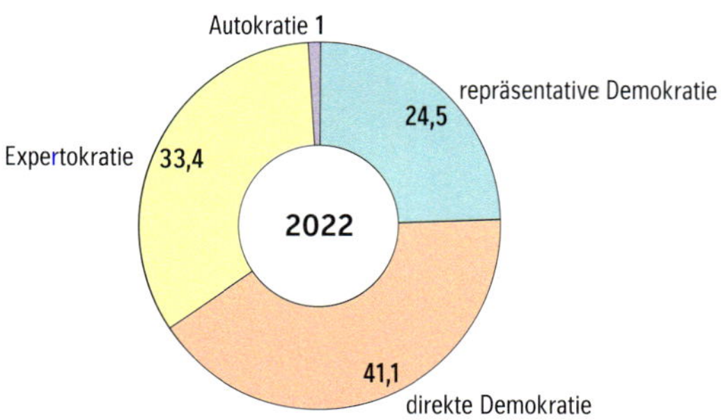

Quelle: Friedrich-Ebert-Stiftung/Universität Bonn

48827EX

M2 Zitate I

Das beste Argument gegen die Demokratie ist ein fünfminütiges Gespräch mit einem durchschnittlichen Wähler.

Winston Churchill (1874–1964), britischer Staatsmann

Der Anti-Intellektualismus zieht sich wie ein roter Faden durch unser politisches und kulturelles Leben, genährt von der falschen Vorstellung von Demokratie, wonach „meine Ignoranz ebenso gut ist wie dein Wissen“.

Isaac Asimov (1920–1992), russisch-amerikanischer Schriftsteller

Wenn Wahlen irgendeine Bedeutung hätten, würde man uns nicht erlauben, sie abzuhalten.

Mark Twain (1835–1910), amerikanischer Schriftsteller

„Die machen ja doch, was sie wollen.“ Dieser Satz zeigt deutlich ein falsches Ideal [der Demokratie]; es geht nämlich davon aus, dass „die“ (das heißt: die da oben) machen sollten, was wir wollen. Aber das ist ja gar nicht durchführbar. Wir wollen ja nicht alle dasselbe.

Mani Matter (1936–1972), Schweizer Liedermacher

Die Tatsache, dass so viele erfolgreiche Politiker solch schamlose Lügner sind, sagt nicht nur etwas über sie aus, sondern auch über uns. Wenn Menschen das Unmögliche wollen, dann werden nur Lügner genügen.

Thomas Sowell (* 1930), amerikanischer Ökonom

M3 Zitate II

Es ist eine Irrlehre, dass es Fragen gibt, die für normale Menschen zu groß oder zu kompliziert sind. Akzeptiert man einen solchen Gedanken, so hat man einen ersten Schritt in Richtung Technokratie, Expertenherrschaft, Oligarchie getan. Politik ist zugänglich, ist beeinflussbar für jeden. Das ist der zentrale Punkt der Demokratie.

Olaf Palme (1927–1986), schwedischer Politiker

Demokratie ist nicht die einfachste Staatsform, weil sie täglich des eigenen Engagements bedarf.

Bernhard Vogel (1932–2025), deutscher Politiker

Politischer Streit wird in Deutschland von vielen Menschen kritisch betrachtet. Wenn gestritten wird, ist das für manche ein Zeichen, dass etwas nicht stimmt. Das Gegenteil ist richtig.

Jörg Sommer (* 1963), deutscher Sozialwissenschaftler

Die Demokratie setzt die Vernunft im Volke voraus, die sie erst hervorbringen soll.

Karl Jaspers (1883–1969), deutscher Philosoph

Neben den Parteien und anderen demokratischen Institutionen existiert […] eine zweite Stütze unserer Demokratie: die aktive Bürgergesellschaft.

Joachim Gauck (* 1940), ehemaliger deutscher Bundespräsident

M4 Wie kann man mitmachen?

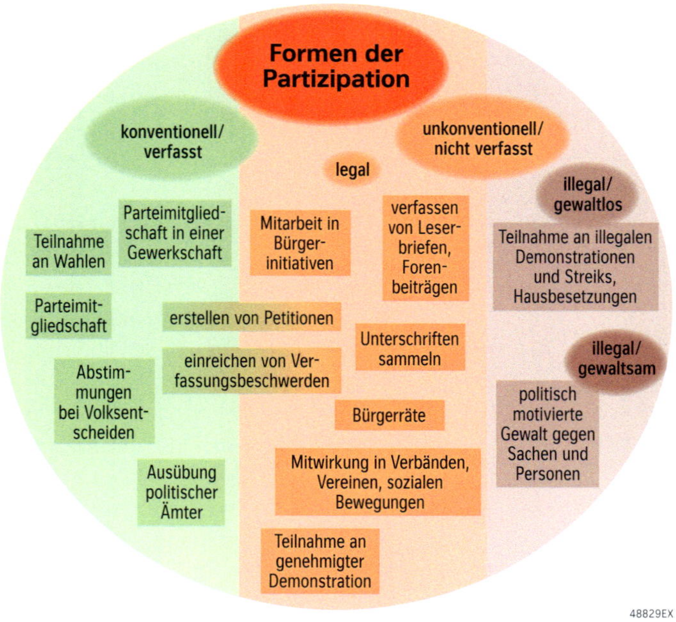

1 **Werten** Sie M 1 **aus.**

2 **Ermitteln** Sie aus den Zitaten in M 2 grundlegende theoretische und praktische Probleme, die ein demokratischer Staatsaufbau lösen oder zumindest ausbalancieren muss.

3 **Erstellen** Sie auf Basis der Zitate in M 2 und M 3 erste Hypothesen, wie den Problemlagen in M 1 und M 4 begegnet werden kann.

Zehn Arten einen theoretischen Text zu lesen

Oft lautet die Aufgabe zum Lesen eines Klassikers der politischen Theorie: „Geben Sie den Inhalt des Textes wieder!“ Dies nennt man **objektive Hermeneutik**. Leider überfordert dieser ganzheitliche Ansatz den am Anfang stehenden Lernenden oft.

Um sich dem Text schrittweise zu nähern, sollte man sich das Thema des Textes vor Augen halten. Es kann für das Beispiel „Freiheit als Prinzip“ von John Stuart Mill mit „Welches Verhältnis soll zwischen Staat und Individuum bestehen?“ oder „Zu welchem Zweck darf der Staat in die Rechte eines Individuums eingreifen?“ zusammengefasst werden.

Nach dem wir das Thema wissen, steht die Frage im Raum, mit welchem Ziel schrieb der Autor einen solchen Text, was bezweckte er (**intensionalistische Hermeneutik**)? Eng verwandt damit ist die Frage nach dem **kulturellen Kontext** des Autors in seiner Zeit, ohne den ein adäquates Textverständnis kaum möglich ist.

Perspektive	Typische Form der Fragestellung/ Aufgabenstellung
objektive Hermeneutik	Geben Sie den Inhalt des Textes wieder.
analytische Philosophie	Bestimmen Sie die Kernbegriffe und zeigen Sie deren argumentative Verknüpfung auf.
Dialektik	Ordnen Sie die Kernbegriffe des Textes in Oppositionspaare zueinander an und beschreiben Sie das Spannungsverhältnis.
intensionalistische Hermeneutik	Erschließen Sie die Schreibabsicht von John Stuart Mill.
kultureller Kontext	Erläutern Sie die Aussagen im kulturellen und zeitgeschichtlichen Kontext von John Stuart Mill.
philosophische Hermeneutik	Der Text befasst sich mit der Frage: Welches Verhältnis soll zwischen Staat und Individuum bestehen? Formulieren Sie vor dem Lesen Ihre Erwartungen an den Text indem Sie sich diese Frage selbst beantworten und konfrontieren Sie dieses Vorverständnis mit dem folgenden Textverständnis.
Dekonstruktivismus	Formulieren Sie, was nicht im Text steht. Welche Themen und Probleme werden von John Stuart Mill ausgespart?
Phänomenologie	Beschreiben Sie Ihre eigenen Gedanken und Empfindungen bei der Lektüre des Textes.
Konstruktivismus	Beschreiben Sie Ihre eigenen Erfahrungen zum Thema „Verhältnis von Staat und Individuum“.
Strukturalismus	Ordnen Sie den Text einer Textart zu und schreiben Sie die Inhalte in einer anderen Textart nieder.

Auch ist es umgedreht sinnvoll sich anhand des Themas des Textes vor dem Lesen einige eigene Gedanken zur Problemstellung zu machen, um diese dann mit dem Textinhalt später zu vergleichen (**philosophische Hermeneutik**). Nach dem Vergleich der eigenen heutigen Erwartungen an die vorliegende theoretische Auseinandersetzung wird man nun vereinzelt feststellen, dass einige davon nicht erfüllt wurden und der Autor sich mit diesem oder jenem Problem gar nicht befasst hat. Die Methode, sich zu fragen, was nicht im Text steht, obwohl es dahin gehören könnte, nennt man **Dekonstruktivismus**.

Nach dem man den Text zum ersten Mal gelesen hat, kann man sich auch nach der Wirkung des Textes auf einen selbst befragen (**Phänomenologie**). Zugegebenermaßen eignet sich der vorliegende Text von John Stuart Mill dazu nicht besonders, da er sehr theoretisch ist, bei einer ausdrucksstarken politischen Rede kann das schon ganz anders sein.

Um unter die Oberfläche des Textes in seine Tiefenstruktur zu gelangen, bietet sich die **analytische Perspektive** an. Hierbei werden Kernbegriffe ermittelt und diese versucht zu definieren.

Die **Dialektik** wiederum ist eine konkrete Form der Analyse, sie versucht einen Sachverhalt aus dem Gegensatz zweier Begriffe heraus zu erklären und bildet dazu Oppositionspaare, um deren Spannungsverhältnis fruchtbar zu machen.

Nach der intensiven Zerlegung des Textes kann auf kreative Weise der Kerngedanke des Textes durch Niederschreiben eigener Erfahrungen zum Thema Bürger und Staat weiterentwickelt werden (**Konstruktivismus**). Schließlich kann über die Auseinandersetzung mit der Textart eine produktive Vertiefung des Textverständnisses vollzogen werden (**Strukturalismus**). Oft gut geeignet für diese Zwecke sind die Formen der politischen Rede, aber auch die Fabel oder Parabel sind für pointierte Aussagen gut geeignet.

M 1 John Stuart Mill: Freiheit als Prinzip

Der Zweck dieser Abhandlung ist es, einen sehr einfachen Grundsatz aufzustellen, welcher den Anspruch erhebt, das Verhältnis der Gesellschaft zum Individuum in Bezug auf Zwang oder Bevormundung zu regeln, gleichgültig, ob die dabei gebrauchten Mittel physische Gewalt in der Form von gerichtlichen Strafen oder moralischer Zwang durch öffentliche Meinung sind. Dies Prinzip lautet: dass der einzige Grund, aus dem die Menschheit, einzeln oder vereint, sich in die Handlungsfreiheit eines ihrer Mitglieder einzumengen befugt ist, der ist: sich selbst zu schützen. Dass der einzige Zweck, um Dessentwillen man Zwang gegen den Willen eines Mitglieds einer zivilisierten Gemeinschaft rechtmäßig ausüben darf, der ist: die Schädigung anderer zu verhüten. Das eigene Wohl, sei es das physische oder das moralische, ist keine genügende Rechtfertigung. Man kann einen Menschen nicht rechtmäßig zwingen, etwas zu tun oder zu lassen, weil dies besser für ihn wäre, weil es ihn glücklicher machen, weil er nach Meinung anderer klug oder gar richtig handeln würde. Dies sind wohl gute Gründe, ihm Vorhaltungen zu machen, mit ihm zu rechten, ihn zu überreden oder mit ihm zu unterhandeln, aber keinesfalls um ihn zu zwingen oder ihn mit Unannehmlichkeiten zu bedrohen, wenn er anders handelt. Um das zu rechtfertigen, müsste das Verhalten, wovon man ihn abbringen will, darauf berechnet sein, anderen Schaden zu bringen. Nur insoweit sein Verhalten andere in Mitleidenschaft zieht, ist jemand der Gesellschaft verantwortlich. Soweit er dagegen selbst betroffen ist, bleibt seine Unabhängigkeit von Rechts wegen unbeschränkt. Über sich selbst, über seinen eigenen Körper und Geist ist der Einzelne souveräner Herrscher. Es ist vielleicht kaum nötig zu betonen, dass diese Lehre nur auf Menschen mit völlig ausgereiften Fähigkeiten anzuwenden wäre. [...] Freiheit, als Prinzip, kann man nicht auf einer Entwicklungsstufe anwenden, auf der die Menschheit noch nicht einer freien und gleichberechtigten Erörterung derselben fähig ist. [...]

Dies ist also das eigentliche Gebiet der menschlichen Freiheit. Es umfasst als erstes das innere Feld des Bewusstseins und fordert hier Gewissensfreiheit im weitesten Sinne, ferner Freiheit des Denkens und Fühlens, unbedingte Unabhängigkeit der Meinung und der Gesinnung bei allen Fragen, seien sie praktischer oder philosophischer, wissenschaftlicher, moralischer oder theologischer Natur. Die Freiheit, Meinungen in Wort und Schrift zu vertreten, scheint unter einen andersartigen Grundsatz zu fallen, da sie zu dem Teil persönlicher Lebensführung gehört, die andere Leute mit betrifft. Aber da sie fast von gleicher Bedeutung ist wie Gedankenfreiheit selbst, und zum großen Teil auf denselben Gründen beruht, ist sie praktisch untrennbar von ihr. Zweitens verlangt dies Prinzip Freiheit des Geschmacks und der Studien, Freiheit, einen Lebensplan, der unseren eigenen Charakteranlagen entspricht, zu entwerfen und zu tun, was uns beliebt, ohne Rücksicht auf die Folgen und ohne uns von unseren Zeitgenossen stören zu lassen – solange wir ihnen nichts zuleide tun –, selbst wenn sie unser Benehmen für verrückt, verderbt oder falsch halten. Drittens: Aus dieser Freiheit jedes Einzelnen folgt – in denselben Grenzen – diejenige, sich zusammenzuschließen, die Erlaubnis, sich zu jedem Zweck zu vereinigen, der andere nicht schädigt, unter der Voraussetzung, dass die sich vereinenden Personen voll erwachsen sind und nicht unter Zwang oder veranlasst durch Vorspiegelungen in eine Verbindung treten. [...] Jeder schützt seine eigene Gesundheit, sei sie körperlicher, geistiger oder seelischer Art, am besten selbst. Die Menschen gewinnen mehr dadurch, dass sie einander gestatten so zu leben, wie es ihnen richtig erscheint, als wenn sie jeden zwingen nach dem Belieben der übrigen zu leben.

John Stuart Mill, Über die Freiheit, übersetzt von Bruno Lemke, Reclam: Stuttgart 1988, S. 16 ff.

John Stuart Mill (1806–1873) war ein zu seinen Lebzeiten einflussreicher britischer Philosoph, Politiker und Ökonom mit bedeutenden Beiträgen zum Utilitarismus (Nützlichkeitsethik) und zur Theorie des Liberalismus. Er unterstützte daneben seine Frau Harriet Taylor Mill im Kampf für das Frauenwahlrecht in Großbritannien.

Ermittelte Kernbegriffe:

Individuum,

Gesellschaft,

Freiheit,

Beschränkung/Zwang,

Schaden/Gewalt,

Schutz,

Grundrechte.

Analytische Philosophie
Die absolute Freiheit eines Individuums darf durch die Gesellschaft nur dann durch Zwang eingeschränkt werden, wenn das Wohl und die Freiheit eines anderen Individuums durch ersteren bedroht ist und daher geschützt werden muss. Aus dieser Einsicht ergeben sich eine Reihe von unverhandelbaren Grundrechten des einzelnen gegenüber der Gemeinschaft.

GLOSSAR
Industrialisierung

Dialektik
Im zweiten Schritt lässt sich zu den meisten ermittelten Kernbegriffen ein sinnvolles Gegenstück finden. Im Idealfall ergeben sich die Kernaussagen regelrecht von allein: Die Freiheit des Individuums endet, wo ein Schaden für andere entsteht und eine Verletzung von Grundrechten zu befürchten ist (Spalte 1). Die Gesellschaft kann Zwang gegenüber ihren Mitgliedern nur legitimerweise ausüben, wenn es zum Schutz der anderen Mitglieder ist und nicht etwas aus willkürlichen Erziehungszielen heraus (Spalte 2). In einem dritten Schritt wäre es beispielsweise möglich ein Fließschema oder Schaubild zur Verdeutlichung der Argumentation zu erstellen.

Begriff	Gegenbegriff
Individuum	Gesellschaft
Freiheit	Zwang
Schaden	Schutz
Grundrechte	(Willkür der Mächtigen)

Intensionalistische Hermeneutik
John Stuart Mills Ziel war es eine Gesellschaft auf Basis der Ethik des Utilitarismus hervorzubringen. Im Utilitarismus ist ein (staatliches) Handeln genau dann moralisch richtig, wenn es das größtmögliche Glück für die größte Zahl zur Folge hat. Mit der Grundannahme, dass der erwachsene Mensch am besten weiß, was ihn glücklich macht, muss er folgerichtig in erster Linie von staatlichem und gesellschaftlichem Zwang befreit werden.

Kultureller und historischer Kontext
John Stuart Mills Werk „Über die Freiheit" (On Liberty) wurde 1859 veröffentlicht. Zeitgeschichtlich fällt es in die Mitte des 19. Jahrhunderts, eine Epoche, die von Industrialisierung, politischem Wandel und Debatten über individuelle Rechte sowie gesellschaftlichen Fortschritt geprägt war. Mill schrieb sein Werk in einer Zeit, in der liberale Ideen in Großbritannien und Europa an Einfluss gewannen, insbesondere in Bezug auf Demokratie, Meinungsfreiheit und individuelle Autonomie.

Dekonstruktivismus
Aus heutiger Sicht würde man erwarten, dass Freiheit nicht nur als Abwesenheit von Beschränkungen (negative Freiheit) begriffen wird, sondern auch in Form der Befähigung etwas zu tun und zu erreichen verstanden wird (positive Freiheit). Der Liberalismus tendiert chronisch dazu auf den negativen Freiheitsbegriff zu fokussieren und verliert dabei die Rechte von Gemeinschaften (z. B. Gewerkschaften) und den Schwachen – den positiv wenig freien – aus dem Auge. Die Freiheit eine Firma zu gründen und den Profit nach Steuern behalten zu dürfen, nutzt eben nur den einigermaßen wohlhabenden Menschen. Wer seine Arbeitskraft von Tag zu Tag verkaufen muss, erlebt sich hingegen als getrieben und höchst unfrei. Kein Wunder, dass gegenteilig ausgerichtete Ideologien wie der Sozialismus/Kommunismus zu dieser Zeit hervortraten und sich bald großer Anhängerschaft erfreuen sollten.

1 **Problematisieren** Sie die Konzeption John Stuart Mills (M 1) vor dem Hintergrund extremistischer Tendenzen und den Instrumenten der wehrhaften Demokratie.

2 **Prüfen** Sie, inwiefern John Stuart Mills Konzeption (M 1) mit der aktuell gültigen Helm- und Gurtpflicht und etwaigen zukünftigen Fett-, Zucker- und Salzsteuern vereinbar ist.

3 **Analysieren** Sie einen theoretischen Text Ihrer Wahl und nutzen Sie dabei die Methode „Zehn Arten einen theoretischen Text zu lesen".

2.2 Regieren oder regieren lassen?

M1 Zitate

Die Organisation der repräsentativen Demokratie ist verbunden mit dem institutionellen Gegengewicht der Institutionen. Checks and Balances, die den Rechtsstaat garantieren.

Prokopis Pavlopoulos (* 1950), ehemaliger griechischer Staatspräsident

Die repräsentative Demokratie ist das perfekte System, um Demokratie – Herrschaft des Volkes – zu verhindern. Sie ist der eleganteste Weg zur Entmündigung der Völker.

Friedemann Willemer (* 1945), deutscher Jurist und Publizist

M2 John Locke: Zwei Abhandlungen über die Regierung

§ 124. Das große und hauptsächliche Ziel, weshalb Menschen sich zu einem Staatswesen zusammenschließen und sich unter eine Regierung stellen, ist also die Erhaltung ihres Eigentums. [...]

§132. Wie schon gezeigt worden ist, besitzt bei der ersten Vereinigung der Menschen zu einer Gesellschaft die Mehrheit naturgemäß die gesamte Gewalt der Gemeinschaft. Sie kann alle diese Gewalt anwenden, um der Gemeinschaft von Zeit zu Zeit Gesetze zu geben und diese Gesetze durch Beamte ihrer eigenen Wahl vollstrecken zu lassen. In diesem Fall ist die Form der Regierung eine vollkommene Demokratie. Oder sie kann die Gewalt der Gesetzgebung in die Hände einiger auserwählter Manner und ihren Erben oder Nachfolger legen, dann ist sie eine Oligarchie, oder aber in die Hände eines einzigen Mannes, und dann ist sie eine Monarchie. [...]

§ 142. Dies sind die Grenzen, die der legislativen Gewalt eines jeden Staates, gleichgültig welche Regierungsform er auch hat, gesetzt sind, und zwar durch das Vertrauen, das die Gesellschaft und das Gesetz Gottes und der Natur in sie gelegt haben.

Erstens muss sie nach öffentlich bekanntgemachten, festen Gesetzen regieren, die nicht für besondere Fälle geändert werden dürfen, sondern für reich und arm nur einen Rechtsgrundsatz kennen, für den Günstling am Hofe ebenso wie für den Bauern am Pflug.

Zweitens sollen diese Gesetze auf keinen anderen Zweck als das Wohl des Volkes ausgerichtet sein.

Drittens dürfen sie keine Steuern auf das Eigentum des Volkes erheben ohne die Zustimmung des Volkes selbst oder seiner Abgeordneten. [...]

§ 143. [...] Bei der Schwäche der menschlichen Natur, die stets bereit ist, nach der Macht zu greifen, würde es jedoch eine zu große Versuchung sein, wenn dieselben Personen, die die Macht haben, Gesetze zu geben, auch noch die Macht in die Hände bekämen, diese Gesetze zu vollstrecken. Dadurch könnten sie sich selbst von dem Gehorsam gegen die Gesetze, die sie geben, ausschließen und das Gesetz in seiner Gestaltung wie auch in seiner Vollstreckung ihrem eigenen persönlichen Vorteil anpassen. [...] Deshalb wird in wohlgeordneten Staaten, in denen das Wohl des Ganzen gebührend berücksichtigt wird, die legislative Gewalt in die Hände mehrerer Personen gelegt [...].

§ 144. Da aber die Gesetze, die auf einmal und in kurzer Zeit geschaffen werden, eine immerwährende und dauernde Kraft haben und beständig vollstreckt oder befolgt werden sollen, ist es notwendig, dass eine ständige Gewalt vorhanden sei, die auf die Vollziehung der erlassenen und in Kraft bleibenden Gesetze achten soll. Und so geschieht es, dass die legislative und die exekutive Gewalt oftmals getrennt sind.

John Locke, Zwei Abhandlungen über die Regierung, übersetzt von Hans Jörn Hoffmann, Suhrkamp: Frankfurt a.M. ⁴1989

INFO

John Locke
(1632–1704)
englischer Philosoph und bedeutender Vertreter der Aufklärung

GLOSSAR

Aufklärung
Gesellschaft
Gewaltenteilung

M3 Jean-Jacques Rousseau: Der Gesellschaftsvertrag

INFO

Jean-Jacques Rousseau
(1712–1778)
Der Schriftsteller und Philosoph war ein wichtiger Vertreter der Aufklärung in Frankreich.

Wenn kein Mensch von Natur aus eine berechtigte Macht über seinesgleichen besitzt und Gewalt kein Recht begründet, kann die Grundlage jeder rechtlich begründeten Macht nur im Übereinkommen zu suchen sein. [...]
Man wird mir einwenden, dass die Untertanen dem Gewaltherrscher doch Schutz und Sicherheit verdanken. Das ist richtig, aber was gewinnen sie dabei, wenn die Kriege, die der Ehrgeiz der Könige verursacht, ihre unersättliche Habgier, die Scherereien ihrer Beamten sie mehr zur Verzweiflung bringen als innere Zwistigkeiten? Was gewinnen sie, wenn diese Ruhe gerade eins ihrer Leiden ausmacht? Auch in Kerkern lebt man ruhig; genügt das, um sich darin glücklich zu fühlen? [...] (I,4)
Wie kann der einzelne seine Kraft und seine Freiheit, die doch die Hauptmittel zu seiner Erhaltung sind, zur Verfügung stellen, ohne sich selbst zu schaden und die Pflicht der Selbsterhaltung zu verletzen?
Diese Schwierigkeit lässt sich, auf unseren Gegenstand angewandt, in folgende Formel fassen: „Eine Form der Gemeinschaft ist zu finden, in der die gemeinsame Kraft Person und Eigentum jedes Teilhabers schützt und verteidigt und in der jeder, der sich mit der Gesamtheit verbindet, nur sich selbst gehorcht und seine frühere Freiheit bewahrt." Dieses Grundproblem findet seine Lösung durch den Gesellschaftsvertrag. [...]
Wenn schließlich sich jeder der Gesamtheit zur Verfügung stellt, gibt er sich keinem einzelnen; und da man jedem Teilhaber gegenüber dasselbe Recht erhält, das man ihm gegen sich einräumt, gewinnt jeder soviel, wie er verliert, und mehr Kraft zu seiner Erhaltung, als er bisher besaß.
[...] Dieser Akt der Gemeinschaftsbildung setzt sofort an die Stelle der einzelnen Vertragschließenden eine geistige Gesamtperson, die aus so viel Gliedern besteht, als diese Versammlung Stimmen hat, und die durch diesen Akt ihre Einheit, ihr gemeinsames Ich, ihr Leben und ihren Willen erhält. [...]. (I,6)
Die Staatsgewalt kann aus demselben Grunde, der ihre Übertragung unmöglich macht, auch nicht in Vertretung ausgeübt werden. Sie besteht ihrem Wesen nach im Gemeinwillen, und der Wille kann nicht vertreten werden; er ist er selbst oder ein anderer, ein Mittelding gibt es nicht. Die Abgeordneten eines Volkes sind also nicht seine Vertreter und können es nicht sein; sie sind nur seine Beauftragten und können nichts zu einem endgültigen Abschluss bringen. Jedes Gesetz, das nicht vom Volk in Person bestätigt wird, ist nichtig; es ist gar kein Gesetz. Das englische Volk hält sich für frei; es irrt sich gewaltig. Frei ist es nur während der Wahlen zum Parlament; sobald die Mitglieder gewählt sind, ist das Volk Sklave, einfach nichts. Der Gebrauch, den es während der kurzen Dauer seiner Freiheit von ihr macht, verdient durchaus den Verlust. (III,15)
[...]
Solange sich mehrere vereinigte Menschen als einen einzigen Körper betrachten, haben sie nur einen einzigen Willen, der die gemeinsame Erhaltung und das allgemeine Wohl bezweckt. Dann sind alle Mittel des Staates wirksam und einfach, seine Grundsätze klar und einleuchtend; es gibt keine verwickelten, sich widersprechenden Interessen; das Gemeinwohl tritt überall klar hervor und verlangt nur gesunden Menschenverstand, um wahrgenommen zu werden.

Jean-Jacques Rousseau, Der Gesellschaftsvertrag oder die Grundsätze des Staatsrechtes, übersetzt von Fritz Roepke, Greifenverlag: Stuttgart 1953

M4 James Madison: Federalist Papers

GLOSSAR

Demokratie
Partei

Unter einer Faktion verstehe ich eine Gruppe von Bürgern, – das kann eine Mehrheit oder eine Minderheit der Gesamtheit sein, – die durch den gemeinsamen Impuls einer Leidenschaft oder eines Interesses vereint und zum Handeln motiviert ist, welcher im Widerspruch zu den Rechten anderer Bürger oder dem permanenten und gemeinsamen Interesse der Gemeinschaft steht. Es gibt zwei Methoden, die negativen Auswirkungen solcher Faktionen

abzustellen: zum einen, die Beseitigung der Ursachen, zum anderen, die Beherrschung der Konsequenzen. Und auch zur Beseitigung der Ursachen von Faktionen gibt es zwei Methoden: erstens, die Freiheit zu zerstören, die für ihre Existenz lebensnotwendig ist; zweitens, alle Bürger mit den gleichen Meinungen, den gleichen Leidenschaften und denselben Interessen zu versehen. [...]
Auf nichts trifft der Satz, das Heilmittel sei schlimmer als die Krankheit, besser zu als auf die erste Methode. [...] [Es ist] [...] unsinnig, die Freiheit abzuschaffen, die für das politische Leben unerlässlich ist, nur weil sie auch Faktionen fördert. [...] Der zweite Weg ist so ungangbar, wie der erste unklug wäre. Solange die menschliche Vernunft fehlbar ist, und der Mensch frei ist, sie zu benutzen, wird es unterschiedliche Meinungen geben. [...]
Daraus ergibt sich, dass man die Ursachen von Faktionen nicht beseitigen kann und Abhilfe nur in den Mitteln zu finden ist, die deren Auswirkungen unter Kontrolle bringen.
Aus dieser Sicht des Problems kommt man zu dem Schluss, dass eine reine Demokratie – womit ich ein Gemeinwesen meine, das aus wenigen Bürgern besteht, die sich in personam versammeln und die Regierungsgewalt selbst ausüben – kein Heilmittel gegen die schädlichen Folgen von Faktionen kennt. In fast allen Fällen wird die Mehrheit von einer gemeinsamen Leidenschaft oder einem gemeinsamen Interesse erfasst werden; aus der Regierungsform selbst resultiert die Möglichkeit, von Kommunikation und Konsens; und es gibt nichts, was den Impuls hemmen könnte, die schwächere Partei oder eine missliebige Person den eigenen Interessen zu opfern. Von daher sind solche Demokratien von jeher Schauplatz von Unruhen und Konflikten gewesen; man hat sie schon immer für unvereinbar mit persönlicher Sicherheit oder Eigentumsrechten gehalten; und sie waren generell so kurzlebig wie sie stets ein gewaltsames Ende fanden. [...]
Eine Republik, womit ich ein Regierungssystem meine, in dem das Konzept der Repräsentation verwirklicht ist, eröffnet ganz andere Perspektiven und bietet das Heilmittel, nach dem wir suchen. [...]
Die beiden entscheidenden Unterschiede zwischen einer Demokratie und einer Republik sind: erstens, die Delegierung der Herrschaftsgewalt an eine kleine Zahl von den Übrigen gewählter Bürger in letzterer; zweitens, eine größere Zahl von Bürgern und ein größeres Territorium, auf das die Republik ausgedehnt werden kann. [...] Und diesem Umstand vor allem ist es zuzuschreiben, wenn man faktiöse Vereinigungen in ersterem weniger fürchten muss als in letzterem. Je kleiner ein Gemeinwesen ist, desto weniger Parteien und Sonderinteressen werden darin existieren. Je weniger Parteien und Sonderinteressen bestehen, desto häufiger kann sich eine Mehrheit aus derselben Partei bilden. Je weniger Personen eine Mehrheit bilden können, und je enger sie beieinander leben, desto leichter fällt es ihnen, ihre Pläne zur Unterdrückung anderer zu koordinieren und ins Werk zu setzen. Vergrößert man das Gebiet, so umfasst es eine größere Vielfalt von Parteien und Interessen, damit aber wird es weniger wahrscheinlich, dass eine Mehrheit des Ganzen ein gemeinsames Motiv hat und die Rechte anderer Bürger verletzt.

Angela Adams/Willi Paul Adams (Hg.), Die Federalist-Artikel. Politische Theorie und Verfassungskommentar der amerikanischen Gründerväter. Alexander Hamilton, James Madison, John Jay, übersetzt von Angela Adams und Willi Paul Adams, Schöningh: Paderborn u. a. 1994, S. 50 ff.

INFO

James Madison
(1751–1836)
Madison war einer der Gründerväter und von 1809 bis 1817 vierter Präsident der Vereinigten Staaten. Madison prägte das System der „checks and balances" und entwarf die „Bill of Rights" (die ersten zehn Zusatzartikel der US-Verfassung, die bestimmte unveräußerliche Grundrechte enthalten).

Faktion
Mit Faktionen (manchmal mit politischen Cliquen übersetzt) meinte Madison Gruppen, die sich bei ähnlichen Interessenslagen politisch organisieren. Parteien im heutigen Sinne hatten sich noch nicht entwickelt, somit fand auch keine Differenzierung zu Lobbygruppen und Verbänden statt.

1 **Fassen** Sie die Zitate in M 1 **zusammen** und **benennen** Sie mögliche Probleme.

2 a) **Vergleichen** Sie die Demokratieauffassungen von John Locke (M 2) und Jean-Jacques Rousseau (M 3).
b) **Ordnen** Sie John Locke (M 2) und Jean-Jacques Rousseau (M 3) einer Demokratietheorie **begründet zu**.

3 **Ermitteln** Sie die Befürchtungen James Madisons (M 4) gegenüber der Bildung von Parteiungen (Faktionen) und stellen Sie dar, wie er dagegen Abhilfe schaffen wollte.

4 **Führen** Sie eine fiktive Talkshow mit John Locke, Jean-Jacques Rousseau und James Madison zur Frage „Regieren oder regieren lassen?" **durch** (M 2–M 4).

2.3 Parteien – notwendiges Übel oder zentraler Bestandteil von Demokratie?

M1 In den Wolken schwebend?

Zeichnung: Mussil

M2 Sebastian Haffner: Die Rolle moderner Parteien

INFO

Sebastian Haffner (1907–1999)
Der deutsch-britische Jurist und Publizist emigrierte 1938 aus dem nationalsozialistischen Deutschland nach Großbritannien. Nach dem Zweiten Weltkrieg kehrte er in die Bundesrepublik Deutschland zurück.

Das Grundgesetz ist, glaube ich, die erste Verfassung der Welt, die von den Parteien überhaupt Notiz nimmt und ihnen einen verfassungsmäßigen Platz anweist. Dieser Platz nimmt sich allerdings im Verfassungstext viel bescheidener aus als in der Verfassungswirklichkeit. [...]

In Wirklichkeit sind sie die wesentlichen Träger und Gestalter dieser politischen Willensbildung und zugleich die Träger des Staates, und zwar in allen seinen Gliederungen und Einrichtungen, in Bundestag und Bundesregierung, in Landtagen und Landesregierungen [...] und mehr und mehr in den außerstaatlichen Körperschaften des öffentlichen Rechts. Überall treffen wir die Parteien wieder, und zwar überall dieselben Parteien.

In ihrer Verfassungswirklichkeit ist die Bundesrepublik ein Parteienstaat. Ohne die Parteien würde sie keinen Tag funktionieren können, aber mit den Parteien funktioniert sie ausgezeichnet. Durch die Parteien, und heute schon praktisch fast nur durch sie, fließen Wünsche, Ideen, Stimmungen und Verstimmungen, Forderungen und Proteste von unten nach oben. Und ebenso durch die Parteien, und wiederum nur durch sie, fließt Staatspolitik von oben nach unten, in Form von Gesetzen, Verordnungen, administrativen Maßnahmen, erklärenden oder anfeuernden Reden oder werbend en Fernsehauftritten. Die Parteien sind das große, unentbehrliche Bindeglied zwischen Volk und Staat. Von ihrer Verfassung hängt ab, ob die Verbindung von Demokratie und Stabilität, die das Grundgesetz erstrebt, gelingt oder nicht.

Fast das Wichtigste, das man verstehen muss, wenn man unsere Verfassungswirklichkeit verstehen will, ist, dass diese Doppelrolle der Parteien etwas ganz Neues ist. Sie sind nicht mehr nur, wie früher [in der Weimarer Republik], Volksvertreter, denen eine Partei unabhängige Staatsspitze und Staatsverwaltung gegenübersteht. Sie können nicht mehr drauflos kritisieren und resonieren, in der Gewissheit, dass andere schon dafür sorgen werden, dass der Staat keinen Schaden nimmt. Sie haben selbst dafür zu sorgen, dass der Staat keinen Schaden nimmt. Wenn sie es nicht tun, tut es kein anderer. In gewissem Sinne sind sie der Staat.

Aber zugleich bleiben Sie Dauerkonkurrenten um die Wählergunst, darauf angewiesen, Wählermehrheiten hinter sich zu bringen und den Auftrag zur Regierungsbildung zu erhalten.

Sebastian Haffner, Historische Variationen, DVA: Stuttgart 2001, S. 215 ff.

M3 Die deutsche Parteienlandschaft – ein Abbild der Gesellschaft?

Als am Abend des 1. September [2024] in den ostdeutschen Bundesländern Thüringen und Sachsen die Hochrechnungen für die Landtagswahlen auf den Bildschirmen auftauchten, war klar, dass die in Teilen rechtsextreme Alternative für Deutschland (AfD) der große Sieger war. In Thüringen wurde sie mit 32,8 Prozent die stärkste Partei, weit vor den alten Volksparteien CDU und SPD. Und in Sachsen kam die AfD auf 30,6 Prozent.
Auch das populistische, links-konservative Bündnis Sahra Wagenknecht, erst zu Jahresanfang von früheren Mitgliedern der Partei Die Linke gegründet, kam aus dem Stand auf Ergebnisse von 11,8 Prozent in Sachsen und 15,8 Prozent in Thüringen. Sowohl AfD als auch BSW sind im Moment entscheidende politische Machtfaktoren in beiden Bundesländern. Ihre Hauptthemen: Ablehnung einer offenen Asyl- und Migrationspolitik und die Abkehr von der starken Unterstützung der Ukraine im Kampf gegen Russland.
Für das deutsche Parteiensystem stellen diese Entwicklungen eine Zäsur dar. Derartig massive Verschiebungen weg von den klassischen Parteien wie den Konservativen von der CDU und den Sozialdemokraten von der SPD hatte es zuvor in Deutschland nicht gegeben.
Der Politikwissenschaftler Endre Borbáth sagt [...] zu den Wahlergebnissen: „Es gibt dazu zwei Perspektiven. Eine sagt, dass neue Parteien wie die AfD oder das Bündnis Sarah Wagenknecht eine Reaktion auf aktuelle Ereignisse sind, wie etwa den Streit in der Regierungskoalition oder die Enttäuschung allgemein über die Volksparteien." Weiterführender aber, so Endre Borbáth, sei eine zweite, grundlegende Erklärung: Die neuen Parteien repräsentierten eine systematische Transformation und gesellschaftliche Veränderung. „Der Wandel in der Gesellschaft durch neue Themen, wie zum Beispiel durch die Migration, die europäische Integration oder den Klimawandel sind der Grund für die Veränderung. Diese Themen werden von den Volksparteien nicht gut repräsentiert."
Als Volksparteien bezeichnet man in Deutschland vor allem die Konservativen von CDU (und in Bayern von der dortigen Schwesterpartei CSU) sowie die Sozialdemokraten. Lange Jahrzehnte bestimmten sie zusammen mit der wirtschafts-liberalen FDP das politische Geschehen. [...] Eine erste grundlegende Veränderung war dann der Einzug der Grünen in den Bundestag 1983. Deren Themen Umwelt- und Klimaschutz, die Ablehnung der Kernenergie und auch die internationale Friedenspolitik waren von den etablierten Parteien lange nicht ernst genommen worden. Nach der deutschen Einheit 1990 folgte dann der Einzug der PDS (Partei des Demokratischen Sozialismus) als Nachfolgepartei der SED in den Bundestag. Die heutige Linke hatte lange die Funktion, die vielen treuen SED-Anhänger mit in das geeinte demokratische Deutschland zu nehmen. [...]
Endre Borbáth [...] [sagt]: „Natürlich brauchen die Parteien immer Impulse von Experten, von gesellschaftlichen Bewegungen. Aber am Ende glaube ich: Eine repräsentative Demokratie funktioniert nicht ohne Parteien." Aber zurzeit befinden sich eigentlich alle etablierten Parteien des Landes in einer tiefen Vertrauenskrise.

Jens Thurau, AfD, BSW und Deutschlands neue Parteienlandschaft, in: https://www.dw.com/de/afd-bsw-und-die-neue-deutsche-parteienlandschaft/a-70198879, 15.09.2024

GLOSSAR

Konservatismus
Liberalismus
Partei
Sozialismus

INFO

Parteien
Funktionen moderner Parteien:
- Rekrutierungsfunktion für politisches Personal (Kandidatenauswahl),
- Regierungsbildung bzw. Oppositionsarbeit,
- Bestimmung der politischen Inhalte und der Agenda (z. B. über Parteiprogramme),
- Informationsvermittlung/Deutungen, Repräsentation und Aggregation von Wählerinteressen,
- Mobilisierung von Wählern und Mitgliedern,
- Integration der Bevölkerung in den politischen Prozess.

1 **Beschreiben** Sie die Karikatur und **formulieren** Sie mögliche Deutungshypothesen (M 1).
2 **Fassen** Sie die Funktion von Parteien nach Sebastian Haffner **zusammen** (M 2).
3 **Erörtern** Sie anhand der heutigen Rolle von Parteien, inwiefern die Befürchtungen Madisons (und Rousseaus) gerechtfertigt waren.
4 **Stellen** Sie den Wandel im deutschen Parteiensystem **dar** (M 3).
5 **Diskutieren** Sie, ob Parteien ein notwendiges Übel oder zentraler Bestandteil von Demokratie sind.

QUERVERWEIS

Regieren oder regieren lassen? S. 149 ff.

2.4 Bildet der Bundestag unsere Gesellschaft ab?

M 1 „Vertreter des ganzen Volkes"?

„Die Abgeordneten des Deutschen Bundestages [...] sind Vertreter des ganzen Volkes", so steht es in Artikel 38 des Grundgesetzes. Ist das wirklich so? [...] Das Parlament ist diverser als früher, auch wenn bestimmte Gruppen nach wie vor extrem unterrepräsentiert sind.

Differenz zwischen Bundestag und Bevölkerung im Jahr 2021 (Angaben in Prozent)		
Gruppe	**unterrepräsentiert**	**überrepräsentiert**
Arbeiter	- 20,0	
Frauen	- 15,8	
Hauptschulabschluss	- 14,2	
Migrationshintergrund	- 14,0	
Muslime	- 5,3	
Rechtsanwälte		+ 14,9
Hochschulabschluss		+ 68,3

Quelle: Bundeswahlleiterin

Zum Beispiel die Frauen. Eigentlich stieg der Frauenanteil zwischen 1970 und 1990 sichtbar an. Wäre es so weitergegangen, hätte der Bundestag spätestens im Jahr 2017 Gleichstellung erreicht. Stattdessen stagniert der Frauenanteil seit 25 Jahren bei etwa einem Drittel. Nur 2013 und 2021 war das kurzzeitig anders. [...] SPD, Linke und Grüne haben feste Frauenquoten für ihre Wahllisten, was dazu geführt hat, dass Frauen hier fast gleich stark vertreten sind wie Männer. Für CDU und CSU sitzen nur rund 23 Prozent weibliche Abgeordnete im Parlament, mit einer Quote für Listenaufstellungen will die CDU das in den kommenden Jahren ändern.

Beim Bildungsabschluss gibt es ebenfalls eine Repräsentationslücke. 87 Prozent der Abgeordneten haben einen Hochschulabschluss, so viele wie noch nie in der Geschichte des Bundestages. Aber nur 18,5 Prozent aller Menschen in Deutschland sind Akademiker, die meisten haben nicht studiert, sondern eine Berufsausbildung gemacht.

Dass so viele Akademiker im Bundestag sitzen, hat auch damit zu tun, dass viele im Studium einer Jugendorganisation einer Partei beitreten. Junge Menschen, die eine Berufsausbildung absolvieren, haben es schwerer, Zugang zu politischen Netzwerken zu finden. [...] Studien zufolge spiegeln sich so die Interessen wirtschaftlich besser gestellter Gruppen in den Entscheidungen des Parlaments deutlich stärker wider als Anliegen von Arbeitern und Arbeiterinnen oder Geringverdienern. [...]

Während 25 Prozent der Deutschen einen Migrationshintergrund haben (2021), sitzen im Bundestag nur elf Prozent. Das sind 80 Parlamentarierinnen und Parlamentarier, sie gehören vor allem zur Fraktion der Linken, Grünen und SPD. [...] Interessanterweise stellt nicht die AfD, sondern die Union mit fünf Prozent den geringsten Anteil an Abgeordneten mit Migrationshintergrund. [...] Über Repräsentation werde in der Politikwissenschaft und der politischen Philosophie schon sehr lange gestritten, sagt Politikwissenschaftler Armin Schäfer von der Universität Mainz. „Es gibt eine naive Lesart, die besagt, dass der Bundestag oder jedes Parlament die Gesellschaft eins zu eins abbilden sollte. Doch bei genauerer Betrachtung wird klar, dass das nicht funktionieren kann." Dafür müsse das Parlament Schäfer zufolge viel mehr Abgeordnete haben und selbst dann wäre er wohl kein exaktes Spiegelbild der Gesellschaft.

Wie gut passt der Bundestag zum Volk?, in: https://www.zeit.de/politik/deutschland/2025-01/deutscher-bundestag-abgeordnete-historische-zusammensetzung-1949, 20.01.2025

1 **Werten** Sie die Tabelle in M 1 **aus**.
2 **Beschreiben** Sie das Wahlsystem zum Deutschen Bundestag (M 2).
3 **Problematisieren** Sie den Befund in M 1.
4 **Erörtern** Sie Möglichkeiten innerhalb des repräsentativen Parlamentarismus (M 2) den in M1 genannten Problemen zu begegnen.

M2 Das Gewicht der Stimmen

GLOSSAR
Demokratie
Partei
Wahlen

So funktioniert die Bundestagswahl

1 Wahl

Deutschland ist in **299 Wahlkreise** aufgeteilt.

Wahlberechtigte Bevölkerung: Jeder Wähler in einem Wahlkreis hat **zwei Stimmen**.

Mit der **Erststimme** werden die im Wahlkreis aufgestellten **Direktkandidaten** gewählt (Direktmandat).

Stimmzettel

Erststimme	**Zweitstimme**
○ Kandidat A	○ Partei A
⊗ Kandidat B	○ Partei B
○ Kandidat C	○ Partei C
○ Kandidat D	⊗ Partei D

Mit der **Zweitstimme** wird eine **Partei** gewählt.

Zweitstimme

2 Auszählung und Berechnung

Der **Bundestag** hat **630 Sitze**. Wie viele Sitze eine Partei bekommt, richtet sich nach der **Zahl der Zweitstimmen**, die sie bundesweit bekommen hat.

5-Prozent-Hürde: Eine Partei mit weniger als 5 Prozent aller Stimmen wird nicht weiter berücksichtigt, es sei denn, sie hat **mindestens drei Direktmandate** gewonnen. Die Partei erhält dann Mandate gemäß ihres Zweitstimmenanteils (Grundmandatsklausel).

Wahlergebnis nach Zweitstimmenauszählung

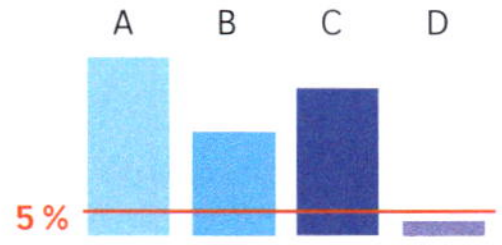

3 Sitzverteilung

Die **Abgeordneten** kommen aus den Bundesländern, ihre Anzahl und Anzahl der Wahlkreise je Bundesland richten sich nach der jeweiligen Einwohnerzahl.

Erststimme

Abgeordnete, die durch die Erststimme ein **Direktmandat** haben, ziehen **zuerst in den Bundestag** ein.

Die übrigen Abgeordneten ziehen über die **Landeslisten der Parteien** im jeweiligen Bundesland in den Bundestag ein.

Zweitstimmendeckung: Gewinnt eine Partei mehr Direktmandate in einem Bundesland, als ihr dort nach dem Zweitstimmenergebnis Sitze im Bundestag zustehen, bekommen die **Direktkandidaten** mit dem **schlechtesten Ergebnis keinen Sitz**. Der zugehörige Wahlkreis wird dann nicht durch ein Direktmandat im Bundestag vertreten.

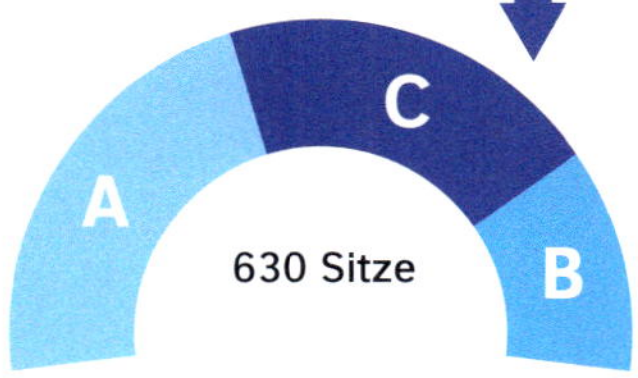

Sitzverteilung im Bundestag

Quelle: Bundeszentrale für politische Bildung (2025)

39716EX_5

2.5 Eliten und Demokratie – unvereinbar oder unverzichtbar?

INFO

Joseph Schumpeter (1883–1950)
Der österreichische Nationalökonom Politiker wurde 1925 deutscher und 1939 amerikanischer Staatsbürger und zählt zu den wichtigsten Wirtschaftswissenschaftlern des 20. Jahrhunderts.

GLOSSAR

Pluralismus

QUERVERWEIS

METHODE Zehn Arten einen theoretischen Text zu lesen S. 146 ff.

M 1 Demokratietheorie: Eliten im Konkurrenzkampf um Wähler

Es sei daran erinnert, dass unsere Hauptschwierigkeit bei der klassischen [Demokratietheorie] [...] sich um die Behauptung gruppierten, dass „das Volk" eine feststehende und rationale Ansicht über jede einzelne Frage besitzt und dass es – in einer Demokratie – dieser Ansicht dadurch Wirkungskraft verleiht, dass es „Vertreter" wählt, die dafür sorgen, dass diese Ansicht ausgeführt wird. So wird die Wahl der Repräsentanten dem Hauptzweck der demokratischen Ordnung nachgeordnet, der darin besteht, der Wählerschaft, die Macht des politischen Entscheidens zu verleihen. Angenommen nun, wir vertauschen die Rollen dieser beiden Elemente und stellen den Entscheid von Fragen durch die Wählerschaft der Wahl jener Männer nach, die die Entscheidung zu treffen haben. Oder um es anders auszudrücken: wir nehmen nun den Standpunkt ein, dass die Rolle des Volkes darin besteht, eine Regierung hervorzubringen [...]. Und wir definieren: die demokratische Methode ist diejenige Ordnung der Institutionen zur Erreichung politischer Entscheidungen, bei welcher einzelne die Entscheidungsbefugnis vermittels eines Konkurrenzkampfs um die Stimmen des Volkes erwerben. [...]

Erstens gelangen wir [damit] in den Besitz eines leidlich brauchbaren Kriteriums, mit welchem demokratische Regierungen von anderen unterschieden werden können. Wir haben gesehen, dass die klassische [Demokratietheorie] [...] deswegen in Schwierigkeiten gerät, weil durch Regierungen, die nach keinem anerkannten Gebrauch des Begriffs „demokratisch" genannt werden können, sowohl dem Willen wie auch dem Wohl des Volkes gerade so gut oder sogar besser gedient werden kann und in vielen historischen Fällen auch gedient worden ist. [...]

Zweitens lässt die in dieser Definition verkörperte Theorie allen wünschbaren Raum für eine angemessene Anerkennung der lebenswichtigen Tatsache der Führung. Die klassische [Demokratietheorie] [...] hat das nicht getan, sondern hat, wie wir gesehen haben, der Wählerschaft ein völlig wirklichkeitsfremdes Ausmaß von Initiative beigelegt, was praktisch auf ein Ignorieren der Führung herauskam. Kollektive handeln jedoch beinahe ausschließlich dadurch, dass sie eine Führung akzeptieren. [...]

Drittens jedoch, soweit es überhaupt echte Willensäußerungen von Gruppen gibt – zum Beispiel den Willen von Arbeitslosen, Arbeitslosenunterstützung zu bekommen, oder den Willen anderer Gruppen, zu helfen – werden auch die von unserer Theorie nicht vernachlässigt. Im Gegenteil vermögen wir ihnen nun gerade die Rolle zuzuweisen, die sie tatsächlich spielen. Solche Willensäußerungen setzen sich in der Regel nicht unmittelbar durch. Selbst wenn sie kräftig und bestimmt sind, bleiben sie oft während Jahrzehnten latent, bis sie von einem politischen Führer, der sie in politische Faktoren verwandelt, zum Leben erweckt werden [...].

Viertens [...] besteht im politischen Leben immer einige Konkurrenz, wenn auch vielleicht nur potenziell, um die Gefolgschaft des Volkes. Zur Vereinfachung haben wir jene Art von Konkurrenz um die Führung, die die Demokratie definieren soll, auf freie Konkurrenz um freie Stimmen beschränkt. [...] Doch obschon dadurch viele Arten der Gewinnung der Führung ausgeschlossen werden, die ausgeschlossen werden sollten, [...] werden doch nicht die Fälle ausgeschlossen, die auffallend analog zu jenen wirtschaftlichen Phänomenen sind, die „unfaire" oder „betrügerische" Konkurrenz oder als Konkurrenzbeschränkung bezeichnet.

Joseph Schumpeter, Kapitalismus, Sozialismus und Demokratie, Francke: München [4]1950 S. 427 ff.

1 **Vergleichen** Sie die beiden Demokratietheorien (M 1, M 2).
2 **Formulieren** Sie aus Sicht von M 1 und M 2 jeweils eine Definition von „Demokratie".
3 **Diskutieren** Sie, ob Eliten und Demokratie unvereinbar oder unverzichtbar sind.

M2 Demokratietheorie: Pluralismus als Konzept

Neben dem staatlichen Verband, dessen Souveränität von niemandem bestritten wird, besteht eine Vielzahl autonomer Verbände mit eigenständigen Funktionen [...]. Sie sind autonome Verbände, weil ihre Gründung und ihre innere Organisation zwar rechtlich geregelt, aber nicht staatlich reglementiert, sondern frei sind. Keiner von ihnen ist von den politischen Machthabern gleichgeschaltet, keiner von ihnen ist aus dem Prozess der politischen Meinungs- und Willensbildung ausgeschaltet, und jeder von ihnen steht es frei, sich in ihn nach Belieben einzuschalten. [...]

Um dem Schicksal der Vermassung zu entgehen, gewähren die westlichen Demokratien ihren Bürgern die uneingeschränkte Möglichkeit, sich in einer Vielzahl von Verbänden *pluralistisch* zu organisieren, zu betätigen und kollektiv in das Staatsganze einzugliedern. [...]

Eine jede totalitäre Diktatur geht von der Hypothese eines eindeutig bestimmbaren vorgegebenen Gemeinwohls aus. Von ihm wird unterstellt, es sei ausreichend detailliert, um von der Einheitspartei als politisches Aktionsprogramm verwertet werden zu können.

Eine jede pluralistische Demokratie geht davon aus, dass, um funktionieren zu können, sie nicht nur Verfahrensvorschriften und Spielregeln eines *fair play*, sondern auch eines allgemein anerkannten Wertkodexes bedarf, der ein Minimum abstrakter regulativer Ideen generellen Charakters enthalten muss; sie glaubt jedoch nicht, dass in politisch relevanten Fällen diese regulativen Ideen ausreichend konkret und genügend substanziiert zu sein vermögen, um für die Lösung aktueller politischer Probleme unmittelbar verwendungsfähig zu sein.

Der Pluralismus beruht vielmehr auf der Hypothese, in einer differenzierten Gesellschaft könne im Bereich der Politik das Gemeinwohl lediglich *a posteriori* als das Ergebnis eines delikaten Prozesses der divergierenden Ideen und Interessen der Gruppen und Parteien erreicht werden, stets vorausgesetzt, um dies der Klarheit wegen zu wiederholen, dass bei deren Zusammen- und Widerspiel die generell akzeptierten, mehr oder weniger abstrakten regulativen Ideen sozialen Verhaltens respektiert und die rechtlich normierten Verfahrensvorschriften und die gesellschaftlich sanktionierten Regeln eines *fair play* ausreichend beachtet werden.

Die pluralistische Theorie des Gemeinwohls bestreitet keineswegs, dass es weite Gebiete des staatlichen und gesellschaftlichen Lebens gibt, über deren Ordnung ein *consensus omnium* vorliegt; ja sie betont mit Nachdruck, dass auf die Dauer ein Staat nicht lebensfähig ist, in dem weder über ein Minimum fundamentaler, noch über zahlreiche detaillierte Fragen der Wirtschaft, Gesellschaft und Politik eine weitgehende Übereinstimmung besteht. Sie nimmt jedoch den Umstand, dass es weite Gebiete des staatlichen und gesellschaftlichen Lebens gibt, über deren Regelung Meinungsverschiedenheiten zwischen verschiedenen Gruppen existieren, nicht nur mit Gleichmut hin, sondern erachtet dies als unvermeidlich, ja geradezu als ein Indiz eines in Freiheit pulsierenden öffentlichen Lebens. Sie hält es weder für wünschenswert noch für möglich, dass in einem freiheitlichen Staatswesen ein einheitlicher Gemeinwille besteht, der die divergierenden Gruppenwillen restlos in sich aufsaugt. [...] Die offene Austragung der in jedem freien Staat unausbleiblichen Meinungsverschiedenheiten und die Kompromisse, durch die diese Konflikte beigelegt werden, betrachtet sie als den einzig geeigneten Weg, eine tragbare Lösung für Probleme zu finden, über die ein *consensus omnium* nicht besteht.

Die Pluralisten betonen, dass eine Staatstheorie höchst unvollkommen ist, die auf die Frage keine Antwort zu geben weiß, wie es den Bürgern ermöglicht werden soll, mit gutem Gewissen zu tun, was sie heute mit schlechtem Gewissen tun, nämlich durch die Errichtung und den Ausbau von Interessengruppen einen aktiven Anteil an der Ausgestaltung derjenigen öffentlichen Angelegenheiten zu nehmen, die sie am unmittelbarsten berühren und deshalb am intensivsten beschäftigen.

Ernst Fraenkel, Der Pluralismus als Strukturmerkmal der freiheitlich-rechtsstaatlichen Demokratie, in: Ders., Gesammelte Schriften. Bd. 5, Nomos: Baden-Baden 2007, S. 257 ff.

INFO

Ernst Fraenkel
(1898–1975)
Der deutsch-amerikanische Jurist und Politikwissenschaftler emigrierte 1938 in die USA. Seine wichtigsten demokratietheoretischen Schriften sind in „Deutschland und die westlichen Demokratien“ (1964) enthalten.

regulative Ideen
Leitideen

a posteriori
vom Späteren, hier: nachträglich festgestellt

consensus omnium
lat. allgemeine Übereinstimmung

Wahlkampfkommunikation analysieren

INFO

Wahlkampf
Die Kommunikation der Parteien im Wahlkampf folgt bestimmten Regeln und verfolgt verschiedene Ziele. Es geht nicht nur darum, über Fakten und Sachverhalte aufzuklären (Information), sondern darum, die Wähler für die eigene Partei zu gewinnen und sie an sich zu binden (Emotionalisierung). Eine wichtige Rolle spielt hierbei der Spitzenkandidat. Er steht im Zentrum des Wahlkampfes. Er soll der Partei ein Gesicht geben, Vertrauen erwecken und die Wähler binden (Personalisierung). Komplexe Zusammenhänge werden oft auf einfache und griffige Formeln reduziert (Simplifizierung). Wahlkampf ist immer ein Wettkampf gegen andere Parteien. Darum ist die Profilierung wichtig: Man möchte sich von anderen Parteien abgrenzen und unterscheiden – auch indem man bestimmte Themen besetzt. Zugleich werden die Positionen der anderen Parteien angegriffen und kritisiert (Diskreditierung). Letztlich geht es darum, die eigene Anhängerschaft zur Wahl aufzufordern (Mobilisierung) und neue Wähler – und vor allem die Unentschlossenen – für die eigene Partei zu gewinnen (Überzeugung).

Wahlplakate

1. Der erste Eindruck
Was springt ins Auge? Was ist der Blickfang des Plakats? Welche Emotionen werden geweckt?

2. Die Analyse
- Formalien: Bestimmung von Urheber, Thema und Adressaten (für wen?) des Plakats
- Bildmotiv: Welche Personen, Figuren, Gegenstände sind dargestellt (einzelne / mehrere; Gegner, Opfer, zur eigenen Gruppe Gehörige, Feindbilder oder Heldenfigur)?
- Ikonografie: Nutzung von aktuellen oder historischen (politischen) Symbolen
- Bildgestaltung: Bestimmung von Größe und Proportionen der Bildelemente, sowie der Perspektive
- Farbgebung: Bestimmung dominierender Farben und Farbkontraste, ggf. symbolischen Farbeinsatzes
- Text und Schrift: Bestimmung von Schriftart, -größe, Textlänge, Bild-Text-(Größen)-verhältnis, Texttyp, Text-Bild-Beziehung

3. Deutung und Beurteilung
- Identifikation politischer und gesellschaftlicher Einstellung, Aussagen, Botschaften, Intentionen, Aktivierung (politischer) Ängste und Hoffnungen des Adressaten
- Wie tragen die Elemente aus der Analyse zur intendierten Kommunikation bei? Wie ist der Gesamtcharakter des Plakats (aggressiv, dramatisch, dynamisch, karikierend, ...)?

Wahlspots
Grundsätzlich ist wie bei Analyse von Wahlplakaten vorzugehen.

1. Erster Eindruck
- Welche Wirkung entfaltet der Wahlspot?
- Welche Stimmung wird erzeugt?

2. Inhalte
- Welche Partei wirbt?
- Welche Personen sind zu sehen?
- Was wird von wem gesagt?
- Welche Settings (Orte) werden gezeigt?
- Werden Symbole eingesetzt?

3. Filmtechnische Umsetzung
Welche gestalterischen Mittel, z.B. Ton bzw. Musik, Schnitte, Kamerafahrten, Kameraperspektive, und Kameraeinstellung (Totale, Halbtotale, Amerikanisch, Halbnah, Nah, Groß, Detail), Licht/Schatten, weitere Effekte) werden auf welche Weise eingesetzt?

4. Bewertung
- Wie fügen sich das wie und das was zu einer Gesamtaussage zusammen?
- Welche Zielgruppen sollen angesprochen werden?
- Erreicht der Spot sein Ziel?

Wahlkampagnen in sozialen Netzwerken
Aktivitäten in sozialen Netzwerken sind aus dem modernen Wahlkampf seit über einem Jahrzehnt nicht mehr wegzudenken und werden von allen Parteien ausgiebig genutzt. Dabei lassen sich etwaige „Kacheln" und Kurzvideos auf einschlägigen Plattformen ganz analog zu Wahlplakaten und Wahlspots analysieren. Durch die schiere Masse an Inhalten lohnen sich statistische Herangehensweisen oft mehr. Wer nutzt welche Plattformen? Jede Plattform hat ihre Eigenheiten, was sich auf die Art der Kommunikation auswirkt. Umso kürzer die Formate, desto mehr muss zugespitzt werden Zur vertiefenden Analyse lohnt es sich die Accounts von relevanten Parteien und ihren Kandidaten (Spitzenpolitikern) und sonstiger Parteikollegen ggf. separat zu analysieren. Wie viele Follower haben die Accounts im Vergleich auf den verschiedenen Plattformen? Wie viel posten sie? Wie hoch ist die Anzahl an Kommentaren, Likes und Reposts (Shares)? Auch eine Analyse von Menge und Art der Posts im Zeitverlauf des Wahlkampfes kann Einblicke bieten. Eine statistische Auswertung der am häufigsten verwendeten Begriffe und Hashtags in den Posts gibt Aufschluss über Themenschwerpunkte.

M 1 Wahlplakate zur Bundestagswahl 2025

1. **Analysieren** Sie die Wahlplakate (M 1).
2. **Analysieren** Sie arbeitsteilig die Werbekampagnen der im Bundestag vertretenen Parteien bei der zurückliegenden Bundestagswahl mithilfe der auf Seite 158 genannten Kriterien. **Ermitteln** Sie dazu die Verbindung zwischen den Kampagnenelementen und die Reaktionen der jeweiligen Partei auf die Kampagnen der anderen Parteien.
3. **Beurteilen** Sie abschließend den Zusammenhang zwischen Wahlwerbekommunikation und den Wahlergebnissen der Parteien (Erststimmen, Zweitstimmen, Wählerwanderung). **Recherchieren** Sie hierfür nach entsprechenden Informationen.

2.6 Ist einmal wählen alle vier Jahre (nicht) genug?

M1 Wähler oder Nicht-Wähler?

Zeichnung: Gerhard Mester

M2 Gebraucht wird eine starke Demokratie

INFO

Benjamin Barber (1939–2017)
Der amerikanische Politikwissenschaftler trug mit seinem Buch, das im englischen Original („Strong Democracy") im Jahr 1984 erschien, maßgeblich zur Debatte über partizipative Demokratie und Bürgerbeteiligung bei.

Die Zukunft der Demokratie liegt in der starken Demokratie […] Starke Demokratie ist durch eine Politik der Bürgerbeteiligung definiert: sie ist buchstäblich die Selbstregierung der Bürger, keine stellvertretende Regierung, die im Namen der Bürger handelt. Tätige Bürger regieren sich unmittelbar selbst, nicht notwendigerweise auf jeder Ebene und jederzeit, aber ausreichend häufig und insbesondere dann, wenn über grundlegende Maßnahmen entschieden und bedeutende Macht entfaltet wird. Selbstregierung wird durch Institutionen betrieben, die eine dauerhafte Beteiligung der Bürger an der Festlegung der Tagesordnung, der Beratung, Gesetzgebung und Durchführung von Maßnahmen (in der Form „gemeinsamer Arbeit") erleichtern. […]
Als Antwort auf die Dilemmata der politischen Ausgangsbedingungen betrachtet, lässt sich starke Demokratie formal so definieren: Starke Demokratie als Bürgerbeteiligung löst Uneinigkeit bei Fehlen eines unabhängigen Grundes durch den partizipatorischen Prozess fortwährender, direkter Selbstgesetzgebung sowie die Schaffung einer politischen Gemeinschaft, die abhängige, private Individuen in freie Bürger und partikularistische wie private Interessen in öffentliche Güter zu transformieren vermag.
Die entscheidenden Begriffe in dieser starken Formulierung von Demokratie sind: Tätigkeit, Prozess, Selbstgesetzgebung, Schaffung einer Gemeinschaft und Transformation. Während schwach-demokratische Formen Uneinigkeit entweder auflösen (die anarchistische Disposition) oder unterdrücken (die realistische Disposition) bzw. tolerieren (die minimalistische Position), transformiert starke Demokratie Uneinigkeit. Sie macht aus Meinungsverschiedenheiten einen Anstoß zu Gegenseitigkeit und aus privaten Interessen ein erkenntnistheoretisches Werkzeug des öffentlichen Überlegens.
Eine Politik der Bürgerbeteiligung handhabt öffentliche Streitfragen und Interessenkonflikte so, dass sie einem endlosen Prozess der Beratung, Entscheidung und des Handelns unterworfen werden. Jeder Schritt des Prozesses vollzieht sich auf eine flexible Weise im Rahmen anhaltender Verfahren, die in konkret historische Bedingungen, soziale und wirtschaftliche Gegebenheiten eingebettet sind. Starke Demokratie sucht nicht nach einem vorpolitischen, unabhängigen Grund oder einem veränderlichen rationalen Plan, vielmehr vertraut sie der Partizipation in einer Gemeinschaft, die sich weiterentwickelt, Probleme löst und öffentliche Zwecke schafft, wo es zuvor keine gab. All dies vermag die Gemeinschaft zu leisten, weil sie tätig ist und ihre eigene Existenz zum Brennpunkt des Verlangens nach wechselseitig anerkannten Lösungen wird. In Gemeinschaften dieser Art leiten sich öffentliche Zwecke weder aus etwas Absolutem her, noch werden sie in einem vorgängig existierenden, „verborgenen Konsens" entdeckt. Sie werden buchstäblich im Akt der öffentlichen Partizipation geformt und durch gemeinsame Beratung wie gemeinsames Handeln geschaffen, wobei eine besondere Rolle spielt, dass sich der Gehalt und die Richtung von Interessen ändert, sobald sie partizipatorischen Prozessen dieser Art ausgesetzt sind.

Starke Demokratie scheint demnach potenziell in der Lage zu sein, die Grenzen des Prinzips der Repräsentation und das Vertrauen auf vermeintlich unabhängige Gründe zu überschreiten, ohne so entscheidende demokratische Werte wie Freiheit, Gleichheit und soziale Gerechtigkeit aufzugeben. Tatsächlich gewinnen diese Werte eine reichere und gehaltvollere Bedeutung als ihnen jemals im instrumentellen Rahmen liberaler Demokratie zukommen könnte. Denn die starkdemokratische Lösung für die politische Ausgangsbedingung entsteht aus einer sich selbst zuarbeitenden Dialektik aktiver Bürgerbeteiligung und ununterbrochener Schaffung einer Gemeinschaft, in der Freiheit und Gleichheit gefördert und politisches Leben aufrechterhalten werden. Gemeinschaft erwächst aus Bürgerbeteiligung und ermöglicht zugleich Partizipation. Nehmen Individuen ihre Aufgaben als Bürgern wahr, dann werden sie zugleich dazu erzogen, öffentlich als Bürger zu denken, so wie die Bürgerschaft die staatsbürgerliche Tätigkeit mit dem erforderlichen Sinn für Öffentlichkeit und Gerechtigkeit erfüllt. Politik wird zu ihrer eigenen Universität, Bürgerschaft zu ihrer eigenen Lehranstalt und Partizipation zu ihrem eigenen Lehrmeister. Freiheit ist das, was diesem Prozess entspringt, nicht was in ihn eingeht. Wie viele andere politische Begriffe hat auch die Idee der Bürgerschaft eine wesentlich normative Dimension – eine Dimension, die von dem Begriff der Bürgerschaft umrissen wird. Massen machen Lärm, Bürger beratschlagen, Massen verhalten sich, Bürger handeln, Massen stoßen zusammen und überschneiden sich, Bürger engagieren sich, teilen etwas miteinander und leisten einen Beitrag. In dem Augenblick wo „Massen“ beginnen, sich zu beratschlagen, zu handeln und beizutragen, hören sie auf, Massen zu sein und werden zu Bürgern. Erst dann „nehmen sie teil“. [...]

Ein stark demokratisches Programm zur Wiederbelebung der Bürgerschaft:

1. Ein landesweites System von Nachbarschaftsversammlungen, die aus jeweils eintausend bis fünftausend Bürgern bestehen; sie hätten anfangs nur Beratungsfunktionen, später dann auch legislative Kompetenzen im kommunalen Bereich.
2. Eine nationale Kommunikationsgenossenschaft der Bürger, die die staatsbürgerlich förderliche Nutzung neuer Kommunikationstechnologien regelt und überwacht, und gleichzeitig Debatte und Diskussion von Fragen beaufsichtigt, die zur Volksabstimmung vorliegen.
3. Ein Videotext-Dienst und eine Postverordnung zur staatsbürgerlichen Erziehung, um den Zugang zu Informationen für alle zu gewährleisten und die staatsbürgerliche Erziehung aller Bürger zu fördern.
4. Versuche in Entkriminalisierung und informeller Laienjustiz durch eine engagierte Bürgerschaft.
5. Ein nationales Volksbegehren- und Volksabstimmungsverfahren, das Volksbegehren und Volksabstimmungen über die Gesetzgebung des Kongresses möglich macht. [...]
6. [...]
7. Besetzung kommunaler Ämter in ausgewählten Bereichen durch Losentscheid, mit finanziellen Anreizen.
8. [...]
9. Ein allgemeiner Bürgerdienst, mit der Möglichkeit für alle Bürger, Militärdienst zu leisten.
10. Öffentliche Finanzierung von kommunalen Programmen mit Freiwilligen.
11. Öffentliche Förderung von Versuchen zur Demokratisierung der Arbeitswelt, wobei öffentliche Einrichtungen als Beispiele alternativer Wirtschaftsformen zu dienen hätten.
12. [...]

Benjamin Barber, Starke Demokratie. Über die Teilhabe am Politischen, übersetzt von Christiane Goldmann und Christel Erbacher-von Grumbkow, Rotbuch: Hamburg 1994, S. 146 ff.

GLOSSAR

Demokratie
Partizipation
Wahlen

1 **Interpretieren** Sie die Karikatur (M 1).
2 **Fassen** Sie die zentralen Aussagen in M 2 **zusammen**.
3 **Erörtern** Sie die Umsetzbarkeit von Barbers Konzeption (M 2) in der heutigen Zeit.
4 **Vergleichen** Sie die Vorstellung einer starken Demokratie (M 2) mit der Konzeption des Gesellschaftsvertrags nach Jean-Jacques Rousseau.
5 **Diskutieren** Sie, ob einmal wählen alle vier Jahre (nicht) genug ist.

QUERVERWEIS

Jean-Jacques Rousseau: Der Gesellschaftsvertrag
S. 150, M 3

2.7 Sind plebiszitäre Instrumente notwendig für eine Demokratie?

M1 Zitate

Eine plebiszitäre Demokratie kann keine Grundlage legitimer Regierung sein. […] Das Referendum [zum Brexit im Jahr 2016] bot eine einfache Ja-Nein-Wahl – aber der Nebel aus Manipulation und Inkompetenz verhüllt jeden Sinn des Volkswillens.

Albert Weale (* 1950), britischer Politikwissenschaftler

Es [ist] in einer modernen Stadtgesellschaft schlichtweg nicht mehr ausreichend […], Bürgerinnen und Bürger alle fünf Jahre mit einem Kreuz oder mehreren Kreuzen auf einem Wahlzettel zu beteiligen.

Oliver Igel (* 1978), der deutsche Politiker (SPD) ist Bezirksbürgermeister von Berlin-Treptow-Köpenick

M2 Instrumente der direkten Demokratie

GLOSSAR

Demokratie
Partizipation
Populismus

Zwei unterschiedliche Verständnisse des Begriffes „direkte Demokratie“ können unterschieden werden:

Zum einen meint Direktdemokratie einen spezifischen Typus politischer Herrschaft, in dem politische Macht allein und direkt durch die Gesamtheit der abstimmungsberechtigten Bürgerinnen und Bürger – und nicht durch einzelne oder wenige Repräsentanten oder Amtsträger – verbindlich ausgeübt wird. Der Gegenbegriff zu der so verstandenen Direktdemokratie ist die repräsentative Demokratie. Zum anderen versteht man unter „direkter Demokratie“ ein politisches Entscheidungsverfahren, bei dem […] Bürger politischinhaltliche Sachfragen auf dem Wege der Volksabstimmung selbstständig und unabhängig von Wahlen entscheiden. In diesem Verständnis ist Direktdemokratie nicht als Gegenteil einer repräsentativen Demokratie zu verstehen. Vielmehr können nach dem Prinzip der Volksabstimmung konstruierte Entscheidungsverfahren als ergänzende Instrumente politischer Beteiligung in unterschiedlicher Ausgestaltung repräsentativ-demokratischen politischen Systemen „beigemischt“ werden. Welche Instrumente der direkten Demokratie – nun verstanden als politisches Beteiligungsverfahren – können unterschieden werden? […] Direktdemokratie […] meint direkte Entscheidungen der Bürgerinnen und Bürger über inhaltliche Sachfragen durch Volksabstimmung. So verstandene direktdemokratische Formen politischer Beteiligung können sich unterschiedlicher Instrumente bedienen. Zentral dabei ist die Unterscheidung in Anregungen, Referenden, Initiativen (Volksbegehren) und Plebiszite.

- Unter Anregungen versteht man Volksabstimmungen über Gesetzesvorschläge, deren Abstimmungsergebnisse für die Staatsorgane nicht bindend sind. Durch ein Referendum kann ein Parlamentsbeschluss über ein Gesetz oder eine Verfassungsbestimmung einer Volksabstimmung unterworfen werden. Im Ergebnis wird durch die Volksabstimmung also ein Beschluss des Parlaments nachträglich durch das Volk bestätigt oder abgelehnt.
- […] Unter einer Initiative versteht man ein direktdemokratisches Entscheidungsverfahren, das von einzelnen Personen, Gruppen oder Organisationen – also nicht „von oben“, sondern aus der Mitte des Volkes heraus – ausgelöst werden kann und mit dem diese aktiv und direkt inhaltliche Vorschläge in den Gesetzgebungsprozess einbringen können. Hierfür wird üblicherweise eine bestimmte Anzahl von Unterschriften verlangt; je nach politischem System entscheidet dann das Parlament oder auch wieder das Volk im Rahmen eines Volksentscheids über den Vorschlag. […]
- Von Plebisziten spricht man, wenn die Kompetenz zur Auslösung einer Volksabstimmung über eine Verfassungsänderung

oder ein einfaches Gesetz nicht den Stimmbürgerinnen und Stimmbürgern zukommt, sondern im Ermessen eines Staatsorgans (z.B. Regierung, Staatspräsident, Parlamentsmehrheit) liegt. Diese Konstruktion erlaubt es den jeweils zuständigen Staatsorganen, das Plebiszit aus strategischen Überlegungen im politischen Wettbewerb mit den jeweils anderen Staatsorganen und als Vertrauensfrage – und damit Legitimationsressource des eigenen Amtes und der eigenen Person – einzusetzen.

Helge Batt, Direkte Demokratie im internationalen Vergleich, in: Aus Politik und Zeitgeschichte, Heft 10/2006, S. 11 ff.

M3 Vorteile plebiszitärer Instrumente

Ein zentrales Argument für plebiszitäre Verfahren ist die Stärkung der politischen Beteiligung. Wenn Bürger direkt mitentscheiden können, fühlen sie sich eher als aktiver Teil der Demokratie. Dies kann die politische Bildung und das Interesse an öffentlichen Debatten fördern. Plebiszitäre Entscheidungen gelten zudem als besonders legitim, weil sie auf dem direkten Willen des Volkes beruhen. Gerade bei grundlegenden Fragen – wie Verfassungsänderungen oder gesellschaftlich stark umstrittenen Themen – können Volksentscheide eine klare demokratische Grundlage schaffen. Ein weiterer Vorteil: Plebiszitäre Instrumente ermöglichen es, Themen auf die politische Agenda zu setzen, die von Parteien oder Parlamenten vernachlässigt werden. Besonders zivilgesellschaftliche Gruppen können so Aufmerksamkeit für Anliegen schaffen, die sonst wenig Gehör finden.

Schließlich führt die bloße Existenz von Volksentscheiden dazu, dass Regierungen und Parlamente Entscheidungen so fällen, dass es nicht zu einer nachträglichen Aufhebung durch eine starke Bevölkerungsmehrheit mit gegenteiligen Präferenzen kommt.

Autorentext

M4 Nachteile plebiszitärer Instrumente

Ein Hauptproblem plebiszitärer Instrumente besteht in der Vereinfachung komplexer Fragen. Volksabstimmungen verlangen oft ein einfaches „Ja“ oder „Nein“ – doch politische Probleme sind meist vielschichtig. Dies kann zu emotionalisierten Debatten und Populismus führen, bei denen nicht die beste Lösung, sondern die lauteste und am besten finanzierte Meinung gewinnt. Ein weiteres Risiko ist die Manipulierbarkeit durch Stimmungslagen. Kurzfristige Empörung oder mediale Kampagnen können Entscheidungen beeinflussen, ohne dass alle Fakten ausreichend bekannt sind. Gerade soziale Medien spielen dabei eine zunehmende Rolle. Auch zeigt die Forschung, dass alternative Beteiligungsformen eher von gebildeten und gehobenen Schichten genutzt werden. Es kommt zu einer Dominanz der Aktiven. Schließlich kann die direkte Demokratie auch die Verantwortung von Parlamenten schwächen. Wenn Volksentscheide politische Entscheidungen überlagern oder aufheben, kann dies die Arbeit gewählter Vertreter untergraben und zu einem Spannungsverhältnis zwischen direkter und repräsentativer Demokratie führen.

Autorentext

1 **Problematisieren** Sie die Kernaussagen der beiden Zitate (M 1).
2 **Erklären** Sie die verschiedenen plebiszitären Instrumente (M 2).
3 **Führen** Sie eine Pro-Kontra-Diskussion zum Thema „Die Bundesrepublik Deutschland sollte mit mehr plebiszitären Instrumenten auf Bundesebene ausgestattet werden“ **durch** (M 2–M 4).

2.8 Bürgerräte – die bessere Form der Demokratie?

M 1 Wer hat Angst vorm Bürgerrat?

Zeichnung: Harm Bengen

M 2 Wie funktioniert ein Bürgerrat?

Phase 1: Vorbereitung
In der Vorbereitungsphase des Bürgerrates wird das Thema bestimmt, über das die Mitglieder der Losversammlung beraten sollen. Dann werden Menschen aus der Bevölkerung hierfür zufällig ausgelost und zur Teilnahme am Bürgerrat eingeladen.

Phase 2: Geloster Bürgerrat
Während des Bürgerrates erhalten die Teilnehmerinnen und Teilnehmer von Expertinnen und Experten Informationen zum jeweiligen Thema. In kleinen Tischgruppen diskutieren die Ausgelosten über das Gehörte und formulieren Fragen und Ideen dazu. Die Diskussionen werden professionell moderiert. Am Ende entwickeln die Bürgerrat-Mitglieder gemeinsam Handlungsempfehlungen.

Phase 3: Übergabe
Die in einem Bürgergutachten zusammengefassten Empfehlungen des Bürgerrates werden an den Gemeinderat/das Parlament übergeben.

Phase 4: Umsetzung
Die Empfehlungen des Bürgerrates werden im Gemeinderat/Parlament behandelt. Dort wird über die Annahme, veränderte Übernahme oder Ablehnung der Bürgerrat-Vorschläge entschieden.

Wie funktioniert ein Bürgerrat?, in: https://www.buergerrat.de/wissen/wie-funktioniert-ein-buergerrat/, 20.07.2025

M 3 Bürgerrat im Praxistest

WEBCODE
WES-117977-203
Bürgerrat

Der Bürgerrat „Ernährung im Wandel" hat am 20. Februar 2024 seine Empfehlungen an Bundestagspräsidentin Bärbel Bas und die Fraktionen des Bundestages übergeben. Die Losversammlung hatte am 14. Januar 2024 neun Empfehlungen zur Verbesserung der Ernährungspolitik beschlossen. Zu den Vorschlägen gehören ein kostenloses Mittagessen in Kindergärten und Schulen, gesunde Lebensmittel ohne Mehrwertsteuer und eine bessere Tierwohl-Kennzeichnung. Die geloste Bürgerversammlung war der erste offiziell vom Bundestag eingesetzte Bürgerrat. [...]
Der CDU/CSU-Abgeordnete Hermann Färber erklärte als Vorsitzender des Bundestagsausschusses für Ernährung und Landwirtschaft: „Was ich erlebt habe, kann ich nur beschreiben mit großem Engagement, Leidenschaft und spürbar eigener Betroffenheit, die Sie da alle an den Tag gelegt haben." Was er während seines Besuchs des Bürgerrates erfahren habe, habe ihn sehr beeindruckt. „Ich wünsche ihnen und uns, dass ihre Empfehlungen ein Stück weit gehört werden, auch dann, wenn sie unbequem sind, das ist nicht nur ihr Wunsch, das wäre auch mein Wunsch", so Färber.
Aus Sicht des unabhängigen wissenschaftlichen Beirates des Bürgerrates erklärte der Ernährungspsychologe Dr. Thomas Ellrott, dass der Beirat die Zusammenarbeit mit dem Bürgerrat sehr geschätzt habe. „Ein großes Wow von unserer Seite dafür, auf welchem Niveau die Empfehlungen diskutiert worden sind." Laut Beiratsmitglied Prof. Melanie Speck spie-

geln die Empfehlungen den wissenschaftlichen Konsens zum Thema Ernährung wieder. [...] Expertinnen und Experten hatten dafür gesorgt, dass alle Mitglieder des Bürgerrats ungefähr den gleichen Wissensstand zum Thema des Bürgerrats haben. Dafür haben sie kurze Vorträge und Präsentationen für die Ausgelosten gehalten. Sie standen auch für Rückfragen zur Verfügung. Das Gespräch mit den Expertinnen und Experten fand in der großen Runde statt. Die eigentlichen Debatten haben die Teilnehmerinnen und Teilnehmer jedoch in kleinen Gruppen geführt, zu denen die Expertinnen und Experten keinen Zutritt hatten. So wurde sichergestellt, dass die Diskussion fair und ergebnisoffen verläuft. Bei der Frage, welche Expertinnen und Experten Vorträge halten sollen, war der Wissenschaftliche Beirat unterstützend tätig. Er bestand aus elf Wissenschaftlerinnen und Wissenschaftlern von Hochschulen oder staatlich anerkannten Einrichtungen, die von den Fraktionen im Deutschen Bundestag benannt wurden. Der Wissenschaftliche Beirat hatte die Bürgerinnen und Bürger außerdem unterstützt, indem er ihre Maßnahmenvorschläge geprüft hat und eine Einschätzung abgegeben hatte, welche Wirkungen damit verbunden wären. So konnten die Teilnehmerinnen und Teilnehmer bei ihrer letzten Sitzung eine informierte Entscheidung darüber treffen, was sie den Abgeordneten empfehlen wollten.

Bürgergutachten zu Ernährung übergeben, in: https://www.buergerrat.de/aktuelles/buergergutachten-zu-ernaehrung-uebergeben/, 20.04.2024

M4 Kritik am Auswahlverfahren

Kritiker des Losverfahrens meinen, dass dieser Weg nicht mehr Demokratie bringt, sondern vielmehr eine große Gefahr für die Demokratie darstellt. Dies wird damit begründet, dass die Teilnehmenden der Bürgerräte nicht demokratisch ausgewählt wurden. Damit sei ein Kernmerkmal der Demokratie nicht erfüllt, nämlich dass die Staatsgewalt vom Volk ausgehen soll.

Zudem würden Bürgerräte keine Verantwortung für ihre Entscheidungen übernehmen und könnten daher nicht zur Rechenschaft gezogen werden so wie es bei demokratisch gewählten Abgeordneten der Fall ist. Die Überprüfung durch die Wahlberechtigten, die am Ende einer Wahlperiode ihre Stimme vergeben, gibt es im Losverfahren nicht. Auch in der Tatsache, dass eine öffentliche Diskussion mit den Teilnehmenden der Bürgerräte nicht stattfindet, sehen Kritiker ein undemokratisches Element, da zentrale Grundrechte wie Meinungs- und Medienfreiheit, Demonstrations- und Versammlungsfreiheit damit praktisch nicht möglich sind.

Im Ergebnis halten Kritiker des Losverfahrens die bestehenden Formen des Wahlrechts in der repräsentativen Demokratie für demokratischer, weil dieses, abgesehen vom Alter und den bürgerlichen Ehrenrechten, keine weiteren Voraussetzungen für eine Teilnahme hat. Niemand muss demzufolge auf das Los warten, denn Jeder und Jede könne für sich entscheiden, ob er wählen geht oder sich zur Wahl stellt.

Bürgerräte, in: https://www.politische-bildung-brandenburg.de/lexikon/buergerraete, 2021

1 **Beschreiben** Sie die Karikatur (M 1) und **formulieren** Sie mögliche Deutungshypothesen.
2 **Erklären** Sie die Funktionsweise und den Aufbau von Bürgerräten (M 2).
3 **Beurteilen** Sie Vor- und Nachteile von Bürgerräten (M 2–M 4).
4 **Erörtern** Sie, inwiefern Bürgerräte eine sinnvolle Ergänzung zur Interessenvertretung durch Parteien und Abgeordnete sind und wie diese durch eine Verfassungsreform in das politische System der Bundesrepublik Deutschland wirkmächtig werden könnten.
5 **Diskutieren** Sie, ob Bürgerräte zu mehr oder zu weniger Demokratie führen.

2.9 Was können öffentliche Proteste in einer Demokratie bewirken?

M1 Bauernproteste

Bauern protestieren am 15. Januar 2024 in Berlin

Mit Trecker-Korsos machten Landwirte in den vergangenen Tagen im gesamten Land Front gegen Einsparpläne der Bundesregierung für den Haushalt 2024. Konkret soll die seit mehr als 70 Jahren bestehende Agrardiesel-Begünstigung wegfallen. Noch können sich Betriebe die Energiesteuer teilweise zurückerstatten lassen – mit einer Vergütung von 21,48 Cent pro Liter. Ursprünglich sollte die Hilfe sofort ganz wegfallen. Nun soll sie über drei Jahre auslaufen. Eine zunächst geplante Streichung auch der Kfz-Steuerbefreiung für Landwirtschaftsfahrzeuge strich die Regierung ganz. Der Deutsche Bauernverband fordert aber, alle Kürzungen komplett zurückzunehmen. [...] Zu der Großdemonstration haben Bauernverbände und der Speditionsverband BGL aufgerufen. Rund 5 000 Traktoren und Landmaschinen werden aus dem gesamten Bundesgebiet zu der Kundgebung erwartet. Es ist der Höhepunkt einer Aktionswoche gegen die Pläne der Regierung.

Traktoren, Staus und Dialog, in: https://www.tagesschau.de/inland/innenpolitik/bauern-demo-berlin-104.html, 15.01.2024

M2 Klimaproteste

Mitglieder der „Letzten Generation" blockieren am 28. September 2023 eine Autobahn in Berlin

Die Klimaaktivistinnen und -aktivisten der Letzten Generation haben in Berlin weitreichende Proteste angekündigt. Nach einem ersten großen Protestzug am 13. September [2024] wollen sie ab dem 18. September [2024] dauerhaft in der Hauptstadt protestieren. [...] Der angekündigte Protest soll ununterbrochen stattfinden und erst beendet werden, wenn die Regierung die politische Wende einleitet, die Deutschland bis 2030 frei von fossilen Brennstoffen macht: „Weg von fossilen Brennstoffen, hin zu einer gerechten Energieversorgung", sagte die Klimaaktivistin Carla Hinrichs. Aus ganz Deutschland würden dafür Hunderte Aktivisten anreisen, um an Straßenblockaden und Protestmärschen teilzunehmen. [...] Hintergrund der nun intensivierten Proteste sind laut Letzter Generation die Rekordtemperaturen dieses Sommers und Extremwetterereignisse.

Viktoria Koenigs, Letzte Generation will ab 18. September dauerhaft in Berlin protestieren, in: https://www.rnd.de/panorama/letzte-generation-in-berlin-dauerhafte-proteste-ab-18-september-W5DK42P45BD67JKHECBJ2IPFXY.html, 08.09.2023

M3 Wenn zwei das Gleiche tun, ist es nicht dasselbe!?

Was haben die Proteste von Klimaaktivisten und Landwirten gemeinsam? Beide Gruppen blockieren Straßen. Beide setzen sich ihrer Meinung nach für gute Ziele ein. Und dennoch prallen in der öffentlichen Bewertung der Straßenblockaden Welten aufeinander. [...]

Das Satiremagazin „Der Postillon" postete am Tag nach der Großdemonstration in Berlin ein bearbeitetes Foto: Auf der Straße standen sowohl Traktoren und blockierten den Verkehr – als auch festgeklebte Klimaaktivisten. Das Magazin schrieb dazu: „Letzte Generation blockiert Verkehr ab sofort mit Traktoren, weil das offenbar für alle in Ordnung ist."

Auf den Social-Media-Kanälen ging es rund. Auf der einen Seite der Tenor: Wenn sich Klimaaktivisten auf die Straße klebten, reichten die Vorwürfe bis hin zum Terrorismus. Wenn aber Bauern die Straßen blockierten, sei das offenbar legitimer demokratischer Protest. Wo sei der Unterschied, wenn beide „massive Verkehrsstörungen" verursachten, fragte [...] [jemand auf X.]

Dem entgegen stehen empörte Aussagen, wonach die Proteste nicht zu vergleichen seien. Die Bauern sorgten schließlich für die Versorgung der Bevölkerung mit Lebensmitteln, während viele Klimaaktivisten noch nicht einmal arbeiteten. [...]

Das Argument, die Bauernproteste seien im Gegensatz zu den spontanen Blockadeaktionen der Letzten Generation immerhin als Demonstration angemeldet gewesen, kann der Protestforscher Simon Teune von der Freien Universität Berlin nicht ganz gelten lassen. [...] So mag die Großdemo in Berlin angemeldet gewesen sein, die Autobahnblockaden in der ganzen Republik aber doch eher nicht, sagt Teune. [...] Rein juristisch betrachtet, seien die Aktionen von Klimaaktivisten und die Bauernproteste insofern vergleichbar, als man beide als „strafbare Nötigung" werten könne, sagt der Kölner Strafrechtsexperte Christian Kemperdick. [...]

Die Proteste der Bauern und der Klimaaktivisten werden in der Bevölkerung völlig unterschiedlich wahrgenommen. Protestforscher Teune beschreibt das so: Während die Proteste der Bauern als „wütend" beschrieben würden und anerkannt würde, dass deren „Existenz bedroht" sei, würde das Anliegen der Klimaaktivisten, „das existenzbedrohende Ausmaß der Klimakrise zu thematisieren", nicht so breit anerkannt.

Deren Proteste würden oft als „rücksichtslos" empfunden. Welcher Straßenprotest beim Einzelnen als legitim empfunden wird, ist also völlig unterschiedlich. Fakt aber ist laut Teune: Im Stau hinter Bauern wie Klimaaktivisten stünden jedenfalls immer die gleichen Menschen.

Teune verweist auf längst vergangene Protestbewegungen, die heute ganz anders beurteilt werden. Die Proteste der Suffragetten im Großbritannien der 1920er-Jahre, die Bürgerrechtsbewegung in den 1960er-Jahren in den USA, aber auch die Anti-AKW-Bewegung in den 1980er-Jahren wurden zu ihrer Zeit zum Teil scharf verurteilt und verfolgt, heute aber größtenteils als Errungenschaft gefeiert.

Was in der öffentlichen Wahrnehmung „legitimer Protest" sei, ändere sich ständig. Es sei jedenfalls in der politischen Auseinandersetzung nie anders gewesen, dass der Protest in der eigenen Wahrnehmung der „richtige ist, der zur politischen Haltung passt".

Anita Fünffinger, Letzte Generation versus Bauern: Gute und schlechte Blockierer?, in: https://www.br.de/nachrichten/deutschland-welt/letzte-generation-versus-bauern-gute-und-schlechte-blockierer, 21.12.2023

INFO

Suffragetten
Frauen, die sich in Großbritannien im 19. und 20. Jahrhundert für Frauenrechte einsetzten (insbesondere das Wahlrecht auch für Frauen) und dabei auf zivilen Ungehorsam und öffentliche Kundgebungen setzten.

Bürgerrechtsbewegung
Eine vor allem in den 1950er- und 1960er-Jahren aktive Bewegung in den USA, die sich gegen Rassentrennung und für gleiche politische Rechte von Weißen und Schwarzen einsetzte.

Anti-AKW-Bewegung
Die in den 1970er-Jahren einsetzende Protestbewegung gegen Atomkraftwerke und atomare Aufrüstung führte u. a. zur Gründung der Partei „Die Grünen".

1 **Beschreiben** Sie die Fotos und **benennen** Sie Ihre persönlichen Assoziationen dazu (M 1, M 2).

2 **Vergleichen** Sie die Protestformen in Bezug auf Anliegen, Mittel und Organisationsgrad, sowie die dahinterstehenden Interessengruppen (M, M 2). **Recherchieren** Sie ggf. nach weiteren Informationen.

3 **Vergleichen** Sie den öffentlichen Blick auf die Proteste (M 1–M 3).

4 **Diskutieren** Sie, was öffentliche Proteste in einer Demokratie bewirken können.

2.10 Urteil: Demokratie in der Krise – braucht es ein Update?

M1 Funktioniert die Demokratie in Deutschland nicht mehr richtig?

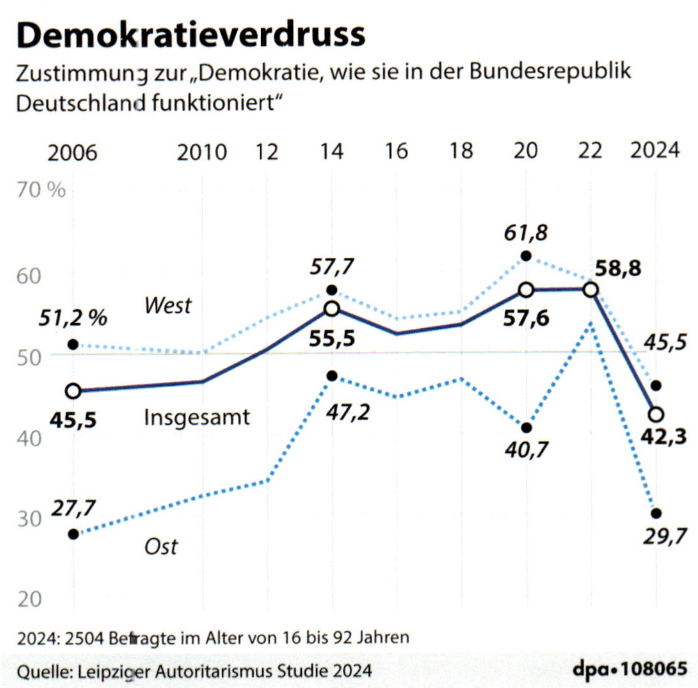

INFO

Colin Crouch
(* 1944)
Das Buch „Postdemokratie" (2005) des britischen Politikwissenschaftlers wurde ein Bestseller.

kontingent
zufällig

PR
engl. Public Relations; Öffentlichkeitsarbeit

M2 Postdemokratie

Demokratie wird [...] zunehmend als liberale Demokratie definiert: eine historisch kontingente Form, kein normativ wünschenswerter Zustand. Bei diesem Konzept der Demokratie stehen folgende Aspekte im Vordergrund: die Wahlbeteiligung als wichtigster Modus der Partizipation der Massen, große Spielräume für Lobbyisten – wobei darunter vor allem die Lobbys der Wirtschaft verstanden werden – und eine Form der Politik, die auf Interventionen in die kapitalistische Ökonomie möglichst weitgehend verzichtet. [...] Die relativ niedrigen Anforderungen, die im Rahmen des liberalen Demokratieverständnisses an das Funktionieren des politischen Systems gestellt werden, führen zu einer Zufriedenheit, die uns blind machen kann für ein neuartiges Phänomen, das ich als „Postdemokratie" bezeichnen möchte. Der Begriff bezeichnet ein Gemeinwesen, in dem zwar nach wie vor Wahlen abgehalten werden, Wahlen, die sogar dazu führen, dass Regierungen ihren Abschied nehmen müssen, in dem allerdings konkurrierende Teams professioneller PR-Experten die öffentliche Debatte während der Wahlkämpfe so stark kontrollieren, dass sie zu einem reinen Spektakel verkommt, bei dem man nur über eine Reihe von Problemen diskutiert, die die Experten zuvor ausgewählt haben. Die Mehrheit der Bürger spielt dabei eine passive, schweigende, ja sogar apathische Rolle, sie reagieren nur auf die Signale, die man ihnen gibt. Im Schatten dieser politischen Inszenierung wird die reale Politik hinter verschlossenen Türen gemacht: von gewählten Regierungen und Eliten, die vor allem die Interessen der Wirtschaft vertreten. [...]
In einer Postdemokratie, in der immer mehr Macht an die Lobbyisten der Wirtschaft übergeht, stehen die Chancen schlecht für egalitäre politische Projekte zur Umverteilung von Wohlstand und Macht sowie die Eindämmung des Einflusses mächtiger Interessengruppen. [...] Während die demokratischen Institutionen formal weiterhin vollkommen intakt sind (und heute sogar in vielerlei Hinsicht weiter ausgebaut werden), entwickeln sich politische Verfahren und die Regierungen zunehmend in eine Richtung zurück, die typisch war für vordemokratische Zeiten: Der Einfluss privilegierter Eliten nimmt zu, in der Folge ist das egalitäre Projekt zunehmend mit der eigenen Ohnmacht konfrontiert.

Colin Crouch, Postdemokratie, übersetzt von Nikolaus Gramm, Suhrkamp: Frankfurt a.M. 2008, S. 9ff.

M3 Was tun?

Politische Bildung neu denken: Mehr als Extremismusprävention
Politische Bildung muss über Abwehrstrategien hinausgehen und strukturell verankert werden.

Demokratie lernen – auch jenseits von Krisen
Bildung darf keine reine Reaktion auf gesellschaftliche Erschütterungen bleiben, sondern muss dauerhaft wirksam sein.

Demokratie kommt zu den Menschen: Aufsuchende Bildungsarbeit
Politische Bildung muss Menschen in ihrem Lebensumfeld erreichen – auf dem Land, im Betrieb oder im Verein.

Unwohlräume demokratisieren: Schule, Ausbildung, Arbeit
Orte, die als repressiv oder ausgrenzend erlebt werden, sollten gezielt demokratisiert und inklusiver gestaltet werden.

Für wen sprechen Rechte? Politische Bildung für alle – nicht für Extremisten
Bildungsarbeit soll sich an Demokraten richten, nicht an jene, die ihre Ablehnung demokratischer Werte kultivieren.

Rechte Normalisierung stoppen: Demokratische Haltung zeigen
Politische Akteure und Institutionen müssen deutlicher Haltung zeigen und sich öffentlich gegen rechte Verschiebungen positionieren.

Leistungsideologie und Demokratiedistanz: Das neoliberale Problem
Eine einseitige Orientierung an Leistung und Konkurrenz kann gesellschaftliche Spaltung und Demokratieverdruss fördern.

Demokratie braucht Kritik – auch am Kapitalismus
Politische Bildung sollte ökonomische Strukturen reflektieren und Alternativen zur marktzentrierten Ordnung thematisieren.

Zwischen Klimakrise und Demokratiekrise: Nachhaltigkeit als Bildungsauftrag
Politische Bildung muss Klimaschutz und demokratische Beteiligung zusammendenken, statt sie gegeneinander auszuspielen.

Autorentext

1. **Werten** Sie M 1 **aus**.
2. **Erklären** Sie den Begriff „Postdemokratie", so wie ihn Crouch versteht (M 2).
3. **Prüfen** Sie die Vorschläge in M 3.
4. **Verfassen** Sie einen argumentativen Essay zu dem Thema: „Regieren oder regieren lassen? Zur Frage der Steigerung von Legitimität demokratischer politischer Systeme im Allgemeinen und zur Frage der bestmöglichen Beteiligung der Bevölkerung an politischen Entscheidungen im Speziellen".
5. **Diskutieren** Sie, ob die Demokratie in Deutschland ein Update braucht und wie dieses aussehen sollte.
6. **Entwickeln** Sie in Gruppen konkrete Änderungsvorschläge für das Grundgesetz, um eine stärkere Bevölkerungsbeteiligung zu gewährleisten, ohne dass diese Instrumente von einzelnen Interessengruppen missbraucht werden können.
7. Verpassen Sie der Demokratie in der Bundesrepublik Deutschland ein Update, indem Sie eine konkrete Verfassungsreform **entwerfen** und **begründen**.

3. Demokratie in Gefahr? Wie weit darf die Verteidigung der Freiheit gehen?

3.1 Einführung

M1 Alternativlos?

Zeichnung: Marcus Gottfried

INFO

Verfassungsschutz
Das Bundesamt für Verfassungsschutz bzw. die Landesämter für Verfassungsschutz sind weisungsgebundene Inlandsgeheimdienste des Bundes bzw. der Bundesländer.

Compact
Die rechtsradikale Zeitschrift wurde im Juli 2024 von der damaligen Bundesinnenministerin Nancy Faser (SPD) verboten. Das Bundesverwaltungsgericht hob dieses Verbot im Juni 2025 als rechtswidrig wieder auf.

M2 Gefahrendarstellung durch den Verfassungsschutz

Rechtsextremismus

Compact ist einer der Akteure, den der Verfassungsschutz im Bereich Rechtsextremismus im Blick hat. Gemessen an den Zahlen ist der Rechtsextremismus nach wie vor die größte Gefahr – eine Einordnung, auf die Innenminister Dobrindt (CSU) anders als seine Vorgängerin Nancy Faeser (SPD) im Vorwort des Verfassungsschutzberichts 2024 verzichtet. Der Verfassungsschutz schätzt das rechtsextremistische Personenpotenzial auf 50 250 Menschen – das sind 10 000 mehr als 2023. Darunter seien rund 15 300 gewaltbereite Personen – etwa 1 000 mehr als im Vorjahr. [...] Besonders stark gestiegen ist das Personenpotenzial innerhalb der Parteien – wobei hier insbesondere AfD-Mitglieder zu Buche schlagen. Der Verfassungsschutz geht davon aus, dass mit steigender Mitgliederzahl auch die Zahl extremistischer Personen innerhalb der Partei zugenommen hat. Liberalkonservative Positionen seien öffentlich kaum noch wahrnehmbar, während Positionen des „solidarisch-patriotischen“ Lagers zumeist unwidersprochen vertreten würden. Zunehmend sei eine internationale Vernetzung zu beobachten sowie, dass die Grenzen zwischen Partei und Vorfeldorganisationen verschwämmen.

Die AfD ist im Verfassungsschutzbericht weiterhin als rechtsextremistischer Verdachtsfall gelistet. Gegen eine Hochstufung durch den Verfassungsschutz ist sie gerichtlich vorgegangen. Die Behörde hatte daraufhin in einer Stillhaltezusage erklärt, die AfD bis zu einer Entscheidung des Gerichts nicht als gesichert rechtsextremistische Bestrebung einzustufen und zu bezeichnen.

Eine „besorgniserregende Entwicklung“ seien Agitation und Angriffe auf queere Menschen, [...] insbesondere im Zusammenhang mit dem Christopher Street Day (CSD). Bundesweit, vor allem aber in Sachsen und Sachsen-Anhalt, hatte es rechtsextremistische Störaktionen gegeben. [...] Finanziell gewännen in der rechten Szene Spenden zunehmend an Bedeutung. Einzelne Großspender – auch aus dem Ausland – finanzierten kostspielige Projekte. Insbesondere für Kampagnen zur Diffamierung von Politikerinnen und Politikern und anderen Personen des öffentlichen Lebens sowie zur gezielten Steuerung der öffentlichen Meinung würden teils außergewöhnlich hohe Summen aufgewandt.

Linksextremismus

Im März 2024 brannte ein Hochspannungsmast in der Nähe des Tesla-Werks Grünheide. Bei Tesla wurde die Produktion unterbrochen, aber auch die umliegenden Gemeinden waren von Stromausfällen betroffen. Zu der Tat bekannte sich die als linksextremistisch eingestufte Vulkangruppe.

Linksextremisten verübten in Deutschland „nahezu täglich“ Straf- und Gewalttaten, heißt es im Verfassungsschutzbericht. Linksextremistische Gewalt weise eine hohe Brutalität auf – verbunden mit einer „äußerst gezielten und professionellen Umsetzung“. Dabei würden auch potenziell tödliche Verletzungen in Kauf genommen. Das Personenpotenzial schätzt der Verfassungsschutz auf 38 000 Menschen, darunter 11200 gewaltbereite. [...]

Durch Sabotage, Sachbeschädigung und Brandstiftung entstehe jährlich ein Sachschaden in „mehrstelliger Millionenhöhe“. Das schade dem Wirtschaftsstandort Deutschland.

Hinzu komme: Angriffe auf die Infrastruktur treffe zunehmend auch die Bevölkerung durch Ausfälle bei der Energieversorgung, der Telekommunikation oder Bussen und Bahnen.

Der Verfassungsschutz geht davon aus, dass es auch künftig „zahlreiche Angriffe auf Unternehmen und kritische oder sonstige Infrastrukturen“ geben wird. Die Wahlerfolge und hohen Umfragewerte der AfD belegten in den Augen gewaltbereiter Linksextremisten, dass ein gewaltfreies Engagement gegen die rechte Szene unwirksam sei.

Bei „ungehindertem Fortgang der Radikalisierung“ könnte ein „neuer Linksterrorismus“ entstehen, der zu weiterer Gewalt gegen Staat und Polizei führen könnte. Diese Einschätzung war bereits im Verfassungsschutzbericht 2023 enthalten.

Islamismus

Im vergangenen Sommer hatten mehrere Anschläge das Land erschüttert. Die Gefährdung durch islamistischen Terrorismus sei „anhaltend hoch“. Nach wie vor seien israelische und jüdische Ziele besonders gefährdet – wegen des Kriegs in Gaza.

Im Blick hat der Verfassungsschutz weiterhin den „Islamischen Staat“ (IS). Die Terrormiliz setze zum einen auf geschulte Täter, die als Gruppe komplexe Anschläge durchführten, und zum anderen auf Einzeltäter, die im Internet rekrutiert oder radikalisiert würden und mit leicht verfügbaren Mitteln wie Messern oder Fahrzeugen Anschläge verübten. Für Letzteres seien die Anschläge von Mannheim und Solingen Beispiele. Das Personenpotenzial liegt aus Sicht des Verfassungsschutzes bei 28280 Menschen, darunter 9 540 gewaltbereite Personen. Die Behörde beobachtet außerdem, dass Minderjährige eine immer größere Rolle spielten. So wurden im Frühjahr vier Jugendlichen im Alter von 15 und 16 Jahren aus Nordrhein-Westfalen und Baden-Württemberg festgenommen, die sich online zu Anschlägen auf christliche und jüdische Einrichtungen verabredet haben sollen.

Delegitimierung

Die Kategorie „verfassungsschutzrelevante Delegitimierung des Staates“ taucht auch in diesem Verfassungsschutzbericht wieder auf. Sie war 2021 eingeführt und seitdem kritisiert worden. Erfasst werden sollen in dieser Kategorie Bestrebungen, die wesentlichen Verfassungsgrundsätze außer Kraft zu setzen oder die Funktionsfähigkeit des Staates oder seiner Einrichtungen zu beeinträchtigen. Es geht darum, demokratische Entscheidungsprozesse und Institutionen verächtlich zu machen oder – wenn dazu aufgerufen wird – behördliche oder gerichtliche Anordnungen und Entscheidungen zu ignorieren.

Aus Sicht von Kritikern geht das zu weit. Zu einfach könne dadurch auch legitime Kritik an der Regierung oder an staatlichen Institutionen davon erfasst werden.

GLOSSAR

Extremismus
Fundamentalismus
Rassismus

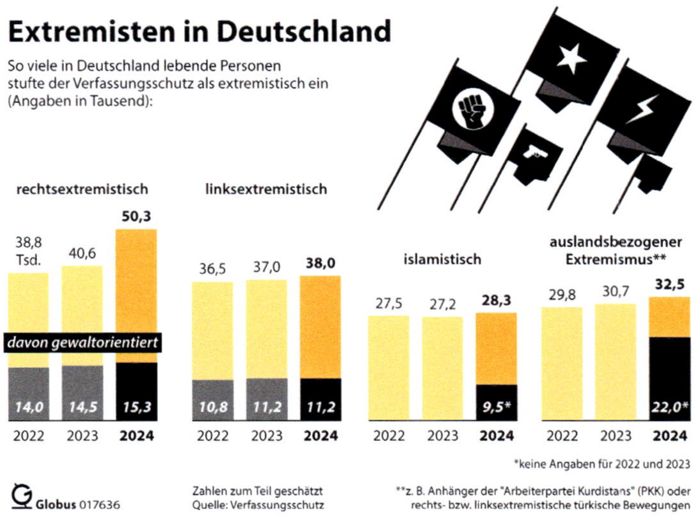

Claudia Kornmeier, Mehr Bedrohung von rechts und links, in: https://www.tagesschau.de/inland/verfassungsschutz-bericht-rechtsextremismus-compact-linksextremismus-islamismus-spionage-100.html, 10.06.2025

M3 Wehrhafte Demokratie

GLOSSAR

Bundesverfassungsgericht
freiheitliche demokratische Grundordnung
Grundgesetz

INFO

StGB
Strafgesetzbuch

Obwohl die Demokratie in Deutschland nach den Erfahrungen des Nationalsozialismus und der SED-Herrschaft mittlerweile als gefestigt gelten kann, steht sie immer wieder unter Druck. Antisemitisch und rassistisch motivierte Anschläge, wie die von Halle im Oktober 2019 und Hanau im Februar 2020 oder die Ermordung des Kasselers Regierungspräsidenten Walter Lübcke am 1. Juni 2019 durch einen Rechtsextremisten, fordern die Demokratie genauso heraus wie [...] gewalttätige linksextremistisch motivierte Ausschreitungen, wie sie beispielsweise im Zusammenhang mit den Protesten gegen den G-20-Gipfel in Hamburg im Juli 2017 stattfanden, und islamistisch motivierte Terroranschläge wie der auf dem Berliner Breitscheidplatz im Dezember 2016 oder in einem Regionalzug in der Nähe von Würzburg im Juli 2016 zeugen von demokratiefeindlichen und extremistischen Tendenzen in Deutschland.

Obwohl diese Beispiele aus neuerer Zeit nicht miteinander zu vergleichen sind, zeugen sie doch davon, dass die freiheitliche demokratische Grundordnung immer wieder aufs Neue herausgefordert ist. Mit den Instrumenten einer wehrhaften Demokratie versucht der Staat, diese Ordnung zu verteidigen. [...]

Eine wichtige Rolle in der Abwehrbereitschaft des Grundgesetzes spielt auch der Artikel 21, der sogenannte Parteienartikel, der auch die Möglichkeit von Parteienverboten regelt. Er weist den Parteien im Absatz 1 eine wichtige Rolle im politischen Willensbildungsprozess zu, erklärt aber in Absatz 2 eindeutig: „Parteien, die nach ihren Zielen oder nach dem Verhalten ihrer Anhänger darauf ausgehen, die freiheitliche demokratische Grundordnung zu beeinträchtigen oder zu beseitigen oder den Bestand der Bundesrepublik Deutschland zu gefährden, sind verfassungswidrig.“ [...]

Neben der Möglichkeit der Parteienverbote kennt das Grundgesetz die Möglichkeit, sonstige Vereinigungen zu verbieten, wenn sie gegen die verfassungsgemäße Ordnung verstoßen (Artikel 9), und auch die individuelle Aberkennung von Grundrechten ist möglich, wenn sie zum Kampf gegen die freiheitliche und demokratische Grundordnung missbraucht werden (Artikel 18). Schließlich ist auch die Freiheit der Lehre an die Treue zur Verfassung gebunden (Artikel 5) und auch die freie Entfaltung der Persönlichkeit darf nicht gegen die „verfassungsgemäße Ordnung“ verstoßen (Artikel 2).

Auch das Strafgesetzbuch enthält (mittlerweile) Normen, die den Instrumenten der wehrhaften Demokratie zugeordnet werden können: Die Paragrafen 84 bis 91 beschreiben die Straftaten im Rahmen der „Gefährdung des demokratischen Rechtsstaats“. Des Weiteren gibt es Straftaten gegen Verfassungsorgane (Paragrafen 105, 106 StGB), die Bildung terroristischer Vereinigungen (Paragraf 129a StGB) und Volksverhetzung (Paragraf 130 StGB), die als Instrumente der wehrhaften Demokratie gelten können.

Ausdruck und wichtiges Instrument der Vorverlagerung sind die Verfassungsschutzbehörden von Bund und Ländern. Der Auftrag dieser Inlandsnachrichtendienste ist in den jeweiligen Verfassungsschutzgesetzen ausformuliert. Er besteht darin, Informationen über zielgerichtete sogenannte aktive Bestrebungen gegen die freiheitlich-demokratische Grundordnung zu sammeln, auszuwerten und Behörden sowie der Öffentlichkeit zur Verfügung zu stellen.

Felix Steinbrenner, Wehrhafte Demokratie, in: https://www.lpb-bw.de/wehrhafte-demokratie, Oktober 2023

M4 Kann die Freiheit an ihrer Verteidigung sterben?

Der Wähler ist der demokratische Souverän. Die Wählermehrheit entscheidet: Das ist die Quintessenz jeder demokratischen Verfassung. Wie aber, wenn die Wählermehrheit gegen die Demokratie entscheidet? Ist es dann die Pflicht der Demokratie, im Namen der Demokratie Selbstmord zu begehen? Umgekehrt: Begeht nicht eine Demokratie auch dann Selbstmord, wenn sie – im Namen der Demokratie – die Entscheidung der Wählermehrheit missachtet? Gehört es zum Wesen demokratischer Freiheit, dass sie auch sich selbst zur Disposition des Wählers stellen muss? Oder darf sie sagen: Keine Freiheit für die Feinde der Freiheit?“ Aber läuft [die Demokratie] dann nicht die Gefahr, die Thomas Mann im Amerika der McCarthyschen Hexenjagden klassisch so formuliert hat: „Die Freiheit stirbt an ihrer Verteidigung“? Unlösbares Dilemma – festzustellen aber ist, dass die Weimarer Verfassung und das Bonner Grundgesetz entgegensetze Antworten gegeben haben beziehungsweise geben. Weimar war bereit, sich dem Wählerwillen unbedingt unterzuordnen – bis zur Selbstpreisgabe. Bonn ist es nicht.

Sebastian Haffner, Historische Variationen, DVA: Stuttgart 2001, S. 210

M5 Grundrechte Meinungs- und Pressefreiheit

Das rechtsextreme Magazin Compact bleibt erlaubt. Das Bundesverwaltungsgericht in Leipzig hat das im Sommer 2024 von der damaligen Innenministerin Nancy Faeser (SPD) verhängte Verbot außer Kraft gesetzt.

Das Gericht musste sich mit der Frage beschäftigen, ob die Berichterstattung des Medienunternehmens noch als Meinungsäußerung gelten kann und durch die Presse- und Meinungsfreiheit gedeckt ist oder ob sie verfassungsfeindlich ist und eine konkrete Staatsgefährdung darstellt. Das Gericht fand laut seiner Urteilsbegründung zwar verfassungsfeindliche Inhalte in dem Magazin, diese seien aber nicht so prägend, dass sie nach Auffassung des Gerichts ein Verbot rechtfertigten.

Der Vorsitzende Richter Ingo Kraft sagte am Ende der Urteilsverkündigung, dass er es sich mit diesem Verfahren nicht leicht gemacht habe. „Das Grundgesetz garantiert selbst den Feinden der Verfassung die Meinungs- und Pressefreiheit“, sagte Kraft. Die Leipziger Richterinnen und Richter sind in erster und letzter Instanz für Klagen gegen Vereinsverbote zuständig, worum es formal auch in diesem Fall ging.

Compact-Chefredakteur Jürgen Elsässer bezeichnete den Urteilsspruch als […] Erfolg. Sein Magazin sei […] „die stärkste Stimme der Opposition“. Dem Chefredakteur zufolge werde auch die AfD von diesem Urteil profitieren. Er teilte mit: „Wenn es unmöglich ist, Compact zu verbieten, ist es auch nicht möglich, die AfD zu verbieten, der ja dasselbe vorgeworfen wird wie uns.“ […]

Das Bundesinnenministerium (BMI) begründete das damalige Verbot inhaltlich vor allem mit dem Volksverständnis des Magazins Compact. Dieses unterscheide zwischen angeblich „echten Deutschen“ – verstanden als ethnische Gemeinschaft – und sogenannten „Passdeutschen“. Letztere sind Personen mit Migrationsgeschichte, die zwar formal die deutsche Staatsbürgerschaft besitzen, aus Sicht des Magazins jedoch nicht tatsächlich zum deutschen Volk gehören. Das BMI kritisierte dieses Verständnis, da es bestimmten Menschen grundsätzlich die Möglichkeit verwehre, als gleichberechtigte Staatsbürger anerkannt zu werden. […]

Das Medienunternehmen [Compact] wurde 2010 gegründet. Es hatte seinen Sitz zunächst im brandenburgischen Falkensee und ist inzwischen nach Stößen in Sachsen-Anhalt umgezogen. Laut Gericht beläuft sich die Auflage des Printmagazins auf rund 40 000 Exemplare; der dazugehörige Online-TV-Kanal erzielt bis zu 460 000 Aufrufe.

Bundesverwaltungsgericht hebt Verbot des „Compact“-Magazins auf, in: https://www.zeit.de/politik/deutschland/2025-06/bundesgericht-hebt-verbot-des-compact-magazins-auf, 24.06.2025

INFO

McCarthy
Der amerikanische Politiker Joseph McCarthy (1908–1952) gab der McCarthy-Ära in den 1940er- und 1950er-Jahren in den USA ihren Namen. Während der McCarthy-Ära entstand eine teils wahnhafte Jagd auf tatsächliche oder vermeintliche Kommunisten im Land, da diese zu Beginn des Kalten Krieges mit der Sowjetunion als gefährliche Bedrohung des inneren Friedens betrachtet wurden.

Meinungs- und Pressefreiheit
Artikel 5 Absatz 1 des Grundgesetzes lautet: „Jeder hat das Recht, seine Meinung in Wort, Schrift und Bild frei zu äußern und zu verbreiten und sich aus allgemein zugänglichen Quellen ungehindert zu unterrichten. Die Pressefreiheit und die Freiheit der Berichterstattung durch Rundfunk und Film werden gewährleistet. Eine Zensur findet nicht statt.“

Paradox
Widerspruch in sich

1 **Interpretieren** Sie die Karikatur (M 1).

2 **Fassen** Sie die Gefahrendarstellung durch den Verfassungsschutz **zusammen** und **werten** Sie die Statistik **aus** (M 2).

3 **Erläutern** Sie die Instrumente der wehrhaften Demokratie (M 3).

4 **Arbeiten** Sie das Paradox der wehrhaften Demokratie heraus (M 4).

5 **Diskutieren** Sie, wie weit die Verteidigung der Freiheit in einer Demokratie gehen darf.

3.2 Extremismus – lauert die Gefahr immer nur am Rand?

M1 Moment mal!

Zeichnung: Klaus Stuttmann

Zeichnung: Kostas Koufogiorgos

M2 Extremismus – eine Begriffsgeschichte

GLOSSAR
Extremismus
Totalitarismus

Der [deutsche] Politikwissenschaftler Armin Pfahl-Traughber [...] [erläutert]: „Der Begriff des politischen Extrems geht auf die altgriechische Maßethik zurück, welche bei Handlungen ein Zuviel und ein Zuwenig als Abweichungen von einer Mitte unterschied. Platon übertrug diese Kategorie auf seine Staatsformenlehre und gab ihr damit eine politische Bedeutung. Auch bei Aristoteles findet man eine Verbindung der ethischen Auffassung von Mitte mit dem politischen Plädoyer für einen Staatstyp. Beide Philosophen traten mit unterschiedlicher Ausrichtung für die Etablierung von gemäßigten politischen Ordnungssystemen auf Basis einer Mischverfassung ein und lehnten Despotie ebenso wie Pöbelherrschaft als extreme Abweichungen davon ab.“
[...] Um die heutige Diskussion in Deutschland besser verstehen zu können, gilt es, die Dynamik der Begriffsgeschichte seit den 1970er-Jahren nachzuzeichnen. In der Nachkriegszeit wurden demokratiefeindliche Bestrebungen zunächst häufig mit den Begriffen „totalitär“ oder „radikal“ bezeichnet. Dies zeigte sich auch noch 1972 bei der Einführung der Regelüberprüfung der Verfassungstreue bei der Einstellung in den Öffentlichen Dienst, mit der verhindert werden sollte, dass Verfassungsfeinde beschäftigt werden. Für das umstrittene Verfahren setzte sich die Bezeichnung „Radikalenerlass“ durch.
Doch in den 1970er-Jahren begann sich in der Wissenschaft, in den Medien, vor allem aber in den Behörden die Verwendung der Begriffe nach und nach zu verändern. Dies führte bis Mitte des Jahrzehnts dazu, dass der Extremismusbegriff den Radikalismusbegriff beinahe komplett verdrängt hatte. Vor allem die Verfassungsschutzbehörden prägten fortan den Begriff „Extremismus“ in ihren Berichten. Mit dem Radikalismusbegriff bezeichnen die Verfassungsschutzbehörden hingegen auf der Skala der politischen Einstellungen die Zwischenzone zwischen den demokratischen und den extremistischen Einstellungen. [...]
Der Extremismusbegriff erfreut sich in den vergangenen Jahren einer wachsenden Beliebtheit in Politik, Gesellschaft und Medien. Er wird vermehrt verwendet, um aktuelle Entwicklungen, Organisationen und Einzelpersonen zu bezeichnen.
Das liegt auch an aktuellen Ereignissen: Rechtsterroristische und islamistische Terrorangriffe erschüttern Deutschland und Europa mit dem Ziel, Angst und Schrecken zum begleitenden Lebensgefühl der Menschen zu

machen. Auch aus Deutschland reisten Jugendliche nach Syrien, um dort für den Islamischen Staat (IS) zu kämpfen. Die Ausschreitungen während des G20-Gipfels in Hamburg 2017 rückten zudem den Linksextremismus verstärkt in den Fokus. Schließlich wurde die Öffentlichkeit nach dem Mord an einem Polizisten seit 2016 verstärkt auf „Reichsbürger“ und „Selbstverwalter“ aufmerksam. Und Bewegungen wie „Pegida“ oder „Querdenken“, die erst in den vergangenen Jahren entstanden sind, werden ebenfalls unter der Frage verhandelt, ob und in welchem Maße sie extremistisch sind.

Extremismus: Geschichte und Kritik des Begriffs, in: https://www.lpb-bw.de/extremismus-kritik, 20.07.2025

M3 Gefahr von den Rändern und aus der Mitte?

Innerhalb der Extremismusforschung haben es die […] [von der Friedrich-Ebert-Stiftung herausgegebenen] Mitte-Studien zu größerer Popularität gebracht. Die meisten Studien wurden von den Psychologen Elmar Brähler und Oliver Decker erstellt; die aktuelle Studie, die auch das Konzept der „Gruppenbezogenen Menschenfeindlichkeit“ integriert, stammt vom Sozialpsychologen Andreas Zick und der Erziehungswissenschaftlerin Anna Klein. Als Fazit dieser Studien lässt sich grob festhalten, dass rechtsextremistische Einstellungen besonders stark in der „Mitte der Gesellschaft“ zu verorten seien. Aufgrund der Vielfalt der Studien soll hier nur auf eine Auswahl eingegangen werden. Schon auf die Mitte-Studie von 2006 „Vom Rand zur Mitte“ regte sich ausführliche Kritik, die zu einer Diskussion über die Wissenschaftlichkeit der Untersuchung führte. Seitdem sind im Zweijahresrhythmus Nachfolgestudien erschienen, die ebenfalls viel und kontrovers besprochen wurden. Statt den fachwissenschaftlichen Diskurs um Methoden, einzelne Items und Interpretationen ausführlich wiederzugeben, soll hier lediglich überprüft werden, ob die Befunde der Studien die zentrale These des „Extremismus der Mitte“ tatsächlich stützen.

2013 formulierten die Autoren der Mitte-Studien eine These, die bereits in der ersten Studie maßgeblich war, nämlich dass „das gesellschaftliche Zentrum […] zur Bedrohung der bestehenden Gesellschaftsordnung werden“ könne. Dabei kritisieren sie auch die Extremismustheorie, der sie vorwerfen, sie würde die „Mitte“ idealisieren und nur Bedrohungen sehen, die von den „Rändern“ kämen: „Die Bedrohung der Demokratie kommt in diesem Sinne also von den ‚Rändern‘ der Gesellschaft her, eben von den ‚Extremisten‘. Die ‚Mitte-Studien‘ aber weisen regelmäßig darauf hin, dass dies ein Trugschluss ist: Gefahr droht aus der ‚Mitte‘ selbst, in der rechtsextreme Einstellung, autoritäre Fantasien und mangelndes demokratisches Bewusstsein weit verbreitet sind.“ Dies ist eine Hypothese, die man überprüfen sollte, zumal für die Grundannahme, die Extremismusforschung würde nur die „Ränder“ ins Visier nehmen, jeder Beleg fehlt. Das Gegenteil ist richtig: Die soziologischen Fragen sind selbstverständlicher Bestandteil der Extremismusforschung. Nicht von ungefähr kritisiert der Politikwissenschaftler Eckhard Jesse an der theoretischen Konzeption der Mitte-Studien, dass ihnen „eine Fundamentalkritik am Extremismuskonzept“ zugrunde liege. Nichtsdestotrotz wird in den Mitte-Studien ein „Extremismus der Mitte“ konstatiert und somit nolens volens zumindest der Teil der Extremismusforschung akzeptiert, der den Rechtsextremismus zum Gegenstand nimmt.

Viola Neu/Sabine Pokorny, Ist „die Mitte“ (rechts)extremistisch?, in: https://www.bpb.de/shop/zeitschriften/apuz/212350/ist-die-mitte-rechts-extremistisch/, 21.09.2015

WEBCODE

WES-117977-204
Die distanzierte Mitte. Rechtsextreme und demokratiegefährdende Einstellungen in Deutschland 2022/23

INFO

Friedrich-Ebert-Stiftung
der SPD nahestehende Stiftung

1 **Analysieren** Sie die beiden Karikaturen (M 1).

2 **Stellen** Sie die Begriffsgeschichte des Extremismus **dar** (M 2).

3 **Fassen** Sie die Kritik an den Mitte-Studien **zusammen** (M 3).

4 **Diskutieren** Sie, ob Gefahren für die Demokratie immer nur von den politischen Rändern drohen oder auch von der politischen Mitte ausgehen können.

3.3 Wie viel Diskriminierung muss eine Demokratie ertragen können?

M 1 Drei Meinungen und das Grundgesetz

[Es reicht nicht, wenn jemand] seine Steuern zahlt und keine Verbrechen begeht. Er muss sich auch mit dem Land und Volk, dessen Teil er werden möchte, identifizieren.

Martin Sellner (* 1989), österreichischer rechtsextremer Aktivist

Es spielt keine Rolle, ob eine Frau Anwältin, Hausfrau oder Webcam-Girl werden will. Wenn sie keinen Mann hat, der sie anleitet, wird sie es vermasseln. Sie sind einfach nicht dazu geschaffen, völlig unabhängig zu sein. [...] So etwas wie eine unabhängige Frau gibt es nicht, sie sind alle bis zu einem gewissen Grad von einem Mann abhängig.

Andrew Tate (* 1986), amerikanisch-britischer Influencer

Es gibt Abnormitäten unter den zwei Geschlechtern. Es handelt sich dabei allerdings ausnahmslos um geschlechtliche Defizite. Die Antwort auf die Frage, ob man dabei von einer Behinderung sprechen kann, hängt davon ab, ob die Betroffenen hierdurch einem Leidensdruck ausgesetzt sind.

Akif Pirinçci (* 1959), deutsch-türkischer Schriftsteller

Niemand darf wegen seines Geschlechtes, seiner Abstammung, seiner Rasse, seiner Sprache, seiner Heimat und Herkunft, seines Glaubens, seiner religiösen oder politischen Anschauungen benachteiligt oder bevorzugt werden. Niemand darf wegen seiner Behinderung benachteiligt werden.

Artikel 3 Absatz 3 Grundgesetz

M 2 Gruppenbezogene Menschenfeindlickeit

INFO

gruppenbezogene Menschenfeindlichkeit
Hierzu zählt man: Fremdenfeindlichkeit, Rassismus, Islamfeindlichkeit, Antisemitismus, Abwertung von Behinderten, Abwertung von Obdachlosen, Abwertung von Sinti und Roma, Abwertung von Asylbewerbern, Abwertung von Langzeitarbeitslosen, Sexismus, Homophobie und Etabliertenvorrechte.

Menschenfeindlichkeit markiert und legitimiert die Ungleichwertigkeit von Individuen und Gruppen, sodass deren Diskriminierung wahrscheinlicher wird. Der Begriff Menschenfeindlichkeit bezieht sich auf das Verhältnis zwischen Gruppen und meint kein interindividuelles Feindschaftsverhältnis. Gruppenbezogene Menschenfeindlichkeit umfasst Stereotype, Vorurteile und Diskriminierungen gegen Menschen aufgrund ihrer Zugehörigkeit zu schwachen Gruppen in unserer Gesellschaft, kurz: die Abwertung von Gruppen. Das besondere Kennzeichen unseres Begriffsverständnisses ist seine Spannbreite. Einerseits umfasst die Abwertung negative Stereotype, kognitiv überformte Vorurteile, aber auch emotionale soziale Distanzierungen oder Absichten, eine Fremdgruppe zu schädigen: Es markiert eine Differenz zwischen Gruppen. Andererseits ist die Spannbreite markiert durch die Reichweite der Abwertungen: Nicht nur Personen fremder Herkunft erleben Abwertung, Diskriminierung und Gewalt, sondern auch solche gleicher Herkunft, die als abweichend stigmatisiert werden.
Neben Fremdenfeindlichkeit, Rassismus und der Abwertung von Menschen, die Asyl suchen oder Sinti und Roma angehören, umfasst das Konzept auch die Abwertung von Menschen mit religiösen Überzeugungen wie das Judentum und den Islam, also Antisemitismus und Islamfeindlichkeit. Einbezogen ist auch die Herabsetzung von Menschen mit anderem Geschlecht oder einer anderen sexuellen Orientierung sowie von Menschen, die obdachlos oder arbeitslos sind. Daneben umfasst das Konzept auch ganz allgemein die Abwertung von allen, die neu hinzugekommen sind, also Etabliertenvorrechte als Prototyp des Vorurteils. Ein wesentliches Merkmal ist, dass diese Abwertungen, welche die Ungleichwertigkeit von Gruppen erzeugen und zugleich etablie-

ren, [...] verbunden sind. Die Abwertungen [...] hängen untereinander zusammen und haben einen gemeinsamen Kern, der durch die generelle Ideologie, dass Ungleichwertigkeit von Gruppen die Gesellschaft bestimmt und dies auch gut sei, beschrieben ist. Das bedeutet, dass eine Person, sofern sie Zustimmung zur Abwertung einer bestimmten Gruppe äußert, mit einer signifikant höheren Wahrscheinlichkeit dazu neigt, auch andere schwache Gruppen abzuwerten und zu diskriminieren. Zweitens gehen wir davon aus, dass [...] [gruppenbezogene Menschenfeindlichkeit] kein Phänomen ist, das allein am extremen Rand des politischen Spektrums angesiedelt ist, sondern ein breites, weithin geteiltes Meinungsmuster in der deutschen Bevölkerung widerspiegelt. Drittens kann ein Element dann Teil [...] [gruppenbezogener Menschenfeindlichkeit] werden, wenn die Gleichwertigkeit der entsprechenden Gruppe in der Gesellschaft zur Disposition gestellt wird.

Mit Blick auf die Verbreitung der Menschenfeindlichkeit in der Bevölkerung und die Frage, wie sich empirisch die Abwertungen entwickeln, zählen wir [...] zwölf soziale Gruppen [bei gruppenbezogener Menschenfeindlichkeit].

Daniela Krause/Andreas Zick/Eva Groß, Von der Ungleichwertigkeit zur Ungleichheit: Gruppenbezogene Menschenfeindlichkeit, in: https://www.bpb.de/shop/zeitschriften/apuz/130404/von-der-ungleichwertigkeit-zur-ungleichheit-gruppenbezogene-menschenfeindlichkeit/, 16.04.2012

M3 Ideologie der Ungleichwertigkeit und Ungleichheit

Die Ideologie der Ungleichwertigkeit stellt den gemeinsamen Kern aller Abwertungen von Gruppen dar. Da dies zentral ist, soll es im Zusammenhang mit sozialer Ungleichheit näher erläutert werden.

Die Ideologie der Ungleichwertigkeit stellt die prinzipielle Gleichwertigkeit von Gruppen oder Menschen, die Mitglieder von Gruppen sind, infrage. Menschen werden einer ausschließenden Bewertung ausgesetzt, sie sind mit Ungleichheitssemantiken konfrontiert, die im Gegensatz zu graduellen Klassifikationen solche kategorialer Natur erzeugen. Im Gegensatz zu graduellen Klassifikationen, worin Menschen und Gruppen nach quantitativen Differenzen beispielsweise in Bildung oder Einkommen beurteilt werden und welche in der Regel mit einer durchlässigen Statushierarchie einhergehen, fällen kategoriale Klassifikationen qualitative Urteile einer grundsätzlichen Andersartigkeit bestimmter Gruppen. Diese basieren häufig auf unveränderbaren Merkmalen wie Geschlecht oder ethnische Zugehörigkeit. Kategoriale Klassifikationen auf Basis der Ideologie der Ungleichwertigkeit bieten sich dafür an, soziale Ungleichheit kategorial exkludierend zu formen und eine starre, undurchlässige Statushierarchie zu etablieren und zu festigen. Eine Ungleichwertigkeitsideologie ist zentral für [...] [gruppenbezogene Menschenfeindlichkeit], weil sie letztendlich danach trachtet, soziale Ungleichheit zwischen Gruppen herzustellen. Einerseits wird Ungleichheit durch sozioökonomische Traditionen und Entwicklungen verstärkt oder abgeschwächt. Andererseits bedarf die Ungleichheit einer Ungleichwertigkeitsideologie, die sie stabilisiert und legitimiert. Die materielle Verarmung statusniedriger Gruppen oder die ökonomische Schwächerstellung und Zuweisung von subdominanten Statuspositionen werden durch die Ungleichwertigkeit erzeugt und zugleich nachvollziehbar.

Neben die soziale Erniedrigung tritt das Urteil der moralischen Unterlegenheit mit der ideologischen Funktion, Hierarchien, Überlegenheit und Machtpositionen zu sichern. Soziale Ungleichheit kann in Ungleichwertigkeit transformiert werden und anders herum. Vorurteile beziehungsweise die Abwertung von Menschen aufgrund ihrer Gruppenzugehörigkeit erfüllen damit zentrale soziale Funktionen: Sie bestimmen und stabilisieren dominante und subdominante Verhältnisse zwischen Eigengruppe und Fremdgruppe in einem gegebenen sozialen Kontext und begünstigen eine kategorial ausgrenzende soziale Ungleichheit. [...] Sie stellt soziale Ungleichheit her, indem sie die Abwertung von Gruppen und ihren Mitgliedern von Grund auf legitimiert und im Speziellen, beispielsweise in Form der einzelnen […] [Elemente gruppenbezogener Menschenfeindlichkeit] erklärt. Homosexuellen wird mit dem Argument der „Widernatürlichkeit“ oder des „Unmoralischen“ Ungleichwertigkeit attestiert. Im Rassismus wird die Ungleichwertigkeit durch biologische Minderwertigkeit oder Andersartigkeit erklärt, bei Obdachlosen und Arbeitslosen durch gesellschaftliche und insbesondere wirtschaftliche „Nutzlosigkeit“.

Daniela Krause/Andreas Zick/Eva Groß, Von der Ungleichwertigkeit zur Ungleichheit: Gruppenbezogene Menschenfeindlichkeit, in: https://www.bpb.de/shop/zeitschriften/apuz/130404/von-der-ungleichwertigkeit-zur-ungleichheit-gruppenbezogene-menschenfeindlichkeit/, 16.04.2012

M4 Homophobie und Transfeindlichkeit

WEBCODE
WES-117977-205
Antidiskriminierungsstelle des Bundes

WEBCODE
WES-117977-206
Homophobie begegnen

Homosexuelle Menschen brechen mit tradierten Geschlechterrollen. In der Beobachtung von Autor und Journalist Nils Pickert hat Homofeindlichkeit aber vor allem auch mit der Hierarchisierung von Geschlecht zu tun. „Wenn Sie sich die Abwertung von Homosexuellen anschauen, dann kreist die im Kern immer um eine Abwertung von Weiblichkeit. Da geht es um feminisiertes Verhalten, wenn Männer sich schminken, wenn sie mit hoher Stimme sprechen, wenn sie ein Faible für Mode haben – all diese Dinge, die wir klassischerweise mit Weiblichkeit verbinden, werden dann in den Männern abgewertet. Und es wäre ein Fehler, diese beiden Dinge nicht zusammen zu denken!“
Frauenfeindlichkeit und Homofeindlichkeit speisten sich aus der gleichen Quelle, so Pickert. Und das habe viel damit zu tun, dass in der klassischen Rollenverteilung Männern geradezu verheerende Eigenschaften zugeschrieben würden: „Wir haben uns auch darauf verständigt, dass Männer für Gewalt zuständig zu sein haben. Wenn Sie Menschen vermitteln, dass sie qua Geschlecht dazu verpflichtet sind, anderen auf die Fresse zu hauen, dann laden Sie sie auch dazu ein, den anderen Leuten auch dann auf die Fresse zu hauen, wenn es überhaupt nicht angebracht ist“, sagt Nils Pickert. „Und was wir damit in Kauf nehmen ist, dass wir insbesondere Frauen und marginalisierte Gruppen als Opfer in Kauf nehmen. Und wenn wir alle anderen Problemlösungsstrategien wie Flucht oder sich trösten lassen oder weinen oder sich Hilfe suchen für ein bestimmtes Geschlecht auslöschen, dann schaffen wir die Probleme, die wir im Moment in der Gesellschaft haben.“ Und durch die gesellschaftliche Höherwertung von Männlichkeit herrsche unter Männern eine Art Panik, nicht dem Bild vermeintlicher geschlechtstypischer Stärke und Härte zu entsprechen. „Das, was dann als stereotyp homosexuell gezeichnet wird, ist quasi das Antibild davon! Das ist das, was man tabuisiert und nicht sein darf. Sie glauben doch nicht ernsthaft, dass ich als 16-jähriger Junge mit meinem besten Freund Hand in Hand über den Schulhof gehen kann! Das ist nicht drin – was glauben Sie, was da los ist!? Und wir besitzen dann obendrein noch die Frechheit, den Jungen ins Gesicht zu sagen: Nicht die anderen sind das Problem, die dich abwerten und dich dafür als Schwuchtel beschimpfen, sondern du bist das Problem! Und das ist richtig, richtig mies.“
Aus Pickerts Sicht macht eine solche gesellschaftliche Prägung aber auch heterosexuellen Männern kein Geschenk – im Gegenteil. „Mein Problem war immer damit, dass wir Jungen und Männern beibringen müssen, wie unfassbar viel ihnen das von der eigenen Sicht auf Männlichkeit verbaut. Das bedeutet, schwule Männer als Vorbilder zu haben! Als Künstler zu feiern, als Tänzer, als Maler, als Politiker ... Die meisten Männer haben immer noch nicht begriffen, dass homosexuelle Männlichkeit ein Teil von Männlichkeit ist. Und dass das ein Raum ist, der unfassbar viel positive Dinge hervorbringen kann, die meinen Horizont erweitern können, die mich Dinge neu sehen lassen können […].“
Dabei ist das Bedürfnis, die festgefahrenen Rollen zu verlassen, seitens vieler Männer längst da. Das erfuhr Nils Pickert durch die große Resonanz auf sein Buch „Prinzessinnenjungs“, in dem er für ein offeneres Männerbild warb: „Bis auf den heutigen Tag bekomme ich Mails von Männern, die mir erzählen, dass, weil sie als Kind Lust hatten sich zu verschönern oder Trost gebraucht ha-

ben oder ein Kleid angezogen haben, dass ihre Väter sie mit Schraubenschlüsseln verdroschen haben oder mit Gürteln – das ist ein ganzer Ozean an Gewalt!“
Ablehnung von Homosexuellen – insbesondere von Schwulen – ist vor allem unter Männern verbreitet. Der Sozialpsychologe Ulrich Klocke benennt weitere Faktoren, die Homofeindlichkeit verstärken können: „Die über 60-Jährigen, da sind die Werte eher noch negativer. Dann gibt es immer mal wieder Hinweise, dass Menschen mit Migrationshintergrund negativere Einstellungen haben, was sicherlich damit zusammenhängt, dass sie überproportional aus Gesellschaften stammen, in denen noch etwas traditionellere Geschlechterrollen vorherrschen“, sagt Klocke. „Bildung spielt eine Rolle, also Menschen mit höherer Bildung neigen weniger stark zu Vorurteilen gegenüber lesbischen, schwulen, bisexuellen Menschen. Die politische Orientierung spielt eine Rolle – je stärker jemand politisch nach links orientiert ist, desto weniger Vorurteile hat er oder sie. Und Religiosität spielt eine Rolle – allerdings vor allem fundamentalistische Religiosität.“

Maike Strietholt, Homofeindlichkeit ist bis heute tief verankert, in: https://www.deutschlandfunkkultur.de/gleichgeschlechtliche-lebensweisen-homofeindlichkeit-ist-100.html, 03.05.2021

M5 Sexismus

Auszug aus einem Interview des Deutschlandfunks mit der deutschen Journalistin und Mitbegründerin des „Missy Magazine“ Stefanie Lohaus.

Frage: Diesmal ist der Aufschrei weltweit. Und es geht längst nicht mehr allein um den Filmproduzenten Harvey Weinstein und die systematische und lange totgeschwiegene sexualisierte Gewalt gegen Frauen in Hollywood. Angestoßen bzw. abgestoßen vom Weinstein-Skandal berichten Frauen aus aller Welt in den sozialen Netzwerken, vor allem bei Twitter unter dem Hashtag #metoo von der alltäglichen sexistischen Gewalt – von Grapschern und Vergewaltigern, von blöden Sprüchen, aggressiven Blicken und sogenannten „anzüglichen Bemerkungen“ – eben der ganz normale Alltag vieler – wahrscheinlich sogar aller – Frauen und Mädchen. […]

Lohaus: Ich habe tatsächlich den Eindruck, dass sich über die Jahre hinweg – ich würde 2013 vielleicht auch als Startpunkt einer Debatte zumindest hier in Deutschland nehmen –, dass da einiges zusammengekommen ist und jetzt auf jeden Fall schon eine größere Sensibilisierung für das Thema da ist. Das sieht man auch im Unterschied zu den Debatten, die wir damals 2013 bei #Aufschrei geführt haben, dass heute weniger Abwehrmechanismen sofort auftauchen, etwa zum Beispiel, die Frauen seien selbst schuld, weil sie sich anzüglich kleiden würden, oder sie würden lügen und so weiter. Das hat man 2013 doch noch häufiger gehört. […] Gleichzeitig sind aber sowohl dumme Sprüche und Belästigungen als auch sexualisierte Gewalt Teil dessen, was man, aus dem amerikanischen Sprachraum kommend, „Rape Culture“ nennt, Vergewaltigungskultur. Es normalisiert sozusagen die Vorstellung, dass Frauen Objekte sind, die man belästigen darf, und insofern hat das schon etwas miteinander zu tun. […]

INFO

Harvey Weinstein
(* 1952)
Der ehemalige US-Filmproduzent wurde nach 2017 öffentlich gewordenen Anschuldigungen mehrfach wegen Sexualstraftaten verurteilt.

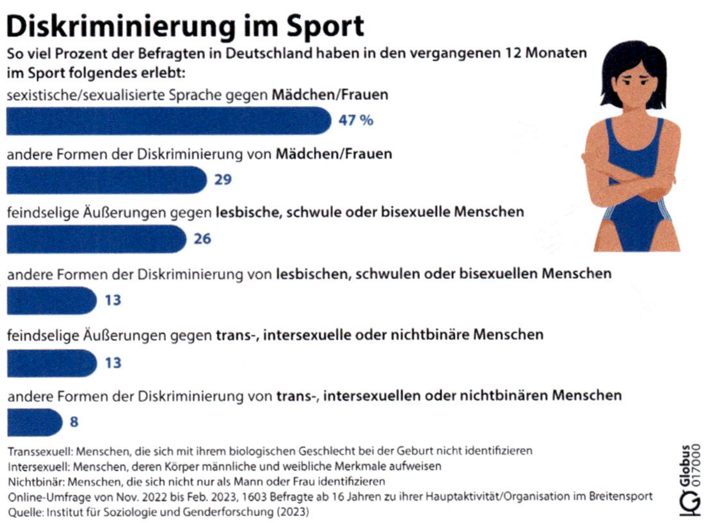

Frage: […] Wieso ist es eigentlich für viele Leute offenbar so schwierig zu erkennen, wann und wo sexualisierte Gewalt anfängt, und dann tatsächlich auch die zu benennen und was dagegen zu unternehmen?

WEBCODE

WES-117977-207
Sexismus begegnen

Lohaus: Na ja, zum einen wachsen wir ja damit auf. Wir wachsen ja auch mit T-Shirts auf für kleine Mädchen; da steht dann „Prinzessin" oder „sexy" oder so. Diese Art von Objektifizierung von Frauen, das beginnt schon im Kindesalter. Und das andere ist, dass natürlich, dass Weinstein nicht bekannt war, das stimmt ja so nicht. Es sagen sehr viele auch Schauspielerinnen, dass sie schon vorher gewarnt wurden, er sei ein Rüpel und so weiter. Das war hinlänglich bekannt. Vielleicht war nicht bekannt, wie weit das dann ging mit den Vergewaltigungen, weil natürlich Frauen dann auch nicht an die Öffentlichkeit treten, weil wir ja häufig diesen Mechanismus sehen, dass ihnen sowieso nicht geglaubt wird. In diesem Falle hätten sie zum einen ihre Karriere ruiniert und zum anderen hätten sie davon ja auch nichts, keine Verurteilung des Täters, wenn ihnen nicht geglaubt wird, wenn sie es nicht beweisen können und so weiter. [...] Es ist nicht immer auch eine Demonstration von Macht; es geht um die Ausübung von Macht. Das Primäre ist, es dient dazu, Frauen sozusagen auf ihren Platz zu verweisen, zu verunsichern. Im beruflichen Alltag habe ich das selbst auch schon erlebt vor einigen Jahren, und das Gefühl, das das bei mir hinterlassen hat, war vor allem ein Gefühl von, ich bin klein, ich bin ohnmächtig, ich habe hier nichts zu sagen, ich werde hier nicht als Mensch gesehen, es geht hier nicht darum, was ich zu sagen habe und was ich kann, sondern es geht einfach darum, mich auf meinen Platz zu verweisen.

Kathrin Hondl, „Dumme Sprüche sind Teil einer Vergewaltigungskultur", in: https://www.deutschlandfunk.de/alltaeglicher-sexismus-dumme-sprueche-sind-teil-einer-100.html, 22.10.2017

M6 Rassismus

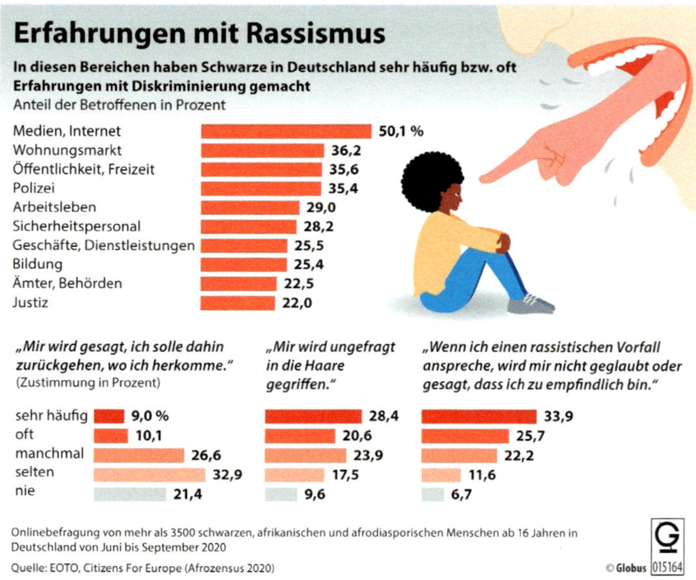

GLOSSAR

Rassismus

Auszug aus einem Interview der Tageszeitung „Der Tagesspiegel" mit der Politikwissenschaftlerin Elisabeth Kaneza.

Frage: Sie selbst haben einen Migrationshintergrund. Haben Sie Erfahrungen mit Rassismus gemacht?

Kaneza: Das würde ich auf jeden Fall sagen. Ich denke, ich kann für viele andere Schwarze Menschen sprechen. Wenn man in Deutschland als fremd gesehen wird, gehört das aus meiner Erfahrung zum Alltag dazu. Ich glaube, als Kind nimmt man erst einmal bei den Eltern wahr, dass es Schwierigkeiten gibt, dann während der Schulzeit bis ins Erwachsenenalter. Es ist dann irgendwann so, dass man sich schon darauf einstellt. Dabei stellt sich die Frage, welche Mechanismen man hat, um damit umzugehen. Mit dem Erwachsenwerden ist eine gewisse Resilienz bei mir entstanden. Das zeigt sich dadurch, dass ich das auch ansprechen kann, was ich aus meiner Perspektive als Rassismus und Diskriminierung werte. Dennoch ist Zivilcourage von anderen wichtig. Ich habe es im Bekanntenkreis selbst erlebt, wenn ein blöder Kommentar kommt und niemand etwas dazu sagt. Es ist schwierig, wenn man als Betroffene immer diejenige ist, die dagegenhalten muss.

Frage: Haben Sie konkrete Beispiele für rassistische Bemerkungen, die Sie im Freundes- und Bekanntenkreis erlebt haben?

Kaneza: Vorurteile gegenüber Afrikanern, die in einem Gespräch auf Stammtisch-Niveau verbreitet werden. Gehört habe ich zum Beispiel, dass Afrikaner immer so viele Kinder bekommen. Dass afrikanische Männer nicht treu sein können, weil das nicht ihrer Natur entspricht. Das sind Vorurteile, die ich in dem Moment auch mit meiner afrikanischen Herkunft verbinde. Natürlich ist das dann erst einmal sehr verletzend. Das sind Fälle, bei denen ich mir gewünscht hätte, dass jemand anderes außer mir Partei ergreift. Ein anderes Mal hat jemand gesagt, dass alle Afrikaner korrupt sind.

Oft kam es auch vor, dass es von nicht betroffenen Menschen relativiert wird, wenn ich meine Rassismus-Erfahrungen teile. Zum Beispiel wurde schon gesagt, dass ich mir das eingebildet habe. Das passiert mir immer wieder. Viele können sich nicht vorstellen, dass das so alltäglich ist. […]

Frage: Nicht alles ist offener Rassismus, vieles läuft unbewusst oder ist „gut gemeint". Erleben Sie das häufiger?

Kaneza: Der Grund, weshalb das so schwer zu greifen ist, ist weil wir in Deutschland eine Referenz haben, was Rassismus ist. Das sind die NS-Vergangenheit und der Holocaust. Dann darunter etwas als rassistisch zu bezeichnen, führt in Deutschland unweigerlich dazu, dass eine Abwehrreaktion kommt. Es heißt sofort: Oh mein Gott, ich bin kein Nazi. Es ist also ein Tabuthema. Aber Rassismus wird im Alltag weitergetragen. Zum Beispiel, wenn jemand offensichtlich eine nicht-weiße Hautfarbe hat oder ein Kopftuch trägt, gehen viele davon aus, dass diese Person von irgendwo anders herkommen muss und nicht deutsch ist. Harmlos gemeinte Fragen wie „Wo kommst du wirklich her?" oder „Wo kommen deine Eltern denn her?" grenzen den Befragten dann aus. Diese Erfahrung im Laufe eines Lebens führt dann dazu, dass sich diese Menschen dann immer so fühlen, als wären sie nicht deutsch. Es ist dann egal, wie lange sie hier sind, in der wievielten Generation. Wenn man als Deutscher anerkannt werden möchte, sind Fragen nach der Herkunft immer ein Dämpfer.

Frage: Wurde Ihnen auch schon oft die Frage nach Ihrer Herkunft gestellt?

Kaneza: Auf jeden Fall. Es kommt aber auch auf den Kontext an. Mir ist aufgefallen, dass es im akademischen Kontext und seitdem ich promoviere irgendwann nicht mehr relevant ist. Dort stellt man diese Frage eher nicht. Ich merke aber im sozialen Bereich, dass schon noch gefragt wird. Oder ich bekomme Rückmeldungen darüber, dass ich gut Deutsch spreche.

Frage: Nehmen Sie Fragen nach Ihrer Herkunft manchmal auch als positiv wahr?

Kaneza: Ich unterscheide das auf jeden Fall – je nach Kontext. Wenn wir uns treffen würden und Ihre erste Frage wäre: „Woher kommen Sie wirklich?", dann würde ich das als eine nicht so wertschätzende Frage wahrnehmen. Anders ist es, wenn im Laufe eines Gesprächs herauskommt, dass ich ruandische Wurzeln habe und jemand fragt, wo genau aus Afrika meine Eltern und ich herkommen. Dann zeigt sich auch, dass sich diese Person für Afrika oder die Region interessiert.

Birte Förster, „Rassismus ist Teil meines Alltags", in: https://www.tagesspiegel.de/potsdam/landeshauptstadt/rassismus-ist-teil-meines-alltags-7945894.html, 24.09.2020

WEBCODE
WES-117977-208
Rassismus begegnen

1. **Arbeiten** Sie die jeweilige Kernaussage der Zitate **heraus** und **benennen** Sie die verfassungsrechtlichen Konflikte mit dem Grundgesetz (M 1).
2. **Fassen** Sie das Konzept der gruppenbezogenen Menschenfeindlichkeit **zusammen** (M 2).
3. **Erläutern** Sie die „Funktion" von gruppenbezogener Diskriminierung für die ausgrenzenden bzw. anfeindenden sozialen Gruppen (M 3).
4. **Setzen** Sie sich arbeitsteilig mit Homophobie, Transfeindlichkeit, Sexismus und Rassismus **auseinander** (M 4–M 6).
5. **Werten** Sie die Statistiken in M 5 und M 6 **aus**.
6. **Präsentieren** Sie Ihre Ergebnisse aus den Aufgaben 2 und 3 in einem medialen Produkt Ihrer Wahl.
7. **Bewerten** Sie die Frage: „Wie viel Diskriminierung muss eine Demokratie ertragen können?"

3.4 Muss die Meinungsfreiheit an die Leine?

M1 Auf Hass folgt …

Zeichnung: Schwarwel

Zeichnung: Mahmoud Abbas

M2 Hate Speech als digitale Form gruppenbezogener Menschenfeindlichkeit

INFO

Hate Spech
engl. Hassrede

Im Fokus der öffentlichen Debatte in Deutschland 2016/17 standen zunächst die nach dem Europarat als Hate Speech bezeichneten Kommunikationsinhalte, die Menschen aufgrund von Herkunft, Hautfarbe, Geschlecht, sexueller Orientierung, körperlichen Einschränkungen oder Religion angreifen oder entsprechende Inhalte fördern, rechtfertigen oder dazu anstiften. Die Herabsetzung und Verunglimpfung von bestimmten Bevölkerungsgruppen, Ausdruck gruppenbezogener Menschenfeindlichkeit, stellen zwar nichts Neues dar, haben jedoch im Netz seit der verstärkten Zuwanderung von Asyl suchenden Menschen ab 2015 stark zugenommen.

In Deutschland klar strafbare Inhalte wie Volksverhetzung, Bedrohung oder Beleidigung können dabei von Formen von Hate Speech unterschieden werden, die bisher nicht strafbar sind. Dazu zählen etwa Cybermobbing, die Diffamierung, Belästigung oder Nötigung der Betroffenen oder schlicht und einfach: toxisches Kommunikationsverhalten. Darunter werden Kommunikationsweisen und -inhalte verstanden, die durch Methoden wie permanente Herabwürdigung der Diskussionspartner, Lügen, Beschimpfungen und andere destruktive Äußerungen dazu beitragen, Online-Gemeinschaften zu zerstören bzw. bestimmte Teilnehmer_innen dazu bringen, entsprechende Gemeinschaften zu verlassen.

Den verschiedenen Formen gemeinsam sind gravierende physische und psychische Folgen bei den Betroffenen. Sie beginnen bei Kopfschmerzen und erhöhtem Blutdruck und können bis zu Aggressivität, Angstzuständen und Suizid reichen. Mitunter wirken sie sich auch auf das Umfeld der Betroffenen aus.

Alarmierend sind die in Zusammenhang mit Hate Speech zu beobachtende Verbreitung von Diskriminierung und mannigfachen Aufrufen zu Gewalttaten. Daher muss die strategische Dimension von Hate Speech betont werden: Die Sprechakte sollen oft nicht nur verletzen, sondern werden gezielt als verbale Waffe eingesetzt: zur Rekrutierung von Sympathisant_innen, zur Einschüchterung von Aktivist_innen, um Themen zu setzen und um Deutungshoheit in gesellschaftlichen Diskursen zu gewinnen.

Toxische Narrative. Monitoring rechts-alternativer Akteure, Amadeu Antonio Stiftung: Berlin 2017, S. 7; https://www.amadeu-antonio-stiftung.de/wp-content/uploads/2018/08/monitoring-2017-1.pdf

M3 Facebook als Konfliktverschärfer in Myanmar

In Myanmar ist Facebook das Internet. Oft bereits auf Mobiltelefonen vorinstalliert, ist vielen Nutzern nicht bekannt, dass das soziale Netzwerk nur einen kleinen Teil des tatsächlichen Internets ausmacht. Und, wie auch in anderen Ländern, ist eine Inflation von Hate Speech im Internet zu beobachten. Cybermobbing greift um sich und Desinformation gefährdet die Stabilität alter wie junger Demokratien. Die geringe Medienerfahrung und die breite Nutzung Facebooks in Myanmar führt dazu, dass Hate Speech und Fake News wenig hinterfragt und schnell verbreitet werden. Die Abgrenzung von hochwertigen, journalistischen Beiträgen fällt vielen schwer. Auch die Regierung nutzt primär Facebook-Beiträge als Kommunikationsmittel. Das Zusammenspiel von Facebooks Mediendominanz und der geringen Medienkompetenz der Nutzer haben eine toxische Mischung kreiert.

Das Militär nutzt das Medium zur gezielten Verbreitung von Falschinformationen und hat den öffentlichen Diskurs damit maßgeblich beeinflusst. Viele Bürger Myanmars sind nun festen Glaubens, dass die vom Militär als „Bengali“ bezeichneten Rohingya tatsächlich illegale Einwanderer sind und nicht seit mehreren Generationen im Land leben. Hinzu kommen Gruppen radikaler Buddhisten, die in gleicher Manier aggressiv gegen islamische Mitbürger und insbesondere die Rohingya vorgehen. Nationale und internationale Beobachter aus der Zivilgesellschaft bescheinigen Facebook daher eine maßgebliche Mitschuld an der Verschärfung der Rohingya-Krise durch die langwierige Bereitstellung seiner Plattform für diese Gruppen und die Duldung dieser Inhalte. Es stellt sich die Frage, ob die Katalysator-Wirkung Facebooks vermeidbar gewesen wäre, bzw. was wir für die Zukunft daraus lernen können.

Als Gegenmaßnahme hat Facebook burmesische Muttersprachler zur besseren Kontrolle gemeldeter Beiträge eingestellt. Für die meisten einheimischen NGOs geht dieser Schritt jedoch nicht weit genug, sind doch über 100 ethnische Sprachen in Myanmar Teil des Alltagslebens. Auch die Versprechen der Nutzung von KI sind kritisch zu sehen: Für viele Sprachen gibt es noch kein Wörterbuch, das digital einlesbar ist und auch Umgangssprache wird nicht erfasst. Unlängst löschte Facebook hunderte Seiten und Nutzerprofile, die dem Militär nahestehen. Facebook reagierte so auf Vorwürfe, Hate Speech und die Verbreitung von Desinformation nicht ernst genug zu nehmen. Öffentlichen Beifall gab es kaum – im Gegenteil: nun wird Facebook in Myanmar Zensur vorgeworfen.

Die Regierung Myanmars richtete vor kurzem ein Social Media Monitoring Team ein und das Ministerium für Kultur und religiöse Angelegenheiten hat dem Parlament schon 2017 einen Gesetzentwurf namens „Interfaith Harmony Law“ zur Verabschiedung vorgelegt, der mittlerweile zu Hate Speech Prevention Bill umbenannt wurde. Beides führt zu Bedenken, dass neue Strukturen geschaffen werden, um gezielt die Presse- und Meinungsfreiheit in Myanmar einzuschränken. […] Mittlerweile konnten die bereits vermutete, aktive Nutzung Facebooks durch das Militär für Propagandazwecke und Anstiftung zur Gewalt gegen Rohingya bestätigt werden, unter anderem vom UN-Bericht der Fact Finding Mission zur Situation der Rohingya in Myanmar.

Bernd Schlömer, Facebook als Konfliktverschärfer in Myanmars Rohingya-Krise, in: https://www.freiheit.org/de/deutschland/facebook-als-konfliktverschaerfer-myanmars-rohingya-krise, 22.01.2019

INFO

Rohingya
Im Jahr 2017 vertrieb das myanmarische Militär gewaltsam ca. 700 000 Angehörige der ethnischen Minderheit der Rohingya aus Myanmar nach Bangladesch. International wurde dies als ethnische Säuberung und möglicher Völkermord verurteilt.

Rohingya auf der Flucht (2017)

1 **Beschreiben** Sie die Karikaturen und **formulieren** Sie mögliche Deutungshypothesen (M 1).

2 **Erläutern** Sie, inwiefern Hate Speech Teil einer kommunikativen Strategie ist (M 2).

3 **Stellen** Sie die Rolle von Facebook in Zusammenhang mit den Geschehnissen in Myanmar **dar** (M 3) und **setzen** Sie sich mit Ihren Ergebnissen **auseinander**.

4 **Diskutieren** Sie, wie man in der öffentlichen Debatte mit Hate Speech umgehen sollte.

M4 Die feinen Unterschiede …

Zeichnung: Nel

M5 Falschmeldungen

INFO

Hillary Clinton (* 1947)
Die amerikanische Politikerin und Ehefrau des US-Präsidenten Bill Clinton war im Jahr 2016 die Präsidentschaftskandidatin der Demokratischen Partei. Clinton verlor die Wahl gegen Donald Trump, den Kandidaten der Republikanischen Partei.

Seit der [ersten] Wahl Donald Trumps zum US-Präsidenten im November 2016 steht ein weiteres Phänomen im Fokus medialer Aufmerksamkeit: die virale Verbreitung von Falschmeldungen, Gerüchten und Lügen – kurz: Fake News. Gemeint sind Falschmeldungen, die über das Internet und insbesondere die sozialen Netzwerke verbreitet werden, um die öffentliche Meinungsbildung zu beeinflussen.
Auch dieses Phänomen ist nicht neu. Für Deutschland lässt sich besonders seit der starken Zunahme der Zahl von Asylsuchenden ab Herbst 2015 ein massiver Anstieg verzeichnen, den Projekte wie HOAXmap.org genau dokumentieren. Im Anschluss an die US-Wahl widmeten sich große Teile der Presse der Frage, inwiefern Fake News den Ausgang der Wahl bestimmt haben.
Denn diese unterstützten in der Mehrzahl die Kandidatur Donald Trumps. Prominentestes Beispiel war das sogenannte „Pizzagate", bei dem Hillary Clinton unterstellt wurde, sie betreibe in einer Pizzeria in Washington ein Pädophilennetzwerk.
Jüngere Studien verweisen allerdings darauf, dass es weniger Fake News an und für sich waren, die den Ausgang der Wahl bestimmten. Stattdessen zeige der Wahlausgang einerseits die Spaltung der US-amerikanischen Gesellschaft, wie sie auch im Kontext des Einreiseverbots für Muslime aus bestimmten Ländern in die USA zutage trat, das von ca. der Hälfte der Bevölkerung unterstützt wurde. Andererseits seien Fake News wiederum nur ein Symptom der systematischen Etablierung rechtsalternativer Medienlandschaften etwa um Breitbart, Fox News und die verschwörungstheoretische Seite „Infowars" herum, die soziale Netzwerke äußerst strategisch und geschickt dafür nutzen, um eine Vielzahl irreführender Informationen bis hin zur Desinformation zu verbreiten. Ziel ist es dabei, alternative Gegenöffentlichkeiten zum vermeintlichen medialen Mainstream zu etablieren, die Themenwahl der Mainstream-Medien zu beeinflussen und vor allem: Emotionen wie Angst und Hass – die Grundlage von Hate Speech – zu schüren sowie Verschwörungserzählungen zu verbreiten.

Toxische Narrative. Monitoring rechts-alternativer Akteure, Amadeu Antonio Stiftung: Berlin 2017, S. 7 f.; https://www.amadeu-antonio-stiftung.de/wp-content/uploads/2018/08/monitoring-2017-1.pdf

M6 Die Verantwortung der Betreiber von sozialen Netzwerken

INFO

Renate Künast (* 1955)
deutsche Politikerin (Bündnis 90/Die Grünen)

Renate Künast (Grüne) hat gegen den Facebook-Konzern Meta einen juristischen Erfolg im Streit um die Löschung von Falschzitaten im Internet errungen. Wie das Oberlandesgericht Frankfurt am Main […] urteilte, müsse Meta „auch andere sinngleiche Äußerungen löschen", wenn die Plattform Kenntnis von einem rechtsverletzenden Post erlangt habe. Meta löscht meist nur den einzelnen beleidigenden Beitrag, wenn Betroffene diesen gemeldet haben. Das Urteil vom Donnerstag bedeutet, dass die Plattform nach einer ersten Meldung eines einzelnen Beitrags auch Kopien solch rechtswidriger Beiträge selbstständig finden und löschen muss.
Konkret ging es in dem Verfahren um eine auf Facebook gepostete Zitatkachel. Darin wurde Künast fälschlicherweise ein Satz in den Mund

gelegt: „Integration fängt damit an, dass Sie als Deutscher mal Türkisch lernen“. Bereits 2015 wehrte sich die Grünenpolitikerin gegen die Verbreitung dieses Falschzitats, dennoch wurde es immer wieder auf Facebook veröffentlicht und nicht gelöscht. „Es kann nicht sein, dass ich als einzelne Betroffene es mir zur Lebensaufgabe machen muss, das gesamte Facebook-Netz abzusuchen, um jede Kopie eines verleumderischen Falschzitats zu suchen, zu melden und dann löschen zu lassen“, sagt Renate Künast bei Einreichung der Klage im Jahr 2021 […]. „Wenn Facebook ein Ort ist, an dem Rechtsextremismus sich von der Basis organisieren kann, Demokratie zerstört wird und Falschinformationen massenhaft verbreitet werden, dann dürfen wir es dem Unternehmen nicht durchgehen lassen, dass Betroffene von Hetze so auf sich allein gestellt sind“, so Künast. […]

Das Landgericht Frankfurt am Main hatte Künast im April 2022 in der Sache recht gegeben. Facebooks Konzernmutter Meta wurde verpflichtet, nicht nur spezifische, von Künast gemeldete verleumderische Inhalte zu löschen, sondern auch aktiv nach allen weiteren vorhandenen „identischen“ und „kerngleichen“ Kopien eines verfälschten Postings zu suchen und diese zu entfernen, hieß es damals im Urteil. Meta hatte dagegen Berufung eingelegt und argumentiert, man hafte als neutraler Host-Provider nur für konkret gemeldete Inhalte. Außerdem würde die Klage die Freiheit der Internetkommunikation gefährden.

Die Berufung wies das Oberlandesgericht nun im Wesentlichen zurück. Es könne Facebook zugemutet werden, nach solchen Inhalten zu suchen, teilte das Gericht mit. Mithilfe von KI-Systemen könne dabei auch eine „automatische Vorfilterung“ erfolgen. „Damit erhalten Betroffene viral gehender Verleumdungen endlich effektiven Rechtsschutz“, sagte Künasts Rechtsanwalt Matthias Pilz nach der Urteilsverkündung. „Soziale Medien müssen Rechtsverletzungen umfassend löschen, wenn sie davon einmal in Kenntnis gesetzt wurden.“ […] Die Entscheidung ist nicht rechtskräftig. Meta kann gegen das Urteil Revision einlegen.

QUERVERWEIS

VERTIEFUNG Sind wir Fake News und Desinformationen hilflos ausgeliefert? S. 466 ff.

Renate Künast siegt vor Gericht gegen Meta, in: https://www.spiegel.de/netzwelt/fake-news-auf-facebook-renate-kuenast-siegt-vor-gericht-gegen-meta-a-501078f0-f312-457e-a4de-20c2feeeed0, 25.01.2024

M 7 Monitoring

Um der allgemeinen, intransparenten Manipulation des gesellschaftlichen Diskurses, der Polarisierung der Wählerschaft, entgegen zu wirken, ist eine Transparenz über Algorithmen gefordert, welche den Newsfeed bestimmen. Ebenfalls zu erörtern wäre die Frage: Ist eine Beschränkung der Beeinflussung der Newsfeeds durch Werbung denkbar, gehen doch viele Nutzer von einer Objektivität „ihrer“ Nachrichten aus?

Die Gefahr der Manipulation von Wahlen durch Micro-Targeting rückt den Datenschutz ins Zentrum der Betrachtung: Das im Vergleich zu den USA hohe Datenschutzniveau in Deutschland bietet aktuell einen gewissen Schutz vor vergleichbaren Wahlkampfstrategien. Dieses ist allerdings in Gefahr, […] vor allem durch den vom Innenministerium vorgelegten Gesetzes-Entwurf zur nationalen Umsetzung der EU-Datenschutz-Grundverordnung. Darin sollen Kernprinzipien wie die Zweckbindung und ein Verbot der Profilbildung individueller Personen verwässert werden. Dass der entsprechende Entwurf ausgerechnet von dem (Innen-)Ministerium kommt, welches die Gefahren einer möglichen Wahlmanipulation derzeit am lautesten thematisiert, hinterlässt die Frage: Fehlt es hier an Hintergrundwissen oder dient die Politisierung von Fake News nicht ganz anderen Interessen?

Eine Möglichkeit, das konkrete Vorgehen gegen Hatespeech und Fake News auf rechtsstaatlich verantwortliche Füße zu stellen, bestünde in einer Kombination von Maßnahmen, basierend auf einem externen, transparenten Monitoring, wie es beispielsweise vom iHub-Projekt in Kenia entwickelt wurde. Die mittlerweile mit Automatisierung und maschinellem Lernen kombinierten Monitoring-Technologien sollten vor allem eine rechtzeitige Intervention bei Gewalt im Kontext nationaler Wahlen ermöglichen. Aktuell testen Nachbarstaaten das Erfolgsmodell, die

INFO

Micro-Targeting bezeichnet im Wahlkampf die gezielte Ansprache kleiner, genau definierter Wählergruppen mithilfe von Datenanalysen, um deren Interessen und Bedürfnisse individuell anzusprechen

nächsten Evaluationen stehen noch in diesem Monat an.
Ein solches Monitoring könnte zunächst Aufschluss geben zum Aufkommen strafbarer Inhalte – und ob entsprechende Maßnahmen zu seiner Reduktion beitragen. Einsichten in die Dynamik der Verbreitung von Hatespeech oder Fake News – beispielsweise über Verursacher, Adressaten, Knotenpunkte etc. – ermöglichten in Kooperation mit Strafverfolgungsbehörden eine strategische Ahndung: Durch die Berücksichtigung des Einflusses der Speaker könnte die Überforderung der Behörden in der Verfolgung strafbarer Inhalte begrenzt, die abschreckende Wirkung entsprechender Urteile maximiert werden. Eine Kooperation mit Polizei und Sicherheitskräften erlaubte unter Umständen sogar eine rechtzeitige Intervention bei Gewalt. In Verbindung mit einer Prüfung entsprechender Hatespeech-/Fake-News-Meldungen könnte das Monitoring darüber hinaus den Umgang mit Löschforderungen gegenüber den Plattformen transparenter gestalten, der Gefahr des übermäßigen Löschens von Inhalten durch voraus eilenden Gehorsam (zum Beispiel in Folge möglicher Haftung oder Bußgelder) begegnen.
Allerdings ist die Transparenz und Unabhängigkeit des Monitorings von entscheidender Bedeutung. Sie unterscheidet die Maßnahme beispielsweise von den prominent kritisierten Plänen der Massendatenauswertung von Internetinhalten durch das Bundesamt für Verfassungsschutz (BfV). Dies berücksichtigt, könnte es vor allem belastbaren Boden in die Debatte bringen. Denn eins ist Fakt: Der Politisierung „unliebsamer Inhalte“ gegenüber stehen bislang äußerst wenige Erkenntnisse über deren tatsächliches Aufkommen oder Erfolge ihrer Bekämpfung: Die „Löschquote“ der von Nutzern gemeldeter Inhalte kennzeichnet weder die korrekte Bearbeitung gemeldeter, potenziell strafbarer Inhalte noch Erfolge der Maßnahme als solcher.

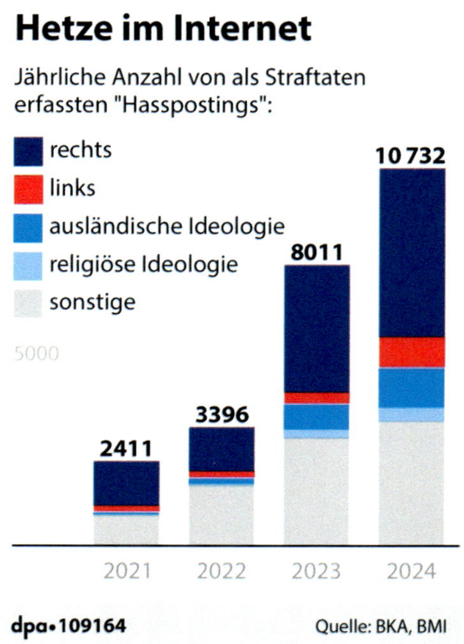

Julia Krüger, Warum der bisherige Kampf gegen #hatespeech und #fakenews auf Facebook irreführend ist – und welche Alternativen sich bieten, in: https://netzpolitik.org/2017/warum-der-kampf-gegen-hatespeech-und-fakenews-auf-facebook-irrefuehrend-ist-und-welche-alternativen-sich-bieten/, 15.01.2017

M8 Trusted Flagger – nützlich …

QUERVERWEIS
Der Digital Services Act – ein entscheidender Schritt hin zu einem hassfreieren und demokratischeren Internet?
S. 232 ff.

Die Bundesnetzagentur hat die drei Organisationen HateAid, den Bundesverband Onlinehandel und die Verbraucherzentrale Bundesverband als sogenannte „Trusted Flagger“ zertifiziert. […]
Bei „Trusted Flaggern“ handelt es sich um Hinweisgeber, die mutmaßlich verbotene Inhalte an Techkonzerne wie Meta melden. Solche Meldestellen nutzen manche Konzerne zwar schon seit Jahren, jedoch wurde das System mit dem „Digital Services Act“ (DSA) der EU erstmals umfassend reguliert. Das Gesetz für Onlineplattformen und soziale Netzwerke macht etwa die Vorgabe, dass „Trusted Flagger“ von einer staatlichen Stelle auf ihre Eignung geprüft werden müssen. Laut Bundesnetzagentur sind die zugelassenen „Trusted Flagger“ verpflichtet, einmal im Jahr einen Tätigkeitsbericht zu veröffentlichen. Dieser muss Informationen über die gemeldeten Beiträge und betroffenen Plattformen und ihre Maßnahmen enthalten.
„Social-Media-Plattformen lassen zu, dass auf ihnen strafbare Inhalte wie Morddrohungen

oder antisemitische Volksverhetzung von radikalen Kräften verbreitet werden", erklärt HateAid-Geschäftsführerin Josephine Balon in einer Pressemitteilung anlässlich der Zertifizierung ihrer Organisation. Die Umsetzung des Digital Services Act sei der Versuch, „unsere Demokratie, die EU-Mitgliedstaaten und jeden einzelnen Nutzenden gegen die Willkür der Tech-Plattformen zu verteidigen", sagte Ballon. „Trusted Flagger" sollen beim Kampf gegen unerlaubte Inhalte im Netz vor allem helfen, um in einem ersten Schritt der Flut an mutmaßlich unerlaubten Inhalten Herr zu werden. Sie agieren wie eine Art Vorsortierer, entscheiden aber nicht selbst darüber, welche Inhalte entfernt oder gesperrt werden. Diese Entscheidung verbleibt bei Unternehmen wie TikTok, Facebook oder YouTube. Sie beschäftigen dafür sogenannte Content Moderatoren und auch Juristen, die bei besonders strittigen Fällen eingeschaltet werden können. Wenn Nutzer ihre Posts zu Unrecht entfernt sehen, können sie wiederum bei einer staatlichen Schlichtungsstelle Einspruch einlegen. Etwaige Ermittlungen wegen Online-Postings übernehmen wiederum Polizeibehörden und Staatsanwaltschaften. Beim Bundeskriminalamt gibt es eine entsprechende Zentralstelle.

Bundesnetzagentur ernennt weitere Organisationen als „Trusted Flagger", in: https://www.spiegel.de/netzwelt/netzpolitik/bundesnetzagentur-neue-trusted-flagger-gegen-hasskriminalitaet-im-netz-a-85403c3a-e413-42c8-aa83-465186a76448, 02.06.2025

M9 … oder gefährlich?

Die offene Flanke eines Meldesystems, das auf rechtswidrige Inhalte abstellt, ist […] offensichtlich wie erheblich: Es besteht die konkrete Gefahr, dass Trusted Flagger in nicht unerheblichem Umfang auch rechtmäßige Meinungsäußerungen melden. […]

Es gefährdet das Grundrecht der Meinungsfreiheit strukturell, dass Trusted Flagger regelmäßig weder die juristische Expertise aufweisen noch die Zeit aufbringen können, um – von evidenten Fällen abgesehen – beurteilen zu können, ob eine Meinungsäußerung nun rechtswidrig ist oder nicht. In der Rechtspraxis ist es nicht selten, dass Äußerungen erst in einem Instanzenweg durch die Strafgerichtsbarkeit als rechtswidrig oder zulässig qualifiziert werden und die Fachgerichte sich dann noch durch das Bundesverfassungsgericht korrigieren lassen müssen. Die Trusted Flagger sollen das unter Zeitdruck und den Modalitäten des Massenanfalls kontextabhängig beurteilen können? Eine geradezu absurde Vorstellung. Es ist daher absehbar, dass nicht nur im Einzelfall rechtmäßige Inhalte gemeldet (und in der Folge gelöscht) werden. […] Schon in der Meldung (rechtmäßiger Inhalte) selbst liegt ein erhöhtes Gefährdungspotenzial für die Meinungsfreiheit. Zudem wird der Intermediäre bei Trusted Flagger-Meldungen im Zweifel eher zur Löschung geneigt sein, ist es doch immerhin eine staatlich lizensierte und nicht selten auch staatlich finanzierte Meldestelle, auf deren Meldung man schon deswegen streng reagiert, um staatliche Sanktionen im Falle von Nichtlöschungen zu vermeiden.

Josef Franz Lindner, Trusted Flagger als Gefahr für die Meinungsfreiheit, in: https://verfassungsblog.de/trusted-flagger-als-gefahr/, 08.11.2024

1. **Interpretieren** Sie die Karikatur (M 4).
2. **Arbeiten** Sie aus M 5 **heraus**, wie Fake News für politische Zwecke genutzt werden.
3. **Legen** Sie die Relevanz des Urteils im Rechtsstreit Meta versus Künast **dar** (M 6).
4. **Werten** Sie die Statistik in M 7 **aus**.
5. **Erläutern** Sie die Maßnahmen gegen Fake News und Hate Speech (M 7, M 8).
6. **Bewerten** Sie mögliche Gefahren von Trusted Flaggern (M 8, M 9).
7. **Erörtern** Sie die Problemfrage, indem Sie einen konkreten Maßnahmenkatalog zur Regulierung von sozialen Medien **entwerfen** und **begründen**.

3.5 Bedrohen Narrative die Demokratie?

M1 Worte bestimmen unseren Blickwinkel

Nein, gerade Tatsachen gibt es nicht, nur Interpretationen.

Friedrich Nietzsche (1844–1900), deutscher Philosoph

„Unworte des Jahres“ in Deutschland (Auswahl):

1993: Überfremdung
2011: Döner Morde
2013: Sozialtourismus
2016: Volksverräter
2018: Anti-Abschiebe-Industrie
2023: Remigration

M2 Deutungsrahmen

Menschen sind *rationale* Wesen. Sie können *vernunftgesteuert* handeln. Legt man nur alle relevanten Fakten auf den Tisch, können sie diese *objektiv* gegeneinander abwägen und entscheiden, was zu tun ist – ob beispielsweise ein politisches Vorhaben unterstützt werden soll oder nicht. So denken viele Menschen, so haben wir es gelernt – und so geistert es noch heute über die Flure der Parteizentralen und Medienredaktionen. Doch mit dieser Vorstellung hinken wir den Erkenntnissen der Neuro- und Kognitionsforschung hinterher und verfehlen die Chance, einen wirklich transparenten demokratischen Diskurs zu führen. Wieso? Weil in politischen Debatten nicht Fakten an und für sich entscheidend sind, sondern gedankliche Deutungsrahmen, in der kognitiven Wissenschaft *Frames* genannt. Frames werden durch Sprache im Gehirn aktiviert. Sie sind es, die Fakten erst eine Bedeutung verleihen, und zwar, indem sie Informationen im Verhältnis zu unseren körperlichen Erfahrungen und unserem abgespeicherten Wissen über die Welt einordnen. Dabei sind Frames immer selektiv. Sie heben bestimmte Fakten und Realitäten hervor und lassen andere unter den Tisch fallen. Frames bewerten und interpretieren also. Und sind sie erst einmal über Sprache – etwa jener in öffentlichen Debatten – in unseren Köpfen aktiviert, so leiten sie unser Denken und Handeln an, und zwar ohne dass wir es merkten. Es ist höchste Zeit, unsere Naivität gegenüber der Bedeutung von Sprache in der Politik abzulegen.

Elisabeth Wehling, Politisches Framing. Wie eine Nation sich ihr Denken einredet – und daraus Politik macht, Ullstein: Berlin 2018, S. 17 f.

M3 Erzählungen

Narrative – Erzählungen – repräsentieren Ereignisse. Sie transportieren dabei zweierlei: Auf der inhaltlichen Ebene geben sie Auskunft über das Ereignis an und für sich bzw. eine Antwort auf die Frage nach dem „Was“ eines Geschehens. Auf der diskursiven Ebene erfolgt eine Mitteilung über das „Wie“, das die zeitliche Dimension des Geschehens ebenso einschließt wie etwa eine Beschreibung des Settings und kausale Erklärungen. Damit überführt ein Narrativ Ereignisse in einen sinnhaften Kontext. Dabei werden Einzelheiten ausgewählt oder fortgelassen. Es erfolgt also eine Interpretation des Ereignisses aus einer speziellen Perspektive, die zum Verständnis eine Anschlussfähigkeit des Narratives an das Wissen und die Erfahrung potenzieller Rezipienten voraussetzt.

Toxische Narrative. Monitoring rechts-alternativer Akteure, Amadeu Antonio Stiftung: Berlin 2017, S. 10; https://www.amadeu-antonio-stiftung.de/wp-content/uploads/2018/08/monitoring-2017-1.pdf

M 4 Weltbilder

Bedrohung von außen […]
Volksaustausch – Migration als Waffe
Die schon seit vielen Jahren in rechtsextremen Kreisen als „Volkstod" bekannte Erzählung erlebt unter den Schlagworten „Volksaustausch", „der große Austausch" (Identitäre Bewegung) und „Migration als Waffe" eine Renaissance. Die Deutschen würden angeblich durch ankommende Flüchtlinge, Migration und Islamisierung zur Minderheit, also „vernichtet" bzw. „ausgetauscht" werden. Damit ist diese Erzählung sehr anschlussfähig für konkrete Verschwörungserzählungen, nach denen dieser Austausch gewollt und geplant sei; wahlweise von „den Politikern" oder „der Elite", die meist jüdisch konnotiert ist. […]

Bedrohung von innen […]
Umerziehung
Emanzipatorische Fortschritte und Gleichberechtigung werden negativ erzählt: Political Correctness sorge für Sprechverbote, da Begriffe als rassistisch, sexistisch und antisemitisch markiert werden, die „früher" nicht als solche erkannt wurden. Ebenso würden „unsere Kinder" durch sexuelle Früherziehung zu moralisch verkommenen Menschen geformt. Schuld an diesen Entwicklungen sei das „links-grün versiffte Pack". Damit konstruieren entsprechende Erzählungen das Bild, dass „früher alles besser war", und sollen somit Sehnsucht nach einem diffusen Punkt in der Vergangenheit wecken. […]

Das Establishment manipuliert […]
Lügenpresse
Das Schlagwort „Lügenpresse" und seine Varianten „Lückenpresse", „Pinocchiopresse", „Regierungspresse" verweisen auf die Erzählung, die etablierten Medien würden nicht die Wahrheit über Geschehnisse im In- und Ausland berichten. Hinter diesem Schlagwort steht auch die Annahme, dass die Presse durch die Politik gesteuert sei, um die Bevölkerung zu manipulieren. […]

Widerstand und Lösungen […]
Ethnopluralismus
Ein Schlagwort der Neuen Rechten, welches als Lösungskonzept gegen den Angriff auf die deutsche Kultur/Identität vermittelt werden soll. Gemeint ist damit, dass die deutsche Kultur dann gewahrt und geschützt bleibe, wenn es keine Einflüsse von außen gebe. Entsprechend sollen in Deutschland nur Deutsche leben und in Frankreich nur Franzosen. Davor steht schon die Forderung nach Schließung europäischer Außengrenzen. Damit ist der Ethnopluralismus lediglich Rassismus in neuem Gewand. Deutlich wird dies bei Formulierungen wie „kulturelle Reinheit" und „Wir haben ja nichts gegen Fremde, die sollen nur woanders sein".

Toxische Narrative. Monitoring rechts-alternativer Akteure, Amadeu Antonio Stiftung: Berlin 2017, S. 12 ff.; https://www.amadeu-antonio-stiftung.de/wp-content/uploads/2018/08/monitoring-2017-1.pdf

QUERVERWEIS

VERTIEFUNG
Bestimmen Narrative den Blick auf Konflikte und Kriege?
S. 460 f.

METHODE
Linguistische Analyse
S. 462 f.

1 **Beschreiben** Sie die Wirkung der „Unworte des Jahres" auf Sie und **problematisieren** Sie ihre Verwendung vor dem Hintergrund des Nietzsche-Zitats (M 1). **Recherchieren** Sie ggf. den jeweiligen Kontext.

2 a) **Erläutern** Sie die Begriffe „Frames" und „Narrative" (M 2, M 3).
b) **Recherchieren** Sie eigene Beispiele für die mediale Nutzung von Frames und Narrativen.

3 **Diskutieren** Sie, inwiefern die Narrative in M 4 eine Gefahr für die freiheitliche demokratische Grundordnung darstellen.

4 **Erörtern** Sie, ob Narrative die Demokratie bedrohen.

3.6 Das Bundesverfassungsgericht – Hüter der Verfassung oder politischer Akteur?

M 1 Akivistische Verfassungsrichter?

Zeichnung: Michael Holtschulte

M 2 Regiert Karlsruhe mit?

INFO

Karl Dietrich Bracher (1922–2016) deutscher Politikwissenschaftler und Historiker

GLOSSAR

Bundesverfassungsgericht

Es kann heute keinen Zweifel geben, dass das Bundesverfassungsgericht ein wichtiger politischer Faktor im Regierungssystem der Bundesrepublik geworden ist. Seine Entscheidungen haben politische Auswirkungen. Seine Existenz lässt die Politik anders agieren, weil immer die Möglichkeit des „Gangs nach Karlsruhe" droht, also Gesetze und exekutives Handeln vor den Richterinnen und Richtern in Karlsruhe verhandelt und auch für verfassungswidrig erklärt werden können. Die Antizipation von Verfahren und Verdikt verändert die Politik. [...]

In seiner institutionellen Aufgabenbeschreibung war von Anfang an angelegt, dass das Bundesverfassungsgericht mehr als nur ein Schiedsrichter ist, welcher die Einhaltung des politischen Spielregelwerkes überwacht. Die umfassenden Kompetenzen – nicht zuletzt die abstrakte Normenkontrolle – machten es auch zum Streitentscheider, zuweilen zum Streitschlichter, bei Konflikten zwischen Opposition und Regierung, zwischen dem Bund und den Ländern sowie zwischen den Ländern. Über das Institut der individuellen Verfassungsbeschwerde – ein Novum in der Geschichte der Verfassungsgerichtsbarkeit – wuchs das Gericht zunehmend auch in die Rolle eines Bürgergerichts hinein. Dabei sicherte es Positionen der Bürgerinnen und Bürger, baute den Grundrechtsschutz in vielfältiger Weise aus und verwies Legislative und Exekutive immer wieder in ihre Grenzen – oder forderte den Gesetzgeber zu konkreten Maßnahmen auf. [...]

Im Vorrang der Verfassung, institutionell durch eine Verfassungsgerichtsbarkeit mit weitreichenden Kompetenzen untersetzt, gab sich zugleich ein Generalverdacht gegenüber „der" Politik und dem System der auf unbeschränktem Mehrheitsprinzip basierenden Demokratie zu erkennen. Die Einhegung der Demokratie sollte den Demos davor bewahren, die Demokratie den Feinden der Demokratie auszuliefern, wie es für die „Auflösung der Weimarer Republik" (Karl Dietrich Bracher) diagnostiziert worden war. Die Herrschaft des Rechts wie auch die Sicherung der demokratischen Grundordnung (Parteienverbot, Aberkennung von politischen Grundrechten, Unabänderbarkeit bestimmter Normen des Grundgesetzes) schien nur durch die Institution einer selbstständigen Verfassungsgerichtsbarkeit gewährleistet zu werden.

Eine solche rechtliche Überformung des demokratischen Systems zeitigte aber Folgeprobleme: Als „Hüter der Verfassung" – vor allem als Garant von Menschenwürde, Grundrechten und Demokratie – musste das Bundesverfassungsgericht, wollte es seine Rolle ernst nehmen, unweigerlich in Konflikt mit der Politik geraten. Es schien regelrecht seine Aufgabe zu sein, der Politik ihre Grenzen aufzuzeigen und dabei selber Politik zu machen.

Hans Vorländer, Regiert Karlsruhe mit? Das Bundesverfassungsgericht zwischen Recht und Politik, in: https://www.bpb.de/shop/zeitschriften/apuz/33164/regiert-karlsruhe-mit-das-bundesverfassungsgericht-zwischen-recht-und-politik/, 19.08.2011

1. **Interpretieren** Sie die Karikatur (M 1).
2. **Stellen** Sie Funktion und Stellung des Bundesverfassungsgerichts **dar** (M 2, M 3).
3. **Diskutieren** Sie die Problemfrage (M 1 - M 3).

M3 Aufbau und Zuständigkeiten

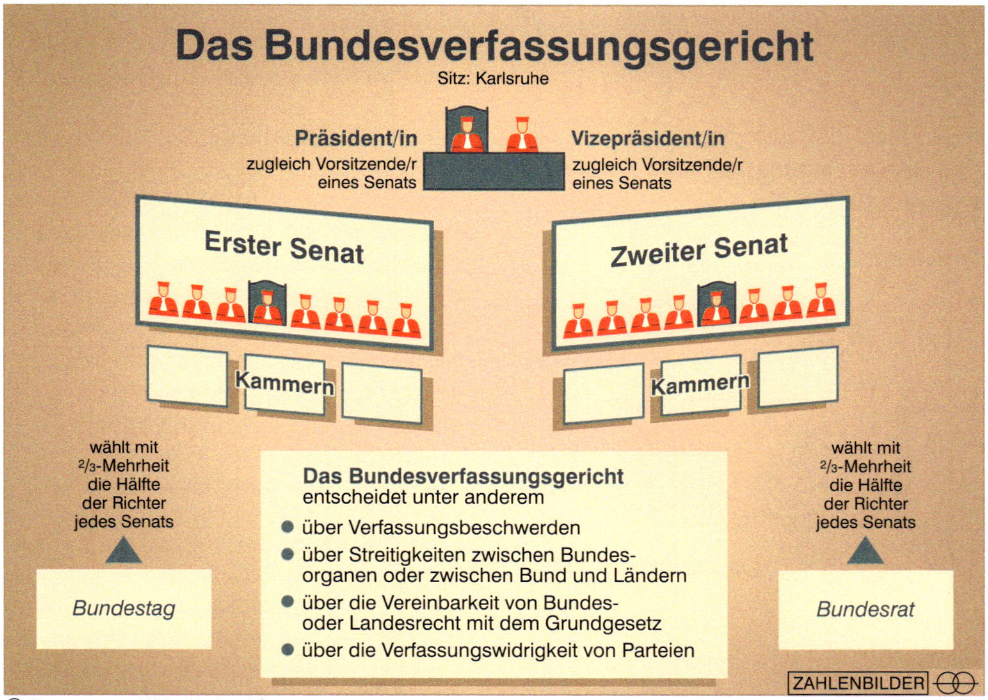

 129 015

Zuständigkeit	Antragsberechtigte	Gegenstand des Verfahrens	Zahl der erledigten Verfahren (1951-2024)
Verfassungs-beschwerde	„jedermann“	Verletzung von Grundrechten durch die öffentliche Gewalt	256 688*
konkrete Normen-kontrolle	jedes Gericht	Prüfung der Vereinbarkeit von Bundes- und Landesgesetzen mit dem Grundgesetz sowie von Landesrecht mit dem Bundesrecht	3 954
abstrakte Normen-kontrolle	■ Bundesregierung ■ Landesregierung ■ ein Viertel der Mitglieder des Bundestags	Prüfung der Vereinbarkeit von Bundes- und Landesgesetzen mit dem Grundgesetz sowie von Landesrecht mit dem Bundesrecht	
Organstreit	■ Bundespräsident ■ Bundestag ■ Bundesrat ■ Bundesregierung ■ mit eigenen Rechten ausgestattete Teile von Bundestag und Bundesrat	Verletzung der Kompetenzen eines Organs durch ein anderes Organ	379
Bund-Länder-Streit	■ Bundesregierung ■ Landesregierung	Meinungsverschiedenheiten über Rechte und Pflichten des Bundes und der Länder	50
Parteiverbot	■ Bundestag ■ Bundesrat ■ Bundesregierung	Verfassungswidrigkeit einer Partei	10

Quelle: Bundesverfassungsgericht (etwa 2,3 Prozent der Verfahren waren erfolgreich)*

3.7 Ist das Bundesverfassungsgericht ausreichend gesichert?

M1 Elefant im Raum?

Zeichnung: Schwarwel

M2 Oberste Gerichte im Visier?

Wenn autoritäre Parteien an die Macht kommen, gehen sie meist gegen demokratische Institutionen vor. [...] In einem ersten Schritt werden „Schiedsrichter“ wie Gerichte attackiert; anschließend werden dann neue Regeln etabliert. [...]

PiS in Polen: Umbau der Justiz

In Polen hatte die rechtskonservative Partei Recht und Gerechtigkeit (PiS) während ihrer Regierungszeit (2015–2023) die Justiz in ihrem Sinne umgebaut und ihre Eigenständigkeit in vielen Bereichen beschnitten. So wurde unter anderem die Geschäftsordnung des Obersten Gerichtshofs geändert, eine Disziplinarkammer eingesetzt, die Eigenständigkeit des Generalstaatsanwalts beschränkt und das Rentenalter für Richter heruntergesetzt, um genehme Juristen einzusetzen. Die Europäische Union reagierte darauf mit einem Verfahren zum Schutz der Rechtsstaatlichkeit. Der Europäische Gerichtshof urteilte, die Reformen verstießen gegen EU-Recht. [...]

Ungarn: Einschränkung der Selbstverwaltung

Seit 2010 ist in Ungarn die Partei Fidesz an der Macht. Seitdem wurde auch hier die Unabhängigkeit der Justiz attackiert. So wurde etwa das Verfassungsgericht in seinen Zuständigkeiten beschränkt und ein nationales Justizamt geschaffen, um die richterliche Selbstverwaltung einzuschränken. Die EU reagierte mit einem Rechtsstaatsverfahren gegen das Land.

Israel: Oberstes Gericht als Kontrollinstanz

Weil es in Israel keine Verfassung gibt, ist das Oberste Gericht eine wichtige Kontrollinstanz. Doch Premierminister Benjamin Netanjahu will die Rechte der Richter beschränken – im Januar 2023 leitete er eine Justizreform in die Wege. Der Umbau des israelischen Rechtssystems zielt vor allem darauf ab, die Gerichtsbarkeit des Landes zu schwächen und die Macht von Parlament und Regierung zu stärken. Gegen das Vorhaben gab es immer wieder Massenproteste. Kritiker sehen die Demokratie in Israel gefährdet. Einen Teil der Reform hat das Oberste Gericht im Januar 2024 gekippt.

USA: Supreme Court mit Rechtsdrall

Wie die Politik in Demokratien Einfluss auf die oberste Gerichtsbarkeit nehmen kann, zeigt sich schließlich auch in den USA. Dort hatte Donald Trump während seiner ersten Amtszeit als US-Präsident dem Supreme Court einen Rechtsdrall verpasst, indem er frei werdende Richterposten mit strikt konservativen Kandidaten besetzte.

Das hat sich für ihn ausgezahlt: Vor dem Hintergrund der ehemals zahlreichen Prozesse gegen Trump kam ihm der Supreme Court zu Hilfe. Das Oberste Gericht der USA entschied, dass ehemalige Präsidenten für offizielle Handlungen im Amt vor Strafverfolgung geschützt sind.

ahe, Mehr Schutz für die Hüter der Verfassung, in: https://www.deutschlandfunk.de/bundesverfassungsgericht-reform-grundgesetz-100.html, 20.12.2024

M 3 Besser geschützt?

Das Bundesverfassungsgericht wacht über die freiheitlich-demokratische Grundordnung und die Grundrechte. Damit das Karlsruher Gericht diese Aufgabe auch in Zukunft so erfüllen kann wie in den vergangenen Jahrzehnten, haben es Union, SPD, Grüne und FDP nun besser abgesichert als bisher und im Bundestag mit Zweidrittelmehrheit einige Grundgesetz-Änderungen beschlossen. Auch die Linke unterstützte das Gesetz. AfD und BSW lehnten es ab.

Nach dem Bundestag stimmte auch der Bundesrat zu. Hintergrund der Reform sind Befürchtungen vor dem politischen Einfluss rechtspopulistischer und autoritärer Kräfte – ein Blick nach Ungarn und Polen zeigt, wie das Justizsystem eines Landes in Bedrängnis geraten kann, wenn die Regierung es gezielt schwächen will.

Das Bundesverfassungsgericht ist ein Verfassungsorgan. Dieser Status war bisher nicht umfassend im Grundgesetz verankert. Das ändert sich nun: Die zwölfjährige Amtszeit der Richter, der Ausschluss einer Wiederwahl sowie die Altersgrenze von 68 Jahren werden nun in der Verfassung festgeschrieben. Diese und andere Vorgaben zu Status, Struktur und Arbeitsweise des Gerichts regelte bislang das Bundesverfassungsgerichtsgesetz. Das aber kann mit einfacher Mehrheit geändert werden, anders als das Grundgesetz. Hier ist eine Zweidrittelmehrheit notwendig.

Auch die Festlegung auf 16 Richter und zwei Senate wird künftig in der Verfassung stehen. Damit die Arbeitsfähigkeit des Gerichts in keinem Fall gefährdet ist, wird dort auch festgehalten, dass ein Richter seine Amtsgeschäfte bis zur Wahl eines Nachfolgers weiterführt. Das Gleiche gilt für die Geschäftsordnungsautonomie, also den Grundsatz, dass das Bundesverfassungsgericht seine inneren Angelegenheiten selbst regeln darf. Das bedeutet unter anderem, dass die Richter selbst entscheiden können, in welcher Reihenfolge sie Akten bearbeiten. Das soll verhindern, dass Politiker bestimmte Entscheidungen des Gerichts hinauszögern können.

Änderungen gibt es auch bei der Richterwahl: Die Hälfte von ihnen wird im Bundestag, die andere Hälfte im Bundesrat gewählt. Das soll grundsätzlich auch so bleiben. Notwendig ist jeweils eine Zweidrittelmehrheit. Das garantierte bislang, dass die Parteien in der Regel politisch gemäßigte Juristinnen und Juristen vorschlugen.

Um bei möglicherweise veränderten Mehrheitsverhältnissen in der Zukunft zu verhindern, dass es zu einer Sperrminorität und zu Blockaden bei der Richterwahl kommt, haben sich SPD, Union, Grüne und FDP auf einen Ersatzwahlmechanismus geeinigt. Falls es keine Zweidrittelmehrheit gibt, kann das Wahlrecht vom Bundestag auf den Bundesrat übergehen und umgekehrt. [...]

Schon eine Änderung der Geschäftsordnung des Gerichts – so wie die mögliche Vorgabe, alle Fälle nach Eingangsdatum abzuarbeiten oder alle Entscheidungen ausführlich zu begründen – hätte ernsthafte Folgen haben und zur Blockade führen können.

Eine andere Möglichkeit wäre gewesen, die zwei Senate durch einen dritten zu ergänzen und diesen mit politisch willfährigen Richtern zu besetzen – oder die Ernennung von Richtern zu blockieren. Diese werden jeweils zur Hälfte mit Zweidrittelmehrheit vom Bundestag und Bundesrat gewählt. Wenn eine Partei hier oder dort mehr als ein Drittel der Stimmen hat, hätte sie auf destruktive Weise eine Richterwahl verhindern können.

ahe, Mehr Schutz für die Hüter der Verfassung, in: https://www.deutschlandfunk.de/bundesverfassungsgericht-reform-grundgesetz-100.html, 20.12.2024

GLOSSAR

Bundesverfassungsgericht

Gewaltenteilung

1 **Beschreiben** Sie die Karikatur und **formulieren** Sie mögliche Deutungshypothesen (M 1).

2 **Ermitteln** Sie aus M 2, mit welchen Methoden ein Verfassungsgericht als Teil der Judikative der Exekutive unterworfen werden kann.

3 **Prüfen** Sie, inwiefern die in M 3 beschriebenen Änderungen das Bundesverfassungsgericht gegen eine Vereinnahmung durch die Exekutive wie in M 2 schützen.

3.8 Keine Freiheit für die Feinde der Freiheit?

M1 Frage und Antwort

Zeichnung: Harm Bengen

M2 Grundrechte entziehen?

Neben neuen Rufen nach einem Parteiverbotsverfahren wird seit einiger Zeit auch der Entzug von Grundrechten bei prominenten Verfassungsfeinden diskutiert. [...]

Der Grundrechtsentzug ist im Grundgesetz geregelt. Wer die Freiheit der Meinungsäußerung, insbesondere die Pressefreiheit, die Lehrfreiheit, die Versammlungsfreiheit, die Vereinigungsfreiheit, das Brief-, Post- und Fernmeldegeheimnis, das Eigentum oder das Asylrecht „zum Kampfe gegen die freiheitliche demokratische Grundordnung missbraucht, verwirkt diese Grundrechte", heißt es in Artikel 18. [...]

Der Entzug der Grundrechte muss vom Bundestag, von der Bundesregierung oder von einer Landesregierung beantragt werden. Der Fall wird dann vor dem Bundesverfassungsgericht in Karlsruhe verhandelt. Dort werden die Parteien des Verfahrens angehört – also auch derjenige, dem Grundrechte entzogen werden sollen.

Die Grundrechtsverwirkung ist in erster Linie keine Strafe, sondern soll dafür sorgen, dass der Betroffene seine verfassungsfeindlichen Tätigkeiten nicht mehr ausüben kann. Das Verfassungsgericht muss deswegen mittels einer „Gefahrenprognose" feststellen, ob von dem Betroffenen wirklich eine ernsthafte Gefahr für die Demokratie ausgeht. Bejahen die Richterinnen und Richter dies, heißt das nicht, dass sämtliche Grundrechte für immer entzogen werden. Karlsruhe kann auch nur einzelne Grundrechte entziehen und dies zeitlich befristen. Nach dem Verfassungsgerichtsgesetz gibt es auch die Möglichkeit, jemandem das Wahlrecht, die Wählbarkeit und die Fähigkeit zur Bekleidung öffentlicher Ämter abzuerkennen. [...]

Der Verfassungsschutz hat die AfD-Landesverbände in Sachsen, Sachsen-Anhalt und Thüringen als „gesichert rechtsextremistisch" eingestuft. Björn Höcke selbst darf von Gerichts wegen als Faschist bezeichnet werden. Vor diesem Hintergrund fordern Politiker wie der thüringische SPD-Landesvorsitzende Georg Maier einen härteren Kurs gegenüber Höcke. Auch der Publizist und Jurist Heribert Prantl sieht im Erstarken der AfD eine Gefahr für die demokratische Ordnung. Die Institutionen der Länder und des Bundes sollten sich dagegen auch mit Artikel 18 zur Wehr setzen. Gleiches forderte Anfang des Jahres eine Petition auf der Plattform WeAct, die sich dezidiert gegen Björn Höcke richtete. 1,67 Millionen Menschen haben unterschrieben und appellierten an die Fraktionsspitzen von SPD, Grünen, FDP, CDU/CSU und Linke im Bundestag, die Bundesregierung zu einem entsprechenden Antrag beim Bundesverfassungsgericht zu bewegen.

In den 1960er- und 1970er-Jahren gab es bereits vier Versuche, Grundrechte abzuerkennen. Alle scheiterten. Darunter war auch das Verfahren gegen den rechtsextremen Verleger Gerhard Frey, der die „Nationalzeitung" herausgab. 1974 lehnte das Bundesverfassungsgericht einen Antrag der Bundesregierung ab, Frey das aktive und passive Wahlrecht abzuerkennen.

Politisch zu bedeutungslos und nicht gefährlich genug für die freiheitlich-demokratische Grundordnung: Mit dieser Begründung hat Karlsruhe alle Verfahren bisher eingestellt.

Bei Höcke könnte das nun anders sein. Im thüringischen Verfassungsschutzbericht wird er häufig genannt. Höckes Äußerungen sind die

Grundlage dafür, dass der AfD-Landesverband in Thüringen als verfassungsfeindlich angesehen wird. Publizist Prantl wirbt deshalb dafür, rechtsextremen Politikern wie Höcke mit dem Artikel 18 des Grundgesetzes zu Leibe zu rücken. Das sei schneller möglich und einfacher zu handhaben als ein Parteiverbot. Die Beweissituation sei bei Artikel 18 des Grundgesetzes einfacher – weil man nur das „verfassungswidrige und systemstürzlerische Agieren" von einzelnen Personen, und nicht von einer ganzen Partei, nachweisen müsse.

ahe/jk, Wie man Björn Höcke von Wahlen ausschließen könnte, in: https://www.deutschlandfunk.de/bjoern-hoecke-grundrechte-entziehen-100.html, 04.10.2024

M3 Parteienfinanzierung verweigern?

Mehr als 20 Jahre ist es her, dass hier das erste Verbotsverfahren gegen die rechtsextreme NPD – heute Die Heimat – begann. Es blieb aus formalen Gründen erfolglos, am Ende des zweiten Verfahrens erklärte das Karlsruher Gericht die Partei im Jahr 2017 zwar für verfassungsfeindlich, verbot sie aber trotzdem nicht – weil sie zu unbedeutend war. Daraufhin erhielt der Instrumentenkasten der wehrhaften Demokratie Zuwachs: Der Bundestag ergänzte die Verfassung um die Möglichkeit, verfassungsfeindliche Parteien zunächst für sechs Jahre von der staatlichen Parteienfinanzierung auszuschließen. Den Einsatz dieses Mittels gegen die NPD billigten die Karlsruher Richterinnen und Richter nun – ebenso wie das Instrument selbst. Damit kann es auch gegen andere Parteien eingesetzt werden. Also auch gegen die AfD. [...]

Groß ist die Angst, dass sich die AfD als Märtyrer stilisieren könnte. Obwohl die Möglichkeit zum Parteienverbot fest im Grundgesetz verankert ist und zu den wichtigen juristischen Säulen der wehrhaften Demokratie gehört: Das Instrument umweht immer auch ein Hauch Autoritarismus. Das weiß auch das Bundesverfassungsgericht. In seinem heutigen Urteil bezeichnet es die Verbotsmöglichkeit als „schärfste und überdies zweischneidige Waffe des demokratischen Rechtsstaats gegen seine organisierten Feinde".

Deshalb geraten nun auch andere juristische Instrumente der wehrhaften Demokratie in den Blick, unter anderem eben der Ausschluss von der Parteienfinanzierung. Der wirkt weniger drastisch als ein Verbot: Ja, die Partei müsste mit substanziell weniger Geld auskommen, aber sie kann weiterhin bei Wahlen antreten. Politisch wäre ein Antrag auf Ausschluss von der Finanzierung darum sicher um einiges leichter zu vertreten. Der bayerische Ministerpräsident Markus Söder hat schon vor dem Urteil erklärt, ein erfolgreicher Finanzierungsausschluss der NPD wäre „eine Blaupause für die AfD". [...]

Rechtlich einfacher als ein Verbotsverfahren wäre ein Finanzierungsausschlussverfahren gegen die AfD wohl nicht. Denn die Hürden sind fast genauso hoch wie für ein Parteienverbot. Der AfD müsste nachgewiesen werden können, dass sie „darauf ausgerichtet ist, die freiheitliche demokratische Grundordnung zu beeinträchtigen oder zu beseitigen oder den Bestand der Bundesrepublik Deutschland zu gefährden", wie es in Artikel 21 Absatz 3 des Grundgesetzes heißt. Der Antragsteller müsste also den gleichen hohen Begründungsaufwand leisten wie für ein Verbot.

Der einzige Unterschied zwischen Verbot und Geldentzug ist das, was Juristen Potenzialität nennen. Um verboten zu werden, muss eine Partei so bedeutsam sein, dass sie ihre verfassungsfeindlichen Ziele auch tatsächlich umsetzen könnte. Das Geld kann man ihr auch wegnehmen, wenn sie dafür zu schwach ist. Für den Umgang mit der AfD ist dieser Unterschied zwischen den beiden Verfahrensarten aber zweitrangig. Sie ist viel bedeutsamer, als es die NPD je war.

Damit bleibt die Frage nach der Verfassungsfeindlichkeit. Weil die AfD in ihrem Programm keine verfassungsfeindlichen Inhalte vertritt, müsste ein Finanzierungsausschlussverfahren ebenso wie ein Verbotsverfahren auf Aussagen von Parteifunktionären und -mitgliedern gestützt werden. Diese müssten der Partei als Ganzes zugerechnet werden können. Je näher die Personen, die verfassungsfeindliche Pläne äußern, der Parteispitze stehen, desto einfacher ist diese Zurechnung. [...] Dass ein Entzug der staatlichen Finanzmittel die AfD durchaus schmerzen kann [...], [zeigt sich beispielsweise daran, das sich] 2021 [...] etwa 44 Prozent der Einnahmen der Partei aus der staatlichen Parteienfinanzierung [speisten], das waren ungefähr elf Millionen Euro.

Wie genau könnte ein juristisches Vorgehen nun aussehen? Die Antragsteller, also Bundestag, Bundesrat oder Bundesregierung, könnten entweder versuchen, die AfD zu verbieten, und hilfsweise direkt den Finanzierungsausschluss mit beantragen. Für den unwahrscheinlichen Fall, dass das Verfassungsgericht die AfD als verfassungsfeindlich, aber nicht als bedeutsam genug einstuft, würde dann das Verbot scheitern, das Geld könnte aber trotzdem entzogen werden. Wie im Fall der NPD. Und falls das Gericht dem Parteienverbot stattgibt, würde die Geldfrage keine Rolle mehr spielen. Politisch verlockender ist der andere Weg: Man beantragt nur den Entzug staatlicher Gelder. Wenn das Gericht dem stattgeben sollte und damit gleichzeitig also auch die Verfassungsfeindlichkeit der AfD feststellt, wäre das zwar ein Sieg für die Antragsteller.

Dieses Vorgehen würde aber zumindest das Risiko bergen, dass sie sich fragen lassen müssen, warum sie dann nicht gleich ein Parteienverbot beantragt haben, wenn die dafür zusätzlich nötige Bedingung, die Potenzialität der AfD, ja ebenfalls erfüllt ist. Letztlich würde das zur Frage führen: Müsste man die AfD verbieten, wenn man es kann?

Julian Sadeghi, Kann man auch der AfD das Geld wegnehmen?, in: https://www.zeit.de/politik/deutschland/2024-01/parteienfinanzierung-afd-npd-bundesverfassungsgericht-staatsgelde, 23.01.2024

M4 Parteiverbot: Die AfD verbieten? Ja!

INFO

Parteiverbot
Bislang sind in der Bundesrepublik Deutschland nur zwei Parteien verboten worden: 1952 die Sozialistische Reichspartei (SRP) und 1956 die Kommunistische Partei Deutschlands (KPD). Ein Verbotsverfahren gegen die NPD scheiterte 2017. Allerdings wurde die Partei vom Bundesverfassungsgericht als „ideologisch eindeutig verfassungswidrig" eingestuft.

Ja, ein Verbotsverfahren ist riskant, juristisch wie politisch. Juristisch ist es riskant, weil man anhand zahlloser einzelner Äußerungen der Partei als Ganzer nachweisen muss, an der Zerstörung der freiheitlich demokratischen Ordnung zu arbeiten. Und anders als bei der NPD kann man die Verfassungsfeindlichkeit der AfD nicht plump aus ihrem Parteiprogramm abschreiben. Es gehört vielmehr zur Strategie der AfD, sich als die Partei der wahren Demokraten und Grundgesetzverteidiger zu inszenieren. Doch in Wahrheit sind ihre Vertreter längst dabei, die Institutionen des Grundgesetzes von innen zu demontieren. Schon heute hat der Verfassungsschutz umfangreiches Material gegen die AfD gesammelt, das an sich schon für ein Verbot reichen könnte. Und es gibt keinen Grund zu warten, bis der Verfassungsschutz auch noch die letzte Äußerung eines AfD-Funktionärs ausgewertet hat. Es kommt mindestens ebenso darauf an, die politische Strategie der Partei zu erfassen.

Da wäre zum einen die Selbstdarstellung der AfD als Vertreterin eines echten Volkswillens. Schon das hat mit parlamentarischer Demokratie wenig zu tun. Denn wer behauptet, den Volkswillen schon zu kennen, wird sich auf eine parlamentarische Debatte kaum einlassen. Die Parlamente nutzt die AfD daher vor allem als Bühne, um die Hetzreden ihrer Abgeordneten zu inszenieren und diese anschließend auf YouTube und TikTok zu verbreiten. Direkt an das „Volk" gerichtet – und der parlamentarischen Diskussion damit entzogen. Und dann: welches Volk? Die AfD verschiebt die Grenzen immer weiter in Richtung eines ethnischen Volksbegriffs. [...]

Und was die AfD sonst mit Grundgesetztreue meint, liegt inzwischen offen genug zutage. Ob auf der Propagandawebsite „Gemeinsam für das Grundgesetz" oder auf TikTok – die Erzählung ist immer dieselbe: Als Verfassungsfeindin verunglimpft, steht in Wahrheit für das Grundgesetz nur eine Partei – die AfD. Auch vom Recht selbst hat die AfD eine eigene Vorstellung. Die Idee: Den Gesetzen „vorausliegend" gäbe es eine Art natürliches, wahres Recht. In den Worten von AfD-Alterspräsident Treutler im Thüringer Landtag: „Es gibt nicht nur das Recht, es gibt auch den Geist des Rechts." Das ist die bisher gefährlichste Idee der AfD. Denn damit lässt sich das einst von demokratisch gewählten Parlamentariern gesetzte Recht in jede Richtung biegen. Der wahre Volkswille, die wahre Grundgesetzpartei, das wahre Recht. Man darf dieser Partei nicht länger dabei zusehen, wie sie die Demokratie so lange für sich vereinnahmt, bis nichts mehr von ihr übrig ist.

Eva Ricarda Lautsch, Ein Verbot der AfD ist überfällig, in: https://www.zeit.de/politik/deutschland/2024-10/afd-verbot-verfahren-demokratie-gefahr, 15.10.2024

M 5 Parteiverbot: Die AfD verbieten? Nein!

Es ist kein Jahr her, da sind Hunderttausende in Deutschland auf die Straßen gegangen, um gegen die AfD zu demonstrieren – und für die Demokratie. Für ein paar Sonntage wurde überwältigend deutlich, wo die Mehrheit steht. Die Hoffnung aber, die massenhaften Bekundungen von Entschlossenheit würden viele Menschen davon abhalten, für die AfD zu stimmen, hat sich nicht erfüllt. Jedenfalls nicht bei den drei Landtagswahlen in Ostdeutschland. Sie haben der AfD Ergebnisse gebracht, die alle anderen Parteien in aberwitzige Koalitionen zwingen, um Männer wie Björn Höcke von der Macht fernzuhalten. [...]

Und was die AfD vorhat, wenn sie nur ein Fitzelchen Macht in die Hand bekommt, das hat sie gerade in Thüringen vorgeführt. Dort hat der von der AfD gestellte Alterspräsident im Landesparlament sein bloß zeremonielles Amt genutzt, um die Interessen seiner Partei durchzusetzen, wider das Recht. Bis ihn das Verfassungsgericht des Landes stoppte. Es war ein Vorgang ohne Beispiel in der Geschichte der Bundesrepublik.

Aber es war auch ein Beweis dafür, dass die Institutionen funktionieren, dass die Demokratie wehrhaft ist, nicht nur in der Theorie. Ist das nun also der Moment, das größte Geschütz im Arsenal der wehrhaften Demokratie aufzufahren? Mehrere Dutzend Abgeordnete verschiedener Parteien im Bundestag haben genug Unterschriften gesammelt, um eine Debatte über ein AfD-Verbot im Parlament in Gang zu setzen. Der Bundestag ist dem Grundgesetz nach eines der drei Staatsorgane, die ein solches Verbot in Karlsruhe beantragen können, ebenso wie Bundesrat und Bundesregierung. [...]

Manches spricht für ein Verbot. Die hetzerischen Äußerungen vieler Funktionäre, die immer wieder demonstrierte Nähe zu Rechtsextremisten und Faschisten, vor allem aber die Erkenntnisse, die der Verfassungsschutz über die Partei zusammengetragen hat. Die Materialsammlung, die dem Oberverwaltungsgericht Münster vorgelegt wurde, als es dort um die Einstufung der Partei als „rechtsextremer Verdachtsfall“ ging, wäre sicher auch der materielle Kern für einen Verbotsantrag.

Aber noch mehr spricht gegen ein Verbot der AfD, sowohl juristisch wie politisch. Eine demokratisch gewählte Partei aus dem demokratischen Wettbewerb auszuschließen, ist der krasseste Eingriff in die Willensbildung des Volkes, der sich denken lässt. Deshalb stellt das Grundgesetz extrem hohe Anforderungen an ein Verbotsverfahren. Und es ist nicht sicher, dass diese Schwelle bei der AfD überschritten ist. Immerhin lesen sich die Programme der Partei wie die schönsten Bekenntnisse zum Grundgesetz. Juristisch ist das nicht trivial. [...]

Nein, die Hoffnung auf ein Parteiverbot ist letztlich eine Entlastungsfantasie. Die Politik kann die Auseinandersetzung mit den Energien, die die AfD stark machen, nicht an die Gerichte delegieren. Sie werden nicht verschwinden, ganz gleich, wie Karlsruhe entscheidet.

Heinrich Wefing, Lieber nicht, in: https://www.zeit.de/2024/42/afd-verbot-bundestag-rechtsextremismus-demokratie, 01.10.2024

1 **Beschreiben** Sie die Karikatur und **formulieren** Sie mögliche Deutungshypothesen (M 1).

2 **Fassen** Sie die Möglichkeiten der wehrhaften Demokratie **zusammen** (M 2, M 3).

3 **Führen** Sie auf Grundlage von M 4 und M 5 eine Pro-Kontra-Diskussion zur Frage **durch**: „Soll ein Parteiverbotsverfahren gegen die AfD vor dem Bundesverfassungsgericht beantragt werden?“

4 **Diskutieren** Sie abschließend, welche Maßnahmen und Mittel Sie gegen womöglich verfassungsfeindliche Parteien für angemessen halten.

3.9 Urteil: Demokratie in Gefahr? Wie weit darf die Verteidigung der Freiheit gehen?

M1 Demokratie unter Druck

Zeichnung: Schwarwel

M2 Die Demokratie verteidigen

INFO

Rainer Forst (* 1964) deutscher Politikwissenschaftler und Philosoph

Lange wurde bezweifelt, ob die Rede von der Krise der Demokratie angebracht ist, ist doch die Krise der Moment, an dem sich Leben oder Tod entscheidet. Dass es noch nicht ganz so schlimm sei, hörte man in den letzten Jahren oft, nun aber hat sich der Wind gedreht. In Deutschland kulminieren die Krisenphänomene – die Übernahme der Macht im Osten durch die AfD kann einstweilen nur durch brüchige Megakoalitionen abgewendet werden, und die neue Regierung sieht sich einer Auflösung der internationalen Ordnung ohnegleichen gegenüber, während Trump und seine Leute in den USA vormachen, wie man die älteste Demokratie autoritär umformt.

Aber worin genau besteht die Krise der Demokratie, deren Verlauf wir hier sehen? Woher rührt sie? Ich vertrete die These, dass wir es eigentlich mit zwei Krisen zu tun haben.

Die erste nenne ich Rechtfertigungskrise. Sie besteht kurz gesagt darin, dass uns die Begriffe verloren gehen, die wir brauchen, um uns politisch-normativ zu orientieren. Mehr noch, die eigentliche Bedeutung dieser Begriffe wird nicht einfach übersehen oder vergessen, sondern sie wird aktiv bekämpft – indem man sich doch ideologisch genau auf sie beruft. Das ist das Kennzeichen normativer Regression. Es wird massiv an einer „Umwertung aller Werte“ gearbeitet, und wir wissen nicht, was von Begriffen wie Demokratie, Freiheit oder Gerechtigkeit bleibt, wenn diese Arbeit verrichtet ist. Wir haben es demnach mit einer veritablen Identitätskrise der Demokratie zu tun, der ihr Selbstverständnis zerfließt.

Die zweite Krise ist struktureller Natur. Alle größeren politischen Herausforderungen unserer Zeit – Krieg und Frieden, die transnationale ökonomische Un-Ordnung, die steigenden Reichtum hier und Abhängigkeit und Armut dort mit sich bringt, der Klimawandel, Migration – sind globaler Natur. Aber nicht nur die Institutionen, um auf sie zu reagieren, sind nationalstaatlicher Art oder aber, sofern international, schwach entwickelt oder unter regressivem Beschuss; mehr noch, die politische Imagination in praktisch allen Staaten der Welt ist national gepolt. Deshalb werden entweder gar keine umfassenden, progressiven Strukturpolitiken mehr anvisiert, sondern der Kampf um den besten nationalen Platz unter der globalen Sonne geführt, oder aber die Politiken, die sich anschicken, wenigstens auf nationaler Ebene noch auf einige dieser Herausforderungen produktiv zu reagieren, werden abgestraft, weil sie im Ruf stehen, die eigene Bevölkerung über Gebühr zu belasten und zu gängeln. [...] Aber wo Gefahr ist, könnte auch das Rettende wachsen, zumindest muss man es suchen. Das beginnt bei einer Verständigung über Grundsätze. Dazu einige Stichworte.

1. Progressive, wahrhaft demokratische Politik muss auf universalistischen Prinzipien beruhen, nicht auf kulturalistischen „Werten“, die man verteidigt. Es kann nicht darum gehen, eine „Lebensform des Westens“ zu verteidigen oder zu propagieren, sondern Grundsätze zu realisieren, die für alle gleichermaßen gelten können und sollten, da sie auf der vernunftbegründeten Idee der Autonomie beruhen, dass niemand das Recht hat, andere einer Ordnung zu unterwerfen, die nicht allen gegenüber als Freien und Gleichen gerechtfertigt werden kann.

2. Das bedeutet zweitens, dass es bei der „Verteidigung“ der Demokratie nicht darum gehen kann, Strukturen zu verteidigen, die die Krise erst herbeigeführt haben. Und es erfordert, dass der Begriff der Demokratie selbst richtig verstanden wird. Gegen die weit verbreitete Tendenz, Grundrechte von diskriminierten Gruppen und Demokratie begrifflich zu trennen, muss darauf bestanden werden, dass eine in diesem Sinne „illiberale Demokratie“ keine ist. Die Demokratie ist in die Moderne gekommen als Form politischer Herrschaft, die Willkür überwinden und bannen soll, und daher darf sie nicht zu einer majoritär-autokratischen Willkürherrschaft verkommen.

3. Die globale strukturelle Politikkrise, in die nationale Gemeinschaften gelangt sind, bedeutet nicht, dass sie nicht wesentlich größere Anstrengungen unternehmen könnten und sollten, Menschen mit geringen Einkommen besserzustellen. Wer das Gift nicht sieht, das durch wachsende soziale Ungleichheit und Unfreiheit, auch bei relativ guter Durchschnittsversorgung der Bevölkerung, in Gesellschaften einsickert, der versteht nicht den Erfolg der Rechten, die sich zu Fürsprechern der „Abgehängten“ erklären. Heute bitten ja schon die Superreichen darum, man möge sie höher besteuern (und bleiben unerhört); dies ist die Zeit für effektive, mutige soziale Politik, auch in Form einer Steuerreform.

4. Der Punkt über den Universalismus der Grundlagen einer freiheitlichen, demokratischen Republik verweist auf den Imperativ, eine internationale Ordnung des Rechts und darüber hinaus der Politik zu stabilisieren und zu etablieren, die Recht fair setzt und durchsetzt. Wer internationale Politik nur als Mittel zur Dominanz der eigenen Interessen begreift, hat diese Grundlagen schon verraten. Die Art, wie heute das Völkerrecht offensiv angegriffen wird, kann nicht hingenommen werden.

5. Auf die Frage von J.D. Vance in München, welche Demokratie die Europäer eigentlich verteidigen, muss eine passende Antwort gefunden werden, und sie kann nicht nur eine europäische Verteidigungsgemeinschaft umfassen, sondern primär ein politisches Projekt, das Maßnahmen zur Reduzierung ökonomischer Abhängigkeiten und internationaler Ausbeutungsverhältnisse unternimmt – inklusive der Begrenzung der Macht von Digitaloligarchien. Also keine Festung Europa, wohl aber ein wahrhaft demokratisches Projekt einer Republik der Republiken.

Rainer Forst, Überlegungen zur Verteidigung der Demokratie – Zwei Krisen der Demokratie, in: https://www.fr.de/kultur/gesellschaft/ueberlegungen-zur-verteidigung-der-demokratie-93824215.html, 08.07.2025

INFO

J. D. Vance
(* 1984)
Der amerikanische Politiker ist seit 2025 Vizepräsident der USA.

1 **Interpretieren** Sie die Karikatur (M 1).

2 **Prüfen** Sie, inwieweit die in M 2 genannten fünf Punkte zur Verteidigung der freiheitlichen demokratischen Grundordnung in der Bundesrepublik Deutschland beitragen können.

3 **Diskutieren** Sie, wie weit die Verteidigung der Freiheit gehen darf.

Politische Systeme vergleichen

M 1 Systemtypen im politischen Merkmalsraum

Manfred Hättich zieht zur Einordnung politischer Systeme drei Kriterien mit den entsprechenden Ausprägungen heran: die Herrschaftsstruktur, die Willensbildung und den politischen Gestaltungsanspruch.

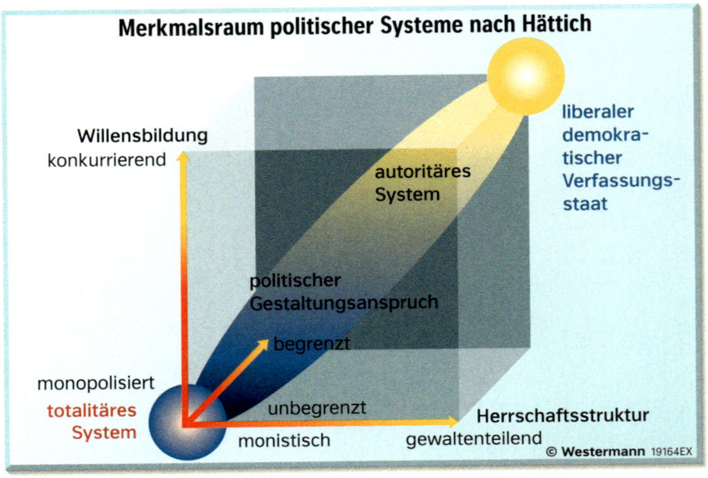

Liberaler demokratischer Verfassungsstaat: Die Herrschaftsstruktur ist gewaltenteilend organisiert, es liegt also mindestens eine horizontale Gewaltenteilung in Exekutive, Legislative und Judikative vor. Aber auch anderen Formen wie die vertikale (Bund, Länder, Gemeinden) oder die temporale Gewaltenteilung (zeitliche Begrenzung von Macht) kommen zum Einsatz. Der Gestaltungsanspruch ist begrenzt, nicht alle Lebensbereiche der Bürger obliegen politischen Eingriffen, es gilt das Liberalismusprinzip (die Freiheit des Einzelnen endet, wo die Freiheit des anderen anfängt). Die Willensbildung ist konkurrierend. Es gibt mehrere Parteien, die gleichberechtigt um Wählerstimmen ringen und zur Verbreitung ihrer Programme ein vielfältiges und unabhängiges Spektrum an medialen Kanälen zur Verfügung haben.

Totalitäre Diktaturen: Die Herrschaftsstruktur ist monistisch, d. h. es gibt nur ein Entscheidungszentrum, meist verkörpert von nur einer Person oder einer kleinen Gruppe. Diese versucht dann in so viele Lebensbereiche so nachhaltig einzugreifen wie möglich. Die Menschen werden durch Zwangsmitgliedschaften in Massenorganisationen in ihrer Lebensführung gegängelt und durch ausgebaute Inlandsgeheimdienste überwacht. Die Willensbildung ist monopolisiert, d. h. es gibt beispielsweise ausschließlich Staatsmedien, die vom Machtzentrum streng vorgegeben bekommen, was wie zu berichten ist. In vielen realtypischen Ausprägungen totalitärer Diktaturen gibt es eine Einheitspartei, in der die politische Linie zentral von oben nach unten regelrecht antrainiert wird. Der Zugang zu gehobenen gesellschaftlichen Positionen hängt unmittelbar an der engagierten Bejahung der herrschenden Ideologie.

Autoritäre Diktaturen: Zwischen den beiden obigen Extremen, positiv wie negativ, gibt es viele Übergangsformen. So ist es möglich, dass einem Diktator (Eigenbezeichnung oft „Präsident") eine Reihe mächtige Vetospieler wie religiöse Führer oder reiche Großindustrielle gegenüberstehen. Eine funktionierende Gewaltenteilung und -kontrolle ist oft unterbunden. Richter sind vom Wohlwollen der Exekutive abhängig, unliebsame Medienvertreter werden eingeschüchtert oder zumindest benachteiligt. Wahlen sind in solchen Systemen oft nur ein Schauspiel, wenn auch ein ernst genommenes. Gegenkandidaten werden unter fadenscheinigen Gründen von Wahlen ausgeschlossen oder die Stimmabgabe wird manipuliert. Im Bereich der Willensbildung gibt es ein breites Spektrum: von dominanten Parteien, die eher einem präsidialem Wahlverein gleichen, bis hin zu vorgeblendetem oder echtem Parteienpluralismus.

Autorentext

INFO

Manfred Hättich (1925–2003) deutscher Politikwissenschaftler

GLOSSAR

Autokratie
Demokratie
Diktatur
Ideologie
Liberalismus
Staat

M2 Kriterien des demokratischen Prozesses

Robert Dahl spricht bei realen politischen Systemen nicht von Demokratien, denn er glaubt nicht, dass ein Gemeinwesen eine Demokratie „sein" kann im Sinne eines Status. Sein Begriff für demokratische Realsysteme ist Polyarchie. Demokratie sei vielmehr ein Prozess, der graduell unterschiedlich stark ausgeprägt ist oder eben nicht. Für Dahl ist die Essenz des demokratischen Prozesses die Ausgeprägtheit fairen Wettbewerbs um politische Positionen und Ämter einerseits und anderseits eine möglichst breite Inklusion, also Teilhabe, der Bevölkerung an politischen Entscheidungsprozessen über eben diesen fairen Wettbewerb. Um den Grad der Demokratisierung in einer Polyarchie zu messen, schlägt Dahl fünf Kriterien vor:

- 1. Effektive Teilhabe: Die Bevölkerung muss wirkungsvollen Zugang und Einwirkungsmöglichkeiten auf die politischen Entscheidungsprozesse haben.
- 2. Wahlgleichheit: Alle Bürger sind in der Lage in der entscheidenden Phase der Entscheidungsfindung gleichermaßen ihren Interessen Ausdruck zu verleihen.
- 3. Aufgeklärtes Sachverständnis: Alle Bürger benötigen Zugang zu relevanten Informationen, um sachlich informierte Entscheidungen in ihrem Interesse treffen zu können.
- 4. Kontrolle der Agenda: Die Bürger allein sollten in der Lage sein die politische Tagesordnung zu bestimmen auf deren Basis politische Entscheidungen in Sachfragen herbeigeführt werden.
- 5. Inklusion: Alle erwachsenen Menschen der Bevölkerung müssen sich ausnahmslos an politischen Entscheidungsprozessen beteiligen können.

Für die reale Umsetzung der obigen Kriterien geht Dahl von sieben Institutionen der Polyarchie aus: gewählte Amtsträger, freie und faire Wahlen, inklusives Wahlrecht, Recht für ein Amt zu kandidieren, Meinungsfreiheit, Zugang zu alternativen Informationsquellen und Vereinigungsfreiheit.

Die fünf Kriterien und die sieben Institutionen stehen in einen funktionalen Zusammenhang. So sind faire und gleiche Wahlen, bei denen dann je nach Mehrheit der Stimmen diese oder eben jene Personen Ämter mit Entscheidungsgewalt besetzen, der reale Weg, um Wahlgleichheit als demokratisches Kriterium umzusetzen. Aber selbst innerhalb der Kriterien und Institutionen kann es graduelle Unterschiede in der realen Umsetzung geben, man denke nur an Pressefreiheit und ihre Funktion für eine alternative Informationsbeschaffung. Die vorliegende Matrix gibt uns reichlich differenzierte Möglichkeiten politische Prozesse in einem politischen System auf den Grad ihrer Demokratisierung hin systematisch zu vermessen.

Autorentext

INFO

Robert Dahl
(1915–2014)
amerikanischer Politikwissenschaftler

M3 Regierungssysteme liberal-demokratischer Verfassungsstaaten

Innerhalb der Herrschaftsform repräsentativer Demokratien, in denen vom Volk gewählte Parlamente eine zentrale Rolle spielen (z. B. Gesetzgebung, Kontrolle des Staatshaushalts und Kontrolle der Regierung), unterscheidet man grundsätzlich zwischen den zwei Idealtypen des präsidentiellen Regierungssystems und des parlamentarischen Regierungssystems. Daneben besteht die Mischform des semipräsidentiellen Regierungssystems und der Sonderfall des direktorialen Regierungssystems.

Präsidentielles Regierungssystem

In dieser Form finden wir eine sogenannte geschlossene Exekutive vor, d. h. der Regierungschef ist auch gleichzeitig das Staatsoberhaupt. Der Präsident wird zumeist direkt von der Bevölkerung gewählt, so auch das Parlament. Dadurch hat sowohl die Exekutive als auch die Legislative eine gänzlich eigene Legitimationsbasis. Dies führt in der Praxis dann auch zu einer strengen traditionellen Gewaltenteilung zwischen Regierung und Parlament, beide fungieren als Kontrollinstanz des jeweils anderen. Somit ist es nur konsequent, dass es verfassungsrechtlich verboten ist, dass Mitglieder der Regierung ein Parlamentsmandat wahrnehmen dürfen, oder umgekehrt Abgeordnete des Parlaments Regierungsposten besetzen dürfen. Diese strikte Trennung und die jeweils eigene Legitimationsbasis machen es daher unmöglich, dass eine Regierung durch das Parlament gestürzt werden kann oder umgekehrt die Regierung das Parlament zum Zwecke von Neuwahlen vorzeitig auflösen kann. Da die Regierung nicht vom Parlament abhängt und auch nicht personell mit ihr verflochten ist, gibt es für die Parlamentarier auch keinen Grund zu übermäßiger Parteien- und Fraktionsdisziplin. So muss ein regierender Präsident nicht selten auch in den eigenen Reihen nach Mehrheiten für von ihm angestrengte Gesetzesvorhaben suchen.

Parlamentarisches Regierungssystem

Da die Regierung in dieser Form aus dem Parlament hervorgeht (daher der Name) verfügen beide über eine gemeinsame Legitimationsbasis, nämlich die Wahl zum jeweiligen nationalen Parlament. Dies wählt dann in aller Regel den Mehrheitsführer zum Regierungschef. Ein mit eher repräsentativen Aufgaben ausgestatteter Präsident, oft als eine Art Staatsnotar, existiert nebenher, daher die Rede von der doppelten Exekutive. In dieser Form ist es nur konsequent, wenn ein zum Regierungschef gewählter Mehrheitsführer (oft als Premierminister oder Kanzler bezeichnet) auch sein Parlamentsmandat weiterbehält, dies trifft auch in den meisten Fällen auf die von ihm ernannten Minister in der Regierung zu. Die Gewaltenverschränkung zwischen Regierung und Parlament erzeugt eine gegenseitige Abhängigkeit. Die Parlamentsmehrheit kann „ihren" Regierungschef durch ein Misstrauensvotum entlassen und ersetzen; zugleich kann ein Regierungschef „seine" Mehrheit zur Geschlossenheit hinter sich zwingen, in dem er damit droht, vorzeitig Neuwahlen anzusetzen und damit das Parlament aufzulösen. Die Praxis strenger Fraktionsdisziplin ist die Voraussetzung dafür, dass ein Regierungschef überhaupt ins Amt kommt und dort bleibt, er würde sonst ständig durch wechselnde Mehrheiten ausgetauscht. Denn die Parteien haben ein grundlegendes Interesse daran, dass ihr Führungspersonal in die Regierung kommt und dort verbleibt, um im Sinne des Parteiprogramms mithilfe der eigenen Mehrheit im Parlament Politik zu machen. Diese Form der Gewaltenverschränkung bleibt aber nicht ohne Kontrolle. Sie wird im Kern von der Opposition im Parlament, die sich mit alternativem Programm und Personal zur Machtablösung bereithält, geleistet.

Regierungssysteme parlamentarischer Demokratien

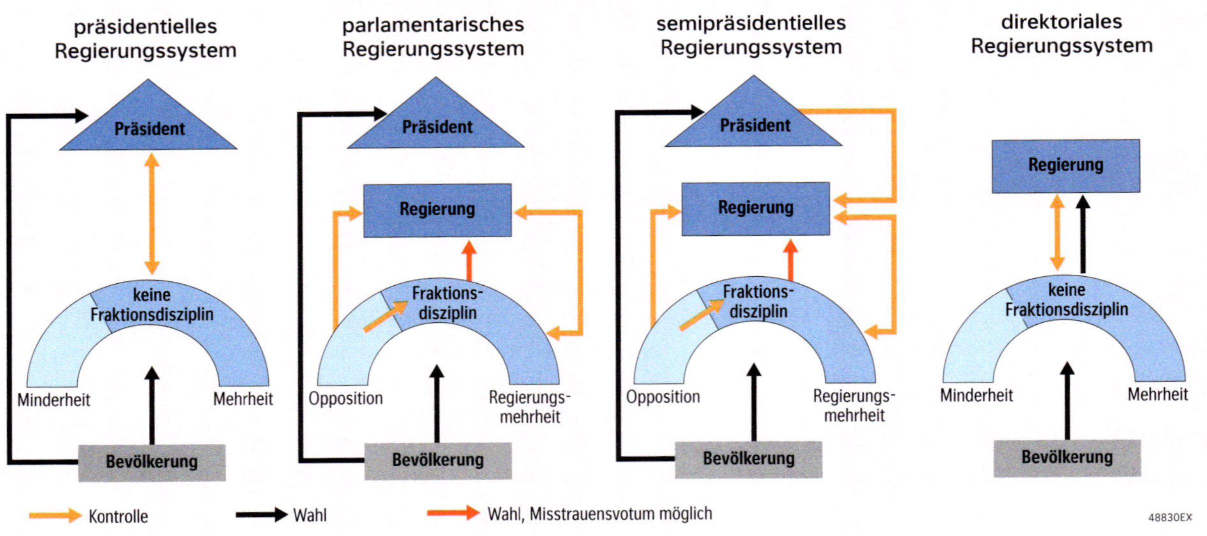

Semipräsidentielles Regierungssystem

Diese Mischform ist institutionell dadurch gekennzeichnet, dass es wie im präsidentiellen Regierungssystem zwar einen separat direkt legitimierten Präsidenten gibt, es aber zusätzlich einen von der Parlamentsmehrheit zumindest geduldeten, oft aktiv gewählt und unterstützen Regierungschef gibt. In vielen Fällen ist der Regierungschef, und damit die Regierung, sowohl vom Wohlwollen des Präsidenten als auch vom Vertrauen des Parlaments abhängig. Problemlos gestaltet sich dies, wenn Präsident und Parlamentsmehrheit der gleichen Partei angehören. Ist dies nicht der Fall, muss ein Präsident einen Regierungschef einer anderen Partei ggf. dulden, um nicht die Bildung einer Regierung gänzlich zu verhindern, anderseits steht ihm oft das Mittel der Parlamentsauflösung zur Verfügung. Häufig hat der Präsident Vorrechte im außenpolitischen Bereich und als Oberbefehlshaber der Streitkräfte, während der Regierungschef vor allem mit innenpolitischen Fragen betraut ist.

Direktoriales Regierungssystem

Dieses Regierungssystem funktioniert grundsätzlich analog zum parlamentarischen Regierungssystem, jedoch verzichtet es auf ein separates, herausgehobenes Staatsoberhaupt. Die Regierung, die oft aus gleichberechtigt vom Parlament einzeln gewählten Mitgliedern besteht, wird daher als kollektives Staatsoberhaupt betrachtet. Zwar gibt es einen rotierenden Vorsitzenden der Regierung, dieser ist aber zumeist nur Primus inter pares ohne erweiterte Befugnisse. Klassischerweise sind einmal gewählte Regierungsmitglieder auch nicht vor Ablauf der Wahlperiode abwählbar. Dies führt zu einer fast präsidialen Stellung der Regierung gegenüber dem Parlament. Da die Regierung nicht von einer Mehrheit im Amt gehalten werden muss, löst sich die strenge Fraktionsdisziplin.

Autorentext

INFO

Primus inter pares
lat. Erster unter Gleichen

M4 Funktionen und Klassifikation des Parteiensystems

Der Wirkungszusammenhang von Beziehungen zwischen allen Parteien wird als Parteiensystem bezeichnet. Bei einer engen Definition wird der über Wahlen vermittelte Wettbewerbsaspekt betont, was eine Abgrenzung gegenüber totalitären bzw. nicht demokratischen Regimen erlaubt. Der Begriff setzt somit voraus, dass eine Mehrzahl von Parteien existiert, die über eine gewisse organisatorische Stabilität verfügen, und dass sie in einem Konkurrenzverhältnis stehen, welches institutionell (d.h. rechtlich und politisch-kulturell) verankert ist. In modernen demokratischen Systemen übernimmt der Parteienwettbewerb die Mobilisierung der Wählerschaft und verarbeitet gesellschaftliche Konflikte und Interessenunterschiede. Er integriert Bürger so in das politische System, aggregiert Interessen, beschafft Legitimation für staatliches Handeln und ermöglicht die Aus- und Abwahl von politischen Führungspersonen und Programmen. Das Parteiensystem mit seinen historisch und international variablen Strukturen und Verfahren erbringt daher zwei gegensätzliche Leistungen für das übergreifende politische System: Es sorgt zum einen für Stabilität und ermöglicht zum anderen politischen Wandel. Damit trägt es wesentlich zur Funktionsfähigkeit (im Sinne gesellschaftlicher Willensbildung und staatlicher Steuerung) der modernen Demokratie bei.

Parteiensysteme lassen sich nach zwei Unterscheidungsmerkmalen einteilen: a) strukturell, d.h. nach der Zahl der Parteien (Ein-, Zwei-, Mehr- und Vielparteiensysteme) und b) nach Verhaltensmustern, v.a. Konfliktstrategien und ideologischen Distanzen. Entsprechende Typologien sind dann

- Einparteiensystem mit nur einer legalen Partei
- Hegemoniales Parteiensystem, bei dem zwar weitere Parteien existieren, die faktisch aber irrelevant sind und wo es keinen Wettbewerb um die politische Herrschaft gibt
- Prädominantes Parteiensystem, bei dem eine Partei mehr als 50 Prozent der Stimmen erreicht
- Zweiparteiensystem, in dem die beiden Hauptparteien ca. 80 Prozent der Stimmen

GLOSSAR
Partei
Wahlen

erreichen und eine Partei jeweils alleine die Regierung bilden kann
- Moderates Mehrparteiensystem, bei dem keine der großen Parteien über 50 Prozent der Stimmen erreicht, Parteien bilden Koalitionen, Regierungswechsel v.a. durch Wechsel der Koalition
- Polarisiertes Mehrparteiensystem mit hoher zentripetaler Dynamik und intensivem Wettbewerb
- Bipolares Parteiensystem mit zwei großen Lagern, die abwechselnd die Regierung bilden […].

Ergänzend zur Bildung von Typen werden Parteiensysteme nach Dimensionen bzw. Merkmalen untersucht. Das heißt nach Fragmentierung, Asymmetrie, Volatilität, Polarisierung und Segmentierung. Fragmentierung

Josef Schmid, Parteien und Parteiensystem, in: https://www.bpb.de/kurz-knapp/lexika/handwoerterbuch-politisches-system/202087/parteien-und-parteiensystem/, 2021

M5 Wahlsysteme und ihre Wechselwirkung zum Parteiensystem

INFO

Mehrheitswahl
Einzelne Kandidaten ringen um die Wählermehrheit in einem Wahlkreis. Derjenige mit den meisten Stimmen ist gewählt und zieht als Abgeordneter des Wahlkreises in das Parlament ein.

Verhältniswahl
Die Sitze im Parlament werden nach dem jeweiligen prozentualen Stimmenanteil bei der Wahl vergeben. Erhält z. B. eine Partei 10 Prozent der Wählerstimmen erhält sie 10 Prozent der Mandate. Wer über die Liste als Abgeordneter ins Parlament einzieht, bestimmt nur die jeweilige Partei.

Bei der **Mehrheitswahl** wird das Wahlgebiet in Wahlkreise eingeteilt und zwar in so viele, wie es Parlamentssitze zu vergeben gibt. Je ein Sitz wird dann von demjenigen Kandidaten errungen, der in seinem Wahlkreis von allen anderen Kandidaten die meisten Stimmen erhalten hat (relative Mehrheitswahl). Es wird also für einen Kandidaten gestimmt, dieser kann einer Partei angehören.
Bei der **Verhältniswahl** werden zwar auch aus organisatorischen Gründen Wahlkreise gebildet, diese spielen aber für die Ermittlung des Endergebnisses keine Rolle. Stattdessen werden die Parlamentssitze nach prozentualem Proporz aller im gesamten Wahlgebiet abgegebenen Stimmen für die jeweiligen Parteien vergeben. Gewählt werden Parteien, welche Listen mit Personen (Parteimitgliedern) erstellen, die im Erfolgsfall für die Partei ins Parlament ziehen.
Nun hat jedes dieser Konzepte seine Vor- und Nachteile. Mehrheitswahlsysteme tendieren dazu den Wähler dazu zu zwingen, seine Stimme nicht für seinen Lieblingskandidaten abzugeben, sondern für den mit den besten Aussichten zu stimmen, dessen Politik er gerade noch mitträgt (Wahl des kleineren Übels), um seine Stimme nicht zu verschwenden. Daraus ergibt sich meist ein Kopf-an-Kopf-Rennen der beiden aussichtsreichsten Kandidaten. Dies bedeutet dann häufig auch, dass es im Extremfall nur zwei relevante Parteien gibt, sich also ein Zweiparteiensystem ausbildet, welches auch über Jahrzehnte stabil bleiben kann. Eine geringere Anzahl von Parteien im Parlament erleichtert die Mehrheitsfindung, in parlamentarischen Regierungssystemen sorgt dies auch für stabilere Regierungen. Oft kommt es zu absoluten Mehrheiten im Parlament, was dann auch bei parlamentarischen Regierungssystemen zu Einparteienregierungen führen kann. Die örtlich bekannten Wahlkreiskandidaten sind dann, so sie einmal gewählt sind, eher ihrem Wahlkreis und den Interessen seiner Wähler verpflichtet als den Parteien, von denen sie nur wenig abhängen.
Der Nachteil andererseits ist, dass ein Großteil der Stimmen, nämlich die für die unterlegenen Kandidaten, unrepräsentiert bleiben und knappe Wahlentscheidungen zu stark verzerrten Sitzverteilungen führen können. Diese Logik gibt kleineren Bewegungen und ihren Parteien faktisch kaum eine Chance Parlamentssitze zu ergattern; sie können folglich lange ignoriert werden. Parteiliche Duopole tendieren nicht nur zu leichterem Regierungswechsel von Wahl zu Wahl, denn es benötigt oft nur eine geringe Schwankung des Wählerwillens, um das Zünglein an der Waage in die andere Richtung schwingen zu lassen, es führt auch zu teils erheblichen Politikwechsel, wenn die ehemalige Oppositionspartei nun die Parlamentsmehrheit stellt. Eine gesellschaftliche Polarisierung wird davon begünstigt.
Bei der Verhältniswahl hingegen werden die meisten Stimmen auch durch eine entsprechende Anzahl von Sitzen im Parlament repräsentiert. Oftmals wird eine Prozenthürde eingebaut, um einer zu starken Zersplitterung

des Parlaments zu begegnen. Da die Kandidaten zumeist auf Basis von Parteilisten je nach Wahlerfolg der Partei ins Parlament einziehen, sind die Parlamentarier dann ihrer Partei auch sehr verpflichtet, entsprechend herrscht Fraktionsdisziplin. Die genaue Repräsentation des Wählerwillens macht es kleineren politischen Bewegungen aber auch Extremisten leichter ins Parlament einzuziehen; das Parteiensystem ist vergleichsweise wandelbar. Auch gestalten sich Mehrheitsfindungen deutlich schwieriger, was bei parlamentarischen Regierungssystemen auch die Regierung destabilisieren kann.
In Mehrparteisystemen sind selbst nach Regierungswechsel drastische Politikumschwünge seltener, den durch die häufige Notwendigkeit von Koalitionsbildungen und die oft über Jahrzehnte andauernde Regierungsbeteiligung einer oder gar zweier dominanter Parteien ist eine relative Kontinuität gewährleistet.

Autorentext

WEBCODE
WES-117977-209
Dossier zu Frankreich der Bundeszentrale für politische Bildung

WEBCODE
WES-117977-210
Dossier zu Polen der Bundeszentrale für politische Bildung

WEBCODE
WES-117977-211
Dossier zur Türkei der Bundeszentrale für politische Bildung

M6 Kulturtypen der Demokratie – Konkurrenz und Konkordanz

Sieht man es als hinreichend demokratisch an, wenn die in verantwortlicher Stellung agierenden Politiker aus einer ggf. knappen Wahl unter den Bedingungen offener Konkurrenz und fairen Wettbewerbs hervorgegangen sind, hängt man innerhalb des Repräsentationsansatzes der **Konkurrenzdemokratie** an. Darin gilt die Existenz einer politischen Führung, die nur von einem Teil der Bevölkerung Zustimmung erhalten hat und die Tatsache, dass eine Parlamentsmehrheit die Gesetzgebungsarbeit gegenüber einer Minderheit (Opposition) dominiert, nicht als Widerspruch zum Demokratiegedanken. Im Gegenzug wird einheitliches politisches Denken, also politische Homogenität, nicht verlangt. Die Menschen dürfen unterschiedlichen politischen Anschauungen anhängen. Parteien mit verschiedenen programmatischen Vorstellungen gehören daher zum festen Bestandteil der Konkurrenzdemokratie. Diese Demokratie akzeptiert ebenfalls unterschiedliche soziale Lagen und die ihnen entsprechenden Interessengegensätze. Konflikte gehören mithin zum politischen Alltag. Interessenverbände gelten als legitimes Mittel der politischen Einflussnahme. Es ist die Aufgabe der Parteien und der gewählten Politiker, die Interessen zu einem Ausgleich zu führen.
Sollte man es mit seiner Vorstellung von Demokratie nicht vereinbaren können, dass im Zweifelsfall nur eine Stimme mehr genügt, um eine Entscheidung im eigenen Sinne herbeizuführen, sollte man im Gegenteil der Meinung sein, dass zwar das Mehrheitsprinzip gilt, aber man durch Kompromissfindung möglichst viele gesellschaftliche Gruppen und ihre Interessen berücksichtigen sollte um eine möglichst breite Mehrheit zu erhalten, wenn auch keine Einstimmigkeit, so befürwortet man die **Konkordanzdemokratie** (Konsensdemokratie). Dies kann vor allem bei kultureller, sprachlicher und konfessionell-religiöser Pluralität von zentraler Bedeutung sein, um sicherzustellen, dass Minderheiten sich nicht unverhältnismäßig dominiert fühlen.

Autorentext

1 **Führen** Sie eine Systemanalyse der Bundesrepublik Deutschland nach den obigen Kriterien (Systemtyp, Kriterien des demokratischen Prozesses, Regierungssystem, Parteiensystem, Wahlsystem, Kulturtyp) **durch** (M 1–M 6).
Begründen Sie Ihre Einschätzung jeweils mit politisch-gesellschaftlichen Beispielen. Ergänzen Sie Ihre Analyse um die Frage nach dem Kammeraufbau des Parlaments und ihre jeweiligen Befugnisse, sowie die Frage nach föderalen Strukturen und ggf. der Ausgestaltung plebiszitärer Instrumente.

2 **Führen** Sie arbeitsteilig weitere Systemanalysen von anderen Staaten **durch**.

4. Was ist das beste Regierungssystem?

4.1 Können die USA zu einer Autokratie werden?

M1 Präsident oder König?

Zeichnung: Scott Stantis

M2 Das politische System der USA

Unbestritten ist […], dass zwischen dem in Europa dominierenden parlamentarischen Regierungssystem und dem präsidentiellen System der USA einige zentrale Strukturunterschiede bestehen:

- Präsident und Kongress werden in den Vereinigten Staaten in getrennten Wahlen bestellt, während im parlamentarischen Regierungssystem eine einzige Wahl über die Zusammensetzung von Parlament und Regierung entscheidet, auch wenn die Möglichkeit unterschiedlicher Koalitionen gegeben ist.
- Die Regierung wird im parlamentarischen Regierungssystem also vom Parlament bestellt und sie kann von ihm […] auch wieder abberufen werden. Dem Kongress steht dieses Abberufungsrecht im Normalfall nicht zu. Er kann den Präsidenten nicht wegen schlichter politischer Meinungsverschiedenheiten oder wegen veränderter Mehrheiten stürzen. Ihm bleibt nur die Waffe des sogenannten „Impeachment“, d. h., er muss in einem justizähnlichen Verfahren dem Präsidenten strafrechtlich relevante Vergehen nachweisen. […]
- Umgekehrt fehlt dem Präsidenten ein wichtiges Disziplinierungsmittel gegenüber dem Kongress: Er kann ihn nicht […] auflösen und Neuwahlen ausschreiben.
- Während der Premierminister in Großbritannien, dem Land des klassischen parlamentarischen Regierungssystems, dem Unterhaus angehören muss, verlangt die Verfassung der Vereinigten Staaten Inkompatibilität: Der Präsident und seine Regierungsmitglieder […] dürfen keinen Sitz im Kongress innehaben.
- Im parlamentarischen Regierungssystem besteht eine geteilte Exekutive: Die mehr repräsentativen Staatsaufgaben liegen in den Händen eines Präsidenten oder eines Monarchen, die eigentliche Regierungsmacht bleibt einem Premierminister, Kanzler oder Ministerpräsidenten vorbehalten. In den Vereinigten Staaten hingegen vereinigt der Präsident die Funktionen des Staatsoberhauptes und des Regierungschefs in einer Person.
- Dem Präsidenten der Vereinigten Staaten ist formal die Möglichkeit der Gesetzesinitiative verschlossen. Er besitzt nur die Möglichkeit, Gesetzesbeschlüsse des Kongresses mit seinem Veto zu belegen. Dieses präsidentielle Veto kann allerdings mit einer Zweidrittelmehrheit in beiden Häusern des Kongresses überstimmt werden. Die Regierung in einem parlamentarischen Regierungssystem hat hingegen die Möglichkeit der Gesetzesinitiative, und sie hat […] teilweise auch, wie zum Beispiel in Großbritannien oder in der Bundesrepublik, ein absolutes Vetorecht gegen Ausgabengesetze. […]

Auch heute sprechen die Amerikaner in Bezug auf ihr Regierungssystem selten isoliert von einer „separation of powers“, sie betonen je-

INFO

Impeachment
Verfahren zur Anklage und Amtsenthebung des Präsidenten (oder anderer hoher Staatsbeamter) wegen Missbrauchs des Amtes in den USA; das Verfahren wird vom Repräsentantenhaus veranlasst, die Entscheidung über die Amtsenthebung trifft dann der Senat mit Zweidrittelmehrheit.

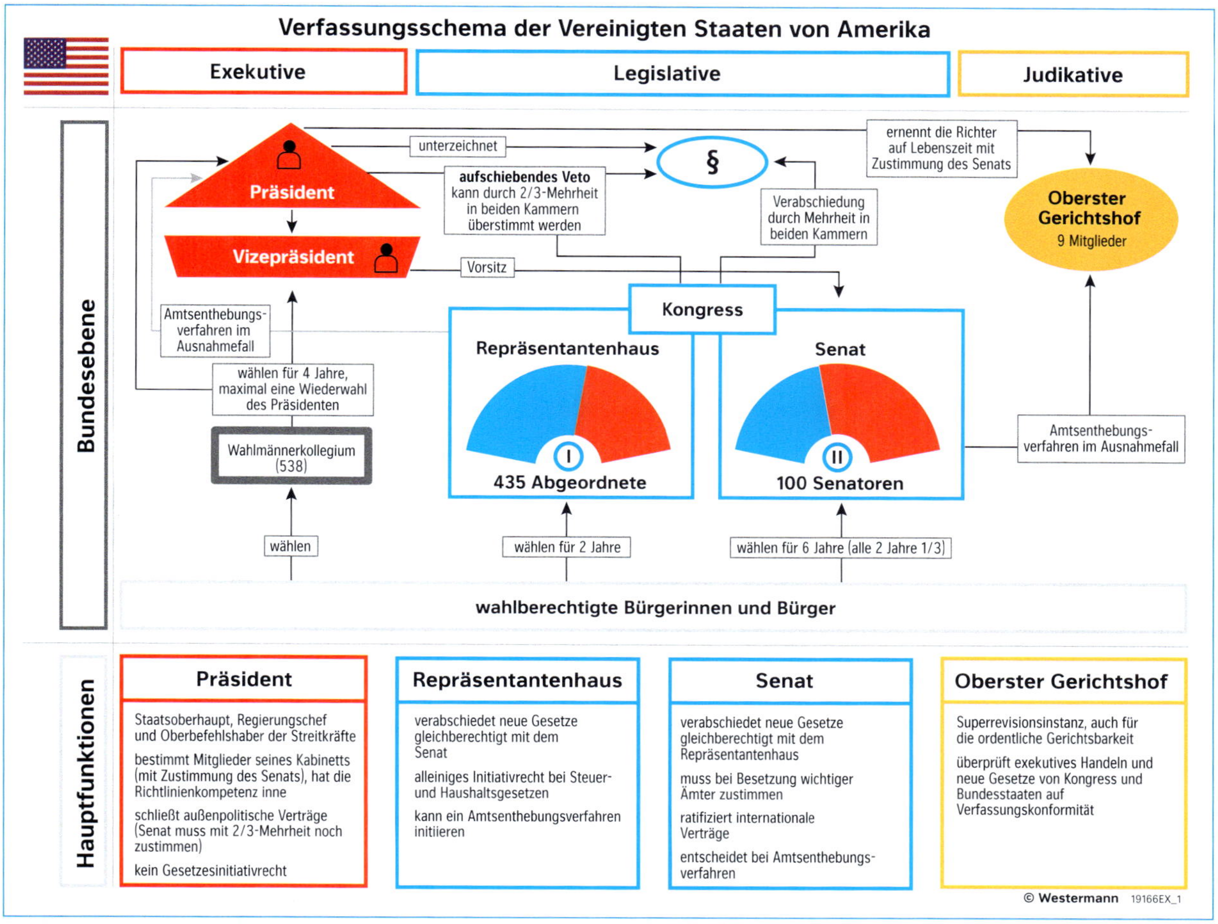

weils auch das Prinzip der „checks and balances“ und stellen so die gewaltenteilenden neben die gewaltenvermischenden Elemente.
Die am häufigsten zitierte und griffigste Formel stammt aus der Feder von Richard Neustadt: Der Verfassungskonvent von 1787 habe kein Regierungssystem mit voneinander total getrennten Gewalten angestrebt, er habe ein Regierungssystem mit getrennten Institutionen geschaffen, die sich in die Ausübung der Gewalten teilen („a government of separated institutions sharing powers“).
Einige wenige Beispiele funktionaler Gewaltenvermischung müssen hier genügen, um die Richtigkeit dieser These zu belegen: Beim Impeachment hat der Senat das letzte Wort, er übt hier judikative Funktionen aus, darüber hinaus nimmt der Vorsitzende des Supreme Court bei Amtsanklagen gegen den Präsidenten den Vorsitz im Senat wahr. Durch die Ernennung der Bundesrichter – vor allem derjenigen des Supreme Court – wirkt der jeweilige Präsident massiv in die Judikative hinein, er ist aber bei diesen Ernennungen an die Zustimmung des Senates gebunden. Diese Mitwirkungsbefugnis des Senates greift auch bei einer Vielzahl von Personalentscheidungen des Präsidenten im administrativen Bereich. Die Verfassung enthält dem Präsidenten zwar – wie erwähnt – die Gesetzesinitiative vor, in der Praxis stammt jedoch ein Großteil der Gesetzesvorschläge aus der Exekutive. Dass der Präsident durch sein Vetorecht auch legislativ tätig ist, spricht ebenso für die These Neustadts wie die Eingriffsmöglichkeiten des Kongresses in die Organisationsgewalt der Exekutive. […]
Die formale Konstruktion der Beziehungen zwischen Legislative und Exekutive hat wesentlich dazu beigetragen, dass der Kongress auch heute noch als effektiver Widerpart des Präsidenten und als das vergleichsweise mächtigste Parlament der westlichen Demokratien betrachtet werden kann. Das präsi-

dentielle Regierungssystem macht im Gegensatz zum parlamentarischen System eine dauernde Absicherung des Präsidenten durch die Parlamentsmehrheit unnötig und ermöglicht so [...] die sich derzeit allerdings verringernde Individualisierung und Atomisierung der Entscheidungsstrukturen im amerikanischen Kongress.

Emil Hübner/Ursula Münch, Das politische System der USA. Eine Einführung, C.H. Beck: München: Beck [7]2013, S. 113 ff.

M3 Recht als Waffe gegen die Verfassungsordnung?

Donald Trump erstürmte die amerikanische Präsidentschaft am 20. Januar 2025 mit einem Bataillon von Dekreten („executive orders"), die viele Gewissheiten des amerikanischen Verfassungssystems zerstörten. Unter normalen Umständen sind executive orders das schwächste aller rechtlichen Instrumente – sie stehen unterhalb der Verfassung, unterhalb von Gesetzen und sogar unterhalb von Verordnungen. Würde das amerikanische Verfassungssystem funktionieren, dann wären die meisten dieser executive orders durch höherrangiges Recht außer Kraft gesetzt und damit wirkungslos. Doch die amerikanische Verfassungsordnung ist im Wandel.

Hinfort mit dem „birthright citizenship", das im 14. Verfassungszusatz garantiert ist! Weg mit mehr als 60 Jahren Bürgerrechtsbewegung und Jahrzehnten verfassungsrechtlichen Fortschritts in der Geschlechtergerechtigkeit! Weg mit den Klimaschutzgesetzen! Friert die vom Kongress genehmigten Mittel für nahezu alle Bundesprogramme ein, und zwar ohne Vorwarnung! Macht aus tausenden Beamtenstellen politische Posten, die Loyalität zum Präsidenten erfordern! Stampft die internationalen Verträge ein, beendet die internationalen Hilfsleistungen und untergrabt langjährige internationale Bündnisse und Vereinbarungen! Schießt die nationale Sicherheit in den Wind! Unter normalen Umständen wäre es rechtlich schlicht unmöglich, all dies im Wege von *executive orders* umzusetzen. Doch die Umstände sind nicht normal. [...]

Erstinstanzliche Gerichte zeigen sich hierüber nicht amüsiert. In den ersten Wochen von Trumps zweiter Amtszeit wurden mindestens 75 Klagen eingereicht, die sich nicht nur gegen die Errichtung und Abschaffung von Behörden richten, sondern unter anderem auch gegen die Demontage des Beamtenrechts, eingefrorene staatliche Gelder, grausame Änderungen des Immigrationsrechts, ohne Rechtsgrundlage eingeführte neue Formen von Zwangsbeurlaubung und Abfindungen, sowie die scheinbare Erlaubnis für Elon Musk und seine Gefolgschaft, hoch sensible Regierungsdatenbanken zu durchwühlen. In fast all diesen Fällen haben Bundesgerichte im ganzen Land die Regierung mit einstweiligen Verfügungen oder vorläufigen Unterlassungsanordnungen dazu verpflichtet, ihre Maßnahmen sofort zu stoppen oder rückgängig zu machen, bis die rechtlichen Fragen rund um die *executive orders* gerichtlich geklärt sind. [...] Die Vereinigten Staaten sind nun zweifellos auf dem – gesetzlich geebneten – Weg in die Autokratie. [...] Trump, der Präsident, setzt das Recht nun als Waffe gegen die Verfassungsordnung selbst ein – unterstützt von einer Schar von Anwält*innen, die sich in einem „post-constitutional moment" wähnt.

Trump will die US-Verfassung schnell ändern – ganz im Stil von Viktor Orbán, Hugo Chávez und Rafael Correa, die jeweils im ersten Jahr ihrer autokratischen Konsolidierung ihre Verfassungen neu geschrieben haben. Praktisch ist es jedoch unmöglich, die US-Verfassung zu ändern. Deshalb ändert Trump sie auf die einzige Weise, die das US-Recht zulässt. Zuerst besetzte er den Supreme Court mit Richter*innen, die seiner neuen Verfassungsvision wohlgesonnen sind – in der Hoffnung, dass er mit seinen ungeheuerlichen verfassungsrechtlichen Argumenten vor dem Gericht durchkommt. Noch stemmen sich die unteren Gerichte gegen seine Versuche, Gesetze mittels *executive orders* zu umgehen, indem sie prozedurale Einwände erheben. Doch der Supreme Court könnte Trump in der Sache Recht geben.

Kurzum: Was in den ersten Wochen von Trumps zweiter Amtszeit nach Wahnsinn aussieht, hat in Wahrheit Methode. Die *executive orders* zeichnen ein kohärentes Bild davon, was ich eine „Gegenverfassung" nenne – eine alternative verfassungsrechtliche Realität, die die bestehende Verfassung ersetzen soll. Statt Gewaltenteilung propagiert Trump eine Theorie der einheitlichen Exekutive („unitary executive theory"), die auf ein Primat exekutiver Macht abzielt – ganz ohne die Fesseln von Kongress oder Gerichten.

Die *unitary executive theory* zieht ihre Inspiration aus der Tatsache, dass die im Jahr 1787 (und damit lange vor Entstehung des modernen Verwaltungsstaats) verfasste US-Verfassung in Artikel II über die Exekutivgewalt nur den Präsidenten erwähnt. Befürworter*innen dieser Theorie argumentieren deshalb, dass der Präsident der einzige zur Exekutivgewalt verfassungsrechtlich ermächtigte Akteur sei. Alle Mitarbeitenden von Regierungsbehörden hätten daher seinen Anordnungen zu folgen.

Keinerlei Beachtung findet dabei der Umstand, dass der US-Kongress in über hundert Jahren viele Verwaltungsbehörden geschaffen hat, die alle zu unterschiedlichen Graden vom Präsidenten unabhängig sind. Der Kongress stellte dabei ausdrücklich fest, dass der Präsident das Personal jener Behörden nicht nach Belieben einstellen oder entlassen kann, sondern nur aus triftigen Gründen. Ebenso definierte er klare Zuständigkeiten und Schwerpunkte dieser Behörden. Die *unitary executive theory* will die Beschränkungen präsidialer Macht in Bezug auf Behörden dagegen als verfassungswidrig aus dem Weg räumen – mit dem Argument, dass der Präsident in der Lage sein müsse, jede dieser Behörden bis ins Detail persönlich zu steuern. [...]

Nach der *unitary executive theory* schöpfen die Behörden ihre primäre verfassungsrechtliche Autorität nicht mehr aus der Delegation legislativer Befugnisse durch den Kongress, sondern aus der Delegation der Exekutivgewalt durch den Präsidenten. Sollte der Supreme Court diese Theorie anerkennen, könnten die bisherigen Einschränkungen, die der Kongress den Behörden auferlegt hat, für verfassungswidrig erklärt werden; *executive orders* hätten verfassungsrechtlich dann tatsächlich die Macht, Gesetze außer Kraft zu setzen. [...]

Einige meinen, dass es Trump durch die Entscheidung Trump versus USA bereits ermöglicht wurde, wie ein Monarch zu handeln. Wenn der Supreme Court die *unitary executive theory* in ihrer Extremform akzeptiert, dann würden die USA von einer konstitutionellen Demokratie zu etwas werden, das viel näher an einer Autokratie ist – und Trumps Gegenverfassung wird gesiegt haben.

Und so mischte sich Trump dann auch am 19. Februar 2025 aus den Höhen seines Postens in seine Heimatstadt New York ein – indem er eine Kompetenz in Anspruch nahm, von der niemand sicher wusste, ob er sie tatsächlich hatte. Trump ordnete an, dass die Stadt ihr neues Mautsystem für die verkehrsreichsten Teile Manhattans abschaffen solle. Während er sich selbst als Retter New Yorks feierte, verkündete er auf dem offiziellen X-Account des Weißen Hauses: „Lang lebe der König!"

Kim Lane Scheppele, Trumps Gegenverfassung, in: https://verfassungsblog.de/trumps-gegenverfassung/, 21.02.2025

Post des offiziellen Kanals des Weißen Hauses auf X am 20. Februar 2025

1 **Interpretieren** Sie die Karikatur (M 1).
2 **Charakterisieren** Sie das Regierungssystem der USA (M 2).
3 **Setzen** Sie sich mit der Deutung von Trumps Regierungshandeln in M 3 **auseinander**.
4 **Diskutieren** Sie, ob die USA dabei sind, zu einer Autokratie zu werden (M 1–M 3).

4.2 Sollte eine Minderheit eine Wahl gewinnen können?

M1 Wahlsieg ohne Mehrheit?

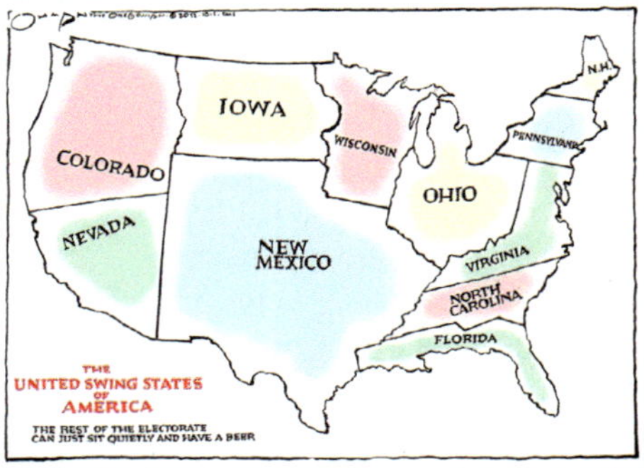

Zeichnung: Jack Ohman

Zeichnung: Eric Allie

M2 Wie (un-)demokratisch ist die Präsidentschaftswahl in den USA?

Für Amerikas Electoral College, das Wahlleute-System, hat Shannon Dugan aus einem ländlichen Vorort von Philadelphia nur ein Wort: „Unfair!“, sagt die 48-jährige Hausfrau aus West Bradford beim Herbstfest. „So sollte es nicht sein!“, und Finanzberater Steven ergänzt: „Sollten zehn Menschen hier auf dem Land mehr zählen als zehn Städter? Zählen meine Sorgen mehr? Ich finde nicht. Wir sollten alle gleich sein. Aber so sind wir es nicht.“ Dabei gehören Shannon und Steven quasi zu den Profiteuren des Systems, das vor mittlerweile 237 Jahren in der US-Verfassung verankert wurde. Weil sie in Pennsylvania und damit in einem der sogenannten Swing States, also Wechselwähler-Staaten leben, sind ihre Stimmen entscheidend.

„Der Prozess heute ist anders, als das, was die Gründerväter sich damals ausgemalt haben“, sagt Robert Alexander fast entschuldigend. Der Politologe von der Bowling Green State University in Ohio ist Experte für das Electoral College. Weil das Land so groß und der Informationsfluss im späten 18. Jahrhundert eher beschränkt war, entschieden sich die Verfassungsväter damals für eine repräsentative Demokratie: Der Präsident sollte nicht direkt, sondern von Wahlleuten in den einzelnen Bundesstaaten gewählt werden. Jeder Bundesstaat bekam so viele Wahlleute, wie er Abgeordnete im Repräsentantenhaus hat. Plus zwei weitere, unabhängig von Einwohnerzahl oder Größe. Ein Kompromiss, schon damals, erklärt Alexander. „Dadurch wurden Staaten mit weniger Menschen stärker repräsentiert. Und damit wurde die Sache diesen ländlicheren Staaten schmackhafter gemacht. Um sie überhaupt dazu zu bringen, dem Wahlleute-Verfahren zuzustimmen.“ Die Formel gilt bis heute. Mit dem Effekt, dass ein „Elector“, eine Wahlperson im dünnbesiedelten Wyoming heute 150 000 Wähler repräsentiert. In Kalifornien dagegen eine halbe Million. „Das ist einer der Hauptkritikpunkte, bis heute“, erklärt Alexander. „Weil es eben bedeutet, dass eine Person nicht eine Stimme hat.“

Außerdem gilt in fast allen Bundesstaaten das „Winner-takes-it-all“-Prinzip: Der Kandidat, der die meisten Wählerstimmen erreicht, bekommt alle Wahlleute zugesprochen. Egal wie knapp das Ergebnis ist. So kommt es zur Bedeutung der sogenannten Swing States: Weil hier mal Republikaner, mal Demokraten hauchdünn gewinnen, konzentriert sich der milliardenteure Wahlkampf fast ausschließlich auf diese sieben Staaten.

Die Mehrheit der Amerikaner findet laut Umfragen dieses System überholt und undemokratisch. Trotzdem wird sich wohl wenig ändern, glaubt Politologe Alexander. Für eine

Reform des Electoral College müsste die Verfassung mit Zweidrittelmehrheit im Kongress geändert werden. Eine schier unüberwindbare Hürde.

Julia Kastein, Das Electoral College: Überholt und undemokratisch?, in: https://www.tagesschau.de/ausland/uswahl/uswahl-electoralcollege-wahlleute-100.html, 06.11.2024

M3 Ein Problem in den USA aber nicht in Europa?

Die US-Bürgerinnen und -Bürger sind gespalten in der Wertschätzung dieses [Wahl-]Systems. Sie sehen die Verzerrung zwischen dem „Popular Vote“ und dem „Electoral College“ (Wahlmännergremium). Daran stören sich jedoch vor allem die Demokraten, die bei der Gesamtstimmenzahl vorn liegen, und weniger die Republikaner, die dank des Wahlmännersystems ähnlich oft den Präsidenten stellen, obwohl ihr Kandidat weniger Stimmen aus der Bevölkerung bekam. Und im Ausland stören sich zumeist Beobachter daran, die mit den Demokraten sympathisieren, in Deutschland also um die 70 bis 90 Prozent. [...] Das Prinzip, das der leichten Verzerrung zugrunde liegt, kennen freilich auch Deutschland und Europa. Die erste Parlamentskammer repräsentiert die Einwohnerzahl, die zweite die Regionen eines Landes ohne direkte Proportionalität zu ihrer Bevölkerungsgröße. Im deutschen Bundesrat, der dem US-Senat entspricht, hat Bremen mit 683 000 Einwohnern drei Sitze. Nordrhein-Westfalen mit 17,9 Millionen Einwohnern sechs Sitze. Die Abweichung von der Proportionalität ist also viel krasser als im amerikanischen Wahlmännergremium.
Das gilt auch für die Wahl zum Europäischen Parlament. Die Abgeordnetenzahl für Deutschland, das bevölkerungsreichste Mitglied der EU, ist bei 100 gedeckelt. Ein Abgeordneter kommt auf 830 000 Bürger. Die kleinsten EU-Staaten wie Luxemburg (614 000 Einwohner) und Malta (514 500 Einwohner) haben je sechs Europaabgeordnete. Auch hier ist der Verzerrungsfaktor deutlich größer als im US-System. Warum betrachten viele das im einen Fall als undemokratisch? Und im anderen Fall überhaupt nicht als ein Problem?

Christoph von Marschall, Eine Idee aus der Postkutschenzeit: Wie undemokratisch ist die Präsidentenwahl?, in: https://www.tagesspiegel.de/politik/wie-undemokratisch-ist-die-prasidentenwahl-5381095.html, 06.11.2020

M4 „National Popular Vote Interstate Compact“ als Lösung?

Der „National Popular Vote Interstate Compact“ (NPVIC) ist ein Vertrag zwischen Bundesstaaten der USA, der das Wahlmännerkollegium de facto umgehen soll, ohne es abzuschaffen, da eine Verfassungsänderung quasi ausgeschlossen ist. Ziel ist es, sicherzustellen, dass der Kandidat mit den meisten Stimmen landesweit Präsident wird, anstatt dass die Entscheidung von den Wahlmännerstimmen abhängt. Die Bundesstaaten, die diesem Pakt beitreten, verpflichten sich, ihre Wahlmännerstimmen nicht wie üblich nach dem Mehrheitsprinzip (Winner-takes-it-all) basierend auf Wahlergebnis in ihrem eigenen Staat zu vergeben, sondern stattdessen an den Kandidaten, der die landesweit meisten Stimmen (Popular Vote) erhält. Bisher sind 17 Bundesstaaten und Washington D.C. dem Vertrag beigetreten, mit einem Stimmgewicht von 209 Stimmen im Electoral College.

Autorentext

1. **Formulieren** Sie mögliche Deutungshypothesen zu den Karikaturen (M 1).
2. **Stellen** Sie die in M 2 geäußerte Kritik **dar**.
3. **Vergleichen** Sie das Wahlrecht in den USA mit dem in Europa (M 2, M 3).
4. **Diskutieren** Sie, inwiefern der NPVIC eine Lösung darstellen könnte (M 2–M 4).
5. **Beurteilen** Sie die Problemfrage (M 1–M 4).

4.3 Schränkt das Demokratieprinzip der Schweiz Minderheitenrechte ein?

M1 Alles in Ordnung in der Schweiz?

Zeichnung: Gerhard Mester

M2 Das politische System der Schweiz

Bei allen Besonderheiten im System der Schweiz ist sie im Kern zunächst eine repräsentative parlamentarische Demokratie. Allerdings ist das Ausmaß an direkten Mitwirkungsmöglichkeiten in politischen Sachfragen in Kombination mit einem direktorialen Regierungssystem einzigartig in der Welt. Speziell ist auch die Ausgangslage: Es muss ein Land mit drei Sprach- und Kulturräumen mit unterschiedlicher lokaler Bevölkerungsdichte zusammengehalten werden.

Bundesversammlung

Die Legislative der Schweiz ist die Bundesversammlung. Sie besteht aus zwei, an der Gesetzgebung völlig gleichberechtigt beteiligten Kammern. Die erste Kammer, der Nationalrat, wird für vier Jahre von der gesamten Bevölkerung in einer Verhältniswahl ohne Sperrklausel (z. B. 5-Prozent-Hürde) gewählt, wobei jeder Kanton eine gewisse Anzahl von Sitzen zugeteilt bekommt, die er je nach Wahlergebnis besetzt (Kanton = Wahlkreis). Die zum gleichen Zeitpunkt stattfindenden Ständeratswahlen finden dagegen zumeist als Mehrheitswahlen statt. Dies führt dazu, dass der Nationalrat in etwa proportional zum Stimmungsbild der gesamten Bevölkerung auch mit kleineren Parteien befüllt ist, während im Ständerat die großen Parteien dominieren.

Die Parlamentarier in der Schweiz üben ihr Mandat im „Milizsystem", also eigentlich nebenberuflich, aus, auch wenn die Arbeitslast zu etwa 50 bis 70 Prozent einer Vollzeitstelle entspricht.

Beide Kammern haben das Recht zur Gesetzesinitiative und sind damit unabhängig vom Wohlwollen der Regierung. Sollte es zu unterschiedlichen Mehrheiten in den Kammern zu einem Gesetzesvorhaben kommen, wird ein Differenzbereinigungsverfahren durchgeführt. Da kein (konstruktives) Misstrauensvotum vorgesehen ist, ist die Fraktionsdisziplin eher schwach ausgeprägt.

Bundesrat

Der Bundesrat ist das kollektive Staatsoberhaupt und zugleich die Regierung der Schweiz. Ihre sieben Mitglieder werden einzeln (!) für das jeweilige Ressort von der Bundesversammlung gewählt. Gewählt ist der Kandidat, der die absolute Mehrheit erhält. Sind mehrere Wahlgänge nötig, entfällt der je schwächste Kandidat im nächsten Wahlgang. Die sieben Bundesräte werden nicht von einer Regierungskoalition aus den Reihen von z. B. zwei Parteien gewählt, sondern mit Varianten und Unterbrechungen nach der sogenannten „Zauberformel" bestimmt. Die drei stärksten Fraktionen bekommen zwei Bundesratssitze, die viertstärkste einen. Zusätzlich wird darauf geachtet, dass die Mitglieder proportional den drei Sprach- und Kulturräumen der Schweiz (deutsch, französisch, italienisch) entsprechen. Diesen Ausgleich jenseits eines reinen Konkurrenzverfahrens zwischen den Parteien nennt man Konkordanz. Der Bundespräsident wird aus der Mitte des Bundesrats auf ein Jahr gewählt und sitzt dem Gremium als Primus inter pares (Erster unter Gleichen) ohne Sonderrechte vor. Jeder Bundesrat führt sein Ressort

INFO

Bundesversammlung
Die Bundesversammlung in der Schweiz meint beide Kammern der Legislativen, mit tatsächlicher gesetzgeberischer Funktion.
Die Bundesversammlung der Bundesrepublik Deutschland wird im Regelfall nur alle fünf Jahre zur Wahl des Bundespräsidenten einberufen.

Bundesrat
Der Bundesrat in der Schweiz ist als Teil der Exekutive das kollektive Staatsoberhaupt und die Regierung der Schweiz.
Der Bundesrat in der Bundesrepublik Deutschland ist die Länderkammer und Teil der Legislativen.

selbstständig und unabhängig, über Differenzen im Bundesrat wird mit einfacher Mehrheit abgestimmt. Die Bundeskanzlei steht dem Bundesrat dabei als organisatorischer Stab bei. Aufgrund der Nichtabberufbarkeit der Bundesräte durch die Bundesversammlung, nachdem sie einmal gewählt wurden, sind sie in ihren Entscheidungen sehr unabhängig und führen ihr Amt trotz parlamentarischer Berufung eher präsidentiell.

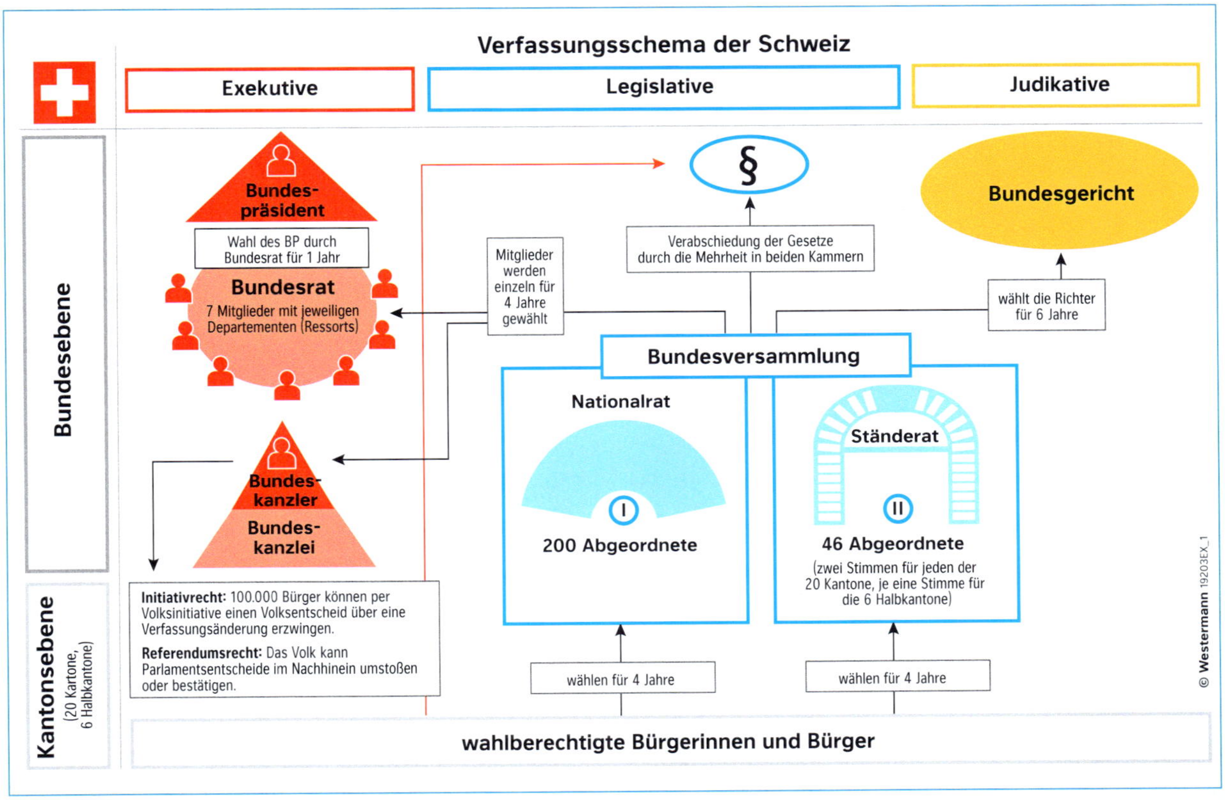

Bundesgericht

Die Bundesversammlung wählt die 38 vollamtlichen und 11 nebenamtlichen Mitglieder des Bundesgerichts für eine Amtsdauer von sechs Jahren. Auch hier wird bei der Besetzung der doppelte Proporz beachtet: Parteien und Sprachregionen. Das Gericht beurteilt Streitigkeiten zwischen den Kantonen sowie zwischen Bund und Kantonen, prüft die Kantonsgesetze auf Verfassungskonformität und garantiert die Grundrechte. Es hat jedoch keine Befugnis, Bundesgesetze auf ihre Verfassungskonformität hin zu prüfen.

Plebiszitäre Instrumente

Im Spannungsfeld zwischen unbefriedigenden Ergebnissen der Repräsentation und der Unmöglichkeit vollständig direkter Demokratie findet die Schweiz einen pragmatischen Mittelweg. Das Volk trifft die wichtigsten, das Parlament die wichtigen und die Exekutive nur nachrangige Entscheidungen. Unterschieden werden drei Formen von Volksrechten: Beim obligatorischen Referendum bedarf es der Zustimmung durch eine doppelte Mehrheit von Volk und Ständen (Kantonen). Es kommt zwingend zur Anwendung bei Verfassungsänderungen und dem Beitritt zu internationalen Organisationen.

Das fakultative Referendum kommt ggf. zur Anwendung bei unbefristeten Gesetzen oder unkündbaren internationalen Verträgen. Das Parlament muss das Gesetz dazu mit einer Referendumsklausel versehen. Wenn 50 000 Stimmbürger innerhalb von drei Monaten per Unterschrift dieses Recht einfordern, wird eine landesweite Abstimmung über das Gesetz durchgeführt. Diese Regelung ist einer der

INFO

Bundespräsident
In der Schweiz ist der Bundespräsident der Vorsitzende des Bundesrats und damit Teil der Regierung ohne Sonderbefugnisse gegenüber seinen Regierungskollegen.
Der Bundespräsident der Bundesrepublik Deutschland ist das Staatsoberhaupt und im Kern mit formalen Aufgaben betraut.

Gründe für die ausgleichende Konkordanz im System, da auch parlamentarische Minderheiten durchaus in der Lage sind, die Bürger gegen ein Gesetz zu mobilisieren, und es so per Abstimmung zu Fall bringen können. Als dritte Möglichkeit besteht die Volksinitiative. Mit 100 000 Unterschriften kann eine Abstimmung über die Aufhebung, Änderung oder Neuschaffung eines Verfassungsartikels erzwungen werden. Zur Annahme der Initiative benötigt es analog zum obligatorischen Referendum eine doppelte Mehrheit.

Autorentext

M3 Volksabstimmungen in der Schweiz

Die direkte Demokratie ist eine der Besonderheiten des politischen Systems der Schweiz. Sie ermöglicht es dem Volk, sich zu Entscheiden des Bundesparlaments zu äußern oder Verfassungsänderungen vorzuschlagen. Kern der Direkten Demokratie sind die Instrumente Initiative und Referendum. In der Schweiz ist dem Volk eine wesentliche Mitwirkung bei politischen Entscheiden auf jeder politischen Ebene eingeräumt. Alle Schweizer Bürgerinnen und Bürger ab 18 Jahren besitzen neben dem Wahlrecht auch das Recht, über Sachfragen abzustimmen. Rund vier Mal jährlich ist die Bevölkerung an die Urnen gerufen, um zu durchschnittlich fünfzehn Sachfragen Stellung zu nehmen. In den letzten Jahrzehnten betrug die Stimmbeteiligung im Mittel etwas mehr als 40 Prozent. Bürgerinnen und Bürger verfügen auch über die Möglichkeit, Sachfragen selber zur Abstimmung zu bringen. Das mittels den Instrumenten Initiative und Referendum, wovon letzteres eine fakultative und eine obligatorische Form kennt. Diese drei Instrumente bilden der Kern der direkten Demokratie.

Volksinitiative
Die Volksinitiative ermöglicht es den Bürgerinnen und Bürgern, Vorschläge zur Änderung oder Erweiterung der Verfassung einzureichen. Ihre Wirkung besteht darin, die politische Debatte zu einem genau umschriebenen Thema anzuregen oder neu zu lancieren. Damit eine Volksinitiative gültig ist und zur Abstimmung gebracht wird, müssen innerhalb von 18 Monaten 100 000 Unterschriften gesammelt werden. Die Behörden können einer Volksinitiative einen Gegenvorschlag gegenüberstellen und hoffen, dass Volk und Stände diesem den Vorzug geben.

Fakultatives Referendum
Bundesgesetze und andere Erlasse der Bundesversammlung unterstehen dem fakultativen Referendum. So können die Bürgerinnen und Bürger verlangen, dass das verabschiedete Gesetz dem Volk zur Abstimmung vorgelegt wird. Innerhalb von 100 Tagen nach Veröffentlichung des Gesetzestextes müssen 50 000 Unterschriften gesammelt werden, damit es zur Volksabstimmung kommt.

Obligatorisches Referendum
Jede Änderung an der Verfassung durch das Parlament untersteht dem obligatorischen Referendum, das heißt, sie muss dem Volk zur Abstimmung vorgelegt werden. Auch der Beitritt der Schweiz zu gewissen internationalen Organisationen untersteht dem obligatorischen Referendum.

Direkte Demokratie, in: https://www.aboutswitzerland.eda.admin.ch/de/direkte-demokratie, 30.05.2023

M4 Gefährden Volksabstimmungen Minderheitenrechte?

Die Ergebnisse von Volksentscheiden in der Schweiz sind für Minderheiten meist nachteilig. Die Verfasser einer Studie, die alle minderheitenrelevanten Volksentscheide in Bund und Kantonen seit den 1960er-Jahren auswertet, kommen zu dem Schluss, dass „die direkten Effekte der direkten Demokratie tendenziell minderheitenfeindlich sind“. Im

Zentrum dieser Studie standen 193 parlamentarische Entscheidungen zu Minderheitenrechten, die nachträglich im Referendum bestätigt werden mussten. In drei Vierteln aller Fälle stimmten die Bürger/-innen mit dem Votum der Abgeordneten überein. Dort jedoch, wo sie einen Parlamentsbeschluss im Referendum ablehnten, geschah das fast immer zum Nachteil einer Minderheit. Homosexuelle waren davon nicht betroffen: Alle Parlamentsbeschlüsse zum Ausbau von Homosexuellenrechten wurden vom Volk gutgeheißen. Anders war die Lage dagegen bei Ausländer/-innen. Hier wurden 42 Prozent aller Beschlüsse des Parlaments, die ihnen mehr Rechte zubilligen sollten, im Volksentscheid zurückgewiesen. Parlamentsbeschlüsse zur Einschränkung von Ausländerrechten fanden die Stimmbürger/-innen dagegen in 95 Prozent aller Fälle richtig. [...]

Allerdings ist auch in der Schweiz die Zahl Minderheiten diskriminierender Volksentscheide nicht sehr groß. Es gab beginnend mit dem Jahr 1866 bis Ende 2013 insgesamt 577 Abstimmungen auf Bundesebene. Nur sieben davon befassten sich mit den Rechten religiöser Minderheiten, weitere 37 mit Ausländer/-innen und Flüchtlingen. Ferner gab es eine Volksabstimmung, bei der es um die Anerkennung homosexueller Lebensgemeinschaften ging. Insgesamt gab es also 45 bundesweite Abstimmungen zu Minderheiten in der Schweiz, was einem Anteil von knapp acht Prozent entspricht.

Von diesen gingen jedoch keineswegs alle zum Nachteil der Minderheiten aus. Das Bundesgesetz, das eingetragene Partnerschaften homosexueller Paare ermöglichte, wurde zum Beispiel vom Volk gebilligt. Oben ist eine Untersuchung erwähnt, nach der 42 Prozent aller von Kantonsparlamenten und Bundesversammlung beschlossenen Verbesserungen für Ausländer/-innen im Referendum zurückgewiesen wurden. Immerhin bedeutet das im Umkehrschluss, dass die Bevölkerung in der Mehrheit der Fälle ausländerfreundlichen Reformen aktiv zugestimmt hat.

Die meisten der oben erwähnten 45 Abstimmungen zu Minderheitenrechten waren Referenden. Die Bevölkerung stimmte also über einen Beschluss des Parlaments ab. Dass die Bevölkerung von sich aus aber die Initiative ergreift, um den Status quo für Minderheiten zu verschlechtern, passiert nur sehr selten. In fast 150 Jahren, nämlich von 1866 bis Frühjahr 2014, gab es nicht mehr als 20 bundesweite Volksinitiativen in der Schweiz, die sich gegen Minderheiten richteten.

Von diesen wurden gerade mal vier angenommen:

- 1893 eine Initiative, die das im Judentum und im Islam geforderte „Schächten" verbot
- 2009 die Volksinitiative gegen den Bau von Minaretten
- 2010 die „Volksinitiative zur Ausschaffung krimineller Ausländer"
- 2014 die Initiative gegen „Masseneinwanderung".

Die anderen Initiativen wurden abgelehnt.

Paul Tiefenbach, Gefährden Volksentscheide Minderheiten?, in: https://www.mehr-demokratie.de/fileadmin/pdf/Positionen02_Minderheiten.pdf, 25.06.2014

INFO

Ausschaffung
Abschiebung

Bundesverfassung
Artikel 190: „Bundesgesetze und Völkerrecht sind für das Bundesgericht und die anderen rechtsanwendenden Behörden maßgebend." Das bedeutet, dass Bundesgericht kann als Verfassungsgericht der Schweiz Gesetze und Volksentscheide keiner Normenkontrolle unterziehen und z. B. bei Verfassungswidrigkeit die Anwendung versagen.

1 **Analysieren** Sie die Karikatur (M 1).

2 **Beschreiben** Sie die Berufung und die Kompetenzen der Bundesinstitutionen der Schweiz (M 2).

3 **Vergleichen** Sie das Institutionengefüge der Schweiz (M 2) mit dem der USA.

4 **Erörtern** Sie, inwiefern das System der Schweiz die Demokratievorstellungen Rousseaus umgesetzt hat.

5 **Stellen** Sie den Ablauf der verschiedenen direktdemokratischen Verfahren in der Schweiz in einem Flussdiagramm **dar** (M 2, M 3).

6 **Problematisieren** Sie die Stellung des Bundesgerichts im Verfassungsgefüge der Schweiz im Hinblick auf Artikel 190 der Schweizer Bundesverfassung (M 2–M 4).

7 **Beurteilen** Sie, inwiefern Minderheiten in der Schweiz vor einer „Tyrannei der Mehrheit" sicher sind (M 2–M 4).

QUERVERWEIS

VERTIEFUNG Können die USA zu einer Autokratie werden?
S. 206 ff.

Jean-Jacques Rousseau: Der Gesellschaftsvertrag
S. 150, M 3

4.4 Urteil: Was ist das beste Regierungssystem?

M 1 Auf die Größe kommt es an?

Zeichnung: Dieter Tonn

M 2 Demokratie messen

WEBCODE

WES-117977-212
Transformationsindex der Bertelsmann Stiftung (BTI)

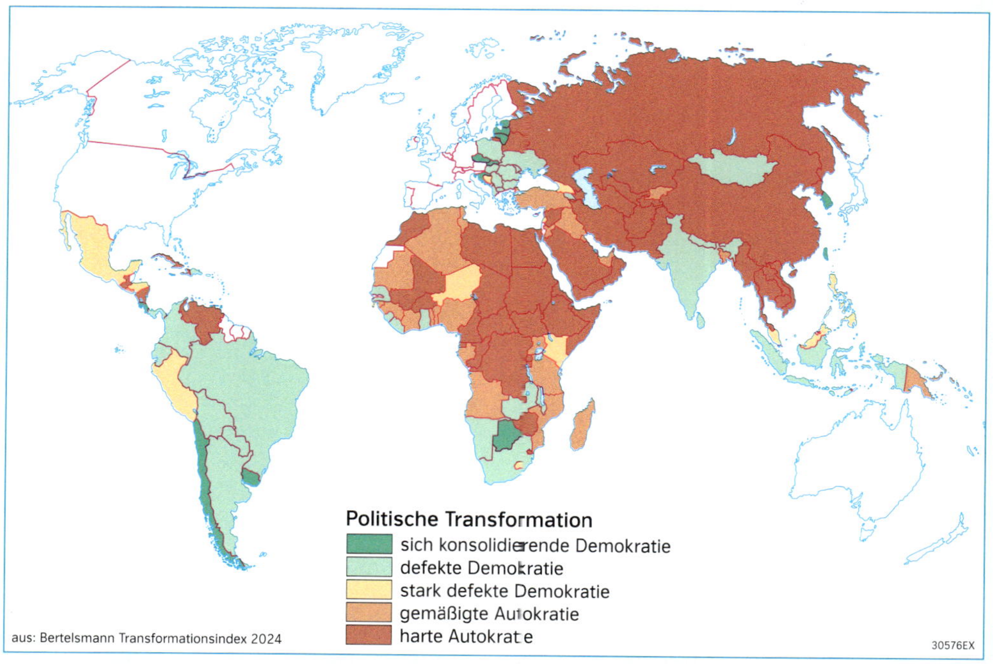

aus: Bertelsmann Transformationsindex 2024

QUERVERWEIS

Kriterien des demokratischen Prozesses
S. 201, M 2

1 **Interpretieren** Sie die Karikatur (M 1).

2 **Vergleichen** Sie die Kategorien des BTI, die Konzeption Robert Dahls zur Demokratiemessung und die Definition der FDGO durch das Bundesverfassungsgericht.

3 **Erörtern** Sie auf Grundlage von M 3 und der Materialen auf den Seiten 200 bis 216 die These: „Das Grundgesetz ist eine der besten Verfassungen der Welt."

M3 Regierungssysteme im Vergleich

Befürworter des Präsidentialismus argumentieren oft mit der größeren Handlungsfähigkeit präsidentieller Regime und mit der Legitimierung des Staatspräsidenten durch meist unmittelbare Volkswahl. Gelobt werden Präsidialdemokratien auch für potenzielle Vorzüge gegenüber den parlamentarischen Regierungssystemen. Weil sowohl das Parlament gewählt wird wie auch der Präsident, gibt es im Präsidentialismus – unter sonst gleichen Bedingungen – mehr Beteiligungschancen für die Wähler und mehr Rechenschaftspflichtigkeit der gewählten Volksvertreter, größere Chancen der Gesetzgebungskontrolle durch das Parlament und Stabilisierungsvorteile im Falle schwacher Parteien. Viele Präsidialsysteme sind auch bei der Konsolidierung der Demokratie erfolgreich. Und Studien über lateinamerikanische Staaten weisen nach, dass insbesondere Demokratien in Präsidialregimen mit Mehrparteiensystem eine beachtlich hohe Überlebenschance haben. [...]
Der Gegenthese zur Lehre vom Präsidentialismus-Vorteil zufolge sind die parlamentarischen Regierungssysteme insgesamt überlegen – leistungsfähiger, elastischer, weniger störanfällig. Die These geringerer Leistungskraft präsidentieller Systeme [...] wird Leser überraschen, die meinen, die präsidentielle Demokratie garantiere mit ihrer Machtkonzentration eine starke Führung und eine durchsetzungsfähige, legitimationsstarke Politik. Doch Politik aus einem Guss ist gerade in der Präsidialform nicht selbstverständlich. [...] Zu den Problemen gehört die hohe Wahrscheinlichkeit konfliktbeladener Beziehungen in der Exekutive sowie zwischen Exekutive und Legislative. Ferner fehlen in der präsidentiellen Demokratie Mechanismen, die derartige Konflikte zuverlässig regeln könnten. Hinzu kommt der Nullsummenspielcharakter von Präsidentschaftswahlen. [...]
Präsidialregierungen sorgten zwar meist für hinreichend hohe Regierungsstabilität und ermöglichten regelmäßige Machtwechsel. Andererseits manipulierten sie die Wirtschaftspolitik mit Blick auf den Wahlterminkalender häufiger als die Regierungen anderer Demokratien. Hierdurch entstünden „politische Konjunkturzyklen", also wahlterminorientierte Wirtschafts- und Finanzpolitikzyklen mit destabilisierenden Wirkungen auf die Wirtschaft in der nachfolgenden Periode. Zudem würden wandernde Mehrheiten wahrscheinlicher – ebenso wechselseitige Blockierungen von Präsident und Parlament.
Überdies macht sich im Präsidentialismus, laut Experten der Gesetzgebung, die scharfe Trennung von Exekutive und Legislative als Hemmschuh spürbar. Das erschwert die Gesetzgebung, unter Umständen blockiert es sie. Bei Freiheitsrechten und bei makroökonomischen Ergebnissen fanden vergleichende Studien ebenfalls Vorteile von parlamentarischen Regierungsformen. Ihr durchschnittlicher Freiheitsgrad – im Sinne der politischen Rechte und der Bürgerfreiheiten – ist größer und ihr durchschnittlicher volkswirtschaftlicher Wohlstand höher als derjenige von Präsidialsystemen. [...]
Zudem gilt der Präsidentialismus bei Spezialisten der vergleichenden Transitionsforschung als eine Regierungsform, die aufgrund ihrer institutionellen Rigidität und ihres Nullsummenspiels die Chancen, die Demokratie zu konsolidieren, beeinträchtigt. [...] [So sollen] „defekte Demokratien" in präsidentiellen Systemen häufiger vorkommen als in parlamentarischen Regierungssystemen.
Schwächen hat auch der Semipräsidentialismus. Die Liste der möglichen Mängel enthält Legitimitätskonflikte, die entstehen, weil Präsident und Regierungschef jeweils durch Wahlen legitimiert werden und weil im Falle des Konflikts ein wirkungsvoller Vermittlungsmechanismus fehlt.
Die Weimarer Republik mit ihrer verfassungspolitischen Spannung zwischen dem Reichskanzler und dem Reichspräsidenten ist dafür ein abschreckendes Beispiel. [...] Besonders gut schneiden, dieser Sichtweise zufolge, die parlamentarischen Demokratien mit moderatem Verhältniswahlrecht und einer überschaubaren Anzahl von Parteien ab.

Manfred G. Schmidt, Demokratietheorien. Eine Einführung, Springer VS: Wiesbaden [6]2019, S. 314 ff.

INFO

BTI
Transformationsindex der Bertelsmann Stiftung

FDGO
freiheitliche demokratische Grundordnung; wesentlich für die FDGO sind nach der Definition des Bundesverfassungsgerichts: Achtung vor den im Grundgesetz konkretisierten Menschenrechten, Volkssouveränität, Gewaltenteilung, Verantwortlichkeit der Regierung und Gesetzmäßigkeit der Verwaltung, Unabhängigkeit der Gerichte sowie Mehrparteienprinzip und Chancengleichheit für alle politischen Parteien, verfassungsmäßiges Recht auf Opposition.

Klausur

Der Aufbau der Klausuren richtet sich einerseits nach den einheitlichen Anforderungen für das Abitur (EPA) als auch den landesspezifischen Regelungen. Die Klausur besteht dabei aus drei Teilaufgaben, die als Ganzes eine handlungsleitende Problemstellung beantworten sollen. Eine bespielhafte Aufgabe sieht wie folgt aus:

1. Beantworten Sie die Frage, ob eine allgemeine Wahlpflicht eingeführt werden soll, indem
a) Sie die Hauptaussagen der Autoren zusammenfassen,
b) Sie die Hauptaussagen vor dem Hintergrund verschiedener Partizipationsformen erläutern,
c) Sie die Ausgangsfrage, ob eine allgemeine Wahlpflicht eingeführt werden soll, in Form eines Kommentars diskutieren.

Was muss ich bei Aufgabe 1. a) beachten? (Wertigkeit = 30 Prozent)
Hier müssen die Hauptaussagen und Positionen der Materialien zusammengefasst werden, dabei ist auf folgende Bestandteile zu achten:
- Einleitungssatz formulieren (Autor, Titel, Thema, Textsorte)
- Hauptaussagen erfassen und im Konjunktiv darstellen
- grobe argumentative Struktur abbilden, indem passende Konnektoren verwendet werden („darauf aufbauend", „ergänzend", „Bezug nehmend zur These" usw.)

Hierbei können verschiedene Materialien (also mehr als Material) verwendet werden; dabei sind die Bestandteile für alle Materialien zu benennen.

Was muss ich bei Aufgabe 1. b) beachten? (Wertigkeit = 40 Prozent)
Hier muss ausgehend vom Text das Hintergrundwissen vernetzt dargestellt und abgebildet werden. Das konkrete Vorgehen hängt vom Operator ab, häufig geläufig sind:
- Erklären: Fließtext mit eigenen Schwerpunkten (wenn keine Lenkung)
- Zuordnen: Fließtext, ebenfalls mit eigenen Schwerpunkten (auch historisches Wissen)
- Vergleichen: Erklären der Theorie des Autors, dann Gemeinsamkeiten und Unterschiede)
- Begründen: Erklären der Aussagen des Autors, dabei aber klarer Fokus auf den Ursachen der Aussagen (z. B. enttäuschter Bürger beschwert sich über das System; dann muss hier auf die Ursachen von Politikverdrossenheit verwiesen werden)

Auf Basis des Operators und immer Bezug nehmend auf das Material (d. h. konkrete Zitate, aktive Textarbeit) werden dann die Hintergründe dargestellt. Zum Teil ist die Aufgabenstellung auch bewusst weit, sodass man ggf. eigene Schwerpunkte setzen kann. Entscheidend ist immer eine zusammenhängende und kohärente Darstellung.

Was muss ich bei Aufgabe 1. c) beachten? (Wertigkeit = 30 Prozent)
Zum Schluss muss die Ausgangsfrage diskutiert werden; wobei auch hier die Operatoren entscheidend sind:
- Diskutieren/Stellung nehmen: Position/These dialektisch argumentieren und zu einem eigenen Urteil gelangen
- Beurteilen: lineare Argumentation zu einer Position/These vornehmen
- Erörtern: umfangreiche dialektische Argumentation, die auch Hintergrundbezüge erklärt und im Sinne einer Erörterung ausführlich darstellt (Einleitung, Hauptteil, Schluss)
- Bewerten: Positionen auf Basis eines eigenen Wertmaßstabes einschätzen
- Entwickeln: hier sollen Lösungen/Veränderungen erarbeitet werden → es geht also darum, konkrete Ideen darzustellen, die begründet werden müssen

Ggf. wird in der Aufgabenstellung auch eine Textsorte angegeben, die produziert werden soll (oft vorhanden sind Kommentare, Leserbriefe, Szenarien oder auch fiktive Dialoge). Wenn dies der Fall ist, sollten die Textsortenmerkmale reflektiert werden.

Wie es auch schon bei der Aufgabe 1. b) der Fall war, sollten dann Argumente in einer Art Schreibvorlage gesammelt werden, wobei auch Belege nie vergessen werden dürfen. Davon ausgehend muss – mit Zitaten aus dem Text – der Aufbau der Argumentation geplant werden. Hier bietet sich eine zick-zack-förmiger Aufbau an, wie er in der Methode „Schreibprozesse kollaborativ organisieren“ dargestellt wird.

Zu bedenken ist dabei dauerhaft: Hier muss die Klausurfrage nun beantwortet werden, weshalb die Argumentation am Ende auch mit einem persönlichen, abschließenden Urteil zu schließen ist.

QUERVERWEIS
METHODE Schreibprozesse kollaborativ organisieren
S. 286 f.

Für die Bewertung des Textes werden dabei in der Regel folgende Kriterien angewendet:	
Aufgabe 1. a): **Textzusammenfassung (30 Prozent)**	■ Darstellen des Themas und bibliografische Grundlagen (Titel, Autor, Erscheinungsort) → für alle Quellen! ■ Kontextualisierung (zeitlicher Kontext, inhaltlicher Kontext) ■ Darstellen der Hauptaussagen in ihrem argumentativen Zusammenhang
Aufgabe 1. b): **Hintergrundwissen darstellen (40 Prozent)**	■ Hintergrundwissen gemäß Aufgabenstellung darstellen ■ unterschiedliche Positionen der Autoren beachten (= zitieren)
Aufgabe 1. c): **Diskussion der Problemfrage (30 Prozent)**	■ wertende Stellungnahme (je nach Operator), multiperspektivisch) mit persönlichem Fazit ■ ggf. Textsorte umsetzen

1 **Vollziehen** Sie eine vollständige Klausurübung mit einer der Beispielklausuren aus dem Schulbuch. Nutzen Sie hierfür auch kollaborative Tools.

2 **Bewerten** Sie im Nachgang Ihr Vorgehen.

Regierungssysteme

M 1 Alexis de Tocqueville: Über die Demokratie in Amerika

INFO

Alexis de Tocqueville (1805–1859)
Der französische Historiker und Politiker gilt als Begründer der Vergleichenden Politikwissenschaft. Sein berühmtestes Werk „Über die Demokratie in Amerika" erschien in zwei Teilen 1835 und 1840.

Ich halte den Grundsatz, dass die Mehrheit des Volkes in Bezug auf die Regierung das Recht hat, alles zu tun, für ruchlos und verabscheuungswürdig, und dennoch ist für mich der Wille der Mehrheit der Ursprung aller Gewalten. Widerspreche ich mir selbst?

Es gibt ein allgemeines Gesetz, das nicht nur durch die Mehrheit dieses oder jenes Volkes, sondern von allen Menschen aufgestellt oder zumindest angenommen wurde. Dieses Gesetz heißt Gerechtigkeit.

Die Gerechtigkeit bildet also die Schranke für das Recht eines jeden Volkes. Das Volk ist wie ein Geschworenengericht, das die Gesellschaft in ihrer Gesamtheit zu vertreten und die Gerechtigkeit als ihr Gesetz anzuwenden hat. Soll das Gericht, das die Gesellschaft vertritt, mehr Recht besitzen als die Gemeinschaft selbst, deren Gesetze es vollzieht? Verweigere ich also einem ungerechten Gesetz den Gehorsam, so bestreite ich der Mehrheit keineswegs das Recht zu befehlen; ich berufe mich nur gegenüber der Souveränität des Volkes auf die Souveränität der Menschheit. [...]

Was ist denn die Mehrheit im gesamten genommen anderes als ein einzelner, dessen Meinungen und in den meisten Fällen dessen Vorteile einem anderen einzelnen entgegenstehen, den man die Minderheit nennt? Wenn nun ein Mann, der über die Allmacht verfügt sie zugegebenermaßen wider seine Feinde missbrauchen kann, warum soll das gleiche nicht für eine Mehrheit gelten können? Haben die Menschen durch Zusammenschluss ihre Wesensart geändert? Sind sie, indem sie stärker wurden, gegenüber Hindernissen auch geduldiger geworden? Ich kann es, was mich betrifft, nicht glauben; und ich werde die Gewalt, alles zu tun, die ich einem einzelnen meiner Mitmenschen verweigere, niemals mehreren zubilligen. Ich meine damit, dass man zum Erhalt der Freiheit nicht mehrere Grundsätze in der gleichen Regierung vermischen kann, so dass sie einander in Wirklichkeit entgegenstehen. Die Regierung, die man die gemischte nennt, ist mir stets als ein Hirngespinst erschienen. Es gibt in Wahrheit keine gemischte Regierung (in dem diesem Worte unterlegten Sinne), denn in der Gesellschaft entdeckt man schließlich eine Richtlinie des Handelns, die alle anderen beherrscht. [...]

So denke ich, dass man immer irgendwo eine soziale Macht allen anderen überordnen muss, ich halte jedoch die Freiheit für bedroht, wenn diese Macht auf kein Hindernis stößt, das ihren Schritt aufhalten und ihr Zeit lassen kann, sich zu mäßigen. Allmacht dünkt mich eine an sich schlechte und gefährliche Sache. Ihre Ausübung scheint mir über die Kraft des Menschen, wer immer er sei, hinauszugehen, und ich sehe nur Gott, der ohne Gefahr allmächtig sein kann, weil seine Weisheit und seine Gerechtigkeit immer seiner Macht ebenbürtig sind. Es gibt demnach auf Erden keine Autorität, die als solche so ehrwürdig oder Trägerin eines so geheiligten Rechtes wäre, dass ich sie unbeaufsichtigt handeln und unbehindert herrschen lassen wollte. Sehe ich also, dass irgendeiner Macht das Recht und die Befugnis, alles zu tun, eingeräumt wird, nenne man sie Volk oder König, Demokratie oder Aristokratie, werde sie in einer Monarchie oder Republik ausgeübt, so sage ich: hier ist der Keim zur Tyrannei, und ich trachte, unter anderen Gesetzen zu leben. Was ich der demokratischen Regierung, wie man sie in den Vereinigten Staaten gebildet hat, vor allem vorwerfe, ist nicht ihre Schwäche, wie sie viele Leute in Europa behaupten, sondern im Gegenteil ihre unwiderstehliche Stärke. Und was mich in Amerika am meisten abstößt, ist nicht die weitgehende Freiheit, die dort herrscht, es ist die geringe Gewähr, die man dort gegen die Tyrannei findet.

Erfährt ein Mensch oder eine Partei in den Vereinigten Staaten eine Ungerechtigkeit, an wen soll er sich wenden? An die öffentliche Meinung? Sie ist es, die die Mehrheit bildet; an die gesetzgebende Versammlung? Sie stellt die Mehrheit dar und gehorcht ihr blind; an die ausübende Gewalt? Sie wird durch die Mehrheit ernannt und dient ihr als gefügiges Werkzeug; an das Heer? Das Heer ist nichts anderes als die Mehrheit in Waffen; an das Geschworenengericht? Das Geschworenengericht ist die mit dem Recht zum Urteilsprechen bekleidete Mehrheit: die Richter selbst werden in gewissen Staaten von der Mehrheit gewählt. Wie ungewollt oder unsinnig die Maßnahme sei, die euch trifft, ihr habt ihr euch zu unterziehen. Stellt euch dagegen eine gesetzgebende Körperschaft vor, die in ihrer Zusammensetzung die Mehrheit vertritt, die eine ihr eigene Stärke besitzt, und eine Gerichtsgewalt, die von den beiden anderen Gewalten unabhängig ist; ihr habt immer noch eine demokratische Regierung, aber die Tyrannei hat da fast keine Aussichten.

Ich sage nicht, man mache gegenwärtig in Amerika häufigen Gebrauch von der Tyrannei, ich sage, man findet dort keine Gewähr gegen sie, und die Gründe für die Milde der Regierung muss man mehr in den Verhältnissen und in den Sitten suchen als in den Gesetzen.

Alexis de Tocqueville, Über die Demokratie in Amerika. Erster Teil von 1835, übersetzt von Hans Zbinden, Manesse: Zürich 1987, S. 375 ff.

M 2 Volksabstimmung in der Schweiz

Dieses Plakat wurde 2009 im Zusammenhang mit einer Volksabstimmung in der Schweiz über ein Verbot des Baus von Minaretten verwendet. Die Vorlage wurde mit 57,5 Prozent von der Bevölkerung angenommen und ist seither gültig.

1 Beantworten Sie anhand von M 1 und M 2 die Frage, inwiefern Demokratie stets zu einer Tyrannei der Mehrheit führt, indem Sie

a) M 1 **zusammenfassen**,

b) zentrale Mechanismen der Machthemmung in Gestalt verschiedener Formen der Gewaltenteilung am Beispiel der Bundesrepublik Deutschland **erläutern** und ideengeschichtlich **einordnen**,

c) vor dem Hintergrund der Volksinitiative „Ja zum Minarettverbot“ (M 2) die Frage **diskutieren**, ob Demokratie stets zu einer Tyrannei der Mehrheit führt.

QUERVERWEIS

METHODE
Klausur
S. 218 f.

5. Die Europäische Union – (k)eine Erfolgsgeschichte?

5.1 Einführung

M 1 Zitate

Es gibt viele Gründe, die EU abzulehnen, sie bringt Europa nicht weiter. [...] Diese EU muss sterben, damit das wahre Europa leben kann.

Björn Höcke (* 1972), der deutsche Politiker ist Landesvorsitzender der thüringischen AfD

Viel zu schnell wird vergessen, was für ein Erfolg diese Geschichte Europas bei allen Schwächen ist.

Birgit Wentzien (* 1959), die deutsche Journalistin ist Chefredakteurin des Deutschlandfunks

M 2 Umfrage zum Bild der EU

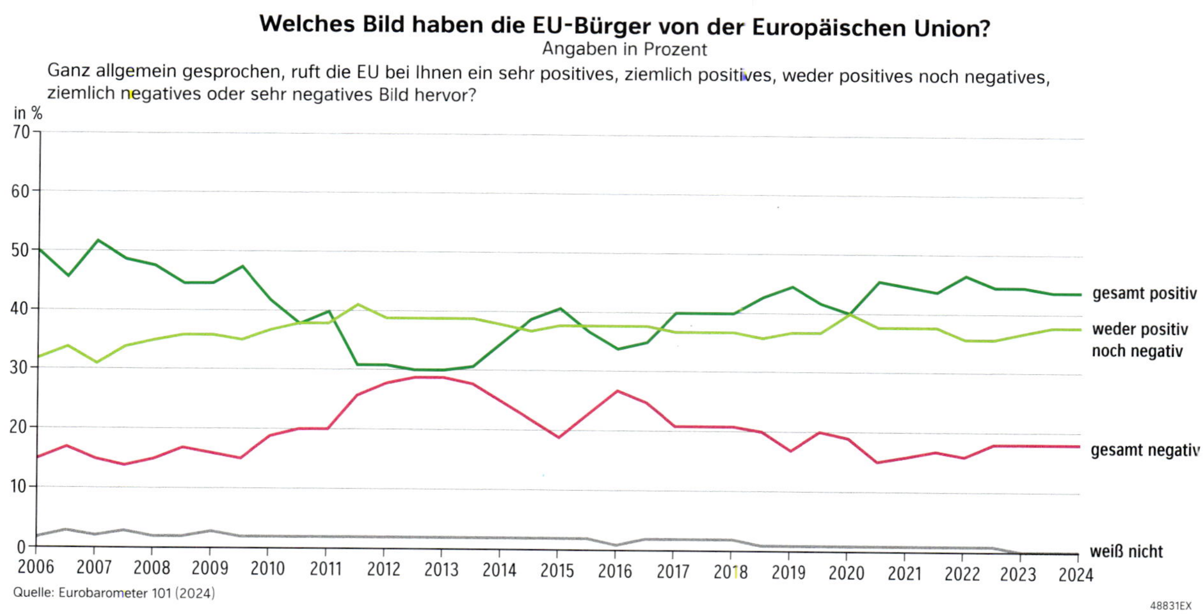

INFO

Eurobarometer
Das Eurobarometer ist eine in regelmäßigen Abständen von der Europäischen Kommission in Auftrag gegebene öffentliche Meinungsumfrage in den Mitgliedstaaten der EU.

1 **Vergleichen** Sie die Zitate zur Europäischen Union und **formulieren** Sie Fragen, die sich Ihnen hierbei stellen (M 1).

2 **Analysieren** Sie M 2.

3 **Führen** Sie die der Statistik in M 2 zugrundeliegende Umfrage in Ihrer Lerngruppe **durch**.

4 **Begründen** Sie Ihre in der Umfrage getätigte Aussage.

5.2 Die Europäische Union – nicht weiter von Bedeutung für mein Leben?

M1 Eckpfeiler der EU

[Die EU damals und heute]

Die EU, wie wir sie heute kennen, hat ihre Wurzeln in mehreren Verträgen, die nach dem Zweiten Weltkrieg unterzeichnet wurden. Alles begann mit der Förderung der wirtschaftlichen Zusammenarbeit. Dahinter stand die Idee, dass Länder, die miteinander Handel treiben, wirtschaftlich voneinander abhängig sind und daher kriegerische Auseinandersetzungen eher vermeiden. Das Ergebnis war im Jahr 1958 die Gründung der Europäischen Wirtschaftsgemeinschaft (EWG) und eine wachsende wirtschaftliche Zusammenarbeit, ursprünglich zwischen sechs Ländern: Belgien, Deutschland, Frankreich, Italien, Luxemburg und den Niederlanden. Seit diesen Anfängen haben sich 22 weitere Länder dieser Gruppe angeschlossen (wobei das Vereinigte Königreich am 31. Januar 2020 aus der EU ausgetreten ist) und einen großen gemeinsamen Markt (den sogenannten Binnenmarkt) gegründet, dessen Potenzial laufend weiterentwickelt wird. Was als reine Wirtschaftsgemeinschaft begann, ist nun zu einer Organisation geworden, die vom Klimawandel [...] bis hin zu den Außenbeziehungen und zu Sicherheit, Justiz und Migration zahlreiche Politikfelder abdeckt. Zu den Errungenschaften der EU gehören mehr als ein halbes Jahrhundert Frieden, Stabilität und Wohlstand, ihr Beitrag zur Steigerung des Lebensstandards und die Einführung einer einheitlichen europäischen Währung – des Euro [...].

[Der EU-Binnenmarkt]

Da die Grenzkontrollen zwischen den meisten EU-Ländern abgeschafft wurden, genießen die Menschen im größten Teil des Kontinents Reisefreiheit. [...] Alle EU-Bürgerinnen und -Bürger haben das Recht und die Freiheit, selbst wählen zu können, in welchem EU-Land sie arbeiten, studieren oder ihren Ruhestand verbringen möchten. Jeder Mitgliedstaat muss die Staatsangehörigen anderer EU-Mitgliedstaaten in puncto Beschäftigung, Sozialleistungen und Steuern genauso behandeln wie seine eigenen. Der Binnenmarkt ist der wichtigste Motor der EU-Wirtschaft. Er gewährleistet die Freizügigkeit der EU-Bürgerinnen und -Bürger sowie den freien Verkehr von Waren, Dienstleistungen und Kapital. [...]

[Werte und Grundsätze der EU]

Im Vertrag über die Europäische Union ist Folgendes verankert: „Die Werte, auf die sich die Union gründet, sind die Achtung der Menschenwürde, Freiheit, Demokratie, Gleichheit, Rechtsstaatlichkeit und die Wahrung der Menschenrechte einschließlich der Rechte der Personen, die Minderheiten angehören. Diese Werte sind allen Mitgliedstaaten in einer Gesellschaft gemeinsam, die sich durch Pluralismus, Nichtdiskriminierung, Toleranz, Gerechtigkeit, Solidarität und die Gleichheit von Frauen und Männern auszeichnet.“ [...] Die Menschenrechte sind durch die Charta der Grundrechte der EU geschützt. [...] Die EU beruht auf dem Grundsatz der Rechtsstaatlichkeit. Alle Bürgerinnen und Bürger haben vor dem Gesetz die gleichen Rechte, und die EU stützt sich in ihrem Handeln stets auf von ihren Mitgliedstaaten freiwillig und demokratisch vereinbarte Verträge. Recht und Gesetz werden von einer unabhängigen Justiz auf-

M2 Zählt das denn gar nicht?

Zeichnung: Chappatte

GLOSSAR

- Europäischer Gerichtshof
- Europäische Kommission
- Europäische Union
- Europäischer Rat
- Europäisches Parlament
- Rat der Europäischen Union
- supranational

rechterhalten. Die Mitgliedstaaten der EU haben dem Gerichtshof der Europäischen Union die Befugnis übertragen, über das EU-Recht betreffende Angelegenheiten in letzter Instanz zu entscheiden. Seine Urteile müssen von allen respektiert werden.

INFO

Europäische Union
Das politische System der EU wird als Mehrebenensystem charakterisiert, da es auf mehreren miteinander verknüpften Ebenen operiert: der supranationalen, der nationalen und der regionalen Ebene. Entscheidungsprozesse finden durch die Zusammenarbeit zentraler EU-Institutionen statt, wobei die Mitgliedstaaten ihre nationale Souveränität teilweise an die EU delegieren. Zugleich bleiben die Mitgliedstaaten und ihre Regionen als Akteure bei der Umsetzung von EU-Politiken beteiligt, wodurch ein komplexes Netzwerk der Zusammenarbeit und des Interessenausgleichs entsteht.

[Politischer Aufbau der EU]

Im Mittelpunkt der EU stehen die 27 Mitgliedstaaten der EU und deren Bürgerinnen und Bürger. Das Alleinstellungsmerkmal der EU ist, dass alle diese Staaten souverän und unabhängig bleiben, aber einige ihrer hoheitlichen Befugnisse in Bereichen bündeln, in denen daraus ein Mehrwert entsteht. Diese teilweise Übertragung von Befugnissen an gemeinsame Institutionen, die die Mitgliedstaaten selbst geschaffen haben, bedeutet in der Praxis, dass Entscheidungen zu bestimmten Fragen von gemeinsamem Interesse auf EU-Ebene demokratisch getroffen werden können. An der Beschlussfassung in der EU sind mehrere EU-Organe beteiligt:

- das Europäische Parlament, das die Bürgerinnen und Bürger der EU vertritt und direkt von ihnen gewählt wird;
- der Europäische Rat, der sich aus den Staats- und Regierungschefs und -chefinnen der EU-Mitgliedstaaten zusammensetzt;
- der Rat der Europäischen Union (auch Rat genannt), in dem die Regierungen der EU-Mitgliedstaaten vertreten sind;
- die Europäische Kommission, die die Interessen der EU insgesamt wahrt.

Die nationalen Parlamente der Mitgliedstaaten sind ebenfalls an der Beschlussfassung und Gesetzgebung beteiligt; Gleiches gilt für die beiden beratenden Einrichtungen.
Dabei handelt es sich um den Europäischen Ausschuss der Regionen, der sich aus Vertreterinnen und Vertretern der Regionen und Kommunen zusammensetzt, und den Europäischen Wirtschafts- und Sozialausschuss, in dem Arbeitnehmer- und Arbeitgeberorganisationen und andere Interessengruppen vertreten sind.
Grundsätzlich legt die Kommission Vorschläge für neue Rechtsvorschriften vor, über deren Annahme das Parlament und der Rat entscheiden. Die beratenden Einrichtungen (der Europäische Wirtschafts- und Sozialausschuss und der Europäische Ausschuss der Regionen) sowie die nationalen Parlamente legen Stellungnahmen zu den Vorschlägen vor, in denen sie sich in erster Linie auf die Grundsätze der Subsidiarität und Verhältnismäßigkeit stützen.
Subsidiarität bedeutet, dass die Union (außer in den Bereichen, in denen sie ausschließliche Befugnisse hat) nur dann tätig wird, wenn ein Handeln auf EU-Ebene wirkungsvoller ist als auf nationaler Ebene. Nach dem Grundsatz der Verhältnismäßigkeit gehen die Maßnahmen der Union nicht über das zur Erreichung der Ziele der EU-Verträge erforderliche Maß hinaus. Für die Durchführung der erlassenen Rechtsvorschriften der EU sind dann die Mitgliedstaaten und die betroffene(n) EU-Institution(en) zuständig.

Europäische Kommission (Hg.), Die Europäische Union. Was sie ist und was sie tut, Amt für Veröffentlichungen der Europäischen Union: Luxemburg 2022, S. 7 ff.

WEBCODE
WES-117977-213
Organe und Einrichtungen der EU

1 **Beschreiben** Sie die Karikatur und formulieren Sie mögliche Deutungshypothesen (M 2).

2 **Arbeiten** Sie arbeitsteilig grundlegende Informationen zur Europäischen Union **heraus** (M 1, M 3).

3 **Analysieren** Sie die Selbstdarstellung der EU insbesondere hinsichtlich des Aspekts der Multiperspektivität (M 1).

4 **Gestalten** Sie auf Grundlage einer Internetrecherche eine Präsentation zu je einem der EU-Organe.

5 Gestalten Sie für eine Plattform der sozialen Medien Ihrer Wahl einen für junge Menschen ansprechenden Post, in dem Sie kurz und prägnant darüber informieren, inwiefern die EU bedeutsam für das Leben junger Menschen ist.

M3 Der politische Aufbau der Europäischen Union

Verfassungsschema der Europäischen Union

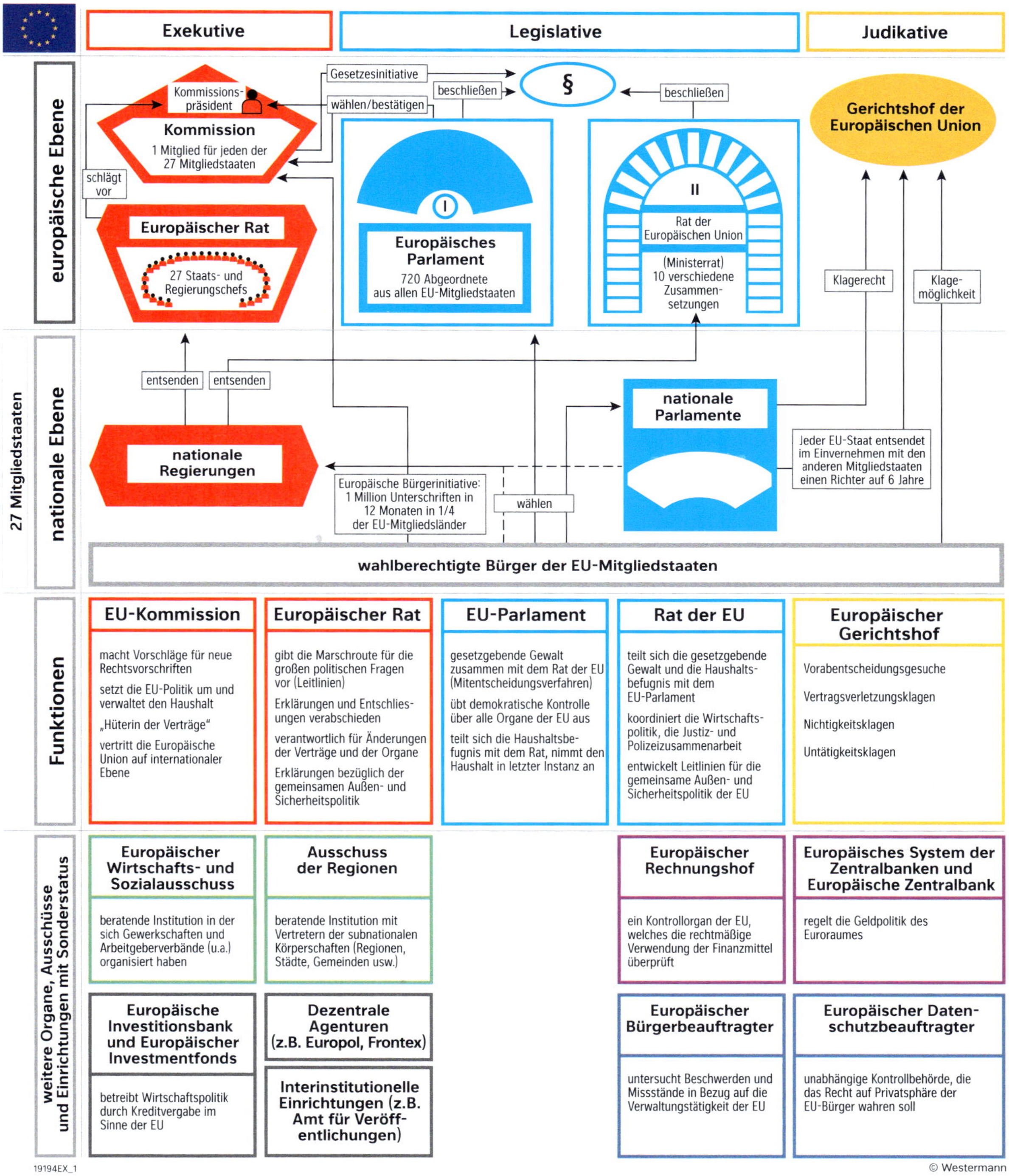

5.3 Der europäische Integrationsprozess – am Ende seiner Kräfte?

M1 Viele Beitritte und ein Austritt

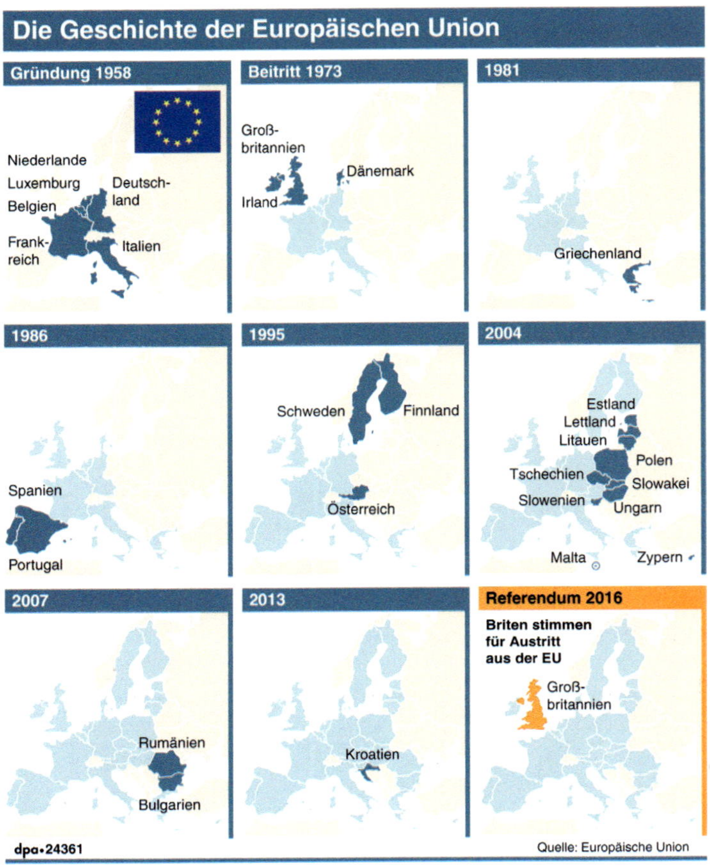

M2 Meilensteine der europäischen Integration

GLOSSAR

Vertrag von Lissabon

Vertrag von Maastricht

18. April 1951 – Europäische Gemeinschaft für Kohle und Stahl

Auf der Grundlage des Schuman-Plans unterzeichnen sechs Länder einen Vertrag über die gemeinsame Kontrolle von Kohle und Stahl. Kein einzelnes Land soll mehr wie in der Vergangenheit Kriegswaffen herstellen können, um sie gegen ein anderes Land zu richten. Diese sechs Länder sind Belgien, Deutschland, Frankreich, Italien, Luxemburg und die Niederlande. Die Europäische Gemeinschaft für Kohle und Stahl wird 1952 gegründet.

25. März 1957 – Römische Verträge

Angesichts des Erfolgs des EGKS-Vertrags dehnen die 6 Gründungsländer ihre Zusammenarbeit auf weitere Wirtschaftsbereiche aus. Sie unterzeichnen zwei Verträge und gründen damit die Europäische Wirtschaftsgemeinschaft (EWG) und die Europäische Atomgemeinschaft (Euratom), die am 1. Januar 1958 ihre Arbeit aufnehmen. [...]

8. April 1965 – Unterzeichnung des „Fusionsvertrags“

In Brüssel wird der sogenannte Fusionsvertrag unterzeichnet: Er besiegelt die Zusammenlegung der Exekutivorgane der 3 Gemeinschaften (Europäische Gemeinschaft für Kohle und Stahl, Europäische Wirtschaftsgemeinschaft und Euratom) und tritt am 1. Juli 1967 in Kraft. Von nun an verfügen die Europäischen Gemeinschaften über eine einzige Verwaltung (die Kommission) und eine einzige Exekutive (den Rat). [...]

Juni 1979 – Das Europäische Parlament wird erstmals direkt gewählt

Die europäischen Bürgerinnen und Bürger wählen zum ersten Mal direkt die Mitglieder des Europäischen Parlaments. Davor wurden die Mitglieder von den nationalen Parlamenten abgeordnet. Die Mitglieder sind von nun an nach europaweiten Fraktionen und nicht mehr nach nationalen Delegationen gruppiert. [...]

7. Februar 1992 – Vertrag von Maastricht

Im niederländischen Maastricht wird der Vertrag über die Europäische Union unterzeichnet. Er ist ein Meilenstein in der Geschichte der EU, legt er doch die Vorschriften für die künftige gemeinsame Währung sowie für die Außen- und Sicherheitspolitik und eine engere Zusammenarbeit in den Bereichen Justiz und Inneres fest. Mit diesem Vertrag, der am 1. November 1993 in Kraft tritt, wird die „Europäische Union“ begründet.

1. Januar 1993 – Startschuss für den Binnenmarkt
Der Binnenmarkt mit freiem Waren-, Dienstleistungs-, Personen- und Kapitalverkehr entsteht. Seit 1986 wurden Hunderte von Rechtsakten erlassen, um Hemmnisse im Bereich der Steuer- und Unternehmenspolitik sowie der Berufsqualifikationen zu beseitigen. [...]

1. Januar 1999 – Der Euro wird als gesetzliche Buchwährung eingeführt
Der Euro wird in 11 Ländern als Buchwährung eingeführt. Euro-Banknoten und -Münzen werden später in Umlauf gebracht. Zu den ersten Euro-Ländern gehören Belgien, Deutschland, Finnland, Frankreich, Irland, Italien, Luxemburg, die Niederlande, Österreich, Portugal und Spanien. [...]

29. Mai/1. Juni 2005 – Eine Verfassung für die EU
Die Wählerinnen und Wähler in Frankreich und den Niederlanden lehnen den Vertrag über eine Verfassung für Europa ab, der im Oktober 2004 von den 25 EU-Mitgliedstaaten unterzeichnet worden war. [...]

13. Dezember 2007 – Vertrag von Lissabon
Die 27 EU-Länder unterzeichnen den Vertrag von Lissabon, mit dem die früheren Verträge geändert werden. Er soll die EU [und ihre Organe] demokratischer, effizienter und transparenter machen und so die Union in die Lage versetzen, globale Herausforderungen wie Klimawandel, Sicherheit und nachhaltige Entwicklung zu bewältigen. Alle EU-Länder ratifizieren den Vertrag, der am 1. Dezember 2009 in Kraft tritt. [...]

23. Juni 2016 – Die Briten stimmen für den Austritt aus der EU
In einem Referendum im Juni 2016 stimmen 52 Prozent der britischen Wählerinnen und Wähler im Vereinigten Königreich für den Austritt des Vereinigten Königreichs aus der Europäischen Union – nach mehr als 40 Jahren Mitgliedschaft. Das Vereinigte Königreich verlässt die EU am 31. Januar 2020.

Geschichte der EU, in: https://european-union.europa.eu/principles-countries-history/history-eu_de, 20.07.2025

M3 Wie steht es um die europäische Integration heute?

Krisen haben den Einigungsprozess seit Anbeginn begleitet, geprägt und immer wieder beflügelt. Keine Dekade kam ohne Erschütterungen aus [...]. Krisen wurden in dieser rastlosen Zeit häufig produktiv gewendet, aber ohne jemals die Wurzeln der Probleme zu beseitigen. Anders gesagt: Die EU rettete sich stolpernd von einer Krise in die nächste. [...]
Der Brexit, als Befreiungsschlag zugunsten nationaler Souveränität in Szene gesetzt, verwandelte sich in einen Bumerang, der den schieren Fortbestand des Vereinigten Königreichs gefährdete. [...] Der Austritt schwächte angesichts des ökonomischen und politischen Gewichts des Vereinigten Königreichs die Union deutlich. [...] Allerdings gelang es ihr, in einem für viele Beobachter überraschenden Maß mit einer Stimme zu sprechen. [...] Vor allem ihr historisches Kernprojekt, der Binnenmarkt, erwies sich als überraschend robust, und die EU verteidigte erfolgreich dessen Integrität. So paradox es klingen mag: Gerade beim Brexit gelang es der EU in erstaunlichem Maße, den Bestand zu sichern. Was sich für das Vereinigte Königreich zum nationalen Trauma entwickelte, blieb für die EU lediglich eine ihrer vielen Krisen, die sie recht gut bewältigte. In diesem Kontext entwickelte sich Geschlossenheit zum neuen Mantra der verbleibenden Mitgliedstaaten. [...] Seit zudem die Schwierigkeiten der Brexiteers unübersehbar wurden, spielte die Austrittsperspektive in anderen EU-Staaten kaum mehr eine Rolle. [...]
Zunehmend zielt Grundsatzkritik nicht mehr auf Austritt, sondern auf einen Umbau und eine Entkernung der Union. Die Politik des ungarischen Premierministers Viktor Orbán mit seiner Vorstellung einer „illiberalen Demokratie" bildet hierfür das prominenteste Beispiel: Eine zunächst durch freie, allgemeine und faire Wahlen legitimierte Regierung betreibt den Abbau von Rechtsstaatlichkeit, Minderheitenschutz und die Schwächung der

INFO

Brexiteer
Anhänger/Befürworter eines EU-Austritts Großbritanniens

INFO

Europäische Integration
Der Begriff der europäischen Integration beschreibt den Prozess der freiwilligen und zunehmend engeren Zusammenarbeit zwischen den europäischen Staaten, der in den 1950er-Jahren begann. Ziel dieser Integration ist es, Kompetenzen und Ressourcen auf eine überstaatliche, supranationale Organisation zu übertragen, um gemeinsame Herausforderungen wie z. B. Klimapolitik zu bewältigen, die einzelne Staaten allein nicht bewältigen könnten. Die europäische Integration kann sowohl als fortlaufender Prozess als auch als gegenwärtiger Zustand betrachtet werden.

unabhängigen Presse [...]. Die EU hat all dem wenig entgegensetzen können. Zwar löste die Europäische Kommission Ende 2017 erstmals das im Lissabonner Vertrag vorgesehene Rechtsstaatsverfahren aus – als ein weiteres Zeichen dafür, dass sie sich unter Präsident Juncker nicht nur als Hüterin der Verträge, sondern auch als politische Akteurin verstand. Anlass war eine umstrittene Justizreform in Polen. Die dortige Regierung lenkte ein, aber nur so weit wie unbedingt nötig. [...] Die Mechanismen, um die Werte und Normen der EU in ihrem Innern zu sichern, blieben ungenügend. [...]

In der Coronakrise [...] gleicht der Weg letztlich jenem in der Eurokrise. Man bediente sich einiger der damals erprobten Mechanismen, ging aber bald markant über den Status quo hinaus [...]. Besonders trifft das für die Gipfelergebnisse vom Dezember 2020 zu, die den Weg für 750 Milliarden Euro an Corona-Hilfen freimachten. Dieser Schritt schuf ein Konjunkturpaket bislang unvorstellbarer Größe. Erstmals kann die EU gemeinsame Schulden aufnehmen – ein Ansatz, der kontrovers bleibt, dem in der Eurokrise aber noch unüberwindbarer Widerstand gegenübergestanden hatte. Deutlich weniger beachtet, aber mindestens so wichtig, war die dramatische Ausweitung der Geldmenge durch die EZB angesichts der Pandemie, was den Wirtschaftssystemen der Mitgliedstaaten ebenfalls half, über Wasser zu bleiben. [...] Einmal mehr setzte man dabei in erheblichen Teilen auf ökonomische Instrumente, die sich lange bewährt hatten oder zumindest schon lange diskutiert worden waren, richtete sie aber auf ein neues Ziel aus. Die neue Bedeutung des Schutzgedankens zeigte sich auch in anderen Bereichen, etwa der EU-weiten Zulassung und Beschaffung von Impfstoffen gegen Corona. [...] Der schrittweise Aus- und Umbau geschah nicht aufgrund eines übergreifenden Plans, einer tragenden Wertebasis oder auch nur, weil er dem Wunsch der Brüsseler Bürokratie entsprochen hätte, sondern vielmehr, weil sich die Regierungen der Mitgliedstaaten und andere Akteure als Ergebnis komplizierter Aushandlungs- und Lernprozesse häufig in diese Richtung bewegten. Deshalb war das Projekt Europa im gesamten Zeitraum vor allem Kompromiss- und Ermöglichungsmaschine, ohne dass es konsequent jenem „immer engeren Zusammenschluss" verpflichtet gewesen wäre, den die Verträge seit den 1950 er Jahren beschwören. [...]

Auch prozedural ist die EU enorm robust, da sie einerseits das Vorhandene juristisch sehr gut absichert, sich aber zugleich als wandelbar genug erwiesen hat, um sich stets neuen Konstellationen anzupassen. In manchen Fragen lud der rechtliche Rahmen direkt zur dynamischen Weiterentwicklung ein, und besonders der EuGH wusste dies immer wieder zu nutzen. Zudem sind mit Europäischer Kommission und Europäischem Parlament im institutionellen Kosmos zwei weitere Einrichtungen vorhanden, die regelmäßig und lautstark für Vertiefung werben [...]. Solche großen Integrationsschritte sind zugleich nur möglich, weil sich die verschiedenen politischen Ebenen innerhalb der Europäischen Union vor allem seit den 1980er-Jahren miteinander verbunden haben [...].

Kiran Klaus Patel, Europäische Integration. Geschichte und Gegenwart, C.H. Beck: München 2022, S. 91 ff.

1 **Geben** Sie die Ereignisse im Hinblick auf europäische Zusammenschlüsse und Kooperationen chronologisch korrekt **wieder** und **formulieren** Sie Fragen, die sich Ihnen hierbei stellen (M 1, M 2).

2 **Stellen** sie wichtige Schritte des europäischen Integrationsprozesses als Fieberkurve grafisch dar (M 1–M 3).

3 **Beurteilen** Sie als wissenschaftliche Mitarbeiterin bzw. wissenschaftlicher Mitarbeiter eines renommierten Forschungsinstituts im Bereich der Europawissenshaften, ob sich der europäische Integrationsprozess am Ende seiner Kräfte befindet (M 3).

5.4 Die Einführung des Euros – haben alle davon profitiert?

M1 Mittlerweile erwachsen?

Zeichnung: Rainer Hachfeld

M2 Versprechen erfüllt, aber mit Konstruktionsfehlern?

Für die Integration der europäischen Volkswirtschaften haben Handel und grenzüberschreitende Investitionen eine zentrale Rolle gespielt. Werden die Zahlungen für Waren und Dienstleistungen in unterschiedlichen Währungen abgewickelt, sind Firmen, Investorinnen und Investoren einem Wechselkursrisiko ausgesetzt: unter Umständen bekommen sie bei stark schwankenden Wechselkursen weniger für ihre Güter und Investitionen, als sie sich erhofft haben. Diese Unsicherheit hemmt Handel und Investitionen und verhindert die ökonomische Integration.
Als eine Lösung erschienen feste Wechselkurse. Das nach dem Zweiten Weltkrieg eingeführte Bretton-Woods-System brach aber schon 1973 auseinander. Auch das in Europa als dessen Nachfolger etablierte Europäische Währungssystem geriet während der Devisenmarktkrise im Herbst 1992 in eine existenzielle Notlage. Daraufhin beschlossen mehrere EU-Länder, eine gemeinsame Währung auf den Weg zu bringen, den Euro. An dessen Einführung waren zwei Versprechen geknüpft: dass die ökonomische Integration und damit auch die europäische Integration weiter voranschreitet. Und dass die Eurozone ein Garant für wirtschaftliche Stabilität, das heißt stabile Preise und stabiles Wirtschaftswachstum, ist. Diese Versprechen konnte der Euro erfüllen. [...]
Gerade in den ersten Jahren konnte der Euro die an ihn gestellten Erwartungen erfüllen. Ein stabiles ökonomisches Umfeld mit wenig schwankender Inflations- und Zinsrate schuf die idealen Voraussetzungen für steigende Investitionen zwischen den Ländern der Eurozone. Auch der Wechselkurs des Euro stabilisierte sich nach anfänglichen Schwierigkeiten. Dies schlug sich in einem Anstieg des Pro-Kopf-Bruttoinlandsproduktes nieder. Das Wachstum war in den Ländern an der Peripherie zunächst sogar stärker als in wirtschaftlich ohnehin starken Staaten wie Deutschland oder Frankreich. Dieser Aufholprozess verstärkte die europäische Integration.
Doch die weltweite Finanzkrise ab 2007 traf die Eurozone hart. Nicht alle Mitgliedsländer waren gleichermaßen betroffen. Außerdem hatten sie unterschiedliche fiskalische Spielräume, um die Probleme wirksam zu bekämpfen. Insbesondere Griechenland, Portugal, Ir-

GLOSSAR

Bruttoinlandsprodukt

land, Italien und Spanien mussten mit viel Steuergeld die heimischen Geschäftsbanken mit frischem Kapital ausstatten; die Wirtschaftsleistung brach in Folge ein, die Arbeitslosigkeit nahm stark zu. Die Schulden dieser Länder schnellten relativ zum Bruttoinlandsprodukt rasant in die Höhe. Hier zeigte sich zum ersten Mal ein wichtiger Konstruktionsfehler des Euro: Es gibt eine gemeinsame Geldpolitik, aber keinen Gegenpart auf der fiskalpolitischen Seite – so etwa eine gemeinsame europäische Steuerung von Staatsausgaben und Staatseinnahmen. Zwar wurden mit der Einführung des Euro die sogenannten Maastricht-Kriterien verabschiedet, die verhindern sollten, dass Nationalstaaten in Zahlungsschwierigkeiten geraten und so die Freiheit der EZB einschränken können. Jedoch wurden diese Kriterien nie eingehalten. So wies der Großteil der Länder beim Beitritt zur Eurozone eine höhere Schuldenquote als die geforderten 60 Prozent des Bruttoinlandsprodukts auf. Zusätzlich wurde kurz nach der Einführung des Euro die Regel, die die Neuverschuldung der Staaten auf jährlich drei Prozent der Wirtschaftsleistung begrenzt, zuerst von Deutschland und Frankreich gebrochen. Mit wachsenden Staatsschulden stieg auch deren Verzinsung stark, was die Kreditvergabe in den betroffenen Ländern verteuerte und somit die Wirtschaftsleistung weiter bremste. In dieser Zeit konnte die EZB mit einer durchdachten Geldpolitik ein Auseinanderbrechen der Eurozone zwar verhindern, die Preise stabil halten und die Kreditvergabe in den Krisenländern wieder ankurbeln. Allerdings verursachten Sparprogramme, die den Staaten auferlegt wurden, um die Schulden zu reduzieren, starke wirtschaftliche Schäden. Preisniveau und Euro-Wechselkurs blieben zwar stabil, allerdings drifteten damit auch die Lebensstandards der Euroländer auseinander, was die ökonomische Integration erschwerte.

Über die letzten 20 Jahre betrachtet hat der Euro sein Versprechen, ein wirtschaftlich stabiles Umfeld trotz Krisen zu schaffen und die ökonomische Integration voranzutreiben, gehalten. Gerade für Exportweltmeister Deutschland war die Gemeinschaftswährung ein Garant für Wohlstand: Im ersten Jahrzehnt profitierte das Land stark vom wachsenden Handel. Auch während der Finanz- und Staatsschuldenkrise konnte Deutschland weiter günstig exportieren. Gäbe es den Euro nicht, hätte eine deutsche Währung in dieser Situation relativ zu den anderen europäischen Staaten aufgewertet und damit den Export gebremst. So aber hat es die europäische ökonomische Integration Deutschland enorm erleichtert, die Probleme zu bestehen. Doch gilt das nicht für alle Länder, und nun müssen dringend Fehler des Euro behoben werden. Die Schwäche des Euro – eine gemeinsame Geldpolitik ohne gemeinsame finanzpolitische Grundlage – zeigt sich einmal mehr mit den stark steigenden Schuldenquoten in der Corona-Pandemie sowie durch die hohe Inflation. Erhöht die EZB weiter ihre Zinsen, um die Geldentwertung zu bekämpfen, belastet dies hoch verschuldete Staatshaushalte wie die Italiens oder Griechenlands und kann zu Zahlungsausfällen führen. [...] Dies muss die EZB bei ihren Zinsentscheidungen berücksichtigen. Es ist ihr daher nur eingeschränkt möglich, für ein stabiles wirtschaftliches Umfeld in allen ab 2023 insgesamt 20 Euro-Mitgliedsländern zu sorgen.

In der nahen Zukunft bedarf es also dringend Reformen: Den Mitgliedstaaten muss es gelingen, eine fiskalische Einrichtung zu schaffen, die eine gemeinsame sichere europäische Anleihe ausgibt, die der Finanzsektor halten kann. Nur dann kann die EZB ihrer Verantwortung für die Preisstabilität nachkommen – und der Euro die europäische Integration weiter stützen.

Alexander Kriwoluzky, Versprechen erfüllt, aber mit Konstruktionsfehlern, in: https://www.bpb.de/themen/wirtschaft/europa-wirtschaft/514006/versprechen-erfuellt-aber-mit-konstruktionsfehlern/, 10.10.2022

WEBCODE

WES-117977-214
20 Jahre Euro – eine Erfolgsgeschichte?

1 **Beschreiben** Sie die Karikatur und **formulieren** Sie mögliche Deutungshypothesen (M 1).

2 **Recherchieren** Sie weitere Informationen zur Geschichte des Euros (M 2).

3 **Arbeiten** Sie Pro- und Kontra-Argumente hinsichtlich der Frage **heraus**, ob von der Einführung alle profitiert haben (M 2).

4 **Gestalten** Sie einen Kommentar für eine große deutsche Tageszeitung, in dem Sie die Problemfrage erörtern.

5.5 Urteil: Die Europäische Union – (k)eine Erfolgsgeschichte?

M 1 Die EU – ein „fantastischer Verein“?

„Europa, das ist übertragen auf einen Fußballklub ein fantastischer Verein mit einer großen Geschichte, mit enthusiastischen Anhängern, und immer vom Abstieg bedroht.“ Martin Schulz, der langjährige Präsident des Europaparlaments, wählt dieses Bild – und die Wahlen in Europa geben ihm recht. Verein, Geschichte, Anhänger, Abstieg – die Wählerinnen und Wähler haben sich für eine Neusortierung entschieden. Sie haben die Gewichte nach rechts verschoben, und sie haben der AfD im Osten Deutschlands in einem Maße zugesprochen, das nach dem chaotischen Wahlkampf und dem Verdacht gegenüber dem Spitzenpersonal erschrecken lässt. Die Zuwächse für Rechts in unterschiedlichsten europäischen Färbungen sind immens. Nur: Wie sich diese Zuwächse im Europaparlament in Formationen fügen werden, ist offen.

Die Fraktion der europäischen Christdemokraten – die Europäische Volkspartei – hat hinzugewonnen, Sozialdemokraten, Liberale und vor allem Grüne haben deutlich verloren. Die Mitte, so betrachtet, schrumpft. Wählerinnen und Wähler haben ins Plenum des Parlaments mehr Vertreter von Parteien entsandt, die Europa mindestens skeptisch sehen, wenn nicht gar zurückbauen oder ganz und gar abschaffen wollen. Die europäische parlamentarische Welt sortiert sich frisch. […] Weil die anderen Parteien unter anderem mit ihrer Migrations- und Klimapolitik ein Vakuum geschaffen haben. Weil die sich aufhellende wirtschaftliche Stimmung der Eurozone viele Bürger nicht erreicht, das Wohlstandsversprechen wankt. […] Halten wir fest, dass neben diesen düsteren Momenten ein Licht zu sehen ist: Die Wahlbeteiligung ist historisch stark, das ist gut. Die wachsende Anzahl von Problemen, die auf nationaler Ebene nicht mehr gelöst werden können, sind das beste Argument für Europa. Die Geschichte dieses Kontinents ist es allemal. Viel zu schnell wird vergessen, was für ein Erfolg diese Geschichte Europas bei allen Schwächen ist, und wie unwahrscheinlich ein solches Bündnis zwischen verfeindeten und kriegsführenden Nationen einst war, und welche innere Kraft darin vorhanden ist.

Schauen wir von außen auf diesen Kontinent, in dem der russische Angriffskrieg in der Ukraine weiterhin alle gemeinsame Kraft erfordert. Der amerikanische Autor Steven Hill tut dies, wenn er sagt: „Am Ende des Tages haben die Europäer einen ziemlich erstaunlichen Ort geschaffen, etwas, von dem wir bisher nicht herausgefunden haben, wie wir es in den USA erreichen können.“

Birgit Wentzien, Wer rechts wählt, ignoriert die Erfolgsgeschichte der EU, in: https://www.deutschlandfunk.de/kommentar-europawahl-rechte-parteien-100.html, 10.06.2024

INFO

Martin Schulz
(* 1955)
Der deutsche Politiker war von 2012 bis 2017 Präsident des Europäischen Parlaments.

WEBCODE

WES-117977-215
Ergebnis der Europawahl 2024

1 **Fassen** Sie den Inhalt von M 1 **zusammen** und **formulieren** Sie Fragen, die sich Ihnen hierbei stellen.

2 **Erläutern** Sie die Aussage von Martin Schulz zu Beginn von M 1.

3 **Recherchieren** Sie die europaweiten Wahlergebnisse zur Europawahl 2024 und fassen Sie diese zusammen.

4 **Vergleichen** Sie auf Grundlage einer Internetrecherche die europaweiten Resultate von 2024 mit denen der Europawahl 2019 und **überprüfen** Sie, inwiefern von einer „Neusortierung“ im Europäischen Parlament gesprochen werden kann.

5 „Viel zu schnell wird vergessen, was für ein Erfolg diese Geschichte Europas bei allen Schwächen ist.“ (Seite 222, M 1) **Nehmen** Sie als Journalistin bzw. Journalist aus dem Politik-Ressort einer großen Tageszeitung **Stellung** zu diesem Zitat.

6. Der Digital Services Act – ein entscheidender Schritt hin zu einem hassfreieren Internet?

6.1 Einführung

M 1 Der Digital Services Act (DSA) tritt in Kraft

Hass und Hetze blieben im Netz bislang oft ungestraft stehen. Nun tritt der Digital Services Act in Kraft, um besser und schneller gegen illegale Inhalte vorzugehen. [...]
Schon vor knapp einem Jahr hatten sich die Mitgliedstaaten darauf verständigt, dann einigte man sich auch mit dem Europäischen Parlament und der Kommission. Dies sei wichtig, betont Margrethe Vestager, noch EU-Kommissarin für Digitales. [...]. Hass und Hetze im Netz sollen von nun an also in der gesamten Europäischen Union schneller gelöscht werden. Dazu müssen Nutzerinnen und Nutzer bei Online-Plattformen illegale Inhalte melden können, damit die dann auch verfolgt werden. [...] Aber nicht nur das: Anbieter müssen den Behörden, also etwa der Polizei, auch schon bereits verdächtige kriminelle Aktivitäten melden. Besonders scharf sind die Vorschriften für große Internet-Plattformen, die EU nennt sie „Gatekeeper". Das sind solche mit mindestens 45 Millionen Nutzerinnen und Nutzer in der EU, sie stehen auch unter besonderer Aufsicht [...], unter ihnen Apple, Amazon, Google, TikTok oder X [...]. Insgesamt sollen die „Gatekeeper" genau im Blick haben, welche Inhalte bei ihnen verbreitet werden, für mehr Transparenz sorgen und es soll weniger Desinformation geben. Über all das verlangt die EU-Kommission Rechenschaft. Zur Kontrolle entwickle man zusammen mit NGOs und Verbraucherschutzorganisationen Kriterien und Strategien, erklärt Vestager. [...] Für die Online-Anbieter wird das deutlich mehr Arbeit und deutlich mehr Aufwand bedeuten, für die Kommission auch. Wer gegen die europäischen Regeln verstößt, dem drohen empfindliche Geldstrafen. Wann tatsächlich allerdings ein Verstoß vorliegt, wann etwas gelöscht werden muss, und wie hoch möglicherweise ein Strafgeld ausfällt, darüber muss im Einzelfall entschieden werden. Im Zweifel vor Gericht. [...]
Dennoch ist der Digital Services Act aus Brüsseler Perspektive ein entscheidender Schritt hin zu einem transparenteren und hassfreieren Internet. Auch wenn vor allem im Europaparlament manche sich durchaus strengere oder klarere Regeln gewünscht hätten. Zu ihnen gehört der Abgeordnete Patrick Breyer von der Piratenpartei. „Nach dem Digital Services Act ist es möglich, dass ein Land Informationen, die nur dort illegal sind, die aber woanders überhaupt kein Problem darstellen, löschen lässt." Und das im Zweifel europaweit. Ein Problem, so der Parlamentarier, wenn beispielsweise Ungarn ein Video, das sich kritisch mit der Regierung von Viktor Orbán auseinandersetzt, in der ganzen EU aus dem Internet tilgen will. Möglich also, dass mit dem Digital Services Act neuer Konfliktstoff für Europa kommt. Aber in Brüssel heißt es: Das sei ein hassfreieres, menschlicheres und demokratischeres Internet wert.

Holger Beckmann, Was illegal ist, muss raus aus dem Netz, in: https://www.tagesschau.de/ausland/europa/digital-services-act-100.html, 25.08.2023

1 **Fassen** Sie die Vorgänge rund um den Digital Services Act **zusammen** (M 1).

2 **Ordnen** Sie die in M 1 geschilderten Vorgänge rund um den Digital Services Act **begründet** in das Modell des Policy-Zyklus **ein**.

3 **Formulieren** Sie unter Rückgriff auf das Modell des Policy-Zyklus Fragen, die sich Ihnen im Hinblick auf den Digital Services Act stellen, und beantworten Sie diese mithilfe Ihres Vorwissens.

QUERVERWEIS
Der Policy-Zyklus: Politik als Maschine
S. 19, M 5

6.2 Desinformationen – ein Problem, um das sich die Politik kümmern sollte?

M1 Ergebnisse einer Umfrage

Sollten die Politik beziehungsweise die Plattformbetreiber mehr gegen die Verbreitung von Desinformationen unternehmen?
Angaben in Prozent

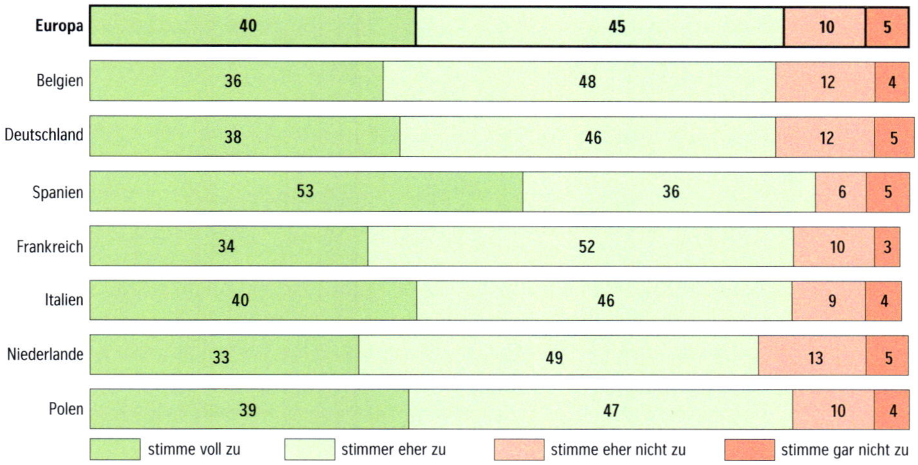

Quelle: Bertelsmann Stiftung 2023 48832EX

INFO

Desinformationen
Desinformation bezeichnet die gezielte Verbreitung falscher oder irreführender Informationen mit dem Ziel, die öffentliche Meinung, das Verhalten oder die Wahrnehmung von Ereignissen oder Personen zu beeinflussen. Im Gegensatz zu Fehlinformationen erfolgt Desinformation bewusst und absichtlich, um Verwirrung zu stiften, Vertrauen zu untergraben oder bestimmte politische, wirtschaftliche oder soziale Ziele zu verfolgen.

M2 Gezielter Angriff auf die Demokratie?

US-Justizminister Merrick Garland sprach von einer „russischen Geheimkampagne“ – mit dem Ziel, die Wahlen in den USA zu beeinflussen. Auch rund um die Europawahl im Juni 2024 gab es Falschmeldungen, auf die die Bundeswahlleitung mit einer Richtigstellung im Internet reagierte. [...] Falsche Nachrichten, schlichte Lügen, manipulierte Videos und Fotos – das Internet ist voll davon. Manchmal sind Fake News leicht zu erkennen. Oft aber auch nicht. „Die große Herausforderung gerade im Netz ist, dass Fehlinformationen sich auf unterschiedliche Ebenen beziehen können“ sagt Lena Frischlich, Medien- und Kommunikationspsychologin an der Universität Odense. Ein Bild könne gefälscht sein, eine Aussage gelogen. Aber es könne eben auch alles in einem falschen Kontext auftauchen – etwa, wenn Zitate mit Bildern von Politikern kombiniert würden, die das so nie gesagt hätten, erklärt die Medien- und Kommunikationspsychologin. [...] Fake News-Vertreiber setzen auf Schneeballeffekte; Inhalte von Social Media werden geteilt, von Accounts gestreut, die wiederum auf Webseiten verweisen, die dann erneut in Umlauf gebracht werden.
Durch KI mittels Automatisierung wird das deutlich einfacher. [...] Wer Lügen bzw. Falschinformationen im Netz verbreiten will, braucht gar nicht so viel technisches Know-how. KI hilft zwar dabei, in der digitalen Welt Erstaunliches zusammenzubauen. Denn damit lassen sich sogenannte Deepfakes produzieren, etwa täuschend echt aussehende Videos, in denen man Menschen nachstellen und ihnen Sachen in den Mund legen kann. Solche Deepfakes sind schwer, „aus den Köpfen wieder zu verbannen“, erklärt Alexander Pretschner, Professor für Software und System Engineering an der TU München und Vorstand des Bayerischen Forschungsinstituts für Digitale Transformation (bidt). Nötig ist KI aber nicht unbedingt. Denn auch sogenannte Cheapfakes, also billig produzierte Inhalte und Bilder, die als Fake leicht erkennbar sind, verbreiten sich schnell und erfüllen ebenfalls

ihren Zweck: die Desinformation der User. Aber Saboteure wollen nicht nur möglichst viele Menschen mit irgendwelchen Fake News täuschen. Sie wollen „Misstrauen schüren, Misstrauen gegenüber Wahlprozessen, Misstrauen gegenüber etablierten politischen Institutionen oder auch den Medien im Allgemeinen", ordnet Pretschner den Zweck der Fehlinformationen ein. Dies zeigen auch Untersuchungen zu Desinformationskampagnen im Umfeld vor Wahlen. Mit den Fake News soll die Verunsicherung zunehmen, das Vertrauen schwinden in – bis dato – bestehende Strukturen. Eine echte Gefahr für die Demokratie.

Susi Weichselbaumer, Desinformation im Internet: Gezielter Angriff auf die Demokratie, in: https://www.br.de/nachrichten/wissen/desinformation-im-internet-wie-ki-die-demokratie-gefaehrdet, 08.11.2024

M 3 Überschätzte Gefahr?

Desinformationen vor Wahlen, in sozialen Medien, in Kriegszeiten – in den vergangenen Jahren wurde immer wieder über mögliche Gefahren und den Kampf gegen Desinformation berichtet. Mit Durchbrüchen bei der Künstlichen Intelligenz hat die Debatte noch einmal an Fahrt aufgenommen [...]. Vor diesem Hintergrund überrascht es nicht, dass Desinformation von vielen Menschen als Gefahr wahrgenommen wird, wie eine Studie der Bertelsmann-Stiftung zeigt [...].
Aus Sicht von Christian Hoffmann, Professor für Kommunikationsmanagement an der Universität Leipzig, ist eher das Gegenteil der Fall: Das Thema Desinformation bekomme zu viel Aufmerksamkeit: „Wir wissen inzwischen, dass die meisten Bürgerinnen und Bürger sehr wenig Fake News sehen. Und auch die Wirkungen von Fake News sind nach wie vor unklar. Also insofern scheint mir eigentlich, dass wir sehr viel Aufmerksamkeit richten, auf ein Thema, das wir eigentlich noch wenig verstanden haben bisher." Es gebe nur eine sehr kleine Minderheit von Bürgerinnen und Bürgern, die relativ intensiv Fake News konsumieren und diese sogar gezielt suchen würden, die ihr Weltbild bestärken und bestätigen, so Hoffmann. „Die öffentliche Vorstellung, dass Bürgerinnen und Bürger im Netz unschuldig herumsurfend über Fake News stolpern und dadurch in die Irre geführt werden, können wir in den Daten eigentlich überhaupt nicht feststellen". [...] Etwa seien wichtige Fragen – zum Beispiel welchen Einfluss Desinformation auf vergangene US-Präsidentschaftswahlen gehabt hat – kaum zu beantworten. [...]
Wie KI-generierte Inhalte in einem öffentlichen Diskurs wirken werden, sei heute noch nicht abzusehen. Dabei gibt es bereits laute Warnungen: Anfang 2024 stufte das Weltwirtschaftsforum (WEF) in seinem globalen Risikobericht die KI-gesteuerte Fehl- und Desinformation als das derzeit größtes Risiko für eine globale Krise in den kommenden zwei Jahren ein, noch vor extremen Wetterereignissen und gesellschaftlicher Polarisierung. „Der Zusammenhang zwischen Falschinformationen und gesellschaftlichen Unruhen wird bei den Wahlen, die in den nächsten zwei Jahren in mehreren großen Volkswirtschaften anstehen, im Fokus sein", heißt es im Bericht. Politisch wird bereits versucht, hier gegenzusteuern, etwa von Seiten der EU, die regulatorisch gegen Desinformation vorgeht. Zum Beispiel mit dem Digital Services Act.

Pia Behme, Desinformation: Große Gefahr oder überschätzt?, in: https://www.deutschlandfunk.de/desinformation-gefahr-oder-ueberschaetzt-100.html, 28.02.2024

1 **Werten** Sie M 1 **aus.**

2 **Arbeiten** Sie **heraus**, was dafür und was dagegen spricht, dass Desinformationen ein Problem sind, um das sich die Politik kümmern muss (M 2, M 3).

3 **Begründen** Sie, ob Sie es als gerechtfertigt erachten (Stichwort Subsidiaritätsprinzip), dass die Europäische Union als Ganzes und nicht jeder Mitgliedstaat für sich regulatorisch gegen Desinformationen vorgeht.

4 **Beurteilen** Sie als Wissenschaftlerin bzw. Wissenschaftler eines Forschungsinstituts für Medien- und Kommunikationswissenschaften, inwiefern es sich bei Desinformationen um ein Problem handelt, um das sich die Politik kümmern sollte.

GLOSSAR
Subsidiaritätsprinzip

6.3 Das informelle Trilogverfahren am Beispiel des DSA – ein gesetzgeberischer Prozess mit Reformbedarf?

M 1 Stellungnahme der NGO Lobbycontrol

Die derzeit laufenden Trilogverhandlungen zwischen Parlament, Rat und Kommission […] zum Digital Services Act (DSA) sind äußerst undurchsichtig. […]
Felix Duffy, Sprecher von Lobbycontrol, kommentiert: „Mit dem Trilog zwischen Rat, Kommission und Parlament rutscht die EU-Gesetzgebung in die Intransparenz ab. Die Verhandlungspositionen der Beteiligten bleiben völlig undurchsichtig. Das ist inakzeptabel. Damit die Bürgerinnen und Bürger ihre demokratischen Rechte wahrnehmen können, müssen sie in der Lage sein, die Entscheidungen der EU im Detail zu verfolgen. […] Transparenz ist das Gebot der Stunde […]. Damit gemeinwohlorientierte Forderungen nicht unter die Räder kommen, braucht es umfassende Öffentlichkeit für die politischen Auseinandersetzungen. Die Digitalisierung muss demokratisch gestaltet werden."

Offener Brief der Zivilgesellschaft: EU-Triloge transparent machen!, in: https://www.lobbycontrol.de/pressemitteilung/offener-brief-der-zivilgesellschaft-eu-triloge-transparent-machen-96581/, 01.03.2022

M 2 Wie werden in der Europäischen Union politische Beschlüsse wie der DSA herbeigeführt?

An der Beschlussfassung der EU sind mehrere Organe beteiligt, wobei das Europäische Parlament, der Rat und die Kommission im Zentrum des Prozesses stehen. Grundsätzlich macht die Kommission Vorschläge für neue Rechtsvorschriften, die dann vom Parlament und vom Rat erlassen werden. Es gibt […] verschiedene Arten von Vorschriften […].

- Eine Verordnung ist eine Rechtsvorschrift, die in allen Mitgliedstaaten direkt anwendbar und bindend ist. Sie muss von den Mitgliedstaaten nicht in einzelstaatliches Recht umgesetzt werden; sehr wohl sind aber eventuell nationale Vorschriften zu ändern, damit sie mit der Verordnung übereinstimmen.
- Eine Richtlinie ist eine Rechtsvorschrift, mit der alle oder einzelne Mitgliedstaaten verpflichtet werden, ein bestimmtes Ergebnis zu erzielen. In der Regel sind Richtlinien in einzelstaatliches Recht umzusetzen, um wirksam zu werden. Anders ausgedrückt: Eine Richtlinie gibt das Ziel vor, doch wie der einzelne Mitgliedstaat es erreichen möchte, entscheidet er selbst.
- Ein Beschluss kann an Mitgliedstaaten, Personengruppen oder auch Einzelpersonen gerichtet sein. Er ist in allen seinen Teilen verbindlich. […]

Jeder Vorschlag für eine neue europäische Rechtsvorschrift stützt sich auf einen bestimmten Vertragsartikel […]. Diese Rechtsgrundlage ist entscheidend dafür, welches Verfahren anwendbar ist. Die allermeisten EU-Rechtsvorschriften werden im sogenannten „ordentlichen Gesetzgebungsverfahren" angenommen.

Europäische Kommission (Hg.), Die Europäische Union. Was sie ist und was sie tut, Amt für Veröffentlichungen der Europäischen Union: Luxemburg 2022, S. 62 ff.

INFO

Rechtsvorschriften der EU
In der Rechtsordnung der Europäischen Union spielen die unterschiedlichen Rechtsvorschriften – Verordnungen, Richtlinien und Beschlüsse – eine zentrale Rolle. Sie haben unterschiedliche Bindungswirkungen sowie Anwendungsbereiche und dienen der EU zur Gestaltung sowie Umsetzung von Politik.

1 **Fassen** Sie M 1 **zusammen** und **formulieren** sie Fragen, die sich Ihnen dabei stellen.
2 **Beschreiben** Sie den Unterschied zwischen einer Verordnung, Richtlinie und einem Beschluss im Rahmen der Rechtsvorschriften der EU (M 2).

M3 Das ordentliche Gesetzgebungsverfahren der EU

INFO

Das ordentliche Gesetzgebungsverfahren

Das sogenannte „ordentliche Gesetzgebungsverfahren", auch „Mitentscheidungsverfahren" genannt, ist das gebräuchlichste Verfahren zur Annahme von EU-Rechtsakten. Dabei sind das Europäische Parlament und der Europäische Rat gleichberechtigt, und die so angenommenen Rechtsvorschriften sind gemeinsame Rechtsakte beider Organe. Es kommt bei den meisten EU-Rechtsvorschriften in vielen Bereichen (darunter Verbraucherrechte, Umweltschutz und Verkehr) zur Anwendung; so auch beim Digital Services Act.

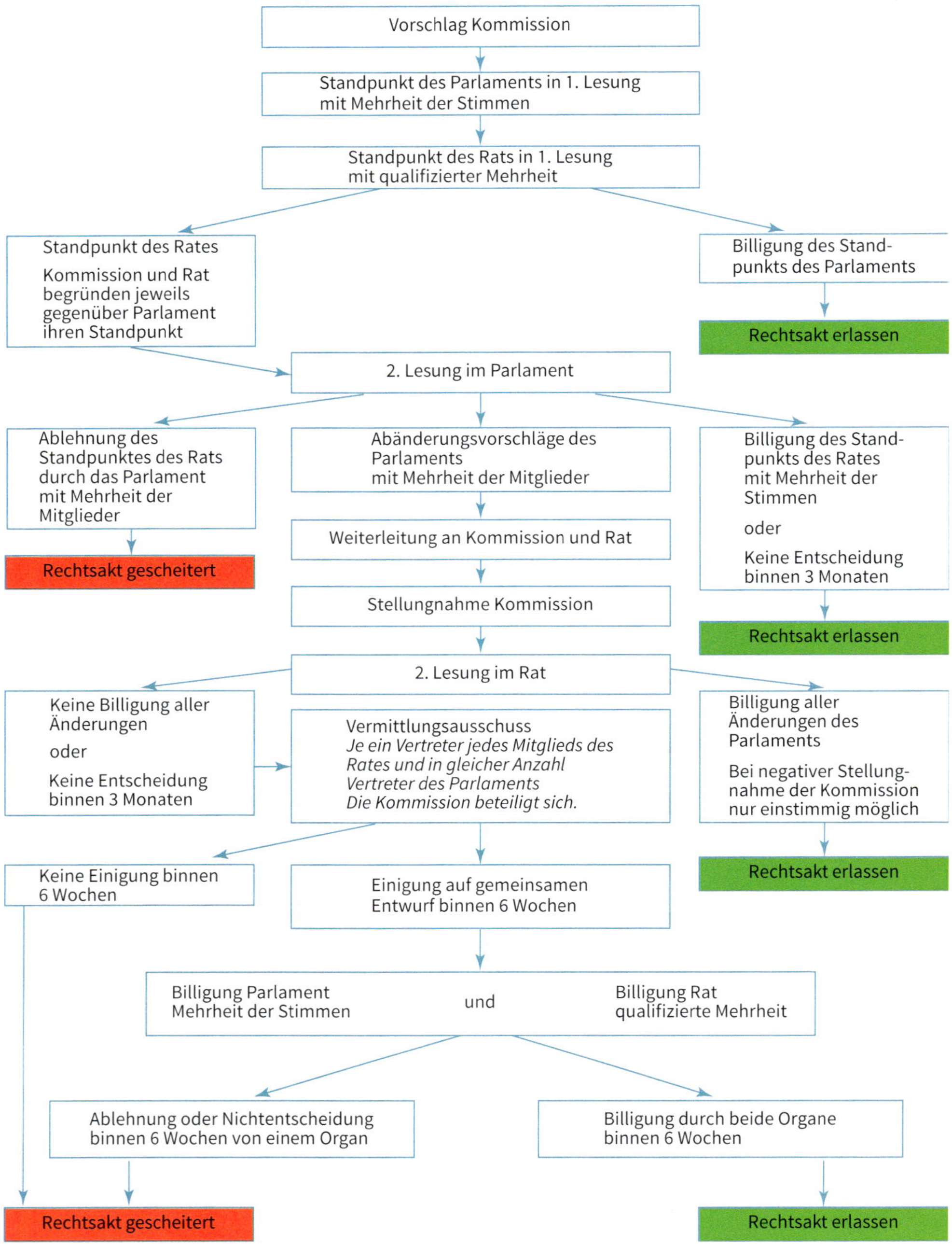

QUERVERWEIS

Sollten die Gesetze nicht aus dem Bundestag hervorgehen?
S. 122 f.

Winkt die Bundestagsmehrheit nur noch durch?
S. 124 f.

Der Bundesrat – ein Blockadeinstrument?
S. 136 ff.

1 **Recherchieren** Sie, um welche der drei Rechtsvorschriften der EU es sich beim Digital Services Act handelt.

2 **Ordnen** sie M 1 in das in M 3 dargestellte ordentliche Gesetzgebungsverfahren der EU ein.

3 **Vergleichen** Sie das ordentliche Gesetzgebungsverfahren der EU (M 3) mit dem Gesetzgebungsprozess in Deutschland.

M4 Das Trilogverfahren der EU und die Frage nach der Transparenz

Die Europäische Union steht häufig in der Kritik: Sie gilt vielen als kompliziert, langsam und schwer durchschaubar. In den letzten Jahren indessen kommt ein neuer Kritikprunkt hinzu – und zwar dass die Gesetzgebung der EU zu schnell und zu intransparent ablaufe. Grund dafür ist das sogenannte informelle Trilogverfahren, das ursprünglich als Ausnahme gedacht war, inzwischen aber den Regelfall bildet. Rund vier Fünftel aller Gesetze in der Europäischen Union entstehen heute auf diesem Weg.

Eigentlich sieht das ordentliche Gesetzgebungsverfahren der EU mehrere Stufen vor. Zunächst beraten Europäisches Parlament und Rat der Europäischen Union getrennt über einen Vorschlag der Europäischen Kommission. Wenn keine Einigung erzielt wird, folgt eine zweite Lesung und ggf. ein Vermittlungsverfahren. Dieser Prozess gilt als transparent, da Positionen und Abstimmungen öffentlich nachvollziehbar sind. Allerdings dauert es oft Jahre, bis ein solches Gesetzgebungsverfahren zu einem Abschluss kommt.

Um diese Verfahrensweise zu beschleunigen, wurde mit dem Vertrag von Amsterdam eine informelle Variante eingeführt. Dabei treffen sich Vertreter der Europäischen Kommission, des Europäischen Parlaments und des Rats der Europäischen Union bereits vor der ersten Lesung, um sich auf einen Kompromiss zu einigen. Wird dieser Kompromiss anschließend in der ersten Abstimmung angenommen, spricht man von einem sogenannten „First Reading Agreement“. Diese gesetzgeberische „Abkürzung“ gilt als effizient und hat sich inzwischen weitgehend durchgesetzt.

In der Praxis nehmen an solchen Treffen meist etwa zwei bis drei Dutzend Personen teil – Delegierte der Europäischen Kommission, Mitglieder verschiedener Parlamentsfraktionen und Vertreter des EU-Mitgliedstaats, der gerade den Ratsvorsitz innehat. Die Gespräche finden unter Ausschluss der Öffentlichkeit statt, und es gibt keine verpflichtenden Protokolle. Damit ist von außen kaum nachvollziehbar, welche Institution oder welcher Staat sich mit welchen Argumenten durchgesetzt hat. Auch Änderungen im Gesetzestext können erfolgen, ohne dass öffentlich dokumentiert wird, auf wessen Initiative sie zurückgehen.

Befürworter des Trilogverfahrens argumentieren, dass die geschlossene Atmosphäre die Kompromissfindung erleichtere. Ohne öffentlichen Druck könnten die Beteiligten flexibler verhandeln und rascher Ergebnisse erzielen. Kritiker sehen darin jedoch eine Gefährdung demokratischer Transparenz. Da die Verhandlungen nicht dokumentiert werden, bleibe unklar, welche Interessen und Positionen tatsächlich in die Gesetzgebung einfließen.

Das Trilogverfahren selbst ist nicht gesetzlich geregelt. Weder die Anzahl der Teilnehmenden noch der Umgang mit Dokumenten ist verbindlich festgelegt. Welcher Gesetzgebungsweg eingeschlagen wird, ist in der Praxis oft davon abhängig, als wie kontrovers ein Thema gilt: Je umstrittener ein Gesetz, desto eher wird der reguläre, längere Weg gewählt. Zahlreiche Verbände und Organisationen fordern inzwischen mehr Offenheit und Zugang zu den Verhandlungsständen, um externe Expertise in den Prozess einzubringen und den Einfluss der Öffentlichkeit zu stärken.

Autorentext

EU-Flaggen vor dem Berlaymont-Gebäude der Europäischen Kommission in Brüssel

M5 Verhandlungen über das Digitale-Dienste-Gesetz

Bei der zweiten Gesprächsrunde zwischen EU-Kommission, Rat und Parlament zum Digital Services Act konnte noch kein gemeinsamer Beschluss erzielt werden. Nach Angaben der zuständigen Abgeordneten im Europäischen Parlament Christel Schaldemose (S&D) wurden zwar viele Regelungen diskutiert, ein endgültiger Formulierungsvorschlag liege jedoch weiterhin nicht vor.
Über die noch offenen Punkte ist bislang kaum etwas bekannt. Das sei beabsichtigt, erklärte Schaldemose, da vertrauliche Gespräche für einen erfolgreichen Verlauf der Verhandlungen notwendig seien. Sie bat daher die beteiligten Interessenvertreterinnen und -vertreter um Verständnis für diese Vorgehensweise. Ein zusätzlicher Schwerpunkt der jüngsten Sitzung war das Thema Falschinformationen im Zusammenhang mit dem Krieg in der Ukraine. Mehrere Europaabgeordnete hatten zuvor darauf hingewiesen, dass Plattformbetreiber bislang keine eindeutige rechtliche Grundlage hätten, um gegen entsprechende Inhalte aus Russland vorzugehen. Außerdem wurde kritisiert, dass soziale Netzwerke in diesen Fragen zu großen Einfluss ausübten. In einem parteiübergreifenden Schreiben forderten rund 40 Abgeordnete, einzelne Regelungen angesichts der aktuellen Lage erneut zu überprüfen.

Autorentext

INFO

S&D
Kürzel für die „Fraktion der Progressiven Allianz der Sozialdemokraten im Europäischen Parlament", der auch die Abgeordneten der SPD angehören

M6 Einigung beim DSA in Sicht

Die Europäische Union steht vor dem Beschluss einer Verordnung, die europaweit einheitliche Regeln für Online-Dienste wie Instagram, TikTok und eBay schaffen soll. Verhandler:innen der EU-Kommission, der Mitgliedstaaten und des Parlaments einigten sich [...] in Brüssel auf einen fertigen Text für das Digitale-Dienste-Gesetz. Er soll noch vor dem Sommer endgültig beschlossen werden. Zuletzt umstritten waren bei den Verhandlungen noch gewisse Detailfragen, etwa zu Beschränkungen für personalisierte Werbung. Das EU-Parlament hat außerdem ein gänzliches Verbot sogenannter Dark Patterns gefordert, also von Designelementen, die Nutzer:innen zu einer bestimmten Entscheidung verleiten sollen. Der Rat der EU-Staaten wollte ein solches Verbot jedoch nur beschränkt einführen – damit dürfte er sich nach Angaben von Teilnehmer:innen durchgesetzt haben. [...] Ein konsolidierter Text der Einigung soll erst in einigen Wochen vorliegen. [...] Als nächster Schritt ist eine Abstimmung über die Endfassung des Digitale-Dienste-Gesetzes im EU-Parlament und im Rat der EU-Staaten fällig.

Alexander Fanta, EU einigt sich auf Digitale-Dienste-Gesetz, in: https://netzpolitik.org/2022/durchbruch-eu-einigt-sich-auf-digitale-dienste-gesetz/, 23.04.2022

1 **Geben** Sie die wesentlichen Merkmale des informellen Trilogverfahrens als Teil des ordentlichen Gesetzgebungsverfahrens der EU **wieder** (M 3, M 4).
2 **Arbeiten** Sie Pro- und Kontra-Argumente hinsichtlich der Problemfrage **heraus** (M 4).
3 **Überprüfen** Sie, inwiefern die in M 4 genannten Kritikpunkte auf das informelle Trilogverfahren im Rahmen der EU-Gesetzgebung zum DSA zutreffen (M 5, M 6).
4 **Diskutieren** sie die Problemfrage als Pro-Kontra-Diskussion in Ihrer Lerngruppe.

6.4 Der Transparenzregister der EU am Beispiel des DSA – ein Instrument ohne Schlagkraft?

M1 Lobbyisten in Brüssel – mangelnde Transparenz?

Der EU-Rechnungshof [sieht] bei den EU-Institutionen Mängel im Umgang mit Lobbyisten. Interessensvertreter können noch immer von der Öffentlichkeit unbemerkt auf die EU-Gesetzgeber Einfluss nehmen, wie der Rechnungshof [...] mitteilte. So könnten Lobbyisten einige der Transparenzvorgaben für bestimmte Formen der Einflussnahme völlig umgehen. [...] „Oft findet der Austausch zwischen Lobbyisten und EU-Gesetzgebern fernab der öffentlichen Wahrnehmung statt, was der Transparenz schadet und sich negativ auf das Vertrauen der Öffentlichkeit auswirkt", sagte Kristijan Petrovic, das für die Prüfung zuständige Mitglied des Rechnungshofs. Nur für bestimmte Zusammenkünfte und Aktivitäten sei eine Registrierung im EU-Transparenzregister zwingend erforderlich.

Rechnungshof kritisiert Umgang mit Lobbyisten bei der EU, 17.04.2024 © dpa Deutsche Presse-Agentur

M2 Lobbyismus in der Europäischen Union

Brüssel ist nicht nur die Hauptstadt Europas, in der die EU-Einrichtungen sitzen, sondern auch Zentrum des Lobbyismus. Schätzungsweise 29 000 Lobbyisten sind hier versammelt, sie verfügen laut der Organisation Lobbycontrol über einen Jahresetat von insgesamt etwa 1,3 Milliarden Euro. [...]

Europa braucht Lobbyisten – das räumen sogar deren Kritiker ein. Damit europäische Gesetze wirken, müssen auch die daran mitarbeiten, für die die Vorgaben gemacht werden. Deshalb versuchen Wirtschaftsverbände, Gewerkschaften, Umweltorganisationen und Verbraucherschützer, auf die Gesetzgeber Einfluss zu nehmen: Auf Beschäftigte der EU-Kommission, die Gesetzesvorschläge ausarbeiten, und auf Abgeordnete des Europäischen Parlaments, die Entwürfe der Kommission verändern und beschließen. Das ist ihr gutes Recht. Schließlich wird Europa oft vorgehalten, bürgerfern und wirklichkeitsfremd zu entscheiden.

Lobbying wird aber dann zum Problem, wenn es verdeckt in Hinterzimmern geschieht oder wenn ungleiche Wettbewerbsbedingungen herrschen: Manche Konzerne wenden Millionen auf, um die Willensbildung im Sinne ihrer Geschäftsinteressen zu beeinflussen. Und die decken sich meist nicht mit dem Gemeinwohl, das Abgeordnete des EU-Parlaments im Blick haben müssen. Nach Angaben von Lobbycontrol haben die 50 größten Unternehmen im Brüsseler Lobbyregister ihre Ausgaben für Lobbying in den vergangenen zehn Jahren um zwei Drittel erhöht. Dem hätten kleinere Unternehmen oder zivilgesellschaftliche Initiativen wenig entgegenzusetzen.

Die EU-Institutionen unterhalten ein gemeinsames Transparenzregister. Darin müssen sich Lobbyisten eintragen lassen, wenn sie einen Hausausweis für das EU-Parlament beantragen. [...] Eine [...] 2022 neu geschaffene Ethikbehörde soll die Einhaltung der Lobby-Regeln überwachen. Das Problem: Das Gremium kann nicht eigenständig prüfen oder Strafmaßnahmen verhängen. [...] Tatsächlich wurden im EU-Parlament noch nie Strafmaßnahmen wegen Verstößen gegen Transparenzregeln verhängt. [...] Der Austausch zwischen Lobbyisten und Abgeordneten finde häufig im Verborgenen statt – weil nur Treffen zwischen Interessenvertretern und ranghohen Beschäftigten der Institutionen gemeldet werden müssen. Spontane Zusammenkünfte, Telefongespräche und E-Mails würden nicht dokumentiert.

Jakob Mayr, Brüssel im Fokus: Wie 29 000 Lobbyisten die EU beeinflussen, in: https://www.br.de/nachrichten/deutschland-welt/bruessel-im-fokus-wie-29-000-lobbyisten-die-eu-beeinflussen, 06.06.2024

INFO

Lobbyismus bezeichnet die gezielte Einflussnahme von Interessenvertretungen, wie Unternehmen, Verbänden, Nichtregierungsorganisationen oder anderen Gruppen, auf politische Entscheidungsträger. Ziel ist es, politische Prozesse, Gesetze oder Entscheidungen im Sinne der vertretenen Interessen zu beeinflussen. Lobbyismus ist ein legitimer Bestandteil demokratischer Willensbildung, kann jedoch kritisch betrachtet werden, wenn er zu einer unausgewogenen Bevorzugung einzelner Interessen führt.

M3 Lobbycontrol kritisiert Einfluss von „Big Tech und seinen Verbündeten“

INFO

Personalisierte Werbung basiert auf umfangreichen Datensammlungen über Internetnutzer – etwa besuchte Webseiten, Suchanfragen und Standortdaten. Das gesamte digitale Leben wird analysiert, um Profile mit personenbezogenen Informationen wie Alter, Lebensstandard, politische Ansichten und mehr zu erstellen. Diese Profile werden dann verkauft und genutzt, um gezielte (personalisierte) Werbung anzuzeigen.

Im Oktober 2020 einigten sich die Abgeordneten des Europäischen Parlaments darauf, personalisierte Werbung [...] zu verbieten. Vergangene Woche kamen sie zur Abstimmung über das Gesetz über digitale Dienste (DSA) zusammen [...]. Doch das vollständige Verbot blieb aus. Mit der ursprünglichen Forderung nach einer Abschaffung personalisierter Werbung hat der Vorschlag, der nach einem Jahr intensiver Verhandlungen und noch intensiverer Lobbyarbeit letztlich zur Abstimmung vorlag, nichts mehr zu tun. Die Abstimmung im Plenum erfolgte in Vorbereitung des Trilogs mit Rat und Kommission [...]. Die Beteiligten sprachen von Widerstand der Lobbygruppen der Techbranche, des Einzelhandels und der Verlage [...].

Kritik an überwachungsbasierter Werbung war in den letzten Jahren immer deutlicher zu hören. In erster Linie richtet sie sich gegen die enorme Daten-Sammelwut (Überwachung) und die dadurch entstehenden Risiken für Datenschutz und Privatsphäre der Nutzer*innen. [...] Vor allem aber treibt personalisierte Werbung Online-Plattformen dazu, Nutzer*innen möglichst lange auf der eigenen Seite zu halten, um mehr Informationen über sie sammeln und diese später vermarkten zu können. Es wurde bereits nachgewiesen, dass diese „Ökonomie der Aufmerksamkeit“ die automatische Verbreitung von hetzerischen Inhalten befeuert und Nutzer*innen dadurch länger online aktiv sind. [...]

Die Liste der Treffen von Lobbyist*innen mit EU-Abgeordneten bestätigt den immensen Lobbydruck rund um das Gesetz über digitale Dienste (DSA). Innerhalb von 12 Monaten nach Vorlage des Kommissionsvorschlags wurden 613 Begegnungen zum DSA registriert. [...] Diese Auflistung ist jedoch nicht vollständig. Lediglich 63 Abgeordnete haben Treffen zum Thema DSA offengelegt. [...] Die verfügbaren Informationen zeigen jedenfalls ganz eindeutig, dass Begegnungen mit Internetplattformen einen Großteil der Treffen ausmachen: Google steht auf Platz 1, gefolgt von Facebook, Amazon und Microsoft. [...] Auch zivilgesellschaftliche Organisationen [...], der Europäische Verbraucherschutzverband BEUC und die Electronic Frontier Foundation (EFF) waren vertreten, allerdings insgesamt weniger häufig als die Wirtschaft. [...]

Laut dem Europaabgeordneten Martin Schirdewan, Schattenberichterstatter für die Fraktion Die Linke bei DSA und DMA, traten die großen Technologieunternehmen bereits in der Anfangsphase an Abgeordnete heran. Im Laufe der Verhandlungen intensivierten sie ihre Bemühungen jedoch noch, als sich dann Spannungsfelder und Verhandlungsgegenstände herauskristallisierten.

Aus Schirdewans Sicht konzentrierten sich Big Tech und die Lobbyverbände dann auf das Thema „gezielte Werbung“, als sich ein klares Momentum für deren Verbot abzeichnete. [...] Es folgte eine Flut von Schreiben der Wirtschaftslobby, von Vieraugengesprächen und eine aggressive Werbekampagne. Die Botschaft war eindeutig: ein Verbot überwachungsbasierter Werbung würde dem Mittelstand schaden.

Mit diesem altbewährten Argument versuchen Big Tech und seine Verbündeten immer wieder, die politische Debatte zu beeinflussen und von Diskussionen über das eigene Geschäftsmodell abzulenken.

Wirtschaftslobby schwächt EU-Vorstoß gegen personalisierte Werbung ab, in: https://www.lobbycontrol.de/macht-der-digitalkonzerne/wirtschaftslobby-schwaecht-eu-vorstoss-gegen-personalisierte-werbung-ab-95807/, 24.01.2022

1 **Erklären** Sie, warum die Wirksamkeit des Transparenzregisters der EU diskutiert wird (M 1, M 2).

2 **Arbeiten** Sie **heraus**, an welchen Stellen Lobbyisten den EU-Gesetzgebungsprozess wirksam beeinflussen können (M 2, M 3).

3 **Beurteilen** Sie am Beispiel des DSA, inwiefern es sich beim Transparenzregister der EU um ein Instrument ohne Schlagkraft handelt (M 1–M 3).

6.5 Die Umsetzung europäischer Richtlinien in Deutschland am Beispiel des DSA – (k)ein schwieriges Unterfangen?

M1 Schlagzeilen

Digital Services Act: Umsetzung in Deutschland kommt nicht vom Fleck

Digitale-Dienste-Gesetz: Deutschland wird die Umsetzungsfrist nicht einhalten

M2 Zuständigkeitsfragen beim Digitale-Dienste-Gesetz

Im Bundesverkehrsministerium wurde erklärt, dass der Entwurf des Digitale-Dienste-Gesetzes (DDG) bereits seit einiger Zeit fertiggestellt sei. Offen sei jedoch weiterhin, welche Behörden neben der Bundesnetzagentur offiziell im Gesetz genannt werden sollen. Der im Frühjahr 2023 bekannt gewordene Entwurf, der die europäische Digital-Services-Verordnung (DSA) auf nationaler Ebene umsetzen soll, sieht bisher neben der Bundesnetzagentur auch den Bundesbeauftragten für den Datenschutz und die Informationsfreiheit (BfDI) sowie die Bundeszentrale für Kinder- und Jugendmedienschutz (BzKJ) als zuständige Stellen vor. In jüngerer Zeit wurde zudem darüber beraten, ob auch das Bundesamt für Justiz (BfJ) eine Rolle im Vollzug des Gesetzes übernehmen soll. Gleichzeitig fordern die Landesmedienanstalten, für den Bereich der Inhaltsaufsicht ausdrücklich im Gesetz berücksichtigt zu werden.

Der Streit um Zuständigkeiten dürfte nicht nur von fachlichen Erwägungen abhängen, sondern auch von institutionellen Interessen. Dabei geht es neben Kompetenzfragen auch um die Verteilung von Personal, Aufgaben und finanziellen Mitteln. Aktuell beschäftigt das Bundesamt für Justiz mehrere Dutzend Mitarbeitende mit der Umsetzung des Netzwerkdurchsetzungsgesetzes (NetzDG), das künftig durch den Digital Services Act abgelöst wird – was möglicherweise einen Personalabbau zur Folge hat.

Fachkreise betonen, dass bei der Ausgestaltung der neuen Aufsichtsstruktur vor allem sachliche Kriterien maßgeblich sein sollten. Gleichzeitig wird darauf hingewiesen, dass eine zu starke Zersplitterung der Zuständigkeiten vermieden werden müsse. Eine klare, schlanke Behördenstruktur gilt als Voraussetzung für eine wirksame Umsetzung des Gesetzes.

Autorentext

INFO

NetzDG
Das Netzwerkdurchsetzungsgesetz ist ein deutsches Gesetz, das Internet-Plattformen verpflichtet, rechtswidrige Inhalte schnell zu entfernen. Im Hinblick auf den DSA dient es als nationales Pendant, das jedoch durch die EU-weiten Regelungen des DSA ergänzt und harmonisiert wurde.

M3 Wie der DSA in Deutschland umgesetzt wird

Der Digital Services Act (DSA), der in der gesamten Europäischen Union gilt, soll den digitalen Raum für Nutzerinnen und Nutzer sicherer machen. Ab Inkrafttreten müssen sich nicht nur große Plattformbetreiber wie Suchmaschinen und soziale Netzwerke, sondern auch kleinere Online-Dienste an strengere Vorschriften halten. Die Regeln betreffen alle Anbieter mit weniger als 45 Millionen monatlichen Nutzerinnen und Nutzern innerhalb der EU.

Für kleinere Plattformen – etwa Online-Marktplätze oder Foren – gelten nun umfangreiche Pflichten. Sie müssen rechtswidrige Inhalte und Falschinformationen zügig entfernen, in der Regel innerhalb eines Tages, und Nutzerkonten sperren, wenn diese wiederholt gegen die Vorgaben verstoßen. Außerdem sind interne Beschwerdeverfahren einzurichten, Meldungen von anerkannten Hinweisgebern bevorzugt zu behandeln und Wege zur außergerichtlichen Streitbeilegung anzubieten. Hinzu kommen Anforderungen wie die Benennung von Kontaktstellen für Behörden und Nutzerinnen, die Veröffentlichung eines jährlichen Transparenzberichts sowie klare Angaben in den allgemeinen Geschäftsbedingungen. Anbieter von Hostingdiensten müssen außerdem begründen, wenn sie Inhalte einschränken, und bestimmte Straftaten an das Bundeskriminalamt melden. Für besonders große Anbieter – die sogenannten „Very Large Online Platforms“ (VLOPs) und „Very Large Online Search Engines“ (VLOSEs) – gelten zusätzliche Verpflichtungen. Sie müssen Maßnahmen ergreifen, um systemische Risiken wie die Verbreitung von Hassrede oder Desinformation zu verringern. Während die Europäische Kommission bereits Verfahren gegen einzelne dieser Anbieter eingeleitet hat, werden erst mit dem offiziellen Inkrafttreten auch Sanktionen möglich. Mit dem Start der neuen Vorschriften wird zugleich die europäische Aufsichtsstruktur verbindlich festgelegt. Sie besteht aus zwei Ebenen: Die Europäische Kommission überwacht die sehr großen Plattformen, während die Mitgliedstaaten für alle anderen Anbieter zuständig sind. In jedem Land soll eine nationale Behörde, der sogenannte Koordinator für digitale Dienste – der Digital Services Coordinator (DSC) – eingerichtet werden. Diese Stelle ist Anlaufpunkt für Beschwerden über unzureichende Maßnahmen der Plattformen, darf Daten anfordern, Prüfungen anordnen und Bußgelder verhängen. Außerdem ist sie für die Zertifizierung von anerkannten Hinweisgebern, Forschenden und Streitbeilegungsstellen verantwortlich.

Bislang haben nur wenige EU-Mitgliedstaaten der Europäischen Kommission mitgeteilt, welche Institution die nationale Aufsicht übernehmen wird. Deutschland zählt nicht dazu und hat die Umsetzungsfrist verpasst. Der Entwurf für das Digitale-Dienste-Gesetz (DDG), das die DSA-Vorgaben in nationales Recht überführt, wurde verzögert, da noch Uneinigkeit über die Zuständigkeiten bestand. Geplant ist, dass die Bundesnetzagentur (BNetzA) die Rolle des DSC übernimmt. Die formale Benennung soll jedoch erst einige Monate nach Inkrafttreten des Gesetzes erfolgen. Ein Vertragsverletzungsverfahren seitens der EU gilt derzeit als unwahrscheinlich. Das zuständige Bundesministerium für Digitales und Verkehr sieht Deutschland im europäischen Vergleich sogar auf einem fortgeschrittenen Stand.

Autorentext

Zeichnung: Harm Bengen

1 **Vergleichen** Sie die Schlagzeilen und **formulieren** Sie Fragen, die sich Ihnen dabei stellen (M 1).

2 **Erklären** Sie, weshalb der Entwurf für das Digitale-Dienste-Gesetz zur Umsetzung des DSA in Deutschland so lange auf sich warten ließ (M 2).

3 **Stellen** Sie **dar**, welche Regeln seit dem 17. Februar 2024 mit Blick auf den DSA in der EU und ihren Mitgliedstaaten gelten und wie es um deren Umsetzung zu diesem Zeitpunkt stand (M 3).

4 **Beurteilen** Sie am Beispiel der Umsetzung des DSA in Deutschland, inwiefern die einzelstaatliche Umsetzung europäischer Richtlinien (k)ein schwieriges Unterfangen darstellt.

6.6 Nationale Parlamente am Beispiel Deutschlands – unbedeutende Akteure bei Entscheidungen über den DSA?

M1 „Funktionsverlust nationaler Parlamente"?

Art. 45 GG verpflichtet den Bundestag, einen Ausschuss für die Angelegenheiten der Europäischen Union einzusetzen. [...] Selten ist der EU-Ausschuss in der Beratung von Vorlagen federführend; zumeist nimmt diese Aufgabe der fachlich zuständige Ausschuss des Bundestages wahr. Außerdem erreichen nur wenige EU-Angelegenheiten das Plenum des Bundestages. In der Regel bleibt nur die pauschale und nachträgliche Kontrolle der Vorlagen, da diese als Paketlösungen der Brüsseler Aushandlungsprozesse den nationalen Parlamenten zugehen. Ähnlich schwach nimmt sich die Stellung des Bundestages im Verhältnis zur Regierung aus, wenn es um deren Handeln in den EU-Gremien geht. Nach Art. 23 GG müssen Stellungnahmen des Bundestages den Verhandlungen in der EU „zugrunde gelegt" werden. Rechtliche Bindungswirkung entfalten diese Stellungnahmen jedoch nur, wenn sie in einem förmlichen Gesetz für den jeweiligen Fall niedergelegt sind. Faktisch muss bei diesen parlamentarischen Kontrollrechten wiederum zwischen den Möglichkeiten und Zielen von Mehrheitsfraktionen einerseits und der Opposition andererseits unterschieden werden. Während die Opposition im Normalfall auf die förmlichen Verfahren angewiesen ist, können die Abgeordneten der Regierungsmehrheit informell Einfluss auf ihre Minister nehmen, bevor diese im Ministerrat der EU entscheiden. Die Grenzen dieses Einflusses sind aber enger gesteckt als im nationalen Rahmen, denn in der europäischen Normsetzung ist die Bundesregierung selbst nur ein Akteur neben weiteren. Zudem erschweren die enorme Fülle der Materien sowie die engen Fristen im supranationalen Entscheidungsprozess eine intensivere Mitwirkung der Abgeordneten, auch wenn sie der die Regierung tragenden Mehrheit angehören. [...]

Im nationalen Kontext hat die europäische Integration also zur Folge, dass förmliche Kompetenzen vom Bundestag hin zur Regierung verlagert und die Einflussmöglichkeiten auch der regierungstragenden Fraktionen geschmälert wurden. Insofern hat in der Tat eine „Entparlamentarisierung" stattgefunden. Dass die Funktions- und Kompetenzgewinne des Europäischen Parlaments, so der Politikwissenschaftler Andreas Maurer, eine – wenn auch phasenverschobene und vorsichtige – „Re-Parlamentarisierung" Europas bedeuten, mag ein gewisser Trost für die Abgeordneten sein. [...] Der gegenwärtige Funktionsverlust nationaler Parlamente [...] kann durch eine neue europäische Kompetenzordnung sowie durch formelle und informelle Verfahren der Kooperation europäischer Institutionen und durch die Vernetzung nationaler Parlamente abgemildert werden.

Suzanne S. Schüttemeyer, Herausforderungen für den Parlamentarismus, in: https://www.bpb.de/shop/zeitschriften/izpb/parlamentarische-demokratie-341/301728/herausforderungen-fuer-den-parlamentarismus/, 13.12.2019

M2 Durchreichung von Gesetzen von oben nach unten?

Zeichnung: Burkhard Mohr

WEBCODE
WES-117977-216
Wie entsteht ein EU-Gesetz?

M3 Bundesregierung legt Digitale-Dienste-Gesetz zur Umsetzung des DSA vor

Die Bundesregierung hat das Digitale-Dienste-Gesetz [DDG] [...] zur Umsetzung des Digital Services Act (DSA) auf nationaler Ebene vorgelegt. Während die ab 17. Februar 2024 in der Europäischen Union geltende DSA-Verordnung etwa Sorgfaltspflichten für Online-Dienste im Kampf gegen Desinformation und Hassrede im Internet und die Durchsetzung auf EU-Ebene regelt, konkretisiert der Gesetzentwurf der Bundesregierung Zuständigkeiten der Behörden in Deutschland. Über den Gesetzentwurf [...] [zur Durchführung der EU-Verordnung] will der Bundestag am Donnerstagabend erstmals beraten.

Digitale-Dienste-Gesetz zur Umsetzung des DSA vorgelegt, in: https://www.bundestag.de/presse/hib/kurzmeldungen-986446, 16.01.2024

M4 Der Bundestag stimmt für die Umsetzung des DSA

INFO

DSC
Digital Service Coordinator; überwacht die Einhaltung des DSA in Deutschland

Der Bundestag hat am Donnerstag, 21. März 2024, eine Regelung zum Binnenmarkt für digitale Dienste und zur Förderung von Fairness und Transparenz für gewerbliche Nutzer von Online-Vermittlungsdiensten verabschiedet. Die Abgeordneten haben einen entsprechenden Gesetzentwurf der Bundesregierung zum Digitale-Dienste-Gesetz [...] in einer vom Ausschuss geänderten Fassung zur Umsetzung des Digital Services Act (DSA) der EU auf nationaler Ebene mit der Mehrheit von SPD, Bündnis 90/Die Grünen und FDP gegen die Stimmen von CDU/CSU und AfD bei Enthaltung der Gruppe Die Linke angenommen. Der Abstimmung lag eine Beschlussempfehlung des Ausschusses für Digitales [...] zugrunde [...]. Im parlamentarischen Verfahren hat der Ausschuss für Digitales unter anderem Anforderungen an die DSC-Leitung konkretisiert. Auch werden in dem Änderungsantrag Details zum Beschwerdemanagement bei der Koordinierungsstelle konkretisiert. [...] Auch werden in dem Änderungsantrag Details zum Beschwerdemanagement bei der Koordinierungsstelle konkretisiert [...]. Der Bundesrat hat in seiner Stellungnahme [...] zum Gesetzentwurf Änderungen gefordert. [...] Die Bundesregierung lehnt in ihrer Gegenäußerung die erste Forderung ab und kündigt an, weitere Punkte prüfen zu wollen. Die Gefahr unerwünschter Regelungslücken oder Anwendungsschwierigkeiten sei nicht gegeben.

Bundestag stimmt für die Umsetzung des Digital Services Act, in: https://www.bundestag.de/dokumente/textarchiv/2024/kw12-de-digitale-dienste-994508, 21.03.2024

1 **Beschreiben** Sie die Karikatur und **formulieren** Sie mögliche Deutungshypothesen (M 2).

2 **Arbeiten** Sie die Folgen der europäischen Integration exemplarisch für das politische System Deutschlands **heraus** (M 1).

3 **Recherchieren** Sie, wie nationale Parlamente an Entscheidungsprozessen auf europäischer Ebene beteiligt werden und **diskutieren** Sie die Wirksamkeit der jeweiligen Maßnahmen (M 1).

4 **Überprüfen** Sie am Beispiel Deutschlands, inwiefern die These der Entparlamentarisierung (M 1) zutrifft und nationale Parlamente als unbedeutende Akteure bei Entscheidungen über den DSA bezeichnet werden können (M 3, M 4).

5 **Entwickeln** Sie als Mitglied eines europäischen Bürgerrats Lösungsansätze, wie dem Funktionsverlust nationaler Parlamente wirksamer entgegengetreten werden kann, und **diskutieren** Sie diese.

6.7 Urteil: Der Digital Services Act – ein entscheidender Schritt hin zu einem hassfreieren Internet?

M1 Bringt denn das was?

Zeichnung: Kostas Koufogiorgos

M2 Online-Plattformen und Desinformationen

Der Krieg in der Ukraine zeigt exemplarisch, wie stark sich Desinformation über digitale Netzwerke verbreiten kann. Online-Plattformen bieten hierfür besonders günstige Bedingungen, da Inhalte dort schnell und massenhaft geteilt werden. Diese Entwicklung gilt als Gefahr für die soziale Stabilität und die institutionelle Ordnung innerhalb der Europäischen Union.

Bekannt wurde, dass bestimmte Plattformen mit ihren Empfehlungsalgorithmen Inhalte verstärken, die auf Emotionen, Polarisierung und Konflikt beruhen. Interne Untersuchungen zeigten, dass diese Funktionsweisen die Verbreitung von Falschmeldungen und problematischen Beiträgen begünstigen können. Dennoch blieben Gegenmaßnahmen lange aus, da ein gesteigertes Nutzerengagement für die Unternehmen wirtschaftlich vorteilhaft war. Eine zentrale Neuerung des Digital Services Act (DSA) besteht darin, dass Anbieter nun verpflichtet sind, sogenannte systemische Risiken zu erkennen und aktiv zu begrenzen. Solche Risiken ergeben sich direkt aus der Gestaltung und Nutzung der Plattformen – etwa, wenn über sie Hassrede, Grundrechtsverletzungen oder gezielte Manipulationen von Meinungsbildungs- und Wahlprozessen stattfinden. Künftig müssen unabhängige Prüfinstanzen, Aufsichtsbehörden und externe Forschende bewerten, ob Plattformen ihrer Verantwortung im Umgang mit diesen Risiken nachkommen. Dafür erhalten sie Zugang zu relevanten Plattformdaten, was in der Vergangenheit kaum möglich war. Einige Betreiber hatten wissenschaftlichen Analysen ihrer Systeme bisher sogar aktiv entgegengewirkt. Durch den neuen Rechtsrahmen wird der Datenzugang für Dritte nun ausdrücklich garantiert. Dies gilt als wichtige Grundlage für eine informierte öffentliche Diskussion darüber, wie digitale Plattformen die Meinungsbildung in demokratischen Gesellschaften beeinflussen.

Autorentext

QUERVERWEIS

Muss die Meinungsfreiheit an die Leine?
S. 182 ff.

VERTIEFUNG Sind wir Fake News und Desinformationen hilflos ausgeliefert?
S. 466 ff.

M3 Der Digital Services Act und die Meinungsfreiheit

Der Digital Services Act (DSA) enthält Regeln, die es ermöglichen, auch Inhalte zu entfernen, die nicht eindeutig rechtswidrig sind. Besonders große Plattformen mit über 45 Millionen Nutzern in der EU müssen dabei prüfen, inwiefern ihre Dienste zur Verbreitung irreführender oder manipulativer Informationen beitragen könnten. Der Begriff „Desinformation“ ist im DSA jedoch nicht präzise definiert, was in der Praxis zu Unsicherheiten führt. Kritiker befürchten, dass durch diese Unklarheit auch Beiträge gelöscht werden könnten, die zwar faktisch falsch oder kontrovers, aber dennoch rechtlich zulässig sind. Damit entstehe ein Risiko, dass politisch unbequeme oder wissenschaftlich umstrittene Positionen unterdrückt werden. Da die Europäische Kommission die Maßstäbe zur Bewertung festlegt, wird zudem diskutiert, ob dies eine zu starke Einflussnahme auf die öffentliche Debatte in der EU bedeuten könnte.

Ein weiteres Problem liegt in der automatisierten Inhaltskontrolle. Um die Vielzahl von Meldungen bewältigen zu können, setzen Plattformen zunehmend auf automatische Erkennungssysteme, die Beiträge selbstständig überprüfen. Diese Technologien sind jedoch nicht immer in der Lage, zwischen legitimer Kritik und problematischen Inhalten zu unterscheiden. Dadurch kann ein sogenanntes „Overblocking“ entstehen – also die versehentliche Löschung rechtmäßiger Beiträge.

Hinzu kommt, dass bei Verstößen gegen den DSA hohe Geldbußen drohen, die bis zu sechs Prozent des weltweiten Jahresumsatzes eines Unternehmens betragen können. Aus wirtschaftlicher Vorsicht könnten Anbieter daher dazu neigen, Inhalte übervorsichtig zu löschen, um Sanktionen zu vermeiden. Die neuen Vorschriften zielen außerdem auf eine präventive Überwachung potenziell riskanter Inhalte ab. Plattformen sollen einschätzen, welche Beiträge voraussichtlich negative Auswirkungen auf die öffentliche Sicherheit oder den politisch-medialen Diskurs haben könnten. Aus juristischer Sicht wird kritisiert, dass dies zu Eingriffen in das Grundrecht auf freie Meinungsäußerung führen kann. Wenn Inhalte schon vor ihrer Veröffentlichung gefiltert oder blockiert werden, besteht die Gefahr, dass eine offene gesellschaftliche Diskussion unterdrückt wird – und damit die Meinungsvielfalt als Grundlage demokratischer Auseinandersetzung geschwächt wird.

Autorentext

M4 Ausweitung von Überwachung durch den DSA?

Reporter ohne Grenzen […] macht in einer Stellungnahme deutlich, wo die Rechte von Medienschaffenden noch gestärkt werden müssen. […] Von digitalen Angriffen betroffene Journalist*innen sollen sich künftig an neue Koordinierungsstellen in den jeweiligen EU-Ländern wenden können. Das ist besonders dann relevant, wenn Plattformen, auf denen diese Angriffe passieren, nicht auf Anfragen reagieren. Werden also etwa Beiträge zensiert, Konten gesperrt oder Medienschaffende online bedroht, sollen die Koordinierungsstellen die Beschwerden der Betroffenen zügig bearbeiten. […]

Der DSA sieht vor, dass Plattformen proaktiv Daten an das Bundeskriminalamt (BKA) übermitteln können, wenn ein Verdacht auf Straftaten besteht, die das Leben oder die Sicherheit von Personen in Gefahr bringt. Welche Straftaten damit genau umfasst sind, bleibt vage und zu weit gefasst, denn auch die Erläuterung zum Gesetzestext […] verweist beispielhaft und damit nicht abschließend auf Straftaten in drei EU-Richtlinien. […] Zudem findet keine strafrechtliche Prüfung statt, bevor die Daten weitergegeben werden. Es muss also nicht einmal ein hinreichender Verdacht auf eine Straftat vorliegen, bevor die Daten an das BKA gegeben werden. Somit können sehr viele Menschen und potenziell auch Journalist*innen von dieser Regel betroffen sein – ohne eine tatsächliche Straftat begangen zu haben. Erschwerend kommt hinzu, dass diese erweiterte Datensammlung und

-verarbeitung aufseiten nationaler Strafverfolgungsbehörden nicht nur der nachgelagerten Verfolgung von Straftaten dienen soll, sondern zur präventiven Gefahrenabwehr. [...] [Reporter ohne Grenzen] befürchtet, dass mit der Datenweiterleitung die Überwachung ausgeweitet werden könnte und Medienschaffende sowie Internetnutzer*innen mit weitreichenden Eingriffen in die Grundrechte rechnen müssen.

Kritik am Digitale-Dienste-Gesetz, in: https://mmm.verdi.de/recht/kritik-am-digitale-dienste-gesetz-95103/, 13.02.2024

M5 Millionenfache Löschungen

Kinderpornografie, Hassrede oder Terrorpropaganda: Mehr als 960 Millionen solcher oder anderer fragwürdiger Inhalte haben Amazon, Facebook, Youtube, Instagram, Pinterest, Tiktok und X (vormals Twitter) im vergangenen halben Jahr gelöscht oder eingeschränkt. Das geht aus der neuen EU-Transparenzdatenbank im Rahmen des Digital Services Act (DSA) hervor, die von der EU-Kommission geschaffen wurde. [...] Konkret geben die Plattformen in der Datenbank an, welche Inhalte sie aus welchem Grund gelöscht oder in der Sichtbarkeit eingeschränkt haben. Die Daten können nach Kategorien wie Hassrede, Gewalt oder Pornografie gefiltert und ausgewertet werden. Insgesamt waren im April mehr als 16 Milliarden Einträge von 16 großen Plattformen in der Datenbank zu finden. [...] Dabei zeigt sich ein stark unterschiedliches Meldeverhalten der einzelnen Plattformen. So entfallen mit mehr als 14 Milliarden Meldungen mit Abstand die meisten auf Google Shopping. [...] Bei der Social-Media-Plattform Tiktok wurden seit der Einführung der Meldepflicht knapp 508 Millionen Beiträge gemeldet und mehr als 348 Millionen Beiträge gelöscht. [...] Bei der Online-Plattform X wurden im gleichen Zeitraum laut Datenbank lediglich etwas mehr als 832 000 Inhalte gemeldet. Gelöscht wurden davon – Stand Anfang April – nur 24 Beiträge. [...] Verbesserungsbedarf sieht auch Digitalisierungsexpertin Julia Kloiber, die für das Tech-Think-Tank Superrr Lab arbeitet: „Aktuell gibt es einiges an Spielraum, was Umfang, Genauigkeit und die Interpretation der Vorgaben angeht." Dieser Spielraum erschwere die Vergleiche zwischen den Diensten. Zudem basiere die Datensammlung nur auf Selbstauskünften der Plattformen. „Die Unternehmen können in ihren Transparenzberichten viel behaupten. Wichtig ist, dass es auch eine gründliche Prüfung der Angaben gibt." Die gibt es laut EU-Kommission. [...] Grundsätzlich laufen auf Grundlage des DSA bereits Untersuchungen, ob sich unter anderem X und Tiktok an die DSA-Vorschriften halten und genug gegen die Verbreitung illegaler Inhalte tun. Eine Entscheidung und damit auch mögliche Strafen gibt es aber bisher nicht. [...] Kloiber bewertet die Datenbank insgesamt als „wichtigen Meilenstein", der „Licht in die Black Box der Online-Dienste" bringt.

Jana Glose, Plattformen löschen millionenfach, 10.04.2024 © dpa Deutsche Presse-Agentur

M6 Umsetzungsprobleme

Das Team um Sanders-Winter [von der Bundesnetzagentur in Bonn] soll einschreiten, wenn sich ein soziales Netzwerk nicht ausreichend darum kümmert, dass dort gehasst wird oder sich Desinformationen verbreiten. [...] Auf viel Unterstützung kann Sanders-Winter für all das allerdings noch nicht zurückgreifen. Bisher sind in diesem Jahr erst 13 der gerade einmal 15 Stellen besetzt worden, [...] dabei sind insgesamt im Gesetz bis zu 70 Stellen vorgesehen. Der Grund für den holprigen Start: [...] Im April [2024] wurde [...] [das deutsche Durchführungsgesetz zum DSA] im Bundesrat gebilligt, da war aber das Haushaltsgesetz für [...] [das] Jahr längst verabschiedet, die entsprechenden Mittel fehlen der Bundesnetzagentur jetzt. Mit gravierenden Folgen, wie die Linken-Bundestagsabgeordnete Anke Domscheit-Berg […] mitteilt. „Im Superwahljahr mit Europawahl, drei Landtagswahlen und etlichen Kommunalwahlen muss die BNetzA ihre Aufgaben mit angezogener Handbremse und mit einer Handvoll von anderen Aufgaben abgezogenen Mitarbeiter:innen ausführen", schreibt Domscheit-Berg. Nicht einmal eine Stelle für die Leitung der neuen Unterbehörde gebe es, sie kann also auch nicht zur Besetzung ausgeschrieben werden. Die Linkenpolitikerin sieht durch den verspäteten Start eine seltene Chance verpasst: die Europawahl. Forscherinnen und Forscher hätten zur Wahl bereits Daten auswerten können, um Erkenntnisse über Verstöße sammeln zu können. Die Bundesregierung habe die Umsetzung des Gesetzes verpatzt, schreibt Domscheit-Berg.

INFO

BNetzA
Bundesnetzagentur

Pauline Schinkels, Sie wollen das Internet retten, in: https://www.zeit.de/digital/internet/2024-06/digital-services-act-eu-bundesnetzagentur-internet-beschwerden, 24.06.2024

M7 Droht durch das DSA Zensur im Internet?

Der Status eines „Trusted Flaggers" wird einer Stelle auf deren Antrag durch den „Koordinator für digitale Dienste des Mitgliedstaats" (DSC) unter drei Voraussetzungen verliehen: Sie muss besondere Sachkenntnis und Kompetenz in Bezug auf die Erkennung, Feststellung und Meldung rechtswidriger Inhalte aufweisen, unabhängig von jeglichen Anbietern von Online-Plattformen sein und ihre Meldetätigkeit sorgfältig, genau und objektiv ausüben. […] Fundamental wichtig ist […], dass die Trusted Flagger ausschließlich rechtswidrige Inhalte melden und sich nicht als allgemeine Meinungs- und Tugendwächter gerieren. Dafür trägt auch der Koordinator die Verantwortung. […] Denn ihre Meldungen verpflichten die Diensteanbieter zum Tätigwerden. Zwar verbleibt die Entscheidung über die Löschung beim Diensteanbieter. Dieser ist durch die Meldung des Hinweisgebers aber zur sofortigen Entscheidung gehalten und wird sich im Zweifel für die Löschung entscheiden, um rechtliche negative Konsequenzen wie Bußgelder zu vermeiden. Als Teil der öffentlichen Gewalt ist jeder Trusted Flagger verpflichtet, die Grundrechte zu beachten […] und damit auch die strenge Rechtsprechung des Bundesverfassungsgerichts. Dieses versteht die Meinungsfreiheit umfassend. Das Gericht wörtlich: „Meinungen sind durch die subjektive Beziehung des Einzelnen zum Inhalt seiner Aussage geprägt. […] Insofern lassen sie sich auch nicht als wahr oder unwahr erweisen. Sie genießen den Schutz des Grundrechts, ohne dass es darauf ankommt, ob die Äußerung begründet oder grundlos, emotional oder rational ist, als […] gefährlich oder harmlos eingeschätzt wird." An diesen Maßstäben müssen die Trusted Flagger Inhalte messen, bevor sie diese melden. Dabei ist auch der konkrete Kontext der jeweiligen Äußerung zu würdigen. Damit dürften die Hinweisgeber regelmäßig überfordert sein. […] Es ist Aufgabe des Staates, insbesondere des Koordinators, sicherzustellen, dass das Meldesystem der Trusted Flagger in Deutschland nicht als demokratiegefährdendes Zensursystem missbraucht wird.

Josef Franz Lindner, „Trusted Flagger" dürfen nicht für Zensur im Netz missbraucht werden, in: https://www.welt.de/debatte/kommentare/article254014034/Trusted-Flagger-duerfen-nicht-fuer-Zensur-im-Netz-missbraucht-werden.html, 17.10.2024

1 **Beschreiben** Sie die Karikatur und **formulieren** Sie Deutungshypothesen (M 1).

2 a) **Arbeiten** Sie Pro- und Kontra-Argumente hinsichtlich der Frage **heraus**, ob der DSA ein entscheidender Schritt hin zu einem hassfreieren Internet ist (M 2–M 7).

b) **Diskutieren** sie die Problemfrage als Pro-Kontra-Diskussion in Ihrer Lerngruppe.

3 **Gestalten** Sie auf Grundlage Ihres persönlichen Urteils eine Karikatur oder ein Meme zum DSA.

4 **Entwickeln** Sie unter Rückgriff auf das Modell des Policy-Zyklus begründete Hypothesen, ob der Prozess der Problemlösung abgeschlossen ist oder es zu einem weiteren Durchlauf kommen könnte.

QUERVERWEIS

Der Policy-Zyklus: Politik als Maschine
S. 19, M 5

Faktenchecks

M 1 Meta beendet in den USA die Zusammenarbeit mit Faktencheckern

Der Facebook-Konzern Meta will bei der Verbreitung von Falschbehauptungen auf seinen Plattformen künftig weniger stark eingreifen als bisher. Beschränkungen bei kontroversen Themen wie Migration sollten aufgehoben werden, kündigte Gründer und Konzernchef Mark Zuckerberg an. Er sprach von einer „Zensur", die zu weit gegangen sei. Die Kooperation mit Faktencheckern wird – zunächst in den USA – beendet.
Zuckerberg ist bewusst, dass die Änderungen Meta auf Konfrontationskurs mit der EU bringen, wo es ein Gesetz gegen Falschinformationen und Hassrede auf Online-Plattformen gibt. Der Meta-Chef hofft auf den künftigen US-Präsidenten Donald Trump, um Druck gegen die Regeln zu machen, die er als „institutionalisierte Zensur" bezeichnete. Der Konzern stellte aber klar, es gebe keine „unmittelbaren Pläne", die Faktenchecker hierzulande abzuschaffen.
Zuckerberg folgt damit der Linie des Tech-Milliardärs Elon Musk, der nach der Übernahme von Twitter Einschränkungen für Äußerungen auf der Plattform weitgehend aufhob. Musks X, wie die Plattform inzwischen heißt, wurde seitdem von Online-Forschern vorgeworfen, Hassrede zuzulassen. X weist das zurück.
Statt Faktencheckern will sich Meta künftig darauf verlassen, dass Nutzer selbst Bewertungen von Äußerungen abgeben. So funktioniert das auch bei Musks X. Das System für solche „Community Notes" wird gerade aufgesetzt. Bevor es international ausgerollt wird, soll es in den USA eingeführt werden.
In Deutschland gibt es laut dem Konzern keine unmittelbaren Pläne, die Zusammenarbeit mit Faktencheckern zu beenden. Meta sind allerdings in Europa weitgehend die Hände durch das Digitalgesetz Digital Services Act (DSA) zur Verantwortung von Online-Plattformen gebunden. [...]
Zuckerberg räumte ein, dass es mit dem neuen Ansatz „mehr schlechte Dinge" auf den Plattformen geben werde. Dafür werde man aber weniger Fehler mit übertriebener Moderation machen.
Zuckerberg verwies darauf, dass nach der Präsidentenwahl 2016 mit Trumps erstem Sieg die Verbreitung von Falschinformationen im Netz als großes Problem gesehen worden sei. Man habe versucht, diese Bedenken anzugehen, ohne selbst zu Richtern über Wahr und Unwahr zu werden – aber die Faktenchecker seien zu politisch voreingenommen gewesen und hätten viel Vertrauen zerstört. [...]
[Der damalige] Bundesdigitalminister Volker Wissing (parteilos) sagte [...], er vertraue und setze darauf, dass die EU-Kommission sich das Vorgehen von Meta „genau anschaut, es streng prüft und gegebenenfalls die notwendigen Maßnahmen einleitet". Er habe in dieser Sache schon einen Austausch mit der neuen EU-Kommissarin Henna Virkkunen. „Ich weiß, dass sie diese Fragen sehr ernst nimmt, und sie hat meine volle Unterstützung und mein Vertrauen."

Faktenchecker adé: Meta öffnet die Schleusen, 07.01.2025 © dpa Deutsche Presse-Agentur

1 Beantworten Sie die Frage, ob es sich beim Digital Services Act (DSA) um eine institutionelle Zensur handelt, indem Sie
a) die wesentlichen Aussagen in M 1 **zusammenfassen**,
b) vor dem Hintergrund des DSA **erläutern**, weshalb das Vorgehen von Meta in den USA so in der EU nicht möglich ist,
c) zur Frage **Stellung nehmen**, ob es sich beim DSA um eine institutionalisierte Zensur handelt.

QUERVERWEIS
METHODE
Klausur
S. 218 f.

7. Die Europäische Union – eine demokratisch ausreichend legitimierte Institution?

7.1 Einführung

M1 Ergebnisse einer Umfrage

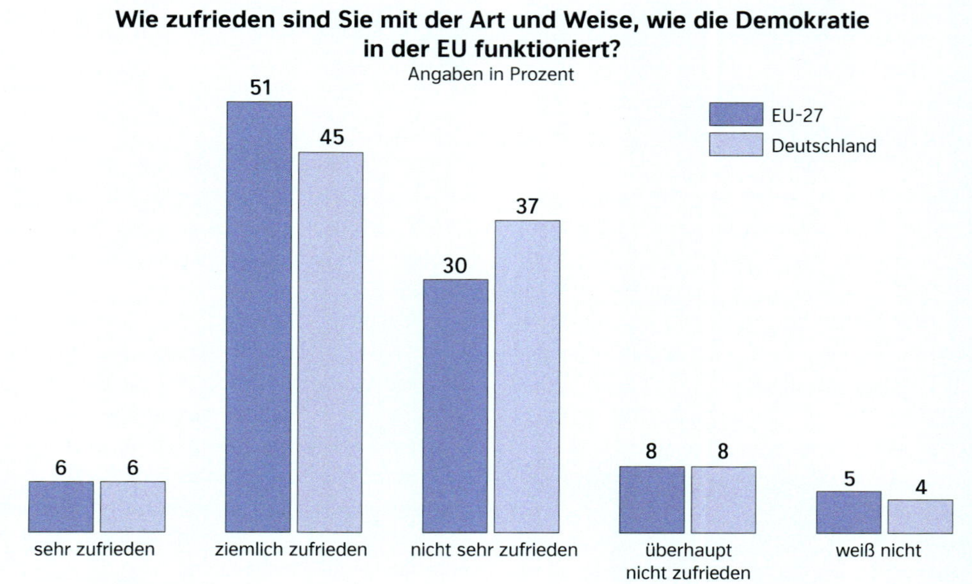

Quelle: Eurobarometer 101 (2024)

M2 Wie demokratisch ist die EU?

Bei der Europawahl im Juni [2024] sind rund 350 Millionen Menschen zur Stimmabgabe aufgerufen. [...] So richtig ideal demokratisch ist das doch alles nicht, oder?

Der Vorwurf, eklatante Demokratiedefizite eingebaut zu haben, ist so alt wie die Europäische Union selbst. An vielen Kritikpunkten ist etwas dran. Allerdings komme es auf den Blickwinkel an, sagt die deutsch-französische Politikwissenschaftlerin Sophie Pornschlegel [...]. „Die Europäische Union ist ein sogenanntes suigeneris-Modell. Sie ist einzigartig." Teil dieser Einzigartigkeit ist, dass die EU doppelt legitimiert wird. „Einerseits durch die Bürgerinnen und Bürger, die direkt das Europäische Parlament wählen. Aber auch indirekt durch den Europäischen Rat, der aus den Staats- und Regierungschefs besteht." Diese doppelte Legitimität hat zur Folge, dass in der EU mehrere Interessen aufeinanderprallen. Zum einen natürlich die der EU selbst. [...] Außerdem prägen die nationalen Interessen der Mitgliedstaaten die Arbeit und Funktionsweise der Union. Durch den sogenannten Ministerrat sowie die Runde der Staats- und Regierungschefs können sie Einfluss nehmen. Souveränität abzugeben liegt nicht im Interesse der EU-Mitglieder. Teilweise widerspräche das sogar ihren Landesverfassungen. [...] Die unterschiedlichen Machtinteressen, die durch die doppelte Legitimierung in einer Art Wettbewerb miteinander stehen, werden durch ein kompliziertes Gefüge ausbalanciert. Das führt zu mehreren institutionellen Demokratie-Defiziten.

In der EU darf nur die Kommission Gesetzesvorlagen ausarbeiten. Weder das Parlament noch der Ministerrat können das, obwohl sie die Gesetze verabschieden. Aus Sicht des Verfassungsrechtlers und ehemalige Bundesverfassungsrichters Dieter Grimm ist das ein Anachronismus. „Ich halte es für notwendig, dass das Parlament ein Initiativrecht bekommt", sagt er [...]. Zwar kann das Parlament die Kommission dazu auffordern, tätig zu werden. Doch die Abgeordneten haben keine Möglichkeit unmittelbar Wahlversprechen einzulösen.

Das Parlament steht auch im Zentrum eines weiteren Kritikpunkts an der Qualität der EU-Demokratie: fehlende Wahlgleichheit bei der Europawahl. Aktuell hat das Europaparlament 705 Sitze. Jedem EU-Staat werden sechs Grundmandate garantiert. Für das Mitglied mit der kleinsten Bevölkerung, Malta, bedeutet dies, dass ein maltesischer Abgeordnete etwa 55 000 Wahlberechtigte im Parlament vertritt. Für Deutschland ergibt sich ein Wert von etwa 670 000 Wählerinnen und Wählern pro Abgeordnetem. Im Vergleich zur gesamten Bevölkerung, nicht nur dem wahlberechtigten Teil, ist das Missverhältnis sogar noch deutlicher. [...] Ein Alleinstellungsmerkmal der EU ist eine solche Ungleichheit allerdings nicht: Im Bundesrat gibt es schließlich ein ähnliches Problem. [...] Während das kleine Bremen drei Stimmen im Bundesrat besitzt, hat Nordrhein-Westfalen nur sechs. Dabei hat NRW fast 32-mal mehr Einwohner als die Hansestadt. [...]

Eine dritte Kritik an den Institutionen betrifft den Ministerrat. Was in Europa Gesetz werden soll, muss seine Zustimmung erhalten – sowie die das Parlaments. Der Ministerrat gehört also zur Legislative der EU. Weil er sich aus Regierungsmitgliedern der Nationalstaaten zusammensetzt, kommt er jedoch mit dem Gebot der Gewaltenteilung in Konflikt. Denn die Minister sind in ihren Ländern Teil der Exekutive. Politikwissenschaftler:innen sprechen von Exekutivföderalismus. Es gibt verschiedene Ansichten dazu, inwieweit das in der EU noch ein echtes Problem darstellt. Zum einen ist sie kein Einzelfall, auch der Bundesrat fällt in die Kategorie Exekutivföderalismus. Außerdem können die Mitgliedstaaten selbst entscheiden, welches Mandat sie ihren Abgesandten im Ministerrat zugestehen. Es ist möglich, dass diese sich vor einer Abstimmung erst das Okay ihres nationalen Parlaments einholen müssen. Politikwissenschaftlerin Sophie Pornschlegel sagt, die EU habe vor allem dann ein Demokratiedefizit, wenn man sie wie einen Staat sehen wolle. „Doch das ist sie nunmal nicht und deshalb hinkt der Vergleich", sagt sie. „Betrachtet man sie als eine internationale politische Organisation, funktioniert die Arbeit der EU bereits deutlich demokratischer als andere." [...]

[Es gebe] ein viel grundlegenderes, weil strukturelles Problem: „Mit dem Demokratiedefizit der EU ist oft gemeint, dass es keine gemeinsame europäische Öffentlichkeit gibt", sagt Pornschlegel. „Wir haben 24 offizielle Sprachen in der EU, da bleiben Diskussionen oft im nationalen Raum." Abgesehen von Arte oder Euronews gibt es zudem kaum Medien, die Berichterstattung mit europäischem Blickwinkel anbieten. Zumal keine, die erfolgreich ein breites Publikum ansprechen. [...]

„Das bedeutet, dass wir die europäischen Themen vorwiegend unter unseren nationalen Gesichtspunkten diskutieren." Frühere Generationen hätten die EU noch stärker als Friedensprojekt begriffen, erklärt Pornschlegel. „Wenn die EU Frieden bringt und Wohlstand, waren viele mit den Ergebnissen einigermaßen einverstanden." Doch das habe sich geändert. Die Themen, die heute auf europäischer Ebene diskutiert werden, seien oft konfliktbeladen.

Oliver Noffke, Wie demokratisch ist die EU?, in: https://www.rbb24.de/politik/wahl/Europawahl/2024/europa-union-eu-demokratie-defizit.html, 16.05.2024

1 **Werten** Sie M 1 **aus**.

2 **Führen** Sie die M 1 zugrundeliegende Umfrage in Ihrer Lerngruppe **durch**.

3 **Begründen** Sie Ihre in der Umfrage getätigte Aussage mithilfe Ihrer Kenntnisse aus Teilkapitel 6.

4 **Stellen** Sie wesentlichen Aspekte, die hinsichtlich eines Demokratiedefizits in der EU diskutiert werden, **dar** und **formulieren** Sie Fragen, die sich Ihnen hierbei stellen (M 2).

7.2 Das Spitzenkandidatenprinzip bei Europawahlen – ein zu erhaltender Vorgang, um die demokratische Legitimität der EU zu stärken?

M1 Zitate

Das Spitzenkandidaten-Konzept führt nicht zum Erfolg, sondern zu Irritationen wie beim letzten Mal. [...] Man sollte die Europawahl zu dem machen, was sie ist: eine Entscheidung über die Zusammensetzung des Europäischen Parlaments, aber keine Entscheidung über die Führung der Europäischen Kommission.

Alexander Dobrindt (* 1970), der deutsche Politiker (CSU) ist seit 2025 Bundesinnenminister

Das Spitzenkandidaten-Prinzip belebt den Europawahlkampf, indem es ihm eine genuin europäische Dimension verleiht. Und es stärkt das Gewicht des Europäischen Parlaments bei der späteren Wahl des EU-Kommissionspräsidenten. Beides sind starke Argumente, die nichts von ihrer Relevanz eingebüßt haben.

Achim Post (* 1959), deutscher Politiker (SPD)

M2 Das Spitzenkandidatenprinzip – eine gute Idee?

INFO

Spitzenkandidatenprinzip
Der Begriff „Spitzenkandidat" bedeutet im Kontext der Europawahlen zweierlei: Einerseits steht er für die Listenersten der deutschen Parteien, die bei der Europawahl antreten. Entsprechend dieser Listen werden die Spitzenkandidaten bei ausreichender Stimmzahl als erste für ihre Partei ins EU-Parlament gewählt. Andererseits steht der mittlerweile europaweit verwendete Begriff für jene Person, die von den europäischen Parteizusammenschlüssen im Europaparlament als Kandidatin bzw. Kandidat für den Präsidentenposten der Europäischen Kommission nominiert wurde.

Bei der Europawahl im Juni [2024] sind rund 350 Millionen Menschen zur Stimmabgabe aufgerufen. [...] So richtig ideal demokratisch ist das doch alles nicht, oder?
Der Vorwurf, eklatante Demokratiedefizite eingebaut zu haben, ist so alt wie die Europäische Union selbst. An vie Die Idee hatte vor gut zehn Jahren Klaus Welle. Er war Generalsekretär des Europäischen Parlaments [...]. Die einflussreiche [britische] Zeitung „Financial Times" widmete dem Deutschen eine halbe Seite, aber es war kein freundlicher Artikel. Welle sei ein „Fürst der Finsternis", der nur das Ziel verfolge, das Europäische Parlament mächtiger zu machen. Die Kritik der „Financial Times" traf dabei ziemlich genau das, was Welle erreichen wollte. Bei der Europawahl sollten die Wähler künftig nicht nur die Möglichkeit haben, über die Zusammensetzung des Parlaments zu entscheiden, sondern auch die Spitze der Brüsseler Kommission mitzubestimmen. Seit 2014 können die europäischen Parteien daher Kandidaten benennen, die mit ihrer Aufstellung jeweils für das Amt des Kommissionspräsidenten oder der Kommissionspräsidentin nominiert sind. Welle erklärt [...] die Vorteile dieses Spitzenkandidatenprinzips. Die Bürger hätten so die Möglichkeit zu erfahren, wer die Exekutive leiten soll – „die Kandidaten sollten sich schon im Wahlkampf bei ihnen vorstellen". Die Personalisierung des Wahlkampfs sorgte in den Mitgliedsländern für mehr Aufmerksamkeit und Berichterstattung über die Wahl zum Europäischen Parlament. [...] „Seit die Spitzenkandidaten da sind, hat die Wahlbeteiligung schon um acht Prozent zugenommen." Allerdings hat die Sache mit den Spitzenkandidaten bisher nur einmal richtig funktioniert: 2014, als der Luxemburger Jean-Claude Juncker europaweiter Spitzenkandidat der christdemokratischen Europäischen Volkspartei (EVP) war. [...] Beim zweiten Mal, 2019, klappte das nicht. Zwar hatten die Christdemokraten erneut die Wahl gewonnen, aber ihr Spitzenkandidat, der CSU-Politiker Manfred Weber, wurde von mehreren Staats- und Regierungschefs für zu unerfahren gehalten. [...] Frankreichs Präsident Emmanuel Macron machte sich für eine andere Deutsche stark [...]: Ursula von der Leyen. Die [...] [damalige deutsche] Verteidigungsministerin hatte zwar nicht für die Europawahl kandidiert, konnte aber die Mehrheit der Staats- und Regierungschefs überzeugen und wurde danach auch vom Europäischen Parlament zur Kommissionspräsidentin gewählt. Jetzt zieht sie als europaweite Spitzenkandidatin der Christdemokraten in den Wahl-

kampf. Allerdings steht ihr Name auf keinem Stimmzettel, denn von der Leyen kandidiert nicht für einen Sitz im Parlament. [...] Ihr sozialdemokratischer Herausforderer ist der Luxemburger Nicolas Schmit, zur Zeit EU-Kommissar für Beschäftigung und Soziales. Sein Problem ist auch das Problem des Spitzenkandidatenprinzips ganz generell: geringe Bekanntheit. Kritiker sahen darin von Beginn an die Schwäche der Idee, europaweit Politiker zu nominieren. Klaus Welle verteidigt sein Konzept gegen die Kritik. „Einige Kandidaten sind natürlich bekannter als andere“, sagt er. [...] Juristisch wasserdicht ist das Spitzenkandidatenprinzip übrigens nicht verankert. Die Staats- und Regierungschefs sollen für die neue Kommissionsspitze zwar die Partei mit dem besten Ergebnis bei der Europawahl berücksichtigen – aber das muss nicht zwingend auf die Spitzenkandidatin oder den Spitzenkandidaten hinauslaufen. 2019 hat dafür ein Beispiel geliefert.

Helga Schmidt, Das umstrittene Spitzenkandidatenprinzip, in: https://www.tagesschau.de/europawahl/wahl/eu-spitzenkandidaten-100.html, 14.05.2024

M3 Ursula von der Leyen als Präsidentin der Europäischen Kommission wiedergewählt

Ursula von der Leyen bleibt Präsidentin der EU-Kommission. Die Mehrheit der Abgeordneten im Europäischen Parlament hat für die CDU-Politikerin gestimmt. Damit wurde offiziell ihre Nominierung durch die Staats- und Regierungschef der EU-Staaten bestätigt. 401 Abgeordnete stimmten für von der Leyen, 284 gegen sie, außerdem gab es 15 Enthaltungen. Sie brauchte mindestens 360 Stimmen. Ihr Ergebnis fiel damit besser aus als bei ihrer ersten Wahl vor fünf Jahren, als sie mit einer knappen Mehrheit von neun Abgeordneten ins Amt gewählt wurde.

„Das ist ein starkes Signal des Vertrauens und ich denke, es ist die ganze Anerkennung für die harte Arbeit, die wir in den letzten fünf Jahren, im letzten Mandat, gemeinsam geleistet haben“, sagte von der Leyen nach der Abstimmung. Dies sei ein sehr emotionaler Moment für sie. „Wir haben die unruhigsten Gewässer durchschifft, die unsere Union je erlebt hat, und wir haben den Kurs auf unsere langfristigen europäischen Ziele beibehalten.“ Die CDU-Politikerin will nun in den kommenden Wochen die Staats- und Regierungschefs der EU-Länder bitten, ihre Kandidaten für die Kommissarinnen und Kommissare vorzuschlagen. [...]

Die volle Unterstützung ihrer Europäischen Volkspartei (EVP) hat die 65-Jährige allerdings nicht, die französischen Republikaner etwa sprachen sich gegen sie aus. Die Fraktionen von Europäischer Volkspartei, Sozialdemokraten und Liberalen hatten sich bereits auf eine Wiederwahl verständigt. Kurzfristig hatten auch die Grünen Unterstützung signalisiert. [...] Die Bestätigung von der Leyens war dennoch nicht sicher, da kein Fraktionszwang existiert und in geheimer Wahl abgestimmt wurde.

Von der Leyen bleibt EU-Kommissionspräsidentin, in: https://www.tagesschau.de/ausland/europa/von-der-leyen-eu-kommissionspraesidentin-100.html, 18.07.2024

1. **Vergleichen** Sie die Zitate und **formulieren** Sie Fragen, die sich Ihnen dabei stellen (M 1).
2. **Stellen** Sie **dar**, worum es sich beim Spitzenkandidatenprinzip bei Europawahlen handelt (M 2).
3. **Erklären** Sie, auf welche Aspekte, die hinsichtlich eines Demokratiedefizits in der EU diskutiert werden, das Spitzenkandidatenprinzip Einfluss nehmen soll (M 2).
4. **Arbeiten** Sie Pro- und Kontra-Argumente hinsichtlich der Frage **heraus**, ob das Spitzenkandidatenprinzip bei Europawahlen ein zu erhaltender Vorgang ist, um die demokratische Legitimität der EU zu stärken (M 2, M 3).
5. **Gestalten** Sie aus der Sicht von entweder Alexander Dobrindt oder Achim Post (M 1) eine ausführlich begründete Pressemitteilung zum Spitzenkandidatenprinzip.

7.3 Ein legislatives Initiativrecht für das Europäische Parlament – ein notwendiger Schritt, um die demokratische Legitimität der EU zu stärken?

M1 Europaabgeordnete fordern das Recht zur Gesetzesinititive für das Europäische Parlament

Das Parlament fordert eine Reform des Gesetzgebungsverfahrens bei der nächsten Überarbeitung der Verträge und stellt fest, dass es als einziges direkt gewähltes EU-Organ das Recht haben muss, Gesetze vorzuschlagen. [...]
Der Bericht mit den Vorschlägen des Parlaments wurde am Donnerstag nach einer Plenardebatte am Mittwochnachmittag mit 420 zu 117 Stimmen und 35 Enthaltungen angenommen. Nach Ansicht der Abgeordneten haben der Rat und die Kommission die bereits „unzureichenden" indirekten legislativen Rechte des Parlaments und dessen begrenztes Initiativrecht behindert. [...] Beispiele für das institutionelle Ungleichgewicht, die in dem Bericht hervorgehoben werden, sind die Nicht-Ratifizierung der letzten Wahlrechtsreform [...] und das Fehlen einer angemessenen Reaktion auf den Vorschlag des Parlaments für einen umfassenden Mechanismus zum Schutz der EU-Werte.

Zeit, dass das Parlament ein direktes legislatives Initiativrecht erhält, in: https://www.europarl.europa.eu/news/de/press-room/20220603IPR32135/zeit-dass-das-parlament-ein-direktes-legislatives-initiativrecht-erhalt, 09.06.2022

M2 Eine parlamentsrechtliche Situation wie „im Mittelalter"?

Das Recht auf Gesetzesinitiative ist das Verfahren, durch welches eine politische Institution dazu berechtigt wird, Gesetzestexte beziehungsweise Gesetze vorzuschlagen. [...] Heutzutage verfügen in Europa alle nationalen Parlamente über das Recht auf Gesetzesinitiative, welches sie sich in der Regel mit ihren jeweiligen Regierungen teilen. [...].
In dieser Hinsicht stellt das Europäische Parlament eine Ausnahme dar. Die Gründungsverträge der Europäischen Union sehen vor, dass die Kommission das alleinige Recht hat, Gesetze zu verfassen, wobei sie sich an die vom Europäischen Rat der Staats- und Regierungschefs festgelegten Leitlinien zu halten hat. Das Europäische Parlament hat nur wenige „Rest"-Kompetenzen, wie der Berichterstatter des Textes und Europaabgeordnete Paulo Rangel darlegt. Diese Kompetenzen umfassen neben der Ausgestaltung der Wahlordnung für die Europawahlen auch ein indirektes Initiativrecht. Letzteres impliziert, dass das Parlament die Kommission dazu auffordern kann, in einem bestimmten Bereich gesetzgeberisch tätig zu werden, ohne sie jedoch dazu zu verpflichten, diesem Aufruf tatsächlich Folge zu leisten. Für Paulo Rangel ist die Situation, in der sich das Europäische Parlament wiederfindet, „wie die eines Parlaments im Mittelalter." [...] Nach Ansicht des portugiesischen Europaabgeordneten sollte die Institution, die „heute die einzige mit direkter demokratischer Legitimität ist", die Möglichkeit haben, aus eigener Initiative Gesetzestexte vorzuschlagen. Das Europäische Parlament muss nicht zuletzt vor dem Hintergrund aktuell zahlreicher Krisen „ein echtes" und „souveränes" Parlament sein. Der Europaabgeordnete ist der Meinung, dass das Europäische Parlament nicht unbedingt das „Gesetzgebungsmonopol" innehaben muss. Er schlägt den Aufbau eines neuen politischen Systems in Europa vor, in dem manche Kompetenzen allein bei der Kommission liegen, während andere mit dem Europäischen Parlament geteilt werden. „Wir können sogar vorschlagen, dass manche Gesetzgebungskompetenzen das Monopol des anderen Mitentscheiders – des Rates – werden sollen" [...], sagt Rangel. [...] Die langwierige Arbeit ist jedoch noch nicht abgeschlossen. Damit aus dem

Text, einem bislang rein fordernden Initiativbericht, eine echte Reform wird, müssen sich die Kommission und die anderen europäischen Institutionen, allen voran der Europäische Rat, darauf einigen, die Büchse der Pandora erneut zu öffnen: Um nämlich zu gewährleisten, dass das Europäische Parlament eines Tages über ein echtes direktes Gesetzesinitiativrecht verfügt und somit zu einem „echten Parlament" wird, müssen die Institutionen eine Änderung der Verträge ermöglichen. Diese Reform ist eine seit langem vorgeschlagene Idee.

Paul Brachet, übersetzt von Anna Strohmeier, Das Europäische Parlament ohne Initiativrecht: Mittelalterliche Zustände?, in: https://www.treffpunkteuropa.de/das-europaische-parlament-ohne-initiativrecht-mittelalterliche-zustande, 16.10.2022

M3 Machtkampf zwischen den EU-Institutionen?

Ein formelles Initiativrecht für das Parlament bietet nur dann einen Mehrwert, wenn kritische Punkte auf die Agenda gesetzt werden können, die eben nicht konsensual sind. Das betrifft zum Beispiel [...] die zahlreichen neuen wirtschaftspolitischen Instrumente zur Krisensicherung in den letzten zehn Jahren. Teilweise unter enormem Zeitdruck und auch außerhalb der EU-Verträge wurden neue Mechanismen geschaffen, die Europas Wirtschaft und Währung krisenfester machen sollen. Vieles davon wurde rein zwischenstaatlich koordiniert, ohne größere Kontroll- oder Zugriffsrechte des Parlaments. Mitbestimmung mussten sich die Abgeordneten immer wieder erkämpfen, in erster Linie gegen den Rat. Hier liegt des Pudels Kern in der Debatte über ein Initiativrecht. [...] Es geht um eine Aufwertung des Parlaments gegenüber dem Rat als institutionellem Gegenspieler im Kampf um Macht und Einfluss. Wer trifft politische Richtungsentscheidungen, Rat oder Parlament? Und wie werden die „großen Linien" auf EU-Ebene parlamentarisch legitimiert? [...]
Mit einem Initiativrecht für das Parlament erhofft man sich zudem eine Politisierung der EU. Die attraktive Losung für mehr Aufmerksamkeit und eine Stärkung des Europäischen Parlaments lautet: weniger Konsens, mehr Konflikt. Das Parlamentsinitiativrecht kann also nicht ohne den Rat als Antagonisten gedacht werden. Hier gibt es jedoch zwei Fallstricke. Erstens: Wenn das Europäische Parlament ein formelles Initiativrecht bekommen soll, warum dann nicht auch der Rat? Es fällt nicht schwer zu erahnen, dass diese Forderung spätestens anlässlich der nächsten Vertragsänderungen aus dem Kreis der Staats- und Regierungschefs kommen wird. Man stelle sich nur einen Gesetzesvorschlag zur Asylpolitik aus den Federn der polnischen, österreichischen, ungarischen und italienischen Innenminister vor. Und zweitens: Wenn das Europäische Parlament auf kontroverse Reformen drängt, was hindert den Rat daran, diese Initiativen in den eigenen Gremien ins Leere laufen zu lassen? [...]
Es wird gerne so getan, als ob ein Initiativrecht für das Europäische Parlament die heilbringende Vision für die europäische Demokratie wäre. Aber vielleicht ist es eher eine politische Fata Morgana in einem institutionellen Kampf, dessen Konfliktparteien für den Moment weniger auf Augenhöhe sind, als sie es vor fünf Jahren waren – der Spitzenkandidatenprozess hat das eindrücklich vor Augen geführt.

Manuel Gath, Fata Morgana in Brüssel, in: https://www.ipg-journal.de/rubriken/europaeische-integration/artikel/fata-morgana-in-bruessel-3619/, 23.07.2019

WEBCODE

WES-117977-217
Die Legislativbefugnis des Europäischen Parlaments

1 **Erläutern** Sie die in M 1 vertretende Forderung.

2 **Erklären** Sie, auf welche Aspekte, die hinsichtlich eines Demokratiedefizits in der EU diskutiert werden, ein legislatives Initiativrecht des Europäischen Parlaments Einfluss nehmen soll (M 2, M 3).

3 **Arbeiten** Sie Pro- und Kontra-Argumente hinsichtlich der Frage **heraus**, ob die Einführung eines legislativen Initiativrechts für das europäische Parlament ein notwendiger Schritt ist, um die demokratische Legitimität der EU zu stärken (M 1–M 3).

4 **Diskutieren** sie die Problemfrage als Fishbowl-Diskussion in Ihrer Lerngruppe.

QUERVERWEIS

LERNWEGE
Fishbowl
S. 609

7.4 Die Europäische Bürgerinitiative – ein wirksames Instrument, um die demokratische Legitimität der EU zu stärken?

M1 Zitate zum zehnjährigen Jubiläum der Europäischen Bürgerinitiative

10 Jahre Europäische Bürgerinitiative. Ein Grund zum Feiern!

Mehr Demokratie, Nichtregierungsorganisation

Europäische Bürgerinitiative ist laut Studie weitgehend wirkungslos.

Meldung des Nachrichtenmagazins „Der Spiegel“

M2 Was ist die Europäische Bürgerinitiative?

WEBCODE
WES-117977-218
Leitfaden zur Europäischen Bürgerinitiative

Mit einer Europäischen Bürgerinitiative (EBI) können sich EU-Bürgerinnen und EU-Bürger an die Europäische Kommission wenden und diese auffordern, einen Rechtsakt in Bereichen vorzuschlagen, die in die Zuständigkeit der Europäischen Kommission fallen. [...] Eine EBI ist damit das erste direkt-demokratische Instrument auf Ebene der Europäischen Union; die Rechtsgrundlage findet sich in dem am 1. Dezember 2009 in Kraft getretenen „Vertrag von Lissabon“.

Eine EBI muss von mindestens einer Million EU-Bürgerinnen und EU-Bürgern aus mindestens einem Viertel der Mitgliedstaaten unterstützt worden sein, um der Europäischen Kommission vorgelegt werden zu können. In jedem Mitgliedstaat ist ein Minimum an Unterstützungsbekundungen erforderlich, die sich an der Größe der Bevölkerung und der Zahl der Mitglieder des Europäischen Parlaments orientiert. [...]

Eine Initiative wird von einer Gruppe von mindestens sieben EU-Bürgerinnen und EU-Bürger, die in mindestens sieben verschiedenen Mitgliedstaaten ansässig sind [...], vorbereitet und verwaltet. Die Mitglieder dieser Organisatorengruppe müssen das Wahlrecht zum Europäischen Parlament besitzen [...]. Eine geplante EBI muss bei der Europäischen Kommission registriert werden. Die Einreichung erfolgt über ein Internetportal. Die Europäische Kommission hat zwei Monate Zeit, die geplante EBI zu prüfen und über den Antrag auf Registrierung zu entscheiden. Erfüllt die eingereichte Initiative nicht alle Voraussetzungen, informiert die Kommission die Organisatorengruppe darüber. Innerhalb von weiteren zwei Monaten kann der Antrag auf Registrierung von der Organisatorengruppe geändert werden. Unterstützungsbekundungen werden innerhalb einer Frist von höchstens zwölf Monaten ab dem von der Organisatorengruppe gewählten Tag (im Folgenden „Sammlungsfrist“) gesammelt. [...] Unterstützungsbekundungen können von der Organisatorengruppe auf einheitlichen Formularen in Papierform oder auch online zusammengetragen werden. Dabei sind europäische und nationale Datenschutzvorschriften einzuhalten. [...] Wenn eine EBI eine Million Unterstützungsbekundungen auf sich vereinigt hat, kann diese der Europäischen Kommission vorgelegt werden. Innerhalb eines Monats nach der Einreichung der Initiative empfängt die Kommission die Organisatorengruppe zur Erläuterung der Ziele der Initiative. Innerhalb von drei Monaten nach Einreichung der Initiative erhält die Organisatorengruppe die Möglichkeit, die Initiative in einer vom Europäischen Parlament veranstalteten öffentlichen Anhörung unter Beisein der Europäischen Kommission vorzustellen. Der Rat, Vertreter anderer Organe und beratender Gremien der Union, der nationalen Parlamente und der Zivilgesellschaft erhalten Gelegenheit, an der Anhörung teilzunehmen. Das Europäische

Parlament sorgt für eine ausgewogene Vertretung der einschlägigen öffentlichen und privaten Interessen. Nach der Anhörung bewertet das Europäische Parlament, inwieweit die Initiative politisch unterstützt wird. Binnen sechs Monaten nach der Veröffentlichung der Initiative und nach der öffentlichen Anhörung legt die Kommission in einer Mitteilung ihre rechtlichen und politischen Schlussfolgerungen zu der Initiative sowie ihr weiteres Vorgehen bzw. den Verzicht auf ein weiteres Vorgehen und die jeweiligen Gründe hierfür dar.

Was ist eine Europäische Bürgerinitiative (EBI)?, in: https://www.bmi.gv.at/417/Was_ist_eine_Europaeische_Buergerinitiative.aspx, 01.04.2025

M3 Die Grenzen der Europäischen Bürgerinitiative

Die Europäische Bürgerinitiative (EBI) soll den Bürgerinnen und Bürgern der Europäischen Union ermöglichen, direkt Einfluss auf die europäische Politik zu nehmen. In der Praxis zeigt sich jedoch, dass dieses Instrument der Mitbestimmung bislang nur eingeschränkt wirksam ist. Der Aufwand für die Organisation ist hoch, während die Erfolgsaussichten gering bleiben.

Damit eine Initiative überhaupt berücksichtigt wird, müssen mindestens eine Million Unterstützungsunterschriften aus mindestens sieben Mitgliedstaaten gesammelt werden. Schon dieses Quorum stellt eine große Hürde dar. Selbst wenn diese Bedingung erfüllt ist, liegt die Entscheidung über eine mögliche Umsetzung allein bei der Europäischen Kommission, die Initiativen auch ablehnen oder nur teilweise aufgreifen kann. Die Vorbereitung und Durchführung einer EBI erfordert erhebliche zeitliche, organisatorische und finanzielle Ressourcen. Freiwillige müssen europaweit Netzwerke aufbauen, rechtlich tragfähige Texte ausarbeiten und die formale Registrierung der Initiative erreichen. Hinzu kommen Kampagnen, Öffentlichkeitsarbeit und Veranstaltungen – meist ohne finanzielle Unterstützung durch EU-Institutionen.

Seit Einführung des Instruments vor über zehn Jahren wurden rund 100 Europäische Bürgerinitiativen registriert. Davon erklärte die EU-Kommission etwa ein Viertel als unzulässig. Nur neun Initiativen erreichten die notwendige Zahl an Unterstützungsbekundungen – also weniger als zehn Prozent. Selbst diese erfolgreichen Vorhaben führten jedoch selten zu konkreten Gesetzesänderungen oder neuen politischen Maßnahmen.

Diese Bilanz wird vielfach als Zeichen mangelnder Wirkungskraft der Europäischen Bürgerinitiative gesehen. Kritische Stimmen weisen außerdem darauf hin, dass die begrenzten Erfolgsaussichten und die aufwendigen Verfahren das Vertrauen vieler Bürgerinnen und Bürger in die demokratische Beteiligung auf EU-Ebene schwächen könnten. Reformvorschläge zielen deshalb darauf, die Verfahren zu vereinfachen, den Dialog mit der Europäischen Kommission zu stärken und den politischen Einfluss der EBI deutlich zu erhöhen.

Autorentext

1 **Vergleichen** Sie die Zitate und **formulieren** Sie Fragen, die sich Ihnen dabei stellen (M 1).

2 **Stellen** Sie **dar**, was die Europäische Bürgerinitiative ist (M 2).

3 **Erklären** Sie, auf welche Aspekte, die hinsichtlich eines Demokratiedefizits in der EU diskutiert werden, die Europäische Bürgerinitiative Einfluss nehmen soll (M 2, M 3).

4 **Beurteilen** Sie, ob es sich bei der Europäischen Bürgerinitiative um ein wirksames Instrument zur Stärkung der demokratischen Legitimität der EU handelt (M 2, M 3).

5 **Entwickeln** Sie Verbesserungsvorschläge zur Reform der Europäischen Bürgerinitiative.

7.5 Urteil: Die Europäische Union – eine demokratisch ausreichend legitimierte Institution?

M1 Wo steckt sie nur?

Zeichnung: Harm Bengen

M2 Ist die EU undemokratisch? Ja!

Anders als die Vereinten Nationen lassen die Unionsstaaten keine Diktaturen in ihren Klub. Die Grundierung der EU ist also demokratisch – klar. Doch wer bei all der Europa- und Demokratiebegeisterung nicht ganz so genau hinschaut, was in Brüssel eigentlich los ist, kann leicht übersehen, dass in Europas Mitte einige Politiker längst damit begonnen haben, die europäische Demokratie auseinanderzubauen. An ihrer Stelle errichten sie eine undemokratische Dunkelkammer, in die nur wenige Zutritt haben. [...]

Das Europaparlament hat selten wirklich etwas zu sagen. Und das gefährdet die europäische Demokratie mehr als jede Lobbyistendelegation. Das EU-Parlament muss zwar Gesetze verabschieden, darf selber aber keine vorschlagen. Wenn EU-Gesetze entworfen werden, geschieht das immer häufiger in Räumen, die kein Bürger und kein Journalist betreten kann.

Dort, in Europas Dunkelkammer, treffen sich Rat, Kommission und EU-Parlamentarier. Sie werden in Brüssel „informeller Trilog“ genannt, sind aber nicht gesetzlich geregelt. Dabei werden inzwischen vier von fünf Gesetzen auf diese Art erarbeitet. Das Ergebnis nicken anschließend die EU-Parlamentarier nur noch ab. Wer zuvor für welche Interessen mit welchen Argumenten geworben hat? Lange wusste das niemand. Erst im März 2018 forderte das Europäische Gericht, mehr Transparenz zu schaffen und Dokumente offenzulegen. Doch häufig sagen die Trilog-Beteiligten, es gebe gar keine Dokumente oder Protokolle. Bei diesen Treffen im kleinen Kreis gewinnen oft die Nationalregierungen und drücken ihre eigenen Interessen durch. Die Bundesregierung versuchte so, bestimmte Abgastests zu verhindern oder Mechanismen gegen Steuervermeidung. Das ist nicht gerade europäisch und nicht demokratisch.

Die Europa-Begeisterung ist ja auch gut, denn es ist wichtig, den Nationalisten etwas entgegenzustellen. Doch wer sich nur vor die EU stellt, sieht nicht, was da mitunter schiefläuft. Die EU bietet nicht nur Anlass zu feiern, und Europa ist nicht immer die Antwort. Es ist ein Konstrukt, das auch von innen bedroht wird und neue Regeln braucht.

Nico Schmidt, Ja, es gibt zu viele Brüsseler Dunkelkammern, in: https://www.fluter.de/ist-die-eu-undemokratisch-pro-contra, 22.05.2019

M3 Ist die EU undemokratisch? Nein!

Die EU-Bürger*innen wählen ihre Abgeordneten in fairen, geheimen und freien Wahlen. Die EU-Abgeordneten vertreten, wie in nationalen Parlamenten, also ihre Wähler*innen unmittelbar. Was soll daran undemokratisch sein? Der Europäische Rat setzt sich aus den – demokratisch gewählten – Staats- und Regierungschefs der einzelnen Mitgliedstaaten zusammen. Die Europäische Kommission schließlich wird zwar nicht gewählt, jedoch ist der Europäische Rat, der die Mitglieder der Kommission vorschlägt, auf die Zustimmung des EU-Parlaments angewiesen. Die EU-Kommission ist damit dem Parlament gegenüber nicht nur rechenschaftspflichtig. Das Europäische Parlament hat auch immensen Einfluss auf die Zusammensetzung der Kommission. Apropos Parlament: Dort wird fast so lauthals debattiert wie im britischen Unterhaus, wenn es über Brexit-Fragen streitet. Anders als im Deutschen Bundestag gibt es im EU-Parlament keine klare Unterscheidung zwischen Regierung und Opposition. Da sich die EU-Kommission folglich nicht auf eine feste Parlamentsmehrheit stützen kann, müssen für jede ihrer Gesetzesinitiativen aufs Neue Mehrheiten und Kompromisse zwischen den Fraktionen gefunden werden. Das erfordert überzeugende Argumente, erhöht die Transparenz und schafft eine vielfältige Debattenkultur! Ein einfaches „Durchwinken“ von Gesetzesinitiativen gibt es in Brüssel nicht. Eine Mehrheit muss sich immer wieder neu finden und überzeugen lassen.

Die EU ist in den vergangenen Jahren immer demokratischer geworden. Seit dem Lissabon-Vertrag von 2009 müssen die Parlamentarier*innen allen EU-Gesetzen zustimmen. Außerdem stellen die europäischen Parteien mittlerweile eine Spitzenkandidatin oder einen Spitzenkandidaten für die Kommissionspräsidentschaft auf. Das garantiert den EU-Bürger*innen ein weiteres Mitspracherecht. Denn die Ergebnisse der EU-Parlamentswahlen werden bei der Ernennung des Kandidaten oder der Kandidatin für den Vorsitz der EU-Kommission berücksichtigt.

Viele Kritiker*innen verwechseln die Demokratie, die sie aus ihrem Nationalstaat kennen, mit der auf europäischer Ebene. [...] Das ist irreführend, denn die Europäische Gemeinschaft ist kein Staat und zielt auch nicht darauf ab, einer zu werden. [...] An Entscheidungsprozessen sind mit der regionalen, der nationalen und der supranationalen mindestens drei Ebenen beteiligt. Jede dieser Ebenen hat ihre eigenen Verfahren und Akteure. Nationalstaatliche Demokratiemaßstäbe werden dieser Komplexität des EU-Mehrebenensystems nicht gerecht und sind daher gänzlich ungeeignet, die demokratische Qualität der EU zu messen.

In der EU geht es sogar direktdemokratisch zu: mit Europäischen Bürgerinitiativen (EBI) können die Bürger*innen die EU-Kommission zu neuen Gesetzgebungsinitiativen auffordern. Auf Bundesebene gibt es dafür in Deutschland kein Äquivalent. [...] Natürlich ist die europäische Demokratie noch nicht perfekt. Sie sollte, beispielsweise durch einen weiteren Kompetenzausbau des Europäischen Parlaments, laufend weiterentwickelt werden.

Jule Könneke, Nein, die EU ist demokratischer als ihr Ruf, in: https://www.fluter.de/ist-die-eu-undemokratisch-pro-contra, 22.05.2019

1 **Beschreiben** Sie die Karikatur und **formulieren** Sie mögliche Deutungshypothesen (M 1).

2 **Arbeiten** Sie Pro- und Kontra-Argumente hinsichtlich der Frage heraus, ob es sich bei der EU um eine demokratisch ausreichend legitimierte Institution handelt (M 2, M 3) und ergänzen Sie Ihre Ergebnisse ggf. um eigene Aspekte.

3 **Diskutieren** sie die Frage, ob es bei der EU eine demokratisch ausreichend legitimierte Institution handelt, als Fishbowl-Diskussion in Ihrer Lerngruppe.

III.

ÜNCHNER
TAFEL

ARAL
Diesel 2 13 9
Super E10 2 07 9
Super 2 13 9
ultimate Diesel 2 34 9
ultimate 102 2 35 9

Politik und Wirtschaft

Wir sind dabei, die Welt zu reduzieren auf Angebot und Nachfrage.

Gertrud Höhler (* 1941), deutsche Unternehmensberaterin

Die deutsche Kolonialära wurde vergessen, verdrängt, verharmlost oder verklärt. Höchste Zeit, Mythen zu dekonstruieren.

Bartholomäus Grill (* 1954), deutscher Journalist

Wir müssen eine Wirtschaft schaffen, die auf Nachhaltigkeit und Gerechtigkeit basiert, anstatt auf Wachstum und Profit.

Naomi Klein (* 1970), kanadische Autorin

Zeichnung: Gerhard Mester

1. Klimageld und Emissionshandel – Beispiele für eine nachhaltige und soziale Wirtschaftspolitik?

1.1 Einführung

M1 Nur zwei Konzepte?

Zeichnung: Leopold Maurer

Zeichnung: Harm Bengen

M2 Klimageld – was ist das?

Mehr als 13 Milliarden Euro – so viel hat der deutsche Staat im […] Jahr [2022] durch die CO_2-Steuer auf Heizöl, Gas und Benzin und durch den europäischen CO_2-Emissionshandel für die Industrie eingenommen. Zwar werden diese Abgaben erst einmal bei Ölfirmen, Stromkonzernen und Industrieunternehmen fällig, aber über höhere Preise zahlen sie am Ende die Bürgerinnen und Bürger. Eigentlich sollte dieses Geld an die Bürgerinnen und Bürger zurückfließen, und zwar in Form eines pro Kopf ausgezahlten Klimageldes. Das fordern aktuell erneut Verbraucherschützer, Sozialverbände und Klimaschutzorganisationen. Die Bundesregierung selbst hatte es vor zwei Jahren in ihrem Koalitionsvertrag in Aussicht gestellt. Ab Januar [2024] soll die CO_2-Steuer in Deutschland nun noch einmal deutlich steigen: Von aktuell 30 auf dann 45 Euro pro Tonne CO_2 – so hat es die Bundesregierung [...] beschlossen. Benzin und Diesel dürften dadurch jeweils mehrere Cent teurer werden, die Gasrechnung im Schnitt um rund fünf Euro pro Monat steigen. Auch die meisten Ökonominnen und Ökonomen halten ein Klimageld für sinnvoll. Denn so wichtig der CO_2-Preis mit Blick auf das Klima sein möge, so ungerecht sei er mit Blick auf die Verteilungswirkung. Ärmere Haushalte verursachen im Schnitt weniger CO_2, weil sie im Durchschnitt in kleineren Wohnungen wohnen, weniger oft in den Urlaub fahren und insgesamt weniger konsumieren als reichere Haushalte. Gleichzeitig geben sie einen deutlich größeren Anteil ihres Einkommens für das Heizen aus. [...] Aktuell scheitert die Einführung des Klimagelds vor allem an zwei Dingen: Erstens müsste der Staat dazu die eindeutige Steuer-ID von jedem Menschen in Deutschland mit dessen Kontodaten verknüpfen – und das datenschutzrechtlich einwandfrei. [...] Die zweite Hürde: Die milliardenschweren CO_2-Einnahmen sind längst für andere Projekte verplant, darunter für viele Klimamaßnahmen.

Judith Kösters, Warum der CO2-Preis sozial ungerecht ist, in: https://www.tagesschau.de/inland/innenpolitik/klimageld-104.html, 28.12.2023

M3 Der Emissionshandel in der Europäischen Union

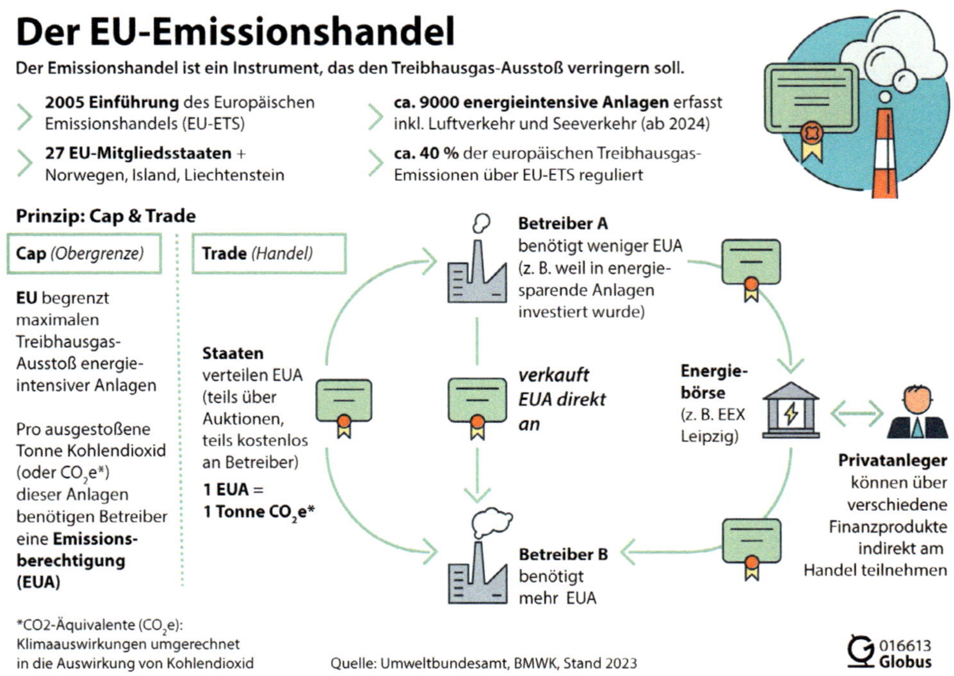

WEBCODE
WES-117977-308
Wie funktioniert der Emissionshandel in der EU?

1 **Beschreiben** Sie die Karikaturen in M 1 und **benennen** Sie mögliche Probleme der dargestellten Konzepte.

2 **Erläutern** Sie, wie das Klimageld und der Emissionshandel funktionieren (M 2, M 3).

3 **Diskutieren** Sie, welche Stärken und Schwächen diese Konzepte aufweisen (M 2, M 3).

4 **Formulieren** Sie, welche Fragen offen sind, um die Problemfrage „Klimageld und Emissionshandel – Möglichkeiten für eine nachhaltige und soziale Wirtschaftspolitik?“ beantworten zu können (M 1–M 3).

1.2 Soziale Marktwirtschaft – dringend reformbedürftig?

M1 Nur Probleme – wohin man auch schaut?

Das Erhardsche Ziel „Wohlstand für alle“ ist heute nurmehr eine Illusion. Deutschlands soziale Marktwirtschaft, wie wir sie über sieben Jahrzehnte gekannt haben und in der die soziale Sicherung aller Bevölkerungsgruppen gewährleistet war, existiert nicht mehr.

Marcel Fratzscher (* 1971), deutscher Ökonom und Präsident des Deutschen Instituts für Wirtschaftsforschung in Berlin (DIW)

[Ludwig Erhard würde heute] vor allem vor den umfassenden staatlichen Angeboten warnen, nicht nur das individuelle Glück, sondern auch gleich noch eine gesamtgesellschaftlich glückliche Zukunft zu garantieren. Und er würde nach ordnungspolitischen Kriterien, sprich: den richtigen staatlich gesetzten Anreizen und Strukturen suchen, um vor allem ein Ziel zu erreichen, nämlich Wohlstand und den gleichzeitigen Schutz der natürlichen Lebensgrundlagen in ein gegenseitiges Zukunftsversprechen zu bringen – „Glück“ in unserer Zeit heute also im umfassenden Sinn, nicht nur im ökonomischen Sinn zu definieren.

Friedrich Merz (* 1955), deutscher Politiker (CDU) und Bundeskanzler

M2 Das Konzept der sozialen Marktwirtschaft

Eine der wichtigsten Aufgaben des Staates in der sozialen Marktwirtschaft ist die Schaffung eines rechtlichen Rahmens, innerhalb dessen sich das wirtschaftliche Handeln abspielen kann. Dazu gehört die Sicherung persönlicher Freiheitsrechte wie das Recht auf freie wirtschaftliche Betätigung und die Möglichkeit, ein selbstständiges Gewerbe gründen zu können, das Privateigentum an den Produktionsmitteln oder das Recht, Vereinigungen zur Wahrung wirtschaftlicher und sozialer Interessen zu bilden. Die Gewährleistung des marktwirtschaftlichen Wettbewerbs sowie dessen Erhaltung durch eine funktionsfähige Wettbewerbsordnung, die wettbewerbsbeschränkende Vorgänge auf den Märkten verhindert, sind ebenfalls von grundsätzlicher Bedeutung. Weitere Gestaltungsmerkmale der sozialen Marktwirtschaft sind z. B. freie Preisbildung für Güter und Leistungen am Markt, Gewinnstreben als Leistungsanreiz, eine von staatlichen Weisungen unabhängige Zentralbank, das Recht von Arbeitgebern und Arbeitnehmern, über ihre jeweiligen Verbände die Arbeitsbedingungen und die Entlohnung ohne staatlichen Eingriff zu regeln (Tarifautonomie), eine aktive Wirtschafts-, Konjunktur- und Steuerpolitik des Staates sowie ein Netz von Sozialleistungen, das z. B. Alte, Kranke, Einkommensschwache oder Arbeitslose vor wirtschaftlicher Not schützt, wenn eine Eigenversorgung nicht möglich ist. Der Anspruch der sozialen Marktwirtschaft ist, die Vorteile einer freien Marktwirtschaft wie wirtschaftliche Leistungsfähigkeit oder hohe Güterversorgung zu verwirklichen, gleichzeitig aber deren Nachteile wie zerstörerischer Wettbewerb, Ballung wirtschaftlicher Macht oder unsoziale Auswirkungen von Marktprozessen (z. B. Arbeitslosigkeit) zu vermeiden. Die Zielsetzung der sozialen Marktwirtschaft ist deshalb ein größtmöglicher Wohlstand bei bestmöglicher sozialer Absicherung. Der Staat verhält sich aus diesem Grund nicht passiv, sondern greift aktiv in das Wirtschaftsgeschehen z. B. durch konjunkturpolitische, wettbewerbspolitische und sozialpolitische Maßnahmen ein. Eingriffe des Staates in die Wirtschaft erfolgen im allgemeinen Interesse und in solchen Bereichen, wo Anbieter oder Nachfrager durch angepasste, marktwirtschaftlich vertretbare Maßnahmen geschützt werden müssen (z. B. beim Verbraucherschutz oder der Wettbewerbsgesetzgebung).

Soziale Marktwirtschaft, in: Duden Wirtschaft von A bis Z. Grundlagenwissen für Schule und Studium, Beruf und Alltag, BpB: Bonn 2016; https://www.bpb.de/kurz-knapp/lexika/lexikon-der-wirtschaft/20642/soziale-marktwirtschaft/

M3 Prinzipien der Wirtschaftsordnung nach Eucken

Acht konstituierende Prinzipien schaffen die Grundlage für die soziale Marktwirtschaft:

- funktionierendes Preissystem,
- vollständige Konkurrenz,
- Stabilisierung des Geldwerts,
- offene Märkte,
- Privateigentum,
- Vertragsfreiheit,
- Eigenverantwortung und volle Haftung für das Handeln,
- Konstanz der Wirtschaftspolitik.

Vier regulierende, vom Staat zu vollziehende Prinzipien stehen dem gegenüber:

- Monopolaufsicht durch das Bundes- bzw. das Europäische Kartellamt,
- Umverteilung,
- Korrektur der Wirtschaftsrechnung, zum Beispiel durch Subventionen,
- Korrektur anormalen Marktverhaltens, zum Beispiel durch die Festlegung von Mindestlöhnen.

Das alles wird durch das Kriterium der Marktkonformität gedeckelt: Demnach soll der staatliche Einfluss den Markt nicht ersetzen, sondern nur beeinflussen.

Autorentext

INFO

Walter Eucken
(1891–1950)
Der deutsche Ökonom gilt als Vordenker der sozialen Marktwirtschaft.

M4 Die soziale Marktwirtschaft im Grundgesetz

Art. 2, 5, 9, 11, 12, 14 Abs. 1	Art. 14 Abs. 2 u. 3, Art. 15	Art. 20 Abs. 1 u. 3, Art. 20a, Art. 28 Abs. 1, Art. 72 Abs. 2, Art. 75 Abs. 1, Art. 79 Abs. 3	Art. 105 Abs. 1, Art. 107 Abs. 1 u. 2, Art. 108 Abs. 1, Art. 109 Abs. 1 u. 2, Art. 110 Abs. 1
▪ Freiheit des Einzelnen als freie Entfaltung der Persönlichkeit, also als allgemeine Handlungsfreiheit mit besonderer Bedeutung auf wirtschaftlichem Gebiet als Unternehmens-, Vertrags-, Gewerbe-, Wettbewerbsfreiheit ▪ Informationsfreiheit ▪ Vereinigungs- und Koalitionsfreiheit ▪ Freizügigkeit ▪ freie Wahl von Beruf, Ausbildung und Arbeitsplatz ▪ Recht auf Eigentum, Erbrecht	▪ soziale Bindung des Eigentums ▪ Recht des Staates auf entschädigte Enteignung des Eigentums zugunsten der Allgemeinheit ▪ Möglichkeit zur Sozialisierung von Grund und Boden, Naturschätzen und Produktionsmitteln zum Zweck der Vergesellschaftung	▪ Sozialstaatsgebot ▪ Rechtsstaatsprinzip ▪ Schutz der natürlichen Lebensgrundlagen als Staatsziel ▪ Homogenitätsgebot für Bund und Länder ▪ Sicherung von gleichwertigen Lebensverhältnissen ▪ Bundeskompetenz für Rahmenvorschriften für Ländergesetzgebung ▪ Unzulässigkeit einer Änderung der Art. 1 und 20 GG	▪ Gesetzgebungsrechte für Zölle und Steuern ▪ Finanzausgleich ▪ Finanzverwaltung ▪ selbstständige Haushaltswirtschaft bei Bund und Ländern mittels Haushaltsplänen ▪ gesamtwirtschaftliches Gleichgewicht als Zielvorgabe der Haushaltswirtschaft (1967: Gesetz zur Förderung der Stabilität und des Wachstums der Wirtschaft; StabG) ▪ Ausgleichsgebot für Einnahmen und Ausgaben in Haushaltsplänen

1 **Vergleichen** Sie die beiden Zitate (M 1).

2 **Gestalten** Sie ein mediales Produkt Ihrer Wahl, in dem Sie die Merkmale der sozialen Marktwirtschaft, die Rolle des Marktes und die Rolle des Staates **erläutern** (M 2–M 4).

3 **Diskutieren** Sie die These, dass die soziale Marktwirtschaft unveränderlich sei, indem Sie die gesetzlichen Grundlagen **analysieren** (M 4).

4 **Formulieren** Sie ein (fiktives) Posting in einem sozialen Netzwerk, in welchem Sie auf Basis der Grundlagen der sozialen Marktwirtschaft die Thesen in M 1 **beurteilen**.

GLOSSAR

Außenwirtschaftliches Gleichgewicht
Rechtsstaat
soziale Marktwirtschaft
Sozialstaat
Tarifautonomie
Wirtschaft

M5 Wer trägt das System?

Zeichnung: Thomas Plaßmann

INFO

Altersstruktur in Deutschland
Für das Jahr 2030 nimmt das Statistische Bundesamt folgende Verteilung der Altersgruppen in Deutschland an: unter 25 Jahre: 19 Prozent; 25 bis 66 Jahre: 58 Prozent; über 67 Jahre: 22 Prozent.

M6 Demografische Entwicklung

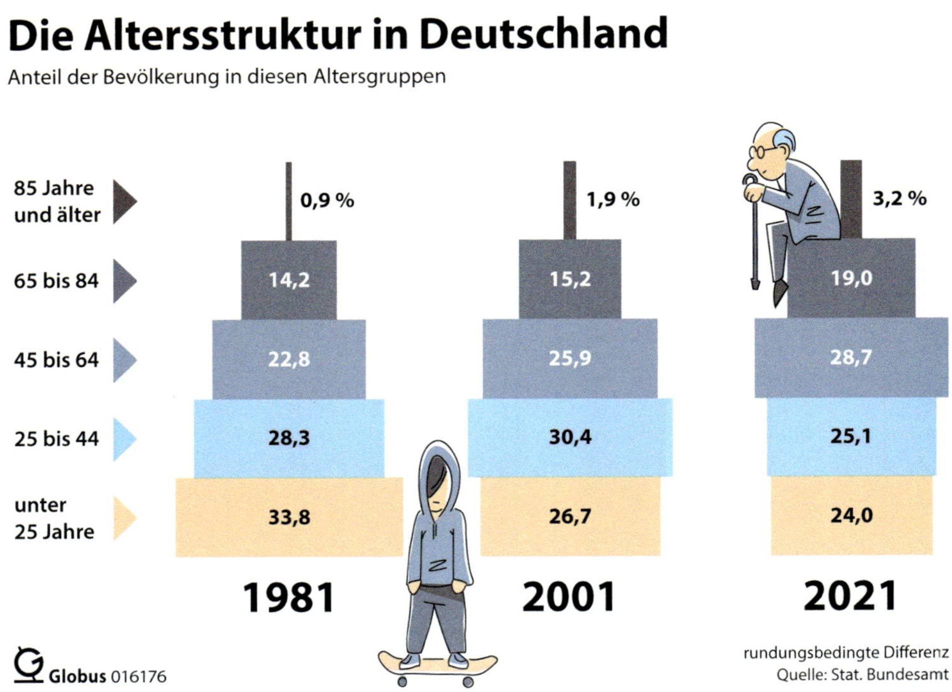

M7 Wahrnehmung von Ungleichheit

Bei […] [einer] repräsentativen Umfrage [der Universität Konstanz] wurden Menschen gebeten, sich in Bezug auf ihr eigenes Einkommen und ihr Vermögen im Verhältnis zu anderen Menschen einzuordnen. Sie wurden gefragt, ob sie sich selbst eher als arm sehen, in der Mitte, oder ob sie sich zu den Spitzenverdienerinnen und -verdienern beziehungsweise den Vermögenden zählen. Das Ergebnis ist […] erstaunlich. Zum einen ordnen sich 80 Prozent der Menschen selbst der Mittelschicht zu. Eine Fehleinschätzung gibt es in allen Gruppen: Auch diejenigen mit den geringsten Einkommen stufen sich häufig falsch, nämlich deutlich höher, ein. Erstaunlich ist vor allem, dass sich Menschen mit den höchsten Einkommen besonders oft falsch zuordnen. Die Abweichung zur tatsächlichen Einkommensgruppe ist bei ihnen am stärksten ausgeprägt. Von den 20 Prozent der Menschen mit den höchsten Einkommen ordnet sich weniger als jeder und jede Siebte der eigenen Gruppe zu. Sechs von sieben sortieren sich dagegen deutlich niedriger ein, meist als Teil der Mittelschicht. Den Wunsch, vielleicht die Illusion, zur Mittelschicht zu gehören, gibt es also unten und oben. Das zweite zentrale Resultat ist, dass die Selbsteinschätzung in Bezug auf Einkommen und Vermögen nahezu deckungsgleich ist. Von zahlreichen Studien […] wissen wir allerdings, dass Vermögen deutlich ungleicher verteilt sind als Einkommen. Es gibt weit mehr als eine Million Millionärinnen und Millionäre in Deutschland. Die reichsten ein Prozent der Deutschen besitzen knapp 35 Prozent aller Vermögen. 40 Prozent der Deutschen dagegen haben praktisch gar kein Vermögen. Trotz dieser erheblichen Ungleichheit nehmen Menschen eine ähnliche Verteilung von Vermögen und Einkommen wahr.

Marcel Fratzscher, Die Scham des Reichtums, in: https://www.zeit.de/wirtschaft/2023-08/einkommen-vermoegen-ungleichheit-selbstwahrnehmung-umfrage, 04.08.2023

M8 Bildung und Ungleichheit

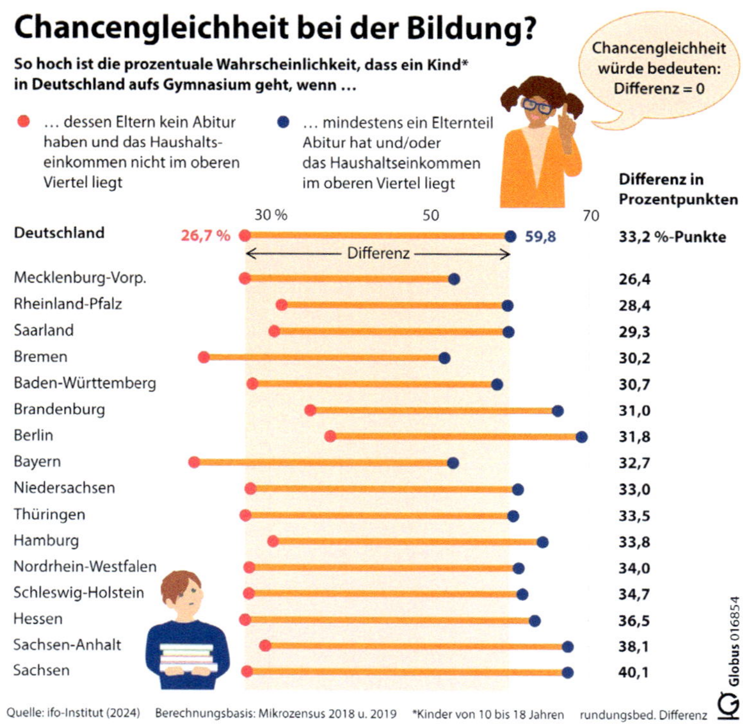

INFO

Sozialausgaben umfassen soziale Ausgaben des Staates in den Bereichen Krankheit, Rente, Kinder, Invalidität, Hinterbliebene und Arbeitslosigkeit.

Hans-Böckler-Stiftung Einrichtung des Deutschen Gewerkschaftsbundes (DGB)

WEBCODE

WES-117977-301 Sozialbudget in Deutschland

M9 Doch kein Problem?

Anders als bisweilen behauptet, sind die Staats- und Sozialausgaben in Deutschland weder im internationalen noch im historischen Vergleich besonders hoch – und zuletzt auch keineswegs stark gewachsen. Das zeigt eine neue Datenanalyse des Instituts für Makroökonomie und Konjunkturforschung (IMK) der Hans-Böckler-Stiftung. „Wer von einem ungebremst wachsenden Sozialstaat spricht, oder davon, dass der Staat generell immer weiter aufgebläht werde, verbreitet eine Mär, die nicht durch Fakten gedeckt ist", fasst Prof. Dr. Sebastian Dullien, wissenschaftlicher Direktor des IMK, das Fazit der Untersuchung zusammen. Nicht selten fußten alarmistische Diagnosen auf untauglichen Daten, erklären Dullien und seine Ko-Autorin, IMK-Fiskalexpertin Dr. Katja Rietzler. So wiesen Vertreter*innen der These eines zu großen (Sozial-)staates gerne darauf hin, dass die öffentlichen Ausgaben und die Sozialausgaben immer neue „Rekorde" erreichten.
Ein Problem mit diesem Argument ist, dass „Rekorde" bei nominalen Geldbeträgen nicht viel aussagen. Preise und Einkommen steigen jedes Jahr, sodass immer neue „Rekorde" bei Einnahmen und Ausgaben ganz normal sind. „Wenn etwa die Einkommen der Beschäftigten zulegen, ist es ganz normal, dass auch etwa die Rentenzahlungen zulegen – denn diese sollen ja einen gewissen Anteil der Einkommen absichern", schreiben die Forschenden. [...] Im Vergleich mit anderen Industrieländern zeigt sich, dass das Wachstum der realen öffentlichen Sozialausgaben in Deutschland in den vergangenen 20 Jahren unauffällig gewesen ist: Unter 27 Ländern der Industriestaatenorganisation OECD, für die die aktuellsten Daten von 2002 bis 2022 verfügbar sind, liegt Deutschland mit einem Zuwachs von 26 Prozent für den gesamten Zeitraum auf dem drittletzten Platz, ist also eines der Länder mit dem geringsten Wachstum.

M10 Kosten des Sozialstaats

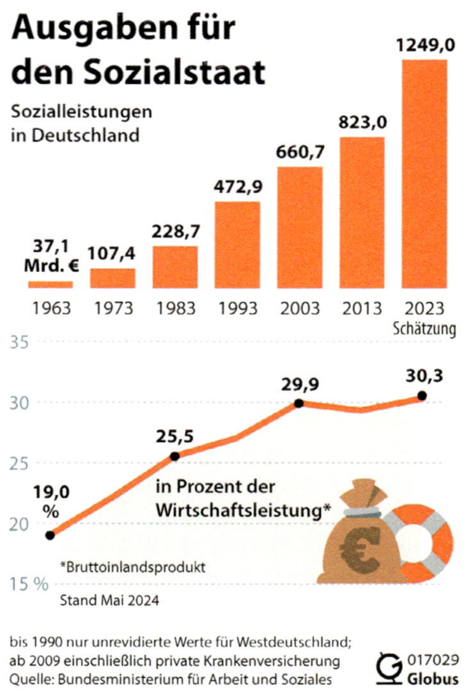

Datencheck entkräftet „Mär vom aufgeblähten deutschen Staat" – unauffällige Entwicklung im internationalen und historischen Vergleich, in: https://www.boeckler.de/de/pressemitteilungen-2675-datencheck-entkraeftet-maer-vom-aufgeblaehten-deutschen-staat-57403.htm, 15.02.2024

M11 Migration als Herausforderung?

Migrantinnen und Migranten seien eine untragbare finanzielle Belastung für Deutschland, ist das Ergebnis einer neuen Studie der Stiftung Marktwirtschaft. Die Studie [...] dürfte die Rechtsextremen und den Populismus weiter befeuern, zumal die Stiftung Marktwirtschaft den Autor der Studie so zitiert, als seien die finanziellen Verluste der Migration vor allem auf „ungesteuerte und irreguläre Migration zurückzuführen". Eine ehrliche Analyse dagegen zeigt, dass Migrantinnen und Migranten zwar kurzfristig eine erhebliche wirtschaftliche und finanzielle Belastung für Deutschland bedeuten, jedoch langfristig einen essenziellen Nutzen auch für die Wirtschaft schaffen, ohne den viele Unternehmen nicht überleben könnten und viele Bürgerinnen und Bürger empfindliche Einschnitte ihres Wohlstands erleben müssten. [...]

Die Studie der Stiftung Marktwirtschaft, durchgeführt von deren Vorstand Professor Bernd Raffelhüschen, nimmt eine sogenannte Generationenbilanzierung vor, welche die Ausgaben des Staates – etwa für Rente, Bildung oder Kindergeld – mit den Zahlungen von Steuern und Sozialabgaben über die Lebenszeit der einzahlenden Menschen vergleicht.
Nicht überraschend: Kinder und Jugendliche sind ein riesiges finanzielles „Verlustgeschäft" für den Staat, da sie nicht arbeiten und keine Steuern zahlen, aber das Bildungssystem und anderes für sie viel Geld kostet. Die Studie begeht einen grundlegenden Denkfehler, sodass die Resultate nicht nur falsch sind, sondern die Fakten verdrehen. Der Denkfehler ist die Absurdität der Behauptung, die Generationenbilanzierung könnte etwas Valides über den wirtschaftlichen oder finanziellen Verlust eines Menschen für Wirtschaft oder die Sozialsysteme aussagen.

Marcel Fratzscher, Migranten sind kein finanzieller Verlust für Deutschland, in: https://www.zeit.de/wirtschaft/2024-01/migration-kosten-gesellschaft-studie-stiftung-marktwirtschaft, 19.01.2024

M 12 Beschäftigungsquoten in Deutschland

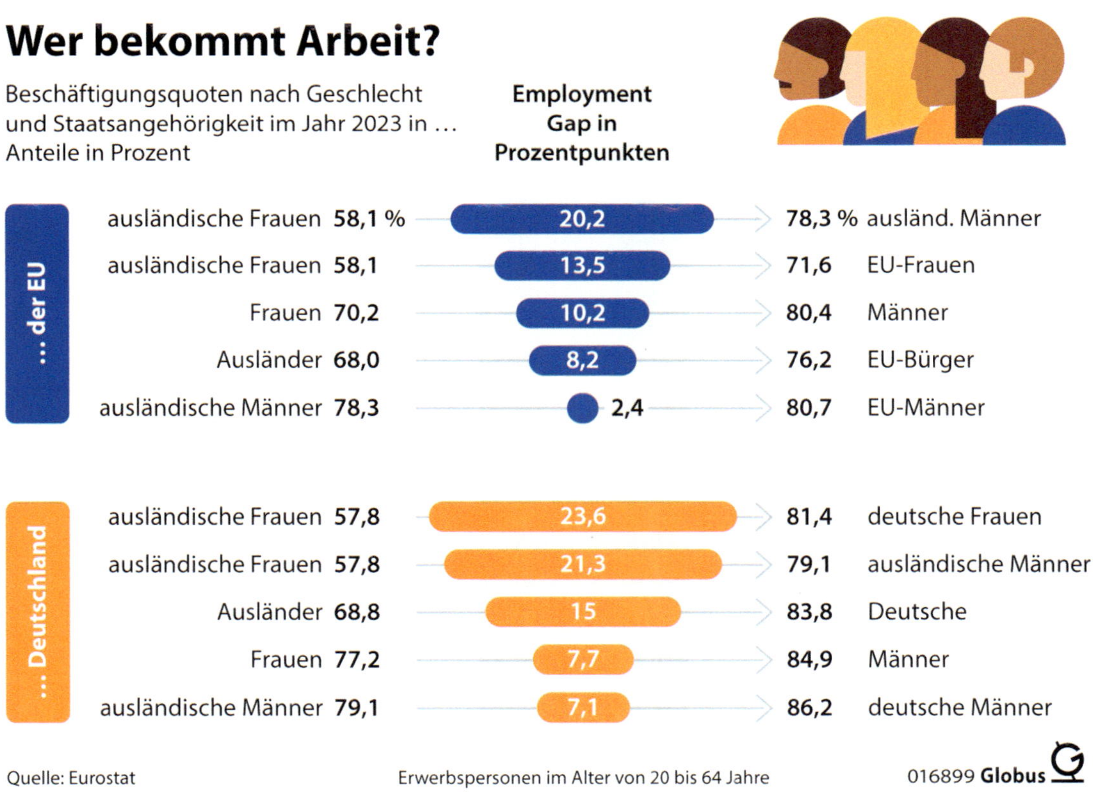

1 **Erarbeiten** Sie die Probleme der sozialen Marktwirtschaft (M 5–M 12) arbeitsteilig (beispielsweise als Gruppenpuzzle) und **stellen** Sie sich die Ergebnisse dann wechselseitig **vor**.

2 **Gestalten** Sie einen Podcast, in dem Sie mit verschiedenen Positionen **diskutieren**, welches Problemfeld besonders herausfordernd für die soziale Marktwirtschaft ist (M 5–M 12).

QUERVERWEIS
LERNWEGE
Gruppenpuzzle
S. 608

M13 Nicht reformbedürftig?

INFO

FDP
Freie Demokratische Partei

kontraintuitiv
im Gegensatz zur unmittelbaren Erfassung eines Sachverhalts stehend

Ludwig Erhard
(1897–1977)
Der deutsche Politiker gilt als Vater des deutschen „Wirtschaftswunders“ in den 1950er-Jahren und war von 1949 bis 1963 Bundeswirtschaftsminister und von 1963 bis 1966 Bundeskanzler. Im Jahr 1957 legte er seine wirtschaftspolitischen Vorstellungen in seinem Buch „Wohlstand für alle“ dar.

Linda Teuteberg
(* 1981)
Die Politikerin (FDP) ist seit 2017 Abgeordnete im Deutschen Bundestag.

Heute erleben wir ernste Kampfansagen gegen die Marktwirtschaft und konzertierte Angriffe gegen das Privateigentum als Freiheitsrecht. Die Herausforderungen im Zuge von Klimawandel und Pandemie wirken wie ein Verstärker für ein verbreitetes Misstrauen gegenüber Markt, Wettbewerb und Gewinnstreben. Dabei ist Gewinnerzielung notwendig, um überhaupt Innovationen und Soziales finanzieren zu können. Das Soziale an der sozialen Marktwirtschaft ist keine Einschränkung, sondern eine Eigenschaft derselben. Sie ermöglicht durch den Wettbewerb eine gute Versorgung mit Gütern und Dienstleistungen in großer Auswahl und zu günstigen Preisen. Das ist im höchsten Maße sozial und eine Art Demokratie der Verbraucher.
Dass das solidarische Ergebnis der Marktwirtschaft unabhängig von solidarischen Motiven zustande kommt, ist zunächst einmal kontraintuitiv. Die Marktwirtschaft setzt auf Gewinnstreben, auf Anstrengungs- und Risikobereitschaft des Einzelnen. Das stellt eine besondere Schwierigkeit für unser Verständnis ihrer moralischen Qualität dar. Die Leistungen der Marktwirtschaft sind nicht das Ergebnis menschlichen Planens, wohl aber menschlichen Handelns.
Die Faszination für plan- und staatswirtschaftliche Ideen beruht demgegenüber auf einem Fehlschluss: Unvollkommenheiten der real existierenden Wirtschaft werden einfach mit dem wider jede historische Erfahrung und damit (sic!) wissenschaftliche Erkenntnis idealisierten Bild eines Reißbrett-Sozialismus verglichen. Was schlecht läuft, legt man der Marktwirtschaft zur Last; die Vorzüge werden als voraussetzungslos gegeben abgehakt.
Wer behauptet, die Marktwirtschaft würde in der Krise versagen, will sie aus anderen Gründen diffamieren. Sie beweist gerade in der Krise ihre Leistungs- und Anpassungsfähigkeit. Wozu würde Ludwig Erhard also heute raten? Zu solider Haushaltspolitik und einer verantwortungsbewussten Währungspolitik. Zu besseren Bedingungen für Eigentums- und Vermögensbildung, damit Leistung sich für jeden und jede lohnt. Zu einer Beschränkung des Staates auf seine eigentliche ordnende Rolle als Regelsetzer und Rechtsdurchsetzer, der Freiheit und Wettbewerb gewährleistet. Zu möglichst günstigen Preisen für alle durch Wettbewerb und Technologieoffenheit statt immer neuer Zuschüsse und Transfers für immer mehr Zuschuss- und Transferempfänger. Zu mehr Demut und Bescheidenheit im Hinblick auf staatliche Innovations- und Steuerungsfähigkeit und mehr Vertrauen auf Leistungswillen und Verantwortung jedes Einzelnen. [...]
Für sozialen Ausgleich und Investitionen zum Beispiel in Bildung und Klimaschutz gibt es nur durch die Effizienz der wettbewerblich organisierten Wirtschaftsordnung Verteilungsspielraum, oder es gibt ihn eben nicht.

Linda Teuteberg, Wettbewerb ist im höchsten Maße sozial, in: https://www.welt.de/debatte/kommentare/article236669827/Linda-Teuteberg-Wettbewerb-ist-im-hoechsten-Masse-sozial.html, 04.02.2022

M14 Hilft (mehr) Wachstum?

Plakat der FDP im Bundestagswahlkampf 2025. Auf der linken Bildhälfte ist der damalige FDP-Vorsitzende Christian Lindner zu sehen.

M 15 Klar reformbedürftig?

Die soziale Marktwirtschaft hat ein Versprechen gegeben, das lautete: „Streng dich an, dann kannst Du stetig wachsenden Wohlstand für Dich und Deine Familie erreichen!" Die wirtschaftlichen Bedingungen und die breite Teilhabe der Gesellschaft am technologischen Fortschritt sorgten dafür, dass dieses Versprechen auch erfüllt wurde. Nachfolgenden Generationen ging es immer besser als den vorhergehenden. Dem Wohlstandswachstum schienen keine Grenzen gesetzt, die soziale Marktwirtschaft funktionierte. [...]

Der Wiederaufbau nach dem Zweiten Weltkrieg war ein gigantisches Unterfangen. Das sind die Herausforderungen unserer Zeit aber ebenfalls, allen voran eine gelingende Transformation der Wirtschaft und Industrie hin zur Dekarbonisierung. Die Grundprinzipien des Erfolgs der sozialen Marktwirtschaft sind auch mit Blick darauf so relevant wie eh und je. Dies gilt gerade und vielleicht sogar umso mehr, da für viele Menschen die Prämissen der goldenen Jahre der sozialen Marktwirtschaft nicht mehr funktionieren.

Bis tief in die Mitte der Gesellschaft hinein profitieren die Menschen nicht mehr vom gesamtwirtschaftlichen Fortschritt. Zudem kamen seit 2020 drei Jahre in Folge hinzu, in denen die breite Masse der Gesellschaft Reallohnverluste zu beklagen hatte. Die Gerechtigkeitsfrage wird damit – wie in der sozialen Marktwirtschaft – zur Frage der Stabilität und des Wohlstands der Zukunft. Teilhabe und Sicherheit in Zeiten des radikalen Wandels werden nur über eine Verbesserung der materiellen Lebensbedingungen erfolgreich bewältigt werden können – wie in den besten Zeiten der sozialen Marktwirtschaft. Letztere bedeutet nämlich in erster Linie Vollbeschäftigung, hohes Produktivitätswachstum und hohe Reallohnsteigerungen. In einem solchen Umfeld findet Transformation gesellschaftliche Akzeptanz, denn die Menschen merken: Es geht uns heute besser als gestern – und unseren Kindern und Enkelkindern wird es noch besser gehen als uns.

Neben den Instrumenten der Lohn-, Arbeitsmarkt- und Tarifpolitik wird der Staat hierzu auch verlässliche, planbare Rahmenbedingungen setzen und als Ermöglicher agieren müssen. Bürokratische Einfachheit und massive Investitionen müssen die Grundlage für die soziale Marktwirtschaft 2.0 bilden. Ebenso wird es neuer, internationaler Abkommen und Kooperationen bedürfen, um die Herausforderungen gemeinsam anzugehen. Selbst wenn die Ausgangslage für uns damit eine ganz andere ist, als sie es im Jahr 1948 war, liegen die Parallelen und die Lektionen, die wir aus der goldenen Epoche der sozialen Marktwirtschaft ziehen können, auf der Hand: eine Politik des Miteinanders und des Fortschritts, der der gesamten Gesellschaft zugutekommt – darauf müssen wir aufbauen.

Ines Zenke, Warum wir eine soziale Marktwirtschaft 2.0 brauchen, in: https://vorwaerts.de/meinung/warum-wir-eine-soziale-marktwirtschaft-20-brauchen, 13.07.2023

INFO

Vorwärts
Im Jahr 1876 gegründete Parteizeitung der SPD.

1 **Beschreiben** Sie das Foto M 14 und **formulieren** Sie die dortige wirtschaftspolitische Forderung.

2 **Erarbeiten** Sie arbeitsteilig Argumente für oder gegen die These, dass die soziale Marktwirtschaft dringend reformbedürftig sei (M 13, M 15). Ergänzen Sie Ihre Argumente um weitere aus den Materialien auf den Seiten 264 bis 269. **Verteidigen** Sie Ihre Position in einer Pro-Kontra-Diskussion.

3 **Beurteilen** Sie die These „Soziale Marktwirtschaft – dringend reformbedürftig?" indem Sie einen Kommentar dazu **verfassen** (M 13–M 15).

4 **Bewerten** Sie auf Basis Ihrer durch die Bearbeitung der Aufgaben 1 bis 3 erzielten Erkenntnisse das Foto M 14.

1.3 Wie sonst wirtschaften – Gemeinwohlökonomie als Lösung?

M1 Zitate

Wir müssen eine Wirtschaft schaffen, die auf der Solidarität und nicht auf dem Egoismus basiert.

Thomas Piketty (* 1971), französischer Wirtschaftswissenschaftler

Wir müssen eine Wirtschaft schaffen, die auf Nachhaltigkeit und Gerechtigkeit basiert, anstatt auf Wachstum und Profit.

Naomi Klein (* 1970), kanadische Autorin

M2 Was ist Gemeinwohlökonomie?

Der Begriff Gemeinwohl stammt aus der Philosophie der griechischen Antike. Das Wort bezeichnet die gemeinsamen Interessen möglichst vieler Mitglieder einer Gesellschaft. Im Gegensatz zu Partikularinteressen einzelner Gruppen geht es also darum, so zu handeln, dass es für die Allgemeinheit von Vorteil ist.
Das Gemeinwohl ist auch im Grundgesetz der Bundesrepublik Deutschland verankert. Dort heißt es in Artikel 14: „Eigentum verpflichtet. Sein Gebrauch soll zugleich dem Wohle der Allgemeinheit dienen.“ Laut Bundesverfassungsgericht ist das Gemeinwohl außerdem das Ziel jedes staatlichen Handelns. Bund, Länder und Kommunen sind deshalb dem Gemeinwohl verpflichtet. Das heißt, sie sollen sich bei all ihren Entscheidungen an den Interessen der Allgemeinheit orientieren. Die Gemeinwohl-Ökonomie ist einer von mehreren Entwürfen für ein alternatives Wirtschaftssystem. Erfunden hat das Konzept der Österreicher Christian Felber. Sein gleichnamiges Buch wurde im Jahr 2010 veröffentlicht. Eine von Felbers Grundannahmen lautet: Die Ziele des bestehenden, globalisierten Wirtschaftssystems widersprechen den Grundwerten einer demokratischen Gesellschaft. Bei ihrem wirtschaftlichen Handeln konzentrierten sich Unternehmen ausschließlich auf den finanziellen Gewinn. Dabei entstünden aber hohe Folgekosten wie Umweltbelastungen und psychischer Stress, die nicht die Firmen selbst, sondern die Allgemeinheit bezahlen müsse. Die Gemeinwohl-Ökonomie will das ändern. Die Idee: Anstatt nur auf die Vermehrung von Geld zu achten, sollen sich alle wirtschaftlichen Akteure auch am Gemeinwohl orientieren. Ziel ist ein Wirtschaftssystem, das Anreize für ethisches Handeln schafft und rücksichtsloses, gewinnorientiertes Verhalten bestraft. Die Gemeinwohl-Ökonomie versteht sich nicht als fertiges Wirtschaftsmodell, sondern als Konzept, das offen für Entwicklungen ist. Es soll in Zusammenarbeit von Politik, Wirtschaft und Gesellschaft stetig weiterentwickelt werden. Die Unterstützerinnen und Unterstützer der Gemeinwohl-Ökonomie stehen im Austausch mit Mitgliedern anderer Ansätze für eine nachhaltigere Wirtschaft – etwa der Donut-Ökonomie.

kau, Worum geht es bei der Gemeinwohl-Ökonomie?, in: https://www.deutschlandfunk.de/gemeinwohl-oekonomie-100.html, 12.01.2024

INFO

Donut-Ökonomie
Die Welt wird als Donut dargestellt: in der Mitte die Gesellschaft und kreisförmig darum Politik und Wirtschaft, die miteinander harmonisieren.

M3 Gemeinwohlökonomie – eine Mogelpackung?

Auf leisen Sohlen unterminiert ein sympathischer Begriff unser Wirtschafts- und Gesellschaftssystem – der Begriff des Gemeinwohls. Als „Gemeinwohlökonomie“ firmiert eine Denkbeziehungsweise Gefühlsströmung, die den Totalumbau der Marktwirtschaft anstrebt. Ihre Vision ist banal und beruht auf einem Zerrbild der Realität. Es gehe um eine ethische Marktwirtschaft, deren Ziel das gute Leben für alle sei statt der Vermehrung von Geldkapital, heißt es. Doch gibt es außer in Dagobert Ducks Entenhausen eine Wirtschaftsordnung, deren Anliegen die Vermehrung von Geldkapital ist? Da dieser Angriff auf die Marktwirtschaft explizit erfolgt, ist er wohl weniger gefährlich als die Schieflage, die ganz subtil durch die Idee des Gemeinwohls im politischen Denken entsteht. Um die Wählergunst buhlende Parteien jeglicher Couleur überbieten sich in der Beschwörung der Gemeinnützigkeit. Selbstverständlich ist es eine vernünftige Zielsetzung, dass es allen besser- oder dass es einigen besser- und niemandem schlechtergeht [...]. Doch so, als bloße Summe der Einzelinteressen, ist der Begriff selten gemeint. Nicht von ungefähr hat der große Liberale Ludwig von Mises seinen Klassiker über den Sozialismus „Die Gemeinwirtschaft" betitelt.

Erstens verspricht man mit Gemeinwohl meist einen diffusen Mehrwert. Der Begriff ist so vage wie jener der sozialen Gerechtigkeit. Alle führen ihn im Munde, aber alle haben eine andere Vorstellung. Auch wenn man, wie im Gemeinwohl-Atlas Schweiz, das Gemeinwohl in Unterkategorien wie den Beitrag zur Lebensqualität oder das moralische Verhalten aufdröselt, wird es dadurch kaum konkreter.

Zweitens wird mit der Floskel Gemeinwohl meist ein Interessengegensatz kaschiert, den man sich offen anzusprechen scheut. Es gibt kaum ein öffentliches Anliegen, das erreicht werden kann, ohne dass ein Teil der Gesellschaft belastet wird. Daher versteckt sich, drittens, im Ruf nach Gemeinwohl häufig eine Umverteilungsagenda. Was den einen zugutekommt, bezahlen andere. Je mehr Klientelpolitik man betreibt, desto mehr redet man vom Gemeinwohl. So baut die Stadt Zürich für einen Teil der Bewohner Genossenschaftswohnungen – und verkauft es als Gemeinnützigkeit. Oder sie denkt darüber nach, bei Neu- und Umbauten die Außenanlagen für die Allgemeinheit zugänglich zu machen. Zählt das Wohl der Immobilienbesitzer nicht zum Gemeinwohl?

Gerhard Schwarz, Hohle Kritik an liberaler Marktwirtschaft: Das Gemeinwohl-Argument ist eine Mogelpackung, in: https://www.nzz.ch/wirtschaft/gemeinwohl-statt-kapitalismus-hohle-kritik-an-marktwirtschaft-ld.1607904, 23.03.2021

M4 Gemeinwohlökonomie – visionär und zukunftsorientiert?

Bei den aktuellen Problemen der Marktwirtschaft wird die Frage nach einer sozialeren Gestaltung immer öfter gestellt – vor allem aber nach einer Form des Wirtschaftens, die wertorientierter vorgeht. Die Bewegung der Gemeinwohlökonomie hat hier versucht Ansätze zu finden, die sich auch umsetzen lassen – so gibt es bereits acht Gemeinden, die als Gemeinwohlökonomie-zertifiziert gelten (neben Städten in Bayern auch mit ersten Ansätzen im Berliner Bezirk Treptow-Köpenick). Der Gedanke, gemeinwohlorientierter zu wirtschaften, wird allerdings bisher in der Praxis nur in der Nische umgesetzt. Mehr Breitenwirkung hat dagegen die grundsätzliche Idee entwickelt, dass sich der Nutzen einer Produktion nicht nur am Gewinn ablesen lässt, sondern weitere Kriterien wie Menschenwürde, Umgang mit Ressourcen oder auch Transparenz zur Beurteilung darüber herangezogen werden sollten. Dadurch wurde die Dominanz einer rein marktwirtschaftlichen Orientierung bereits geschwächt. Zugleich wurden damit auch (neue) Grundsätze entwickelt, unter denen eine ökonomische Weiterentwicklung möglich erscheint.

Autorentext

1 **Vergleichen** Sie die Zitate in M 1.
2 **Erklären** Sie das Konzept der Gemeinwohlökonomie (M 2).
3 **Erarbeiten** Sie Pro- oder Kontra-Argumente zur Fragestellung, ob die Gemeinwohlökonomie eine gute Variante für ein anderes Wirtschaften ist (M 2–M 4).
Verteidigen Sie Ihre Position in einer Fish-Bowl-Debatte.
4 **Formulieren** Sie ausgehend von einem der Zitate in M 1 ein kurzes Statement, in welchem Sie zur Zukunftsfähigkeit der Gemeinwohlökonomie **Stellung nehmen** (M 2–M 4).

1.4 Wie sonst wirtschaften – feministische Ökonomie als Lösung?

M 1 Gleichberechtigung? Frauen und (unbezahlte) Arbeit

Zeichnung: Martin Erl

M 2 Feministische Ökonomie – was ist das?

Die feministische Ökonomik (femÖk) untersucht den wechselseitigen Zusammenhang von Geschlechterverhältnissen und Ökonomie. Sie fasst dabei auch den unbezahlten, nicht-marktvermittelten Teil der Wirtschaft und Gesellschaft ins Auge und beleuchtet, welche Triebkräfte hinter den heute verbreiteten Dichotomien wirtschaftlich-sozial, produktiv-reproduktiv, maskulin-feminin, bezahlt-unbezahlt oder öffentlich-privat stecken. Damit widmet sich die femÖk auch der Analyse des Patriarchats und des Kapitalismus als miteinander verschränkte Herrschaftsformen. Dabei stellt sie Fragen nach der Verfügung über Eigentum, Einkommen, Macht, Wissen und den eigenen Körper.

Janina Urban/Andrea Pürckhauer, Feministische Ökonomik, in: https://www.exploring-economics.org/de/orientieren/feministische-theorie/, 18.12.2016

M 3 Frauen auf dem Arbeitsmarkt

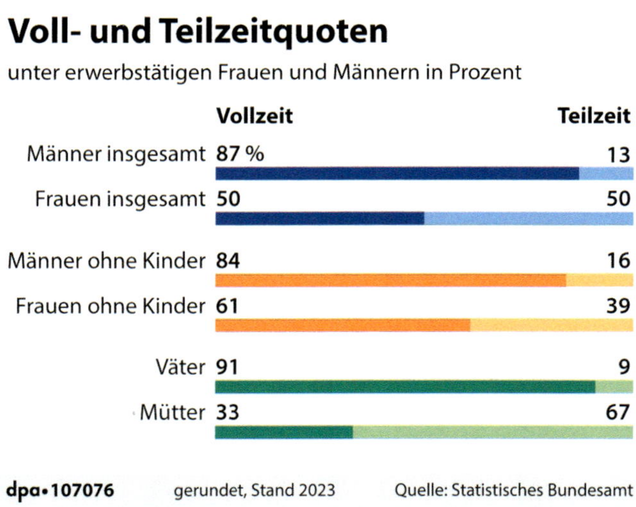

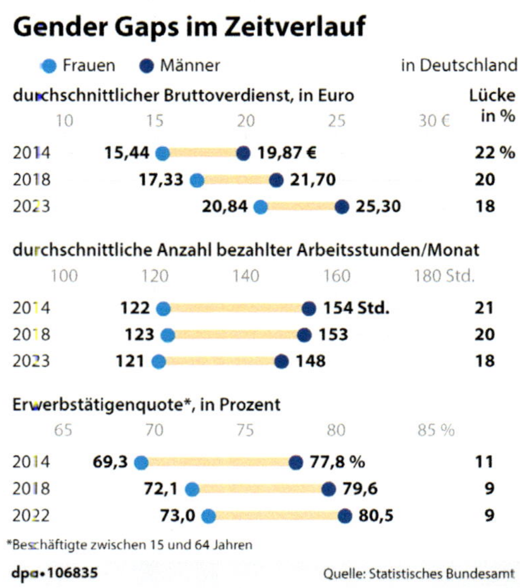

1 **Beschreiben** Sie die Karikatur in M 1 und formulieren Sie Deutungshypothesen.

2 **Fassen** Sie den Begriff „feministische Ökonomik“ (M 2) **zusammen** und **stellen** Sie deren Bedeutung **dar**, indem Sie M 3 **analysieren**.

M4 „Reich wird man einfacher, wenn man männlich ist“

Auszug aus einem Interview der SPD-nahen Friedrich-Ebert-Stiftung mit der Aktivistin und Millionenerbin Stefanie Bremer. Sie gehört durch Erbschaft zu den vermögendsten fünf Prozent in Deutschland und setzt sich für mehr Steuergerechtigkeit ein.

Frage: 10 Prozent der deutschen Bevölkerung halten 67 Prozent des Vermögens. Betrachten wir diese 10 Prozent der wohlhabendsten Menschen Deutschlands näher: Sind mehr Frauen oder mehr Männer im Besitz dieses Vermögens?
Bremer: Auf jeden Fall mehr Männer. Reich wird man einfacher, wenn man männlich ist.
Frage: Wie kommt es, dass Männer in der Regel über ein größeres Vermögen verfügen als Frauen?
Bremer: Ein Mann bleibt beispielsweise nicht mehrere Monate dem Arbeitsmarkt fern, weil er schwanger ist und sich um den Nachwuchs kümmert. Generell leisten Männer weniger Sorgearbeit als Frauen. Das ist ein Faktor weniger, der den Karriereweg von Männern behindert. Gesellschaftlich sind wir nach wie vor so gepolt, dass die vorherrschende Meinung lautet: Männer leiten Unternehmen, Frauen sind für die Familie und soziale Berufe zuständig. Spätestens seit der Pandemie wissen wir, dass man mit dem Ausüben eines sozialen Berufs nicht unbedingt reich wird, geschweige denn sich einen extravaganten Lebensstil leisten kann. [...]
Frage: Auch bei Unternehmensübertragungen begünstigen Steuersubventionen überwiegend Männer, wie der sogenannte Gender Gift Gap zeigt.
Bremer: Ein spannendes Ergebnis des Gender Gift Gap ist, dass bei Erbschaften und Schenkungen von mindestens 250 Millionen Euro Frauen nur in 32 Prozent aller Fälle begünstigt wurden und 36 Prozent des steuerbefreiten Unternehmensvermögens erhielten. Doch das sind erst einmal nur Zahlen. Wir benötigen Wissen über die Hintergründe. Doch dazu fehlen leider Statistiken.
Frage: Was ist denn Ihre Vermutung, warum Männer mehr erben als Frauen?
Bremer: Ich halte es für möglich, dass das Patriarchat eine Menge damit zu tun hat und dass deshalb viele Unternehmen nur in männlicher Linie vererbt werden. Dass die Firmenchefs sagen: „Ich hoffe, mein Sohn, mein Enkel oder mein Neffe wird das Unternehmen weiterführen. Da muss ich mir keine Sorgen machen, dass er wegen Familienplanung ausfällt“. [...]
Frage: Wir haben nun von Ihnen gelernt: Das Vermögen in Deutschland ist ungerecht verteilt und liegt zudem vorwiegend in Männerhand. Was muss passieren, damit Frauen einen gerechteren Zugang zu Vermögenswerten erhalten?
Bremer: Es fängt mit Bildung an! Und das an verschiedenen Stellen. Leider haben Studien gezeigt, dass Mädchen in naturwissenschaftlichen Fächern tendenziell schlechter bewertet werden als Jungen, und dass Jungen in diesen Fächern eher gefördert werden. Wir müssen Lehrer_innen im Idealfall so schulen, dass sie auf diesem Auge nicht blind sind, dies mitbekommen und versuchen, alle gleich zu behandeln.

INFO

Dichotomie
Gegensätze in Form eines „entweder-oder“

Patriarchat
von Männern dominierte Gesellschaftsordnung

Gender Pay Gap
Beschreibt die statistische „Lücke“ in der Bezahlung zwischen Mann und Frau. Bei dem bereinigten Gender Pay Gap werden strukturelle Faktoren (Ausbildung, Berufswahl u. a.) berücksichtigt. Im Jahr 2024 lagen das unbereinigte bzw. das bereinigte Gender Pay Gap bei 18 bzw. 6 Prozent.
Das Gender Life Earning Gap untersucht, wie sich z. B. familienbedingte Auszeiten auf die Lohnentwicklung in einem gesamten Arbeitsleben auswirken.

Lena Kronenbürger, „Reich wird man einfacher, wenn man männlich ist“, in: https://www.fes.de/finanzpolitik/blog/artikelseite-finanzblog/reich-wird-man-einfacher-wenn-man-maennlich-ist, 02.03.2023

3 **Gestalten** Sie ein mediales Produkt Ihrer Wahl, in welchem Sie konkrete Forderungen **entwickeln**, wie die ökonomischen Nachteile von Frauen abgebaut werden könnten (M 1–M 4).

4 **Diskutieren** Sie, ob die feministische Ökonomik eine Wissenschaftsrichtung darstellt, die mehr (staatlich) gefördert werden sollte, um besser wirtschaften zu können (M 2–M 4).

1.5 Ziele der Wirtschaftspolitik – immer erreichbar?

M1 Zitate

Wir wollen Einnahmen aus der CO_2-Bepreisung an die Menschen zurückgeben. Das ist nicht nur ein Gebot sozialer Gerechtigkeit, sondern auch ein echter Anreiz individuell den CO_2-Fußabdruck zu verkleinern.

Christian Lindner (* 1979), deutscher Politiker (FDP) und ehemaliger Bundesfinanzminister

Technologieoffenheit ist der beste Weg zu mehr Klimaschutz. In Deutschland machen wir das Fahren mit E-Fuels möglich. Weniger Emissionen erreichen wir durch den Umstieg vom fossilen Verbrennungsmotor auf synthetische Kraftstoffe, Wasserstoff oder den Elektromotor. Für uns ist klar: Mehr Offenheit, weniger unnötige Verbote.

Torsten Herbst (* 1973), deutscher Politiker (FDP)

M2 Das Konzept der sozialen Marktwirtschaft

WEBCODE

WES-117977-302
Wie werden die Ziele des magischen Vierecks gemessen?

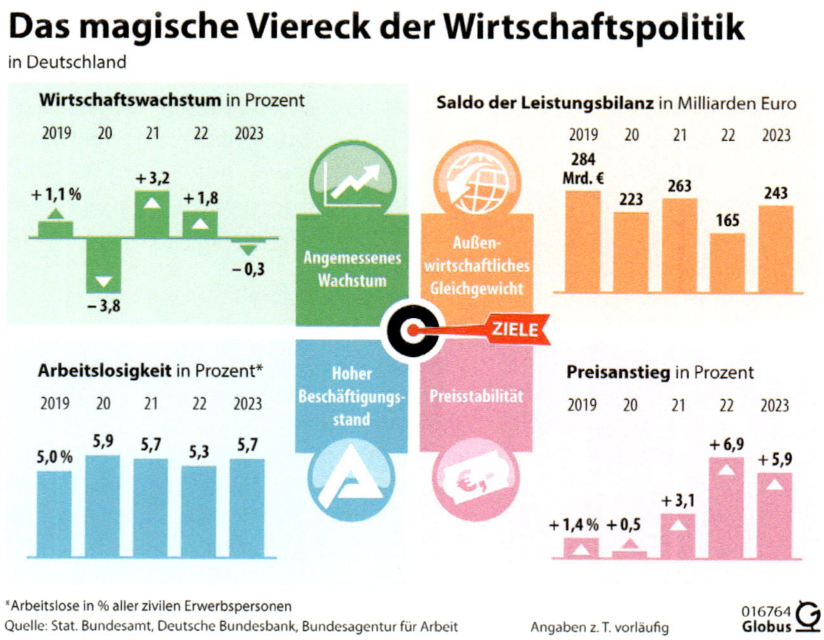

GLOSSAR

Magisches Viereck

M3 Zielkonflikte

Das Modell, das im Stabilitäts- und Wachstumsgesetz im Jahr 1967 von der Bundesregierung als wirtschaftliche Zielstellung formuliert wurde, hat im Nachgang das Attribut „magisch" bekommen. Das bezieht sich darauf, dass sich die Ziele teilweise widersprechen und in sogenannte Zielkonflikte treten. Nehmen wir das Beispiel Wirtschaftswachstum: Investiert die Bundesregierung in öffentliche Investitionen, so steigt der Binnenkonsum und die Arbeitslosigkeit sinkt, vor allem deshalb, weil immer mehr Arbeitskräfte nachgefragt werden. Hier besteht also eine Zielharmonie, da die Erfüllung beider Ziele mit einer Maßnahme sinnvoll erscheint. Denkt man aber dieses Beispiel weiter, erhöht sich das

Wachstum, Menschen werden eingestellt und dadurch steigen die Löhne. Dadurch werden jedoch auch die Preise für Produkte steigen, was wiederum die Inflation antreibt. Eine starke Verteuerung ist für die Wirtschaft aber ein Problem, da Menschen dann weniger konsumieren, was zur Folge hat, das Unternehmen ihre Investitionen reduzieren. Erhöht die Zentralbank nun den Leitzins, um die Inflation zu bekämpfen, führt das dazu, dass Kredite teurer werden und damit die Investitionskosten der Unternehmen steigen, was zu sinkenden Investitionen führt. So stehen Wirtschaftswachstum und Preisstabilität in einem Zielkonflikt. Ähnliche Zielkonflikte bestehen beispielsweise auch zwischen außenwirtschaftlichem Gleichgewicht und Wirtschaftswachstum.

Autorentext

M4 Neues Modell gesucht?

[Das Stabilitäts- und Wachstumsgesetz] verpflichtet [...] die Politik bis heute, das „magische Viereck" des Jahres 1967 einzuhalten. Heute weiß man allerdings, dass diese vier Ziele nicht frei von Konflikten sind und nur höchst selten gleichzeitig realisiert werden können. Zudem wurde mit der Einführung des Euro daraus ein Zieldreieck der nationalen Wirtschaftspolitik, da die Verantwortung für die Geldwertstabilität in der Eurozone der EZB übertragen wurde.

Die Wirtschaftspolitik der amtierenden „Ampel" muss sich in einem anderen Spannungsfeld bewegen als jenem, mit dem [...] [die damalige Bundesregierung] konfrontiert war. Gesucht ist heute ein möglichst wachstumsfreundlicher Kurs, der gleichzeitig dem Klimaschutz, der Energiesicherheit, der Geldwertstabilität sowie der Bevölkerungsalterung Rechnung trägt. [...]

Bis vor Kurzem galt das im Vergleich zu Kohle und Öl recht saubere Erdgas als Rückfalloption, mit der Blackouts vermieden werden können, wenn weder Wind weht noch die Sonne scheint. Mit dem Angriff Russlands auf die Ukraine haben sich zuvor als stabil erachtete geopolitische Koordinaten verschoben. Nun steht plötzlich die Energiesicherheit Deutschlands, der viertgrößten Volkswirtschaft auf dem Spiel. Wer gleichzeitig aus Atomkraft und Kohleverstromung aussteigt und Sorge haben muss, dass auch die Gasversorgung unsicher ist, der muss um die Energiesicherheit bangen und sich notgedrungen auf den Import von Atom- oder Kohlestrom verlassen. Zur Bewältigung der Energiewende sind hohe Investitionen erforderlich, private und staatliche. Investitionen gelten in der Regel als Basis für Wirtschaftswachstum. [...] Hinzu kommt: Finanzpolitik ist stets eine Frage der Verwendung knapper Mittel. Zusätzliche staatliche Milliardeninvestitionen in die Energiewende fehlen an anderer Stelle, etwa für Bildung, Forschung oder Rüstung. Zu Recht mahnen die Wirtschaftsforschungsinstitute in ihrem Frühjahrsgutachten [2022]: „Die Substitution des Kapitalstocks und der Ausbau erneuerbarer Energien binden Ressourcen, die nicht für anderweitige Zwecke genutzt werden können. Einschränkungen beim Konsum sind somit nicht zu vermeiden, wenn nicht der volkswirtschaftliche Kapitalstock durch ausbleibende Ersatzinvestitionen an anderer Stelle geschwächt werden soll."

Bert Rürup, Die deutsche Wirtschaftspolitik braucht ein neues magisches Viereck, in: https://www.handelsblatt.com/meinung/kommentare/kommentar-der-chefoekonom-die-deutsche-wirtschaftspolitik-braucht-ein-neues-magisches-viereck/28267222.html, 22.04.2022

1. **Vergleichen** Sie die Zitate in M 1.
2. **Erklären** Sie die Ziele des magischen Vierecks (M 2).
3. **Stellen** Sie den in M 3 dargestellten Zielkonflikt **dar** und **erläutern** Sie davon ausgehend mögliche weitere.
4. **Entwickeln** Sie in einer digital wählbaren Form eine Weiterentwicklung des Modells des magischen Vierecks (M 2). **Analysieren** Sie dafür zuvor M 4.

1.6 Ökologie und Wirtschaftswachstum – ein Widerspruch?

M1 Wachstum versus Umwelt?

Zeichnung: Kostas Koufogiorgos

M2 Wie vereinbaren? Das Konzept der Effizienz

INFO

Klimaziele
Die EU will im Rahmen des European Green Deal die Treibhausgasemissionen bis 2030 um 55 Prozent reduzieren (bezogen auf Stand im Jahr 1990) und bis 2050 klimaneutral sein.
Die Frage nach der Vereinbarkeit von Ökonomie und Ökologie betrifft auch die Frage, ob das Bruttoinlandsprodukt (BIP) weiterhin das zentrale Maß für (nachhaltiges) Wirtschaftswachstum sein sollte.

Die Effizienzstrategie ist das aktuell dominierende Konzept, um Klimaschutz und wachstumsorientierte Wirtschaftspolitik miteinander in Einklang zu bringen. Die Effizienzstrategie versucht, vorhandene Ressourcen und Energie stärker und vor allem ergiebiger zu nutzen. Die Idee dahinter ist: Erhöht man die Effizienz eines Produktionsprozesses, werden weniger Energie oder Ressourcen für die Herstellung desselben Produkts verwendet. Optimiert man also beispielsweise den Produktionsprozess von Batterien, dann wird weniger CO_2 freigesetzt und so eine Optimierung im Hinblick auf Nachhaltigkeit erreicht, die – und das ist das entscheidende – auch das Wachstum in der Theorie nicht einschränkt. In der Theorie geht man dabei davon aus, dass diese Optimierungen den Faktor 4 bis 10 erreichen müssen, um den Ressourceneinsatz derart zu reduzieren, dass zentrale Klimaziele erreicht werden können. Der Vorteil des Konzepts liegt darin, dass Wohlstandsverluste und andere Belastungen für die Bürger minimiert werden. Fraglich bleibt aber, ob die genannten Ziele durch Optimierungen solcherart tatsächlich erreichbar sind.

Autorentext

M3 Wie vereinbaren? Das Konzept der Konsistenz

Konsistenz heißt so viel wie Übereinstimmung. Im Gegensatz zur jetzigen Produktionsweise, in der Dinge produziert, konsumiert und dann weggeworfen werden, soll im Rahmen der Konsistenz möglichst viel erhalten bleiben. Indem man viele Produkte möglichst langlebig herstellt und danach wiederverwendet (Beispiel: Upcycling), soll eine höhere Nachhaltigkeit erreicht werden. Dafür sind, ähnlich wie beim Konzept der Effizienz, Innovationen notwendig, die kaum planbar erscheinen. Zudem kollidieren die Ziele zum Teil mit Interessen von Unternehmen, die z. B. eine Wiederverwendung ablehnen, da dies ihre Gewinne durch Verkäufe von Neuwaren reduzieren würde.

Autorentext

M4 Ausstoß von Treibhausgasen in Deutschland

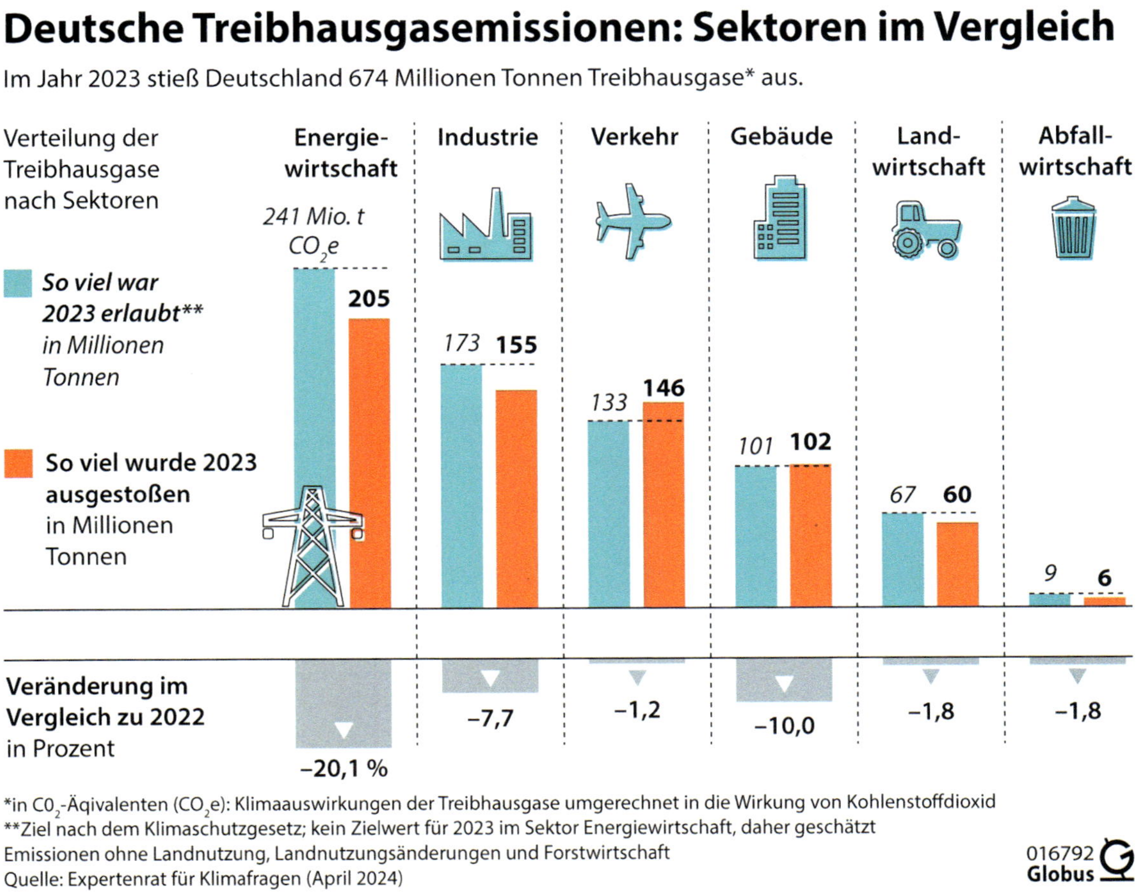

M5 Beispiele für weitere Maßnahmen

A
Die FDP fordert, dass vorhandene Autos mit Verbrennermotoren durch E-Fuels länger verwendet werden können.

B
Die EU beschließt die sogenannte „Lass-mich-dran-Deckel"-Richtlinie, die festlegt, dass der Deckel fest mit der Flasche verbunden zu sein hat.

C
Ein Lobbyverband fordert, dass vorhandene Gasheizungen mithilfe moderner Technik länger verwendet werden sollen.

1 **Beschreiben** und **erklären** Sie die Karikatur M 1.

2 **Erläutern** Sie arbeitsteilig (beispielsweise als Partnerpuzzle) die Konzepte der Effizienz und Konsistenz (M 2, M 3).

3 **Erörtern** Sie die Umsetzbarkeit der Konzepte (M 2, M 3), indem Sie M 4 **analysieren**. Nehmen Sie dabei auch Bezug zu der Frage, ob Ökologie und Wirtschaftswachstum immer im Widerspruch zueinanderstehen.

4 **Ordnen** Sie die Konzepte (M 2, M 3) den Beispielen in M 5 **begründet zu**.

QUERVERWEIS
LERNWEGE
Partnerpuzzle
S. 608

1.7 Degrowth – muss es immer mehr Wachstum sein?

M1 Zitate

Wenn alle Menschen auf der Erde so leben würden wie die Deutschen, bräuchten wir die Ressourcen von drei Planeten.

Meinhard Miegel (* 1939), deutscher Sozialwissenschaftler

Wirtschaftswachstum ist keine natürliche Eigenschaft der Wirtschaft, sondern eine gesellschaftliche Konstruktion.

Kate Raworth (* 1970), britische Wirtschaftswissenschaftlerin

Mit der Natur lässt sich nicht verhandeln. Der Kapitalismus wird enden, weil er mit dem Klimaschutz nicht vereinbar ist. Die nächste Epoche wird eine „Überlebenswirtschaft" sein.

Ulrike Herrmann (* 1964), deutsche Journalistin

M2 Wie vereinbaren? Das Konzept der Suffizienz

INFO

Degrowth
bedeutet die Verringerung von Produktion und Konsum

Postwachstumstheorie
Einer der Begründer der auch Postwachstumsökonomie genannten Richtung in der Wirtschaftswissenschaft ist der deutsche Ökonom Niko Paech.

Der Begriff „Suffizienz" kommt aus dem Lateinischen und bedeutet so viel wie „ausreichen". Bezogen auf nachhaltiges Wirtschaften bedeutet es, den Verbrauch von Ressourcen jedweder Art massiv zu reduzieren, da unsere aktuelle Wirtschaftsordnung ein Erreichen der globalen Klimaziele unmöglich mache. Insofern wird also ein Konsum- und Produktionsverzicht gefordert, der als Folge davon in einer Marktwirtschaft zu einem geringeren Wirtschaftswachstum führt. Die konkrete Umsetzung dieses auch Degrowth genannten Ansatzes ist je nach Variante unterschiedlich und reicht von einer Veränderung des Lebensstils bis zu radikalen Postwachstumstheorien, die dazu auffordern, dass Konsum völlig neu gedacht werden müsse. Dabei geht es aus Sicht der Befürworter nicht um eine Art Mangelwirtschaft, sondern darum zu fragen, was man wirklich zum Leben braucht. Muss man z. B. jeden Tag Fleisch essen, ist eine der beispielhaften Fragen, die verdeutlichen, dass Suffizienz nur funktionieren kann, wenn die Menschen dazu bereit sind.

Autorentext

M3 Die Vorschläge von Ulrike Herrmann

WEBCODE

WES-117977-303
Niko Paech: Grundzüge einer Postwachstumsökonomie (2009)

Wie funktioniert der Kapitalismus? Mit dieser Frage beschäftigt sich Ulrike Herrmann seit Jahren. Sie hat in ihren Büchern analysiert, wie das kapitalistische System entstanden ist, welche Schwächen es hat und warum es zu Krisen neigt. Jetzt sei der Kapitalismus am Ende, schreibt sie. Er lasse sich mit Klimaschutz nicht vereinbaren: „Der Kapitalismus [...] erzeugt nicht nur Wachstum, sondern muss auch wachsen, um stabil zu sein. Ohne ständige Expansion bricht der Kapitalismus zusammen. In einer endlichen Welt kann man aber nicht unendlich wachsen."

Klimaschutz bedeutet Ressourcen schonen. Kapitalismus ohne Wachstum aber sei unmöglich. Das ist Ulrike Herrmanns zentrale These. Die taz-Journalistin stellt sich damit gegen die Annahme vieler Volkswirte und Politiker, dass es „grünes Wachstum" geben kann. Sie argumentiert, dass die erneuerbare Energie dafür in absehbarer Zeit nicht ausreichen wird: „Diese Aussage mag zunächst überraschen, schließlich schickt die Sonne 5000-mal mehr Energie zur Erde, als die acht Milliarden Menschen benötigen würden, wenn sie alle den

Lebensstandard der Europäer genießen könnten. [...] Solarpaneele und Windräder liefern jedoch nur Strom, wenn die Sonne scheint und der Wind weht. Um für Flauten und Dunkelheit vorzusorgen, muss Energie gespeichert werden – und dieser Zwischenschritt ist so aufwendig, dass Ökostrom knapp bleiben wird."
Daher müsse sich die Gesellschaft einschränken. Die Autorin gibt sich große Mühe, keine pauschale Kapitalismuskritik zu betreiben. Im ersten Kapitel beschreibt sie ausführlich die Vorteile des Kapitalismus. Er habe den Menschen mehr Gesundheit, Komfort und Freiheit beschert: „Der materielle Wohlstand hat immaterielle Folgen. Nicht nur die Lebenserwartung hat sich verdoppelt; auch allgemeine Bildung, Gleichberechtigung und Demokratie werden erst möglich, wenn eine Gesellschaft reicher wird."
Allerdings sei das mit fossiler Energie, also: auf Kosten der Vergangenheit, erkauft worden, schreibt sie. Das stoße nun an Grenzen. Sie erläutert, warum es zu aufwändig sei, Treibhausgase aus der Atmosphäre zu filtern und warum sich Wachstum und Energieverbrauch nicht entkoppeln ließen. Der technologische Fortschritt biete da keine Rettung, argumentiert sie: „Auf die Technik ist kein absoluter Verlass. Mal gelingt es nicht, gute Lösungen zu finden – mal bleiben Erfindungen teuer, obwohl sie seit Jahrtausenden im Einsatz sind. [...] Vor allem aber werden die Zeitebenen verwechselt. Die lustigen Anekdoten sollen nahelegen, dass die technologische Zukunft immer besser war als gedacht. Das mag sein. Nur fehlt heute die Zeit, um auf eventuelle Durchbrüche zu warten."
Herrmann ist überzeugt, dass sich die Gesellschaft auf ein „grünes Schrumpfen" einstellen muss. Es werde weniger Autos, weniger Flüge und weniger Wohnungen geben, schreibt sie. Und das müsse auch nicht schlimm sein: „Die Wachstumskritiker haben klar gezeigt, dass klimaneutrales Leben auch schön sein kann. Das ungelöste Problem ist allein, wie sich diese ökologische Kreislaufwirtschaft erreichen lässt, ohne unterwegs eine schwere Wirtschaftskrise zu provozieren, die die Bevölkerung in Panik versetzt und einen Diktator an die Macht bringt."
Als Lösung für diesen Übergang schlägt die Autorin die britische Kriegswirtschaft ab 1939 vor. Damals teilte die britische Regierung privaten Unternehmen Rohstoffe, Kredite und Arbeitskräfte zu. Jeder Einwohner bekam eine feste Menge an Lebensmitteln. „Luxusgüter" wie Möbel oder Kleidung konnten über ein persönliches „Punktebudget" bezahlt werden. Ein geordneter, sozial gerechter Rückbau, findet Herrmann.
„Der Konsum fiel damals um ein Drittel – und zwar in kürzester Zeit. [...] Der deutsche Verbrauch muss ähnlich drastisch sinken, wenn das Klima gerettet werden soll", [...] schreibt sie. Eine Schätzung, die ohne Zweifel unsicher ist. Herrmanns Fokus auf Großbritanniens Kriegswirtschaft hat drei Gründe: „Erstens: Die Briten lebten in einer Demokratie. [...] Zweitens: Die Briten führten keinen Angriffskrieg [...]. Sie befanden sich in einer unfreiwilligen Notsituation, die zudem verspätet erkannt wurde. Drittens: Die Briten mussten ihre normale Wirtschaft in kürzester Zeit stark herunterfahren, [...] um Militärgüter herzustellen. Von den Briten lässt sich also lernen, wie sich eine schrumpfende Wirtschaft organisieren lässt."

Die Journalistin Ulrike Herrmann (* 1964) schreibt seit 2000 für die den Grünen nahestehende Zeitung „die tageszeitung" (kurz: taz) und hat mehrere Bücher zu wirtschaftspolitischen Themen veröffentlicht.

Katja Scherer, Ulrike Herrmann sieht Kapitalismus am Ende, in: https://www.deutschlandfunk.de/ulrike-herrmann-sieht-kapitalismus-am-ende-100.html, 12.09.2022

1 **Fassen** Sie die Zitate in M 1 **zusammen** und **benennen** Sie Auffälligkeiten.

2 **Erklären** Sie, wie im Sinne des Konzeptes der Suffizienz eine Vereinbarkeit von Wachstum und nachhaltigem Handeln hergestellt werden soll (M 2) und **vergleichen** Sie dies mit den beiden Konzepten auf Seite 278 (M 2, M 3).

3 **Stellen** Sie Ulrike Herrmanns Vorschläge in einer digitalen Form Ihrer Wahl **dar** (M 3).

4 In einem virtuellen Streitgespräch treffen Ulrike Hermann und ein Vertreter einer auf Effizienz setzenden Wirtschaftspolitik (Seite 278, M 2) aufeinander. **Erarbeiten** Sie jeweils passende Argumente und **verteidigen** Sie Ihre Position in einem Streitgespräch.

5 **Ordnen** Sie die Konzepte des CO_2-Emissionshandels sowie des Klimageldes den drei Konzepten zur Vereinbarkeit von Ökonomie und Ökologie **begründet zu** (M 2 sowie Seite 278, M 2 und M 3).

QUERVERWEIS

Urteil: Klimageld und Emissionshandel – Beispiele für eine nachhaltige und soziale Wirtschaftspolitik?
S. 282 ff.

1.8 Urteil: Klimageld und Emissionshandel – Beispiele für eine nachhaltige und soziale Wirtschaftspolitik?

M1 Klimageld – irgendwann in der Zukunft?

Zeichnung: Harm Bengen

M2 Alle sagen, sie wollen es, aber es kommt dennoch nicht

Wie desolat die Lage für die Bundesregierung mittlerweile ist, zeigte sich diese Woche daran, dass die Ampelpartner mittlerweile auch für den vermeintlichen Bruch von Versprechen beschimpft werden, die sie so nie abgegeben haben.

Die Rede ist vom Klimageld, jener staatlichen Kompensationszahlung, die die Bürgerinnen und Bürger als Ausgleich für die seit Jahren steigende CO_2-Steuer auf fossile Brennstoffe eines Tages erhalten sollen. Zwar hatten sich Politiker aus den Reihen von SPD, Grünen und FDP seit dem Amtsantritt der Ampel immer wieder einmal für die Einführung einer solchen Pauschalerstattung noch in der laufenden Legislaturperiode ausgesprochen. Eine entsprechende verbindliche Zusage gab es aber nie, auch nicht im Koalitionsvertrag: Dort heißt es mit Blick auf die Jahre nach 2026 lediglich, man wolle einen „Kompensationsmechanismus entwickeln". [...] Um Verbraucher und Unternehmen dazu zu bewegen, auf klimagerechte Energie- und Wärmequellen umzusteigen, wird die Verwendung fossiler Brennstoffe schrittweise immer weiter verteuert – von 25 Euro pro ausgestoßener Tonne CO_2 im Jahr 2021 auf bis zu 65 Euro 2026. Die Bürger bekommen das an der Tankstelle ebenso zu spüren wie bei der Bestellung von Heizöl oder dem Kauf eines Flugtickets. Von 2027 an soll sich der Preis über den Handel mit sogenannten Emissionszertifikaten am Markt bilden, es sind dann sogar noch deutlich höhere Abgaben denkbar.

Die Einnahmen, so die Idee, sollen allerdings nicht im Bundeshaushalt verschwinden, sondern an die Menschen zurückgegeben werden – und zwar über eine einheitliche Kopfpauschale. Die Folge wäre eine soziale Umverteilung von oben nach unten, denn weniger vermögende Menschen wohnen meist in kleineren Wohnungen, reisen weniger und verursachen deshalb weniger CO_2-Emissionen, erhielten aber die gleiche Kompensation wie besser betuchte Vielflieger. Bei jährlichen Einnahmen aus der Steuer von zuletzt gut 18 Milliarden Euro hätten 2023 theoretisch bereits rund 225 Euro pro Bürger ausgezahlt werden können. Eine vierköpfige Familie hätte also eine Erstattung von 900 Euro erhalten.

Dass es dazu bisher nicht kam, hat zwei Gründe. Erstens: Anders als etwa in der Schweiz, wo das Klimageld über die Krankenkasse ausbezahlt wird und jeder Bürger, ob klein oder groß, in diesem Jahr 64,20 Franken erhält, gibt es in Deutschland bisher keine staatliche Stelle, die über die notwendigen Informationen für eine solche Überweisung verfügt. Bis Ende [...] [2024] sollen die Finanzämter über die Verknüpfung von Steuer-ID und IBAN dazu in der Lage sein.

Und zweitens, noch bedeutender: Die Einnahmen aus der CO_2-Steuer fließen in den Klima- und Transformationsfonds (KTF) der Bundesregierung [...]. Die für die kommenden Jahre geplanten Ausgaben des KTF liegen allerdings schon heute deutlich über den Einnahmen, oder anders gesagt: Für das Klimageld stehen, Stand jetzt, gar keine Mittel zur Verfügung.

Michael Bauchmüller/Claus Hulverscheidt, Warten auf das Klimageld, in: https://www.sueddeutsche.de/politik/energiepolitik-klimageld-robert-habeck-christian-lindner-1.6333805, 16.01.2024

M3 Mehr soziale Ungleichheit trotz Klimageld?

Die Idee hinter dem Klimageld ist folgende: Die steigenden Kosten durch die CO_2-Bepreisung sollten damit abgefedert werden, sodass denen geholfen ist, die wenig verbrauchen und diejenigen, die viel verbrauchen, bestraft werden. Da ärmere Menschen im Durchschnitt weniger CO_2 verbrauchen, sollten diese entlastet und Reiche, die im Durchschnitt mehr verbrauchen, belastet werden. Das Problem bei diesen Berechnungen sei, so IMK-Direktor Sebastian Dullien, die Annahme eines Durchschnitts. Es kann beispielsweise auch bei Menschen mit gleichem Einkommen doch recht große Unterschiede geben: Die Kompensation mittels Klimageld ist für jemanden, der zentral in Berlin in einer sanierten Wohnung oder einem Neubau wohnt und mit dem öffentlichen Nahverkehr sich bewegen kann, ungleich größer als für jemanden, der auf dem Land in Brandenburg in einem alten, schlecht sanierten Haus wohnt und aufgrund des Mangels an Alternativen immer mit dem Auto fahren muss. So gäbe es viele Bevölkerungsschichten und Haushalte, die netto einbüßen werden – nach Berechnungen des IMK sogar knapp die Hälfte. 11 Prozent könnten ab 2027, wenn der EU-weite CO_2-Preis kommen soll, sogar recht große Verluste haben. Dies würde 4,7 Millionen Haushalte bedeuten. Bei den Median-Einkommen gäbe es die größte Anzahl an Verlierern. Das Klimageld, bei dem es tatsächlich auch nicht um eine große Summe für den Einzelnen geht, sei somit nicht die „Silver Bullet". […] Wie so oft seien mehrere Instrumente vonnöten, etwa ein Ausbau des Öffentlichen Nahverkehrs, alle kosteten allerdings Geld.

Warum das Klimageld kein Instrument der Umverteilung ist, in: https://www.boeckler.de/de/podcasts-22421-warum-das-klimageld-kein-instrument-der-umverteilung-ist-55339.htm, 25.01.2024

INFO

IMK
Das Institut für Makroökonomie und Konjunkturforschung in Düsseldorf ist eine Einrichtung der gewerkschaftsnahen Hans-Böckler-Stiftung.

Median
Mittelwert; hier: mittlere Einkommen

M4 Klimaschutz kostet

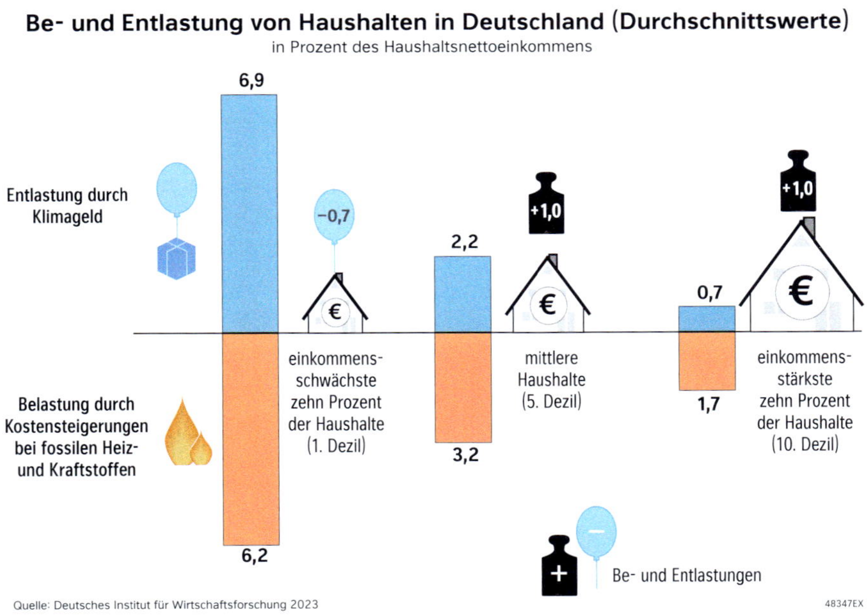

1 **Beschreiben** und **erklären** Sie die Karikatur M 1.

2 **Erarbeiten** Sie Pro- oder Kontra-Argumente zur Problemfrage: „Ist das Klimageld ein Beispiel für eine nachhaltige und soziale Klimapolitik?" (M 2–M 4). **Verteidigen** Sie Ihre Position in einer Amerikanischen Debatte.

QUERVERWEIS

LERNWEGE Amerikanische Debatte S. 609

M5 Zitate

INFO

BUND
Bund für Umwelt- und Naturschutz Deutschland; Umweltschutzorganisation

Es bestehen begründete Hoffnungen, den CO_2-Preis als Kernelement internationaler Klimaverhandlungen zu etablieren.

Ottmar Edenhofer (* 1961), der deutsche Ökonom ist Direktor des Potsdam-Institut für Klimafolgenforschung

Die Idee des Emissionshandels ist ja, dass es eine Obergrenze gibt. Jetzt ist es aber so, dass in der Vergangenheit die Obergrenze so hoch gesetzt war, dass die Emissionen diese Grenze sowieso nicht erreicht haben. Und das war natürlich ein Problem.

Verena Graichen (* 1979), die deutsche Umweltaktivistin arbeitet für den BUND

M6 Der Emissionshandel in der EU

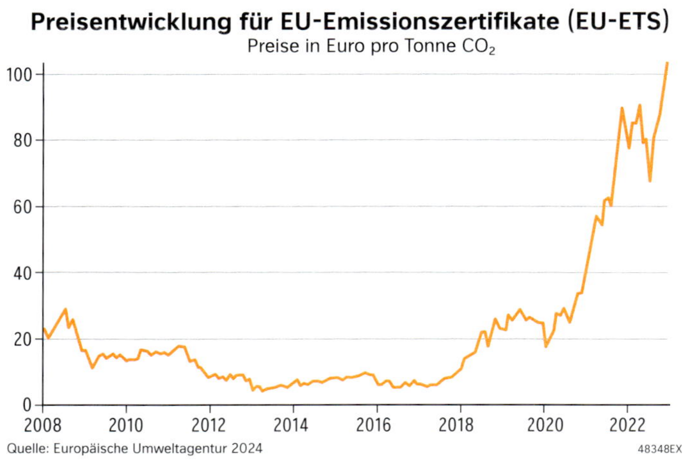

Die Idee ist simpel: Wer CO_2 produziert, kauft sich sozusagen eine Erlaubnis, dieses in die Luft zu blasen. Dabei wird politisch festgelegt, wie viel Tonnen CO_2 man in die Atmosphäre pusten darf. Ist es zu viel, muss man Verschmutzungsrechte zukaufen. Das kann teuer werden. Dadurch sollen Unternehmen motiviert werden, auf klimafreundliche Produktionsweisen umzusteigen. [...] Um den Prozess zu beschleunigen, wird die Gesamtmenge von CO_2-Zertifikaten künstlich verknappt und sinkt jährlich. [...] Die Europäische Union will so den Ausstoß an Treibhausgasen europaweit bis zum Jahr 2030 um 55 Prozent senken. Bis zum Jahr 2039 sollen die Zertifikate aufgebraucht und bis 2050 die EU komplett klimaneutral sein. Bemisst man den Erfolg des Emissionshandels zunächst einmal finanziell, so ist er ein absolutes Erfolgsmodell. Deutschland ist allein im vergangenen Jahr eine Rekordsumme aus dem Verkauf von Verschmutzungsrechten zugeflossen. Rund 18,4 Milliarden Euro. Das Geld hilft dem Klima, denn es fließt vollständig in den Klima- und Transformationsfonds (KTF). Mit diesem wird laut Bundesregierung unter anderem die energetische Gebäudesanierung, der Ausbau der Erneuerbaren Energien, der Elektromobilität und der Ladeinfrastruktur gefördert. Schaut man auf die CO_2-Reduktion, so erklärt das Bundeswirtschaftsministerium, dass seit der Einführung des europäischen Emissionshandels die CO_2-Emissionen um fast 30 Prozent gesunken seien. Die Minderung liege damit deutlich über dem EU-weiten Ziel von 21 Prozent. [...] [Doch] die Preise für die Zertifikate [sind] schwankungsanfällig. In Zeiten von Wirtschaftskrisen beispielsweise fallen sie stark. Dann lohnt es sich für die Industrie kaum, CO_2 zu sparen. [...] [Außerdem] gilt der Emissionshandel nicht in allen Ländern und sämtlichen Wirtschaftsbereichen. In der Landwirtschaft beispielsweise gilt er nicht, was ihn ineffektiv macht.

Klaus Weber, Wie viel Klimaschutz bringen CO2-Zertifikate?, in: https://www.zdf.de/nachrichten/wirtschaft/emissionshandel-co2-treibhausgas-zertifikate-eu-deutschland-100.html, 28.05.2024

M7 Sanktionen: Unterschiede in den EU-Staaten?

Um zu überprüfen, ob jedes Unternehmen auch ausreichend Emissionszertifikate zur Abdeckung ihrer Emissionen eingekauft hat, gibt es das sogenannte Unionsregister der Europäischen Union. In diesem hat jedes Unternehmen ein Konto, auf das bis zum 30. April des nächsten Jahres genügend Zertifikate geladen sein müssen, um die ausgestoßenen Emissionen des letzten Jahres abzudecken. Betreiber und gleichzeitig auch Kontrolleur des Unionsregisters in Deutschland ist die Deutsche Emissionshandelsstelle (DEHSt).
Was passiert, wenn Unternehmen es versäumen, rechtzeitig genügend Zertifikate entsprechend ihrer Emissionen auf Ihr Konto im Unionsregister zu laden, ist von der EU genauestens geregelt: Für die betroffenen Unternehmen wird eine Geldstrafe von mindestens 100 Euro pro Tonne CO_2 […] fällig, für die sie keine Zertifikate besitzen. Eine Recherche des Teams des „Crossborder Journalism Campus“ […] konnte nun allerdings aufzeigen, dass diese Sanktionierung nicht in allen EU-Staaten gleichermaßen durchgesetzt wird. So hat Frankreich in den letzten Jahren systematisch selbstbestimmte Ausnahmeregelungen angewandt, um keine finanziellen Sanktionen von Unternehmen zu verlangen. Diese Ausnahmen gelten beispielsweise für Unternehmen in gerichtlicher Abwicklung, das bedeutet die Unternehmen befinden sich in einem Auflösungsprozess oder für Unternehmen, die erst neu auf dem Markt sind. […] Und dieses Problem betrifft nicht nur Frankreich.

Chiara Raber/Luzius Zöller, Emissionshandel: Der Fehler im System, in: https://www.mdr.de/wissen/green-deal-co-zertifikats-handel-probleme-100.html, 13.06.2023

M8 Folgen der CO_2-Bepreisung

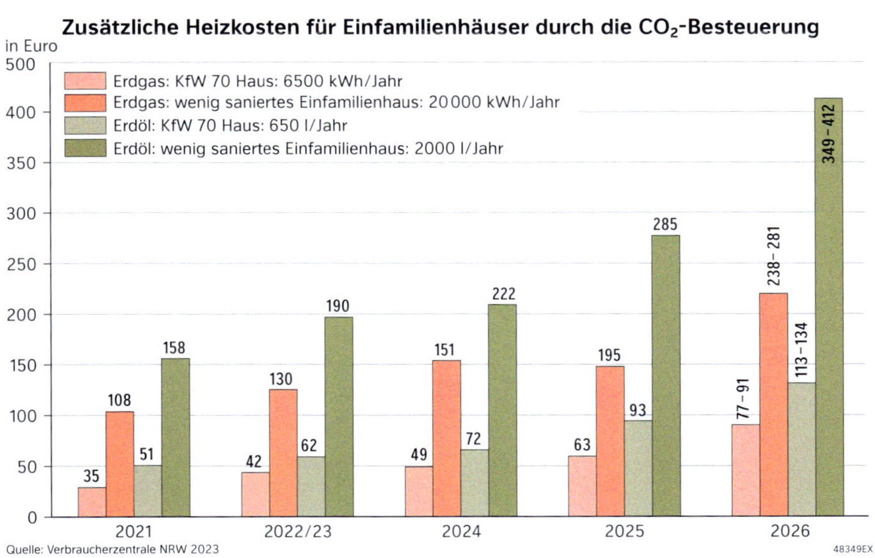

1 **Vergleichen** Sie die Zitate in M 5 zum Emissionshandel.

2 **Gestalten** Sie entweder aus der Position der Befürworter oder der Kritiker eine mediale Darstellung Ihrer Wahl, in welcher Sie die Frage **diskutieren**: „CO_2-Emissionshandel – Beispiel für eine nachhaltige und soziale Wirtschaftspolitik?“ (M 6–M 8).

3 **Beurteilen** Sie die These „Der CO_2-Emissionshandel ist ein gelungenes Beispiel für eine nachhaltige und soziale Klimapolitik“ (M 4–M 8).

Schreibprozesse kollaborativ organisieren

WEBCODE
WES-117977-304
Software-Tipps

Vorgehen

Für die Gestaltung von Schreibaufgaben werden immer stärker digitale Tools verwendet, sodass Ergebnisse nicht mehr analog, sondern digital formuliert werden können. Dieses Vorgehen bietet eine Reihe von Vorteilen, wenn man das Schreiben nun kollaborativ vornimmt.

Was heißt kollaborativ?

Kollaborativ wird oft mit Kooperation gleichgesetzt, dabei meint es mehr als das – während man bei kooperativen Prozessen gemeinsam an einer Sache arbeitet, die aber oft nur durch eine Person praktisch erstellt werden kann (z. B. nur eine Person, die den Text schreibt), meint Kollaboration, dass alle Beteiligten gleichzeitig an einer Aufgabe mitwirken, also alle parallel aktiv Einfluss nehmen können. Wenn beispielsweise alle in einem digitalen Pad zeitgleich zusammenschreiben, dann entsteht ein Ergebnis, auf das alle einwirken. Zugleich bietet die Kollaboration die Chance, dass man die Kooperation auch zeit- und ortsungebunden durchführen kann, da sich alle mithilfe der digitalen Tools synchron und asynchron treffen und arbeiten können.

Welche Tools kann ich dafür verwenden?

Es bieten sich eine Reihe von Tools für den digitalen Raum an, die eine Oberfläche bereitstellen, auf welcher man gemeinsam synchron arbeiten kann – neben verschiedenen Pads (Etherpad, CryptPad u. a.) haben viele Schulclouds (wie auch die Schulcloud Brandenburg) solche Tools integriert. Das gilt auch für verschiedene Medien.

Wie verändert sich der Arbeitsprozess?

Bisher hat man oft stark nach einem sogenannten summativen Assessment gearbeitet, das folgender Logik folgt:

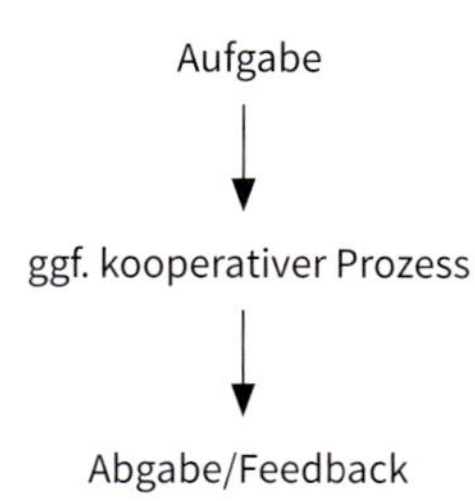

Der gesamte Arbeitsprozess wurde also – auch in analogen Settings – durch eine Aufgabe ausgelöst, die dann in verschiedener Form bearbeitet wurde. Entscheidend war dabei aber immer die Konzentration auf das Endprodukt (z. B. einen Text), der dann nach Abgabe mit einem Feedback versehen wurde. In den Schreibprozess selbst wurde bisher, auch durch den Mangel an digitalen kollaborativen Tools, kaum eingegriffen.

Die kollaborativen digitalen Tools ermöglichen ein sogenanntes formatives Assessment: Hierbei wird der Arbeitsprozess auch durch eine Aufgabe ausgelöst, wobei diese so angelegt wird, dass digitale Tools verwendet werden können, beispielsweise: „Formulieren Sie einen Kommentar, in welchem Sie …“

Nun werden kollaborative Tools geöffnet und die Aufgabe gemeinsam und kooperativ bearbeitet. Dieser Schreibprozess wird aber nun immer wieder von Feedforward-Schleifen durchbrochen – hier werden also Settings hergestellt, in welchem der Schreibprozess sowohl durch die Mitschüler als auch die Lehrkraft ggf. bewertet wird. Während dies aber bei einem Feedback im Hinblick auf die summative Leistungsbewertung keinen Einfluss mehr auf den Schreibprozess hat, können hier konkrete Änderungsvorschläge unterbreitet werden und direkt am Text beispielsweise Veränderungen vorgenommen werden. Diese Schleifen werden in festen Abständen wiederholt, bis das finale Ergebnis vorliegt. Durch diese Schleifen erhält jeder selbst regelmäßig eine Rückmeldung und kann das Ergebnis anpassen – vor allem aber lernt man auch die Ergebnisse der anderen kennen und profitiert damit von den gemeinsamen Ideen. Schematisch sieht der Prozess dann wie folgt aus:

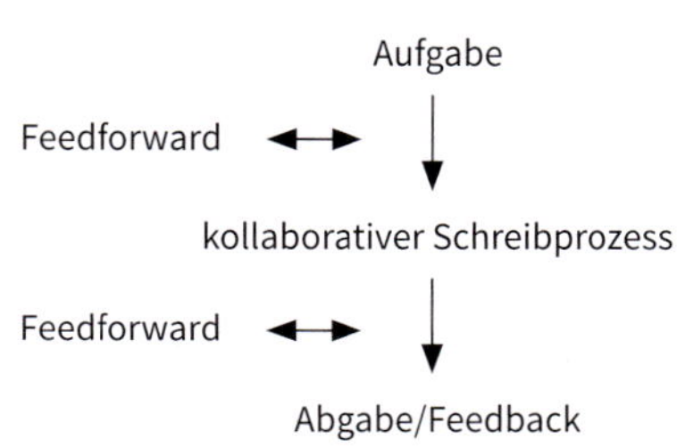

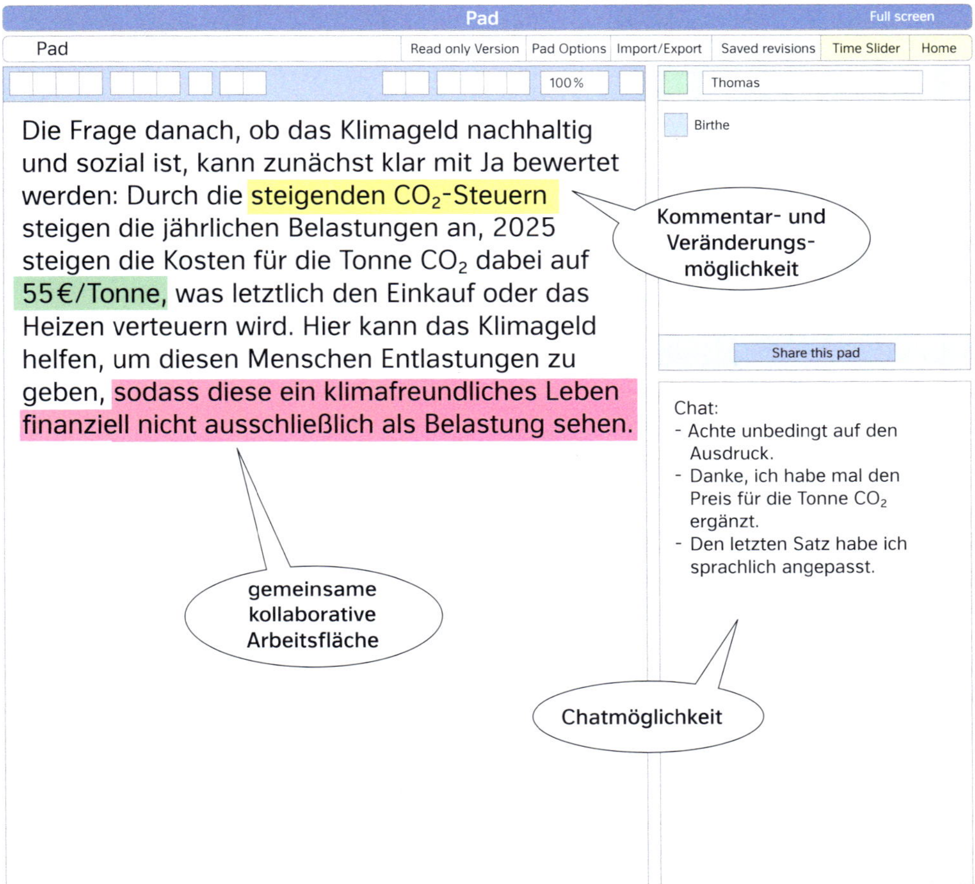

48450EX

1 **Formulieren** Sie einen Kommentar zur Fragestellung: „Bürgergeld und CO_2-Emissionshandel – Beispiele für eine nachhaltige und soziale Wirtschaftspolitik?“ Verwenden Sie dabei kollaborative Tools und ein formatives Assessment.

2 **Bewerten** Sie im Anschluss Ihr methodisches Vorgehen.

Inhaltsanalyse

Um die wirtschaftspolitischen Ziele von Parteien und Verbände analysieren zu können, bietet sich die empirische Methode der Inhaltsanalyse an. Dabei empfiehlt sich folgende Vorgehensweise.

1. Festlegung des Materials
Im ersten Schritt muss entschieden werden, welches Material (Welche Quelle? Welche Zeiträume?) verwendet werden soll.

2. Analyse der Entstehungssituation
Dieser zweite Schritt ist wichtig, da die Ergebnisse bei offiziellen Dokumenten wie Parteiprogrammen anders ausfallen als bei spontan gehaltenen Reden.

3. Formale Charakteristika des Materials
Wie bei einer Quellenanalyse wird hier die Quellenart benannt.

4. Fragestellung
Um nicht ein Material ohne Perspektive zu sichten, bietet sich eine übergeordnete Fragestellung an, oft ergibt sich diese aus der Fragestellung der eigenen Analyse.

5. Analyse des Materials
Nun wird das Material mit dem jeweils gewählten inhaltlichen Fokus analysiert. Für eine bessere Umsetzbarkeit bietet sich eine Schwerpunktsetzung an, indem man sich nur auf bestimmte Aspekte konzentriert (Verwendung bestimmter Wörter, Häufigkeit von Metaphern usw.) oder das eigene Vorgehen stärker gliedert. So ist es vorstellbar nur bestimmte Teile des Materials zu betrachten.

6. Kategorienbildung
Für die Auswertung werden die Ergebnisse nach Kategorien geordnet, diese können sich entweder erst aus dem Analyseprozess ergeben oder vorab festgelegt werden.

7. Auswertung
Mithilfe der bekannten Kategorien werden die Ergebnisse ausgewertet und ggf. gewichtet. Dabei werden die Ergebnisse verwendet, um eine Antwort auf die Problemstellung zu finden.

8. Überprüfung der Vorgehensweise
Zum Schluss sollten die Ergebnisse nochmals überprüft und bewertet werden. Dafür bietet es sich an, folgende wissenschaftlichen Gütekriterien anzuwenden:

- Validität – habe ich das gemessen, was ich messen sollte?
- Reliabilität – würden sich bei Wiederholung der Methode gleiche Ergebnisse zeigen?
- Objektivität – würden andere Personen zu denselben Ergebnissen kommen?

9. Veröffentlichung
Die Ergebnisse sollten in einer passenden Form veröffentlicht werden.

1 **Führen** Sie eine inhaltsanalytische Betrachtung an einem Material Ihrer Wahl **durch**, indem Sie eine handlungsleitende Problemfrage **formulieren**, das Material mithilfe dieser Problemfrage **analysieren** und Ihre Ergebnisse in einer medial passenden Form **darstellen**.

2 **Bewerten** Sie im Anschluss Ihre Analyse.

1.9 Welche wirtschaftspolitischen Ziele verfolgen Parteien, Verbände und Nichtregierungsorganisationen?

M1 Wahlprogramm der SPD zur Bundestagswahl 2025 (Auszug)

Wir stehen für eine Wirtschaftspolitik, die Wachstum, soziale Gerechtigkeit und Nachhaltigkeit miteinander verbindet. Wir gestalten einen Aufschwung, der bei allen Menschen ankommt. Dafür investieren wir in die Zukunft – in Bildung, Innovation, Digitalisierung und Klimaschutz. [...]

Mit klaren Rahmenbedingungen und einem echten Investitionsturbo schaffen wir ein Wachstumsumfeld für unsere Unternehmen. Deutschland braucht ein Jahrzehnt zukunftsfähiger Innovationen und Investitionen. Mit unserer Politik bringen wir beides auf den Weg: kluge Erfindungen, die das Leben besser machen, die Arbeit und Wohlstand sichern. Und dazu eine öffentliche Infrastruktur, die den Alltag leichter macht, weil sie einfach funktioniert. [...]

Wir können etwas tun für unsere Unternehmen und für den Wirtschaftsstandort Deutschland. Wir schaffen einen Deutschlandfonds, der öffentliches und privates Kapital mobilisiert, um die wichtigen Investitionsbedarfe erfüllen zu können – etwa bei Strom- und Wärmenetzen, beim Wasserstoffnetz, bei den E-Ladesäulen oder beim Wohnungsbau. Mit dem Deutschlandfonds sollen Staat und private Geldgeber gemeinsam und bürokratiearm in Deutschlands Zukunft investieren können. Der Deutschlandfonds soll anfangs mit 100 Milliarden Euro ausgestattet werden. [...] Investitionsprämie statt bürokratischer Förderprogramme („Made in Germany"-Bonus): Bislang werden Unternehmens-Investitionen (zum Beispiel in klimafreundliche Technologien) vor allem über Förderprogramme gefördert. Das dauert oft zu lange und schafft für die Unternehmen jede Menge unnötige Bürokratie. Statt neuer Förderprogramme wird in Zukunft stärker auf eine unkomplizierte Steuerprämie gesetzt, um Zukunftsinvestitionen zu unterstützen.

Ein neuer Aufschwung für Deutschland, in: https://www.spd.de/bundestagswahl/programm/uebersicht/ii-ein-neuer-aufschwung-fuer-deutschland, 20.01.2025

INFO

SPD
Sozialdemokratische Partei Deutschlands

M2 Wahlprogramm der CDU zur Bundestagswahl 2025 (Auszug)

Deutschland ist für Unternehmen ein Hochsteuerland. Ein erfolgreicher und gefragter Wirtschaftsstandort muss auch bei der Steuerbelastung wettbewerbsfähig sein. So ermöglichen wir höhere Löhne, mehr Arbeitsplätze und mehr Wachstum. Und so schaffen wir die Grundlage dafür, dass unsere Städte und Gemeinden eine verlässliche und auskömmliche Finanzausstattung haben und die unterschiedlichen Herausforderungen vor Ort aus eigener Kraft meistern können. Es ist Zeit für eine große Steuerreform. Wettbewerbsfähige Unternehmensbesteuerung. Unser Ziel ist eine attraktive Unternehmensbesteuerung von maximal 25 Prozent auf einbehaltene Gewinne, die wir schrittweise umsetzen wollen. Dazu senken wir insbesondere die Tarifbelastung und verbessern wesentlich das Optionsmodell und die Thesaurierungsbegünstigung. Bei den bestehenden Steuersystemen für Kapitalgesellschaften und Personengesellschaften schaffen wir mehr Wahlrechte, Einheitlichkeit und Durchlässigkeit. [...]

Geoökonomische Herausforderungen und Krisen nehmen zu; sie sind ein ernstes Problem für unsere Wirtschaft. Wir müssen die Resilienz unserer Wirtschaft stärken und ihr Rechts- und Planungssicherheit geben. Das geht nur gemeinsam mit unseren Partnern in Europa, das geht nur mit einem starken Binnenmarkt. Genau wie die Sicherheitspolitik ist die Wirtschaftspolitik auch gefragt, Antworten auf Übernahmen durch Systemkonkurrenten oder Cyberangriffe zu finden, die ganze Unternehmen und Lieferketten lahmlegen. „Grundgesetz der Sozialen Marktwirtschaft"

INFO

CDU
Christlich Demokratische Union Deutschlands

rechtssicher machen. Wir binden die wettbewerbsrechtlichen Befugnisse des Bundeskartellamts zum Markteingriff wieder an einen Rechtsverstoß. Einen Generalverdacht gegenüber der Wirtschaft lehnen wir entschieden ab. [...]
Die Energiekrise hat unser Land verändert. Höhere Preise bei steigendem Energiebedarf verunsichern Millionen von Menschen sowie Unternehmen gleichermaßen. Die Politik darf die Augen vor der Realität nicht verschließen. [...] Mehr Markt, weniger Staat. Wir setzen auf Pioniermärkte, mit denen über Quoten für Grüngas im Gasnetz, Grün-Heizöl oder beispielsweise klimaneutralen Stahl ein effizienter Markthochlauf gelingen kann. So entscheidet nicht der Staat durch Förderung, wer am Markt teilnehmen darf. Auf diesen neuen Märkten setzen sich die besten Anbieter durch.

Politikwechsel für Deutschland. Wahlprogramm von CDU und CSU, S. 14 ff.; https://www.cdu.de/app/uploads/2025/01/km_btw_2025_wahlprogramm_langfassung_ansicht.pdf, 20.01.2025

M3 Position der Initiative Neue Soziale Marktwirtschaft (INSM)

INFO

Initiative Neue Soziale Marktwirtschaft
Die wirtschaftspolitische Lobbyorganisation steht parteipolitisch u. a. CDU/CSU und FDP nahe.

Zwischen dem Wunsch, den Klimawandel zu bekämpfen, und der Wirklichkeit, es zu tun, klafft weiterhin eine große Lücke. Noch immer steigt der weltweite Ausstoß an klimaschädlichen Gasen. Die Corona-Krise hat den Ausstoß nur zeitweilig gedämpft. Die Erklärung für diesen Widerspruch zwischen Wollen und Handeln ist wissenschaftlich längst gefunden. Es sind negative externe Effekte (es zahlen nicht jene, die verschmutzen) und Trittbrettfahrerverhalten (vom Klimaschutz des einen Landes profitiert der Rest der Welt), die erklären, warum zwar praktisch alle für mehr Klimaschutz sind, er aber unter dem Strich nicht ausreichend durch konkrete politische Maßnahmen vorangetrieben wird. Die Initiative Neue Soziale Marktwirtschaft (INSM) setzt sich dafür ein, dass wissenschaftliche Erkenntnisse in praktischer Politik münden, und ist für wirksamen und effizienten Klimaschutz. Die INSM fordert deshalb

- technologieoffene CO_2-Mengenbegrenzung (CO_2-Deckel) mittels Zertifikatehandel und
- mehr internationalen Klimaschutz [...]

Wirksamer und effizienter Klimaschutz braucht das gut organisierte Zusammenspiel von Staat und Markt. [...] Ein solcher Emissionshandel schafft einen technologieoffenen Rahmen für die besten Lösungen zur CO_2-Reduktion bei geringstmöglichen volkswirtschaftlichen Kosten. Der Staat gibt vor, wie viel CO_2 eingespart werden muss; Bürger und Unternehmen entscheiden dann selbst, wo, wann und wie sie dies tun.

INSM-Position Klimapolitik, in: https://insm.de/aktuelles/publikationen/insm-position-klimapolitik, 09.06.2022

M4 Position der Agora Energiewende

INFO

Agora Energiewende
Die klimapolitische Lobbyorganisation steht parteipolitisch u. a. den Grünen nahe.

Die Ampelkoalition hat angekündigt, in Zukunft stärker auf eine sektor- und jahresübergreifende Gesamtrechnung setzen zu wollen anstelle von jährlichen sektorspezifischen Zielen. In der Klimaschutzarchitektur erfüllen die Sektorziele jedoch wichtige Funktionen: Sie legen klare Treibhausgas-Reduktionsmengen fest und geben einen Reduktionspfad vor. Sie sorgen so für Orientierung und Planungssicherheit in Wirtschaft und Gesellschaft. Bei Zielverfehlung erzeugen sie politischen Handlungsdruck und verteilen die Verantwortung für eine Korrektur jeweils auf die Sektoren und Ministerien, die ihr Ziel verfehlt haben. [...] Sollte Deutschland beim Klimaschutz nachlassen und zurückfallen, wäre das nicht nur ein fatales Signal für die wirtschaftliche Entwicklung des Landes und für die internationale Zusammenarbeit; es droht gleichzeitig ein Bruch des EU-Rechts und möglicherweise des Grundgesetzes. Wenn Sektorziele künftig eine weniger zentrale Rolle spielen sollen, muss die Bundesregierung daher mit anderen Mechanismen gewährleisten, dass Deutschland sein durch den Reduktionspfad im

Klimaschutzgesetz definiertes CO_2-Gesamtbudget einhält und bereits in dieser Legislaturperiode möglichst keine weiteren Emissionsüberschüsse anhäuft. Denn schon jetzt geht es in den Bereichen Gebäude und Verkehr kaum voran. Entscheidend ist also nicht allein, dass Sektorziele auf dem Papier stehen; entscheidend ist, dass die Bundesregierung das Klimaschutzrecht durchsetzt und wirksam die Emissionen senkt. Eine Möglichkeit, die Instrumente der Klimaschutzpolitik und damit auch die Rechtsdurchsetzung zu stärken, besteht darin, den nationalen Brennstoffemissionshandel in ein echtes Handelssystem zu überführen. Darin dürfen nur so viele Emissionszertifikate ausgegeben werden, wie es die jährlichen Klimaziele zulassen. So würde der Emissionshandel gleichzeitig Ziele vorgeben und deren Einhaltung unterstützen.

Lea Nesselhauf, Klimaschutzgesetz: Novelle als Chance nutzen, in: https://www.agora-energiewende.de/aktuelles/klimaschutzgesetz-novelle-als-chance-nutzen, 21.06.2023

M5 Position des Gesamtverbands der Versicherer (GDV)

Versicherer bekennen sich zu den Sustainable Development Goals der Vereinten Nationen (SDGs) und zu den Zielen des Pariser Klimaschutzabkommens. Das Streben nach diesen Zielen macht Gesellschaft und Wirtschaft resilienter, z.B. gegen die Ursachen und Folgen von Pandemien und Versorgungsunsicherheit. Versicherer unterstützen das Ziel eines klimaneutralen Europas bis 2050, den Green Deal und die deutschen Klimaschutzvorhaben. [...]
Der Umbau der Wirtschaft und der Gesellschaft für eine nachhaltige Zukunft ist eine zentrale Herausforderung und Verpflichtung gegenüber den jetzigen und zukünftigen Generationen. Der Klimaschutz erfordert schnelle und effiziente Maßnahmen, um die Erderwärmung zu begrenzen. Ebenso muss zügig Vorsorge getroffen werden, damit Gesellschaft und Wirtschaft die Folgen des Klimawandels bewältigen können. Politik, Wirtschaft und Zivilgesellschaft müssen dabei zusammenarbeiten.
Versicherer tragen durch ihre Produkte, Beratung und Schadensprävention zur Bewältigung der nicht mehr abwendbaren Folgen des Klimawandels bei. Die Versicherer stellen ihren Kunden/-innen ihre Erfahrung in der Kalkulation von Naturgefahren und dem Risikomanagement zur Verfügung. Sie unterstützen die gewerblichen Kunden dabei, Geschäftsrisiken besser abzuschätzen, die der Klimawandel und die politischen Maßnahmen zu einer nachhaltigen und insbesondere klimaneutralen Wirtschaft und Gesellschaft nach sich ziehen können. [...] Versicherer bekennen sich zu einer nachhaltigen Kapitalanlage und nehmen ihre bedeutende Rolle bei der Transformation der Wirtschaft aktiv wahr. Mit 1,8 Billionen Euro Kapitalanlagen sind sie eine der größten institutionellen Investorengruppen. Als langfristige Investoren mit einer durchschnittlichen Restlaufzeit ihrer Kapitalanlagen von deutlich mehr als zehn Jahren haben sie ein großes Potenzial, die nachhaltige Transformation von Wirtschaft und Gesellschaft voranzubringen. [...] Versicherer streben ein Netto-Null-Ziel für die Emissionen ihrer Kapitalanlagen bis 2050 an. Netto-Null-Ziel bedeutet, dass verbliebene Emissionen durch Kompensationensmaßnahmen ausgeglichen werden müssen.

Nachhaltigkeitspositionierung. Der Beitrag der deutschen Versicherer zum Klimaschutz, S. 1 ff.; https://www.gdv.de/resource/blob/127096/7960a26aed7231abc4a7a57d2b361122/update-nh-positionierung-download-data.pdf, 20.01.2025

INFO

Gesamtverband der Versicherer
Zusammenschluss und Lobbyorganisation der deutschen Versicherungswirtschaft

1 **Führen** Sie eine inhaltsanalytische Betrachtung der wirtschaftspolitischen Ziele der Parteien, Verbände und Nichtregierungsorganisationen **durch** (M 1–M 5), indem Sie eine handlungsleitende Problemfrage **formulieren**, die Materialien mithilfe dieser Problemfrage **analysieren** und Ihre Ergebnisse in einer medial passenden Form **darstellen**.

2 **Bewerten** Sie im Anschluss Ihre Analyse.

QUERVERWEIS

METHODE Inhaltsanalyse
S. 288

2. Wirtschaftliche Rezession durch den Krieg in der Ukraine – hat man die richtigen Maßnahmen ergriffen?

2.1 Einführung

M1 Alles teurer?

M2 Deutschlands wirtschaftliche Entwicklung

INFO

Wirtschaftswachstum
In den Jahren 2021 und 2022 betrug das Bruttoinlandsprodukt Deutschlands 3,7 bzw. 1,4 Prozent.

GLOSSAR

Bruttoinlandsprodukt

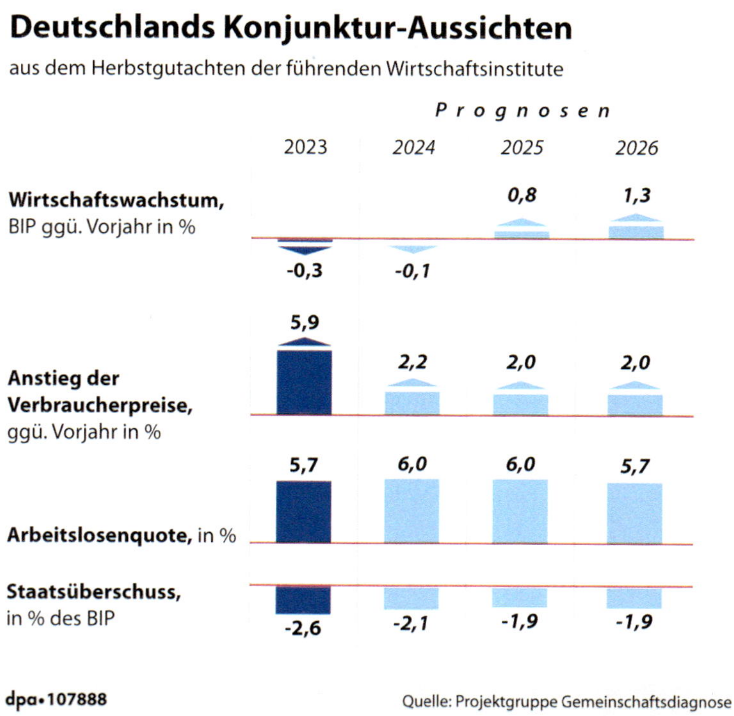

M3 Die Auswirkungen des Russisch-Ukrainischen Krieges

Seit Beginn des russischen Krieges gegen die Ukraine hat es auch erhebliche Auswirkungen auf die Weltwirtschaft gegeben. Steigende Preise für Energie, Lebensmittel und Konsumgüter belasteten Industrie ebenso wie private Haushalte. Wegen seiner großen Abhängigkeit von Energieimporten aus Russland war Deutschland davon besonders betroffen.

Die Inflation in Deutschland war jahrelang niedrig, stieg aber schon 2021 aufgrund höhere Energiepreise, weil sich die Konjunktur weltweit erholte. Dazu kamen Materialknappheit und Lieferengpässe in vielen Branchen, höhere Kosten in der Land- und Lebensmittelwirtschaft für Energie, Dünger und Futtermittel. Der russische Angriff auf die Ukraine hat die Preise noch viel schneller steigen lassen. In den ersten Wochen des Krieges schossen die Ölpreise in die Höhe. Die Benzinpreise erreichten zeitweise Rekordhöhen. Ein Lieferstopp für Erdgas aus Russland im Sommer führte zu einem drastischen Anstieg der Gaspreise in Westeuropa. Zuletzt sind die internationalen Marktpreise für Erdgas wieder stark zurückgegangen – was die Energieversorger aber oftmals noch nicht an die Verbraucher weitergegeben haben.

Wegen des Krieges ist der Handel zwischen der Europäischen Union und Russland zurückgegangen – eine Folge der westlichen Sanktionen. Weil der Kreml die Erdgas-Lieferungen an Deutschland stoppte und die Europäische Union ein Ölembargo verhängte, schrumpften die Energieimporte der EU aus Russland. Auch die europäischen Exporte in das Land sind sanktionsbedingt zurückgegangen. Betroffen waren zum Beispiel chemische Produkte oder Maschinen.

Die Folgen des Krieges und der teuren Energie haben zu einem Rückgang von Konsum und Investitionen in Deutschland geführt, was sich auf das Bruttoinlandsprodukt (BIP) auswirkte. Viele Menschen haben ihr Geld eher gespart, als es auszugeben. Zudem waren auch Unternehmen verunsichert und hielten sich bei Investitionen zurück.

Aylin Dülger, Wie der Krieg die Wirtschaft verändert, in: https://www.tagesschau.de/wirtschaft/weltwirtschaft/ukraine-krieg-folgen-wirtschaft-preise-handel-101.html, 25.02.2023

M4 Verliert Deutschland das ökonomische Wettrennen?

Zeichnung: Kostas Koufogiorgos

1 **Beschreiben** Sie das Bild M 1 und **benennen** Sie, auf welche ökonomischen Probleme hingewiesen wird.

2 **Stellen** Sie die wirtschaftlichen Folgen des Krieges in der Ukraine mithilfe von M 2 **dar** und belegen Sie die dargestellten Entwicklungen, indem Sie M 3 **analysieren**.

3 **Analysieren** Sie die Karikatur (M 4) und **benennen** Sie mögliche Fragen, die für eine Beschäftigung in diesem Teilkapitel offen bleiben.

2.2 Konjunktur und Konjunkturzyklen – warum kommt es zu Schwankungen?

M1 Was verändert sich hier?

Entwicklung des Bruttoinlandsprodukts in Deutschland
(Angaben in Prozent)

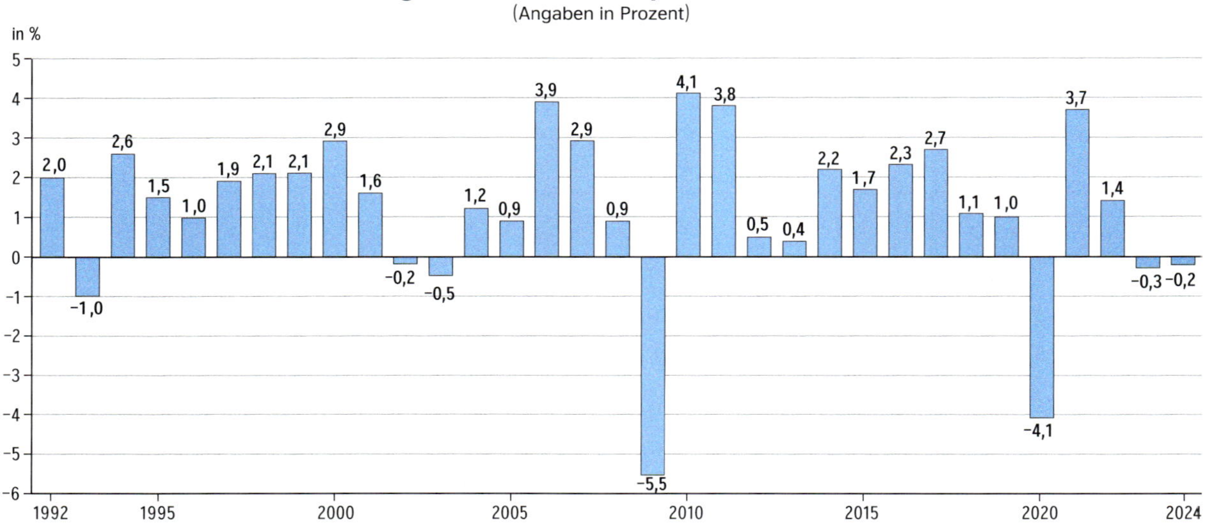

Quelle: Statistisches Bundesamt 2025

48451EX

M2 Konjunkturzyklus

INFO

Bruttoinlandsprodukt
Das Bruttoinlandsprodukt als zentraler Indikator für die Bewertung des wirtschaftlichen Zustandes eines Landes ist nicht unumstritten. So wird u. a. hinterfragt, ob das BIP ökologische Prozesse korrekt berücksichtigt.

Mit Konjunktur ist der ökonomische Zustand der Wirtschaft gemeint. Als Konjunkturdaten werden verschiedene Indikatoren herangezogen: Während sogenannte Frühindikatoren wie der Geschäftsklimaindex einen Eindruck über die aktuelle wirtschaftliche Lage geben, werden zur allgemeinen Darstellung oft Präsenzindikatoren wie das Bruttoinlandsprodukt (BIP) oder die Auftragseingänge verwendet. Manchmal werden auch Spätindikatoren wie die Arbeitslosenquote benutzt, um den Zustand der Wirtschaft abzubilden. In der Regel durchläuft ein Konjunkturzyklus vier Phasen: Im **Aufschwung** erhöht sich die Nachfrage nach Waren und die Preise steigen, die wirtschaftliche Gesamtnachfrage nimmt zu und folglich auch die Auslastung. Diese Phase der Expansion geht dann in den **Boom** über, hier erlebt das Bruttoinlandsprodukt den höchsten Stand und das Produktionspotenzial ist ausgeschöpft. Dadurch erreichen auch die Preise für Waren ihren Höhepunkt, die Arbeitslosigkeit ist gering. Von dieser Phase geht es dann in den **Abschwung** über, in welchem die Nachfrage wieder sinkt und die Auftragslage für Unternehmen schlechter wird. Deshalb werden Arbeitsplätze abgebaut und der private Konsum geht zurück. Dieser Abschwung mündet dann in der **Rezession** oder (wenn diese extreme Ausmaße einnimmt) sogar in der **Depression**: Hier ist die Nachfrage auf ihrem Tiefpunkt, Unternehmen kürzen weiter die Löhne, es herrscht eine hohe Arbeitslosigkeit und der Konsum geht sehr stark zurück. Aus dieser Phase geht die Konjunktur dann wieder in den Aufschwung über, wobei gilt, dass der neue Aufschwung in einer Langzeitkurve immer über dem vorherigen liegt und dadurch ein Produktivitätsgewinn deutlich wird.

Autorentext

M3 Von Aufschwung zu Aufschwung?

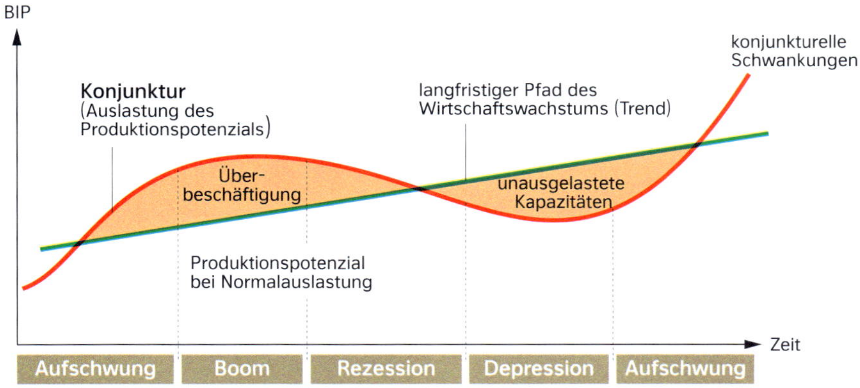

Der Begriff Konjunktur bezeichnet die wirtschaftliche Gesamtsituation eines Landes zu einem bestimmten Zeitpunkt. Gemessen wird der Zustand der Konjunktur mit einer Vielzahl von Indikatoren. Die wichtigsten wirtschaftlichen Bereiche, die erfasst werden, sind die Produktion und Nachfrage nach Waren und Dienstleistungen, die Löhne und Gehälter, das Konsum- und Sparverhalten sowie die Entwicklung der Preise.

28901EX

M4 Wie entstehen die Schwankungen?

Auch wenn der Konjunkturverlauf eine natürliche Entwicklung darstellt und modelliert immer einen sehr ähnlichen Verlauf nimmt, gibt es natürlich Ursachen, die die ökonomische Entwicklung in die eine oder die andere Richtung befördern: Dabei gibt es zum einen **exogene Faktoren** – dazu gehören beispielsweise Naturkatastrophen, plötzliche politische Ereignisse (wie der Sturz einer Regierung) aber auch andere politische Veränderungen. So kann eine neu gewählte Regierung durch ihr Handeln die wirtschaftliche Entwicklung beeinflussen, was wiederum die Investitions- und Kaufentscheidungen von Bürgern und Unternehmen beeinflussen kann. Psychologische Theorien erklären dies damit, dass eine positive oder negative Einstellung von Menschen ihr eigenes ökonomisches Handeln und damit auch das Wirtschaftsgeschehen allgemein beeinflussen könne. Wirtschaftliche Theorien messen hierfür z.B. das Konsum- und Sparverhalten von Menschen. **Endegone Theorien** betonen dagegen, dass allein ökonomische Wirkungszusammenhänge ursächlich für Veränderungen des Konjunkturverlaufs seien. So geht z.B. der monetäre Ansatz davon aus, dass eine Änderung der Geldmenge, beispielsweise durch eine Zinserhöhung der Zentralbank, die Wirtschaft beeinflusse, indem sie Käufe und Investitionen günstiger oder teurer mache. Güterwirtschaftliche Theorien sehen die Ursachen hingegen darin, dass zeitweise zu viel oder zu wenig konsumiert werde und dies sich dann automatisch ausgleiche. In der Praxis wirken diese Theorien auch parallel und erzeugen damit ein komplexes Gefüge von Erklärungen, die sich gegenseitig bedingen.

Autorentext

WEBCODE

WES-117977-305
Ist das BIP als Wohlstandsindikator noch zeitgemäß?

GLOSSAR

Konjunktur
Konjunkturindikatoren

1 **Beschreiben** Sie M 1 und stellen Sie Vermutungen zum Inhalt der Darstellung an.
2 **Erläutern** Sie den Konjunkturverlauf (M 2, M 3) anhand von M 1.
3 **Erstellen** Sie ein digitales Produkt Ihrer Wahl, in welchem Sie die Gründe für wirtschaftliche Schwankungen **erläutern** und anhand eines selbstgewählten zeitlichen Abschnitts **bewerten** (M 1–M 4).
4 **Diskutieren** Sie die These, dass die Schwankungen im Konjunkturverlauf nur durch das Handeln der Politik bestimmt werden (M 4).

2.3 Keynesianismus – rettet uns die Schuldenbremse?

M1 Gegen alle Widerstände?

INFO

Zeichnung
Die Karikatur M 1 spielt auf das Gemälde „Der Wanderer über dem Nebelmeer" (1818) des deutschen Malers Caspar David Friedrich (1774–1840) an, das einen Wanderer zeigt, der von einem Gipfel auf ein im Nebel liegendes Gebirge blickt.

Zeichnung: Klaus Stuttmann

M2 Wie kann eine Rezession verlassen werden? Die Theorie des Keynesianismus

Der britische Nationalökonom John Maynard Keynes (1883–1946) revolutionierte mit seinem Hauptwerk „Allgemeine Theorie der Beschäftigung, des Zinses und des Geldes" (1936) die Wirtschaftswissenschaft.

In seiner berühmten Theorie zeigte Keynes insbesondere, dass Angebot und Nachfrage auf den Märkten nicht automatisch zu einem gesamtwirtschaftlichen Gleichgewicht führen, bei dem auch Vollbeschäftigung herrscht. Danach gibt es also auch in marktwirtschaftlichen Wirtschaftsordnungen häufiger Arbeitslosigkeit, ohne dass die Marktkräfte allein einen Aufschwung bewirken können und z. B. über Lohnsenkungen die Arbeitslosigkeit beendet und Vollbeschäftigung erreicht wird. Nach Keynes liegt der Grund für konjunkturelle Einbrüche begleitet von Arbeitslosigkeit in einer zu geringen Nachfrage nach Gütern, vor allem nach Investitionsgütern. Die Investitionsgüternachfrage wiederum ist abhängig von den zukünftigen Gewinnerwartungen der Unternehmen. Die Unternehmen werden dabei nur so viele Arbeitnehmer beschäftigen, wie sie für die Herstellung ihrer Gütermengen benötigen. Sinkt die gesamtwirtschaftliche Nachfrage nach Gütern, wird weniger produziert und die Unternehmen entlassen einen Teil der Arbeitnehmer. Arbeitslosigkeit wiederum führt zu verringerten Einkommen, was die gesamtwirtschaftliche Nachfrage nach Konsumgütern weiter sinken lässt und noch höhere Arbeitslosigkeit bewirkt.

Um nun wieder Vollbeschäftigung zu erreichen, muss die gesamtwirtschaftliche Güternachfrage steigen. Insbesondere die Investitionsgüternachfrage muss zunehmen, denn steigende Investitionen schaffen Arbeitsplätze und damit Einkommen, was wiederum die Nachfrage nach Konsumgütern ankurbelt und weitere Investitionen zur Folge hat. [...] In dieser Situation ist nach Ansicht von Keynes der Staat gefragt, der dafür sorgen muss, dass die fehlende private Nachfrage durch staatliche Nachfrage ersetzt und so die Wirtschaft aus der Krise (Unterbeschäftigungsgleichgewicht) herausgeführt wird. Indem der Staat die gesamtwirtschaftliche Nachfrage direkt durch Erhöhung seiner Ausgaben z. B. für öffentliche Aufträge wie den Bau von Straßen, Schienenwegen oder öffentlichen Gebäuden, oder indirekt, z. B. durch Steuervergünstigungen für Investitionen, steuert, trägt er zur Belebung der Wirtschaft bei. Das schafft neue Arbeitsplätze und Einkommen bei den privaten Haushalten, die wiederum mehr Konsumgüter nachfragen, was wieder Investitionen der Unternehmen bewirkt und weitere Arbeitsplätze schafft. Die staatliche Steuerung der Konjunktur im Sinne einer Fiskalpolitik erfolgt dabei je nach konjunktureller Lage, d. h., im Abschwung soll der Staat die gesamtwirtschaftliche Nachfrage beleben, indem er mehr ausgibt, als er einnimmt, und dadurch seine Schulden erhöht; man spricht auch von Defizitfinanzierung. Im Aufschwung müssen die gesamtwirtschaftliche Nachfrage dagegen gebremst und die entstandenen Schulden durch Steuererhöhungen getilgt werden.

GLOSSAR

Nachfrageorientierte Wirtschaftspolitik

Keynesianismus, in: Duden Wirtschaft von A bis Z. Grundlagenwissen für Schule und Studium, Beruf und Alltag, BpB: Bonn 2016; https://www.bpb.de/kurz-knapp/lexika/lexikon-der-wirtschaft/19777/keynesianismus/

M3 Staatsschulden

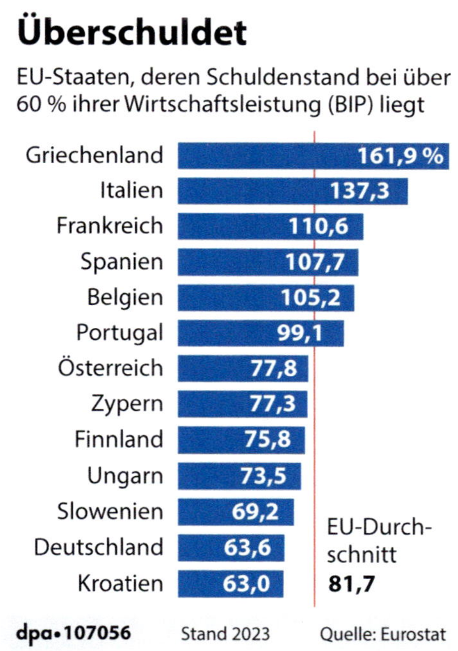

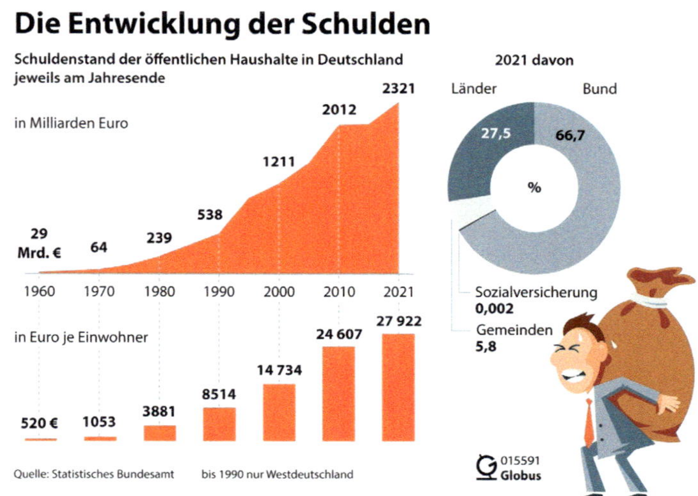

M4 Kritik an Keynes

Mit der Ölkrise, die in den 1970er-Jahren nach den positiven Folgen der nachfrageorientierten Politik einsetzte, wurde die Kritik an Keynes wieder lauter: Neben der unübersehbar steigenden Staatsverschuldung wurde immer öfter hinterfragt, ob es dem Staat tatsächlich gelingen könne, auf ökonomische Veränderungen zeitnah zu reagieren. Die Kritiker waren der Meinung, dass es vielmehr zu zeitlichen Verzögerungen (Time Lags) komme, die eine korrekte antizyklische staatliche Handlung erschweren würden. Gleiches gelte für die Gefahr, dass der staatliche Impuls über Investitionen private Einflüsse eher behindere, diese crowding-out-Effekte würden im Gegenteil die Unternehmer entmündigen, da diese ja dem Staat alle Investitionen überließen.

Autorentext

INFO

Ölkrise
Die Reduzierung der Ölförderung durch die OPEC 1973 führte zu einem schnell und stark steigenden Ölpreis, was wiederum in den westlichen Industriestaaten zu wirtschaftlichen Verwerfungen führte.

M5 Wozu gibt es die Schuldenbremse? Die Sicht des Bundesfinanzministeriums

WEBCODE

WES-117977-309
Die Grundgesetzänderung zur Schuldenbremse (2025)

Die Schuldenbremse feiert […] [2024] ihr 15-jähriges Bestehen. Im Jahr 2009, auf dem Höhepunkt der weltweiten Wirtschaftskrise, haben Bund und Länder die Finanzverfassung grundlegend reformiert und die reguläre Obergrenze nach der Schuldenregel durch Änderung der Art. 109 und 115 des Grundgesetzes eingeführt. Seitdem ist für Bund und Länder gemeinsam der Grundsatz des ausgeglichenen Haushalts verankert, der nach einer Übergangsregelung wirksam wurde. Der Bund hat dabei einen strukturellen Verschuldungsspielraum von 0,35 Prozent des Bruttoinlandsproduktes (BIP). Diese Reform war eine Reaktion auf wachsende Sorgen über die Tragfähigkeit der deutschen Staatsfinanzen. Die Staatsschuldenquote war im Verhältnis zur Wirtschaftsleistung seit den 1970er-Jahren immer weiter angestiegen. Außerdem galt es, in der angespannten Lage der Europäischen Währungsunion im Jahr 2009 das Vertrauen der Kapitalmärkte in die Rolle Deutschlands als Stabilitätsanker des Euroraums und damit in die Solidität der deutschen Staatsfinanzen zu stärken. Die gesamtstaatliche Schuldenstandsquote ist in den Jahren vor der Wirtschafts- und Finanzkrise kontinuierlich gestiegen. Mit den Auswirkungen der Finanz- und Wirtschaftskrise erreichte die Maastricht-Schuldenstandsquote im Jahr 2010 mit 82 Prozent ihren Höhepunkt. Diesen Trend hat die Schuldenbremse erfolgreich durchbrochen. So ist die Schuldenstandsquote im Jahr 2019 bis auf 59,6 Prozent des BIP gesunken und hatte damit den Maastricht-Referenzwert erstmals wieder unterschritten.

Schuldenbremse – Mythos und Realität, in: https://www.bundesfinanzministerium.de/Monatsberichte/Ausgabe/2024/04/Inhalte/Kapitel-2a-Fokus/schuldenbremse-mythos-und-realitaet.html#doc382724bodyText1, 23.04.2024

M6 Die Schuldenbremse ist sinnvoll

INFO

Klima- und Transformationsfonds
Im Jahr 2023 entschied das Bundesverfassungsgericht, dass die Ampel-Koalition verfassungswidrig gehandelt hat, als sie Gelder, die ursprünglich für die Bekämpfung der Folgen der Corona-Pandemie vorgesehen waren, aber dafür dann nicht mehr benötigt wurden, stattdessen im Klima- und Transformationsfonds verwendete. Die so entstandene Haushaltslücke von rund 60 Mrd. Euro entfachte eine neue Debatte um die Schuldenbremse.

Die eigentliche Herausforderung steht noch an – das Stopfen der Milliardenlöcher im Klima- und Transformationsfonds sowie im Haushalt für das kommende Jahr. Die Debatte zum Nachtragshaushalt hat […] [gezeigt], worum es jetzt geht, nämlich um die Schuldenbremse. SPD und Grüne würden sie am liebsten schleifen, sekundiert von einigen Ökonomen und Vertretern der Wirtschaft, die um Subventionen bangen. Die Schuldenbremse sei eine Investitionsbremse, tönt es da inzwischen von vielen Seiten. Das aber ist – bei realistischer Betrachtung der Politik – Unsinn. […] Erstens hat das Einhalten der Schuldenbremse der Politik in Deutschland über die Jahre gesehen einen deutlich größeren Spielraum verschafft, als ihn andere Staaten haben. Das hat bei der Bewältigung der Corona-Krise geholfen – und ist auch wichtig, um mögliche künftige Krisen meistern zu können. Zweitens sorgt die vergleichsweise niedrige Verschuldung für eine niedrige Zinsbelastung, auch wegen der Einschätzung der Anleger, dass Deutschland besonders kreditwürdig ist. Höhere Schulden führen dagegen zu höheren Zinsen – und das nicht nur für den Staat; steigt das Zinsniveau, belastet das die Investitionstätigkeit der Unternehmen. Drittens: Die staatliche Investitionsquote hängt in erster Linie nicht von den Einnahmen ab, sondern von der ganz einfachen Frage, wofür die Politik Geld ausgibt, also von ihren Prioritäten. Wer sagt, dass Investitionen das Wichtigste sind, kann nicht zuerst alle anderen Ausgaben beschließen, um dann überrascht festzustellen, dass nicht mehr genug für Infrastruktur, Digitales und Forschung übrig ist. Übrigens: die Überlegung, mehr Schulden zuzulassen, solange diese nicht die Höhe der Investitionen übersteigen, ist nicht neu – das war die Regel im Grundgesetz bis zur Einführung der heute gültigen Schuldenbremse. Nur leider hat diese Vorgabe nicht funktioniert und auch nicht zu mehr Investitionen geführt.

Hans-Joachim Vieweger, Die Schuldenbremse ist keine Investitionsbremse, in: https://www.tagesschau.de/inland/innenpolitik/nachtragshaushalt-116.html, 01.12.2023

M 7 Die Schuldenbremse ist nicht sinnvoll

Von Anfang an gab es Kritik an den Schuldenregeln. Gewerkschaften, Teile der SPD, aber auch Wissenschaftler monierten, dass die Reform die finanziellen Spielräume der Parlamente in Bund und Ländern zu sehr einschränkt. Durch die Entscheidung des Bundesverfassungsgerichts 2023 über eine Klage der Unionsfraktion hat die Debatte an Brisanz gewonnen: Das höchste deutsche Gericht entschied, dass der Bund sich Notlagenkredite nicht für spätere Jahre auf Vorrat zurücklegen darf.

Neben den Debatten über die Auswirkungen des Karlsruher Urteils auf Haushalt und Finanzen wird zunehmend auch grundsätzlich über die Schuldenbremse diskutiert. [...]

Als „zukunftsfeindlich" bezeichnete der Ökonom Peter Bofinger von der Universität Würzburg die Schuldenbremse. Man könne sehen, wie die Bremse „in unsere Zukunftsgestaltung einschneidet". Als Beispiele nannte Bofinger notwendige Investitionen in Bahnmodernisierung, Gebäudesanierung und Halbleiterfabriken. Die Ausnahmeregel von der Schuldenbremse könne man wohl nur bei konkreten Krisen ziehen, nicht bei längerfristigen Entwicklungen wie dem Klimawandel. Jens Südekum, Ökonomie-Professor an der Heinrich-Heine-Universität Düsseldorf, sagte: Durch das Urteil aus Karlsruhe sei die „Schuldenbremse maximal scharf gestellt". Es werde jetzt die Frage sein, „ob sie der Realität überhaupt standhält". Der Forscher stellte die Frage, ob diese Schuldenbremse „einfach nicht mehr in diese Zeit passt, wo wir diese riesigen Herausforderungen vor uns haben, gerade im investiven Bereich". Deutschland sei zudem „nie exzessiv verschuldet" gewesen, sagte Südekum. Die Schuldenquote sei im internationalen Vergleich „sehr niedrig". Die Verschuldung in den USA, Großbritannien und anderen Staaten sei wesentlich höher.

Aus den Reihen der Ampelkoalition machen sich die SPD und die Grünen für eine Lockerung der Schuldenbremse stark – zugunsten von mehr Investitionen. Nicht getätigte Investitionen seien die Schulden von morgen, argumentierte Grünen-Co-Chefin Ricarda Lang [...]. Deutschland drohe, im internationalen Vergleich abgehängt zu werden. [...]

Ähnlich äußerte sich auch Berlins Regierender Bürgermeister Kai Wegner – als erster CDU-Regierungschef. Die Schuldenbremse sei im Sinne solider Finanzen eine gute Idee. „Ihre derzeitige Ausgestaltung halte ich allerdings für gefährlich", erklärte Wegner [...]. Mit seinem Vorstoß stellt sich Wegner auch gegen den Kurs von CDU-Bundeschef Friedrich Merz, der im Bundestag betonte, darüber werde nicht im Rathaus von Berlin entschieden. Fakt ist jedoch, dass auch die Länder ein Wort mitzureden haben – zum Beispiel 2009 bei der Verabschiedung der Schuldenbremse. Mittlerweile gibt es auch zunehmend kritische Töne von weiteren CDU-Länderchefs zur Schuldenbremse.

Zweifel an der Schuldenbremse wachsen, in: https://www.deutschlandfunk.de/schuldenbremse-kritik-debatte-abschaffung-100.html, 02.02.2024

1 **Beschreiben** Sie die Karikatur und **formulieren** Sie Deutungshypothesen (M 1).

2 **Erstellen** Sie ein Fließschema, in welchem Sie die die Theorie des Keynesianismus **erklären** (M 2).

3 **Erläutern** Sie Kritikpunkte an der Theorie des Keynesianismus. Gehen Sie dabei besonders auf die Rolle der Staatsschulden ein (M 3, M 4).

4 **Erarbeiten** Sie entweder Pro- oder Kontra-Argumente zu der Fragestellung „Rettet uns die Schuldenbremse?", indem Sie M 5–M 7 arbeitsteilig **analysieren**. **Verteidigen** Sie Ihre Argumentation anschließend in einer Fish-Bowl-Debatte.

5 **Formulieren** Sie kollaborativ einen Brief an das Bundesfinanzministerium, in welchem Sie den Sinn einer Schuldenbremse im Kontext einer an Keynes orientierten Konjunkturpolitik **beurteilen** (M 3–M 7).

QUERVERWEIS

METHODE Schreibprozesse kollaborativ organisieren
S. 286 f.

2.4 Sind Schulden gar kein Problem? Die Modern Money Theory

M1 Zitate

Die Schuldenbremse soll die Steuerzahler vor Politiker schützen, die ihre Aufgaben nur zulasten künftiger Generationen zu lösen vermögen.

Reiner Holznagel (* 1976), Präsident des Bundes der Steuerzahler Deutschland

Die Haushaltsdefizite müssen uns keine Sorgen machen. Wir haben nicht das Problem, dass wir knappes Geld haben und irgendwelche Sachen nicht bezahlen können.

Dirk Ehnts (* 1977), deutscher Wirtschaftswissenschaftler

M2 Grundzüge der Modern Monetary Theory (MMT)

INFO

Geldschöpfung
In der Wirtschaftstheorie geht man davon aus, dass das Geld aktiv „geschöpft" wird, indem beispielsweise die Zentralbank Geld verzinst an eine Bank verleiht und diese das Geld als Kredit an Privatverbraucher weitergibt. Wenn jemand Geld auf sein Bankkonto einzahlt, wird dies als passive Geldschöpfung bezeichnet.

Den Vertretern der Modern Monetary Theory machen Schulden keine Angst. Denn Schulden spielen dieser neuen ökonomischen Denkschule zufolge kaum eine Rolle bei der Frage, was sich ein Land leisten kann. Ein Staat könne in seiner eigenen Währung gar nicht Pleite gehen, denn er schafft ja das Geld, über seine Zentralbank. „Der EZB kann das Geld nicht ausgehen und sie kann auch nicht Pleite gehen. Die ökonomischen Lehrbücher sind weitgehend falsch!" [, sagt der Wirtschaftswissenschaftler Dirk Ehnts.] [...] „Die Lehrbücher sind voll davon, dass gesagt wird, es gibt so etwas wie drei Möglichkeiten der Staatsfinanzierung: Entweder durch Steuern oder durch Staatsanleihen oder durch die Zentralbank, was dann meistens mit Gelddrucken verbunden ist." Völliger Quatsch, sagt Ehnts. „Die Lehrbücher, muss man schon konstatieren, sind weitestgehend falsch momentan."

Denn eigentlich gebe es von den drei beschriebenen Möglichkeiten faktisch nur eine: das Gelddrucken. Denn der Staat ist der Schöpfer des Geldes. Nur, wenn er Geld überhaupt erst in Umlauf gebracht hat, können die Bürger damit auch Steuern bezahlen oder Staatsanleihen kaufen. Der Staat muss sein Geld also erst einmal ausgeben, unter die Leute bringen, bevor er es wieder zurückholen kann. „Das heißt, die deutsche Bundesregierung, wenn die Ausgaben durchführt, weist das Bundesministerium der Finanzen die Bundesbank an, in deren Auftrag das Konto von einer Bank zu erhöhen, die wiederum dann den Kontostand des Empfängers erhöht. [...] Es gibt gar keine Möglichkeiten der Defizitfinanzierung oder Steuerfinanzierung. Es ist nicht so, dass da irgendjemand in der Bundesbank dann den Hebel umlegt und halt sagt, okay, jetzt lasse ich die Steuern fließen oder sagt, okay, jetzt drücke ich auf den Knopf und lasse das durch Staatsanleihen finanzieren. Das funktioniert so alles gar nicht."

Wie das Geldsystem also wirklich funktioniert, das habe er erst während seiner Promotion verstanden, sagt Ehnts. [...]

Die schwäbische Hausfrau muss ihr Geld nämlich erst einmal verdienen oder sparen, bevor sie sich etwas kaufen kann. Sie kann – so heißt es – nur das ausgeben, was sie hat. Anders als der Staat. Er schöpft das Geld und kann es ausgeben, ohne vorher zu sparen oder Geld zum Beispiel von Steuerzahlern einzunehmen. Das müsse Deutschland, das müsse die Euro-Zone schnellstens verstehen, warnt Ehnts. [...] Arbeitslosigkeit, marode Infrastruktur, schleppende Digitalisierung, kaputte Schulen und natürlich die unmittelbaren Folgen der aktuellen Corona-Pandemie – um all diese Probleme zu lösen, braucht es Hunderte Milliarden Euro. Ganz zu schweigen von den wirklich teuren Themen: der Bekämpfung des Klimawandels, der Verkehrs- und Energiewende.

Vivien Leue, Schulden machen, bis es quietscht, in: https://www.deutschlandfunkkultur.de/modern-monetary-theory-schulden-100.html, 10.05.2022

WEBCODE

WES-117977-306
Geldschöpfung

M3 Hat sich die MMT „selbst entzaubert"?

Negative Leitzinsen, wie sie in der Eurozone noch bis Sommer 2022 galten, sind eine ökonomische Absurdität und kein geldpolitisches Standardinstrument. Das dürften inzwischen sogar die europäischen Währungshüter verstanden haben. Statt die Konjunktur zu stimulieren, haben die Negativzinsen lediglich Spekulationsblasen befeuert und das Finanzsystem instabiler gemacht. Der Zins ist so etwas wie der Preis für die Zeit. Schon der Volksmund weiß, dass Zeit Geld ist. […]
Natürlich könnten die Notenbanken mit Gelddrucken die Staatsausgaben alimentieren. Aber auch diese Idee der MMT-Anhänger wurde 2022 beerdigt. Nicht nur das brutale Comeback der Inflation spricht dagegen, das von der Geldflut der Notenbanken begünstigt wurde. Auch Japan, das mit einer Schuldenquote von gut 260 Prozent und zehnjährigen Zinsen von 0,25 Prozent immer wieder als MMT-Musterland herhalten muss, dokumentiert das. […]
Soweit sollte es die Bundesregierung allerdings gar nicht erst kommen lassen. Die Modern Monetary Theory hat sich in den vergangenen Monaten selbst entzaubert. Auf den angebotsseitigen Preisschock, der die Welt seit dem Ausbruch der Pandemie und noch verstärkt seit dem Kriegsbeginn in der Ukraine heimsucht, hat sie keine Antworten und die Illusion einer kostenlosen Staatsverschuldung ist von der Realität gnadenlos widerlegt worden. Es ist daher höchste Zeit, den ökonomischen Irrtum MMT endlich wieder dahin zu packen, wo er hingehört: in die Mottenkiste der Geschichte.

Holger Zschäpitz, Führt die Modern Monetary Theory in die Überschuldung? Das Ende der großen MMT-Illusion, in: https://www.bpb.de/themen/wirtschaft/europa-wirtschaft/516432/das-ende-der-grossen-mmt-illusion/, 09.01.2023

M4 Alles nur „ein rhetorischer Trick"?

Die MMT behauptet gar nicht, Schuldenmachen sei immer und ausnahmslos „kostenlos". Natürlich kann der Staat mit einer Vollgaspolitik die Inflation anheizen und natürlich können die Zinsen steigen. Inflation entsteht, wenn die Wirtschaft überhitzt und Zinsen steigen, wenn die Zentralbank sie anhebt – oder die Zentralbank Spekulation der Kapitalmärkte zulässt. Das eine ist Ergebnis der Regierungspolitik, das andere Ergebnis der Zentralbankpolitik. […] [Holger] Zschäpitz unterstellt zudem, die hohen Schulden und die „Geldflut" der Zentralbanken seien schuld an der Inflation. Schließlich seien „die Schulden der westlichen Industriestaaten in den vergangenen fünf Jahren um rund 50 Prozent auf umgerechnet mittlerweile 60 Billionen US-Dollar gestiegen" – ist das nicht ungeheuer viel? Achtung: Das ist ein rhetorischer Trick, so billig wie polemisch. Erstens verrät er nicht, welche Staaten er genau meint; zweitens ist der Zeitraum von fünf Jahren willkürlich gewählt […] und drittens rechnet er alles auf US-Dollar um und verschleiert so, ob es sich jeweils um Schulden in Fremdwährung oder eigener Währung handelt.

Maurice Höfgen, Er will die MMT entzaubern, entzaubert aber nur sich selbst, in: https://www.geldfuerdiewelt.de/p/mmt-kritik-welt-zschaepitz-bpb, 14.03.2023

1 **Erläutern** Sie, wie die Geldschöpfung in der Theorie funktioniert. **Recherchieren** Sie ggf. nach weiteren Informationen.

2 **Fassen** Sie die Zitate in M 1 **zusammen** und **vergleichen** Sie diese.

3 **Gestalten** Sie ein mediales Produkt, in welchem Sie die Hintergründe der Modern Monetary Theory (M 2) **erläutern** sowie deren Stärken und Schwächen **diskutieren** (M 3, M 4).

4 **Beurteilen** Sie, ob die Modern Monetary Theory als theoretischer Ansatz dazu dienen kann zu beweisen, dass Schulden kein Problem für die Wirtschaft seien (M 1–M 4).

2.5 Monetarismus – muss es immer mehr Markt sein?

M1 Steuersenkungen als Konjunkturimpuls?

Zeichnung: Harm Bengen

M2 Monetarismus – Theorie der angebotsorientierten Konjunkturpolitik

Die Theorie des Monetarismus geht, so wie es auch Keynes in seinen Ansätzen tut, von der Rezession aus und fragt nach der Ursache dieser. Während Keynesianer immer eine Nachfrageproblematik erkennen, sehen Monetaristen immer eine Störung der Angebotsseite. Nach ihrem Blickwinkel werden Investitionen der Unternehmen und eine Entwicklung des Marktes durch zu viele Hürden und Grenzen beschränkt. Daher muss die Angebotsseite gestärkt werden, indem staatliche Hürden wie Bürokratisierung reduziert, Steuern gesenkt oder der Arbeitsmarkt flexibilisiert werden. Dabei muss gleichzeitig darauf geachtet werden, dass die Geldmenge stabil bleibt, um Unternehmer zu Investitionen anzuregen. Nach verschiedenen Investitionstheorien hängt die Entscheidung eines Unternehmers vor allem von der Geldmenge und der Steuerhöhe ab. Wenn diese nun gemäß der angebotsorientierten Theorie investieren, dann steigt der gesamtwirtschaftliche Konsum wieder an. Dadurch werden mehr Arbeitskräfte benötigt und dadurch beginnt die gesamtwirtschaftliche Nachfrage zu steigen. In Summe behaupten Monetaristen also, dass eine größere marktwirtschaftliche Freiheit die Marktakteure auch in Krisenzeiten anregen würde, wieder mehr zu investieren.

Autorentext

M3 Friedman: Kontrolle über das Geld

INFO

New Deal
wirtschafts- und sozialpolitisches Reformprogramm in den USA der 1930er-Jahre

Kalter Krieg
Ost-West-Konflikt zwischen den USA (NATO) und der Sowjetunion (Warschauer Pakt) von etwa 1947 bis 1991 (Ende der Sowjetunion)

In den vergangenen Jahrzehnten sind die Begriffe „Vollbeschäftigung" und „Wirtschaftswachstum" für die Regierung zu erstklassigen Entschuldigungen geworden, sich immer mehr in wirtschaftliche Angelegenheiten einzumischen. Eine Wirtschaft des freien Unternehmertums, so sagt man, sei von Natur aus instabil. Sich selbst überlassen, schaffe sie abwechselnde Zyklen von Boom und Bankrott. Die Regierung müsse also einschreiten, um einen sicheren Kurs zu steuern. Diese Argumente galten besonders während und nach der großen Depression der Dreißigerjahre. Sie spielten eine große Rolle bei der Entstehung des New Deal in diesem Lande wie auch bei vergleichbaren Regierungsinterventionen in anderen Ländern. In den jüngst vergangenen Jahren ist „Wirtschaftswachstum" zum beliebteren Schlachtruf geworden. Die Regierung muss, so argumentiert man, aufpassen, dass die Wirtschaft wächst, damit alles für den Kalten Krieg da sei und damit den Völkern der Welt gezeigt werden kann, dass eine Demokratie schneller zu Wohlstand kommt als ein kommunistischer Staat.

Diese Argumente sind absolut irreführend. Tatsache ist: Die große Depression – wie die meisten Perioden starker Arbeitslosigkeit – wurde mehr durch ein falsches Vorgehen der Regierung als durch eine der freien Marktwirtschaft innewohnende Labilität hervorgerufen. Eine von der Regierung eingerichtete Institution – das Federal Reserve System – war mit der Verantwortung für die Geldpolitik betraut worden. In den Jahren 1930 und 1931 führte das Reserve-System diesen Auftrag so ungeschickt aus, dass aus einer geringen Rezession eine größere Katastrophe wurde. [...]

In ähnlicher Weise sind heute Regierungsmaßnahmen dem wirtschaftlichen Wachstum der Vereinigten Staaten stark im Wege. Zölle und andere Restriktionen im internationalen Handel, hohe Steuerlasten und eine komplexe und ungerechte Steuerstruktur, Überwachungskommissionen, von der Regierung festgesetzte Löhne und Preise und eine Unmenge anderer Maßnahmen bringen den Einzelnen dazu, seine Gelder falsch anzulegen und neu Erspartes falsch zu investieren. Was wir dringend für eine stabile und wachsende Wirtschaft brauchen, ist eine reduzierte, nicht eine vermehrte Einmischung der Regierung. Eine solche Reduzierung würde der Regierung immer noch eine bedeutende Rolle auf diesem Gebiet überlassen. Es ist vor allem wünschenswert, dass die Regierung einen festen Geld- und Finanzrahmen für die freie Wirtschaft liefert – als einen Teil ihrer Funktion, einen festen gesetzlichen Rahmen zu schaffen. Wir sollten von der Regierung einen legalen und ökonomischen Rahmen verlangen, der die einzelnen Menschen befähigt, wirtschaftliches Wachstum zu produzieren. Die Hauptgebiete der Regierungspolitik in Bezug auf wirtschaftliche Stabilität sind Geldpolitik und Finanzpolitik. [...]

Ein Liberaler fürchtet grundsätzlich jede Machtkonzentration. Er möchte jedem einzelnen Menschen ein Höchstmaß an Freiheit sichern, solange es nicht die Freiheit anderer Menschen beeinträchtigt. Seiner Ansicht nach muss zu diesem Zweck die Macht aufgeteilt werden. Er wird argwöhnisch, wenn der Regierung Funktionen zugeteilt werden, die der Markt ausführen könnte. Denn das setzt Zwang an die Stelle von Kooperation und bedroht dadurch, dass die Regierung eine größere Rolle erhält, die Freiheit auch auf anderen Gebieten. Eine Machtverteilung wird auf dem Gebiet des Geldwesens zu einem besonders schwierigen Problem. Man ist sich weitgehend einig, dass die Regierung in monetären Angelegenheiten gewisse Verantwortung haben muss. Ebenso erkennt man weitgehend an, dass die Kontrolle über das Geldwesen ein mächtiges Werkzeug zur Kontrolle und Gestaltung der Wirtschaft sein kann. Lenins berühmter Ausspruch, der wirksamste Weg, eine Gesellschaft zu zerstören, sei ihr Geldwesen zu ruinieren, dramatisiert diese Macht. Schlichter gesagt: Seit undenklichen Zeiten haben die Herrschenden, im Besitz der Kontrolle über das Geldwesen, der Bevölkerung schwere Steuerlasten auferlegt, meist ohne die Zustimmung der Legislative, falls es überhaupt eine gab. Das gilt für die frühen Zeiten, als die Herrscher den Feingehalt der Münzen beschnitten und dabei schon zu ähnlichen Hilfsmitteln wie unsere Zeit griffen, mit ihren verfeinerten, modernen Techniken, die Notenpresse anzukurbeln oder Eintragungen in den Büchern der Notenbank zu ändern. Das Problem liegt darin, institutionelle Vorkehrungen zu treffen, die die Regierung befähigen, für das Geldwesen die Verantwortung zu tragen, die jedoch gleichzeitig die der Regierung damit zugewachsene Macht in Grenzen halten und verhindern, dass sie genutzt wird, um die freie Gesellschaft zu schwächen, anstatt sie zu stärken. [...]

Der einzige Weg, der verheißungsvoll erscheint, ist eine Regelung durch Gesetze anstatt durch Menschen. Man muss Regeln für die Führung der Geldpolitik gesetzlich festlegen, die Öffentlichkeit in die Lage setzen, durch ihren politischen Sachverstand die Geldpolitik zu kontrollieren, und Regeln [aufstellen], die gleichzeitig verhindern, dass die Geldpolitik den täglichen Launen politischer Autoritäten unterworfen ist. [...]

Beim Stand der heutigen Erkenntnisse wäre ich im Augenblick für eine gesetzliche Regelung, die die Finanzbehörden anweist, eine festgesetzte Wachstumsrate für die vorhandene Geldmenge zu erzielen.

Milton Friedman, Kapitalismus und Freiheit, Piper: München u. a. [10]2015, S. 61 ff., 75, 77

Der amerikanische Wirtschaftswissenschaftler Milton Friedman (1912–2006) erhielt 1976 für seine Leistungen auf dem Gebiet der Analyse des Konsums, der Geschichte und der Theorie des Geldes den Nobelpreis für Wirtschaftswissenschaften.

INFO

Lenin
(1870–1924)
russischer Kommunist und Revolutionär

GLOSSAR

Angebotsorientierte Wirtschaftspolitik
Monetarismus
Neoliberalismus

1 **Beschreiben** Sie die Karikatur M 1 und stellen Sie Vermutungen an, welche konjunkturpolitischen Impulse der Monetarismus setzt.

2 **Gestalten** Sie ein Fließschema, in welchem die Funktionsweise des Monetarismus deutlich wird (M 2).

3 **Bewerten** Sie die dargestellte Theorie vor dem Hintergrund, ob es immer „mehr Markt“ sein muss, um eine Rezession zu verlassen (M 2, M 3).

2.6 Beispiel Agenda 2010 – war die monetaristische Politik erfolgreich?

M 1 Armut per Gesetz?

GLOSSAR
Armut

Zeichnung: Schwarwel

M 2 Die zentralen Inhalte der Agenda 2010

GLOSSAR
Agenda 2010

Die Agenda 2010 mit der Einführung von Hartz IV als zentrales Projekt gilt als die wohl größte und umstrittenste Reform des damaligen Bundeskanzlers Gerhard Schröder (SPD). […]

Motiv: Die Agenda 2010 sollte die Sozialsysteme sanieren, Lohnnebenkosten senken, den Arbeitsmarkt flexibler machen und die Staatsfinanzen konsolidieren. Schröder gab den Startschuss mit einer Regierungserklärung am 14. März 2003 – er sagte: „Wir werden die Leistungen des Staates kürzen, Eigenverantwortung fördern und mehr Eigenleistung von jedem Einzelnen abfordern müssen."

Kerninhalte: Die Bezugsdauer des Arbeitslosengeldes wurde gekürzt, die Unterstützung für Langzeitarbeitslose auf das Niveau der Sozialhilfe gesenkt. Dazu wurden Arbeitslosen- und Sozialhilfe zum neuen Arbeitslosengeld II (Hartz IV) zusammengelegt. In den Jobcentern wurden kommunale Sozialhilfe und staatliche Arbeitslosenvermittlung verzahnt. Im Gesundheitswesen wurden die Krankenkassen durch Ausklammerung von Leistungen entlastet. Eingriffe gab es zur Stabilisierung der Rentenfinanzen, das Rentenniveau sank.

Wirkungen: Welchen Anteil die Agenda 2010 am wirtschaftlichen Erfolg Deutschlands hat, ist unter Wissenschaftlern umstritten. Auch über ihren Anteil am Rückgang der Arbeitslosigkeit seither gehen die Meinungen auseinander, weniger hingegen am Abbau speziell der Langzeitarbeitslosigkeit. Für Erwerbslose stieg der Druck, gering bezahlte Beschäftigung anzunehmen. Arbeitslose sind bei angebotenen Jobs aus Sorge vor Abrutschen oder Verbleib in Hartz IV weniger wählerisch. Der Niedriglohnsektor wuchs. Erwerbsfähige Sozialhilfeempfänger wurden unter dem Motto „Fördern und Fordern" in die Jobvermittlung einbezogen.

Agenda 2010 – Inhalt, Wirkung, Reformforderungen, 20.02.2017 © dpa Deutsche Presse-Agentur

M3 Arbeitsmarkt und Armut in Deutschland

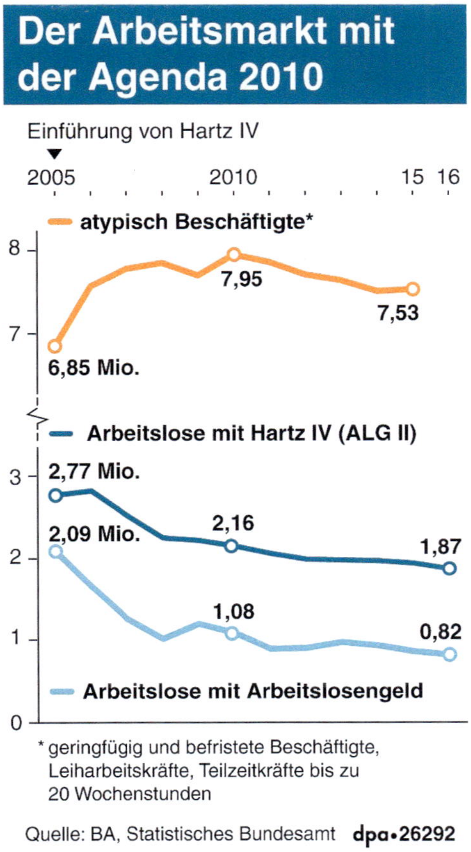

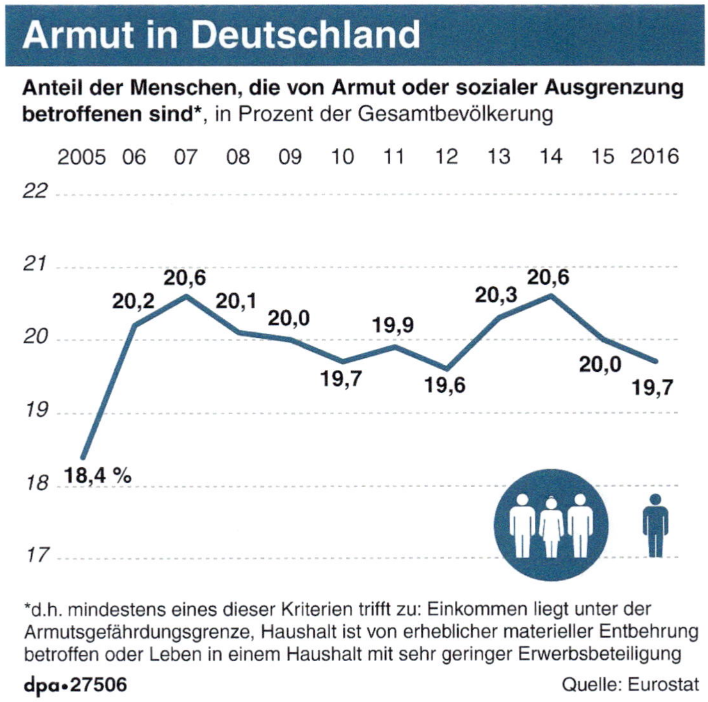

Im Jahr 2024 gab es in Deutschland 6,8 Mio. atypisch Beschäftigte, 0,9 Mio. Arbeitslose mit Bürgergeld und 0,9 Mio. Arbeitslose mit Arbeitslosengeld. Von Armut oder sozialer Ausgrenzung bedroht waren in Deutschland im Jahr 2024 20,9 Prozent der Bevölkerung (etwa 17,6 Mio. Menschen).

M4 Geldmenge und Inflation

Lange vor dem Ausbruch der […] [Wirtschafts- und Finanzkrise ab 2007] befand sich […] der Monetarismus auf dem Rückzug. So hatten zum Beispiel zahlreiche Finanzinnovationen die Aussagekraft monetärer Aggregate mehr oder weniger stark beeinträchtigt. Die Entwicklung der Geldmenge wurde von den meisten Notenbanken zunehmend vernachlässigt oder sogar ignoriert. […] Die Strategie der direkten Inflationssteuerung, setzte sich ab der Mitte der neunziger Jahre weitgehend durch. Der Ansatz basiert auf Prognosemodellen, in denen der Geldmenge keine aktive Rolle eingeräumt wird. […]
Der Monetarismus wird nicht in Form der alten Rezepte wiederkommen. […] „Inflation ist immer und überall ein monetäres Phänomen" – diese für den Monetarismus fundamentale These Milton Friedmans wird sich immer wieder bestätigen.

Otmar Issing, Zu viel Geld ist gefährlich, in: https://www.zeit.de/2010/10/F-Monetarismus, 04.10.2010

INFO

Otmar Issing
(* 1936)
Der deutsche Ökonom war von 1998 bis 2006 Chefvolkswirt der Europäischen Zentralbank.

1. **Benennen** Sie anhand der Karikatur (M 1) mögliche Probleme der angebotsorientierten Politik am Beispiel der Agenda 2010 (M 2).
2. **Vergleichen** Sie Ihre Erwartungen, indem Sie Grundprobleme **beschreiben** (M 2, M 3).
3. **Analysieren** Sie die Statistiken in M 3.
4. **Erörtern** Sie Stärken und Schwächen des Monetarismus (M 1–M 4).

Statistiken analysieren und vergleichen

Statistiken aller Art findet man mittlerweile in fast jeder Zeitung oder Zeitschrift. Diese scheinen auf den ersten Blick einfach zu lesen zu sein, da oftmals nur einige Balken, Säulen oder Linien mit den jeweiligen Werten in einen Zusammenhang gebracht werden müssen. Dies erweist sich allerdings insbesondere bei komplexeren Statistiken oder Schaubildern als Trugschluss.
Allgemein erfassen Statistiken oder Schaubilder in der Regel verschiedene Werte eines Sachverhalts, beispielsweise Durchschnittswerte oder absolute Angaben oder relative Angaben. Während relative Angaben immer einen Zusammenhang zwischen einer Menge und einer Ausprägung oftmals über prozentuale Angaben wiedergeben, sind absolute Angaben auf eine bestimmte Größenordnung orientiert. So macht es einen Unterschied, ob die absolute Zahl der Arbeitslosen dargestellt oder die Verbreitung der Arbeitslosigkeit im Zusammenhang zur Beschäftigtenzahl (Arbeitslosenquote) abgebildet wird.
Statistiken oder Schaubilder können sich in ganz unterschiedlichen Formen präsentieren. Grundsätzlich wird zwischen Balken-, Kreis-, Linien-, Punkt- oder Säulendiagrammen unterschieden. Bei der Analyse muss daher beispielsweise auch geklärt werden, ob die jeweilige Darstellungsform zum Inhalt passt und ob diese für das benutzte Zahlenmaterial wirklich geeignet ist.
Um komplexe Grafiken oder Statistiken zu analysieren, sind folgende Schritte zu beachten:

1. Beschreibung
- Welche Darstellungsform wurde gewählt und welche Assoziationen sind davon ausgehend zu erwarten?
- Wer ist die Autorin/der Autor der Statistik, wann ist diese erschienen?
- Was wird auf der x- und y-Achse abgetragen?
- Gibt es mehrere Werte, wie werden diese dargestellt (relative/absolute Angaben)?
- Werden bestimmte Symbole verwendet?
- Haben die Farben eine Aussagekraft?
- Werden bestimmte Zahlen hervorgehoben? Gibt es einen Zusammenhang?
- Besteht eine Verbindung zwischen den Zahlen/Werten?

2. Auswertung/Erklärung
- Wo sind die Extrempunkte (Hoch- und Tiefpunkte)?
- Gibt es erkennbare Entwicklungen?
- Wie stehen die Grafiken möglicherweise in Bezug zueinander?
- Gibt es Parallelen oder Unterschiede zwischen den Grafiken/Zahlen?
- Was sind Gründe für die Entwicklung, Schnittpunkte sowie Gemeinsamkeiten und Unterschiede?
- Welche Theorien/Begriffe können angewendet werden?

3. Bewertung
- Sind die Zahlen aktuell?
- Ist es sinnvoll, diese als relative oder absolute Menge abzutragen?
- Gibt es Angaben zur Quelle und ist diese vertrauenswürdig?
- Kann man die Zahlen/Grafiken in einen Zusammenhang stellen oder ist das unpassend?
- Ist der Maßstab korrekt oder wird bewusst verzerrt?
- Ist die Darstellungsform passend zum Inhalt?

1 **Analysieren** Sie die Statistiken (M 1, M 2) mithilfe der dargestellten Vorgehensweise.

2 **Bewerten** Sie die dargestellten Ergebnisse vor dem Hintergrund der handlungsleitenden Problemfrage zur Umsetzung des Lieferkettengesetzes (M 1, M 2). **Recherchieren** Sie ggf. zum Konzept des „fairen Handels“ bzw. speziell zu Produkten mit dem „Fairtrade“-Siegel und deren Problemfeldern.

M1 Der deutsch-amerikanische Handel

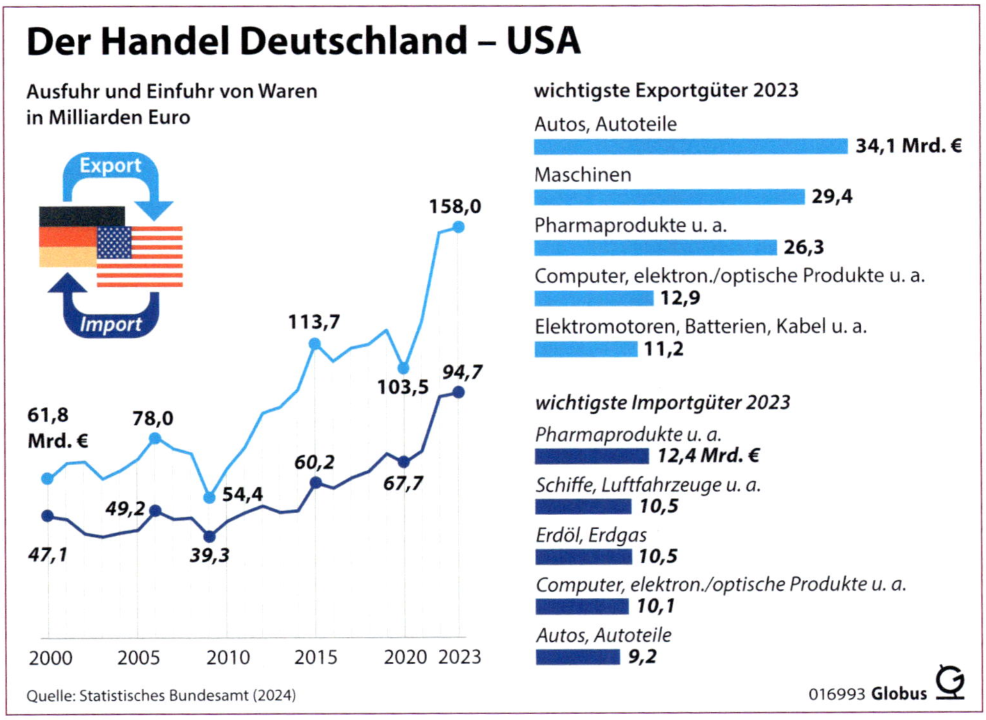

M2 Fairer Handel in Deutschland

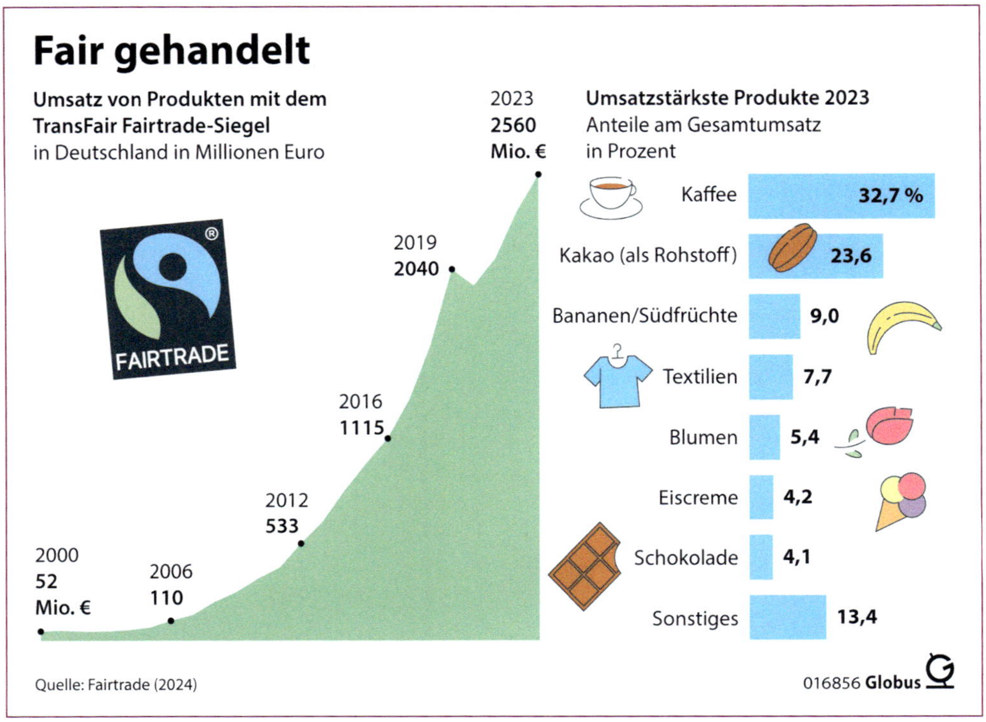

2.7 Urteil: Wirtschaftliche Rezession durch den Krieg in der Ukraine – hat man die richtigen Maßnahmen ergriffen?

M1 Die deutsche Wirtschaft und der Krieg in der Ukraine

Zeichnung: Kostas Koufogiorgos

M2 Geplante Entlassungen von deutschen Firmen

Stellenabbau in Deutschland (Auswahl)

Deutsche Bahn	−30000
ZF	−14000
Continental	−13000
Thyssenkrupp	−11000
Volkswagen	−10000
SAP	−5300
Bosch	−3800
BASF	−3300
Tesla	−3000
Schaeffler	−2800
Ford	−2300
Vodafone	−2000
Webasto	−1600
Evonik	−1500

Quelle: INSM/eigene Berechnungen 2024 48342EX

M3 Ökonomische und finanzielle Folgen für Deutschland

Ökonomen schätzen, dass die russische Invasion bis 2026 zu einem Bruttoinlandsprodukt-Verlust in der Ukraine von etwa 120 Milliarden US-Dollar führen wird. Nicht am Krieg beteiligte Drittländer müssen bis 2026 mit einem BIP-Verlust von rund 250 Milliarden Dollar rechnen, 70 Milliarden davon allein in der Europäischen Union. Das zeigt eine neue Studie des Instituts für Weltwirtschaft (IfW) in Kiel mit Daten für mehr als 150 Kriege seit 1870, welche am 14. Februar 2024 veröffentlicht wurde. „Der russische Angriff auf die Ukraine hat enormen wirtschaftlichen Schaden in der Ukraine, aber auch in den Nachbarländern und in Deutschland angerichtet“, sagte Moritz Schularick, Co-Autor der Studie.

Deutschlands BIP kostet der Ukraine-Krieg demnach bis 2026 etwa 15 bis 20 Milliarden Dollar. Die Ergebnisse beruhen auf einer Analyse von Forschenden des IfW in Kiel und der Universität Tübingen. Um abzuschätzen, wie stark ein Land unter den ökonomischen Folgen im Einzelnen leidet, haben die Forschenden rund um Jonathan Federle und Schularick das Onlinetool Price of War entwickelt. Damit lassen sich laut Angaben der Forschenden hypothetische Szenarien unter bestimmten Annahmen abschätzen. […]

Seit Beginn des Ukraine-Kriegs unterstützt Deutschland neben anderen westlichen Ländern die Ukraine militärisch und finanziell. Dem Auswärtigen Amt zufolge hat Deutschland der Ukraine Hilfen im Wert von 28 Milliarden Euro zukommen lassen (Stand 31. Januar 2024). […] Dazu kommen die Kosten für die Aufnahme von mehr als einer Million ukrainischer Kriegsflüchtlinge in Deutschland, die vor allem von den Bundesländern und den Kommunen getragen werden. Die Organisation für wirtschaftliche Zusammenarbeit und Entwicklung beziffert die Kosten pro Kopf und Jahr auf rund 11 300 Euro. […]

Noch kurz vor Kriegsausbruch zu Jahresbeginn 2022 bezifferten die Konjunkturprognosen das deutsche Wirtschaftswachstum auf ungefähr 3,5 Prozent für das Jahr 2022 und auf

2,5 Prozent für 2023. [...] Die finanzielle Unterstützung Deutschlands für die Ukraine im Krieg gegen Russland ist auch ein großes Thema mit Blick auf den Haushalt 2024. Für das Jahr 2025 droht offenbar schon ein großes Haushaltsloch. Einem Bericht zufolge könnte es sich um eine zweistellige Milliardensumme handeln.

Bona Hyun, „Enormen wirtschaftlichen Schaden angerichtet“: Was kostet Deutschland der Ukraine-Krieg?, in: https://www.fr.de/wirtschaft/wirtschaft-haushalt-ukraine-krieg-kosten-finanzielle-unterstuetzung-deutschland-folgen-wachstum-zr-92836016.html, 17.02.2024

M4 Krieg und Inflation

Erst sieben, dann mehr als zehn Prozent: Der Beginn des russischen Krieges gegen die Ukraine am 24. Februar 2022 war auch für die Inflation in Deutschland eine Zeitenwende. Fast im Monatsrhythmus kletterte die Teuerungsrate auf neue Höchststände.

Im Durchschnitt des vergangenen Jahres stiegen die Verbraucherpreise in [...] [Deutschland] um 7,9 Prozent im Vergleich zum Vorjahr. Einen solchen Preisschock hat die Bundesrepublik in den mehr als 70 Jahren seit ihrer Gründung nicht erlebt. [...] Die Ölpreise schossen in den ersten Wochen des Ukraine-Krieges in die Höhe. Die Spritpreise erreichten zeitweise Rekordwerte. Im Sommer löste ein weitgehender Lieferstopp für Erdgas aus Russland nach Westeuropa einen Höhenflug des Preises für Gas aus.

Deutschland ist besonders abhängig von Energieimporten und bekommt deshalb die wirtschaftlichen Folgen des russischen Angriffskriegs deutlich zu spüren.

Ein Jahr Ukraine-Krieg: Energiepreisschock und hohe Inflation, 22.02.2023 © dpa Deutsche Presse-Agentur

M5 Inflation und Preise

M6 Entlastungspakete der Bundesregierung im Jahr 2022

INFO

Sondervermögen
eigentlich Sonderschulden; Geld, das nicht Teil des regulären Haushaltes ist und demnach nicht unter die Schuldenbremse fällt

EEG
Erneuerbare-Energien-Gesetz; mit der von den Verbrauchern zu zahlenden Umlage wird der Ausbau der erneuerbaren Energien (Sonne, Wind u. a.) in Deutschland subventioniert

Seit Kriegsbeginn steigt die Inflation, Lebensmittel, aber auch Strom und Heizen werden teurer. Nach zwei Entlastungspaketen für Bürgerinnen und Bürger und dem Aus der Gasumlage [...] [hat] die Bundesregierung ein drittes Entlastungspaket auf den Weg gebracht und zur Finanzierung einer Gaspreisbremse den sogenannten Abwehrschirm über 200 Milliarden Euro beschlossen.

Mit den Stimmen der Ampel-Parteien hat der Bundestag die Finanzierung des Sondervermögens gebilligt [...]. Bereits im Februar [2022] hatte die Ampelkoalition einige Entlastungen für Haushalte in Höhe von 13 Milliarden Euro auf den Weg gebracht.

Die wichtigsten Maßnahmen [des Entlastungspakets I]:

- Wegfall der EEG-Umlage (der Mehrbetrag zur Ökostrom-Förderung ist seit Anfang Juli [2022] weggefallen und damit ein halbes Jahr früher als geplant – das könnte einem vierköpfigen Haushalt bis zu 130 Euro ersparen)
- Erhöhung der Pendlerpauschale von 35 Cent auf 38 Cent (rückwirkend zu Jahresbeginn [2022] für alle, die mehr als 20 Kilometer fahren)
- Erhöhung des monatlichen Kinderzuschlags für Eltern mit kleinen Einkommen von 209 auf 229 Euro pro Kind

Zudem sollen Wohngeldempfänger sowie viele Studierende und Auszubildende im Sommer [2022] einen doppelt so hohen Zuschuss zu den Heizkosten bekommen wie bisher geplant. [...]

Am 19. bzw. 20. Mai [2022] stimmten Bundestag und Bundesrat dem folgenden zweiten Maßnahmenpaket des Bundeskabinetts zu.

Die wichtigsten Maßnahmen [des Entlastungspakets II]:

- Jeder einkommensteuerpflichtige Erwerbstätige, der in den Steuerklassen 1–5 einsortiert ist, soll eine Energiepreispauschale von einmalig 300 Euro brutto bekommen. Das Geld wird vom Arbeitgeber als Zuschuss zum Gehalt ausgezahlt, bei Selbstständigen wird stattdessen die Steuer-Vorauszahlung gesenkt. [...]
- ein Kinderbonus als zusätzliche Einmalzahlung für Familien in Höhe von 100 Euro pro Kind
- eine Einmalzahlung für Empfänger von Sozialleistungen in Höhe von 200 Euro
- eine Einmalzahlung für Arbeitslosengeldempfänger in Höhe von 100 Euro
- Die Energiesteuer auf Kraftstoffe wurde befristet für drei Monate ab Juni auf das europäische Mindestmaß abgesenkt. Durch diese Art Tankrabatt reduzierte sich der Steuersatz für Benzin um 29,55 ct/Liter, für Dieselkraftstoff um 14,04 ct/Liter

- Für 90 Tage wurde bundesweit außerdem ein Ticket für neun Euro pro Monat im Öffentlichen Personennahverkehr (ÖPNV) angeboten.

Die Kosten für das zweite Entlastungspaket werden auf 14 bis 16 Milliarden Euro beziffert. [...] Der Bundestag hat mit den Stimmen der Ampel-Parteien die Finanzierung des sogenannten Abwehrschirms in der Energiekrise gebilligt – das Sondervermögen in Höhe von insgesamt 200 Milliarden Euro ist von der Schuldenbremse ausgenommen. Für die Bereitstellung der Gelder wird der in der Corona-Pandemie eingerichtete Wirtschaftsstabilisierungsfonds wieder aktiviert. Mit den neuen Schulden sollen eine Gaspreisbremse und Strompreis-Abschläge bezahlt werden.

Von Heizkostenzuschuss bis 200-Milliarden-Euro-Abwehrschirm, in: https://www.deutschlandfunk.de/hohe-energiepreise-energiesparen-entlastungspaket-102.html, 22.11.2022

M7 Entlastungen bei den Energiepreisen

Auf die Energiepreiskrise, die bereits Ende des Jahres 2021 begann und durch den russischen Angriffskrieg auf die Ukraine verschärft wurde, hat die Bundesregierung mit 28 Maßnahmen in drei Entlastungspaketen reagiert, die insgesamt für den Zeitraum von 2022 bis 2024 einen Umfang von knapp 240 Milliarden Euro aufweisen.
Zu den fiskalisch bedeutsamen Instrumenten zählen die Preisbremsen für Strom und Gas, der Ausgleich der kalten Progression, der Wegfall der EEG-Umlage sowie die Energiepreispauschale. Hinzu kommt die von den Arbeitgebern finanzierte Inflationsausgleichsprämie, bei der der Staat auf Steuern und Sozialabgaben verzichtet.
In Summe gelingt es der Politik durch die Hilfspakete die inflationsbedingten Belastungen für die Privathaushalte substanziell abzufedern, wie eine Analyse der Belastungen und Entlastungen für verschiedene Haushaltstypen und Einkommensklassen zeigt. Teilweise übersteigen die Entlastungen sogar die Belastungen. Ein vollständiger Ausgleich gelang beispielsweise für Familien im niedrigen Einkommensbereich, die wohngeldberechtigt sind und somit von den höheren Leistungen der Wohngeld-Plus Reform zum 1. Januar 2023 profitieren. Für viele andere Haushalte mit mittleren und höheren Einkommen können die Belastungen vollständig ausgeglichen werden, sofern sie die staatlich subventionierte Inflationsausgleichsprämie vom Arbeitgeber erhalten. Gemessen am jeweiligen Nettoeinkommen fallen die inflationsbedingten Belastungen für Haushalte mit geringem Einkommen größer aus als für Haushalte mit höherem Einkommen, da sie einen größeren Anteil ihres Konsums für besonders stark von der Inflation betroffene Güter und Dienstleistungen des täglichen Bedarfs aufwenden müssen. Hierzu zählen vor allem Ausgaben für Energie und Nahrungsmittel. Gleichzeitig sind die Entlastungspakete so konzipiert, dass relativ betrachtet Haushalte mit geringem Einkommen stärker von den Maßnahmen profitieren.
Trotz dieser Staffelung weisen die Entlastungspakete Schwächen auf. Da durch die steigenden Energieimportpreise ein größerer Anteil des erwirtschafteten Einkommens ins Ausland geflossen ist, bedeutet die Energiepreiskrise für Deutschland einen Wohlfahrtsverlust: Deutschland ist ärmer geworden. Ein weitestgehender Ausgleich der Belastungen für weite Bevölkerungsgruppen sollte aufgrund des immensen Finanzbedarfs daher nicht Ziel der Politik sein. Während eine vollständige Kompensation der aus der Energiepreiskrise resultierenden Belastungen für bedürftige Haushalte angezeigt ist, könnten Haushalte mit höherem Einkommen diese weitgehend aus eigener Kraft stemmen. Von daher ist der Umfang der Entlastungspakete kritisch zu bewerten. Hohe staatliche Kompensationen der krisenbedingten Belastungen auch in höheren Einkommensbereichen sprechen für eine mangelnde Zielgenauigkeit vieler Maßnahmen. Hohe Streu- und Mitnahmeeffekte sind die Folge.

Martin Beznoska/Tobias Hentze/Judith Niehues/Maximilian Stockhausen, Auswirkungen der Entlastungspakete in der Energiepreiskrise, in: https://www.iwkoeln.de/studien/martin-beznoska-tobias-hentze-judith-niehues-maximilian-stockhausen-auswirkungen-der-entlastungspakete-in-der-energiepreiskrise.html, 03.07.2023

M8 Die Entlastungspakete – sinnvoll?

Die größte Stärke des dritten Entlastungspakets ist wahrscheinlich die Erkenntnis, dass Bürgerinnen und Bürger sowie Unternehmen in der aktuellen Krise Unterstützung benötigen und notfalls die Schuldenbremse auch für 2023 aufgegeben werden muss. Es ist ein starkes Signal, dass der Bundesfinanzminister nun zurückrudert und sich dafür offen zeigt, diese Maßnahme zu ergreifen – auch wenn er dies lediglich als „Ultima Ratio" bezeichnet. 65 Milliarden Euro im dritten Paket sind zudem nicht wenig Geld, auch wenn sie im Vergleich zu den 350 Milliarden Euro, die während der Corona-Pandemie als Hilfen ausgezahlt wurden, begrenzt wirken und unklar ist, wer diese 65 Milliarden Euro auf welchem Weg erhalten soll.

Eine weitere Stärke des Pakets ist die Erkenntnis, dass Menschen mit geringen Einkommen jetzt besondere Unterstützung benötigen. Noch vor wenigen Wochen sprach der Bundesfinanzminister davon, dass es gerecht sei, wenn Menschen mit guten Einkommen weniger Steuern zahlen müssten, um die kalte Progression abzubauen. Das würde zehn Milliarden Euro kosten. Dieses Geld ist nun im Paket enthalten und würde zu zwei Dritteln den oberen 30 Prozent der Verdienenden in Deutschland zugutekommen. Aber zugleich werden eben besonders Menschen mit niedrigen Einkommen geschützt. Die Erhöhung der Regelsätze für Hartz-IV-Beziehende, die Erhöhung des Kindergeldes und vor allem der Ausweitung des Wohngelds auf künftig bis zu zwei Millionen Beziehende sind wichtige Fortschritte. [...]

Die dritte Stärke des Entlastungspakets ist die Erkenntnis, dass diese Krise alle Menschen und Unternehmen trifft – und daher auch alle Unterstützung benötigen. Aus diesem Grund wird einiges auch per Gießkannenprinzip verteilt. In einer solchen tiefgreifenden Krise ist dieses Vorgehen durchaus gerechtfertigt. Dass es so viele Einzelmaßnahmen gibt, ist der Tatsache geschuldet, dass unsere Sozialsysteme so schlecht aufeinander abgestimmt sind, sodass es zumindest für die nächsten zwei Jahre kaum möglich sein wird, Menschen zielgenau zu erreichen.

Die vierte Stärke des Entlastungspakets ist, dass die Bundesregierung aus ihren Fehlern gelernt hat. Der Tankrabatt wurde ersatzlos gestrichen und auch eine Erhöhung der Pendlerpauschale ist vom Tisch, beide waren weder zielgenau noch vereinbar mit Einsparungen und Klimaschutz.

Marcel Fratzscher, Was bringt das Entlastungspaket?, in: https://www.zeit.de/wirtschaft/2022-09/entlastungspaket-bundesregierung-inflation-energiekosten-kritik, 09.09.2022

M9 Die Entlastungspakete – nicht sinnvoll?

Wuchtig sollte es sein, maßgeschneidert, zielgenau – mit diesen Attributen schraubte die Ampel die Erwartungen an das dritte Entlastungspaket selbst in die Höhe. Am Sonntag lieferte sie es aus. Wuchtig fällt es auf den ersten Blick aus, 65 Milliarden Euro, davon über 30 Milliarden aus dem Haushalt, sind keine Summen, die man mal eben aus der Portokasse nimmt. Ob das Paket aber zielgenau ist, ob also die entlastet werden, die es wirklich nötig haben, lässt sich noch nicht abschließend beantworten. Die berechtigte Befürchtung ist, dass es hinten und vorn nicht passt. Arme sind weiterhin arm dran, für die untere Mittelschicht reichen die Kompensationen nicht aus, während Gutverdienenden Geld hinterhergeworfen wird und – das steht schon fest – an die richtig Reichen traut sich die SPD-geführte Regierung sowieso nicht ran. Gut, einige der Päckchen, die SPD, FDP und Grüne im 22-stündigen Sitzungsmarathon geschnürt haben, sind richtig und hochwillkommen. Dazu gehört etwa die Reform des Wohngeldes. Derzeit profitieren trotz rasant gestiegener Mieten nur 630 000 Menschen von dieser Form staatlicher Unterstützung, künftig sollen es bis zu 2 Millionen sein. Wohngeldempfänger:innen sollen außerdem dauerhaft einen

Heizkostenzuschuss bekommen. Studierende und Rentner:innen werden sich wohl über 200 und 300 Euro Energiepreispauschale freuen. Aber: All diese Päckchen kommen frühestens im Dezember an, die meisten erst im nächsten Jahr. Die Heizung werden die Menschen aber schon ab Oktober aufdrehen, dann werden auch die gestiegenen Heizkosten durchschlagen. Und jene, die mit Gas heizen müssen, bezahlen dann auch die Gasumlage mit. Der von der Ampel in Aussicht gestellte Preisdeckel auf Strom wird erst eingeführt, wenn die angekündigte Regulierung des Energiemarktes vollbracht ist. Ob und wann das klappt, ist völlig ungewiss. Viele europäische Länder warten deshalb nicht auf eine europäische Lösung, um Übergewinne zu verhindern, sondern schöpfen sie einfach per Übergewinnsteuer ab. Deutschland ziert sich aus dem bekannten Grund, und der heißt Christian Lindner.

Anna Lehmann, Die Ampel hilft sich selbst, in: https://taz.de/Entlastungspaket-der-Regierung/!5876308/, 04.09.2022

M 10 Das Gebäudeenergiegesetz und der Heizungsmarkt

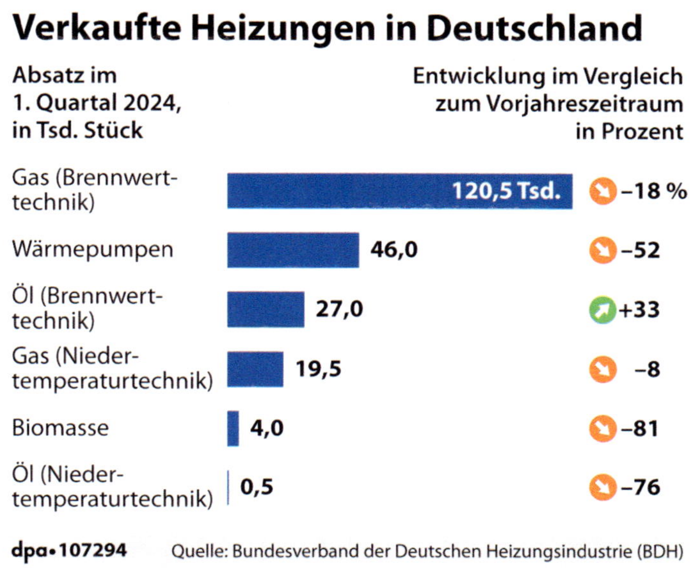

Im Jahr 2023 verabschiedete der Deutsche Bundestag nach langer kontroverser Debatte innerhalb der Bundesregierung und in der deutschen Öffentlichkeit eine Novellierung des Gebäudeenergiegesetzes (das sogenannte Heizungsgesetz), das verschiedene Maßnahmen, u. a. zur Förderung des Einbaus von Wärmepumpen enthält.

1 **Beschreiben** Sie die Karikatur und **formulieren** Sie mögliche Deutungshypothesen (M 1).

2 **Erstellen** Sie eine Übersicht in einer frei wählbaren digitalen Form, in welcher Sie den Verlauf, die Folgen und die Gegenmaßnahmen der Bundesregierung in der wirtschaftlichen Krise infolge des Russisch-Ukrainischen Krieges **erläutern** (M 2–M 7).

3 **Ordnen** Sie die von der Bundesregierung ergriffenen Maßnahmen den bekannten Konjunkturtheorien **begründet zu** (M 2–M 7).

4 **Bewerten** Sie die Umsetzung der Ziele des magischen Vierecks anhand der wirtschaftlichen Folgen des Krieges in der Ukraine (M 2–M 7).

5 **Diskutieren** Sie, ob man die korrekten Schlüsse aus der Abhängigkeit zu Russland im Energiebereich gezogen hat (M 1–M 7).

6 **Erarbeiten** Sie Pro- oder Kontra-Argumente zu der Fragestellung, ob man im Rahmen des Krieges in der Ukraine die richtigen konjunkturpolitischen Maßnahmen ergriffen hat. **Analysieren** Sie dafür arbeitsteilig M 8–M 10. **Verteidigen** Sie Ihre Position in einem Kugellager.

7 a) **Recherchieren** Sie die Inhalte, die Kritik und den medialen Umgang mit dem Gebäudeenergiegesetz (M 10).
b) **Bewerten** Sie im Anschluss, wie wirtschafts- und konjunkturpolitisch sinnvoll das Gebäudeenergiegesetz ist (M 10).

8 **Formulieren** Sie kollaborativ einen Kommentar, in welchem Sie die Fragestellung „Wirtschaftliche Rezession durch den Krieg in der Ukraine – hat man die richtigen Maßnahmen ergriffen?“ **diskutieren**.

Politische Urteile fällen

Politische Urteile sind „begründete Stellungnahmen", die in der Folge einer Auseinandersetzung mit einem politischen Problem entstehen. Dabei ist eine bewusste Positionierung sehr wichtig, sie bedarf allerdings einer systematischen Analyse eines Problems, der Bewertung der verschiedenen Positionen und einer eigenen Schwerpunktsetzung. Wie soll ich also vorgehen, wenn gefordert wird, ein Problem zu beurteilen? Folgende Vorgehensweise ist dabei empfehlenswert:

1. Spontane Positionierung zu einem Problem
Im ersten Schritt sollte man seine persönliche Positionierung zu einem Problem erfassen, die immer auf der Basis des bisherigen Wissens formuliert wird. Bezüglich der Beispielfrage „Keynesianismus oder Monetarismus: Wie kann man eine Krise verlassen?" wäre das dann ein Spontanurteil, welches noch nicht begründet werden muss.

2. Analyse der Argumente und Perspektiven
Nun muss man sich von der ersten Positionierung lösen und die Kontroversen genau analysieren. Dabei kommt es darauf an, sich selbst die jeweiligen Argumente und Perspektiven zu verdeutlichen und diese zu erfassen. Bei der Analyse kann das folgende Schema helfen:

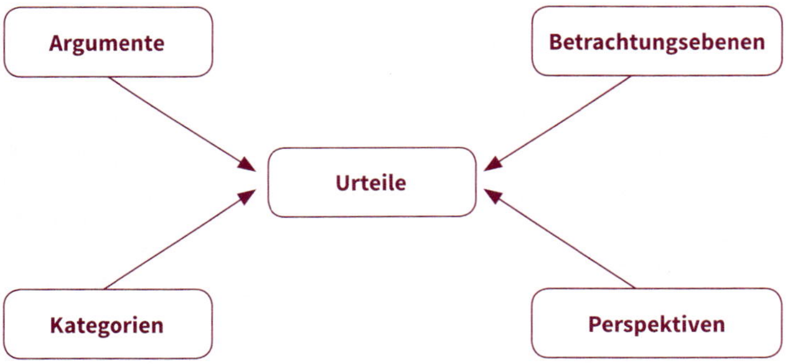

Betrachtungsebenen können z. B. sein: Politik, Wirtschaft.
Perspektiven können z. B. sein: Bürger, Unternehmer, Politiker, Betroffener.
Kategorien können z. B. sein: Effizienz, Legitimität, Nachhaltigkeit.

Nach dieser Logik werden Probleme zunächst unter verschiedenen Betrachtungsebenen analysiert: Ich nehme also den Blickwinkel der Politik, der Wirtschaft oder der Gesellschaft ein. Danach gehe ich von dieser Ebene aus und nehme eine bewusste Perspektive ein, indem ich mir handelnde Personen vorstelle. Das können je nach Betrachtungsebene z. B. Bürger, Politiker, Unternehmen oder andere Personen sein. Davon ausgehend werden Argumente analysiert und erarbeitet, welche man dann nach bestimmten Kategorien ordnen kann. Mögliche Kategorien sind dabei: Wie legitim ist eine Entscheidung? Wie effizient ist eine entscheidend? Wie sozial ist eine Entscheidung? Ausgehend von unserer Problemfrage sähe eine solche Analysekette wie folgt aus: Betrachtungsebene: Politik → Perspektive: → Bürger → Argumente: Eine nachfrageorientierte Politik stimuliert die Wirtschaft und schafft kurzfristig Arbeitsplätze, sodass ich nicht arbeitslos werde. → Kategorie: Wie effizient ist die Entscheidung?

3. Veröffentlichung des Urteils
Nach dem Analyseprozess muss nun das Spontanurteil durchdacht und ein bewusstes Urteil gefällt werden. Im Gegensatz zum Spontanurteil ist dieses nun begründungsbedürftig und hierbei müssen die unterschiedlichen Betrachtungsebenen und Perspektiven bewusst abgewogen werden.

4. Schriftliche Darstellung des Urteils

Die schriftliche Darstellung des Urteils erscheint, wenn man den oben dargestellten Prozess zugrunde legt, eine große Herausforderung zu sein, da die verschiedenen Ebenen nachgestellt werden müssen. Zugleich ist man bei der Vorgehensweise von der Aufgabenstellung abhängig.

a) Beurteilen Sie die These, dass die Bundesregierung wirtschaftlich erfolgreich auf den Krieg in der Ukraine reagiert hat.
Der Operator „Beurteilen" verlangt hier eine lineare Argumentation, d. h., solange man nicht eine abwägende Position einnimmt, können nur Pro- oder Kontra-Argumente dargestellt werden. Zugleich sollte man auch hier eine gewisse Gewichtung beachten, wobei diese hier ansteigend sein kann, um mit dem stärksten Argument zu enden. Zudem sollte versucht werden, jeweils verschiedene Betrachtungsebenen in den Argumenten einzubauen, was an folgendem Auszug deutlich werden kann:

„Aus dem Blickwinkel der Energiewirtschaft erscheinen die Eingriffe der Bundesregierung als sinnvoll, da man erstens die Energieversorgung durch Importe absicherte und zugleich auch den Konsum stabil hielt. Die Bürger konnten durch die Gas- und Strompreisbremse weiterhin, wenn auch regulierter, konsumieren, wodurch eine steigende Inflation und letztlich ein Kollaps verhindert wurde."

b) Diskutieren Sie die These, dass die Bundesregierung wirtschaftlich erfolgreich auf den Krieg in der Ukraine reagiert hat.

Der Operator „Diskutieren" verlangt nun eine dialektische Argumentation, das heißt, es müssen Pro- und Kontra-Argumente abgewogen werden. Hier muss also vorab überlegt werden, wie man diese anordnet: Für die Praxis hat sich hierbei das „Ping-Pong-System" als sinnvoll herausgestellt, da man hier Pro und Kontra abwechselt. Allerdings muss auch die Gewichtung bedacht werden, hier bietet es sich an, dass man mit dem stärksten Argument endet, das der eigenen Position entspricht und das schwächste entgegengesetzte dem gegenüberstellt. Der Aufbau entspricht dann folgender Logik, wobei man je nach Position auch mit Pro enden kann:

Pro		**Kontra**
1. Argument: stark	→	1. Argument: schwach
2. Argument: schwach	← ↙ / →	2. Argument: stark

Hierbei kommt es folglich neben der Darstellung der jeweiligen Betrachtungsebenen auch darauf an, dass die Überleitungen zwischen den Sichtweisen gelingen, wie man an folgendem Beispiel sehen kann:

„Aus Sicht der Unternehmen hat die Unterstützung des Staates Sinn gemacht, da so allein wegen durchgehender Produktion Ausfälle in Milliardenhöhe verhindert werden konnten. Allerdings ist die Frage, ob dies auch bei den Bürgern gelang? Die Studenten erhielten ihre Förderung erst ein Jahr später, für viele Menschen war die Unterstützung dauerhaft zu gering."

1 **Wenden** Sie das Urteilsbildungsmodell im vorliegenden Teilkapitel **an**.

2 **Formulieren** Sie auf dieser Basis eine Rede, in welcher Sie die Frage **diskutieren**, ob die Konjunkturpolitik der Bundesregierung zur Bekämpfung der ökonomischen Folgen des Russisch-Ukrainischen Krieges erfolgreich war.

Staatsschulden

M1 Nicht alle Schulden sind schlechte Schulden

Das Urteil des Bundesverfassungsgerichts könnte Deutschland in eine politische Krise treiben. Daran dürfte auch der nun von Bundesfinanzminister Lindner vorgestellte Plan nichts ändern, [...] einen Nachtragshaushalt vorzustellen. Dabei stellt das Gericht den Kurs der Politik gar nicht infrage, sondern begrenzt nur deren Instrumente: Nicht Gründe und Höhe der umgewidmeten Gelder sind das Problem, sondern die Zweckentfremdung.

Nun wird von mancher Seite so getan, als seien diese Ausgaben in den vergangenen beiden Jahren schädlich gewesen. Friedrich Merz behauptet gar, die Bundesregierung unter Kanzler Olaf Scholz habe die Wählerinnen und Wähler betrogen. Aber zur Fairness gehört das Eingeständnis, dass eben jene Bundesregierung mit ihren Ausgaben deutlich Schlimmeres verhindert hat. Kaum eine Regierung in der Welt hat Unternehmen und Bürgerinnen und Bürger in der Pandemie und dann in der Energiekrise so stark unterstützt wie die deutsche. Noch vor einem Jahr gingen alle Wirtschaftsprognosen von einer tiefen Rezession der deutschen Wirtschaft aus. Viele hielten eine Notlage bei Gas für wahrscheinlich, was Produktionsstopps und einen starken Anstieg der Arbeitslosigkeit als Folge gehabt hätte. Die starken Hilfen der Bundesregierung durch den neu aufgelegten Wirtschaftsstabilisierungsfonds und den Klima- und Transformationsfonds haben ein solches Szenario abgewendet.

Trotzdem hat das Gericht mit seinem Verbot recht. Ausnahmen der Schuldenbremse, die definitionsgemäß zeitlich und inhaltlich begrenzt sein sollen, dürfen nicht für langfristige oder permanente Aufgaben genutzt werden. Und dass sie damit absichtlich die Schuldenbremse umgehen, war den Bundes- und Länderregierungen wohl immer bewusst.

Das führt zu zweierlei Schlussfolgerungen: Erstens ist die Schuldenbremse nicht mehr zeitgemäß. Sie ist schädlich, weil sie blind ist, wofür der Staat sein Geld ausgibt: ob für Konsum oder für Zukunftsinvestitionen. Dies muss in einer Schuldenregel zwingend berücksichtigt werden. Zweitens begrenzt das Urteil die Fähigkeit von Bundes- und Länderregierungen, über Schulden Investitionen tätigen zu können.

Dies erfordert einerseits eine grundlegende Reform der Schuldenbremse, damit sie in Zukunft wieder sinnvoll Schulden begrenzen und eine Stabilisierung auch in Krisenzeiten möglich macht. Andererseits muss der Staat neue Wege finden, Zukunftsinvestitionen in Klimaschutz, Bildung oder Transformation finanzieren zu können. Daueraufgaben wie Klimaschutz können und sollten nicht durch temporäre Sondervermögen finanziert werden, von denen ständig neue geschaffen werden müssten.

Kritikerinnen und Kritiker wenden ein, die Bundesregierung schade mit ihrer Finanzpolitik künftigen Generationen, denn die hätten die höheren Schulden zu tragen. Das zeugt von einem falschen Verständnis von nachhaltiger Finanzpolitik sowie von den Wünschen und dem Schutz der Interessen künftiger Generationen. Jungen Menschen heute sind gute Arbeitsplätze, eine intakte Umwelt, sozialer Friede und eine hohe Attraktivität des Wirtschaftsstandorts Deutschland viel bedeutender als die Frage, ob die Bundesregierung künftig 0,7 Prozent oder 0,9 Prozent der jährlichen Wirtschaftsleistung als Zinsen auf die Staatsschulden zahlt.

Viele der Staatsschulden sind durchaus gute Schulden. Wissenschaftliche Studien zeigen, dass jeder Euro, der heute in Deutschland in Bildung investiert wird, langfristig doppelt und dreifach in der Form von höheren Steuereinnahmen an den Staat zurückkommt. Denn ein besseres Bildungssystem gibt mehr jungen Menschen die Chance, einen Schul- und Ausbildungsabschluss zu schaffen, sie produktiver und erfolgreicher zu machen und damit auch den Unternehmen zu helfen. Ähnliches gilt für Ausgaben für Klimaschutz, für eine leistungsfähige Infrastruktur und für Innovation.

Häufig rufen diejenigen nach stärkeren Staatshilfen, die besonders stark von den

Wirtschaftshilfen der Bundesregierung profitiert haben – und fordern zusätzlich, dass der Staat seine Schulden tilgt. Diese Rechnung geht jedoch nicht auf: Der Staat kann nicht mehr Ausgaben tätigen, die Steuern senken und gleichzeitig seine Schulden reduzieren.
Die schärfsten Kritiker der Bundesregierung sehen die Lösung für diese Quadratur des Kreises in einer Reduzierung der Sozialausgaben. Friedrich Merz spricht sich beispielsweise gegen die Kindergrundsicherung aus, was knapp vier Milliarden Euro pro Jahr einsparen würde. Unerwähnt lässt er, dass der größte Teil dieser Gelder nicht für eine Erhöhung der Leistungen vorgesehen ist, sondern dass mehr anspruchsberechtigte Kinder und Jugendliche bestehende Leistungen überhaupt erhalten. Es zeigt, wie ungerecht diese Debatte geführt wird, wenn nun die verletzlichen Gruppen unserer Gesellschaft als Sündenbock für die Probleme der Finanzpolitik herhalten müssen. Zumal der deutliche Anstieg der Staatsschulden seit 2020 weniger durch höhere Sozialleistungen verursacht wurde, sondern durch Wirtschaftshilfen und massive staatliche Subventionen für Unternehmen und Industriekonzerne. [...]
Das größte Risiko heute ist, dass die Bundesregierung sich durch das Urteil aus Karlsruhe selbst zerlegt. Stattdessen muss Deutschland handlungsfähig bleiben und jetzt die richtigen Entscheidungen für die Zukunft treffen. Zukunftsinvestitionen des Staates sollten deshalb oberste Priorität haben. Die Bundesregierung muss sich zusammenraufen und die Modernisierung der Wirtschaft beschleunigen und nicht verlangsamen. Dies erfordert kurzfristig eine weitere Ausnahme der Schuldenbremse und langfristig eine große Steuerreform.

Marcel Fratzscher, Nicht alle Schulden sind schlechte Schulden, in: https://www.zeit.de/wirtschaft/2023-11/bundeshaushalt-schuldenbremse-bundesregierung-bundesverfassungsgericht-urteil, 24.11.2023

M2 Umfrage zur Schuldenbremse

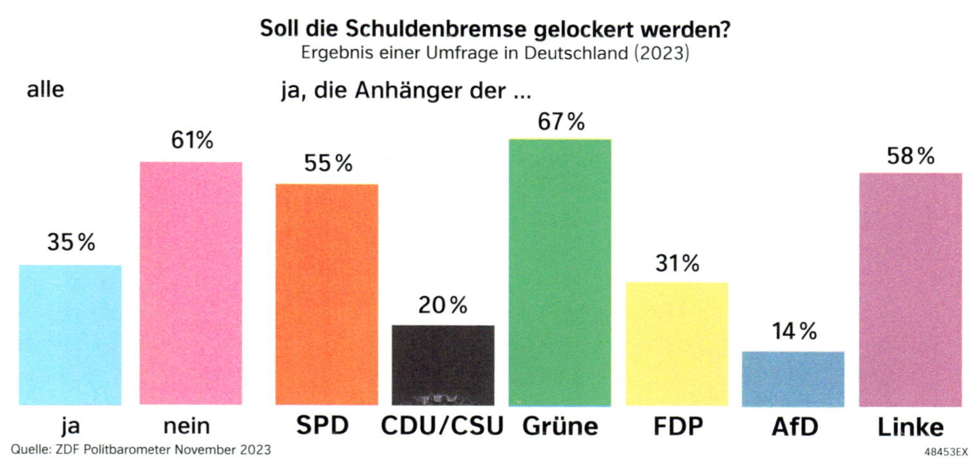

1 Beantworten Sie anhand von M 1 und M 2 die Frage, ob die Schuldenbremse gelockert werden soll, indem Sie
a) die Hauptaussagen der Materialien **zusammenfassen**,
b) die konjunkturpolitischen Hintergründe vor dem Kontext einer Ihnen bekannten Krisensituation **erläutern**,
c) in Form eines Kommentars **diskutieren**, ob die Schuldenbremse gelockert werden soll.

QUERVERWEIS
METHODE
Klausur
S. 218 f.

3. Das Lieferkettengesetz – Beispiel für eine nachhaltige und gerechte Organisation des Welthandels?

3.1 Einführung

M1 Ein umstrittenes Gesetz?

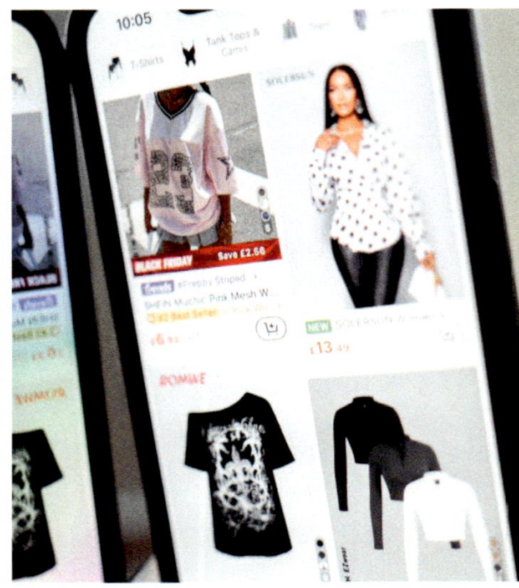

INFO

Lieferkettengesetz
Deutschland verabschiedete im Jahr 2023 ein eigenes Lieferkettengesetz, das aber erst für Unternehmen ab 1 000 Mitarbeitern gelten sollte. Das Lieferkettengesetz der EU dagegen sollte unter bestimmten Voraussetzungen bereits für Firmen ab 250 Mitarbeitern gelten.

Ursula von der Leyen
(* 1958)
Die deutsche Politikerin (CDU) ist seit 2019 Präsidentin der Europäischen Kommission.

M2 Das Lieferkettengesetz der EU

Der Versuch der FDP, das europäische Lieferkettengesetz zu stoppen, sorgt in der Zivilgesellschaft für Empörung. „Mit ihrer Kehrtwende kurz vor der Ziellinie setzt die FDP die Glaubwürdigkeit Deutschlands in der EU in Sachen Nachhaltigkeit aufs Spiel", erklärte Johannes Heeg, Sprecher der Initiative Lieferkettengesetz.

Das Präsidium der FDP hatte [...] die Forderung nach einem Stopp der geplanten EU-weiten Lieferkettenrichtlinie (Corporate Sustainability Due Diligence Directive – CSDDD) beschlossen. „Den aktuellen Entwurf der EU-Lieferkettenrichtlinie lehnen wir ab", heißt es im FDP-Papier. Es drohten sonst unverhältnismäßige Bürokratie, Rechtsunsicherheit und eine Wettbewerbsverzerrung. Agnes Strack-Zimmermann, FDP-Bundestagsabgeordnete und Mitglied im Parteipräsidium, machte die EU-Kommissionspräsidentin für die Richtlinie verantwortlich. „Der Bürokratismus hat einen Namen, und der heißt von der Leyen", sagte Strack-Zimmermann. Die Vollbremsung der FDP ist umso bemerkenswerter, da Bundesjustizminister Marco Buschmann (FDP) die Verhandlungsposition der Bundesregierung maßgeblich mitgeprägt und damit auch den Mitte Dezember 2023 erzielten Kompromiss von EU-Rat und EU-Parlament zur Lieferkettenrichtlinie mitgetragen hat. Die liberale Fraktion im EU-Parlament feierte die Einigung damals gar als großen Erfolg.

Die offizielle Verabschiedung erschien damals nur noch als Formsache. Doch jetzt könnte der Kompromiss kippen. „Wirtschaftslobbyisten laufen in Deutschland, Frankreich und Italien gemeinsam Sturm und versuchen, im Rat eine Sperrminorität gegen das Vorhaben zu mobilisieren“, analysiert Armin Paasch, Referent für Wirtschaft und Menschenrechte beim katholischen Hilfswerk Misereor. „Gehör finden sie damit bei der FDP.“ Mit der CSDDD würden große Firmen europaweit gesetzlich verpflichtet, in ihren Geschäften weltweit die Menschenrechte und die Umwelt zu achten. Bei Verstößen drohen Bußgelder von bis zu fünf Prozent des Umsatzes sowie zivilrechtliche Schadensersatzklagen von Betroffenen.

Tobias Schwab, Streit über das Lieferkettengesetz, in: https://www.fr.de/wirtschaft/streit-ueber-das-lieferkettengesetz-92780242.html, 15.02.2024

M3 Wenn Lieferketten gestört sind

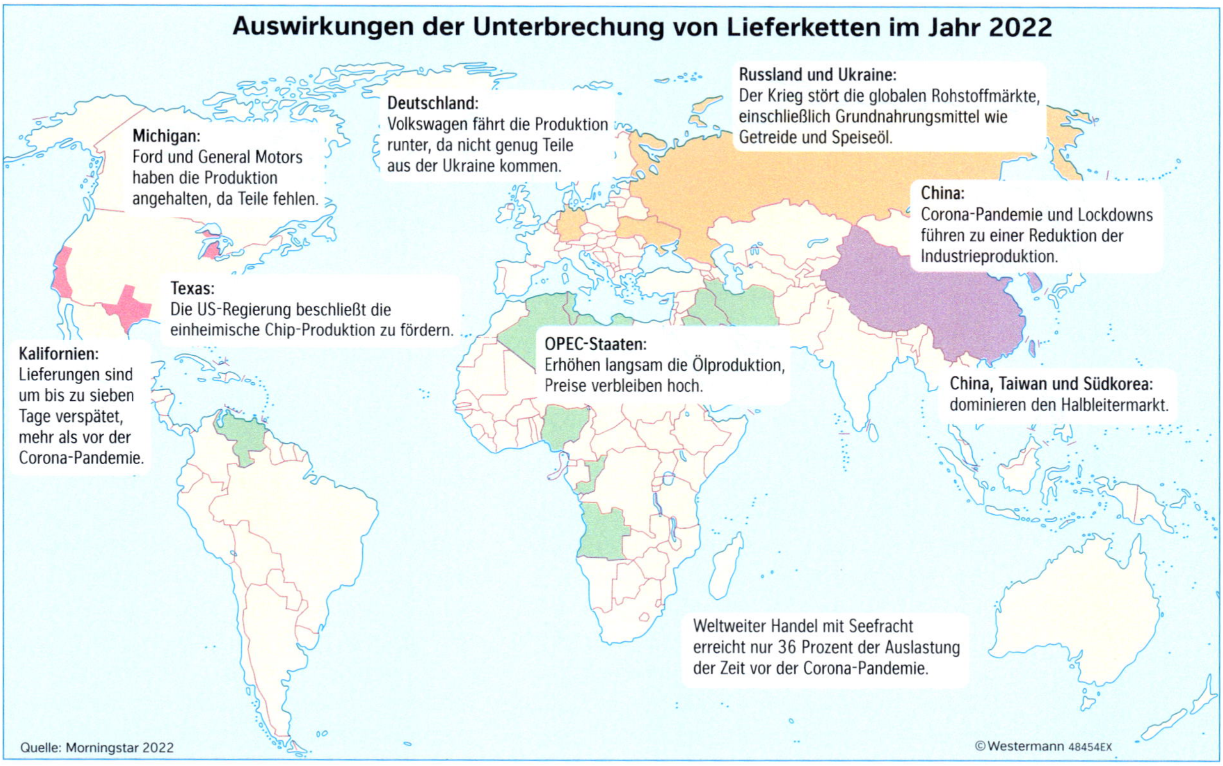

M4 Kinderarbeit – Teil von Lieferketten?

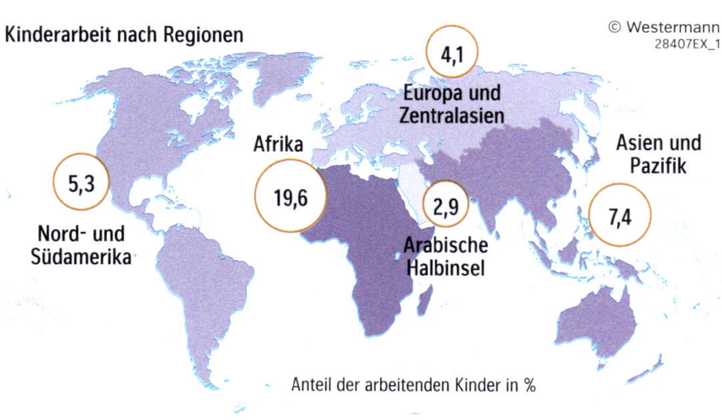

1 **Vergleichen** Sie die Fotos in M 1.

2 **Beschreiben** Sie, was Lieferketten sind und welche Probleme beim globalen Handel auftreten können (M 2–M 4).

3 **Erklären** Sie, wie das Lieferkettengesetz auf europäischer Ebene diese Probleme lösen will und **bewerten** Sie die dargestellten Kritikpunkte (M 2–M 4).

3.2 Freihandelsabkommen wie TTIP – wem nutzen sie?

INFO

TTIP
Abkürzung für engl. Transatlantic Trade and Investment Partnership; Ziel des Transatlantischen Freihandelsabkommens war die Bildung einer gemeinsamen Freihandelszone von USA und EU. Seit dem Beginn der ersten Präsidentschaft von Donald Trump (2016) sind die Verhandlungen allerdings faktisch beendet.

„Siggi mach hin!!“
Die Karikatur M 1 zeigt u. a. links den früheren SPD-Vorsitzenden Sigmar Gabriel, der vom rechts daneben stehenden ehemaligen Kanzlerkandidaten der SPD, Martin Schulz, aufgefordert wird, sich zu beeilen.

M 1 Die Verbraucher als Problem?

ACHTUNG! DRÜCKERKOLONNE!!

Zeichnung: Jürgen Janson

M 2 Die Geschichte des Freihandels

Die öffentliche Wahrnehmung der ökonomischen Auswirkungen des internationalen Handels hat in den meisten westlichen Ländern eine erstaunliche Entwicklung durchlaufen: Aus der Euphorie der 1980er- und 1990er-Jahre des letzten Jahrhunderts über die immer stärker zusammenwachsenden Volkswirtschaften der Welt, in deren wirtschaftlicher Gemeinschaft schließlich auch die ehemals kommunistischen Länder aufgenommen werden konnten [...], wurde ab der Jahrtausendwende eine allgemeine Skepsis, ja vielerorts eine regelrechte Ablehnung der sogenannten Globalisierung. [...]
Fernhandel lässt sich bereits in den frühesten Phasen der Menschheitsgeschichte nachweisen [...] und erreichte in bestimmten hochentwickelten Phasen, wie in der Blütezeit des Römischen Reichs im 1. Jahrhundert n. Chr. [...] oder in der europäischen Renaissance im 16. Jahrhundert, schon beträchtliche Ausmaße. Der Anteil der gehandelten Güter betrug allerdings nie mehr als zehn Prozent der weltweiten Produktion. Erst um 1820 sorgten technologische Entwicklungen, die die Transportkosten erheblich reduzierten, und die Verbreitung politischer Leitbilder, wie des Liberalismus, zu einem sprunghaften Anstieg grenzüberschreitender Handelsbewegungen. Diese Phase, die man häufig „Erste Welle“ der Globalisierung nennt, endete spätestens mit dem Ausbruch des Ersten Weltkriegs. In der Zwischenkriegszeit hatte es der Freihandel in einer von Kriegsschäden, Wirtschaftskrisen und neomerkantilistischen Ideen gezeichneten Welt nicht einfach. Nach dem Zweiten Weltkrieg änderte sich das Bild aber grundlegend und es begann das, was wir heute „Zweite Globalisierungswelle“ nennen. Mittlerweile werden etwa 60 Prozent der weltweit produzierten Güter und Dienstleistungen über Grenzen hinweg gehandelt und am Welthandel nehmen nahezu alle Länder der Erde teil. Dieser zweiten Welle geht zwar allmählich etwas die Luft aus, d. h., der Anteil von Exporten und Importen am globalen BIP steigt seit einigen Jahren kaum noch und sicher wird auch die Corona-Krise der Jahre 2020 und 2021 mit ihren vielfältigen Bewegungs- und Produktionsbeschränkungen dämpfend wirken.
Eine in Medien und Politik häufig geäußerte These besagt, dass vom Zeitalter des Freihandels nur der „globale Norden“, also die wirtschaftlich ohnehin starken Länder profitiert hätten, während die „schwachen“ Teilnehmer des Welthandels „ausgebeutet“ worden wären. Häufig steht hinter diesen Vorwürfen die Vorstellung eines globalen Nullsummenspiels,

GLOSSAR

Globalisierung

demzufolge das, was die eine Seite gewinnt, zwangsläufig von der Gegenseite verloren werden muss.

Dagegen wird in den allermeisten ökonomischen Grundlagenlehrbüchern [...] oder solchen zur internationalen Wirtschaft [...] weiterhin die klassische ricardianische These vertreten, dass Freihandel insgesamt zu Wohlfahrtsgewinnen (gains from trade) führt – und zwar für alle beteiligten Staaten. „Ricardianisch" wird hier in dem Sinne verwendet, dass der britische Ökonom David Ricardo (1772–1823) als Erster systematisch die ökonomischen Vorteile einer Abkehr von Autarkie dargelegt hat [...]. Nach der Vorstellung des auf Ricardo basierenden klassischen Modells internationalen Handels [...] wächst durch Freihandel der Kuchen für alle beteiligten Länder, sodass am Ende in der Summe für alle ein Netto-Wohlfahrtsgewinn zu Buche steht.

Luca Rebeggiani, Freihandel steigert Wohlstand – auf der ganzen Welt, in: Konrad-Adenauer-Stiftung (Hg.), Plädoyer für den Freihandel, Berlin 2021, S. 11 ff.; https://www.kas.de/documents/252038/11055681/Ein+Plädoyer+für+den+Freihandel.pdf/

M3 Kritik am Freihandel

Bei der Kritik ist zu beachten, dass Freihandel nicht mit dem Prozess der Globalisierung gleichzusetzen ist. Sondern neben vielen anderen, lediglich ein Aspekt der fortschreitenden internationalen Verflechtung ist. Auch gehen viele Freihandelsabkommen eigentlich über das reine Konzept von Freihandel hinaus. [...]

Einer der ältesten negativen Einflüsse stammt aus dem Infant-Industry-Argument und reicht zurück zu Hamilton und List Anfang des 19. Jahrhunderts. Es besagt, dass es sinnvoll sein kann, sich in Entwicklung befindende Industrien vor Freihandel zu schützen, bis sie mit den bereits entwickelten Industrien anderer Länder konkurrieren können. Eine vorzeitige Öffnung für Freihandel würde demnach die langfristigen positiven Effekte einer wettbewerbsfähigen nationalen Industrie zerstören. [...]

Ein weiterer häufig angeführter negativer Effekt ist das sogenannte Race to the Bottom. Es beschreibt, dass Staaten im internationalen Wettbewerb in eine Konkurrenz um möglichst geringe staatliche, soziale und ökologische Standards gedrängt werden können, mit negativen Folgen für die Bevölkerung. Um die Frage nach einem kausalen Effekt von Freihandel auf das Race-to-the-Bottom-Phänomen zu untersuchen, gilt es zu klären, ob niedrigere Standards tatsächlich einen Handelsvorteil im internationalen Wettbewerb schaffen und ob Länder wirklich infolge von Handelsliberalisierung versuchen, sich bei Standards zu unterbieten. [...]

Ein weiterer viel diskutierter negativer Effekt von Freihandel ist der potenzielle Nachteil, den Länder erleiden können, die hauptsächlich einige wenige und einfache Produkte wie Rohstoffe exportieren. Dies sind typischerweise Entwicklungsländer, während Industrieländer mehr Rohstoffe importieren und dafür industriell gefertigte Waren exportieren. Die sogenannte Prebisch-Singer-These besagt, dass dies bei Freihandel über die Zeit zu einer Verschlechterung der Terms of Trade für Länder führt, die hauptsächlich Primärgüter exportieren.

INFO

Terms of Trade
volkswirtschaftliche Kennzahl, die sich auf das Verhältnis von Exporten zu Importen bezieht

Henning Vöpel, Probleme des Freihandels und Bedingungen für fairen Handel, in: https://www.boell.de/de/2015/06/24/probleme-des-freihandels-und-bedingungen-fuer-fairen-handel, 24.06.2015

1 **Beschreiben** Sie die Karikatur und **benennen** Sie mögliche Deutungshypothesen (M 1).

2 **Erläutern** Sie, was Freihandel ist und welche Vorteile mit ihm als Konzept zur Organisation des globalen Handels verbunden sind (M 2).

3 **Überprüfen** Sie, ob die in M3 genannten Kritikpunkte am Freihandel am Beispiel von TTIP und einer anderen frei wählbaren Umsetzung zutreffend sind.

4 **Beurteilen** Sie, ob Freihandelsabkommen (prinzipiell) nur wenigen nutzen (M 1–M 3).

3.3 Protektionismus – schadet er der Wirtschaft?

M1 Wer verhängt die höheren Zölle?

Zeichnung: Schwarwel

M2 EU und China: Importe und Exporte

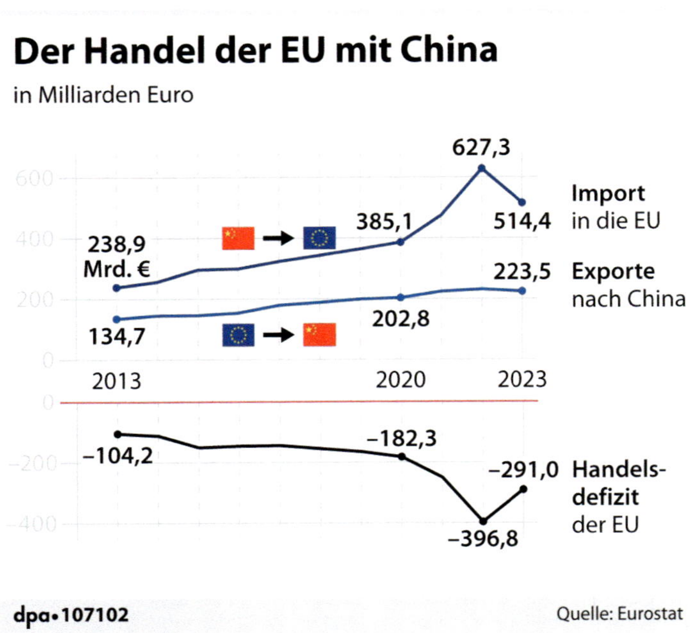

M3 Was ist Protektionismus?

[Das] Wort hat lateinische Wurzeln. Man könnte es mit „Schutz" übersetzen. Häufig wird der Begriff im Handel und in der Wirtschaft verwendet. Protektionismus ist es, wenn ein Staat versucht, die Warenproduktion im eigenen Land vor zu viel Waren aus dem Ausland zu schützen. Der Protektionismus steht im Gegensatz zum Freihandel. Der Staat kann die Einfuhr von ausländischen Waren durch Schutzzölle erschweren. Dann müssen bei der Einfuhr einer Ware aus dem Ausland Zölle, also Geld, gezahlt werden. Das macht diese Waren dann teurer. Protektionistisch handelt ein Staat auch, wenn die Menge der Waren, die eingeführt werden dürfen, begrenzt wird. Es gibt verschiedene Gründe für Protektionismus. Ein Grund ist, dass die Wirtschaft im eigenen Land vor [...] Konkurrenz aus dem Ausland geschützt werden soll.

Gerd Schneider/Christiane Toyka-Seid, Protektionismus, in: Das junge Politik-Lexikon von www.hanisauland.de, BpB: Bonn 2025; https://www.bpb.de/kurz-knapp/lexika/das-junge-politik-lexikon/320977/protektionismus/

M4 Handelsstreit zwischen den USA und China

Auszug aus einem Gespräch der Bundeszentrale für politischen Bildung mit der Wirtschaftswissenschaftlerin Doris Fischer und dem politischen Ökonomen Max J. Zenglein.

Frage: Wenn das Handelsbilanzdefizit auf Seiten der USA schon seit Jahren bestand, was hat dann den Konflikt ausgelöst? Warum ist die Stimmung gekippt?

Zenglein: Aus meiner Sicht ist das Handelsbilanzdefizit ein populistisches Thema, das letztendlich, als der Handelsstreit begann, für viele andere Probleme stand. Zum Beispiel gibt es in den USA schon seit Jahrzehnten Bedenken gegenüber China im Bereich der nationalen Sicherheit. Als China ambitionierter wurde und technologisch aufgeschlossen hat, hat die Rivalität insgesamt zugenommen. Da ist das Ungleichgewicht deutlich geworden. Für mich hat Donald Trump die Tür für Kritiker geöffnet, die über Jahrzehnte schon da waren, und die dann versucht haben, die Chance zu ergreifen.

Fischer: Die Sorge um das Handelsbilanzdefizit der USA und Chinas Handelsbilanzüberschuss ist meiner Meinung nach durch Chinas WTO-Beitritt und dem folgenden starken Anstieg der chinesischen Exporte ausgelöst worden. Ein Handelsbilanzdefizit muss nicht per se schlecht sein, aber die Kritik daran lautet: China hat diesen Handelsbilanzüberschuss zu seinen Gunsten unlauter erreicht. […]

Frage: Welche Auswirkungen hat der Handelskrieg auf Deutschland und Europa? Sind wir der „lachende Dritte"?

Fischer: Bis Ende letzten Jahres hat Europa eher profitiert. Insgesamt würde ich aber sagen, dass der Konflikt vor allem die Frage ausgelöst hat, wie eigentlich Globale Governance, also das internationale System von Institutionen wie der WTO etc., funktioniert. Das hat viel Unsicherheit hervorgerufen, was der Wirtschaft nie gut tut – auch nicht der europäischen.

Zenglein: Dass Europa der lachende Dritte ist, halte ich für eine Fehleinschätzung, ja für gefährlich. Das hieße man würde zwischen die Fronten geraten. Stattdessen sollte sich Europa für einen regelbasierten Handel einsetzen. Denn es wird immer unterschätzt, dass China im Grunde sehr pragmatisch ist: Das Land ist zum Beispiel in einigen Bereichen auf deutsche Firmen und deutsche Technik angewiesen, warum sollte es diese Einfuhren beschränken? Ein gemeinsamer Handel würde aber besser funktionieren, wenn wir regelbasierte rote Linien hätten, was die europäischen Werte bedeuten und was nicht. […] Hätte man hier zum Beispiel eine klare Haltung, dann würde das auch China verstehen und man könnte transparent sehen, wo man zusammenarbeiten kann und wo nicht.

INFO

Handelsstreit
Der Konflikt begann in der ersten Amtszeit von US-Präsident Donald Trump (2017–2021), als die USA Strafzölle gegen chinesische Produkte verhängten, worauf China mit Strafzöllen gegen amerikanische Waren reagierte. Hintergrund ist die protektionistische Einstellung Trumps, der sich während seines Wahlkampfes (Motto: „Make America Great Again" = MAGA) für den Schutz der US-Wirtschaft einsetzte, Trump sagte 2024, Zölle sei das „schönste Wort" im Wörterbuch.

Birgit Eger, Verschobene Machtverhältnisse: Handelskrieg zwischen China und den USA, in: https://www.bpb.de/themen/asien/china/322240/verschobene-machtverhaeltnisse-handelskrieg-zwischen-china-und-den-usa/, 04.12.2020

1 **Analysieren** Sie die Karikatur (M 1).

2 **Erstellen** Sie für ein Dossier zum globalen Handel ein längeres Papier (zwei Seiten), in dem Sie den Protektionismus, die Probleme für die Wirtschaft und die Folgen daraus **erläutern**. Stellen Sie dabei das Beispiel des Handelskonflikts zwischen China und den USA in den Mittelpunkt (M 2–M 4).

3.4 Ist fairer Handel eine Utopie? Die Sustainable Development Goals

M1 Zitate

Die Weltlandwirtschaft könnte problemlos 12 Milliarden Menschen ernähren. Das heißt, ein Kind, das heute an Hunger stirbt, wird ermordet.

Jean Ziegler (* 1934), Schweizer Autor und ehemaliger UN-Sonderberichterstatter für das Recht auf Nahrung

Wenn die Erfüllung der globalen Nachhaltigkeitsziele in der Verantwortung der Regierungen und ihrer Behörden liegt, wie können dann die Zivilgesellschaft und der/die Einzelne*r Partner*in dabei werden? Wir können Partner*in werden, indem wir die SDGs zu verteidigungsfähigen Zielen (Safeguarding Defendable Goals) machen. Wir müssen uns selbst entflammen, um die Ziele so zu interpretieren, dass sie etwas Persönliches für uns bedeuten, dass wir bereit sind zu unterstützen, zu verteidigen und zu schützen. Handlungen, die auf Überzeugungen beruhen, die uns persönlich bewegen und beunruhigen, sind diejenigen, zu denen wir uns unbeirrbar bekennen würden.

Ruby Hembrom (* 1978), indische Autorin und Aktivistin

Wir erreichen alle Entwicklungsziele nur, wenn wir verstehen, wie Wasser als global begrenzte Ressource mit den anderen Zielen verbunden ist.

Stefan Reuter (* 1960), ehemaliger Geschäftsführer der NGO Borda

M2 Die Sustainable Development Goals (SDG)

WEBCODE
WES-117977-307
Die 17 Ziele für nachhaltige Entwicklung (Sustainable Development Goals)

Niemand soll zurückgelassen werden, war das Versprechen der Staats- und Regierungschefs, als sie vor sieben Jahren in den Vereinten Nationen die Agenda 2030 beschlossen, mit 17 Zielen für nachhaltige Entwicklung, die sogenannten „Sustainable Development Goals", kurz SDGs. Bis 2030 soll weltweit Armut und Hunger beendet werden, allen Menschen soll Zugang zu Bildung, Gesundheit und guter Arbeit garantiert werden und natürliche Ressourcen, die Umwelt, Meere geschützt werden. Dieses Jahr ist Halbzeit. Seit Montag tagt in New York das Hochrangige Politische Forum, das den großen SDG-Gipfel im September [2023] vorbereitet. „Die Agenda ist ein Versprechen, keine Garantie", wird der Gipfel auf der Webseite angekündigt. „Zur Halbzeit ist das Versprechen in großer Gefahr." Zum ersten Mal seit Jahrzehnten werde der Entwicklungsfortschritt durch die kombinierten Auswirkungen von Klimakatastrophen, Konflikten, wirtschaftlichem Abschwung und anhaltenden Covid-19-Effekten wieder zunichte gemacht, heißt es weiter. Der SDG-Gipfel soll das Versprechen der Agenda wieder präsenter machen. „Grundlegende Veränderungen in Bezug auf Engagement, Solidarität, Finanzierung und Handeln müssen uns wieder auf den Weg bringen" – so der Appell. [...] Im globalen Vergleich steht die Europäische Gemeinschaft in vielen Punkten gut da, etwa in Sachen Armut oder Hunger und menschenwürdige Arbeit. Vor allem bei den Zielen zum Klima- und Umweltschutz seien aber weitere Fortschritte nötig, so der Bericht. Zum Beispiel bei der nachhaltigen Nutzung natürlicher Ressourcen, der Erhaltung der Biodiversität und beim Gewässerschutz. Auch bescheinigt sich die EU nur „mäßige Fortschritte" in Bezug auf nachhaltige Landwirtschaft und Städte. [...] Im Bereich Wasser bescheinigt sich die EU eine verbesserte Abwasserbehandlung, die Verschmutzung in europäischen Flüssen, Seen und Meeren verringert hat. Gleichzeitig ist die Belastung durch industrielle Schadstoffe, pharmazeutische Rückstände, Kosmetika und Pestizide im Wasser weiterhin groß und „Anlass zur Sorge".

Leila van Rinsum, Viele Pläne, wenig Entwicklung, in: https://taz.de/Halbzeit-der-Agenda-2030/!5943579/, 12.07.2023

M3 Entwicklungsziele – „in weite Ferne gerückt“?

Interview der „Frankfurter Rundschau“ mit dem Politikwissenschaftler Axel Berger zum Stand der Umsetzung der SDG (Auszug).

Frage: Herr Berger, wo steht die Weltgemeinschaft aktuell mit ihrer Agenda 2030, deren Kernziel lautet, allen Menschen ein würdiges Leben innerhalb der planetaren Grenzen zu ermöglichen?
Berger: Wir sind insgesamt überhaupt nicht auf Kurs. Bei einer ganzen Reihe von Zielen gibt es sogar dramatische Rückschritte. Das hat vor allem mit den multiplen Krisen zu tun. Angefangen von den Folgen der Corona-Pandemie, den sich daraus ergebenden sozio-ökonomischen Herausforderungen und dem Druck auf die öffentlichen Budgets, bis hin zur Klimakrise und den [...] Auswirkungen des russischen Angriffskriegs auf die Ukraine ...
Frage: ... der vor allem die Zahl der Hungernden wieder steigen lässt.
Berger: Ja, es trifft vor allem die Länder schwer, die auf Nahrungsmittelimporte angewiesen sind. Aber auch schon vor dem Krieg gingen die Zahlen wieder in die Höhe. Das SDG 2 „Kein Hunger“ ist damit in weite Ferne gerückt. Aber auch beim globalen Schutz der Biodiversität, bei der Verminderung von Verschmutzung, insbesondere in wachsenden Städten, und beim Zugang zu Wasser sind wir stark im Hintertreffen. Wir entfernen uns außerdem immer weiter davon, weltweit demokratische Verhältnisse mit starken, transparenten und verlässlichen Institutionen zu schaffen. Viele Länder befinden sich eher auf dem Weg zur Autokratisierung.
Frage: „In diesem kritischen Moment stehen wir vor dem Abgrund“, warnt UN-Generalsekretär Antonio Guterres im aktuellen Fortschrittsbericht zu den SDGs.
Berger: Es ist seine Aufgabe, die Weltgemeinschaft wachzurütteln, auch mit starker Rhetorik. Und er hat schon recht, das belegt die Empirie: Nur bei 18 Prozent der insgesamt 169 Unterzielen der Agenda 2030 sind wir on track, diese bis in sieben Jahren zu erreichen. Die Lage ist insofern dramatisch. Die Erwartung ist, dass das High-level Political Forum und der SDG-Gipfel im September [2024] zu einer Trendwende beitragen.

Tobias Schwab, „Viele Entwicklungsziele sind in weiter Ferne“, in: https://www.fr.de/politik/viele-entwicklungsziele-sind-in-weiter-ferne-92390990.html, 15.02.2024

M4 Globale Ungleichheit

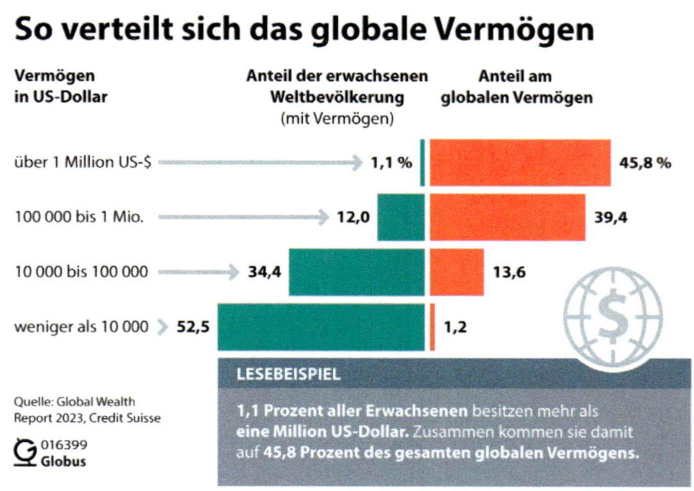

1 **Vergleichen** Sie die Zitate in M 1.

2 **Problematisieren** Sie die Anwendung der Sustainable Development Goals (M 1–M 4).

3 **Erstellen** Sie einen Podcast, in welchem Sie die Frage **diskutieren**, ob fairer Handel nur eine Utopie ist. **Bewerten** Sie dabei, ob die Sustainable Development Goals helfen können, dieses Ziel zu erreichen. **Analysieren** Sie dafür vorab M 2–M 4.

3.5 Wie kann ein gerechter Handel organisiert werden? Beispiel WTO

M1 Welche Rolle spielt die WTO?

INFO

WTO
engl. World Trade Organization; Welthandelsorganisation

Zeichnung: Burkhard Mohr

M2 Was ist die WTO?

GLOSSAR

Welthandelsorganisation

Die Welthandelsorganisation („World Trade Organization“ = WTO) wurde 1995 in Genf als Nachfolgerin des GATT-Abkommens („General Agreement on Tariffs and Trade“) gegründet. Von 1947 bis zur Gründung der WTO bestimmte das GATT über 48 Jahre die Regulierung des internationalen Welthandels. Wesentliches Ziel des GATT war der substanzielle Abbau der Zölle und anderer Handelsschranken sowie die Absicherung und Gestaltung freier, ungehinderter internationaler Handelsbeziehungen. [...] Mit dem Abschluss der sogenannten „Uruguay-Runde“ (1986 bis 1994) und der Gründung der WTO wurde die internationale Zusammenarbeit im Bereich der Handelspolitik auf weitere wichtige Bereiche ausgedehnt. Neben den Regelungen für den Handel mit Waren (GATT) sind in der WTO vor allem das Dienstleistungsrecht (GATS), in Teilen das Recht des Geistigen Eigentums (TRIPS) und das Beihilfenrecht sowie als sogenanntes plurilaterales Abkommen das Vergaberecht (GPA) zusammengefasst.
Ziele der WTO sind eine größtmögliche Transparenz der Handelspolitiken seiner Mitglieder, die Vereinbarung, Einhaltung und Überwachung der gemeinsamen multilateralen Handelsregeln sowie die fortwährende Liberalisierung des Welthandels durch Senkung/Abschaffung von Zöllen und anderen Handelshemmnissen sowie der Vereinfachung der Zollverfahren, die letztlich zur Stärkung der Wirtschaftskraft und Wettbewerbsfähigkeit führen sollen. Die besonderen Entwicklungsinteressen der ärmeren und ärmsten Mitglieder werden hierbei besonders berücksichtigt.

Ziele, Aufgaben und Prinzipien, in: https://www.bmwk.de/Redaktion/DE/Artikel/Aussenwirtschaft/wto-ziele-aufgaben-prinzipien.html, 20.01.2025

M3 Ist die WTO in der Krise?

Die WTO wird häufig mit der seit 2001 andauernden und – de facto gescheiterten – Doha-Entwicklungsrunde gleichgesetzt – und somit als wirkungslos eingestuft. Aber die WTO ist nicht tot, fast der gesamte Welthandel findet auf Basis ihrer Regeln statt. Im Fall der EU trifft dies beispielsweise auf die Handelsbeziehungen mit den großen Schwellenländern China, Indien und Brasilien zu, mit denen sie bislang keine Freihandelsabkommen geschlossen hat. Die Handelsrunden der WTO sind ein wichtiger Pfeiler der Organisation. Allerdings sind bereits über 20 Jahre seit Beginn der Doha-Runde vergangen und die Verhandlungen über einen verbesserten Marktzugang sowie über eine Modernisierung der multilateralen Regeln sind wohl de facto gescheitert. Aufgrund der Vielzahl der verhandelnden Akteure und Interessen, dem Einstimmigkeitsprinzip und der unterschiedlichen Auffassungen über die Entwicklungsziele ist unter den jetzigen Bedingungen kein Fortschritt möglich.

Außerhalb der festgefahrenen Doha-Runde konnten sich die WTO-Mitglieder im Juni 2022 auf der zwölften WTO-Ministerkonferenz (MC12, 12th Ministerial Conference) auf ein multilaterales Abkommen über Fischereisubventionen einigen, das Subventionen verbietet, die zu Überproduktion und Überfischung beitragen. Dies ist ein großer Fortschritt, da es auch das erste WTO-Abkommen ist, das die UN-Nachhaltigkeitsziele (SDG, Sustainable Development Goals) im Zentrum hat. Davon abgesehen sind Fortschritte mittlerweile nur noch auf plurilateraler Ebene durch „Koalitionen der Willigen" möglich. Auf der elften Ministerkonferenz (MC11, 11th Ministerial Conference) im Dezember 2017 in Buenos Aires wurden vier so genannten Joint Statement Initiatives (JSI) ins Leben gerufen. Bei diesen „Initiativen mit einem gemeinsamen Standpunkt" hat sich eine Gruppe von WTO-Mitgliedern dazu entschlossen, Abkommen über den elektronischen Handel, Investitionserleichterungen (IFA, Investment Facilitation Agreement), innerstaatliche Regulierungen im Dienstleistungshandel, und Micro, Small and Medium-sized Enterprises (MSMEs, sehr kleine, kleine und mittelgroße Unternehmen) zu verhandeln. [...] Die WTO verfügt mit dem Dispute Settlement Body (DSB) als einzige internationale Organisation (theoretisch) über einen effizienten Durchsetzungsmechanismus ihrer Regeln. [...] Derzeit ist das Berufungsgremium der WTO jedoch blockiert, da sich die USA weigern, neue Mitglieder nachzubesetzen. Die Trump-Regierung behauptete im Dezember 2019, das Gremium habe seine Kompetenzen überschritten und neues Recht gesetzt. Die Blockade wurde auch unter US-Präsident Joe Biden nicht aufgehoben. In der Folge blieb der DSB wirkungslos, weil die Mitgliedstaaten nach einem unliebsamen Panelentscheid in Berufung gehen können, die dann jedoch „ins Nichts" führt. [...] Die WTO überprüft zudem regelmäßig die nationalen Handelspolitiken der Mitgliedstaaten. Dieser Trade Policy Review Mechanism dient einerseits dazu, die Handelspolitik der Mitgliedstaaten für alle transparent zu machen und somit den Handel zu erleichtern. [...] Trotz der bestehenden deutlichen Einschränkungen – also dem Stillstand in den Verhandlungen und dem blockierten Streitschlichtungsmechanismus – ist die Organisation aufgrund der fast weltweit gültigen WTO-Regeln nach wie vor unverzichtbar. So betonte die WTO-Generaldirektorin Ngozi Okonjo-Iweala im Juli 2020: „If we didn't have the WTO, we would have to invent it." („Wenn wir die WTO nicht hätten, müssten wir sie erfinden.")

Das handelspolitische Umfeld hat sich seit der Gründung der WTO stark geändert. Mit der steigenden geoökonomischen Rivalität zwischen westlichen Demokratien und autokratischen Regimen wie Russland und China hat sich die Einstellung zu Handelsfragen deutlich geändert. Mittlerweile werden Handelsabhängigkeiten – wie die Deutschlands von China – als Schwäche gesehen, die missbraucht werden kann, um strategische Ziele zu erreichen.

Claudia Schmucker, Die WTO in der Krise, in: https://www.bpb.de/themen/wirtschaft/freihandel/geopolitik-und-welthandel/544540/die-wto-in-der-krise/, 01.02.2024

1 **Beschreiben** Sie die Karikatur und **benennen** Sie mögliche Kritikpunkte an der WTO (M 1).

2 **Erläutern** Sie die Aufgaben und Funktion der WTO (M 2, M 3).

3 **Diskutieren** Sie, welche Rolle die WTO für die Gestaltung des globalen Handels übernehmen kann (M 1–M 3).

3.6 Wie kann ein gerechter Handel organisiert werden? Beispiel EU

M 1 Betreibt die EU eine wertebasierte Handelspolitik?

Zeichnung: Gerhard Mester

M 2 Der Außenhandel der EU

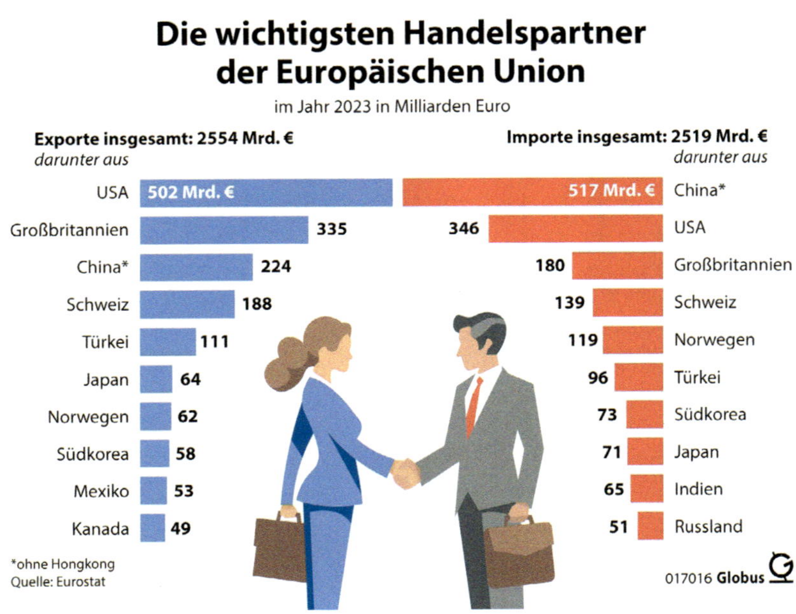

1 **Analysieren** Sie die Karikatur (M 1).

2 **Stellen** Sie die Ziele der EU-Handelspolitik **dar** und **bewerten** Sie deren Umsetzung (M 2–M 4).

3 **Diskutieren** Sie, welche Rolle die EU für die Gestaltung des globalen Handelns übernehmen kann (M 1–M 3).

M3 „Zeitenwende" in der Handelspolitik?

Europas Handelspolitik steuert auf eine Zeitenwende zu. Dafür ist jedoch nicht in erster Linie Putins Angriffskrieg gegen die Ukraine verantwortlich. Vielmehr ist dies eher langfristig wirkenden Einflussfaktoren zuzuschreiben: Die WTO-zentrierte multilaterale Handelsordnung erodiert zusehends. Protektionismus nimmt weltweit zu. Der Welthandel wächst nur noch geringfügig oder stagniert gar. Die Globalisierung befindet sich in einer ungewissen Transformation. Und der internationale Handel wird zunehmend für Zwecke der Politik instrumentalisiert. Auf diese strukturellen Umbrüche hat die EU-Kommission im Februar 2021 mit der Ankündigung einer „offenen, nachhaltigen und entschlossenen Handelspolitik" reagiert. Die operative Umsetzung der Ziele, die in der neuen handelspolitischen Strategie postuliert werden, war bislang aber ungleichgewichtig. Während der Vorsatz, die Selbstbehauptung Europas und die Nachhaltigkeit des Handels zu stärken, durch zahlreiche neue Instrumente und Maßnahmen mit Leben gefüllt wurde, bleibt das Offenheits- und Liberalisierungsversprechen der EU einstweilen uneingelöst. Insbesondere der indo-pazifische Raum jenseits von China würde der deutschen und europäischen Wirtschaft indes beträchtliche Chancen zur Erschließung neuer Rohstoffquellen, zuverlässiger Zulieferernetzwerke und wachsender Absatzmärkte bieten. [...]

Auf den gegenüberliegenden Seiten des Planeten gelegen, sind sich die EU und Australien und Neuseeland in den vergangenen Jahren politisch und wirtschaftlich nähergekommen, ungeachtet des Austritts Großbritanniens aus der Union (Brexit) und der auf dem fünften Kontinent bestehenden historischen Vorbehalte gegenüber dem Protektionismus, der von der Gemeinsamen Agrarpolitik ausgeht. Das beiderseitige Interesse an der Verteidigung der liberalen Weltordnung, ähnliche Sichtweisen in Bezug auf Handelsliberalisierung und Multilateralismus und die gleiche Wahrnehmung globaler und regionaler Bedrohungen haben die gegenseitige Annäherung befördert.

Hanns Günther Hilpert, Zeitenwende in der EU-Handelspolitik, in: SWP-Aktuell Nr. 61, Oktober 2022, S. 1 ff.; https://www.swp-berlin.org/publications/products/aktuell/2022A61_ZeitenwendeEU.pdf

M4 EU zuerst?

Robert Habeck und Katharina Dröge wollen die europäische Handelsagenda neu gestalten. Ein „Weiter so" dürfe es nicht geben. Profit soll nicht mehr der bestimmende Faktor dafür sein, welche Waren von A nach B transportiert werden. Vielmehr sollen Nachhaltigkeit und Fairness zukünftig die Fahrtrichtung vorgeben. Europa müsse aus den Fehlern der Vergangenheit lernen und sich bei Handelsabkommen für mehr Transparenz und Partizipation von Zivilgesellschaft und Europarlament einsetzen. Chapeau! Durch den Wechsel der Grünen von der Oppositions- auf die Regierungsbank scheint die Kritik am Freihandel zur offiziellen Politik der Bundesregierung geworden zu sein. Trotzdem bereitet der Grünen-Vorschlag Unbehagen. Die Anliegen der Gesellschaften des Globalen Südens finden keine Beachtung. Aber globale Handelsregeln, die ihre Interessen nicht respektieren, sind alles andere als fair. Es passt gut in den gegenwärtigen Zeitgeist. Europa First! [...] [Ausgeblendet wird], dass die EU-Handelspolitik seit Langem in der Kritik steht. Dies betrifft sowohl das Agieren bei Verhandlungen innerhalb der WTO als auch die Ausgestaltung bilateraler Abkommen. In der Hoffnung auf Zugang zum EU-Markt lassen Entwicklungsländer in Afrika, Südamerika und Südostasien ihre eigenen Märkte ungeschützt für EU-Exportinteressen. [...] Dabei ist richtig: Entwicklungsländer stehen in einem multilateralen Handelssystem besser da, weil Entscheidungen einstimmig fallen müssen. Einzeln können sie ihre Interessen bei EU-Abkommen nicht durchsetzen.

INFO

Robert Habeck
(* 1969)
Der deutsche Politiker (Die Grünen) war von 2021 bis 2025 Bundeswirtschaftsminister.

Katharina Dröge
(* 1984)
Die deutsche Politikerin (Die Grünen) ist seit 2021 Vorsitzende der Bundestagsfraktion der Grünen (gemeinsam mit Britta Haßelmann).

Sven Hilbig/Francisco Mari, Grüne Europa-First-Politik, in: https://taz.de/Unfairer-Welthandel/!5858252/, 17.06.2022

3.7 Wie kann ein gerechter Handel organisiert werden? Beispiel Weltbank

M 1 Weltbank – jeder gegen jeden?

GLOSSAR
Weltbank

Zeichnung: Chappatte

M 2 Was ist die Weltbank?

Die Weltbank wurde im Juli 1944 auf der Währungs- und Finanzkonferenz der Gründungsmitglieder der Vereinten Nationen in Bretton Woods (USA) zusammen mit dem Internationalen Währungsfonds (IWF) gegründet. Sie ist wie der IWF eine Sonderorganisation der Vereinten Nationen. Ursprünglich war ihr Ziel, nach dem Zweiten Weltkrieg den Wiederaufbau zu fördern und in Zusammenarbeit mit dem IWF stabile Währungen zu schaffen. Seit den 1960er-Jahren ist es ihre Hauptaufgabe, die Armut in der Welt zu bekämpfen und die Lebensbedingungen der Menschen in den Entwicklungsländern zu verbessern. So trägt sie zum Erreichen der internationalen Entwicklungsziele bei.

Weltbank, in: https://www.bmz.de/de/service/lexikon/weltbank-14938, 20.01.2025

1 **Beschreiben** Sie die Karikatur in M 1 und **formulieren** Sie mögliche Vermutungen über Kritikpunkte an der Weltbank.

2 a) **Beschreiben** Sie die Aufgaben der Weltbank (M 2).
b) **Erörtern** Sie, ob diese Aufgaben von der Weltbank erfüllt werden (M 2–M 4).

3 **Diskutieren** Sie, welche Rolle die Weltbank für die Gestaltung des globalen Handelns übernehmen kann (M 1–M 4).

M3 Die Weltbank – dringend reformbedürftig?

Die Finanzwelt trifft sich in Marokko – und berät auch über eine modernere Weltbank. [...] „Es gibt hier viel gemeinsam zu tun“, so der neue Weltbank-Präsident Ajay Banga, vormals Mastercard-Chef: „Wir sind zum Arbeiten hier.“ Vor ihm liegt mehr als nur ein einfaches Turnus-Treffen zweier gigantischer multilateraler Institutionen. Die Weltbank muss sich reformieren, darüber ist man sich schon länger einig. Sich anpassen an neue Herausforderungen wie den Klimawandel. Aber wie das gehen soll und wer es bezahlt, das war bisher umstritten. Dirk Reinermann, Direktor für Entwicklungsfinanzierung, rechnet damit, dass am Ende der Woche die Reformpläne angenommen werden. Die Reform, erklärt er, bestehe aus drei Bausteinen: Zunächst werde die Weltbank ihre Mission ändern, sie habe jetzt zusätzlich zur Armutsbekämpfung eine explizite globale Aufgabe: den „livable Planet“, einen bewohnbaren Planeten zu erhalten. Operativ brauche man neue Instrumente: Neben der bestehenden Wohlstandsförderung in Entwicklungsländern müsse man nun dabei auch den Klimawandel berücksichtigen. Für Südafrika könnte das zum Beispiel heißen, dass die Weltbank Kredite an Ökoenergie-Produzenten vergibt – um den Weg weg von fossilen Energiequellen mitzugestalten. Klar ist: Dafür braucht die Weltbank mehr Geld, und das ist der dritte Baustein der Reform. Die Liste, woher das kommen könnte, ist lang: So will man unter anderem mehr privates Kapital und lokale Steuermittel mobilisieren und die finanzielle Effizienz erhöhen. [...] Ein Schritt voran, so Reinermann, könnte sogenanntes Hybridkapital sein: „Deutschland – so hat es Bundeskanzler [Olaf] Scholz auf der jüngsten G20-Konferenz angekündigt – gibt 305 Millionen Euro an die Weltbank, die diesen Betrag durch ihre Hebelwirkung an den Kapitalmärkten verachtfachen kann. Das wären rund 2,5 Milliarden Euro Ausleihvolumen. Geld, das dann für die Bekämpfung der Armut, des Klimawandels oder zur Pandemieprävention genutzt werden könnte.“ Klingt alles erstmal gut – die Frage ist nur, ob Geber- und Nehmerländer gleich darüber denken. Niels Annen (SPD), Parlamentarischer Staatssekretär im Bundesministerium für wirtschaftliche Zusammenarbeit und Entwicklung, ist sich sicher: „Die Reform wird die Weltbank wirklich verändern – und konkrete Handlungsanweisungen vorgeben. Die Weltbank war bisher relativ konservativ und muss jetzt größere Risikobereitschaft zeigen.“ Allerdings habe es noch im Frühjahr viele Vorbehalte gegen die Reform gegeben, so Annen, vor allem, weil mit der Neuorientierung eine Abkehr von der Fokussierung der Kredite auf die Länderinteressen befürchtet wurde. [...]

Kritikern der Weltbank gehen die Reformen dennoch nicht weit genug. Dustin Schäfer vom Verein Urgewald, der sich für Umweltschutz und Menschenrechte einsetzt, findet die Reform enttäuschend; seine Organisation wünscht sich mehr Transparenz: „Für eine öffentliche Bank ist es ungenügend, wenn die Öffentlichkeit mehr als 40 Prozent der sogenannten Klimafinanzierung nicht nachvollziehen kann und weiterhin Milliarden über indirekte Finanzierungen in die Förderung von Fossilen fließen. Um endlich wirksam und schnell die Förderung fossiler Brennstoffe zu beenden, müssen Kohle, Öl und Gas auf die rechtlich verbindlichen Ausschlusslisten gesetzt werden.“

Kristina Böker, Die Weltbank könnte „grüner“ werden, in: https://www.tagesschau.de/wirtschaft/weltwirtschaft/weltbank-reform-klimawandel-krisen-100.html, 11.10.2023

Kredite der Weltbank nach Regionen (2024) (in Mrd. US-Dollar)	
Afrika	38,0
Europa und Zentralasien	24,7
Lateinamerika und Karibik	19,4
Südasien	15,9
Ostasien und Pazifik	12,5
Mittlerer Osten und Nordafrika	6,5
Global	0,4
Insgesamt	117,5

Quelle: Weltbank (Jahresbericht 2024)

3.8 Wie kann ein gerechter Handel organisiert werden? Beispiel IWF

INFO

IWF
Internationaler Währungsfonds (engl. International Monetary Fund = IMF)

M1 Wer muss sich reformieren?

Zeichnung: Gado

M2 Was ist der IWF?

GLOSSAR

Internationaler Währungsfonds

Die Gründung des Internationalen Währungsfonds (IWF) wurde im Juli 1944 auf der Währungs- und Finanzministerkonferenz der Vereinten Nationen in Bretton Woods beschlossen. Im Dezember 1945 trat das IWF-Übereinkommen in Kraft und der IWF nahm seine Geschäftstätigkeit in Washington D.C. auf. [...] Der Hauptzweck des IWF besteht darin, die Stabilität des internationalen Währungssystems zu sichern – das System der Wechselkurse und internationalen Zahlungen, das es den Ländern (und ihren Bürgern) ermöglicht, Güter und Dienstleistungen voneinander zu kaufen. Dies ist von entscheidender Bedeutung, wenn nachhaltiges Wirtschaftswachstum gesichert und der allgemeine Lebensstandard erhöht werden sollen. [...]
Die Mittel des IWF stammen vorwiegend aus den Quoteneinzahlungen (Subscription) seiner Mitglieder, für deren Höhe die wirtschaftliche und finanzielle Stärke dieser Länder eine wichtige Rolle spielt.

Internationaler Währungsfonds (IWF), in: https://www.bundesfinanzministerium.de/Content/DE/Standardartikel/Themen/Internationales_Finanzmarkt/Internationale_Finanzpolitik/Internationaler_Waehrungsfonds/ueber-den-iwf.html, 15.05.2025

M3 Wem nützt der IWF?

Der Internationale Währungsfonds (IWF) sei eigentlich eine sehr sinnvolle Institution, glaubt Bernhard Reinsberg. Der Politikwissenschaftler hat an der Universität Glasgow zu der Organisation der Vereinten Nationen (UN) geforscht. Kritisch bewertet der Experte jedoch die Auflagen, die der IWF an seine Kreditvergaben knüpfe. „Gesellschaftlich treffen die Programme vor allem immer die Ärmsten der Armen“, so Reinsberg. „Politisch können diese Programme das Institutionengefüge von Staaten unterhöhlen.“ Deregulierung, Liberalisierung und Privatisierung in Folge von IWF-Auflagen hätten in verschiedenen Ländern zu Massenprotesten und Instabilität geführt, erläutert Reinsberg. So hatte etwa das IWF-Programm für Ecuador 2019 unter anderem die Abschaffung von Treibstoffsubventionen verlangt. Die Folge: Der Subventionsstopp führte zu „starken Protesten“ in der Bevölkerung, so Reinsberg. Nach tagelangen Belagerungen seien die Maßnahme wieder zurückgenommen worden.

Der Experte kritisiert, dass die IWF-Programme für die in Not geratenen Länder zu viele Bedingungen enthalten. Die Auflagen könnten selbst von den Verwaltungen williger Regierungen nicht umgesetzt werden. Deswegen müssten mehr als 60 Prozent der Programme suspendiert werde. Denn die Auszahlung von Geldern sei an die Erfüllung der Bedingungen gekoppelt.

Dies wiederum hätte Konsequenzen auf dem Finanzmarkt: Die Länder könnten sich nicht mehr so günstig refinanzieren „und werden dann weiter in die Arme des IWF getrieben“. Reinsberg: „Es gibt eine tödliche Spirale, eine Abhängigkeit vom IWF für diese Regierungen, selbst wenn sie voll und ganz hinter den Reformen stehen.“

Liane von Billerbeck, Wie die Ärmsten unter Hilfskrediten leiden, in: https://www.deutschlandfunkkultur.de/75-jahre-internationaler-waehrungsfonds-iwf-bernhard-reinsberg-100.html, 01.03.2022

M4 Wohin die Kredite des IWF gehen

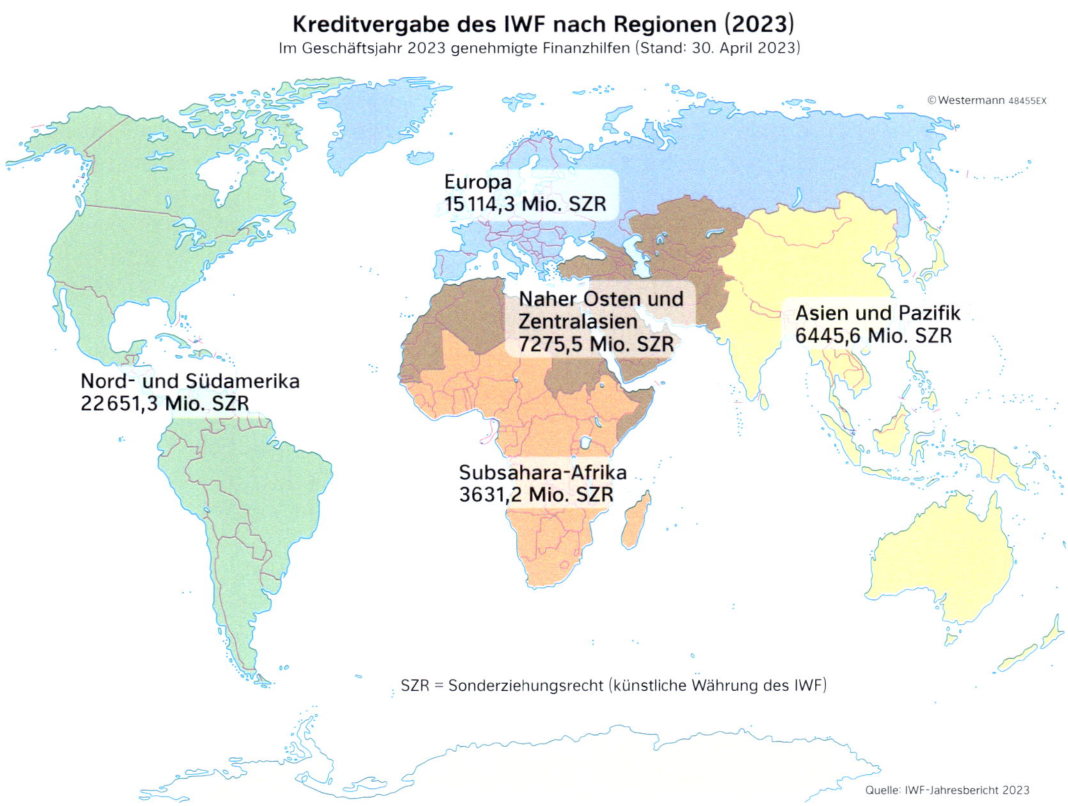

1 **Analysieren** Sie die Karikatur (M 1).

2 **Beschreiben** Sie die Aufgaben des IWF und **erörtern** Sie, ob diese von ihm erfüllt werden (M 2–M 4).

3 **Diskutieren** Sie, ob der IWF reformiert werden muss und **entwickeln** Sie Reformvorschläge (M 1–M 4).

3.9 Wie kann man gerechten Handel organisieren?

M 1 Zitate

Es ist keine ideale Welt, aber ohne WTO sähe es anders aus.

Karl Brauner, deutscher Jurist und ehemaliger stellvertretender Generaldirektor der WTO

Protektionismus zu verfolgen ist, wie sich in einem dunklen Raum einzuschließen. Zwar bleiben Wind und Regen draußen vor der Tür, aber auch Licht und Luft.

Xi Jinping (* 1953), chinesischer Staatspräsident

Wenn wir keinen anderen Weg finden, um die Funktionsweise unserer Wirtschaftssysteme zu verteidigen, wissen wir, was passieren wird und das wird erhebliche wirtschaftliche und politische Folgen für unsere Systeme haben.

Katherine Tai (* 1974), US-Handelsbeauftragte

M 2 Muss der Welthandel neu organisiert werden?

Die Globalisierung, wie wir sie bisher kennen, ist tot. Spätestens seit dem Beginn des Angriffskriegs von Russland auf die Ukraine ist klar, dass die Idee eines global unbegrenzten Handelsaustauschs gescheitert ist. Besonders schmerzhaft ist die Erkenntnis, dass Handel und Frieden keine Geschwister sind. Autokraten stellen ihre potenziell kriegerischen Machtansprüche über den freien Austausch von Waren und Gütern. Freier Handel ist ihnen nur so lange genehm, wie er der eigenen Machterhaltung dient. Was heißt dies für die Zukunft des Welthandels? Man sollte sich zunächst nicht täuschen. Die jüngsten Schläge gegen den Welthandel haben nicht dessen wechselseitige Vorteilhaftigkeit außer Kraft gesetzt. David Ricardos Theorie der komparativen Vorteile des Handels gilt weiter, auch wenn diese nicht mehr genutzt werden. Das zeigt beispielhaft der Energiehandel mit Russland: Es ist für uns derzeit wesentlich günstiger, Gas und Öl aus Russland zu importieren als aus anderen Ländern oder es gar selbst zu erzeugen. Aber es ist auch für Russland günstiger, hochwertige Industriegüter aus Deutschland zu importieren als sie selbst zu herzustellen. Durch die nun geltenden Sanktionen aber gehen diese wechselseitigen Vorteile verloren – und das nicht nur im Handel zwischen Deutschland und Russland, sondern auch für andere Volkswirtschaften. Handelsbeschränkungen machen ärmer.

Die russische Aggression wie auch die Corona-Pandemie haben die hohe Verletzlichkeit global eng verflochtener Volkswirtschaften aufgezeigt. Wenn die Sicherheit des Handels erhöht werden soll, stellt sich die Herausforderung, die Handelsbeziehungen global neu zu definieren. Das Ergebnis sollte eine neue Präferenzordnung für Handelspartner sein, die sich nicht mehr allein an der kurzfristigen Profitabilität des Austauschs orientiert.

Gustav Horn, Deutschland braucht neue Spielregeln für den globalen Handel, in: https://www.zeit.de/wirtschaft/2022-04/handelspolitik-demokratien-china-russland-unabhaenigkeit-globalisierung, 26.04.2022

1 **Fassen** Sie die Zitate in M 1 **zusammen** und **benennen** Sie mögliche Probleme.

2 **Erstellen** Sie in einer medial frei wählbaren Form eine Prognose, wie sich der Welthandel entwickeln könnte und welche Akteure dabei eine Rolle spielen werden (M 2–M 4).

3 **Diskutieren** Sie die These, dass der Welthandel nur durch Einzelstaaten bestimmt werde.

M3 Neustart der Globalisierung?

Die hohe Inflation, steigende Zinsen, Schwierigkeiten mit Lieferketten und der Energieversorgung und nicht zuletzt die Folgen des russischen Angriffskriegs – all das wird zusammengerührt. Dieses trügerische Gemisch wird als Beleg dafür genommen, dass Freihandel und Marktwirtschaft an ihre Grenzen gelangt seien. Dabei wird Folgendes übersehen: Die Weltwirtschaft hat die Energiekrise, die Lieferkettenprobleme und die Leitzinserhöhungen bis jetzt viel besser verkraftet als erwartet. International haben Staaten entschlossen gehandelt, um Strukturbrüche zu verhindern. Auch wir in Deutschland haben Entlastungspakete geschnürt, die es in diesem Umfang bisher noch nicht gegeben hat. [...] Im Gegenteil: Wer mehr Resilienz will, muss der Globalisierung einen Neustart verpassen. Die jetzige Krise verlangt ein Update, das alte Schwächen behebt, Prozesse beschleunigt und neue Formen der Zusammenarbeit ermöglicht. Auch unser „Betriebssystem Europa“ erfordert ein Nachrüsten. Wir müssen auf den Wachstumspfad zurückkehren, um international unseren Platz behaupten zu können. Ohne Wachstum ist sozialer Aufstieg individuell und für Gesellschaften nur im harten Verdrängungs- und Verteilungsstreit möglich. [...] In fragilen Zeiten entsteht Stabilität durch mehr, nicht durch weniger Freihandel. Nur multilaterales Zusammenwirken kann der Schlüssel zu Wachstum und Wohlstand sein, auch für ärmere Länder. Wir brauchen einen verstärkten Austausch insbesondere unter Wertepartnern, die ähnliche Vorstellungen von Demokratie und Marktwirtschaft haben wie wir. [...] Hier müssen wir eine gemeinsame europäische Haltung entwickeln. Dabei ist selbstverständlich: Globale wirtschaftliche Zusammenarbeit und komplexe Lieferketten können nur auf der Grundlage belastbarer Strukturen, fairer Regeln und der allgemeinen Achtung des Völkerrechts und der Menschenrechte funktionieren.

Christian Lindner, Wir müssen der Globalisierung einen Neustart verpassen, in: https://www.welt.de/debatte/kommentare/article243234599/Christian-Lindner-Wir-muessen-der-Globalisierung-einen-Neustart-verpassen.html, 16.01.2023

M4 Welthandel

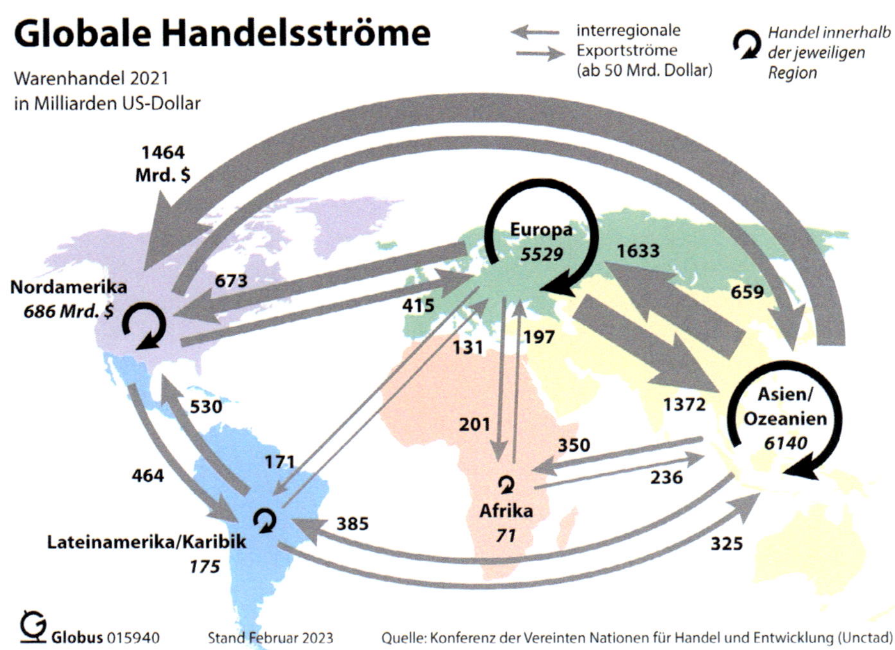

3.10 Urteil: Das Lieferkettengesetz – Beispiel für eine nachhaltige und gerechte Organisation des Welthandels?

M 1 Mehr Bürokratie für Unternehmen?

Zeichnung: Cloud-Science.de

M 2 Ein „absurdes" Gesetz?

Ziel ist es, in der EU ansässige Unternehmen kräftig in die Pflicht zu nehmen, weltweit gegen Menschenrechtsverletzungen, Ausbeutung und Umweltverschmutzung zu kämpfen. Als Hebel dient die Lieferkette. Künftig dürfen EU-Unternehmen nur noch Lieferanten oder Vertriebspartner nutzen, die komplett „sauber" produzieren - also bestimmte, von der EU geforderte soziale und grüne Mindeststandards einhalten, bis ins letzte Glied der Kette. Wer seine Geschäftspartner und deren Partner nicht sorgfältig überprüft und Probleme abstellt, haftet und muss mit Bußen und Schadenersatzforderungen rechnen. Geht es nach dem Willen des EU-Parlaments, soll das Gesetz schon für kleinere Mittelständler ab 250 Mitarbeitern und 40 Millionen Euro Umsatz gelten und Finanzdienstleister einbeziehen. Es greift damit weit über das deutsche Lieferkettengesetz hinaus, das seit Jahresbeginn gilt und vielen betroffenen Unternehmen große Schwierigkeiten macht.

In Rede steht also ein noch schärferes Gesetz, das europäische Unternehmen in höchst unsicherer Zeit erheblich zusätzlich belasten wird: durch die Kosten für ein umfangreiches Berichtswesen und den etwaigen Umbau ihrer Lieferketten, die leicht zigtausend Posten umfassen.

Viele Firmen kämpfen derzeit aber schon mit multiplen Problemen. Die Verluste der Pandemie sind nicht überall überwunden, die Lieferketten teils noch gestört. Inflation, höhere Energiekosten und Fachkräftemangel kommen erschwerend dazu. Es gilt, digitale Rückstände aufzuholen und Geschäft und Produktion schnellstens den scharfen EU-Klimazielen anzupassen. Als wäre diese Gemengelage wirtschaftlich nicht bedrohlich genug, verschärft sich der Systemwettbewerb des Westens mit Chinas Autokratie. Viele EU-Regierungen schnüren daher weitere Entlastungspakete und planen Subventionen, um die heimischen Unternehmen zu schützen – und sie daran zu hindern, in die USA abzuwandern. Dort winken Milliardenzuschüsse für grüne Industrie. Die Europäische Kommission arbeitet deshalb ebenfalls an neuen Hilfsfonds, um im Subventionswettlauf nicht zu verlieren und Europa vor dem weiteren ökonomischen Abstieg zu bewahren.

Vor diesem Hintergrund wirkt es absurd, europäischen Unternehmen per Lieferkettengesetz weitere Steine in den Weg zu rollen, statt das Vorhaben endlich abzublasen.

Heike Göbel, Kommentar: Die Risiken des EU-Lieferkettengesetzes, in: https://www.ndr.de/nachrichten/info/sendungen/kommentare/Kommentar-Die-Risiken-des-EU-Lieferkettengesetzes,lieferkettengesetz114.html, 04.06.2023

M3 Ein notwendiges Gesetz?

Das Narrativ vom „Bürokratie-Monster“ und „Feind des Mittelstands“ hat auf die Überlegungen vieler anderer Länder übergegriffen, allen voran Italien, Zypern, Bulgarien. Aber auch Schweden, Finnland und Estland äußerten nun – nach drei Jahren Verhandlungen – nochmal Sorgen, forderten Sonderregelungen und Ausnahmen. [...] Die Vorteile rückten leider in den Hintergrund. Schade, vor allem für Deutschland – neben Frankreich und den Niederlanden das einzige EU-Land mit einem nationalen Lieferkettengesetz. Die hiesigen Unternehmen haben also im Vergleich mit den europäischen Kollegen andere Maßgaben und häufig genug einen deutlichen Wettbewerbsnachteil. Kein Wunder, dass viele großer Player – von Aldi über Rewe und Tchibo bis zum Pharma- und Chemiekonzern Bayer – eine EU-weite Lösung dringend wollen. Darunter auch das Textilunternehmen KiK – die Firma, die am besten weiß, dass man sich auch nach gut zehn Jahren kaum von dem Schaden erholt, wenn wegen nicht vorhandener Sicherheitsstandards bei Subunternehmern Fabrikgebäude einstürzen. Wie beim verheerenden Unglück in Bangladesch 2013 mit mehr als 1 100 Toten. Allein dies zeigt, Europa hat ein Lieferketten-Gesetz dringend nötig. Dieses aktuelle vorliegende konnte es aber nun nicht mehr sein. „Mach neu und besser“ – diesen Einsatz hätte die deutsche Wirtschaft von der Bundesregierung in Brüssel längst erwarten können, statt dass diese Zeit mit Profilneurosen vergeudet.

Kathrin Schmid, Viel Zeit verschwendet, in: https://www.tagesschau.de/kommentar/lieferkettengesetz-114.html, 28.02.2024

M4 Ein ausgehöhltes Gesetz?

Die Debatte um das Lieferkettengesetz auf EU-Ebene, das zuerst durch die FDP blockiert und dann auf der Grundlage eines Minimalkompromisses doch zustandekam, zeigt vor allem, wie schwer es der Europäischen Union fällt, gemeinsame Entscheidungen zu treffen. So sehr allerdings das Verhalten der Bundesregierung auf europäischer Ebene – geschmäht als „german vote“ – kritisiert wurde, so macht die Kritik an dem Lieferkettengesetz doch auch auf einige Problemstellen aufmerksam. Denn erstens führt das Lieferkettengesetz zu deutlich mehr bürokratischer Belastung und fordert von Unternehmen das ein, was sie teilweise nur schwer leisten können – nämlich exakt zu belegen, wo ein Produkt genau herkommt. Dass dies so gar nicht zur politischen Prämisse eines Abbaus von Bürokratie passt, ist offensichtlich. Zweitens sind mit der Umsetzung des Lieferkettengesetzes für die Unternehmen hohe Kosten verbunden, die wiederum europäische Produkte (noch) teurer machen. Es stellt sich die Frage, wie europäische Firmen mit ihren Produkten so auf dem Weltmarkt bestehen sollen? Dabei wird vor allem kritisiert, dass diese Regelungen eben nicht für andere Länder bzw. Märkte gelten und damit in der aktuellen Phase globaler handelspolitischer Auseinandersetzungen (mit der Zollpolitik der USA als Auslöser) noch ein weiteres Hindernis für Warenexporte aus der EU darstellen würden.

Autorentext

1 **Beschreiben** und **erklären** Sie die Karikatur (M 1).

2 **Erarbeiten** Sie entweder Pro- oder Kontra-Argumente für die Fragestellung „Das Lieferkettengesetz – Beispiel für eine nachhaltige und gerechte Organisation des Welthandels?“ (M 2–M 4). **Verteidigen** Sie Ihre Position in einer Pro-Kontra-Diskussion.

3 **Formulieren** Sie eine politische Rede, in der Sie die Fragestellung in Aufgabe 3 **diskutieren** (M 1–M 4).

Digitale Produkte erstellen und bewerten

Wir leben in einer Welt der Digitalität, das bedeutet, dass alle Arbeitsprozesse zunehmend in einer digitalen Umgebung stattfinden und es folglich auch für die Schule immer wichtiger wird, Arbeitsergebnisse in einem digitalen Umfeld zu gestalten und die möglichen Tools auch zu verwenden.
Für die Erstellung von digitalen Produkten sind dabei verschiedene Arbeitsschritte notwendig, die sich je nach Produkt und Ziel unterscheiden können und hier damit nur theoretisch dargestellt werden können.

1. Welches digitale Produkt kann ich bzw. sollte ich wählen und was bedeutet das?
Je nach Aufgabenstellung wird das Zielprodukt vorgegeben („Erstellen Sie einen Podcast ...“) oder wird bewusst freigegeben, um eine persönliche Wahl zu ermöglichen („Erstellen Sie ein mediales Produkt Ihrer Wahl ...“). Bei beiden Aufgabenstellungen ist es daher wichtig für sich zu überlegen, welche Merkmale ich für die Erstellung der jeweiligen digitalen Produkte erfüllen muss und welche Vor- oder Nachteile das jeweilige digitale Produkt hat.
Es ist in der Folge unmöglich alle möglichen digitalen Produkte darzustellen, insofern wird in **M 1 auf Seite 339** eine Übersicht über potenzielle digitale Produkte mit Stärken und Schwächen gegeben.

2. Welches digitale Produkt wähle ich warum aus?
Nach Prüfung der Möglichkeiten kann nun abhängig von der Aufgabenstellung, sollte es eine Wahlmöglichkeit geben, überlegt werden, welche Darstellung man wählt. Soll beispielsweise eine Problemfrage diskutiert werden, würde sich ein Podcast oder Vodcast mehr eignen als ein Poster. Hierbei sollte auch über die jeweiligen Vor- und Nachteile nachgedacht werden.

QUERVERWEIS
METHODE Schreibprozesse kollaborativ organisieren S. 286 f.

3. Arbeit am dem digitalen Produkt
Nach Wahl des digitalen Produktes sollte nun je nach Aufgabenstellung an dem digitalen Produkt gearbeitet werden. Dafür bietet es sich an, zunächst die vorhandenen Materialien zu analysieren und bezogen auf den Operator zu sammeln. Hier sollten kollaborative Tools verwendet werden, um diese zu sammeln und das digitale Produkt vorzubereiten. Danach oder je nach digitalem Produkt parallel kann mit der Erstellung des digitalen Produktes begonnen werden. Hierbei sollte vorab geprüft werden, welche technischen Möglichkeiten vorliegen und wie alle Mitglieder des Arbeitsprozesses einbezogen werden können. Auch hier können kollaborative Tools helfen, den Arbeitsprozess zu koordinieren.

4. Überarbeitung des digitalen Produkts
Bevor die Ergebnisse veröffentlicht werden, sollte nochmals geprüft werden, ob alle geforderten Inhalte gemäß Aufgabenstellung erfüllt wurden und ob das digitale Produkt die Anforderungen an die Form erfüllt.

5. Bewertung des digitalen Produkts
Im Rahmen eines Arbeitsprozesses sollten die Ergebnisse am Ende bzw. am besten bereits zuvor im Rahmen des Feedforward bewertet werden. Dabei sollten die Kriterien gemeinsam in der Klasse vorab gefunden werden. Es bieten sich inhaltliche Kriterien (inhaltliche Darstellung, argumentative Tiefe) ebenso an wie der Fokus auf die Darstellung (Umsetzung der produktspezifischen Kriterien) oder auch auf die sprachliche Darstellung.

1 **Ordnen** Sie beispielhafte offene Aufgabenstellungen aus dem Schulbuch möglichen Formen **begründet zu**.

2 **Bewerten** Sie das Vorgehen methodisch anhand einer durchgeführten Aufgabenstellung.

M1 Digitale Produkte

Name	Was ist das?	Wofür geeignet?	Wofür nicht geeignet?
Digitales Poster	großflächige Darstellung, die schnell und einfach Inhalte darstellt	einfache schriftliche Zusammenfassungen und/oder Übersichten	komplexe Darstellungen, Argumentationen mit großen textlichen Inhalten
Präsentation (z.B. Powerpoint, Canva)	Darstellungsform, bei der Ergebnisse in Form eines Vortrags dargestellt werden; kann auch aufgezeichnet werden (per Tonspur)	kausale oder darstellende Zusammenfassungen, die erklärt werden müssen; Zusammenfassungen von Themen	argumentative Darstellungen; Darstellungen, die sich schwer in einem Vortrag erklären lassen
Quizform (z. B. Kahoot-Quiz, Learning-App)	Überprüfung von gewonnenen Kenntnissen, die in Form eines Quiz' überprüft werden	Anwendung von Wissen; wettkampforientierte Vertiefung von Wissen	keine Form für die Darstellung von Wissen; kann immer nur exemplarisch sein
Schulbuchseiten (z. B. Book Creator, Flyer)	Darstellung von Inhalten in Form von eigenen (Schul-) Büchern oder in Werbeform	kreative und anwendungsorientierte Darstellung von Inhalten; Bewerbung von Ergebnissen; kreative Darstellungen	Darstellung von argumentativen Ergebnissen, teilweise wegen des Platzes komprimiert
eigene Bilder/Memes/GIFs	Darstellung von Ergebnissen in eigenen (digitalen) Bildern oder in Memes-Form (bekannte Bilder bearbeitet) oder als GIF (animiertes Bild)	kreative Zusammenfassung und Darstellung von Inhalten; pointierte Positionsdarstellungen; argumentative Gegendarstellungen	keine Darstellung von Inhalten; keine ausführliche Abbildung von argumentativen Positionen
Post in sozialen Netzwerken	nachgestellte Postings in sozialen Netzwerken (z. B. als Post auf Instagram oder Tiktok)	kreative Zusammenfassung und Darstellung von Inhalten; pointierte Positionsdarstellung; argumentative Gegendarstellungen; kreative Zusammenfassungen und Darstellungen von Inhalten; pointierte Positionsdarstellungen; argumentative Gegendarstellungen	keine Darstellung von Inhalten; keine ausführliche Abbildung von argumentativen Positionen
Podcast/Vodcast	Gespräch zwischen verschiedenen Personen mit unterschiedlichen Rollen über ein Thema, das aufgezeichnet wird (Podcast: nur Ton, Vodcast: mit Bild)	ausführliche Diskussionen mit unterschiedlichen Positionen; argumentative Abwägung; vereinfachte inhaltliche Darstellung von Themen	visuelle Darstellung von Themen; keine vereinfachte Darstellung von Themen
Verfilmung von Darstellungen/ Storyboard als Skizze	eigene Verfilmung von Inhalten/ Themen oder der skizzenhafte Entwurf einer Verfilmung	Darstellung komplexer Inhalte, Abbildung politischer Prozesse	eher erklärende Darstellungen; reine Darstellung von Positionen

4. Länder des Globalen Südens – selbstverschuldet in ökonomischen Nöten oder Folge der Dekolonialisierung?

4.1 Einführung

M1 Korruption

Korruption in der Welt

Der Korruptionswahrnehmungsindex misst die von Fach- und Geschäftsleuten wahrgenommene Korruption in 180 Ländern.

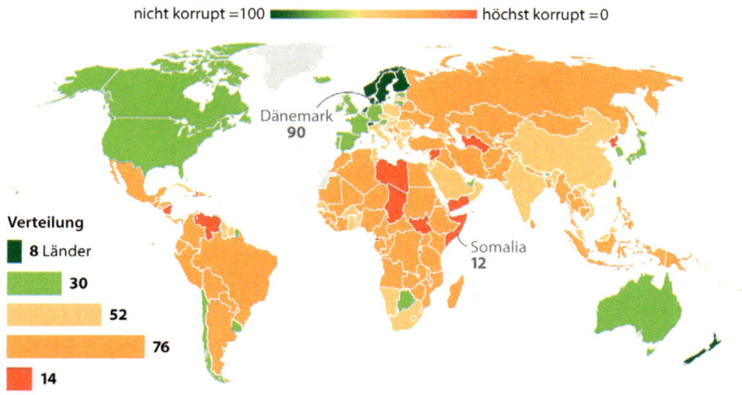

Quelle: Transparency International — beschriftet sind der Höchst- und Tiefstwert — Stand 2022 — Globus 015918

M2 Armut und Reichtum

Reiche und arme Länder

Jährliches Volkseinkommen je Einwohner/-in im Jahr 2022 in US-Dollar*

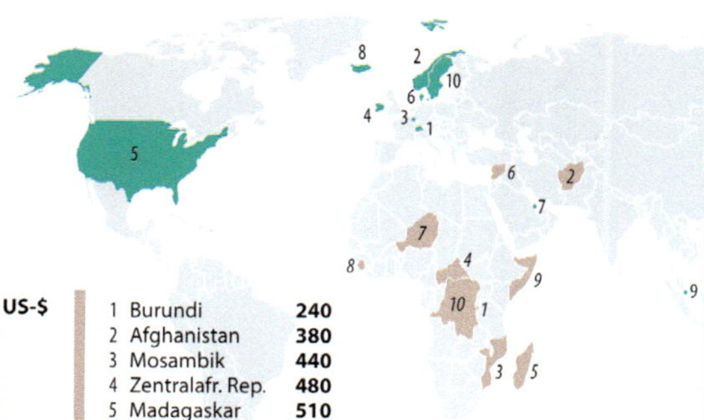

1	Schweiz	95 490 US-$
2	Norwegen	94 540
3	Luxemburg	89 200
4	Irland	79 730
5	USA	76 770
6	Dänemark	73 520
7	Katar	70 120
8	Island	68 660
9	Singapur	67 200
10	Schweden	63 500
…		
16	Deutschland	54 030

1	Burundi	240
2	Afghanistan	380
3	Mosambik	440
4	Zentralafr. Rep.	480
5	Madagaskar	510
6	Syrien	560
7	Niger	580
8	Sierra Leone	600
9	Somalia	600
10	Dem. Rep. Kongo	610

Quelle: Weltbank — 016873 Globus

ohne Sonderverwaltungszonen und Überseegebiete
*umgerechnet nach Weltbank-Methode

M3 Was ist der Globale Süden?

Der Begriff Globaler Süden beschreibt ein Konzept zur geopolitischen Einteilung von Ländern in der Welt. Es handelt sich dabei um ein relationales Konzept, das Beziehungen und Ungleichheiten abbildet und sich nicht auf geografische Verortungen beschränkt – trotz des begrifflich enthaltenen Südens. Ein Land des sogenannten Globalen Südens kann sich somit auch im Norden der Erdkugel befinden. [...]

Als Länder des sogenannten Globalen Südens gelten gemeinhin Staaten, die im gesellschaftlichen, wirtschaftlichen und politischen Kontext im Vergleich zu anderen Ländern benachteiligt sind. Je nach Definition zählen dazu die bisher und teils noch immer als Entwicklungsland oder Schwellenland bezeichneten Staaten. Welche Länder als Entwicklungs- oder Schwellenländer gelten, wird häufig an ihrer wirtschaftlichen und technologischen Entwicklung festgemacht. Die Organisation für wirtschaftliche Zusammenarbeit und Entwicklung (Organisation for Economic Cooperation and Development, OECD) leistet im Rahmen des Development Assistance Committee (DAC) bestimmten Ländern Entwicklungshilfe in Form von Projekten zur Entwicklungszusammenarbeit sowie finanziellen, technischen und personellen Zuwendungen. [...]

Wie kommt es also, dass benachteiligte Regionen auf der ganzen Welt als Globaler Süden bezeichnet werden? Die Geschichte des Begriffs Globaler Süden geht unter anderem auf den sogenannten Nord-Süd-Konflikt zurück. Der Nord-Süd-Konflikt beschreibt die Ungleichheit zwischen den Ländern der Welt und die geopolitische Perspektive, dass sich die Industrienationen überwiegend auf der Nord- und die ärmeren Entwicklungsländer in der Vergangenheit vornehmlich auf der Südhalbkugel der Erde befanden. Ab den 1960er-Jahren entwickelte sich ein gesteigertes Bewusstsein für diese Ungleichheit und der Nord-Süd-Konflikt wurde zu einem zentralen Thema der globalen Politik.

Dies lag zum einen daran, dass sich viele Länder nach dem Zweiten Weltkrieg vermehrt mit ihrer von Kolonialismus und Ausbeutung geprägten Geschichte auseinandersetzten und von den Kolonialmächten lösen wollten. So ging das Jahr 1960 beispielsweise als das „Jahr Afrikas“ in die Geschichte ein, in dem 17 afrikanische Länder die Unabhängigkeit von Frankreich, Belgien und dem Vereinigten Königreich erlangten.

Der Kolonialismus stellt für viele Länder einen der Hauptgründe für die bestehenden Unterschiede zwischen Globalem Süden und Globalem Norden dar. Denn in Afrika, Asien und Lateinamerika wurden Bodenschätze und Rohstoffe erwirtschaftet und ohne Gegenleistung in die kapitalistischen Kolonial- und großen Industrienationen gebracht oder später zu niedrigen Preisen von diesen gekauft. In den so ausgebeuteten Ländern gab es dagegen nur wenig Handel oder Industrie, sodass Armut vorherrschte und noch heute vielerorts ein großes Problem darstellt. Strukturelle Ungleichheiten bestehen in Teilen weiter fort.

Jedoch werden auch die Begriffe Globaler Süden und Globaler Norden kritisch gesehen. Die Einteilung der Welt in zwei Hälften – den unterprivilegierten, armen Süden und den fortschrittlichen, reichen Norden – stellt eine undifferenzierte Sichtweise dar, da beide Gruppen keineswegs eine homogene Masse bilden. Probleme in den Bereichen Wirtschaft, Bildung und politische Freiheit treten auch im Globalen Norden auf.

Globaler Süden, in: https://www.fes.de/wissen/globaler-sueden, 20.01.2025

INFO

relationales Konzept stellt die Beziehung zwischen zwei Dingen her; hier werden Länder des Globalen Südens mit Ländern des Globalen Nordens verglichen

1 **Analysieren** Sie M 1 und M 2.

2 **Formulieren** Sie einen Lexikoneintrag, in welchem Sie den Begriff „Globaler Süden“ definieren (M 3).

3 **Bewerten** Sie den Begriff „Globaler Süden“ (M 3).

4.2 Kolonialisierung und Dekolonialisierung – zwei Seiten derselben Medaille?

M1 Zitate

Der Kolonialismus ist keine Denkmaschine, kein vernunftbegabter Körper. Er ist die Gewalt im Naturzustand und kann sich nur einer noch größeren Gewalt beugen.

Frantz Fanon (1925–1961), französischer Autor und Politiker

Wäre die Vorherrschaft der kolonialen Mentalität absolut und vollständig, so hätte sich in unserem Volk natürlich nicht das Gefühl einer Identitätskrise herausbilden können. Das unbestreitbare Vorhandensein dieses Bewusstseins aber zeigt, dass die ursprünglichen Weisen des Denkens und Handelns durch den Kolonialismus nicht vollständig ausgemerzt wurden.

Kwasi Wiredu (1931–2022), ghanaischer Philosoph

M2 Geschichte der Dekolonisierung

Historisch wird Dekolonisierung üblicherweise mit der Periode ab 1945 assoziiert, als die modernen kolonialen Imperien sich aufzulösen begannen. In der Zeitgeschichte ist es inzwischen üblich, die Dekolonisierung neben dem Kalten Krieg als wichtigsten globalen Prozess der Nachkriegszeit zu analysieren. Dabei wird sie meistens als politischer Prozess verstanden: Antikoloniale Massenbewegungen, die nach den beiden Weltkriegen aus verschiedenen gesellschaftlichen Gruppen – streikende Arbeiter*innen, bürgerliche politische Clubs, aufständische Bäuer*innen – entstanden waren, organisierten sich in Parteien, die mehr und mehr politische Beteiligung einforderten, mit dem Ziel der nationalen Unabhängigkeit. [...]

Die historische Forschung spricht aber heute über Dekolonisierung nicht mehr als ein Ereignis oder Bruch, sondern als Prozess. Ein lang andauerndes, mehrere Dynamiken, Ereignisse und unterliegende Faktoren vereinigendes Geschehen, das mit der formalen Erlangung der Unabhängigkeit nicht abgeschlossen war. Auch werden heute wieder stärker frühere Dekolonisierungsprozesse analysiert, vor allem die „atlantischen Revolutionen" in den USA, Lateinamerika und der Karibik im 18. und 19. Jahrhundert.

Nkrumah musste bald nach der Unabhängigkeit Ghanas erkennen, dass ihm eben nicht „alles andere" zufiel. In seinem Buch über den „Neokolonialismus" stellte er fest, dass die unabhängigen Staaten zwar formal souverän waren, in Wirklichkeit aber stark eingeschränkt in ihren Handlungsmöglichkeiten. Neben der strukturellen ökonomischen Abhängigkeit ist das bis heute in konkreten politischen Arrangements wie Handelsabkommen, Freihandelszonen oder Währungskontrolle spürbar. Beispielsweise zahlen einige westafrikanische Staaten mit der Währung Franc CFA, die an die französische Zentralbank gekoppelt ist; informelle Netzwerke wie die berüchtigte Françafrique begrenzen die Souveränität postkolonialer Staaten. Es existieren auch heute noch Kolonien. [...]

Vertreter*innen der post- und dekolonialen Theorie betonen ebenfalls die Notwendigkeit einer kulturellen Dekolonisierung, auch in den ehemaligen Kolonien. Wie diese genau aussehen soll, bleibt dabei oft unbestimmt. Die postkoloniale Theorie will vor allem die Konstruktion des kulturell „Anderen" in der westlichen (kolonialen) Philosophie und Kultur thematisieren und dabei vor allem die moderne Vermischung postkolonialer Kulturen aufzeigen. Die dekoloniale Theorie geht einen Schritt weiter und verbindet Modernität und „Kolonialität", das heißt, die Kontinuität und Dominanz kolonialer Wissensordnungen. Dekolonisierung richtet sich in diesem Verständnis explizit gegen eine als westlich verstandene Moderne. Was diese ersetzen soll – lokale

INFO

Kwame Nkrumah (1909–1972) Der ghanaische Politiker war der erste Präsident Ghanas nach dessen Unabhängigkeit.

Françafrique Einflusszone (teils Kolonien) Frankreichs im Subsahara-Gebiet Afrikas vom 17. bis ins 20. Jahrhundert

Kulturen, vorkoloniale Ideen oder alternative Modernen – bleibt allerdings meistens unklar. Der nigerianische Philosoph Olúfẹ́mi Táíwò kritisiert das scharf. Afrikaner*innen hätten sich in der historischen Dekolonisierung nicht von der „westlichen" Moderne abgewendet, sondern sie für sich eingefordert und in kulturpolitischen Bewegungen wie der „Négritude" auch genuin (pan-)afrikanische kulturelle Modernen entwickelt.

Robert Heinze, Was ist Befreiung?, in: https://www.akweb.de/politik/hamas-fanon-streit-um-dekolonisierung-was-ist-befreiung/, 14.11.2023

M3 Verlauf der Dekolonisierung

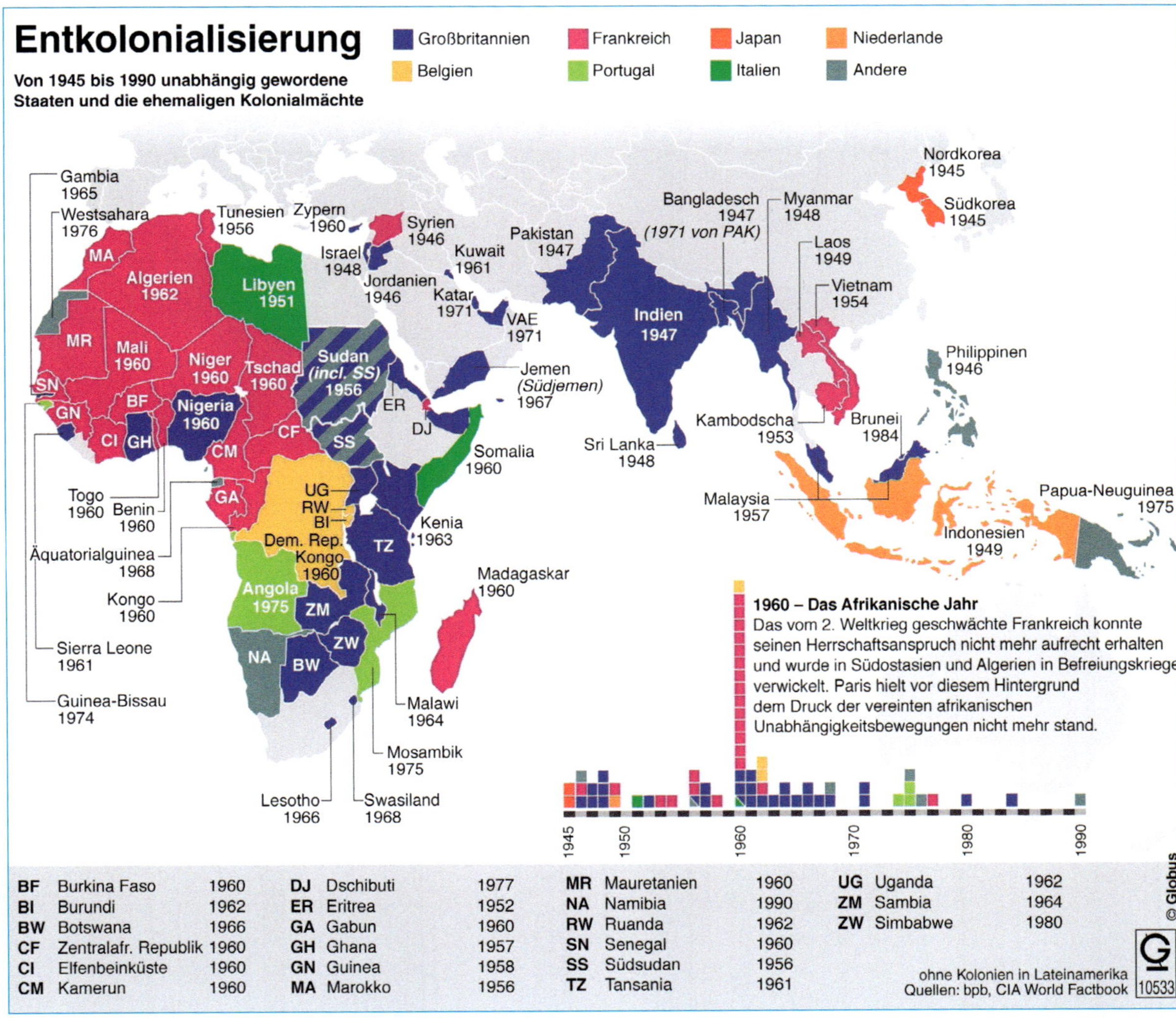

1 **Fassen** Sie die Zitate in M 1 **zusammen** und **benennen** Sie mögliche Probleme der Dekolonisierung.

2 **Erstellen** Sie eine (Schul-)Buchseite, auf welcher Sie den Begriff „Dekolonisierung" **erläutern**, von Kolonialisierung abgrenzen und mögliche Dekolonisierungsprozesse **beschreiben** (M 2, M 3).

3 **Erörtern** Sie, ob Dekolonisierung und Kolonialisierung zwei Seiten derselben Medaille sind (M 2, M 3).

4.3 Beispiel Namibia – wie stark beeinflusst die koloniale Vergangenheit die Entwicklung des Landes?

M1 Wegschauen vor der Vergangenheit?

Zeichnung: Harm Bengen

M2 Geschichte Namibias

Die Kolonialisierung eines großen Teils des heutigen namibischen Staatsterritoriums begann Ende des 19. Jahrhunderts, als ein deutscher Unternehmer, ausgestattet mit staatlichen Garantien, dort Land erwarb. Inmitten des „Scramble for Africa" (etwa: Drängelei um Afrika) der europäischen Großmächte wollte auch das Deutsche Reich zur Kolonialmacht werden. Der Bremer Kaufmann Franz Adolf Lüderitz kaufte 1883 unter zweifelhaften Umständen Land im Südwesten des heutigen Namibia von den dort ansässigen Nama.

Im August 1884 erklärte das Deutsche Kaiserreich dieses Gebiet zum „Schutzgebiet Deutsch-Südwestafrika" und taufte es „Lüderitzland". Damit wurde es zur ersten deutschen Kolonie. Diese wurde in den Folgejahren erweitert und umfasste ab 1890 das gesamte Gebiet des heutigen Staates Namibia. Die Kolonialherren etablierten ein rassistisches System, in dem Deutsche die Oberschicht bildeten und die teils enteigneten Afrikanerinnen und Afrikaner als abhängige Arbeiterinnen und Arbeiter unterdrückt wurden. Bis zum Beginn des Ersten Weltkriegs 1914 kamen 15 000 Siedler ins Land, darunter mehr als 12 000 Deutsche.

Wiederholt erhoben sich in den Folgejahren die auf dem kolonialisierten Gebiet ansässigen Volksgruppen, darunter die Herero (1896). Ihre Aufstände wurden gewaltsam niedergeschlagen. Im Januar 1904 nahmen bewaffnete Verbände der Herero erneut den Widerstand gegen die Kolonialmacht auf. Die deutschen Truppen reagierten mit extremer Härte und Brutalität. Nach der Schlacht am Waterberg flohen die Herero in die Omaheke-Halbwüste. Ihre deutschen Verfolger riegelten das Trockengebiet und die wenigen Wasserstellen ab. Auf Befehl des Generalleutnants Lothar von Trotha hin, wurde auf alle, die zu fliehen versuchten, geschossen.

Auch dem zunächst erfolgreichen Guerilla-Krieg der Nama, die sich dem Widerstand gegen die deutschen Kolonialtruppen angeschlossen hatten, setzte die Kolonialmacht eine Vernichtungsstrategie entgegen: Die Deutschen vergifteten Brunnen und zerstörten Nahrungsmittel. Die wenigen Überlebenden der Herero und Nama kamen in Internierungslager und wurden als Zwangsarbeiter eingesetzt. Schätzungen zufolge starben bis zu 80 000 Herero sowie mindestens 10 000 Nama. Historikerinnen und Historiker bewerten diesen Vernichtungskrieg heute mehrheitlich als ersten Genozid des 20. Jahrhunderts.

Das Ende des Ersten Weltkrieges bedeutete auch das formale Ende des deutschen Kolonialreichs. Alle Kolonien gingen gemäß des Versailler Vertrags als Mandatsgebiete an den neu gegründeten Völkerbund, so auch Deutsch-Südwestafrika. Der Völkerbund übertrug 1921 das Mandat über Namibia an Südafrika, das Namibia wie eine fünfte Provinz verwaltete – inklusive seiner Homeland-Politik, die jeder Bevölkerungsgruppe ein festes Territorium zuteilte, und restriktiver Pass- und Arbeitsgesetze.

In den 1950er-Jahren etablierte Südafrika in seinen Provinzen das Apartheidsystem. Zu dieser Zeit formierte sich in Namibia der antikoloniale Widerstand gegen Südafrika, der 1960 in die Gründung der Bewegung „South West African People‘s Organisation" (SWAPO, dt. Südwestafrikanische Volksorganisation) mündete. 1966 erkannten die Vereinten Nationen, als Nachfolger des Völkerbunds, Südafrika das Mandat über Namibia ab, was die südafrikanische Regierung jedoch ignorierte. Daraufhin nahm die SWAPO den militärischen Kampf auf.

Zehn Jahre später, 1976, erkannte die UN-Vollversammlung die SWAPO als einzige legitime Vertretung des namibischen Volkes an. Doch erst mit Ende des Kalten Krieges und der schleichenden Erosion des Apartheid-Regimes in Südafrika wurde Namibias Selbstbestimmung Realität. [...]

Ende 1989 hielt Namibia die ersten allgemeinen und freien Wahlen ab, knapp 96 Prozent der Wahlberechtigten beteiligten sich. In der verfassungsgebenden Versammlung, die zum ersten Parlament wurde, errang die SWAPO 41 der insgesamt 72 Sitze, die konservative „Democratic Turnhall Alliance" (DTA, dt.: Demokratische Turnhallenallianz). Letztere hatte zuvor als von Südafrika akzeptierte Interimsregierung fungiert.

Am 21. März 1990 wurde Namibia mit der Deklaration der ausgearbeiteten Verfassung schließlich unabhängig. SWAPO-Chef Sam Nujoma wurde als erster namibischer Präsident vereidigt. Seitdem ist das Land eine parlamentarische Präsidialdemokratie mit dem Parlament als Legislative und einem mit weitreichenden exekutiven Befugnissen ausgestatteten Präsidenten als Staatsoberhaupt.

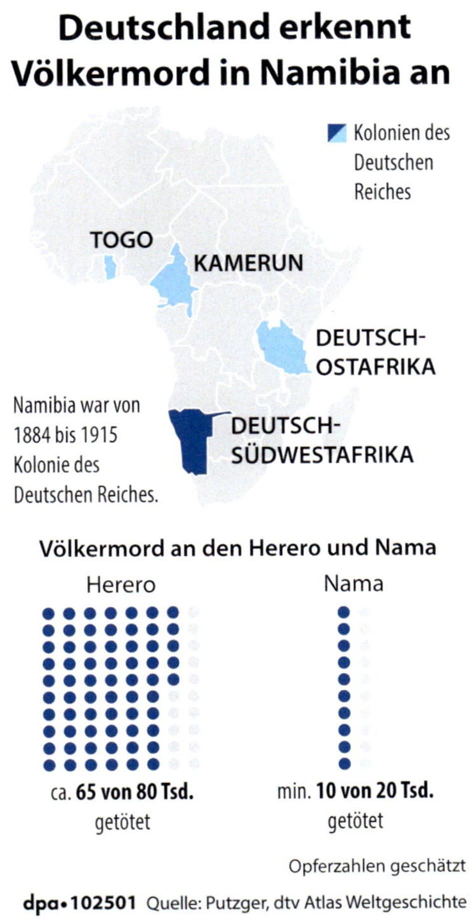

Namibia feiert seine Unabhängigkeit, in: https://www.bpb.de/kurz-knapp/hintergrund-aktuell/203118/namibia-feiert-seine-unabhaengigkeit/, 20.03.2020

M3 Wirtschaftliche Entwicklung Namibias

INFO

Namibia
Das afrikanische Land hat heute drei Millionen Einwohner (2023). Die Bevölkerung des Landes setzt sich u.a. zusammen aus: Ovambo (50 %), Sab und Damara (8 %), Herero (2 %), Nama (1 %) und Weißen (Nachfahren europäischer Einwanderer) (5 %).

Nach Jahren des Wachstums rutschte die namibische Wirtschaft ab 2016 in eine anhaltende Rezession. Zu den Ursachen zählten sinkende Preise für Diamanten und andere Mineralexporte sowie eine rückläufige industrielle und landwirtschaftliche Produktion aufgrund geringer Wettbewerbsfähigkeit und einer Serie von Dürren. Auch die angespannte Wirtschaftslage wichtiger Handelspartner wie Angola und Südafrika beeinträchtigt die wirtschaftliche Entwicklung Namibias.

Die Corona-Pandemie verschärfte die Lage deutlich: Das Bruttoinlandsprodukt ging 2020 um 8,1 Prozent zurück, der für das Land besonders wichtige Tourismus brach weitgehend zusammen.

Seit 2021 ist eine wirtschaftliche Erholung zu verzeichnen. 2023 wuchs das Bruttoinlandsprodukt – angetrieben durch den Bergbau – um 4,2 Prozent. Für 2024 und die Folgejahre geht der Internationale Währungsfonds (IWF) von Wachstumswerten zwischen zwei und drei Prozent aus. Die hohen Ausgaben für öffentliche Gehälter und den Schuldendienst lassen der Regierung nur geringe Spielräume, um zu investieren und Wachstumsimpulse zu setzen.

Auf dem namibischen Arbeitsmarkt fehlen gut ausgebildete Fachkräfte, gleichzeitig ist die Wirtschaft nicht in der Lage, ausreichend Arbeitsplätze für die junge Bevölkerung zu schaffen: Offiziell liegt die Arbeitslosenquote bei 19,4 Prozent (2023), bei den 15- bis 24-Jährigen sogar bei 38 Prozent. Namibia bietet vergleichsweise gute Voraussetzungen für eine nachhaltige Entwicklung. Dazu zählen der gefestigte rechtsstaatliche Rahmen, die geografische Lage mit Zugang zum Meer, der Reichtum an natürlichen Ressourcen und die im regionalen Vergleich gut ausgebaute Infrastruktur, etwa im Bereich der Telekommunikation. Entwicklungschancen liegen unter anderem in der Förderung von mineralischen Rohstoffen, in der Nutzung erneuerbarer Energien und der Produktion von „grünem“ Wasserstoff, in der Fischerei und im Tourismus. Ein großes Potenzial stellt außerdem die junge Bevölkerung dar: Mehr als 50 Prozent der Namibierinnen und Namibier sind unter 25 Jahre alt.

Der Bergbau bildet das Rückgrat der namibischen Volkswirtschaft: Diamanten, Gold, Kupfer, Uran und andere Bodenschätze machen einen Großteil des Exportvolumens aus. Allerdings schafft ihr Abbau bislang im Land nur wenige Arbeitsplätze. Weitaus mehr Beschäftigungsmöglichkeiten könnten langfristig entstehen, wenn die Bodenschätze vor Ort aufbereitet und weiterverarbeitet würden.

Aufgrund seiner landschaftlichen Schönheit, der reichen Tier- und Pflanzenwelt und der kulturellen Vielfalt hat auch Namibias Tourismussektor, besonders im Bereich des Ökotourismus, große Wachstumspotenziale. Durch die Einrichtung und das nachhaltige Management von Nationalparks entstehen dauerhafte Arbeitsplätze und neue Einkommensmöglichkeiten.

Schwieriger Weg aus der Krise, in: https://www.bmz.de/de/laender/namibia/wirtschaftliche-situation-11756, 29.08.2024

M4 Ungleiches Land

Vor seiner Unabhängigkeit, also zur Zeit der kolonialen Apartheid, belegte Namibia Platz zwei auf der weltweiten Ungleichheitsskala. Davor lag nur Südafrika, der damals in Namibia herrschenden Kolonialmacht. Sozioökonomische Ungleichheiten, die in der politischen Ökonomie des Apartheidkolonialismus wurzeln, haben die namibische Gesellschaft stark geprägt. Was hat sich nach 30 Jahren Unabhängigkeit geändert? Kaum etwas! Namibia ist noch immer das Land mit der zweitgrößten Ungleichheit weltweit. Ein zentraler Faktor ist dabei weiterhin die (Ungleich-)Verteilung des Landbesitzes, deren leidvolle Geschichte weit zurückreicht.

Die (Ungleich-)Verteilung des Landbesitzes nach rassistischen Kriterien ist eine Folge der Enteignungsprozesse, die 1883 ihren Anfang

nahmen, als der deutsche Kaufmann Adolf Lüderitz dem Nama-Kaptein Josef Frederiks die ersten Landstücke abkaufte. [...]
Als Südafrika 1915 die Verwaltung des heutigen Territoriums von Namibia übernahm, waren 11 490 Hektar der Agrarfläche im Besitz deutscher Siedler. Der Prozess der Ent- und Übereignung von Land hörte mit dem Ende der deutschen Kolonialherrschaft nicht auf, sondern wurde von der südafrikanischen Verwaltung fortgeführt. Tatsächlich nutzte Südafrika das namibische Gebiet als Teil seiner Siedlungspolitik, und zwar, um seine „verarmte weiße Bevölkerung" dorthin umzusiedeln. Bis 1926 hatte man etwa 880 Farmen an 1 106 weiße südafrikanische Siedler*innen zugeteilt, die somit eine Fläche von 7,5 Millionen Hektar besiedelten. Bis 1962 waren 39,8 Millionen Hektar Land in den Besitz von Weißen übergegangen. Einige besonders unbeliebte Gebiete gab man auf Empfehlung der Odendaal-Kommission an die schwarze Bevölkerung zurück – und erklärte damit den auf Rassentrennung basierenden Prozess der Landverteilung für abgeschlossen.
Als Namibia 1990 die Unabhängigkeit erlangte, verfügten Weiße über 36,2 Millionen Hektar Land und Schwarze über 33,5 Millionen Hektar. Ein eklatanter Aspekt der Ungleichheit war dabei, dass das Land im Besitz von Weißen von nur ungefähr 4 200 Haushalten bzw. weniger als 5 Prozent der Bevölkerung genutzt wurde, während die übrigen 33,5 Millionen Hektar 150 000 Haushalten bzw. 70 Prozent der Bevölkerung als Lebensgrundlage dienten. Dieses (Miss-)Verhältnis in der Landverteilung schrie förmlich nach Umverteilungsmaßnahmen – und ließ daher auch Forderungen nach Umverteilungsgerechtigkeit laut werden. Die Auseinandersetzung mit sozioökonomischen Ungleichheiten und/oder ungerechten sozioökonomischen Strukturen war Teil des politischen Programms der SWAPO während des Befreiungskampfs. [...]
Die Situation bei der Landverteilung ist nahezu unverändert geblieben. Derzeit gelten 48 Prozent der Landfläche in Namibia als kommerziell genutzte Agrarfläche, 17 Prozent sind in staatlichem Besitz, und 35 Prozent sind kommunale Gebiete. Im Mittelpunkt der Umverteilungsdebatte steht die kommerziell genutzte Agrarfläche. Doch zu den Schlüsselfragen zählt ebenso, was sich mit Blick auf die allgemeinen Landbesitzrechte getan hat und auch hinsichtlich der Besitzverteilung nach Nationalität sowie der Landbesitzverhältnisse zwischen einst bevorteilten und benachteiligten Gruppen – oder, anders gesagt, den Besitzverhältnissen hinsichtlich der Kategorien Ethnizität, Geschlecht und Klasse. Die Hälfte der kommerziell genutzten Agrarfläche ist weiterhin im Besitz von Einzelpersonen: 250 Farmen, die insgesamt eine Fläche von 1,2 Millionen Hektar beanspruchen, befinden sich in ausländischem Besitz, wobei noch gravierender ist, dass 70 Prozent der kommerziell genutzten Agrarfläche im Besitz von Nachfahren der weißen Siedlerbevölkerung sind, die offiziell als „vormals bevorteilte Personengruppe" bezeichnet werden.

Romie Nghitevelekwa, Namibia nach 30 Jahren Unabhängigkeit, in: https://www.rosalux.de/news/id/41788, 21.03.2020

INFO

SWAPO
Abkürzung für engl. South-West Africa People's Organisation; bis zur staatlichen Unabhängigkeit Namibias eine namibische Befreiungsorganisation, heute eine politische Partei

Kennzahlen zu Namibia	
Menschen unter der Armutsquote (2021)	14,3 %
Gini-Koeffizient (2019)	0,3 %
Inflation (2023)	5,8 %

Quelle: BMZ 2024

M5 Altersstruktur Namibias

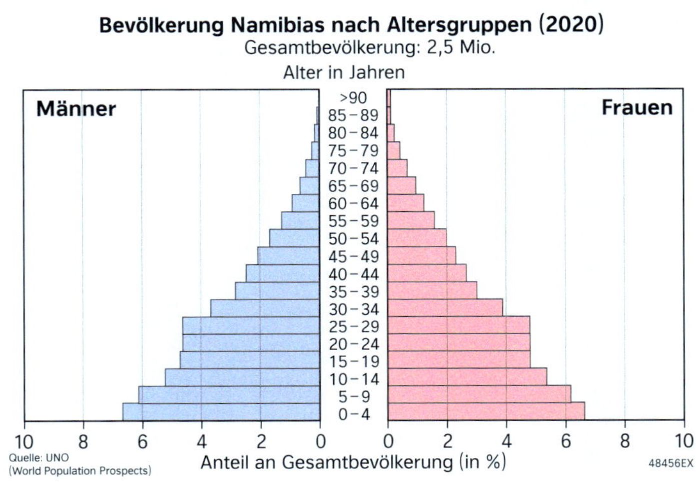

M6 Politik in Namibia

Es gibt keinen Zweifel an der demokratischen Legitimität der SWAPO, die in sämtlichen Wahlen seit der Unabhängigkeit eine überwältigende Mehrheit gewann. 2019 verfehlte die Regierungspartei allerdings erstmals seit 1994 die Zweidrittelmehrheit, und Präsident Hage Geingob erzielte nur noch 56 Prozent der Stimmen (2014: 86 Prozent). Ob sich die bei den Wahlen gestärkte, aber weiterhin zersplitterte parlamentarische Opposition künftig mehr Geltung verschaffen kann, bleibt abzuwarten. Die politischen Auseinandersetzungen werden zunehmend in einer ethnischen Sprache bis hin zu gegenseitiger Herabsetzung geführt, die bis in das Alltagsleben vordringt. Ressentiments beziehen sich vor allem auf die vorgebliche Bevorzugung der „Owambo" aus dem Norden des Landes, wo die Mehrheit der Bevölkerung lebt und die SWAPO regelmäßig massive Mehrheiten gewinnt. Ungeachtet des Prinzips der Freizügigkeit und Niederlassungsfreiheit fühlen sich lokale Gruppen immer wieder benachteiligt, etwa bei der Zuweisung von umverteiltem Farmland. Nach der Unabhängigkeit ermöglichte die staatliche Kontrolle über die natürlichen Ressourcen die Verteilung wirtschaftlicher Privilegien an die neue schwarze Elite, die in breiter Front in Führungspositionen in der Verwaltung und in Staatsbetrieben sowie im Rahmen des Black Economic Empowerment (BEE) auch in private Unternehmen eingerückt ist. Die Bestandsgarantie für staatlich Beschäftigte, das Bemühen zur Schaffung einer loyalen Bürokratie, Polizei und Armee sowie die Versorgung ehemaliger Befreiungskämpferinnen und -kämpfer haben dabei zu einer höchst problematischen Aufblähung des Staatsapparates geführt.

Die mit großem Aufwand propagierte Harambee-Entwicklungsstrategie von Präsident Geingob ist weitgehend in Ankündigungen und Versprechungen stecken geblieben. Das gilt für die Selbstverpflichtungen der Minister/-innen zu ethischem Handeln ebenso wie für die Armutsbekämpfung, für die eigens ein Ministerium geschaffen wurde. Das Ministerium blieb jedoch weitgehend ineffektiv und wurde bei der Neubildung der Regierung 2020 wieder abgeschafft. Doch der „Fishrot"-Skandal Ende 2019 um den illegalen Handel mit Fischereiquoten durch Minister und hochrangige Beamte zugunsten der größten isländischen Fischereifirma „Samherji" verdeutlichte erneut das nach wie vor große Ausmaß der Korruption.

Reinhart Kößler, Namibia, in: https://www.bpb.de/themen/kriege-konflikte/dossier-kriege-konflikte/54796/namibia/, 06.07.2020

INFO

Bruttoinlandsprodukt pro Einwohner
Namibia (2021): 4 405 US-Dollar
Deutschland (2021): 50 795 US-Dollar

M7 Namibias Staatsverschuldung

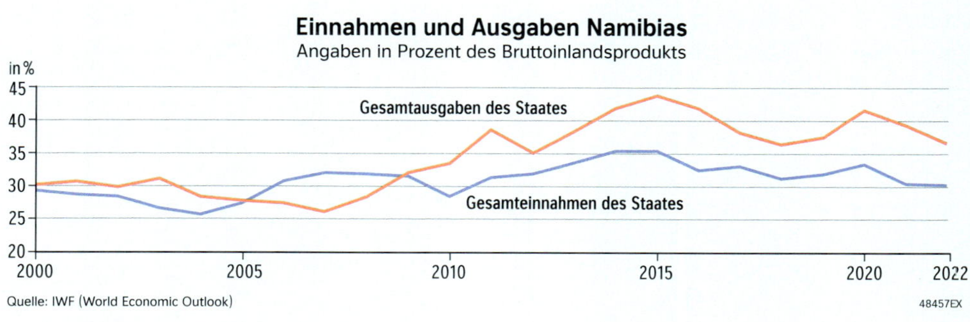

M8 Wie geht es weiter in Namibia?

In einer dunklen Stunde für Namibia spielte sich ein friedlicher Machtwechsel ab: Am frühen Sonntagmorgen starb der 82-jährige Präsident Hage Geingob nach einem kurzen Kampf gegen den Krebs. Vizepräsident Nangolo Mbumba rückte somit zum Interims-Staatschef auf. Doch er stellte bereits klar, dass er es bei einer Übergangszeit belassen und bei Wahlen im November nicht antreten will: „Ich werde bei den Wahlen nicht mitmischen, keine Sorge“, sagte er bei seinem formellen Amtseid.

Damit unterscheidet sich Mbumba zumindest nach aktuellem Stand von vielen afrikanischen Spitzenpolitikern, die, einmal an der Macht, sich diese mit allen Mitteln erhalten wollen. „Unsere Nation bleibt ruhig und stabil dank der Führung Präsident Geingobs, der der Chefarchitekt der Verfassung war“, würdigte Mbumba seinen Vorgänger. Geingob stand seit 2015 an der Spitze des dünn besiedelten südwestafrikanischen Landes, das nach deutscher und südafrikanischer Fremdherrschaft erst 1990 die Unabhängigkeit erlangte. [...]

Grund für den Popularitätsverlust könnte eine stagnierende Wirtschaft bei zugleich hoher Arbeitslosigkeit und Armut gewesen sein. Auch Korruptionsskandale überschatteten Geingobs Herrschaft. [...]

Gute drei Jahrzehnte nach der Unabhängigkeit verliert das Helden-Narrativ der SWAPO an Strahlkraft, insbesondere bei den nach 1990 geborenen Namibiern. „Bei den Wahlen im November läuft die SWAPO stärker als jemals seit der Unabhängigkeit Gefahr, die absolute Mehrheit zu verlieren“, sagt der auf Namibia spezialisierte Politikwissenschaftler Henning Melber. Die Partei stecke immer noch zu sehr in der Ideologie der Befreiung fest. Das beste Beispiel liefere die neue Vizepräsidentin Nandi-Ndaitwah: „Sie ist konservativ, homophob und tatsächlich tief reaktionär“, sagt der Deutsch-Namibier Melber, der in jungen Jahren selbst der SWAPO beigetreten war [...]. Unter ihr als Präsidentin würde Namibia kaum Fortschritte im Bereich Zivilgesellschaft machen. Den verstorbenen Präsidenten Geingob sieht Melber als vergleichsweise progressiv: Er hielt enge Verbindungen mit den USA, trieb den Ausbau erneuerbarer Energien voran und galt als afrikanischer Pionier beim Thema grüne Industrialisierung – etwa in Form von Produktionsstätten für annähernd klimaneutral gewonnenen Wasserstoff.

Allerdings hat die SWAPO weiter gute Chancen, stärkste politische Kraft in Namibia zu bleiben, womöglich auch weiter mit absoluter Mehrheit. „Der Legitimitätsverlust wiegt weniger schwer als der des ANC in Südafrika“, analysiert Melber. Im Nachbarland gehen viele davon aus, dass die einstige Apartheids-Widerstandsbewegung nach der bevorstehenden Wahl auf einen Koalitionspartner angewiesen sein wird.

Die SWAPO habe das Glück, so Melber, dass die Opposition in Namibia zersplitterter und damit nicht in der Lage sei, stabile Allianzen oder Koalitionen zu schmieden. „Sie kämpfen untereinander, es gibt Vorwürfe von Bestechung und Amtsmissbrauch“, sagt er. Aus seiner Sicht wird bei einer knapperen Mehrheit für SWAPO interessant, inwieweit die Partei flexibel genug und willens ist, Allianzen mit ihren politischen Wettbewerbern einzugehen.

Jasko Rust/Martina Schwikowski, Wie geht es weiter in Namibia nach dem Tod des Präsidenten?, in: https://www.dw.com/de/wie-geht-es-weiter-in-namibia-nach-dem-tod-des-präsidenten/a-68213168, 10.02.2024

INFO

ANC
engl. African National Congress; südafrikanische Partei

1 **Beschreiben** Sie die Karikatur und **formulieren** Sie mögliche Deutungshypothesen (M 1).

2 **Überprüfen** Sie anhand von Namibia, ob Deutschland seinen Pflichten im Rahmen der Dekolonialisierung ausreichend nachkam. Beachten Sie dabei vor allem den Konflikt um die Aufarbeitung des Aufstands der Herero und Nama (M 1–M 4).

3 **Erstellen** Sie ein mediales Produkt Ihrer Wahl, in welcher Sie die Frage **diskutieren**, wie stark die koloniale Vergangenheit Namibia beeinflusst oder ob sich auch selbstverschuldetes wirtschaftliches Fehlhandeln erkennen lässt. Gehen Sie dabei auf die wirtschaftliche, soziale und politische Entwicklung des Landes ein (M 2–M 8).

4.4 Beispiel Namibia – wie kann die Entwicklung gefördert werden?

M1 Politik im Dschungel?

Zeichnung: Mandzel

M2 Probleme Namibias

Sozioökonomisch ist das Land auch 30 Jahre nach der Unabhängigkeit durch das Erbe von Siedlerkolonialismus und Apartheid belastet. Die Klassifizierung Namibias als „Land mit höherem mittlerem Einkommen“ kontrastiert mit einer extrem ungleichen Verteilung von Ressourcen und Lebenschancen. Beim Index der menschlichen Entwicklung (Human Development Index, HDI) rangierte Namibia 2018 mit einer Kennzahl von 0,645 an 130. Stelle. Die Kennziffern verbesserten sich leicht, aber in der Rangfolge fiel das Land zurück. Die drastischen Ungleichheiten nach sozialen Gruppen, Regionen und Ethnien verstärken sich immer mehr. Der entsprechend dem Armutsniveau angepasste HDI beträgt denn auch nur 0,417, was ein Abrutschen um 14 Plätze gegenüber dem unbereinigten HDI bedeutet. Auch die Unterschiede zwischen den Regionen sowie zwischen der Hauptstadt und ländlichen Gebieten sind gravierend. Weitere Indizien für potenzielle soziale Spannungen sind die hohe Arbeitslosigkeit und der expandierende informelle Wirtschafssektor bei anhaltend hoher Urbanisierungsrate. Auch der Bericht der Mo Ibrahim Foundation belegt Defizite und Rückschläge, vor allem bei Bildung, sozialen Dienstleistungen, aber auch bei Transparenz und Korruptionsbekämpfung.
Lange Zeit wurde Unzufriedenheit öffentlich kaum artikuliert. In den letzten Jahren kam es zu Neuformierungen in der Gewerkschaftsszene sowie zu offiziellen wie auch inoffiziellen Streiks. Ein langjähriges Problem war die soziale Lage von Veteranen des Befreiungskrieges, von denen viele noch nicht einmal eine minimale soziale Absicherung erhielten. Die ungleiche Verteilung des kommerziell nutzbaren Farmlandes besitzt nicht zuletzt große symbolische Bedeutung. Sie ist eine direkte Folge der deutschen Kolonialherrschaft (1884–1915). Die Nachfahren derjenigen Klans und Stämme, die von der deutschen Kolonialverwaltung und den Truppen massenweise von ihrem Land in Zentral- und Südnamibia vertrieben und ermordet wurden, warten bis heute vergeblich auf Wiedergutmachung für diesen Völkermord. […] Die Landfrage steht

auch im Zentrum der Reparationsforderungen, die Nachkommen der Überlebenden des von kaiserlich-deutschen Kolonialtruppen zwischen 1904–1908 begangenen Völkermords vor allem an Herero und Nama an die Bundesrepublik richten.

Reinhart Kößler, Namibia, in: https://www.bpb.de/themen/kriege-konflikte/dossier-kriege-konflikte/54796/namibia/, 06.07.2020

M3 Export von grünem Wasserstoff als Lösung?

Das kleine Städtchen Lüderitz liegt direkt an der südafrikanischen Atlantikküste; etwa 19 000 Menschen leben hier. Noch heute erinnert das Stadtbild an die durch Gewalt und Völkermord gekennzeichnete deutsche Kolonialzeit. In der Bucht vor Lüderitz, 80 Kilometer südlich des Ortes, sollen schon in ein paar Jahren, geschützt vor den Wellen und Winden des Atlantiks, riesige Tankschiffe mit „grünem" Ammoniak beladen werden. Lüderitz und Namibia sollen so in Zukunft dazu beitragen, dass Deutschland und Europa ihre Klimaschutzziele erreichen und bis zur Mitte des Jahrhunderts CO_2-neutral werden. Für regenerative Energien herrschen in dem Land im südlichen Afrika die besten Voraussetzungen - Sonne und Wind gibt es im Überfluss.

An der Umsetzung des Mega-Projekts in Namibia ist der Brandenburger Windstrom-Produzent Enertrag maßgeblich beteiligt. Enertrag plant – gemeinsam mit dem namibischen Partnerunternehmen Hyphen und dem britischen Finanzinvestor Nicholas Holdings - pro Jahr sechs bis sieben Gigawatt Strom mit Wind und Sonne zu erzeugen. Zum Vergleich: Der aktuelle Maximalverbrauch Namibias liegt bei knapp über 600 Megawatt (0,6 Gigawatt). [...] Namibia will in den kommenden Jahren zu einem Marktführer für den Export von grünem Wasserstoff bzw. Ammoniak und energetisch unabhängig werden. Auch wirtschaftlich möchte das Land von ausländischen Investitionen profitieren. Das Enertrag-Hyphen-Projekt will während der Bauzeit der Anlagen rund 15 000 und während des Betriebs etwa 3000 Arbeitskräfte beschäftigen. 30 Prozent der Projektausgaben sollen vor Ort getätigt werden.

Die Kritik an der Standortwahl kommt aus dem südafrikanischen Land selbst. Chris Brown, Chef der Namibian Chamber of Environment, warnt vor den ökologischen Folgen, da das Projekt-Gelände im Nationalpark Tsau Khaeb liegt. Das Gebiet beherbergt 20 Prozent aller Pflanzenarten in Namibia auf nur zwei Prozent der Landesfläche.

Bei seinen energiepolitischen Partnerschaften stehe Deutschland in der Verantwortung, sagte [Bundeswirtschaftsminister Robert] Habeck auf einer früheren Reise in das Land. „Das Letzte, was wir akzeptieren dürfen, ist eine Art von grünem Energie-Imperialismus." Wind und Sonne könnten in Namibia die Energie für eine nachhaltige Entwicklung liefern, vorausgesetzt, die Partnerschaften finden auf Augenhöhe statt. Enertrag führt nach eigenen Angaben zur Zeit vor Ort Umwelt- und Sozialverträglichkeitsprüfungen nach EU-Richtlinien durch. Ziel sei es, das Projekt so sozial- und umweltverträglich wie möglich zu entwickeln.

Marcus Groß, Namibias Wasserstoff und Deutschlands Ziele, in: https://www.zdf.de/nachrichten/politik/ausland/namibia-gruener-wasserstoff-ammoniak-projekt-luederitz-100.html, 02.04.2024

1 **Analysieren** Sie die Karikatur (M 1).

2 **Beschreiben** Sie die in M 2 dargestellten wirtschaftlichen und politischen Probleme Namibias.

3 **Entwickeln** Sie politische Lösungsmöglichkeiten für die Probleme in Namibia, die sich auch aus der kolonialen Vergangenheit ergeben (M 2, M 3). **Verteidigen** Sie diese Vorschläge in einem Hearing.

4 **Formulieren** Sie einen Brief an den Bundeswirtschaftsminister, in welchem Sie die Pläne zur Kooperation bei der Produktion grünen Wasserstoffs vor dem Hintergrund der Probleme Namibias **bewerten** (M 2, M 3).

Planspiel

Planspiele sind eine besondere Methode des Politikunterrichts, da sie versuchen, politische Prozesse nachzuvollziehen und nachzuzeichnen. Dabei übernimmt man folglich die Position eines politischen Akteurs und versucht in einer möglichst realitätsgetreuen Simulation gemeinsam zu einer Lösung zu gelangen. Dabei sind Planspiele dadurch gekennzeichnet, dass sie von einer realen Situation ausgehen und in einem bestimmten Zeitablauf mit allen Akteuren zu einer Prüfung des jeweiligen Sachverhalts gelangen. Da dieser Prozess je nach Umsetzung – oft durch außerschulische Akteure umgesetzt – auch mehrere Tage umfassen können, setzt man auch auf sogenannte exogene Schocks. Hier wird auf das Planspiel von außen durch einen Input eingegriffen. Das Ziel besteht darin, den Prozess zu beeinflussen und eine Reaktion aller Beteiligten zu erzielen. Dabei gilt es im Ergebnis immer einen Ausgleich zu erreichen, zwischen den individuellen Zielen, die gemäß Rollenkarte formuliert wurden, und einem Gesamtziel, das als Kompromiss erreicht wird. Bei Planspielen wird oft wie folgt vorgegangen:

1. Vorbereitung

- Analysieren Sie Ihre Rolle und erstellen Sie eine Übersicht zu Ihrer Rolle: Welche Position vertreten Sie? Welches Ziel wollen Sie erreichen?
- Erarbeiten Sie davon ausgehend Argumente, die Sie für die Erreichung Ihres Ziels verwenden können. Analysieren Sie dafür vorhandene Materialien und recherchieren Sie ggf.
- Analysieren Sie alle anderen Mitglieder des Planspiels: Mit wem können sie wie kooperieren? Wer wird gegen sie argumentieren? Gibt es Möglichkeiten andere von ihrer Position zu überzeugen?
- Legen Sie für sich Mindeststandards fest: Welches Ziel muss ich erreichen? Wovon darf ich nicht abweichen?

2. Durchführung

Die Teilnehmerinnen und Teilnehmer nehmen in einer bestimmten Positionierung vor der Klasse Platz. Die Zuschauerinnen und Zuschauer erhalten Beobachtungsaufträge, beispielsweise:

- Bewerten Sie die Leistung der Teilnehmerin/des Teilnehmers Ihrer Gruppe. Gehen Sie dabei besonders auf die Rollenübernahme und die argumentative Überzeugung ein.
- Fassen Sie den Verlauf des Planspiels zusammen.
- Eine Person des Planspiels – oft wird dies durch die Rollenkarte deutlich – übernimmt die Koordination und Leitung des Gespräches. Es werden die Argumente vorgetragen und es wird gemeinsam nach einer Lösung gesucht. Je nach Setting kann dabei auch eine zeitliche Begrenzung gesetzt werden.
- Durch die Lehrkraftwerden dann die exgonen Schocks vorgenommen, diese könnten vorab auch durch eine Gruppe erarbeitet werden.

3. Auswertung

Im Anschluss wird das Planspiel in den Gruppen ausgewertet, dabei können folgende Fragestellungen beantwortet werden:

- Reflektieren Sie Ihre Leistung in dem Planspiel selbstständig.
- Formulieren Sie ein Feedback für die Teilnehmerin/den Teilnehmer Ihrer Gruppe, achten Sie dabei auf die Kriterien eines guten Feedbacks (Ich-Botschaften, Bürger-Prinzip).
- Werten Sie das Ergebnis des Planspiels in der Gruppe aus und diskutieren Sie die vorgeschlagene Lösung oder die Lösungen.

Diese Ergebnisse sollten dann im Plenum gemeinsam besprochen und ausgewertet werden.

M 1 Planspiel zur Zukunft Namibias

Ausgangssituation: Der Internationale Währungsfonds (IWF) bietet an, Namibia bei der wirtschaftlichen Entwicklung zu unterstützen, indem 100 Milliarden US-Dollar bereitgestellt werden. Dafür muss allerdings ein überzeugendes Konzept vorgelegt werden, das vom einberufenen fiktiven Staatsrat mehrheitlich befürwortet wird.

Rollenkarten

Vertreter/-in der Regierung Namibias

Sie vertreten die Regierung Namibias und wollen das Geld in den Abbau von Kolonialisierungsüberresten einsetzen, am liebsten aber in konkrete wirtschaftliche Maßnahmen wie den Ausbau der Produktion von grünem Wasserstoff und die Förderung des Tourismus. Eine Rückgabe von Land, eine generelle Umverteilung und eine Unterstützung einzelner ethischer Gruppen lehnen Sie ab.

Vertreter/-in der Organisation LW

Sie vertreten den Lobbyverband LW, der ein Zusammenschluss großer Firmen (vor allem Agrarunternehmen) Namibias ist. Sie setzen sich dafür ein, dass die derzeitige Verteilung des Landes in der Landwirtschaft bleibt, wie sie ist und insbesondere die großen Agrarbetriebe unangetastet bleiben. Das Geld soll, um die Wirtschaft zu stärken, vielmehr direkt in diese Bereiche oder in den Tourismus gehen.

Vertreter/-in des Vereins HN

Sie vertreten die NGO HN, die die Interessen der Herero und Nama wahrnimmt und setzen sich dafür ein, dass das Geld für die Aufarbeitung und Entschädigung des kolonialen Völkermordes an den Herero und Nama eingesetzt wird. Ein weiterer Teil des Geldes sollte daneben für monetäre und territoriale Entschädigungen im Hinblick auf die ungleiche Landverteilung verwendet werden.

Vertreter/-in Bürgervereinigung

Sie vertreten eine Bürgervereinigung, die sich für einen Abbau der historisch gewachsenen Ungleichheiten einsetzt. Das Geld sollte genutzt werden, um Landbesitzer zu entschädigen, deren Gebiete man enteignet, um sie an einfache Bauern und benachteiligte Gruppen zu verteilen. Auch eine bessere Bildung vor Ort wollen sie mit dem Geld finanzieren. Investitionen in die Wirtschaft lehnen Sie ab.

Vertreter/-in Afrikanische Union

Sie vertreten die Afrikanische Union und sehen die Grundidee, Geld für Dekolonisierungsprozesse bereitzustellen, als sehr positiv an. Allerdings fordern Sie dies für alle Länder mit kolonialer Vergangenheit und nicht nur für Namibia. Das Geld sollte Ihrer Ansicht nach vor allem für mehr Tourismus bereitgestellt werden, da die dadurch steigenden Einnahmen so per Trickle-down allen Menschen in Namibia nutzen würden.

Vertreter/-in der Opposition im Parlament

Sie vertreten die parteipolitische Opposition Namibias. Wie die Regierung würden Sie Teile des Geldes gern in den Ausbau der Produktion von grünem Wasserstoff stecken. Allerdings möchten Sie auch die Ungleichheit in Namibia als Nachwirkung der Kolonialzeit verringern. Deswegen sprechen Sie sich in geringem Umfang für Landenteignungen und Entschädigungen dafür aus. Sie misstrauen aber der Regierung, der Sie Korruption vorwerfen.

Autorentext

INFO

Afrikanische Union
Organisation, in der sich alle afrikanischen Staaten zusammengeschlossen haben

1 **Führen** Sie ein Planspiel in dem dargestellten Szenario (M 1) **durch. Analysieren** Sie vorab auf Grundlage der Rollenkarten alle Materialien in diesem Teilkapitel und **recherchieren** Sie nach weiteren, falls dies notwendig ist.

2 **Beurteilen** Sie im Anschluss den im Planspiel erzielten Kompromiss. **Bewerten** Sie dabei auch das methodische Vorgehen.

Grüner Wasserstoff

M 1 Kolonialer Wasserstoff?

Jahrzehnte über Jahrhunderte vergehen, aber am Verhalten der Europäer ändert sich nichts. Früher kamen sie mit Flamme und Schwert und nahmen uns unser Land, unsere natürlichen Reichtümer und unsere Freiheit, denn Macht begründete das Recht. Heute wollen sie uns erneut ausbeuten, aber mit einem Lächeln im Gesicht, mit einer Rhetorik über die Umwelt und das Gemeinwohl auf den Lippen und unter dem Vorwand, uns für ihre vergangenen Zerstörungen „entschädigen" zu wollen.
Zwischen 1904 und 1908 löschten die Deutschen die zwei Volksgruppen der Herero und Nama, die keine Sklaven des Deutschen Reiches sein wollten, fast vollständig aus. Afrikaner landeten in Konzentrationslagern und wurden auch anderen unmenschlichen Erfindungen der „zivilisierten Welt" unterworfen, die später in den 1940er-Jahren auch Europäer erleiden sollten.
Erst 2015 erkannte Deutschland seine Verfehlungen der Vergangenheit an und nahm Verhandlungen mit Namibias Regierung über eine Wiedergutmachung auf. Aber trotz vieler Versprechungen kam dies nie zu einem Abschluss. Es scheint, als sei die deutsche Bereitschaft zur Versöhnung nicht ohne den Hintergedanken gewesen, wirtschaftlich von Namibia profitieren zu wollen.
Nachdem Berlin sich im Zuge der Spannungen mit Russland über die Ukraine ab 2014 allmählich von billigem russischen Erdgas lösen wollte, suchte Deutschland neue Energiequellen und nahm unter anderem wasserstoffbasierte „grüne Energie" ins Visier. Deutschland proklamierte das Ziel der Klimaneutralität – ein schönes Wort, das den Deutschen gefällt.
Aber die Architekten dieser Klimapolitik verrieten ihren Wählern nicht, dass auch grüne Energie mit Kosten einhergeht und dass eine klimaneutrale Wirtschaft in Europa zu ökologischen Katastrophen auf der anderen Seite des Planeten führen kann.
Das erste Projekt in Namibia – vom Unternehmen „Hyphen Hydrogen Energy" – sieht Investitionen von 9,4 Milliarden Dollar für Solar- und Windkraftanlagen mit einer Kapazität von fünf Gigawatt vor sowie eine Wasserstoffanlage mit etwa drei Gigawatt. Die erste Phase mit rund 4,4 Milliarden Dollar soll bis 2026 abgeschlossen sein. Der Rest folgt bis Ende der 2020er-Jahre. Wasserstoff wird in dieser Anlage per Elektrolyse aus Wasser gewonnen und soll in Form von Ammoniak nach Europa verschifft werden.
Pro Jahr sollen also zwei Millionen Tonnen dieser hochgiftigen Substanz in einem der kostbarsten Naturschutzgebiete des südwestlichen Afrika hergestellt werden, das dadurch in eine industrielle Wüste verwandelt wird.
Die Zerstörung eines einzigartigen Nationalparks könnte nicht das einzige drohende Verbrechen der deutschen Investoren sein. Für den Export des Ammoniaks nach Europa soll auf der Halbinsel „Shark Island" ein großer Hafen entstehen – nach Angaben von Menschenrechtlern auf dem Gelände eines längst zerstörten ehemaligen deutschen Konzentrationslagers, wo bis heute die Gebeine von 1 000 bis 3 000 Afrikanern begraben liegen.
Vertreter der Nama und Herero haben an die deutschen Grünen appelliert, die Schändung der Gebeine ihrer Ahnen zu stoppen und auch den vorliegenden Abkommensentwurf zwischen Deutschland und Namibia über die Anerkennung des Völkermords zu revidieren. Die Grünen-Abgeordnete Deborah Dühring hat daraufhin gesagt, es sei wichtig, „die Bedenken und Kritik der direkten Nachfahren der betroffenen Herero und Nama ernstzunehmen".
Ihr Parteifreund Ottmar von Holz fügte hinzu, es bestehe in Deutschland immer noch ein Mangel an Reflexion über die Auswirkungen der eigenen kolonialen Vergangenheit.
Nach neun Jahren Verhandlungen über ein Versöhnungsabkommen zwischen Deutschland und Namibia kann heute festgestellt werden, dass weder Namibias Regierung noch die Nachfahren der Überlebenden des Völkermordes auch nur einen Cent Wiedergutmachung erhalten haben. Dafür aber haben deutsche Unternehmen begonnen, Namibias natürliche Ressourcen auszubeuten. „Grüne

Energie“ für Deutschland bedeutet, in Namibia Opfer zu bringen. […]
Können wir das hinnehmen? Wird das namibische Volk den Deutschen erlauben, ihre Verbrechen fortzusetzen? Werden die Völker Afrikas weiter hinnehmen, dass ihr Reichtum zugunsten Europas geplündert wird? Niemand wird sich um Afrika kümmern, wenn Afrikaner es nicht selbst tun.
Nötig wäre jetzt, den Bau von Industrieanlagen im Nationalpark zu stoppen, ebenso die Zerstörung von Herero- und Nama-Gräbern. Die Nachfahren der Völkermordopfer müssen eine gerechte Entschädigung erhalten und vor allem das Land zurückerhalten, das ihnen damals genommen wurde und bis heute weitgehend im Besitz deutscher Siedler ist.
Deutsche Investoren sollten darüber hinaus verpflichtet werden, Namibiern einen fairen Anteil an all ihren Investitionsprojekten in Namibia zu gewähren. Namibier sollten Miteigentümer sein, nicht billige Arbeitskräfte. Und Industrieanlagen auf namibischem Boden sollten unabhängig auf mögliche ökologische Auswirkungen überprüft werden. Saubere Meere, sauberes Land und saubere Luft sind das Erbe, das unser Volk seinen Kindern und Enkelkindern hinterlassen muss.

Alfred Shilongo, Kolonialer Wasserstoff, in: https://taz.de/Deutsches-Exportgeschaeft-in-Namibia/!6022790/, 26.07.2024

M2 Hauptsache billig?

Zeichnung: Gerhard Mester

1 Beantworten Sie die Frage, ob die Förderung des Wasserstoffausbaus in Namibia Beispiel eines neokolonialen Projektes sei, indem Sie
a) die Hauptaussagen der Materialien **zusammenfassen** (M 1, M 2),
b) die politischen und wirtschaften Hintergründe der kolonialen Vergangenheit **erläutern**,
c) vor dem Hintergrund von M 1 und M 2 **diskutieren**, ob die Förderung des Wasserstoffausbaus in Namibia ein neokoloniales Projekt ist.

QUERVERWEIS
METHODE
Klausur
S. 218 f.

5. Klima- und Wirtschaftspolitik vor Ort – wie gut funktioniert das?

5.1 Klima- und Wirtschaftspolitik in Brandenburg

M 1 Tesla: Klimaschutz versus Umweltschutz?

Zeichnung: Kostas Koufogiorgos

M 2 Brandenburgs Klimaplan

Der Klimaplan ist die erste klimapolitische Gesamtstrategie der Landesregierung mit dem Ziel der Klimaneutralität bis spätestens 2045. Das 103 Maßnahmen umfassende Maßnahmenprogramm untersetzt in allen relevanten Handlungsfeldern die von der Landesregierung im August 2022 beschlossenen Treibhausgas-Minderungsziele für die Jahre 2030, 2040 und 2045. Mit dem Beschluss gibt das Land den Weg vor, wie Treibhausgasemissionen gesenkt und natürliche CO_2-Senken wie unsere Wälder gestärkt werden. Der Klimaplan trägt dazu bei, dass Brandenburg lebenswert bleibt und sich zukunftsfähig aufstellt. Die Ziele und Handlungsbedarfe zur Erreichung von Klimaneutralität bis spätestens 2045 sind in alle klimarelevanten Strategien und Aktivitäten der Ministerien eingeflossen und damit ein fester Bestandteil der Planungen der Fachressorts. Der Klimaplan Brandenburg bündelt die wichtigsten klimapolitischen Maßnahmen der Landesregierung. Der Fokus liegt auf dem Zuständigkeits- beziehungsweise Einflussbereich der Landesebene. [...]

Das Maßnahmenprogramm des Klimaplans umfasst 103 Maßnahmen in 8 Handlungsfeldern, darunter 5 übergreifende Handlungsschwerpunkte. Das entlang von acht Handlungsfeldern (darunter ein Handlungsfeld mit fünf übergreifenden Handlungsschwerpunkten) strategisch untersetzte Maßnahmenprogramm des Klimaplans umfasst die 103 wichtigsten klimapolitischen Maßnahmen der Landesregierung, setzt auf den bisherigen Konzepten und den bereits umgesetzten Maßnahmen auf und schreibt diese fort. Klimaschutzstrategie und Maßnahmen werden im Klimaplan strukturiert nach den zentralen Handlungsfeldern und übergreifenden Handlungsschwerpunkten dargestellt. [...]

Für die Landkreise, kreisfreien Städte, kreisangehörigen Gemeinden, Ämter und Verbandsgemeinden finanziert die Landesregierung die Maßnahmen des Brandenburg-Pakets aus der notlagenbedingten Kreditaufnahme mit dem Ziel der „Abmilderung der Beeinträchtigungen infolge der eingetretenen Energieknappheit, der damit einhergehenden Vervielfachung der Energiepreise, der allgemeinen Inflation und infolgedessen steigender Verwaltungsausgaben sowie eine Unterstützung bei der Reduzierung der Abhängigkeit von fossilen Energiequellen und der Umsetzung von Klimaschutzmaßnahmen in den Jahren 2023 und 2024."

Klimaplan Brandenburg, in: https://mluk.brandenburg.de/mluk/de/klimaschutz/klimaschutz/klimaplan/, 20.01.2025

1 **Stellen** Sie in Form einer Cluster-Map **dar**, welche Fragen und Probleme bei der Betrachtung der Klimapolitik vor Ort beachtet werden sollten.

2 **Beschreiben** Sie die Karikatur M 1 und **benennen** Sie das dargestellte Problem.

M3 Vorreiter Brandenburg?

Brandenburg ist ein Energieland. Mehr als 50 Prozent des in Brandenburg produzierten Stroms und mehr als 60 Prozent der in Brandenburg produzierten Raffinerieprodukte werden [...] exportiert. Damit stellt Brandenburg weit mehr Energie zur Verfügung als es selbst benötigt und nennt sich zu Recht „Energieland". [...] Mittlerweile belegt Brandenburg bundesweit den zweiten Platz hinsichtlich der installierten Leistung bei Windenergieanlagen. In Jahren mit viel Wind kann das Binnenland ohne Küstenabschnitte mit seinen 3 890 Windenergieanlagen bereits jetzt 45 Prozent seines Stromverbrauchs so decken. Bei der Stromerzeugung durch Photovoltaikanlagen behauptet Brandenburg sogar den ersten Platz im bundesdeutschen Vergleich. [...] Während der Tagebau und die damit verbundenen „Verockerung" der Spree für den touristisch genutzten Spreewald eine Gefahr für Image und Natur darstellt, bietet er dem Süden Brandenburgs neue Chancen. So hat der mit der Kohlegewinnung verbundene landschaftliche Transformationsprozess hier neue wirtschaftliche Möglichkeiten eröffnet.
Die Tagebaurestlöcher boten die Gelegenheit für die Entwicklung des Lausitzer Seenlandes, das einmal Europas größte künstliche Wasserlandschaft sein wird. Mit den Touristen, die hier Urlaub machen werden, stellen sich dann auch den Lausitzerinnen und Lausitzern neue Herausforderungen.

INFO

Verockerung
Bei eisenhaltigem Grundwasser kann ausfallender Eisenocker in den Wassergewinnungsanlagen zu großen Problemen führen. In sauerstoffreichem Wasser können große Mengen zweiwertiger Eisen-Ionen gelöst sein. Kommt dieses Wasser mit Sauerstoff in Kontakt, fällt dunkelbrauner Eisenocker aus.

Sebastian Hettchen, Das Brandenbuch. Ein Land in Stichworten. Brandenburgische Landeszentrale für politische Bildung: Potsdam ³2020; https://www.politische-bildung-brandenburg.de/themen/so-ist-brandenburg/wirtschaft-und-arbeit/von-der-kohle-zu-wind-und-sonne

M4 Ausnahme Tesla?

Es ist ein Leuchtturmprojekt: das Tesla-Werk im brandenburgischen Grünheide (Mark) nahe Berlin. Die sogenannte Gigafactory Berlin-Brandenburg ist das erste Werk des US-amerikanischen E-Autobauers in Europa – und eine der von vielen begehrten Industrieansiedlungen in Ostdeutschland. Zudem noch in der als Zukunftsbranche geltenden Elektromobilität. Produziert werden E-Autos und Teile von E-Autobatterien. Die Fabrik gibt derzeit mehr als 12 000 Menschen Arbeit. [...] Zahlreiche Menschen kritisieren die E-Auto-Produktionsstätte, die [...] 2022 [...] eröffnet wurde. Dabei geht es vor allem um die Themen Wasserverbrauch, Umweltverschmutzung und Waldrodungen. [...] Hauptkritikpunkt an der Tesla-Fabrik ist deren Wasserverbrauch – zumal sie zum Teil in einem Wasserschutzgebiet liegt. Teslas Wasserbedarf – mit 1,4 Millionen Kubikmeter pro Jahr beziffert – entspricht ungefähr einer 30 000-Einwohner-Stadt. Hinzu kommt, dass Brandenburg seit mehreren Jahren unter verstärkter Trockenheit leidet – obwohl es in der Region viele Seen gibt. Doch sobald es weniger regne oder mehr Wasser genutzt werde, gebe es ein Problem bei der Wassernachlieferung, erklärt Gewässerökologe Martin Pusch. Durch den Klimawandel und die starke Wassernutzung sei bei einigen Seen der Wasserspiegel bereits deutlich abgesunken, kleinere Seen seien bereits ausgetrocknet, sagte Pusch bereits im Jahr 2022. [...]
Doch neben zahlreichen Kritikerinnen und Kritikern des Tesla-Werks in Grünheide gibt es auch Befürworterinnen und Befürworter der E-Auto-Fabrik. Schon die Entscheidung für das Werk in Brandenburg und damit im Großraum von Berlin löste starken Jubel in Politik und Wirtschaft aus – der bezog sich auf die Zukunftsfähigkeit des Autostandorts Deutschland.

abr, Werksausbau kann kommen – Segen oder Fluch?, in: https://www.deutschlandfunk.de/tesla-gruenheide-kritik-berechtigt-100.html, 17.05.2024

3 **Überprüfen** Sie Brandenburgs Klimaplan mithilfe eigener Recherchen anhand konkreter wirtschaftlicher Maßnahmen (M 2–M 4).

5.2 Klima- und Wirtschaftspolitik in Berlin

M1 Demonstrationen für mehr Klimaschutz in Berlin

Demonstrationen im Februar (li.) und März (re.) 2023 in Berlin

M2 Berlins Klimaschutzziele

Der Berliner Senat verfolgt das langfristige Ziel, Berlin bis zum Jahr 2045 zu einer klimaneutralen Stadt zu entwickeln. Mit diesem ambitionierten Klimaschutzziel reagiert Berlin wie viele andere internationale Metropolen auf die Gefahren des Klimawandels und leistet seinen Beitrag zur Erreichung der Ziele des Pariser Klimaschutzabkommens von 2015. Berlin konnte seine Kohlendioxidemissionen von 1990 bis 2016 bereits um rund ein Drittel reduzieren und gehört damit zu den Vorreiterkommunen beim Klimaschutz. Jedoch ist allgemein anerkannt, dass die bisherigen Anstrengungen – nicht nur in Berlin, sondern auch weltweit – nicht ausreichen werden, um der globalen Erwärmung effektiv zu begegnen. Zudem ist der Trend der CO_2-Emissionsminderung in Berlin zuletzt abgeflacht. Damit können die Klimaschutzziele Berlins, die in dem Berliner Energiewendegesetz verankert sind, nur durch erhebliche zusätzliche Klimaschutzbemühungen erreicht werden. [...]

Berlin hat sich ambitionierte Klimaschutzziele gesetzt und wird damit seiner Vorreiterrolle gerecht: Bis 2045 soll die Stadt klimaneutral sein. Als Zwischenschritte auf dem Weg zur Klimaneutralität legt das Berliner Klimaschutz- und Energiewendegesetz fest, die Gesamtmenge der Berliner CO_2-Emissionen bis 2020 um mindestens 40 Prozent, bis 2030 um mindestens 70 Prozent und bis 2040 um mindestens 90 Prozent zu reduzieren, jeweils im Vergleich zum Jahr 1990. Die zur Erreichung der Ziele des novellierten Berliner Klimaschutz- und Energiewendegesetzes notwendigen Maßnahmen und Strategien werden im Rahmen der Fortschreibung des Berliner Energie- und Klimaschutzprogramms 2030 (BEK 2030) für den Umsetzungszeitraum 2022 bis 2026 entwickelt.

Ziele und Grundlagen der Klimaschutzpolitik in Berlin, in: https://www.berlin.de/sen/uvk/klimaschutz/klimaschutzpolitik-in-berlin/ziele-und-grundlagen/, 20.01.2025

M3 Funktioniert Klimaschutz auch ohne Geld?

[Im Februar 2024] waren erste Erkenntnisse eines Gutachtens der Finanzverwaltung bekannt geworden.
SPD-Finanzpolitiker Torsten Schneider räumte gegenüber dem rbb ein, dass sich die Zweifel am im Koalitionsvertrag vereinbarten Klimaschutz-Sondervermögen bestätigt hätten. „Ohne das Gutachten zu kennen, gehen wir davon aus, dass wir nicht mit zehn Milliarden Sondervermögen planen können". Man werde aber „zeitnah" andere Wege aufzeigen, um die Klimaschutzziele zu erfüllen. Gerade bei Sanierungen von Objekten gebe es Möglichkeiten, sagte Schneider dem rbb. Auch die am Donnerstag beschlossene Kreditaufnahme zum Kauf des Fernwärmenetzes sei vom Rechtsrahmen gedeckt. Die Überlegungen seien aber noch nicht ausgereift.
Für die Fraktionsvorsitzende der Grünen im Berliner Abgeordnetenhaus, Bettina Jarasch, ist mit dem Klimasondervermögen ein „zentrales Projekt der schwarz-roten Koalition" gescheitert. Vor dem Hintergrund der ungelösten pauschalen Sparvorgaben des Finanzsenators drohe der Klimaschutz auf der Strecke zu bleiben, sagte sie dem rbb.

Opposition fordert Alternativen zum gescheiterten Klima-Sondervermögen, in: https://www.rbb24.de/politik/beitrag/2024/02/berlin-klima-sondervermoegen-geplatzt-opposition-alternativen.html, 24.02.2024

INFO

RBB
Rundfunk Berlin-Brandenburg

Klimaschutz-Sondervermögen
Grundidee ist an der Schuldenbremse vorbei Gelder bereitzustellen, um klimapolitische Maßnahmen außerhalb des jährlichen Haushalts finanzieren zu können.

Volksentscheid
Der Volksentscheid, über den am 26. März 2023 abgestimmt wurde, verlangte, dass Berlin bereits 2030 klimaneutral werden sollte. Eine knappe Mehrheit der Abstimmenden (50,9 Prozent) sprach sich zwar dafür aus, doch wurde das notwendige Quorum für die Gültigkeit (25 Prozent aller Wähler) klar verfehlt (18,2 Prozent).

M4 Gescheiterter Volksentscheid – mit oder ohne Folgen?

Gescheitert! Sechs! Setzen! Womöglich sogar: Klappe halten? Nein, so sehen es die Macher des Klimavolksentscheids nicht, ganz und gar nicht. Nach ein paar Tränen und ein bisschen Enttäuschung, dass die nötigen Ja-Stimmen so klar verfehlt wurden, sagen sie umso entschiedener: Jetzt erst recht! Und damit haben sie recht. Denn da sind einerseits die Fakten: Die Erderwärmung macht nicht erst einmal Pause, nur weil Berlin die Daumenschrauben beim Klimaschutz zunächst in der Schublade lässt. Es wird weiter heißer und trockener in der Stadt, unwirtlicher, weniger lebenswert. Wer diese Stadt besser funktionieren lassen will, der muss nicht nur die Verwaltung reformieren. Der muss es auch schaffen, dass Berlin grüner und schneller abgas- und emissionsfrei wird. Dass Klimaschutz kein wolkiges Ziel, sondern noch mehr konkrete Aktion wird. Denn – andererseits – ist da ja auch die Emotion. Gut ein Drittel aller Wahlberechtigten ist zur Abstimmung gegangen, obwohl es um nichts anderes ging – um keine Bundestags- oder Landtagswahl. Das zeigt: Das Thema Klima geht vielen eben nicht am Allerwertesten vorbei. Ein Drittel des Volkes bewegt das Klima. [...] Was der [...] Berliner Senat davon mitnehmen sollte? Sich nicht fälschlich in Sicherheit zu wiegen, dass man den Klimaschutz flott unter „Ferner liefen" abhandeln könnte. Und hat [...] [die] Koalition nicht noch vor anderthalb Wochen lautstark damit angegeben, Klimaschutz ab sofort groß schreiben zu wollen? Dann wollen wir jetzt sehen, dass sie das ernst meint und verstanden hat, was mehr als 440 000 Berlinerinnen und Berliner wollen. Denn auch wenn die riesigen grünen Kampagnen-Schilder auf den Straßen fix abgebaut werden – die Debatte, die der Klima-Volksentscheid angeregt hat, wird bleiben.

Angela Ulrich, Die Debatte wird bleiben, in: https://www.rbb24.de/politik/beitrag/2023/03/kommentar-klima-volksentscheid-berlin.html, 27.03.2023

1 **Beschreiben** Sie die Fotos in M 1.
2 **Überprüfen** Sie Berlins Klimaschutzziele mithilfe eigener Recherchen anhand konkreter wirtschaftlicher Maßnahmen (M 2, M 3).
3 **Diskutieren** Sie, ob der gescheiterte Volksentscheid (M 4) die Klimapolitik vor Ort weiter fördern wird.
4 **Entwickeln** Sie konkrete Maßnahmen, wie Berlin seine Klimaziele erreichen kann. Beachten Sie dabei die in M 2 dargestellten Probleme (M 2–M 4).

Analyse von Klimapolitik vor Ort

Die Analyse von klimapolitischen Maßnahmen hat das Ziel zu untersuchen, wie konkrete klimapolitische Ziele vor Ort erreicht werden können und ob bzw. inwieweit diese in Einklang mit wirtschaftspolitischen Zielen stehen. Dabei kann die Analyse sowohl auf einer Makroebene vollzogen werden, die inhaltsanalytisch die Klimapolitik des Bundes, des Landes und/oder der Kommune betrachtet, oder auch konkret auf ein Unternehmen bezogen sein (z. B. mithilfe eines qualitativen Interviews). In beiden Fällen wird ein empirisches Vorgehen versucht – beide Fälle werden hier unterschieden.

QUERVERWEIS

METHODE
Inhaltsanalyse
S. 288

1. Analyse von Klimapolitik von Bund, Land und/oder Kommune

Im ersten Schritt sollte zunächst ähnlich wie bei einer Inhaltsanalyse eine Festlegung des Materials erfolgen, die als Grundlage dient. Hierfür bieten sich offizielle Dokumente wie Gesetze ebenso an, wie konkrete wissenschaftliche Auswertungen. Letztere sind notwendig, um konkrete Wirkungen bewerten zu können. Das Material sollte nach einer vorher formulierten Fragestellung analysiert werden, dabei bietet es sich an:

- Soll-Größen zu bestimmen (Ziele, die sich gesetzt wurden)
- Soll-Größen zu erkennen (konkrete Erfüllung von Zielen)

Diese kann man zunächst nach bestimmten Begriffen herausarbeiten oder man beginnt als freie Analyse, die dann immer weiter eingeschränkt wird.

Die Ergebnisse sollte man dann in bekannter Form der Inhaltsanalyse auswerten, was konkret bedeutet:

Kategorienbildung: Versuch die Ergebnisse, wenn es nicht schon bei der Suche selbst vollzogen wurde, genauer zu ordnen und zu strukturieren. Dabei sollte immer das Ziel und die Erfüllung desselben deutlich werden.

Auswertung: Gemäß einer zu wählenden Skalierung werden die Ergebnisse ausgewertet. Hier sollten Kriterien verwendet werden, die über eine reine Aussage wie „erfüllt/nicht erfüllt" hinausgehen. Vielmehr ist eine multifaktorielle Betrachtung bei allen Kategorien sinnvoll, wobei die Bewertung transparent gemacht werden muss.

Überprüfung: Die Ergebnisse werden dann nochmals überprüft. Es bietet sich an, die wissenschaftlichen Gütekriterien anzuwenden:

- Validität – habe ich das gemessen, was ich messen sollte?
- Reliabilität – würden sich bei Wiederholung der Methode gleiche Ergebnisse zeigen?
- Objektivität – würden andere Personen zu denselben Ergebnissen kommen?

Veröffentlichung: Danach sollten die Ergebnisse in ausführlicher Form schriftlich dargestellt werden. Hierbei kann ein Gesamtfazit erfolgen, das die Erreichung der Klimaziele einschätzt. Auch eine Schwerpunktsetzung ist möglich, sofern dies klar begründet wird.

1 **Führen** Sie eine Analyse zur kommunalen Klimapolitik oder einem Unternehmen vor Ort **durch**. **Stellen** Sie sich die Ergebnisse in einer Form Ihrer Wahl gegenseitig **vor**.

2 **Bewerten** Sie Ihr methodisches Vorgehen.

2. Analyse von Klimapolitik vor Ort

Klimapolitik vor Ort zu analysieren, meint, dass man sich konkrete Unternehmen, Institutionen usw. aussucht, deren klimapolitisches Wirken untersucht wird. Hierbei geht es je nach Fragestellung darum, zu untersuchen, wie stark z. B. ein Unternehmen versucht, nachhaltig zu handeln oder zu analysieren, wie politische Vorgaben nicht umgesetzt werden.
Dafür bietet sich folgende Vorgehensweise an:

Unternehmen und Fragestellung finden: Für die Umsetzung der Methode sollte zunächst ein Unternehmen oder eine Institution gefunden werden, die eine Analyse unterstützt. Dies muss angefragt und bestätigt werden. Auf dieser Grundlage kann dann eine Fragestellung festgelegt werden, die sich je nach Unternehmen unterscheiden kann (und sollte).

Informationsbeschaffung: Da das konkrete Handeln selten sichtbar ist, ist es ratsam per qualitativem Interview die Hintergründe zu erfragen. Um dies umzusetzen, sollte zunächst recherchiert werden, welche Informationen bereits bekannt sind und welche Vorschriften für das Unternehmen gelten. Gerade Letztere sind sehr wichtig, da sie ja Rahmenbedingungen vorgeben, die für die Analyse handlungsleitend sein können.

Vorbereitung der Befragung: Ein qualitatives Interview ist dadurch gekennzeichnet, dass es nicht mit geschlossenen Fragen durchgeführt wird, sondern offene Fragen gestellt werden. Ziel dabei sollte es sein, in einer offenen Gesprächsatmosphäre Antworten auf die Fragestellungen zu erhalten.
Insgesamt kann man dabei alle Fragen, die sich aus der Analyse ergeben, bereits vorbereiten. Man sollte dabei aber gewisse Grundregeln beachten:

- vorab klären, ob das Gespräch aufgezeichnet werden darf (wichtig, da man es transkribieren muss und sonst ein Gedächtnisprotokoll braucht)
- mit leichten Eisbrecher-Fragen beginnen
- keine lenkenden Fragen am Beginn (Halo-Effekt)
- zentrale Fragen sollten nicht am Beginn gestellt, sondern hergeleitet werden
- Gesprächscharakter beachten, also auch vom Skript abweichen, wenn dies notwendig erscheint

Befragung durchführen: Das Gespräch wird durchgeführt, wenn möglich aufgezeichnet und dann transkribiert.

Gespräch auswerten: Das Gespräch muss im Anschluss ausgewertet werden. Hier macht es Sinn, die Antworten zu kategorisieren und dadurch Antworten auf die zentralen Fragen zu erhalten. Es müssen nicht alle Informationen verwendet werden, sondern nur diejenigen Informationen, die für die Beantwortung der zentralen Fragen relevant sind.

Ergebnisse präsentieren und bewerten: Zum Schluss werden die Ergebnisse präsentiert und begründend ausgewertet. Hier sollte auch überprüft werden, ob die Gütekriterien eingehalten wurden.

5.3 Urteil: Klima- und Wirtschaftspolitik vor Ort – wie gut funktioniert das?

M1 Zitate

Nachhaltigkeit ist gut fürs Geschäft.

Paul Polman (* 1956), niederländischer Manager

Nachhaltigkeit schafft Arbeitsplätze.

Ban Ki-moon (* 1944), südkoreanischer Politiker und früherer UN-Generalsekretär

Alle wollen zurück zur Natur, aber niemand zu Fuß.

Werner Mitsch (1936–2009), deutscher Autor

M2 Unternehmen und Nachhaltigkeit

In der heutigen Unternehmenslandschaft ist Nachhaltigkeit mehr als nur ein Schlagwort. Sie hat sich zu einem entscheidenden Erfolgsfaktor entwickelt, der jede Branche und jede Unternehmensgröße berührt. Während große Unternehmen oft die Diskussionen über Nachhaltigkeit dominieren, geraten auch kleine Firmen zunehmend in den Blickpunkt. Die wachsende Nachfrage nach Nachhaltigkeitspraktiken zwingt kleine Unternehmen dazu, ihre Strategien neu zu bewerten und Nachhaltigkeit als Schlüsselelement ihrer Tätigkeit zu betrachten. [...] Die Nachhaltigkeitsberichterstattung gewinnt infolge der Corporate Sustainability Reporting Directive (CSRD) der EU für viele Unternehmen an Bedeutung. So müssen künftig alle Unternehmen mit über 250 Beschäftigten und mit einem Umsatz von > 40 Mio. Euro oder > 20 Mio. Euro Bilanzsumme nach der CSRD berichten. Ab dem 1. Januar 2026 [...] gilt die CSRD für börsennotierte KMU mit über 10 Beschäftigten, > 700 000 Euro Umsatz oder > 350 000 Euro Bilanzsumme. Demnach lohnt es sich für Unternehmen bereits jetzt mit der Berichterstattung anzufangen und die ersten Daten zu sammeln. Hierfür können auch andere Standards wie GRI oder DNK unterstützend verwendet werden.

Janina Raiser, Die steigende Flut der Nachhaltigkeit: Warum es sich kleine Unternehmen nicht länger leisten können, sie zu ignorieren, in: https://dfge.de/die-steigende-flut-der-nachhaltigkeit/, 17.10.2023

M3 Mehr Worte als Taten?

Glaubt man der Werbung, war es nie leichter, ein nachhaltiges Leben zu führen. Wer will, kann seine Ferien – oft gegen einen geringen Aufpreis – in „nachhaltigen" Hotels verbringen und „nachhaltige" Mode kaufen. Die „nachhaltige" Schokolade gibt es für weniger als einen Franken pro Tafel. „Nachhaltige" Fonds versprechen eine bessere Welt und hohe Profite gleichermaßen. Selbst beim Fußballschauen musste einen das schlechte Gewissen jüngst nicht plagen: Katars Wüsten-WM war laut den Organisatoren „nachhaltig" – was denn sonst! Es gibt nur wenige Begriffe, die sich in den letzten Jahren so inflationär verbreitet haben wie jener der Nachhaltigkeit. Ob in den Supermarkt-Regalen, auf dem Finanzmarkt oder in Strategiepapieren von Unternehmen: Das hehre Versprechen ist omnipräsent. In Zeiten, in denen sich mehrere globale Krisen überlappen, ist das auf den ersten Blick erfreulich – und notwendig. Längst ist klar, dass unsere Lebensweise, unsere Produkte und unsere Wirtschaft insgesamt nachhaltiger werden müssen. Anders ist etwa dem Klimawandel nicht beizukommen. Doch wer hinter die zahllosen Nachhaltigkeits-Versprechen blickt, erkennt bald: Zwischen dem, was der Begriff eigentlich meint, und dem, wofür er heute verwendet wird, klafft oft eine Lücke. „Nachhaltig" ist heute so vieles, dass der Begriff seine Bedeutung verloren hat. Aus dem Wort, das ein Schlüsselkonzept des 21. Jahrhunderts beschreiben sollte, ist ein leeres Versprechen geworden [...]. Vielen Konsumentinnen und Konsumenten ist klar, wie wichtig das ist. Nachhaltigkeit ist für immer mehr Menschen ein Kaufargument. Dadurch ist in den letzten rund zwanzig Jahren ein lukrativer Wachstumsmarkt für nachhaltige Produkte entstanden. Das hat viel Gutes bewirkt und in manchen Branchen zu einem Umdenken geführt [...]. Gleichzeitig geschah, was in Wachstumsmärkten oft passiert: Die Aussicht auf Profite zog Trittbrettfahrer an. Heute gibt es von jenen, die punkto Nachhaltigkeit mehr versprechen, als sie einhalten, so viele wie nie zuvor. Was auf den Produkten, in der Werbung und in den Hochglanzprospekten der Unternehmen als nachhaltig angepriesen wird, ist inzwischen oft vor allem eins – eine Mogelpackung. Es gibt zahlreiche Studien, die das bestätigen. Beispielsweise hat die EU-Kommission [...] [2022] untersucht, ob Firmen, die öffentlich mit ihrem Umweltbewusstsein werben, auch Wort halten. Das Resultat: In 42 Prozent der Fälle waren Behauptungen zur Nachhaltigkeit „übertrieben, falsch oder irreführend". Diese ökologische Schönfärberei der Firmen, das sogenannte „Greenwashing", habe in den letzten Jahren klar zugenommen, hält der Bericht fest.

Fabian Urech, „Nachhaltigkeit" ist zu einem leeren PR-Begriff verkommen. Wir müssen aufhören, uns mit Mogelpackungen zufriedenzugeben, in: https://www.nzz.ch/meinung/nachhaltigkeit-ist-zur-worthuelse-verkommen-ld.1715929, 09.01.2023

M4 Klimapolitik in den Städten

Das Summen der Insekten ist unglaublich. Die Menge der Erholungssuchenden auch. Noch unglaublicher ist, dass wir uns knapp acht Meter über dem New Yorker Verkehrschaos befinden – und so gut wie nichts davon mitbekommen. Die Luft? Erheblich besser. Die Stimmung der Flanierenden? Euphorisch. Der High Line Park nutzt eine stillgelegte Güterzugtrasse im Westen von Manhattan, ist 2,6 Kilometer lang, wurde von Privatleuten initiiert. Die außergewöhnliche Stadtlunge zeigt, dass es sich lohnt, neue Wege bei der Begrünung des urbanen Raums zu gehen. Auch gegen Widerstände. In deutschen Städten grüne Hochtrassen zu bauen, wäre eine wundervolle Herausforderung für die exzellente Ingenieurskunst, die etwas weniger exzellente Bürokratie und, nicht zuletzt, die, nun ja, potenziell exzellente Spendenbereitschaft der Industrie. [...] So schön wie Parks auf Stelzen sind, noch besser angelegt wäre das Geld in einem echten Gamechanger, bodenständig und lebensfroh: Garten-Straßen.

Die Idee ist denkbar „einfach" und komplex zugleich: Innerstädtische Straßen würden zu Einbahnstraßen. Ausnahmslos. Sie glauben nicht, dass so etwas funktioniert? Tut es aber schon. Etwa in Philadelphia. Dessen Innenstadt besteht fast nur aus Einbahnstraßen, ebenso wie der New Yorker Stadtteil Manhattan. [...] Außerdem könnten – seien wir ehrlich: müssten – Hausgemeinschaften die Straßengärten vor ihrer Tür adoptieren und einen Gartengroschen, an die Grundsteuer gekoppelt, leisten. Das Urban Gardening wäre sowohl Pflicht als auch Kür. Dafür gäbe es das Recht, einen Teil der Grünflächen als Schrebergarten zu nutzen.

Matt Aufderhorst, Her mit dem Großstadtdschungel!, in: https://www.deutschlandfunkkultur.de/gruene-stadt-klima-wandel-umwelt-autofrei-100.html, 23.08.2024

1 **Vergleichen** Sie die Zitate in M 1.
2 **Erarbeiten** Sie Pro- oder Kontra-Argumente zur Problemfrage „Wie gut funktioniert eine Klimapolitik vor Ort?". **Verteidigen** Sie diese Position in einem Rotierenden Partnergespräch (M 2–M 4).
3 **Bewerten** Sie, ob eine nachhaltige Stadt, wie sie in M 4 vorgestellt wird, umsetzbar ist.

QUERVERWEIS
LERNWEGE Rotierendes Partnergespräch
S. 608

6. Sollte es bei der Wirtschaftspolitik der EU zu einer Vertiefung der Integration kommen?

6.1 Einführung

M1 Wie soll die Wirtschaftspolitik der Europäischen Union zukünftig aussehen?

Nationale oder europäische Zuständigkeit?
Ergebnis einer Umfrage unter deutschen Unternehmen

In welcher Zuständigkeit (nationale versus europäische Kompetenz) sollten die folgenden Politikfelder aus Sicht Ihres Unternehmens schwerpunktmäßig liegen?

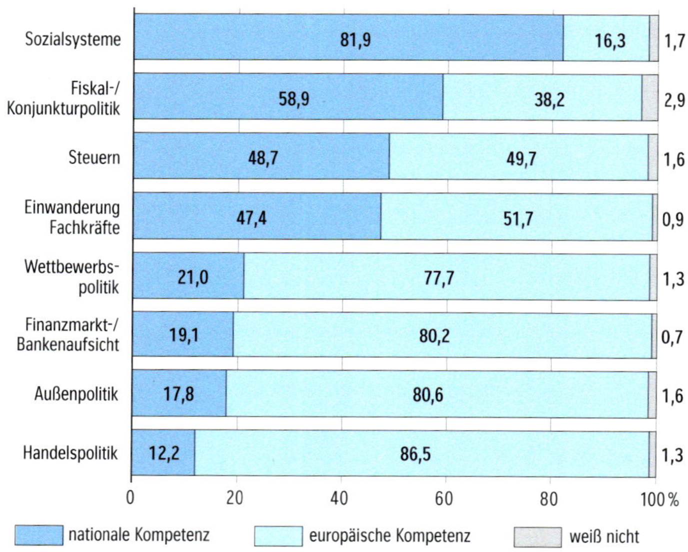

Quelle: ifo Institut 2019 48834EX

M2 Balance-Akt zwischen den Interessen der EU-Mitgliedstaaten?

GLOSSAR
Währungspolitik

In der europäischen Wirtschaftspolitik steckt ein Widerspruch: Denn obwohl der Prozess der europäischen Einigung von Anfang an auch ein ökonomisches Projekt war, haben die EU-Institutionen nur begrenzte Instrumente bei der Gestaltung einer gemeinsamen Wirtschaftspolitik. Einerseits kann man den gemeinsamen Binnenmarkt, in dem sich Arbeiter frei bewegen, Unternehmen frei niederlassen, und Kapital und Dienstleistungen die nationalen Grenzen passieren können, – mit den Worten des Europawissenschaftlers Peter Becker – als „Kern des europäischen Integrationsprozesses" verstehen. Andererseits ist die EU zwar für die Zollunion und die Wettbewerbsregeln im Binnenmarkt (EU-Kommission) sowie für die gemeinsame Währungspolitik für die Euro-Zone (EZB) zuständig, aber die Wirtschaftspolitik im engeren Sinne bleibt gemäß der gültigen Verträge auf die „enge Koordinierung der Wirtschaftspolitik der Mitgliedstaaten" beschränkt.

Während der zurückliegenden Legislaturperiode des EU-Parlaments wurde die Notwendigkeit dieser engen Koordinierung durch große Krisen deutlich – insbesondere den Klimanotstand, die Corona-Pandemie, die steigende Inflation, Russlands [...] Angriff auf die Ukraine und den daraus resultierenden Energienotstand. Gleichzeitig zeigen Debatten über die gemeinsame Agrarpolitik der EU, den Umgang mit dem Import von Agrarprodukten aus der Ukraine, die Zinspolitik in der Euro-Zone oder die unterschiedlichen Ansätze beim Lösen der Energiekrise immer wieder, wie verschieden die Interessen der einzelnen EU-Staaten sind. Dabei werden – vor allem durch rechtspopulistische und europaskeptische Parteien – wiederholt Rufe nach mehr Souveränität nationaler Wirtschaftspolitik laut. Das Ergebnis der EU-Wahlen, das daraus resultierende neue EU-Parlament und die anschließend gebildete neue EU-Kommission werden entscheidenden Einfluss darauf haben, in welche Richtung sich Ausmaß und Ausrichtung der Koordinierung der Wirtschafts- und Finanzpolitik entwickeln.

Tom Gebhardt, Europäische Wirtschaftspolitik als Balance-Akt zwischen den Interessen der Mitgliedsstaaten, in: https://www.bpb.de/themen/europawahlen/dossier-europawahlen/548697/europaeische-wirtschaftspolitik-als-balance-akt-zwischen-den-interessen-der-mitgliedsstaaten/, 27.05.2024

M3 Bedarf es auch in der Wirtschaftspolitik der EU einer „Zeitenwende“?

Die letzten Jahre haben gezeigt, dass die Wirtschaftspolitik der Europäischen Union (EU) nicht mehr mit den althergebrachten Mechanismen die anstehenden Probleme lösen kann, sie ist nicht mehr (wenn sie es je war) „fit for purpose“. Diese Dysfunktionalität ist schon länger sichtbar und wurde durch die Krisen der letzten Jahre noch deutlicher. [...]
Die [Corona-]Pandemie hat Schwächen im gemeinsamen Handeln aufgezeigt, die finanziellen Asymmetrien bei der Bewältigung der Lockdowns offengelegt und damit die Verschuldungsraten der einzelnen Länder sowie die sehr unterschiedlichen fiskalischen Spielräume bzw. deren je unterschiedliche Einschätzungen durch die Finanzbehörden, sichtbar gemacht, wodurch vielfach die Grundsätze „gemeinsamer“ Wirtschaftspolitik in einer Währungszone ad absurdum geführt wurden. Die sozialen Folgen dieser beiden Krisen, verstärkt durch die hohe Inflation und das Fehlen einer gemeinsamen diversifizierten Energiepolitik, haben die politische Landschaft in der EU nach rechts verschoben und gefährden zunehmend den gesellschaftlichen und politischen Zusammenhalt. Die Versuche, die Klimakrise einigermaßen in den Griff zu bekommen, bleiben derzeit, bis auf einige signifikante Ausnahmen, aufgrund starker beharrender politisch einflussreicher Kräfte und der Überlagerung durch die Pandemie, die Energiekrise und nunmehr der Krieg Russlands gegen die Ukraine, unbefriedigend. [...] Auf alle diese Krisen hat die EU als Institution verspätet und oft unzureichend reagiert, obwohl eine ganze Reihe wichtiger Krisenbekämpfungsversuche unternommen wurden: die Einrichtung des Europäischen Stabilitätsmechanismus in der Finanzkrise, die Schaffung der sehr gewichtigen (800 Mrd. Euro) Aufbau- und Resilienzfazilität nach der Pandemie mit der erstmaligen gemeinsamen Schuldenaufnahme, [...] die diversen Stränge des Europäischen Green Deal [...], Ansätze zu einer gemeinsamen EU-Energiestrategie, und vieles mehr. [...]
Es bleibt ein Faktum, dass die EU (ebenso wie ihre Mitgliedstaaten) auf all diese Krisen nicht vorbereitet war und die unterschiedlichen Interessenlagen der EU-Länder eine gemeinsame Willensbildung erschwert haben sowie ihre Bereitschaft gemeinsame europäische Lösungen zu finden aufgrund der jeweiligen innenpolitischen Situationen abgenommen hat, auch weil in Krisenzeiten eher von nationalen als von gesamteuropäischen Behörden Lösungen erwartet werden. [...] Dies hilft jedoch nicht, wenn es um die Effektivität und notwendige Raschheit der Mechanismen geht. [...] Eine Neuorientierung der EU-Wirtschaftspolitik ist [...] notwendig geworden. Sowohl die Krisenbewältigung als auch künftige Notwendigkeiten erfordern eine inhaltliche und geografische „Zeitenwende“.

Kurt Bayer, Zeitenwende für die EU-Wirtschaftspolitik: Mehr als ein Gedankenexperiment, in: https://www.oegfe.at/policy-briefs/zeitenwende-fuer-die-eu-wirtschaftspolitik-mehr-als-ein-gedankenexperiment/, 24.03.2024

WEBCODE
WES-117977-310
Wirtschaftspolitik in der EU

1 **Fassen** Sie die Hauptaussagen in M 1 **zusammen** und **formulieren** Sie Fragen, die sich Ihnen hierbei stellen.

2 **Stellen** Sie wesentliche Charakteristika der Wirtschaftspolitik der Europäischen Union **dar** (M 2).

3 **Geben** Sie **wieder**, mit welchen Herausforderungen und Kritikpunkten sich die Wirtschaftspolitik der Europäischen Union konfrontiert sieht und **formulieren** Sie Fragen, die sich Ihnen hierbei stellen (M 2, M 3).

6.2 Über 30 Jahre Europäischer Binnenmarkt – (k)ein Grund zum Feiern?

M1 30-jähriges Jubiläum des Europäischen Binnenmarkts

Als Europa am 1. Januar 1993 eine marktwirtschaftliche Revolution erlebte, fehlte der große Festakt, wie ihn die Europäer sonst so gerne ausrichten. [...]
30 Jahre später blickt die EU mit viel Stolz auf den einheitlichen Wirtschaftsraum. Als „echte Erfolgsgeschichte" pries ihn der CDU-Europaabgeordnete Andreas Schwab. Sein Parlamentskollege von der Europa-SPD, René Repasi, nannte ihn „das klopfende Herz der EU". Die Vorsitzende des Binnenmarkt-Ausschusses Anna Cavazzini (Grüne) sprach von einem „Motor der europäischen Integration". [...] Bei allem Jubel über den Binnenmarkt haben die Jahre auch Schwächen aufgezeigt. So wurden etwa zu Beginn der Pandemie Grenzübergänge unkoordiniert geschlossen, was zu Chaos und leeren Supermarktregalen führte. Auch Russlands Krieg gegen die Ukraine diente vielen als Weckruf, insbesondere beim Thema Energie. [...]. SPD-Politiker Repasi verwies ebenfalls auf Schattenseiten. Einige Bürger erlebten den Binnenmarkt mit seinem freien Wettbewerb auch „als einen Ort, in dem Löhne unter Druck stehen, Arbeitsplätze verlagert werden und multinationale Unternehmen Steuern ‚optimieren' können", so der EU-Abgeordnete.

Katrin Pribyl, Der Europäische Binnenmarkt ist das „klopfende Herz" der EU, in: https://www.augsburger-allgemeine.de/wirtschaft/eu-binnenmarkt-der-europaeische-binnenmarkt-ist-das-klopfende-herz-der-eu-id65191741.html, 17.01.2023

M2 Der Europäische Binnenmarkt und die vier Freiheiten

GLOSSAR

Europäischer Binnenmarkt

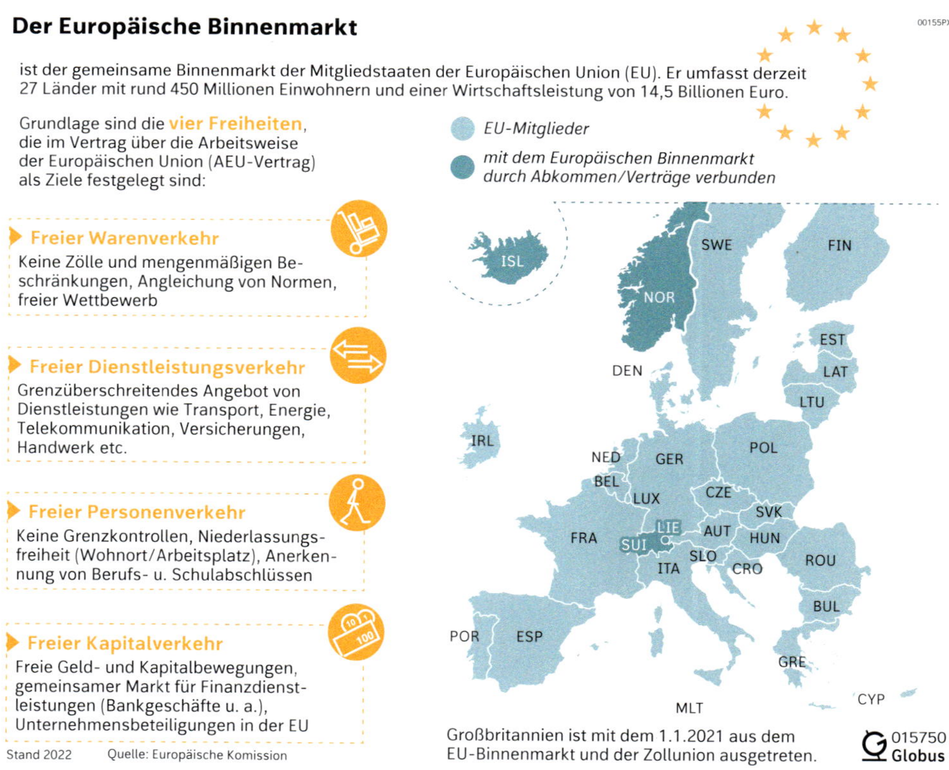

M3 Europäischer Binnenmarkt: Nicht jeder profitiert gleich

Ohne Brüssel ginge es uns besser: Diese Meinung war während der Eurokrise von vielen Griechen zu hören und vor dem Brexit-Referendum von vielen Briten. Hinweise auf die Vorteile einer Mitgliedschaft in Eurozone oder Europäischer Union überzeugten die Bürger nicht. Das könnte auch daran liegen, dass Europäer sehr unterschiedlich von einer zentralen Errungenschaft der EU profitieren – dem gemeinsamen Binnenmarkt. Wie stark die Unterschiede sind, zeigt eine [...] Studie der Bertelsmann-Stiftung [...]. Darin wurde für Regionen in ganz Europa berechnet, wie sich der Binnenmarkt auf die Einkommen auswirkt. Grundsätzlich profitieren demnach alle EU-Bürger vom Handel ohne Grenzkontrollen. Insgesamt steigert der Binnenmarkt die Einkommen jährlich um rund 420 Milli-arden Euro, was rund 2,5 Prozent der Wirtschaftsleistung in der EU entspricht. Das Pro-Kopf-Einkommen liegt durch den Binnenmarkt im Schnitt um 840 Euro höher.

„Dabei zeigen sich jedoch je nach Region große Unterschiede", schreiben die Autoren [...] [der Studie.] [...] „Insgesamt legen die Ergebnisse der Simulationen nahe, dass Länder im geografischen Zentrum Europas stärker profitieren, insbesondere im Vergleich zur südlichen Peripherie." Eine Folge: Die größten Zuwächse werden in einem Land erzielt, das zwar Teil des Binnenmarkts, aber selbst kein EU-Mitglied ist: in der Schweiz. In Zürich steigert der Binnenmarktzugang die Pro-Kopf-Einkommen der Studie zufolge um fast 3 600 Euro, auch andere Schweizer Regionen profitieren überdurchschnittlich. An der Spitze finden sich außerdem Luxemburg (2834 Euro) sowie London (rund 2 700 Euro) [...]. Deutschland: Mit einem durchschnittlichen Plus von 1 046 Euro liegt die Bundesrepublik insgesamt über dem europäischen Durchschnitt. Doch während Regionen wie Oberbayern oder Hamburg auf Zuwächse von knapp 1 500 Euro pro Jahr und Kopf kommen, sind es in Brandenburg oder Sachsen-Anhalt weniger als 700 Euro. „Je stärker Industrie und Exportbranchen in einer Region verankert sind, desto höher sind in der Regel auch die Einkommensgewinne durch den Binnenmarkt", [sagt einer der Autoren der Studie.]

David Böcking, So unterschiedlich profitieren Europäer vom Binnenmarkt, in: https://www.spiegel.de/wirtschaft/soziales/eu-binnenmarkt-so-unterschiedlich-profitieren-die-europaeer-a-1266241.html, 08.05.2019

INFO

Brexit
Austritt Großbritanniens aus der EU zum 31. Januar 2020

M4 Erasmus+: In die Köpfe investieren!

Mit Start des Erasmus-Programms vor 35 Jahren ging Europa auf seine jungen Bürgerinnen und Bürger einen großen Schritt zu. Studierende für Europa zu gewinnen, das war das Ziel inmitten einer Krise der Europäischen Gemeinschaft. Nach den wirtschaftlichen Erfolgen [...] war die europäische Idee dreißig Jahre später ins Stocken geraten [...]. „Man verliebt sich eben nicht in einen Binnenmarkt", brachte der damalige Kommissionspräsident Jacques Delors die fehlenden Emotionen auf den Punkt. Neben der Direktwahl des Europaparlaments setzte er auf den Ausbau der Programme für die Jugend. [...] Es hat funktioniert: Nach zwölf Millionen europäischen Auslandsaufenthalten, geschätzten einer Million Babys aus Erasmus-Beziehungen, über zwei Milliarden Euro für deutsche Hochschulen und der Einbindung aller Bildungsbereiche ist Erasmus+, so heißt es heute, das Programm zur Förderung einer europäischen Identität. Es ist Sinnbild für Europas Einsatz für die heranwachsenden Generationen – mithin: für die Zukunft. Heute brauchen wir Erasmus mehr denn je [...]. Erasmus hat zur Einigung Europas beigetragen, sie sogar mitgeprägt: Oft ging die Teilnahme eines Staates an Erasmus seinem Beitritt zur EU um viele Jahre voraus. [...] Erasmus [...] kann – mutig weiterentwickelt – noch viel zu einem Europa der Gemeinsamkeiten, der kritisch-konstruktiven Auseinandersetzung, der emotionalen Verbindung und der Mehrsprachigkeit beitragen.

Joybrato Mukherjee, In Köpfe statt in Kühe investieren!, in: https://www.zeit.de/2022/25/erasmus-europa-sicherheit-sprachen, 16.06.2022

WEBCODE

WES-117977-311
Erasmus+

M5 EU-Verbraucherpolitik

Seit ihrer Gründung ist die Europäische Union (EU) für Verbraucher:innen vor allem eine Erfolgsgeschichte.

Durch die Abschaffung der Roaming-Gebühren, die Deckelung von Gebühren beim Zahlen mit Kredit- oder Bankkarte oder mehr Auswahl und niedrigere Preise bei Strom, Gas oder Telekommunikation haben Verbraucher:innen mehr Geld in der Tasche. Lebensmittel, Spielzeug oder Kosmetika sind sicherer geworden – dank zahlreicher EU-Vorschriften.

Die Datenschutzgrundverordnung, das Recht auf ein Girokonto sowie Entschädigungsregeln für Verspätungen oder Stornierungen bei Reisen per Bus, Bahn oder Flugzeug gehen auf Europa zurück.

Und schließlich sorgt die EU für mehr Nachhaltigkeit. So basieren etwa drei Viertel aller nationalen Umweltschutzgesetze ursprünglich auf EU-Regeln. Das hat dazu geführt, dass Wasser, Luft, Gebäude und Produkte in den vergangenen Jahren immer sauberer geworden sind. Dennoch gibt es große Herausforderungen. Neue Technologien müssen sicher sein, unser Konsum nachhaltiger werden und Verbraucher:innen in ihren Rechten weiter gestärkt werden.

EU-Verbraucherpolitik, in: https://www.vzbv.de/eu-verbraucherpolitik, 10.07.2025

M6 Großbritannien nach dem Brexit

WEBCODE
WES-117977-312
Brexit-Monitor des Statistischen Bundesamtes

Der britische Außenhandel mit der EU leidet einer aktuellen Studie zufolge immer stärker unter dem Brexit. Im- und Exporte seien stark eingebrochen, heißt es in dem Bericht der Aston University in Birmingham. Zwischen 2021 und 2023 – den Jahren unmittelbar nach dem britischen Austritt aus der EU-Zollunion und dem Binnenmarkt – sank der Wert der britischen Warenexporte in die EU demnach um 27 Prozent, der Wert der Importe um 32 Prozent. Zu den am stärksten betroffenen Branchen gehören der Studie zufolge Landwirtschaft, Bekleidung sowie Holz- und Papierherstellung. Den größten Exportrückgang gab es bei essbaren Früchten und Nüssen, deren Wert um fast drei Viertel (73,5 Prozent) einbrach. Darüber hinaus sei die Vielfalt britischer Ausfuhrgüter zurückgegangen, berichten die Forscher. Den Dienstleistungssektor, der sich seit dem Brexit besser als erwartet entwickelt hat, berücksichtigt die Studie allerdings nicht. Zugenommen haben auch die Exporte von Tabak-, Eisenbahn- und Flugzeuggütern. Großbritannien war Ende Januar 2020 aus der EU ausgetreten und ist seit 2021 auch nicht mehr Mitglied der EU-Zollunion und des Binnenmarkts. Trotz eines in letzter Minute vereinbarten Freihandelsabkommens kommt es zu bürokratischen Hürden und anderen Handelshemmnissen. „Die negativen Auswirkungen des Handelsabkommens haben sich im Laufe der Zeit verstärkt, wobei 2023 einen stärkeren Handelsrückgang aufweist als die Jahre zuvor", hieß es. Vor allem kleinere britische Exporteure hätten den Handel mit der EU aufgegeben. Die Studienautoren betonten, politische Eingriffe seien nötig. Dazu gehöre, negative Folgen des Handelsabkommens abzuschwächen, Lieferketten neu zu gestalten und Unternehmen bei der Anpassung an Handelshemmnisse zu unterstützen. Die neue Labour-Regierung in London will die Beziehungen mit der EU verbessern. Einen Wiedereintritt in die Zollunion oder den Binnenmarkt lehnt Premierminister Keir Starmer aber strikt ab.

Großbritanniens Handel mit EU bricht laut Studie ein, in: https://www.tagesschau.de/wirtschaft/weltwirtschaft/brexit-folgen-grossbritannien-100.html, 17.09.2024

1 **Fassen** Sie die wichtigsten Aussagen des Artikels zum 30-jährigen Jubiläum des Europäischen Binnenmarkts **zusammen** und **formulieren** Sie Fragen, die sich Ihnen hierbei stellen (M 1).

M 7 Lohn- und Sozialdumping – in der EU?

Der Europäische Binnenmarkt feiert sein 30-jähriges Jubiläum, allerdings wurde aus dem Wohlstandsversprechen der EU in der Praxis für viele ein beinharter Kampf um die niedrigsten Standards, der oftmals auf dem Rücken der Arbeitnehmer:innen ausgetragen wird. [...] Grenzüberschreitende Arbeitskräfteentsendungen nehmen in vielen Branchen stetig zu. Manche Mitgliedstaaten bieten Unternehmen hierfür sogar Vorteile an. Laut Tea Jarc, Präsidentin der slowenischen Gewerkschaft Mladi plus, schaffe beispielsweise die slowenische Rechtslage durch einen „Entsendebonus" den Anreiz für Unternehmen, Arbeitnehmer:innen zu entsenden, um die Arbeitskosten zu senken: Viele slowenische Arbeitskräfte im Bau- aber auch Dienstleistungssektor würden in andere Mitgliedstaaten entsandt, wo ihnen zwar das gleiche Entgelt wie den inländischen Beschäftigten zustehe, es allerdings hinsichtlich der Sozialversicherungsbeiträge ein Schlupfloch gebe. Die Beiträge werden vom bezogenen Gehalt entkoppelt, und die Unternehmen zahlen für die entsandte Arbeitskraft sogar weniger Beiträge, als wenn das gleiche Unternehmen die gleiche Arbeitskraft in Slowenien beschäftigen würde. In Folge haben die entsandten Arbeitskräfte dann nur einen wesentlich geringeren Pensionsanspruch. Benachteiligt werden dadurch aber nicht nur die Arbeitnehmer:innen, sondern auch im Zielland ansässige Unternehmen, die vergleichsweise höhere Beiträge zahlen und somit etwa bei Auftragsvergaben einen Wettbewerbsnachteil haben. [...] MdEP Evelyn Regner, Vizepräsidentin des Europäischen Parlaments, besteht auf die Einstufung solcher Praktiken als Missbrauchsfälle: „Es geht hier nicht um arbeitende Menschen, die kurzzeitig entsendet werden, sondern um ein Geschäftsmodell." Auch Josef Muchitsch (GBH) stellt klar: „Entsendungen innerhalb der EU dürften nicht dazu führen, dass Gewinne auf Kosten der Arbeitskräfte lukriert werden."

Auf Unionsebene regelt die Richtlinie 96/71/EG die Entsendung von Arbeitnehmer:innen im Rahmen der Erbringung von Dienstleistungen, um unlautere Praktiken zu unterbinden und das Prinzip der fairen Arbeitskräftemobilität zu fördern. Laut MdEP Evelyn Regner bieten die Entsenderichtlinie und deren Durchsetzungsrichtlinie bereits eine Fülle an Regelungen. Sie verortet in erster Linie ein Umsetzungsproblem: Auch, wenn bei der Richtlinie durchaus hoher Verbesserungsbedarf bestehe, hätten viele Mitgliedstaaten [...] diese noch nicht einmal richtig in nationales Recht umgesetzt. Dies bestätigte Gelu Calacean, Abteilungsleiter für Arbeitskräftemobilität der Europäischen Kommission. Man habe gegen zwei Drittel der EU-Mitgliedstaaten Vertragsverletzungsverfahren wegen mangelhafter Umsetzung der Entsenderichtlinie eingeleitet.

Im Jahr 2019 wurde die Europäische Arbeitsbehörde (ELA) gegründet, um die Mitgliedstaaten und die Europäische Kommission dabei zu unterstützen, die EU-Vorschriften über Arbeitskräftemobilität und Sozialkoordinierung auf faire, einfache und wirksame Weise durchzusetzen. Unterstützt von der Gewerkschaft Bau-Holz und den Gewerkschaften anderer Mitgliedstaaten, wurden vom EGB und der Europäischen Föderation der Bau- und Holzarbeiter (EFBWW) mittlerweile 10 Fälle von rechtsmissbräuchlichen Praktiken an die ELA übermittelt.

AK Europa: Lohn- und Sozialdumping nach wie vor großes Thema am Binnenmarkt, in: https://www.akeuropa.eu/de/ak-europa-lohn-und-sozialdumping-nach-wie-vor-grosses-thema-am-binnenmarkt, 10.02.2023

INFO

MdEP
Mitglied des Europäischen Parlaments

GBH
Gewerkschaft Bau-Holz in Österreich

Entsenderichtlinie
regelt die Tätigkeit von Arbeitnehmern in einem anderen EU-Mitgliedstaat; im Prinzip gilt hierfür die Regel „gleicher Lohn für gleiche Arbeit am gleichen Ort"

2 **Geben** Sie die wichtigsten Informationen über den Europäischen Binnenmarkt **wieder** (M 2).

3 **Arbeiten** Sie aus M 3–M 7 Pro- und Kontra-Argumente hinsichtlich der Frage **heraus**, ob über 30 Jahre Europäischer Binnenmarkt (k)ein Grund zum Feiern sind. Ergänzen Sie Ihre Ergebnisse ggf. um eigene Aspekte.

4 **Diskutieren** sie die Frage, ob über 30 Jahre Europäischer Binnenmarkt (k)ein Grund zum Feiern sind, als Pro-Kontra-Diskussion in Ihrer Lerngruppe.

Politische Texte analysieren

Die Bedeutung der Textanalyse im Fach Politische Bildung

Politische Texte sind ein zentraler Bestandteil der politischen Kommunikation. Sie spiegeln aktuelle Debatten wider, vermitteln unterschiedliche Positionen und tragen zur politischen Meinungsbildung bei. Die Fähigkeit, solche Texte systematisch zu analysieren, ist essenziell, um politische Zusammenhänge zu verstehen, eigene Urteile zu bilden und an politischen Diskursen kompetent teilzunehmen. Politische Texte begegnen uns in verschiedenen Formen: als Reden, Kommentare, Parteiprogramme, wissenschaftliche Stellungnahmen oder Medienbeiträge. Sie beziehen sich auf politische Probleme, Entscheidungsprozesse oder gesellschaftliche Kontroversen. Dabei lassen sich zwei Haupttypen unterscheiden:

- Entscheidungsbezogene Texte: Diese Texte argumentieren für oder gegen eine politische Entscheidung, z. B. Gesetzesentwürfe, Reden oder Wahlprogramme.
- Einschätzungsbezogene Texte: Hier liegt der Fokus auf der Analyse einer politischen Situation oder eines Problems, z. B. Kommentare, wissenschaftliche Artikel oder Essays.

Um einen politischen Text systematisch zu analysieren, empfiehlt sich folgende methodische Vorgehensweise:

1. Thema des Textes erkennen und einordnen

Jeder politische Text befasst sich mit einer politischen oder gesellschaftlichen Fragestellung.

- Welche politische oder gesellschaftliche Fragestellung wird behandelt?
- Ist der Text entscheidungsbezogen oder eher einschätzungsbezogen?
- In welchen größeren politischen Zusammenhang lässt sich das Thema einordnen?

2. Die Situation, aus der heraus der Text entstanden ist, beschreiben

Der Text steht in einem bestimmten politischen Umfeld, das seine Bedeutung beeinflusst.

- Von wem, in welchem Medium, für welchen Adressatenkreis und aus welchem Anlass ist der Text verfasst worden?
- Welche Ausrichtung in Bezug auf die Positionierung und Intention kann vorab erwartet werden?

3. Die Position des Autors oder der Autorin herausarbeiten

Die Autorin oder der Autor nimmt eine Haltung zu einem Thema ein und formuliert diese explizit oder implizit.

- Was sind die zentralen Aussagen des Textes?
- Welche Meinung der Autorin bzw. des Autors kann daraus geschlussfolgert werden?
- Welche Grundpositionen bzw. Denkrichtungen werden hierbei erkennbar?

4. Die Argumentation untersuchen

Die Position wird durch Belege, Fakten oder Meinungen gestützt.

- Welche Behauptungen werden zur Unterstützung der Position angeführt?
- Gibt es Begriffe und Überlegungen, die für das Verständnis der Argumentation wichtig sind und deshalb erklärt werden müssen?
- Wie hängen die Begründungen logisch zusammen?
- Gibt es argumentative Verzerrungen wie Einseitigkeiten oder Verallgemeinerungen, veranschaulicht durch z. B. die absichtsvolle Verwendung sprachlicher Mittel?

5. Die Intention des Textes analysieren

Politische Texte verfolgen ein bestimmtes Ziel, z. B. die Beeinflussung der öffentlichen Meinung oder politischer Entscheidungen.

- Welche Absicht verfolgt der Verfasser oder die Verfasserin mit der Veröffentlichung des Artikels?
- Wie offen bzw. verdeckt wird diese verfolgt?
- Wie überzeugend bzw. angreifbar erscheint die Argumentation?
- Welche weiterführenden Fragen lassen sich aus der Analyse des Textes gewinnen?

M 1 Rede von Barbara Thaler im Europäischen Parlament

Barbara Thaler ist Mitglied der Fraktion der Europäischen Volkspartei (EVP) und hielt ihre Rede zum 30-jährigen Bestehen des Europäischen Binnenmarktes am 16. Januar 2023 in Straßburg.

Wir feiern Geburtstag heute, und das freut mich sehr – den 30. Geburtstag unseres gemeinsamen Europäischen Binnenmarktes, dessen Vorteile wir alle jeden Tag spüren können.

Wir alle können in der ganzen Europäischen Union Waren bestellen. Wir können frei reisen, wir können studieren, arbeiten, leben, Kinder kriegen, in den Ruhestand gehen. Unsere Unternehmen können alle ihre Dienste in der Europäischen Union anbieten. Und ich habe mir angeschaut: Was bedeutet das für die europäischen Regionen, vor allem für meine Heimatregion? Dort hängt nämlich jeder zweite Job direkt oder indirekt vom Export ab. Und vor ungefähr 30 Jahren wurden in Tirol knapp über 3 Milliarden Euro an Waren exportiert. Heute bzw. letztes Jahr waren das 16 Milliarden Euro. Und nominell gesehen ist das ein Anstieg von außergewöhnlichen 429 Prozent. Also ich glaube, wir haben durchaus recht, heute diesen Geburtstag zu feiern. [...]

Liebe Kollegen, ich möchte auch noch einmal auf das Sich-Verlieben-Zitat zurückkommen, das wir heute ja schon öfters gehört haben. Jacques Delors hat gesagt: Niemand verliebt sich in einen Binnenmarkt. Ich glaube, wenn wir ihn heute hier haben würden, hier haben könnten, vielleicht würde er es anders sehen. Ich habe die letzten zwei Stunden hier zugehört, und ich habe vieles andere gehört. Ich freue mich darüber. Happy Birthday, lieber Binnenmarkt.

Barbara Thaler, in: https://www.europarl.europa.eu/doceo/document/CRE-9-2023-01-16-ITM-014_DE.html, 16.01.2023

M 2 Rede von René Repasi im Europäischen Parlament

René Repasi ist Mitglied der Fraktion der Fraktion der Progressiven Allianz der Sozialdemokraten im Europäischen Parlament (S&D) und hielt seine Rede zum 30-jährigen Bestehen des Europäischen Binnenmarktes am 16. Januar 2023 in Straßburg.

„L'Europe ne se fera pas d'un coup, ni dans une construction d'ensemble. Elle se fera par des réalisations concrètes créant d'abord une solidarité de fait."

Dieses Fundament der EU, wie es Robert Schuman 1950 beschrieben hat, wurde zunächst durch den Gemeinsamen Markt der EWG und seit 30 Jahren nunmehr durch den Binnenmarkt gelegt. Der Binnenmarkt dient damit einem größeren Ziel, einem politischen: dem Abbau nationaler Barrieren. Das dient dazu, Menschen zusammenzubringen, wodurch Solidarität entsteht, die die Regierungen nicht mehr auseinanderreißen können. Binnenmarkt und Solidarität gehen daher zusammen. Ja, wir können stolz sein auf die ökonomische Stärke und die Erfolge dieses Binnenmarktes, die Begegnungen und das Zusammenwachsen, das er gebracht hat. Aber Solidarität bedeutet mehr als ökonomische Freiheiten. Wir brauchen eine gleichwertige Sicherung von Schutzstandards und Umverteilung. Der Binnenmarkt braucht ein unverkennbares soziales Europa.

René Repasi, in: https://www.europarl.europa.eu/doceo/document/CRE-9-2023-01-16-ITM-014_DE.html, 16.01.2023

1 **Fassen** Sie den Inhalt einer der beiden Reden **zusammen** (M 1, M 2).
2 **Analysieren** Sie den Inhalt einer der beiden Reden (M 1, M 2).
3 **Nehmen** Sie zu den Aussagen in der von Ihnen analysierten Rede **Stellung** (M 1, M 2).

6.3 NextGenerationEU – ein wirksames Instrument, um die Folgen der Corona-Pandemie nachhaltig abzufedern?

M 1 Ein (zu) schweres Paket!?

ÜND JETZT NOCH EIN NACHSCHLAG FÜR ITALIEN...

Zeichnung: Jürgen Janson

M 2 Ein „historischer Tag für Europa“?

WEBCODE
WES-117977-313
Der europäische Aufbauplan NextGenerationEU

Im Kampf gegen die Corona-Wirtschaftskrise haben sich die EU-Staaten auf das größte Haushalts- und Finanzpaket ihrer Geschichte geeinigt. Der Kompromiss wurde nach mehr als viertägigen Verhandlungen am frühen Morgen bei einem Sondergipfel in Brüssel von den 27 Mitgliedstaaten angenommen. [...] Zusammen umfasst das Paket 1,8 Billionen Euro – davon 1074 Milliarden Euro für den nächsten siebenjährigen Haushaltsrahmen und 750 Milliarden Euro für ein Konjunktur- und Investitionsprogramm gegen die Folgen der Pandemie-Krise. [...] Frankreichs Präsident Emmanuel Macron sprach von einem „historischen Tag für Europa“. Er bezeichnete das Verhandlungsergebnis als Chance. Dafür sei es nötig gewesen, über sich hinauszuwachsen. Mit dem Finanzpaket will sich die Europäische Union gemeinsam gegen den historischen Wirtschaftseinbruch stemmen und den EU-Binnenmarkt zusammenhalten. [...] Dafür werden erstmals im großen Stil im Namen der EU Schulden aufgenommen, das Geld umverteilt und gemeinsam über Jahrzehnte getilgt. [...] Nach tagelangem Streit [fand man] einen Kompromiss zum Kern des Corona-Programms: Die sogenannten sparsamen Staaten akzeptierten, dass gemeinsame Schulden aufgenommen werden und das Geld als Zuschuss an EU-Staaten geht. Im Gegenzug willigten Deutschland, Frankreich, Italien und Spanien ein, die Summe dieser Zuschüsse aus dem Corona-Programm von 500 Milliarden Euro auf 390 Milliarden zu verringern. Dazu kommen 360 Milliarden Euro, die als Kredit vergeben werden.

Das Billionen-Finanzpaket steht, in: https://www.tagesschau.de/ausland/eu-gipfel-einigung-ts-100.html, 21.07.2020

M 3 Bedarf es auch in der Wirtschaftspolitik der EU einer „Zeitenwende“?

Obwohl die durch den Fonds finanzierten Ausgaben voraussichtlich erst beginnen werden, wenn der größte Teil der Krise hinter uns liegt, trägt er dennoch zur fiskalischen Stabilisierung während der Krise bei, vor allem durch seine Wirkung auf die Erwartungen und insbesondere durch die Erweiterung des fiskalpolitischen Spielraums wirtschaftlich anfälliger Mitgliedstaaten.

Das NextGenerationEU-Programm versucht auch, die nationalen Regierungen in Richtung der auf europäischer Ebene definierten politischen Prioritäten zu lenken, wie z. B. den Green New Deal mit einer grünen und digitalen Transformation der Wirtschaft. Die Erfolgsaussichten sind jedoch begrenzt, da Geld fungibel ist. Die Mitgliedstaaten können nationale Ausgaben durch Gelder aus dem NextGenerationEU[-Programm] ersetzen und die Mittel effektiv für andere Arten von Ausgaben, für Steuersenkungen oder den Abbau ihrer Schulden verwenden. Je nachdem wie die Mittel verwendet werden, muss das aber nicht unbedingt ein Nachteil sein. Es könnte für die wirtschaftliche Erholung sogar produktiver sein, die Steuern zu senken oder die Staatsverschuldung zu reduzieren, als öffentliche Ausgaben zu erhöhen. Festzuhalten bleibt jedoch, dass den grenzüberschreitenden Spillover-Effekten in den nationalen NextGenerationEU-Plänen zu wenig Beachtung geschenkt wird. In den Verhandlungen über die Mittelverwendung sollte die Europäische Kommission die Kooperation zwischen den Mitgliedstaaten und Projekte mit europäischer Relevanz und Sichtbarkeit wie grenzüberschreitende Infrastrukturprojekte deutlich stärker fördern [...]. Die Verteilungskomponente der Mittel ist bei NextGenerationEU so konzipiert, dass in erster Linie eine Umverteilung von Mitgliedstaaten mit hohem Pro-Kopf-Einkommen zu weniger wohlhabenden Ländern vorgenommen wird. NextGenerationEU wirkt folglich weniger als Versicherungsinstrument zur Linderung der Krisenfolgen, sondern eher wie eine Verlängerung des EU-Haushalts, soweit er auf die Förderung der wirtschaftlichen Konvergenz ausgerichtet ist. Der durch die Ausgabe europäischer Schuldtitel finanzierte NextGenerationEU-Fonds hat die Befürchtung aufkommen lassen, die Schuldenfinanzierung von Ausgaben auf EU-Ebene könnte zum Regelfall werden und die Haushaltsdisziplin im EU-Budget untergraben. Vergleichbare Finanzierungen können jedoch auch in Zukunft nur stattfinden, wenn alle EU-Mitgliedstaaten zustimmen. [...] Gleichzeitig ist es aber wahrscheinlich, dass in der nächsten schweren Krise die Forderung nach einer Wiederholung der derzeitigen Schuldenfinanzierung aufkommen wird. Ob insbesondere die Nettozahlenden dies unterstützen werden, dürfte unter anderem davon abhängen, ob die NextGenerationEU-Mittel als gut ausgegeben wahrgenommen werden. Was das bedeutet, ist nicht leicht zu bestimmen. Klar ist, dass der Fonds nicht ein Regime in Gang setzen sollte, in dem einige Länder auf Kosten anderer dauerhaft über ihre Verhältnisse leben. [...]

Aber wenn der Haupteffekt von NextGenerationEU darin besteht, eine europäische Tradition zu beginnen, Nachbarländern in Zeiten außergewöhnlicher (unverschuldeter) Not zu helfen, wird die Geschichte nicht schlecht darüber urteilen.

Florian Dorn/Clemens Fuest, Next Generation EU: Chancen und Risiken des europäischen Fonds für die wirtschaftliche Erholung nach der Corona-Krise, in: Wirtschaftsdienst, Heft 2/2021, S. 78 ff.; https://www.wirtschaftsdienst.eu/inhalt/jahr/2021/heft/2/beitrag/next-generation-eu-chancen-und-risiken-des-europaeischen-fonds-fuer-die-wirtschaftliche-erholung-nach-der-corona-krise.html

1. **Fassen** Sie die wichtigsten Aussagen der Karikatur **zusammen** (M 1).
2. **Stellen** Sie die wichtigsten Inhalte des NextGenerationEU-Programms **dar** (M 2).
3. **Arbeiten** Sie aus M 3 Pro- und Kontra-Argumente hinsichtlich der Frage **heraus**, ob es sich bei NextGenerationEU um ein wirksames Instrument handelt, um die Folgen der Corona-Pandemie nachhaltig abzufedern.
4. **Diskutieren** Sie die Problemfrage als Fishbowl-Debatte in Ihrer Lerngruppe.

QUERVERWEIS
LERNWEGE
Fishbowl
S. 609

6.4 Die Zinspolitik der Europäischen Zentralbank – (k)ein wirksames Instrument zur Bekämpfung der Inflation?

M1 In schwerer See?

Zeichnung: Kostas Koufogiorgos

WEBCODE
WES-117977-314
Inflation und Inflationsrate

M2 Verursacht die Zinspolitik der EZB politischen Schaden?

Der Schritt war überfällig und daher auch allgemein erwartet worden: Die Europäische Zentralbank (EZB) hat am Donnerstag ihre Leitzinsen um 0,25 Prozentpunkte gesenkt. Der relevante Einlagenzins liegt jetzt bei 3,5 Prozent. Weitere Zinssenkungen werden wahrscheinlich in den kommenden Monaten folgen. Die EZB musste ihre Zinsen senken, weil die europäische Wirtschaft schwächelt. Im zweiten Quartal ist die Eurozone im Vergleich zum ersten nur um 0,2 Prozent gewachsen, und die deutsche Wirtschaft schrumpfte sogar – um minus 0,1 Prozent.
Auch gab es keinen Grund für die Zentralbank, weiter gegen die Geldentwertung anzukämpfen. Denn die Inflation ist stark zurückgegangen. Im Oktober 2022 wurden noch sensationelle 10,6 Prozent gemessen, jetzt sind es seit Monaten nur noch 2,4 bis 2,6 Prozent. Es ist übrigens kein Zufall, dass die europäische Wirtschaft schwächelt. Genau das wollte die EZB erreichen, weil sich eine Inflation nur indirekt bekämpfen lässt – indem man die Wirtschaft abwürgt. Wenn die Leitzinsen steigen und Kredite teuer werden, wird kaum noch investiert. Stellen fallen weg, und die Nachfrage geht zurück. In den Fabriken entstehen Überkapazitäten, sodass irgendwann auch die Preise nachgeben.
Die Inflation ist besiegt, aber die politischen Folgen sind immens: Die schwächelnde Wirtschaft drückt auf die Stimmung – und begünstigt die Populisten. Dieses Phänomen ist nicht nur in Deutschland zu beobachten, wo AfD und BSW immer neue Rekorde feiern. Auch in den USA liegen die Leitzinsen immer noch bei bis zu 5,5 Prozent und damit sehr hoch. [...] Hohe Inflationsraten lassen sich nicht ignorieren. Aber der Schaden der drakonischen Zinspolitik ist enorm.

Ulrike Herrmann, Der Schaden ist enorm, in: https://taz.de/Zinspolitik-der-EZB/!6036021/, 13.09.2024

M3 Kann die Europäische Zentralbank die hohe Inflation besiegen?

GLOSSAR
Euro
Europäische Wirtschafts- und Währungsunion
Europäische Zentralbank

Zwar ist es den Währungshütern gelungen, die Inflation einigermaßen in Schach zu halten. Doch die meiste Zeit lag die Teuerung weiterhin über der Zielmarke von zwei Prozent. Die „gefühlte Inflation" hat sich kaum abgeschwächt. Schlimmer noch: Seit dem Herbst geht der Trend wieder nach oben und dürfte auch im neuen Jahr anhalten. [...] Seit dem kurzen Tief der Inflationsrate im September [2024] mit 1,7 Prozent zieht die Teuerung in der Eurozone wieder an, auf 2,3 Prozent im November [2024]. Für Dezember [2024] und Januar [2025] werden noch höhere Raten erwartet. [...] Auch die sogenannte Kerninflation, die normalerweise schwankungsanfällige Preise für Energie und Nahrungsmittel herausrechnet, ist mit 2,7 Prozent hartnäckig und viel zu hoch. [...] Unter dem Strich ist die Inflationsbekämpfung weiterhin nicht zufriedenstellend. Interessant in der Analyse ist, dass potenzielle Inflationstreiber nicht den großen Effekt haben, den man erwarten könnte. So haben etwa die sehr hohen Lohnabschlüsse überall in Europa in den vergangenen Monaten den Konsum zwar etwas belebt – aber nicht in dem Maße, wie das normalerweise der Fall wäre. [...] Hinzu kommt, dass die EZB andere Teuerungsfaktoren zu sehr unterschätzt. Eine kürzlich veröffentlichte Studie des Deutschen Instituts für Wirtschaftsforschung (DIW) in Berlin, dessen Chef Marcel Fratzscher eigentlich eher als EZB-freundlich gilt, stellt den Währungshütern ein wenig rühmliches Zeugnis aus. Sie hätten demnach den massiven Inflationsschub, der mit 10,6 Prozent im Oktober 2022 seinen Höhepunkt fand, nicht nur verhindern können. Sie hätten ihn sogar mit verursacht, so das Fazit der Studie. Hätte die EZB die Zinsen schneller und konsequenter erhöht, wäre die Inflationsrate nach Berechnung der Forscher nur auf maximal drei Prozent gestiegen – also auf weniger als ein Drittel der tatsächlichen Entwicklung. So habe die EZB insbesondere beim Einfluss der Energiepreise auf die Teuerung völlig falsch reagiert. Statt zu argumentieren, auf diesen Sektor habe Geldpolitik ohnehin keinen Einfluss, hätte die EZB mit einer schnelleren Erhöhung der Zinsen die Nachfrage nach dem Rohstoff reduziert und den Außenwert des Euro deutlich erhöht. Das hätte Energieeinfuhren, die weltweit fast ausschließlich in Dollar abgerechnet werden, billiger gemacht und die Inflation weniger angetrieben. In der Folge hätte dies auch Spekulationen aus dem Markt genommen und die Preise angesichts der ohnehin hochgradig angespannten Situation weniger angefacht.

[...] Unter dem Strich erteilt das DIW der EZB ein fatales Zeugnis hinsichtlich der Auswirkungen ihrer Geldpolitik. [...] Es gibt jedenfalls bei vielen Volkswirten Zweifel, ob weitere kräftige Zinssenkungen wirklich angebracht sind. So argumentierte Commerzbank-Chefvolkswirt Jörg Krämer schon vor der letzten EZB-Rats-Sitzung: „Die EZB sollte die Zinsen nicht zu schnell senken." [...] Wesentlich vielversprechender wäre da eine konsequente Bekämpfung der Inflation: Sie würde den Bürgerinnen und Bürgern in der Eurozone wieder mehr Ver-trauen und Gelassenheit geben, mit der Folge, dass sie die höheren Löhne auch in den Konsum stecken. Mehr Nachfrage führt dann automatisch zu einer Belebung der Konjunktur. Fazit: Die EZB müsste eigentlich gar nichts machen und die Zinsen unverändert lassen.

Klaus-Rainer Jackisch, Kann die EZB die Inflation bezwingen?, in: https://www.tagesschau.de/wirtschaft/finanzen/ezb-inflation-eurozone-100.html, 12.12.2024

1 **Fassen** Sie die wichtigsten Aussagen der Karikatur **zusammen** und **formulieren** Sie Fragen, die sich Ihnen hierbei stellen (M 1).

2 **Erläutern** Sie, wie die Europäische Zentralbank auf Grundlage ihrer Zinspolitik sowie mithilfe einer expansiven Geldpolitik versucht, die Inflation zu bekämpfen (M 2).

3 **Arbeiten** Sie Pro- und Kontra-Argumente hinsichtlich der Frage **heraus**, ob es sich bei der Zinspolitik der Europäischen Zentralbank um (k)ein wirksames Instrument zur Bekämpfung der Inflation handelt (M 2, M 3).

4 **Beurteilen** Sie als Mitarbeiterin bzw. Mitarbeiter eines führenden Wirtschaftsinstituts in Form eines Statements, ob es sich bei der Zinspolitik der Europäischen Zentralbank um (k)ein wirksames Instrument zur Bekämpfung der Inflation handelt.

6.5 Der European Green Deal – ein wirksames Instrument auf dem Weg zur Klimaneutralität?

M1 Klimaneutral – aber wann?

WEBCODE
WES-117977-315
Susanne Dröge: Der europäische Green Deal

Zeichnung: Nel

M2 Steht der Green Deal der EU vor dem Scheitern?

WEBCODE
WES-117977-316
Tom Gebhardt: Klimapolitik: Was ist aus Europas Green Deal geworden?

Scheitert der Green Deal? [...] Vor allem die Grünen läuten die Alarmglocke. Wenn sich von der Leyen nach der EU-Wahl tatsächlich mit rechten Parteien verbünden sollte, drohe eine klimapolitische Katastrophe, warnen grüne Politiker. Zugleich verweisen sie jedoch stolz auf die Erfolge des Green Deal. Die Zusammenarbeit mit [EU-Kommissionspräsidentin Ursula] von der Leyen sei nicht so schlecht gewesen. Doch hat der schwarz-grüne Deal wirklich funktioniert? [...] Und was ist eigentlich aus dem Versprechen geworden, dass der Green Deal der EU und Deutschland zu neuem, grünem Wachstum verhelfen und Europa zum Weltmarktführer bei „Green Tech“ machen werde? Dieses Versprechen hat sich als falsch erwiesen. Das deutsche Wachstum ist ein schlechter Witz und die EU ist wirtschaftlich weit zurückgefallen. Bei „Green Tech“ hat Europa sogar den Anschluss verloren. Sonnenkollektoren und Windräder werden mittlerweile in China produziert, energieintensive Unternehmen sind in die USA abgewandert oder planen dies zu tun. Das Gespenst der „Deindustrialisierung“ geht um in Europa. [...] Die Realität hat den Green Deal überholt. Er beruht auf einem marktwirtschaftlichen An-satz, während China und die USA auf Subventionen und Protektionismus setzen. [...] Klar, die CO_2-Emissionen gehen runter, der Anteil erneuerbarer Energien steigt. Doch kein einziges EU-Land ist bei der grünen Transformation „on track“ (im Plan), wie ein grüner EU-Abgeordneter einräumt. Selbst Deutschland droht seine Klimaziele zu verfehlen. [...] Besserung ist nicht in Sicht. Denn dafür müssten die Investitionen in den Klimaschutz massiv steigen. Nach Angaben der EU-Kommission wären allein bis 2030 zusätzliche 620 Milliarden Euro nötig – pro Jahr. [...]

Dringend nötig wäre auch ein Klimageld, um die sozialen Folgen der Transformation abzufedern. Doch auch dafür ist kein Geld da. Der EU-Klimasozialfonds ist klammheimlich zusammengestrichen worden. Der soziale Teil des Green Deal wurde de facto aufgekündigt. Dabei kommt das dicke Ende noch. Der europäische Emissionshandel – das wichtigste Markt-Instrument – sieht kräftig steigende Preise vor. [...] Dann dürfte es für die Verbraucher richtig eng werden. Schon jetzt murren viele Bürger ob der steigenden Preise, rechtspopulistische Parteien nutzen die Unzufriedenheit für ihre Zwecke aus.

Eric Bonse, Vom Scheitern des Green Deal, in: https://taz.de/Kompetent-versenkt/!6012533/, 31.05.2024

M3 Der Green Deal als „Innovationsmotor"?

Auszug aus einem Interview mit Anna Holl-Buhl, die sich bei der Natur- und Umweltschutzorganisation WWF Deutschland mit internationaler Politik befasst.

Frage: Ziel des European Green Deals ist es, dass die EU bis 2050 klimaneutral wird. Ist dieses Ziel nach dem Rechtsruck nach den EU-Wahlen noch zu erreichen?

Holl-Buhl: Diesem Ziel ist die EU weiterhin verpflichtet. Die Mehrheit im Parlament liegt nach wie vor bei den demokratischen, proeuropäischen Kräften. Die rechtsextremen Fraktionen im Parlament bilden keinen einheitlichen Block. Die EU wird deshalb den Weg der nachhaltigen Modernisierung nicht verlassen. Allerdings könnte sich das Tempo verlangsamen. Der Green Deal wird stärker als bisher mit Wirtschaftsfragen verknüpft. Unter dem Vorwand „mehr Pragmatismus, weniger Bürokratie" gibt es Versuche, den Green Deal zu zerreden. [...] Die größte Gefahr sehen wir darin, dass Wirtschafts- und Naturschutzpolitik gegeneinander ausgespielt werden.

Frage: Welche Rolle spielt der Green Deal für die europäische Wirtschaft?

Holl-Buhl: Der Green Deal zeigt die Ziele auf, die die europäische Wirtschaft bis 2050 erreichen soll [...]. Je klarer die politischen Rahmenbedingungen, desto größer ist die Investitionssicherheit für die Wirtschaft. So wird der Green Deal zum Innovationsmotor auch für nachhaltige Technologien. Wenn die EU hier nicht am Ball bleibt, wird Europa in vielen Bereichen noch weiterzurückfallen. Der Green Deal ist eine Wachstumsstrategie und bietet der Wirtschaft die Chance, sich fit für die Zukunft zu machen.

Frage: Wie lässt sich die Bevölkerung in den EU-Staaten für den Green Deal begeistern?

Holl-Buhl: Klima- und Naturschutz sind vielen Menschen wichtig, werden aber oft mit Verzicht und Kosten verbunden. Zum einen muss – auch vonseiten der Politik – noch deutlicher gemacht werden, dass eine gesunde Umwelt unsere Lebens- und Wirtschaftsgrundlagen sichert und damit entscheidend zum Erhalt von Sicherheit und Freiheit beiträgt. Zum anderen müssen die Maßnahmen des Green Deals sozial gerecht gestaltet werden, damit alle Bevölkerungsgruppen und alle Regionen in Europa profitieren können.

Grüner Deal in Gefahr?, in: https://www.wwf.de/fileadmin/fm-wwf/Publikationen-PDF/WWF_Magazin/WWF-magazin-04-2024-gruener-deal.pdf, April 2024

1 **Fassen** Sie die wichtigsten Aussagen der Karikatur **zusammen** und **formulieren** Sie Fragen, die sich Ihnen hierbei stellen (M 1).

2 **Recherchieren** Sie grundlegende Informationen zum European Green Deal und stellen Sie diese übersichtlich **dar**.

3 **Arbeiten** Sie Pro- und Kontra-Argumente hinsichtlich der Frage heraus, ob es sich beim European Green Deal um ein wirksames Instrument auf dem Weg zu einem klimaneutralen Europa handelt (M 2, M 3).

4 **Diskutieren** Sie die Problemfrage in Form einer Pro- und Kontra-Diskussion.

6.6 Der Just Transition Fund der EU – (k)ein wirksames Instrument, um Brandenburger Unternehmen beim Strukturwandel erfolgreich zu fördern?

M1 Kohleausstieg: Kommen die EU-Hilfen für Lausitzer Firmen zu spät?

WEBCODE
WES-117977-317
Bericht über das Ende des Tagebau Jänschwalde

Unternehmen in der Lausitz müssen sich grundlegend umorientieren, denn viele waren bisher von der Kohleindustrie abhängig. Jetzt sollen sie Geld von einem milliardenschweren Fonds der EU erhalten. Aber es ist fraglich, ob diese Hilfen sie überhaupt erreichen. Außerdem verzögert sich der Beginn der Förderung seit Monaten. [...] Spätestens 2038 soll auch der Osten aus der Braunkohleförderung aussteigen. Der Just Transition Fund (JTF) der EU – zu Deutsch „Fonds für einen gerechten Übergang“ – soll vor allem kleine und mittlere Unternehmen beim Strukturwandel fördern. So sollen in den Kohleregionen weniger Arbeitsplätze verloren gehen. Nach Sachsen sollen 645 Millionen Euro, nach Brandenburg 785 Millionen Euro der JTF-Gelder gehen, davon fließt ein großer Teil in die Lausitz. Im Unterschied zu den Kohlemilliarden aus dem Bundeshaushalt können Unternehmen durch die EU-Gelder direkt gefördert werden. [...] Die Unternehmensförderung mit Mitteln aus dem JTF sollte in Brandenburg und Sachsen eigentlich schon im ersten Quartal 2023 beginnen. „Aber es wird von Quartal zu Quartal vertröstet“, meint Horst Böschow, Mitglied des Präsidiums im Unternehmerverband Berlin-Brandenburg (UVBB).

Sophia Seifert/Laura Lansche, Kohleausstieg: Kommen die EU-Hilfen für Lausitzer Firmen zu spät?, in: https://www.mdr.de/themen/dnadesostens/neues/lausitz-kohle-ausstieg-strukturwandel-foerderung-eu-hilfen-100.html, 15.06.2023

M2 Der Just Transition Fund – was ist das?

Der Fonds für einen gerechten Übergang [Just Transition Fund] ist ein Instrument der Kohäsionspolitik, mit dem Gebiete unterstützt werden sollen, die aufgrund des Übergangs der EU zu einer klimaneutralen Wirtschaft schwerwiegende sozioökonomische Herausforderungen bewältigen müssen. Der Fonds für einen gerechten Übergang hilft bei der Umsetzung des europäischen Grünen Deals, mit dem die EU bis 2050 klimaneutral werden soll. [...]
[Die Europäische Kommission] erklärte, dass sich der Mechanismus für einen gerechten Übergang in erster Linie an die Regionen und Sektoren richten sollte, die aufgrund ihrer Abhängigkeit von fossilen Brennstoffen wie Kohle, Torf und Ölschiefer oder treibhausgas-intensiven industriellen Prozessen am stärksten von dem Übergang betroffen sind. [...] Aus dem Fonds für einen gerechten Übergang werden in erster Linie Finanzhilfen gewährt. Mit der speziellen Regelung für den Übergang im Rahmen von InvestEU werden private Investitionen erschlossen. Die Tätigkeiten der Europäischen Investitionsbank sollten eine Hebelwirkung auf die öffentliche Finanzierung entfalten.
Der Schwerpunkt der über den Fonds für einen gerechten Übergang bereitgestellten Unterstützung liegt auf der wirtschaftlichen Diversifizierung der von der Energiewende am stärksten betroffenen Gebiete sowie auf der Umschulung und aktiven Eingliederung der betroffenen Beschäftigten und Arbeitsuchenden. Die Kriterien für die Förderfähigkeit von Investitionen im Rahmen der beiden anderen Säulen des Mechanismus für einen gerechten Übergang sind weiter gefasst, damit auch Maßnahmen im Zusammenhang mit der Energiewende unterstützt werden können.

Frédéric Gouardères, Fonds für einen gerechten Übergang, in: https://www.europarl.europa.eu/factsheets/de/sheet/214/fonds-fur-einen-gerechten-ubergang, April 2025

M3 Milliardenhilfen für den Strukturwandel

Seit einem Jahr können Unternehmen aus der Lausitz Geld aus dem „Just Transition Fund" [(JTF)] bei der Investitionsbank des Landes Brandenburg beantragen. Ziel des Fonds ist es, den negativen wirtschaftlichen und sozialen Folgen des Kohleausstiegs entgegenzuwirken. Die EU stellt den deutschen Braunkohlerevieren in Brandenburg, Nordrhein-Westfalen, Sachsen und Sachsen-Anhalt dafür insgesamt rund 2,3 Milliarden Euro bis 2027 zur Verfügung.

Im Vergleich zu anderen Förderprogrammen richtet sich der Fonds in der Lausitz zu einem großen Teil an kleinere und mittlere Unternehmen. Er füllt so eine Lücke in der Strukturförderung nach dem Braunkohleausstieg, die häufig auf Großprojekte ausgelegt ist. Das Strukturstärkungsgesetz des Bundes beispielsweise fördert in der Lausitz Groß-projekte wie das neue Cottbuser Bahnwerk oder den „Lausitz Science Park".

Unternehmen können ihre Projekte über den JTF auf zwei Arten unterstützen lassen: Einerseits ist eine Förderung von Projekten von bis zu 70 Prozent möglich – dann bekommt das Unternehmen maximal 300 000 Euro. Andererseits können größere Projekte mit bis zu 45 Prozent gefördert werden. Die Maximalsumme liegt hier bei 15 Millionen Euro.

Die Bilanz nach einem Jahr zeigt: das Förderprogramm aus dem JTF ist bei vielen Unternehmen begehrt. Knapp 500 Anträge sind bei der Brandenburger Investitionsbank seit vergangenem August eingegangen. Das entspricht einem beantragten Zuschussvolumen von etwa 167 Millionen Euro. Mehr als 65 Millionen Euro davon wurden bereits bewilligt – das sind 186 bewilligte Anträge. Die Handwerkskammer Cottbus bewertet den Anlauf des Programms als Erfolg. „Das ist wirklich sehr beachtlich und eine sehr gute Bilanz nach einem Jahr", sagt Manja Bonin, Hauptgeschäftsführerin der Handwerkskammer Cottbus. „Wir sind sehr positiv überrascht und freuen uns wirklich, dass die Unternehmen die Mittel sehr gut annehmen" [...] Die Zahlen der Investitionsbank des Landes Brandenburg bestätigen die diverse Branchenverteilung der Anträge: Etwa 24 Prozent stammten aus dem verarbeitenden Gewerbe, 22 Prozent aus dem Baugewerbe, acht Prozent aus dem Handel, dicht gefolgt vom Gastgewerbe (sieben Prozent) und dem Dienstleistungssektor (sechs Prozent).

Die Fördergelder würden von den Unternehmen ganz unterschiedlich eingesetzt. „Es gibt kleinere Digitalisierungsvorhaben in Elektrounternehmen oder Metallbau-Unternehmen", sagt Manja Bonin [...]. „Wir sehen aber auch Unternehmen, die ihre Geschäftsfelder erweitern wollen und Innovation vorantreiben wollen." Sie würden in ihren Fuhrpark, in ihren Maschinenpark oder ihre Mitarbeiterinnen und Mitarbeiter investieren. Lob gibt es von der Handwerkskammer auch dafür, dass die Anträge relativ unbürokratisch gestellt werden können. „Man braucht nicht viel Zeit. Es ist alles niedrigschwellig. Man kann es digital beantragen. Es wird schnell bewilligt. Die Mittel werden schnell ausgezahlt. In der Regel haben wir sehr viele zufriedene Unternehmer", sagt Manja Bonin. „Ich würde mir viele Förderprogramme des Landes nach dem Muster des JTF wünschen."

Lukas Haas, Wie die Lausitz von EU-Milliarden profitiert, in: https://www.tagesschau.de/wirtschaft/unternehmen/transition-lausitz-100.html, 16.08.2024

1 **Fassen** Sie die wichtigsten Aussagen in M 1 **zusammen** und **formulieren** Sie Fragen, die sich Ihnen hierbei stellen.

2 **Stellen** Sie grundlegende Informationen zum Just Transition Fund **dar** (M 2) und **ordnen** Sie diese begründet in die EU-Kohäsions- und Strukturpolitik **ein**.

3 **Arbeiten** Sie Pro- und Kontra-Argumente hinsichtlich der Frage **heraus**, ob es sich beim Just Transition Fund um (k)ein wirksames Instrument handelt, um Brandenburger Unternehmen beim Strukturwandel erfolgreich zu fördern (M 1–M 3).

4 **Beurteilen** Sie als Mitarbeiterin bzw. Mitarbeiter der EU-Kommission in einem Bericht, ob es sich beim Just Transition Fund um (k)ein wirksames Instrument handelt, um Brandenburger Unternehmen beim Strukturwandel erfolgreich zu fördern.

6.7 Der EU-Kompass für Wettbewerbsfähigkeit – ein überlebenswichtiger Schritt für die Wirtschaft in Europa?

M1 Ein „Kompass" für Wettbewerbsfähigkeit?

Die neue EU-Kommission setzt ihre Segel, und der Kompass zeigt Richtung: mehr Wettbewerbsfähigkeit. [...] Drei Bereiche hat die Kommission ausgemacht, auf denen die 27 EU-Mitglieder dringend vorankommen müssen: mehr Innovation; mehr Verbindung von Wettbewerbsfähigkeit und Klimaschutz; und schließlich mehr Unabhängigkeit von anderen Märkten, zum Beispiel bei Rohstoffen. [...] Die Digitalbranche soll einen Schub bekommen, die Industriepolitik europaweit viel mehr koordiniert und die Entwicklung von Innovationen leichter gemacht werden. Start-ups sollen mit einfacheren Regeln an den Start gehen können. Die Kapitalmärkte will die Kommission stärker zusammenführen, damit Geld nicht ins außereuropäische Ausland geht, sondern in der EU eingesetzt wird. [...] Vor allem aber will die Kommission die Unternehmen von überbordender Bürokratie entlasten. [...] Ein Viertel der bürokratischen Hürden für große Unternehmen soll abgebaut werden, sogar mehr als ein Drittel für die kleinen und mittelständischen. [...] Auch die hohen Energiepreise will die Kommission in Angriff nehmen. [...] Helfen sollen dabei Investitionen in den Netzausbau und langfristige Stromverträge in der Industrie. Parallel dazu wird auch der weitere Ausbau erneuerbarer Energieträger unterstützt.

In der Wirtschaft werden die Vorschläge der Kommission begrüßt, vor allem die Ankündigung, bürokratische Hürden abzubauen. Der Bundesverband für Großhandel, Außen-handel und Dienstleistungen (BGA) nennt den „Sinneswandel in Brüssel überlebenswichtig für die Wirtschaft". [...] René Repasi, Sprecher der deutschen SPD-Abgeordneten im Europaparlament, begrüßt, „dass hier vor allen Dingen auf Innovation geschaut wird. Es ist richtig, dass wir hier mehr Kapital mobilisieren müssen." Gleichzeitig warnt Repasi allerdings auch davor, zugunsten von mehr Wettbewerbsfähigkeit die Ziele des Green Deal zu schleifen. Diese Befürchtung hat auch Michael Bloss von den europäischen Grünen. Die Unternehmen hätten entsprechend investiert und bräuchten dafür jetzt Sicherheit, sagt Bloss. „Ein Schlingerkurs würde unserer Wirtschaft extrem schaden."

Thomas Spickhofen, Ein „Kompass" für Wettbewerbsfähigkeit, in: https://www.tagesschau.de/ausland/europa/eu-wettbewerbsfaehigkeit-100.html, 29.01.2025

M2 Forderungen aus der Wirtschaft

Die Hauptgeschäftsführerin des Bundesverbandes der Deutschen Industrie (BDI), Tanja Gönner, formuliert folgende Erwartungen an die Europäische Kommission:

Die Unternehmen erwarten dringend klare Maßnahmen für Innovation, Entbürokratisierung und niedrigere Energiepreise am Standort Europa. Nur aus einer Position der Stärke heraus wird es Europa gelingen, den USA sowie China in dieser geopolitischen Lage auf Augenhöhe zu begegnen. Nach einer Studie im Auftrag des BDI finden 76 Prozent der Unternehmen in Deutschland die Abhängigkeit von chinesischen digitalen Schlüsseltechnologien beunruhigend. Die Europäische Kommission muss ihren digitalpolitischen Regelungseifer beschränken und gezielt in digitale Schlüsseltechnologien wie Mikroelektronik und KI investieren. Es ist folgerichtig, dass die neue EU-Digitalkommissarin ihren Fokus auf die Verbesserung der strukturellen Marktbedingungen, die Beschleunigung des Ausbaus und die Stärkung der Resilienz digitaler Infrastrukturen legen will. Bürokratieabbau bedeutet Wachstumschancen zum Nulltarif. Statt immer kleinteiligerer Regulierungen, Verbote und Einzelfall-Interventionen – Ausdruck eines tiefen Misstrauens gegenüber unternehmerischer Tätigkeit – müssen markt-

wirtschaftliche Rahmenbedingungen und unternehmerische Anreize gestärkt werden. Die Europäische Kommission muss mit dem angekündigten Omnibus nicht nur Berichtspflichten abbauen, sondern auch die Richtlinie zur Nachhaltigkeitsberichterstattung von Unternehmen, das EU-Lieferkettengesetz sowie die Taxonomie-Verordnung substanziell ändern.
Weitere Entlastungsinitiativen müssen folgen. Die Industrie zahlt in Europa für Strom zwei- bis dreimal, für Gas sogar drei- bis fünfmal so hohe Preise wie in den USA. Eine bezahlbare und stabile Energieversorgung ist essenziell für die Wettbewerbsfähigkeit der europäischen Industrie. Dafür braucht es kurzfristig einen verlässlichen EU-Beihilferahmen, der notwendige Entlastungsmaßnahmen ermöglicht und unterstützt. Langfristig ist ein effizienter Ausbau des europäischen Energiebinnenmarkts entscheidend, um Kosten nachhaltig zu senken.

Tanja Gönner, EU-Kompass für Wettbewerbsfähigkeit: Kommission muss Kompass entschlossen auf Wettbewerbsfähigkeit ausrichten, in: https://bdi.eu/artikel/news/eu-kompass-fuer-wettbewerbsfaehigkeit-kommission-muss-kompass-entschlossen-auf-wettbewerbsfaehigkeit-ausrichten, 29.01.2025

M3 Deregulierung statt Klimaschutz?

Der Kompass stößt bei Umweltorganisationen [...] auf scharfe Kritik. [...] Denn insbesondere das Omnibus-Paket [...], die geplante Rechtsinitiative zur Vereinfachung bestehender Regulierungen und zur Reduzierung von Berichtspflichten für Unternehmen, könnte zentrale Vorschriften wie die CSRD (Corporate Sustainability Reporting Directive) und die CSDDD (Corporate Sustainability Due Diligence Directive) untergraben. Umweltverbände sehen die Gefahren, dass dadurch essenzielle Umwelt- und Sozialstandards geschwächt werden könnten [...].
Bedenklich ist auch fehlende direkte Bezugnahme auf den Green Deal als strategisches Leitbild. Zwar werden die Klimaziele für 2040 und 2050 aufgeführt, doch der Green Deal selbst findet lediglich indirekt Erwähnung. Dies überrascht, da die ursprüngliche Rhetorik der Kommission, dass der Clean Industrial Deal eine Fortführung des Green Deals sei, in der aktuellen Version nicht mehr reflektiert wird. Dadurch entsteht der Eindruck, dass der Green Deal an Bedeutung verloren hat, was langfristig die Verlässlichkeit der EU-Klimapolitik gefährden könnte. [...] Doch eine wettbewerbsfähige Wirtschaft werde ohne ambitionierten Klimaschutz nicht möglich sein, mahnt [Christina Stoldt, Referentin für deutsche und europäische Industriepolitik beim Deutschen Naturschutzring.] [...] Ein weiteres zentrales Problem bleibt die Finanzierung. Zwischen dem Ende der Aufbau- und Resilienzfazilität (RRF) 2026 und dem Start des nächsten Mehrjährigen Finanzrahmens (MFR) ab 2028 klafft eine Finanzierungslücke, die dringend geschlossen werden muss. Die Kommission hat bisher nicht klargestellt, wie diese Lücke überbrückt werden soll. Wichtige Fragen zur gemeinsamen Schuldenaufnahme oder alternativen Finanzierungsmechanismen bleiben offen. Ohne eine solide finanzielle Grundlage könnten ambitionierte Projekte ins Stocken geraten und die Transformation der europäischen Industrie gefährdet werden. [...]
Auch die Absicht der Kommission, [...] nationale Regelungen zu begrenzen [...], könnte besonders im Bereich des Klimaschutzes hinderlich sein, da einzelne Mitgliedstaaten, die über die EU-Mindeststandards hinausgehen, ausgebremst werden könnten, meint Christian Schaible, Policy Manager für Zero Pollution Industry beim Europäischen Umweltbüro (EEB).

EU-Wettbewerbskompass: Deregulierung statt robuster Klimaschutz, in: https://www.dnr.de/aktuelles-termine/aktuelles/eu-wettbewerbskompass-deregulierung-statt-robuster-klimaschutz, 30.01.2025

1 **Fassen** Sie die wichtigsten Aussagen in M 1 **zusammen** und **formulieren** Sie Fragen, die sich Ihnen hierbei stellen.

2 **Arbeiten** Sie Pro- und Kontra-Argumente hinsichtlich der Frage **heraus**, ob es sich beim EU-Kompass für Wettbewerbsfähigkeit um einen überlebenswichtigen Schritt für die Wirtschaft in Europa handelt (M 2, M 3) und **diskutieren** Sie diese Frage in Form einer Fishbowl-Diskussion.

6.8 Urteil: Sollte es bei der europäischen Wirtschaftspolitik zu einer Vertiefung der Integration kommen?

M1 Wie wird die EU-Wirtschaftspolitik von Unternehmen bewertet?

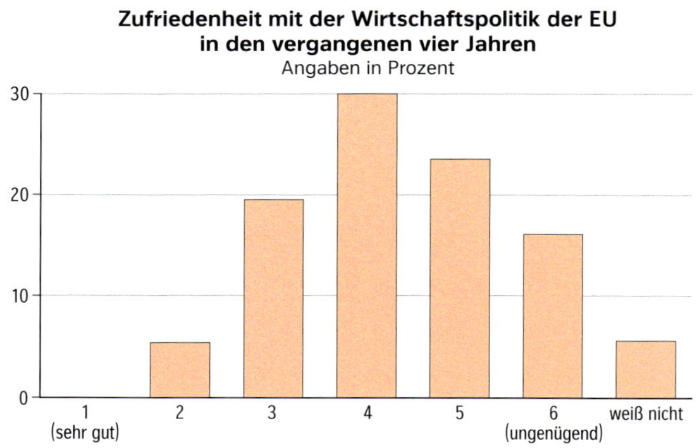

Quelle: ifo Institut 2024 (Stimmungsmonitor zur EU-Wahl der Stiftung Familienunternehmen) 48835EX

M2 Instrumente der europäischen Wirtschaftspolitik

INFO

ESM
Europäischer Stabilitätsmechanismus; Regelwerk der EU für die Vergabe z. B. von Krediten an überschuldete Mitgliedstaaten

Ob während der Verschuldungskrise in der Eurozone vor einem Jahrzehnt, ob als Antwort auf die sozioökonomischen Folgen der Corona-Pandemiekrise, ob für den europäischen Green Deal oder während des globalen Förderwettbewerbs bei der Transformation der Volkswirtschaften auf dem Weg zur Klimaneutralität – in allen Fällen griff und greift die EU zunächst auf die vorhandenen Instrumente der europäischen Wirtschaftspolitik zurück [...]. Erst wenn dieses bestehende und bekannte Instrumentarium nicht ausreichend erscheint, um das angestrebte Ziel zu erreichen oder einen ökonomischen Schock bzw. eine Krise zu bekämpfen, werden zusätzliche und neue Hilfsmittel in Betracht gezogen. Als wirklich neu erwiesen sich jedoch lediglich der ESM in der Eurozonenkrise und NextGenerationEU [...] während der Pandemiekrise. [...] Ob es künftig gelingen wird, die EU auf eine nachhaltige und klimaschützende Form des Wirtschaftens unter den Bedingungen der Digitalisierung zu transformieren, hängt davon ab, ob die strukturellen und systemischen Begrenzungen und Hemmnisse für eine aktive, kohärente und effiziente europäische Wirtschaftspolitik abgebaut werden können. [...] Vor dem Hintergrund der globalen wirtschaftspolitischen Herausforderungen und der ökonomischen Zwänge der europäischen Währungsunion wird das Europäische Semester, also die weiche Koordinierung der nationalen Wirtschaftspolitiken, durch ein verbindlicheres Werkzeug ersetzt werden müssen, also durch europäische Rechtsetzung. Die Vereinbarung europäischer Ziele bei gleichzeitiger Offenheit für unterschiedliche mitgliedstaatliche Implementierungswege bedarf zunehmend der Ergänzung durch Festlegung gemeinschaftlicher Maßnahmen. [...] Die Mitgliedstaaten sind gefordert, sich bei ihren Wirtschaftspolitiken (und den benachbarten Politikbereichen wie der Beschäftigungs- und der Sozial-, der Industrie- sowie der Energie- und Klimapolitik) verstärkt auf europäische Maßnahmen zu verständigen, also mehr nationalstaatliche Souveränität an die EU abzugeben.

Um nationale Beharrungskräfte zu überwinden und eine effiziente, stabile sowie nachhaltige europäische Wirtschaftspolitik zu schaffen, wird es unabdingbar sein, Zuständigkeiten weiter zu zentralisieren und politische Entscheidungen im europäischen Rahmen zu treffen. Zu diesem Zweck sollte die EU mit zusätzlichen wirtschaftspolitischen Instrumenten ausgestattet werden, zum Beispiel einer erweiterten Zuständigkeit für steuerpolitische Fragen, damit die Gemeinschaft über den Preismechanismus wirksame wirtschaftspolitische Anreize setzen kann. Ziel muss es sein, die europäische Wirtschaftspolitik an einem gemeinsamen europäischen Mehrwert zu orientieren und so in einem höheren Maße als bislang gemeinschaftliche öffentliche Güter bereitzustellen.

Peter Becker, Wirtschaftspolitische Koordinierung: Von der politischen Koordinierung zu einer neuen EU-Politik, in: https://www.swp-berlin.org/publikation/europaeische-union-stand-der-integration#hd-d113044e1114, 23.04.2024

M3 Beeinträchtigt die EU-Wirtschaftspolitik die Wettbewerbsfähigkeit deutscher Firmen?

Ernüchterung macht sich im Euroraum breit. [...] In der Herbstprognose der Europäischen Kommission wurde für 2024 ein BIP-Wachstum von 0,9 Prozent für die EU und von 0,8 Prozent für das Euro-Währungsgebiet in Aussicht gestellt [...].

Besonders Deutschland ist tief im Morast versunken. [...] Hauptverantwortlich für den ausbleibenden Aufschwung in Deutschland, aber auch in ganz Europa, ist die EU mit ihren zahlreichen Vorgaben, Regulierungen und Anforderungen. Im Vordergrund steht dabei insbesondere der sogenannte „European Green Deal", der weitgehend für die strenge Klimaagenda in Europa verantwortlich ist und vor allem Deutschland in eine erschreckend schnellen Deindustrialisierung führt. [...] Um dieses Vorhaben umzusetzen, muss die gesamte Industrie dekarbonisiert werden, was deutsche Unternehmen enorm belastet. Besonders betroffen sind die Automobilbranche, die Stahlindustrie sowie die Chemieindustrie. Das europaweite Verbrenner-Aus, das bereits ab 2035 gilt, und der damit verbundene Wechsel zu E-Autos stellt VW, Mercedes, BMW und Co. vor erhebliche Probleme. Insbesondere, da die Nachfrage nach E-Autos in Deutschland geringer denn je ist und die deutschen Autobauer auf globalen Märkten – vor allem in China – mit diesen nicht wettbewerbsfähig sind. [...] Die Stahlindustrie steht vor vergleichbaren Herausforderungen. [...] Auch Chemieunternehmen leiden unter der belastenden Klima-Agenda der EU. Großkonzerne wie BASF, Bayer, Evonik oder Lanxess zählen zu den größten Gaskonsumenten Deutschlands. Die chemische Industrie benötigt enorme Mengen an Energie für ihre Produktionsprozesse. [...] Abgesehen vom „Green Deal" und dessen Auswirkungen auf die deutsche Kernindustrie sind es vor allem die rigorosen bürokratischen Vorgaben der EU, die deutschen Unternehmen erheblich zu schaffen machen. Allein in den letzten fünf Jahren hat die EU rund 13 000 neue Vorschriften erlassen. Die weiter zunehmende Bürokratisierung ist ein zentraler Hemmschuh für die Wettbewerbsfähigkeit deutscher Unternehmen. Über 95 Prozent der befragten Unternehmen im DIHK-Unternehmensbarometer sehen den Abbau bürokratischer Lasten der EU als entscheidenden Faktor an. Als besonders problematisch erweist sich das EU-Lieferkettengesetz (CSDDD). [...]

Ein weiteres schwerwiegendes Regelwerk ist die Datenschutz-Grundverordnung (DSGVO), die den Schutz personenbezogener Daten innerhalb der Europäischen Union regeln soll. [...]

Die deutsche Wirtschaft wird von überbordenden EU-Vorschriften, strenger Bürokratie und ideologisch getriebenen Maßnahmen unterjocht. Die zahlreichen Regulierungen – wie der Green Deal, das EU-Lieferkettengesetz und die Datenschutz-Grundverordnung – hemmen die Wettbewerbsfähigkeit zentraler Industriezweige massivst. [...] Angesichts der anhaltenden Rezession und des ausbleibenden Wachstums wird ein Austritt Deutschlands aus der EU der einzige Weg sein, um den wirtschaftlichen Aufschwung wieder in Gang zu bringen. Nur durch den Abbau dieser überregulierten Fesseln kann Deutschland seine Innovationskraft und globale Wettbewerbsfähigkeit zurückgewinnen.

Hannes Märtin, Bürokratie, Vorschriften, Ideologie: Der deutsche Standort im EU-Korsett, in: https://www.tichyseinblick.de/wirtschaft/buerokratie-vorschriften-ideologie/, 10.02.2025

1 **Fassen** Sie die wichtigsten Aussagen in M 1 **zusammen** und **formulieren** Sie Fragen, die sich Ihnen hierbei stellen.

2 **Arbeiten** Sie Pro- und Kontra-Argumente hinsichtlich der Frage **heraus**, ob es bei der europäischen Wirtschaftspolitik zu einer Vertiefung der Integration kommen sollte (M 2, M 3).

3 **Gestalten** Sie zur Problemfrage einen Kommentar für eine große deutsche Tageszeitung.

Bürokratie und Wettbewerbsfähigkeit

M1 Bürokratiebelastung

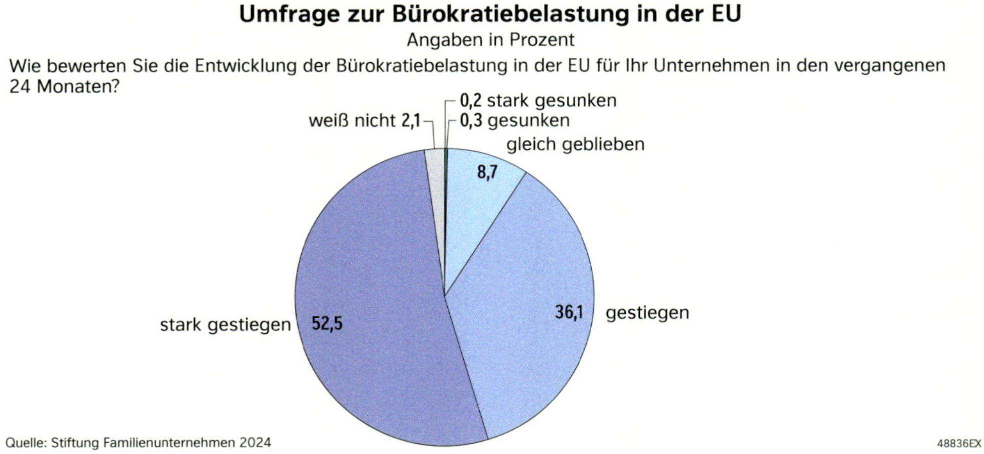

M2 Bürokratieabbau

INFO

EVP
Europäische Volkspartei; europäische Parteienfamilie mit u. a. CDU/CSU

DIHK
Deutsche Industrie- und Handelskammer

Es ist diese Zahl, die mehr sagt als alle Versprechen zum Bürokratieabbau: Über 13 000 neue Regulierungen hat die EU in den vergangenen fünf Jahren erlassen – gegenüber 5 000 zusätzlichen Regeln in den USA. Kaum etwas erklärt den europäischen Rückstand im Wachstumspotenzial und in der Wettbewerbsfähigkeit besser: die europäische Wirtschaft ist gefesselt von einem Bürokratiemonster. Die Unternehmen sind nicht mehr gewillt, diese Überbürokratisierung weiter hinzunehmen. Ihr zunehmender Protest zeigt Wirkung: Mit ihrem [...] in Brüssel vorgestellten „Wettbewerbsfähigkeits-Kompass" will EU-Kommissionspräsidentin Ursula von der Leyen den in ihrer ersten Amtsperiode entstandenen Wildwuchs etwas zurückschneiden. [...] Konkret werden die Ziele aber nur selten formuliert. Von der Leyen bekräftigt, die Meldepflichten um 25 Prozent senken zu wollen, für kleine und mittlere Unternehmen sogar um 35 Prozent. Offen ist jedoch, auf welche Gesetze sich das 25-Prozent-Ziel bezieht.

Im Zentrum steht der Abbau der Berichtspflichten der Unternehmen. Diese gelten für mindestens zwei Dutzend EU-Gesetzeskomplexe und bedeuten in der Praxis oft doppelte und dreifache Berichterstattung. Die meisten davon sind in den vergangenen fünf Jahren entstanden, also während von der Leyens Amtszeit und der politischen Geburt ihres „Green Deal". Bei drei Gesetzespaketen will die Kommission jetzt konkret ansetzen – das bedeutet, parallele Berichtspflichten zusammenzuführen und ihren Umfang generell zu verschlanken. Diese Reduzierung soll in einem sogenannten „Omnibus-Paket" geregelt werden [...].

Dabei geht es um die von der Wirtschaft am meisten kritisierten Regelwerke: die Richtlinie zur Nachhaltigkeitsberichterstattung für Unternehmen (Corporate Sustainability Reporting Directive, CSRD), die EU-Lieferkettenrichtlinie (CSDDD) sowie die Taxonomie-Verordnung zur Definition und Klassifizierung von Nachhaltigkeit für alle Produkte und Dienstleistungen. Während die Kommission nur Korrekturen vorschlägt, fordern Vertreter der EVP und Regierungen wie etwa Frankreich die völlige Abschaffung von Berichtspflichten – vor allem bei den Lieferketten.

Die Reaktionen aus der Wirtschaft sind gemischt. Vor allem große Beratungsfirmen reagieren ablehnend – je dichter der Bürokratiedschungel, desto größer der Beratungsbedarf und mithin ihr Geschäft. DIHK-Präsident Peter Adrian signalisiert vorsichtige Zu-stimmung. Die Unternehmen hätten die EU-Politik „eher als Belastung erlebt“, so Adrian. Schließlich sei nach Einschätzung einer deutlichen Mehrheit der deutschen Industriebetriebe die Wettbewerbsfähigkeit des Standortes Europa seit 2019 spürbar gesunken. Umso richtiger sei es, dass die neue EU-Kommission jetzt ihren Kurs korrigiere. mit dem Kompass für Wettbewerbsfähigkeit einen Fahrplan vorlegt, wie sie die Rahmenbedingungen für Unternehmen verbessern will. „Nun müssen aber auch Taten folgen, die das Wirtschaften in den Betrieben vor Ort spürbar und in allen Branchen erleichtern“, mahnte der DIHK-Präsident. „Nur dann bringen die Reformen den dringend benötigten Schub für den Wirtschaftsstandort Europa.“ […]

Kritik kam dagegen von Umweltgruppen, den Grünen und NGOs mit ökologischem Fokus. Sie werfen von der Leyen vor, den Green Deal zu Lasten der Nachhaltigkeit und des Klimaschutzes rückabwickeln zu wollen. Der Kompass für mehr Nachhaltigkeit könne eine „sehr problematische Richtungsentscheidung“ sein, sagt Tsvetelina Kuzmanova, Finanzexpertin am Cambridge Institute für Nachhaltige Unternehmensführung. Sie sieht darin einen „möglichen ersten Schritt in eine neue Welle von Deregulierungen in ganz Europa“.

Genau das aber erhoffen sich die Befürworter. „Wir haben in den letzten Jahren zu viel auf die Nachhaltigkeit geachtet“, sagt der EU-Abgeordnete Markus Ferber, Wirtschaftsexperte der EVP. „Deshalb müssen wir jetzt wieder mehr auf die Belange der Wirtschaft achten“.

Die Kommission halte an dem Ziel fest, die EU bis 2050 klimaneutral zu machen, betont Valdis Dombrovskis, EU-Kommissar für Wirtschaft und Produktivität. Dabei gebe es kein Entweder-oder. „Nachhaltigkeit und mehr Wettbewerbsfähigkeit müssen und können Hand in Hand gehen“, betont Dombrovskis. „Aber die Bürokratie stellt eine zusätzliche Bürde für unsere Wirtschaft dar und deshalb ist es besonders wichtig, sie abzubauen“.

Neben dem Abbau der Bürokratie sieht der Kompass aber auch noch andere Maßnahmen und Pläne vor. Darunter befinden sich ein neuer Investitionsfonds für Wettbewerbsfähigkeit, die gezielte öffentliche Förderung von KI-Projekten oder auch eine Bevorzugung europäischer Unternehmen bei öffentlichen Ausschreibungen. Im Zentrum steht außerdem der für dieses Frühjahr angekündigte „Deal für eine saubere Industrie“, der die klimapolitischen Ambitionen der vergangenen Jahre mit dem Schutz des Industriestandorts Europa versöhnen soll.

Ein weiteres großes Ansinnen von der Leyens ist das neue „Werkzeug zur Koordinierung der Wettbewerbsfähigkeit“, mit dem die Industriepolitik auf europäischer Ebene gebündelt werden soll. Auch das entspricht einer zentralen Erkenntnis des Berichts von Mario Draghi, der die mangelhafte Koordinierung industriepolitischer Vorhaben auf EU-Ebene bemängelt hat. Im Binnenmarkt „setzt jeder Mitgliedstaat seine eigenen Industrie- und Förderpolitiken ein, um die nationale Wettbewerbsfähigkeit zu steigern“, heißt es in dem Kompass-Papier. Deshalb sollen zunächst in einigen Pilot-Bereichen, „die einen klaren Mehrwert für die Wettbewerbsfähigkeit der EU bieten“, gemeinsame Initiativen starten.

Daniel Goffart, Das Ringen um den Abbau der Bürokratie in Europa hat begonnen, in: https://www.wiwo.de/politik/europa/wettbewerbsfaehigkeit-das-ringen-um-den-abbau-der-buerokratie-in-europa-hat-begonnen/30188626.html, 29.01.2025

1 Beantworten Sie die Frage, ob es sich beim EU-Kompass für mehr Wettbewerbsfähigkeit um einen notwendigen Schritt in die richtige Richtung handelt, indem Sie
a) wesentliche Inhalte von M 1 und M 2 **darstellen**,
b) Argumente **erläutern**, die dafür und dagegen sprechen, dass es sich beim EU-Kompass für mehr Wettbewerbsfähigkeit um einen notwendigen Schritt in die richtige Richtung handelt,
c) die Fragestellung **erörtern**, ob es sich beim EU-Kompass für Wettbewerbsfähigkeit um einen notwendigen Schritt in die richtige Richtung handelt.

QUERVERWEIS
METHODE
Klausur
S. 218 f.

IV.

Globales Regieren

Sie haben Geld für Kriege, aber sie können die Armen nicht ernähren.

Tupac Shakur (1971–1996), amerikanischer Rapper

Es kann der Frömmste nicht in Frieden bleiben
Wenn es dem bösen Nachbar nicht gefällt.

aus „Wilhelm Tell" von Friedrich Schiller (1759–1805), deutscher Dichter und Dramatiker

Die Opfer haben wenigstens ein Recht darauf, gehört zu werden, aber das Schleichende, die Angst, die sich anbahnenden Katastrophen, die sind ganz schwer darzustellen und in den elektronischen Medien noch viel schwerer als in der Zeitung.

Bettina Gaus (1956–2021), deutsche Journalistin

Zeichnung: Tomicek

1. Zeitenwende – wie kann Frieden gelingen, wenn Krieg herrscht?

1.1 Einführung

M 1 Zeitenwende?

INFO

Zeitenwende bezeichnet allgemein eine historische Zäsur, die ein neues Zeitalter einleitet

Zeichnung: Thomas Plaßmann

M 2 Regierungserklärung des Bundeskanzlers (Auszug)

Nach dem Angriff Russlands auf die Ukraine am 24. Februar 2022 gab der damalige Bundeskanzler Olaf Scholz (SPD) am 27. Februar 2022 eine Regierungserklärung vor dem Bundestag ab.

INFO

Wladimir Putin (* 1952)
Der russische Politiker ist seit 2012 Präsident Russlands. Das Amt hatte er bereits zuvor von 1999 bis 2008 inne.

Wir erleben eine Zeitenwende. Und das bedeutet: Die Welt danach ist nicht mehr dieselbe wie die Welt davor. Im Kern geht es um die Frage, ob Macht das Recht brechen darf, ob wir es Putin gestatten, die Uhren zurückzudrehen in die Zeit der Großmächte des 19. Jahrhunderts, oder ob wir die Kraft aufbringen, Kriegstreibern wie Putin Grenzen zu setzen. [...] Ja, wir wollen und wir werden unsere Freiheit, unsere Demokratie und unseren Wohlstand sichern. [...] Meine Damen und Herren, mit dem Überfall auf die Ukraine will Putin nicht nur ein unabhängiges Land von der Weltkarte tilgen. Er zertrümmert die europäische Sicherheitsordnung, wie sie seit der Schlussakte von Helsinki fast ein halbes Jahrhundert Bestand hatte. Er stellt sich auch ins Abseits der gesamten internationalen Staatengemeinschaft.

Weltweit haben unsere Botschaften in den vergangenen Tagen gemeinsam mit Frankreich dafür geworben, die russische Aggression im Sicherheitsrat der Vereinten Nationen als das zu benennen, was sie ist: ein infamer Völkerrechtsbruch. Wenn man sich das Ergebnis der Sicherheitsratssitzung in New York anschaut, durchaus mit Erfolg.

Die Beratungen haben gezeigt: Wir stehen keineswegs allein in unserem Einsatz für den Frieden. Wir werden ihn fortsetzen mit aller Kraft.

Olaf Scholz, Regierungserklärung von Bundeskanzler Olaf Scholz am 27. Februar 2022, in: https://www.bundesregierung.de/breg-de/service/archiv-bundesregierung/regierungserklaerung-von-bundeskanzler-olaf-scholz-am-27-februar-2022-2008356, 27.02.2022

M3 Paradigmenwechsel in der deutschen Politik?

Die deutschen politischen und wirtschaftlichen Eliten brauchten einen großen Krieg gegen die Ukraine, um zu verstehen, dass Russland kein Partner, sondern ein Gegner ist, dass Energieabhängigkeit vor allem Verletzlichkeit bedeutet und zu keiner Kompromissbereitschaft um die gemeinsame Nachbarschaft mit der russischen Seite führt. Dieser Krieg beendet nicht nur die nach dem Kalten Krieg ausgehandelte kollektive europäische Sicherheitsordnung, er bedeutet auch ein Scheitern jahrzehntelanger deutscher Kooperations-, Kompromiss- und Appeasement-Politik gegenüber Russland. Dialog und Kompromissbereitschaft haben diesen Krieg nicht nur nicht verhindern können, sondern eher zu der Annahme im Kreml geführt, dass Deutschland im Zweifelsfall harte Sanktionen und Reaktionen des Westens verhindern oder zumindest abschwächen wird.

Dabei zog die Bundesregierung keine ausreichenden Konsequenzen aus der Annexion der Krim und dem Krieg im Donbas seit 2014. Der Preis sind mit dem aktuellen Krieg hohe ökonomische und politische Kosten für Deutschland sowie ein grundlegender Glaubwürdigkeitsverlust bei Partnerstaaten in Europa sowie der Ukraine.

Russlands Zivilisationsbruch in der Ukraine hat zu mehreren Tabubrüchen in der deutschen Außen- und Sicherheitspolitik geführt. Wenn auch nur zögerlich und ohne strategische Planung beliefert Deutschland die Ukraine in einem Kriegsgebiet mit Waffen, Munition, Panzern und Luftabwehrsystemen. Die Gaspipeline Nordstream 1 und 2 durch die Ostsee wurden gestoppt, seit dem 1. Januar 2023 verzichtet Deutschland auf jegliche Lieferungen von Kohle, Öl und Gas aus Russland. Damit erfolgt eine systematische Entkopplung von russischen Öl- und Gaslieferungen verbunden mit der langfristigen Erschließung von neuen Lieferländern vor allem im Nahen Osten. Deutschland hat umfassenden Wirtschaftssanktionen gegenüber Russland zugestimmt, die zu einer wirtschaftlichen Entkopplung beider Staaten führen und Russland technologisch massiv zurückwerfen wird. Die Bereitschaft die Ukraine dauerhaft militärisch und finanziell zu unterstützen, bedeutet ein Paradigmenwechsel weg von einer „Russia first" Politik hin zu einer Fokussierung auf die Ukraine. Deutschland ist inzwischen vor Polen das Land, was die meisten ukrainischen Flüchtlinge aufgenommen hat. [...]

Mit dem Krieg Russlands gegen die Ukraine und dem Ende jeglicher kooperativer Beziehungen mit dem Kreml muss Deutschland seine Rolle in der europäischen Russland- und Osteuropapolitik neu definieren. [...] Die Fundamente der deutsch-russischen Beziehungen wie Wirtschafts- und Energiepolitik sowie der gesellschaftliche Austausch sind mit dem Krieg weggebrochen. Hier braucht es einen Neuanfang basierend auf einer Evaluation der Fehler der Vergangenheit sowie Anerkennung der neuen Realität, ohne in alte Muster zurückzufallen.

Stefan Meister, Kommentar: Ostpolitik Zeitenwende? Deutschland und Russlands Krieg gegen die Ukraine, in: https://www.bpb.de/themen/europa/russland-analysen/nr-437/521584/kommentar-ostpolitik-zeitenwende-deutschland-und-russlands-krieg-gegen-die-ukraine/, 26.05.2023

INFO

Paradigmenwechsel
Wandel grundlegender Rahmenbedingungen; der Begriff stammt ursprünglich aus der Wissenschaftstheorie

Kreml
Amtssitz des russischen Präsidenten in Moskau

Evaluation
Bewertung, Untersuchung

1 **Analysieren** Sie die Karikatur (M 1).
2 **Erläutern** Sie anhand von M 2, warum der damalige Bundeskanzler Olaf Scholz den Begriff „Zeitenwende" verwendet.
3 **Stellen** Sie die Perspektive der deutschen Bundesregierung auf den Krieg in der Ukraine **dar** (M 2).
4 **Fassen** Sie die zentralen Thesen in M 3 **zusammen** und **formulieren** Sie Fragen, die sich daraus ergeben.
5 **Diskutieren** Sie anhand von M 2 und M 3, welche Politikfelder die Zeitenwende betrifft.

1.2 Welche Ursachen haben Konflikte?

M1 Zitate

QUERVERWEIS

METHODE Konfliktanalyse S. 92 f.

Mit der Aggression gegen die Ukraine geht die Epoche nach dem Kalten Krieg endgültig zu Ende. […] Wladimir Putin […] lässt eine Welt auferstehen, in der Machtpolitik und nackte Gewalt dominieren, in der sich der Stärkere nimmt, was ihm gefällt. […] Die NATO wird eine Renaissance erleben.

Eric Gujer (* 1962), Schweizer Journalist

Diejenigen, die damals den Weg der Gewalt beschritten haben, den Weg des Blutvergießens und der Gesetzlosigkeit, erkennen damals wie heute nur eine Möglichkeit zur Lösung der Donbass-Frage an: die militärische. Daher halte ich es für unumgänglich, die längst überfällige Entscheidung zu treffen und unverzüglich die Unabhängigkeit und Souveränität der Volksrepublik Donezk und der Volksrepublik Lugansk anzuerkennen.

Wladimir Putin (* 1952), russischer Präsident

M2 Ein Krieg – viele Ursachen

INFO

Krieg
Sobald ein Konflikt zwischen Staaten oder Gruppen mit Waffengewalt ausgetragen wird, spricht man von einem Krieg. Ein Merkmal eines Krieges ist die organisierte Gewaltanwendung, zwischen Gruppen, Staaten oder Gruppen und Staaten. Mit Blick auf die beteiligten Parteien spricht man dann u. a. entweder von einem regulären Krieg (Staat versus Staat), einem Bürgerkrieg (Gruppe versus Gruppe) oder einem Guerillakrieg (Staat versus Gruppe).

Gewaltkonflikte können viele Gründe haben. Wahrscheinlich gab es in der Geschichte der Menschheit noch keinen einzigen Krieg, der sich auf nur eine einzige Ursache zurückführen ließ. Die Faktoren, welche eine Gruppe plötzlich dazu veranlassen, ihre Ziele mittels direkter Gewalt gegen eine andere Gruppe durchzusetzen, sind sowohl vielfältig als auch vielschichtig. […]

Angelehnt an das Konzept einer „Grammatik des Krieges", wie es von der Arbeitsgemeinschaft Kriegsursachenforschung (AKUF) an der Universität Hamburg erstellt worden ist, unterscheidet die vertikale Achse der Konfliktmatrix zwischen insgesamt fünf Ursachenkategorien:

- **1. Struktureller Widerspruch.** Die Annahme ist, dass jedem Krieg ein objektiv zu konstatierender gesellschaftlicher Widerspruch zugrunde liegt. Der genaue Inhalt dieses manchmal als „Hintergrundursache" oder root causes bezeichneten Widerspruchs bleibt dabei offen, er könnte also z. B. kultureller, ökonomischer oder politischer Natur sein.
- **2. Motivationen und Ziele.** Auf dieser Ebene werden gegebene Unterschiede von betroffenen Akteuren wahrgenommen, interpretiert und bewertet. Es geht hier also weniger um die objektive Struktur, als vielmehr um die subjektiven Zielsetzungen der in dieser Struktur verankerten Parteien. In der Konfliktforschung wird in diesem Zusammenhang häufig von „Motivationsstrategien" gesprochen.
- **3. Katalysatoren vor Ausbruch der Gewalt.** Kriege setzen, laut AKUF, den „Umschlag der gesellschaftlichen Verhältnisse in Verhalten" voraus. Die subjektive Interpretation des tatsächlichen Widerspruchs manifestiert sich hier im konkreten Handeln der betroffenen Akteure. Für sich allein genommen können nämlich weder Hintergrundursachen noch Mobilisierungsstrategien den Übergang von friedlichen zu gewalttätigen Konfliktlösungsmustern erklären. Es bedarf vielmehr eine Reihe von Katalysatoren, welche die Konfliktparteien dazu veranlassen, einen „zivilisatorischen Bruch" zu verüben, also in großem Umfang Gewaltmittel einzusetzen.
- **4. Auslöser.** Der genaue Zeitpunkt des Gewaltausbruchs wird oft durch ein sogenanntes Auslöserereignis (trigger event) bestimmt. Dieses Ereignis kann unmittelbar mit den Hintergrundursachen zusammenhängen. Es kann aber auch völlig losgelöst davon sein.
- **5. Katalysatoren nach Ausbruch der Gewalt.** Ist der Krieg erst einmal ausgebrochen, können Ausmaß und Intensität der Gewaltanwendung durch verschiedene

Faktoren beeinflusst werden – seien es die Ressourcen und Waffen, welche den Kriegsparteien zur Verfügung stehen, oder zum Beispiel auch die Wetterverhältnisse.

Ursachenkomplexe gewaltsamer Konflikte, in: https://sicherheitspolitik.bpb.de/de/m1/articles/main-causes-of-violent-conflict, September 2011

M3 Ursachen des Krieges in der Ukraine – eine Chronologie

a) Die NATO-Osterweiterung

Die US-Historikerin Mary Sarotte über die Frage, ob die NATO Russland Zusagen machte, sich nicht nach Osten zu erweitern, also osteuropäische Staaten in die NATO aufzunehmen.

Schon Anfang der 1990er-Jahre ging es um die Ukraine, wie die Quellen zeigten. Und die Zukunft der NATO in Mittel- und Osteuropa wurde schon zwischen dem US-Außenminister James Baker und dem sowjetischen Staats- und Parteichef Michael Gorbatschow sowie zwischen dem deutschen Außenminister Hans-Dietrich Genscher und seinem sowjetischen Pendant Eduard Schewardnadse 1990 diskutiert.

Damals gab es ein Gedankenspiel, die NATO nicht auf das vereinigte Deutschland und auf Osteuropa auszudehnen. [...] Genscher meinte, es sei besser für Europa, wenn die NATO und der Warschauer Pakt sich auflösen würden. Oder sie sollten zusammenfinden. Genscher sah darin eine bessere Zukunft. Er meinte auch, es wäre besser, Gorbatschow zu versprechen, die NATO bewege sich nicht nach Osten. [Der damalige deutsche Bundeskanzler Helmut] Kohl war anderer Meinung. [...] [Er] schrieb [...] Genscher einen Brief, nachdem Genscher mehrfach von sowohl der Nichterweiterung als auch der Auflösung der NATO geredet hatte. Kohl teilte Genscher mit, dass er als Bundeskanzler diese Meinung nicht teile und diese Position nicht für die Bundesregierung festgelegt werden sollte. Kurz gesagt lautete die Nachricht: Hör auf! Im Vertrag stand dann, was Kohl und [der damalige US-Präsident George] Bush haben wollten und nicht die Position von Genscher.

INFO

Warschauer Pakt
von der Sowjetunion dominiertes Militärbündnis, dem u. a. die DDR angehörte

GLOSSAR

Warschauer Pakt

Michael Hesse, Mary Sarotte über die Nato-Osterweiterung – „Alle haben hart verhandelt, es ging um alles", in: https://www.fr.de/kultur/gesellschaft/mary-sarotte-ueber-die-nato-osterweiterung-alle-haben-hart-verhandelt-es-ging-um-alles-92578934.html, 15.10.2023

b) Die Maidan-Proteste

Das Auswärtige Amt über die Proteste in Kiew.

Konkreter Anlass für die Maidan-Proteste ab Herbst 2013 war die überraschende Entscheidung der ukrainischen Regierung am 21. November 2013, die langjährigen Verhandlungen über das EU-Ukraine Assoziierungsabkommen auszusetzen. Noch kurz zuvor hatte Präsident Janukowytsch das Ziel einer Zeichnung des Abkommens im November 2013 bekräftigt. Viele Bürger der Ukraine fühlten sich durch dieses Vorgehen getäuscht und reagierten mit Protesten u. a. auf dem Maidan in Kiew. Diese friedlichen Demonstrationen entwickelten sich zu Massenprotesten, die auch Forderungen nach umfassender Achtung rechtsstaatlicher Prinzipien, Korruptionsbekämpfung und ein Ende des gewaltsamen Vorgehens der Sicherheitskräfte gegen die Demonstranten aufnahmen. Westliche Politiker sprachen sich für eine friedliche Lösung aus und riefen die ukrainische Regierung zur Wahrung der Meinungs- und Versammlungsfreiheit auf. Die Ukraine hat sich international gegenüber ihren Partnern zur Wahrung dieser politischen Grundfreiheiten und Menschenrechte verpflichtet.

INFO

Maidan
zentraler Platz in der ukrainischen Hauptstadt Kiew

Dokumentation: Das Auswärtige Amt antwortet auf Behauptungen Russlands, in: https://www.boell.de/de/2015/02/24/dokumentation-russische-behauptungen-und-die-antworten-des-auswaertigen-amts, 18.02.2015

WEBCODE
WES-117977-401
Ukraine – eine Konfliktanalyse

c) Die Sicht Russlands

Der Zerfall der Sowjetunion ist das Trauma in Putins Leben. Er will die Geschichte zurückdrehen. Ein erster Schritt dazu war der Tschetschenien-Krieg, also die Unterwerfung des Landes. In einer „Kriegsrede“ thematisierte Putin den NATO-Gipfel 2008. Damals hatte das Bündnis der Ukraine und Georgien einen Beitritt in Aussicht gestellt – wenn auch ohne konkretes Datum. Wenig später griff Putin militärisch in Georgien ein. Nach dem gleichen Muster verfuhr er später mit der Ukraine. Der Ukraine sprach Putin in einem „Geschichtsaufsatz“ und in Reden das Recht auf Unabhängigkeit ab. Die Russen haben ein Sonderverhältnis zur Ukraine, historisch, kulturell, religiös. Die Sprachen sind verwandt. Für Putin gehört die Ukraine zu Russland.
2014 hat er erst die Krim annektiert und die Separatisten im Osten der Ukraine unterstützt. Das Kalkül war, den Staat zu destabilisieren. Nachdem der Nachbar nicht wunschgemäß mit Unterwerfung reagiert hatte, folgte der Einmarsch in die von den Separatisten besetzten Gebiete und 2022 dann der Angriff auf das ganze Land.

Miguel Sanches, Ukraine-Krieg: Rätsel Putin – Was er will, wo er haltmacht, in: https://www.morgenpost.de/politik/article401541163/ukraine-krieg-einfach-erklaert-putins-motive.html, 16.04.2025

d) Zeitleiste zur Geschichte der Ukraine

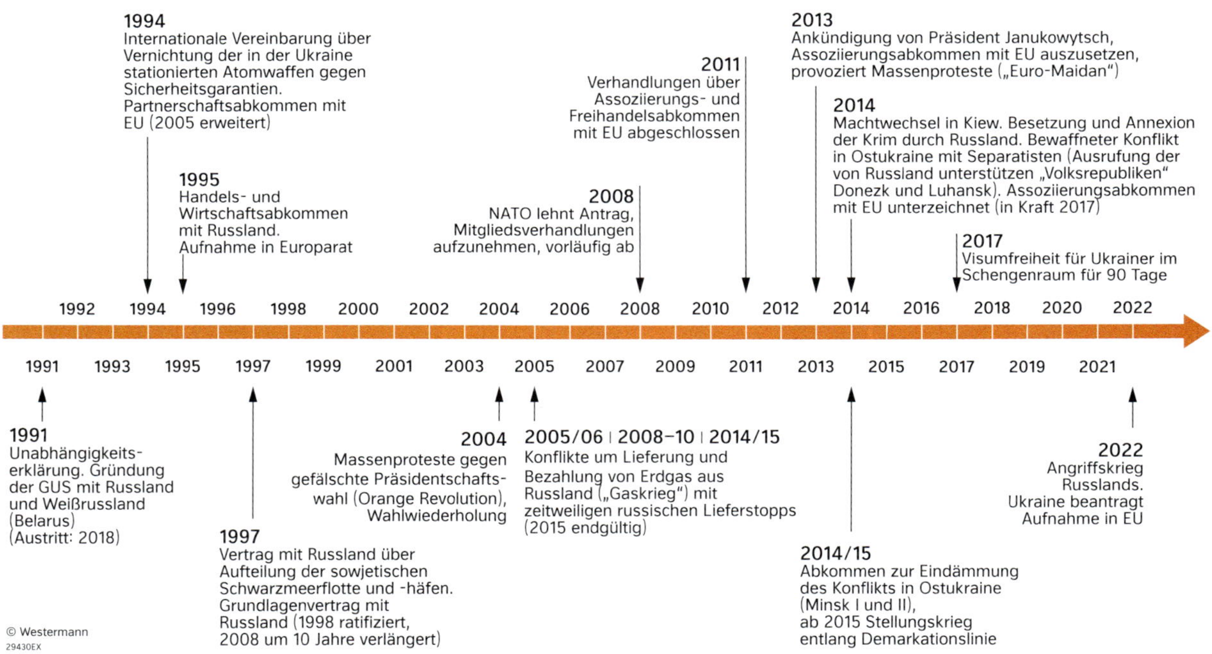

1 **Vergleichen** Sie die Zitate in M 1.

2 **Stellen** Sie mithilfe von M 2 Ursachen für Kriege in Form einer Mind-Map **dar**.

3 **Arbeiten** Sie aus M 3 und M 4 die Ursachen für den Krieg in der Ukraine Krieg **heraus** und **ordnen** Sie Ihre Ergebnisse mithilfe der Mind-Map aus Aufgabe 2 **ein**.

4 **Fassen** Sie anhand von M 5 die militärische Lage in der Ukraine **zusammen**.

M4 Sprachen in der Ukraine

Ukraine
- Autonome Republik Krim und Stadt Sewastopol mit Sonderstatus (werden seit dem 21.03.2014 von Russland als Teil der Russischen Föderation angesehen)
- von prorussischen Separatisten kontrolliertes Gebiet (Stand: 12.09.2017)
- Gebiet Tschernobyl (weitgehend unbewohnt)

Alltagssprachen
- Gebiete, in denen überwiegend Ukrainisch gesprochen wird
- Gebiete, in denen überwiegend russisch gesprochen wird

Sprachinseln nationaler Minderheiten
- Bulgarisch
- Ungarisch
- Rumänisch/Moldauisch
- Albanisch
- Gaugasisch
- Krimtatarisch

28976EX © Westermann

0 100 200 300 km

M5 Kriegsverlauf

1.3 Erleben wir die Rückkehr der Staatenkriege?

M1 „Ein verhängnisvolles Signal“

Der deutsche Politikwissenschaftler Herfried Münkler über mögliche Folgen des russischen Angriffs auf die Ukraine.

Eine Niederlage der Ukraine würde vermutlich zur Folge haben, dass die Kremlführung zum Ergebnis kommt, wir haben hier die Blaupause, die uns in die Lage versetzt, unseren imperialen Phantomschmerz zu stillen, indem wir das Imperium – sei es nun nach Zarengrenzen bemessen oder an denen der Sowjetunion – wiederherstellen. Das heißt dann, hier und da im Prinzip in ähnlicher Weise vorzugehen. Kurzum, das wäre ein verhängnisvolles Signal, das letzten Endes in eine Welt von Kriegen führen würde. [...] Das führt zu der Frage, [...] wie wird diese Sicherheitsstruktur aussehen. Sie wird nicht mehr in dem Maße wie in der Vergangenheit auf wirtschaftlicher Macht und auf wechselseitiger Abhängigkeit, Verflechtung als vertrauensbildende Maßnahme beruhen und beruhen können, sondern es werden sehr viel stärker militärische Fähigkeiten eine Rolle spielen, diesen Preis für Zuwiderhandlungen gegen das System der Regeln auch einzufordern.

Thilo Kößler, Münkler: Der Kriegsverlauf entscheidet über die Aufnahme von Verhandlungen, in: https://www.deutschlandfunk.de/herfried-muenkler-ukraine-russland-100.html, 01.01.2023

M2 Vom klassischen Staatenkrieg zum neuen Krieg

Der **Staatenkrieg**, wie er für das moderne Europa bis 1945 charakteristisch war, zeichnete sich dadurch aus. dass die beteiligten Akteure allesamt Staaten waren oder genauer: von der Regierung zentral organisierte, ausgerüstete und befehligte Streitkräfte. Das sorgte für eine grundlegende Symmetrie der Kriegsführung, bei der die Streitkräfte da beteiligten Staaten in zumeist offenen Schlachten direkt aufeinandertrafen. Entsprechend waren die Opfer des Krieges in erster Linie Soldaten (Kombattanten). Die unmittelbaren Ziele der Kriegsführung waren überwiegend territorial. [...] Der Staatenkrieg [...] hatte einen formellen Beginn (die Kriegserklärung) und ein formelles Ende (den – zumeist vertraglichen – Friedensschluss), und es bestanden zunächst informelle, später auch zunehmend formalisierte Regeln für das Verhalten im Krieg – zum Beispiel über den Umgang mit Kriegsgefangenen oder mit der Zivilbevölkerung und das Verbot bestimmter Waffen. Krieg war ein zeitlich begrenzter Ausnahmezustand.

Beim **klassischen („alten“) Bürgerkrieg** stehen sich innerhalb eines staatlichen Territoriums die Verteidiger und die Herausforderer der bestehenden Staatsgewalt gegenüber. Die Herausforderer [...] wollen die alte Herrschaftsordnung durch eine neue (z. B. demokratische oder sozialistische) ersetzen. Beim „nationalen Befreiungskrieg“ geht es hingegen um die Beseitigung (zum Beispiel von kolonialer) Fremdherrschaft. In jedem Fall ist die Motivation [...] darauf gerichtet, gewaltsam an die Macht zu gelangen, also die staatlichen Herrschaftspositionen zu besetzen. [...] Bürgerkriege können durchaus symmetrisch sein – etwa wenn eine nach dem Vorbild staatlicher Streitkräfte aufgestellte „Befreiungsarmee“ den Regierungstruppen gegenübertritt. Weil die Herausforderer der Staatsgewalt aber oft über schwächere militärische Ressourcen verfügen als deren Verteidiger wählen sie Guerilla- oder Partisanentaktiken, um den materiellen Vorteil der Gegenseite wettzumachen. Daraus ergibt sich eine asymmetrische Kriegsführung. [...]

[Die Akteure] des **neuen Krieges** [...] wenden sich gegen jegliche Staatsgewalt und richten so sich in einem Zustand der Abwesenheit staatlicher Ordnung ein. Es handelt sich um Kriegsbanden, die vom und für den Krieg leben. Ihre Motive mögen unterschiedlicher Art sein: ethnische Milizen, Gotteskriege oder

INFO

Kombattant
Der Begriff kommt aus dem Völkerrecht und bezeichnet Gruppen, die allein zu Kampfhandlungen berechtigt sind – unabhängig von der Rechtmäßigkeit eines Krieges. Dazu zählen reguläre Streitkräfte und nach einer neueren Auffassung auch Milizen. Sie haben nach der Genfer Konvention im Falle einer Gefangennahme besondere Rechte.

schlicht Kriegsunternehmern mit kommerziellen Interessen. In jedem Fall wird der Krieg für sie zur Hauptbeschäftigung, zum Lebensin- und -unterhalt. Damit gibt es im neuen Krieg auch keine klare Trennung von Kriegs- und Friedenszeiten. [...] Zivilisten sind direktes Ziel und Hauptleidtragende in den neuen Kriegen – durch Zwangsabgaben an die Kriegsbanden, durch Zwangsrekrutierung (auch von Kindersoldaten) oder als Opfer (zum Beispiel von „ethnischen Säuberungen"). Der neue Krieg ist nicht nur regellos, sondern zeichnet sich durch besondere Brutalität aus, wie sie sich in der Brandschatzung ganzer Dörfer, Massentötungen und systematische Vergewaltigungen zeigt. Partisanenkrieg und Terrorismus sowie Gewaltformen wie Geiselnahmen und Raub, die von kriminellen Handlungen kaum noch zu unterscheiden sind, treten an die Stelle direkter militärischer Konfrontation. Die Abwesenheit staatlicher Ordnung zeigt sich im neuen Krieg auch daran, dass er auf staatliche Grenzen keine Rücksicht nimmt. Vielmehr zeichnet er sich durch grenzüberschreitende Kampfhandlungen und Verflechtung der Kriegsbanden aus. In der Realität findet man den Typus des neuen Krieges selten in reiner Form vor, sondern in Mischformen mit klassischen Bürgerkriegen oder auch Staatenkriegen.

Frank Schimmelpfennig, Internationale Politik, Ferdinand Schöningh: Paderborn [5]2017, S. 196 ff.

M3 „Der Westen führt nicht direkt einen Krieg gegen Russland, aber indirekt"

„Der Westen führt nicht direkt einen Krieg gegen Russland, aber indirekt", sagt [der deutsche Militärhistoriker Sönke] Neitzel [...]. „Und damit geht es im Kampf der demokratischen Systeme gegen eine Autokratie, gegen eine Diktatur, gegen Russland", sagt Neitzel. [...] Es ginge darum, ob Europa „wirklich auch ein sicherheitspolitisches Bündnis ist, das nicht nur auf die USA schaut, sondern selbst in der Lage ist, an seiner Peripherie für Sicherheit zu sorgen". [...] Neitzel macht hier deutlich, dass es in Kriegen in aller Regel zunächst so sei, „dass das Militär ein Ergebnis auf dem Schlachtfeld bringt". Diplomaten dagegen setzten das Ergebnis dann nur um. Man brauche „den militärischen Sieg, den militärischen Erfolg, den militärischen Status Quo", so Neitzel. Diplomatie spiele dabei „auch eine Rolle, aber wahrscheinlich nicht die Hauptrolle".

Ein deutscher Panzer vom Typ Leopard 2 der ukrainischen Armee im Kriegseinsatz nahe der Stadt Lyman (2024)

Katharina Schuster, Westen führt „indirekt" Krieg gegen Russland, in: https://www.zdfheute.de/politik/ausland/putin-russland-dday-historiker-neitzel-ukraine-krieg-100.html, 07.06.2024

1 **Analysieren** Sie die Aussagen von Herfried Münkler in M 1 und **positionieren** Sie sich dazu.

2 **Fassen** Sie die Kernaussagen in M 2 **zusammen** und **ordnen** Sie den Krieg in der Ukraine einer der drei Kriegsformen **zu**.

3 **Erläutern** Sie die Aussagen Sönke Neitzels in M 3.

4 **Beurteilen** Sie, ob wir eine Rückkehr der Staatenkriege erleben (M 1–M 3).

1.4 Ordnet sich die Welt neu?

M1 Abgehängt?

Zeichnung: Tomicek

M2 „Ein europäischer Albtraum"?

INFO

Münchner Sicherheitskonferenz
Auf der Tagung in München kommen einmal jährlich vor allem westliche Vertreter aus Politik, Militär, Wirtschaft und Wissenschaft zusammen, um über Themen der Außen- und Sicherheitspolitik zu diskutieren.

Die Münchner Sicherheitskonferenz 2025 markiert tiefe Risse im transatlantischen Bündnis zwischen den USA und Europa. Donald Trumps Vizepräsident J.D. Vance brüskierte in seiner Rede auf der Konferenz die europäischen Vertreter. Der US-Sondergesandte für die Ukraine, Keith Kellogg, macht klar, Europa habe keinen Platz am Verhandlungstisch mit dem russischen Präsidenten Wladimir Putin. Eine Zäsur für die Europäische Union. Christoph Heusgen ist der Chef der Münchner Sicherheitskonferenz. Im „Heute Journal" sagt er mit Blick auf die vergangenen Tage: „Es war schon in gewissem Sinne ein europäischer Albtraum. [...] Aber gleichzeitig war das auch eine sehr klärende Konferenz." So habe man anhand der Rede des US-Vizepräsidenten erkannt, „dass dieses Amerika unter Trump auf einem anderen Stern lebt". Unterdessen habe der ukrainische Präsident Wolodimir Selenski die Botschaft gesendet, „Europa, ihr schafft es, ihr könnt es machen". Auf beides müsse man nun Antworten finden. Es seien zwei Botschaften, die nun von den vergangenen drei Tagen in München für ihn ausgingen, so Heusgen: Einerseits die von Vance, die einer Wertegemeinschaft der USA mit Europa aufkündige. Andererseits sei durch die Teilnahme anderer US-Vertreter dennoch eine „transatlantische Familie zusammengekommen", in der diese Gemeinschaft dennoch vorhanden sei.

„In gewissem Sinne ein europäischer Albtraum", in: https://www.zdfheute.de/politik/ausland/muenchner-sicherheitskonferenz-heusgen-usa-europa-ukraine-fazit-100.html, 16.02.2025

M3 Akteure und Ebenen von internationalen Beziehungen

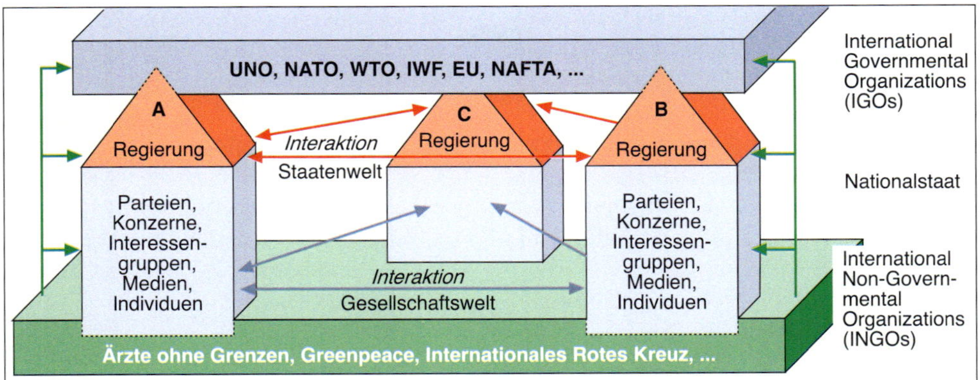

Nach: Andreas Gerster/ Hartwig Riedel: Globalisierung, internationale Politik und Konfliktbewältigung, 2. Aufl., Bamberg 2004, S. 163

L & P / 4067

GLOSSAR

Intergouvernementalismus

Menschenrechte

Multilateralismus

M4 Akteure internationaler Politik

Die Bandbreite internationaler AkteurInnen ist groß, was Politikfelder, Ausstattung, Norm- und Regelsetzung sowie Entscheidungsbefugnisse betrifft. Diese Vielfalt korreliert mit einer zunehmend stärkeren Verflechtung und Vernetzung internationaler politischer Systeme. [...]

Eine **IGO (International Governmental Organization)** ist eine durch einen multilateralen völkerrechtlichen Vertrag geschaffene Staatenverbindung, die von mindestens drei Staaten aufgebaut wurde. IGOs verfügen über eine gemeinsame institutionelle Struktur mit eigenen Organen und Kompetenzen. Sie können problemfeldbezogen oder die Grenzen bestimmter Politikfelder überschreitend agieren. Unterschiede bestehen im Hinblick auf die Reichweite ihrer Mitgliedschaft (z. B. regionale und kontinentale Zusammenschlüsse wie die EU [...]) oder durch thematische Ausrichtungen (z. B. das Militärbündnis NATO für Sicherheitspolitik). IGOs agieren auf zwei Ebenen:

- **supranational** (z. B. EU): Die Souveränität der Mitgliedstaaten ist beschränkt. Kompetenzen zur Durchsetzung übernationaler Interessen werden zum Teil an die Organisation abgegeben. Rechtsakte sind dem nationalen Recht übergeordnet und unmittelbar wirksam.
- **zwischenstaatlich (intergovernmental)**: Verträge werden erst rechtlich wirksam, wenn sie ein Nationalstaat durch Ratifizierung in nationales Recht umsetzt.

INGOs (International Nongovernmental Organizations) sind Zusammenschlüsse von mindestens drei gesellschaftlichen AkteurInnen aus mindestens drei Staaten mit klar abgesteckten Themenfeldern (z. B. humanitäre Soforthilfe, Entwicklungspolitik, Menschenrechte, Umwelt). Es handelt sich um Institutionen des internationalen Privatrechts. Sie können über Lobbying das Problembewusstsein stärken, globale Öffentlichkeit schaffen und Druck auf Regierungen ausüben. [...]

Internationale Regime sind kooperative Institutionen und Regelwerke zwischen Nationalstaaten auf der Basis von Verträgen, Normen und Entscheidungsverfahren (z. B. Welthandelsregime [...], Umweltregime). Institutionalisierte, periodische Konferenzen (z. B. Weltwirtschaftsgipfel der wichtigsten Industrieländer, G-7 [...]) sind ebenfalls zu wichtigen AkteurInnen geworden.

Internationale AkteurInnen – Internationale Politik, in: polis aktuell, Heft 3/2017, S. 4; https://www.politik-lernen.at/dl/muLKJMJKomlKnJqx4kJK/pa_2017_03_Internationale_AkteurInnen_pdf

INFO

Akteure

In der internationalen Politik gibt es vielfältige Einteilungen der Akteure internationaler Politik. Weiterführend könnten etwa noch internationale Regime ergänzt werden. Diese können Einrichtungen der zwischenstaatlichen Zusammenarbeit umfassen, die auf Regelwerken, wie Verträgen, gemeinsamen Werten oder Verfahren beruhen. Beispiele hierfür sind Rüstungskontroll- oder Grenzregime. Supranationalität beschränkt die Souveränität der Mitgliedstaaten, wenn Kompetenzen auf die überstaatliche (supranationale) Ebene verlagert werden.

M5 Am Krieg in der Ukraine beteiligte Akteure

[Der Krieg in der Ukraine ist ein] zwischenstaatlicher Konflikt zwischen der Ukraine und Russland sowie [ein] innerstaatlicher Konflikt zwischen der ukrainischen Regierung und prorussischen Separatist:innen. Im aktuellen Krieg bildet Russland unter der Regierung des Präsidenten Wladimir Putin zusammen mit prorussischen Separatist:innen die eine Konfliktpartei. Die Ukraine unter der Führung des ukrainischen Präsidenten Wolodimir Selenski bildet zusammen mit der ukrainischen Armee, der Nationalgarde und Paramilitärs die andere Konfliktpartei. Die USA und die NATO-Staaten betonen, dass sie nicht als Konfliktpartei in den Krieg in der Ukraine eingreifen. Sie verhängen zahlreiche Sanktionen gegen Russland. Sie unterstützen die Ukraine mit Waffenlieferungen und durch die Ausbildung der Streitkräfte, entsenden aber bisher keine eigenen Truppen in die Ukraine.

Ukraine. Eine Konfliktanalyse aus friedenspädagogischer Sicht. Wer? – Konfliktparteien, in: https://www.friedensbildung-bw.de/ukraine-krieg, 20.07.2025

M6 Ein Krieg von Nationalstaaten?

INFO

Nationalstaat bezeichnet eine territoriale und rechtliche Herrschaft über ein Staatsgebiet mit einer ethnischen Gemeinschaft, die das Staatsvolk bildet. Die Idee des Nationalstaates basiert auf dem Selbstbestimmungsrecht der Völker.

Den Ukraine-Krieg als einen europäischen Krieg zu betrachten, in dem es nicht in erster Linie um Verteidigung absoluter Werte wie Demokratie und Freiheit geht, ist aus der wissenschaftlichen Perspektive kein Alibi etwa für undemokratische oder realpolitische Gesinnung. Denn es sind einige Faktoren, neben dem geografischen, die diesen Krieg ideell und geschichtlich zu einem „europäischen" Krieg machen. Zuvorderst steht hier das bei beiden Kriegsparteien des Ukraine-Kriegs treibende Motiv, was unter dem Stichwortpaar europäischer Provenienz zusammenzufassen ist: Nation und Nationalstaat. Es steht zu erwarten, dass dieser Krieg als eine Form eines (erneuten) „Gründungskrieges" sowohl für die ukrainische Nation und ihren Nationalstaat als auch für die russische Nation und den russischen Nationalstaat in die jeweiligen Nationalmythen eingehen wird. [...]

Die ersten modernen Nationen und Nationalstaaten sind im neuzeitlichen Europa entstanden. Die historische Ambivalenz des nationalstaatlichen Konzepts ist, dass sein enormes Mobilisierungspotenzial sowohl zu zivilgesellschaftlichen Errungenschaften als auch zu blutigen Kriegen geführt hat. Vor allem wird mit dem Konzept eine kulturelle und ethnische Homogenität unter den Angehörigen der Nation suggeriert, die in einem gegen andere Nationen klar abgegrenzten Staat leben sollen. Diese Vorstellung erfuhr nach dem Ersten Weltkrieg durch die idealistische und seinerzeit fortschrittlichste Idee des „Selbstbestimmungsrechts der Völker" von Woodrow Wilson einen zusätzlichen Schwung in Mittel- und Osteuropa. [...]

Die europäische Landkarte von Nationalstaaten ist auch nach den beiden verheerenden Weltkriegen, die in Europa ihren Anfang nahmen und ihren Hauptschauplatz hatten, gemäß den erklärten Absichten einer Reihe von politischen, religiösen oder ethnisch organisierten Interessengruppen längst nicht so eindeutig und endgültig geklärt, wie Völkerrechtler es lehren. Überhaupt muss der jetzige Ukraine-Krieg als der neueste Krieg – und vermutlich nicht der letzte – gemäß dieser nationalstaatlichen Geschichtslogik gesehen werden. [...]

Durch den jetzigen Krieg will Russland seine Grenze zur Ukraine, d. h. aber auch die Grenze des russischen Nationalstaats, neu definieren. Der Ukraine-Krieg rückt die nationalstaatliche Geschichtslogik erneut in den Mittelpunkt des Denkens zur Gestaltung Europas.

Chunchun Hu, Der europäische Krieg um die Nation, in: Wissenschaft & Frieden, Heft 3/2022, S. 26 ff.; https://wissenschaft-und-frieden.de/artikel/der-europaeische-krieg-um-die-nation/

M 7 Braucht die Welt noch Nationalstaaten? – Ja!

Ralf Dahrendorf schrieb dazu 1994:

Der heterogene Nationalstaat ist eine der großen Errungenschaften der Zivilisation. Bisher zumindest ist kein anderer Rahmen gezimmert worden, in dem die Rechte aller Bürger verfasst, also formuliert und garantiert werden können. Das nationalstaatliche Gewaltmonopol ist Voraussetzung der Geltung, also der Einklagbarkeit und Erzwingbarkeit von Bürgerrechten. Insofern ist der heterogene Nationalstaat Bedingung der Möglichkeit der gesicherten Freiheit und ein Gut, das Liberale verteidigen müssen.

Ralf Dahrendorf, Die Zukunft des Nationalstaates, in: Merkur, Nr. 546/1994; https://www.merkur-zeitschrift.de/ralf-dahrendorf-die-zukunft-des-nationalstaates/

INFO

Ralf Dahrendorf
(1929–2009)
deutsch-britischer Soziologe und Politiker

M 8 Braucht die Welt noch Nationalstaaten? – Nein!

Daniel Loick antwortete auf die Frage 2022:

Die kurze Antwort lautet: nein. Mir ist schon klar, dass sich das erstmal utopisch anhört, weil der Nationalstaat in unserem Leben so eine große Rolle spielt. Der Pass verleiht uns Rechte und viele Freiheiten, wir fühlen uns einer nationalen Kultur zugehörig, manche Menschen definieren ihre ganze Identität darüber, in welchem Land sie geboren sind. Aber der Nationalstaat bringt auch unendlich viele Probleme mit sich: Nationalismus und Chauvinismus, Abschottung […], Kriege. Wenn wir die Welt so organisieren wollen, dass sie weniger auf Gewalt basiert, müssen wir dringend über Alternativen nachdenken.

Valérie Eiseler, Braucht die Welt eigentlich noch Nationalstaaten?, in: https://www.fr.de/politik/braucht-die-welt-noch-nationalstaaten-daniel-loick-der-utopische-raum-paulskirche-symposium-frankfurt-91805408.html, 29.09.2022

INFO

Daniel Loick
(* 1977)
deutscher Philosoph

M 9 Ausgesperrt?

Zeichnung: Tomicek

1 **Beschreiben** Sie M 1 und **formulieren** Sie Deutungshypothesen.

2 **Erklären** Sie anhand von M 1 und M 2 den Begriff des „europäischen Albtraums“.

3 **Analysieren** Sie das Schaubild in M 3 und **ordnen** Sie die am Krieg in der Ukraine beteiligten Akteure **zu** (M 2–M 5).

4 **Erläutern** Sie anhand von M 7, inwiefern der Begriff des Nationalstaates für die Betrachtung des Krieges in der Ukraine relevant ist.

5 **Positionieren** Sie sich auf Basis von M 6 und M 7 zur Rolle des Nationalstaates im Ukraine-Konflikt.

6 **Führen** Sie mithilfe von M 8 und M 9 eine Pro- und Kontra-Diskussion zur Frage **durch**, ob wir noch Nationalstaaten brauchen.

7 **Interpretieren** Sie M 9.

M10 Weltordnungsmodelle

INFO

Sicherheitsdilemma
In der Staatenwelt herrscht Anarchie. Das bedeutet, dass es keine übergeordnete Instanz gibt. Jeder Staat verfolgt seine eigenen Interessen und ist bei seinem Schutz auf sich selbst angewiesen. Das Sicherheitsdilemma besteht darin, dass Rüstungsmaßnahmen eines Staates vom anderen als Bedrohung empfunden und mit weiterer Aufrüstung beantwortet werden. Wenn keine Abrüstungsvereinbarungen getroffen werden, führt das Sicherheitsdilemma zu einer Spirale des Wettrüstens.

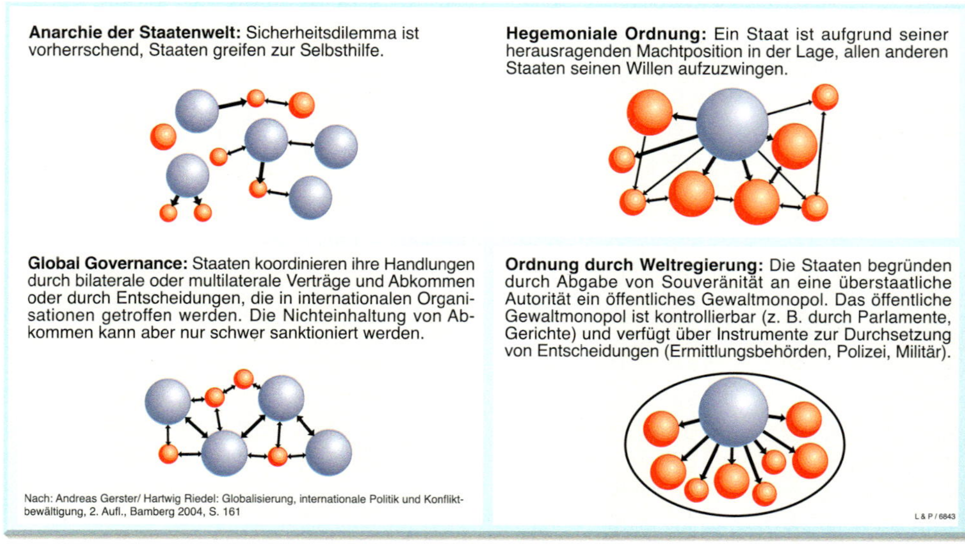

Nach: Andreas Gerster/ Hartwig Riedel: Globalisierung, internationale Politik und Konfliktbewältigung, 2. Aufl., Bamberg 2004, S. 161

M11 Wohin entwickelt sich unsere Welt?

Ukraine, Kaukasus und Naher Osten. Das Aufflammen der Gewalt markiert das Ende der *Pax Americana*. Der Aufstieg neuer Mächte verschiebt die globalen Kräfteverhältnisse. Noch ist nicht absehbar, ob die Welt von morgen bipolar oder multipolar sein wird. Spitzt sich die amerikanisch-chinesische Systemrivalität zu einem Kalten Krieg zu, könnte erneut eine bipolare Ordnung konkurrierender Blöcke entstehen. Können die übrigen Machtzentren dagegen ihre strategische Autonomie erhalten, dürfte die Welt von Morgen multipolar bleiben.

Aus dieser globalen Entwicklung ergeben sich fundamentale Folgen für die Weltordnung. Folgt aus der Erosion der Hegemonie der liberalen Demokratien des Westens auch das Ende der liberalen Weltordnung? Können die von Amerika begründeten multilateralen Institutionen und ihre normativen Fundamente überleben, wenn der „Weltpolizist" nicht mehr die Kraft oder den Willen hat, sie zu garantieren? Wird es auch morgen noch universelle Institutionen geben, die allen Staaten offenstehen und deren Normen für alle bindend sind? Zugespitzt, kann die Universalität der Menschenrechte in einer multipolaren Welt überleben, in der Zivilisationen mit unterschiedlichen Werten miteinander konkurrieren? [...]

Es war der Westen selbst, der seine moralische Autorität durch Völkerrechtsbrüche von Abu Ghraib bis Guantanamo beschädigt hat. Dieser Legitimitäts- und relative Machtverlust schwächt die Durchsetzungskraft des Westens. [...] Welche Ordnungsvorstellung sich letzten Endes durchsetzt, wird von den Kräfteverhältnissen im Kampf um die Weltordnung von morgen abhängen. Will der Westen die liberale Ordnung erhalten, sollte er auf die als „imperialistisch" empfundenen Übergriffiichkeiten des humanitären Interventionismus verzichten. Das bedeutet nicht, die Grundwerte Demokratie und Menschenrechte aufzugeben, wohl aber, auf ihre Verbreitung mit Gewalt und Zwang zu verzichten.

Marc Saxer, Ringen um die Weltordnung, in: https://www.ipg-journal.de/regionen/global/artikel/ringen-um-die-weltordnung-7078/, 26.10.2023

M 12 Verhandlungen über einen Frieden in der Ukraine

Der Russland-Ukraine-Krieg geht ins vierte Jahr – und es beginnt eine neue Phase: das Bemühen um seine Beilegung. US-Präsident Donald Trump hat am 12. Februar [2025] mit Russlands Präsident Wladimir Putin telefoniert und anschließend die „unverzügliche" Aufnahme von Verhandlungen über eine Beendigung des Krieges angekündigt. [...] Die Ausgangspositionen Kiews und Moskaus miteinander in Einklang zu bringen, scheint unmöglich. [...] Die Situation ist im Fluss. Die Europäer und Ukrainer täten natürlich gut daran, sich als Vorsichtsmaßnahme auf das Worst-Case-Szenario einzustellen – also darauf, dass die Vereinigten Staaten sie im Regen stehen lassen. Welche Ressourcen können sie aufbieten, um die Ukraine im Spiel zu halten und eine befriedigende Lösung mitzugestalten? Welche neuen Ressourcen müssen sie nicht nur für den fortdauernden Krieg, sondern auch als Antwort auf die umfassendere Frage nach der zukünftigen Sicherheit Europas erwerben oder entwickeln? Zu lange haben Europäer und Ukrainer ihr Schicksal in amerikanische Hände gelegt. Das muss sich ab sofort ändern. Dass das Worst-Case-Szenario eintritt, ist allerdings alles andere als ausgemacht. Es wäre absolut verfrüht, wenn Europa und die Ukraine ihre Bemühungen aufgeben würden, sich mit den Vereinigten Staaten wieder auf gemeinsame Ziele zu verständigen und die Schritte zur Erhaltung einer unabhängigen, souveränen Ukraine zu koordinieren, die sich langsam, aber stetig in die europäische Staatengemeinschaft integriert. Trotz der Besorgnis, die durch die jüngsten Aktionen der Amerikaner erregt wurde, ist dieses Ziel nach wie vor erreichbar, auch wenn der Weg zu diesem Ziel mehr Tücken hat, als früher angenommen.

Thomas Graham, Herkulesaufgabe, in: https://www.ipg-journal.de/rubriken/aussen-und-sicherheitspolitik/artikel/herkulesaufgabe-1-8113/, 25.02.2025

M 13 Weltordnung im Wandel?

Die Welt befindet sich derzeit in einem Interregnum – einem Übergang zwischen zwei Ordnungen. Das ist nicht unbedingt neu. Statt einer kooperativen und liberalen Weltordnung, erleben wir die Rückkehr von klassischer Machtpolitik und Interessensphären sowie die sukzessive Erosion internationaler Regelwerke und Normen.

Noch bleibt ungewiss, wie die im Entstehen begriffene neue Weltordnung im Einzelnen aussehen wird. Doch eines ist sicher: Wir stehen an einem Wendepunkt der Weltgeschichte und die Entscheidungen, die wir als internationale Gemeinschaft heute treffen, werden maßgeblich das Schicksal der künftigen globalen Ordnung bestimmen. Dies wirft einige wichtige strategische Fragen auf: Wie wird sich die globale Machtverteilung in den nächsten Jahrzehnten verändern? Welche Länder können in Zukunft als dominierende Welt- und Regionalmächte gelten? Welche Regeln werden das Zusammenleben von Staaten bestimmen? Welche Gefahren und Chancen sind mit dieser neuen Ordnung verbunden?

Rolf Mützenich, Neues Machtgleichgewicht, in: https://www.ipg-journal.de/aus-meinem-buecherschrank/artikel/neues-machtgleichgewicht-7289/, 05.02.2024

1. **Stellen** Sie die verschiedenen Phasen der Weltentwicklung (M 10) grafisch **dar**, beispielsweise in Form eines Flussdiagramms oder Zeitstrahls. Beziehen Sie hierzu auch die Überlegungen in M 13 mit ein.
2. **Erläutern** Sie die in M 11 aufgeworfenen Fragen.
3. **Positionieren** Sie sich zur Rolle der EU im Ukraine-Konflikt (M 12).
4. **Formulieren** Sie einen offenen Brief an das Europäische Parlament, in dem Sie sich mit der Rolle der EU in einer zukünftigen Weltordnung **auseinandersetzen**.
5. **Diskutieren** Sie, ob und wie sich die Welt neu ordnet (M 1–M 13).

1.5 Hat die NATO zur Eskalation beigetragen?

M1 Rote Linien?

Zeichnung: Nel

M2 Die Unterstützung der Ukraine durch die NATO

GLOSSAR
NATO

Ursprünglich hatte es eine klare Trennung zwischen zwei Formaten gegeben: Zu Beginn des russischen Kriegs wollte sich die NATO aus den Waffenlieferungen ihrer Mitgliedstaaten an die Ukraine heraushalten, um nicht als Kriegspartei wahrgenommen zu werden. Waffenlieferungen wurden daher im sogenannten Ramstein-Format der Ukraine-Kontakt-Gruppe koordiniert – abseits der NATO, unter Führung der USA. Doch die Trennlinie zwischen den beiden Formaten war zuletzt immer weiter aufgeweicht worden: Bei einem quasi identischen Teilnehmerkreis fanden viele Treffen der Ramstein-Gruppe im NATO-Hauptquartier in Brüssel statt – und 99 Prozent der Waffenlieferungen an die Ukraine kamen ohnehin aus NATO-Staaten. Eine stärkere Koordinierung auf militärischer Ebene unter dem Dach der NATO sei daher absolut sinnvoll, hieß es berechtigterweise aus den Reihen der NATO-Staaten. Auf politischer Ebene sollen sich die Minister weiter im Rahmen des sogenannten Ramstein-Formats treffen. [...]

Wird die NATO damit zur Kriegspartei? Eindeutig: Nein. Eine Kriegspartei wäre die NATO erst, wenn sie in diesen Krieg auch mit Soldaten eingreifen würde. Das aber passiert mit diesem Schritt nicht, und das hat die NATO auch keinesfalls vor. Auch die Überlegungen einzelner NATO-Staaten, darunter Frankreich, möglicherweise militärische Ausbilder in die Ukraine zu schicken, würden die NATO keineswegs zur Kriegspartei machen. Nur in den Augen von Wladimir Putin, dem russischen Präsidenten, ist die NATO schon lange eine Kriegspartei. [...]

Und was bringt das jetzt der Ukraine? NATO-Mitglied wird die Ukraine durch diesen Schritt noch lange nicht – aber sie rückt wieder ein Stückchen näher an die Allianz heran. Und sie kann auf eine langfristige Struktur hoffen, auf etwas mehr Planbarkeit in ihrem Verteidigungskrieg [...]. Ob die neue Rolle der NATO auch zu mehr Waffenlieferungen führt, bleibt unklar. Die Lager der NATO-Staaten sind ziemlich leergefegt.

Florian Neuhann, Was die Nato jetzt mit der Ukraine plant, in: https://www.zdfheute.de/politik/ausland/nato-ramstein-gruppe-ukraine-krieg-russland-100.html, 13.06.2024

M3 Artikel 5 des Nordatlantikvertrags

Die Parteien vereinbaren, dass ein bewaffneter Angriff gegen eine oder mehrere von ihnen in Europa oder Nordamerika als ein Angriff gegen sie alle angesehen werden wird; sie vereinbaren daher, dass im Falle eines solchen bewaffneten Angriffs jede von ihnen in Ausübung des in Artikel 51 der Satzung der Vereinten Nationen anerkannten Rechts der individuellen oder kollektiven Selbstverteidigung der Partei oder den Parteien, die angegriffen werden, Beistand leistet, indem jede von ihnen unverzüglich für sich und im Zusammenwirken mit den anderen Parteien die Maßnahmen, einschließlich der Anwendung von Waffengewalt, trifft, die sie für erforderlich erachtet, um die Sicherheit des nordatlantischen Gebiets wiederherzustellen und zu erhalten. Vor jedem bewaffneten Angriff und allen daraufhin getroffenen Gegenmaßnahmen ist unverzüglich dem Sicherheitsrat Mitteilung zu machen. Die Maßnahmen sind einzustellen, sobald der Sicherheitsrat diejenigen Schritte unternommen hat, die notwendig sind, um den internationalen Frieden und die internationale Sicherheit wiederherzustellen und zu erhalten.

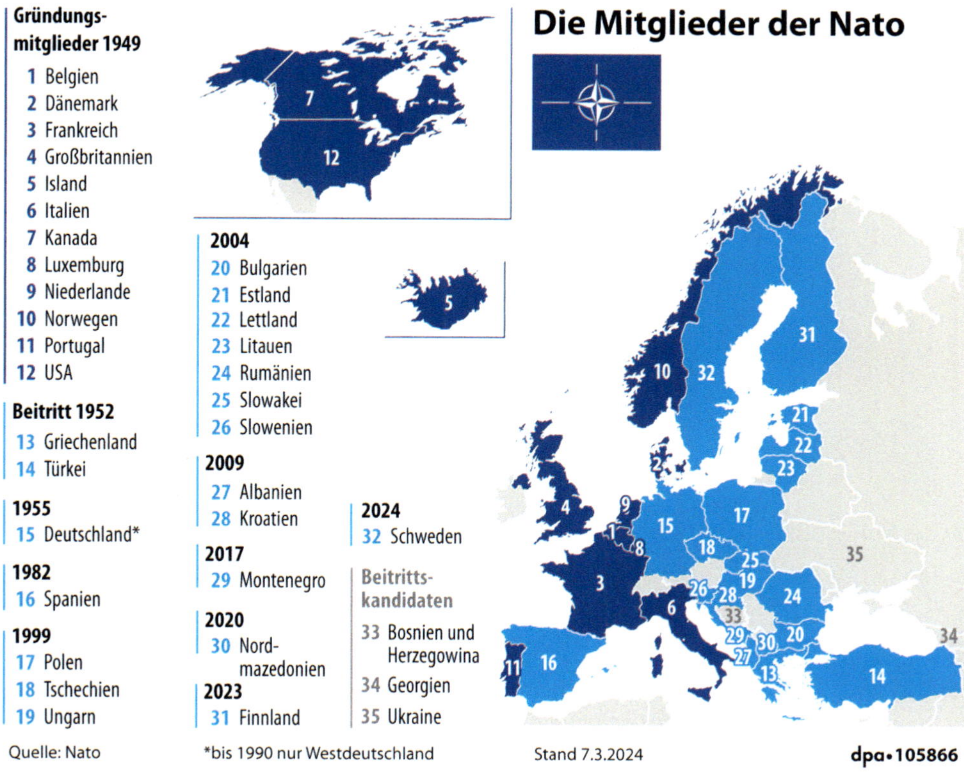

WEBCODE
WES-117977-402
Der Nordatlantikvertrag

M4 Wann tritt der Bündnisfall ein?

Der wichtigste Aspekt findet Ausdruck in Artikel 5, wonach der bewaffnete Angriff auf ein NATO-Mitglied den Bündnisfall auslöst, also alle NATO-Mitglieder zur individuellen und kollektiven Selbstverteidigung ermächtigt werden. Geografisch beschränkt Artikel 6 den Bündnisfall auf bewaffnete Angriffe auf alliiertes Territorium oder alliierte Truppen im nordatlantischen Raum, das heißt in Europa und Nordamerika „nördlich des Wendekreises des Krebses". Artikel 3 verpflichtet die Mitgliedstaaten, ihre (militärischen) Fähigkeiten zum Widerstand gegen solch einen Angriff weiterzuentwickeln.
Bemerkenswert ist, dass der Vertrag die genaue Ausgestaltung des Beistands im Bündnisfall offenlässt. Weil die USA auf ihre souveräne Entscheidungsgewalt über den Einsatz ihrer Streitkräfte bestanden, gibt es keinen militärischen Automatismus, [...] theoretisch ist der Beistandsverpflichtung auch mit einer diplomatischen Protestnote Genüge getan.

Patrick Keller, NATO, in: Wichard Woyke/Johannes Varwick (Hg.), Handwörterbuch Internationale Politik, BpB: Bonn 2016, S. 330 f.

1. **Beschreiben** Sie die Karikatur (M 1) und **formulieren** Sie Deutungshypothesen.
2. **Erläutern** Sie Artikel 5 des Nordatlantikvertrags (M 3, M 4).
3. **Diskutieren** Sie die Frage, ob die NATO zur Eskalation im Ukraine-Konflikt beigetragen hat (M 1 – M 4).

1.6 Sind die Vereinten Nationen ein Garant für den Frieden?

GLOSSAR

Internationaler Strafgerichtshof

Vereinte Nationen

M1 Vetorecht als Problemfall?

Zeichnung: Heiko Sakurai

M2 Die Struktur der UNO

Der UN-Sicherheitsrat, auch Weltsicherheitsrat genannt, ist das mächtigste Gremium der Vereinten Nationen. Er trägt die Hauptverantwortung für die Wahrung des Weltfriedens und der internationalen Sicherheit. Während Beschlüsse anderer UN-Organe lediglich Empfehlungscharakter tragen, sind die Entscheidungen des Sicherheitsrates völkerrechtlich bindend. Er kann den Einsatz von Blauhelm-Friedenstruppen beschließen, Strafgerichtshöfe etablieren und Charta-Verstöße mit Zwangsmaßnahmen wie Sanktionen bis hin zur Anwendung militärischer Gewalt ahnden. Der Rat besteht aus fünf mit Vetorecht ausgestatteten ständigen (China, Frankreich, Großbritannien, Russland, USA) und zehn nicht ständigen Mitgliedern. Für einen Beschluss sind mindestens neun Stimmen erforderlich und kein ständiges Mitglied darf dagegen stimmen. Jedes Jahr wird die Hälfte der zehn wechselnden Mitglieder für zwei Jahre neu gewählt. [...]

Die Zusammensetzung des Rates widerspiegelt allerdings immer noch die Machtverteilung, die nach dem Zweiten Weltkrieg im Jahre 1945 herrschte. [...] Entwicklungsländer und vor allem die aufstrebenden Schwellenstaaten und Regionalmächte [sind] im entscheidenden Organ viel zu gering vertreten. Als [...] Relikt vergangener Zeiten wird von vielen auch das Vetorecht angesehen, mit dem jedes der fünf ständigen Mitglieder einen nicht genehmen Beschluss torpedieren kann. Wiederholte Versuche, den Sicherheitsrat zu reformieren sowie seine Zusammensetzung

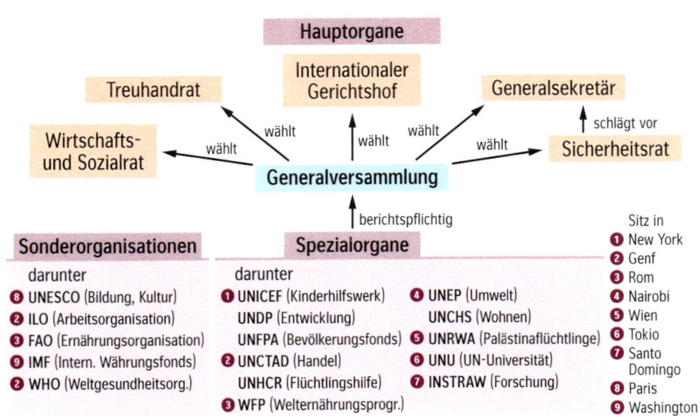

Nach: Picture Alliance, dpa 2218

und Arbeitsweise an die Realitäten der gegenwärtigen Welt anzupassen, blieben bisher jedoch erfolglos. Dennoch kann trotz aller Unzulänglichkeiten in einer Welt souveräner Staaten nur der Sicherheitsrat das Gewaltmonopol ausüben, denn alle UN-Mitglieder haben ihm die Hauptverantwortung für die Wahrung des Weltfriedens und der internationalen Sicherheit übertragen.
Der Vollversammlung [...] gehören alle 193 Mitgliedstaaten der Vereinten Nationen an und jeder Staat verfügt über eine Stimme. Beschlüsse zu wichtigen Fragen, etwa Frieden und Sicherheit, die Aufnahme neuer Mitglieder und Haushaltsfragen, bedürfen der Zweidrittelmehrheit. In allen anderen Angelegenheiten entscheidet die einfache Mehrheit. Resolutionen der Vollversammlung sind zwar politische Willensbekundungen und Empfehlungen, aber sie sind völkerrechtlich nicht bindend. Richtungsweisend verbindlich sind sie allerdings für die Arbeit des Generalsekretärs und das UN-Sekretariat.
Der höchste Verwaltungsbeamte der Organisation ist der Generalsekretär. [...] Der Generalsekretär wird auf Empfehlung des Sicherheitsrats von der Vollversammlung ernannt. [...] Als politische Einflussmöglichkeit kann der Generalsekretär die Aufmerksamkeit des Sicherheitsrats auf jede Angelegenheit lenken, die seiner Meinung nach die Wahrung des Weltfriedens und der internationalen Sicherheit gefährdet. Der Generalsekretär und die Sekretariatsmitarbeiter [...] verpflichten sich in ihrem Amtseid, weder von einer Regierung noch von einer anderen Autorität außerhalb der Organisation Weisungen einzuholen oder entgegenzunehmen.

Wolfgang Kötter, Effektive Weltordnungsmacht oder an den Rand gedrängt?, in: http://www.ag-friedensforschung.de/themen/UNO1/gv2014.html, 2014

WEBCODE
WES-117977-403
Aufbau der Vereinten Nationen

M3 Resolution des UN-Sicherheitsrats zum Krieg in der Ukraine

In der Ukraine-Politik werden die Gräben zwischen Europa und den USA immer deutlicher. Der UN-Sicherheitsrat nahm am späten Abend eine russlandfreundliche US-Resolution an. Stunden zuvor hatte die UN-Vollversammlung eine russlandkritische Resolution verabschiedet. Der UN-Sicherheitsrat hat für eine von den USA eingebrachte Resolution gestimmt, die ein Ende des Krieges in der Ukraine fordert, ohne die russische Aggression zu erwähnen. Bei der Abstimmung votierten zehn Mitglieder mit Ja. Demgegenüber enthielten sich alle fünf europäischen Länder des Rates: Großbritannien, Frankreich, Slowenien, Dänemark und Griechenland. Briten und Franzosen haben theoretisch ein Vetorecht, dieses aber seit 1989 nicht benutzt.
Resolutionen im UN-Sicherheitsrat sind völkerrechtlich bindend. Das verabschiedete Papier mit dem Titel „Der Weg zum Frieden" benennt Moskau nicht als Aggressor des Krieges und fordert auch keinen russischen Rückzug, angemahnt wird bloß ein rasches Ende des Krieges.

UN-Sicherheitsrat für moskaufreundliche Ukraine-Resolution, in: https://www.tagesschau.de/ausland/un-resolutionen-ukraine-102.html, 25.02.2025

1 **Analysieren** Sie die Karikatur (M 1) und **formulieren** Sie Deutungshypothesen.

2 **Beschreiben** Sie die Struktur der Vereinten Nationen (M 2). **Recherchieren** Sie ggf. ergänzend.

3 In der Struktur der UNO sind einige Probleme angelegt, die in der Praxis das Erreichen der UN-Ziele erschweren. **Arbeiten** Sie diese Probleme **heraus** und **erläutern** Sie ihre praktischen Konsequenzen (M 2, M 3).

4 **Beurteilen** Sie die Möglichkeiten der Vereinten Nationen Frieden zu garantieren, indem Sie einen Kommentar dazu **verfassen** (M 1–M 3).

1.7 Krieg in der Ukraine – hat die EU wirksame Maßnahmen ergriffen?

M1 EU-Beitritt der Ukraine – steht das Datum in den Sternen?

Zeichnung: Oliver Schopf

M2 Die Ukraine und die Europäische Union

INFO

Beitrittskandidat
Will ein Land der Europäischen Union beitreten, müssen zuvor bestimmte politische, rechtliche und wirtschaftliche Vorgaben erfüllt werden, sodass politisches System, Rechtsstaat und Wirtschaft des Beitrittskandidaten den Anforderungen der EU entsprechen.

Es ist das erste Mal in der langen Erweiterungsgeschichte der EU, dass mit einem Land mitten im Krieg Beitrittsgespräche geführt werden. Unmöglich und ganz unvorstellbar fanden das anfangs einige Staats- und Regierungschefs, Frankreichs Präsident Emanuel Macron an der Spitze: Er hatte die größten Bedenken. Aber auch aus Den Haag und anderen Hauptstädten kamen Zweifel – und Sorgen, dass die strengen Aufnahmeregeln der Union für eine Art Kriegsbonus zugunsten der Ukraine aufgeweicht würden.
Eine, die sich davon nicht beirren ließ, war [die EU-Kommissionspräsidentin] Ursula von der Leyen. Wenige Tage nach dem Einmarsch der Russen erklärte sie, die Ukraine gehöre in die „Europäische Familie". Danach betrieb sie Schritt für Schritt die Annäherung. In Rekordzeit wurde die Ukraine zusammen mit der Republik Moldau zum Beitrittskandidaten ernannt. [...] Wann die Ukraine EU-Mitglied wird, dürfte allerdings auch vom Kriegsverlauf abhängen. Selbst wenn es ganz schnell geht – in Kiew spricht man von wenigen Jahren –, gilt eine Aufnahme vor Kriegsende in Brüssel als ausgeschlossen. Die EU würde dann zur Kriegspartei. Noch ein Problem muss vor der endgültigen Aufnahme gelöst werden – ein Problem, das nur die Europäer selbst durch Reformen beiseiteschaffen können: die Finanzen. Bliebe es bei den bisherigen Regeln der Umverteilung von Fördergeldern, dann hätte die Ukraine nach Berechnungen des Instituts der deutschen Wirtschaft (IW) Anspruch auf bis zu 17 Prozent des Haushalts. Ein Grund dafür ist das jetzige System der Agrarsubventionen für die großen Ackerflächen – davon hat die Ukraine mehr als alle anderen EU-Mitglieder. Eine solche Umverteilung in Richtung Ukraine, auch das gilt in Brüssel als sicher, dürften die bisherigen Empfängerländer kaum mitmachen.

Helga Schmidt, Das Ziel ist klar, der Weg noch lang, in: https://www.tagesschau.de/ausland/europa/eu-beitrittsgespraeche-ukraine-moldau-100.html, 25.06.2024

M3 Sanktionen und Unterstützungsleistungen der EU

Seit dem Beginn der groß angelegten Invasion Russlands in die Ukraine am 24. Februar 2022 hat die EU massive und beispiellose Sanktionen gegen Russland verhängt.

Diese Maßnahmen ergänzen die bereits bestehenden Maßnahmen, die seit 2014 aufgrund der Annexion der Krim und der Nichtumsetzung der Minsker Vereinbarungen gegen Russland verhängt wurden.

Sie umfassen unter anderem Wirtschaftssanktionen, Sanktionen gegen Einzelpersonen, diplomatische Maßnahmen und Visamaßnahmen.

Die Maßnahmen sind darauf ausgelegt, größtmöglichen Druck auf Russland auszuüben und dessen Fähigkeit zur Führung seines rechtswidrigen Angriffskriegs mit allen verfügbaren Mitteln einzuschränken, um so das politische Ziel der EU zu erreichen, den Angriffskrieg Russlands gegen die Ukraine zu beenden.

Die Sanktionen der EU sind sorgfältig ausgerichtet, auf Verhältnismäßigkeit ausgelegt und zeitlich befristet. Das bedeutet, dass sie regelmäßig überprüft werden und dass die EU sie anpassen, lockern oder beenden kann, wenn die Ziele der EU erreicht oder bedeutsame Schritte in Richtung dieser Ziele zu verzeichnen sind. [...]

Als Reaktion auf Menschenrechtsverletzungen und -verstöße in Russland hat die EU Sanktionen im Rahmen zweier Sanktionsregelungen verhängt:

- einer globalen Sanktionsregelung im Bereich der Menschenrechte
- einer länderspezifischen Regelung, die am 27. Mai 2024 angenommen wurde

Die restriktiven Maßnahmen zielen auf jene ab, die für schwere Menschenrechtsverletzungen oder -verstöße, für Repressionen gegen die Zivilgesellschaft und die demokratische Opposition und für die Untergrabung der Demokratie und der Rechtsstaatlichkeit in Russland verantwortlich sind.

Die Sanktionen bestehen aus Reiseverboten, dem Einfrieren der Vermögenswerte von Personen und Organisationen sowie einem Verbot, den Gelisteten Gelder oder wirtschaftliche Ressourcen zur Verfügung zu stellen.

QUERVERWEIS

Der Strategische Kompass – ein wichtiger Meilenstein für die Sicherheit und Verteidigung der Europäischen Union?
S. 488 ff.

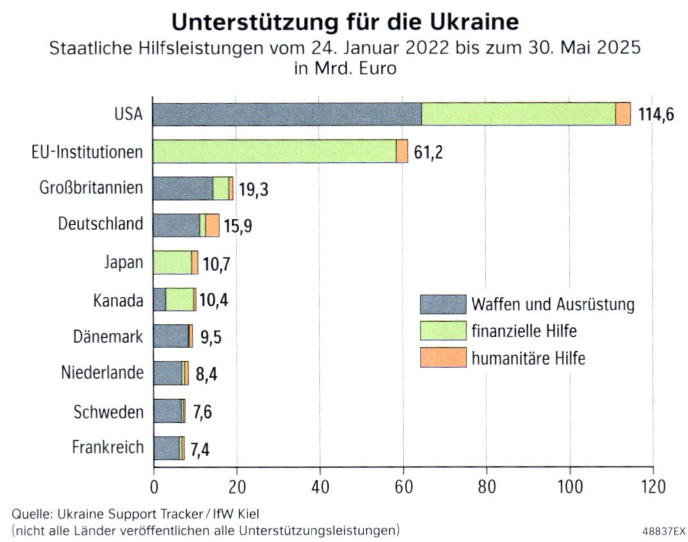

Die Sanktionen der EU gegen Russland im Detail, in: https://www.consilium.europa.eu/de/policies/sanctions-against-russia-explained/#sanctions; Sanktionen der EU gegen Russland, in: https://www.consilium.europa.eu/de/policies/sanctions-against-russia/, 18.07.2025

1 **Beschreiben** Sie die Karikatur (M 1) und **formulieren** Sie Deutungshypothesen.

2 **Fassen** Sie den zentralen Inhalt von M 2 **zusammen** und **bewerten** Sie die Chancen der Ukraine auf einen Beitritt zur Europäischen Union.

3 **Erläutern** Sie Inhalt und Wirkungsabsicht der EU-Sanktionen gegen Russland (M 3).

4 **Beurteilen** Sie die Bedeutung westlicher Waffenlieferungen an die Ukraine (M 3).

5 **Diskutieren** Sie im Plenum, ob die Europäische Union im Hinblick auf den Krieg in der Ukraine wirksame Maßnahmen ergriffen hat (M 1 – M 3).

1.8 Wie weit geht das Verteidigungsrecht der Ukraine?

M1 Öffentliche Debatte um das Waffensystem „Taurus“

Deutschland ist nach den USA der wichtigste militärische Unterstützer der Ukraine in ihrem Abwehrkampf gegen Russland. Seit Beginn des Krieges ist die Lieferung bestimmter Waffensysteme jedoch umstritten. Über nichts wurde länger und hitziger diskutiert als über die mögliche Lieferung von „Taurus“-Marschflugkörpern.

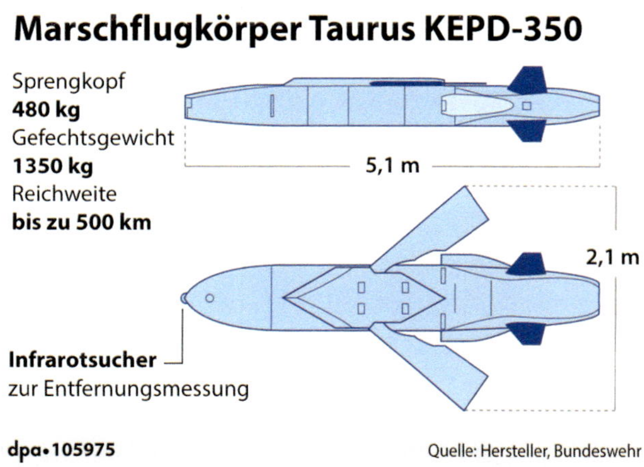

Die Ukraine hofft seit Langem auf die Unterstützung Deutschlands mit dem weitreichenden Waffensystem, das der ukrainischen Luftwaffe Angriffe tief in russischem Territorium ermöglichen würde. Der scheidende Bundeskanzler Olaf Scholz hat sich aber strikt gegen die Lieferung des „Taurus“ gestellt. Das könnte sich unter seinem voraussichtlichen Nachfolger, CDU-Chef Friedrich Merz, ändern. Merz hatte schon als Oppositionsführer gefordert, der Ukraine auch mit dem „Taurus“ zu helfen. Damit könnten Nachschubwege zerstört werden, die Moskau nutzt, um die Zivilbevölkerung in der Ukraine zu bombardieren, lautete sein Argument. Mehrfach brachte die Union Anträge für „Taurus“-Lieferungen im Bundestag ein, scheiterte damit aber an der Ampelkoalition. Besonders an der Ablehnung durch Scholz und die SPD übten Unionspolitiker scharfe Kritik. Am Sonntagabend sagte der wohl künftige Kanzler in der ARD-Sendung „Caren Miosga“ auf die Frage, ob seine Bereitschaft zur Unterstützung der Ukraine mit den Marschflugkörpern noch immer gelte: „Ja, ich habe das genauso gesagt, wie ich es gemeint habe. Nicht, dass wir selbst in diesen Krieg eingreifen, sondern dass wir die ukrainische Armee mit solchen Waffen ausrüsten.“ Er habe aber immer betont, dass er das nur in Abstimmung mit den europäischen Partnern tun würde. „Das muss abgestimmt werden, und wenn es abgestimmt wird, dann sollte Deutschland sich daran beteiligen.“

Warum wieder über „Taurus“ diskutiert wird, in: https://www.tagesschau.de/inland/innenpolitik/taurus-marschflugkoerper-debatte-100.htm, 16.04.2025

INFO

Taurus
Abkürzung für engl. „Target Adaptive Unitary and Dispenser Robotic Ubiquity System“. „Taurus“ ist ein von Deutschland und Schweden entwickelter Marschflugkörper, dessen Reichweite mehr als 500 Kilometer beträgt. Das Waffensystem ist in der Lage auch besonders gut gesicherte Ziele, wie Bunkeranlagen, zu zerstören.

M2 Das Gewaltverbot im Völkerrecht

Die Charta der Vereinten Nationen schuf 1945 eine neue völkerrechtliche Grundlage sowohl für das materiell-rechtliche Gewaltverbot als auch für seine kollektive Durchsetzung durch die Staatengemeinschaft. Artikel 2 Ziffer 4 der Charta untersagt den Mitgliedstaaten grundsätzlich jede Androhung oder Anwendung von Gewalt in ihren internationalen Beziehungen. Jede militärische Gewalt – nicht mehr nur der Krieg – eines Staates gegen einen anderen ist damit völkerrechtswidrig. Nach Kapitel VII der Charta obliegt es dem UN-Sicherheitsrat, im Falle einer Friedensbedrohung oder einer Angriffshandlung Maßnahmen gegen den Aggressor zu beschließen und durchzusetzen. An derartige Beschlüsse sind alle Mitgliedstaaten der Vereinten Nationen gebunden. Das umfassende Gewaltverbot des Artikel 2 Ziffer 4 der UN-Charta entwickelte sich in der Folgezeit zum tragenden Grundpfeiler der Vereinten Nationen und der gesamten internationalen Ordnung. Es wurde von allen Staaten auch außerhalb der Vereinten Nationen als wesentliche Richtschnur ihres außenpoli-

tischen Handelns anerkannt und erlangte so die Qualität universellen Völkergewohnheitsrechts. Der Internationale Gerichtshof (IGH) bestätigte dies 1986 in seiner Nicaragua-Entscheidung und fügte [...] [2004] hinzu, dass deshalb auch der gewaltsame Gebietserwerb gewohnheitsrechtlich verboten sei. Alle Staaten und internationalen Organisationen sind gehalten, die aus einer illegalen Gewaltanwendung resultierende Situation nicht anzuerkennen.
Darüber hinaus ist das Gewaltverbot heute als ein Satz des *ius cogens* anerkannt, also als zwingende Völkerrechtsnorm, von der die Staaten auch im Rahmen einer vertraglichen Einigung nicht abweichen können.

INFO

ius cogens
lat. zwingendes Recht

Oliver Dörr, Gewalt und Gewaltverbot im modernen Völkerrecht, in: https://www.bpb.de/shop/zeitschriften/apuz/28036/gewalt-und-gewaltverbot-im-modernen-voelkerrecht/, 15.10.2004

M3 Aus der Charta der Vereinten Nationen

Artikel 33

(1) Die Parteien einer Streitigkeit, deren Fortdauer geeignet ist, die Wahrung des Weltfriedens und der internationalen Sicherheit zu gefährden, bemühen sich zunächst um eine Beilegung durch Verhandlung, Untersuchung, Vermittlung, Vergleich, Schiedsspruch, gerichtliche Entscheidung, Inanspruchnahme regionaler Einrichtungen oder Abmachungen oder durch andere friedliche Mittel eigener Wahl.

(2) Der Sicherheitsrat fordert die Parteien auf, wenn er dies für notwendig hält, ihre Streitigkeit durch solche Mittel beizulegen.

Artikel 34

Der Sicherheitsrat kann jede Streitigkeit sowie jede Situation, die zu internationalen Reibungen führen oder eine Streitigkeit hervorrufen könnte, untersuchen, um festzustellen ob die Fortdauer der Streitigkeit oder der Situation die Wahrung des Weltfriedens und der internationalen Sicherheit gefährden könnte.

M4 Risiken eines möglichen „Taurus"-Einsatzes

Das Kriegsvölkerrecht definiert, was ein legitimes militärisches Ziel ist, worauf also – grob gesagt – geschossen werden darf. Da Russland sich dazu entschieden hat, Krieg gegen die Ukraine zu führen, besteht kein Zweifel daran, dass der Angegriffene das Recht hat, Ziele auch auf dem Staatsgebiet des Angreifers zu attackieren. Ebenso wenig besteht ein ernsthafter Zweifel daran, dass die Flugplätze, von denen aus die russischen Bomber und Drohnen mit ihrer mörderischen Fracht starten, für die ukrainische Armee legitime Ziele darstellen.
Juristisch und militärisch gesehen ist es daher absurd, dass die amerikanische und die britische Regierung es Kiew bisher nicht erlauben, die von ihnen gelieferten Langstreckenwaffen gegen tief in Russland liegende Ziele einzusetzen. [...] Dieser Widerspruch zwischen Einsatznotwendigkeiten und Einsatzbefugnissen ist Amerikanern und Briten natürlich bekannt. Dass er bisher nicht aufgelöst wurde, hat mit einem dritten, einem politischen Faktor zu tun [...]: der Angst davor, dass der Krieg entweder über die Grenzen der Ukraine hinaus oder gar von einem konventionellen zu einem nuklearen eskalieren könnte, wenn plötzlich von NATO-Staaten gelieferte Marschflugkörper auf den Militärbasen der Atommacht Russland einschlagen.

Hubert Wetzel, Russlands Armee zu schützen, kann nicht im Interesse des Westens sein, in: https://www.tagesanzeiger.ch/ukraine-news-darum-ist-die-langstreckenwaffen-frage-kompliziert-874032185432, 12.09.2024

1 **Erläutern** Sie die Grundlagen des völkerrechtlichen Gewaltverbots (M 2, M 3).
2 **Setzen** Sie sich am Beispiel des Waffensystems „Taurus" mit der Frage **auseinander**, wie weit das Verteidigungsrecht der Ukraine reicht (M 1–M 4).

1.9 Inwiefern können Täter zur Rechenschaft gezogen werden?

M1 Russische Kriegsverbrechen in der Ukraine

Nach dem Rückzug der russischen Truppen aus dem Kiewer Vorort Butscha wurden dort Hunderte tote Zivilisten entdeckt, sie lagen auf der Straße, neben ihren Autos, teilweise mit auf den Rücken gefesselten Händen und Kopfschüssen. Es waren Bilder, die um die Welt gingen und die der Frage, ob russische Truppen in der Ukraine Kriegsverbrechen begehen, noch mal neue Dringlichkeit gegeben haben. Russland weist diese Vorwürfe – ohne entlastende Beweise vorzulegen – zurück. Damit diese und andere Verbrechen dennoch irgendwann vor Gericht verhandelt werden können, recherchieren NGOs in der ganzen Ukraine, machen Fotos und Videos, sammeln Aussagen von Zeugen der Verbrechen und versuchen sie zu bestätigen. Die Arbeit von Truth Hounds ist nicht ungefährlich. Deswegen sind die Mitarbeiterinnen und Mitarbeiter der NGO anonym im Land unterwegs, wenn sie recherchieren und mutmaßliche Kriegsverbrechen dokumentieren. Eine von ihnen nennt sich Kazanova. „In den letzten Tagen haben wir versucht, Zeugen zu finden, die unter der russischen Besatzung gelitten haben, vielleicht gefangengenommen wurden oder deren Angehörige ermordet wurden und so weiter. Wir versuchen, alle möglichen Aussagen zu bekommen, sie zu sammeln und zu verifizieren.“ [...]

Diese Zusammenarbeit zwischen NGOs und der Justiz ist in den letzten Jahren weltweit gewachsen. Ausgangspunkt war der Syrien-Krieg, aus dem es viel Video- und Fotomaterial gab. Inzwischen gebe es erste Urteile, die auf solchen dokumentierten Beweisen aufbauen, sagt Anwältin Kateryna Busol. In der Ukraine sei jetzt wichtig, meint Busol, dass NGOs wie Truth Hounds und Ermittler sich gut absprechen, Doppelarbeit vermeiden und gründlich dokumentieren. Nur so ließen sich Staatsanwälte in der Ukraine oder im Ausland überzeugen, das Material zukünftig als Beweis zu verwenden. Und nur so könnten Täter bestraft werden. Darauf hofft auch Truth Hounds-Mitarbeiterin Kazanova: „Die Praxis zeigt uns: Wenn Täter nicht bestraft werden, dann begehen sie ihre Verbrechen immer wieder.“

Frederik Rother, Wie NGOs Täter zur Rechenschaft ziehen wollen, in: https://www.deutschlandfunk.de/wie-ngos-taeter-zur-rechenschaft-ziehen-wollen-102.html, 22.04.2022

M2 Humanitäres Völkerrecht

Das humanitäre Völkerrecht bezieht sich auf Zeiten bewaffneter Konflikte und ist um den Ausgleich zweier gegenläufiger Interessen bemüht – auf der einen Seite die Berücksichtigung militärischer Interessen, auf der anderen Seite die Bewahrung des Prinzips der Menschlichkeit. Es enthält Bestimmungen sowohl zum Schutz von Personen, die nicht oder nicht mehr an den Feindseligkeiten teilnehmen, als auch Beschränkungen der Kriegsmethoden und -mittel.

Ein wichtiger Zweck des humanitären Völkerrechts besteht in der Begrenzung des Leidens, das durch Kriege verursacht wird, in dem es die Opfer schützt und ihnen beisteht soweit dies möglich ist. Es knüpft damit an die internationale Realität bewaffneter Konflikte an und fragt gerade nicht nach den Gründen oder

der etwaigen völkerrechtlichen Berechtigung zur Führung eines bewaffneten Konflikts. [...] Rechtsnormen zur Mäßigung der Kriegführung und Linderung des Leides sind so alt wie der Krieg selbst.
Das moderne humanitäre Völkerrecht fand seinen Ursprung in der Gründung des Roten Kreuzes im Jahr 1863 und der Annahme der ersten Genfer Rot-Kreuz-Konvention von 1864 (Abkommen zur Verbesserung des Loses der Verwundeten). Seit Mitte des 19. Jahrhunderts ergab sich eine bis heute fortschreitende Kodifikationsbewegung, deren wichtigste Bausteine die Haager Abkommen von 1899 und 1907, die 1949 verabschiedeten vier Genfer Abkommen sowie die 1977 und 2005 verabschiedeten Zusatzprotokolle zu den Genfer Abkommen darstellen. Während die Haager Abkommen vor allem Regeln zur Kriegsführung kodifiziert haben (Haager Recht), enthalten die Genfer Konventionen insbesondere Vorschriften zum Schutz von Verwundeten, Kriegsgefangenen und Zivilisten in bewaffneten Konflikten (Genfer Recht).
In den letzten Jahrzehnten hinzugetreten sind das Umweltkriegsübereinkommen (1977), das VN-Waffenübereinkommen (1980), das Chemiewaffenübereinkommen (1993), das Ottawa-Abkommen über das Verbot von Personenminen (1997) und das Übereinkommen über Streumunition (2008). Ein weiteres bedeutendes Abkommen des Humanitären Völkerrechts ist das Haager Übereinkommen zum Schutz von Kulturgütern in bewaffneten Konflikten von 1954 sowie die zwei Protokolle zu diesem Übereinkommen.

Humanitäres Völkerrecht, in: https://www.auswaertiges-amt.de/de/aussenpolitik/regelbasierte-internationale-ordnung/voelkerrecht-internationales-recht/humanitaeres-voelkerrecht/213012, 07.02.2025

INFO

VN
Vereinte Nationen

M3 Muss sich Putin vor Gericht verantworten?

Als Kriegsverbrecher können nach dem humanitären Völkerrecht und dem Römischen Statut nur Einzelpersonen verfolgt und verurteilt werden, keine juristischen Personen und auch keine Staaten. Militärische Befehlshaber und Politiker, die nicht persönlich an Kriegsverbrechen beteiligt waren, können dabei über die weithin anerkannte Vorgesetztenverantwortlichkeit juristisch zur Rechenschaft gezogen werden. Dies gilt nicht nur, wenn die Personen diese Verbrechen angeordnet haben, sondern auch, wenn sie davon gewusst haben oder wenn sie in einer Position waren, in der sie darüber Bescheid gewusst haben könnten und nichts dagegen getan haben. Auf dieser Grundlage hat der Internationale Strafgerichtshof wegen mutmaßlicher Kriegsverbrechen in der Ukraine Haftbefehl gegen den russischen Präsidenten Wladimir Putin erlassen. [...]
Da das IStGH selbst keine Möglichkeit hat, einen Haftbefehl zu vollstrecken, müsste dies durch einen Staat geschehen, der Vertragspartner des IStGH ist. Putin – so viel ist klar – wird nicht vor dem Gericht in Den Haag erscheinen.
Der Internationale Strafgerichtshof ist nicht immer machtlos, nur weil ein Staat kein Mitglied ist. Beispiel Ukraine: Das Land ist zwar kein offizieller Mitgliedstaat des Internationalen Strafgerichtshofs, hat die Zuständigkeit des Gerichts aber für ukrainisches Territorium nach dem russischen Angriffskrieg rückwirkend anerkannt.

Wulf Wilde/Gesine Dornblüth/pto/tei, Wie Putin wegen Kriegsverbrechen vor Gericht landen könnte, in: https://www.deutschlandfunk.de/was-sind-kriegsverbrechen-100.html, 02.04.2024

INFO

IStGH
Internationaler Strafgerichtshof in Den Haag

1 **Beschreiben** Sie anhand von M 1 die Arbeit der NGOs in der Ukraine.
2 **Erläutern** Sie die Grundlagen des humanitären Völkerrechts (M 2).
3 **Beurteilen** Sie die Möglichkeiten des Internationalen Strafgerichtshofs (M 3), Kriegsverbrecher zur Verantwortung zu ziehen.
4 „Die Praxis zeigt uns: Wenn Täter nicht bestraft werden, dann begehen sie ihre Verbrechen immer wieder.“ **Setzen** Sie sich vor dem Hintergrund dieses Zitats damit **auseinander**, inwiefern Täter zur Rechenschaft gezogen werden können (M 1–M 3).

1.10 Lässt sich Frieden (nur) mit Waffen schaffen?

M1 Wollen alle Frieden?

Zeichnung: Kostas Koufogiorgos

M2 Friedensdefinitionen

INFO

Johan Galtung (1930–2024) norwegischer Soziologe und Friedensforscher

Der [...] Friedensforscher Johan Galtung [...] hat das Nachdenken über Friedenskonzepte als die „größte geistige Herausforderung unserer Zeit" bezeichnet. Er vertritt die Auffassung, dass Friedenskonzepte an zwei Zielen orientiert sein müssen:

- Ausschaltung von Gewalt und
- Sicherung der Würde des Menschen und der Integrität seiner Kultur.

Beide Ziele hat Galtung in einem **Friedenskonzept** verbunden, das er als **Alternative zur militärischen Verteidigung** eines Staates gegen einen militärischen Angriff entwickelt hat: das Konzept der gewaltlosen sozialen Verteidigung. Es besteht in der Strategie, jede Zusammenarbeit mit einer feindlichen Macht zu verweigern und die Institutionen und den Zusammenhalt der eigenen Gesellschaft trotz militärischer Besetzung durch solidarischen gewaltfreien Widerstand aufrecht zu erhalten. Nicht ein bestimmtes Territorium, sondern eine bestimmte Art zu leben und die Integrität einer Kultur werden so verteidigt. Von Galtung stammt auch die grundlegende Unterscheidung von

- personaler oder **direkter Gewalt** und
- **struktureller Gewalt**.

Auf dieser Unterscheidung gründet sich sein erweiterter Friedensbegriff: Frieden ist definiert

- als **Abwesenheit von personaler, direkter Gewalt (negativer Frieden)** und
- als **Abwesenheit von struktureller Gewalt (positiver Frieden)**.

Den Inhalt des positiven Friedens setzt Galtung mit sozialer Gerechtigkeit gleich. Das unterscheidet seine Friedenskonzeption von allen vorhergehenden. Er fordert nicht nur die Erforschung von Konflikten, um durch ihre Beilegung einen negativen Frieden zu sichern, sondern auch eine Entwicklungsforschung [...], um positiven Frieden durch größere soziale Gerechtigkeit zu erreichen.

Friedenskonzepte von Kant bis Galtung. Das Friedenskonzept von Galtung, in: https://www.lernhelfer.de/schuelerlexikon/politikwirtschaft/artikel/friedenskonzepte-von-kant-bis-galtung, 07.08.2025

Nach: ISB (Hrsg.), Handreichung für den Sozialkundeunterricht am Gymnasium, Donauwörth 1993, S. 147

M3 Das zivilisatorische Hexagon

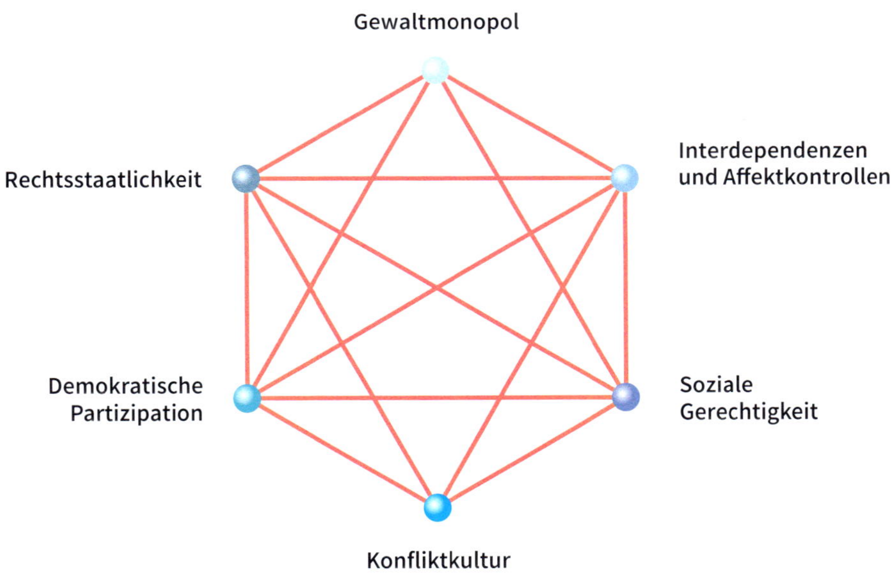

Nach: Dieter Senghaas, Die Kultur des Friedens in: Aus Politik und Zeitgeschichte B43/1995, S. 3

INFO

Rechtsstaatlichkeit
Begrenzung der Staatsgewalt durch Prinzipien wie Gewaltenteilung und richterliche Unabhängigkeit

Demokratische Partizipation
Beteiligung der Bürger am politischen Willensbildungs- und Entscheidungsprozess, z. B. durch Wahlen

Konfliktkultur
Bereitschaft und Fähigkeit zur gewaltfreien konstruktiven Konfliktbewältigung

Staatliches Gewaltmonopol
Vorherrschaft des Rechts, nicht Durchsetzung des jeweils Stärkeren

Interpendenzen und Affektkontrollen
Wissen um „wechselseitige Abhängigkeiten“ fordert Identitätsausbildung; ist Voraussetzung für Toleranz und Kompromissbereitschaft

Soziale Gerechtigkeit
gerechte Verteilung von Rechten und Chancen in der Gesellschaft ist Voraussetzung für konstruktive Konfliktbearbeitung

1 **Analysieren** Sie die Karikatur (M 1).
2 **Beschreiben** Sie den Friedensprozess nach Johan Galtung (M 2).
3 **Überprüfen** Sie, ob die Friedensbedingungen des zivilisatorischen Hexagons (M 3) in Deutschland erfüllt sind.

M4 Zerstörungen durch den Krieg

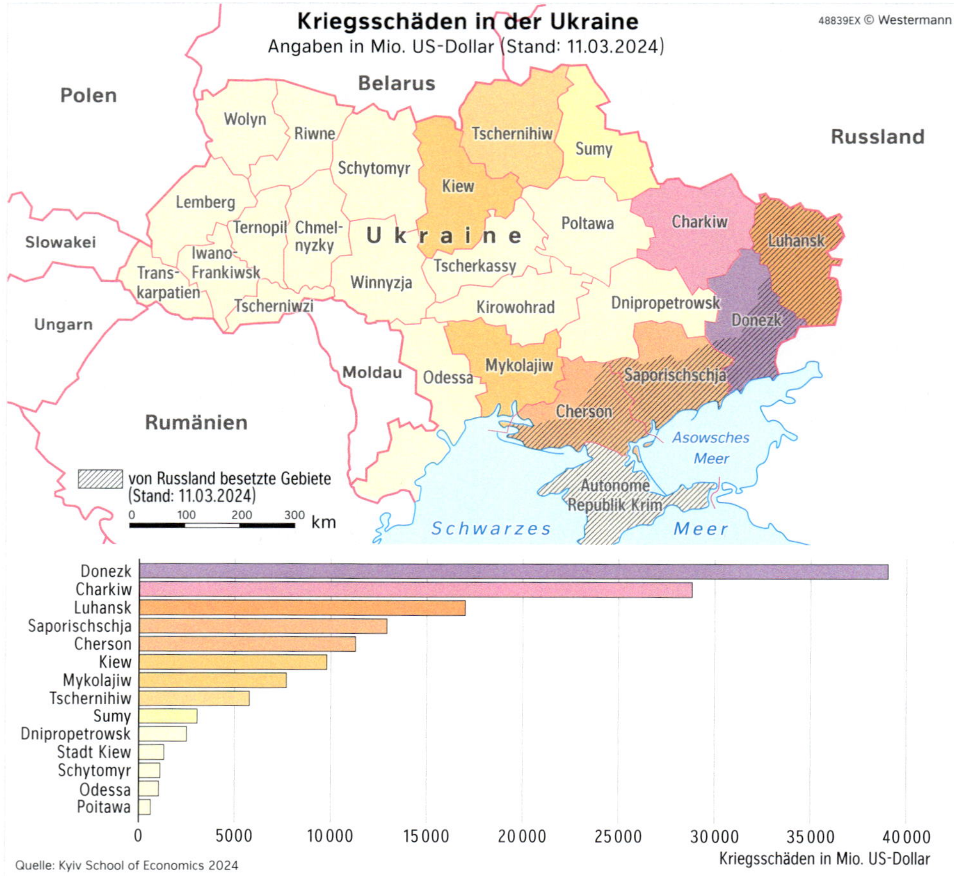

GLOSSAR

Blauhelme

M5 UN-Friedenseinsätze

Soldaten einer UN-Friedensmission mit dem typischen blauen Helm

Ausgangspunkt der Entwicklung der Friedenseinsätze waren die sogenannten „Peacekeeping-Einsätze“ der Vereinten Nationen. Die ersten dieser Missionen wurden in den späten 1940er-Jahren entsandt und bestanden aus unbewaffneten Militärbeobachter:innen und leicht bewaffneten Truppen („Blauhelme“) mit der Aufgabe der Sicherung eines Waffenstillstandes. In der UN-Charta war dieses Instrument der Friedenssicherung allerdings nicht vorgesehen, sondern es entstand aus praktischer Notwendigkeit. Seit Ende des Kalten Krieges hat sich das Instrument stark verändert. Friedenseinsätze zielen heute nicht mehr nur auf das „Einfrieren“ eines Konfliktes, sondern auf eine Bearbeitung der grundlegenden Konfliktursachen ab – auch wenn das in der Praxis nicht immer gelingt. Die Veränderungen führten zu:

- einem stark gewachsenen Kreis von Akteuren: neben der UN auch EU, OSZE, NATO, AU und Staatengruppen (sogenannte „Koalitionen der Willigen“);
- der zusätzlichen Entsendung von polizeilichem und zivilem Personal neben militärischem Personal;
- einem wesentlich breiteren („multidimensionalen“) Aufgabenspektrum;
- der Nachfrage nach stärker spezialisiertem Personal;
- der Erlaubnis, zum Schutz der Zivilbevölkerung und zur Verteidigung des Mandates militärische Mittel einzusetzen (ein sogenannter „robuster“ Einsatz). [...]

Moderne Friedenseinsätze arbeiten in ganz unterschiedlichen Themenfeldern. Insbesondere die großen multidimensionalen UN-Missionen haben meist eine Vielzahl an mandatierten Aufgaben, kleinere EU- oder OSZE-Einsätze sind dagegen in der Regel enger fokussiert. Personal in Friedenseinsätzen arbeitet in Bereichen wie:

- Schutz der Zivilbevölkerung
- Menschenrechte
- Polizei
- Institutionenaufbau und Regierungsführung
- Beobachtung und Verifikation
- Frauen, Frieden und Sicherheit

Was ist ein Friedenseinsatz?, in: https://www.zif-berlin.org/was-ist-ein-friedenseinsatz, 20.07.2025

M6 Entwicklungszusammenarbeit als Konfliktbewältigung

Zwei Drittel der Partnerländer der deutschen Entwicklungszusammenarbeit sind von Krisen, Konflikten oder Krieg betroffen.
Konflikte entstehen aus wirtschaftlichen, sozialen oder politischen Gründen. Oft sind die Ursachen miteinander verknüpft. Krisen und gewalttätig ausgetragene Konflikte können innerhalb kurzer Zeit die Ergebnisse langjähriger Entwicklung zunichtemachen. Dies hat negative physische und psychische Auswirkungen, nehmen Menschen ihre Existenzgrundlage und schwächen Staat und Gesellschaft.
Die GIZ verfolgt das Ziel, Ursachen von Konflikten zu bearbeiten und ein friedliches und inklusives Miteinander zu ermöglichen. Gemeinsam mit Partnerregierungen und -institutionen entwickelt sie Strategien der Krisen- und Gewaltprävention. Dabei folgt die GIZ dem Prinzip der Allparteilichkeit und dem „Do No Harm“ Ansatz. Menschenrechte und Chancengerechtigkeit sind Grundlage ihrer Arbeit. Die GIZ unterstützt Partner dabei, Konfliktursachen zu erkennen und Konflikte gewaltfrei zu bearbeiten. Jede Beratung der GIZ ist auf die spezifischen Bedingungen vor Ort zugeschnitten. Das Ziel ist, Rahmenbedingungen zu schaffen, die eine friedliche, inklusive und nachhaltige Entwicklung möglich machen. Die GIZ setzt sich dafür ein, dass sowohl staatliche als auch zivilgesellschaftliche Kapazitäten aufgebaut werden, die bei der gewaltfreien Konfliktlösung unterstützen. Durch Friedenspädagogik fördert die GIZ eine Zukunft ohne Gewalt: Junge Leute lernen in Schulen, Hochschulen und Jugendeinrichtungen, wie man Auseinandersetzungen friedlich beilegt.
Krieg und Gewalt erschüttern das Vertrauen in den Staat und innerhalb der Gesellschaft. Es ist eine große Herausforderung, nach dem Ende der Gewalt wieder tragfähige Beziehungen zwischen Gesellschaft und Staat herzustellen und den sozialen Zusammenhalt zu erneuern. Die GIZ fördert den konstruktiven Dialog zwischen Staat und Zivilgesellschaft und zwischen Konfliktparteien. Sie unterstützt lokale Vermittler, die sich beispielsweise durch Mediation für die gewaltfreie Bearbeitung von Konflikten einsetzen.

Frieden und Konfliktbearbeitung, in: https://www.giz.de/de/expertise/frieden-sicherheit, 20.07.2025

INFO

GIZ
Deutsche Gesellschaft für Internationale Zusammenarbeit

1 **Werten** Sie M 4 aus und **beschreiben** Sie die Verteilung der Kriegsschäden in der Ukraine.

2 **Fassen** Sie die Möglichkeiten von UN-Friedenseinsätzen **zusammen** (M 5) und bewerten Sie die Bedeutung von Friedenseinsätzen der Vereinten Nationen.

3 **Erläutern** Sie anhand von M 6 die Möglichkeiten der Entwicklungszusammenarbeit bei der Bewältigung von Kriegen und Konflikten.

4 **Gestalten** Sie kollaborativ ein mediales Produkt (z. B. Podcast, Erklärfilm, Zeitungskommentar) in dem Sie die Frage **diskutieren**, ob sich Frieden (nur) mit Waffen schaffen lässt (M 1–M 6).

1.11 Realismus: Gibt es einen Ausweg aus dem Sicherheitsdilemma?

M1 Zitate

Realistisch ist heute [in der Ukraine] vielleicht nicht mehr als ein fragiler Waffenstillstand und ein eingefrorener Konflikt. Doch alles ist besser als eine fortgesetzte Eskalation mit unzähligen Opfern und unüberschaubaren Risiken.

John Mearsheimer (* 1947), amerikanischer Politikwissenschaftler

Wenn wir die heiße Phase des Krieges beenden wollen, sollten wir das Territorium unter den Schutzschirm nehmen, das wir unter Kontrolle haben. Das müssen wir schnell tun. Und dann kann die Ukraine die anderen Gebiete diplomatisch zurückerlangen.

Wolodimir Selenski (* 1978), ukrainischer Präsident

M2 Struktureller Realismus

Das Streben nach Macht zählt den Vertretern dieser Denkschule zufolge als zentrale Kategorie der Internationalen Beziehungen. Realistische Theorien zählen zu den ältesten Theorien der Internationalen Beziehungen. Entwickelt wurden sie bereits in den 1930er-Jahren. Seit den 1970er-Jahren spricht man von Neorealismus oder Strukturellem Realismus.

Kernannahmen des Strukturellen Realismus:

1. Anarchie, definiert als Abwesenheit einer zentralen Ordnungsinstanz – ist das Kennzeichen des internationalen Systems.
2. Staaten sind rationale und einheitliche Akteure, die unabhängig von ihrer innerstaatlichen Verfasstheit agieren.
3. Das prägende Strukturmerkmal der Internationalen Beziehungen ist die Machtverteilung zwischen Staaten; es entscheidet, in welcher Position sich ein Staat befindet, und wie das System strukturiert ist.
4. Aggressionen anderer Staaten und Krieg sind jederzeit möglich. Daraus folgt, dass die Oberlebenssicherung oberste Priorität für Staaten hat.
5. Internationale Anarchie schränkt das Verhalten von Staaten stark ein und zwingt sie, sich zuerst um ihre Sicherheit zu kümmern. Dazu sind sie auf Selbsthilfe angewiesen.

Aus den theoretischen Annahmen des Strukturellen Realismus lassen sich bestimmte Verhaltensweisen und Dynamiken für Staaten und internationale Politik ableiten.

1. Alle Staaten streben nach Sicherheit und rüsten militärisch auf, um ihr Sicherheitsbedürfnis zu befriedigen. Dies führt zur wechselseitigen Bedrohung und mündet schließlich in einem Sicherheitsdilemma.
2. Staaten müssen verhindern, dass andere Staaten mehr Macht haben als sie. Folglich ist eine Außenpolitik. die auf den Ausgleich von Machtungleichgewichten abzielt, eine rationale Strategie. Staaten werden zunächst versuchen ein Machtungleichgewicht durch eigene Aufrüstung, also durch eine Strategie des internen Ausbalancierens auszugleichen. Reicht dies nicht aus, bilden sie als Strategie des externen Ausbalancierens Allianzen mit anderen Staaten gegen Dritte.
3. Langfristige Kooperation ist allerdings unwahrscheinlich, da Staaten immer um ihre relativen Gewinne fürchten müssen. Das heißt, sie müssen befürchten, dass andere Staaten von der Kooperation mehr profitieren als sie selbst. [...]
4. Aus der Sorge um relative Gewinne ergibt sich auch, dass Staaten sich nicht langfristig innerhalb von Institutionen binden, oder nur, solange sie relative Gewinner sind. Institutionen oder internationale Organisationen können folglich als wenig einflussreiche Randphänomene der internationalen Beziehungen betrachtet werden. [...] Entsprechend werden Realisten und Neorealisten nicht müßig zu be-

tonen. dass die tatsächlich durchsetzungsfähigen Organisationen wie die NATO oder die WTO diese Qualität nur aufweisen, weil sie von den mächtigsten Staaten der Welt gestützt werden bzw. die Ziele der Organisationen mit den Interessen dieser Staaten deckungsgleich sind. Wo dies nicht der Fall ist, sind Organisationen bedeutungslos.

Anja Jetschke, Internationale Beziehungen. Eine Einführung, Narr Francke Attempto: Tübingen 2017, S. 142 f.

M 3 Realismus und der Krieg in der Ukraine

Macht, Ordnung und Sicherheit sind die zentralen Kategorien des klassischen Realismus. Insbesondere Großmächte streben unablässig nach mehr Macht, verteidigen bestehende Macht oder wollen stets den Verlust von Macht an widerstrebende oder disruptive Akteure verhindern. Ihr operatives Handeln ist deshalb strategisch darauf ausgerichtet, was diese oder jene Politik für den eigenen Machtumfang und für den anderer, besonders nicht verbündeter Staaten, impliziert. Die Kategorie Macht führt so unmittelbar zur Idee des Machtgleichgewichts. Dieses Gleichgewicht ist keine abstrakte Größe, sondern spiegelt das Kräfteverhältnis einer bestehenden Ordnung nach dem Ende eines hegemonialen Krieges wider. Gleichheit gibt es daher unter Großmächten nicht, die Ordnung unterliegt der Führung durch einen Staat oder eine Gruppe von Staaten. Klassische Realisten betonen explizit, dass eine beständige Ordnung nur die sein kann, die durch Führung und Macht gestützt wird. [...]
Für Realisten ist klar: Putin hat durch seinen Kriegsbeginn das wahre Gesicht des heutigen Russlands gezeigt – d.h. er will die bestehende internationale Ordnung zerstören und sieht einen Waffenstillstand bestenfalls als eine Zwischenetappe zu einem weiteren Waffengang an. Die so oft empfohlene Gesichtswahrung könnte auch auf Kompromisse hinauslaufen, die der Entwicklung auf dem Schlachtfeld nicht entsprächen. [...]
Der klassische Realist sieht sich hier in seinen Grundannahmen insofern bestätigt, als ein Kriegsgegner wie Putin höchstens aufgrund eigener Schwächen einer politischen Kompromisslösung zustimmen würde. Diesen Schritt, der seinem Machtdrang grundlegend widerspricht, würde er nicht freiwillig, sondern nur gezwungenermaßen unternehmen. Mögliche Schwächen des Kriegsfeindes muss man in der Vorstellungswelt des klassischen Realismus daher konsequent ausnutzen, um die eigenen politischen Vorstellungen internationaler Ordnung effektiv gegen die durch den Krieg unmissverständlich geäußerte Bedrohung zu schützen. [...]
In der klassischen realistischen Sicht muss ein Gegner wie Putin niedergeworfen werden, weil er seine Intention spätestens durch den Kriegsbeginn entblößt hat. Das würde im Fall von Russlands Krieg gegen die Ukraine bedeuten, dass alles getan werden muss, damit Russland in diesem Krieg unterliegt und seine Truppen aus der Ukraine abzieht.

Maximilian Terhalle, Die Theorie zum Krieg? Klassischer Realismus, Strategie und Russlands Angriffskrieg, in: https://www.degruyterbrill.com/document/doi/10.1515/sirius-2023-1008/html, 04.04.2023

1 **Vergleichen** Sie die beiden Zitate in M 1 und ordnen Sie diese in das Konzept des Sicherheitsdilemmas (M 2) ein.
2 **Erklären** Sie, welche Auswirkungen die Kernannahmen des strukturellen Realismus auf das Verhalten von Staaten haben (M 2).
3 **Bewerten** Sie die Annahmen des klassischen Realismus zum Krieg in der Ukraine (M 3).
4 **Verfassen** Sie ausgehend von einem der beiden Zitate in M 1 einen Kommentar, in dem Sie bezogen auf M 2 und M 3 die Frage **diskutieren**, ob es einen Ausweg aus dem Sicherheitsdilemma gibt.

1.12 Neoliberalismus: Was fördert internationale Zusammenarbeit?

M1 Leere Taschen?

Zeichnung: Jürgen Janson

M2 Die neoliberale Denkschule internationaler Politik

INFO

Neoliberalismus
Im Rahmen der Internationalen Politik bezieht sich die Denkschule auf institutionelle Ansätze und darf nicht mit der neoliberalen Denkschule der Wirtschaftswissenschaften verwechselt werden.

Interdependenz
beschreibt die wechselseitige Abhängigkeit zwischen Nationalstaaten, z. B. in Fragen der Wirtschaft

Es lässt sich feststellen, dass der neoliberale Institutionalismus weitgehend die gleichen Prämissen setzt wie die neorealistische Theorieschule.
Zentraler Ausgangspunkt der neoliberal-institutionalistischen Theorie ist ebenfalls die anarchische Struktur des internationalen Staatensystems. Die Hauptakteure sind einheitlich handelnde und rationale Staaten damit erkennen die Institutionalisten die zuvor genannten Kooperationsprobleme in ihrer Tragweite durchaus an. Unterschiedlich ist jedoch die Bewertung der Folgen des Faktors Anarchie im internationalen Staatensystem. Entscheidend für die Unterschiedlichkeit der Interpretation ist der Umstand, dass die institutionalistische Perspektive zu der Einsicht gelangt, dass Staaten nicht in dem Umfang unabhängig sind, als dass sie autark seien. Gerade zwischen den industrialisierten Staaten des Nordens besteht eine nicht zu übersehende Interdependenz, ein wechselseitiges Abhängigkeitsverhältnis. Diese Interdependenz kann dazu führen, dass der permanente Wettstreit um Sicherheit und Unabhängigkeit abgeschwächt wird und einer Politik zur gemeinsamen Zielerreichung weicht. Die Beweggründe für eine Politikkoordinierung zwischen zwei Akteuren lässt sich anhand einer Kosten-Nutzen-Kalkulation darstellen: Die Akteure gelangen zu der Einsicht, dass unkooperatives Verhalten die eigenen Kosten zur Zielerreichung nur unnötig erhöht. Das kollektive Handeln staatlicher Akteure ist hierbei stark von dem Grad der Unsicherheit über die Absichten des anderen abhängig. Je mehr Informationen die Akteure über die Absichten der anderen erhalten, desto effizienter ist Kooperation möglich. Um zwischen Akteuren mit gleichen Interessen zu vermitteln, und eine effiziente Kooperation zu etablieren, wird

vonseiten des Institutionalismus die Institutionalisierung von Regeln zur Beilegung von Konflikten und die Koordinierung der gemeinsamen Politik im Rahmen eines Regimes bzw. einer Organisation vorgeschlagen. [...] Demnach kann festgehalten werden, dass gemäß der institutionalistischen Theorie der Akteur seine Ziele dahingehend setzt, als dass er nach maximalen, absoluten Gewinnen strebt, weil er sich durch Interdependenz und Kooperation nicht mehr so stark auf Sicherheit und Unabhängigkeit konzentrieren muss.

Oliver Schmidt, Das Vertrauensproblem im Bündnisfall der NATO im Untersuchungszeitraum 1949 bis 1989/90 aus theoretischer Perspektive. Eine kritische Auseinandersetzung mit der militärischen Beistandspflicht im westlichen Bündnis, in: KFIBS-Analyse, Nr. 2/2019, S. 6ff.; https://www.ssoar.info/ssoar/bitstream/handle/document/39970/ssoar-2009-schmidt-Das_Vertrauensproblem_im_Bundnisfall_der.pdf

INFO

Regimetheorie bezeichnet die Ausbildung von internationalen Regimen, d. h. Institutionen, die mittels rechtlicher und normativer Strukturen auf der zwischenstaatlichen Ebene zusammenarbeiten (Beispiel: das Welthandelsregime mit der Welthandelsorganisation (WTO) als zentralem Bestandteil)

Ernst-Otto Czempiel (1927–2017) deutscher Politikwissenschaftler

M 3 Der Krieg in der Ukraine als Herausforderung des Institutionalismus

Der Krieg Russlands gegen die Ukraine ist auch eine Herausforderung für den Institutionalismus, der sich von der wirtschaftlichen und kommunikativen Globalisierung, den wachsenden transnationalen Aktivitäten gesellschaftlicher Akteure und den damit verbundenen Verregelungen und Verrechtlichungen der internationalen Beziehungen friedensfördernde Wirkungen verspricht. Die Staaten könnten es sich schließlich nicht mehr leisten, die positiven Effekte ihrer wechselseitigen Abhängigkeiten durch Krieg aufs Spiel zu setzen. Der aktuelle Einbruch in den West-Ost-Beziehungen stellt die institutionalistische Perspektive dramatisch infrage. Schon der Erste Weltkrieg hatte gezeigt, dass wirtschaftlicher Austausch nicht ausreicht, um einen großen Krieg zu verhindern, aber diese Erfahrung wurde im Globalisierungsprozess der letzten fünfzig Jahre verdrängt.

So war Ernst-Otto Czempiel, der große Pionier der Friedens- und Konfliktforschung in Deutschland, in einem seiner letzten Bücher noch davon ausgegangen, dass der fortschreitende Übergang zur Marktwirtschaft in China als „unvermeidliches Beiwerk" ein demokratisches Herrschaftssystem erzeugen werde. Und heute sagt Thomas de Maizière, in den Kabinetten von Angela Merkel unter anderem Kanzleramts- und Verteidigungsminister, gerade wir Deutschen als Exportnation hätten immer nach der Maxime gelebt, dass Wirtschaftsbeziehungen und gegenseitige Abhängigkeiten zu mehr Stabilität führten. Jetzt lernten wir, dass auch das eine Illusion gewesen sei. Hier war die institutionalistische Friedens- und Fortschrittstheorie also in zweifacher Hinsicht zu optimistisch. Nach wie vor ist richtig, dass Handelsbeziehungen tendenziell die Wahrscheinlichkeit gewaltsamer Auseinandersetzungen reduzieren; aber sie sind keine Garantie für Demokratisierung (China und Russland wollen beide Handel, aber keinen Wandel), und sie können zu heiklen Abhängigkeiten führen. Jetzt gibt es eine neue Debatte über die Risiken von Interdependenz, denn in dem Wort steckt ja nicht nur das „inter", sondern auch die „Dependenz".

Gert Krell, Weltbilder und Weltordnung, in: https://www.fr.de/kultur/gesellschaft/weltbilder-und-weltordnung-91596643.html, 07.06.2022

1 **Analysieren** Sie die Karikatur (M 1).

2 a) **Stellen** Sie die Ansätze der neoliberalen Denkschule in M 2 in Form einer Tabelle **dar** (M 2). Nutzen Sie hierfür folgende Spalten: zentrale Akteure, Handeln der Akteure, Annahme über das internationale Staatensystem, Friedenstrategie.

b) **Vergleichen** Sie Ihre Ergebnisse mit der Denkschule des Realismus.

3 **Beurteilen** Sie anhand von M 3, inwiefern der Krieg in der Ukraine den neoliberalen Institutionalismus infrage stellt.

4 **Diskutieren** Sie Faktoren, die die internationale Zusammenarbeit im Sinne des Liberalismus fördern (M 1–M 3).

QUERVERWEIS

VERTIEFUNG Realismus: Gibt es einen Ausweg aus dem Sicherheitsdilemma? S. 416 f.

1.13 Urteil: Zeitenwende – wie kann Frieden gelingen, wenn Krieg herrscht?

M 1 Zitate

Diplomatie ist ja nicht, wenn sie nicht gelingt, deshalb falsch gewesen. Also ich sehe nicht, dass ich da jetzt sagen müsste: Das war falsch, und werde deshalb auch mich nicht entschuldigen.

Angela Merkel (* 1954), ehemalige deutsche Bundeskanzlerin

Wir sind gescheitert mit der Errichtung eines gemeinsamen europäischen Hauses, in das Russland einbezogen wird. Wir sind gescheitert mit dem Ansatz, Russland in eine gemeinsame Sicherheitsarchitektur einzubinden.

Frank-Walter Steinmeier (* 1956), deutscher Bundespräsident

Der 24. Februar 2022 markiert eine Zeitenwende in der Geschichte unseres Kontinentes.

Olaf Scholz (* 1958), ehemaliger deutscher Bundeskanzler

M 2 Friedensperspektiven? Die USA

Der Plan von US-Präsident Donald Trump, der den Ukraine-Krieg beenden soll, ist nun offenbar bekannt. Berichten zufolge legten die USA der Ukraine in der vergangenen Woche bei Verhandlungen in Paris ein einseitiges Dokument vor. Trump erwartet bereits am Mittwoch (23. April) [2025] eine Antwort von Wolodymyr Selenskyj, dem Präsidenten der Ukraine, heißt es. [...] Die Ukraine müsste erhebliche Zugeständnisse machen, um den Krieg zu beenden. Denn Trump plant offenbar, Russland sehr konkrete Vorteile zu gewähren, während die Angebote an die Ukraine unklar bleiben. [...] Die ukrainische Regierung [äußerte sich] kritisch zu Trumps Friedensplan: „Der Vorschlag sagt sehr deutlich, welche konkreten Vorteile Russland erhält, aber nur vage und allgemein, was die Ukraine bekommen wird“, so eine anonyme Quelle aus Selenskyjs Umfeld. [...]

[Die folgenden] Informationen stammen von Quellen, die direkten Einblick in Trumps Pläne haben sollen.

- Offizielle Anerkennung der Krim als Teil von Russland durch die USA. Die ukrainische Halbinsel ist seit 2014 völkerrechtswidrig von Russland besetzt.
- Inoffizielle Anerkennung der russischen Kontrolle über fast alle von Russland besetzten Gebiete in der Ukraine. Dies sind die besetzten Gebiete Donezk, Cherson und Saporischschja sowie ein Großteil des Gebiets Luhansk. Alle vier Regionen annektierte das Regime von Putin im Herbst 2022 völkerrechtswidrig im Zuge des Ukraine-Kriegs.
- Die Ukraine soll kein NATO-Mitglied werden dürfen. Der Europäischen Union soll die Ukraine laut Trumps Friedensplan aber beitreten dürfen.
- Aufhebung der Sanktionen gegen Russland, die seit 2014 bestehen.
- Intensivierung der wirtschaftlichen Zusammenarbeit zwischen Russland und den USA, vor allem im Industrie- und Energiebereich.

Stephanie Munk, Details von Trumps Friedensplan liegen vor: So wollen die USA das Kriegsende erzwingen, in: https://www.fr.de/politik/vor-details-von-trumps-friedensplan-zum-ende-des-ukraine-kriegs-liegen-93696020.html, 30.04.2025

M3 Friedensperspektiven? Die Ukraine

[Die ukrainische] Vize-Ministerpräsidentin Swyrydenko betonte, die Ukraine sei bereit zu verhandeln – aber nicht gegenüber Russland zu kapitulieren. Es werde kein Abkommen geben, das Russland ermögliche, sich neu aufzustellen und mit größerer Gewalt zurückzukehren, erklärte Swyrydenko. Auch der ukrainische Botschafter in Deutschland, Makeiev, warnte davor, zu viele Zugeständnisse von seinem Land zu erwarten. Es wäre falsch, wenn die Ukraine nach all den russischen Kriegsverbrechen und Zerstörungen zu so etwas genötigt würde, sagte Makeiev im Deutschlandfunk. Kiew bleibe etwa bei der Position, eine Annexion der Krim durch Russland niemals anzuerkennen.

Wenig Hoffnung auf Fortschritte nach Absage Rubios – Trump kritisiert Selenskyj, in: https://www.deutschlandfunk.de/wenig-hoffnung-auf-fortschritte-nach-absage-rubios-trump-kritisiert-selenskyj-100.html, 23.04.2025

M4 Friedensperspektiven? Die Europäische Union

Um die jüngsten Vorschläge aus Washington zu einem möglichen Friedensabkommen für die Ukraine zu kommentieren, brauchte ein ranghoher EU-Diplomat am Mittwoch nur drei kurze Wörter: „Klingt nach Kreml“, schrieb er in einer Textnachricht. Gemeint waren damit die weitreichenden Forderungen, die Russland nach dem Willen der USA offenbar erfüllt bekommen soll, damit es den Krieg beendet. Und tatsächlich lesen sich die einzelnen Punkte, die Medienberichten zufolge in dem jüngsten US-Friedensplan enthalten sind, wie eine lange Liste an Zugeständnissen zulasten der Ukraine – als hätte Wladimir Putin, der Gewaltherrscher im Kreml, sie persönlich aufgeschrieben.

Hubert Wetzel, „Klingt nach Kreml“, in: https://www.sueddeutsche.de/politik/ukraine-russland-us-friedensplan-reaktionen-europa-li.3240734, 23.04.2025

M5 Friedensperspektiven? Russland

Putin hat [...] angeboten, die russische Invasion in der Ukraine an den aktuellen Frontlinien zu stoppen. Solche konkreten Zusagen hatte der russische Präsident bisher nicht gemacht. Dennoch bleiben die Ukraine und europäische Politiker skeptisch, da Russland angeblich auch eine dreitägige Waffenruhe über Ostern gebrochen haben soll.

Stephanie Munk, Details von Trumps Friedensplan liegen vor: So wollen die USA das Kriegsende erzwingen, in: https://www.fr.de/politik/vor-details-von-trumps-friedensplan-zum-ende-des-ukraine-kriegs-liegen-93696020.html, 30.04.2025

1 **Vergleichen** Sie die Zitate in M 1.

2 **Erarbeiten** Sie kollaborativ die Positionen der USA, der Ukraine, der EU und Russlands zu einer möglichen Friedensperspektive (M 2–M 5).

3 **Setzen** Sie sich mit der Frage **auseinander**, wie Frieden gelingen kann, wenn Krieg herrscht (M 1–M 5).

4 **Beurteilen** Sie, inwieweit der Krieg in der Ukraine eine Zeitenwende in der Geschichte des europäischen Kontinentes darstellt (M 1–M 5).

QUERVERWEIS

METHODE Schreibprozesse kollaborativ organisieren
S. 286 f.

2. Globale Herausforderungen – wie können wir Ressourcen und Lasten gerecht verteilen?

2.1 Einführung

M 1 Düstere Zukunft?

Night City glich einem kranken Experiment in Sozialdarwinismus, ersonnen von einem gelangweilten Forscher, der den Daumen ständig auf der FF-Taste hatte. Wenn man zu lahmarschig wurde, ging man spurlos unter, aber wenn man sich zu sehr ins Zeug legte, durchbrach man die empfindliche Oberflächenspannung des Schwarzmarkts und wurde ebenfalls abserviert.

Auszug aus dem Science-Fiction-Roman „Die Neuromancer-Trilogie" des amerikanischen Schriftstellers William Gibson (* 1948)

Tatsächlich funktioniert William Gibsons „Neuromancer"-Trilogie als Vorhersage nur bedingt, obwohl er darin – neben dem Motiv eines weltumspannenden Datennetzes – so vieles anspricht von dem, was die Menschheit heute mehr denn je beschäftigt: die enthemmte Ausbeutung des Planeten etwa, das Streben nach Selbstoptimierung oder auch die freiwillige Selbstauslieferung an die Unterhaltungsindustrie. Gibsons Vision reicht über diese zentralen Themen gegenwärtiger Diskussionen hinaus, und zugleich bleiben die Romane in wesentlichen Teilen rätselhaft.

Auszug aus einer Buchbesprechung der „Neuromancer"-Trilogie der Journalistin Julia Schröder (* 1963) im Deutschlandfunk

Zukunftsvision im Stil des Cyberpunk: düster und dystopisch

M 2 Reich an Bodenschätzen und trotzdem arm?

Unterwegs in der westafrikanischen Elfenbeinküste. Das „wilde Afrika" des Bilderbuchs: Savannen und Graslandschaften, vereinzelte Urwaldriesen, die von dem einst großflächigen Regenwald hier zeugen. Von der Provinzstadt Divo geht es über eine Schlaglochpiste ins Landesinnere. Links und rechts Ölpalmen, Gummibäume, Bananenstauden und Kakaobäume. Nutzpflanzen, die seit der Kolonialzeit angebaut werden. Cash Crops, „Geldpflanzen" für den Export.

Ankunft in Kofesso Bioula Bougon. Ein armes Dorf. Menschen wohnen in Lehmhäusern, kochen auf Feuerstellen und schöpfen Wasser aus dem Brunnen. Unter zwei ausgeblichenen Planen versammeln sich rund 200 Frauen, Männer und Kinder. Sie feiern den Rohbau einer Krankenstation und reden über die wirtschaftliche Lage. Viele klagen über den niedrigen Kakaopreis. Aber wer hat die Macht, höhere Kakaopreise durchzusetzen? Der Bauer Tayama Bekoua, eine mächtige Erscheinung im Kaftan, erhebt sich und ergreift das Mikrofon: „Die Regierung muss die Preise erhöhen. Ein europäischer Autohersteller käme doch auch nicht darauf, die Autos unter seinen Kosten zu verkaufen, so wie sie das hier häufig beim Kakao machen. Die Regierung könnte die Import- und Exportbedingungen festlegen. Wir sind doch diejenigen, die den Kakao an-

pflanzen, und sollten deswegen auch diejenigen sein, die die Preise festsetzen.“
Aber die Sache ist kompliziert. Sicher – die Elfenbeinküste ist seit 1960 ein unabhängiger Staat, genauso wie all die anderen Kolonien in Asien und Afrika, aus denen die Kolonialmächte Frankreich, England, Portugal und Japan ab der Mitte des 20. Jahrhunderts nach und nach abzogen. In Lateinamerika hatten Spanier und Portugiesen bereits vorher den Rückzug angetreten. Die Länder des globalen Südens verkaufen ihre Rohstoffe also prinzipiell in eigener Regie auf den Weltmärkten. Einige sehr erfolgreich, weil sie tatsächlich den Preis beeinflussen. Allen voran die Erdöl produzierenden Staaten wie Saudi-Arabien, Kuwait, Nigeria oder Venezuela. Sie gründeten 1960 das OPEC-Kartell und sprechen fortan Mengen ab und beeinflussen damit den Ölpreis – bis heute. Andere Länder profitierten von Phasen hoher Rohstoffpreise – etwa Lateinamerika in den 2000er-Jahren. Mit den Einnahmen finanzieren damals viele linke Regierungen ihre Armutsbekämpfungsprogramme. Aber, und es ist ein großes Aber: Vielerorts holen Arbeiter mit viel Schweiß wertvolle Rohstoffe aus dem Boden, pflanzen Bauern mühselig hochwertige Agrarrohstoffe an und trotzdem bleiben sie arm. Warum? Bis heute findet ein Großteil der Wertschöpfung in der Produktion in den Industrieländern statt und es haben sich koloniale Strukturen erhalten.

Caspar Dohmen, Reich an Schätzen, trotzdem arm, in: https://www.deutschlandfunkkultur.de/globaler-sueden-reich-an-schaetzen-trotzdem-arm-100.html, 15.10.2021

M3 Problemlagen des 21. Jahrhunderts

Obwohl auf unserem Planeten genügend Nahrungsmittel für alle produziert und eine wesentlich größere Weltbevölkerung ernährt werden könnte, leiden viele Menschen unter den krassen Besitzunterschieden und der fehlenden Möglichkeit, ihren Lebensunterhalt selbst zu verdienen. Da die Bevölkerung gerade in den unterentwickelten Ländern rapide wächst, geht es für diese Menschen um das Recht zu überleben.
Diese Probleme werden verschärft durch die weltweite Umweltzerstörung und die globale Erderwärmung, die das Klima und die Lebensbedingungen für Mensch und Tier dramatisch verändern. Zunehmende Trockenheit und Dürre auf der einen, heftige Niederschläge und Stürme auf der anderen Seite sowie der Anstieg des Meeresspiegels drohen in naher Zukunft weite Teile der Erde zu veröden bzw. unbewohnbar zu machen.
Eine boomende Weltwirtschaft war bisher von übermäßiger Ressourcenverschwendung begleitet. Das Ölzeitalter neigt sich bereits seinem Ende entgegen. Nicht auszuschließen, dass noch mancher Krieg um Ressourcen und Rohstoffe entbrennt. Im Wettlauf um die Gunst rohstoffreicher Länder verschließen schon heute auch viele demokratische Staaten die Augen vor Menschenrechtsverletzungen, die in diesen Ländern geschehen.

Axel Herrmann, Menschenrechte und Weltprobleme im 21. Jahrhundert, in: https://www.bpb.de/shop/zeitschriften/izpb/menschenrechte-297/8320/menschenrechte-und-weltprobleme-im-21-jahrhundert/, 11.03.2008

INFO

FF-Taste
engl. Fast Forward, schnelles Vorspulen

William Gibson
(* 1948)
Der erste Roman der „Neuromancer“-Trilogie erschien im Jahr 1984 und gilt als eines der Werke, die das Genre „Cyberpunk“ im Wesentlichen mitbegründete. Die Romanreihe hatte erheblichen Einfluss auf das Genre, insbesondere auch auf Filme wie „Matrix“ und „Ghost in the Shell“. Auch Videospiele wie „Cyberpunk 2077“ basieren auf Elementen aus Gibsons Büchern.

Cyberpunk
Anfang der 1980er-Jahre entstandenes Subgenre der Science-Fiction-Literatur; Cyberpunk spiegelt die zeitgenössische Kritik an der zunehmenden Kommerzialisierung, Umweltzerstörung und Verarmung großer Bevölkerungsteile wider: Ökosysteme kollabieren, Megastädte entstehen, Technologie dringt in den menschlichen Körper vor und dient der allgegenwärtigen Überwachung der Menschen

Dystopie
negative Vorstellung der Zukunft; im gewissen Sinne das Gegenteil einer (meist positiven) Utopie

1 **Fassen** Sie die zentralen Aussagen der beiden Zitate (M 1) **zusammen** und **beurteilen** Sie, inwiefern die Themen des Cyberpunk auch heute noch relevant sind.
2 **Erklären** Sie die in M 2 geschilderte Problematik der Wertschöpfung aus Rohstoffen.
3 **Gestalten** Sie eine Mind-Map zu Problemlagen des 21. Jahrhunderts (M 2, M 3).
4 **Setzen** Sie sich in Form eines Posts in den sozialen Medien mit der Frage **auseinander**, welche Bereiche auf globaler Ebene von der Problemfrage „Wie können wir Ressourcen und Lasten gerecht verteilen?“ betroffen sind.

2.2 Klimakonferenzen – ein wirksames Instrument zur Bekämpfung des Klimawandels?

M1 Schiffbruch?

Zeichnung: Burkhard Mohr

M2 Weltordnungspolitik

INFO

Allokation Zuordnung, Verteilung von (beschränkten) Mitteln bzw. Ressourcen

Governance bezeichnet allgemein die Steuerung komplexer Organisationen, insbesondere von staatlichen Strukturen. Globale Governance ist die Steuerung von strukturellen Allokationsmechanismen zwischen Staaten oder durch einzelne Staaten, die die ganze Welt oder einen Großteil der Welt umfassen. Transnationale Governance ist der globalen Governance übergeordnet und bezeichnet die Grenzen des Nationalstaates überschreitende Steuerung, auch im Kleinen. Welche Formen effizienter Steuerung im Spannungsfeld zwischen Nationalstaaten und Globalisierung sind möglich? Was sind die ordnungsbildenden Strukturen, auf denen aufbauend Governance (noch) stattfinden kann? Welchen Spielraum haben gesellschaftliche und wirtschaftliche Akteure in den „neuen" Steuerungsstrukturen? Im Fokus stehen Prozesse des Wandels im Hinblick auf Modi politischer Steuerung, aber auch Einflussnahme im inner- wie zwischenstaatlichen Bereich. Verbindliches Entscheiden im formalen Rahmen hierarchischer „government"-Strukturen mit Regierungen und Verwaltungen als dominanten Akteuren verliert in fast allen Gesellschaften der Gegenwart an Bedeutung und wird – je nach Systemkontext, Handlungsebene und Politikfeld mit unterschiedlicher Geschwindigkeit und in verschiedenartigen Ausprägungen – ersetzt oder zumindest ergänzt durch „governance": komplexe Abstimmungs-, Koordinations- und Verhandlungsprozesse in plurizentrischen Netzwerkstrukturen, an denen neben staatlichen auch private Akteure partizipieren und die häufig mehrere politische Handlungsebenen umfassen – von lokal über national und regional bis global.

Globale und transnationale Governance, in: https://www.uni-due.de/gesellschaftswissenschaften/profilschwerpunkt/governance.php, 20.07.2025

M3 Global Governance und Umweltprobleme

Eine globale Umweltgovernance, die ursachenorientiert, effektiv, fair und nachhaltig sein will, müsste die politischen, ökonomischen und sozialen Kontextbedingungen von ökologischen Systemen in der Politikgestaltung berücksichtigen, verschiedene Sachpolitikbereiche miteinander verbinden und nachhaltig wirken.

Dem steht in der Realität eine stark fragmentierte internationale Politikarchitektur entgegen. Bildhaft gesprochen gibt es im UN-System nicht das eine große Umweltgebäude, sondern einen Wildwuchs von weltweit verstreuten Villen, Häusern und Mietwohnungen, deren Bewohner wenig miteinander kommunizieren, manchmal gar verfeindet sind und ihre Grundstücke mit hohen Zäunen gesichert haben. Diese Zersplitterung der globalen Umweltgovernance liegt nicht primär an mangelnder Organisations- und Koordinationsfähigkeit der vielen beteiligten Architekten, sondern ist vielmehr das Ergebnis von Kompromissen aus langwierigen macht- und interessengeleiteten Verhandlungsprozessen, in denen Akteure aus den westlichen Mitgliedstaaten und bestehenden, ebenfalls westlich dominierten internationalen Organisationen (einschließlich OECD, EU und sonstiger wichtiger Organisationen außerhalb des UN-Systems) die Hauptrolle spielen.

Helmut Weidner, Umwelt, in: https://www.bpb.de/shop/zeitschriften/izpb/regieren-jenseits-des-nationalstaates-325/204686/umwelt/, 15.04.2015

INFO

Umweltprobleme
Damit ein Umweltproblem als global bezeichnet werden kann, muss es überall auf der Welt stattfinden und somit weltweite Auswirkungen aufweisen. Die Folgen müssen über die Grenzen der einzelnen Länder hinweg spürbar sein und ein wirksames Vorgehen dagegen die Zusammenarbeit mehrerer Staaten erfordern.

M4 Die Pariser Klimaziele

Bei der UN-Klimakonferenz in Paris (Frankreich) im Dezember 2015 einigten sich 197 Staaten auf ein neues, globales Klimaschutzabkommen. Das Abkommen trat am 4. November 2016 in Kraft, nachdem es von 55 Staaten, die mindestens 55 Prozent der globalen Treibhausgase emittieren, ratifiziert wurde. Mittlerweile haben [...] auch die Europäische Union (EU) und Deutschland [...] [das Abkommen ratifiziert]. Das Abkommen von Paris bildet ein anspruchsvolles Klimaregime mit universeller Geltung und völkerrechtlichen Pflichten für alle Staaten. [...]

Das Abkommen von Paris verfolgt drei Ziele:

- Die Staaten setzen sich das globale Ziel, die Erderwärmung im Vergleich zum vorindustriellen Zeitalter auf „deutlich unter" zwei Grad Celsius zu begrenzen mit Anstrengungen für eine Beschränkung auf 1,5 Grad Celsius.
- Die Fähigkeit zur Anpassung an den Klimawandel soll gestärkt werden und wird neben der Minderung der Treibhausgasemissionen als gleichberechtigtes Ziel etabliert.
- Zudem sollen die Finanzmittelflüsse mit den Klimazielen in Einklang gebracht werden.

Der weltweite Scheitelpunkt der Treibhausgasemissionen soll so bald wie möglich erreicht werden. In der zweiten Hälfte des Jahrhunderts soll ein Gleichgewicht zwischen Treibhausgasemissionen und deren Abbau durch Senken (Treibhausgasneutralität) erreicht werden.

Abkommen von Paris, in: https://www.bundeswirtschaftsministerium.de/Redaktion/DE/Artikel/Industrie/klimaschutz-abkommen-von-paris.html, 20.07.2025

GLOSSAR

Global Governance

M5 USA: Ausstieg aus dem Pariser Klimaabkommen

Donald Trump hat das Pariser Klimaschutzabkommen gekündigt. Am Tag seiner Amtseinführung unterzeichnete der US-Präsident ein Schreiben an die Vereinten Nationen. Das Abkommen hat rein formell eine Kündigungsfrist von einem Jahr – doch Trump macht politisch

klar, dass er sich ab sofort vom Kampf gegen die globale Erwärmung verabschiedet. [...]
Trump hatte die USA schon während seiner ersten Amtszeit aus dem Abkommen geführt, weil er es als „Abzocke" und Wettbewerbsnachteil ansah. Sein Nachfolger Joe Biden trat dem Abkommen wieder bei. Fast alle Staaten der Welt sind Teil der Vereinbarung. Hintergründe zu den Folgen von Trumps Entscheidung.
Der Rückzug aus dem Abkommen ist Teil eines Dekrets (Executive Order), mit dem Trump die bisherige Klimapolitik verwirft. Der Präsident ging noch weiter und wies die US-Mission bei den Vereinten Nationen und das Außen- und Finanzministerium an, „unverzüglich" alle vermeintlichen finanziellen Verpflichtungen der USA im Rahmen der Klimarahmenkonvention einzustellen oder zu widerrufen. Er widerrief auch den internationalen Klimafinanzplan der USA, der finanzielle Unterstützung für vom Klimawandel betroffene Länder vorsieht. Trump bestreitet die Existenz der Erderwärmung. Er nennt den Klimawandel einen „großen Schwindel".

tei, Abkehr der USA vom Pariser Klimaabkommen und die Folgen, in: https://www.deutschlandfunk.de/trump-paris-klimaabkommen-energiewende-usa-100.html, 23.01.2025

M6 Weltklimakonferenz in Baku

Mit mehr als 30 Stunden Verspätung ist die Weltklimakonferenz in Baku [...] [am 24. November 2024] zu Ende gegangen. Bis zuletzt rangen die Delegierten aus fast 200 Staaten in den Verhandlungszimmern und Gängen des Olympiastadions in Aserbaidschans Hauptstadt um einen Kompromiss. Dabei ging es um verschiedene thematische Schwerpunkte.
Im Mittelpunkt des Beschlusses steht die finanzielle Unterstützung für sogenannte Entwicklungsländer bei der Bewältigung der Folgen der Klimakrise. Diese wird deutlich aufgestockt: Die Summe von derzeit jährlich 100 Milliarden US-Dollar soll bis 2035 auf mindestens 300 Milliarden Dollar steigen. Das Geld soll in erster Linie von den reicheren Industriestaaten mobilisiert werden und sowohl in die Energiewende als auch in die Anpassung fließen.
Das neue Finanzziel liegt zwar dreimal so hoch wie bisher, aber deutlich unterhalb der Forderungen der betroffenen Länder. Diese hatten mehr als eine Billion Dollar gefordert, mit einem hohen Anteil an Zuschüssen. Bei den nun vereinbarten 300 Milliarden Dollar handelt es sich nicht nur um öffentliche Gelder, sondern auch um dadurch mobilisiertes privates Kapital. Die EU und andere Industriestaaten wollten, dass für diese Zahlen weitere Länder mit inzwischen hohen Emissionen in die Pflicht genommen werden. Dazu zählen etwa China, aber auch Golfstaaten wie Saudi-Arabien, deren Reichtum maßgeblich auf dem Export von Öl und Gas beruht. Diese Länder werden gemäß der Aufteilung der Welt im UN-System in den 1990er-Jahren nach wie vor als „Entwicklungsländer" behandelt.
Der Beschluss sieht nun einen Kompromiss vor: In Zukunft werden alle von multilateralen Entwicklungsbanken mobilisierten Gelder für Klimavorhaben angerechnet. Auch die Beiträge etwa von China sind damit berücksichtigt. Zudem können Länder, die bisher keine klassischen Geber sind, auf freiwilliger Basis ihre bilateralen Klimavorhaben anrechnen lassen. [...]
Schon vor der Konferenz war absehbar, dass es in Baku beim Klimaschutz keine großen Durchbrüche geben wird, weil sich viel ums Geld dreht. Tatsächlich konnten sich die Staaten am Ende nicht auf weitere Schritte zur Senkung der klimaschädlichen Treibhausgase einigen.

Was wurde auf der Weltklimakonferenz beschlossen?, in: https://www.tagesschau.de/wissen/klima/klimakonferenz/beschluesse-baku-100.html, 24.11.2024

1 **Analysieren** Sie die Karikatur (M 1).

2 **Erklären** Sie die Grundzüge einer Weltordnungspolitik (M 2) und **legen** Sie die Probleme dieser Architektur am Beispiel von globalen Umweltproblemen (M 3) **dar**.

3 **Benennen** Sie die Ziele des Pariser Klimaabkommens (M 4).

M 7 Global Governance und Umweltprobleme

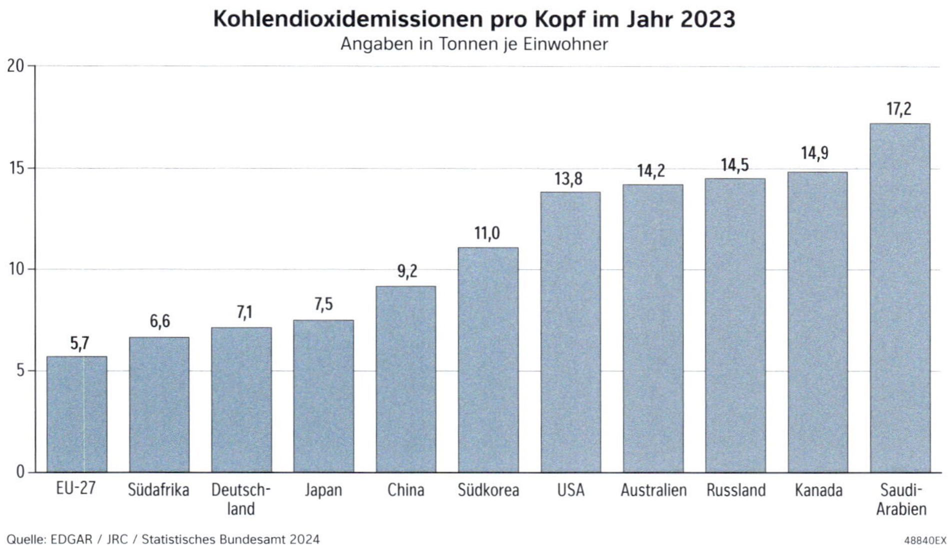

Der weltweite CO_2-Ausstoß hat 2023 einen Wert von rund 39,0 Milliarden Tonnen erreicht. Für 83,4 Prozent dieser Emissionen waren die G20-Staaten verantwortlich. Die größten Kohlenstoffdioxidemittenten unter den G20-Mitgliedern waren China, die Vereinigten Staaten, Indien und die EU. Unter Berücksichtigung der Einwohnerzahl verschiebt sich das Ranking. Den höchsten CO_2-Ausstoß je Einwohnerin bzw. Einwohner verzeichnete von allen G20-Staaten Saudi-Arabien mit 17,2 Tonnen. Es folgten Kanada mit 14,9 Tonnen, die Russische Föderation mit 14,5 Tonnen und Australien mit 14,2 Tonnen. China rangierte mit rund 9,2 Tonnen vor der EU (5,7 Tonnen).

G20 verursachen 83 % der globalen fossilen CO_2-Emissionen, in: https://www.destatis.de/DE/Themen/Laender-Regionen/Internationales/Thema/umwelt-energie/umwelt/G20_CO2.html, 04.11.2024

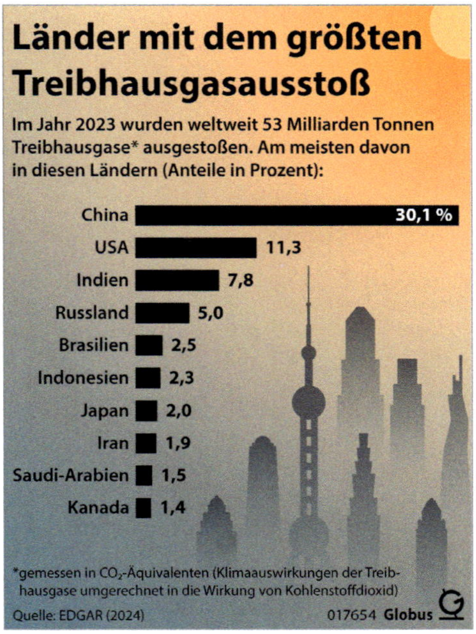

4 **Beschreiben** Sie die Position der USA zu den Pariser Klimazielen (M 5) und **bewerten** Sie diese vor dem Hintergrund von M 4.

5 **Fassen** Sie die Ergebnisse der Weltklimakonferenz in Baku **zusammen** (M 6).

6 **Werten** Sie M 7 **aus**.

7 **Formulieren** Sie ein kurzes Statement zu Ihren Ergebnissen (M 1–M 7) aus Sicht einer NGO, in dem Sie sich mit der Frage **auseinandersetzen**, ob Klimakonferenzen ein wirksames Instrument zur Bekämpfung des Klimawandels sind.

2.3 Kann Entwicklungshilfe die Verteilung von Ressourcen gerecht gestalten?

M1 Wasser – ein knappes Gut?

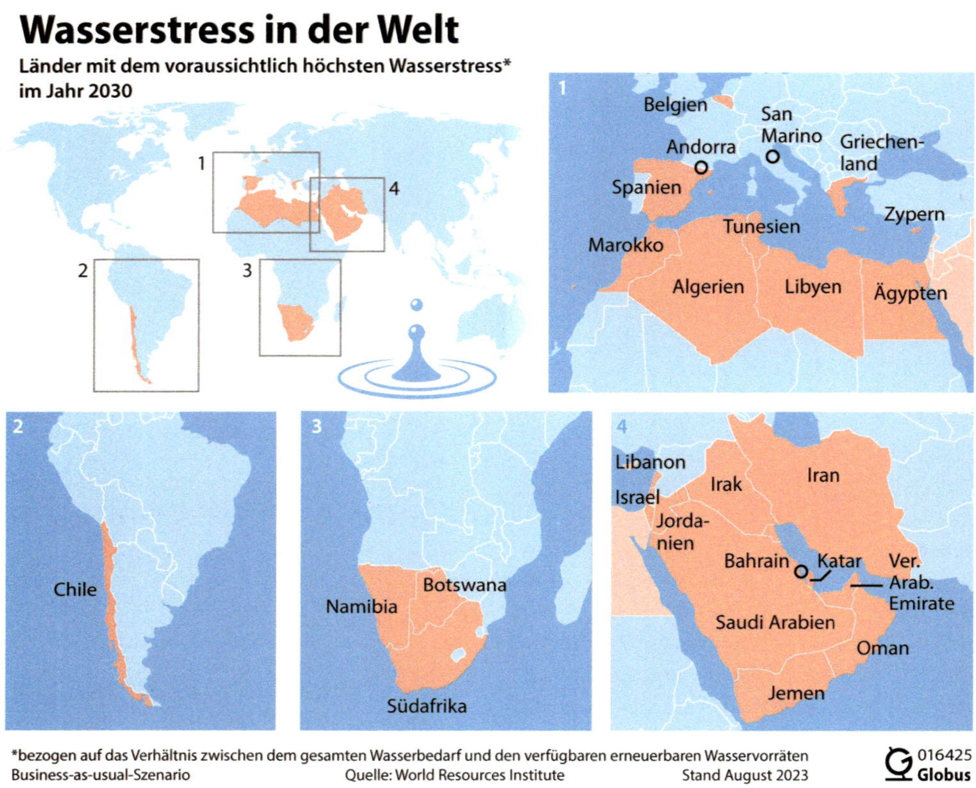

M2 Einrichtungen der UNO für humanitäre Hilfe

Das Entwicklungsprogramm der Vereinten Nationen (UNDP), das Amt des Hohen Flüchtlingskommissars der Vereinten Nationen (UNHCR), das Kinderhilfswerk der Vereinten Nationen (UNICEF) und das Welternährungsprogramm (WFP) spielen die Hauptrolle bei Nothilfemaßnahmen. UNDP ist verantwortlich für operative Einsätze zur Vorbeugung, Vorsorge und Folgenbegrenzung von Naturkatastrophen. Wenn Notfälle auftreten, ist der residierende Koordinator (RC) der Vereinten Nationen für die Abstimmung der Hilfs- und Wiederherstellungsmaßnahmen auf nationaler Ebene verantwortlich.

Das Amt des Hohen Flüchtlingskommissars der Vereinten Nationen (UNHCR) entstand nach dem Zweiten Weltkrieg, um den vom Konflikt vertriebenen Europäern zu helfen. Das Kommissariat leitet und koordiniert weltweit Maßnahmen zum Schutz von Flüchtlingen und versucht Flüchtlingskrisen weltweit zu lösen. [...]

Seit seiner Gründung versucht das Kinderhilfswerk der Vereinten Nationen (UNICEF) mit kostengünstigen, effektiven Maßnahmen so viele Kinder wie möglich zu erreichen, um ihr Überleben zu sichern. [...]

Das Welternährungsprogramm (WFP) leistet für Millionen Menschen Nothilfe, die Opfer von Katastrophen sind. Es ist weiterhin verantwortlich für die Bereitstellung von Nahrung und deren Transport für alle von UNHCR organisierten umfangreichen Hilfsmaßnahmen. Die Ernährungs- und Landwirtschaftsorganisation der Vereinten Nationen (FAO) wird häufig angefordert, um Bauern bei der Wiederherstellung der Produktion nach Überschwemmungen, Ausbrüchen von Tierseuchen und ähnlichen Notfällen zu helfen. Das weltweite Informations- und Frühwarnsystem für Ernährung und Landwirtschaft analysiert monatlich Berichte über die weltweite Ernährungssituation. Spezielle Warnsysteme [...] identifizieren für Regierungen und Hilfsorganisationen Länder, die von Nahrungsmittelknappheit bedroht sind. Die Weltgesundheitsorganisation (WHO) koordiniert die internationale Reaktion bei Gesundheitsnotfällen. Aufgabe der WHO ist es, die Führung in globalen Gesundheitsfragen zu übernehmen, die Agenda der Gesundheitsforschung zu gestalten, Normen und Standards festzulegen, evidenzbasierte politische Maßnahmen zu formulieren, den Ländern technische Unterstützung zu gewähren und Gesundheitstrends zu überwachen und zu bewerten. Im 21. Jahrhundert ist Gesundheit unsere gemeinsame Verantwortung und umfasst den gerechten Zugang zu unentbehrlicher Gesundheitsversorgung und gemeinsamer Abwehr länderübergreifender Bedrohungen.

Humanitäre Hilfe leisten, in: https://unric.org/de/un-aufgaben-ziele/humanitaere-hilfe/, 2024

M3 Europäische Entwicklungshilfe

Die Europäische Union und ihre Mitgliedstaaten geben weltweit am meisten Geld für Entwicklungshilfe aus – allein im Jahr 2019 waren es rund 75 Milliarden Euro. Etwa ein Drittel davon geht nach Afrika.

Doch historische Ungleichheiten sorgen dafür, dass afrikanische Länder bei Verhandlungen oft im Nachteil sind. Die EU nutzt das aus, indem sie etwa die Bewilligung von Entwicklungsgeldern als Druckmittel nutzt, um ihre politische Agenda durchzusetzen. In den letzten Jahren geht es dabei meist um das Thema Migration. Seit den Vorläufern der Europäischen Union in den [...] [1950er-Jahren] ist Afrika im Fokus der westeuropäischen Entwicklungspolitik. Strukturen wie der Europäische Entwicklungsfonds sollten die Politik der früheren Imperialmächte in den damaligen Kolonien fortführen, sagt Historikerin Sara Lorenzini: „Die Idee war, Wohlfahrtstaaten nach dem Europäischen Vorbild aufzubauen und die geopolitische Macht Europas während des Kalten Krieges zu sichern.“ Als afrikanische Länder in den 1960er-Jahren nach und nach ihre Unabhängigkeit erlangten, war Entwicklungshilfe eine Möglichkeit für europäische Länder, ihren Einfluss auf dem Kontinent zu wahren. Die politische Agenda bestimmt auch heute noch, wohin Gelder fließen. „Das Hauptanliegen in Afrika ist nach wie vor geopolitisch“, sagt Jan Orbie, Direktor des Zentrums für EU-Studien an der Universität Ghent. „In den letzten zehn Jahren ist Entwicklungshilfe immer mehr verbunden mit Migration, mit Energie- und Handelspolitik.“

Daten zu offizieller Entwicklungshilfe, die von der Organisation für die wirtschaftliche Zusammenarbeit und Entwicklung (OECD) gesammelt werden, zeigen etwa, dass EU-Institutionen und Mitgliedstaaten im Vergleich zu anderen Geldgebern einen größeren Teil ihrer Entwicklungshilfe nördlich der Sahara investieren– oft in Ländern, die als Herkunfts- oder Transitländer für Migration in Richtung der EU gelten.

Kira Schacht, EU-Fonds für Afrika: Entwicklungshilfe gegen Migration, in: https://www.dw.com/de/eu-nutzt-entwicklungshilfe-in-afrika-als-druckmittel-gegen-migration/a-61430196, 13.04.2022

1. **Werten** Sie M 1 **aus.**
2. **Gestalten** Sie eine Mind-Map zu den Einrichtungen der Vereinten Nationen für humanitäre Hilfe (M 2).
3. **Beschreiben** Sie die Ziele der EU-Entwicklungspolitik und **bewerten** Sie diese (M 3).
4. **Diskutieren** Sie die nachfolgende These in Form eines medialen Produkts: „Die Entwicklungshilfe auf globaler Ebene festigt ungerechte Strukturen zugunsten der Geberländer.“

2.4 Sind NGOs die besseren Entwicklungshelfer?

M1 Nicht genug zu essen

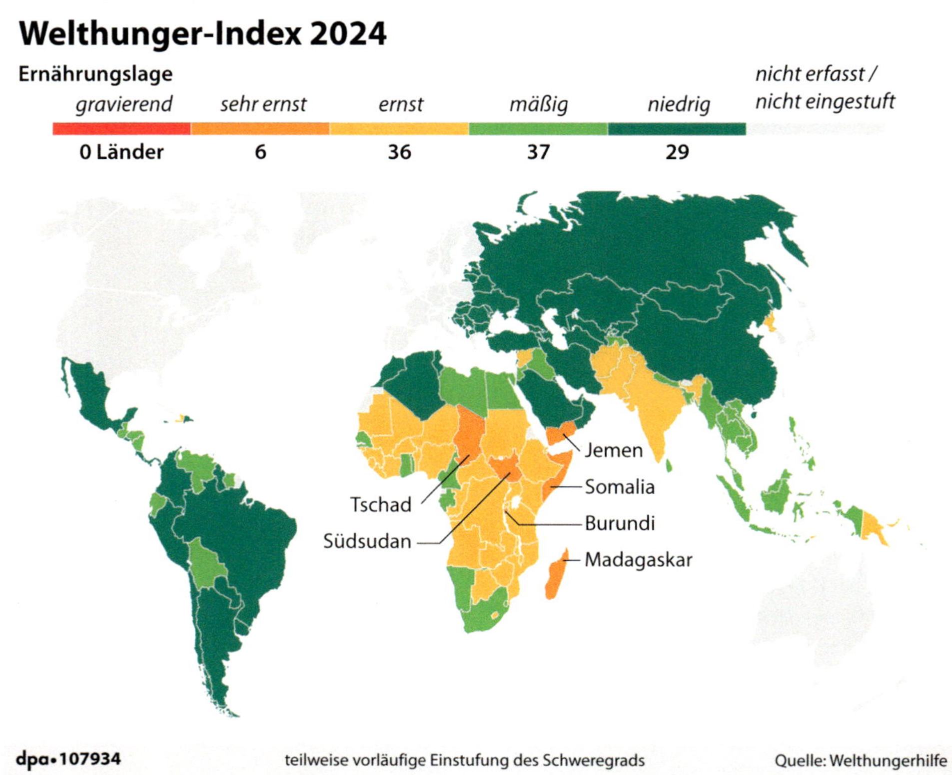

INFO

Welthungerhilfe deutsche Hilfsorganisation

M2 Die Rolle von Nichtregierungsorganisationen in der Entwicklungszusammenarbeit

NGOs können definiert werden als private, professionelle Organisationen mit einem kennzeichnenden rechtlichen Charakter, die sich von der Gewinnorientierung der Privatwirtschaft zumindest normativ-idealistisch durch ihre Nicht-Profitorientierung abgrenzen, sich dem Eigenanspruch nach durch gemeinsame altruistisch-solidarische Werthaltungen auszeichnen, gemeinnützige Ziele verfolgen und unentgeltlich öffentliche Güter und Dienstleistungen anbieten. [...] Ihr Hauptzweck besteht darin, Armutsgruppen zu ermöglichen, ihre physischen Elementar-bedürfnisse (Ernährung, sauberes Trinkwasser, Unterkunft, Kleidung sowie Versorgung mit grundlegenden sozialen Diensten) und ihre darüberhinausgehenden [...] Grundbedürfnisse (Gewährleistung der Menschenrechte, Erhaltung der längerfristigen ökologischen Grundlagen, politische Teilhabe, kulturelle Identität) auf einem höheren Niveau als bis dahin zu befriedigen [...]

NGOs sind kein Allheilmittel für die Überwindung von Armut und Unterdrückung, welche gesamtgesellschaftliche, strukturelle Änderungsprozesse erfordern. [...] NGOs haben dennoch das Potenzial, eine wichtige Rolle in der Entwicklungszusammenarbeit zu spielen.

Marcus Lenzen, Die Rolle der NGOs in der Entwicklungszusammenarbeit, Universität Münster 2001, S. 3 ff.; https://www.ssoar.info/ssoar/bitstream/handle/document/36188/ssoar-2001-lenzen-Die_Rolle_der_NGOs_in.pdf

M3 Deutschland will weniger für Entwicklungshilfe ausgeben

Für Hilfsorganisationen ist es ein schwerer Schlag. „Es bestürzt uns. Und es trifft Menschen im globalen Süden", sagt Oliver Müller, Leiter von Caritas international, einer der Organisationen, die sich in der Not- und Katastrophenhilfe weltweit engagieren. Müller schaut kritisch, ja entsetzt auf den Entwurf des Bundeshaushalts für 2026, der [...] von der Bundesregierung beschlossen wurde. Bundesfinanzminister Lars Klingbeil (SPD) hat den Entwurf vorgestellt. Demnach rutscht der Etat des „Bundesministeriums für wirtschaftliche Zusammenarbeit und Entwicklung" (BMZ) erstmals seit dem Jahr 2018 unter die Grenze von zehn Milliarden Euro. Es ist ein Minus von 330 Millionen Euro. Schon im Vorjahr war der Etat um knapp eine Milliarde Euro geschrumpft. Doch das ist nicht die einzige Kürzung. Was Oliver Müller gleichfalls alarmiert: Im Etat des Auswärtigen Amtes (AA) sollen die Ausgaben für humanitäre Nothilfe im Jahr 2026 um gut die Hälfte wegbrechen. Es gebe mehrere große Projekte, die seine Organisation bisher dank staatlicher Gelder stemmen könne, aber: „Die fallen erstmal ersatzlos weg." [...] Als Beispiel verweist Müller auf die Unterstützung von Binnenvertriebenen im Osten der Demokratischen Republik Kongo, „eine der großen humanitären Katastrophen der Gegenwart". Dafür gebe es nun keine Gelder des AA mehr: „Schlimmstenfalls hilft da niemand mehr." Derzeit liege es im Trend, bei der Hilfe für die weltweit Ärmsten zu sparen, sagt Müller und verweist auf die USA, auf Großbritannien, Belgien und weitere EU-Länder. An den geplanten Kürzungen der Bundesregierung gab es breite Kritik von weiteren Organisationen. VENRO, der Dachverband der Organisationen der Entwicklungszusammenarbeit und humanitären Hilfe, warnte Deutschland davor, sich „aus der Verantwortung zu stehlen". Angesichts der absehbaren Kürzungen sei eine strategisch ausgerichtete internationale Zusammenarbeit nicht mehr möglich. Die Bundesregierung übersehe die Bedeutung der Arbeit fachlich qualifizierter und vor Ort vernetzter Organisationen aus der Zivilgesellschaft bei der Nothilfe. Das sei „absolut unverständlich".

Bereits am Vortag hatten 17 Hilfsorganisationen gemeinsam der Bundesregierung vorgeworfen, mit dieser Finanzplanung „nicht nur lebensrettende Maßnahmen, sondern auch Deutschlands strategische Interessen und internationale Glaubwürdigkeit" zu gefährden. An dem Appell beteiligten sich unter anderen Brot für die Welt, die Welthungerhilfe, One und Oxfam. Im Juni [2025] gab es bereits einen ähnlichen Appell von 30 Organisationen.

Mit all dem verliert das Haus von Ministerin Reem Alabali Radovan (SPD), die seit Mai [2025] im Amt ist, Handlungsmöglichkeiten. Die sinkende Bedeutung der Entwicklungspolitik zeigt sich beim Blick auf den Gesamthaushalt. Vom vorgesehenen Gesamtetat von 520,5 Milliarden Euro entfallen 9,94 Milliarden auf das BMZ. Das sind gut 1,9 Prozent. Den höchsten Prozentsatz erreichte dessen Haushalt mit 2,87 Prozent (2019) unter CDU-Kanzlerin Angela Merkel (2005–2021). Sie betonte mehrfach die Bedeutung der Entwicklungszusammenarbeit.

Christoph Strack, Berlin kürzt Entwicklungshilfe – Hilfsorganisationen warnen, in: https://www.dw.com/de/entwicklungshilfe-deutschland-bundesregierung-einsparungen-hilfsorganisationen-v2/a-73468257, 30.07.2025

1. **Analysieren** Sie die Karte (M 1).
2. **Stellen** Sie die Aufgaben von NGOs und deren Rolle in der Entwicklungszusammenarbeit **dar** (M 2).
3. **Fassen** Sie die Planungen für die staatliche Entwicklungshilfe Deutschlands **zusammen** und **bewerten** Sie diese (M 3).
4. **Gestalten** Sie einen Post in den sozialen Medien, in dem Sie sich mit einer Form der dezentralen Entwicklungshilfe **auseinandersetzen**.

2.5 Ist die Afrikanische Union ein Erfolgsmodell?

M 1 Sind wir schon da?

Zeichnung: Dr. Jack & Curtis

INFO

AU
Afrikanische Union

M 2 Die Afrikanische Union

Die Afrikanische Union (AU) wurde 2002 gegründet. Sie hat aktuell 55 Mitglieder und umfasst somit den gesamten Kontinent. Gemäß der Gründungscharta erstreckt sich das Mandat der AU auf alle Bereiche des politischen, wirtschaftlichen und sozialen Zusammenlebens in Afrika. Insbesondere soll die AU die wirtschaftliche und politische Integration, die Sicherung von Frieden und Sicherheit, nachhaltige Entwicklung, sowie Demokratie, Menschenrechte und gute Regierungsführung in Afrika fördern. Auf globaler Ebene spricht sie für Afrika und koordiniert die Aktivitäten der afrikanischen Regionalorganisationen. [...]
Die wichtigsten Organe der AU sind:

- Versammlung der Staats- und Regierungschefs: Treffen halbjährlich unter jährlich wechselndem Vorsitz zusammen.

- Exekutivrat: Bereitet auf Ebene der Außenminister die Treffen der Staats- und Regierungschefs vor.
- Friedens- und Sicherheitsrat (PSC): 15 rotierende Mitglieder tagen kontinuierlich in Addis Abeba, operatives Entscheidungsgremium mit weitreichenden Kompetenzen im Bereich Frieden und Sicherheit.
- Kommission der AU: Exekutivorgan/Sekretariat der AU mit Sitz in Addis Abeba. Vorsitz (seit 2017 Moussa Faki Mahamat) und acht Kommissare, alle vier Jahre durch AU-Versammlung gewählt.
- Pan-afrikanisches Parlament: befindet sich als weiteres Organ der AU noch im Aufbau und hat bisher lediglich beratende Funktion. Sitz: Midrand, Südafrika.
- Afrikanischer Gerichtshof für Menschenrechte: Sitz in Arusha, Tansania.

Die Afrikanische Union, in: https://www.auswaertiges-amt.de/de/aussenpolitik/afrika/afrikanische-union-205704, 22.01.2020

M3 „Eine Organisation, die vor allem die Interessen der Mächtigen vertritt"?

Es war ein Zeitalter des Aufbruchs. Viele afrikanische Länder waren gerade unabhängig geworden. „Als die Organisation für Afrikanische Einheit am 25. Mai 1963 gegründet wurde, war sie ein Symbol für die Befreiung der afrikanischen Völker und ihre Hoffnung auf eine glückliche Zukunft", sagt Adriano Nuvunga, Menschenrechtsaktivist und Vorsitzender der mosambikanischen Nichtregierungsorganisation CDD (Zentrum für Demokratie und Entwicklung) [...].

Viel von dieser Aufbruchsstimmung ist in den Redebeiträgen spürbar: „Wir müssen uns jetzt vereinigen oder untergehen", beschwor Ghanas erster Präsident Kwame Nkrumah. Wichtig damals: Mit der Fremdeinmischung sollte es vorbei sein, das geeinte Afrika sollte eine starke Stimme auf der internationalen Bühne bekommen.

Sechzig Jahre später erntet die Nachfolgeorganisation Afrikanische Union (AU) immer wieder scharfe Kritik. Auch Nuvunga hält sich da nicht zurück: „Heute ist die Afrikanische Union eine Organisation, die vor allem die Interessen der Mächtigen vertritt. Sie ist zahnlos und ineffektiv und erweist sich immer wieder als unfähig, für Wohlstand, Sicherheit und Frieden für alle Afrikaner zu sorgen." Eine Kritik, die so oder ähnlich überall in Afrika zu hören ist.

Vor allem der Aufgabe, für Frieden und Sicherheit auf dem Kontinent zu sorgen, werde die AU nur selten gerecht, heißt es immer wieder von Vertretern zivilgesellschaftlicher Gruppen. Adriano Nuvunga nennt Beispiele: So sei die Afrikanische Union die Krisen im Sudan, in Tigray oder im Sahel nicht entschlossen genug angegangen. Auch die Lösung der Krise in der von Dschihadisten bedrohten Region Cabo Delgado im Norden seines Heimatlandes Mosambik schiebe die AU vor sich her: „In etwa 20 Ländern Afrikas gibt es gegenwärtig bewaffnete Konflikte. Die Afrikanische Union fühlt sich aber scheinbar nicht zuständig. Sie scheint überfordert." Angesichts dessen fragt der Aktivist: „Ist die AU überhaupt reformierbar, oder sollte man vielmehr über einen Reset nachdenken?"

Antonio Cascais, Wie die AU an ihrer Vermittlerrolle zu scheitern droht, in: https://www.dw.com/de/wie-die-au-an-ihrer-vermittlerrolle-zu-scheitern-droht/a-65724118, 24.05.2023

1 **Beschreiben** Sie die Karikatur und **formulieren** Sie Deutungshypothesen (M 1).

2 **Erklären** Sie den Aufbau und die Ziele der Afrikanischen Union (M 2).

3 **Fassen** Sie die Kritik an der Afrikanischen Union **zusammen** (M 3). **Recherchieren** Sie ggf. nach weiteren Informationen.

4 **Setzen** Sie sich mit der Frage **auseinander**, ob regionale Kooperationen wie die Afrikanische Union ein Erfolgsmodell sein können (M 1–M 3).

2.6 Was tun gegen ungerechte Verteilung?

M 1 Armut und Reichtum als Wechselwirkung?

Durch ihren extremen Konsum befeuern die Reichen und Superreichen die Klimakrise, die mit Hitzewellen, Dürren oder Überschwemmungen die Lebensgrundlagen von Milliarden Menschen bedroht, insbesondere in den einkommensschwachen Ländern des Globalen Südens.

Manuel Schmitt, deutscher Soziologe und Mitarbeiter der NGO Oxfam

Milliardäre werden reicher, die Arbeiterklasse hat zu kämpfen und die Armen leben in Verzweiflung. Das ist der unglückliche Zustand der Weltwirtschaft.

Bernie Sanders (* 1941), amerikanischer Politiker

M 2 Ursachen von Armut: Erklärungen im Wandel der Zeit

Auf der Konferenz in Bretton Woods (USA) wurde im Juli 1944 das heutige Weltwirtschaftssystem mit Weltbank und IWF begründet.

Patrice Lumumba (1925–1961), der erste Premierminister des unabhängigen Kongos, wurde mit Unterstützung der CIA aus dem Amt geputscht und später ermordet.

Seit fünf Jahrzehnten gibt es eine […] internationale Debatte über die Ursachen von Armut. In den 1950er- und 1960er-Jahren dominierte dabei zunächst die Annahme, die „Unterentwicklung“ […] und die damit verbundene Massenarmut sei auf eine historisch rückständige Entwicklungsstufe zurückzuführen, in der traditionelle wirtschaftliche und politische Systeme in der Aufgabe versagten, die wachsenden Bevölkerungen mit notwendigen Gütern zu versorgen.
Die Modernisierungstheorie empfahl entsprechend den Technologie- und Kapitaltransfer von Nord nach Süd, um so Entwicklungsprozesse im Süden anzustoßen, deren Erfolg über kurz oder lang auch die Armut beseitigen könnten. Seit den 1960er-Jahren – nicht zuletzt ausgelöst durch die Dekolonisierung und die wachsende Bedeutung der Entwicklungsländer in den Vereinten Nationen […] – verschob sich die Diskussionslage. […] Die Dependenztheorie verwies auf die Ausbeutung der Entwicklungsländer durch die Industrieländer und die „Entwicklung von Unterentwicklung“ durch Kolonisierung und das […] ungerechte Weltwirtschaftssystem, deren Handels- und Finanzsysteme und -mechanismen die Entwicklungsländer massiv benachteiligten. In den Vereinten Nationen forderten die Entwicklungsländer eine „neue Weltwirtschaftsordnung“ […].
In den 1980er-Jahren schwang das Pendel zurück. Fehlende interne ökonomische Reformen, ineffiziente Staatsunternehmen, eine hohe Verschuldung von Regierungen, die mangelhafte Integration in den Weltmarkt – diese und andere reale Phänomene wurden von den Verfechtern einer neoliberalen Marktlogik als Kernprobleme der Entwicklungsländer identifiziert. Die Industrieländer […] nutzten ihren Einfluss auf die Weltbank und den Internationalen Währungsfonds, um über diese multilateralen Organisationen sogenannte Strukturanpassungsprogramme der Entwicklungsländer zu erzwingen. Diese zeigten allerdings insbesondere in den ärmsten Ländern wenig wirtschaftlichen Erfolg und verschärften die Armut vielfach.
Seit den 1990er-Jahren […] differenzierte sich das Bild wieder. Seither wird eher von einem Geflecht von Faktoren ausgegangen, die sowohl in den Ländern des Südens selber als auch in der Politik der Industrieländer oder dem internationalen Umfeld ganz allgemein zu identifizieren sind und deren Beeinflussung zur Ausweitung oder auch Bekämpfung von Armut beiträgt […].
Am Beispiel des ärmsten Kontinents soll dies weiter erläutert werden. Es wurde schon darauf hingewiesen, dass sich die Armutssituation in Afrika insgesamt kaum verbessert. Allerdings gibt es innerhalb des Kontinents signifikante Unterschiede zwischen verschiedenen Ländern, Erfolge hier, Rückschritte dort. Diese unterschiedlichen Entwicklungen können dadurch erklärt werden, dass neben

den im globalen oder internationalen Umfeld verorteten (exogenen) Ursachen für Armutsentwicklungen vor allem auch die internen (endogenen) Ursachen der Armut erhebliche Auswirkungen zeigen: Zu letzteren zählen in einigen Ländern die Schwäche oder das vollständige Versagen einer staatlichen Wirtschafts- und Sozialpolitik, die Vernachlässigung der Landwirtschaft, Kriege und Konflikte, [...] die Bevölkerungsentwicklung, ungleiche Geschlechterbeziehungen, ungünstige klimatische oder andere ökologische Faktoren und nicht zuletzt neopatrimoniale Herrschaftssysteme, die durch Personalismus, Klientelismus und Missbrauch von Staatsressourcen gekennzeichnet sind. [...]
Zweifellos war aber das internationale Umfeld für die meisten Länder Subsahara-Afrikas in den vergangenen Dekaden äußerst unvorteilhaft und hat so die Bekämpfung von Armut erheblich erschwert oder gar zur weiteren Ausbreitung von Armut beigetragen. Die hohe Verschuldung Subsahara-Afrikas, [...] die den Ländern über zwanzig Jahre dringend notwendige Ressourcen entzog, ist zu nennen; ebenso die erwähnte verfehlte Politik der verordneten Strukturanpassung, die bis heute soziale Auswirkungen zeigt. Der Protektionismus der Industrieländer und die Subventionierung z.B. der europäischen Agrarprodukte haben der afrikanischen Landwirtschaft schwer geschadet und die Armut im ländlichen Bereich verstärkt. Die Folgen der Kolonialgeschichte wie auch die militärische und wirtschaftliche Unterstützung korrupter und diktatorischer politischer Regime zu Zeiten des Kalten Krieges haben ihre Spuren im Armutsprofil hinterlassen.

Walter Eberlei, Armut als globale Herausforderung, in: Ernst-Ulrich Huster/Jürgen Boeckh/Hildegard Mogge-Grotjahn (Hg.), Handbuch Armut und Soziale Ausgrenzung, Springer VS: Wiesbaden 2008, S. 593 ff.

INFO

Neopatrimonialismus
Herrschaftsform, die sich aus Elementen traditionaler (autoritärer) und legal-rationale Herrschaft nach Max Weber zusammensetzt

Klientelismus
informelles Abhängigkeits- bzw. Machtverhältnis zwischen höher- und niedriger-gestellten Personen (Patron und Klient)

M3 Teufelskreis der Armut

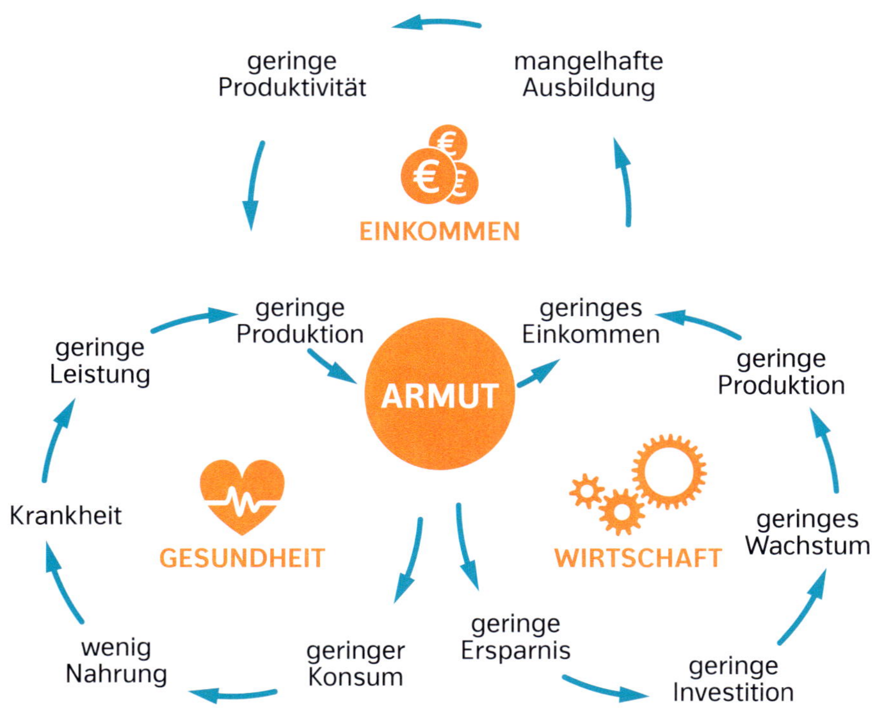

Quelle: Aktion Deutschland Hilft e. V., Bonn, 2018 (verändert)

M4 Armut als Menschenrechtsverletzung

INFO

Thomas Pogge (* 1953) deutscher Philosoph

Median statistischer Mittelwert

Gulag Straflager in der Sowjetunion

Genozid Völkermord

Laut [...] Daten der Weltbank beträgt das globale Medianeinkommen im Durchschnitt [so viel] [...], dass ein Mensch mit diesem Medianeinkommen pro Tag so viel konsumieren konnte, [...] wie man [...] für 3,09 Euro in Deutschland kaufen kann. Man kann also sagen, dass Menschen, die auf diesem Niveau leben, wirklich sehr arm sind. [...] [Zudem] hat die ärmere Hälfte der Menschheit gar nicht dieses Medianeinkommen, sondern im Schnitt nur etwa 46 Prozent dieses Betrags. [...]
Es liegt auf der Hand, dass solch minimale Einkommen zu schweren Entbehrungen und hoher Anfälligkeit führen. Laut offiziellen Statistiken leiden etwa 868 Millionen Menschen unter chronischem Hunger und Unterernährung, 884 Millionen haben keinen Zugang zu sauberem Trinkwasser, 2,5 Milliarden müssen auf moderne Sanitäreinrichtungen verzichten, und fast zwei Milliarden haben keinen Zugang zu lebenswichtigen Medikamenten. Über eine Milliarde hat keine zulängliche Unterkunft, 1,6 Milliarden leben ohne Elektrizität, 796 Millionen Erwachsene sind Analphabeten, und 215 Millionen Kinder leisten Kinderarbeit. Noch schockierender ist die Anzahl der Menschen, die an den Folgen der Armut sterben. Laut Weltgesundheitsorganisation sind rund ein Drittel aller menschlichen Todesfälle, 18 Millionen pro Jahr, auf Krankheiten wie Diarrhöe, Tuberkulose, Schwangerschaftkomplikationen und Atemwegsinfektionen zurückzuführen – alle leicht vermeidbar durch Zugang zu sauberem Trinkwasser, modernere Sanitäranlagen, bessere Ernährung, [...] Impfstoffe und andere Medikamente. All diese Krankheiten kommen unter Wohlhabenden nicht vor. Und noch einmal: Darauf ist rund ein Drittel aller Todesfälle zurückzuführen. Hochgerechnet bedeutet dies: In den 22 Jahren seit dem Ende des Kalten Krieges sind etwa 400 Millionen Menschen infolge von Armut gestorben. Das ist doppelt so viel wie durch staatliche Gewalt, wie Kriege, Konzentrationslager, Gulags oder Genozide, im gesamten 20. Jahrhundert.

Thomas Pogge, Globale Armut als institutionelle Menschenrechtsverletzung, in: Neue Gesellschaft/Frankfurter Hefte 12/2012, S. 26

M5 Helfen als Verpflichtung

INFO

Peter Singer (* 1946) australischer Philosoph und Ethiker

Utilitarismus Strömung ethischen Argumentierens, die den Nutzen, den eine Entscheidung für möglichst viele Menschen bringt, ins Zentrum stellt

Wenn es in unserer Macht steht, etwas Schreckliches zu verhindern, ohne dass dabei etwas von vergleichbarer moralischer Bedeutung geopfert wird, dann sollten wir es tun. Dieses Prinzip scheint unumstritten zu sein. [...]
Wenn [...] das [...] Prinzip richtig [ist] [...], dann haben wir eine Verpflichtung, denen zu helfen, die in absoluter Armut leben, eine Pflicht, welche ebenso stark ist wie die, ein ertrinkendes Kind aus einem Teich zu retten. Nicht zu helfen wäre unrecht, ganz gleich, ob dies für sich genommen mit einer Tötung gleichbedeutend wäre oder nicht. Helfen ist nicht, wie man üblicherweise denkt, eine wohltätige Handlung, die zu tun lobenswert ist, die zu unterlassen aber nicht unrecht ist; es ist etwas, das jeder tun soll. [...]
Unser Reichtum bedeutet, dass wir Einkommen haben, über die wir verfügen können, ohne den lebensnotwendigen Bedarf aufzugeben, und dass wir diese Einkommen dazu verwenden können, äußerste Armut zu verringern. Wie viel genau aufzugeben wir uns für verpflichtet halten, wird davon abhängen, was wir angesichts der Armut, die wir verhüten könnten, als vergleichbar moralisch bedeutsam betrachten, etwa modische Kleider, teure Restaurantbesuche, eine raffinierte Stereoanlage, Ferienreisen nach Übersee, einen Luxuswagen [...] usw.
Für Utilitaristen kann kaum etwas davon so bedeutsam sein wie die Verringerung äußerster Armut; und wer kein Utilitarist ist, muss, wenn er das Prinzip der Universalisierbarkeit unterschreibt, auf jeden Fall akzeptieren, dass zumindest einige dieser Dinge eine weit geringere moralische Bedeutung haben als die absolute Armut, die mit dem Geld, das diese kosten, verhütet werden könnte.

Peter Singer, Praktische Ethik, übersetzt von Oscar Bischoff, Dietrich Klose und Jean-Claude Wolf, Reclam: Stuttgart [3]2013, S. 355 ff.

M6 Armut als Gerechtigkeitsproblem

[Die weltweite Armut] [...] ist ein Gerechtigkeitsproblem, weil die Regeln, nach denen unsere globalen Institutionen, zum Beispiel die Weltwirtschaft, [...] die Politik und andere Subsysteme funktionieren, ungerecht sind. Diese Regeln haben einen erheblichen [...] Einfluss auf die Zuteilung von Lebenschancen in der Welt. Ein Handelsabkommen zum Beispiel, das Märkte öffnet oder sperrt, macht die einen reich und stürzt andere in Armut. Diese Regeln, die auf supranationaler Ebene von Regierungen ausgehandelt werden, dienen natürlicherweise mehr den Interessen der Reichen als den Interessen der Armen. [...]
Mächtige Parteien wie zum Beispiel große Konzerne haben mehr Einfluss auf die wichtigsten Regierungen, sie sind informiert, sie bestimmen die Verhandlungen. Arme Menschen, zwei Drittel der Weltbevölkerung, können das nicht. So entsteht eine immer größere globale Ungleichheit. [...]
In Europa gibt es relativ gut funktionierende Demokratien, da haben das letzte Wort immer noch die wahlberechtigten Bürger. Die haben nicht nur das Recht und die Möglichkeit, die Politik zu bestimmen, sondern auch die Verantwortung, das zu tun. [...] Wenn Deutschland Verträge unterzeichnet, die vorhersehbarerweise die Armut in Afrika verschlimmern, kann man nachher nicht sagen, na ja, es war die Regierung. Die Regierung ja, aber eine Regierung, die von uns beauftragt und ermächtigt wurde. Wir haben damit die Verarmung Afrikas akzeptiert und befördert. Da sehe ich die Verantwortung. [...]
Wir müssen darauf bestehen, dass Wirtschafts-, Handels- oder Finanzverträge so gestaltet sind, dass sie – als Minimalforderung – die Armut im Ausland nicht verschärfen. [...]
Die afrikanischen Länder sind sehr reich an Rohstoffen, und wir haben einen unendlichen Bedarf. Wenn das bedeutet, dass wir einem Diktator Geld geben müssen, nehmen wir das in Kauf, obwohl wir wissen, dass er im Grunde nicht der rechtmäßige Eigentümer ist. Wir suchen uns dann irgendeine beruhigende Geschichte.
Das sehen wir in Nigeria zum Beispiel, dem „erfolgreichsten“ Land Afrikas, wir sehen, dass nicht legitimierte Regierungen an der Macht sind, dass die Wahlen ein Witz sind, dass Gewalt herrscht, die von uns finanziert ist. Wir liefern auch noch die Waffen. Einiges von dem Geld für die Rohstoffe kriegen wir so wieder zurück. „So ist Nigeria nun mal“, sagen wir uns.

Cathren Müller, „Wer nichts tut, ist mitverantwortlich“, in: Wiener Zeitung vom 13.08.2011

1 **Vergleichen** Sie die Zitate in M 1.

2 a) **Arbeiten** Sie aus M 2 die unterschiedlichen Ansätze zur Erklärung von Armut **heraus**.
b) **Erläutern** Sie, welche Strategien zur Armutsbekämpfung sich daraus ergeben.

3 **Legen** Sie anhand von M 3 dar, wie gesellschaftliche und individuelle Ursachen der Armut ineinandergreifen.

4 **Entwickeln** Sie Vorschläge für mögliche Ansatzpunkte und Strategien zur Durchbrechung des Teufelskreises der Armut (M 3).

5 **Erörtern** Sie, ob die Befunde aus M 4 als Schicksal hingenommen werden müssen oder ob sich daraus – und wenn ja – ethische Pflichten für die Menschen in den Industrieländern ergeben.

6 a) **Arbeiten** Sie die Kernthesen Pogges (M 4) und Singers (M 5) **heraus**.
b) **Vergleichen** Sie die Kernthesen miteinander.

7 **Nehmen** Sie zu den Folgerungen und Forderungen in M 5 und M 6 **Stellung**.

8 **Entwickeln** Sie kollaborativ Lösungsansätze für ungerechte Verteilungen (M 1–M 6).

2.7 Urteil: Globale Herausforderungen – wie können wir Ressourcen und Lasten gerecht verteilen?

M1 Alle in einem Boot?

Zeichnung: Gerhard Mester

M2 Warum brauchen wir Entwicklungszusammenarbeit?

Gerechtigkeit und Solidarität sind Grundwerte des menschlichen Lebens: Niemand darf wegsehen, wenn in einem anderen Land unmenschliche Verhältnisse herrschen. Wir sind nicht nur für das verantwortlich, was wir tun, sondern auch für das, was wir nicht tun. Unsere Kultur basiert auf dem Ideal, dass die Starken die Schwachen unterstützen. Und im deutschen Grundgesetz steht: „Eigentum verpflichtet. Sein Gebrauch soll zugleich dem Wohle der Allgemeinheit dienen."

Die Allgemeinheit, das sind in der globalisierten Welt nicht nur die Menschen in Deutschland und Europa, sondern auch die Menschen auf anderen Kontinenten. Der Großteil der Menschheit lebt in Entwicklungsländern. Der Reichtum der Welt konzentriert sich jedoch in den Industriestaaten – sie tragen dadurch Mitverantwortung dafür, die Armut auf der Welt zu beseitigen.

Moderne Entwicklungszusammenarbeit hat nichts mit den früheren Vorstellungen von „Entwicklungshilfe" und dem Verteilen von Almosen zu tun. Sie basiert auf einer partnerschaftlichen Kooperation mit gegenseitigem Lernen, fördert die Selbsthilfe und trägt dazu bei, dass Menschen sich aus eigener Kraft aus ihrer Armut befreien können.

Die heutige Entwicklungszusammenarbeit widmet sich neben den wirtschaftlichen auch den sozialen und ökologischen Problemen der Partnerländer. Sie können nicht nur auf Regierungsebene gelöst werden: In der weltweit vernetzten Welt sind alle gesellschaftlichen Kräfte – Bürgerinnen und Bürger, Wirtschaft, staatliche und zivilgesellschaftliche Organisationen – gefordert, sich den Herausforderungen der Gegenwart zu stellen, Verantwortung zu übernehmen und konstruktiv zusammenzuarbeiten.

Warum brauchen wir Entwicklungspolitik?, in: https://www.bmz.de/de/ministerium/grundsaetze-ziele/warum-entwicklungspolitik-59906, 20.07.2025

M3 Entwicklungshilfe – nur teure Almosen?

Die Liste ist endlos und die Negativschlagzeilen über Krisen, Kriege und Katastrophen in vielen Ländern prägen nach wie vor das Bild des gesamten Kontinents in den so genannten entwickelten Ländern: Afrika ist arm, hilflos und dringend auf die Unterstützung von großzügigen Gönnern im Westen angewiesen. Aber dieses Bild ist falsch. Afrika ist reich, sagt der Ökonom Aly-Khan Satchu. Nur profitiert der Kontinent nicht davon. Die vermeintliche Hilfe hat die wirtschaftliche Entwicklung nicht voran gebracht, sondern im Gegenteil vieles nur noch schlimmer gemacht.
Ein Beispiel: Die Nahrungsmittelhilfe. Heißer Wind bläst roten Sand über den Kadaver eines Kamels. Über die ausgebleichten Knochen spannen sich einige dunkle Hautfetzen – von der brennenden Sonne mumifiziert. Nicht weit davon stehen vier Artgenossen zwischen dornigen Sträuchern – so abgemagert, dass man jede Rippe unter dem Fell zählen kann. „Wir haben eine schwere Dürre. Wir haben schon versucht, unsere wenigen Kühe zu verkaufen, aber keiner will sie haben. Viehhirten kommen von weit her, um uns nach Gras für ihre Tiere zu fragen." [...] „Die Dürre kommt immer wieder. Die Gemeinden hier hatten mal ihre eigenen Überlebensstrategien, aber die sind weitgehend verschwunden. Die Leute sagen: Warum soll ich überhaupt noch etwas anbauen, wenn es ohnehin Hilfslieferungen gibt?" Erklärt die kenianische Menschenrechtlerin Fatuma Abdulkadir Adan. Zwar versucht die Regierung vorzusorgen. Sie baut Wasserreservoirs und wirbt für mehr Farmen und kleinere Viehherden. Aber das geht viel zu langsam und ist außerdem ein schwerer Kampf gegen uralte Traditionen bei den nomadischen Viehzüchtern, erklärt Hussein Mohammed Alio von der Nationalen Dürrebehörde. „Sie betrachten das als Fluch. Wenn du nicht mindestens 100 Kamele hast oder 1 000 Ziegen, dann bist Du arm. Du hast gar nichts. Die Tiere sind eine Quelle des Stolzes. Wer viele hat, genießt Ansehen in der Gesellschaft." Mit der Folge, dass die großen Herden in den immer häufigeren Dürren jämmerlich verenden und die Menschen verarmen. Im vergleichsweise reichen Kenia gibt es eigentlich genug Nahrungsmittel. Die Verteilung ist das Problem und ihr viel zu hoher Preis für die Betroffenen. James Shikwati, kenianischer Ökonom und Fellow der deutschen Robert Bosch Academy: „Es ist wirklich traurig. Wir haben diese ständigen Spendenaktionen, anstatt dass die Regierung ihrer Verantwortung nachkommt und z. B. die Landwirtschaft rationalisiert oder ihr Verteilungssystem." Kurz: Die internationale Hilfe nimmt der Regierung die Arbeit ab [...]. Die Menschen in den Dürreregionen haben mittlerweile jede Eigeninitiative verloren.

Linda Staude, Teure Almosen für Afrika, in: https://www.deutschlandfunkkultur.de/entwicklungshilfe-in-der-kritik-teure-almosen-fuer-afrika-100.html, 29.03.2018

M4 Szenarien künftiger Entwicklung

Dem britischen Ökonomen Thomas Robert Malthus zufolge gibt es für die Ressourcenknappheit drei Szenarios. Entweder schafft es der Mensch, effizienter zu produzieren und somit die Bevölkerung auch in Zukunft zu versorgen, oder aber er passt sich mit seinem Lebensstandard den verfügbaren Ressourcen an. Passiert nichts von beidem, dann sinkt das Nahrungsangebot so rapide, dass ein Großteil der Bevölkerung an Mangel stirbt.

Mathias Tertilt, Darum müssen wir unsere Ressourcen auf der Erde besser verteilen, in: https://www.quarks.de/gesellschaft/weltbevoelkerung-gibt-es-zu-viele-menschen/, 13.11.2018

QUERVERWEIS

METHODE Szenariotechnik
S. 562 f.

1 **Analysieren** Sie die Karikatur (M 1).
2 **Arbeiten** Sie arbeitsteilig Argumente für (M 2) oder gegen (M 3) das gegenwärtige System der Entwicklungshilfe **heraus** und **diskutieren** Sie Ihre Ergebnisse.
2 **Setzen** Sie sich abschließend in Form eines Kommentars mit der Frage **auseinander**, wie sich Ressourcen und Lasten gerecht(er) verteilen lassen.

3. Ist China auf dem Weg zur Weltmacht?

3.1 Einführung

M1 Titel des Nachrichtenmagazins „Der Spiegel“

M2 Eine chinesisch geprägte Weltordnung?

Beharrlich baut die chinesische Staats- und Parteiführung Parallelstrukturen auf, mit einem ganzen Bauwerk an unterschiedlichen Institutionen und Initiativen, bei deren Treffen die Botschaft gesendet werden soll, dass China das bessere Weltordnungsmodell propagiere. Gebetsmühlenartig wiederholt […] [der chinesischen Staats- und Parteichef Xi Jinping] „die Schicksalsgemeinschaft der Menschheit“ und das Aufbrechen in eine „neue Ära“, oft kombiniert mit einer Kritik am Westen. So etwa beim jüngsten Gipfeltreffen des Forums für China-Afrika-Kooperationen, zu dem rund 50 afrikanische Staats- und Regierungschef nach Peking anreisten.
Zum Bauwerk gehören auch die Belt-and-Road-Initiative; das von China vorangetriebene BRICS-Bündnis, zu deren Gründungsmitgliedern neben China Brasilien, Russland, Indien und Südafrika zählen; und die Asiatische Infrastruktur-Investitionsbank (AIIB). Zudem gibt es die Globale Sicherheitsinitiative und als ein zentrales Element die Globale Entwicklungsinitiative (GDI).
Kurz vor dem UN-Zukunftsgipfel, der heute in New York endete, erinnerte das chinesische Außenministerium noch einmal an den außerordentlichen Erfolg dieser Entwicklungsinitiative. Rund 100 Länder und Institutionen unterstützten die GDI. In New York gebe es eine Freundesgruppe von 80 Ländern.
Das Ziel der Initiative erklärt Wang Wen von der Renmin-Universität in einem Interview: Es gehe darum, das „Recht auf Entwicklung“ zu manifestieren. Ganz so, als wäre das nicht schon auch das Bestreben der UN. „Die GDI möchte einen Konsens der gemeinsamen Werte aller Länder herstellen und diese so weit wie möglich integrieren“, sagt Wang.
Die chinesische Staats- und Parteiführung hatte in ihrem Entwurf zum UN-Gipfel ihre eigenen Werte klargemacht, die wenig mit der Unabdingbarkeit und Unveräußerlichkeit universeller Menschenrechte zu tun haben. Darin heißt es etwa: „Es gibt kein allgemeingültiges Modell für die Förderung und den Schutz der Menschenrechte.“ Vielmehr müssten die Länder „das Prinzip der Universalität der Menschenrechte in Einklang bringen mit ihren nationalen Gegebenheiten und ihrer feinen traditionellen Kultur“.
Die chinesische Herangehensweise scheint in gewisser Hinsicht recht erfolgreich zu sein. Michael Bröning von der Friedrich-Ebert-Stiftung in New York meint, der Globale Süden nehme

China als Verbündeten in Sachen wirtschaftlicher Entwicklung wahr – und das ohne lästige politische Einmischung. Chinas Rolle werde meist als konstruktiv und legitim angesehen, auch wenn China nachdrücklich die eigenen Interessen vertritt.
Eine Studie seiner Stiftung zum chinesischen UN-Engagement, bei der verschiedene Experten und Diplomatinnen befragt wurden, kommt zum Ergebnis, der Westen müsse diesen Wettbewerb mit China annehmen und selbst ein besseres Angebot an Schwellen- und Entwicklungsländer richten. Deren Bedürfnis nach einer Zusammenarbeit auf Augenhöhe sei zu lange nicht befriedigt worden.
Die chinesische Herangehensweise, deren Ziel es letztlich ist, die USA als führende Weltmacht abzulösen, verfängt bei vielen Staats- und Regierungschefs. So etwa bei der linken Regierung in Brasilien. Für das Land ist China der wichtigste Handelspartner. Fast ein Drittel der Exporte gehen nach China. Die Vision von Brasiliens Präsident Lula da Silva sei, als Großmachtpolitiker wahrgenommen zu werden, so Mauricio Santoro, Experte für brasilianisch-chinesischen Beziehungen an der Staatlichen Universität in Rio de Janeiro. Lula wolle sein Weltordnungsmodell, in dem der Westen nicht mehr so wichtig ist, gemeinsam mit den BRICS-Ländern und anderen aufbauen. UN-Experten sind sich einig, dass das chinesische Engagement und die chinesische Stimme lauter und auch selbstbewusster geworden sind. Doch Bröning etwa ist sich sicher, dass der Weg zu einer wirklich chinesisch geprägten Weltordnung noch sehr weit sei: Immerhin träfen sich die Staatschefs aus aller Welt weiterhin in New York – und nicht in China.

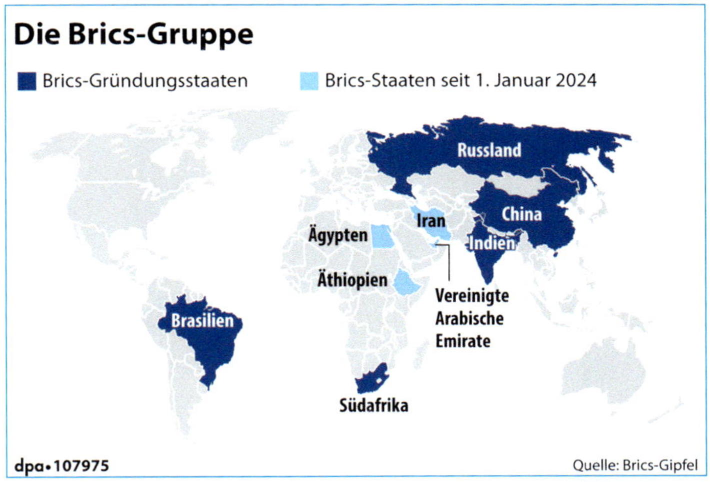

Der Name BRICS steht für die Anfangsbuchstaben der fünf Gründerstaaten der Organisation: Brasilien, Russland, Indien, China und Südafrika. Seit der Gründung im Jahr 2006 kamen bisher vier weitere Staaten hinzu.

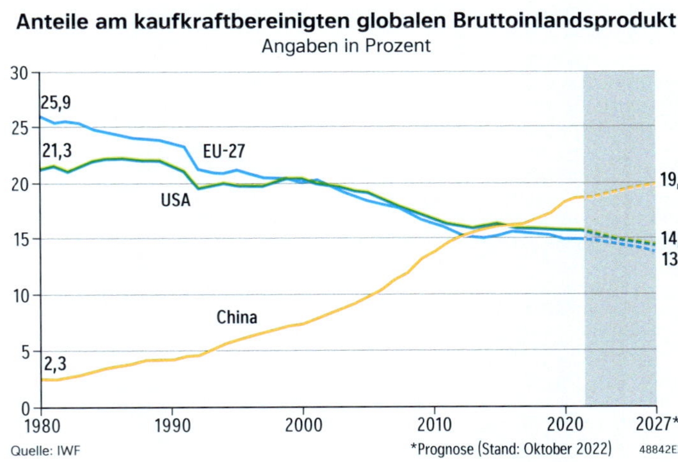

Marie von Mallinckrodt, Wie China an einer neuen Weltordnung arbeitet, in: https://www.tagesschau.de/ausland/asien/china-alternative-weltordnung-100.html, 23.09.2024

1 **Beschreiben** Sie M 1 und **formulieren** Sie Deutungshypothesen.

2 **Fassen** Sie die zentralen Aussagen in M 2 **zusammen**.

3 **Werten** Sie die Karte und die Grafik in M 2 **aus**.

4 „Die chinesische Herangehensweise scheint in gewisser Hinsicht recht erfolgreich zu sein.“ **Diskutieren** Sie anhand dieser Einschätzung in M 2, wie China seinen Weg zu einer chinesisch geprägten Weltordnung gestalten könnte.

3.2 China – ein neuer Hegemon?

M1 Zitate

Niemand kann die Wiedervereinigung mit dem Mutterland stoppen. Chinesen auf beiden Seiten der Taiwan-Straße sind eine Familie. Niemand kann unsere Blutsbande durchtrennen.

Alle Länder müssen Platz am Tisch haben. Kein Land darf auf der Speisekarte stehen.

Xi Jinping (* 1953), chinesischer Staatspräsident

Wenn man im internationalen System nicht mit am Tisch sitzt, landet man auf der Speisekarte.

Antony Blinken (* 1962), amerikanischer Politiker und ehemaliger US-Außenminister

M2 Chinas Rolle in der Welt

INFO

Hegemon
hier: die Führungsrolle eines Staates in der Weltpolitik

Konfuzius
(551–479 v. Chr.) chinesischer Philosoph

Nach Ansicht [...] [des Bonner Politologen Gu Xuewu] lassen sich [...] Kernelemente von Chinas Vorstellung ausmachen: „China wünscht sich eine Weltordnung, die machtpolitisch multipolar, methodisch multilateral und ideologisch pluralistisch ist.“ [...]

Multipolar ist eine Welt, die von mehreren Machtzentren dominiert wird; etwa den USA, China, Europa, Russland und vielleicht Indien. Multilateral ist eine Welt, in der kein Staat die weltweite Agenda bestimmt, sondern die Agenda zwischen den Machtzentren immer wieder neu ausgehandelt wird. Ideologisch pluralistisch soll heißen, dass es nicht nur eine weltweit akzeptierte Form der Regierung – etwa die liberale Demokratie –, sondern verschiedene Regierungsformen gibt. [...]

Der Multilateralismus wird in China seit 2018 mit dem Schlagwort „Schicksalsgemeinschaft der Welt“ verknüpft [...]. [Der ehemalige deutsche Botschafter in Peking, Volker Stanzel] [...] weist allerdings darauf hin, dass das [...] ein unbestimmter Gemeinplatz bleibt. [...] Es müsste inhaltlich gefüllt werden, etwa mit einer Forderung nach einer Stärkung des internationalen Rechts oder internationaler Institutionen. Davon hält China [...] wenig und gleicht darin den USA, wie auch Gu feststellt: „Beide akzeptieren das internationale Recht, wenn es zu den eigenen Interessen passt, und lehnen es ab, wenn es ihren Interessen entgegensteht.“

Die Auseinandersetzung um eine ideologisch pluralistische Welt, in der das autoritäre Regime Chinas als gleichwertige Alternative zur liberalen Demokratie angesehen würde, ist seit Jahren im Gange. China will sein Image aufbessern. Konfuzius-Institute verbreiten seine Sprache und Kultur.

Chinesische Investoren kaufen ganze Medienunternehmen in Afrika auf und prägen die Wahrnehmung Chinas mithilfe der sozialen Medien. [...] „In Afrika hat dieses Narrativ Erfolg. Je stärker ein afrikanischer Staat mit China wirtschaftlich verbunden ist, desto erfolgreicher ist China“, sagt Stanzel. In Deutschland und anderen Industrienationen habe sich das Image [...] aber verschlechtert. Insbesondere die Inhaftierung und Umerziehung von Hunderttausenden Uiguren [...] und die massive Einschränkung der Freiheit Hongkonger Bürger habe in Europa und den USA das Misstrauen gegenüber China vertieft. [...]

Gu [...] glaubt nicht, dass China die globale Führungsrolle für sich beansprucht. [...] „Wer führen will, muss in der Lage sein, allgemeine Güter kostenlos zur Verfügung zu stellen und einen gewissen missionarischen Eifer haben, um bestimmte Vorstellungen global durchzusetzen zu wollen.“ Das habe China nicht. [...] Aber selbst wenn China nicht den Status eines globalen Hegemons anstrebt, gibt es in Peking zweifellos die Vorstellung, dass China zumindest in Asien eine Vormachtstellung gebührt. [...] Die entscheidende Frage lautet [...], ob der Aufstieg Chinas und die damit einhergehenden Verschiebungen in der Weltordnung zwangsläufig zu einem Krieg führen müssen. [...] Ming Xia von der City University of New York sagte [...]: „Ich glaube nicht an eine Koexistenz von China und dem Westen, wenn China das eigene System beibehält." Ein Ausweg wäre es, letztlich einen philosophisch-weltanschaulichen Konflikt anzuerkennen, sagt [...] Gu. Zwar sei China politisch gesehen ein westlicher Staat und die Partei halte am Konzept des Nationalstaats und Nationalismus fest, aber im Kern stünden sich eine individualistische und eine kollektivistische Weltanschauung gegenüber. Im Westen soll der Einzelne vor dem Zugriff des Staates geschützt werden, deswegen stehen die Menschenrechte im Zentrum. In China dagegen soll der Einzelne seinen Beitrag für die Gesellschaft leisten, hier könnte man von Menschenpflichten sprechen.

Rodion Ebbighausen, Chinas Weltordnung für das 21. Jahrhundert, in: https://www.dw.com/de/chinas-weltordnung-für-das-21-jahrhundert/a-54351316, 30.07.2020

M3 Die EU zwischen China, den USA und Russland

Wie wird die internationale Ordnung in ein paar Jahren aussehen? Wird der Konflikt zwischen den USA und China alle Staatenbeziehungen prägen wie einst der Wettstreit zwischen den USA und der Sowjetunion? [...] Oder werden andere Staaten – Indien, Russland, die Europäische Union – ebenfalls großen Einfluss auf die internationale Ordnung haben und ein multipolares Gleichmaß bilden können? Mit Sicherheit lassen sich viele dieser Fragen heute nicht beantworten. Gewiss aber ist, dass das Ergebnis dieser Entwicklung wesentlich mit darüber entscheiden wird, wie groß Wohlstand und Sicherheit in Deutschland sein werden. Deshalb wird ja gerade so heftig darüber diskutiert, wie einzelne Staaten ihre Interessen am besten in diese zukünftige Ordnung einbringen können. Präsident Donald Trump gibt für die USA auf die internationalen Verwerfungen eine klare Antwort: „America first". Das will er auch gegen Widerstand durchsetzen, indem er den Abstand auf militärischem und wirtschaftlichem Gebiet zu den nächstmächtigen Staaten ausbaut. Je stärker die USA sind, desto weniger müssen sie auf andere Rücksicht nehmen, lautet sein Credo. Das sieht der chinesische Präsident genauso, dessen Programm zwar „Made in China 2025" heißt, aber eigentlich auch meint: „China first". Präsident Xi verfolgt das Ziel, den militärischen Abstand zu den USA deutlich zu verringern und die USA wirtschaftlich und technologisch zu überholen. China will nicht weiterhin besondere Rücksicht auf andere, insbesondere die USA, nehmen müssen, sondern möchte, dass die anderen Staaten chinesische Interessen beachten. Russlands Präsident Wladimir Putin, dem keine Wirtschaftskraft wie in China und den USA zur Verfügung steht, sondern der sich vor allem auf das russische Militär stützen muss, sieht es für die russischen Ansprüche überhaupt nicht anders. „Russia first" soll dafür sorgen, dass Russland in internationalen Krisen nicht übergangen werden kann. In seiner Nachbarschaft soll es keinen Einfluss anderer Staaten geben. Die russische Interessenlage soll zudem den anderen Großmächten nicht gleichgültig sein dürfen, Russland soll überall mitreden können und gehört werden. „Europe first" [...] hat sich hingegen nicht durchgesetzt; die Europäer überlegen noch, wie sie auf die Neugestaltung der internationalen Ordnung reagieren wollen.

Thomas Jäger, Wie Europa zwischen „China first", „America first" und „Russia first" zerrieben wird, in: FOCUS online, https://www.focus.de/politik/experten/jaeger/internationale-veraenderungen-zwischen-china-first-america-first-und-russia-first-muss-europa-um-seinen-platz-kaempfen_id_10918979.html, 05.05.2021

1. **Vergleichen** Sie die Zitate (M 1).
2. **Erläutern** Sie, wie China seine Rolle in der Welt sieht (M 1, M 2).
3. **Arbeiten** Sie die zentralen Aussagen in M 3 **heraus**.
4. **Setzen** Sie sich in einem Kommentar mit der Frage **auseinander**, ob China zu einem neuen Hegemon der Weltpolitik aufsteigen könnte (M 1–M 3).

3.3 Chinas Außenpolitik – kooperativ oder konfrontativ?

M1 Deutschland und China

Zeichnung: Kostas Koufogiorgos

M2 China – ein militärisches Schwergewicht

Militärparade in Peking aus Anlass des 70. Gründungstags der Volksrepublik China im Jahr 2019

Chinesische Kampfhubschrauber

Chinas Staats- und Parteiführung hat ein klares Ziel: Bis 2049 soll die Volksrepublik ein „Militär der Weltklasse“ haben. Was genau darunter zu verstehen ist, sagt China nicht, aber seit Jahren steckt die Führung sehr viel Geld in die Modernisierung der Volksbefreiungsarmee. Chinas Rüstungsausgaben sind nach den USA die zweithöchsten der Welt. [...]

War Chinas Armee vor zwei Jahrzehnten noch ziemlich rückständig, so hat die Volksrepublik nach Angaben des Pentagon mittlerweile in einigen Bereichen mit den USA gleichgezogen oder sie sogar überholt. Zunehmend wird demnach auch in China die zivile Industrie- und Technologieentwicklung mit der Rüstungsindustrie verwoben. [...]

Im jüngsten Jahresbericht des US-Verteidigungsministeriums zu China heißt es, mit rund 350 Kriegsschiffen und U-Booten habe die Volksrepublik jetzt zahlenmäßig die größte Marine der Welt. Mit etwa 2000 Kampfflugzeugen steht China weltweit auf Platz drei der größten Luftstreitkräfte. Auch bei landgestützten konventionellen Raketen mit einer Reichweite bis 5500 Kilometer hat China aufgeholt – zumal Peking anders als Moskau und Washington in keinen der großen Abrüstungsverträge eingebunden ist. Seine Atomwaffen hat China in den letzten Jahren modernisiert und die Zahl der Atomsprengköpfe aufgestockt. Nach neuen Schätzungen des Stockholmer Friedensforschungsinstituts SIPRI hat die Volksrepublik rund 350 Atomsprengköpfe – damit aber immer noch deutlich weniger als die großen Atommächte USA und Russland. [...] Mit Sorge beobachten Chinas Nachbarn das zunehmend aggressive Auftreten der Volksrepublik im asiatisch-pazifischen Raum. Im Südchinesischen Meer ignoriert China seit Jahren das Urteil eines internationalen Schiedsgerichts, erhebt weiter Anspruch auf fast das gesamte Meeresgebiet und hat unbewohnte Atolle und Inseln aufgeschüttet und zu Militärbasen ausgebaut.

Auch gegenüber Taiwan schlägt Peking einen zunehmend aggressiven Ton an – und droht immer wieder, die demokratisch regierte Inselrepublik notfalls mit Gewalt in die Volksrepublik einzugliedern. China provoziert unter anderem mit Militärübungen in Taiwans Umfeld; chinesische Kampfflugzeuge dringen zudem immer wieder in Taiwans Luftraumüberwachungszone vor. [...]

Auch außerhalb Asiens baut China seine Fähigkeiten zur militärischen Machtprojektion stetig aus – etwa um Handelsrouten abzusichern. Bislang hat China aber nur einen ausländischen Militärstützpunkt: in Djibouti am Horn von Afrika. Von Peking finanzierte und kontrollierte Häfen entlang der maritimen Seidenstraße, etwa in Sri Lanka, könnten allerdings nach Einschätzung von Experten nicht nur für die Handelsschifffahrt, sondern auch militärisch genutzt werden.

Selbst im Weltall macht sich Chinas neue Stärke bemerkbar. Das ambitionierte Raumfahrtprogramm der Volksrepublik ist dem Militär unterstellt. Das Weltall sei, heißt es bei der Volksbefreiungsarmee, „eine kritische Domäne im internationalen strategischen Wettbewerb“.

Ruth Kirchner, Ambitionen – im Meer, in Afrika, im All, in: https://www.tagesschau.de/ausland/asien/china-marine-aufruestung-101.html, 14.06.2021

M3 China – Herausforderung für die westlichen Demokratien

China ist eine Chance. Und eine Gefahr. Zwei Zahlen lassen [...] aufhorchen. Peking plant, trotz Corona, mit sechs Prozent Wachstum. Und mit einer noch höheren Steigerung des Militäretats: 6,8 Prozent. Das Wachstum und die Chancen, davon zu profitieren, haben Europa und Exportchampion Deutschland seit Jahrzehnten fasziniert. Dass hiesige Medien sich ebenso für Chinas Rüstung interessieren, ist neu. Für Europa ist Pekings Militär keine direkte Bedrohung, wohl aber für die asiatischen Nachbarn. Das wird nun mit wachsender Sorge wahrgenommen. Die Gründe dafür liegen vor allem in Peking. Ökonomisch ist China nun so stark wie die EU und die USA. Es nimmt immer weniger Rücksicht auf internationale Regeln, Verträge und die Interessen anderer. Peking weitet Hoheitsansprüche aus, droht Taiwan, schreddert die Demokratie in Hongkong, unterdrückt Tibeter und Uiguren. China ist der größte Klimasünder, tut aber wenig, um das zu ändern, und vertröstet mit der vagen Ankündigung, 2060 klimaneutral zu werden.

Da spitzen sich mehrere Konflikte zu. Experten warnen inzwischen regelmäßig vor einem neuen Kalten Krieg, manche gar vor einem heißen Krieg. [...] Die Demokratien in Asien – Japan, Australien, Neuseeland, Südkorea und Indien, das China militärisch unterlegen ist wie kürzlich ein Konflikt im Himalaja zeigte – fürchten, dass Peking mit der Zeit eine „Pax Sinica" erzwingen möchte. Friedlich und kooperativ bleibt China nur, wenn die Nachbarn sich seinen Regeln beugen und keine Kritik üben, sei es an der Coronapolitik oder dem Umgang mit Dissidenten. Sonst antwortet Peking mit Sanktionen, politischem und militärischem Druck. Meinungsfreiheit und Menschenrechte würden dann in Asien nur noch eingeschränkt gelten. Ihre Hoffnungen richten Chinas Nachbarn auf Europa. [...] China, so die Analyse der Demokratien dort, verfolgt unter Präsident Xi imperialistische Ziele, riskiert aber keinen Krieg, weil der das Wachstum gefährdet, das die Partei braucht, um sich die Gefolgschaft der Bevölkerung zu sichern. Sie erwarten eine gemeinsame Strategie Europas und der USA zur Eindämmung Chinas durch politischen Druck und militärische Präsenz.

Peking kalkuliere Kosten und Nutzen seines Handelns. Könnte es das demokratische Gegenmodell in Taiwan durch Annexion eliminieren, ohne Krieg zu riskieren, würde Peking das wohl tun. Solange die USA Taiwan schützen, bleibt das ein Fernziel. [...] Dreierlei können die EU und Deutschland für den Frieden in Asien tun. Erstens ein Bündnis mit den Demokratien dort schließen. Zweitens eine gemeinsame Chinastrategie mit den USA ausarbeiten; die Wende von Trump zu Joe Biden macht's möglich. Drittens eine KSZA aufbauen: eine Konferenz für Sicherheit und Zusammenarbeit in Asien nach dem Vorbild der KSZE. Die sicherte im Systemkonflikt mit der Sowjetunion Frieden und Freiheit in Westeuropa durch Gewaltverzicht, Abrüstung, vertrauensbildende Maßnahmen inklusive roter Telefone und Einblick ins Militär. China verdient Einbeziehung und Respekt, nicht aber Toleranz für imperiale Hegemonieansprüche.

Christoph von Marschall, Neuer kalter Krieg: Europa muss auf Chinas Rüstungsoffensive reagieren, in: https://www.tagesspiegel.de/politik/europa-muss-auf-chinas-rustungsoffensive-reagieren-7755880.html, 05.03.2021

INFO

Pax Sinica
lat. „chinesischer Frieden"; dieser Begriff lehnt sich an die antike „Pax Romana" an, jenen Frieden, den das Römische Reich seinen Bewohnern bot

KSZE
Konferenz für Frieden und Zusammenarbeit in Europa: die KSZE war während des Kalten Krieges ein Forum des Austauschs und gegenseitiger Beratungen zwischen Ost und West

1 **Beschreiben** Sie die Karikatur (M 1) und **formulieren** Sie Deutungshypothesen.
2 **Charakterisieren** Sie die chinesische Außenpolitik, indem Sie die zentralen Inhalte in M 2 und M 3 **zusammenfassen**.
3 **Nehmen** Sie **Stellung** zur Außenpolitik Chinas und Ihren Ergebnissen aus Aufgabe 2.
4 **Beurteilen** Sie die Frage „Chinas Außenpolitik – kooperativ oder konfrontativ?" in Form eines medialen Produkts.

3.4 Berücksichtigt die chinesische Politik Menschenrechtsfragen?

WEBCODE
WES-117977-404
Chinas Umgang mit den Uiguren

M1 Zitate

Menschenrechtsangelegenheiten sollten nicht politisiert, instrumentalisiert oder mit doppelten Standards behandelt werden.

Xi Jinping (* 1953), chinesischer Staatspräsident

In der Region Xinjiang in China werden Angehörige muslimischer Minderheiten zu Tausenden verfolgt, inhaftiert und gefoltert.

Amnesty International, Menschenrechtsorganisation

M2 Die Todesstrafe in China

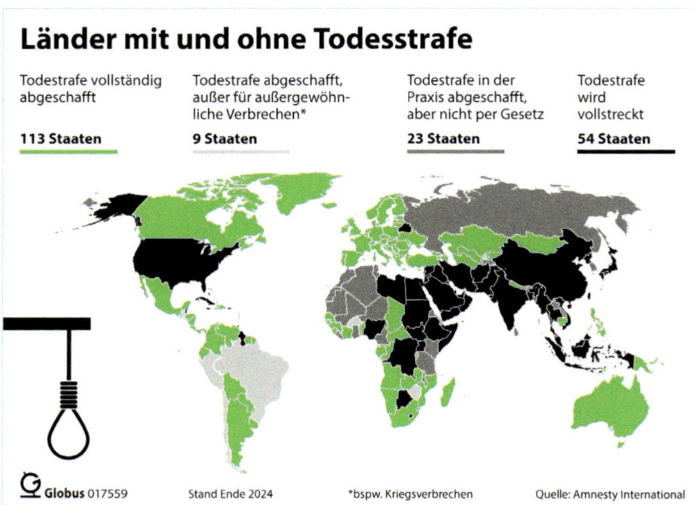

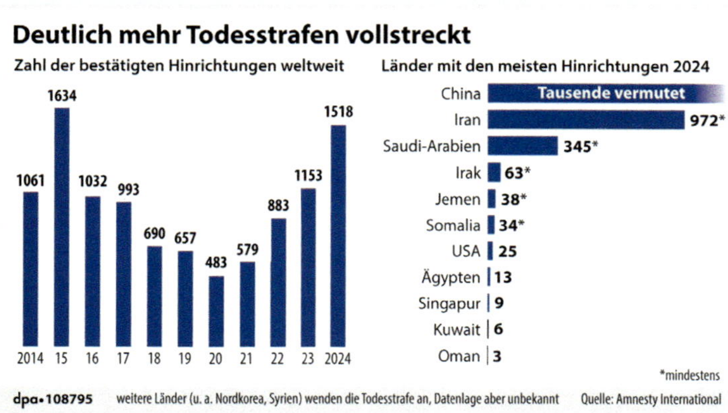

Kein Land der Welt richtet mehr Menschen hin als China – laut Schätzungen. Denn wie hoch die Zahl tatsächlich ist, verschweigt die kommunistische Staatsführung.

Rund 50 Straftatbestände können im chinesischen Rechtssystem mit dem Tod bestraft werden. Dazu zählen auch einige gewaltfreie Delikte wie beispielsweise Drogenschmuggel, Korruption oder Verrat von Staatsgeheimnissen. Hingerichtet wird in China mit der Giftspritze und mit Schusswaffen.

Menschenrechtsorganisationen gehen davon aus, dass jedes Jahr in der Volksrepublik tausende Menschen mit dem Tod bestraft werden. So schätzt Amnesty International, dass China auch im vergangenen Jahr weit mehr Menschen hingerichtet hat als der Rest der Welt zusammen.

Die genaue Zahl ist ein Staatsgeheimnis. Eine Dokumentation ist deshalb nicht möglich. Die Staats- und Parteiführung sagt, dass nur in seltenen Fällen die Todesstrafe vollstreckt werde und dass die Zahl der Hinrichtungen weniger geworden sei. Unabhängig überprüfen lässt sich das nicht.

Menschenrechtler bezeichnen die Todesstrafe als unmenschlich und fordern die kommunistische Staatsführung auf, Hinrichtungen komplett abzuschaffen. So auch Sophie Richardson, die China-Direktorin von Human Rights Watch. Die chinesische Regierung hat laut Richardson in den vergangenen Jahren gesagt, dass Todesurteile im Rechtssystem auf höhe-

ren Ebenen effektiver überprüft werden. „Es ist nicht hinnehmbar, Menschenrechtsverletzungen effizienter durchzuführen. Man sollte sie komplett beseitigen“, sagt sie.
Beobachtende kritisieren, dass Gerichtsverfahren in China nicht den internationalen Standards für faire Prozesse entsprechen. In China herrscht keine Rechtsstaatlichkeit, Prozesse finden häufig hinter verschlossenen Türen statt, fast alle Anklagen enden mit einer Verurteilung. Angeklagte und ihre Familienangehörigen werden nach Angaben von Menschenrechtsorganisationen zudem oft eingeschüchtert, Geständnisse werden erpresst.

Benjamin Eyssel, Die weltweit meisten Hinrichtungen, in: https://www.tagesschau.de/ausland/asien/china-todesstrafe-101.html, 15.11.2022

M3 Kontrolle durch Punkte

Es gibt wenige Innovationen aus China, die in den vergangenen Jahren im Westen für so viele düstere Visionen gesorgt haben, wie das „Social Credit System“, zu Deutsch etwas holprig „Sozialkreditsystem“.
Kritiker befürchten darin – nicht ganz zu Unrecht – ein perfektes Überwachungssystem eines autoritären Staates. 2018 sprach der damalige US-Vizepräsident Mike Pence von einem „Orwell‘schen System“, welches darauf abziele, „jeden Aspekt des menschlichen Lebens zu kontrollieren“. Darauf deutet das Adjektiv „sozial“ hin.
Ein solches flächendeckendes Netz von Überwachungskameras kombiniert mit einem Punktesystem könnte die 1,3 Milliarden Chinesen zu braven Parteibürgern „nudgen“. Der staatlich geförderte Kauf eines Elektroautos würde mit Punkten belohnt, das Überqueren einer roten Ampel mit Punktabzug bestraft werden.
Bei Unterschreiten einer Grenze kommt es zu Sanktionen: Der Kauf von Zug- oder Flugtickets wird dann vom System unterbunden, der delinquente Bürger von einer Art Maschine unter Hausarrest gestellt. Kein Wunder also, dass aus diesem Stoff vielerorts autoritäre Dystopien gesponnen werden.
Tatsächlich jedoch wurde ein Sozialkreditsystem dieser Art nie flächendeckend eingeführt. Es gab vereinzelt Pilotprojekte: So erfassen rund 200 Millionen Gesichtserkennungskameras an manchen Ampeln in Schanghai tatsächlich Bürger, die es vorziehen, das Signal Rot zu ignorieren, und projizieren die Gesichter auf eine für alle sichtbare Leinwand – es sind Techniken der Kulturrevolution im digitalen Zeitalter. [...]
Viel Orwell’scher Lärm um nichts also? Nicht ganz. Nach wie vor befindet sich das Sozialkreditsystem im Aufbau. Alle Elemente zur totalen Überwachung sind vorhanden und kommen wie zum Beispiel in der von Uiguren bewohnten Region Xinjiang auch zur Anwendung. Ob sie eines Tages wirklich zu einem großen zentralisierten System verknüpft werden, ist ungewiss. Die technischen Voraussetzungen jedenfalls sind vorhanden.

Philipp Mattheis, Orwell lässt grüßen: Was hinter Chinas berüchtigtem Sozialkreditsystem steckt, in: https://www.derstandard.at/story/3000000223464/orwell-laesst-gruessen-was-hinter-chinas-beruechtigtem-sozialkreditsystem-steckt, 13.06.2024

INFO

George Orwell
(1903–1950)
Der britische Schriftsteller verfasste mit seinem Roman „1984“ einen literarischen Klassiker über das Leben in einem diktatorischen Überwachungsstaat.

nudgen
engl. einen Anreiz für ein bestimmtes (soziales) Verhalten setzen

Kulturrevolution
von Gewalt geprägte poltisch-kulturelle Kampagne in China von 1966 bis 1976

1 **Vergleichen** Sie die Zitate (M 1).
2 **Fassen** Sie anhand von M 2 die Probleme im Hinblick auf die Menschenrechtslage in China **zusammen**.
3 **Erläutern** Sie das chinesische Konzept eines Sozialkreditsystems (M 3).
4 **Beurteilen** Sie, wer von einem solchen Sozialkreditsystem profitiert und wer nicht (M 3).
5 **Gestalten** Sie ein Erklärvideo zu der Frage, ob die chinesische Politik Menschenrechtsfragen berücksichtigt (M 1–M 3).

3.5 China und die EU – ist ein „Weiter so“ sinnvoll?

M1 Zitate

Gleichzeitig sind wir jedoch besorgt über das, was sich hinter dieser Rückkehr auf die Weltbühne verbirgt. Die Festlegung einer erfolgreichen europäischen Strategie gegenüber China muss mit einer nüchternen Betrachtung unserer derzeitigen Beziehungen und der strategischen Absichten Chinas beginnen.

Ursula von der Leyen (* 1958), Präsidentin der Europäischen Kommission

Deutschland ist der mit Abstand wichtigste Handelspartner Chinas in Europa. Umgekehrt ist China wirtschaftliches Partnerland Nummer eins für Deutschland in Asien.

Deutsche Vertretungen in China

M2 Die neue Seidenstraße

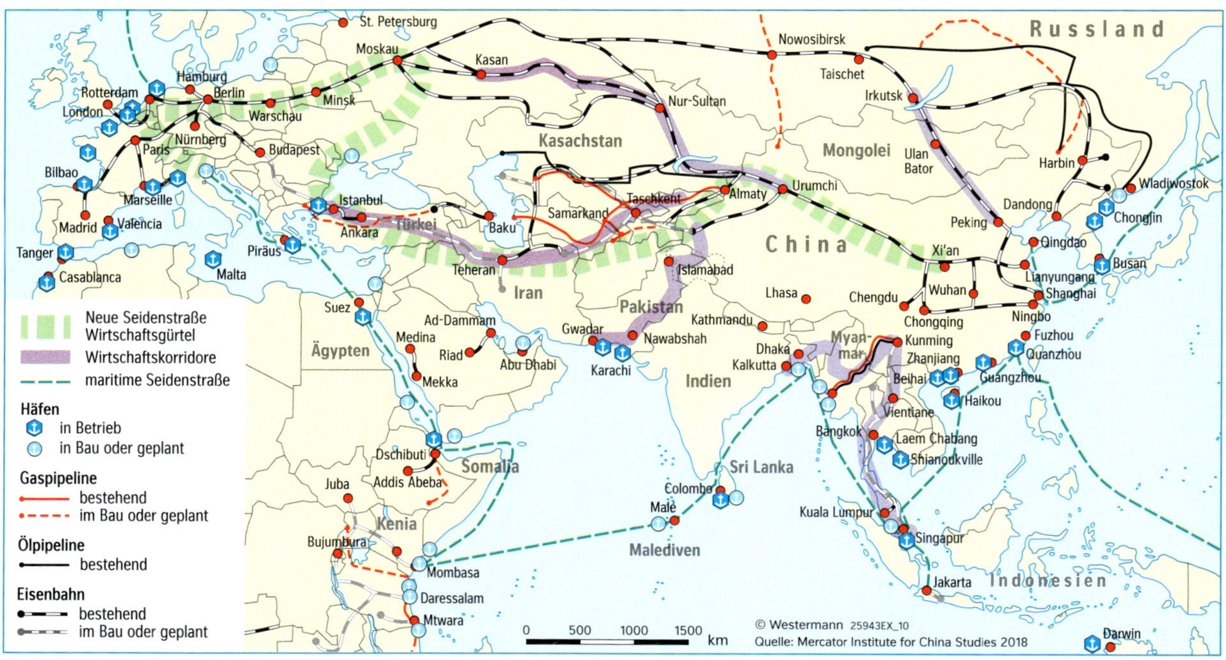

Das Wort „Seidenstraße“ weckt Assoziationen, die sich an den historischen Vorläufer anlehnen: Es sind dies Bilder von endlosen Karawanen, von Kamelen und Maultieren, die Gewürze, Edelmetalle, Porzellan oder Seidenstoffe aus dem Orient nach Europa transportieren. Über die historische Seidenstraße sind einst Soldaten marschiert, haben Missionare das Christentum, den Islam und den Buddhismus verbreitet. Anders die Seidenstraße von heute: Sie mutet nüchtern und pragmatisch an. Ein Mega-Projekt, das, so heißt es, erst einmal Handel und Wirtschaft zugutekommen soll.

2013 stellte Chinas Staatschef Xi Jinping seine Vision einer „Neuen Seidenstraße“ auf einer Konferenz in Kasachstan vor: Die „Neue Seidenstraße“ soll, so Xi Jinping, eine gigantische Wirtschaftstrasse vom Osten Chinas bis in den Westen Europas schlagen. China wolle dafür

Autobahnen, Schienentrassen, Brücken und Tunnel bauen und über Standorte in Afrika eine Verbindung nicht nur auf dem Land-, sondern auch auf dem Seeweg schaffen. Für die „Neue Seidenstraße“ gilt: China macht Angebote, hat auch Komplettpakete im Angebot. Planung und Umsetzung, Arbeiter, Handwerker und Fachleute, die Finanzierung und in manchen Fällen auch den Betrieb von Großprojekten. Die „Neue Seidenstraße“ soll am Ende rund 70 Länder und mehr als vier Milliarden Menschen miteinander vernetzen.
Acht Jahre ist es her, dass der chinesische Staatschef sein neues Projekt vorstellte. Jan Weidenfeld, Experte vom Berliner Thinktank „Mercator Institute for China Studies“, mit einer ersten Bilanz: „Da ist die Seidenstraße erfolgreich. Denn es ist ein Projekt, was stark wahrgenommen wird, nicht nur hier, sondern überall auf der Welt. Und es ist tatsächlich auch ein Projekt, mit dem China dazu beigetragen hat, dass es nicht nur einen größeren politischen Einfluss in vielen Entwicklungsländern gewonnen hat, sondern auch Absatzmärkte ganz stark erweitert hat für chinesische Unternehmen. Insofern politisch wie auch wirtschaftlich ein wichtiges Projekt für die Volksrepublik. Was sicher auch zur Wahrnehmung Chinas auf globaler Bühne beigetragen hat. Das steht außer Frage. [...]
Doch was bezweckt China tatsächlich mit der „Neuen Seidenstraße“? Will es Imperialmacht sein, die Staaten des Südens majorisieren? Will China Europa und den USA die traditionelle Vormachtstellung im internationalem Handel nehmen? Jan Weidenfeld über die Wahrnehmung des Westens: „Die Europäer und die Amerikaner gucken mit großer Skepsis auf diese Initiative, sie sind besorgt über den politischen Einfluss, den China damit gewinnt, die Untergrabung freier marktwirtschaftlicher Prinzipien und demokratischer Werte und Menschenrechten. Und tatsächlich auch den Verlust von Marktanteilen.“

Rainer Link, Chinas Engagement in Europa und die Antwort des Westens, in: https://www.deutschlandfunk.de/die-neue-seidenstrasse-chinas-engagement-in-europa-und-die-100.html, 09.08.2021

M3 Verträge zugunsten Chinas?

Ein zentrales Element der Entwicklungsstrategie Chinas ist die sogenannte Belt and Road Initiative (BRI), oft auch Neue Seidenstraße genannt. Über diese vergeben Chinas Staatsbanken weltweit Kredite für den Bau von Brücken, Bahnstrecken, Kraftwerken, Häfen, Energie- und Digitalnetzen. Vor Ort ausgeführt werden diese Projekte meist von chinesischen Staatsunternehmen und chinesischen Arbeitern. Die meisten Projekte gibt es in Schwellen- und Entwicklungsländern. Vor ein paar Jahren ließ Chinas Führung alle bisherigen Infrastrukturinvestitionen im Ausland unter dem Dach Belt and Road zusammenfassen. Die bekannteste in Europa ist der 2008 von einer chinesischen Staatsrederei gekaufte Hafen von Piräus in Griechenland, der seitdem als Vorzeige-BRI-Projekt gilt.
Ein Rätsel blieben aber bis vor Kurzem die Verträge, die Chinas Banken und Staatsunternehmen mit den Vertragsnehmern vor Ort abschlossen. Seit 2014 bleiben diese zunehmend geheim. Einem internationalen Forscherteam unter Beteiligung des Instituts für Weltwirtschaft (IfW) in Kiel ist es nun gelungen, viele dieser Verträge einzusehen. In ihrer Studie „How China Lends“ hat das Team die Recherchen zusammengetragen. Ein wichtiges Ergebnis daraus ist: Chinas Staatsbanken positionieren sich bewusst als vorrangige Gläubiger der Bauprojekte.
Mit den Investitionen steigt der Einfluss des autoritären KP-Staates im Ausland. Das gilt besonders für die ärmeren Staaten Asiens, Afrikas und Osteuropas, wohin das Gros der Investitionen geht.
China kann auf diesem Weg seine Unternehmen und Produkte auf dem Weltmarkt etablieren und als Kredit- und Geldgeber seine Geschäftsbedingungen diktieren. Mit Folgen: Allein unter den großen Staaten, die im Rahmen der BRI Infrastruktur bauen, befinden sich mit Pakistan, Äthiopien, Kenia, Sri Lanka oder Belarus Länder, in denen chinesische Schulden zehn Prozent oder mehr ihres Bruttoinlandsproduktes ausmachen.
Der Preis für die Zunahme an geopolitischem Einfluss sind aber die Kreditrisiken, die Chinas

INFO

KP
Kommunistische Partei

Geopolitik
bezieht sich auf das außenpolitische Handeln von Staaten, die in der Regel eine Strategie in einem spezifischen Gebiet verfolgen (Geostrategie)

große staatliche Auslandsbanken wie die China Exim-Bank eingehen, wenn sie in armen Staaten Eisenbahnstrecken oder Kraftwerke im Millionen- oder gar Milliardenbereich finanzieren. Für Entwicklungsländer können diese Investments eine zukunftsweisende Hilfe sein – andere geraten durch die Kredite in krasse Abhängigkeit von China. Ein Musterbeispiel ist Nachbar Laos, dessen Stromnetz und neue Wasserkraftwerke heute mehr oder weniger von China kontrolliert werden. Wie es so weit kommen kann, erklärt sich zum Teil aus der Vertragsgestaltung. Durch Belt and Road sei China zum größten öffentlichen Gläubiger für Entwicklungsländer aufgestiegen, sagt Christoph Trebesch, Forschungsdirektor am IfW Kiel und Mitautor von „How China Lends“, und „die finanzierenden Staatsbanken treten als sehr versierte Kreditgeber auf, die ihre Verhandlungsmacht gekonnt zu ihrem Vorteil ausnutzen“. Für die Studie wurden 100 chinesische Kreditverträge mit 24 Ländern untersucht, von denen viele Teil der Belt and Road Initiative sind.

Steffen Richter, Chinas Geheimverträge, in: https://www.zeit.de/wirtschaft/2021-03/neue-seidenstrasse-belt-and-road-initiative-china-infrastruktur-finanzierung-entwicklungslaender, 21.03.2021

M4 Ökonomische Kosten einer Entkopplung von China

QUERVERWEIS
METHODE Szenariotechnik S. 562 f.

„Der Handel mit China bringt uns Wohlstand und ist kurzfristig praktisch nicht zu ersetzen. Ein Bruch hätte hohe Kosten für Deutschland, dennoch besitzt unser Land gesamtwirtschaftlich genug Widerstandskraft, um selbst solch ein extremes Szenario zu überstehen“, sagt Moritz Schularick, Präsident des Kiel Instituts für Weltwirtschaft (IfW Kiel). Anlass ist die Vorstellung einer neuen Analyse eines internationalen Forschungsteams unter Federführung des IfW Kiel. [...] In der aktuellen Analyse modelliert die Forschungsgruppe einen Zerfall der Weltwirtschaft in verfeindete Handelsblöcke. Dabei stehen sich die Europäische Union samt USA und G7-Staaten auf der einen, und China mit seinen Verbündeten, insbesondere Russland, auf der anderen Seite gegenüber. Alle direkten Handelsbeziehungen zwischen den beiden Blöcken werden gekappt. Außerdem gibt es noch eine Gruppe neutraler Staaten, etwa Brasilien, Indonesien oder die Türkei, mit denen beide Blöcke weiterhin Handel treiben. Ein solcher Zerfall hätte für Deutschland erhebliche Wohlstandsverluste zur Folge, wenn er abrupt eintritt und das Land unvorbereitet trifft (Cold-Turkey-Szenario, übersetzt: kalter Entzug). Deutschlands Wirtschaftsleistung bricht den Berechnungen zufolge dann im ersten Jahr um bis zu 5 Prozent ein. [...]

Ein schrittweises, behutsames Zurückfahren der Handelsbeziehungen zwischen den westlichen Alliierten und China samt seinen Verbündeten bis hin zum Handelsstopp nach 3 Jahren hätte auf lange Sicht denselben Wohlstandsverlust wie der abrupte Handelsabbruch zur Folge, jährlich rund 1,5 Prozent der Wirtschaftsleistung (Gradual-Decoupling-Szenario). Der starke Wirtschaftseinbruch in den ersten Monaten und Jahren würde aber vermieden, stattdessen entsteht der Wohlstandsverlust sukzessive.

Ein sogenanntes De-Risking-Szenario, in dem sich die deutsche Wirtschaft nur teilweise von China löst, grundsätzlich aber die Handelsbeziehungen aufrechterhält, würde mittel- bis langfristig Wohlstandseinbußen von jährlich rund einem halben Prozent nach sich ziehen.

In Zwischenszenarien, bei denen die Handelsbeziehungen zwar abrupt enden, Deutschland sich aber vorher in Teilen von China entkoppelt hat, fällt die Wirtschaft auf den Pfad des Cold-Turkey-Szenarios zurück und folgt dann dessen Anpassungspfad zum langfristigen Wohlstandsverlust von rund 1,5 Prozent. Der Einbruch nach dem Handelsschock ist dann also weit weniger stark als im Ursprungsszenario.

In allen simulierten Szenarien sind die Kosten für China in Relation zur Wirtschaftskraft deutlich, nämlich um rund 60 Prozent, höher als für Deutschland. „Jede Entkopplung der deutsch-chinesischen Handelsbeziehungen ist für Deutschland mit Kosten verbunden. Die vergleichsweise geringen Kosten einer teilweisen Entkopplung, oder Entkopplung nur in bestimmten Sektoren, können als Versicherungsprämie gegen einen schmerzhaften

Wirtschaftseinbruch verstanden werden, der eintritt, wenn die Verflechtung eng bleibt und abrupt endet“, so Julian Hinz, Handelsforscher und Forschungsdirektor am IfW Kiel und federführender Autor der Studie. „Ob und wie stark sich Deutschland vom Handel mit China lösen will, ist eine politische Entscheidung. Sie ist vor allem mit der Frage verbunden, ob die geoökonomische Verhandlungsposition des Westens bzw. Deutschlands durch enge Handelsverbindungen mit China gestärkt oder geschwächt wird.“

Abkopplung von China für deutsche Wirtschaft teuer, aber zu überstehen, in: https://www.ifw-kiel.de/de/publikationen/aktuelles/abkopplung-von-china-fuer-deutsche-wirtschaft-teuer-aber-zu-ueberstehen, 14.12.2023

M5 Handel zwischen der EU und China

Warengruppen: Im- und Exporte

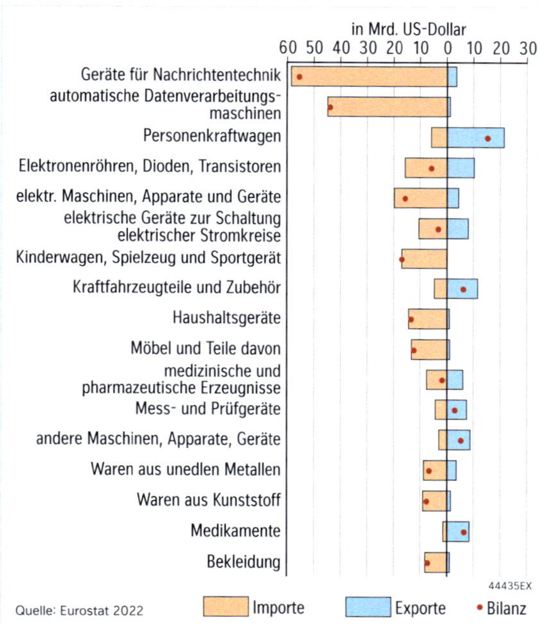

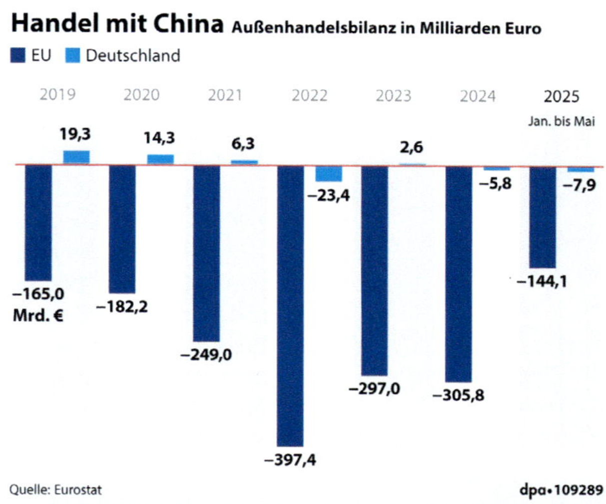

1 **Vergleichen** Sie die Zitate (M 1).

2 **Erklären** Sie den Begriff „neue Seidenstraße“ (M 2).

3 **Beschreiben** Sie Ziele, die China mit dem Ausbau der neuen Seidenstraße verbindet (M 2).

4 **Erläutern** Sie die Grundzüge der Belt and Road Initiative und **beurteilen** Sie die Bedingungen der Kreditvergabe (M 3).

5 **Erarbeiten** Sie Pro- und Kontra-Argumente zur Frage, ob der Handel mit China entkoppelt werden sollte (M 4, M 5).

6 **Verteidigen** Sie ihre Position in einer Fish-Bowl-Debatte und **stellen** Sie ihre Ergebnisse **dar**.

7 **Setzen** Sie sich in Form eines Kommentars mit der Frage **auseinander**, ob im Hinblick auf die Wirtschaftsbeziehungen zwischen der EU und China ein „Weiter so“ sinnvoll ist (M 1–M 5).

3.6 Urteil: Ist China auf dem Weg zur Weltmacht?

M1 Zitate

Die Zeiten, in denen die westlich geprägten Vorstellungen eine beinahe natürliche prägende Wirkung für den Rest der Welt hatten, sind offensichtlich vorbei. Wir befinden uns nunmehr in einer Konkurrenzsituation, die wir ebenso wahr- wie ernst nehmen sollten; in der wir aber auch keinen Grund für Minderwertigkeitskomplexe haben.

Norbert Lammert (* 1948), ehemaliger Bundestagspräsident

Vor dem Hintergrund einer schwierigen geopolitischen Lage und globaler Unsicherheit ist die russisch-chinesische außenpolitische Verbindung der wichtigste stabilisierende Faktor auf der internationalen Bühne.

Wladimir Putin (* 1952), russischer Präsident

M2 Chinas Aufstieg und seine geopolitischen Folgen

Der Aufstieg der Volksrepublik China zu einer globalen Macht ist im vergangenen Jahrzehnt schrittweise erfolgt. Lange blieb er in unseren Beobachtungen auf seine ökonomische Dimension reduziert. Unter Staats- und Parteichef Xi Jinping ist jedoch der Anspruch Chinas, globale politische Macht zu sein, unübersehbar geworden. Der „erweiterte" Westen sieht sich einer geostrategisch motivierten Außenpolitik Chinas gegenüber.
Inmitten der wachsenden Rivalität zwischen den USA und China ist China bestrebt, seine eigene Präsenz auf der internationalen Bühne weiter auszubauen und technologisch unabhängig von den USA zu werden. Chinas Rolle als wichtiger Handelspartner für viele Länder der Welt hat dem Land eine Reihe von Instrumenten an die Hand gegeben, mit denen es seinen Einfluss sowohl in bilateralen Beziehungen als auch auf multilateraler Ebene geltend machen kann.
Im Rahmen der Neuen Seidenstraße (Belt and Road Initiative) hat China seine wirtschaftlichen und politischen Beziehungen diversifiziert, Handelsrouten mit Zugang zu Häfen und Handelszentren in der ganzen Welt eingerichtet und einen neuen Rahmen geschaffen, in dem chinesische Unternehmen Zugang zu neuen Märkten erhalten und diese erschließen können. Aus chinesischer Sicht ist die Konnektivität zu einem wichtigen Merkmal in Chinas Interaktion mit der Welt geworden, das zu wirtschaftlichen Wachstumsprozessen in zuvor eher isolierten Ländern und Regionen beitragen soll.
Mit Chinas Aufstieg kommt es zu regionalen und geopolitischen Machtverschiebungen. Damit geht ein sich zuspitzender Großmachtkonflikt und Wettbewerb der Systeme einher. Die Auseinandersetzung um globale Einflusssphären betrifft uns direkt, findet aber auch fernab unserer eigenen Grenzen statt. Etwa auf dem afrikanischen Kontinent, in Lateinamerika, im Nahen Osten und in der Arktis, wo chinesisches Engagement vermehrt in die Formulierung eigener wirtschafts- und sicherheitspolitischer Gestaltungsansprüche mündet.
Deutschland und die EU stehen damit vor der Frage, wie man sich in einer geopolitisch stark verändernden Welt grundsätzlich positioniert.

Thomas Yoshimura, Chinas Rolle in der Welt, in: https://www.kas.de/de/chinas-rolle-in-der-welt, 20.07.2025

M3 Chinas Selbstverständnis

Li Xueli ist Masterstudentin am renommierten Institut für Internationale Beziehungen. [...] Li ist 23 Jahre alt und studiert Internationale Politik in einer Zeit, in der sich ihr Land China international neu aufstellt. „Mit der sich ändernden Weltlage ändert sich auch Chinas Rolle in der globalen Politik. Dafür gibt es mehrere Gründe. Zum einen braucht China eine stabile internationale Ordnung, wenn es sich weiter schnell entwickeln will. Zweitens gibt es viele globale Probleme wie Terrorismus, Energieknappheit oder Atomkonflikte, die nur gemeinsam gelöst werden können. Jedes Land muss seinen Beitrag leisten. Und insofern ist Chinas Handeln auch eine aktive Antwort auf die Erwartungen der internationalen Gemeinschaft."

Wie Li Xueli sind viele chinesische Außenpolitiker und Diplomaten hier an der Renmin Universität ausgebildet worden. Aber Li gehört zur ersten Generation der Elitestudenten, die ein völlig neues, außenpolitisches Selbstbewusstsein vermittelt bekommen. War Chinas Aufstieg Jahrzehnte lang vor allem wirtschaftlich geprägt, so formulieren Chinas Politiker zuletzt immer deutlicher auch einen globalen, politischen Führungsanspruch. Die außenpolitische Zurückhaltung – ein jahrzehntelanges Credo der chinesischen Politik – sei Vergangenheit, sagt Masterstudentin Li. [...]

Die Wiedergeburt der großen, chinesischen Nation. Die pathetische Überschrift, die Chinas Präsident Xi Jinping für sein politisches Programm gewählt hat, ist eng mit dem globalen Aufstieg und den geostrategischen Ambitionen der Volksrepublik verbunden. Zur Zielgruppe seiner dreieinhalbstündigen Rede gehört deshalb neben den knapp 2 300 Delegierten in der Großen Halle des Volkes auch die globale Öffentlichkeit. Besonders beim Thema Außenpolitik.

„Der Traum des chinesischen Volkes ist eng verbunden mit den Träumen der Menschen in der restlichen Welt. Der chinesische Traum kann nur in einer friedvollen internationalen Umgebung und innerhalb einer stabilen internationalen Ordnung Wirklichkeit werden. Deshalb wird sich China für den Weltfrieden einsetzen, die globale wirtschaftliche Entwicklung fördern und die internationale Ordnung verteidigen."

Axel Dorloff, Das Projekt Weltmacht, in: https://www.deutschlandfunk.de/china-das-projekt-weltmacht-100.html, 11.01.2018

M4 Who is first?

Zeichnung: Martin Erl

1. **Vergleichen** Sie die Zitate (M 1).
2. **Stellen** Sie die Folgen von Chinas Aufstieg für Deutschland und die EU **dar** (M 2).
3. **Erläutern** Sie das Selbstverständnis Chinas von seiner Rolle in der Welt (M 3).
4. **Interpretieren** Sie die Karikatur (M 4).
5. „Deutschland und die EU stehen damit vor der Frage, wie man sich in einer geopolitisch stark verändernden Welt grundsätzlich positioniert." **Entwerfen** Sie zu diesem Zitat aus M 2 ein außenpolitisches Positionspapier für die Europäische Union, in der Sie sich mit Chinas Weg zur Weltmacht **auseinandersetzen**.
6. **Beurteilen** Sie, ob China auf dem Weg zur Weltmacht ist.

4. Berichterstattung in den Medien – manipulieren sie die Wahrnehmung?

4.1 Einführung

M1 „Ansteckender“ Journalismus?

Zeichnung: Klaus Stuttmann

M2 Trügerische Zahlen?

„Russland: 18 480 Tote – Ukraine: 157 000 Tote; Russland: 44 500 Verletzte – Ukraine: 234 000 Verletzte.“ Diese Zahlen sollen die Verluste Russlands und der Ukraine infolge der russischen Invasion darstellen. Die Grafik, die derzeit in den sozialen Netzwerken kursiert, wird dabei oft versehen mit Sätzen wie „Ukraine blutet förmlich aus“ und soll die militärische Überlegenheit Russlands in dem Krieg widerspiegeln.

Dabei ist die Grafik nach Ansicht von Gustav Gressel, Senior Policy Fellow beim European Council On Foreign Affairs (ECFR), „gänzlich unglaubwürdig“. „Die russischen Verluste sind nachweisbar weit höher, als dort angegeben.“ Die niederländische Open-Source-Intelligence-Website (OSINT) Oryx listet allein fotografische Belege für den Verlust von mehr als 3 500 Kampf- und Schützenpanzern auf russischer Seite auf – wohingegen die zitierte Grafik auf lediglich 889 kommt.

Zudem würde die Grafik die ukrainischen Verluste um ein Vielfaches überzeichnen, sagt Gressel. Die ukrainische Luftwaffe würde beispielsweise nicht annähernd über 302 Flugzeuge zu Beginn der russischen Invasion verfügt haben – die auf der Grafik angegebenen Verluste seien somit höher als der eigentliche Bestand. Die von der Grafik suggerierte Unterlegenheit der ukrainischen Armee würde nicht der Realität entsprechen. Zum Vergleich: Oryx listet lediglich 57 verlorene Flugzeuge für die Ukraine auf. „Bei den in der Grafik angegebenen Verlusten wäre den ukrainischen Streitkräften wohl weder die Verteidigung Kiews, noch die Befreiung Charkiws und Chersons, noch das weitgehende Halten der Linien im Donbass gelungen, während gleichzeitig immer mehr logistisch komplexe Waffensysteme aus westlicher Produktion eingeführt und mit großer Wirkung eingesetzt wurden und werden", sagt Gressel. Der Zweck der Grafik sei Propaganda.

Die Zahlen der Grafik stammen offenbar von der türkischen Online-Nachrichtenseite „Hürseda Haber". In der dortigen Auflistung der vermeintlichen Verluste heißt es, es handele sich „angeblich" um „Felddaten vom 14. Januar 2023, basierend auf israelischen Geheimdiensten". Nicht nur in Deutschland, sondern weltweit sorgte der Bericht von „Hürseda Haber" für Aufsehen – vor allem in den sozialen Netzwerken. Eine US-amerikanische YouTuberin mit mehr als 500 000 Abonnenten veröffentlichte beispielsweise ein Video dazu mit dem Titel „Der Mossad gibt die ECHTEN Opferzahlen aus der Ukraine und Russland preis. Es ist düster für die Ukraine".

Doch zu den mutmaßlichen Verlusten der beiden Kriegsparteien gibt es viele verschiedene Schätzungen. Russland und die Ukraine teilen jeweils in regelmäßigen Briefings die angeblichen Verluste der gegnerischen Seite mit. Allerdings bezieht sich Russland meistens auf Kriegsgeräte und nicht auf getötete Soldaten. Die Zahlen gehen dabei erwartungsgemäß weit auseinander. Zu den eigenen Verlusten wiederum machen beide Seiten nur selten Angaben. [...] Nach Angaben von Rafael Loss, Koordinator für paneuropäische Datenprojekte am ECFR, ist es „nahezu unmöglich, Verluste an Mensch und Material in einem laufenden Krieg zweifelsfrei nachzuverfolgen". OSINT-Webseiten wie Oryx hätten jedoch Leitlinien und Verhaltenskodexe entwickelt, um Annahmen und Schlussfolgerungen möglichst nachvollziehbar und überprüfbar zu machen. „Bei guter OSINT fließt in die Beweisführung zum Beispiel viel Aufwand", sagt Loss. Allerdings werden bei Oryx keine Angaben zu verwundeten oder toten Soldaten gemacht.

Insgesamt sei mehr über Russlands Verluste bekannt als über die der Ukraine, sagt Loss. Das liege auch daran, „dass die russischen Streitkräfte und ihre Aktivitäten Aufklärungsziel westlicher Nachrichtendienste sind".

Michael Zinkanell, zukünftiger Direktor des Austria Instituts für Europa- und Sicherheitspolitik (AIES), mahnt jedoch zu genereller Vorsicht an. „Abgesehen von dem individuellen Bias jeder einzelnen Quelle die Interpretation der Daten betreffend – das gilt auch für die offizieller ukrainischer Daten zu den Verlusten – ist es meiner Ansicht nach aufgrund der Verworrenheit der Ereignisse vor Ort nicht möglich, seriöse Daten zu erheben." Damit könne die Frage nach der Plausibilität nur hypothetisch beantwortet werden.

„Somit ist die genaue Bezifferung der Verluste – personell und materiell – auf beiden Seiten nicht möglich", sagt Zinkanell. Es sei kaum bis gar nicht möglich, diese Informationen auf verlässliche Art und Weise zu erhalten, da es deutliche Intentionen gebe, potenziell gefährliche Desinformation zu diesem Thema zu verbreiten.

WEBCODE
WES-117977-405
Krieg in den Medien. Dossier der Bundeszentrale für politische Bildung

Pascal Siggelkow, Angaben zu Verlusten „gänzlich unglaubwürdig", in: https://www.tagesschau.de/faktenfinder/russland-ukraine-verluste-grafik-101.html, 14.02.2023

1 **Beschreiben** Sie die Karikatur (M 1) und **formulieren** Sie Deutungshypothesen.

2 **Fassen** Sie die Kernaussagen in M 2 **zusammen** und **erläutern** Sie die Probleme beim Umgang mit Zahlen in Konflikten und Kriegen.

3 **Setzen** Sie sich mit möglichen Problemen bei der medialen Darstellung von Konflikten und Kriegen **auseinander** (M 1, M 2).

4 **Diskutieren** Sie, ob Medien bei der Berichterstattung über Konflikte und Kriege die Wahrnehmung ihrer Leser, Hörer oder Zuschauer manipulieren (M 1, M 2). **Recherchieren** Sie ggf. nach weiteren Informationen.

4.2 Berichten Medien zu einseitig?

M1 Differenzierte Nachrichten?

Zeichnung: Klaus Stuttmann

M2 Der Krieg in den sozialen Medien

Es ist eine unwirkliche Szene: Ein ukrainischer Soldat sitzt vor einem Klavier in einem halbzerstörten Wohngebäude. Es läuft der Song „Night Changes" der Boyband „One Direction". Durch die Fenster ist ein zertrümmertes Bachmut zu sehen. Laute Explosionen begleiten die Musik. Unterschrieben wurde das Video bei Tiktok mit den Worten: Immerhin war das Musikstudium nicht umsonst.

„Man hat wirklich ein bisschen Angst, soziale Netzwerke aufzumachen in diesen Tagen", sagt Denis Trubetskoy. Er ist ukrainischer Journalist und lebt in Kiew. Als Kind war deutscher Sport seine Leidenschaft. Oliver Kahn und Erik Zabel waren seine Idole. Später schrieb er auf Ukrainisch über die Bundesliga, lernt Deutsch, um Quellen direkt lesen und verstehen zu können.

Seit einigen Jahren berichtet er immer mehr über Politik, auch für deutsche Medien – und jetzt über die russischen Angriffe. „Es ist halt mittlerweile so, dass jeder jemanden kennt, der gestorben ist, der schwer verletzt wurde", erzählt er im Interview, um dann zu unterbrechen. „Moment", sagt er. „Ich muss die Aufnahme neu starten, weil der Luftalarm aufgehoben wurde. Da kam diese Warnmeldung." Nichts ist normal in der Ukraine, aber der Krieg Alltag, und genauso wie unser Alltag hier in Deutschland, ist auch der ukrainische von sozialen Netzwerken durchzogen. Einige wie Telegram sind sogar wichtiger denn je, erzählt Denis Trubetskoy.

Soziale Netzwerke sind dabei Fluch und Segen zugleich. Unverzichtbar auf der einen Seite, doch Nachrufe auf gefallene Soldat:innen sind dort auch an der Tagesordnung. Zum Beispiel bei Twitter: ein Bild von einem jungen Mann mit seiner Tochter, die jetzt ohne ihn aufwachsen muss. Ein langer Trauerbrief seiner

Frau dazu, in dem steht: „Ich hätte alles genommen, eine schwere Verletzung, eine posttraumatische Depression, eine dauerhafte Behinderung. Aber wir hatten kein Glück.“ Die tägliche Konfrontation mit Todesmeldungen und Frontbildern hinterlässt Spuren. Sei ein Freund oder Bekannter gestorben, erfahre man das meist über Instagram, sagt Denis Trubetskoy. „Da hatte ich auch eine krasse Erfahrung: Der Bruder einer Studienkollegin ist gefallen, aber auf der anderen Seite weiß man gar nicht mehr, ob man noch sprechen kann, wenn ihr Bruder auf der anderen Seite als Vertragssoldat gekämpft hat.“ [...]

Auch außerhalb der Ukraine kämpfen die Betroffenen mit der ständigen Flut an Nachrichten. „Alle lesen schlechte Nachrichten. Sie müssen wissen, was passiert an der Front. Es gibt Menschen, die sehr depressiv sind“, sagt auch Yuliia Yurchenko. Die 22-Jährige studiert Deutsch und ist im April 2022 aus der Ukraine geflohen. Mittlerweile lebt sie mit ihrem Freund in Leipzig, der zu Beginn der Invasion im Ausland studiert hat. Jetzt können sie zusammen in Sicherheit sein. Mit ernsten, abgeklärten Augen sagt sie zum Thema Instagram und Todesmeldungen. „Das ist sehr traurig, das zu lesen. Aber ich versuche, meine Emotionen zu kontrollieren, und im Februar habe ich auch traurige Dinge überlebt. Ich habe gesehen, wie in meiner Heimatstadt Menschen sterben. Aber jetzt, glaube ich, sind meine Emotionen stabil.“ Auch der Journalist Denis Trubetskoy in Kiew äußert sich ähnlich. Emotionen werden kontrolliert und unterdrückt. Gerade in der Rolle als Berichterstatter. „Das Rezept ist einfach: So weit es geht, Emotionen ausschalten.“ Eine Studie der Universität Boston hat 2019 gezeigt, dass eine konstante Konfrontation mit traumatischen Bildern und Nachrichten über soziale Netzwerke und Massenmedien posttraumatische Belastungssymptome auslösen kann.

Die Ukraine ist ein Land unter täglichem physischen und psychischen Terror durch den Angriff Russlands, verstärkt durch soziale Medien, deren Konsum für Sicherheit und Alltag unvermeidbar ist. Das alles erfährt eine junge Generation, die von Corona direkt in einen Krieg gerutscht ist.

Jochen Dreier, Front- und Todesmeldungen am laufenden Band, in: https://www.deutschlandfunkkultur.de/ukrainekrieg-in-sozialen-netzwerken-100.html, 28.01.2023

M3 „Das erste Opfer eines Krieges ist immer die Wahrheit“

Das erste Opfer eines Krieges ist immer die Wahrheit, lautet ein Spruch, bei dem nicht klar ist, wer ihn zuerst gesagt hat. Aber er stimmt. Vor allem in Zeiten von Kriegsberichterstattung per Social Media kommt es noch stärker als bisher darauf an, wer was zuerst gesagt hat – und ob es überhaupt stimmt. Zwar stand Kriegsberichterstattung schon immer in dem Ruf, zensiert oder von den Kriegsparteien zumindest manipuliert zu sein. Daran hat sich auch im digitalen Zeitalter nichts geändert.

Doch heute senden die kriegführenden Parteien selbst. Ganze Armeen bis hinunter zu individuellen Soldatinnen und Soldaten posten ihre persönlichen Botschaften. Dazu kommen die Nachrichten und Momentaufnahmen von und aus der Zivilgesellschaft. Ist die klassische, über die traditionellen Medien transportierte Kriegsberichterstattung damit sinnlos geworden?

Die Geschichte der Medien und der Informationstechnologie war von Anfang an immer eng mit Krieg und Militär verbunden, schrieb schon vor rund 30 Jahren der Journalistik-Professor Claus Eurich in seinem Buch „Tödliche Signale – Die kriegerische Geschichte der Informationstechnik von der Antike bis zum Jahr 2000“. Vor allem in diesen letzten 30 Jahren hat sich dabei nochmals ein massiver Wandel vollzogen. Die Geschichte von Kriegen lässt sich auch als Mediengeschichte erzählen. „In der Erinnerung vieler Menschen sind verschiedene kriegerische Auseinandersetzungen mit den entsprechenden medialen Formen verbunden“, schreibt die US-Journalistin Kaitlyn Tiffany im [...] [Magazin] „The Atlantic“. [...] „Das Internet belohnt schnell zusammengestellte Narrative, die sich anscheinend mit ein paar Links auf andere Websites belegen lassen“, schreibt Kaitlyn Tiffany weiter. Entsprechend sei jeder folgende Krieg als der

WEBCODE
WES-117977-406
TikTok-Krieg: So machen Russland und Ukraine TikTok zum Schlachtfeld

erste seiner Art mit Blick auf Social Media beschrieben worden: 2012 hätten sich Israel und die radikal-islamische Hamas so den ersten „Krieg der Tweets“ geliefert. Ein Jahr später ging der Bürgerkrieg in Syrien als erster Konflikt der Welt in die Mediengeschichte ein, der bei der internationalen Öffentlichkeit vor allem via YouTube und Liveleaks ankam. Das lag auch an neuen medialen Angeboten wie dem 1994 in Kanada als Punk-Magazin gestarteten Vice, das über seine News-Videos mit ungeschönter, provokativer Berichterstattung aus dem Krieg auf sich aufmerksam machte.
2016 rief die „New York Times“ den „ersten Facebook-Krieg“ aus, weil hier irakische und kurdische Einheiten live ihren Vormarsch gegen den Islamischen Staat (IS) im Nordirak streamten. Und im gleichen Jahr erklärte das US-Außenministerium, der IS sei die „erste terroristische Gruppe, die sowohl reales geografisches Terrain als auch die digitale Sphäre besetzt“ hielten. Ist der Ukraine-Krieg jetzt der erste „TikTok-Krieg“? Zumindest ist die App Made in China so präsent, dass der ukrainische Präsident Wolodimir Selenski direkt an die zumeist junge TikTok-Community appellierte. Wie die internationale Nachrichtenagentur Reuters berichtet, könne sie laut Selenski helfen, den Krieg zu beenden.
„Kriegsberichterstattung“ via TikTok kann nach Einschätzung des Mediennetzwerks Bayern dabei aber auch anderen Medien bei ihrer Berichterstattung helfen. „Kriegsberichterstattung auf TikTok und Co.: Wie Redaktionen die Plattform nutzen können“, heißt ein Angebot des Mediennetzwerks, das ein Ableger der für die Aufsicht über den privaten Rundfunk und Medienkompetenzförderung zuständigen Bayerischen Landesmedienanstalt BLM ist.
Für die ARD hat sich das neue SWR-Format „Vollbild“ mit der Rolle von TikTok im Ukraine-Krieg beschäftigt. Die Folge „TikTok-Krieg: So machen Russland und Ukraine TikTok zum Schlachtfeld“ ist in der ARD-Mediathek abrufbar.
Gerade die hier belegten Beispiele, wie leicht TikTok für Propaganda und Desinformation genutzt werden kann, zeigen, dass die klassische journalistische Berichterstattung gerade in Konflikt- und Krisensituationen durch nichts zu ersetzen ist. Denn für sie gehört die Überprüfung von Quellen und eine Gegenrecherche auch unter schwierigen Rahmenbedingungen unabdingbar dazu. Außerdem wird kenntlich gemacht, ob bestimmte Informationen oder Berichte einer Zensur oder Beeinflussung, beispielsweise durch das Militär oder staatlicher Stellen, unterlagen oder schlicht nicht überprüft werden konnten. Auch diese Hinweise fehlen bei den meisten Social-Media-Angeboten. Dabei ist die Verifizierung der Inhalte heute wichtiger denn je.
Allerdings stoßen auch die klassischen Medien durch die Beschleunigung der Berichterstattung an ihre Grenzen. Der im vergangenen Jahr verstorbene ARD-Journalist Gerd Ruge, der seit den 1970er-Jahren von vielen Kriegsschauplätzen berichtete, kritisierte diesen Trend. Viele Berichterstatter müssten liefern, „ohne vorher recherchieren zu können“. Der „Abgleich von Inhalten mit der Wirklichkeit ist schwieriger geworden“, so Ruge. Er habe zu seiner Zeit „länger nachdenken“ können.

Steffen Grimberg, Wenn Kriegsberichterstattung viral geht, in: https://www.mdr.de/medien360g/medienwissen/wenn-kriegsberichterstattung-viral-geht-100.html, 09.09.2022

1. **Beschreiben** Sie die Karikatur (M 1) und **formulieren** Sie Deutungshypothesen.
2. **Erläutern** Sie die Bedeutung von sozialen Medien im Krieg in der Ukraine (M 2).
3. **Erarbeiten** Sie kollaborativ eine grafische Übersicht, in der Sie die Unterschiede zwischen der klassischen Kriegsberichterstattung und den Veränderungen durch die sozialen Medien **darstellen** (M 3).
4. **Beurteilen** Sie die Rolle von Algorithmen bei der Themenwahl der Rezipienten (M 2).
5. **Werten** Sie M 4 **aus**.
6. **Setzen** Sie sich in einem Kommentar mit der Rezeption von Konflikten und Kriegen in Medien **auseinander** (M 1–M 4).
7. **Bewerten** Sie, ob die deutschen Medien bezogen auf den Krieg in der Ukraine zu einseitig berichtet haben bzw. berichten (M 1–M 4).

M4 Wie Medien in Deutschland zu Kriegsbeginn berichteten

Untersuchung der Berichterstattung in ausgewählten deutschen Medien in den ersten drei Monaten des Krieges in der Ukraine (Februar bis Mai 2022)

Bewertung der wichtigsten Konfliktakteure
Angaben in Prozent

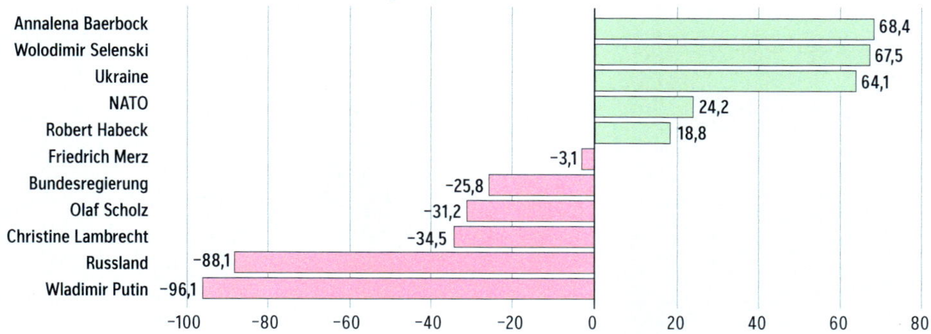

Bewertung der Maßnahmen im Medienvergleich

humanitäre Unterstützung der Ukraine | **diplomatische Maßnahmen** | **Wirtschaftssanktionen gegen Russland**

Angaben in Prozent

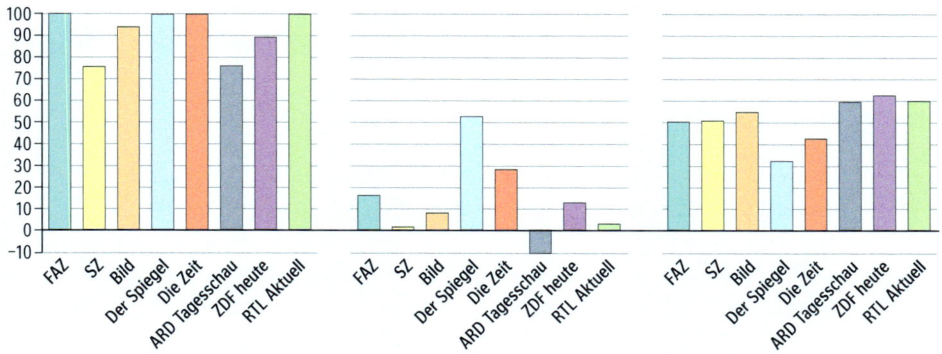

militärische Unterstützung der Ukraine | **explizit: Lieferung schwerer Waffen**

Angaben in Prozent

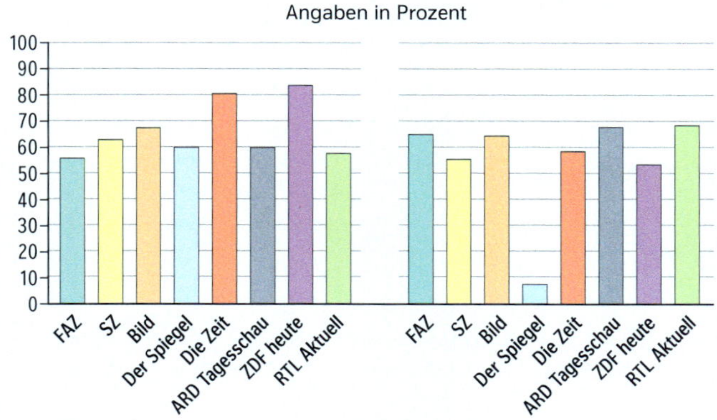

Quelle: Ukraine-Analyse Nr. 289 (2023) / Bundeszentrale für politische Bildung

48843EX

INFO

FAZ
Frankfurter Allgemeine Zeitung; deutsche Tageszeitung

SZ
Süddeutsche Zeitung; deutsche Tageszeitung

4.3 Bestimmen Narrative den Blick auf Konflikte und Kriege?

M1 Absicht oder Versehen?

INFO

Narrativ
sinnstiftende Erzählung; Sichtweise die oftmals Widersprüche in der eigenen Darstellung ausblendet oder abstreitet

NATO-Osterweiterung
Beitritt ehemaliger Mitgliedstaaten des Warschauer Paktes in die NATO ab 1999

Zeichnung: Klaus Stuttmann

M2 Das westliche Narrativ zur NATO-Osterweiterung

Der Kalte Krieg endete mit dem Zusammenbruch des Kommunismus in der Sowjetunion und Mittel- und Osteuropa. Zahlreiche europäische Staaten sowie Länder, die in das Sowjetreich eingegliedert waren, wurden von der Sowjetherrschaft befreit. Diese Staaten und ihre zig Millionen Bürger hatten nun die Freiheit, ihre eigene Zukunft zu bestimmen, einschließlich ihrer Bündnismitgliedschaft. Dies war kein Sieg des Westens, sondern ein Sieg für Freiheit und Demokratie. [...] Die Erweiterung der NATO und der EU folgte nicht einem westlichen Plan, Russland zu umzingeln. Sie entstand, weil große Mehrheiten in vielen der neu unabhängigen Staaten zur demokratischen Familie zurückkehren wollten. Auf der anderen Seite bedeutete das Erbe der Geschichte, dass viele NATO-Länder sich verpflichtet fühlten, diesen Staaten bei der Erfüllung ihrer legitimen Bestrebungen zu helfen.

Andreas von Westphalen, Die Wurzeln des Misstrauens. Russland und die Verhandlungen zur Deutschen Einheit 1990, in: https://assets.deutschlandfunk.de/d70bf387-fe5a-4e3f-ba63-1ab025878a05/original.pdf, 2019

QUERVERWEIS

METHODE Linguistische Analyse
S. 462 f.

1. **Beschreiben** Sie die Karikatur in M 1 und **formulieren** Sie Deutungshypothesen.
2. **Fassen** Sie die Narrative des Westens und Russlands zur NATO-Osterweiterung **zusammen** (M 2, M 3).
3. **Analysieren** Sie M 4 mit der Methode der linguistischen Analyse.
4. **Bewerten** Sie die Positionen des russischen Präsidenten (M 4) und des US-Präsidenten (M 5).
5. **Setzen** Sie sich in Form eines Kommentars mit der Frage **auseinander**, wie weitgehend Narrative den Blick auf Konflikte und Kriege bestimmen (M 1–M 5).

M3 Das russische Narrativ zur NATO-Osterweiterung

Die Hauptdynamik nach dem Kalten Krieg war der Ausbau der westlichen Institutionen auf Kosten Russlands. Der Westen hat nie versucht, mit Russland über Sicherheit zu sprechen, nur ohne oder gegen das Land. Die Erweiterung der NATO war eine zunehmende Bedrohung für die nationale Sicherheit Russlands. [...] Beginnend mit den Verhandlungen über die Wiedervereinigung Deutschlands nutzte der Westen systematisch die Schwäche Russlands aus. [...] Die Vereinigten Staaten ergriffen stattdessen die Gelegenheit, die internationalen Angelegenheiten, insbesondere in Europa, zu dominieren.
Das „gemeinsame europäische Haus" scheiterte, weil der Westen nicht bereit war, eine neue, offene Sicherheitsarchitektur zu errichten - und seine Versprechen zu erfüllen. Der Westen sprach von Kooperation und erwartete Kooperation von Moskau, glaubte aber an die beständige Aggressivität und/oder Schwäche Russlands.

Andreas von Westphalen, Die Wurzeln des Misstrauens. Russland und die Verhandlungen zur Deutschen Einheit 1990, in: https://assets.deutschlandfunk.de/d70bf387-fe5a-4e3f-ba63-1ab025878a05/original.pdf, 2019

M4 Fernsehansprache des russischen Präsidenten Wladimir Putin kurz vor dem Angriff auf die Ukraine (Auszug)

Da fragt man doch: wozu, wozu all das, zu welchem Zweck? Na gut, ihr wollt uns nicht als Freund und Verbündeten sehen, aber warum müsst ihr uns zu einem Feind machen?
Darauf gibt es nur eine Antwort: Es geht nicht um unsere politische Ordnung, und auch nicht um irgendetwas anderes, es geht darum, dass sie einfach kein so großes und unabhängiges Land wie Russland auf der Landkarte haben wollen. Dies ist die Antwort auf all die Fragen. Dies ist die Quelle der immer gleichen amerikanischen Russlandpolitik. Daher auch ihre Haltung zu allem, was wir im Bereich Sicherheitspolitik vorschlagen. Heute genügt ein Blick auf die Karte, um zu sehen, wie die westlichen Staaten ihr Versprechen „gehalten haben", dass sie keinen Vorstoß der NATO nach Osten zulassen. Sie haben uns schlicht betrogen. Fünf Erweiterungswellen haben wir bekommen, eine nach der anderen. [...]
Im Ergebnis ist die Allianz, ihre militärische Infrastruktur, unmittelbar an die Grenzen Russlands vorgedrungen. Und dies ist einer der zentralen Gründe für die Krise der europäischen Sicherheit, es hat sich absolut negativ auf das gesamte System der internationalen Beziehungen ausgewirkt, es hat zu einem Verlust des wechselseitigen Vertrauens geführt.

Wladimir Putin: Rede an die Nation vom 21.2.2022, in: https://zeitschrift-osteuropa.de/blog/putin-rede-21.2.2022/, 20.07.2025

M5 Die Sicht des US-Präsidenten Donald Trump

Der US-Präsident gab der angegriffenen Ukraine [...] eine Mitschuld am Krieg. „Ihr hättet es nie anfangen sollen. Ihr hättet einen Deal machen können", sagte Trump bei einer Pressekonferenz in Florida. Es gebe in Kiew „eine Führung, die einen Krieg zugelassen hat, den es nie hätte geben dürfen". Damit übernimmt Trump ein faktisch falsches Narrativ des russischen Regimes. Es waren der Kreml, Putin, Russland, die die Souveränität ihres Nachbarlandes bereits 2014 mit dem Überfall auf die Krim in Frage gestellt hatten. Es folgte der 24. Februar 2022 und damit für viele die Gewissheit: Vergangene Absprachen [...] oder die bis dahin geltende europäische Friedensordnung sind Russland egal.

Kai Remen, Welche Trump-Aussagen zur Ukraine falsch sind, in: https://www.zdfheute.de/politik/ausland/trump-post-selenskyj-ukraine-krieg-russland-100.html, 20.02.2025

Linguistische Analyse

Framing

Der Begriff Framing leitet sich vom englischen Wort „Frame" (Rahmen) ab. Im Kontext von Sprache meint dies die Aktivierung eines Rahmenwissens zu einem sprachlichen Ausdruck. Das Rahmenwissen beruht auf den Erfahrungen des Rezipienten. Die Frame-Semantik geht davon aus, dass man die spezifische Bedeutung von Wörtern nur erfassen kann, wenn man den benötigten Rahmen an Weltwissen besitzt, der für das Verstehen des Wortes notwendig ist. Anhand der Wörter „etwas fahren" lässt sich dies verdeutlichen, wenn etwa der Rahmen von Verkehr aktiviert wird und Konzepte wie Fahrzeuge oder Verkehrsregeln beinhaltetet. Das Beispiel zeigt auch, wie Sprache und Rahmen (Frame) miteinander verbunden sind. Im politischen und medialen Diskurs kann ein sprachliches Framing verwendet werden, um durch die Verwendung spezifischer Begriffe, die Verbindung zu einem gewünschten Frame herzustellen. Werden Themen kontrovers diskutiert, lassen sich besonders gut unterschiedliche Frames abrufen. Der Rundfunkbeitrag wird von verschiedenen Akteuren sehr unterschiedlich geframed, etwa wenn von einer „Zwangsabgabe" oder einer „Demokratie-Abgabe" die Rede ist, aktivieren die Wortgruppen unterschiedliche Frames. Bei der Analyse von Reden oder anderen politischen Inhalten, empfiehlt sich daher die Analyse von Frames.

Analysekriterien

Relevant ist die Frage nach der **Funktion** eines Textes, informiert er oder appelliert er an die Leserinnen und Leser? Darüber hinaus gilt es auf den Kontext zu achten. Handelt es sich um ein Gespräch, kann der Rezipient mit dem Produzenten interagieren und einen Beitrag zum Text leisten. Oder es existiert eine zeitliche und räumliche Trennung, sodass der Text in der Vergangenheit gefasst wurde, etwa in Form einer gehaltenen Rede, die verschriftlicht wurde. Steht die Frage im Raum, welches Thema der Text hat und wann er entstanden ist, geht es um die **Struktur** eines Textes. In welcher Beziehung stehen Produzent und Rezipient des Textes? Welches Thema soll im Text entfaltet werden? Wie entfalten sich die Themen des Textes, eher beschreibend (deskriptiv) oder werden sie den Leserinnen und Lesern in Form eines Appells vermittelt?

Untersucht man verwendete Wortformen oder die Bildung von Wörtern, ist von **Morphologie** die Rede.

Geht es um Wortbedeutungen, Mehrdeutigkeiten oder Fachbegriffe, handelt es sich um eine **lexikalische Analyse**.

Werden Fragen nach der Satzstruktur gestellt, etwa wenn es um einfache Sätze oder verschachtelte Nebensätze geht, handelt es sich um die **syntaktische Analyse**. Wie ist der Text strukturiert? Gibt es eine Themenprogression oder wird mit Wiederholungen gearbeitet?

Diese Fragen sind Bestandteil der Organisation von Texten. Betreibt man eine Diskursanalyse, werden Fragen zu gesellschaftlichen, politischen oder ideologischen Einflüssen auf den Text gestellt.

1 **Erklären** Sie, was man unter Framing versteht (M 1).

2 **Analysieren** Sie das Fallbeispiel (M 2) und **erläutern** Sie die Art des Framings.

3 **Recherchieren** Sie ein aktuelles Beispiel für Framing und **führen** Sie eine Analyse der Darstellung bzw. des Textes **durch**.

M1 Wie Framing funktioniert

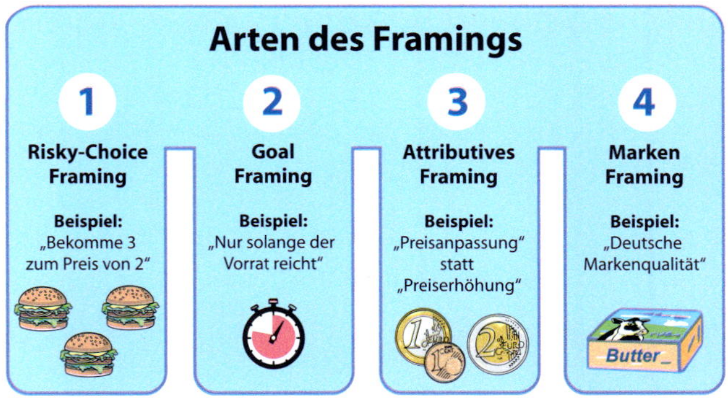

M2 Fallbeispiel: „Moralisches Framing" in der ARD

Auszug aus einem „Framing-Manual. Unser gemeinsamer, freier Rundfunk ARD".

Moralisches Framing ist notwendig

Es gibt zwei gängige Reaktionen auf strategisches Framing, also das Entwickeln und Einführen neuer Konzepte und Begriffe, die die eigenen Wertehaltungen und Ziele greifbarer machen, als die bisherige Kommunikation es tut.

Die eine Reaktion ist es, davor zurückzuschrecken, die neuen Narrativen, Begriffe und Slogans zu nutzen, weil man das Gefühl hat, sie seien zu neu, zu anders, klängen zu merkwürdig, brächen mit der sprachlichen Gepflogenheit rund um ein Thema, klängen zu aggressiv, klängen zu wichtigtuerisch und so weiter.

Die zweite Reaktion ist es, vor ihrem Gebrauch zurückzuscheuen aus Angst, die gesellschaftlichen und politischen Gegner, mit denen man es zu tun hat, würden einen als im diffamierenden Sinne ‚politisch korrekt' angreifen, als unehrlich, als dogmatisch, als manipulierend, als jemand, der Gehirnwäsche betreiben will.

Beide Reaktionen sind valide. Ja, die neuen Begriffe werden Ihnen Aufmerksamkeit in Debatten verschaffen. Manche Begriffe mehr, andere Begriffe weniger. Und ja, Ihre Gegner werden sich an ihnen reiben.

Aber: Die Aufmerksamkeit von Menschen zu erlangen, indem man starke neue und vor allem moralisch dringliche Konzepte auf den Tisch legt, ist genau das, was Sie brauchen! Eine Kampagne braucht Aufmerksamkeit, eine Kommunikationswende hin zu einer klareren Sprache ist schneller geschafft, wenn sie Aufmerksamkeit erregt – denn was einen aufmerken lässt, das dringt tiefer ins Bewusstsein.

Selbst die Aufmerksamkeit ihrer Gegner ist positiv. Denn wo man Sie und Ihre neuen Konzepte angreift, da entsteht eine Debatte. Eine Debatte bedeutet wertvolle Aufmerksamkeit. In eine Debatte mischen sich Bürger ein und denken mit. In vieler Hinsicht ist ein lauter, öffentlicher Streit über ein Thema – wie die Rolle und der Erhalt der ARD – wirkkräftiger als eine Werbekampagne. [...]

Beispielhafte linguistische Umsetzungen der moralischen Framings 1-4 in kurzen Sätzen und Slogans

[...] Kontrollierte Demokratie statt jeder wie er will.

[...] Die ARD ist der verlängerte Arm des Bürgers.

Framing-Manual. Unser gemeinsamer, freier Rundfunk ARD, https://cdn.netzpolitik.org/wp-upload/2019/02/framing_gutachten_ard.pdf, 2019

4.4 Welche Stimmen kommen bei Kriegen kaum zu Wort?

M1 Dominierende Bilder vom Krieg in der Ukraine

M2 Unterrepräsentation von Frauen in der Sicherheitspolitik

QUERVERWEIS
METHODE
Fotos analysieren
S. 482 f.

Es scheint, je bedeutender die Sicherheitsfrage, desto weniger Frauen sitzen am Verhandlungstisch. Obwohl Frauen die Hälfte der Weltbevölkerung ausmachen, ist die Sicherheitspolitik nach wie vor überwiegend von Männern dominiert. Dabei belegen diverse Studien: Frieden ist nachhaltiger, wenn Frauen mitverhandeln. Eine Analyse des Internationalen Friedensinstitutes aus dem Jahr 2015 beispielsweise zeigt, dass die Beteiligung von Frauen an Friedensprozessen die Wahrscheinlichkeit erhöht, dass ein Abkommen Bestand hat. Einem UN-Bericht aus dem Jahr 2021 zufolge waren Frauen zwischen 1992 und 2019 aber nur zu 13 Prozent Verhandlungsführerinnen und zu je sechs Prozent Vermittlerinnen und Unterzeichnerinnen bei wichtigen Friedensprozessen. Berichte der Vereinten Nationen betonen auch, wie wichtig unterschiedliche Ansichten bei Friedensverhandlungen sind. Denn Stimmenvielfalt führt zu anderen und neuen Perspektiven, Wegen und Entscheidungen. So schärfen Frauen an den Verhandlungstischen den Blick für die Nöte und Belange von Frauen in Krisenregionen – sie stärken beispielsweise das Bewusstsein darüber, dass sexualisierte Gewalt in Krisengebieten systematisch als Waffe eingesetzt wird. Doch die notwendige Präsenz von Frauen beschränkt sich nicht auf die rein politische Ebene. Aus Einsätzen ist bekannt, dass Frauen in Krisenregionen sich sicherer fühlen, wenn weibliche Sicherheitskräfte vor Ort sind. [...] In der einstimmig beschlossenen Resolution mit der Agenda „Frauen, Frieden und Sicherheit“ des Sicherheitsrates der Vereinten Nationen wird gefordert, Frauen stärker an Sicherheits- und Friedensbemühungen zu beteiligen. Die Resolution macht darauf aufmerksam, dass Frauen eine wichtige Rolle bei der Vermeidung und Lösung von Konflikten spielen. Wesentliches Element der UN-Resolution ist neben der Stärkung der Teilhabe von Frauen an Konfliktbewältigung und -prävention auch der besondere Schutz von Frauen und Mädchen in Kriegsgebieten, um geschlechtsspezifische und sexualisierte Gewalt zu verhindern.

Sicherheitspolitik ist auch Frauensache, in: https://www.bmvg.de/de/aktuelles/sicherheitspolitik-ist-frauensache-5703860, 16.11.2023

M3 Kinder in Kriegen: Opfer ohne Stimme

Jedes sechste Kind wächst nach Angaben von UNICEF in einem Kriegs- oder Konfliktgebiet auf. „Schätzungsweise 460 Millionen“ Kinder sind betroffen, wie aus dem veröffentlichten Situationsbericht des UN-Kinderhilfswerks mit dem Titel „Kindheit unter Beschuss“ hervorgeht. Kinder seien durch „Beschuss, Hunger und Krankheiten in akuter Lebensgefahr“, die Gewalt gegen Kinder in bewaffneten Konflikten sei „auf einem Höchststand“.
Die Vereinten Nationen hätten 2023 insgesamt 32 990 schwere Kinderrechtsverletzungen verifiziert, erklärte die Organisation. Das seien „so viele wie nie zuvor“. Demnach wurden mehr als 57 Millionen Kinder in Kriegs- und Krisenländern geboren. Die Organisation rief „dringend zur Einhaltung des humanitären Völkerrechts sowie verstärkter Hilfe“ auf.
Besonders gravierend sei die Situation im Gazastreifen, in der Ukraine und im Sudan, teilte UNICEF mit. In den dortigen Konflikten sind 2023 tausende Kinder durch Kampfhandlungen verletzt, verstümmelt oder getötet worden, wie aus dem Bericht hervorgeht. Immer wieder bestehe die Gefahr, dass „die lebenswichtige Grundversorgung und die Bildung der Kinder unterbrochen wird“.
Das „Grauen“, das Kinder in Kriegen und Konflikten aushalten müssten, sei „kaum mit Worten zu beschreiben“, betonte der Geschäftsführer von UNICEF Deutschland, Christian Schneider. Eine Kindheit im Krieg dürfe „niemals das neue ‚Normal‘“ werden, warnte er. Zu den schweren Kinderrechtsverletzungen gehören laut UNICEF die Tötung und Verstümmelung von Kindern, Rekrutierung oder Einsatz von Kindersoldatinnen und -soldaten, Angriffe auf Schulen oder Gesundheitseinrichtungen, Vergewaltigung und sexualisierte Gewalt, Entführungen von Kindern sowie verweigerter humanitärer Zugang.
Das Kinderhilfswerk geht davon aus, dass die Zahlen 2024 erneut zunehmen werden. Die verifizierten Fälle seien nur „die Spitze des Eisbergs“, gab Lucia Elmi, Leiterin der weltweiten Nothilfeprogramme, zu bedenken. „Deutlich mehr Kinder werden getötet und verstümmelt“, erläuterte sie. Immer wieder würden Konfliktparteien eine der „wichtigsten Grundregeln des Krieges“ missachten: „den Schutz von Kindern“. Das Kinderhilfswerk verwies auch auf die schweren psychischen Folgen für Kinder und deren Familien, die nicht durch die Zahlen erfasst werden könnten. UNICEF appellierte an alle Konfliktparteien, Kinder gemäß der völkerrechtlichen Verpflichtung zu schützen. Angriffe auf zivile Infrastruktur „müssen aufhören“.

Gewalt gegen Kinder in Kriegen „auf Höchststand“, in: https://www.tagesschau.de/ausland/amerika/unicef-kinder-gewalt-102.html, 05.12.2024

1. **Analysieren** Sie die Fotos in M 1. Gehen Sie dabei auch auf Dinge ein, die nicht auf den Bildern zu sehen sind.
2. **Erläutern** Sie die Bedeutung von Frauen für die Lösung von Konflikten (M 2).
3. **Beschreiben** Sie die Situation von Kindern in Kriegen (M 3).
4. **Setzen** Sie sich in einem Post in den sozialen Medien mit der Frage **auseinander**, welche Stimmen bei Kriegen medial zu wenig gehört werden (M 1–M 3).

4.5 Sind wir Fake News und Desinformationen hilflos ausgeliefert?

M1 Können wir gefälschte Nachrichten erkennen?

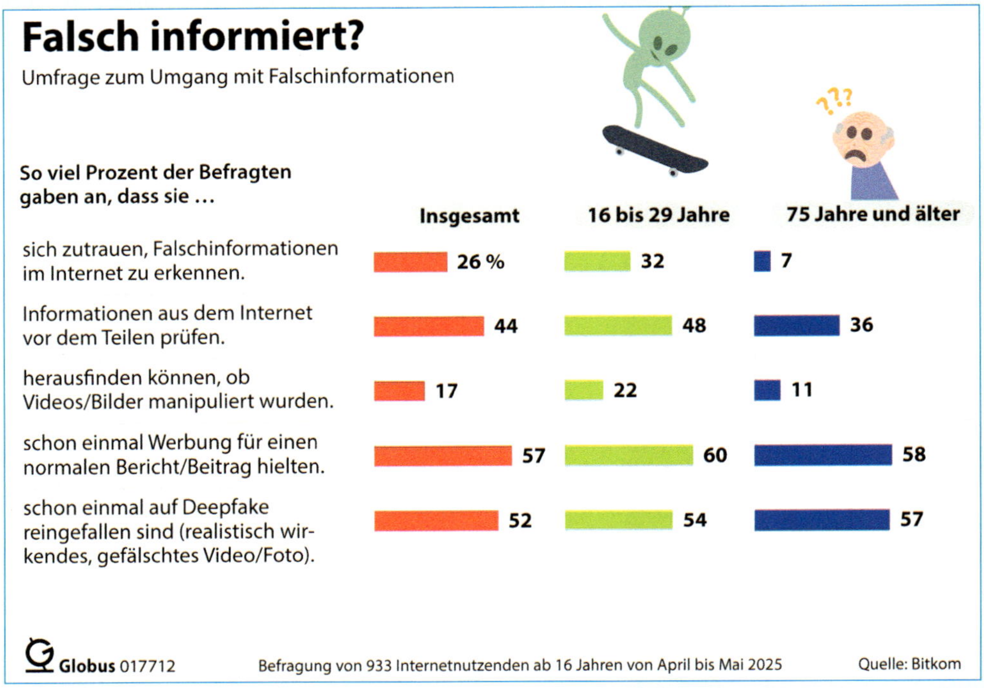

M2 Filterblasen und Echokammern

Jeder von uns hat seine eigene Sicht auf das Leben, vertritt seine eigene Meinung zu diversen gesellschaftlichen Themen und interessiert sich in seiner Freizeit vielleicht für ganz bestimmte Sachen, wie etwa Schmink-Tutorials, Kochrezepte, Musik, Angeln, Katzenvideos oder Paragleiten.

Wer ganz nach seinen Interessen das Internet durchstöbert und themenbasierten Social-Media-Kanälen folgt, hat vielleicht schon selbst die Erfahrung gemacht, dass die digitale Welt um einen herum sich irgendwann fast nur noch um die eigenen Lieblingsthemen dreht. Folglich sitzen wir alle selbst hin und wieder in der von Medien und Forschenden oftmals kritisch beäugten Filterblase.

Was ist eine Filterblase? [...] Im Englischen: filter bubble, ist ein Begriff aus der Medienwissenschaft, der vom Internetaktivisten Eli Pariser in dessen Buch „Filter Bubble“ 2011 geprägt wurde. Die Filterblase bezeichnet ein Phänomen, bei dem ein Internetnutzer online nur noch Informationen erhält, die seinen bereits bestehenden Vorlieben und Ansichten entsprechen. Diese „Blase“ wird auf Basis personalisierter Algorithmen für Internetseiten, Medienplattformen und soziale Netzwerke erzeugt, um dem Nutzer relevante Inhalte nach seinen Interessen zu präsentieren.

Verstärkt kann das Phänomen werden, wenn ich mich als User bewusst in Echokammern, also in Gruppen und Communities aufhalte oder bestimmten Social-Media-Kanälen folge. Allein, weil wir im digitalen Raum vielleicht sogar ausschließlich nur noch von Gleichgesinnten umgeben sind – Menschen und Meinungen begegnen, die allesamt die gleiche Sicht teilen – und alle ein bestimmtes Interesse eint.

Hierbei entsteht häufig der viel diskutierte Echokammereffekt, der dafür sorgt, dass das wohltuende, zustimmende Echo Gleichgesinnter zur Bestätigung der eigenen Denkweise widerhallt. In dieser Kammer bleibt oft kein Platz für eine Betrachtung von Themen aus einer vielfältigen, vielleicht gar anderen Sicht. Im Unterschied zu einer von Algorithmen kuratierten Filterblase, entstehen Echokammern also aus den selbst gewählten Gruppen und Inhalten der User selbst. Sie selektieren bereits bewusst Inhalte, die ihren Themen und Meinungen entsprechen und folgen Gruppen, denen sie sich zugehörig fühlen. [...]

[Der] Kommunikationswissenschaftler Daniel Stegmann [unterstreicht]: „Wir sind als Menschen generell darauf geprägt, dass wir gerne so was wie kognitive Dissonanz vermeiden wollen. Also Dinge, wie Informationen, Meinungen, die nicht in unser Weltbild und unsere Einstellungen passen. Und wenn jetzt irgendwelche Akteure, die ein ähnliches Weltbild wie wir vertreten, uns irgendwelche absurden Dinge erzählen, dann glauben wir das vielleicht."

Susann de Luca, Filterblasen: Leben in der Bubble, in: https://www.mdr.de/medien360g/medienwissen/meinungsbildung-im-netz-filterblasen-leben-in-der-bubble-100.html, 17.01.2024

M3 Desinformationen

In den russischen Staatsmedien ist die „Militärische Spezialoperation", wie der russische Angriffskrieg in der Ukraine genannt wird, das wichtigste Thema. Die Berichterstattung soll den Krieg legitimieren und die Ukraine als faschistischen Staat diskreditieren. An das Publikum in Deutschland wendet sich Russland mit verschiedenen Medien: die Auslandsmedien RT DE (vormals Russia Today) und SNA (Sputnik News Agency) adressieren die Bevölkerung in deutscher Sprache. Teile der etwa drei Millionen Menschen umfassenden russischsprachigen Community nutzen auch die russischen staatlichen und staatsnahen TV-Sender in russischer Sprache. Dabei sendet Russland über seine Medien verschiedene Botschaften: Die russischsprachigen Sender zeichnen das Bild einer von Feinden umzingelten Festung Russland und nähren den Patriotismus der Bürgerinnen und Bürger. Beim deutschsprachigen Publikum schüren die Auslandsmedien hingegen Ängste und versuchen, die Menschen zu Protesten zu mobilisieren. Basierend auf einer Analyse der Berichterstattung der Auslandsmedien RT DE und SNA sowie der russischsprachigen Sender Rossija 1, Rossija 24, Perwyj Kanal (Erster Kanal) und TV Zentr im Berichtzeitraum von Februar bis September 2022 zeichnet der vorliegende Beitrag relevante Narrative nach.

Nach Beginn des [...] russischen Angriffskriegs auf die Ukraine hat die Europäische Union Anfang März [2022] die Verbreitung von Inhalten der russischen Auslandsmedien Sputnik und RT, einschließlich seiner Tochtergesellschaften, im Rahmen von Sanktionen verboten. In Deutschland sind das Webportal und der TV-Sender RT DE sowie die Nachrichtenplattform SNA (zuvor Sputnik) mit ihren Angeboten in deutscher Sprache vertreten. Im Juni [2022] wurden die Sanktionen auf die Sender Rossija RTR/RTR Planeta, Rossija 24 und TV Centre International ausgeweitet. Diese Kanäle senden auf Russisch und haben teilweise eigene für das Ausland bestimmte Programme. „Russland nutzt diese staatseigenen Medien, um gezielt Propaganda zu verbreiten und Desinformationskampagnen durchzuführen, unter anderem über seine militärische Aggression gegen die Ukraine", begründete der Rat der EU sein Vorgehen.

Die russischsprachigen Sender sind in Teilen der russischsprachigen Community in Deutschland populär. Nach dem „Integrationsbarometer 2020" des Sachverständigenrats für Integration und Migration vertrauen etwa ein Viertel der Spätaussiedlerinnen und Spätaussiedler aus der ehemaligen Sowjetunion – das ist die größte Gruppe der Russischsprachigen in Deutschland – den Medien ihrer früheren Heimat. „Eine beachtliche Minderheit von einem Viertel der deutsch-russischen Zugewanderten scheint für antieuropäische Berichterstattung durchaus erreichbar zu sein; die Mehrheit ist es aber offensichtlich nicht", heißt es in der Studie des Sachverständigenrats. Jedoch: „Dies schließt freilich nicht aus, dass es erfolgreiche Kampagnen in russischen Medien gibt." Gerade die Berichterstattung zum Krieg gegen die Ukraine kann die russischsprachige Community spalten, wie Medienberichte gezeigt haben. Um das Publikum in Deutschland trotz der Sanktionen weiter zu erreichen, haben die russischen Medien vielfältige Umgehungswege erschlossen. [...] RT DE hatte im September 2021 bei den wichtigsten sozialen Medien und der eigenen Webseite insgesamt 1,4 Millionen Abonnentinnen und Abonnenten. SNA kam auf knapp 327 000. Trotz der Sanktionen wird RT DE weiterhin aktiv genutzt, im September 2022 wurden insgesamt 1,8 Millionen Zugriffe auf die verschiedenen alternativen Webseiten registriert. Hinzu kamen 46 000 Abonnenten bei Social Media-Portalen. Dass die russischen Narrative zum Krieg gegen die Ukraine in Deutschland teilweise unterstützt werden, belegte eine bevölkerungsrepräsentative Umfrage des Berliner Institutes CeMAS von November 2022. Demnach stimmten 19 Prozent der befragten Personen der Aussage zu, dass der russische Angriffskrieg eine alternativlose Reaktion Russlands auf die Provokation der Nato sei, 21 Prozent stimmten teilweise zu. Insgesamt waren 40 Prozent mit diesem Narrativ ganz oder teilweise einverstanden. Diese Umfrage kann die Wirkung der russischen Staatsmedien nicht direkt messen, sie zeigt jedoch, dass Russlands Desinformation in Deutschland auf fruchtbaren Boden fällt.

Susanne Spahn, Nachrichten aus dem Kreml, in: https://www.bpb.de/themen/medien-journalismus/digitale-desinformation/517057/nachrichten-aus-dem-kreml/, 12.01.2023

Umfragen zum Einfluss russischer Medien in Deutschland

Angaben in Prozent

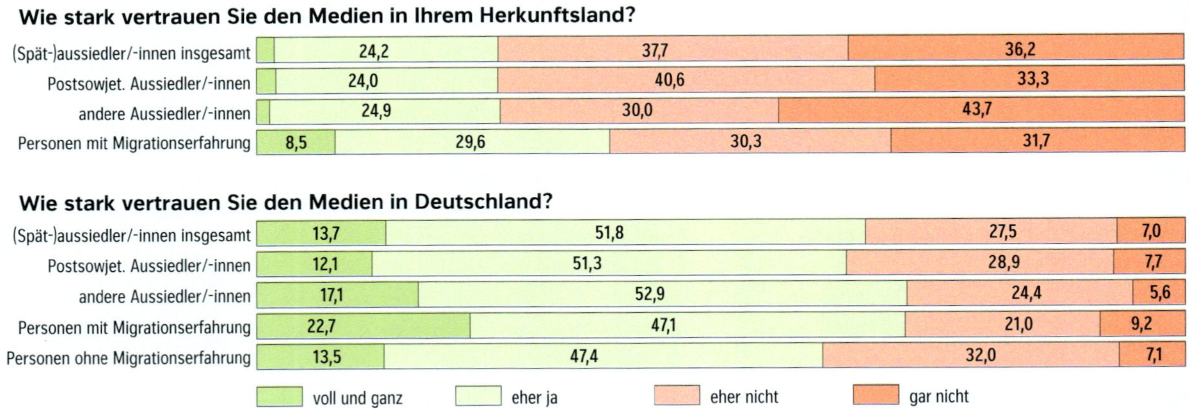

Quelle: Sachverständigenrat für Integration und Migration (DVR-Studie 2022)

„Die NATO hat Russland so lange provoziert, dass Russland in den Krieg ziehen musste"

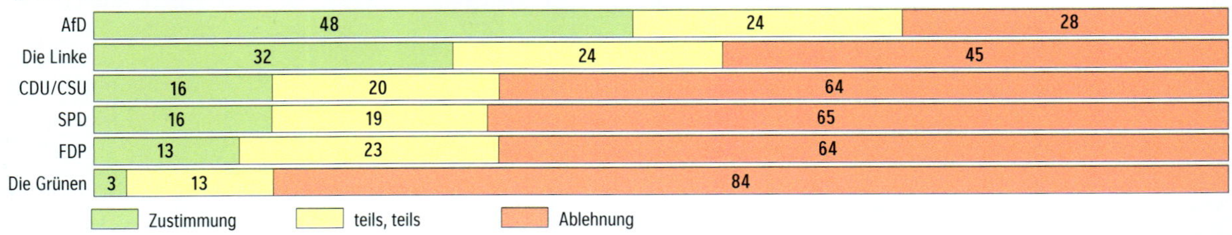

Quelle: CeMas 2022

48845EX

M4 Wie Fake News funktionieren

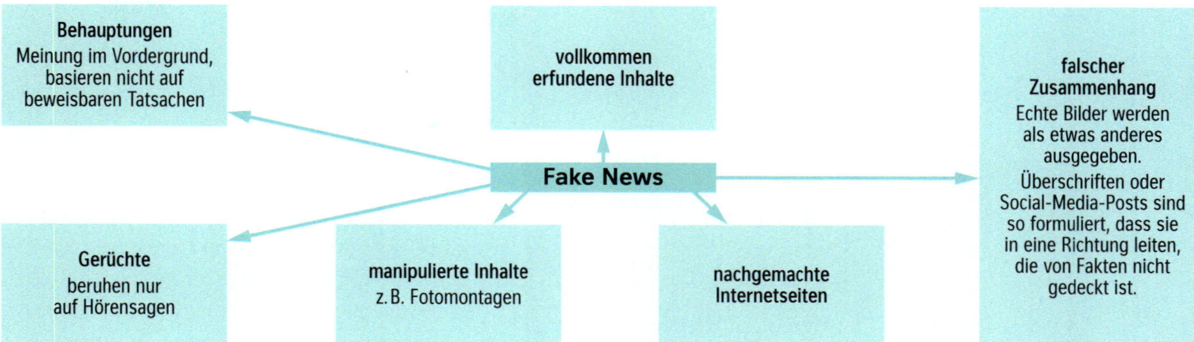

45234EX_1

M5 Was kann man selbst tun?

Hinterfrage die Nachricht!

- Von wem kommt die Info?
- Welche Absicht steckt dahinter?
- Achtung vor allem bei reißerischen Botschaften.

Check das Bild!

- Wo, wann und von wem wurde es aufgenommen?
- Wer schickt das Bild rum?
- Findet man es online nur in diesem Kontext?

Quelle: Bundeszentrale für politische Bildung/www.bpb.de

Gib Fake News keine Chance!

#StopFakeNews

Überprüfe die Quelle!

- Steht die Info auch in der Originalquelle?
- Gibt es ein Impressum?
- Bestätigen andere seriöse Quellen die Fakten?

Leite nicht alles weiter!

- Könnte die Nachricht anderen schaden?
- Melde Falschnachrichten bei Faktenchecker-Websites.
- Sprich mit Bekannten, wenn sie Fake News teilen.

45233EX_2

1 a) **Werten** Sie M 1 **aus**.
b) **Diskutieren** Sie: Wie überzeugt sind Sie selbst, gefälschte Nachrichten erkennen zu können?

2 **Beschreiben** Sie die Entstehung von Filterblasen und Echokammern (M 2) und **bewerten** Sie mögliche Probleme, die davon für die Meinungsbildung der Menschen und den politischen Diskurs ausgehen.

3 **Erläutern** Sie anhand von M 3 das Vorgehen Russlands bei der Verbreitung von Desinformationen über den Krieg in der Ukraine.

4 **Analysieren** Sie die Ergebnisse der Umfragen in M 3.

5 **Beurteilen** Sie vor dem Hintergrund von M 1–M 4, ob die in M 5 vorgeschlagenen Maßnahmen gegen Fake News ausreichend sind.

6 **Erstellen** Sie einen Podcast, in welchem Sie die Frage diskutieren, ob wir Fake News und Desinformationen hilflos ausgeliefert sind (M 1–M 5).

4.6 Urteil: Berichterstattung in den Medien – manipulieren sie die Wahrnehmung?

M 1 Good News or bad News?

Zeichnung: Miguel Morales

M 2 Kriegsberichterstattung

Die Journalistin Bettina Gaus (1951–2021) gehörte zu den bekanntesten deutschen Reporterinnen, die über Krisen, Konflikte und Kriege direkt vor Ort berichteten.

Jede Form der Berichterstattung beinhaltet das Element „dabei zu sein". Das ist ein Anspruch an guten Journalismus. Dass man sich vor Ort informiert und die Informationen sammelt, die man bekommen kann. Darin unterscheidet sich die Arbeit einer Kriegsberichterstatterin nicht von der eines Parlamentskorrespondenten, der vor der Tür eines Ausschusses herumsteht und darauf hofft, dass irgendjemand rauskommt und ihm was erzählt. Das Problem, was ein besonderes ist im Zusammenhang mit Kriegsberichterstattung, ist, dass Krieg in jedem Fall immer etwas sehr Dramatisches hat. Das heißt, es gibt bestimmte, ganz furchtbare Konflikte, die sich, wenn wir speziell über die elektronischen Medien und da in Besonderheit über das Fernsehen reden, ganz schwer vermitteln lassen, weil die Bilder, die man bekommt, im Widerspruch stehen zu dem, was man sich eigentlich unter Krieg vorstellt. Da ist wirklich ein Unterschied zur Parlamentsberichterstattung. Niemand erwartet dramatische Bilder bei der Berichterstattung über eine Ausschusssitzung, allenfalls dramatische Inhalte. Wenn ich, und das ist ein ganz konkretes Beispiel, in einem ganz kleinen Dorf im Süden des Sudan bin, an der Grenze zu Zaire, dann kann ich recherchieren, dass die Lage der Bevölkerung sehr ernst ist, wenn nicht sogar verzweifelt. Die Grenze zu Zaire ist dicht, d.h. die Handelswege sind unterbrochen, die Leute sind abgeschnitten selbst von absoluter Grundversorgung wie Streichhölzern und Waschpulver. Die Front ist nur noch 20 Kilometer weit weg, und die Offensiven haben gerade erst begonnen. Niemand weiß, ob die Front in diesem damals existierenden Krieg zwischen Nord- und Südsudan dieses Dorf jemals erreichen wird. Die Infrastruktur existiert praktisch nicht. Das nächste Krankenhaus ist über 250 Kilometer weit weg, d.h. wenn jemand krank ist und von selber nicht gesund wird, dann wird er sterben. Das sehe ich aber alles nicht. Was ich sehe, ist eine fruchtbare Landschaft, dunkelgrüne Mangobäume, ganz gut genährte Leute, weil Nahrungsmittel zu der Zeit in dieser Gegend nicht das Problem gewesen sind. Ich sehe nicht, dass die Kinder die Schule nicht besuchen können. Ich sehe keine Kampfhandlungen. Wenn der Krieg dieses Dorf erreicht hat, dann erreichen die Medien dieses Dorf auch nicht mehr. Es ist auch kein strategisch wichtiger Ort, kein Ort, wo dann die Weltpresse aufbricht, um zu gucken [...]. Es ist keine Hauptstadt. Das heißt: Die Diskrepanz zwischen dem, was sich real ereignet, und dem, was man zeigen kann, ist in diesem Teil des Journalismus besonders groß. Das ist ein besonderes Problem. Deswegen sehen wir immer nur diese Ausrufezeichen. Wir sehen, wenn ein Massaker stattgefunden hat. Ich finde auch, dass man über so etwas berichten muss. Die Opfer haben wenigstens ein Recht darauf, gehört zu werden, aber das Schleichende, die Angst, die sich anbahnenden Katastrophen, die sind ganz schwer darzustellen und in den elektronischen Medien noch viel schwerer als in der Zeitung. [...]

Es gibt eine Reihe von Kriegen, über die die Öffentlichkeit nichts weiß. Nicht immer ist es ein Ergebnis von Manipulation oder von gezielten Interessen, dass man darüber nichts erfahren soll. So einfach ist das gar nicht. Wenn das so wäre, dann würden wahrscheinlich Kohorten von neugierigen, hungrigen Reportern aufbrechen, um das zu erfahren, was sie nicht erfahren sollen. Ein gutes Beispiel für einen lange vergessenen Krieg war der Kongokrieg. Wo infolge des Krieges, infolge des Zusammenbruchs der Infrastruktur, medizinischer Versorgung usw. Millionen Menschen gestorben sind in den letzten Jahren. Wenn ich es recht im Kopf habe, der verlustreichste Krieg seit dem Ende des Zweiten Weltkrieges, möglicherweise sogar verlustreicher als Vietnam. Trotzdem hat sich die Öffentlichkeit kaum dafür interessiert. Die Gründe sind vielfältig. Angefangen hat das Interesse dann damit, dass die Bundeswehr die Wahlen dort überwachen soll. Aber das Interesse wird dann schnell wieder erlöschen, wenn es nicht eskaliert während des Einsatzes. Zum Teil ist es ein Problem, wenn es kein Zentrum gibt und kein Symbol. [...] Das Tempo hat zugenommen. Während ich nichts dagegen habe, dass wir von den Zeitungen auf die Arbeit unserer Fernsehkollegen angewiesen sind, um Interesse für unsere Artikel zu wecken, habe ich sehr wohl was dagegen, dass das Tempo dazu führt, dass wir alle immer atemloser von einer Sensation zur nächsten hecheln, weil der Konkurrenzdruck wächst und weil, so sehr auch durchaus die Abonnenten und Abonnentinnen der Zeitungen natürlich sagen, sie möchten abseits der ausgetretenen Pfade Sonderreportagen lesen, gehen sie trotzdem alle davon aus, dass sie das, was sie am Abend vorher in der Tagesschau gesehen haben, dann am nächsten Tag auch in der Zeitung wiederfinden. Wir kommen in immer stärkerem Maße dahin, dass wir uns wirklich auch unsere Themen setzen lassen von einem so flüchtigen Medium wie dem Fernsehen.

Experteninterview mit der Journalistin Bettina Gaus, in: https://www.bpb.de/themen/medien-journalismus/krieg-in-den-medien/130644/experteninterview-mit-der-journalistin-bettina-gaus/, 01.11.2011

M3 Zu einseitige Berichterstattung?

Zur deutschen Ukraine-Berichterstattung wurden [...] einige kritische Stimmen laut: Nicht nur mangle es dieser an Meinungsvielfalt, sie sei auch regierungsfreundlich und würde die militärische Unterstützung der Ukraine durchgängig befürworten. [...] Eine Studie [...] hat die „Qualität der Medienberichterstattung über den Ukraine-Krieg“ untersucht. [...] Dazu wurde eine Inhaltsanalyse von rund 4 300 Beiträgen, die in den ersten drei Kriegsmonaten erschienen sind, in acht deutschen Leitmedien durchgeführt. [...] Das Fazit der Studienautoren zeigt sich differenziert: Zwar sei die Berichterstattung in einigen Fällen „gar nicht einheitlich und schon gar nicht regierungsfreundlich“ ausgefallen. Einheitlichkeit habe es in Bezug auf die Zuschreibung der Kriegsverantwortung an Russland gegeben, dies sei jedoch „wenig verwunderlich“. Überraschender fällt für die Autoren die oft als positiv bewertete und als überwiegend sinnvoll – und dabei auch als sinnvoller als diplomatische Maßnahmen – dargestellte Lieferung schwerer Waffen an die Ukraine aus – „vor allem vor dem Hintergrund vergleichbarer früherer Kriege, in denen deutsche Waffenlieferungen gar nicht zur Debatte standen“, beurteilt dies der Studienleiter Prof. Dr. Marcus Maurer, Professor am Institut für Publizistik der Universität Mainz.

Ist die Medienberichterstattung über den Ukraine-Krieg zu einseitig?, in: https://deutschejournalistenakademie.de/rsf-jahresbilanz-zahl-inhaftierter-medienschaffender-auf-neuem-hoechststand-2/, 20.01.2023

1 **Beschreiben** Sie die Karikatur (M 1) und **formulieren** Sie Deutungshypothesen.

2 **Erläutern** Sie anhand von M 2 die Grenzen dessen, was medial darstellbar ist.

3 **Setzen** Sie sich in Form eines Zeitungskommentars mit der Frage **auseinander**, ob Medien in der Berichterstattung die Wahrnehmung manipulieren (M 1–M 3).

5. Befinden wir uns in einem hybriden Krieg?

5.1 Einführung

M1 Zitate

Putin greift hybride an, und Deutschland ist dabei besonders im Fokus. Er kennt uns gut, Putin weiß, wie er Nadelstiche bei uns setzen muss.

Boris Pistorius (* 1960), deutscher Verteidigungsminister

Der Kreml geht wahrscheinlich davon aus, dass der Westen in einer von multiplen Konflikten geprägten Welt Schwierigkeiten hat, die richtigen gemeinsamen Antworten zu finden.

Bruno Kahl (* 1962), Präsident des Bundesnachrichtendienstes

Sicherlich ist es richtig, dass in der Ukraine ein Stellvertreterkrieg zwischen dem US-geführten Westen und Russland stattfindet. Das war schon zu Zeiten des Kalten Kriegs mit der Sowjetunion immer wieder der Fall, wenn auch auf unterschiedliche Weise.

David Goeßmann (* 1969), deutscher Journalist

M2 Wie sieht hybride Kriegsführung aus?

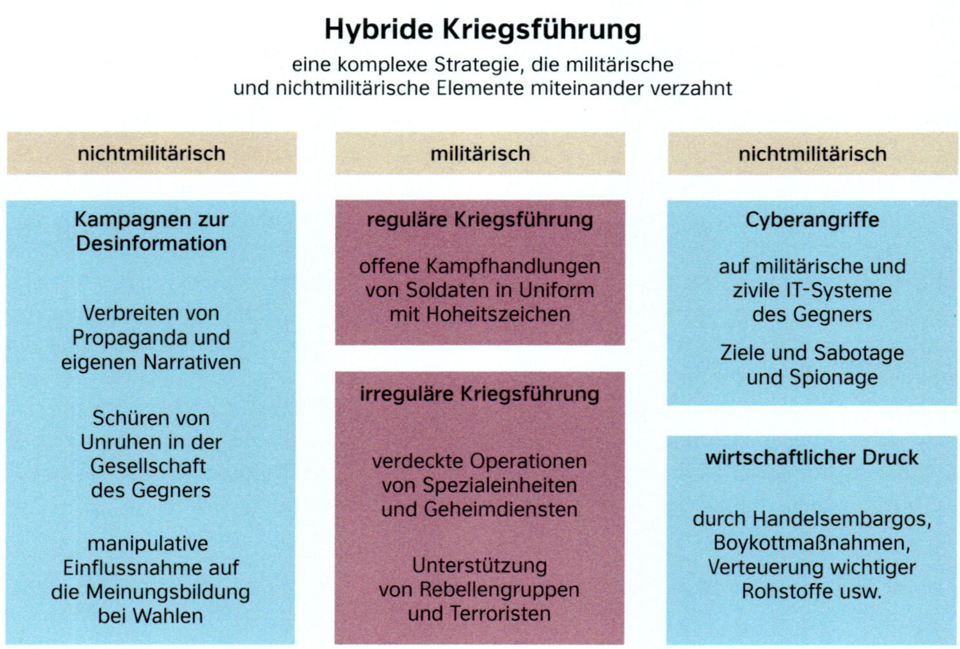

50620EX

INFO

hybride Kriegsführung bezeichnet die Vermischung von völkerrechtlich sanktionierten bzw. illegalen Aktionen eines Staates gegen einen anderen Staat, z. B. Cyberattacken, Sabotage, geheimdienstliche Tätigkeiten, mediale Manipulationen u. a. Problematisch ist der Begriff, wenn man an die Stichworte Narrative und Framing denkt, da er suggeriert, es fände auf diese Art und Weise ein „Krieg" statt, wenn auch nicht in der klassischen Form auf einem militärischen Schlachtfeld.

M3 Ist ein hybrider Krieg wirklich ein „Krieg“?

Die deutsche Bundesakademie für Sicherheitspolitik fragt sich, wo Frieden aufhört und Krieg anfängt.

Man stelle sich dazu einmal vor, dass es im Jahr 2029 über Wochen verteilt in Deutschland zu multiplen, offenbar mutwillig herbeigeführten großflächigen Waldbränden, Cyberangriffen auf das Bahn- und Energienetz, Störungen der Satellitenkommunikation und vermeintlichen „Unfällen“ mit Todesfolge von Funktionsträgern in Verwaltung und Bundeswehr sowie einzelnen Drohnenangriffen auf Chemieanlagen, einschließlich Toten und Verletzten, kommt.

Man stelle sich dann vor, Russland führt im selben Zeitraum eine plötzliche Großübung von Streitkräften in Belarus durch, in direkter Grenznähe zu Litauen, verbunden mit nuklearen Drohungen. Man stelle sich weiter vor, diese Drohungen werden mit dem angeblichen Test einer nuklear bestückbaren Trägerrakete in der Ostsee knapp außerhalb der deutschen Territorialgewässer verknüpft und mit Seeaktivitäten entlang kritischer Unterwasserinfrastruktur untermauert. Undenkbar? Die Möglichkeiten dazu besitzt Russland schon jetzt; den Willen zur Gewalt, gerade auch gegen zivile Ziele, offenbart der Kreml täglich in der Ukraine. Das Ziel wäre für Russland hierbei schon erreicht, wenn sich in der Allgemeinheit bereits frühzeitig ein Gefühl der Hoffnungs- und Wehrlosigkeit bahn bricht. Denn die Auswirkungen auf die Daseinsvorsorge und die psychologische Wirkung auf die Bevölkerung wären absehbar enorm. Hätten Politik und Behörden in so einer Situation Klarheit bei Lagebildern, Rollen, eigenen Fähigkeiten und Eventualfallplanungen? Könnte Deutschland der Aufgabe als strategische Drehscheibe der NATO noch im erforderlichen Umfang nachkommen oder wären alle Ressourcen in der Schadensbewältigung gebunden? Wie schnell würden Rufe nach Amtshilfe durch die Bundeswehr laut? Würde die Bundesregierung die Situation und den Gesamtcharakter der Bedrohung von Beginn an richtig einschätzen und so Initiative zurückgewinnen? Besäße Deutschland die erforderliche Widerstands- und Anpassungsfähigkeit, um Russlands aggressives Vorgehen aushalten zu können? Letztlich, wären Staat und Gesellschaft dann jenseits politischer Erklärungen willens und bereit, jeden Quadratzentimeter des NATO-Bündnisgebiets militärisch zu verteidigen?

Philipp Lange, Noch nicht Krieg, aber auch nicht Frieden - Drei Impulse für die nationale Wehrhaftigkeit und Resilienz, in: https://www.baks.bund.de/de/arbeitspapiere/2025/noch-nicht-krieg-aber-auch-nicht-frieden-drei-impulse-fuer-die-nationale, Januar 2025

M4 Cyberangriffe

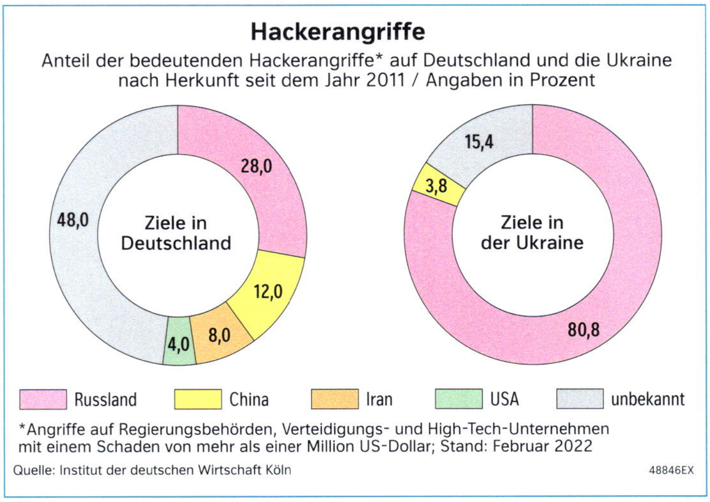

1 **Vergleichen** Sie die Zitate (M 1).
2 **Erklären** Sie den Begriff „hybride Kriegsführung“ (M 2).
3 **Beschreiben** Sie die in M 3 geschilderte Problematik.
4 **Analysieren** Sie M 4.
5 **Bewerten** Sie die Möglichkeiten hybrider Kriegsführung unter dem Aspekt eines daraus resultierenden regulären Kriegszustandes (M 1–M 4).

5.2 Haben wir staatlichen Hackergruppen etwas entgegenzusetzen?

M1 Die deutsche Politik im Visier

Zeichnung: Schwarwel

M2 Russische Hacker am Werk

WEBCODE
WES-117977-407
Putins Bären – Die gefährlichsten Hacker der Welt

Die Bundesregierung hat heute Cyberangriffe der Gruppierung APT 28, die dem russischen Militärgeheimdienst GRU zuzuordnen ist, auf das Schärfste verurteilt. Diese Kampagne von Cyberangriffen richtete sich gegen die SPD-Parteizentrale sowie gegen deutsche Unternehmen aus den Bereichen Logistik, Rüstung, Luft- und Raumfahrt, IT-Dienstleistungen sowie gegen Stiftungen und Verbände. Auch im Ausland wurden Unternehmen aus diesen Sektoren attackiert. Darüber hinaus zielten die Angriffe im Ausland auf staatliche Institutionen sowie Kritische Infrastruktur insbesondere aus dem Bereich der Energieversorgung. [...]

Zur Gruppierung APT 28: APT 28 (auch als Sofacy, Fancy Bear, Pawn Storm oder Sednit bekannt) ist eine dem russischen Militärgeheimdienst GRU zuzuordnende Angriffsgruppierung, die seit mindestens 2004 weltweit aktiv ist. Zu ihrem Tätigkeitsprofil zählen neben Spionageangriffen auch Desinformations- und Propagandakampagnen im Cyberraum. APT 28 zählt weiterhin zu den aktivsten und gefährlichsten Cyberakteuren weltweit. Diese Gruppierung war auch für den Cyberangriff auf den Deutschen Bundestag im Jahr 2015 verantwortlich.
Zur aktuellen Gefährdungslage: Im Hinblick auf Cyberaktivitäten hat sich die bereits vor

dem völkerrechtswidrigen Angriffskrieg Russlands gegen die Ukraine hohe Gefährdungslage weiter verschärft. Als Handlungsoptionen betrachtet Russland neben Cyberspionage auch Cybersabotage, wobei Kollateralschäden und Spillover-Effekte rücksichtslos in Kauf genommen werden. In dem Maße, in dem nachrichtendienstliche Operationen mit menschlichen Quellen für Russland schwieriger werden, gewinnen Cyberoperationen für die russischen Dienste noch größere Bedeutung.

Zu den nun der Angriffsgruppierung APT 28 zugeordneten Cyberangriffen: Ab Ende Dezember 2022 kam es zu einem Cyberangriff von APT 28 auf die SPD-Parteizentrale. Der Angriff ist Teil einer größeren Kampagne, in der seit mindestens März 2022 eine Schwachstelle im Microsoft-Windows-Client von Outlook ausgenutzt wurde. Die Schwachstelle erlaubt, wenn sie nicht geschlossen wird, ohne Nutzerinteraktion ein Ausleiten von (gehashten) Windows-Zugangsdaten der jeweiligen Nutzer. Diese kann der Angreifer – je nach Konfiguration des angegriffenen Netzwerks – direkt für maliziöse Zugriffe etwa auf E-Mail-Konten einsetzen und bei zu geringer Passwortkomplexität auch das Passwort des jeweiligen Opfers erraten. [...] Die Aufklärung der nun APT 28 zugeordneten Angriffe ist Ergebnis einer umfassenden Zusammenarbeit deutscher Behörden und ihrer ausländischen Partner. Maßgeblich war dabei auch die Kooperationsbereitschaft der angegriffenen Institutionen, durch welche das Bundesamt für Verfassungsschutz in die Lage versetzt wurde, bis dato unbekannte Ziele der Kampagne aufzudecken und in Zusammenarbeit mit weiteren Behörden, insbesondere dem Bundesamt für Sicherheit in der Informationstechnik, diese zu warnen und bei der Aufklärung der Angriffe zu unterstützen.

Cyberangriffe auf die SPD und auf Rüstungs-, IT- und Luftfahrtunternehmen sind APT 28 und damit dem russischen Militärgeheimdienst GRU zuzuordnen, in: https://www.bmi.bund.de/SharedDocs/pressemitteilungen/DE/2024/05/aktuelle-Cyberangriffe.html, 03.05.2024

M3 Cybersicherheit: Fehlerquelle Mensch?

Schauen wir uns die Maßnahmen [gegen Cyberangriffe] an und lassen wir mal „Virenschutz" und „Firewall" als Standard außen vor. Starke Passwörter als Standard scheinen es jedenfalls nicht zu sein. Das Cybersecurity-Start-up Identeco hat in Zusammenarbeit mit der Universität Bonn rund 30 Millionen im Jahr 2024 veröffentlichte Zugangsdaten analysiert und DAX-Konzernen zugeordnet. Auf Platz 1 und 2 waren Varianten des Firmennamens beziehungsweise Varianten von LinkedIn und auf Platz 3 „123456", gefolgt von „password" und – man höre und staune – „12345678". Es ist davon auszugehen, dass Awareness-Schulungen in sehr vielen Unternehmen und auch in der öffentlichen Verwaltung auf der Liste der populärsten Maßnahmen stehen werden. Richtig gemacht kann Awareness bei Risiken helfen, die technisch nicht vermeidbar sind. [...] „Klicke nicht auf betrügerische Anhänge." Das hat sicher jeder schon einmal gehört, der auch nur an einer Schulung teilgenommen hat. Coole Forderung. Wie sollen Lieschen Müller und Bernd Beispiel das machen? Wenn es so einfach zu erkennen wäre, dass es jeder kann, dann könnte es ein Programm sicher auch. Kann es aber nicht. Menschen haben leider auch eine Fehlerquote.

Tobias Glemser, Kommentar: Deutsche Unternehmen haben noch nicht genug Angst vor Cyberangriffen, in: https://www.heise.de/meinung/Kommentar-Deutsche-Unternehmen-haben-noch-nicht-genug-Angst-vor-Cyberangriffen-10264565.html, 31.01.2025

1 **Beschreiben** Sie die Karikatur (M 1) und **formulieren** Sie Deutungshypothesen.
2 **Stellen** Sie Ziele, Herkunft und Vorgehen der Hackergruppe APT 28 **dar** (M 2).
3 **Setzen** Sie sich mit der Rolle von Mitarbeitern als Fehlerquelle **auseinander** (M 3).
4 **Entwickeln** Sie ein mediales Produkt, in dem Sie die Frage **diskutieren**, ob wir in der Lage sind, staatlichen Hackergruppen etwas entgegenzusetzen (M 1–M 3).

5.3 Sind nukleare Drohungen eine Strategie hybrider Kriegsführung oder unkalkulierbare Risiken?

M 1 Der rote Knopf

Zeichnung: Schwarwel

M 2 Die Drohung mit einem Atomkrieg – taktischer Bluff oder reale Gefahr?

Bereits am 11. März 2022 sagte [der damalige US-Präsident Joe] Biden auf einer Pressekonferenz, wenn Amerika „offensive Ausrüstung" in die Ukraine senden würde, wenn es Flugzeuge und Panzer mit amerikanischen Piloten und Crews schicken würde, dann wäre man im Dritten Weltkrieg. Amerika werde aber „nicht den Dritten Weltkrieg in der Ukraine" führen. Von da an gehörte die Warnung vor einem weiteren Weltkrieg zum offiziellen Sprachgebrauch des Weißen Hauses.

Im April 2022 gab der [damalige] deutsche Bundeskanzler [Olaf Scholz] dem Magazin „Spiegel" ein Interview, dessen Titel lautete: „Es darf keinen Atomkrieg geben". Man müsse „alles tun, um eine direkte militärische Konfrontation zwischen der NATO und einer hochgerüsteten Supermacht wie Russland, einer Nuklearmacht, zu vermeiden", sagte Scholz. Er tue „alles, um eine Eskalation zu verhindern, die zu einem dritten Weltkrieg führt. Es darf keinen Atomkrieg geben."

Biden und Scholz warnten vor einem dritten Weltkrieg beziehungsweise einem Atomkrieg, um Forderungen abzuwehren, der Ukraine durch die Lieferung von weiterreichenden Waffen stärker in ihrer Verteidigung gegen Russland zu helfen. Doch zugleich kommunizierten sie damit gegenüber Moskau ihre Ängste offen. Im Gegenzug nutzen Putin und russische Propagandisten jede Gelegenheit, auf das nukleare Potenzial Russlands zu verweisen.

Doch die roten Linien, die sich Washington und Berlin bei der militärischen Unterstützung der Ukraine setzten, lösten sich nach und nach auf. Je deutlicher die Ukraine Russland 2022 zurückdrängte, umso mehr wuchs die Bereitschaft im Westen, die Ukraine auch mit Panzern, schwerer Artillerie und Kampfflugzeugen auszurüsten. Die zahlreichen Verweise auf russische Nuklearwaffen, die von Putin selbst, von Ministern und stellvertretenden Ministern kamen [...] hielten den Westen zwar in steter Anspannung. Doch mit jeder Warnung, auf die nicht Taten folgten, gewann der Westen an Zuversicht, dass Putin nicht wirklich bereit sei, zum Äußersten zu gehen, dass Moskau also im Wesentlichen geblufft habe. Im September 2022 sah sich Putin sogar gezwungen, sein nukleares Säbelrasseln – die Erklärung, dass er „alle verfügbaren Mittel“ zur Verteidigung Russlands benutzen werde – mit dem Zusatz zu versehen: „Dies ist kein Bluff.“ [...] Klar ist: Die Schwelle für Russland, nukleare Waffen einzusetzen, liegt erheblich höher, als das Weiße Haus in Washington und das Kanzleramt in Berlin angenommen oder befürchtet hatten. Trotz seinem Dementi hat Putin regelmäßig geblufft. Anders gesagt: Russland bleibt davon überzeugt, dass die Kosten des Einsatzes von nuklearen Waffen höher wären als ihr Nutzen. Der Zweck der nuklearen Drohungen aus Moskau war, den Westen – insbesondere Washington und Berlin – davon abzubringen, die Ukraine militärisch stärker zu unterstützen. [...] Damit war Russland nur begrenzt erfolgreich.

Ulrich Speck, Die Ukraine hat sich in Kursk auf russisches Territorium vorgewagt. Moskaus nukleare Abschreckung ist am Ende, in: https://www.nzz.ch/pro/ukraine-krieg-das-ende-der-nuklearen-abschreckung-russlands-ld.1848212, 13.09.2024

M 3 Funktioniert die nukleare Abschreckung?

Die amerikanische Politikwissenschaftlerin Sharon Weiner über die nukleare Abschreckung und die Gefahr eines Atomkriegs.

Eigentlich sagt man mit der Abschreckung: Wenn du das tust, dann begehe ich Selbstmord und reiße dich mit. Das ist natürlich töricht. Warum sollte die USA sich selbst zerstören, damit Russland etwas nicht tut? In der Praxis tun Länder daher so, als wären sie trotzdem bereit dazu. Als wären sie ein bisschen verrückt und irrational. Und das ist sehr gefährlich. [...] Sie versuchen ihrem Feind ziemlich subtile Dinge mitzuteilen, die er sehr leicht missverstehen kann. Wir wissen aus der Forschung, dass die Möglichkeiten, etwas falsch zu verstehen, sehr vielfältig sind. Und im Notfall ist die Wahrscheinlichkeit, dass sie sich irren, sogar noch größer. Denn bei einem russischen Angriff müsste der US-Präsident seine Interkontinentalraketen innerhalb von 7 bis 15 Minuten starten, damit sie nicht von den russischen Raketen zerstört würden. [...] Unter solchem Zeitdruck sind solche Entscheide sehr unvorhersehbar. [...] Aber eigentlich wissen wir nicht, ob bisher die Abschreckung funktioniert hat. Oder ob es andere Gründe gab. Vielleicht hatten wir bisher einfach Glück. Tatsache ist, wir gehen jeden Tag eine Wette darüber ein, wie sich die Staatsführer der Atommächte verhalten werden. Bisher ging sie auf, aber das hatte auch mit Glück zu tun. Denn meiner Meinung nach ist es unmöglich, die Reaktionen des Gegners richtig zu antizipieren. Und deswegen wähnen wir uns in falscher Sicherheit.

Philipp Wolf/Eveline Geiser, Sharon Weiner beriet das Weiße Haus zu Atomwaffen. Heute sagt sie: „Wir wähnen uns in falscher Sicherheit“, in: https://www.nzz.ch/wissenschaft/gefahr-eines-atomkrieg-nukleare-abschreckung-erzeugt-falsches-sicherheitsgefuehl-ld.1825372, 15.04.2024

1. **Analysieren** Sie die Karikatur (M 1).
2. **Beschreiben** Sie den Einsatz von nuklearen Drohungen und **bewerten** Sie dieses politische Mittel (M 2).
3. **Fassen** Sie die Aussagen in M 3 **zusammen**.
4. **Setzen** Sie sich in Form eines Kommentars mit der Frage **auseinander**, ob nukleare Drohungen eine Strategie hybrider Kriegsführung oder ein unkalkulierbares Risiko darstellen (M 1–M 3).

5.4 Lässt sich hybride Kriegsführung eindämmen?

M1 Verdachtsfall?

Zeichnung: Nel

M2 Sabotage?

Immer häufiger kommt es zu Fällen mutmaßlicher Sabotage auf dem Gebiet der NATO-Mitgliedstaaten. Die Verbündeten beschlossen daher, den Informationsaustausch zu intensivieren, die Zusammenarbeit mit Privatunternehmen zu verbessern und kritische Infrastruktur resistenter gegen hybride Kriegführung zu machen.

„In den vergangenen Jahren haben Russland und China versucht, unsere Nationen durch Sabotageakte, Cyberangriffe, Desinformation und Erpressung im Bereich der Energieversorgung zu destabilisieren und uns einzuschüchtern", sagte NATO-Generalsekretär Mark Rutte. „Die NATO-Verbündeten werden weiterhin Seite an Seite stehen, um diesen Bedrohungen durch eine Reihe von Maßnahmen entgegenzutreten. Dazu zählen auch ein verstärkter Austausch von Informationen und ein besserer Schutz kritischer Infrastruktur."

Als im November zwei Glasfaserkabel in der Ostsee durchtrennt wurden, von denen eines Finnland mit Deutschland und das andere Schweden mit Litauen verband, befand sich jeweils dasselbe chinesische Schiff in der Nähe. Dies ist nur das jüngste Beispiel in einer immer längeren Reihe von Vorfällen, bei denen es sich nach Einschätzung der NATO um geplante und koordinierte Akte hybrider Kriegführung handelt, die von Moskau oder im Auftrag Moskaus ausgeführt wurden. [...]

Als besonders verwundbar für Sabotageakte haben sich jedoch die unterseeischen Anlagen der NATO erwiesen. Unter der Wasseroberfläche verlaufen Millionen von Kilometern an Unterseekabeln und -pipelines für die Kom-

munikation und die Energieversorgung der Mitgliedstaaten.
So wird in der NATO unter anderem diskutiert, wie die Unterwasserinfrastruktur besser geschützt werden kann, zum Beispiel durch die Verlegung der Kabel unter dem Meeresboden oder aber die Ummantelung von Öl- und Gaspipelines mit Beton oder anderen härteren Materialien. Dies könnte nach Ansicht von Experten auch einen zusätzlichen Schutz vor der Beschädigung durch Trawler oder Anker bieten. Ein weiterer Vorschlag ist die Verlegung von Kabelattrappen, um den Feind in die Irre zu führen.

Anchal Vohra, Wie kann sich die NATO gegen hybride Kriegführung wehren?, in: https://www.dw.com/de/wie-kann-sich-die-nato-gegen-hybride-kriegführung-wehren/a-70988949, 07.12.2024

M3 Konzepte gegen hybride Bedrohungen

a) Bundesamt für Bevölkerungsschutz und Katastrophenhilfe
Sachliche und ausgewogene Sensibilisierungsmaßnahmen für die Bürgerinnen und Bürger über hybride Bedrohungen. [...]
Die Umsetzung von konkreten und zielgruppenangepassten Vorsorge- und Schutzmaßnahmen in der Bevölkerung, bei den Kritischen Infrastrukturen, in der Wirtschaft und Industrie sowie bei Ämtern und Behörden in allen Verwaltungsebenen.

Schutzmaßnahmen gegen hybride Bedrohungen, in: https://www.bbk.bund.de/DE/Themen/Kritische-Infrastrukturen/KRITIS-Gefahrenlagen/Hybride-Bedrohungen/Schutzmaßnahmen/schutzmaßnahmen_node.html, 20.07.2025

b) Bundesministerium der Verteidigung
Als zentralen Sicherheitsansatz gegen hybride Bedrohungen verfolgt Deutschland den Ansatz der Integrierten Sicherheit: „Wir verstehen darunter das Zusammenwirken aller relevanten Akteure, Mittel und Instrumente, durch deren Ineinandergreifen die Sicherheit unseres Landes umfassend erhalten und gegen Bedrohungen von außen gestärkt wird", heißt es in der Nationalen Sicherheitsstrategie der Bundesregierung. Die staatlichen Akteure, die hybride Bedrohungen abwehren und für Sicherheit sorgen sollen, kooperieren enger miteinander. „Im Sinne Integrierter Sicherheit fassen wir bei Krisenprävention, Konfliktbewältigung und Friedensförderung zivile, militärische und polizeiliche Mittel zusammen und binden diese international und multilateral in unser Handeln ein", so die Nationale Sicherheitsstrategie der Bundesregierung.

Hybride Bedrohungen, in: https://www.bmvg.de/de/themen/sicherheitspolitik/hybride-bedrohungen, 06.03.2025

c) Bundesministerium des Innern
Die Herausforderungen bestehen darin, hybride Bedrohungen zu erkennen und abzuwehren, Maßnahmen zu koordinieren und die Resilienz von Staat und Gesellschaft zu stärken. Das Bundesministerium des Innern koordiniert innerhalb der Bundesregierung den Umgang mit hybriden Bedrohungen. Das BMI arbeitet derzeit an der strategischen Ausrichtung der Bundesregierung zum Umgang mit Desinformation und auf der Grundlage eines Beschlusses der Ständigen Konferenz der Innenminister und -senatoren der Länder (IMK) an einem „Gemeinsamen Aktionsplan von Bund und Ländern gegen Desinformation und für eine wehrhafte Demokratie".

Hybride Bedrohungen und Desinformation, in: https://www.bmi.bund.de/DE/themen/heimat-integration/wehrhafte-demokratie/abwehr-hybrider-bedrohungen/abwehr-hybrider-bedrohungen-node.html, 20.07.2025

1 **Beschreiben** Sie die Karikatur (M 1) und **formulieren** Sie Deutungshypothesen.
2 **Erklären** Sie die NATO-Strategie zum Schutz vor Sabotage von kritischer Infrastruktur (M 2).
3 **Bewerten** Sie die Schutzmaßnahmen der deutschen Behörden und Ministerien (M 3).
4 **Gestalten** Sie einen Post in den sozialen Medien. in dem Sie sich mit der Frage **auseinandersetzen**, ob sich hybride Bedrohungen eindämmen lassen (M 1–M 3).

5.5 Urteil: Befinden wir uns in einem hybriden Krieg?

M 1 Überschwemmungsschutz?

Zeichnung: Felix Schaad

M 2 Befinden wir uns in einem hybriden Krieg?

Cybersicherheitsvorfälle im Bereich der kritischen Infrastruktur in Deutschland			
2021	**2022**	**2023**	**2024**
385	475	537	769

Quelle: BSI – Bundesamt für Sicherheit in der Informationstechnik

Auszug aus einem Interview des Bayerischen Rundfunks mit dem Bundeswehroffizier André Bodemann.

Angriffe auf kritische Infrastruktur in der Ostsee, Spionage mithilfe von Drohnen oder auch Cyberattacken: Die Bedrohungslage für Deutschland und seine NATO-Verbündeten ist real. Zugleich droht das Szenario, dass Russland in Zukunft an der NATO-Ostgrenze militärischen Druck ausüben könnte. Generalleutnant André Bodemann, Stellvertreter des Befehlshabers Operatives Führungskommando der Bundeswehr und Kommandeur Territoriale Aufgaben, ist zuständig für den Operationsplan Deutschland. Ein Plan für den Ernstfall, sollten Deutschland und die Nato sich verteidigen müssen. [...]

Frage: Herr Bodemann, wir würden gerne über Frieden sprechen, aber anscheinend müssen wir über einen möglichen Krieg reden, da wir ständig angegriffen werden?

Bodemann: Das stimmt. Wir befinden uns formaljuristisch nicht im Krieg, aber nach meiner Auffassung auch schon lange nicht mehr im Frieden, weil wir jeden Tag hybriden Bedrohungen ausgesetzt sind. Das ist spürbar und das nimmt spürbar zu.

Frage: Wie sehr nimmt das denn zu? Werden wir tatsächlich immer mehr zum Angriffsziel?

Bodemann: Ja. Deutschland spielt eine besondere Rolle, weil wir geostrategisch im Herzen Europas liegen. Und das bedeutet für eine ganz konkrete Situation, wenn Russland irgendwann einmal an der NATO-Ostflanke ein Manöver durchführt, das das Potenzial hat – ich will nicht sagen, sie greifen an – aber das das Potenzial hat, das NATO-Bündnisgebiet anzugreifen, also uns zu bedrohen, dann wird die NATO mit ihren Verteidigungsplänen reagieren und wird alliierte Kräfte aufmarschieren lassen. Und das wird im Wesentlichen durch Deutschland erfolgen, weil wir im Herzen Europas sind.

Christian Nitsche/Adrian Dittrich, Generalleutnant: „Deutschland schon lange nicht mehr im Frieden", in: https://www.br.de/nachrichten/deutschland-welt/generalleutnant-deutschland-schon-lange-nicht-mehr-im-frieden,Ua8q55u, 17.01.2025

M3 Befindet sich Deutschland nicht mehr im Frieden?

- TikTok-Creatorin behauptet: „Wir befinden uns in einer hybriden Kriegsphase".
- Das geht auf ein Interview mit einem Generalleutnant der Bundeswehr zurück.
- Im Video ist die Aussage überspitzt dargestellt.
- Es stimmt allerdings, dass Deutschland hybriden Bedrohungen ausgesetzt ist.
- Deutschland befindet sich laut Militärexperten zwar nicht in einem Krieg, aber auch nicht im Frieden. [...]

Auf Nachfrage [...] erklärte ein Sprecher des Bundesverteidigungsministeriums: „Hybride Bedrohungen bezeichnen verschiedene Formen illegitimer Einflussnahme auf Staaten durch fremde Staaten oder staatlich gesteuerte Akteure. Aktivitäten finden unterhalb der Schwelle bewaffneter Auseinandersetzungen statt." [...]
Stefan Kroll ist wissenschaftlicher Mitarbeiter beim Leibniz Institut für Friedens- und Konfliktforschung. Er schreibt [...]: „Der Begriff ‚Krieg' verweist neben seinem Verständnis im Alltagsgebrauch, von dem hier auszugehen ist, auch auf einen Rechtszustand, in dem Deutschland sich allerdings nicht befindet." Er teilt allerdings die Meinung des Generalleutnants Bodemann, dass Deutschland sich aufgrund von hybriden Bedrohungen nicht mehr im Frieden befinde. [...]

In der populistischen Rhetorik ist das Schüren von einem Gefühl der Bedrohung ein wirksames Mittel. Indem die Betreiberin des Kanals [...] aus dem Kontext gerissene Zitate verwendet und die Aussage „Wir befinden uns in einer hybriden Kriegsphase" nicht weiter erklärt, entsteht ein falscher und bedrohlicher Eindruck. Dabei hat sie einen Punkt: Denn hybriden Bedrohungen ist das Land tatsächlich ausgesetzt. Die Verbreitung von Falschinformationen, auch in Form von verkürzten Aussagen, ist aber Teil des Problems. Denn so wird Angst geschürt – und gleichzeitig suggeriert, eine Elite aus Politik und Armee führe im Geheimen einen offenen Krieg an der NATO-Ostflanke, ohne das Volk darüber zu informieren.

Julia Seegers, Befindet sich Deutschland in einer hybriden Kriegsphase?, in: https://www.mdr.de/nachrichten/deutschland/politik/hybrider-krieg-tiktok-faktencheck-100.html, 18.08.2024

1 **Beschreiben** Sie die Karikatur (M 1) und **formulieren** Sie Deutungshypothesen.
2 **Analysieren** Sie M 2 und **fassen** Sie die Kernaussage **zusammen**.
3 **Gestalten** Sie kollaborativ ein Produkt für und gegen die These, dass sich Deutschland in einem hybriden Krieg befindet (M 2, M 3).
4 **Beurteilen** Sie, ob wir uns im hybriden Krieg befinden (M 1–M 3).

Fotos analysieren

Die Macht der Bilder
Die Wahrnehmung von kriegerischen Auseinandersetzungen wird maßgeblich durch Bilder und Filmaufnahmen geprägt. Diese (bewegten) Bilder sprechen uns auf unterschiedlichen Ebenen an. Sie vermitteln Authentizität – und doch sind es nur Abbilder und Ausschnitte der Wirklichkeit, die eine Botschaft vermitteln sollen und deshalb häufig von am Konflikt beteiligten Akteuren gezielt eingesetzt werden.

M1 Kein Bild ohne Botschaft

M2 Die „visuelle Rüstungsspirale"

Unsere Vorstellungen historischer Ereignisse im Allgemeinen und des Krieges im Besonderen beruhen vor allem auf Bildern [...]. Es sind Bilder, die die Realität des Krieges einfangen sollen, wie Bilder, die inszeniert sind und somit Fiktionen darstellen. Sie alle haben eines gemeinsam: Es sind mediale Produktionen, die sich zum Teil tief in unser Gedächtnis einbrennen und unsere Einstellungen zum und Verhaltensweisen gegenüber dem Krieg bestimmen. Die große Prägekraft der Bilder des Krieges und das Interesse an diesen hat die

Bilder selbst zu Waffen werden lassen. Mit ihnen lassen sich Kriege begründen und Gesellschaften auf Kriege vorbereiten. [...]
Mit Bildern toter deutscher Soldaten hoffte die alliierte Propaganda des Ersten Weltkrieges, die Kampfmoral der Deutschen zu untergraben. [...] Bilder kriegerischer Gewalt sind heute gleichermaßen umkämpfte Waren wie globale propagandistische Waffen. Denken wir etwa an die Bilder getöteter amerikanischer Soldaten 1993 in Mogadischu, welche die US-Administration schließlich zum Rückzug aus Somalia veranlassten, weil das amerikanische Publikum diese Bilder nicht ertragen konnte. Zugleich sind die Bilder des Krieges, wie dies 9/11 und der [...] Irakkrieg anschaulich demonstrierten, zu eigenständigen Waffen in den Händen der Kontrahenten des asymmetrischen Krieges geworden. Erstmals bedienten sich Terroristen 2001 der Macht des globalen, in Echtzeit berichtenden Mediums Fernsehen bzw. nutzten das Internet, um ihren grausamen Hinrichtungsvideos zu weltweiter Aufmerksamkeit zu verhelfen und die militärisch überlegene Gegenseite unter Druck zu setzen. [...]
In den „neuen Kriegen" kommunizieren die kriegsführenden Staaten heute über und mithilfe der globalen Medien und Bildagenturen. Im Krieg der schnellen elektronischen Bilder findet der Bilderkrieg nach dem Muster Schuss/Gegenschuss statt. Die sauberen Hightechbilder der Alliierten im Golfkrieg von 1991 aus der Aufsicht konterte das Regime in Bagdad zeitnah mit den schmutzigen Nahaufnahmen der bei den Angriffen ums Leben gekommenen Zivilisten. [...]
Mit den Bildern der verkohlten Leichen aus Falludscha und den Aufnahmen der folternden US-Soldaten von Abu Ghraib war die nächsthöhere Ebene im Bilderkrieg erreicht, die von den Enthauptungsvideos islamistischer Kommandos getoppt wurde.
Auf diese Weise ist in den letzten Jahren eine visuelle Rüstungsspirale entstanden, in der immer grausamere Bilder die Funktion haben, auf die Gewaltbilder der Gegenseite zu antworten. In den „neuen Kriegen" ergänzt der mediale Krieg der Bilder heute den materiellen Krieg der Waffen. Die Folge ist eine visuelle Rüstungsspirale, deren Ende nicht in Sicht ist.

Gerhard Paul, Kriegsbilder – Bilderkriege, in: Aus Politik und Zeitgeschichte, Heft 31/2009, S. 39ff.

Wie analysiert man ein Foto?

1. Bildbeschreibung

Hier geht es u. a. um folgende Aspekte: Was ist zu sehen? Wer ist abgebildet? Welche Perspektive nimmt der Fotograf ein? Welche Farbgebung ist vorherrschend? Was steht im Vordergrund, was bildet den Hintergrund? Was wissen wir über den Entstehungskontext/-ort/-zeitpunkt und den Urheber? Welchen Eindruck macht das Bild auf den Betrachter? Welche Gefühle werden ausgelöst, welche Assoziationen geweckt?

2. Bildanalyse

Abhängig vom konkreten Bild sollten u. a. folgende Aspekte berücksichtigt werden: Wie werden die abgebildeten Personen oder Gegenstände in Szene gesetzt? Gibt es eine symbolische Ebene jenseits der Ebene des Abgebildeten? Wie ist das Bild komponiert? Welche Effekte haben Perspektive, Bildausschnitt, Farbgebung, Kontraste usw.? An wen richtet sich dieses Bild?

3. Bilddeutung und Interpretation

Leitfragen könnten z. B. sein: Zu welchem Zweck wurde das Foto aufgenommen? Was möchte der Fotograf erreichen? Jedes Bild ist eine Auswahl und eine gezielte Inszenierung: Was wird gezeigt, was wird bewusst ausgespart? Zu welchem Zweck setzt der Fotograf das Abgebildete in Szene? Wie ist das Bild in ethischer oder politischer Hinsicht zu beurteilen?

1 **Betrachten** Sie die Fotos (M 1) und **tauschen** Sie sich über deren Wirkung aus.
2 **Führen** Sie eine Bildanalyse der Fotos (M 1) **durch**.
3 **Erläutern** Sie die Funktion und das Potenzial von Bildern in der Krisenberichterstattung (M 2).
4 **Erklären** Sie das Konzept der „visuellen Rüstungsspirale" (M 2).

Verteidigungspolitik

M1 Europa muss sich zusammenraufen

Was für ein Triumph für Wladimir Putin. Nachdem ihm Donald Trump die Hand gereicht hat und die USA wieder diplomatische Beziehungen mit dem Paria Russland aufgenommen haben, durfte der russische Präsident am Freitag am Fernsehen mitverfolgen, wie sein Feind Wolodimir Selenski im Oval Office gedemütigt wurde.

Geplant war die feierliche Unterzeichnung des Rohstoff-Deals, der den USA Zugang zu ukrainischen Rohstoffen ermöglichen und in einen Friedensprozess zwischen der Ukraine und Russland münden sollte. Gekommen ist es anders, ganz anders. Großes Polittheater oder, wie es Donald Trump sagte: „Großartiges Fernsehen". Die ganze Welt konnte zuschauen, wie der US-Präsident, von seinem Vize J. D. Vance in bester Wadenbeißermanier assistiert, Selenski vor laufenden Kameras in den Senkel stellte und ihn quasi aus dem Weißen Haus beförderte, nachdem dieser sich gegen ihr russlandfreundliches Narrativ gewehrt hatte.

Europas Staatschefs dürfte das Blut in den Adern gefroren sein. Hatten sie diese Woche doch alles versucht, um Trump in gute Stimmung zu bringen. Keir Starmer und Emmanuel Macron waren nach Washington gereist, um Trump zu huldigen. Starmer hatte sogar eine persönliche Einladung von König Charles in der Westentasche. Es lief gut. Trump fühlte sich geehrt und lobte den schönen englischen Akzent von Starmer. Zwar gab der amerikanische Präsident den beiden nicht, was sie wirklich wollten – Sicherheitsgarantien für etwaige europäische Friedenstruppen in der Ukraine. Sowohl Macron als auch Starmer wirkten nach ihren Besuchen indes erleichtert.

Nun ist der Schaden angerichtet. Alle sehen, was es geschlagen hat. Nicht nur die Ukraine steht allein da. Auch Europa muss sich darauf einstellen, dass die USA den alten Kontinent fallen lassen könnte und er Putin alleine gegenübersteht. Angesichts der Bedrohung durch Russland braucht Europa dringend einen Rettungsplan.

Dass man sich nicht mehr auf die Amerikaner und die Nato verlassen könne und Europa eine eigene Armee brauche, sagte Macron bereits vor acht Jahren. Europa müsse endlich „strategisch autonom" werden, forderte der französische Präsident in einer Rede an der Sorbonne. Von ihm stammen auch die prägnanten Aussagen „Die NATO ist hirntot" und „Die EU kann sterben" in den Jahren danach. Macron sah voraus, dass mit Trump als US-Präsidenten achtzig Jahre Nachkriegsordnung vorbei sind. Allein, passiert ist seither viel zu wenig. Macron gelang es nicht, andere Länder in Europa davon zu überzeugen, die bisherige Partnerschaft mit den USA zu ersetzen. Niemand wollte Strukturen parallel zur Nato aufbauen, weder Deutschland unter Angela Merkel noch die Briten, die sich mit ihrem Brexit ohnehin aus Europa verabschieden wollten. Zudem warf man Macron und den Franzosen immer insgeheim vor, die führende Macht in Europa werden und mit dem Umbau insbesondere die eigenen industriellen Interessen vorantreiben zu wollen.

Daran hat auch der Angriffskrieg der Russen auf die Ukraine seit 2022 nicht viel ändern können. Zwar wurden die Verteidigungsetats aufgestockt, doch das reichte bei weitem nicht, die Ukraine ohne die Hilfe Amerikas vor einer Niederlage zu bewahren.

Die Stimmung änderte sich erst dann komplett, als Trump Mitte Februar mit Putin telefonierte und Verhandlungen mit Russland startete – ohne die Ukraine und über die Köpfe der Europäer hinweg. Sofort trommelte Macron die Staatschefs der größten EU-Länder sowie Keir Starmer und Nato-Generalsekretär Mark Rutte zu einem Krisengipfel in Paris zusammen, um die Situation zu beraten. Seither sind die Staatschefs im regen Austausch. Und die Briten haben mittlerweile gemerkt, dass Großbritannien in Europa liegt. [...]

Mit [Friedrich] Merz kommt ein Politiker an die Macht, der zwar stets an die transatlantische Partnerschaft geglaubt hat, sich jedoch im Klaren ist, dass die Nato auch bald tot sein könnte, aus dem „America First" ein kompro-

missloses „America Alone“ werden könnte. Merz weiß, dass für Europa und die EU alles auf dem Spiel steht. Wird er, ein Mann der Wirtschaft, mit dem Dealmaker Trump umgehen können? Diese Beziehung wird entscheidend sein. Denn Europa muss alles daransetzen, die Partnerschaft mit den USA fortzuführen.
Aus diesem Grunde wird auch die italienische Regierungschefin Giorgia Meloni für Europa enorm wichtig. Sie kommt mit ihrer anti-woken und anti-linken Haltung extrem gut an bei den US-Konservativen, stand bisher jedoch stramm auf der Seite der EU und der Ukraine. Sie wird in Washington ernst genommen und drängt auf einen raschen Gipfel mit den USA.
Bedeutend sind auch jene Länder und deren Staatschefs, die ihre Hausaufgaben bei der Aufrüstung gemacht haben. Allen voran Polen mit Donald Tusk, aber auch die nordischen und baltischen Länder. Sie scheinen wehrhafter und besser vorbereitet als der Rest des Kontinents, weil sie befürchten, als erste von Russland angegriffen zu werden. [...]
Alles hängt davon ab, wie sich nun das Verhältnis der EU zur Nato entwickelt. Kommt es zum Bruch, zu einer einvernehmlichen Scheidung oder aber einer neuen Arbeitsteilung? Bisher galt: Die EU soll bei militärischen Aufgaben der Nato so wenig wie möglich in die Quere kommen. Dieser Grundsatz hat sich mit Trump erledigt. Jetzt sollen die Europäer auf ihrem Kontinent alles machen, sie sollen selbst für ihre Sicherheit sorgen.

Gordana Mijuk/Markus Bernath, Nach dem Eklat im Oval Office ist klar: Jetzt muss sich Europa zusammenraufen, in: https://www.nzz.ch/international/nach-dem-eklat-im-oval-office-ist-klar-jetzt-muss-sich-europa-zusammenraufen-ld.1873098, 01.03.2025

M 2 Geld für Militär

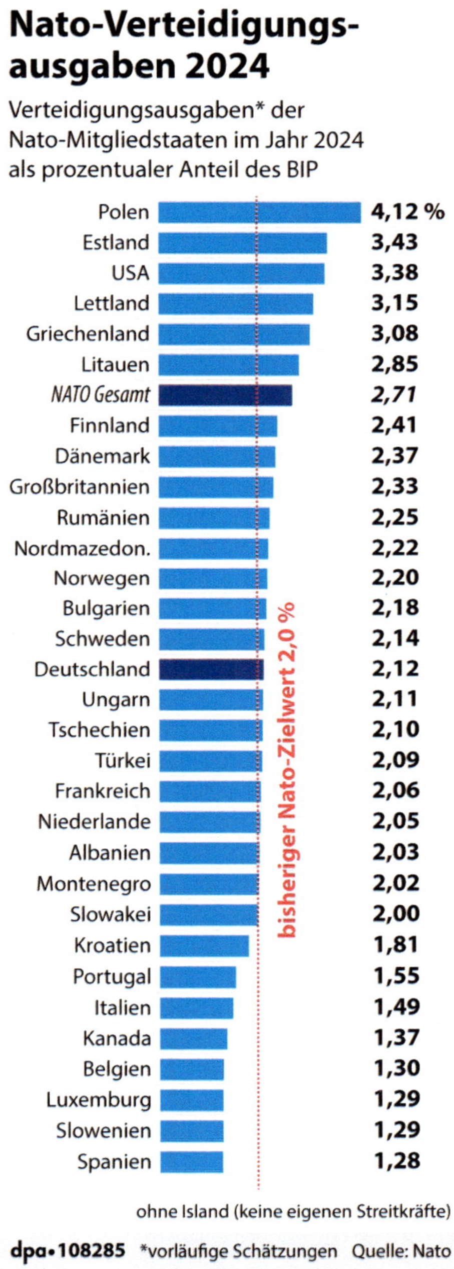

1 Beantworten Sie anhand von M 1 und M 2 die Frage, ob die Schuldenbremse gelockert werden soll, indem Sie
a) die Hauptaussagen der Materialien **zusammenfassen**,
b) die westliche Verteidigungsarchitektur vor dem Hintergrund eines Ihnen bekannten Konflikts **erläutern**,
c) in Form eines Kommentars **diskutieren**, ob sich Europa verteidigungspolitisch neu ausrichten muss.

QUERVERWEIS

METHODE
Klausur
S. 218 f.

6. Sollte die Europäische Union militärisch aufrüsten?

6.1 Einführung

M1 Überlastung durch Aufrüstung?

Zeichnung: Ralf Boehme

M2 Die Aufrüstungspläne der EU

Die EU will bis zum Ende des Jahrzehnts massiv aufrüsten. Die Staats- und Regierungschefs der Mitgliedstaaten entschieden bei ihrem Frühjahrsgipfel, alles daranzusetzen, um Europas Verteidigungsbereitschaft in den nächsten fünf Jahren entscheidend zu stärken, wie aus der Abschlusserklärung des Treffens hervorgeht.
Dafür sollen unter anderem die Arbeiten an den jüngsten Vorschlägen der EU-Kommission zügig vorangetrieben werden. Die Behörde unter der Führung von Präsidentin Ursula von der Leyen will für Aufrüstungsprojekte unter anderem EU-Kredite in Höhe von 150 Milliarden Euro vergeben und Verteidigungsausgaben von den strengen EU-Schuldenregeln ausnehmen. So sollen dem Plan zufolge allein in den kommenden vier Jahren insgesamt 800 Milliarden Euro mobilisiert werden. Zudem ist vorgesehen, Auflagen und Vorschriften für die Rüstungsindustrie zu lockern. Die Pläne sollen es auch ermöglichen, die von Russland angegriffene Ukraine künftig noch stärker militärisch zu unterstützen. Hintergrund der Planungen ist, dass sich die EU nach Einschätzung der Europäischen Kommission umgehend auf die Möglichkeit eines großangelegten Krieges mit Russland vorbereiten muss.
„Die Geschichte wird uns Untätigkeit nicht verzeihen", warnte die Kommission in einem kurz vor dem Gipfel vorgelegten Strategiepapier zur Zukunft der europäischen Verteidigung. Sollte Russland seine Ziele in der Ukraine erreichen, werde das Land seine territorialen Ambitionen darüber hinaus ausdehnen. Als möglicher Zeitraum dafür wird das Jahr 2030 genannt.
Als besonders gefährlich gilt die Situation, weil US-Präsident Donald Trump angekündigt hat, dass die atomare Supermacht USA künftig nicht mehr bedingungslos als Garant für Frieden in Europa zur Verfügung zur stehen wird.
In der Gipfelerklärung wird allerdings deutlich gemacht, dass die EU dennoch auf ein Überleben der NATO setzt. „Der Europäische Rat erinnert daran, dass eine stärkere und leistungsfähigere EU im Bereich der Sicherheit und Verteidigung einen positiven Beitrag zur globalen und transatlantischen Sicherheit leisten und eine Ergänzung zur NATO darstellen wird", heißt es in dem Text. Für die 23 EU-Staaten, die auch NATO-Mitglied sind, bleibe diese weiterhin die Grundlage ihrer kollektiven Verteidigung. [...]
Überschattet wurde der Gipfel von der Ankündigung Ungarns, keinerlei neue EU-Entscheidungen zugunsten der Ukraine zu akzeptieren. Wie schon beim Sondergipfel am 6. März [2025] konnte deswegen kein gemeinsamer EU-Text dazu angenommen werden. Die ungarische Regierung begründet ihre Haltung damit, dass sie den Kurs des neuen US-Präsidenten Donald Trump unterstütze. Dieser will auch mit Druck auf die Ukraine eine Waffenruhe im Krieg erzwingen, den Russland mit seinem Angriff auf das Nachbarland im Februar 2022 begonnen hatte. Die große Mehrheit der EU-Staaten hält Trumps Kurs allerdings für falsch und gefährlich. Der schwedische Ministerpräsident Ulf Kristersson nannte das Vorgehen beim Gipfel fürchterlich.

EU will bis 2030 massiv aufrüsten, in: https://www.tagesschau.de/ausland/eu-gipfel-aufruestung-102.html, 20.03.2025

M3 Militärisch schlecht gerüstet?

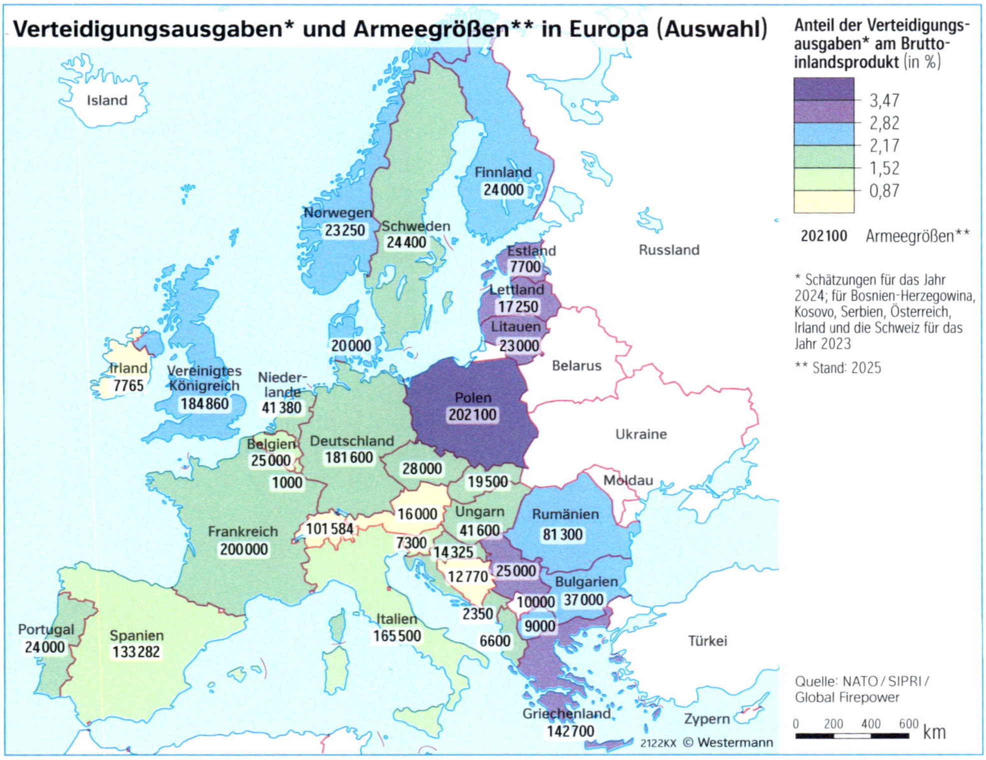

Deutsche Panzerhaubitze 2000 auf einem Tieflader der Bundeswehr

1 **Beschreiben** Sie die Karikatur (M 1) und **formulieren** Sie Deutungshypothesen.

2 **Fassen** Sie die Hauptaussagen in M 2 **zusammen** und **formulieren** Sie Fragen, die sich Ihnen hierbei stellen.

3 **Entwickeln** Sie auf Grundlage von M 3 Hypothesen, zu welchen Konflikten es bei der Umsetzung des Aufrüstungsvorhaben unter den EU-Mitgliedstaaten kommen könnte.

6.2 Der Strategische Kompass – ein wichtiger Meilenstein für die Sicherheit und Verteidigung der EU?

M1 Geteiltes Echo

INFO

Strategischer Kompass
Plan der EU zur Stärkung der europäischen Sicherheits- und Verteidigungspolitik bis 2030

Der „Strategischen Kompass für Sicherheit und Verteidigung der EU" stößt bei Experten auf geteiltes Echo. In einer öffentlichen Anhörung des Auswärtigen Ausschusses unter Vorsitz von Michael Roth (SPD) äußerten sich am Montag, 14. Februar 2022, sechs Sach-verständige zum Entwurf für ein solches Grundlagendokument, das die 27 EU-Staaten im März 2022 angesichts rasch verändernder sicherheitspolitischer Bedrohungen und geo-politischer Dynamiken verabschieden wollen. Ziele sind unter anderem eine bessere gemeinsame Einschätzung von krisenhaften Entwicklungen und ihren Auswirkungen auf die EU sowie deren schnelle Reaktions- und Handlungsfähigkeit, eine stärkere Bündelung der Ressourcen bei Sicherheit und Verteidigung und generell eine Stärkung Europas als regionaler und globaler Akteur. […]

Für Dr. Nicole Koenig vom Jacques Delors Centre der Hertie-School lässt der Entwurf des „Strategischen Kompasses" eine klare Priorisierung vermissen. „Es ist ein Dokument, das den Blick in alle Richtungen wirft, statt wie eine echte Strategie die Route vorzugeben", heißt es in der schriftlichen Stellungnahme der Expertin. Das „Ambitionsniveau" im Entwurf wirke diffus, kontroverse Entscheidungen würden vertagt, damit würde das Risiko einer Kluft zwischen Ambition und Umsetzung erhöht, führte Koenig vor den Abgeordneten aus. […]

Prof. Dr. Daniela Schwarzer von der Open Society Foundations bezeichnete das Dokument als „wichtigen Meilenstein": Die Mitgliedstaaten müssten sich darauf einigen, wie sie die Bedrohungslage der EU einschätzen, nicht nur mit Blick auf Russland und den Ukrainekonflikt, sondern auch auf Entwicklungen wie hybride Bedrohungen, die Instrumentalisierung irregulärer Migration, das Untergraben von Demokratien von außen, die Folgen des Klimawandels und Sicherheitsrisiken durch Pandemien.

Strategischer Kompass der EU stößt auf geteiltes Echo, in: https://www.bundestag.de/dokumente/textarchiv/2022/kw07-pa-auswaertiges-880136, 14.02.2022

M2 Ein Kompass für Sicherheit und Verteidigung

Strategischer Kompass für Sicherheit und Verteidigung der Europäischen Union

Handeln – Präsenz zeigen und aktiv vor Ort sein
Die zivilen und militärischen Instrumente der EU sollen schneller eingesetzt werden, um gezielt auf die Bedürfnisse der Partnerländer einzugehen und die Position der EU als global bedeutender Akteur in Krisensituationen weiter zu stärken.

Sichern – Gefahren frühzeitig erkennen und Bevölkerung schützen
Die EU setzt auf eine stärkere Widerstandsfähigkeit, um einen sicheren und freien Zugang zu strategisch wichtigen und umkämpften Räumen zu sichern, ihre Bürgerinnen und Bürger wirksam zu schützen und gleichzeitig ihre internationalen Partner zu unterstützen.

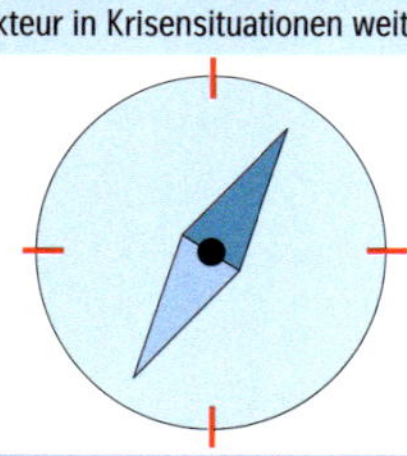

Kooperieren – gemeinsam mit Partnern stark sein
Die EU strebt engere und gezieltere Partnerschaften auf bilateraler, regionaler und multilateraler Ebene an. So soll eine vertiefte Zusammenarbeit entstehen, die allen Beteiligten nützt und die gemeinsame Widerstandskraft erhöht.

Investieren – gezielt und effizient Mittel einsetzen
Die europäische Verteidigungsfähigkeit soll durch Investitionen in eine integrierte, innovative und wettbewerbsfähige Technologie- und Industriebasis gestärkt werden. Ziel ist eine robuste europäische Rüstungsindustrie, die für künftige Herausforderungen gewappnet ist.

Quelle: Europäische Union

48846EX

M3 Die Gemeinsame Sicherheits- und Verteidigungspolitik (GSVP)

Die GSVP bildet einen Teil der Gemeinsamen Außen- und Sicherheitspolitik (GASP) der EU und umfasst zivil-militärische, militärische und polizeiliche Maßnahmen (Art. 42-46 EUV). Neben der Verbesserung der militärischen Möglichkeiten bildet die zivil-militärische Komponente einen wichtigen Bereich; ihr kommt große Bedeutung zu, da die EU den Rückgriff auf militärische Mittel nur als letzte Konsequenz erachtet und die GSVP schwerpunktmäßig als Politik zur Krisenprävention ausgerichtet ist.

Mit dem Zerfall des ehemaligen Jugoslawien und der Wiederkehr von Krieg in Europa mussten sich die EU-Mitgliedstaaten in den 1990er-Jahren der Frage stellen, wie der EU ein sicherheits- und verteidigungspolitisches Profil gegeben werden kann. Die Zeit von Oktober 1998 bis Juni 1999 kann als Entstehungsphase der GSVP betrachtet werden. Beim Treffen des Europäischen Rats im österreichischen Pörtschach hatte der britische Premierminister Tony Blair im Oktober 1998 erkennen lassen, dass Großbritannien bei Fragen der europäischen Sicherheitspolitik mehr Aufgeschlossenheit zeigen würde. Einen weiteren wichtigen Denkanstoß lieferte die britisch-französischen Initiative von St. Malo im Dezember 1998. Dieser Impuls übertrug sich auf die Gespräche zwischen den EU-Mitgliedstaaten über die GSVP. Während der deutschen EU-Ratspräsidentschaft im ersten Halbjahr 1999 wurde angesichts des Krieges im Kosovo der Diskussionsprozess zu sicherheits- und verteidigungspolitischen Fragen vertieft, und bei ihrem Treffen in Köln vereinbarten die Staats- und Regierungschefs im Juni 1999 erste konkrete Schritte hin zu einer GSVP. Daraufhin wurden etappenweise die Voraussetzungen verstärkt, einen besonderen europäischen Ansatz beim zivil-militärischen Krisenmanagement im Rahmen der EU zu entwickeln. Durch die Errichtung ständiger und dauerhafter Strukturen – so das Politische und Sicherheitspolitische Komitee (PSK), der EU-Militärausschuss, der EU-Militärstab sowie der Ausschuss über die zivilen Aspekte des Krisenmanagements – konnte ein tragfähiges institutionelles Gerüst für die GSVP geschaffen werden, als Voraussetzung für entsprechende Operationen auf europäischer Ebene. Hinzu kommt die Europäische Rüstungsagentur, deren Aufgabe es u. a. ist, die militärischen Fähigkeiten der EU-Mitgliedstaaten zu bewerten und nationale Rüstungsprojekte in einen europäischen Ansatz zu bringen.

Nichtsdestotrotz hat die GSVP auch Schwächen. So ist es der EU bislang nicht möglich gewesen, umfassende und länger andauernde Militäreinsatze problemlos zu bewältigen. Darüber hinaus handelt es sich bei der GSVP um ein Integrationsprojekt, zu dem nicht alle EU-Mitgliedstaaten stets den gleichen Beitrag leisten können und wollen. Uneinigkeit herrscht auch darüber, ob die GSVP die NATO und die transatlantischen Beziehungen beeinträchtigt oder ergänzt. Sowohl der gescheiterte Verfassungsvertrag (2004) wie auch der Vertrag von Lissabon (2009) beinhalten Reformvorschläge für die GSVP, die es der EU ermöglichen würden, in der Sicherheits- und Verteidigungspolitik substanzielle Fortschritte zu machen. So kann z. B. durch eine sogenannte „Ständige Strukturierte Zusammenarbeit“ (PESCO) mehr Flexibilität erreicht werden, indem eine Aufgabe auf eine Gruppe von Staaten übertragen wird; dieses Instrument wurde 2017 erstmalig von den EU-Staaten genutzt für eine engere verteidigungs- und rüstungspolitische Zusammenarbeit. Insgesamt betrachtet hat sich die GSVP in einem Zeitraum von rund 10 Jahren als einer der dynamischsten Politikbereiche der EU erwiesen.

Franco Algieri, Gemeinsame Sicherheits- und Verteidigungspolitik (GSVP), in: https://www.bpb.de/kurz-knapp/lexika/das-europalexikon/177003/gemeinsame-sicherheits-und-verteidigungspolitik-gsvp/, 20.07.2025

WEBCODE

WES-117977-408
Die Gemeinsame Außen- und Sicherheitspolitik (GASP) der EU

GLOSSAR

Gemeinsame Außen- und Sicherheitspolitik

Gemeinsame Sicherheits- und Verteidigungspolitik

M4 „Wir müssen unsere europäische Zusammenarbeit stärken“

Am Ende dieser Woche wird der Europäische Rat den neuen „Strategischen Kompass“ bestätigen. Diese während der deutschen Ratspräsidentschaft im Juni 2020 ins Leben gerufene Initiative soll der Sicherheits- und Verteidigungspolitik der EU in den kommenden Jahren eine klare Richtung geben. [...]

Wir brauchen einen konkreten Fahrplan mit klaren Prioritäten, wie bis 2030 bestehende Instrumente weiterentwickelt werden können und welche zusätzlichen Fähigkeiten aufgebaut werden müssen. [...]

Außerdem kommt es darauf an, schon bestehende Instrumente effektiver als in der Vergangenheit zu nutzen. Derzeit besteht die Europäische Sicherheits- und Verteidigungsunion aus drei Kerninitiativen: der „Ständigen Strukturierten Zusammenarbeit“, dem „Europäischen Verteidigungsfonds“ und der „Koordinierten Jährlichen Überprüfung der Verteidigung“.

Die Beistandsklausel nach Artikel 42 Absatz 7 des EU-Vertrags über die Europäische Union ist Ausdruck der Solidarität zwischen den Mitgliedstaaten. Im Fall eines bewaffneten Angriffs auf das Hoheitsgebiet eines EU-Staates sind die übrigen EU-Mitglieder aufgefordert, alle in ihrer Macht stehende Hilfe und Unterstützung zu leisten.

Allerdings wurden die praktischen Implikationen dieser Beistandsklausel nie eindeutig definiert. Russlands Angriffskrieg gegen die Ukraine zeigt nun überdeutlich, dass wir klare Vorgaben und Leitlinien für die Beistandsklausel brauchen. Das würde der Europäischen Verteidigungsunion einen echten Schub geben.

In der derzeitigen Krise hat sich erwiesen, dass die European Peace Facility unsere Partner strategisch unterstützen kann. Ohne dieses neu geschaffene Instrument wäre es nicht möglich gewesen, die Ukraine mit militärischem Material inklusive Waffen zur Selbstverteidigung in Höhe von bislang 500 Millionen Euro zu unterstützen. Weitere 500 Millionen Euro sind politisch vereinbart. Im Rahmen der zivilen und militärischen Missionen und Operationen der EU wird die European Peace Facility künftig ein entscheidendes Instrument sein, um global schneller auf Krisen und sicherheitspolitische Herausforderungen reagieren zu können.

Obwohl die EU in den vergangenen Jahren solide sicherheits- und verteidigungspolitische Instrumente aufgebaut hat, fehlte lange der echte politische Wille, die vorhandenen Mittel auch effektiv zu nutzen. Oft waren einzelnen Mitgliedstaaten ihre jeweiligen Partikularinteressen wichtiger als eine gesamteuropäische Antwort. Das soll sich mit dem Strategischen Kompass nun endlich ändern. Wir müssen unsere europäische Zusammenarbeit stärken. [...]

Wichtig ist, dass die EU-Länder insgesamt mehr und effizienter in militärische Fähigkeiten und innovative Technologien investieren. [...] Es geht darum, gemeinschaftliche Rüstungsprojekte der neuen Generation zu entwickeln und militärische Ausrüstung gemeinsam zu beschaffen. Hierzu zählen der europäische Kampfpanzer, ein europäisches Kampfflugzeugsystem und die Eurodrohne, um nur drei Beispiele zu nennen. Technologische und industrielle Abhängigkeit zu verringern, ohne in nationale Eitelkeiten zu verfallen, ist das Gebot der Stunde.

Diese Entwicklungen sollten durch den Aufbau neuer Fähigkeiten flankiert werden. Dazu gehört eine funktionsfähige, schnell verfügbare EU-Eingreiftruppe. Die im Strategischen Kompass vorgesehene „EU Rapid Deployment Capacity“ mit 5 000 Soldaten könnte im Ausland bei Rettungs- und Evakuierungsmissionen eingesetzt werden – eine Lehre aus dem überstürzten Rückzug der westlichen Truppen aus Afghanistan.

David McAllister, Die EU braucht den „Strategischen Kompass“, in: https://www.handelsblatt.com/meinung/gastbeitraege/gastkommentar-global-challenges-die-eu-braucht-den-strategischen-kompass/28189492.html, 24.03.2022

M5 Strategische Grundsatzfragen – weiter ungeklärt?

Nach heftigen Diskussionen und zähen Verhandlungen hat sich die EU auf ihren neuen Strategischen Kompass geeinigt. [...] Es ist nicht das erste Mal, dass die EU diese Art von Grundsatzüberlegungen anstellt. In der Vergangenheit haben die Mitgliedstaaten bereits mehrmals versucht, durch die Ausarbeitung strategischer Grundsatzdokumente den Startschuss für eine wahrhaftige europäische Verteidigungspolitik zu geben, ohne jemals wirklich weit zu kommen. [...]

Die Tatsache, dass die Europäer immer wieder an den Punkt kommen, ein EU-Strategiedokument zu erarbeiten, zeigt, dass es ihnen nie wirklich gelungen ist, bestimmte grundlegende Fragen zu beantworten. Damals wie heute sind sie immer noch auf der Suche nach sich selbst. [...] Bevor man jedoch die Rolle der EU in der Welt begreifen kann, muss man erst einmal verstehen, was die EU überhaupt ist. Der neue Strategische Kompass wird uns das sicherlich nicht sagen können. Dafür reicht ein kurzer Blick auf seinen Inhalt. [...]

Die im Strategischen Kompass behandelten Punkte sind durchaus wichtig. Dennoch gehen sie auf keine der oben genannten grundlegenden Herausforderungen ein. Wieder einmal haben sich die Mitgliedstaaten bemüht, ihnen auszuweichen. Die Frage, welche die EU früher oder später beantworten muss, ist simpel: Welchen Stellenwert hat ihre gemeinsame Verteidigungspolitik im Rahmen des europäischen Integrationsprozesses? Ist die europäische Verteidigung als eine Etappe dieses Prozesses zu betrachten, den die EU verkörpert? Oder verfolgt die EU eher das Ziel, die Verteidigungspolitik ihrer Mitgliedstaaten zu koordinieren, die auf diesem Gebiet jedoch weiterhin unabhängig und eigenständig agieren sollen? Anders ausgedrückt: Handelt es sich um ein Kooperations- oder ein Integrationsprojekt? [...] Für das Zögern der Europäer, diese existenzielle Frage zu beantworten, gibt es einen Namen: „konstruktive Mehrdeutigkeit“. [...] Dieser Begriff hat in der Vergangenheit zweifellos seinen Dienst erwiesen. Ohne ihn hätten die EU-Mitgliedstaaten niemals eine gemeinsame Militärpolitik auf den Weg bringen können. Die konstruktive Mehrdeutigkeit der europäischen Verteidigung kann jedoch nicht ewig Bestand haben. Früher oder später muss sie überwunden werden. Langfristig gesehen führt politische Mehrdeutigkeit immer zu Missverständnissen, die nicht konstruktiv, sondern lähmend sind. Eine weitere Schwäche des Strategischen Kompasses liegt in der Bedeutung, die ihm beigemessen wird, und in den Erwartungen, die damit verbunden sind. Seit mehreren Jahren wird Europa mit strategischen Überraschungen konfrontiert, die die Union aus der Bahn werfen und dazu zwingen, der Geschichte hinterherzulaufen, anstatt ihr vorzugreifen. [...] Der Krieg in der Ukraine steht somit sinnbildlich für das Hauptproblem, dem die Europäer bei ihren Grundsatzdebatten gegenüberstehen. Die Idee, ein strategisches Dokument in Stein zu meißeln, während man auf die nächste strategische Überraschung wartet, könnte sich als nutzlos erweisen. Gestern wurde mit dem Finger auf den islamistischen Terrorismus gezeigt. Heute auf Moskau. Und morgen?

Federico Santopinto, Richtungsbestimmung, in: https://www.ipg-journal.de/rubriken/aussen-und-sicherheitspolitik/artikel/richtungsbestimmung-5833/, 25.03.2022

1 **Fassen** Sie die Aussagen in M 1 **zusammen** und **formulieren** Sie Fragen, die sich Ihnen hierbei stellen.

2 **Charakterisieren** Sie den Strategischen Kompass als Maßnahme der Gemeinsamen Sicherheits- und Verteidigungspolitik (GSVP) bzw. als Teil der Gemeinsamen Außen- und Sicherheitspolitik (GASP) der Europäischen Union (M 2, M 3).

3 **Arbeiten** Sie Pro- und Kontra-Argumente hinsichtlich der Frage **heraus**, ob es sich beim Strategischen Kompass um einen wichtigen Meilenstein für die Sicherheit und Verteidigung der Europäischen Union handelt (M 4, M 5).

4 **Gestalten** Sie ein mediales Produkt Ihrer Wahl, in dem Sie die Problemfrage **erörtern**.

6.3 Sollte die EU eine gemeinsame europäische Armee aufbauen?

M1 Ergebnisse einer Umfrage in Deutschland

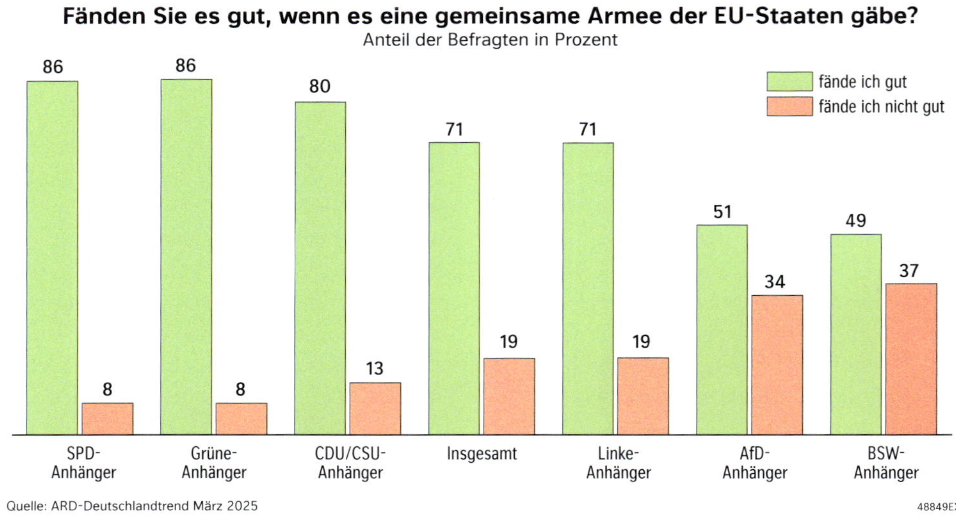

M2 Die Idee einer Europäischen Verteidigungsgemeinschaft

Die Bundesrepublik Deutschland entsteht als Staat ohne Armee. Ihre Wiederbewaffnung ist eine der umstrittensten Fragen der Nachkriegszeit sowohl im In- als auch im Ausland. Die Schrecken des Krieges sind für viele noch lebendig. Nach dem Ausbruch des Korea-Krieges drängen die USA und Großbritannien auf einen deutschen Verteidigungsbeitrag. Weil sich Frankreich diesem Druck auf Dauer nicht entziehen kann, geht es in die Offensive. Der französische Ministerpräsident René Pleven schlägt am 24. Oktober 1950 eine Europäische Verteidigungsgemeinschaft (EVG) vor. Diese scheitert aber schließlich an Frankreich selbst. Der Pléven-Plan sieht vor, dass die schon in der EGKS zusammengeschlossenen Staaten Frankreich, Italien, die Bundesrepublik und die Beneluxländer ihre Truppen zu einer gemeinsamen Armee verschmelzen. Durch die EVG sollen die Risiken der deutschen Wiederbewaffnung aufgefangen und die europäische Einigung vorangetrieben werden. Bundeskanzler Konrad Adenauer sieht im französischen Vorschlag die Chance, Souveränität zu erreichen. Er macht für die deutsche Wiederbewaffnung die volle Gleichberechtigung der Bundesrepublik zur Bedingung. Gleichzeitig mit dem EVG-Vertrag wird daher über einen Deutschlandvertrag verhandelt, der das Besatzungsstatut aufhebt und der Bundesrepublik ihre Souveränität zurückgibt. Beide Verträge können nur zusammen in Kraft treten. Der Deutschlandvertrag wird am 26. Mai 1952 in Bonn unterschrieben. Einen Tag später findet in Paris auch die Unterzeichnung des EVG-Vertrags statt. Die nationalen Parlamente ratifizieren den Vertrag nach und nach. Er scheitert jedoch am 30. August 1954 in der französischen Nationalversammlung. Das Parlament lehnt es ab, die französische Armee einem europäischen Oberkommando zu unterstellen.

Andreas Grau/Markus Wurz, Europäische Verteidigungsgemeinschaft, in: https://www.hdg.de/lemo/kapitel/geteiltes-deutschland-gruenderjahre/weg-nach-westen/europaeische-verteidigungsgemeinschaft.html, 26.02.2016

INFO

EGKS
Europäische Gemeinschaft für Kohle und Stahl; auch Montanunion genannt

M3 Unterzeichnet, aber nie in Kraft getreten

Unterzeichnung des Vertrags über die Europäische Verteidigungsgemeinschaft am 27. Mai 1952 in Paris. Vorn links am Tisch sitzend ist der damalige Bundeskanzler Konrad Adenauer (CDU) zu sehen.

M4 Brauchen wir eine europäische Armee?

Auszug aus einem Interview des Magazins „Focus" mit der deutschen Politikwissenschaftlerin Ulrike Franke.

Frage: Frau Franke, brauchen wir eine Europäische Armee?

Franke: Diese Frage bekomme ich seit Jahren mit erstaunlicher Regelmäßigkeit gestellt. Jedes Mal, wenn wieder klar wird, dass Europa die eigenen Verteidigungsfähigkeiten fehlen, dass Europa ohne die Vereinigten Staaten seine Sicherheit kaum garantieren kann, kommt diese Vorschlag auf – gerade in Deutschland. Manfred Weber, der Parteivorsitzender der Europäischen Volkspartei im Europaparlament hat zuletzt dafür argumentiert, ebenso wie der Vorsitzende der SPD-Fraktion im Bundestag Rolf Mützenich. Sie fand sich in den Wahlprogrammen fast aller großer Parteien für die Bundestagswahl 2021. Und auf den ersten Blick – und das ist sicherlich auch der Grund, warum diese Idee so häufig gerade in öffentlichen Diskussionen aufkommt – scheint es Sinn zu machen, europäische Verteidigungsfähigkeiten zu bündeln. Die Länder der Europäischen Union haben 27 Streitkräfte, 27 Verteidigungsministerien, 27 Beschaffungsbehörden und 27 verteidigungsindustrielle Märkte. Europa hat 17 verschiedene Kampfpanzertypen – die USA haben einen. Wo die USA sechs

Kampfflugzeugtypen haben, hat Europa 20 Versionen. Gleichzeitig haben alle EU-Staaten zusammengerechnet etwa 1,3 Millionen Soldaten unter ihrer Führung. Die USA, das stärkste Militär der Welt, hat 1,4 Millionen Soldaten in Uniform. Man könnte also meinen, der europäische Zusammenschluss sei die Lösung aller Probleme. Trotzdem halte ich von diesem Vorschlag nichts.

Frage: Parteiübergreifend ist man für die Europäische Armee und den Zahlen nach macht sie Sinn, Sie glauben aber nicht daran? Warum?

Franke: Ganz so ist es nicht. Denn obgleich es eben immer wieder Vorschläge, Meinungsartikel und Diskussionen gibt, macht ja niemand konkret Anstalten, eine europäische Armee zu bilden. Und das ist nicht verwunderlich. Denn allen Diskussionen zum Trotz ist erstens unklar, was die europäische Armee sein soll – es gibt mindestens drei verschieden Modelle. Zweitens ist unklar, wie diese Modelle funktionieren sollen, und wer eigentlich mitmachen soll. Und drittens gibt es in Europa – denn es geht schließlich nicht nur um Deutschland – für den Vorschlag weit weniger Unterstützer als man hierzulande denkt.

Frage: Können Sie uns die verschiedenen Ansätze der europäischen Armee aufschlüsseln?

Franke: Grob gesprochen gibt es drei Ideen, plus Untervariationen. Erstens eine EU-Armee. Das heißt, anstatt 27 einzelner Streitkräfte schafft man eine gemeinsame Armee. Die nationalen Streitkräfte, wie die Bundeswehr, werden aufgelöst oder innerhalb dieser Armee eingegliedert. Auf diese Art und Weise bekommt die EU auf einen Schlag über eine Millionen Soldaten, und tausende Stücke Equipment. Es wird gemeinsam beschafft, es werden nur noch einige wenige Systeme genutzt. Der Effizienzgewinn erscheint enorm. Eine Unteroption dieser Lösung ist derselbe gemeinsame Ansatz, aber nur mit manchen EU-Mitgliedern – oder auch anderen Europäern – zum Beispiel den fähigsten, oder regionalen Gruppierungen.

Die zweite Idee einer Europaarmee ist die, eine 28te Armee aufzustellen. Die 27 nationalen Streitkräfte bleiben also bestehen, aber es gibt zusätzlich Streitkräfte – idealerweise aus allen EU-Mitgliedstaaten gestellt und von allen ausgerüstet. Eine Arbeitsgruppe der SPD-Bundestagsfraktion hatte 2020 diesen Vorschlag recht konkret skizziert.

Die dritte Option ist die der verstärkten Kooperation. Das ist, was meines Erachtens der Koalitionsvertrag der Ampelkoalition vorschlägt. Hier heißt es: „Wir treten für eine verstärkte Zusammenarbeit nationaler Armeen integrationsbereiter EU-Mitglieder ein, vor allem bei Ausbildung, Fähigkeiten, Einsätzen und Ausrüstung ...". Es geht also nicht um die Schaffung eines neuen Gebildes, nationale Armeen werden nicht abgeschafft. Und nur diejenigen EU-Mitglieder machen mit, die dazu bereit sind.

Frage: Was ist das Problem des ersten Vorschlags?

Franke: Bei dem ersten Vorschlag sehe ich die meisten Probleme. Erstens stellt sich die Frage, wer teilnehmen soll. Alle EU 27 geht kaum, da vier EU-Staaten „neutral" sind: Österreich, Irland, Malta und Zypern. Diese Staaten können, laut ihrer eigenen Regeln (teilweise Verfassung) keinen Militärbündnissen beitreten. Das könnten sie natürlich durch politische Prozesse ändern, allerdings gibt es keinerlei Anhaltspunkte, dass dies in irgendeiner Weise wahrscheinlich ist [...]. Bleiben also die restlichen 23, oder Gruppierungen innerhalb dieser Gruppe, plus Staaten, die nicht in der EU sind, wie zum Beispiel das Vereinigte Königreich, oder Norwegen.

Sollten diese Staaten ihre Streitkräfte zusammenschließen, und Sprachbarrieren und andere praktische Herausforderungen meistern: wer entscheidet dann, wann und wo diese eingesetzt werden? Europäische Länder haben in diesem Bereich unterschiedliche Traditionen. In Deutschland spielt das Parlament eine sehr große Rolle: nur der Bundestag kann über Auslandseinsätze der Bundeswehr entscheiden. In Frankreich wiederum entscheidet der Präsident weitestgehend alleine über einen Einsatz der französischen Streitkräfte. Aber ob Exekutive oder Legislative, die EU hat beides nur in begrenzten Maße und mit limitierter Legitimität. Kann das EU-Parlament entscheiden? Ob der oben angesprochenen Tatsache, dass nicht alle EU-Mitglieder mitmachen, ist das mindestens schwierig. [...] Entscheiden könnten alternativ die Staats- und Regierungschefs (die dann, wie zum Beispiel im Fall Deutschlands, durch

die nationalen Parlamente legitimiert werden könnten).
Nur, und das ist die Krux der ganzen Sache: was passiert, wenn man sich nicht einig ist? Wenn eine Gruppierung um Frankreich, Belgien und Schweden einen Einsatz wollen, eine andere Gruppe um Deutschland, Spanien und Polen aber nicht? Man könnte sich auf eine Mehrheitsregelung einigen: wer überstimmt wird, muss mit den anderen ziehen. Aber die Entscheidung die eigenen Staatsbürger in einen militärischen Einsatz zu schicken, in dem sie verwundet und getötet werden können, und auch selbst töten ist das ureigenste nationale Recht. Können, dürfen, sind wir bereit, dieses abzugeben? Schicken wir im Extremfall tausende junge Deutsche in einen Krieg, den wir nicht unterstützen? Ich halte das für schlicht falsch. Dann machen eben bei Einsätzen nur diejenigen Staaten mit, die wollen, könnte man sagen. Doch das, und das ist ja der ganze Trick an der europäischen Armee, geht praktisch nicht. Die Idee der Europäischen Armee ist schließlich der Zusammenschluss und der Effizienzgewinn. Das Ende der Dopplungen – oder Siebenundzwanzigfachungen. Wie kann dann Deutschland seine Soldaten, seine Panzer, seine Munition usw. wieder heraussortieren aus dem Pool der EU-Armee? Welches Gewehr gehört dann Schweden, und darf entsandt werden, und welches gehört Polen und bleibt zurück? Fehlen dann plötzlich alle Panzergrenadiere, weil gerade die aus nichtteilnehmenden Ländern stammen? Baut man eine wirklich integrierte Europäische Armee, kann man solche nationalen Elemente eben nicht mehr haben – oder man verliert den Hauptvorteil, der angestrebt war. [...]
Für mich bedeutet all das, dass diese Art der Europäischen Armee erst dann kommen kann und kommen sollte, wenn die Vereinigten Staaten von Europa gegründet wurden. Erst müssten aus den EU-Staaten ein politisches System und ein Demos – ein Wahlvolk – entstehen. Dann können auch militärische Fähigkeiten zusammengeschlossen werden. Vorher macht das meiner Meinung nach keinen Sinn.
Frage: Was ist mit der Idee der 28ten Armee?
Franke: Bei diesem Vorschlag sehe ich erstmal ein Finanzierungsproblem. Alle europäischen Staaten haben Schwierigkeiten, genug Geld für ihre Verteidigungsetats zu finden: trotz steigender Budgets in Folge der russischen Aggressionen erreichen derzeit nur zehn europäische NATO-Länder die angestrebte Höhe von 2 Prozent des Bruttoinlandsproduktes für Verteidigung, 18 erreichen sie nicht. Ein Rekrutierungsproblem gäbe es wahrscheinlich auch, da fast alle europäischen Länder Probleme haben, genug Soldaten zu rekrutieren. Aber nehmen wir an, Geld und Menschen fänden sich. Ebenso wie bei Vorschlag eins stellt sich die Frage, wer diese Armee entsenden darf. Das Europaparlament? Die Regierungschefs? Was passiert bei Uneinigkeit? Zuletzt sollte daran erinnert werden, dass seit 2007 die „EU-Battlegroups" operationell sind. Sie bringen mehrere tausend Soldaten zusammen, die innerhalb von 10 Tagen einsatzfähig sein sollen. Die Battlegroups werden von EU-Staaten gestellt, nach einem Rotationsprinzip. Eingesetzt wurden sie allerdings noch nie.
Frage: Und der letzte Vorschlag der stärkeren Zusammenarbeit?
Franke: Bei dem Vorschlag, verstärkt auf europaeischer Ebene zu kooperieren, gemeinsame Beschaffungen und Trainings zu organisieren gehe ich mit. Die Europäer müssen unbedingt mehr für ihre Verteidigung tun, und Kooperation kann hier helfen. Nur sollte dieser Ansatz nicht den Namen „Europäische Armee" tragen. Schließlich werden hier eben keine gemeinsamen Streitkräfte geschaffen. Die Europäische Union tut in diese Richtung bereits einiges: es gibt gemeinsame Beschaffungsprojekte, teils mit direkter EU-Finanzierung. Und auch das sogenannte Rahmennationskonzept der NATO geht in diese Richtung. Einfach ist auch dieser Ansatz nicht: die Kooperation in der Beschaffung zum Beispiel, stellt sich immer wieder als kompliziert dar, aufgrund nationaler Interessen, Industriestreitigkeiten und mehr. Aktuell sehen wir das an der deutsch-französisch-spanischen Kampfjetkooperation FCAS. Ich empfehle, dass wir uns auf diesen Ansatz konzentrieren, anstatt Diskussionen über europäische Armeen zu führen.

Ulrike Franke, Drei Gründe, die gegen eine Europäische Armee sprechen, in: FOCUS online, https://www.focus.de/experts/verteidigungs-expertin-franke-drei-gruende-die-gegen-eine-europaeische-armee-sprechen_a329c8e2-ec80-4251-aa3c-b831f429b3a3.html, 13.11.2023

M5 „Nur wenn die EU politisch deutlich zusammenrückt, hat diese Gemeinschaft eine Chance“

Jeder der 27 Mitgliedstaaten der Europäischen Union hat eine eigene Armee, die mit unterschiedlichen Waffensystemen, Leistungsstandards und Führungsstrukturen arbeitet. Für die Verbündeten ist dies mit einem hohen Maß an Ineffizienz verbunden. Diese war kein wirklich gravierendes Problem, solange es keine echte militärische Bedrohung gab und solange die USA die Sicherheit des alten Kontinents glaubhaft garantierten.

Spätestens mit der erneuten Wahl von Donald Trump in das Amt des US-Präsidenten gehören diese Bedingungen der Vergangenheit an. Trump hat während seiner ersten Amtszeit damit gedroht, die USA aus der Nato zu führen oder jenen Staaten, die nach seiner Ansicht zu wenig in Verteidigung investierten, im Ernstfall die Unterstützung zu entziehen. Somit ist es jetzt hohe Zeit, dass sich die EU zumindest ein Stück weit aus der militärischen Unmündigkeit und der Abhängigkeit von den USA befreit. [...]

Deutschland wird in diesem Jahr gut 90 Milliarden Euro für Rüstung ausgeben. Dies entspricht 2,1 Prozent der nationalen Wirtschaftsleistung. Würde, wie von Verteidigungsexperten gefordert, das NATO-Ziel auf drei Prozent erhöht, müsste rein rechnerisch zur Finanzierung beispielsweise die Energiesteuer verdoppelt werden – was wohl für jede Regierung einem politischen Selbstmord gleichkäme. Dass es im nächsten Deutschen Bundestag noch die erforderliche Mehrheit für ein erneutes Sondervermögen für die Bundeswehr geben wird, ist keineswegs sicher.

Um die Abwehrbereitschaft nicht nur Deutschlands zu stärken, kommen Effizienzsteigerungen eine strategische Bedeutung zu. Damit liegt die Revitalisierung der über 70 Jahre alten Idee einer gemeinsamen europäischen Verteidigungsunion nahe. Anfang der 1950er-Jahre schien eine europäische Armee zum Greifen nahe. Wegen der akuten Furcht vor einer weiteren Ausdehnung des sowjetischen Machtbereichs auf Gebiete Westeuropas wurde im August 1950 vom damaligen britischen Premierminister Winston Churchill eine gemeinsame europäische Armee mit westdeutscher Beteiligung gefordert – eine Armee, die eng mit dem Militär der Führungsmacht USA zusammenarbeiten sollte. [...] Diese [...] Pläne scheiterten dann in der sprichwörtlich letzten Minute am Veto Frankreichs. [...]

Heute droht die EU trotz wachsender Mitgliederzahl im Wettstreit der Blöcke USA, China/Russland und des globalen Südens ins Hintertreffen zu geraten. Aus der Perspektive der übrigen Welt mag die EU ein großer, interessanter Markt sein, doch geopolitisch sind die meisten Mitgliedstaaten Zwerge. Fakt ist: Nur wenn die EU politisch deutlich zusammenrückt, hat diese Gemeinschaft eine Chance, gehört und beachtet zu werden. Dazu zählen eine gemeinsame Außenpolitik, der von Frankreichs Präsident Emmanuel Macron vorgeschlagene europäische Sicherheitsrat sowie eine gemeinsame Armee.

Eine YouGov-Umfrage aus dem Jahr 2022, die kurz nach Beginn des Ukraine-Kriegs durchgeführt wurde, signalisierte eine europaweit deutlich gewachsene Zustimmung für solch ein Projekt. Ganz oben rangierten Spanien, Litauen und die Niederlande mit mehr als 60 Prozent Zustimmung der Bevölkerungen, während sich in Dänemark und Schweden weniger als die Hälfte für solch eine EU-Armee aussprach.

In Deutschland betrug die Zustimmung immerhin 58 Prozent. Im Rahmen des „Deutschlandtrends“ gaben im Mai 2023 noch rund 53 Prozent der befragten Wahlberechtigten aus Deutschland an, dass sie den Aufbau einer europäischen Armee begrüßen würden. Etwa 32 Prozent der Befragten lehnten dies ab. Bei einer INSA-Umfrage aus dem Sommer 2024 betrug das Verhältnis 55 zu 27 Prozent.

Solch eine europäische Armee müsste allerdings als echte „Armee der Europäer“ etabliert werden und mehr sein als fallweise aus nationalen Streitkräften kombinierte Einheiten. Dazu gehörten vor allem gemeinsame Beschaffungsprogramme. Damit ließen sich erhebliche Effizienzpotenziale bei Entwicklung, Einkauf und Wartung von militärischem Gerät erschließen.

Die USA kommen mit 30 Waffensystemen aus, während in den nationalen Armeen in der EU

etwa sechsmal so viele verschiedene Systeme eingesetzt werden. Auf den Schlachtfeldern in der Ukraine zeigt sich gerade, welch enormen Probleme die enorme Waffenvielfalt bei Wartung und Logistik sowie in der Schulung mit sich bringt.
Am Ende dieses Prozesses stünde dann eine gemeinsame Armee, die nicht nur militärische Relevanz besitzen würde, sondern auch der europäischen Identifikation neuen Schub verleihen würde. Es läge nahe, die Befehlsgewalt über diese europäischen Truppen beim Europäischen Sicherheitsrat anzusiedeln, also einem Gremium aus den Staats- und Regierungschefs sowie deren Außen- und Verteidigungsministern.
Klar ist, all dies kann nicht über Nacht geschehen und wird von den Mitgliedstaaten die Aufgabe von Hoheitsrechten verlangen. Doch eine Union, die sich auf eine gemeinsame Währung einigen konnte, sollte das Militär nicht dauerhaft unter nationaler Kontrolle belassen. Denn die großen Vorteile einer gemeinsamen europäischen Armee liegen auf der Hand. Mit politischem Willen könnte es zudem gelingen, die Integration Europas in wirtschafts- und finanzpolitischer Hinsicht voranzubringen. Der Erfahrung nach waren Krisenzeiten stets gute Zeiten für Integrationsfortschritte in Europa, da nationale Egoismen dann in den Hintergrund treten.
Solch eine Initiative hätte nur dann eine Chance, wenn sie gemeinsam von Deutschland und Frankreich initiiert und getragen würde. Da das derzeitige Verhältnis offensichtlich nicht zuletzt unter den persönlichen Animositäten zwischen dem amtierenden Bundeskanzler und dem Staatspräsidenten Frankreichs leidet, dürfte sich wohl erst unter einem anderen Führungsduo die Chance für einen Neustart der deutsch-französischen Zusammenarbeit bieten. Zu hoffen ist es.

Bert Rürup, Europas Verteidigung lähmt sich selbst – so ließe es sich ändern, in: https://www.handelsblatt.com/meinung/kolumnen/der-chefoekonom-europas-verteidigung-laehmt-sich-selbst-so-liesse-es-sich-aendern/100088452.html, 24.11.2024

M6 Die militärische Stärke der NATO und Russlands (2025)

	NATO	Russland
Militärisches Personal insgesamt	8 658 882	3 570 000
davon: aktive Soldaten	3 439 197	1 320 000
davon: Reserve	4 343 065	2 000 000
Luftwaffe insgesamt	22 377	4 957
davon Jagdflugzeuge/Abfangjäger	3 312	833
davon Kampfhubschrauber	1 416	557
Kampfpanzer	11 495	5 750
Militärschiffe insgesamt	1 143	339

Quelle: Global Firepower

1 **Werten** Sie M 1 **aus.**
2 **Erläutern** Sie die folgende Aussage: „Die Idee einer eigenen Armee für Europa ist keine neue.“ (M 2, M 3)
3 **Fassen** Sie **zusammen**, welche Ansätze einer Europäischen Armee diskutiert werden (M 4).
4 **Arbeiten** Sie Pro- und Kontra-Argumente hinsichtlich der Frage **heraus**, ob die EU eine gemeinsame europäische Armee aufbauen sollte (M 4–M 6).
5 **Diskutieren** Sie die Problemfrage in Form einer Pro-Kontra-Diskussion.

6.4 Urteil: Sollte die Europäische Union militärisch aufrüsten?

M1 Umfrage: Verteidigung und Sicherheit wichtigste Aspekte

Die Europäische Union sollte nach Meinung einer Mehrheit ihrer Einwohner einer aktuellen Umfrage zufolge künftig eine größere Rolle beim Schutz vor globalen Krisen und Sicherheitsrisiken spielen. In Deutschland wünschen sich dies sogar 73 Prozent der Befragten – mehr als im EU-weiten Schnitt, wie aus der jüngsten Eurobarometer-Umfrage hervorgeht, bei der mehr als 26 000 Menschen befragt wurden.

„Dies ist eine klare Aufforderung zum Handeln, der wir nachkommen werden", sagte Europaparlamentspräsidentin Roberta Metsola zu den Ergebnissen. Europa müsse stärker werden, damit sich die Bürgerinnen und Bürger sicherer fühlten.

Verteidigung und Sicherheit sind demnach für 43 Prozent der Befragten aus Deutschland der wichtigste Aspekt, auf den die EU sich konzentrieren sollte, um ihre globale Position zu festigen. Für Italiener stehen der Umfrage zufolge Wettbewerbsfähigkeit, Wirtschaft und Industrie im Fokus, Spaniern sind Bildung und Forschung am wichtigsten. Für am wenigsten relevant erachten sowohl die Deutschen als auch die Bürger anderer Staaten im Schnitt die Kultur.

Leicht über dem EU-Durchschnitt liegen die Befragten aus Deutschland bei der Frage, ob sie von der Mitgliedschaft in der EU profitieren. Dem Eurobarometer zufolge stimmen dem 76 Prozent zu, zwei Prozentpunkte mehr als der Schnitt.

Die regelmäßig im Auftrag des EU-Parlaments durchgeführte Meinungsumfrage soll ein Bild der Erwartungen der Bürgerinnen und Bürger an die EU zeichnen. Befragt wurden insgesamt rund 26 350 EU-Bürgerinnen und Bürger zwischen dem 9. Januar und dem 4. Februar [2025] ab 15 Jahren.

Größere Rolle für Staatenbündnis, 25.03.2025 © dpa Deutsche Presse-Agentur

M2 Ist die Zeit der „Friedensdividende" vorbei?

Bei der Frage, „wie" das Geld für Europas Verteidigung beschaffen werden soll und wie viel Geld eigentlich benötigt wird, scheiden sich auf EU-Ebene – wie so oft – die Geister. [...] EU-Kommissionspräsidentin Ursula von der Leyen fordert in ihrem „ReArm Europe"-Plan 800 Milliarden Euro für die Aufrüstung Europas. Rechtzeitig vorm EU-Krisengipfel am 6. März [2025] in Brüssel legte von der Leyen diesen Plan den EU-Mitgliedsländern [...] vor. [...] Dieser Aufrüstungsplan stellt sich der Tatsache, dass die meisten EU-Länder noch immer weit unter 2 Prozent ihres BIP für Verteidigung ausgeben, obwohl der internationale Schwenk der USA unter Trump 2.0 das eigentlich notwendig macht. Schließlich sind die Zeiten der jahrzehntelangen „Friedensdividende" und der US-Schutzmacht für Europa vorbei.

Von der breiten Zustimmung beim Krisengipfel blieb bei den Folgetreffen letzte Woche in Brüssel – ungeachtet der internationalen Eigendynamik unter Trump 2.0 – nicht viel übrig. Beim Außenminister:innentreffen am 17. März betonte die EU-Außenbeauftragte einmal mehr, dass Europa gemeinsam Russland abschrecken und die Ukraine unterstützen müsse. Ihre Forderung, die Ukraine mit weiteren 40 Milliarden Euro zu unterstützen, erhielt allerdings kaum Gehör. Beim EU-Gipfel am 20. März ging ihre Forderung nicht durch, geschweige denn dass der EU-Rat einen gemeinsamen Beschluss verabschiedet hätte. Was blieb, ist eine Absichtserklärung, von 26-Mitgliedsländern unterzeichnet – also ohne Ungarn; voraussichtlich das neue Normal auf EU-Ebene. [...] Im Unterschied dazu schafft Deutschland Fakten.

Mit Unterstützung der Grünen hat die – sich eigentlich erst zu konstituierende – CDU/CSU-SPD-Regierung unter Friedrich Merz ein „milliardenschweres Finanzpaket für Verteidigung und Infrastruktur" im Bundestag beschlossen, und zwar unter Aussetzung der Fiskalregeln. Für Infrastruktur soll ein Sondervermögen von 500 Milliarden Euro zur Verfügung gestellt werden, womit Merz im europäischen Vergleich vollkommen heraussticht. Während auf EU-Ebene die immanente Bedrohung durch Russland noch immer nicht allen bewusst geworden ist, hat sich Deutschland den neuen politischen Realitäten mit einem entsprechenden Plan gestellt und quasi eine Vorreiterrolle übernommen. [...]

Was zunächst nur aus Geheimdienstkreisen zu hören war, wird immer lauter und öfter gesagt. Der Aggressor Russland könnte in den nächsten drei bis fünf Jahren bereit sein, die EU anzugreifen. In diesem Licht erscheint das ergebnislose Telefongespräch zwischen US-Präsident Trump und dem russischen Präsidenten als Farce, und das unter großer internationaler Aufmerksamkeit. Schließlich hat es verdeutlicht, dass Putin kein Interesse an einem Waffenstillstand, geschweige denn Frieden hat. [...]

Bis 2030 hat die EU-Kommission die Frist für die militärische und militärstrategische Aufstockung und Ausweitung gesetzt. Bis dahin wird auch ein möglicher Angriff auf ein EU-Land prognostiziert. Es ist also tatsächlich ein Wettlauf mit der Zeit. Denn Putins Ziele erscheinen laut der Expertin für Sicherheits- und Verteidigungspolitik Claudia Major völlig klar. Putin habe, so Major, drei Ziele: erstens die Ukraine zu vernichten, zweitens Europa zu erobern und drittens die bisherige Weltordnung auf Grundlage des Völkerrechts auszuhebeln und imperialistisch auszurichten. Diese Aussichten sind somit alles andere als rosig. Europa muss sich daher umso mehr selbst verteidigen können.

Silvia Nadjivan, Europa muss sich selbst verteidigen können, in: https://lab.neos.eu/blog/europa-muss-sich-selbst-verteidigen-koennen#aufruestung-als-gebot-der-stunde, 24.03.2025

M 3 Eingebildete Bedrohung?

Der Aufrüstungsplan [der EU] basiert auf der Darstellung, dass Europa gegenüber Wladimir Putins imperialem Russland eigentlich wehrlos sei, nun, da sich die bisherige militärische Schutzmacht USA unter dem neuen Präsidenten Donald Trump vom Alten Kontinent abwendet. Diese Darstellung ist so nicht richtig. Das Stockholmer Friedensinstitut Sipri hat [...] eine Analyse des globalen Waffenhandels der letzten fünf Jahre publiziert. Auffälligste Erkenntnis: Die europäischen Staaten haben ihre Waffenimporte im Vergleich zur Fünfjahresperiode davor um satte 155 Prozent gesteigert. Europa rüstet also schon jetzt stark auf. Weiter zeigt die Sipri-Analyse, dass in erster Linie die US-amerikanische Rüstungsindustrie, die global betrachtet absolut dominierend ist, vom europäischen Aufrüstungsfieber profitiert. Zur Aufklärung der Verhältnisse trägt auch eine Studie von Greenpeace Deutschland bei [...]. Sie vergleicht die „militärischen Potenziale der NATO und Russlands" und kommt zum eindeutigen Schluss: „Die NATO ist Russland weit überlegen", nur bei den Atomwaffen herrsche Parität. Die aktuell angedachte blindwütige Aufrüstung Europas wird zum Bombengeschäft für die Rüstungsindustrie. Unterdessen werden absehbar Gelder für Klimaschutzmaßnahmen, für den Sozialstaat, für Bildung und Kultur fehlen. Viel wichtiger für die europäische Sicherheit sind eine durchdachte Koordination und eine sinnvolle Aufteilung bestehender und künftiger militärischer Mittel und Ressourcen.

Jan Jirát, Europas falscher Weg, in: https://www.woz.ch/2511/aufruestung/europas-falscher-weg/!36SWJFNEZ2TW, 13.03.2025

1 **Fassen** Sie die Aussagen in M 1 **zusammen** und **formulieren** Sie Fragen, die sich Ihnen hierbei stellen

2 **Arbeiten** Sie Pro- und Kontra-Argumente hinsichtlich der Frage **heraus**, ob die Europäische Union aufrüsten sollte (M 2, M 3).

3 **Gestalten** Sie für eine deutsche Tageszeitung einen Kommentar, in dem Sie zur Problemfrage **Stellung nehmen**.

V.

kein
mensch
ist
illegal

PUT IT TO THE PEOPLE MARCH
VOTE LEAVE BROKE THE LAW #STOPBREXIT

Perspektiven gesellschaftlicher Entwicklung

Bei denjenigen, die von Kinderarmut betroffen sind, gibt es öfter einen Zusammenhang mit Einwanderung. Da hilft nicht immer nur mehr Geld. Was es braucht, sind Sprachförderung, Integration der Eltern in den Arbeitsmarkt, sowie bessere Kitas und Schulen.

Christian Lindner (* 1979), ehemaliger Bundesfinanzminister

Wir müssen endlich im großen Stil diejenigen abschieben, die kein Recht haben, in Deutschland zu bleiben.

Olaf Scholz (* 1958), ehemaliger Bundeskanzler

Sozialstaat und Demokratie sind keine Relikte des 20. Jahrhunderts.

Frank-Walter Steinmeier (* 1956), Bundespräsident

Zeichnung: Schwarwel

1. Auseinanderdriftende Gesellschaft – brauchen wir eine Vermögensabgabe?

1.1 Einführung

M1 Arme Superreiche?

Zeichnung: Martin Erl

M2 Was ist eine Vermögensabgabe?

INFO

Fiskus
Staatskasse, Staatsvermögen, Finanzverwaltung

Die Vermögensabgabe ist eine Steuer, zu der Eigentümer größerer Vermögen verpflichtet werden können, um eine finanzielle Notlage des Staates zu überbrücken. Im Unterschied zur jährlichen Vermögensteuer wird sie nur einmalig auf den aktuellen Vermögensbestand erhoben. Vermögensabgaben sind ein außerordentliches fiskalisches Instrument, das eine wirksame Finanzierung oder Entschuldung des Staates erlaubt, ohne die Hilfe der internationalen Gemeinschaft oder des Zentralbankensystems in Anspruch nehmen zu müssen. In den meisten Ländern stehen den staatlichen Schulden in wesentlich größerem Umfang private Vermögen gegenüber.
Die Vorteile von Vermögensabgaben liegen darin, dass sie weniger Steuerwiderstand und Ausweichreaktionen auslösen als konventionelle Steuererhöhungen. Wenn der Fiskus auf die an einem bestimmten in der Vergangenheit liegenden Stichtag bestehenden Vermögenswerte zugreift, können die privaten Haushalte der Belastung nicht mehr ausweichen. Die Schattenseite ist, dass sich viele Steuerpflichtige überrumpelt und enteignet fühlen, da sie nicht mit einer solchen Abgabe gerechnet haben. Dies kann in der Zukunft zur Abwanderung von Vermögenden oder einer Verlagerung von Kapital ins Ausland führen, wenn sie mit wiederholten Vermögensabgaben rechnen. Auch kann die Abgabenbelastung selbst Liquiditäts- und Finanzierungsprobleme bei Immobilien- oder Betriebsvermögen auslösen.

Vermögensabgabe, in: https://www.diw.de/de/diw_01.c.412461.de/vermoegensabgabe.html, 20.07.2025

M3 Millionenerbin spendet Teil ihres Geldes

GLOSSAR

soziale Ungleichheit

Die [...] 32-jährige Wienerin [Marlene Engelhorn] studiert Germanistik an der Universität Wien und unterrichtet zudem Personen diverser Altersgruppen in Englisch, Deutsch und Französisch. Wie kam es also zum Millionenerbe? Marlene Engelhorn ist die Enkelin von Traudl Engelhorn-Vechiatto, der Ehefrau des Urenkels des BASF-Gründers Friedrich Engelhorn. Dieser war Mitgesellschafter der Boehringer-Mannheim-Gruppe, die 1997 um 11 Mrd. US-Dollar an Hoffmann-La Roche, den Pharmakonzern, verkauft wurde. Engelhorn-Vechiatto soll durch diesen Verkauf mehrere Mrd. Euro bekommen haben. Nachdem Traudl Engelhorn-Vechiatto im Herbst 2023, mit 94 Jahren verstarb, erhielt Marlene Engelhorn einen zweistelligen Millionenbetrag.
Da es in Österreich keine Erbschaftssteuern gibt, will Engelhorn nun 90 Prozent ihres Vermögens spenden. Sie selbst finde es ungerecht, so viel Macht über Geld zu besitzen, das sie sich nie erarbeitet hat. Sie kritisiert, dass große Vermögen in Österreich ungleichmäßig verteilt sind und Menschen wie sie für ihr Ver-

mögen nichts tun mussten. Nun wird auf Engelhorns Initiative hin ein Bürgerrat zusammengestellt, der entscheiden soll, was mit den 25 Mio. Euro passieren wird. „Ich stelle diesen 50 Menschen mein Vermögen zur Verfügung und gebe ihnen mein Vertrauen", erklärte die Wienerin.
Gemeinsam mit anderen Erben und wohlhabenden Personen ist Engelhorn außerdem Teil des internationalen Netzwerks „Millionaires for Humanity", das sich für eine gerechte Verteilung von Reichtümern einsetzt. Ziel von „Millionaires for Humanity" ist es, einen Wandel im System zu erreichen und zusätzliche Steuern von 1 Prozent für vermögende Personen einzuführen.

Anika Fallnbügl/Redaktion Forbes Austria, Marlene Engelhorn: Erbin von Millionenvermögen setzt auf soziales Engagement, in: https://www.forbes.at/artikel/marlene-engelhorn-erbin-von-millionenvermoegen-setzt-auf-soziales-engagement, Forbes Austria, FEB29 Medien- und Verlags GmbH, Wien, 18.01.2024

M4 Die Vermögenssteuer – ein Auslaufmodel?

Die Vermögensteuer ist international ein Auslaufmodell. In den vergangenen drei Jahrzehnten haben zahlreiche Länder, die bis dahin eine Vermögensteuer erhoben hatten, die Besteuerung des Nettovermögens abgeschafft (zum Beispiel Österreich, Dänemark, Italien, Niederlande, Schweden). Abgesehen von Spanien hat im vergangenen Jahrzehnt kein bedeutendes Industrieland die Vermögensteuer neu eingeführt. Der französische Präsident François Hollande verschärfte 2012 die Vermögensbesteuerung. In der Folge verlagerten zahlreiche Vermögende ihren Wohnsitz ins Ausland. Präsident Emmanuel Macron nahm 2017 diese Regelung zu großen Teilen zurück [...]. So sollte das Land für Leistungsträger wieder attraktiver werden. [...] Die Einführung der Vermögensteuer würde zu einer drastischen Steuererhöhung führen. Die SPD legte 2014 einen Gesetzentwurf zur Einführung einer Vermögensteuer vor (Satz: 1 Prozent, Freibetrag 2 Mio. Euro). Er enthält Aussagen zu den zu erwartenden Belastungen: „Eine laufende Vermögensbesteuerung von 1 Prozent auf die tatsächlichen Marktwerte entspricht bei einer Rendite von drei Prozent einer zusätzlichen Belastung der Erträge von 33 Prozent." Dies zeigt: Die Einführung der Vermögensteuer käme einer großen Steuererhöhung gleich.

Warum die Vermögensteuer ein Auslaufmodell ist, in: https://www.familienunternehmen-politik.de/de/positionen/vermoegensteuer, 20.07.2025

M5 Die Meinung der Bevölkerung

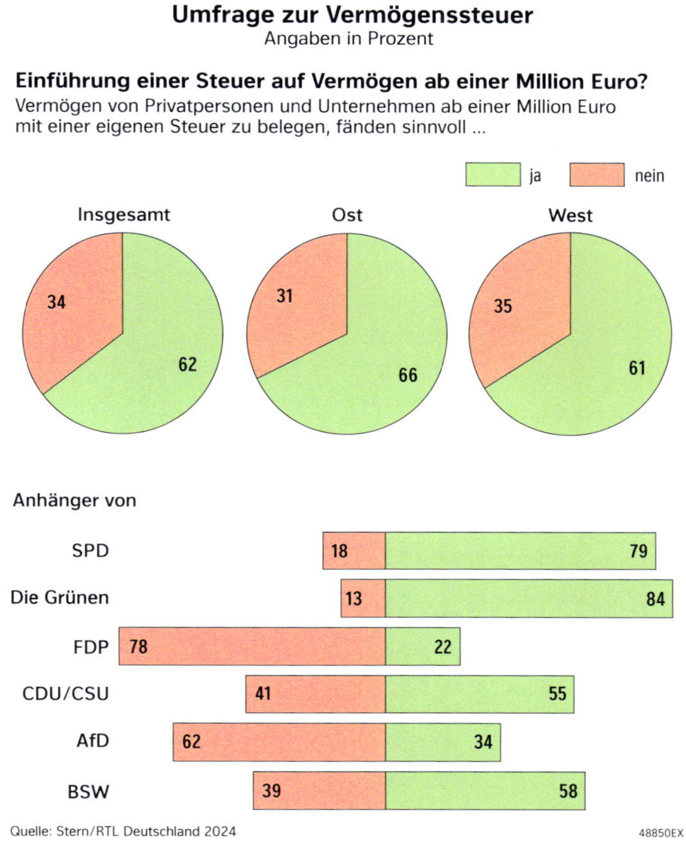

1 **Beschreiben** Sie M 1 und **formulieren** Sie Deutungshypothesen.
2 **Fassen** Sie M 2 in eigenen Worten **zusammen**.
3 **Werten** Sie M 5 **aus**.
4 **Beurteilen** Sie die unterschiedlichen Positionen zur Vermögenssteuer (M 1–M 5) und **stellen** Sie Ihre Ergebnisse dem Plenum **vor**.

1.2 Arten sozialer Gerechtigkeit – können diese Theorien praktikabel sein?

M1 Was ist soziale Gerechtigkeit?

INFO

Stefan Hradil (* 1946) deutscher Soziologe, der sich vor allem mit der Analyse der Sozialstruktur von Gesellschaften sowie von sozialen Milieus und von sozialer Ungleichheit befasst

legitim hier: berechtigt, begründet, vertretbar

Norm allgemein anerkannte Regel

Chancengleichheit Alle Bürger sollen die gleichen Chancen bekommen, möglichst viel aus ihrem Leben zu machen, egal welcher sozialer Herkunft sie sind.

Moderne Gesellschaften unterscheiden sich von traditionalen nicht durch das Vorhandensein sozialer Ungleichheit, sondern durch ihren Anspruch, über ein legitimes Gefüge sozialer Ungleichheit zu verfügen. Ob soziale Konflikte entstehen oder der gesellschaftliche Zusammenhalt stabil bleibt, hängt daher entscheidend davon ab, inwieweit die Menschen das Gefüge sozialer Ungleichheit als gerecht ansehen. Dies wird dann umso wichtiger, wenn eine Gesellschaft immer ungleicher wird und wichtige, wahrnehmbare Mobilitätsbarrieren eher höher als niedriger ausfallen, wie das in der deutschen Gesellschaft der letzten Jahrzehnte der Fall ist. Unter Gerechtigkeit werden moralisch begründete, akzeptierte und wirksame Verhaltens- und Verteilungsregeln verstanden, die Konflikte vermeiden, welche ohne die Anwendung von Gerechtigkeitsregeln bei der Verteilung begehrter Güter oder ungeliebter Lasten auftreten würden. Wie alle moralischen Regeln, so setzen auch Normen sozialer Gerechtigkeit voraus, dass Menschen ihr Verhalten und Verteilungsprozesse gestalten können. Gerechtigkeitsforderungen angesichts von Sachzwängen sind sinnlos.

Unter „sozialer Gerechtigkeit" sind allgemein akzeptierte und wirksame Regeln zu verstehen, die der Verteilung von Gütern und Lasten durch gesellschaftliche Einrichtungen (Unternehmen, Fiskus, Sozialversicherungen, Behörden etc.) an eine Vielzahl von Gesellschaftsmitgliedern zugrunde liegen, nicht aber Verteilungsregeln, die beispielsweise ein Ehepaar unter sich ausmacht.

Soziale Gerechtigkeit findet sich auf mehreren Ebenen: Erstens ist sie gewissermaßen „eingebaut" in viele gesellschaftliche Einrichtungen (zum Beispiel in die höheren Steuerklassen für Ledige oder in die gesetzliche Krankenversicherung, in der Familienmitglieder unter Umständen kostenlos mitversichert sind). Zweitens ist soziale Gerechtigkeit in den Einstellungen der Menschen enthalten. Und drittens wird sie deutlich in deren Verhalten, zum Beispiel in der politischen Partizipation. Konzentriert man sich auf die Einstellungen der Menschen, so finden sich in ihren Köpfen – oft gleichzeitig, häufig vage und nicht selten vermischt – meist mehrere unterschiedliche Gerechtigkeitsvorstellungen. [...]

Arten sozialer Gerechtigkeit:

- Vorstellungen von **Leistungsgerechtigkeit** fordern, dass Menschen so viel erhalten sollen (Lohn, Schulnoten, Lob etc.), wie ihr persönlicher Beitrag und/oder ihr Aufwand für die jeweilige Gesellschaft ausmachen. Konzepte der Leistungsgerechtigkeit sehen also ungleiche Belohnungen vor, um die Menschen für ungleiche Bemühungen und ungleiche Effektivität zu belohnen, sie zur weiteren Anstrengung zu motivieren und so für alle Menschen bessere Lebensbedingungen zu erreichen.
- Vorstellungen von (Start-)**Chancengerechtigkeit** zielen darauf ab, dass alle Menschen, die im Wettbewerb um die Erlangung von Gütern und die Vermeidung von Lasten stehen, die gleichen Chancen haben sollen, Leistungsfähigkeit zu entwickeln und Leistungen hervorzubringen. Das Konzept der Chancengerechtigkeit bezieht sich also nicht auf das Ergebnis, sondern auf die Ausgestaltung von Leistungswettbewerb. Unterstellt werden durchaus ungleiche Verteilungsergebnisse. Die Vorstellung von Chancengerechtigkeit hat nur dann einen Sinn, wenn Chancen bestehen, mehr oder weniger große Erfolge zu erzielen (zum Beispiel das Abitur statt einen Hauptschulabschluss zu absolvieren). Das Konzept der Chancengerechtigkeit erstreckt sich auf ganz unterschiedliche Startpunkte und Konkurrenzfelder.
- Als bedarfsgerecht gelten Verteilungen, die dem „objektiven" Bedarf von Menschen entsprechen, insbesondere ihren Mindestbedarf berücksichtigen. Empirisch vorzufinden ist **Bedarfsgerechtigkeit** zum Beispiel in den unterschiedlichen

Steuerklassen des Einkommenssteuerrechts. Hinter diesem Konzept steht die Einsicht, dass Chancen- und Leistungsgerechtigkeit nicht in der Lage sind, dem jeweiligen Bedarf der nicht Leistungsfähigen, das heißt der Kranken, Alten, Kinder etc. gerecht zu werden.

- Dem Konzept der **egalitären Gerechtigkeit** zufolge sollen Güter und Lasten möglichst gleich verteilt werden. In einer abgeschwächten Version dieser Gerechtigkeitsvorstellung werden auch Verteilungen von Gütern und Lasten, die gewisse Bandbreiten der Ungleichheit nicht überschreiten, als gerecht angesehen. Empirisch äußern sich egalitäre Gerechtigkeitsvorstellungen zum Beispiel in der Kritik an bestimmten Managergehältern allein aufgrund ihrer enormen Höhe oder an der Erwartung, dass eine „gerechte" Gesundheitsversorgung für alle Menschen gleich gut sein müsse.

Forderungen nach sozialer Gerechtigkeit werden in aller Regel für nationalstaatliche Gesellschaften heute lebender Menschen erhoben. Daran wird immer kritisiert, dass Gerechtigkeitsvorstellungen nicht an Landesgrenzen Halt machen dürfen [...], Altersgruppen unterscheiden sollten (so Rentner und Erwerbstätige) und (etwa im Hinblick auf den Ressourcenverbrauch) auch unsere Nachfahren mit einbeziehen müssen. Konzepte der „Globalen Gerechtigkeit" sind daher auf alle Menschen unseres Planeten gerichtet. Forderungen nach „Generationengerechtigkeit" erstrecken sich auf die Güter- und Lastenverteilung der heute lebenden Generationen wie auch der kommenden. [...] Empirische Befunde zeigen, dass fast alle Menschen in Deutschland, allerdings leicht sinkende Anteile, Forderungen nach Leistungsgerechtigkeit zustimmen. Forderungen nach Chancengerechtigkeit und Bedarfsgerechtigkeit schließen sich die meisten, und zwar steigende Anteile der Menschen an. Forderungen nach gleicher Verteilung stimmt nur eine, allerdings ebenfalls steigende Minderheit der Menschen zu. In vielen Meinungsäußerungen, Parteiprogrammen etc. verschmelzen diese teils widersprüchlichen, teils einander ergänzenden oder voraussetzenden Gerechtigkeitskonzepte häufig bis zur Ununterscheidbarkeit. Selbst wenn die jeweiligen Gerechtigkeitsverständnisse auseinandergehalten werden, so bleibt die operationale Definition (Was gilt als Leistung? Welche Grundbedarfe sollen gedeckt werden?) meist offen. Maßgebend ist daher vielfach eher ein „Gefühl" von Gerechtigkeit als eine exakte Definition. Fragt man nach dieser gefühlten Gesamtbeurteilung, so ergibt sich, dass die weit überwiegende Mehrheit der Menschen der Meinung ist, der Wohlstand in Deutschland sei nicht gerecht verteilt und die soziale Gerechtigkeit habe in den letzten drei, vier Jahren abgenommen. Dieser Gesamteinschätzung widerspricht allerdings die Einschätzung der eigenen Situation: Ihren eigenen Anteil am Wohlstand halten in Westdeutschland zwei Drittel (in Ostdeutschland nur gut ein Drittel) für gerecht.

Nur eine mehrheitlich als gerecht empfundene Gesellschaft wird auf Dauer friedlich kooperieren und Konflikte ohne Gewalt regeln können. Dies gilt umso mehr in einer Gesellschaft wie Deutschland, die kulturell, ethnisch, sprachlich, religiös und im Alltagsverhalten immer heterogener wird, deren traditionelle Bindeglieder also immer schwächer werden. Gerechtigkeitsempfindungen als integrierender „Kitt" der Gesellschaft werden auch deshalb immer wichtiger, weil der verfügbare Wohlstand der Bürger in absehbarer Zeit eher stagnieren als zunehmen wird. Gibt es weniger zu verteilen, dann werden die Verteilungskonflikte härter. Vor diesem Hintergrund stimmen die Anzeichen eines wachsenden „Gerechtigkeitsdefizits" bedenklich.

Stefan Hradil, Soziale Ungleichheit, in: Ders. (Hg.), Deutsche Verhältnisse, BpB: Bonn 2012, S. 181 ff.

INFO

Empirie
griech.: Erfahrung; bezeichnet sowohl eine philosophische Strömung (Empirismus) als auch ein bestimmtes Alltags- und Wissenschaftsverständnis; dabei werden alle Erkenntnisse allein auf die Beobachtung, also auf gemachte Erfahrungen zurückgeführt

egalitär
politische, rechtliche und soziale Gleichheit aller Menschen

egalitäre Gerechtigkeit
Verteilungsgerechtigkeit

Güter
Mittel, die der Befriedigung menschlicher Bedürfnisse dienen; unterschieden wird dabei zwischen freien und wirtschaftlichen Gütern; freie Güter sind im Überfluss vorhanden und sind kostenlos (z. B. Luft, Sonnenlicht); wirtschaftliche Güter dagegen sind knapp, also nicht unbegrenzt vorhanden und haben einen Preis, weil ihre Herstellung Kosten verursachen

operational
hier z. B. für die Durchführung empirischer Untersuchungen durch Angabe einzelner Schritte (Operationen) präzisiert bzw. standardisiert

heterogen
uneinheitlich, aus Ungleichartigem zusammengesetzt

1. **Formulieren** Sie Ihre Vorstellung von sozialer Gerechtigkeit.
2. **Beschreiben** Sie die verschiedenen Arten sozialer Gerechtigkeit (M 1).
3. **Erläutern** Sie, wann soziale Ungleichheit als „gerecht" empfunden wird (M 1).
4. **Diskutieren** Sie auf Grundlage der Grund- und Menschenrechte die Frage, wie viel soziale Gerechtigkeit als legitim gelten kann (M 1).

1.3 Können Medien den Blick auf soziale Ungleichheit manipulieren?

M1 „Lügenpresse“?

Zeichnung: Harm Bengen

M2 Vertrauen die Bürger den Medien?

Umfrage zum Vertrauen in Medien

Angaben in Prozent

Wie vertrauenswürdig sind die Medienangebote 2023?

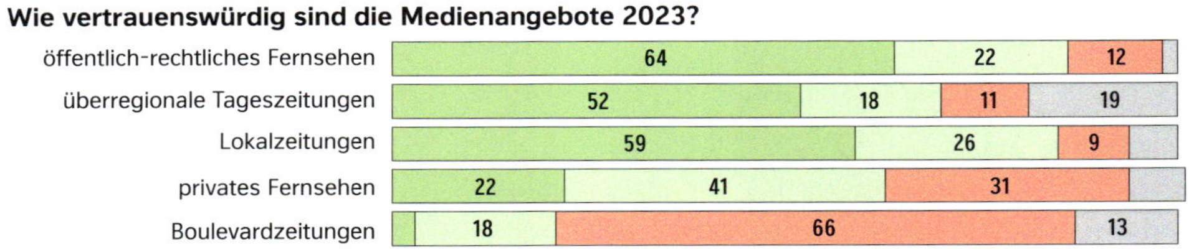

Frage: „Manche Menschen halten bestimmte Medienangebote für vertrauenswürdiger als andere. Bitte sagen Sie mir, wie vertrauenswürdig Sie diese Angebote finden?“ Abweichungen von 100 Prozent aufgrund von Rundungen.

sehr/eher vertrauenswürdig | teils/teils | überhaupt/eher nicht vertrauenswürdig | weiß nicht/k.A.

Manipulieren Medien und Politik gemeinsam die Bevölkerung?

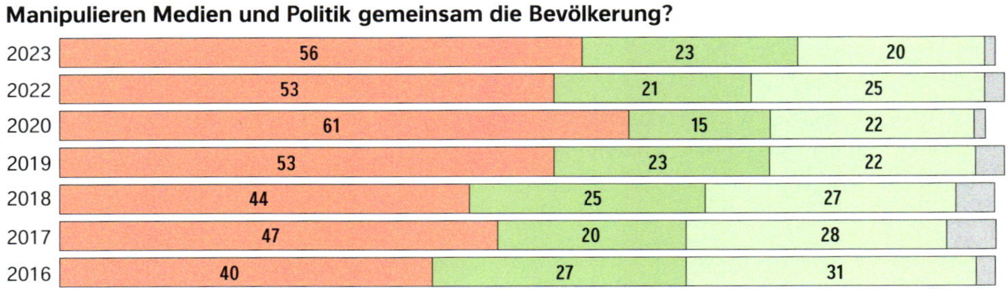

Frage: „Wir bleiben bei den etablierten Medien in Deutschland. Was denken Sie, welche dieser Aussagen treffen Ihrer Meinung nach zu/nicht zu?“ Abweichungen von 100 Prozent aufgrund von Rundungen.

trifft eher nicht / überhaupt nicht zu | trifft eher / voll und ganz zu | teils/teils | weiß nicht/k.A.

Quelle: Mainzer Langzeitstudie Medienvertrauen 2024 48851EX

M3 Arme Menschen als Programmfaktor?

Der Medienwissenschaftler Bernd Gäbler hat sich mit TV-Dokus über das Unterschichtenleben in Deutschland beschäftigt: Speziell die Privatsender stellten die Menschen mit dem „Tarnkleid des Mitgefühls" bloß und ließen ihre Kameras „im Dreck wühlen". Über 100 Stunden lang hat sich der Medienwissenschaftler Bernd Gäbler tapfer RTL2-Sendungen wie „Hartz und herzlich" oder „Armes Deutschland" angeschaut. Es diente einem wissenschaftlichen Zweck, denn gerade ist Gäblers Studie „Armutszeugnis. Wie das Fernsehen die Unterschichten vorführt" von der Otto Brenner Stiftung veröffentlicht worden. Darin beschreibt er, wie speziell die Privatsender Menschen ohne Bildung, Job und Aussicht auf ein besseres Leben unter dem Deckmantel von TV-Dokus bloßstellen. Während bei den sogenannten Reality-TV-Formaten kenntlich gemacht würde, dass es sich um erfundene oder nachgestellte Situationen handele, suggerierten die Dokus, sie würden das echte Leben abbilden. Dabei seien die Protagonisten einfach besonders krasse Beispiele, die speziell dafür ausgesucht worden seien. Und, so Gäbler: „Eine Dokumentation ist aber natürlich etwas anderes, als einfach die Kamera draufzuhalten [...]. Hier ist es so, dass die Dagmars, Ellas, Beates scheinbar ganz nah inszeniert werden – es gibt auch immer so ein Tarnkleid des Mitgefühls –, aber dann fallen Kategorien und Vokabeln wie ‚arbeitsscheu' oder ‚Schmarotzer', die ansonsten völlig unmöglich wären." Oder O-Töne der Protagonisten würden durch geschickte Kameraeinstellungen konterkariert, beschreibt Gäbler [...]. Das andere Ende des Spektrums bildeten seriöse Berichte und Reportagen in Sendungen wie „Monitor" oder „Panorama" (beide ARD). Die seien zwar handwerklich gut gemacht. Ihre „freundliche Integrationsabsicht" sei jedoch „wie ein Almosen".

mkn, Wie das Fernsehen die Unterschichten vorführt, in: https://www.deutschlandfunkkultur.de/medienwissenschaftler-bernd-gaebler-wie-das-fernsehen-die-100.html, 08.04.2020

M4 Berichten Medien „zunehmend negativ" über Flüchtlinge?

[Eine von der] Stiftung Mercator geförderte Studie der [...] [Johannes Gutenberg-Universität Mainz] kommt zum Ergebnis, dass Berichterstattung über Flucht und Migration in deutschen Medien widersprüchlich und zunehmend negativ ist. Die Medien charakterisieren Geflüchtete als Menschen in Not, die aus humanitären Gründen aufgenommen werden sollten, und stellen sie gleichzeitig als Sicherheitsrisiko für die deutsche Bevölkerung dar. [...] Die Forscher zeigen, dass die Darstellung der Geflüchteten in allen Medien überwiegend negativ und damit deutlich negativer war als 2015/16. Rund jeder zehnte untersuchte Beitrag thematisierte Terrorismus und Flüchtlingskriminalität. Zudem betonten die Medien vor allem die Gefahren der Zuwanderung für die Sicherheit der deutschen Bevölkerung. Darüber hinaus stellten sie das Verhältnis zwischen Geflüchteten und der einheimischen Bevölkerung als konfrontativ dar. Zugleich verwendeten sie überwiegend den Begriff „Flüchtlinge" für die nach Deutschland kommenden Menschen, der eine Schutzbedürftigkeit impliziert, und schreiben den Zugewanderten bei Weitem überwiegend den Schutz vor Krieg und Verfolgung als zentrales Fluchtmotiv zu.

Medien berichten deutlich negativer über Geflüchtete als im Jahr 2015, in: https://presse.uni-mainz.de/medien-berichten-deutlich-negativer-ueber-gefluechtete-als-im-jahr-2015/, 15.07.2021

1 **Beschreiben** Sie M 1 und **formulieren** Sie Deutungshypothesen.
2 **Werten** Sie M 2 **aus**.
3 **Arbeiten** Sie aus M 3 und M 4 die zentralen Inhalte **heraus**.
4 **Diskutieren** Sie die Ergebnisse der Studie (M 4).
5 **Untersuchen** Sie an einem selbstgewählten Beispiel die Einflussnahme der Medien auf die Berichterstattung.

1.4 Kann der Mindestlohn die Ungleichheit verringern?

M 1 Das Mindeste?

Zeichnung: Timo Essner

M 2 Was ist soziale Ungleichheit?

Man spricht von „*sozialer Ungleichheit*“, wenn die Ressourcenausstattung (zum Beispiel der Bildungsgrad oder die Einkommenshohe) oder die Lebensbedingungen (beispielsweise die Wohnverhältnisse) von Menschen aus gesellschaftlichen Gründen so beschaffen sind, dass bestimmte Bevölkerungsteile regelmäßig bessere Lebens- und Verwirklichungschancen als andere Gruppierungen haben. „Besser“ sind Lebens- und Verwirklichungschancen dann, wenn Ressourcenausstattungen oder Lebensbedingungen bestimmten Menschen nach den jeweils geltenden gesellschaftlichen Maßstäben (zum Beispiel bezüglich Sicherheit, Wohlstand, Gesundheit) die Möglichkeit zu einem „guten Leben“ und zur weiten Entfaltung der eigenen Persönlichkeit bieten, anderen Menschen jedoch nicht. Inwieweit diese Möglichkeiten individuell genutzt werden, steht dahin. [...] Nicht als soziale Ungleichheit gelten unter anderem individuelle, momentane und natürliche Vor- bzw. Nachteile. Sie entstehen zum Beispiel durch (un-)vorteilhafte Persönlichkeitseigenschaften, Lotteriegewinne oder angeborene Behinderungen. In der Realität greifen natürliche, momentane und individuelle Vor- bzw. Nachteile einerseits und soziale Ungleichheiten andererseits jedoch oft ineinander. [...]

„*Verteilungsungleichheit*“ meint die ungleiche Verteilung einer wertvollen Ressource (zum Beispiel des Einkommens) bzw. einer (un-)vorteilhaften Lebensbedingung innerhalb der Bevölkerung insgesamt.

Mit „*Chancenungleichheit*“ bezeichnet man die ungleichen Möglichkeiten bestimmter Bevölkerungsgruppen (zum Beispiel von Frauen oder Migranten), an vorteilhafte oder nachteilige Stellen innerhalb solcher Verteilungen zu gelangen (zum Beispiel höhere Einkommen zu erzielen). Chancenungleichheiten und Verteilungsungleichheiten verändern sich häufig unabhängig voneinander. So ist zum Beispiel die Verteilung der Einkommen in Deutschland in letzter Zeit ungleicher geworden. Die Einkommenschancen von Frauen haben sich dagegen denen der Männer angeglichen. In vielen Fällen bergen Chancenungleichheiten, so die geringen Bildungschancen von Migrantenkindern oder die schlechten Aufstiegschancen von Frauen, mindestens so viel gesellschaftspolitischen Zündstoff wie Verteilungsungleichheiten, wie etwa wachsende Armut und zunehmender Reichtum. Chancenungleichheiten bestehen insbesondere zwischen: Bildungs- und Berufsgruppen, Familien und kinderlosen Haushalten, Bewohnern unterschiedlicher Regionen, den Geschlechtern, Altersgruppen und ethnischen Gruppierungen. Damit sind zugleich die wichtigsten Determinanten sozialer Ungleichheit benannt. Einige von ihnen sind individuell erworben, andere gesellschaftlich zugeschrieben: Bildungsgrade, Berufe, Familien- und Lebensformen sind für die Einzelnen mehr oder minder frei wählbar. Das Geschlecht, das Alter, soziale Herkunft oder die ethnische Zugehörigkeit sind für die Einzelnen in der Regel nicht veränderbar. Darauf beruhende Chan-

INFO

Vermögen
Vermögenswerte sind z. B. Bargeld, Bankeinlagen, Edelmetalle, Schmuck, Aktien, Immobilien und Kunstwerke

Determinante
Faktor

illegitim
unrechtmäßig

cenungleichheiten [...] gelten in modernen Gesellschaften als illegitim und werden stark kritisiert. Die Vielfalt vorhandener sozialer Ungleichheiten wird in der Regel in Dimensionen gebündelt. In modernen Gesellschaften gelten der formale Bildungsgrad, die mehr oder minder sichere Erwerbstätigkeit, die berufliche Stellung, das Einkommen bzw. Vermögen und das berufliche Prestige als wichtigste Dimensionen sozialer Ungleichheit.

Stefan Hradil, Soziale Ungleichheit, in: Ders. (Hg.), Deutsche Verhältnisse, BpB: Bonn 2012, S. 156 f.

M3 Nimmt die Ungleichheit der Vermögen zu?

Höhe der Nettohaushaltsvermögen in Deutschland und deren Verteilung

	2010/11	2014	2017	2021
Mittelwert (in Euro)	**195 200**	**214 300**	**232 800**	**316 500**
Perzentile (in Euro)				
95. Perzentil	661 240	722 000	861 600	1 107 000
90. Perzentil	442 320	468 000	555 400	725 900
80. Perzentil	261 080	274 700	334 000	430 700
70. Perzentil	163 460	174 900	215 400	297 000
60. Perzentil	97 240	111 900	131 000	185 400
Median	**51 400**	**60 800**	**70 800**	**106 600**
40. Perzentil	27 780	27 100	31 200	43 800
30. Perzentil	11 580	10 700	11 800	18 800
20. Perzentil	3490	2 400	3000	6 900
10. Perzentil	60	0	100	900
5. Perzentil	-1620	-3 000	-2 800	-700
Anteil der Haushalte mit einem Nettovermögen ≤0 Euro (in Euro)	**9**	**10**	**9**	**6**
Gini-Koeffizient	**0,76**	**0,76**	**0,74**	**0,73**
Anteil der obersten 10 % der Vermögensverteilung am gesamten Nettovermögen (in %)	**59**	**60**	**55**	**56**

Quelle: Sozialbericht 2024

48852EX

M4 Nimmt die Ungleichheit der Einkommen zu?

Einkommensarmut und Einkommensreichtum in Deutschland

Angaben in Prozent

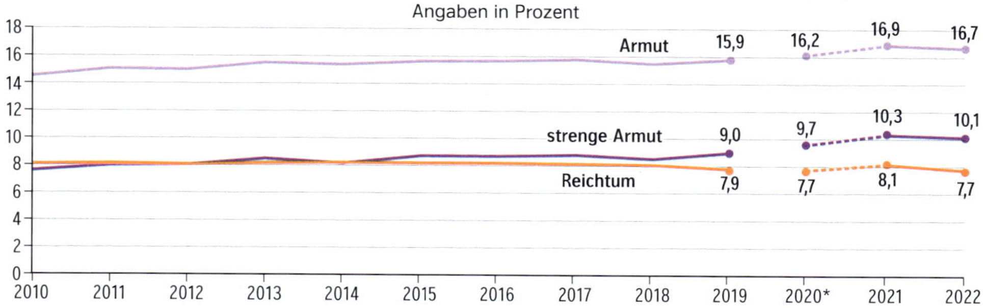

*eingeschränkte Vergleichbarkeit des Jahres 2020 mit den darauffolgenden Jahren
Quelle: Mikrozensus 2023

48853EX

INFO

Prestige
öffentliches Ansehen einer Person oder Gruppe

Gini-Koeffizient
Standardmaß zur Messung von Vermögensungleichheit; dieser ist auf den Wertebereich zwischen Null (vollkommene Gleichverteilung) und Eins (vollkommene Ungleichverteilung) normiert, d. h. je höher der Wert ist, desto stärker ausgeprägt ist die gemessene Ungleichheit

Medianeinkommen
mittleres Einkommen bezogen auf die Einkommensverteilung in einer Gesellschaft

Einkommensreichtum
Die diesbezügliche Quote bezeichnet den Anteil der Personen, deren Äquivalenzeinkommen mehr als 200 Prozent des Mittelwerts der Äquivalenzeinkommen der Bevölkerung (Privathaushalte) beträgt.

GLOSSAR

Gesellschaft

soziale Ungleichheit

M5 Mindestlöhne in Deutschland

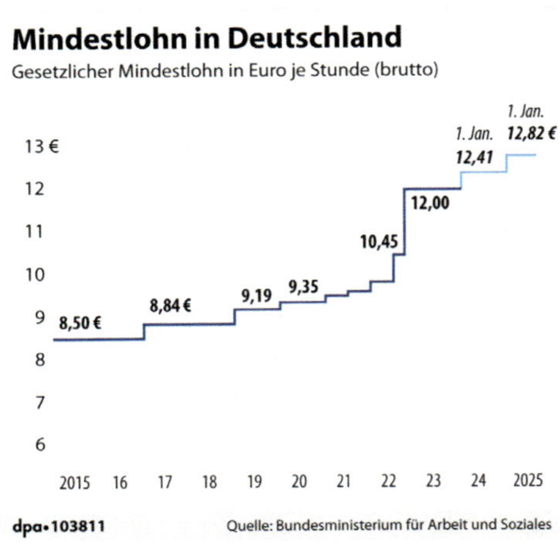

M6 Mindestlohn und Armut

Die Forschung findet kaum nennenswerte Effekte des gesetzlichen Mindestlohns auf die Armutsgefährdung. Wissenschaftlichen Studien zufolge hat der Mindestlohn die Zahl der erwerbstätigen SGB-II-Leistungsbezieher („Aufstocker“) – wenn überhaupt – nur in sehr geringem Umfang reduziert, zumal ein Teil des Rückgangs darauf zurückzuführen ist, dass betroffene Personen ihren Arbeitsplatz verloren haben. Zudem fällt die mindestlohnbedingte Erhöhung der Einkommen der Aufstocker äußerst gering aus, da der Anstieg des Lohneinkommens gemäß den Hinzuverdienstregeln zwischen 80 und 100 Prozent auf die Transferleistung angerechnet und diese entsprechend reduziert wird. Auch auf die Armutsgefährdung (sprich: auf die Einkommensungleichheit) findet die Forschung entweder überhaupt keine oder keine sonderlich belastbaren kausalen Auswirkungen des Mindestlohns. Für Armut ist nicht der individuelle Stundenlohn, sondern das Haushaltseinkommen und die -zusammensetzung maßgebend. Ob eine Person arm oder armutsgefährdet ist, hängt nicht von ihrem Stundenlohn ab, sondern von der Höhe des Gesamteinkommens des Haushalts, in dem die Person lebt, davon, wie viele weitere Personen in diesem Haushalt leben und ob dies Erwachsene oder Kinder sind. Ein für alle Arbeitnehmer in gleicher Höhe geltender Mindestlohn kann diese Unterschiede nicht berücksichtigen und daher per Konstruktion nicht „armutsfest“ sein. [...]

Die Zielgenauigkeit des gesetzlichen Mindestlohns ist gering. Von der Erhöhung des Mindestlohns auf 12 Euro im Oktober 2022 waren schätzungsweise 5,8 Millionen Jobs betroffen. Die Zielgruppe – armutsgefährdete Vollzeitarbeitnehmer – umfasst aber nur schätzungsweise 1,3 Millionen Personen. Und die Zahl der aufstockenden Vollzeitarbeitnehmer liegt sogar nur bei 90 000 Personen. Denn die wenigsten Aufstocker arbeiten Vollzeit (12 Prozent). Grund für die geringe Zielgenauigkeit des Mindestlohns ist, dass die meisten Personen mit niedrigen Stundenverdiensten in Haushalten mit „armutsfesten“ Einkommen leben. Bei der Gruppe der Aufstocker kommt erschwerend hinzu, dass mindestlohnbedingte Lohnsteigerungen zu einer beträchtlichen Reduzierung der aufstockenden Transferzahlung führen, sodass ihr Gesamteinkommen (Summe aus Lohneinkommen und Transferzahlung) nur geringfügig steigt – wenn überhaupt.

Dominik Groll, Mindestlohn: Kaum Effekt auf Armutsgefährdung, in: https://www.ifw-kiel.de/de/publikationen/kiel-focus/mindestlohn-kaum-effekt-auf-armutsgefaehrdung/, Mai 2024

M7 Der Mindestlohn steigt weiter

Bei seiner Einführung im Jahr 2015 lag der gesetzliche Mindestlohn bei 8,50 Euro pro Stunde. Seither wurde die Lohnuntergrenze mehrfach angehoben – zuletzt im Jahr 2025 auf 12,82 Euro. Zum 1. Januar 2026 steigt der Mindestlohn auf 13,90 Euro, ein weiteres Jahr später – zum 1. Januar 2027 – auf 14,60 Euro. Die Bundesregierung setzt damit eine entsprechende Empfehlung der Mindestlohnkommission um. [...] Der Mindestlohn regelt die absolute Lohnuntergrenze in Deutschland. In einigen Branchen und Unternehmen sind die Arbeitgeber jedoch verpflichtet, einen noch höheren Stundensatz zu bezahlen. Etwa dann, wenn sie an einen Branchenmindestlohn gebunden sind, der auf Grundlage des Tarifvertragsgesetzes oder Arbeitnehmer-Entsendegesetzes vereinbart wurde. In der Regel werden solche zwischen Gewerkschaften und einzelnen Arbeitgebern oder Arbeitgeberverbänden ausgehandelt.

Wichtig hierbei: Der Tariflohn darf nicht unterhalb des gesetzlichen Mindestlohns liegen und ist in der Regel ausschließlich für die beteiligten Tarifpartner verpflichtend. Wie der Mindestlohn stellt auch der Tariflohn eine Lohnuntergrenze dar. Es ist also durchaus möglich, dass Arbeitgeber ihren Mitarbeitern mehr als die im Tarifvertrag festgelegte Vergütung bezahlen.

Max Frehner, Mindestlohn 2025, 2026, 2027: So viel muss gezahlt werden, in: https://www.deutsche-handwerks-zeitung.de/mindestlohn-2025-2026-2027-160819/, 27.06.2025

M8 Mindestlohn versus Bürgergeld?

Zeichnung: Kostas Koufogiorgos

1 **Beschreiben** Sie M 1 und **formulieren** Sie Deutungshypothesen.

2 **Entwickeln** Sie ausgehend von M 2 eine kurze Definition des Begriffs „soziale Ungleichheit" für ein soziologisches Jugendlexikon.

3 **Werten** Sie M 3 und M 4 **aus** und **beurteilen** Sie anhand der dortigen Angaben, ob die soziale Ungleichheit in Deutschland zugenommen hat.

4 **Diskutieren** Sie in einer Pro-Kontra-Diskussion, inwieweit der (gesetzliche) Mindestlohn zur Verringerung der Armut beitragen kann (M 5 – M 8).

5 **Gestalten** Sie eine Karikatur zur sozialen Ungleichheit.

1.5 Armut – ein ungelöstes Problem?

M1 Armutsbegriffe

INFO

Armutsgefährdungsquote
Anteil der Personen, deren Äquivalenzeinkommen weniger als 60 Prozent des Mittelwerts der Äquivalenzeinkommen der Bevölkerung (Privathaushalte) beträgt

Median
Mittelwert

Seitens der Wissenschaft werden unterschiedliche empirische Methoden angewandt, um die Armut innerhalb einer Bevölkerung zu bestimmen. Neben dem Begriff der **absoluten Armut** (wer – bezogen auf die Kaufkraft – weniger als 2,15 US-Dollar am Tag zum Leben hat), der auf eine terminologische Bestimmung der Weltbank zurückgeht, wird der Begriff der **relativen Armut** für die Industriestaaten verwendet, in denen es absolute Armut praktisch kaum gibt. Relative Armut wird auch als **Armutsgefährdungsquote** vor/nach Sozialleistungen bezeichnet. So gilt jener Anteil der Bevölkerung als arm, die mit einem Nettoäquivalenzeinkommen (vor/nach Sozialleistungen) unterhalb von 60 Prozent des Medians des Nettoäquivalenzeinkommens leben müssen. Relative Armut hingegen setzt die Umstände ins Verhältnis zur Umgebung. Im Jahr 2024 lag die so errechnete Armutsgefährdungsschwelle für Alleinstehende in der Bundesrepublik Deutschland bei 1 381 Euro. Für eine Familie mit zwei Kindern lag die Schwelle im selben Jahr bei 2 900 Euro.

Autorentext

M2 Das Pentagon der Armut

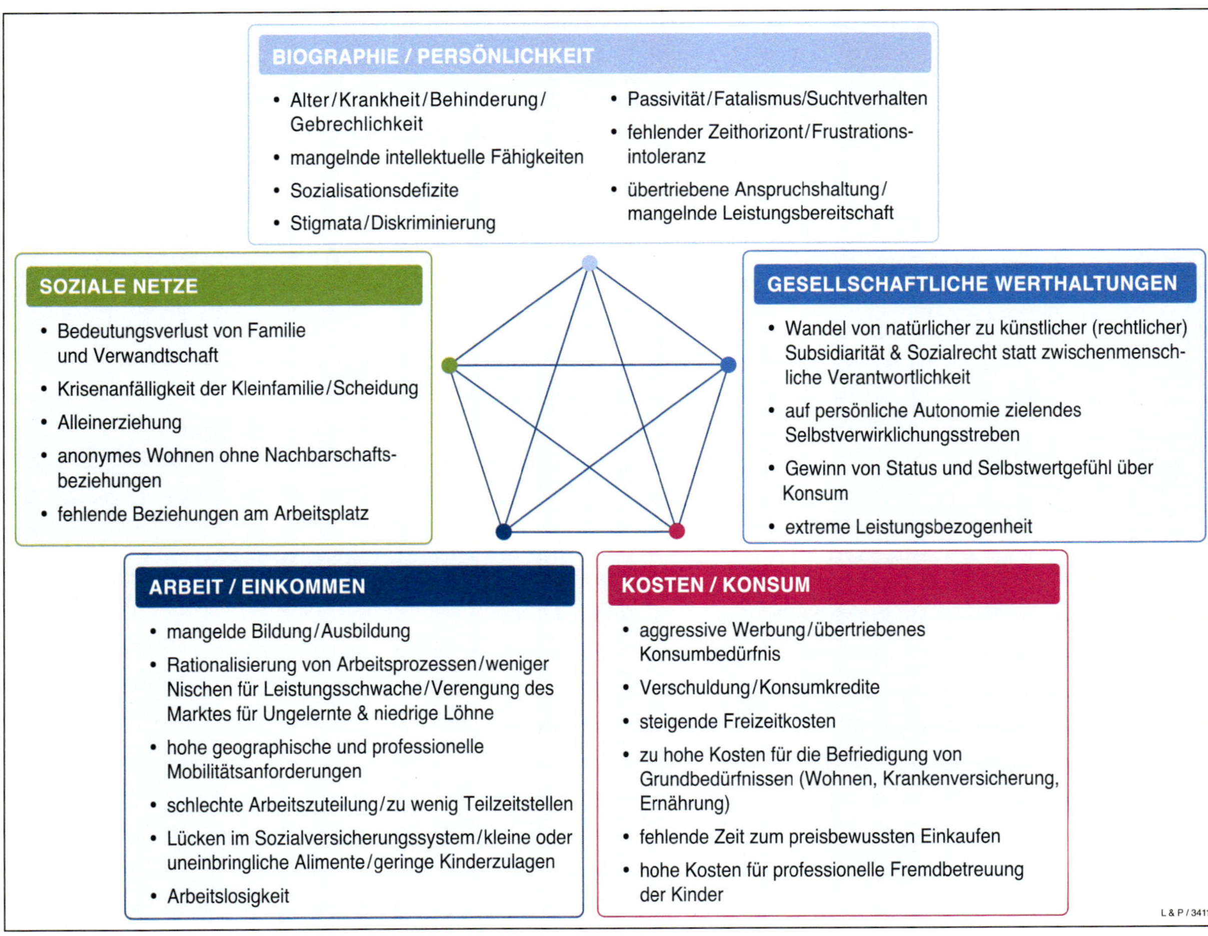

M3 Wählen und sozialer Status

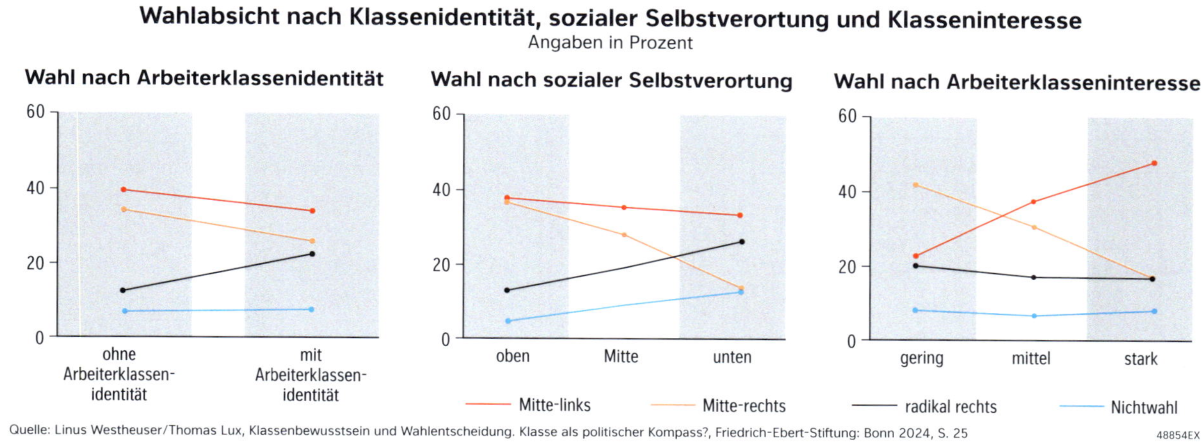

M4 Armut in Deutschland

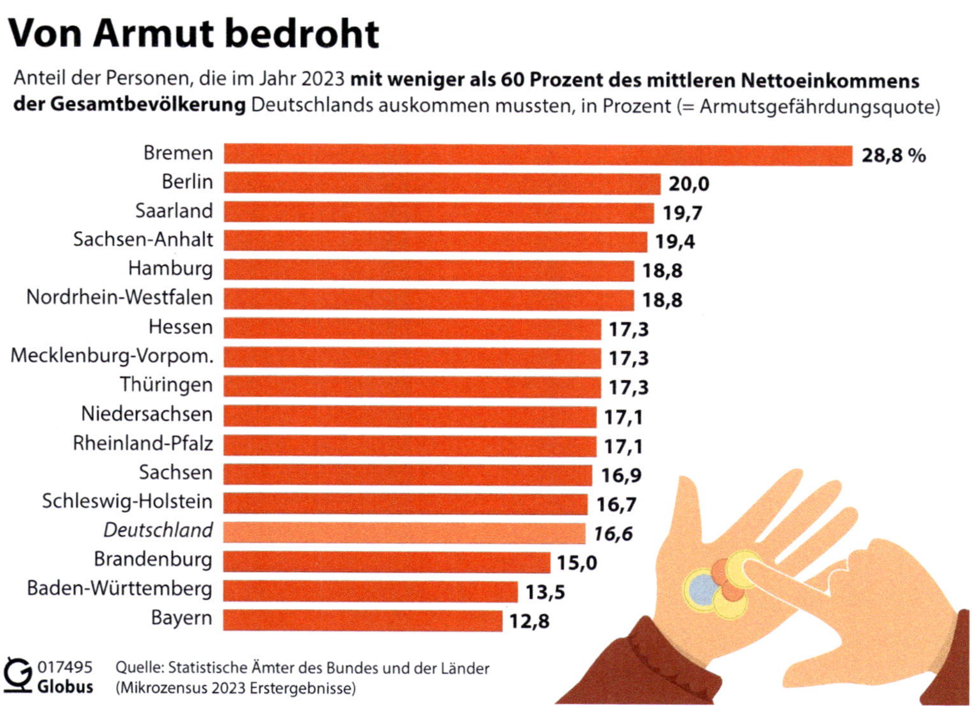

1 **Benennen** Sie, was Sie unter Armut verstehen (M 1–M 4).

2 **Fassen** Sie den Armutsbegriff in eigenen Worten **zusammen** (M 1–M 4).

3 **Entwickeln** Sie Hypothesen für den (möglichen) Zusammenhang von Armut und Wahlabsichten (M 1–M 4).

4 **Gestalten** Sie einen Podcast, indem Sie sich mit Ihren Ergebnissen aus den Aufgaben 1 bis 3 **auseinandersetzen** (M 1–M 4).

1.6 Bildungsgerechtigkeit – muss das deutsche Schulsystem durchlässiger werden?

M1 Chancengleichheit?

Zeichnung: Harm Bengen

M2 Ursachen von Bildungsungleichheit

INFO

Raymond Boudon (1934–2013) französischer Soziologe und Philosoph, dessen soziologischer Erklärungsansatz dem Konzept des methodologischen Individualismus folgt

Rolf Becker (* 1960) deutscher Soziologe

Wolfgang Lauterbach (* 1960) deutscher Soziologe

Eine der am häufigsten rezipierten Theorien zur Entstehung und Reproduktion sozialer Ungleichheiten ist das Konzept der primären und sekundären Herkunftseffekte von [Raymond] Boudon [...]. Der primäre Herkunftseffekt wird als schichtspezifische Variation in den schulischen Leistungen der Schülerinnen und Schüler definiert. Wie [Rolf] Becker und [Wolfgang] Lauterbach [...] ausführen, erwerben Kinder aus höheren Schichten aufgrund von kultureller sowie ökonomischer Ausstattung und aufgrund gezielter Förderung im Elternhaus eher Fähigkeiten, die ihnen ermöglichen, gute Schulleistungen zu erbringen. Der sekundäre Herkunftseffekt wird als die schichtspezifisch variierende Wahrscheinlichkeit, bei einem schulischen Übergang einen anspruchsvolleren Oberstufentyp oder eine weiterführende Bildung zu wählen, definiert, wobei für die schulischen Fähigkeiten des Kindes kontrolliert wird. Als Erklärung für die höhere Übertrittsrate der privilegierten Schichten in Schulklassen mit höherem Anspruchsniveau respektive in weiterführende Bildung werden von Boudon vor allem subjektive Nutzen- und Kostenfaktoren genannt. Erstens ziehen Kinder und Eltern aus höheren Schichten einen größeren Nutzen aus weiterführenden Bildungsgängen, da sie dadurch einen Statusverlust vermeiden können. Familien aus tieferen Schichten geben sich hingegen eher mit einem tieferen Bildungsabschluss zufrieden, solange damit ein sozialer Abstieg verhindert werden kann. Dieses Verhalten wird in der Literatur auch Statuserhaltmotiv genannt. Zweitens ist weiterführende Bildung mit materiellen Kosten sowie Opportunitätskosten verbunden, die Familien aus höheren Schichten einfacher tragen können. Drittens muss berücksichtigt werden, dass für Kinder aus der Unterschicht ein ausgeprägter Aufstieg mit dem Risiko der Entfremdung von der Familie und der Herkunftsschicht verbunden ist. Gerade bei der Berechnung der Anteile der primären und sekundären Herkunftseffekte am Gesamteffekt ist zusätzlich das Problem zu beachten, dass sich primäre und sekundäre Herkunftseffekte gegenseitig beeinflussen können. So ist anzunehmen, dass Familien mit hoher Bildungsaspiration ihren Nachwuchs in Antizipation der gewünschten schulischen Laufbahn fördern. In einem solchen Fall wird der primäre Herkunftseffekt auch von der antizipierten schulischen Laufbahn beeinflusst, weswegen die Zuteilung der schulischen Leistung zum primären Effekt diskutabel ist.

Benita Combet, Zum Einfluss von primären und sekundären Effekten der sozialen Herkunft beim zweiten schulischen Übergang in der Schweiz. Ein Vergleich unterschiedlicher Dekompositions- und Operationalisierungsmethoden, in: Schweizerische Zeitschrift für Bildungswissenschaften 35 (2013), S. 447 ff.

M3 Wer studiert und wer nicht

Der Bildungstrichter

Anzahl der Grundschulkinder von 100 Grundschulkindern, welche die nächste Bildungsstufe erreichen sowie Übergangs- und Abgangsquoten in Prozent, nach Bildungshintergrund der Eltern.

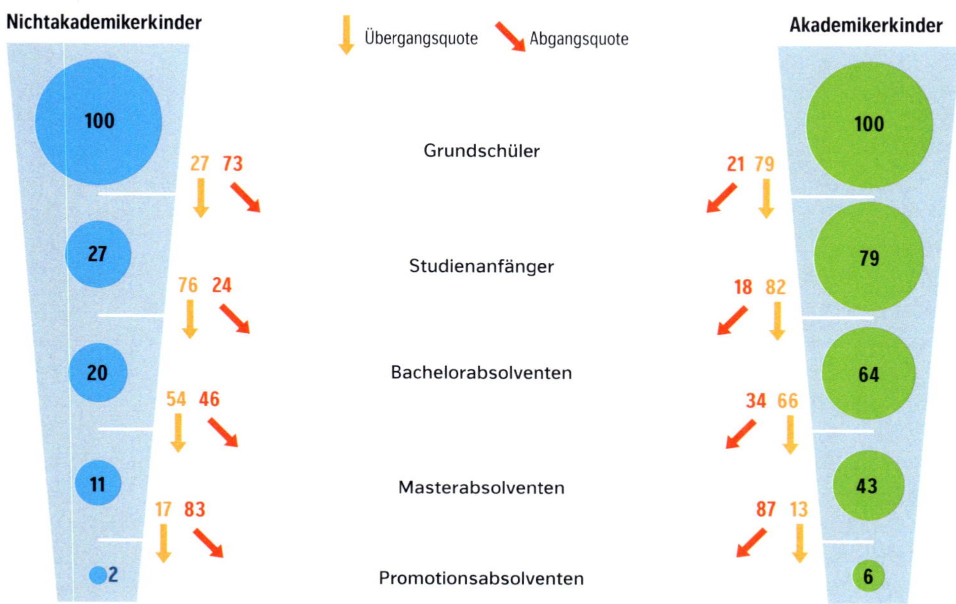

Quelle: Konsortium Bundesbericht Wissenschaftlicher Nachwuchs 2021 / Statistisches Bundesamt

19174EX_1 © Westermann

M4 Lösungsansätze für mehr Bildungsgerechtigkeit

Ein Baustein auf dem Weg zur Chancengleichheit sei die spätere Verteilung auf verschiedene Schularten, sagt der Bildungsforscher Ludger Wößmann: „Es müsste dazu kommen – und das ist in Deutschland ein heikles Thema –, dass wir nicht schon nach der vierten Klasse aufteilen auf verschiedene Schularten. Denn dann haben die bildungsfernen Schüler wenig Chancen gehabt, ihr volles Potenzial zu zeigen. De facto wird dann nach der dritten Klasse entschieden, wo ich hingehe. Wenn das so früh ist, dann sehen wir sehr stark, dass diese Entscheidung besonders stark von dem familiären Hintergrund abhängt und gar nicht so sehr von dem wirklichen Potenzial der Kinder. Länder, in denen das später geschieht, schaffen es, dass am Ende der Schulzeit größere Chancengleichheit besteht. […] Bildung ist kumulativ […]. Wenn wir wirklich wollen, dass später mehr Kinder aus benachteiligten Schichten auf die Uni kommen, dann müssen wir im frühkindlichen Bereich ansetzen, schon vor der Grundschule, damit sie ähnliche Startchancen in dem Bereich haben.“

tei, Wie wichtig das Einkommen der Eltern ist, in: https://www.deutschlandfunk.de/bildungsgerechtigkeit-soziales-armut-bildung-100.html, 25.04.2024

1. **Beschreiben** Sie M 1 und **formulieren** Sie mögliche Deutungshypothesen.
2. **Erklären** Sie die Ursachen von Bildungsungleichheit (M 2).
3. **Analysieren** Sie M 3.
4. **Diskutieren** und **entwickeln** Sie Lösungsmöglichkeiten zur Reduzierung von Bildungsungleichheit (M 2–M 4).

Grunderbe

M1 Forderung: Grunderbe für alle 18-Jährigen

INFO

Jusos
Arbeitsgemeinschaft der Jungsozialistinnen und Jungsozialisten in der SPD; Jugendorganisation der SPD

Es gab ja immer diesen einen Onkel und jene Tante, die einem früher am Geburtstag nonchalant einen Fünfziger per Handschlag zugesteckt haben. Wenn es nach den Jusos geht, ist der Staat künftig dieser Onkel. Und der hat dann eine sehr große Hand: 60 000 Euro soll jeder Mensch in Deutschland bekommen, sobald er das 18. Lebensjahr vollendet hat. Grunderbe heißt das Konstrukt, das der SPD-Nachwuchs fordert. Man brauche endlich eine konsequente Umverteilung von oben nach unten, hieß es von den Jusos. Gar keine ganz schlechte Idee, sagt David Stadelmann, Professor für Volkswirtschaftslehre an der Uni Bayreuth: „So kann man zumindest mal diskutieren: Wie können wir das finanzieren? Ist es uns das überhaupt wert?" Aber das klappe nur unter einer Bedingung.

Tatsächlich hatte Stadelmann ein ähnliches Prinzip bereits vor Jahren formuliert, als über das sogenannte bedingungslose Grundeinkommen diskutiert worden war. Ein Grunderbe als Startkapital sei aus seiner Sicht besser realisierbar, als ein bedingungsloses monatliches Grundeinkommen: „Denn das kann man kapitalisieren und bei einer Bank verpfänden. Wer sich dann verschuldet, braucht dann wieder Hilfe vom Staat." Bei einem einmaligen Startkapital gehe das in der Form nicht – und es lasse sich klarer berechnen, wie teuer das wird: „Das ist viel transparenter als ein fortlaufendes Grundeinkommen."

Das Konzept der Jusos sieht eine bedingungslose Auszahlung von 60 000 Euro an jeden vor, der das 18. Lebensjahr vollendet und seinen Hauptwohnsitz in Deutschland hat, unabhängig vom Aufenthaltsstatus. Stadelmann findet das nicht unproblematisch, denn das könnte im Extremfall bedeuten, dass jeder aus dem Ausland kurzfristig seinen Hauptwohnsitz nach Deutschland verlegen und das Grunderbe kassieren kann. Ähnliches würde dann auch zum Beispiel für Geflüchtete gelten. „Das müsste man klar definieren, wer was bekommt", so Stadelmann. Die Finanzierbarkeit hält der Volkswirt für das größte Problem. Stadelmann hatte seinerzeit in seinem Gedankenspiel einen Betrag von 30 000 Euro vorgeschlagen – bei der doppelten Summe werde es kritisch. Die Jusos rechnen mit einem finanziellen Aufwand von rund 45 Milliarden Euro pro Jahr. Finanziert werden soll das über eine Steuerreform: Nach einem Freibetrag von einer Million Euro fordern die Jusos eine Erbschaftsteuer von zehn Prozent. Der Steuersatz solle dann stufenweise steigen: Ab der neunten Million soll ein Spitzensteuersatz von 90 Prozent greifen. Stadelmann ist skeptisch: „Die einen wollen die Klimatransformation darüber finanzieren, die anderen ein Grundeinkommen. Das wird nicht alles klappen."

Tatsächlich birgt der Plan ein Risiko, die Kosten wären enorm. Bei unvorhergesehenen Ausgaben gibt es keinen Spielraum – der Staat hat wenige Bereiche, an denen er sparen kann. „Wenn man so ein Grunderbe will, sollte man das Risiko einschränken. Man sollte das auf keinen Fall deutschlandweit machen, sondern erst einmal ausprobieren. Zum Beispiel in einem Bundesland oder gar auf Bezirksebene", so Stadelmann.

Und eine Grundvoraussetzung sei unabdingbar: Um das Grunderbe nachhaltig finanzieren zu können, müssten die Empfänger Einschnitte an anderer Stelle hinnehmen. „Wer ein Grunderbe bekommt, sollte dafür dann keinen Anspruch mehr auf Bafög oder ähnliche Leistungen haben, sondern sich seine Ausbildung oder sein Studium selber finanzieren", findet der Experte. „Da spart man dann auch an Bürokratie und zum Teil kann man das Konstrukt finanzieren."

Peter Sieben, Grunderbe von 60 000 Euro für alle ab 18? Experte: Ja, aber nur unter einer Bedingung, in: https://www.fr.de/politik/grunderbe-60-000-euro-fuer-alle-jusos-experte-nur-unter-einer-bedingung-zr-92687890.html, 24.11.2023

M2 Mögliche Kosten

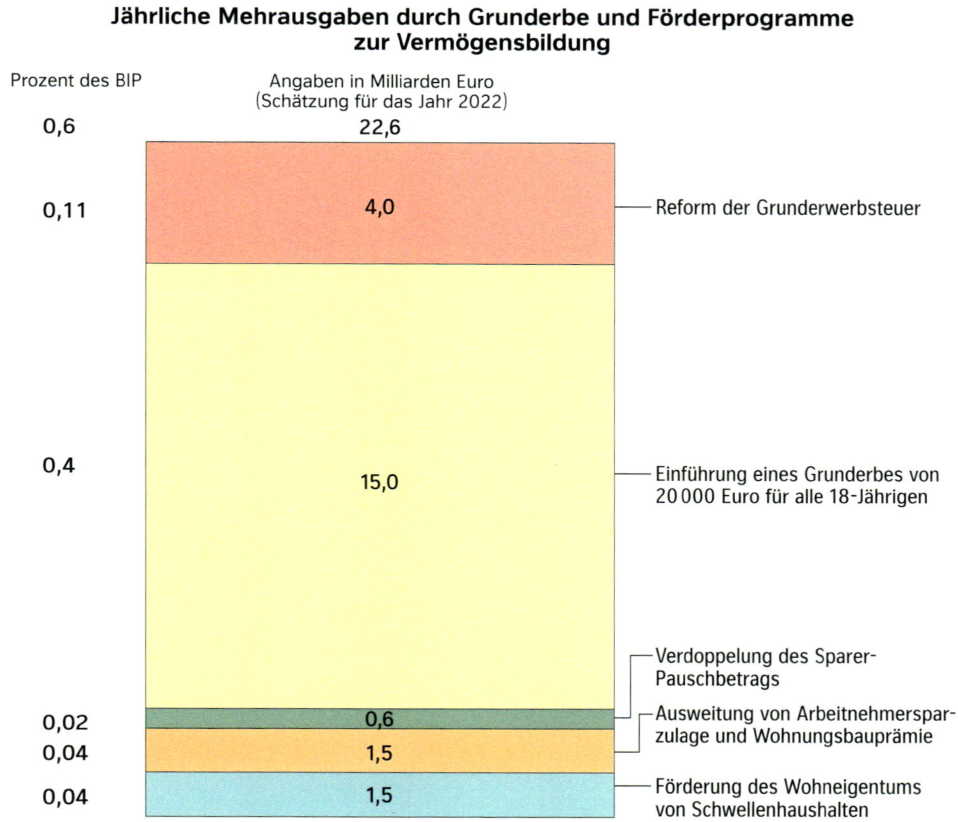

Anmerkung: Die Reform der Grunderwerbsteuer beinhaltet vor allem die Einschränkung von Steuervermeidungsmöglichkeiten, insbesondere „share deals", und die Einführung eines Freibetrags für Wohneigentum von 250 000 Euro.

Quelle: DIW Berlin 2021 48855EX

1 Beantworten Sie die Frage, ob die Zahlung eines Grunderbes sinnvoll ist, indem Sie
a) die Hauptaussagen von M 1 und M 2 **zusammenfassen**,
b) die politischen und wirtschaften Hintergründe des Grunderbes **erläutern**,
c) vor dem Hintergrund von M 2 **diskutieren**, ob die Zahlung eines Grunderbes ein sinnvolles Instrument zur Verringerung von Vermögensungleichheit ist.

QUERVERWEIS

METHODE
Klausur
S. 218 f.

1.7 Urteil: Auseinanderdriftende Gesellschaft – brauchen wir eine Vermögensabgabe?

M1 Millionen Menschen in Deutschland sind armutsgefährdet

In Deutschland galten im [...] Jahr [2024] laut dem Statistischen Bundesamt rund 13,1 Millionen Menschen (15,5 Prozent) als armutsgefährdet. Das ist im Vergleich zu 2023 ein Anstieg um etwas mehr als ein Prozentpunkt. Damals lag diese Quote bei 14,4 Prozent (12,1 Millionen Menschen). Eine Person gilt als armutsgefährdet, wenn sie über weniger als 60 Prozent des mittleren Einkommens verfügt. [...]

Eine weitere Zahl, die heute durch das Statistische Bundesamt in Wiesbaden bekannt gegeben wurde, ist die der „von Armut oder sozialer Ausgrenzung bedrohten" Menschen. Diese Kategorie ist weiter gefasst als die zur reinen Armutsgefährdung. In diese Kategorie fallen in der EU Personen, auf die mindestens eine der folgenden drei Bedingungen zutrifft: Einkommen unter der Armutsgefährdungsgrenze, ihr Haushalt ist von erheblicher materieller und sozialer Entbehrung betroffen oder die Person lebt in einem Haushalt mit sehr geringer Erwerbsbeteiligung. 2024 galt danach rund ein Fünftel der Bevölkerung als von Armut oder sozialer Ausgrenzung bedroht. Das sind rund 17,6 Millionen Menschen, wie das Statistische Bundesamt mitteilte, oder 20,9 Prozent der Bevölkerung. Diese Zahl ist im Vergleich zum Vorjahr leicht gesunken, als rund 17,9 Millionen Menschen (21,3 Prozent) von Armut oder sozialer Ausgrenzung bedroht waren.

Rund fünf Millionen Menschen (sechs Prozent) galten im vergangenen Jahr zudem als besonders deutlich von Armut betroffen - weil sie zum Beispiel nicht in der Lage waren, ihre Rechnungen für Miete, Hypotheken oder Versorgungsleistungen rechtzeitig zu bezahlen. Das werten die Statistiker dann als „von erheblicher materieller und sozialer Entbehrung betroffen". Die Zahl der davon Betroffenen ist gesunken, im Jahr 2023 waren es noch 5,8 Millionen Menschen und damit 6,9 Prozent der Bevölkerung.

Millionen Deutsche sind armutsgefährdet, in: https://www.tagesschau.de/wirtschaft/armut-deutschland-destatis-100.html, 29.01.2025

M2 Für eine Vermögensabgabe

Christina Schildmann arbeitet für die gewerkschaftsnahe Hans-Böckler-Stiftung.

Der Krieg in der Ukraine, die Energiekrise und der Klimawandel verursachen hohe gesellschaftliche Kosten, die wir stemmen müssen, ohne dass es zu sozialen Verwerfungen kommt. Die Vermögensteuer bietet die Möglichkeit, einen Teil der Last auf die stärkeren Schultern der Gesellschaft zu verteilen. Die Verfassung erlaubt eine Vermögensteuer nicht nur, sie gebietet sie inzwischen sogar. In einem von uns geförderten Gutachten weist Alexander Thiele, Professor für Staatstheorie und öffentliches Recht an der Hochschule für Management und Recht in Berlin, darauf hin: Wenn man sich anschaut, wie ungleich Vermögen verteilt ist und wie groß der Finanzbedarf des Staates ist, hilft eine Vermögensteuer, grundlegende Prinzipien der Verfassung zu verwirklichen. Denn sie schafft mehr Steuergerechtigkeit: Wenn jemand neben seinem Einkommen Millionen in Aktien angelegt hat, ist er leistungsfähiger als jemand, der nur ein Einkommen aus seiner Arbeitskraft bezieht. Außerdem muss der Gesetzgeber einschreiten, wenn das Ausmaß der Ungleichheit nicht mehr zu rechtfertigen ist, denn es gefährdet die Demokratie. Wie groß das Ausmaß ist, zeigte eine andere, von uns geförderte Studie vom Netzwerk Steuergerechtigkeit. Danach gibt es mehr Milliardenvermögen in Deutschland als bislang angenommen. Auch wurden die Supervermögen unterschätzt: Ihr Wert dürfte statt rund 900 Milliarden etwa 1 400 Milliarden Euro umfassen.

Christina Schildmann, Brauchen wir eine Vermögensteuer? Ja, in: https://www.boeckler.de/de/magazin-mitbestimmung-2744-brauchen-wir-eine-vermoegensteuer-62386.htm, April 2024

M3 Gegen eine Vermögensabgabe

Matthias Warnecke leitet das Deutsche Steuerzahlerinstitut des Bundes der Steuerzahler.

Am Ende wäre weniger und nicht mehr Geld in der Staatskasse. Bei einer zweiprozentigen Vermögensteuer müsse er Deutschland verlassen, sagte Milliardär Hasso Plattner – bis vor Kurzem noch SAP-Aufsichtsratschef – 2019 in einem FAZ-Interview. Man mag das für eine leere Drohung halten. Man kann aber auch nach Frankreich schauen. Dort haben wegen der Vermögensteuer innerhalb von 15 Jahren rund 10 000 Millionäre das Land verlassen. Der damalige französische Premierminister sprach von einer „Verarmung" des Landes. Als Konsequenz wird die Vermögensteuer dort seit 2018 nur noch auf große Vermögen erhoben. Gegen die Vermögensteuer sprechen aber nicht nur praktische, sondern auch theoretische Gründe. Eine große Studie im Auftrag des Wirtschaftsministeriums hat 2017 die fiskalischen Auswirkungen verschiedener Varianten der Vermögensteuer in Deutschland abgeschätzt. Die Ergebnisse waren eindeutig: Vermögensteuern würden Beschäftigung, Produktion, Konsum und damit das Bruttoinlandsprodukt senken. Das Aufkommen der Einkommen- und Umsatzsteuer, aber auch anderer Steuern, würde langfristig stark sinken. Trotz Mehreinnahmen aus der Vermögensteuer käme es per Saldo zu Steuermindereinnahmen zwischen 24 und 31 Milliarden Euro jährlich. Kurzum: Eine Vermögensteuer mag zwar gut gemeint sein, ein gesamtgesellschaftliches Minusgeschäft kann aber niemand wollen.

Matthias Warnecke, Brauchen wir eine Vermögensteuer? Nein, in: https://www.boeckler.de/de/magazin-mitbestimmung-2744-brauchen-wir-eine-vermoegensteuer-62386.htm, April 2024

INFO

FAZ
Frankfurter Allgemeine Zeitung; deutsche Tageszeitung

M4 Wer zahlt die Zeche?

Zeichnung: Kostas Koufogiorgos

1 **Fassen** Sie M 1 **zusammen.**

2 a) **Arbeiten** Sie aus M 2 und M 3 Pro- und Kontra-Argumente für bzw. gegen eine Vermögensabgabe **heraus.**

b) **Beurteilen** Sie, ob eine Vermögensabgabe sinnvoll ist (M 2, M 3).

3 **Interpretieren** Sie die Karikatur (M 4).

4 **Erörtern** Sie, inwieweit eine Vermögensabgabe ein wirksames Instrument gegen eine auseinanderdriftende Gesellschaft sein kann (M 1–M 4).

2. Ungleichheit in Deutschland – wie können gesellschaftliche Konflikte gelöst werden?

2.1 Einführung

M 1 Ausprägungen von Ungleichheit

Dimensionen: Ungleichheiten innerhalb eines Landes und zwischen verschiedenen Ländern sind allgegenwärtig. Ungleichheiten bestehen in Bezug auf Vermögen und Einkommen, den Zugang zu wichtigen Ressourcen. Sie bestimmen auch, wer die (politische) Macht hat und ausübt, und damit, wie Ressourcen verteilt werden. Wer zu den Besitzenden oder zu den Besitzlosen zählt, wird durch aktuelle und historische Ausgrenzungsmuster bestimmt. Merkmale wie Ethnie, Hautfarbe, Geschlechtsidentität, sozialer Status, Behinderung und andere Aspekte beeinflussen den Platz einer Person in der Gesellschaft. Viele Menschen erleben verschiedene Dimensionen der Ungleichheit. Diese überschneiden oder überlagern sich und können zu spezifischen Arten von Ausgrenzung und Diskriminierung führen.

Ursachen: Insgesamt sind die Ursachen von Ungleichheit so komplex und vielfältig wie ihre Dimensionen. Ungleichheiten sind tief in Denk- und Handlungsweisen verwurzelt, die menschlichem Leben einen unterschiedlichen – nicht gleichen – Wert zuschreiben und zu systemisch ungleichen Machtverhältnissen geführt haben. Rassismus, Kolonialismus und Sexismus sind solche historischen und andauernden Prozesse, die die Kontrolle und Ausbeutung einer Gruppe durch eine andere beinhalten. Sie haben die sozialen, politischen und wirtschaftlichen Institutionen und Praktiken verschiedener Gesellschaften geprägt. Die daraus entstandenen institutionellen Strukturen und Muster individueller Handlungen erhalten Ungleichheiten aufrecht und tragen zu ihrem Fortbestehen bei.

Folgen: Heute ist es weitgehend anerkannt, dass Ungleichheiten dem Einzelnen, der Gesellschaft und dem Planeten ernsthaften Schaden zufügen. Darüber hinaus sind die Auswirkungen von Ungleichheiten für Gruppen, die am Rande der Gesellschaft stehen und/oder historisch marginalisiert wurden, am gravierendsten. Sie leiden unter geringerer sozialer Mobilität, schlechterer Gesundheit und Bildung und weniger Zugang zu und Einfluss auf Entscheidungsprozesse. Aber auch privilegiertere Gruppen zahlen den Preis der Ungleichheit durch geringere wirtschaftliche Stabilität, geringeres Vertrauen in Institutionen, geringeren sozialen Zusammenhalt, mehr Kriminalität und schlechtere ökologische Ergebnisse.

Ungleichheit, in: https://www.bosch-stiftung.de/de/thema/ungleichheit, 20.07.2025

M 2 Strukturelle Gründe von Ungleichheit

Wer arm ist, ist selbst schuld, und jede*r kann es schaffen, wenn er sich anstrengt? Solche Vorurteile halten sich hartnäckig. Natürlich gibt es beeindruckende Beispiele für sozialen Aufstieg. Doch im Großen und Ganzen sind die Gründe für Ungleichheit und Armut struktureller Natur und liegen nicht in der Verantwortung der Betroffenen. Sie lassen sich daher auch nur politisch grundsätzlich lösen. Dazu mehr weiter unten. Folgende Aspekte tragen unter anderem zu Ungleichheit bei:

- Ein dysfunktionaler Arbeitsmarkt: Der Anteil der Menschen, die trotz regelmäßiger Arbeit in Armut leben, ist nach der Jahrtausendwende gestiegen. Rund acht Prozent der Erwerbstätigen in Deutschland waren im Jahr 2019 von Armut betroffen, sie waren also arm trotz Arbeit. Und unter allen

Armen haben drei von zehn Menschen regelmäßig gearbeitet. Das liegt unter anderem an der gewachsenen Bedeutung des Niedriglohnsektors. Erst spät hat die Politik gegengesteuert, etwa mit dem Mindestlohn.

- Überdurchschnittlich häufig von Armut betroffen sind Frauen, insbesondere alleinerziehende. Denn bei der Gleichstellung von Frauen und Männern im Arbeitsleben gibt es zum Teil noch erhebliche Mängel. [...]
- Die Tarifbindung geht seit Jahren zurück. Nur noch für gut die Hälfte der Beschäftigten gilt ein Tarifvertrag. Doch ohne Tarifvertrag sind die Arbeitsbedingungen deutlich schlechter [...].
- Wohnungsmangel: Fast 13 Prozent der Mieterhaushalte in deutschen Großstädten haben nach Abzug der Miete weniger als das Existenzminimum zur Verfügung. Besonders für Menschen mit geringen Einkommen gibt es in Großstädten viel zu wenig bezahlbaren Wohnraum.
- Ein abgespeckter Sozialstaat: Wer arbeitslos ist oder nach langen Jahren der Erwerbstätigkeit durch eine zu kleine Rente in die Altersarmut rutscht, spürt die Defizite der finanziellen Grundsicherung in Deutschland besonders deutlich.
- Steuersenkungen für Reiche: Sie haben keinen positiven Effekt auf das Wirtschaftswachstum oder die Arbeitslosigkeit. Aber sie vertiefen die Ungleichheit.
- [...] Große Vermögen werden von der Erbschafts- und Schenkungssteuer weitgehend verschont. In den vergangenen Jahren sind große Vermögen in Milliardenhöhe übertragen worden, von denen nur ein Bruchteil steuerpflichtig war.

Soziale Ungleichheit in Deutschland, in: https://www.boeckler.de/de/auf-einen-blick-17945-20845.htm, 03.12.2024

M 3 Indikatoren von Ungleichheit

Wichtige Indikatoren zur Beschreibung der Ungleichheit sind Einkommens- und Vermögensanteile am Nationaleinkommen oder Gesamtvermögen. Sie beschreiben, wie viel eine gesellschaftliche Gruppe vom Gesamteinkommen in einer Volkswirtschaft erhält oder wie viel sie vom Gesamtvermögen besitzt. Um die Gesellschaft in Gruppen einzuteilen, sortieren wir die Individuen einer Volkswirtschaft nach der Höhe ihres Einkommens oder Vermögens von den ärmsten zu den reichsten und gruppieren sie in die untersten beziehungsweise ärmsten 50 Prozent, die mittleren 40 Prozent (mitunter „Mittelschicht" genannt) und die obersten 10 Prozent. Die reichsten 1 Prozent werden oft gesondert betrachtet. In einer Gesellschaft, in der Gleichheit herrscht, würden die obersten 10 Prozent auch 10 Prozent des gesamten Nationaleinkommens erhalten, während die unteren 50 Prozent die Hälfte des Nationaleinkommens erhalten würden. Je mehr die Anteile von dieser Parität zwischen Bevölkerungsanteil und Einkommens-/Vermögensanteil abweichen, desto ungleicher ist eine Gesellschaft. [...] Deutschland gehört heute zu den europäischen Ländern mit der höchsten Einkommens- und Vermögenskonzentration. Die obersten 10 Prozent der Einkommensbezieher*innen erhalten in Deutschland etwa 40 Prozent des gesamten Nationaleinkommens, während sie in Frankreich nur etwa 32, im Vereinigten Königreich etwa 36 und in der Schweiz 33 Prozent des Einkommens beziehen. Auf die Hälfte der Bevölkerung mit den niedrigsten Einkommen entfällt weniger als 20 Prozent des Gesamteinkommens.

Theresa Neef/Lucas Chancel, Wie ungleich ist die Welt?, in: https://www.bpb.de/shop/zeitschriften/apuz/ungleichheit-2022/512778/wie-ungleich-ist-die-welt/, 09.09.2022

1 **Erklären** Sie den Begriff „Ungleichheit" (M 1–M 3).

2 **Setzen** Sie sich mit folgendem Zitat des britischen Politikers Winston Churchill **auseinander**: „Dem Kapitalismus wohnt ein Laster inne: Die ungleiche Verteilung der Güter. Dem Sozialismus hingegen wohnt eine Tugend inne: Die gleichmäßige Verteilung des Elends."

GLOSSAR

Kapitalismus
Sozialismus

2.2 Ungleichheit zwischen den Regionen – Mythos oder Realität?

M1 Gleichwertige Lebensverhältnisse – eine Definition

Der Begriff „gleichwertige Lebensverhältnisse“ bezeichnet in Deutschland die Idee, dass alle Bürgerinnen und Bürger unabhängig von ihrem Wohnort Zugang zu ähnlichen Lebensstandards, wirtschaftlichen Chancen und staatlichen Dienstleistungen haben sollten. Dies betrifft insbesondere Bereiche wie z.B. Bildung, Gesundheitsversorgung, Infrastruktur und Arbeitsmarkt. Ziel ist es, regionale Ungleichheiten zu verringern und eine ausgeglichene Entwicklung in allen Teilen des Landes zu fördern, insbesondere zwischen städtischen und ländlichen Regionen. Nach der Verfassungsreform von 1994 sind die rechtlichen Grundlagen für gleichwertige Lebensverhältnisse im Grundgesetz insbesondere in Artikel 72 verankert. Dieser verfassungsrechtliche Auftrag unterstreicht die Verantwortung der Politik, aktiv Maßnahmen zu ergreifen, um regionale Ungleichheiten abzubauen und gleichwertige Lebensverhältnisse für alle Bürgerinnen und Bürger zu gewährleisten.

Autorentext

M2 „Allen geht es gleich schlecht“?

Zeichnung: Markus Grolik

M3 Gleichwertigkeitsbericht der Bundesregierung

Einem Bericht der Bundesregierung zufolge gibt es bei den Lebensverhältnissen in Deutschland immer noch große regionale Unterschiede. Das wenig überraschende Ergebnis des am Mittwoch vom Kabinett beschlossenen „Gleichwertigkeitsberichts 2024“, der Daten aus den 400 Kreisen und kreisfreien Städten verarbeitet, besagt zum Beispiel zum besonders wichtigen Kriterium der Wirtschaftsleistung: Zwischen den wirtschaftlich stärksten und den schwächsten Regionen liegen Welten. Wörtlich heißt es in dem 226-Seiten-Dokument, das von den beiden Bundesministerien für Wirtschaft und für Inneres erarbeitet wurde: „Ausreißer nach oben sind vor allem Regionen, in denen große Industrieunternehmen ansässig sind (zum Beispiel Wolfsburg, Ingolstadt, Mainz oder München).“ Am unteren Ende der Skala befinden sich demnach unter anderem Regionen im Saarland und in Rheinland-Pfalz oder auch an der Nord- und Ostsee sowie die überwiegende Zahl der ostdeutschen Kreise. Konkret räumt der Bericht ein: „So ist die Spannweite zwischen Wolfsburg als kreisfreier Stadt mit dem höchsten (153 538 Euro) und dem Erzgebirgskreis mit dem geringsten (56 698 Euro) Bruttoinlandsprodukt je erwerbstätiger Person enorm.“ [Der damalige grüne Bundeswirtschaftsminister Robert] Habeck betonte, dass es bei „Gleichwertigkeit“ um eine „politische Interpretation“ gehe. Er hob hervor, dass es bei 27 von 38 untersuchten Indikatoren Annäherungen gebe. Insgesamt ist das Ergebnis mager: Selbst im Berichtsjargon ist die Rede von „großen Herausforderungen“ vor allem für strukturschwächere Regionen. Gemeint sind in erster Linie schrumpfende Gebiete, das heißt fast ganz Ostdeutschland. Das wuchs zwar wirtschaftlich von 2012 bis 2021 um 30 Prozent, die stärksten Wirtschaftsregionen, die im Westen liegen, erreichten aber auch einen Zuwachs von 22 Prozent. Der Abstand verringert sich demnach minimal. Habeck nannte den demografischen Wandel „besorgniserregend". Der Bericht enthält neben der Auswertung von 31 000 Befragungen zur Zufriedenheit auch Daten zum „Gesamtdeutschen Fördersystem für strukturschwache Regionen" (GFS) seit 2020. Demnach lag das GFS-Fördervolumen 2022 bei 4,2 Milliarden Euro. Davon floss wenig mehr als die Hälfte in ostdeutsche Kreise, relativ hohe Zahlungen gingen auch in Regionen Norddeutschlands, ins Ruhrgebiet, nach Rheinland-Pfalz, ins Saarland sowie in das bayerische Grenzgebiet zu Tschechien.

Arnold Schölzel, Habeck präsentiert Armutszeugnis, in: https://www.jungewelt.de/artikel/478672.lebensverhältnisse-habeck-präsentiert-armutszeugnis.html, 04.07.2024

WEBCODE
WES-117977-501
Gleichwertigkeitsbericht der Bundesregierung

M4 Maßnahmen der Bundesregierung

- Strukturschwache Regionen in ganz Deutschland gezielt fördern
- Arbeitsplätze in strukturschwache Regionen bringen
- Breitband und Mobilfunk flächendeckend ausbauen
- Mobilität und Verkehrsinfrastruktur in der Fläche verbessern
- Dörfer und ländliche Räume stärken
- Städtebauförderung und sozialen Wohnungsbau voranbringen
- Eine faire Lösung für kommunale Altschulden finden
- Engagement und Ehrenamt stärken
- Qualität und Teilhabe in der Kindertagesbetreuung sichern
- Barrierefreiheit in der Fläche verwirklichen
- Miteinander der Bürgerinnen und Bürger in den Kommunen fördern
- Gleichwertige Lebensverhältnisse als Richtschnur setzen

Gleichwertige Lebensverhältnisse, in: https://www.bmbfsfj.bund.de/bmbfsfj/themen/engagement-und-gesellschaft/deutsche-stiftung-fuer-engagement-und-ehrenamt/gleichwertige-lebensverhaeltnisse, 21.04.2021

M5 Bundesländer: Ungleiche Finanzspielräume

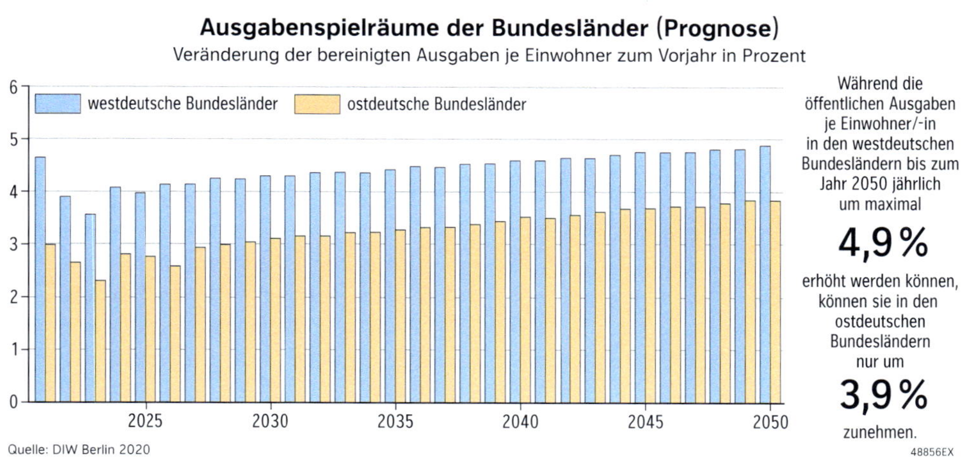

1 **Beschreiben** Sie M 2 und **formulieren** Sie mögliche Deutungshypothesen.

2 **Erörtern** Sie den Gleichwertigkeitsbericht der Bundesregierung vor dem Hintergrund des Artikels 72 im Grundgesetz (M 1, M 3 und M 4).

3 **Werten** Sie M 5 **aus** und **ermitteln** Sie mögliche Ursachen für diese prognostizierte Entwicklung.

2.3 Geschlechtsspezifische Dimensionen von Ungleichheit – haben Frauen immer noch gesellschaftliche Nachteile?

M1 Blumen zum Frauentag – das war's?

INFO

Frauentag
Der Internationale Frauentag (auch nur kurz Frauentag oder Weltfrauentag) wird jährlich am 8. März begangen. In Berlin ist der Internationale Frauentag seit 2019 ein gesetzlicher Feiertag.

Zeichnung: Kostas Koufogiorgos

M2 Die Entwicklung der rechtlichen Gleichstellung im BGB

INFO

BGB
Bürgerliches Gesetzbuch; zentrale Sammlung des allgemeinen Privatrechts in Deutschland

1896, § 1354 BGB: Dem Manne steht die Entscheidung in allen das gemeinschaftliche eheliche Leben betreffenden Angelegenheiten zu; er bestimmt insbesondere Wohnort und Wohnung. Die Frau ist nicht verpflichtet, der Entscheidung des Mannes Folge zu leisten, wenn sich die Entscheidung als Missbrauch seines Rechtes darstellt.

1896, § 1356 BGB: Die Frau ist, unbeschadet der Vorschriften des § 1354, berechtigt und verpflichtet, das gemeinschaftliche Hauswesen zu leiten. Zu Arbeiten im Hauswesen und im Geschäfte des Mannes ist die Frau verpflichtet, soweit eine solche Tätigkeit nach den Verhältnissen, in denen die Ehegatten leben, üblich ist.

1958, § 1356 BGB: Die Frau führt den Haushalt in eigener Verantwortung. Sie ist berechtigt, erwerbstätig zu sein, soweit dies mit ihren Pflichten in Ehe und Familie vereinbar ist. Jeder Ehegatte ist verpflichtet, im Beruf oder Geschäft des anderen Ehegatten mitzuarbeiten, soweit dies, nach den Verhältnissen, in denen die Ehegatten leben, üblich ist.

1977, § 1356 BGB: Die Ehegatten regeln die Haushaltsführung im eigenen Einvernehmen. Ist die Haushaltsführung einem der Ehegatten überlassen, so leitet dieser den Haushalt in eigener Verantwortung. Beide Ehegatten sind berechtigt, erwerbstätig zu sein. Bei der Wahl und Ausübung einer Erwerbstätigkeit haben sie auf die Belange des anderen Ehegatten und der Familie die gebotene Rücksicht zu nehmen.

M3 Frauen verdienen weniger als Männer

Frauen haben auch im [...] Jahr [2023] deutlich weniger verdient als ihre männlichen Kollegen. Die Lohnlücke (Gender Pay Gap) verharrte bei 18 Prozent, wie das Statistische Bundesamt mitteilte. Danach erhielten Frauen durchschnittlich 20,84 Euro pro Stunde. Das sind 4,46 Euro weniger als der Bruttostundenverdienst der Männer (25,30 Euro).
„Im langfristigen Vergleich sank der unbereinigte Gender Pay Gap“, betonten die Statistiker. 2006 habe der geschlechterspezifische Verdienstabstand noch 23 Prozent betragen. Seit 2020 verharre er bei 18 Prozent.
Nach wie vor ist die Lohnlücke in Ostdeutschland deutlich kleiner: Dort betrug sie im vergangenen Jahr sieben Prozent, in Westdeutschland dagegen 19 Prozent (2006: Osten: 6 Prozent, Westen: 24 Prozent). „Ab Anfang 30 nimmt der Verdienstunterschied zwischen Frauen und Männern fast stetig zu“, betonten die Statistiker. [...]
Den Angaben zufolge lassen sich rund 64 Prozent des Verdienstabstands durch bestimmte Merkmale erklären. „Demnach ist ein Großteil der Verdienstlücke darauf zurückzuführen, dass Frauen häufiger als Männer in Branchen, Berufen und Anforderungsniveaus arbeiten, in denen schlechter bezahlt wird“, so die Statistiker. „Außerdem sind sie häufiger in Teilzeit oder geringfügig beschäftigt als Männer.“ Das gehe ebenfalls mit geringeren Bruttostundenverdiensten einher.

Frauen verdienen weiter weniger als Männer, in: https://www.tagesschau.de/wirtschaft/finanzen/gender-pay-gap-2023-100.html, 18.01.2024

INFO

Gender Pay Gap
geschlechtsspezifische Verdienstunterschiede

M4 Frauen machen häufiger Abitur als Männer

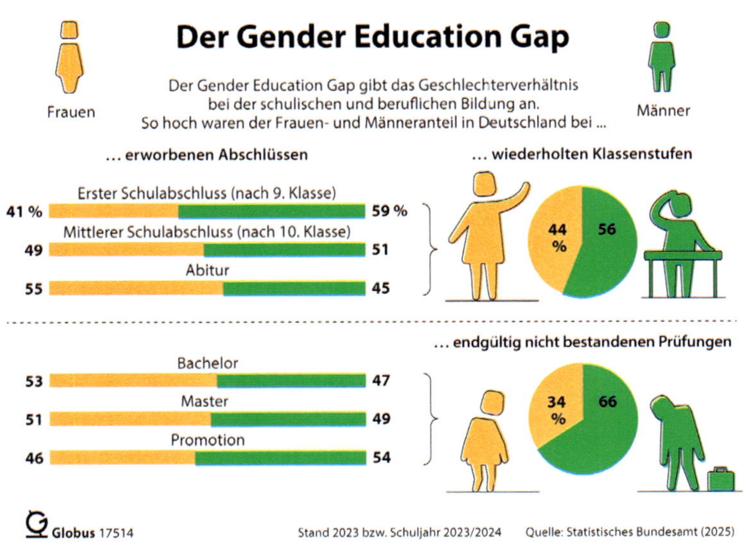

1. **Beschreiben** Sie M 1 und **formulieren** Sie mögliche Deutungshypothesen.
2. **Arbeiten** Sie aus M 2 die Veränderungen der rechtlichen Stellung der Frau in Deutschland seit Ende des 19. Jahrhunderts **heraus**.
3. **Werten** Sie M 3 und M 4 im Hinblick auf den Stand der Gleichstellung von Mann und Frau in Deutschland **aus**.
4. **Entwickeln** Sie in Partnerarbeit einen Lösungsvorschlag für eine bessere Gleichstellung von Mann und Frau. **Beurteilen** Sie anschließend gemeinsam im Plenum, welcher Vorschlag dafür am besten geeignet ist.

2.4 Ungleichheit durch Diskriminierung – sind queere Menschen gesellschaftlich benachteiligt?

M1 Was bedeutet „queer"?

Im Englischen war ‚queer' lange Zeit ein Schimpfwort, insbesondere gegenüber schwulen Männern. Wie viele andere Begriffe, die ursprünglich abwertend gemeint waren, haben sich queere Menschen das Wort zurückgeholt und es positiv umgedeutet. Heute wird der Begriff meist positiv als Selbstbezeichnung gebraucht, vor allem von Menschen, die ihre Identität als ‚außerhalb der gesellschaftlichen Norm' ansehen. Menschen können sich auch als queer beschreiben, um zu vermeiden, sich mit einem spezifischeren Label zu benennen. Das tun beispielsweise Personen, [...] die Kategorien ablehnen, deren Geschlecht und Anziehung sehr komplex und vielschichtig ist oder sich oft ändert, oder die ihre spezifische Identität nicht nach außen kommunizieren wollen. Auch für Menschen, die sich (noch) nicht komplett sicher sind, was ihr Geschlecht oder ihre Orientierung ist, ist ‚queer' eine nützliche Beschreibung. Außerdem kann queer als Überbegriff für Menschen benutzt werden, die nicht in die romantischen, sexuellen und/oder geschlechtlichen Normen der Gesellschaft passen. Oft wird es als offenere Variante zu LSBT+ verwendet.

Queer, in: https://queer-lexikon.net/2017/06/08/queer/, 05.07.2024

INFO

LSBT+
Das Kürzel steht für lesbisch (L), schwul (S), bisexuell (B), trans (T) und andere Identitäten (+).

M2 Formen von Diskriminierung

Diskriminierung kommt in unterschiedlichen Formen vor. Neben den direkten Formen, die meist zumindest von den Betroffenen klar als Diskriminierung wahrgenommen werden, sind weitere Formen von Diskriminierung zu unterscheiden, die schwieriger zu erkennen und zu bekämpfen sind.

Direkte Diskriminierung
Eine direkte – oder unmittelbare – Diskriminierung liegt vor, wenn eine Regelung oder Maßnahme explizit eine diskriminierende Ungleichbehandlung vorsieht. [...]

Indirekte Diskriminierung
Eine indirekte – bzw. mittelbare oder versteckte – Diskriminierung liegt vor, wenn eine Regelung oder Maßnahme zwar neutral formuliert ist und keine offensichtliche Benachteiligung bestimmter Gruppen enthält, sich in ihrer konkreten Anwendung jedoch so auswirkt, dass die Mitglieder einer bestimmten Gruppe regelmäßig benachteiligt werden. [...] Indirekte Diskriminierungen sind häufig nicht einfach aufzudecken und nachzuweisen. Kann jedoch z. B. statistisch belegt werden, dass eine Regelung oder Maßnahme eine spezifische Gruppe von Menschen zahlenmäßig häufiger benachteiligt und erreicht die Ungleichbehandlung eine gewisse Intensität, liegt eine rechtlich nicht zulässige Diskriminierung vor, vorausgesetzt, es besteht ein entsprechender gesetzlicher Schutz vor Diskriminierung.

Strukturelle Diskriminierung
Von struktureller Diskriminierung wird gesprochen, wenn die Benachteiligung einzelner Gruppen in der Organisation der Gesellschaft begründet liegt. Die über Jahrzehnte und Jahrhunderte gewachsene Art des Zusammenlebens (Arbeitsteilung, Verteilung der Entscheidbefugnisse etc.) geht in der Regel mit patriarchalen, postkolonialen, homophoben, religiösen oder wie auch immer gearteten und begründeten Konventionen, Gebräuchen und Traditionen einher, welche die Privilegierung einzelner Gruppen bzw. die Schlechterstellung anderer Gruppen als „normal" und vorgegeben erscheinen lassen. Diese allen Gesellschaften immanente Form der Diskriminierung ist ebenfalls nicht immer einfach zu erkennen, da bestehende und vertraute Strukturen häufig nicht hinterfragt und auch von den Betroffenen selber nicht als diskriminierend erkannt werden.

INFO

Patriarchat
von Männern dominiertes soziales System

postkolonial
Zeit nach dem Ende des Kolonialismus

homophob
schwulenfeindlich

Institutionelle Diskriminierung
Von institutionellen Diskriminierungen ist die Rede, wenn die internen Regeln, Gewohnheiten und Abläufe einer Institution – allenfalls im Verbund mit strukturellen Diskriminierungen – dazu führen, dass Angehörige bestimmter Minderheiten von der Institution regelmäßig benachteiligt werden.

Formen der Diskriminierung, in: https://www.humanrights.ch/de/ipf/menschenrechte/diskriminierung/diskriminierungsverbot-dossier/juristisches-konzept/formen-der-diskriminierung/, 23.04.2020

M3 Akzeptanz von queeren Menschen

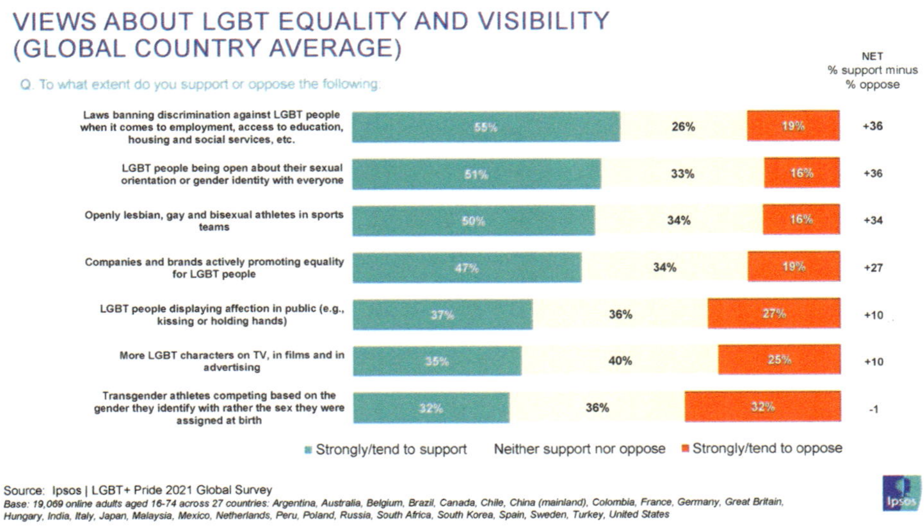

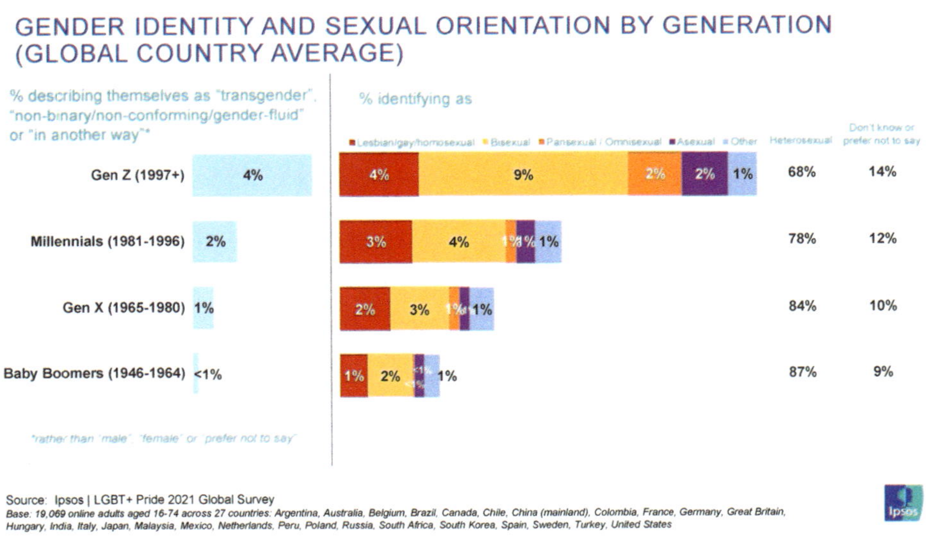

Erhebungszeitraum der Umfrage: 23. April bis 7. Mai 2021

1 **Erklären** Sie Formen von Diskriminierung und **benennen** Sie mögliche konkrete Beispiele (M 1, M 2).

2 **Werten** Sie M 3 **aus**.

3 **Beurteilen** Sie, ob eine Ungleichbehandlung zwangsläufig eine Diskriminierung darstellt und **begründen** Sie Ihre Meinung (M 1–M 3).

2.5 Ungleichheit und Behinderung – ist Inklusion gescheitert?

M 1 Auf dem Abenteuerspielplatz …

Zeichnung: Phil Hubbe

M 2 Der Weg zur Inklusion

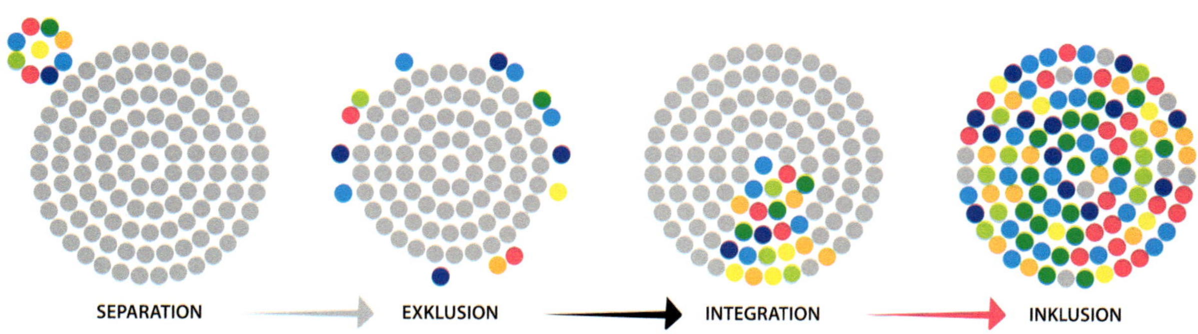

1. **Beschreiben** Sie M 1 und **formulieren** Sie mögliche Deutungshypothesen.
2. **Erklären** Sie M 2.
3. **Werten** Sie M 3 aus.
4. **Formulieren** Sie einen Brief an die Senatsverwaltung bzw. an das Ministerium für Bildung und Kultur, in welchem Sie ein Konzept für die Umsetzung eines inklusiven Bibliotheksdienstes ähnlich wie in M 4 **entwerfen**.

M3 Arbeitsmarkt und Inklusion

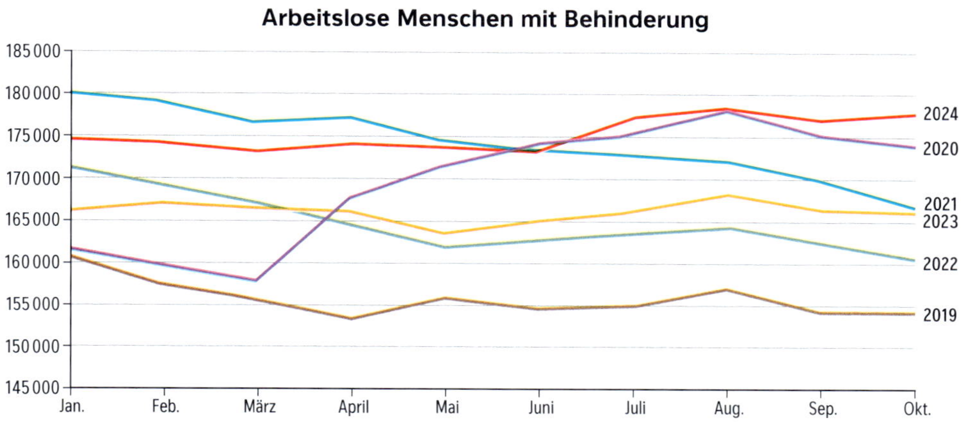

Quelle: Bundesagentur für Arbeit

48857EX

M4 Bibliotheken und Inklusion

2018 entstand in Dresden aus den Teams der Fahrbibliothek und der Sozialen Bibliotheksarbeit die „Mobile Bibliothek“. Mit ihrem besonderen Aufgabenspektrum bietet sie Bürgerinnen und Bürgern, die darauf angewiesen sind, dass die Bibliothek ihnen im wörtlichen Sinn entgegenkommt, eine Chance, bibliothekarische Angebote wahrzunehmen. Der auch für Rollstuhlfahrerinnen und -fahrer zugängliche Sattelzug der Fahrbibliothek stellt an elf Haltestellen in der Stadt 7 000 Medien zur Ausleihe bereit.

Um auch Menschen die Mediennutzung zu ermöglichen, die in Pflegeeinrichtungen leben und eine Bibliothek nicht mehr selbstständig aufsuchen können, bieten Mitarbeitende der Mobilen Bibliotheksarbeit in 14 Pflegeheimen sogenannte „Büchertische“ an. Im Rhythmus von sechs Wochen präsentieren sie eigens für die Bewohner/-innen ausgewählte Medien und nehmen Wünsche entgegen. Die Bewohner/-innen erleben so in der eigenen Einrichtung regelmäßig eine Bibliothekssituation mit Ausleihtisch, Auswahlmöglichkeit, Beratungsgespräch, Ausleihe und Rückgabe. Im Jahr 2022 konnten knapp 1 400 Einzelbesuche an den Büchertischen verzeichnet werden. Die Mobile Bibliothek versorgt in regelmäßigen Abständen Einrichtungen für geistig behinderte Menschen, Menschen mit psychischen Erkrankungen und Einrichtungen für Seniorinnen und Senioren mit Medienkisten […]. Schulische Förderzentren erhalten regelmäßig Austauschbestände für die unterstützende Arbeit im Unterricht. Zudem konnte in einem Förderzentrum mit den Förderschwerpunkten Lernen sowie emotionale und soziale Entwicklung das Medienangebot der Schulbibliothek ausgebaut werden.

Noch stärker auf den einzelnen Menschen zugeschnitten ist der ehrenamtlich unterstützte Bücherhausdienst, eine Form der aufsuchenden Bibliotheksarbeit. Ziel ist es, hausgebundenen Menschen (Menschen mit Behinderung, Kranke, Hochbetagte) Bibliotheksmedien zugänglich zu machen. 89 ehrenamtliche Bücherbotinnen und -boten besuchen in der Regel alle vier Wochen Nutzer/-innen in der häuslichen Umgebung und bringen von diesen gewünschte und von den Bücherbotinnen und -boten empfohlene Medien.

Christine Lippmann/Marika Schwer, „Wer Inklusion will, findet einen Weg“, in: https://www.b-u-b.de/detail/inklusion-staedtische-bibliotheken-dresden, 07.03.2024

2.6 Deutschland – eine Rentnerrepublik?

M1 „Die letzte Generation“? Wirklich?

Zeichnung: Sylvio Droigk

M2 Gibt es einen „Generationenkonflikt“?

INFO

Martin Schröder (* 1981) deutscher Soziologe

Martin Schröder hat die Einstellung zur Arbeit unterschiedlicher Generationen anhand hunderttausender Umfragen der vergangenen vier Jahrzehnte untersucht. Die Annahme: Die Einstellungen der Menschen unterscheiden sich aufgrund ihres Geburtszeitpunkts, egal wann und in welchem Alter sie befragt werden. Doch das Ergebnis seiner Untersuchung zeigt: Menschen verändern im Laufe ihres Lebens ihre Einstellung. Fragt man Jüngere, hat Arbeit noch keinen hohen Stellenwert in ihrem Leben. Genauso für Ältere jenseits der 70, für die Arbeit keine große Rolle mehr spielt. Werden die Jüngeren aber später noch einmal im Alter von 40 oder 50 Jahren befragt, hat sich ihre Einstellung zu Arbeit verändert, sie spielt eine deutlich größere Rolle. Ebenso wenn die Älteren zu einem früheren Zeitpunkt in ihrem Leben befragt werden, nimmt Arbeit einen höheren Stellenwert ein. Der Soziologe bezeichnet das als Alterseffekt. Für den Soziologen folgt daraus: Die Einstellungen der Menschen verändern sich mit dem Alter.

Aus den Umfragen werde aber auch deutlich, dass sich insgesamt in der Gesellschaft die Einstellung zu Arbeit in den vergangenen Jahrzehnten weltweit verändert hat. Damit beschreibt er den Periodeneffekt. „Seit 1850 sinkt die Arbeitszeit immer weiter, und die gewünschte Arbeitszeit sinkt auch immer weiter. Das ist aber keine Generationenfrage. Wir alle denken heute anders als früher“, folgert Martin Schröder.

Die Untersuchung zeige auch, wie gesellschaftliche Veränderung funktioniere. Die werde nicht von einer neuen Generation angeschoben, die gerade am Entstehen sei, sondern dadurch, dass gesamtgesellschaftlich sich Einstellungen verändern. „Das ist aber eigentlich auch ganz schön, weil uns das ja viel mehr zu einer Gesellschaft macht, statt dass da irgendwelche Generationen sich gegenüberstehen, die völlig unvermeidbare Einstellungen haben und es darum dann auch so etwas wie einen Generationenkonflikt geben würde“, sagt der Soziologe.

Ralph Günther, Soziologe: „Der Generationenkonflikt ist konstruiert“, in: https://www.deutschlandfunknova.de/beitrag/soziologe-kein-generationenkonflikt-wir-alle-denken-anders-als-frueher, 18.11.2023

M3 Umfrage zum Klimaschutz

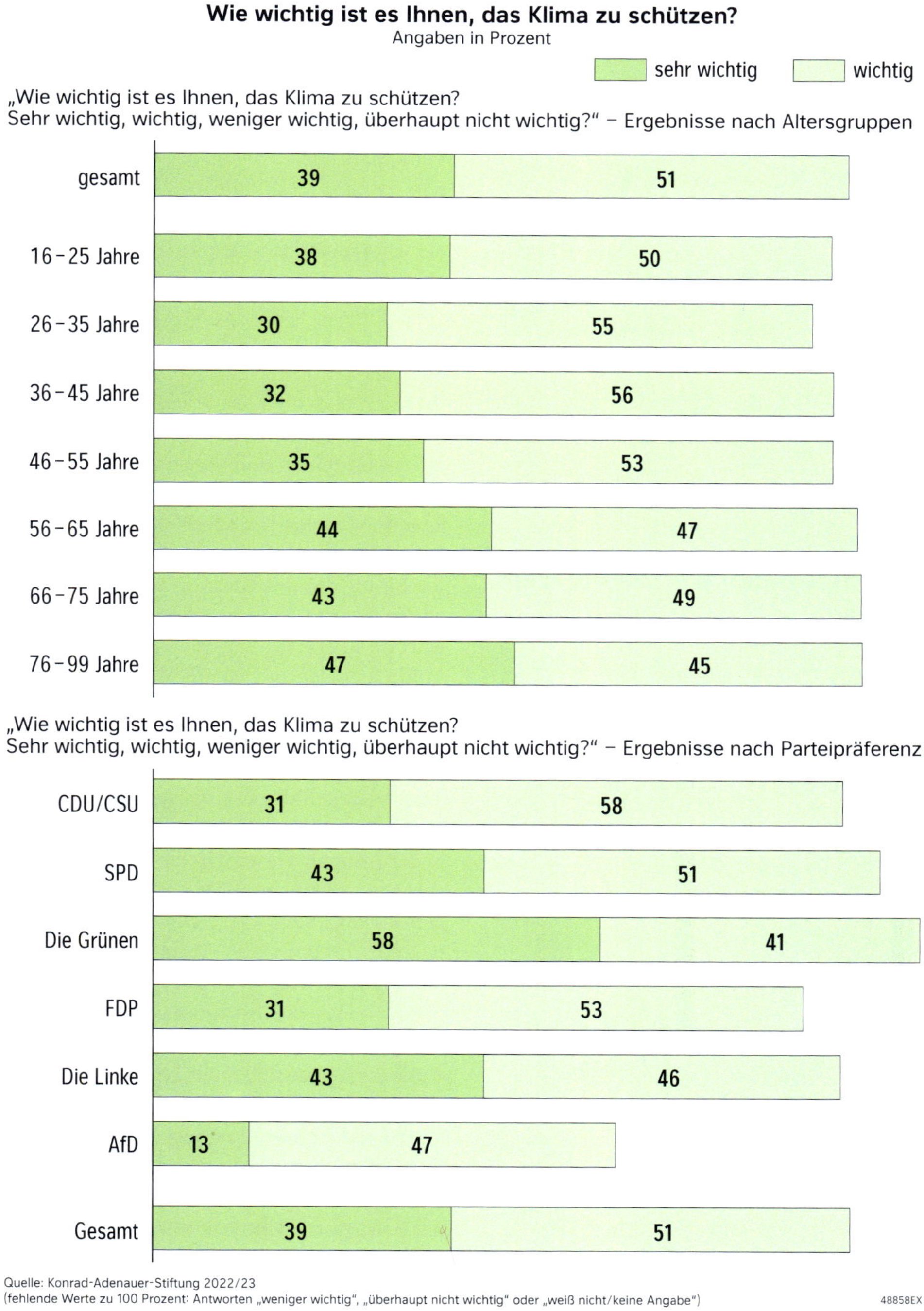

1 **Beschreiben** Sie M 1 und **formulieren** Sie mögliche Deutungshypothesen.

2 **Fassen** Sie M 2 in eigenen Worten **zusammen** und **beurteilen** Sie, ob es einen Generationenkonflikt gibt.

3 **Analysieren** Sie M 3 und **nehmen** Sie zu Ihren Ergebnissen **Stellung**.

M4 Wählen junge Menschen anders als alte Menschen?

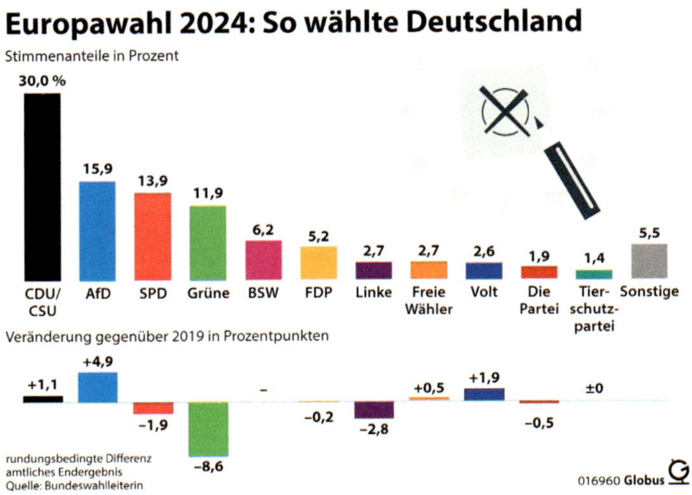

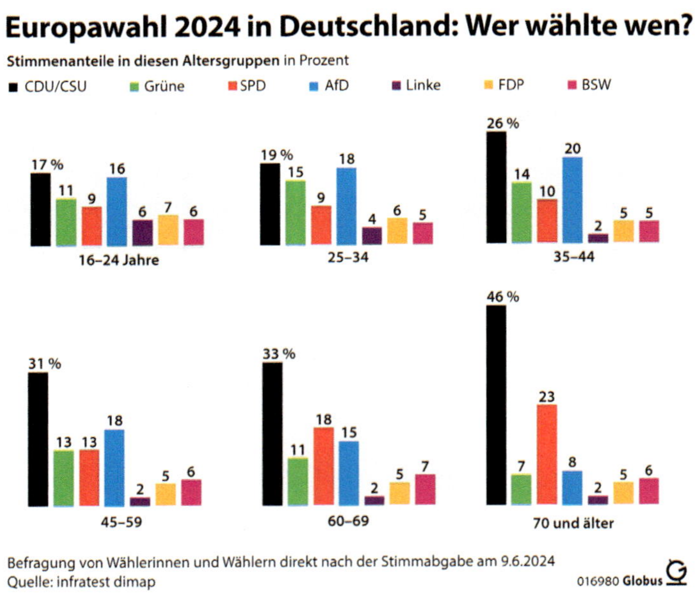

M5 Altersdiskriminierung im Beruf

Mehr als ein Viertel der Berufstätigen über 50 Jahren wurde schon einmal aufgrund des Alters diskriminiert. Das zeigt eine Untersuchung des Jobnetzwerks Xing, für das rund 1 000 Menschen von 50 bis 99 Jahre (Durchschnittsalter 65,2 Jahre) online […] befragt wurden. In mehr als der Hälfte der Fälle ging die Altersdiskriminierung von der Führungskraft aus. Bei den 50- bis 67-Jährigen war sogar mehr als ein Drittel der Beschäftigten betroffen. Jeder Fünfte empfand die Benachteiligung als sehr groß, jeder Zweite als eher groß. In den meisten Fällen erlebten die Betroffenen nach eigenen Aussagen eine Mischung aus emotionaler und struktureller Diskriminierung. Letztere bedeutet, dass bestimmte Regeln, Vorschriften oder Kriterien allein aufgrund des Alters zur Anwendung kamen – und die berufliche Entwicklung behinderten. Vor allem älteren Frauen, aber auch Männern wurden Aufgaben zugeteilt, die unter ihrem Anforderungsprofil lagen; Männer litten vor allem darunter, dass ihr Aufgabenbereich beschränkt wurde. Ein Drittel der Betroffenen bekam keine Weiterbildungsangebote mehr, jeder Vierte fühlte sich bei Beförderungen benachteiligt. […] „Über Altersdiskriminierung in der Arbeitswelt wird noch viel zu wenig gesprochen – und vor allem wird zu wenig dagegen vorgegangen", sagt Thomas Kindler, Managing Director von Xing. „Dass in der Mehrheit der Fälle die Führungskraft diejenige ist, von der die Diskriminierung ausging, ist alarmierend." […] Mehr als die Hälfte der Betroffenen setzte sich nicht gegen die Diskriminierung zur Wehr. Ein Fünftel beschwerte sich intern, ein weiteres knappes Fünftel wechselte den Arbeitgeber. Aber auch das dürfte nicht immer einfach gewesen sein: Rund ein Drittel der Befragten erlebte auch Benachteiligungen in Bewerbungsverfahren aufgrund des eigenen Alters.

Hier mobbt der Chef persönlich, in: https://www.spiegel.de/karriere/altersdiskriminierung-aeltere-erwerbstaetige-werden-haeufig-diskriminiert-auch-vom-chef-a-a6ba4e32-ffe2-4af8-815f-ec46bfd47148, 27.05.2024

M 6 Demografischer Wandel und Rentenversicherung

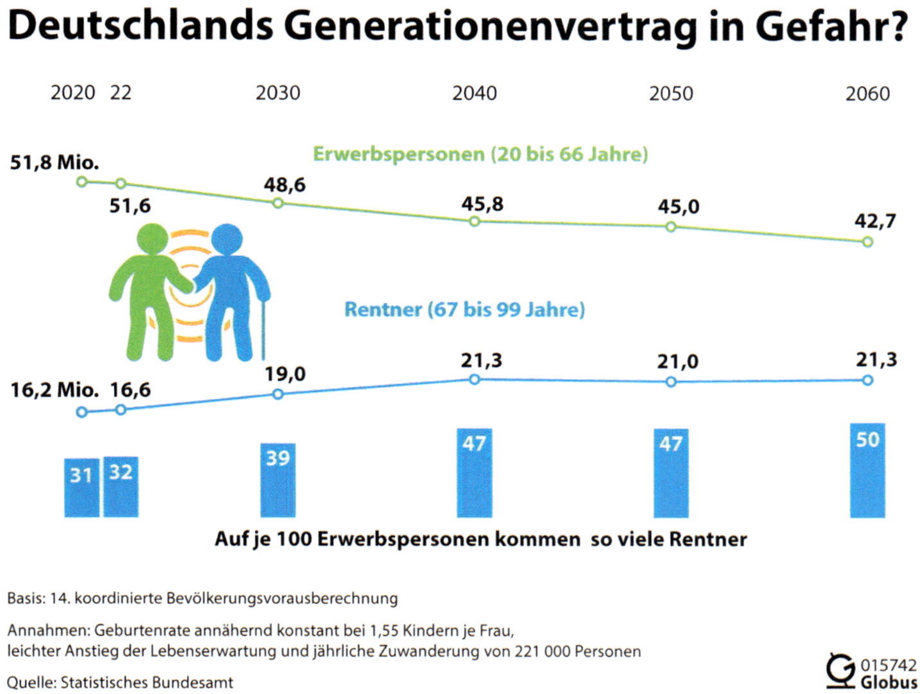

M 7 Der Generationenvertrag

Zeichnung: Thomas Plaßmann

1 **Werten** Sie M 4 aus und **beurteilen** Sie Ihre Ergebnisse vor dem Hintergrund der Stabilität des politischen Systems in Deutschland.

2 **Problematisieren** Sie Altersdiskriminierung vor dem Hintergrund des Fachkräftemangels (M 5).

3 **Diskutieren** Sie vor dem Hintergrund einer älter werdenden Gesellschaft die Zukunft des umlagefinanzierten Rentensystems in Deutschland (M 6, M 7).

4 **Erstellen** und **präsentieren** Sie ein mediales Produkt zu der Frage „Ist Deutschland eine Rentnerrepublik?“ (M 1–M 7).

2.7 Urteil: Ungleichheit in Deutschland – wie können gesellschaftliche Konflikte gelöst werden?

M1 Nutzt das Deutschlandticket allen?

Zeichnung: Martin Erl

M2 Mehr und bessere Mobilität auf dem Land

Der Bürgerbus – deine Nachbar:innen als Busfahrer:innen

Wie es funktionieren kann, zeigt der Bürgerbus in Korschenbroich. Er fährt Orte wie Rubbelrath, Schloss Dyck und das Nikolauskloster an. Es sind die Bewohner:innen der kleinen Stadt am Niederrhein, die in ihrer Freizeit hinter dem Steuer der kleinen Bussen sitzen. Sie bekommen allerdings kein Geld für ihre Arbeit, ihr Engagement ist ehrenamtlich. Ohne Menschen, die freiwillig helfen, wären Busse hier zu teuer. In Korschenbroich gibt es so viele freiwillige Fahrer:innen, dass sie alle 90 Minuten eine Fahrt starten können. Die Bürgerbusse sind auf dem Land richtige öffentliche Verkehrsmittel, mit Ticket und Haltestelle. Und manchmal gehört auch ein nettes Gespräch dazu.

Der On-Demand-Bus: Er hält, wo du ihn brauchst

Du stehst vor der Sporthalle und willst nach Hause? In Neunkirchen-Seelscheid nimmst du dann einfach dein Handy raus, tippst deinen Fahrtwunsch in eine App und wenige Minuten später steht „Rhesi“ vor dir und nimmt dich mit. [...] Die meisten „On-Demand“- oder „Rufbusse“ sind auf dem Land unterwegs. Die Rhesi-App sagt [dem] Fahrer [...], wo er als nächstes hinfahren soll. Anders als in einem Taxi, nimmt er im Rhesi-Van auch mehrere Fahrgäste mit. Wenn jemand auf dem Weg zusteigen will, dann hält Rhesi an. Andere Rufbussysteme fahren dich sogar direkt zum nächsten Linienbus oder zur Bahn — doppelte Fahrten werden so vermieden. [...]

Carsharing: Eine Lösung auch für kleine Orte

Carsharing-Angebote gibt zwar vor allem in Großstädten wie München, wo auch mehrere Privatunternehmen miteinander konkurrieren. Im Bergischen Overath gibt es ebenfalls ein Carsharing-Angebot, hier aber haben sich die Einwohner:innen zusammengetan und selbst eine Car Sharing Community gebildet. Als Genossenschaft bezahlen sie die Autos und kümmern sich um Ladesäulen. So sind sie unabhängig von Car Sharing Firmen. [...]

Die Mitfahrbank: Das neue Trampen auf dem Land

Im ländlichen Raum sind ziemlich viele Autos unterwegs, meistens sitzt aber nur eine Person darin. Hier setzen die Mitfahrbänke an, das Prinzip: Setz dich drauf und werde mitgenommen. Sobald du einsteigst, bildet ihr im Auto eine Fahrgemeinschaft. Mitfahrbänke gibt es schon in vielen Orten in ganz Deutschland, zum Beispiel in Etteln bei Paderborn. Dort hilft dir zusätzlich noch eine eigene Dorf-App beim Trampen. Du schreibst einfach in die App, wohin du mitgenommen werden willst. Alle App-Nutzer:innen mit Auto erfahren dann, dass du auf der Bank sitzt und wartest. Sobald jemand anhält, kann es losgehen.

Anja Wollschläger, Mobilität auf dem Land - So könnte es klappen, in: https://www1.wdr.de/kugelzwei/gamechanger/mobilitaet-land-100.html, 15.09.2023

M3 Ärztliche Versorgung in Deutschland

Immer wieder hört man Menschen im Umfeld berichten: „Ich habe Wochen auf einen Termin gewartet." – „Die Praxis hat gerade Aufnahmestopp." Aber lässt sich diese gefühlte Wahrheit auch bestätigen? Mangelt es in Deutschland tatsächlich an Ärzt*innen?

Fakt ist: Es gibt so viele Ärzt*innen wie nie und auch die Versorgung pro Kopf lag laut Daten der Bundesärztekammer 2022 auf einem Rekordhoch. [...]

Prof. Antonius Schneider forscht an der TU München zum Ärztemangel in Bayern. Besonders bei den jüngeren Generationen sieht er einen Wandel. „Niedergelassene Ärztinnen und Ärzte haben in der Vergangenheit pro Kopf mehr gearbeitet als heute. Wir brauchen drei nachwachsende Arbeitskräfte, um zwei zu ersetzen. Die Work-Life-Balance wird wichtiger", erklärt Antonius Schneider. „Gerade die Jüngeren bevorzugen Anstellung statt Selbstständigkeit und arbeiten vermehrt in Teilzeit." Allerdings ist Teilzeit in der Medizin nicht unbedingt mit anderen Branchen zu vergleichen. Die Belastung in den Kliniken ist enorm. „Eine Vollzeitkraft in der Klinik arbeitet nicht selten 50 oder 60 Stunden pro Woche. Wer auf eine 70-Prozent-Stelle reduziert, könnte auf 40 Stunden pro Woche kommen", so Antonius Schneider. [...] Aus den Entwicklungen zu folgern ‚Heute ist die Versorgung schlechter als noch vor 20 oder 30 Jahren' wäre allerdings auch falsch. Antonius Schneider spricht stattdessen von einer Über-, Unter- und Fehlversorgung. An attraktiven Orten – vorrangig im städtischen Raum – gebe es viele Ärzt*innen und die Versorgung sei wohl besser denn je. Mancherorts scheine es sogar zu viele Ärzt*innen zu geben. Das könne laut dem Experten dazu führen, dass die Versorgung wegen mangelnder Koordination chaotisch und weniger effizient ablief. In unattraktiven Regionen drohe hingegen ein Mangel. Dabei ist die Unterteilung in „Stadt = attraktiv" und „Land = unattraktiv" übrigens zu leicht. Auch sozialschwache Regionen im städtischen Raum können Probleme bekommen.

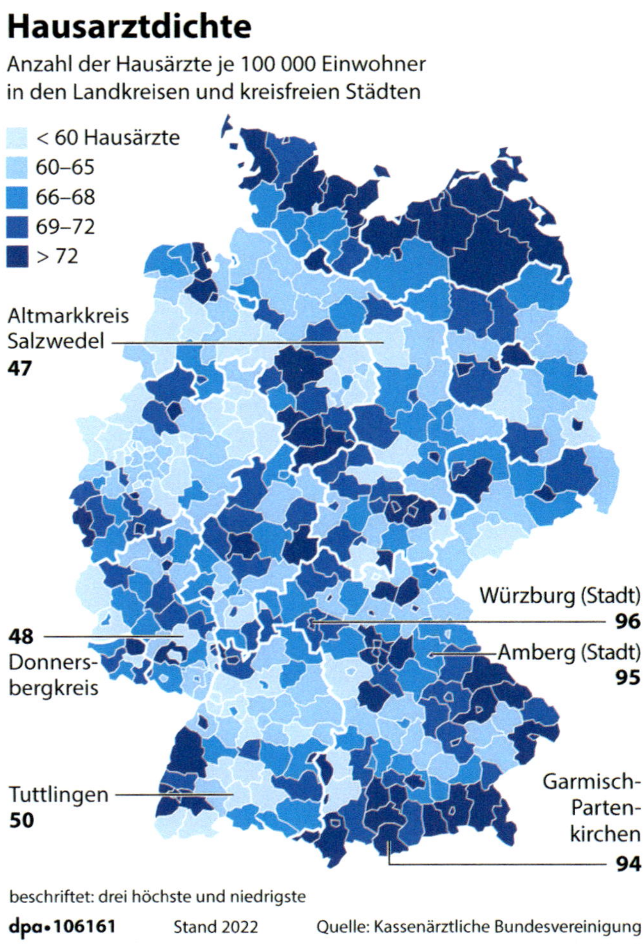

Luisa Billmayer, Warum der Ärztemangel komplexer ist, in: https://www.zdfheute.de/ratgeber/gesundheit/aerztemangel-deutschland-100.html, 13.04.2024

1 **Beschreiben** Sie M 1 und **formulieren** Sie mögliche Deutungshypothesen.

2 **Beurteilen** Sie die Vorschläge in M 2 im Hinblick auf eine flächendeckende Umsetzung in den ländlichen Regionen Deutschlands.

3 **Werten** Sie M 3 im Hinblick auf die Ärzteversorgung in Deutschland **aus**.

4 **Entwickeln** Sie anhand eines selbstgewählten Beispiels Vorschläge, wie gesellschaftliche Konflikte in Deutschland gelöst werden können.

3. Grundeinkommen oder Eigenverantwortung – welche Richtung nimmt der deutsche Sozialstaat zukünftig?

3.1 Einführung

M1 Zitate

Mehr Eigenverantwortung des Einzelnen, weniger soziale Hängematte..

Wolfgang Schäuble (1942–2023), Bundestagspräsident

Es gibt viele Fälle, in denen jemand hohes Arbeitslosengeld bezieht, obwohl Familieneinkommen und Vermögen da sind. Und ich frage nun, ob der Sozialstaat nicht besser so konstruiert sein sollte, dass nur die Bedürftigen Nutznießer des Sozialstaats sind.

Oskar Lafontaine (* 1943), ehemaliger Bundesfinanzminister und Politiker (BSW)

M2 Sozialpolitik in Deutschland

Grundsicherungssysteme in Deutschland

System	Grundsicherung für Arbeitsuchende	Sozialhilfe	Grundsicherung im Alter und bei Erwerbsminderung	Leistungen nach dem Asylbewerberleistungsgesetz
Personenkreis	erwerbstätige Personen im Alter zwischen 15 Jahren und der Regelaltersgrenze	Personen im Alter unterhalb der Regelaltersgrenze	Personen im Alter oberhalb der Regelaltersgrenze	Asylbewerber und Flüchtlinge
Leistungsvoraussetzung	Erwerbsfähigkeit von mehr als 3 Stunden am Tag	zeitweise voll erwerbsgemindert	erreichen der Regelaltersgrenze oder dauerhafte volle Erwerbsminderung	Asylbewerber sowie geduldete und vollziehbar zur Ausreise verpflichtete Ausländer
Zentrale Leistungen	Arbeitslosengeld II und Sozialgeld/ Bürgergeld Kosten der Unterkunft	Hilfe zum Lebensunterhalt Kosten der Unterkunft	Grundsicherung Kosten der Unterkunft	Grundleistungen Barbedarf Unterkunft
Empfängerzahlen	Leistungsempfänger 5 200 368*	Leistungsempfänger 226 390*	Leistungsempfänger 1 189 280	Leistungsempfänger 482 305*
Gesetzliche Grundlage	SGB II	SGB XII	SGB XII	Asylbewerberleistungsgesetz

Quelle: Sozialpolitik aktuell / Institut Arbeit und Qualifikation der Universität Duisburg-Essen *Zahlen für 2022 48859EX

M3 Ist ohne Eigenverantwortung der Bürgerinnen und Bürger kein (Sozial-)Staat zu machen?

Viele jener, die sich für einen starken Sozialstaat einsetzen, reagieren reflexhaft auf den möglichen Missbrauch des Topos der Eigenverantwortung und rücken ihn in eine neoliberale Ecke. Er stehe für den Rückzug des Staates und die Individualisierung sozialer Notlagen. Aber selbstredend ist ohne die Eigenverantwortung der Bürgerinnen und Bürger kein Staat zu machen, auch kein Sozialstaat. Wie wollen wir arbeiten? Was tun, wenn demnächst Millionen Fachkräfte fehlen? Und sind jüngere Menschen wirklich so faul, wie manche ältere behaupten? Wir beantworten in unserem Newsletter wichtige Fragen zur Arbeitswelt. Die entscheidende Frage ist: Leisten das Bildungs- und Sozialsystem das Mögliche, damit Menschen ihre Potenziale entfalten können, um überhaupt eigenverantwortlich handeln zu können? Aus diesem Blickwinkel zeigt sich, dass viele Familien eben mehr brauchen als eine kluge Wirtschafts- und Finanzpolitik. [...] Die Einforderung von Eigenverantwortung ist leer und hohl, wenn sie nicht mit der erforderlichen Unterstützung verbunden ist, Handlungsoptionen zu erweitern, die ein selbstverantwortetes Leben ermöglichen. Eine Bildungs- und Sozialpolitik, die sich als Politik der Befähigung begreift, stellt sich dieser Herausforderung. Das erfordert viel mehr Kooperation in dem stark zerklüfteten Sozialstaat. Das als entbehrlich gescholtene Bundesfamilienministerium hat viel unternommen, um die dafür notwendige professionelle Neuorientierung der Akteure des Sozialstaats voranzubringen. Ist eine Sozialpolitik der Befähigung paternalistisch? [...] Wo immer eine Politik der Befähigung ansetzt, sie ist als entscheidendes Element ihrer Wirkungskette darauf angewiesen, dass Menschen Optionen der Befähigung aufgreifen. Das geht in aller Regel nur gemeinsam mit ihnen. Sie müssen Akteure ihrer Selbstbefähigung werden. Eine Sozial- und Bildungspolitik, die sich dieser Herausforderung stellt, ist nicht Ausdruck eines paternalistischen Nanny-Staates, sondern unverzichtbarer Teil zur Sicherung der Teilhabe aller.

Georg Cremer, Wie paternalistisch darf unser Sozialstaat sein?, in: https://www.zeit.de/wirtschaft/2024-05/sozialleistungen-sozialpolitik-eigenverantwortung-staatliche-leistungen-paternalismus, 04.06.2024

M4 Grundeinkommen – eine gute Idee?

Zeichnung: Schwarwel

1 **Ermitteln** Sie die sozialpolitische Stoßrichtung der beiden Zitate (M 1).
2 **Erklären** Sie das Schaubild zur Sozialpolitik in Deutschland (M 2).
3 **Fassen** Sie die zentrale These in M 3 in eigenen Worten **zusammenfassen**.
4 **Beschreiben** Sie M 4 und **formulieren** Sie Deutungshypothesen.
5 **Diskutieren** Sie in einer Gruppe, welche Richtung der deutsche Sozialstaat Ihrer Meinung nach in der Zukunft nehmen sollte (M 1–M 4). **Präsentieren** Sie anschließend Ihre Positionen im Plenum und **setzen** Sie sich mit den Positionen der anderen Gruppen **auseinander**.

3.2 Grundprinzipien der sozialen Sicherung – haben diese Prinzipien noch eine Zukunft?

M1 Kann das gutgehen?

SCHÖNE AUSSICHT

Zeichnung: Thomas Plaßmann

M2 Solidaritäts- und Subsidiaritätsprinzip

WEBCODE
WES-117977-502
Der deutsche Sozialstaat

Unter **Solidarität** versteht man im Allgemeinen die gegenseitige Hilfe in einer Gruppe, das gegenseitige Einstehen der Mitglieder einer Gruppe füreinander. In unserem ausdifferenzierten sozialen Sicherungssystem mit seinen großen anonymen Versichertengruppen ist das Element der persönlichen gegenseitigen Hilfe kaum zu finden. Das Solidarprinzip im sozialen Sicherungssystem – wie wir es verstehen – reduziert und konkretisiert sich folgerichtig als ein anonymer Akt der Umverteilung der Belastungen (Finanzierungen) und/oder Leistungen. Dabei gibt es drei Ausprägungen des Solidarprinzips in einer Versichertengemeinschaft.

- Zunächst kann damit gemeint sein, dass **ungleiche Risiken bei gleichem Beitrag oder Beitragssatz zusammengelegt** werden. Da private Versicherungen ihre Prämien nach eingebrachtem individuellem Risiko kalkulieren, kommt es dadurch zu einer Umverteilung zugunsten der Menschen, die ein größeres Risiko einbringen.
- Die zweite Ausprägung des Solidarprinzips basiert auf dem Modell der **intertemporalen Umverteilung**. [...] Stellen wir uns den Lebensablauf eines Menschen vor, so sehen wir, dass den Zeiten der Erwerbstätigkeit, in der Leistungseinkommen erzielt wird, Zeiten der Kindheit und Jugend, Schule und Ausbildung, Krankheit, Arbeitslosigkeit, Alter und möglicherweise noch weitere Zeiten einer Verhinderung oder Minderung der Erwerbstätigkeit gegenüberstehen. Wenn man nun annimmt, das gesamte Lebenserwerbseinkommen eines Arbeiters würde in der heutigen Zeit bei richtiger Umschichtung ausreichen, um auch den lebensnotwendigen Bedarf in den Zeiten ohne Leistungseinkommen abzudecken, reicht es aus, wenn das Sozial(versicherungs)system diese intertemporale Umverteilung des Lebenseinkommens, die individuell nur ungenügend geschehen kann, in einer Solidargemeinschaft [Generationenvertrag] optimal organisiert.
- Die dritte Interpretation sieht das Solidarprinzip nur bei einer merklichen **interpersonellen Umverteilung** verwirklicht. Solidarisch ist eine Gruppe oder Versichertengemeinschaft erst dann, wenn die Last zugunsten der sozialökonomisch Schwächeren zum Teil auf die stärkeren Schultern der Bezieher höherer Einkommen geladen wird. [...]

Alle drei Ausformungen finden sich im deutschen Sozialversicherungssystem verwirklicht. Das Ausmaß der Umverteilung variiert nach dem relativen Anteil der Sachleistungen. Sie ist bei der Rentenversicherung, wo überwiegend Einkommenstransfers stattfinden, geringer ausgeprägt als bei der Krankenversicherung und der Pflegeversicherung. Insgesamt ist der Umfang der interpersonellen Umverteilung nicht übermäßig hoch. Das erhöht die Akzeptanz der Sozialversicherung in der Bevölkerung, die auf ein ausgewogenes Verhältnis von Leistung und Gegenleistung achtet. [...]

Das **Subsidiaritätsprinzip** wird einmal als eine Aufforderung an den Staat verstanden, die kleineren sozialen Einheiten, insbesondere die Familien, besonders zu fördern, aber auch als ein Votum für den Vorrang der freien Wohlfahrtsverbände als Anbieter sozialer Dienste [...]. Neue soziologische Ansätze in Theorie und Praxis greifen diesen Gedanken auf. Es geht vor allem um die Aktive Teilhabe der Betroffenen an der Erbringung Sozialer und gesundheitlicher Dienste. Es wird eine „Steigerung der kooperativen Kompetenz des Klienten" angestrebt. So soll die individuelle Fähigkeit, aktiv mit den professionellen Leistungserbringern Wie Ärzten, Sozialarbeitern, Sozialpädagogen und Pflegekräften zusammenzuarbeiten, geschult und verbessert werden.

Lothar F. Neumann/Klaus Schaper, Die Sozialordnung der Bundesrepublik Deutschland, Campus: Frankfurt a.M. [5]2008, S. 165 ff.

GLOSSAR

Sozialversicherung
Subsidiaritätsprinzip

M3 Äquivalenzprinzip

Die Rentenversicherung in Deutschland basiert auf den Prinzipien der Äquivalenz von Beitrag und Leistung, dem Versicherungsprinzip, der Einkommensersatzfunktion sowie dem sozialen Ausgleich. [...]

Die Leistungen [sollen sich] grundsätzlich nach der Höhe der in der Erwerbsphase gezahlten Beiträge richten [...]. Doppelt so hohe Beiträge führen zu doppelt so hohen Anwartschaften, gemessen in Entgeltpunkten. Die Summe der erworbenen Entgeltpunkte bestimmt wiederum den individuellen Rentenanspruch. Die Umsetzung einer vollständigen Beitragsäquivalenz ist jedoch nicht möglich, da beispielsweise der Beitragssatz über die Jahre hinweg steigen kann. Dies bedeutet, dass Entgeltpunkte in unterschiedlichen Jahren unterschiedlich „teuer" erworben wurden. Daher wird in der Rentenversicherung lediglich auf die Teilhabeäquivalenz abgestellt. [...] Eine Gleichbehandlung von unterschiedlichen Jahrgängen (intergenerative Gerechtigkeit) wird somit nicht unbedingt aufrechterhalten. [...]

Die hohe Bedeutung des Äquivalenzprinzips unterscheidet die Rentenversicherung unter anderem von anderen Sozialversicherungen, beispielsweise der Krankenversicherung und der Pflegeversicherung. Dort gilt stärker das Solidaritätsprinzip, bei dem die Gruppe der Gesunden für die Gruppe der Erkrankten mit aufkommt. Ebenso kommen Einkommensstarke für die Gruppe der Einkommensschwachen mit auf.

Karl Lauterbach u. a., Zum Zusammenhang zwischen Einkommen und Lebenserwartung, S. 2, in: https://www.sozialpolitik-aktuell.de/files/sozialpolitik-aktuell/_Kontrovers/Rente67/Zusammenhang-Einkommen-Lebenserwartung.pdf, 20.07.2025

INFO

Äquivalenz
Gleichwertigkeit

1. **Interpretieren** Sie M 1.
2. **Beschreiben** Sie das Solidaritäts- und Subsidiaritätsprinzip (M 2).
3. **Erklären** Sie das Spannungsverhältnis zwischen Äquivalenzprinzip und Solidaritätsprinzip (M 2, M 3).
4. **Diskutieren** Sie, ob Sie das Äquivalenzprinzip für gerecht halten (M 3).
5. **Erörtern** Sie, ob die Grundprinzipien der sozialen Sicherung in Deutschland vor dem Hintergrund der demografischen Veränderungen und gesellschaftlichen Entwicklungen zukunftsfähig sind (M 1–M 3). Veröffentlichen Sie Ihre Ergebnisse in einem Blog. **Recherchieren** Sie ggf. nach weiteren Informationen.

3.3 Die historische Entwicklung des deutschen Sozialstaats – ein Erfolgsmodell?

M1 Ausbau des Sozialstaats nach dem Zweiten Weltkrieg

WEBCODE
WES-117977-503
Geschichte der Sozialpolitik: Normen und Prinzipien

Nach dem Zweiten Weltkrieg erlebte der Sozialstaat in der Bundesrepublik Deutschland eine deutliche Expansion und Differenzierung bis in die 1970er-Jahre. Wichtige Veränderungen umfassten den Ausbau des Gesundheitswesens und sozialer Dienstleistungen in Bereichen wie Kinder- und Sozialarbeit sowie die Weiterentwicklung der Arbeitsmarkt- und Qualifizierungspolitik. Die Rentenreform von 1957 führte zur Umstellung von einem Kapitaldeckungsverfahren auf ein Umlageverfahren, wodurch die Rentenhöhe um über 60 Prozent angehoben und dynamisch an die Löhne angepasst wurde. Diese Reform verstand sich als Teil eines Generationenvertrags, bei dem die arbeitende Bevölkerung durch Beiträge die Renten der älteren Generationen finanzierte. Ab den späten 1960er-Jahren reagierte die sozialliberale Regierung aus SPD und FDP auf die gewachsenen sozialen Ansprüche und das Ende des Wirtschaftsbooms der Nachkriegszeit mit einem Arbeitsförderungsgesetz, das aktive Elemente in die Arbeitsmarktpolitik einführte. Die Bildungspolitik zielte darauf ab, Bildungsprivilegien abzubauen und den Zugang zu Bildung für benachteiligte Schichten zu verbessern. Die Ölkrise von 1973/74 führte zu einem ersten Wendepunkt, an dem soziale Einschnitte und Kürzungen, besonders nach dem Regierungswechsel 1982 (Helmut Kohl (CDU) folgte Helmut Schmidt (SPD) als Bundeskanzler), stattfanden. Gleichzeitig wurden jedoch auch Erweiterungen des Sozialstaats wie die Einführung der Pflegeversicherung und Verbesserungen in der Familienpolitik beschlossen.

Nach der Deutschen Einheit im Jahr 1990 wurden die sozialpolitischen Institutionen des der alten Bundesrepublik Deutschland nahezu unverändert in die neuen Bundesländer transferiert, was einen Bruch mit dem sozialistischen System der DDR darstellte. Die vereinigungsbedingten Ausgaben stiegen erheblich, während das Wirtschaftswachstum in den 1990er-Jahren abnahm und die Arbeitslosigkeit erneut anstieg. Der demografische Wandel stellt dabei eine zusätzliche Herausforderung für den Wohlfahrtsstaat dar, was vielfältige Maßnahmen zu dessen Stabilisierung erforderlich machte.

Autorentext

M2 Die Krise des Sozialstaats als Krise der Sozialdemokratie?

QUERVERWEIS
Beispiel Agenda 2010 – war die monetaristische Politik erfolgreich?
S. 304 f.

„Wer arbeiten kann, aber nicht will, der kann nicht mit Solidarität rechnen. Es gibt kein Recht auf Faulheit in unserer Gesellschaft." Mit dieser Aussage sorgte der SPD-Vorsitzende und Bundeskanzler Gerhard Schröder 2001 in einem Interview für Aufmerksamkeit. Schröders Drastik war in Teilen wahlkampftaktisch motiviert, entsprang aber vor allem einer neuen Vorstellung von Sozialpolitik.

Vorreiter dieser in Deutschland „aktivierender Sozialstaat" genannten Neukonzeption waren Bill Clinton und Tony Blair mit ihrer Strategie des „Third Way" gewesen. Nach den New Democrats in den USA und New Labour in Großbritannien gelang auch der SPD mit der „Neuen Mitte" 1998 ein klarer Wahlsieg, den sie 2002 wiederholen konnte. [...] In Deutschland fokussiert die Debatte auf die Agenda 2010. Eine gewisse Ironie birgt die Feststellung, dass die SPD 1998 genau deswegen in die Regierung gewählt wurde: Sie sollte den Reformstau aufbrechen, den die schwarz-gelbe Kohl-Regierung infolge der Wiedervereinigung und der zunehmenden Globalisierung seit 1990 nicht hatte auflösen können. Bundespräsident Roman Herzogs Mahnung, „Durch Deutschland muss ein Ruck gehen" (1997), steht stellvertretend für diese Phase. Wenig beachtet wurde in der Forschung bislang, dass der Christdemokrat Herzog in die-

ser Rede auf internationale Vorbilder verwies, die allesamt von reformorientierten Sozialdemokraten bzw. den US-Demokraten umgesetzt worden waren (Niederlande, Schweden, Neuseeland, USA). Ein Großteil der Pläne, so auch die Wende zum „aktivierenden Sozialstaat", stand für jeden nachlesbar in den SPD-Wahlprogrammen 1998 und 2002. Die Hartz-Kommission hatte ihren Abschlussbericht sogar einen Monat vor der Wahl 2002 vorgelegt, was bekanntlich einen Sieg der SPD in den Bundestagswahlen nicht verhinderte. [...] Auf arbeitsmarkt-, wirtschafts- und finanzpolitischer Ebene führte die Agenda-Politik zu Verbesserungen. Alleine die Arbeitslosenquote sank innerhalb von fünf Jahren (2005–2010) von 13 auf 8,6 und schließlich 5,5 Prozent vor der Corona-Pandemie. Die öffentliche Kritik ist weniger auf diese Wirkungen als auf emotionale Faktoren zurückzuführen. Die vor allem in der Mittelschicht verbreitete Angst vor sozialem Abstieg, die Infragestellung der beruflichen Lebensleistung durch die Kürzung der Bezugsdauer von Arbeitslosengeld I, der Wegfall des Qualifikationsschutzes sind u. a. zu nennen. Verstärkt wurden diese Ängste durch eine (bis heute andauernde) problematische massenmediale Darstellung von Hartz IV. [...] Hartz IV hat sich zum Inbegriff einer angeblich unsozialen SPD-Politik entwickelt. In der öffentlichen Wahrnehmung werden Hartz IV und die Agenda 2010 synonym verwendet, obwohl letztere aus deutlich mehr Reformvorhaben bestand.
Hier wird bereits ein zentraler Fehler der Führung um Schröder deutlich: Sie verpasste es, die abrupte Ankündigung der Agenda 2010 im Bundestag mit einem positiven Narrativ zu verknüpfen.

Nikolas Dörr, Die Agenda 2010 als Zeitgeschichte der Sozialdemokratie, in: https://www.fes.de/feshistory/blog/agenda-2010-zeitgeschichte-der-sozialdemokratie, 26.02.2021

M3 Bürgergeld: Lohnt sich arbeiten gehen nicht mehr?

Das Ifo-Institut widerspricht der weit verbreiteten Einschätzung, dass sich Arbeit in Deutschland wegen des Bürgergelds nicht mehr lohne. „Arbeit führt in Deutschland immer zu höheren Einkommen als Nichtstun", erklärte das Münchner Wirtschaftsforschungsinstitut jetzt.
Nach den Berechnungen der Wissenschaftler ist die Voraussetzung aber, dass Geringverdiener auch die Möglichkeit der Aufstockung ihres Einkommens durch zusätzliche Sozialleistungen beantragen. Ohne Geld vom Staat kann demnach unter Umständen das reine Arbeitseinkommen tatsächlich niedriger sein als das Bürgergeld. „Die von manchen Politikern aufgestellte Behauptung, wer nur Sozialleistungen beziehe, bekomme netto mehr als ein Geringverdiener, ist schlicht falsch", sagte Andreas Peichl, Leiter des Ifo-Zentrums für Makroökonomik und Befragungen. Die Rechenbeispiele des Instituts: Ein Alleinstehender in einer Stadt mit mittlerem Mietniveau wie Dresden kann demnach bei 1 000 Euro Bruttoverdienst mithilfe zusätzlicher Sozialleistungen im Monat auf 891 Euro netto nach Abzug von Miet- und Heizkosten kommen. Wer nicht arbeite und nur Sozialleistungen bekomme, habe 563 Euro Bürgergeld. „Nur wenn ein Alleinstehender mit 1 000 Euro Brutto-Einkommen keinerlei Sozialleistungen beantragt, die er erhalten kann, dann landet er bei 357 Euro netto", sagte Ökonom Manuel Pannier. Bei 2 000 Euro brutto kann ein Alleinstehender laut Ifo mit Sozialleistungen auf netto 1 020 Euro im Monat kommen, ohne Sozialleistungen wären es 965 Euro. Beide Beiträge seien wesentlich höhere als das Bürgergeld von 563 Euro.

INFO

Bürgergeld
hat das Arbeitslosengeld II, auch bekannt als „Hartz IV", abgelöst. Das Bürgergeld ist die Grundsicherung für alle Menschen in Deutschland, die arbeiten können, also erwerbsfähig sind. Wer Anspruch auf Bürgergeld hat, ist „leistungsberechtigt". Wer Bürgergeld bezieht wird als „Leistungsempfänger" bezeichnet.

Wirtschaftsforscher widersprechen Politik: Geringverdiener haben mehr Geld als Bürgergeld-Bezieher, 17.01.2024 © dpa Deutsche Presse-Agentur

1. **Fassen** Sie M 1 in eigenen Worten **zusammen**.
2. **Erörtern** Sie die Sozialpolitik unter Gerhard Schröder und **nehmen** Sie **Stellung** zu seiner Arbeitsmarktreform (M 2).
3. **Beurteilen** Sie, ob es sich in Deutschland (weiterhin) lohnt, arbeiten zu gehen, statt Bürgergeld zu beziehen (M 2, M 3).
4. **Diskutieren** Sie, ob der deutsche Sozialstaat ein Erfolgsmodell ist (M 1–M 3).

3.4 Erreicht der Sozialstaat in Deutschland seine Ziele?

M1 Grundlagen des Sozialstaats im Grundgesetz

Verfassungsrechtliche Grundlagen des Sozialstaats im Grundgesetz		
Sozialstaatsprinzip	**Soziale Grundwerte**	**Bestandsgarantie**
Art. 20 Abs. 1: „Die Bundesrepublik Deutschland ist ein demokratischer und sozialer Bundesstaat." **Art. 28 Abs. 1:** „Die verfassungsmäßige Ordnung in den Ländern muss den Grundsätzen des republikanischen und sozialen Rechtsstaates im Sinne dieses Grundgesetzes entsprechen."	**Art. 1 Abs. 1:** „Die Würde des Menschen ist unantastbar." **Art. 1 Abs. 1 und Abs. 3:** Grundrechtsbindung der staatlichen Gewalt an Grundrechte, insbesondere **Art. 3:** Gleichheit vor dem Gesetz **Art. 6:** Schutz von Ehe und Familie **Art. 9 Abs. 3:** Koalitionsfreiheit **Art. 14 Abs. 2:** Sozialbindung des Privateigentums	**Art. 79 Abs. 3:** „Eine Änderung dieses Grundgesetzes, durch welche […] die in den Art. 1 und 20 niedergelegten Grundsätze berührt werden, ist unzulässig." **Art. 19 Abs. 2 GG:** „In keinem Falle darf ein Grundrecht in seinem Wesensgehalt angetastet werden."

M2 Theorien zu gesellschaftlichen Sicherungseinrichtungen

Funktionalistische Theorien betonen die Prägekraft großer, umfassender Entwicklungstrends: Gegen die Modernisierung, die Industrialisierung oder die Durchsetzung des Kapitalismus können die Einzelnen wenig ausrichten. Aus diesen Entwicklungen ergeben sich vielmehr viele Zwänge, auf bestimmte Weise zu handeln. Auch der Aufbau von Systemen sozialer Sicherung stellt aus dieser Sicht eine notwendige Reaktion auf veränderte äußere Gegebenheiten dar. Die Industrialisierung, die Modernisierung bzw. der Kapitalismus, also im Grunde wirtschaftliche Entwicklungen, brachten eine Fülle von Risiken – und damit Krankheit, Not und Tod – für die Menschen mit sich. Es führte nach Ansicht von Funktionalisten kein Weg daran vorbei, Sicherungseinrichtungen aufzubauen, um ein Zusammenbrechen menschlicher Gesellschaften zu verhindern.

Konflikttheorien heben dagegen hervor, dass die Systeme sozialer Sicherung keineswegs zwangsläufig entstanden seien. Vielmehr habe erst massiver Druck vonseiten der Bevölkerung, insbesondere durch die Arbeiterbewegung, dazu geführt, dass Absicherungen gegen Existenzbedrohungen in Folge von Alter, Krankheit, Unfall oder Armut geschaffen worden seien. Die jeweilige Politik sei also durchaus wirksam. Je nach Art der vertretenen Konflikttheorie werden die Massendemokratie schlechthin oder aber spezifischer Sozialdemokratie und Gewerkschaften als politische Vertretungen der Arbeiterklassen bzw. politische Koalitionen zwischen bestimmten Parteien als Ursachen des Sozialstaats genannt.

Institutionelle Ansätze erklären das Zustandekommen sozialer Sicherung konkreter. Hier wird der Staat nicht, wie im Lichte von Konflikttheorien, als ausführendes Organ von Interessen, sozialen Bewegungen oder politischen Parteien gesehen. Vielmehr sind staatliche Instanzen selbst die Ursache, dass soziale Sicherungen entstanden. Staatliche Instanzen steuern, entscheiden und schaffen Systeme sozialer Sicherung. Je nach Version der institutionellen Theorie ist es der Wettbewerb zwischen den Staaten, die Eigendynamik von Staatsstrukturen oder das Streben von Eliten nach Machterhalt, die als Ursachen genannt werden. Im Zusammenhang mit institutionellen Ansätzen sind auch **Theorien der „Pfadabhängigkeit"** zu nennen: Hiernach macht es ein einmal eingeschlagener Weg (zum Beispiel die Einführung eines statuserhaltenden Versicherungsprinzips) sehr schwer, diesen „Pfad" wieder zu verlassen. Freilich lassen sich so eher die Verlaufsformen als die Entstehung von sozialen Sicherungssystemen erklären. […]

Alle **funktionalistischen Theorien** halten soziale Sicherungen als solche für notwendig, können aber nicht erklären, weshalb so unterschiedliche Sicherungssysteme aufgebaut wurden. [...] **Konflikttheoretiker** erklären das Zustandekommen sozialer Sicherungen mit den aufeinanderprallenden Interessen verschiedener Gruppierungen. [...] **Institutionelle Theorien** [...] sind in der Lage, ganz unterschiedliche und sehr spezifische Entwicklungen zu erklären, freilich nur aus den Bestrebungen der jeweils Beteiligten heraus.

Stefan Hradil, Die Sozialstruktur Deutschlands im internationalen Vergleich, VS Verlag für Sozialwissenschaften: Wiesbaden [3]2015, S. 242 f.

M 3 Staatliche Steuerungsprogramme

[D]er moderne Sozialstaat [verfügt] über verschiedene Instrumente und Interventionsprogramme, die sich nach ihrer grundsätzlichen Wirkung, den dahinter zum Tragen kommenden Steuerungsprinzipien und ihrer konkreten Beschaffenheit unterscheiden lassen.

- Bezogen auf die Wirkung unterscheidet man nach Instrumenten, die eine Ressourcen- und Leistungsverteilung zugunsten bestimmter Leistungsempfänger erbringen, ohne dabei auf Kosten anderer zu gehen (distributiv), und solchen, die eine Umverteilung zur Folge haben (redistributiv). Im ersteren Fall handelt es sich um Zuschüsse des Bundes oder der Länder an die Gemeinden, beispielsweise zur Förderung der lokalen Beschäftigungspolitik. Für den zweiten Fall steht die Sozialhilfe.
- Im Hinblick auf Steuerungsprinzipien kommen Gebote/Verbote, Anreize, Angebote, Formen der Aufklärung, aber auch staatliche Modellmaßnahmen zum Tragen. Redistributive Programme arbeiten oft mit Leistungsanforderungen (Hilfe zur Arbeit), während Distribution meist über finanzielle Anreize läuft (zum Beispiel Eingliederungsbeihilfen). [...]
- Die Beschaffenheit eines Politikprogramms richtet sich schließlich nach der Art der Leistungen (materiell/immateriell), die damit verbunden sind. Materielle Leistungen beinhalten wie das BAföG entweder positive Transfers oder wie im Fall von Abgaben und Steuern negative Transfers. Immaterielle Leistungen sind entweder soziale Dienstleistungen oder Sachdienstleistungen. Programme ohne Leistungscharakter werden, sofern sie auf eine Verhaltensnormierung zielen, auch als regulative Programme bezeichnet (zum Beispiel Jugendschutz); selbstregulative Politikprogramme gewähren das Recht auf eigenständige Regelung gesellschaftlicher Organisationen, zum Beispiel durch die Selbstverwaltung in der Sozialversicherung.

Josef Schmid, Sozialstaat. Eine Institution im Umbruch, in: Stefan Hradil (Hg.), Deutsche Verhältnisse, BpB: Bonn 2012, S. 437 f.

INFO

BAföG
Bundesausbildungsförderungsgesetz

1. **Charakterisieren** Sie das Sozialstaatsgebot im Grundgesetz (M 1).
2. **Erklären** Sie die wichtigsten Unterschiede zwischen den drei Theorien zu gesellschaftlichen Sicherungseinrichtungen (M 2).
3. **Begründen** Sie mithilfe der theoretischen Perspektiven in M 2 die Notwendigkeit eines Sozialstaats.
4. **Vergleichen** Sie die in M 3 dargestellten staatlichen Steuerungsprinzipien des Sozialstaats.
5. **Nehmen** Sie **Stellung** zum folgenden Zitat von Gerhard Schröder aus dem Jahr 2003, der zu dieser Zeit SPD-Vorsitzender und Bundeskanzler war, mit dem er die Reformpläne der Agenda 2010 umriss: „Wir werden Leistungen des Staates kürzen, Eigenverantwortung fordern und mehr Eigenleistung von jedem einzelnen abfordern müssen."

QUERVERWEIS

Beispiel Agenda 2010 – war die monetaristische Politik erfolgreich?
S. 304 f.

Die Krise des Sozialstaats als Krise der Sozialdemokratie?
S. 540 f., M 2

M4 Fünf Teile ergeben ein Ganzes

Die **gesetzliche Rentenversicherung** ist ein Teilbereich der gesetzlichen Sozialversicherung in Deutschland, das der existenziellen Absicherung nach dem Ausscheiden aus dem Erwerbsleben dient. Weitere Rentenzahlungen, die zum Bereich des Rentensystems gehören, sind die Renten an Hinterbliebene, Rehabilitationsleistungen sowie Renten wegen verminderter Erwerbsfähigkeit. Die monatlichen Rentenzahlungen werden durch ein Umlageverfahren (Generationenvertrag) und Zuschüsse aus dem Bundeshaushalt finanziert. Mit der Zahlung von Beiträgen an die gesetzliche Rentenversicherung sichern sich Erwerbstätige einen Anspruch auf den Erhalt von gesetzlichen Rentenleistungen (Beitragssatz 2024: 18,6 Prozent; Beitragsbemessungsgrenze 2024: 7 550,00 Euro bzw. 7 450,00 Euro monatlich in West- bzw. Ostdeutschland). Die Höhe der Rente im Alter ist abhängig von den individuell gezahlten Beiträgen während der Erwerbsarbeitszeit. Die jeweilige Rentenhöhe wird mithilfe einer Rentenformel berechnet, bei der die oben erwähnten Entgeltfaktoren mit dem Zugangsfaktor, dem Rentenartfaktor sowie dem aktuellen Rentenwert multipliziert werden. Eingezahlt werden die Beiträge durch sämtliche abhängig Beschäftigte. Weiterhin gilt die Pflicht zur Einzahlung in die gesetzliche Rentenversicherung für Auszubildende, Behinderte, die in einer Behindertenwerkstatt tätig sind, und für bestimmte andere Gruppen. Ziel der gesetzlichen Rentenversicherung ist es, den betreffenden Personen beziehungsweise Personengruppen einen lebenslangen Schutz gegenüber den Risiken des Alters oder bei Erwerbsminderung zu gewährleisten. Zum Erhalt dieser individuellen Ansprüche müssen verschiedene Voraussetzungen erfüllt werden, so unter anderem das Erreichen eines bestimmten Alters (Renteneintrittsalter).

Die **gesetzliche Krankenversicherung** (GKV) ist ebenfalls für alle sozialversicherungspflichtig Beschäftigten verpflichtend. Selbstständige Personen können sich wahlweise in einer gesetzlichen Krankenkasse oder in einer privaten Krankenversicherung versichern. Träger der gesetzlichen Krankenversicherung sind die Krankenkassen. Bei der GKV herrscht das Sachleistungsprinzip vor, das aus einem Leistungskatalog ärztlicher Behandlungen, Krankenhausbehandlungen, Arzneimitteln, Heilmitteln und Hilfsmitteln, häuslicher Krankenpflege sowie Präventionsmaßnahmen, Kranken- und Mutterschaftsgeld besteht und gesetzlich geregelt werden. Finanziert wird die gesetzliche Krankenversicherung aus Beiträgen der Mitglieder, die anteilig von den beitragspflichtigen Einkommen erhoben werden. Die Beiträge für die gesetzliche Krankenversicherung (Beitragssatz 2024: 14,6 Prozent; zuzüglich Zusatzbeitrag der jeweiligen Krankenkasse) werden grundsätzlich nur bis zur jeweils geltenden Beitragsbemessungsgrenze erhoben. 2024 lag diese bei monatlich 5 175,00 Euro. Aus diesem Wert werden anhand des jeweiligen Einkommens die Beiträge errechnet. Wie in der gesetzlichen Rentenversicherung tragen auch in der gesetzlichen Krankenversicherung die Arbeitgeber die Hälfte der Beiträge, sodass diese beiden Säulen der gesetzlichen Sozialversicherung gemeinsam von Arbeitnehmern und Arbeitgebern getragen werden (paritätische Finanzierung).

Die **gesetzliche Pflegeversicherung** dient der Absicherung des Risikos der Pflegebedürftigkeit (Pflegefall). Eingeführt wurde die Pflegeversicherung mit dem Pflegeversicherungsgesetz im Jahr 1994; sie ist der jüngste Teil der gesetzlichen Sozialversicherung. Entsprechend dem Grundsatz „Die Pflegeversicherung folgt der Krankenversicherung" ist jedes Pflichtmitglied der gesetzlichen Krankenversicherung auch in der gesetzlichen Pflegeversicherung pflichtversichert. Auch hier greift wiederum die paritätische Finanzierung durch Arbeitnehmer und Arbeitgeber, wobei kinderlose Versicherte einen höheren Beitragssatz zahlen müssen als Versicherte mit Kindern (Beitragssatz 2024: 4,0 bzw. 3,4 Prozent; Beitragsbemessungsgrenze: gleiche Höhe wie bei der gesetzlichen Krankenversicherung). Die Einstufung von Höhe und Art der Leistungen für die hilfebedürftige Person erfolgt im Versicherungsfall mittels sogenannter Pflegegrade (1–5). Je nach der individuellen Situation der hilfebedürftigen Person kann die Pflegeversicherung sowohl Geld- als auch Sachleistungen

INFO

Zusatzbeitrag
Der Zusatzbeitrag wird ebenfalls paritätisch je zur Hälfte von Arbeitnehmern und Arbeitgebern finanziert und schwankt je nach Krankenkasse.

umfassen. Des Weiteren sind die Leistungen gestaffelt nach der Schwere der Pflegebedürftigkeit. Berücksichtigt werden dabei unter anderem Mobilitätshilfen, Körperpflege und Ernährung.

In der **gesetzlichen Arbeitslosenversicherung** werden grundsätzlich alle gegen Entgelt beschäftigten Arbeiter, Angestellten und Auszubildenden gegen die materiellen Folgen der Arbeitslosigkeit pflichtversichert. Ausgezahlt wird das Arbeitslosengeld I durch die Bundesagentur für Arbeit, den rechtlichen Rahmen für die Inanspruchnahme dieser Versicherungsleistung bildet das Sozialgesetzbuch. Von der Arbeitslosenversicherung sind Selbstständige, Rentner und Beamte ausgenommen. Auch die gesetzliche Arbeitslosenversicherung wird paritätisch durch Beiträge von Arbeitnehmern und Arbeitgebern finanziert, berechnet vom jeweiligen Bruttoarbeitsentgelt. Der Beitragssatz beträgt 2,6 Prozent; d.h. jeder Arbeitnehmer trägt davon 1,3 Prozent bis zur Beitragsbemessungsgrenze (gleiche Höhe wie bei der gesetzlichen Rentenversicherung). Neben der Zahlung des Arbeitslosengeldes I (ALG I) an Erwerbslose deckt die Arbeitslosenversicherung auch arbeitsmarktpolitische Maßnahmen ab, wie z.B. das Kurzarbeitergeld, das von der Bundesagentur für Arbeit gezahlt wird.

Ein weiterer Bereich des Sozialversicherungssystems ist die **gesetzliche Unfallversicherung**, die für Arbeitsunfälle und Berufskrankheiten gezahlt wird, aber auch Maßnahmen zur Rehabilitation beinhaltet. Die gesetzliche Unfallversicherung finanziert sich aus Beiträgen (Umlagen) der jeweiligen Mitgliedsunternehmen. Nicht versicherungspflichtig sind selbständige Personen, die sich aber in Ausnahmefällen auch gegen Unfälle versichern können; je nach der Satzung des zuständigen Unfallversicherungsträgers (Berufsgenossenschaft) besteht die Möglichkeit, freiwillig der Versicherung beizutreten.

Autorentext

M5 Entwicklung der Beitragssätze zur gesetzlichen Sozialversicherung in Deutschland

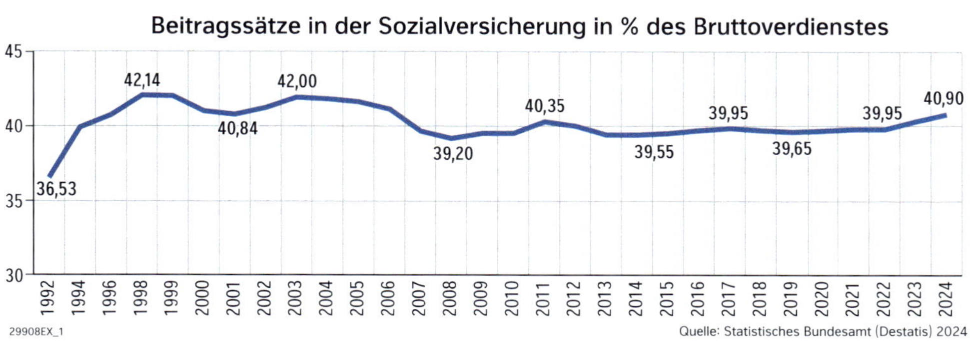

1 **Erklären** Sie einen Bestandteil der gesetzlichen Sozialversicherung in Deutschland in Form eines medialen Produkts (M 4).

2 **Analysieren** Sie die Entwicklung der Sozialversicherungsbeiträge in Deutschland (M 5).

3 **Recherchieren** Sie Kritikpunkte an der gesetzlichen Rentenversicherung (M 4, M 5).

4 Bundeskanzler Helmut Schmidt äußerte die Ansicht, dass er „den Sozialstaat, wie wir ihn in Deutschland und anderen Staaten kennen", für die „größte Kulturleistung" halte, die „die Europäer" im 20. Jahrhundert zustande gebracht hätten. **Nehmen** zu dieser Äußerung **Stellung**.

INFO

Helmut Schmidt
(1918–2015)
Der deutsche Politiker war von 1974 bis 1982 Bundeskanzler der Bundesrepublik Deutschland.

M6 Sozialausgaben

Entwicklung der Beitragssätze in den Zweigen der Sozialversicherung 1995 – 2022
in % des Bruttoarbeitsentgelts

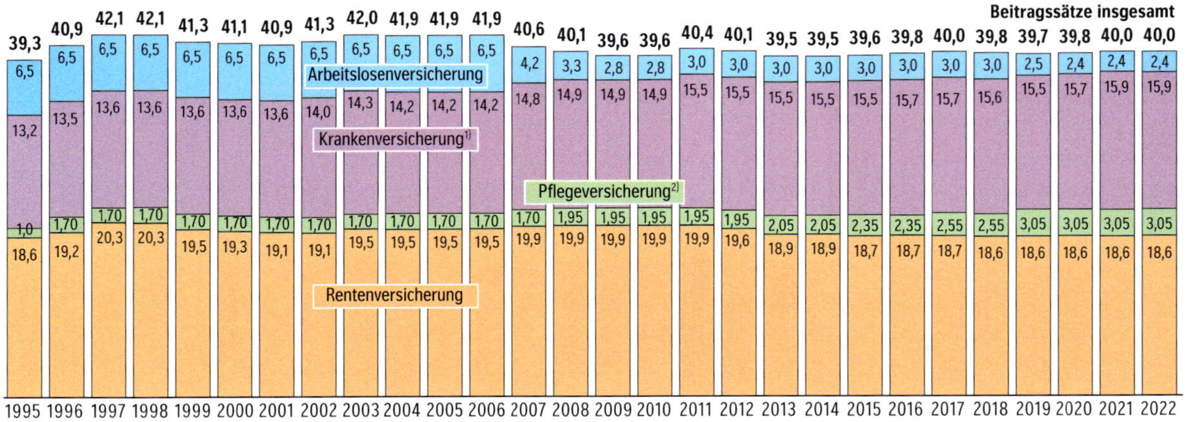

1) bis 2008: durchschnittlicher Beitragssatz; ab 2005 einschließlich Sonderbeitrag von 0,9 %, ab 2015 einschließlich durchschnittlicher Zusatzbeitrag (2022: 1,3 %)
2) ab 2005: ohne Sonderbeitrag für Kinderlose (bis 2021: 0,25 %, ab 2022: 0,35 %)

Sozialleistungsquote 1960 – 2020
Summe aller Sozialleistungen in % des BIP; bis 1990 nur alte Bundesländer

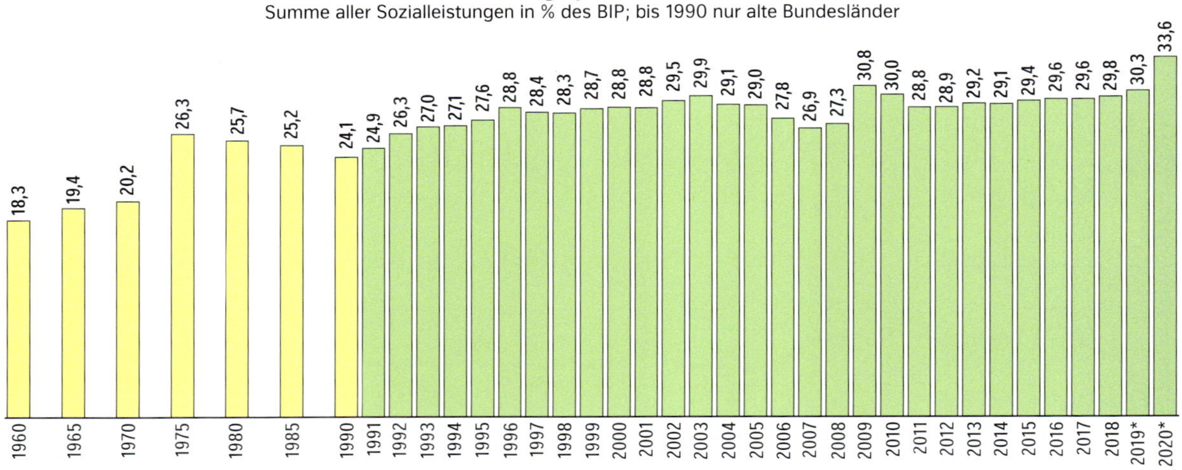

* vorläufiger Wert

Quelle: Bundesministerium für Arbeit und Soziales 44871EX

M7 Sozialbudget

Ein zentraler Bestandteil eines jeden Sozialstaats ist das Sozialbudget, das die jährlichen finanziellen Mittel festlegt, welche der Staat für soziale Leistungen bereitstellt. Zu diesen Leistungen zählen unter anderem Renten- und Krankenversicherungen, Arbeitslosengeld sowie weitere Hilfen für bedürftige Bürger. Die Beiträge der Steuerzahler sowie staatliche Zuschüsse finanzieren das Sozialbudget. Im Jahr 2020 beliefen sich die Gesamtausgaben in Deutschland für die sozialen Sicherungssysteme auf 1 123 Milliarden Euro. Auf die Bereiche Gesundheit und Alter entfielen davon fast zwei Drittel. Seit den frühen 1970er-Jahren sind die Ausgaben für Sozialleistungen im Vergleich zum Anstieg des Bruttoinlandsprodukts überproportional gewachsen.

Autorentext

M8 Brutto- und Nettoeinkommen

Bruttoeinkommen: 4000,00 Euro
Steuer- und sozialversicherungspflichtiges Bruttogehalt

Abzüge: Steuern

Einkommensteuer (je nach Steuerklasse und Verdienst gestaffelt, hier Steuerklasse III, 1 Kind):	**245,33 €**
Kirchensteuer (in RP + SL 9 % der Einkommensteuer):	**5,64 €**

Abzüge: Sozialabgaben (Arbeitnehmeranteil)

Rentenversicherung (die Hälfte von 18,6 %):	**372,00 €**
Krankenversicherung (die Hälfte von 14,6 % + 1,7 % Zusatzbeitrag):	**326,00 €**
Pflegeversicherung (die Hälfte von 3,4 %):	**68,00 €**
Arbeitslosenversicherung (die Hälfte von 2,6 %):	**52,00 €**

Nettoeinkommen: 2931,03 Euro

Stand: 2024 (Zahlen gerundet)

M9 Was vom Lohn übrig bleibt …

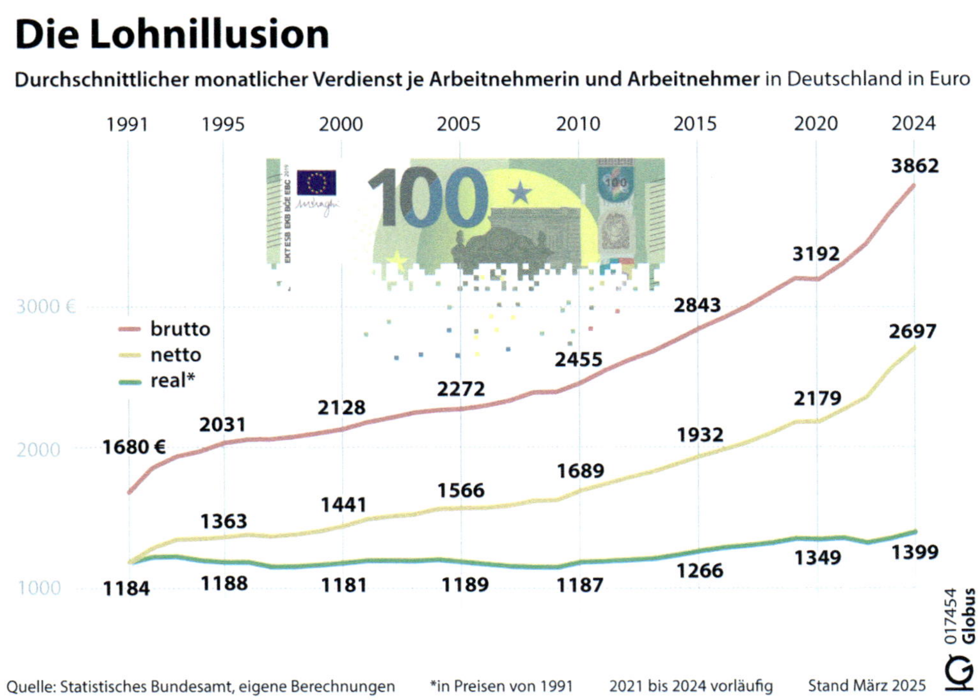

1 **Werten** Sie M 6–M 9 **aus**.

2 **Erklären** Sie den Begriff „Sozialbudget" (M 7).

3 **Bewerten** Sie die Abgaben- und Steuerlast in Deutschland in Bezug auf die Leistungen des Sozialstaats hierzulande (M 8, M 9).

4 **Beurteilen** Sie, ob der Staat die mit dem jetzigen Niveau des deutschen Sozialstaats verbundene Ausgabenlast bewältigen kann und **stellen** Sie Ihre Ergebnisse in einem medialen Produkt oder einem Podcast **vor** (M 1–M 9).

5 **Diskutieren** Sie die Frage, ob der Sozialstaat in Deutschland seine Ziele erreicht (M 1–M 9).

INFO

Sozialleistungsquote
setzt die Ausgaben im Sozialbudget oder in einzelnen sozialpolitischen Funktionsbereichen ins Verhältnis zum Bruttoinlandsprodukt

Sozialbudget
umfasst alle sozialen Leistungen und ihre Finanzierung; die Leistungen werden dabei nach verschiedenen Gesichtspunkten gegliedert (Art der Leistung, Finanzierung und Funktion)

3.5 Probleme des Sozialstaats – sorgt ein starker Staat für mehr Gerechtigkeit?

M 1 „Ein starker Sozialstaat ist keine karitative Veranstaltung“

Auszug aus einem Interview der Tageszeitung „Weser-Kurier“ mit dem damaligen Bundesarbeitsminister Hubertus Heil (SPD).

Frage: Als Bundesminister haben Sie den mit Abstand höchsten Einzeletat: 163,3 Milliarden Euro, das entspricht annähernd einem Drittel des Gesamthaushalts. Empfinden Sie das eher als Privileg oder als Bürde?

Heil: Es ist erst einmal ein Ausdruck dafür, dass wir in Deutschland einen starken Sozialstaat haben. Ein Großteil des Etats sind feste Rechtsansprüche, etwa die Rente, oder Leistungen für Menschen, die anders nicht über die Runden kommen. Letztlich halten wir damit die Gesellschaft zusammen – gerade in schwierigen Zeiten.

Frage: Manchen sind die Sozialabgaben aber zu hoch.

Heil: Ein starker Sozialstaat ist keine karitative Veranstaltung – er hilft der gesamten Volkswirtschaft. Ohne ihn hätten wir in der Corona-Krise zum Beispiel mit dem Instrument der Kurzarbeit nicht den Arbeitsmarkt stabilisieren können. Das war erfolgreich. Wir haben heute den höchsten Stand von Beschäftigten, den wir je hatten. [...]

Frage: Deutschland ist Hochsteuer- und Hochlohn-Land. Müsste ein Arbeitsminister nicht lieber auf niedrigere Steuern drängen, um Unternehmen zu entlasten und Arbeitslosigkeit zu bekämpfen?

Heil: Wir haben vor allem Beschäftigte im vergangenen Jahr entlastet, etwa durch Einmalzahlungen sowie die Erhöhung des Grundfreibetrags und des Kindergeldes. Denn Putins Angriffskrieg gegen die Ukraine ist auch ein Angriff auf die soziale Stabilität unseres Landes – etwa, indem er die Gasversorgung als Waffe einsetzt. Da haben wir mit der Energiepauschale gegengesteuert. Wir haben aber auch die Sozialbeiträge für Menschen mit niedrigen Löhnen gesenkt. Aber der Staat muss handlungsfähig bleiben, deshalb kann man nicht Steuersenkungen mit der Gießkanne machen, etwa für sehr wohlhabende Menschen.

Joerg Helge Wagner, „Arbeit darf nicht krank machen“, in: WESER KURIER, https://www.weser-kurier.de/bremen/politik/bundesarbeitsminister-hubertus-heil-ueber-mindestlohn-und-tarifflucht-doc7q0wm-95s9om4kbeasd, Bremer Tageszeitungen AG, 03.05.2023

M 2 Die Finanzierung des Sozialstaats in Deutschland

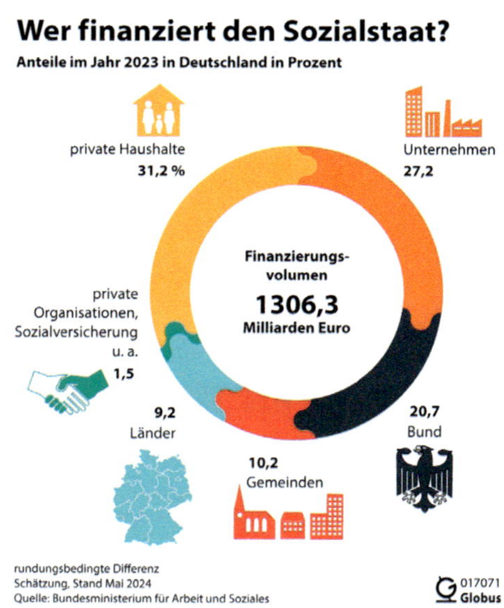

M 3 Gerechtigkeitsdefizite?

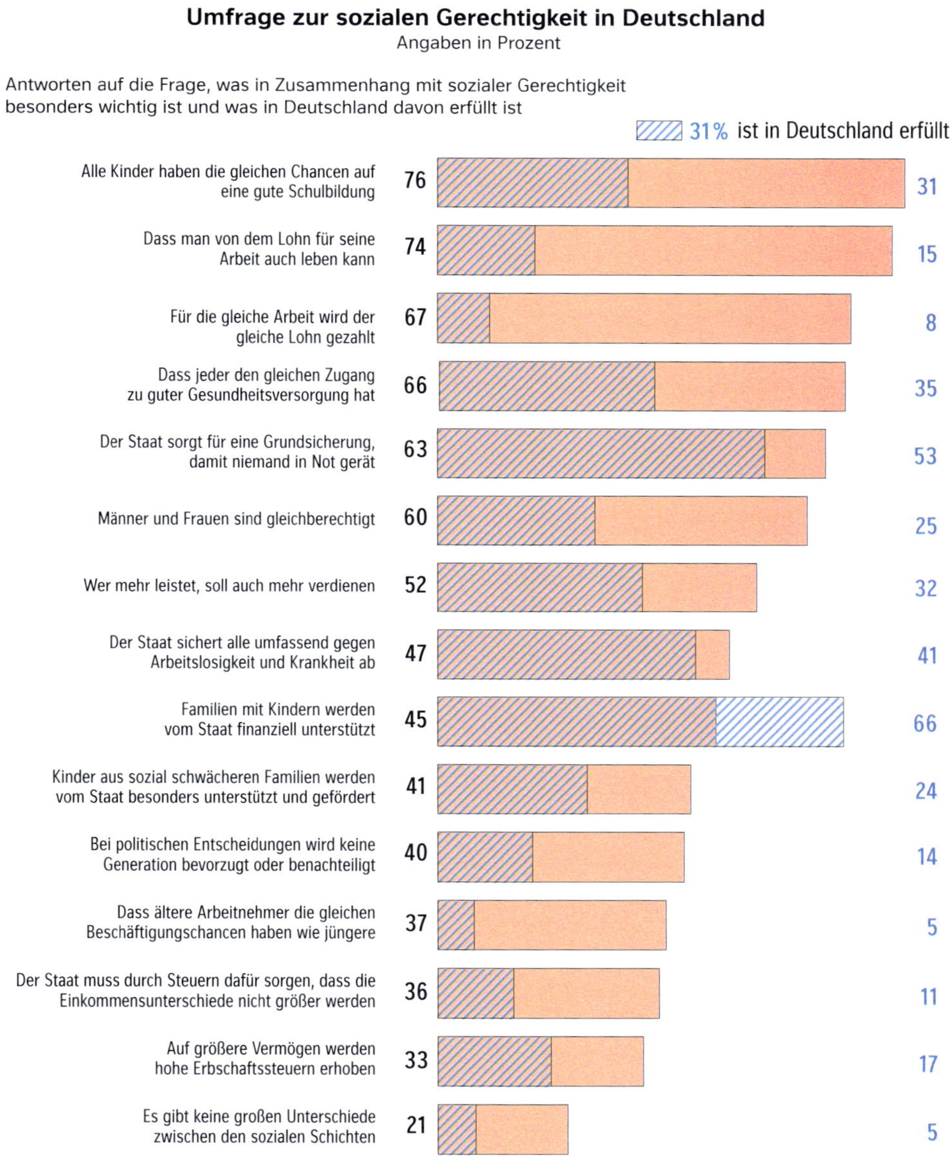

Quelle: Institut für Demoskopie Allensbach 2021 (Bevölkerung ab 16 Jahre) 48860EX

1 **Arbeiten** Sie aus M 1 die wesentlichen Argumente **heraus**.

2 **Analysieren** Sie M 2.

3 **Werten** Sie M 3 **aus** und **nehmen** Sie auf Grundlage Ihrer Ergebnisse **Stellung** zu der der Frage, ob ein starker Staat für mehr Gerechtigkeit sorgt.

4 **Entwerfen** Sie in Gruppenarbeit eine Umfrage, die Sie in Ihrer Schule unter der Problemfrage „Sorgt ein starker Staat für mehr Gerechtigkeit?“ durchführen. **Stellen** Sie Ihre Ergebnisse in Form eines medialen Produktes **vor**.

3.6 Wohlfahrtsstaaten im internationalen Vergleich – ist das deutsche System die richtige Wahl?

M 1 Typen von Wohlfahrtsstaaten

Die hier vorgestellte Typologie des konservativen, sozialdemokratischen und liberalen Wohlfahrtsstaats orientiert sich an Überlegungen des dänischen Politikwissenschaftlers und Soziologen Gosta Esping-Andersen.

Unter Sozialstaat wird in einem Handwörterbuch des politischen Systems der Bundesrepublik Deutschland begriffen „die Gesamtheit staatlicher Einrichtungen, Steuerungsmaßnahmen und Normen innerhalb eines demokratischen Systems, mittels derer Lebensrisiken und soziale Folgewirkungen Einer kapitalistisch-marktwirtschaftlichen Ökonomie aktiv innerhalb dieser selbst politisch bearbeitet werden [...]".

Der Begriff Wohlfahrtsstaat dient eher als neutrale Kategorie zur Analyse und zum Vergleich der Aktivitäten von modernen Staaten. So wird er in einem Lexikon der Politikwissenschaft definiert als „eine institutionalisierte Form der sozialen Sicherung. [Er] gewährleistet ein Existenzminimum für jeden Menschen, schützt vor den elementaren Risiken der modernen Industriegesellschaft (vor allem Alter, Arbeitslosigkeit, Gesundheit, Unfall, Pflege) und bekämpft das Ausmaß gesellschaftlicher Ungleichheit durch Redistribution." [...]

Die spezifischen Ausprägungen des deutschen Sozialstaats werden auch als **„konservativer" [...] Wohlfahrtsstaat** [...] klassifiziert [...]. Die idealtypischen Besonderheiten des konservativen Modells sind, dass die Politik zwar in Wirtschaft und Gesellschaft interveniert, allerdings eher temporär und stark aus staatspolitischen Gründen sowie vorwiegend mit Geldleistungen.

Es ist ferner stark lohnarbeitszentriert mit der Folge, dass soziale Rechte stark an den beruflichen Status – und nicht an universelle Menschen- oder Bürgerrechte – gebunden sind, und die Ansprüche auf Beiträgen basieren. Das führt dazu, dass auch die Leistungen unterschiedlich ausfallen. Als Norm dominiert Sicherheit über Gleichheit und Freiheit, die zentralen Normen der beiden anderen Wohlfahrtstaatsmodelle. [...]

Im **sozialdemokratischen Wohlfahrtsstaat**, wie er sich dank einer starken Arbeiterbewegung und langjähriger sozialdemokratischer Regierungsaktivitäten [...] herausgebildet hat, wird eine allgemeine Versorgung auf höchstem (qualitativem und quantitativem) Niveau angestrebt, wobei soziale Bürgerrechte die Anspruchsgrundlage bilden. Die Sozialausgaben sind hier sehr hoch, zum Beispiel in Schweden über 50 Prozent des Staatshaushaltes, die Wirtschaftspolitik ist antizyklisch und die Arbeitsmarktpolitik aktiv ausgerichtet, um eine annähernde Vollbeschäftigung und ein relativ hohes Maß an sozialer Gleichheit zu erreichen.

Die **liberalen Wohlfahrtsstaaten** [...] bilden dazu den Gegenpol. Hier fällt die „Dekommodifizierung" nur gering aus, da vor allem die zentrale Rolle des freien Marktes und der Familie betont werden und die Arbeiterbewegung, beziehungsweise die Sozialdemokratie nur eine geringe Rolle spielen. Soziale Anspruchsrechte sind niedrig bewertet, mit individuellen Bedürftigkeitsprüfungen und geringen Leistungen verbunden sowie mit sozialer Stigmatisierung behaftet. Insgesamt herrscht damit ein starker, institutionalisierter Zwang zur Lohnarbeit, zumal soziale Unsicherheit als Motor ökonomischer Entwicklung betrachtet wird. Andererseits ist die Beschäftigungsdynamik hoch, Steuern sind niedrig, was – im günstigen Fall – einen hohen privaten Wohlstand entstehen lässt.

Josef Schmid, Sozialstaat. Eine Institution im Umbruch, in: Stefan Hradil (Hg.), Deutsche Verhältnisse, BpB: Bonn 2012, S. 427 ff.

INFO

Redistribution
lat.: Umverteilung, Ausgleich ungleicher Einkommensverteilung

Dekommodifizierung
Verringerung der Abhängigkeit sozialer Sicherheit vom Erfolg

M2 Vermögensungleichheit

Es mag überraschen, dass die nordischen Länder bei der Vermögensungleichheit im Allgemeinen so weit oben stehen, zumal sie bei anderen Indizes wie Wohlstand, verfügbarem Einkommen und demokratischen Werten sehr gut abschneiden.
Laut Dr. Lisa Pelling, der Leiterin der Stockholmer Denkfabrik Arena Idé, ist das Steuersystem der wichtigste Grund, warum Schweden hier gegen den Strom schwimmt. „Wir haben in den letzten Jahrzehnten eine Reihe von Vermögenssteuern abgeschafft", erklärte sie [...]. „In Schweden gibt es zur Zeit keine Vermögenssteuer. Es gibt auch keine Steuern auf Erbschaften, Schenkungen und Eigentum".
Sie sagte, dass erfolgreiche internationale schwedische Unternehmen, die von Investitionen profitiert haben, die mit Steuergeldern getätigt wurden, diese Gelder nicht zurückzahlen müssen. „Wir haben auch sehr niedrige Steuern für Unternehmen. Das bedeutet, dass es viele Möglichkeiten für reiche Leute gibt, noch reicher zu werden", fügte Pelling hinzu. [...]
Einer der wichtigsten Faktoren für die Vermögensungleichheit in Europa ist die Zusammensetzung des Vermögens, so Eszter Sándor und Dr. Carlos Vacas-Soriano, Forschungsleiter bei der Europäischen Stiftung zur Verbesserung der Lebens- und Arbeitsbedingungen (Eurofound). Insbesondere die Wohneigentumsquote zwischen den Ländern ist einer der Hauptfaktoren, die zu den Unterschieden in der Vermögensverteilung beitragen. [...]
In Bezug auf die Tatsache, dass Deutschland, ein Land mit einer starken wirtschaftlichen Erfolgsbilanz, bei der Vermögensungleichheit sehr gut abschneidet, betonten Sándor und Vacas-Soriano, dass es dort keine Vermögenssteuer gibt. „Deutschland hat einen hohen Anteil an Mietern, aber sie haben im Vergleich zu anderen westeuropäischen Ländern sehr niedrige Aufwandsquoten (Wohnkosten im Verhältnis zum Einkommen), was auf stark regulierte Mietmärkte und ein vergleichsweise größeres Wohnungsangebot zurückzuführen ist", so die Autoren. 2022 hatte Deutschland den niedrigsten Anteil an Wohneigentum, wo nur 46,5 Prozent der Bevölkerung in einem Haushalt mit Wohneigentum lebten, so Eurostat. Der EU-Durchschnitt lag bei 69,1 Prozent. Auch in Schweden (64,2 Prozent) [...] war dieser Anteil niedriger als der EU-Durchschnitt.

Servet Yanatma, Wo in Europa ist die Vermögensungleichheit am größten?, in: https://de.euronews.com/business/2024/04/01/wo-in-europa-ist-die-vermogensungleichheit-am-grossten, 01.04.2024

M3 Deutschland und Schweden in Zahlen

	Vermögensungleichheit 2023 (Gini-Koeffizient)	Steuerquote 2022*	Sozialabgabenquote 2022*	Abgabenquote (Steuern und Sozialabgaben) insgesamt 2022*
Deutschland	0,772	24,7 %	14,6 %	39,3 %
Schweden	0,874	32,6 %	8,7 %	41,3 %

* in Prozent des Bruttoinlandsprodukts

Quelle: Global Wealth Databook 2023 / OECD 2024

GLOSSAR

Gini-Koeffizient

1 **Fassen** Sie M 1 in eigenen Worten **zusammen**.

2 **Ordnen** Sie den deutschen Sozialstaat **begründet** einem der drei in M 1 vorgestellten Typen von Wohlfahrtsstaaten **zu**.

3 **Vergleichen** Sie die Wohlfahrtstaaten Deutschland und Schweden (M 1–M 3).

4 **Erörtern** Sie, ob Deutschlands Sozialstaat im Vergleich zu anderen Wohlfahrtsstaaten in der EU als schlecht, durchschnittlich oder vorbildlich beurteilt werden kann.

3.7 Zukunft des Sozialstaats – das bedingungslose Grundeinkommen als neue Form sozialer Sicherheit?

M1 Gesetzlicher Mindestlohn versus bedingungsloses Grundeinkommen?

Zeichnung: Schwarwel

M2 Für ein bedingungsloses Grundeinkommen

In einer Welt, in der materielle Existenzangst oft die Lebensqualität der Menschen bestimmt, gibt es eine Idee, die das Potenzial hat, alles zu verändern: das bedingungslose Grundeinkommen (BGE). Es ist weit mehr als nur eine finanzielle Unterstützung – es ist ein Schlüssel zur individuellen Freiheit und zur Möglichkeit der Selbstverwirklichung. Mit einem Grundeinkommen wird der Begriff von Arbeit neu gedacht. Anstelle der einseitigen Anerkennung von Erwerbsarbeit rücken damit die oft unsichtbaren, aber wertvollen Tätigkeiten in den Fokus. Die Pflege von Angehörigen, das Engagement in der Nachbarschaft oder die Unterstützung in sozialen Projekten – all dies erhält einen gebührenden Stellenwert in der Gesellschaft. In diesem neuen Licht können Menschen intensivere Beziehungen zu ihren Mitmenschen aufbauen, mehr Zeit mit der Familie verbringen und aktiv an ihrem Umfeld teilhaben. Der gesellschaftliche Zusammenhalt wird gestärkt, während die Wertschätzung für verschiedene Lebensentwürfe wächst.

Eine der größten Hürden, die das soziale System bisher aufbaute, ist die Stigmatisierung, die oft mit Sozialleistungen verbunden ist. Diese Scham, die viele Menschen davon abhält, Hilfe in Anspruch zu nehmen, könnte mit dem Grundeinkommen der Vergangenheit angehören. Es beseitigt die Notwendigkeit, Hilfebedürftigkeit nachzuweisen, und ermöglicht so vielen, ihre Ansprüche geltend zu machen, ohne sich dabei verurteilt zu fühlen. Zudem könnte die Entlastung der Sozialbürokratie dem Staat nie dagewesene Ressourcen für andere wichtige Projekte zur Verfügung stellen. Vertrauen in Demokratie und Gesellschaft wächst, wenn mehr Menschen in der Lage sind, aktiv ihre Lebensumstände zu gestalten und Verantwortung zu übernehmen. Besonders Frauen, die häufig in unsicheren Beschäftigungsverhältnissen oder bei unbezahlter Care-Arbeit gefangen sind, würden von dieser Form der sozialen Absicherung erheblich profitieren.

So könnte der Traum von einem selbstbestimmten Leben, fernab von finanzieller Angst, letztlich Wirklichkeit werden – eine Hoffnung, die die Gesellschaft in eine neue, vielversprechende Zukunft führen könnte.

Autorentext

M3 Gegen ein bedingungsloses Grundeinkommen

In der aktuellen Debatte um das bedingungslose Grundeinkommen steht die Meinungsvielfalt in starkem Kontrast zueinander. Befürworter sehen darin eine Möglichkeit, soziale Ungleichheiten zu mildern und wirtschaftliche Unsicherheiten abzubauen. Doch die kritischen Stimmen werden immer lauter, und ihre Argumente verleihen den Diskussionen zusätzliche Tiefe und Komplexität. Es wird hervorgehoben, dass die Einführung eines Grundeinkommens den Sinn, den viele Menschen in ihrer Erwerbsarbeit finden, in den Hintergrund drängen könnte. Arbeit ist für viele nicht nur eine Einkommensquelle, sondern auch eine wichtige Quelle der persönlichen Erfüllung und des Selbstwerts. Kritiker warnen davor, dass durch eine staatliche Einkommensgarantie die Motivation zur aktiven Teilnahme am gesellschaftlichen Leben geschwächt werden könnte. Gewerkschaften äußern zudem Bedenken, dass ein bedingungsloses Grundeinkommen als „Stilllegungsprämie“ fungieren könnte. Anstatt sich für eine gerechtere gesellschaftliche Teilhabe einzusetzen, könnten Menschen in der Versuchung stehen, sich aus dem Arbeitsleben zurückzuziehen. Hinter diesen Überlegungen steht die Befürchtung, dass die gesellschaftliche Dynamik erlahmt und die Teilhabe an der Gemeinschaft vernachlässigt wird. Die Frage der wirtschaftlichen Auswirkungen spielt ebenfalls eine zentrale Rolle. Angesichts des akuten Fachkräftemangels könnte eine potenzielle Verringerung des Arbeitsangebots für die wirtschaftliche Stabilität verheerende Folgen haben. Solche Überlegungen verdeutlichen, wie schmal der Grat zwischen den verschiedenen Interessen ist. Ein weiteres entscheidendes Argument gegen das bedingungslose Grundeinkommen ist die riesige finanzielle Belastung. Schätzungen zufolge würde die Umsetzung eines solchen Modells, basierend auf dem Existenzminimum, etwa 900 Milliarden Euro pro Jahr kosten – eine Summe, die nahezu den gesamten Steuereinnahmen des Staates entspricht. Die Diskussion bleibt komplex, und die Meinungen darüber, wie die Balance zwischen sozialer Gerechtigkeit und wirtschaftlicher Stabilität gefunden werden kann, sind vielschichtig und kontrovers.

Autorentext

M4 Umfragen zum bedingungslosen Grundeinkommen

Mehrheit der Deutschen befürwortet ein bedingungsloses Grundeinkommen, finanziert aus höheren Einkommen- und Vermögensteuern, zeigen zwei Umfragen

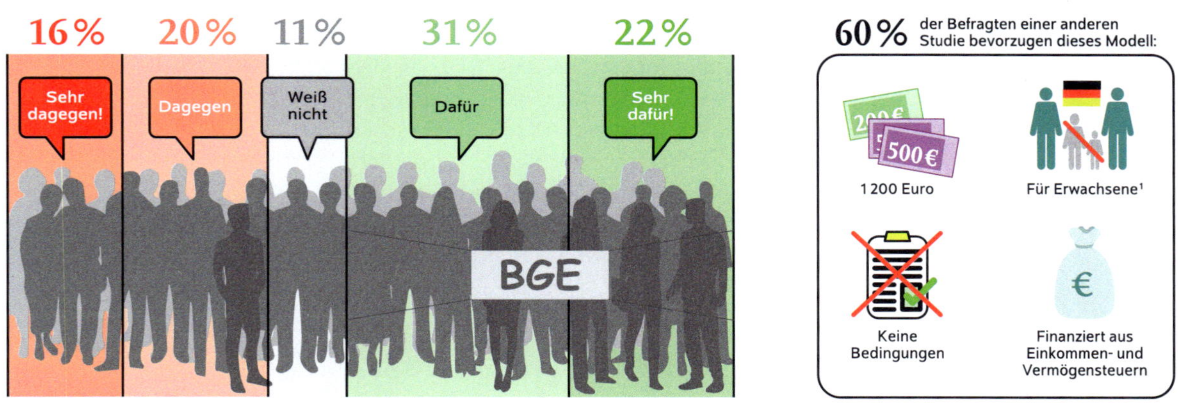

Quellen: Online-Befragungen – Compass (deutsche Wahlberechtigte mit Onlinezugang; linke Seite); Konstanzer Arbeitsgruppe Vergleichende Politische Ökonomie (deutsche Wohnbevölkerung; rechte Seite).

1 Deutsche Staatsbürger*innen und Menschen, die länger als fünf Jahre in Deutschland leben.

© DIW Berlin 2023

1 **Beschreiben** Sie M 1 und **formulieren** Sie mögliche Deutungshypothesen.

2 **Geben** Sie die Argumente der Befürworter und Gegner eines bedingungslosen Grundeinkommens **wieder** (M 2, M 3).

3 **Erarbeiten** Sie Argumente dafür oder dagegen für die Frage, ob ein bedingungsloses Grundeinkommen in Deutschland umsetzbar ist (M 1–M 4). **Verteidigen** Sie Ihre Argumente in einer Pro-Kontra-Diskussion.

3.8 Eigenverantwortung der Bürger – ist die eigenverantwortliche Sicherung das Zukunftsmodell des Sozialstaats?

M1 Höhere Selbstbeteiligung in der Krankenversicherung?

Wir können uns das System nicht mehr leisten. Patienten müssen künftig mehr aus eigener Tasche dazu bezahlen.

Bernd Raffelhüschen (* 1957), deutscher Ökonom

M2 Amerikanisierung des deutschen Gesundheitssystems?

Es klingt wie die Amerikanisierung des deutschen Gesundheitssystems: Bis zu 2 000 Euro Selbstbeteiligung pro Jahr für Kassenpatienten schlägt der Wirtschaftswissenschaftler Bernd Raffelhüschen vor. Das sei nötig, damit die Kosten nicht aus dem Ruder liefen. [...] Ginge es nach Raffelhüschen, sollte der Selbstbehalt zudem mit einem Sozialausgleich kombiniert werden, sodass Geringverdiener weniger zuzahlen müssten als Besserverdiener. Besonders hoch wäre die Selbstbeteiligung dem Vorschlag zufolge für Versicherte, die sich bei selbst gewählten Risiken verletzten, etwa beim Skifahren. Gleiches gelte für Raucher. [...] Die prekäre Finanzlage [in der Krankenversicherung] liegt unter anderem – wie etwa auch in der Rentenversicherung – am demografischen Wandel. Weil der Anteil der Rentner unter den Versicherten steigt, sinken die Einnahmen. Gleichzeitig steigen die Pflegekosten. Aber auch der medizinisch-technische Fortschritt führt zu steigenden Ausgaben. Denn neue Therapien und Medikamente sind häufig extrem teuer. [...]

Raffelhüschen ist Direktor des Instituts für Volkswirtschaftslehre und Finanzwissenschaft der Albert-Ludwigs-Universität Freiburg. Er ist zudem Mitglied verschiedener Aufsichtsräte in der Versicherungswirtschaft und Botschafter der Initiative Neue Soziale Marktwirtschaft (INSM), einer Lobbyorganisation, die sich für Deregulierung und Privatisierung unter anderem in der Sozialpolitik einsetzt. Der jetzige Vorschlag, Kassenpatienten stärker für Behandlungen zahlen zu lassen, passt zu dieser politischen Ausrichtung.

Christine Holthoff, Patienten sollen bis zu 2.000 Euro zahlen? Das steckt dahinter, in: https://www.t-online.de/finanzen/aktuelles/verbraucher/id_100132938/krankenkasse-2000-euro-selbstbeteiligung-das-steckt-hinter-dem-vorschlag.html, 22.02.2023

M3 „Die Vorschläge sind sozial ungerecht"

Zur Finanzierung des teuren Gesundheitssystems hat der Wirtschaftswissenschaftler Bernd Raffelhüschen vorgeschlagen, dass gesetzlich Krankenversicherte pro Jahr gestaffelt bis zu 2 000 Euro Selbstbeteiligung zahlen sollen. [...] Diesen Plänen erteilt Ralf Hermes, Chef der IK Innovationskasse, eine deutliche Absage. Hermes sagte [...]: „Die Vorschläge sind sozial ungerecht und werden besonders die Rentnerinnen und Rentner treffen." Zudem sei der bürokratische Aufwand eines solchen Modells gigantisch: „Jährlich müssten zusätzlich Millionen Rechnungen gestellt werden. Dafür würden viele zusätzliche Mitarbeiter benötigt, die wieder neue Kosten erzeugen. Das ist Unsinn.“ Hermes kritisiert den Ruf nach immer mehr Geld zur Finanzierung der steigenden Kosten im Gesundheitssystem: „Neues Geld zementiert nur reformbedürftige Strukturen. Das ist der falsche Weg.“ Stattdessen schlägt der Kassenchef radikale Strukturreformen für das staatliche Gesundheitssystem vor. [...] Mit Blick auf Raffelhüschens Vorstoß betont Ralf Hermes: Mehr Effizienz im staatlichen Gesundheitssystem zu schaffen, werde mehr bringen, statt immer nur mehr Geld in ein veraltetes System zu pumpen. Ohne Gesundheitsreform werde die Akzeptanz sozialer Sicherheitssysteme in Deutschland schwinden, warnt er.

Kati Degenhardt, Experte: „Das wird besonders die Rentner treffen“, in: https://www.t-online.de/nachrichten/deutschland/gesellschaft/id_100134136/kassenpatienten-2000-euro-selbstbeteiligung-kassenchef-findet-unsinn-.html, 25.02.2023

M4 Gesundheitsausgaben

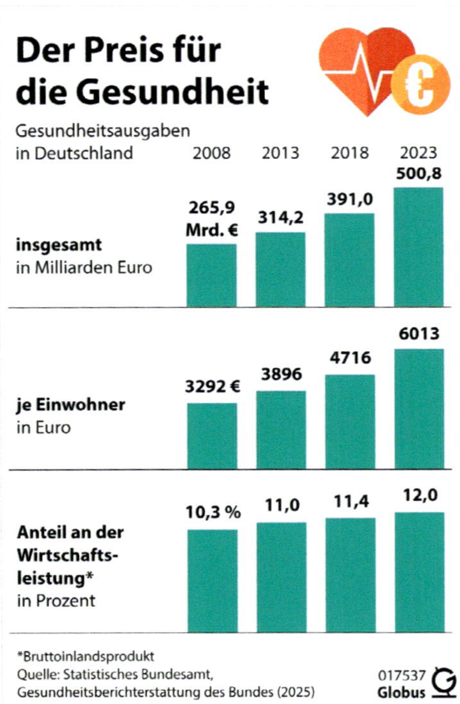

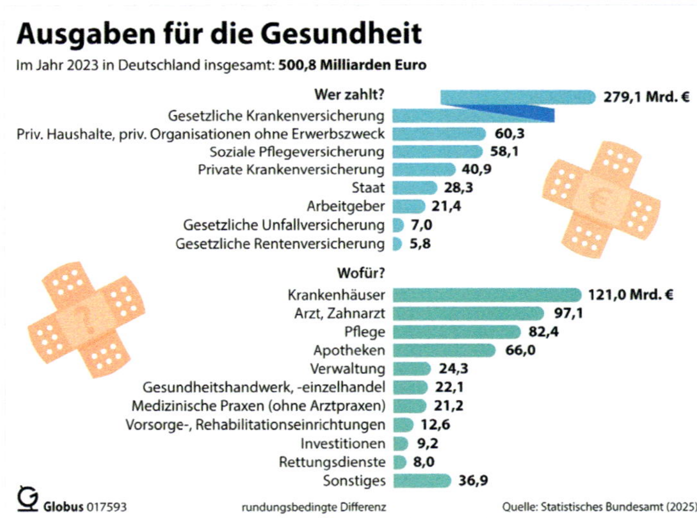

Die Gesundheitsausgaben in Deutschland steigen seit Anfang der 1990er-Jahre kontinuierlich an. Im Jahr 1992 betrugen die Gesundheitsausgaben insgesamt 159,4 Mrd. Euro. Der Anteil der Gesundheitsausgaben am Bruttoinlandsprodukt lag im selben Jahr bei 9,4 Prozent.

1 **Setzen** Sie sich anhand von M 2 und M 3 mit dem Zitat (M 1) **auseinander**.

2 **Werten** Sie M 4 **aus**.

3 **Entwickeln** Sie begründete Vermutungen, weshalb die Gesundheitsausgaben in Deutschland steigen (M 4).

4 **Erörtern** Sie die Argumente der Befürworter und Gegner einer stärkeren Selbstbeteiligung der Patienten bzw. Versicherten an den Kosten der Krankenversicherung (M 1–M 4).

5 **Nehmen** Sie **Stellung** dazu, ob mehr eigenverantwortliche Sicherung durch die Bürger das Zukunftsmodell des Sozialstaats in Deutschland ist.

QUERVERWEIS

Erreicht der Sozialstaat in Deutschland seine Ziele?
S. 542 ff.

3.9 Zukunft des Sozialstaats – sind die Sicherungssysteme für alle Bürger noch zukunftsfest?

M 1 „Wir müssen den Sozialstaat stärken"

Schuldenbremse und Aufrüstung verstärken den Druck auf die öffentlichen Haushalte, zudem besteht die Gefahr, dass die ökologische Transformation und das soziale Sicherheitsversprechen gegeneinander ausgespielt werden.

„Die IG Metall muss jetzt Stellung beziehen und deutlich machen, wofür sie steht: für ökologischen Wandel und die Erneuerung des sozialstaatlichen Sicherungsversprechens", sagt Jörg Köhlinger, Leiter des IG Metall-Bezirks Mitte. Deshalb wird die IG Metall eine Offensive anstoßen: „Sozial geht nur gemeinsam – für einen starken und zukunftsfesten Sozialstaat."

Angriffe auf den Sozialstaat kommen von zwei Seiten: von Neoliberalen und Rechtspopulisten. Für Neoliberale ist er aufgebläht und nicht mehr finanzierbar. Rechte Populisten behaupten, durch Zuwanderung würden soziale Sicherungssysteme missbraucht und müssten zurückgefahren werden. Beide Politiken versuchen nicht nur, die Weiterentwicklung des Sozialstaats zu verhindern, sie wollen Sozialabbau legitimieren. Hinzu kommt, dass Sozialpolitik in Konflikt gerät mit Aufrüstung. Welche Verteilungskonflikte zu erwarten sind, zeigt das Urteil des Bundesverfassungsgerichts zum Nachtragshaushalt vom [...] November [2023]. Die Richter haben der Bundesregierung untersagt, 60 Milliarden Euro, die für die Bewältigung der Corona-Krise eingeplant waren, aber nicht abgerufen wurden, für den Klimaschutz zu verwenden. Unmittelbar nach dem Urteil stellten wirtschaftsnahe Forschungsinstitute und Arbeitgeberverbände sozialstaatliche Reformprojekte in Frage. Und das fand Gehör in der Bundesregierung. Einschnitte beim Bürgergeld wurden beschlossen, die Kindergrundsicherung wurde inzwischen auf die nächste Legislaturperiode verschoben. Bei der Rentenversicherung wurde der Bundeszuschuss gekürzt und um die dringend notwendige Stabilisierung des Rentenniveaus wird intensiv gestritten.

Dabei zeigt eine repräsentative Umfrage [...], [dass] mehr als 90 Prozent [...] [der Bürger] nach 45 Jahren abschlagsfrei in Rente gehen [wollen]. 53 Prozent sehen das gesetzliche Rentenalter von 67 Jahren unter ihren gegenwärtigen Arbeitsbedingungen als nicht realistisch an. Je niedriger der Bildungsabschluss und damit die berufliche Entwicklung, desto unerreichbarer wird eine Rente mit 67 gesehen. [...]

Bei Bürgern wachsen Enttäuschung und Wut, weil das soziale Sicherungsversprechen nicht mehr eingelöst wird. Das gefährdet die Legitimität des Sozialstaats. Jörg Köhlinger sagt: „Wir müssen den Sozialstaat stärken und das Leitbild des solidarischen Sozialstaats bei den Mitgliedern stärker verankern." Mit ihrer Offensive tritt die IG Metall für eine solidarische und zukunftsfeste sozialstaatliche Erneuerung ein. Ziel ist ein Sozialstaat, der

- sicher ist und verlässlich für alle,
- gerecht ist und umverteilt,
- die sozialökologische Transformation flankiert,
- vorausschauend ist und flexibel,
- „solidarisch statt privat" finanziert ist.

Dabei kann auf Konzepte und Programme zurückgegriffen werden, die von der IG Metall bereits beschlossen wurden, zum Beispiel das Konzept einer Bürger- und Erwerbstätigenversicherung, die Stärkung der gesetzlichen Rente und die Erhöhung des gesetzlichen Rentenniveaus oder den Ausbau der Arbeitslosenversicherung.

Offensive für einen starken Sozialstaat, S. 32 f., in: https://www.igmetall.de/download/20240820_Bezirk_09_10_2024_200_komplett_7d6fb83cf319deaab6e9f4b543f95a9d3f193694.pdf, September/Oktober 2024

INFO

IG Metall
Industriegewerkschaft Metall; größte Einzelgewerkschaft in Deutschland

M 2 „Der deutsche Wohlfahrtstaat ist nicht mehr bezahlbar“

Der deutsche Wirtschaftswissenschaftler Christian A. Conrad sieht den Staat und dessen Leistungsfähigkeit „an seine Grenzen“ kommen.

Die deutsche Wirtschaft schrumpft [...], die Steuereinnahmen sinken und der Bundesrechnungshof-Chef Scheller warnte [...], es entstehe durch die verschiedenen Krisen, den hohen Nachholbedarf etwa bei Infrastruktur, Verteidigung, Digitalisierung und Klimawandel sowie den demografischen Wandel und die hohe Inflation „eine toxische Mischung“: „Die Tragfähigkeit der Staatsfinanzen ist in Gefahr.“ Der deutsche Wohlfahrtstaat ist nicht mehr bezahlbar.

Rund 45 Prozent des Haushalts fließen in die Ressorts Arbeit und Soziales und Gesundheit. Rund 121 Milliarden kostet der Rentenzuschuss, inklusive Grundsicherung im Alter und bei Erwerbsminderung. Rund 16,5 Milliarden kostet der Zuschuss zu den Krankenkassen. Der Anteil öffentlicher Sozialausgaben am BIP liegt 2022 in Deutschland mit 26,7 Prozent über dem OECD-Durchschnitt von 21,1 Prozent.

Hieraus ergeben sich hohe Belastungen. Ein Single mit Durchschnittsverdienst führte 2022 fast die Hälfte (47,8 Prozent) seines Gehalts in Form von Steuern und Sozialbeiträgen an den Fiskus ab. Deutschland hat damit nach Belgien die zweithöchste Steuer- und Abgabenquote in der OECD. Mit indirekten Steuern schätzt der Steuerzahlerbund die Steuer- und Abgabenbelastung auf 53 Prozent. Wir sind damit bereits in einem Belastungsbereich, der sich negativ auf die Leistungsbereitschaft auswirkt. Steuererhöhungen können weniger Wachstum, Kapitalflucht und Abwanderung von Humankapital zur Folge haben. Wachstumsschmälernd ist auch die demografische Entwicklung, die zu weniger Erwerbsfähigen führt, die die immer mehr und immer älter werdenden Rentner finanzieren müssen. Grob geschätzt müssen in Deutschland 46 Millionen Erwerbstätige 21 Millionen Rentner und 5,5 Millionen Bürgergeldempfänger miternähren, wobei auch Rentner Sozialhilfe bekommen können. Hinzu kommt, dass die teilweise Rückabwicklung der Globalisierung zu weniger Wohlstand und höheren Preisen führen wird. [...]

Die Finanzierungsquellen sind ausgereizt und eine weitere Verschuldung würde die Generationengerechtigkeit weiter verschlechtern. Der Staat kommt an seine Grenzen. So gesehen ist gerade Deutschland in der Zukunft auf eine funktionierende soziale Marktwirtschaft angewiesen, deren Stärke es ist, die Marktkräfte mit einem sozialen Ausgleich zu kombinieren. Wir werden mit weniger Geld mehr helfen müssen. Wenn das Geld knapp wird, wird es umso wichtiger, das Geld effizient einzusetzen und die Anreize ordnungspolitisch so zu gestalten, dass Leistung gefördert wird. [...] Das gilt sowohl für das Sozialsystem aber auch für das Asylsystem. Asyl lässt sich angesichts der Millionen Schutzsuchenden nur als Schutz auf Zeit bezahlen. Entweder die Menschen integrieren sich über den Arbeitsmarkt oder sie müssen wieder zurück nach Hause, wenn der Asylgrund weggefallen ist. Die Frage der Zumutbarkeit muss auch vor dem Hintergrund der Bezahlbarkeit diskutiert werden. [...]

Insgesamt muss das Verhältnis zwischen Leistungsorientierung und sozialem Ausgleich wiederhergestellt werden. Wir brauchen mehr Eigenverantwortung, die sich lohnt, den Staat entlastet und Wachstum erzeugt. Eine Vollkasko-Mentalität ist nicht mehr bezahlbar und kostet Wohlstand und Zukunft. Alle Ausgaben müssen auf den Prüfstand und die Finanzkraft des Bürgers gestärkt werden, damit er sich selbst versorgen kann.

Christian A. Conrad, „Der deutsche Wohlfahrtsstaat ist nicht mehr bezahlbar“ – was jetzt passieren muss, in: FOCUS online, https://www.focus.de/finanzen/steuern/oekonom-warnt-der-deutsche-wohlfahrtsstaat-ist-nicht-mehr-bezahlbar_id_256388456.html, 06.12.2023

1 **Fassen** Sie die zentralen Aussagen in M 1 und M 2 **zusammen.**

2 **Diskutieren** Sie in einer Pro-Kontra-Diskussion, ob die sozialen Sicherungssysteme in Deutschland für alle Bürger noch zukunftsfest sind.

3.10 Urteil: Grundeinkommen oder Eigenverantwortung – welche Richtung nimmt der deutsche Sozialstaat zukünftig?

M1 Familie und Sozialstaat

Zeichnung: Thomas Plaßmann

M2 Nicht den Sozialstaat, sondern das Steuersystem reformieren?

Das Grundsicherungssystem in Deutschland hat die im Grundgesetz verankerte Aufgabe, Menschen in Not materiell so abzusichern, dass sie ein Leben in Würde führen können. Um dem Anspruch gerecht zu werden, sollte Sozialpolitik verdeckter Armut entgegenwirken. Dazu gehören eine leicht zugängliche Beratung, die Angst nimmt, sowie das Werben dafür, berechtigte Ansprüche geltend zu machen. Nur so kann das soziale Netz auch Menschen auffangen, die durch die Transformation verlieren könnten. [...] Im Steuer-Transfer-System bestehen [...] Reformoptionen, die der Armut vorbeugen, Erwerbsanreize stärken und die privaten Haushalte entlasten. Besonders eine Neugestaltung der staatlichen Leistungen zur Grundsicherung, die die bisher getrennten Transferzahlungen Bürgergeld, Kinderzuschlag und Wohngeld integriert, kann [...] diese Ziele in unterschiedlicher Weise fördern. Zudem würde eine Reform des Ehegattensplittings Erwerbsanreize für verheiratete Zweitverdiener*innen erhöhen. Um die Erwerbstätigkeit von Frauen zu fördern und das hohe Armutsrisiko von Alleinerziehenden zu senken, sollte zudem die Kinderbetreuung weiter ausgebaut werden. Flankierende Weiterbildungs- und Gesundheitsmaßnahmen könnten die gewünschten Effekte solcher Reformen noch verstärken.

Georg Cremer, Sozialstaat: Sozialpolitik im Wandel, in: https://www.boell.de/de/2024/04/19/sozialstaat-sozialpolitik-im-wandel, 19.04.2024

M3 Studien zum bedingungslosen Grundeinkommen

Mit großem medialem Echo stellten der Lobbyverein „Mein Grundeinkommen“ und das Deutsche Institut für Wirtschaftsforschung (DIW) [...] eine Studie zum bedingungslosen Grundeinkommen [BGE] vor. „Vom Glauben zum Wissen“ lautete das Credo, doch wirklich belastbare Schlüsse lassen die Ergebnisse nicht zu. Die Maßnahmengruppe wurde aus einer nicht repräsentativen Gruppe ausgewählt: Teilnehmer haben ein Nettoeinkommen zwischen 1 100 und 2 600 Euro, sind zwischen 21 und 40 Jahre alt und leben in einem Einpersonenhaushalt. Dass sie nicht die deutsche Bevölkerung repräsentieren, ist offensichtlich. Ohnehin sind 107 Personen, die das BGE bekommen haben, eine dünne Datenbasis. Aus diesen Ergebnissen Ableitungen für eine ganze Volkswirtschaft bilden zu wollen, ist fragwürdig. [...] Dass die Teilnehmer des Experiments altruistischer waren, etwa mehr Geld spendeten oder es mit der Familie teilten, ist ebenfalls naheliegend. Im Rahmen des Projektes waren sie Gewinner einer Lotterie, keine Bürger, die Anspruch auf eine Sozialleistung haben.

Die Ergebnisse des deutschen Experiments sollten nicht überinterpretiert werden. Das zeigt eine weitaus größere Untersuchung aus den USA, die der BGE-Befürworter und OpenAi-Gründer Sam Altman finanzierte. Forscher fanden kaum positive Effekte, im Vergleich zur Kontrollgruppe haben die Einkommensbezieher weniger gearbeitet, sich höher verschuldet und waren häufiger arbeitslos. Auch auf die Gesundheit hatte das zusätzliche Geld keinen Einfluss.

Dominik H. Enste, Pilotprojekt Grundeinkommen: Auf dünner Datenbasis zum großen Versprechen, in: https://www.iwkoeln.de/presse/iw-nachrichten/dominik-h-enste-auf-duenner-datenbasis-zum-grossen-versprechen.html, 09.04.2025

INFO

altruistisch
selbstloses, uneigennütziges Verhalten

M4 Steht der deutsche Sozialstaat am Kipppunkt?

Die Bundeskanzler Friedrich Merz hat die Forderung nach tiefgreifenden Reformen und Einschnitten im Sozialsystem bekräftigt: „Wir können uns dieses System, das wir heute so haben, einfach nicht mehr leisten“, sagte der CDU-Chef auf dem nordrhein-westfälischen Landesparteitag der Christdemokraten in Bonn. „Das wird schmerzhafte Entscheidungen bedeuten, das wird Einschnitte bedeuten“, stellte Merz klar. Damit die Kranken-, Pflege und Rentenversicherung – „die großen Errungenschaften unseres Sozialstaates“ – leistungsfähig blieben und nicht überfordert seien, müsse auch die Eigenverantwortung stärker werden. „So wie es jetzt ist, insbesondere im sogenannten Bürgergeld, kann es nicht bleiben und wird es auch nicht bleiben“, betonte Merz. Es müsse für mehr Beschäftigung und Wachstum geändert werden. „Wir leben seit Jahren über unsere Verhältnisse.“ Verantwortlich dafür seien nicht die Leistungsempfänger, sondern die Politik. Die Regierung wolle dies ändern und dafür sorgen, dass auch die junge Generation die Chance auf Wohlstand und sichere Arbeitsplätze habe, sagte Merz. [...] Der Weg zu Reformen werde mühsam sein, aber „ich bin fest entschlossen, diesen Weg zu gehen“, ungeachtet aller politischen Widerstände, sagte der Kanzler. Widerstände für seine Pläne könnte er vom Koalitionspartner bekommen. Die SPD ist zwar offen für Reformen der Sozialpolitik, sieht Kürzungen bei den Sozialleistungen aber kritisch und lehnt harte Einschnitte ab.

„Wir können uns dieses System nicht mehr leisten“, in: https://www.tagesschau.de/inland/merz-fordert-einsparungen-sozialsystem-100.html, 30.08.2025

INFO

Friedrich Merz
(* 1955)
Der deutsche Politiker ist Vorsitzender der CDU und seit 2025 Bundeskanzler der Bundesrepublik Deutschland.

1 **Beschreiben** Sie M 1 und **formulieren** Sie mögliche Deutungshypothesen.
2 **Benennen** Sie die Reformvorschläge in M 2.
3 **Vergleichen** Sie die in M 3 genannten Studienergebnisse zum Grundeinkommen.
4 **Beurteilen** Sie anhand von M 2–M 4 sowie der Materialien auf den Seiten 536 bis 557, welche Richtung der deutsche Sozialstaat zukünftig nehmen sollte: Grundeinkommen oder Eigenverantwortung?

4. Welche Einwanderungsgesellschaft wollen wir?

4.1 Einführung

M1 Meinungsstreit

Kein Mensch ist illegal!

Zuwanderung begrenzen!

Remigration ist notwendig!

Refugees Welcome!

M2 Leitkultur reloaded

Leitkultur. Erinnert sich noch wer? Es war das Jahr 2000. Der Kanzler hieß damals Gerhard Schröder. Und ein gewisser Friedrich Merz war gerade Unionsfraktionschef geworden und hatte eine – wie er fand – grandiose Idee: „Es geht im Wesentlichen darum, dass die in Deutschland lebenden Ausländer bereit sind, sich einer deutschen Leitkultur anzuschließen.“

„Deutsche Leitkultur“ – da war es passiert. Ein Begriff betrat die politische Bühne und spaltete Land und Leute. [...] Jetzt also die deutsche Leitkultur im Sinne eines Friedrich Merz. Die spätere Kanzlerin übrigens konnte mit dem Begriff Leitkultur auch nur wenig anfangen. Angela Merkel erinnerte damals den Unionsfraktionschef Merz, den sie dann 2002 samt seiner Leitkultur aus dem Amt kegelte, daran, dass der Begriff Leitkultur nicht im Sauerland eines Friedrich Merz erfunden wurde. Die Idee einer Leitkultur sei von jemanden gekommen, der sich selbst als deutscher Ausländer bezeichnet habe: von dem Muslim Bassam Tibi. Der Orientalist habe damals als erster von einer „europäischen Leitkultur“ gesprochen, dozierte Merkel damals auf einer Konferenz aller CDU-Kreisvorsitzenden. „Wir Europäer sollten den Mut haben, uns zu unserer eigenen kulturellen Identität bekennen“, zitierte [...] Merkel [...] Bassam Tibi. Damals jedenfalls ging es auch in der CDU zur Sache. Der Begriff Leitkultur spaltete auch die Christdemokraten. Peter Müller, der [...] [frühere] Richter am Bundesverfassungsgericht, war damals saarländischer Ministerpräsident und sagte, der Grundkonsens unserer Gesellschaft müsse beachtet werden. „Dafür brauche ich diesen unglückseligen Begriff der Leitkultur nun wirklich nicht.“ [...]

Zwei Jahrzehnte später aber ist die Leitkultur wieder da – im Entwurf des Grundsatzprogramms der CDU. Serap Güler, stellvertretende Vorsitzende der Grundsatzkommission, sagt entschuldigend, die Diskussion um den Begriff Leitkultur sei nicht ganz neu. Viele in diesem Land würden sagen, das deutsche Grundgesetz sei unsere Leitkultur, so Güler. Der Grundsatzkommission der CDU aber reicht das nicht. Sie möchte noch grundsätzlicher als das Grundgesetz werden, wenn es um das Thema Leitkultur geht. Dabei hatte schon damals ein gewisser SPD-Politiker namens Franz Müntefering Merz zugerufen: „Wenn Sie sagen: Leitkultur ist unser Grundgesetz, dann sage ich. Das ist okay. Da habe ich gar nichts dagegen.“ Die CDU unter ihrem Chef

INFO

Serap Güler (* 1980)
Die deutsche Politikerin ist seit 2025 Staatsministerin im Auswärtigen Amt.

Merz aber will unter Leitkultur jetzt mehr verstehen. Offiziell heißt es im Entwurf des Grundsatzprogramms: „Mut zur Leitkultur. Wir wollen eine Gesellschaft, die zusammenhält. Alle, die hier leben wollen, müssen unsere Leitkultur ohne Wenn und Aber anerkennen […]. Nur wer sich zu unserer Leitkultur bekennt, kann sich integrieren und deutscher Staatsbürger werden." Unsere Leitkultur? Das soll freundlich gemeint sein, sagt Serap Güler erklärend: „Wir verstehen die Leitkultur als ein Fördermittel für den gesellschaftlichen Zusammenhalt." Die Leitkultur ist also wieder da und die Debatte um den Begriff auch.

Georg Schwarte, Warum setzt Merz auf eine 23 Jahre alte Debatte?, in: https://www.tagesschau.de/inland/innenpolitik/cdu-leitkultur-100.html, 12.12.2023

M3 Die Verfassungsordnung als Leitkultur?

Zeichnung: Kostas Koufogiorgos

1 **Problematisieren** Sie die Meinungen in M 1.

2 **Geben** Sie M 2 in eigenen Worten **wieder**.

3 **Beschreiben** Sie M 3 und **formulieren** Sie mögliche Deutungshypothesen.

4 **Diskutieren** Sie, ob in Deutschland eine Debatte um Leitkultur stattfinden sollte (M 1–M 3).

5 a) **Setzen** Sie sich mit dem folgenden Zitat des Bundeskanzlers Friedrich Merz (CDU) **auseinander**: „Wir müssen uns darauf verständigen, dass bestimmte Dinge nicht akzeptabel sind. Und das ist unabhängig von Gesetzen."

b) **Setzen** Sie sich mit dem folgenden Zitat der CDU-Politikerin Serap Güler **auseinander**: „Wir dachten immer, es braucht für gelingende Integration Bildung, Sprache, Arbeit. Jetzt wissen wir, es braucht noch etwas mehr. Nämlich gemeinsame Werte."

c) **Entwerfen** Sie einen Brief an das CDU-Präsidium, worin Sie Ihre Positionen zum Begriff „Leitkultur" deutlich machen (M 1–M 3).

Szenariotechnik

Ein Szenario soll einen schlüssigen Ausblick auf mögliche Entwicklungen bieten. Folgende Entwicklungsphasen sind denkbar:

1. Fundierungsphase

In dieser Phase sammeln Sie Informationen, um die „Ist-Situation" genau kennenzulernen. Diese „Ist-Situation" dient als Ausgangsbasis für ein Zukunftsszenario. Nur Szenarien, die sich auf sorgfältige Untersuchungen und Analysen stützen, sind wohl fundiert. Sie sind mit hoher Wahrscheinlichkeit plausibel, weshalb sie – wenn sie bestimmte Fragen aufwerfen – ernst genommen werden. Am Beginn einer Szenarioentwicklung steht eine sorgfältige Literatur- und Datenanalyse bereits veröffentlichten Materials zum „Ist-Zustand" und eventuell bereits konzipierter Szenarien zum gleichen oder einem verwandten Thema. Hinzu kommt die Befragung von Experten mit Blick auf deren Vorstellungen zu künftigen bzw. alternativen vergangenen Entwicklungen. Fragen Sie „Ihre" Experten auch nach den Entwicklungen, die diese als wahrscheinlich/unwahrscheinlich bzw. als wichtig/unwichtig ansehen, sowie nach den Faktoren und Akteuren, die sie als Triebfedern oder Hemmnisse für eine bestimmte Entwicklungsrichtung erachten. Neben Einzelbefragungen können auch Umfragen mit größeren Personengruppen durchgeführt werden.

2. Analytische bzw. Kritikphase

Eine sorgfältige Analyse und Systematisierung der gesammelten Informationen, zum Beispiel mithilfe einer Mind-Map, ist für die Szenarioentwicklung von entscheidender Bedeutung. Folgende Fragen helfen Ihnen bei der Sichtung und Sortierung des Materials:

- Welche der gesammelten Informationen benötige ich zur Szenarioentwicklung?
- Welche Auswirkungen hat ein Szenario für die mittel- oder unmittelbar betroffenen Menschen, Regionen, Staaten oder die Welt insgesamt?
- Welche aktuellen oder vergangenen Diskussionen, Sachverhalte und Ereignisse machen die Auseinandersetzung mit meinem Thema sinnvoll?

3. Konstruktionsphase

Die Entwicklung eines Szenarios unterscheidet sich deutlich von einer sonstigen wissenschaftlichen Arbeit. Sie arbeiten zwar auf Grundlage gesicherter Fakten und Daten, müssen diese aber mithilfe Ihrer Fantasie weiterentwickeln. Dabei ist es wichtig, nicht allein „wünschenswerte", sondern „plausible" Szenarien zu entwickeln. Weitere Kriterien, die Ihr Szenario erfüllen sollte, sind innere Schlüssigkeit, Infragestellung gängiger Annahmen und Attraktivität für die Zielgruppe. Nach der Entwicklung des Szenarios erfolgt die erneute Überprüfung auf Plausibilität und Schlüssigkeit. Erst nach der Überarbeitung und Optimierung Ihres Konzepts ist Ihr Szenario bereit für eine Präsentation im Kursrahmen.

1 **Gestalten** Sie in Gruppen für die Problemfrage „Welche Einwanderungsgesellschaft wollen wir?" ein eigenständiges Szenario.

2 **Entwickeln** Sie ein eigenes Szenario zu einem Thema Ihrer Wahl.

Anwendungsbeispiel für die Szenariotechnik – Thema „Migration in Deutschland“

Ausgangslage: Aufgrund der geopolitischen Entwicklung durch Kriege, den Klimawandel und der Suche nach einem besseren Leben wird Europa von einer Welle der Migration erfasst. Versuche, die Migration zu stoppen, scheiterten bisher. Um die Perspektiven für einen Zeithorizont sichtbar zu machen, soll der Prozess der Migration vom heutigen Status quo mittels der Szenariotechnik nachgezeichnet werden. Sie bearbeiten die Materialien auf den folgenden Seiten mit der Methode „Szenariotechnik“ und erstellen daraus ein Szenario, das Sie im Anschluss begründet präsentieren sollen. Die Darstellungsweise ihrer Ergebnisse können Sie beliebig gestalten.

- Werten Sie die Grafiken, Karikaturen usw. aus und formulieren Sie ggf. Bedeutungshypothesen.
- Analysieren Sie die Materialen anhand der möglichen Szenarien.
- Fassen Sie Texte in eigenen Worten zusammen und hinterfragen Sie diese.
- Diskutieren Sie die hier vorgestellten Musterszenarien anhand der Materialen.
- Beurteilen Sie abschließend das wahrscheinlichste Szenario aus den Materialien und Ihren eigenen Recherchen.
- Entwickeln Sie mittels der Methode ein eigenes Szenario auf der Grundlage der Materialien und stellen die Ergebnisse in geeigneter Form begründet in einem medialen Produkt dar.

Ein **Best-Case-Szenario** würde verschiedene positive Aspekte für Migranten und die Gesellschaft umfassen. Migranten finden schnell Zugang zum Arbeitsmarkt und bereichern die Wirtschaft durch ihre Fähigkeiten. Dabei findet eine soziale Integration statt. Migranten fühlen sich willkommen und integriert, was Toleranz und Respekt in Nachbarschaften stärkt. Zugleich haben Migrantenkinder Zugang zu hochwertiger Bildung, während Erwachsene neue Qualifikationen erlernen. Migranten engagieren sich, ihre Stimmen werden in Entscheidungsprozessen gehört. Das fördert den gesellschaftlichen Zusammenhalt. Es kommt zur Innovationsförderung. Der Austausch neuer Ideen führt zu mehr Innovation in Wissenschaft, Technologie und Kunst. Insgesamt würde dieses Szenario zu einer dynamischen, vielfältigen und resilienten Gesellschaft führen.

Ein **Worst-Case-Szenario** könnte verschiedene wirtschaftliche, soziale und politische Herausforderungen umfassen. Dazu zählt ein massiver Flüchtlingszustrom, der trotz Abschottung die bestehenden Kapazitäten überfordern. Dies könnte soziale Spannungen verstärken, insbesondere wenn Einheimische ihre kulturellen Werte als bedroht empfinden, was das Wachstum populistischer und extremistischer Bewegungen begünstigen könnte. Zudem könnte eine hohe Zahl neuer Migranten die öffentlichen Dienstleistungen stark belasten, besonders wenn deren Integration in den Arbeitsmarkt nicht gelingt. Schwierigkeiten könnten langfristig zu Parallelgesellschaften und einer erhöhten Kriminalitätsrate führen.

Trendszenario: In diesem Szenario, das als Grundlage für alle anderen Szenarien dient, wird prognostiziert, Deutschland bleibt ein beliebtes Ziel für Migranten, die Migration erfolgt in einem ähnlichen Tempo wie in der Vergangenheit, mit den üblichen Herausforderungen an Integration und die öffentliche Meinung.

Lösungsmöglichkeiten: Migration ist ein vielschichtiges Thema, das soziale, wirtschaftliche, politische und kulturelle Aspekte vereint. Um die damit verbundenen Herausforderungen zu bewältigen, sind verschiedene Lösungsansätze erforderlich.
Dazu gehören Integrationsprogramme für Sprache und Beruf, die interkulturelle Verständigung fördern. Klare gesetzliche Rahmenbedingungen, einschließlich vereinfachter Einwanderungsverfahren sind ebenfalls wichtig. Wirtschaftliche Teilhabe kann durch Zugang zu Arbeitsmarkt und die Förderung des Unternehmertums unterstützt werden. Zudem sollten Migranten Zugang zu Bildung erhalten. Internationale Zusammenarbeit zwischen Herkunfts- und Zielländern ist unerlässlich, um Migration effektiv zu steuern. Der Zugang zur Gesundheitsversorgung muss gesichert. Medienkampagnen können helfen, Vorurteile abzubauen und die positiven Aspekte der Migration hervorzuheben.

4.2 Wie hat die Einwanderung Deutschland seit 1949 verändert?

M1 Entwicklung der Zu- und Abwanderung

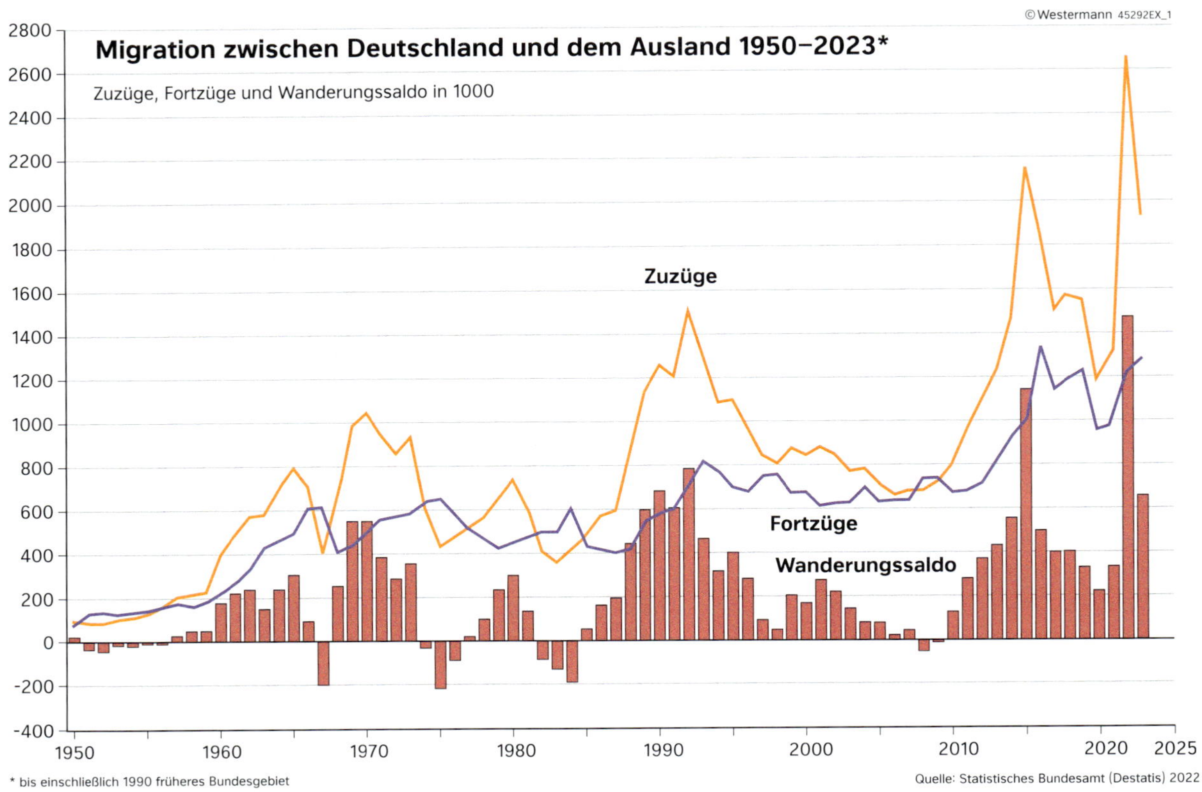

M2 Wie Deutschland ein Einwanderungsland wurde

GLOSSAR
Asylbewerber
Migration

Mehr als ein Viertel der Bevölkerung Deutschlands hat einen Migrationshintergrund. Flucht ist nicht der Hauptgrund dafür, dass Menschen in die Bundesrepublik kommen. [...] Über Jahrzehnte hielten die beiden deutschen Staaten [...] an der Idee fest, dass Zuwanderung nur kurzzeitig erfolgen solle. Eine Integration von Migranten in die deutsche Gesellschaft war in der DDR regelrecht unerwünscht, in der Bundesrepublik galt sie zumindest als unnötig.

„Die Bundesrepublik soll und will kein Einwanderungsland werden", sagte Bundeskanzler Helmut Schmidt (SPD) bei einer Pressekonferenz, kurz vor Ende seiner Amtszeit 1981. Eine Maxime, die auch unter seinem Nachfolger Helmut Kohl (CDU) galt. Erst die rot-grüne Koalition nahm ab 1998 Anlauf, Einwanderung und Miteinander zu gestalten. Unter dem Vorsitz der allseits respektierten Christdemokratin Rita Süssmuth setzte sie eine „Zuwanderungskommission" ein, die Vorschläge zur Regelung von Migration und Integration erarbeiten sollte. 2005 verabschiedete der Bundestag das erste Zuwanderungsgesetz, das auch erstmals Integrations- und Sprachkurse zur Pflicht machte.

Von Zuwanderung geprägt waren da aber längst beide deutsche Staaten. Ab 1945 zogen zunächst zwölf bis 14 Millionen Vertriebene und Flüchtlinge aus den einstigen Ostgebieten und Osteuropa zu. Die Bundesrepublik, der im Wirtschaftswunder Arbeitskräfte fehlten, startete 1955 eine massenhafte Anwerbung: Vor allem aus Italien, der Türkei und Jugoslawien kamen 14 Millionen „Gastarbeiter". Elf

Millionen zogen wieder weg; andere, vor allem aus der Türkei, holten ihre Familien nach oder gründeten eine. Gewünscht war das nicht – so wenig, dass der Deutsche Bundestag 1983, allerdings ohne nennenswerten Erfolg, eine Prämie für rückkehrwillige Türken beschloss. Die DDR warb ab 1967 „Vertragsarbeiter" aus Vietnam, Mosambik, Kuba und Angola an, und unterwarf diese noch weit strengeren Regelungen. 1989 lebten noch rund 100 000 von ihnen in Deutschland.
Das im Grundgesetz verankerte Recht auf Asyl spielte – obgleich weit großzügiger als heute – lange Zeit keine große Rolle. Das änderte sich erst mit dem Fall des Eisernen Vorhangs. Hunderttausende flohen damals in Folge des Zerfalls von Jugoslawien nach Deutschland. 1993 erschwerte die vereinigte Bundesrepublik das Recht auf Asyl. Seither wurde die Genfer Flüchtlingskonvention wichtiger, seit 2013 auch der „subsidiäre Schutz". [...] Die größte Gruppe Geflüchteter sind seit 2015/16 Syrer; nach Türken, Polen und Ukrainern stehen sie auf Platz vier der in Deutschland lebenden Nationalitäten. Weitere wichtige Flucht-Staaten sind Afghanistan, die Türkei, Iran und Irak. Aus afrikanischen Ländern kommt weniger als jeder zehnte Flüchtling [...].
Der Anteil der Fluchtmigration wird oft überschätzt. „Die größten Zuwanderergruppen kommen aus der Europäischen Union sowie als sogenannte Erwerbsmigranten aus nichteuropäischen Ländern" erklärte die Soziologin Özlem Konar [...]. Konkret kamen 2021 – also noch vor dem Ukraine-Krieg – zwei Drittel der 1,3 Millionen Zugewanderten aus Europa, meistens aus Rumänien, Polen und Bulgarien. Außerhalb der EU sind Indien, die Türkei und die USA wichtige Herkunftsländer. [...] All das führte dazu, dass Deutschland heute mit klassischen Einwanderungsländern gleichauf liegt: Ein Sechstel der deutschen Bevölkerung wurde im Ausland geboren – etwa so viel wie in den USA.

Jeannette Goddar, Wie Deutschland ein Einwanderungsland wurde, in: https://www.das-parlament.de/inland/innenpolitik/wie-deutschland-ein-einwanderungsland-wurde, 14.08.2023

INFO

Genfer Flüchtlingskonvention
Das Abkommen über die Rechtsstellung der Flüchtlinge aus dem Jahr 1951 definiert, wer als Flüchtling anzusehen ist und welche Rechte Flüchtlinge genießen. Flüchtlinge sind Personen, die „wegen ihrer Rasse, Religion, Nationalität, Zugehörigkeit zu einer bestimmten sozialen Gruppe oder wegen ihrer politischen Überzeugung" verfolgt werden.

subsidiärer Schutz
Schutzstatus unterhalb von Asyl- und Flüchtlingsschutz; greift z. B., wenn der Person im Herkunftsland ein „ernsthafter Schaden" droht

M3 Migration und Arbeitsmarkt

Wie schwer es sein kann, eine Chance auf dem Arbeitsmarkt zu bekommen, erlebt Avraz jeden Tag in Leipzig. Der 33-Jährige ist eigentlich Web-Entwickler. Aktuell arbeitet er Vollzeit für ein asiatisches Restaurant als Lieferfahrer und erhält dort Mindestlohn. Wenn er auf den nächsten Auftrag wartet, schaut er auf dem Smartphone nach Stellenanzeigen. „Ich suche, was ich kann, zum Beispiel Frontend, HTML, CSS und Javascript. Und dann bewerbe ich mich. Dann steht da noch Sprachniveau B2 wird gebraucht. Okay, B2 habe ich schon bestanden. Und Englisch auch B2 Niveau", erzählt er. Avraz hat seine Weiterbildung für Web-Entwickler in Leipzig absolviert und einen deutschen Abschluss. Der Berufseinstieg ist trotzdem schwer. Jeden Tag schicke er zwei, drei Bewerbungen ab. Meist komme nach einer Woche eine Absage. [...] Immer nur Absagen – und das, obwohl es Stand Ende 2023 in der IT-Branche 149 000 offene Stellen gibt. Er wolle weitermachen, bis er etwas anderes finde. „Ich habe keine andere Wahl. Ich will keine Leistung vom Jobcenter erhalten." Mit einem Freund könnte er sich aber auch vorstellen, sich selbstständig zu machen. [...]
Laut eines Berichts des Instituts für Arbeitsmarkt- und Berufsforschung sind im ersten Jahr nach Ankunft in Deutschland nur sieben Prozent der Geflüchteten in Arbeit. Nach sechs Jahren sind 54 Prozent erwerbstätig. Nach sieben Jahren 62 Prozent. Das liegt unter dem Bundesdurchschnitt von knapp 77 Prozent.

Tarek Khello/Katharina Vorndran, Warum scheitert Integration?, in: https://www.mdr.de/nachrichten/deutschland/gesellschaft/integration-gefluechtete-qualifikation-arbeit-proteste-100.html, 22.05.2024

1 **Werten** Sie M 1 **aus.**
2 **Diskutieren** Sie, wie die Einwanderung Deutschland seit 1949 verändert hat (M 1–M 3).

4.3 Migration in den Arbeitsmarkt oder in die Sozialsysteme?

M1 Läuft etwas schief?

Eines ist klar: Wir brauchen mehr Einwanderung in den Arbeitsmarkt, aber weniger in das deutsche Sozialsystem.

Bijan Djir-Sarai (* 1976), deutscher Politiker (FDP)

M2 Asylbewerber

INFO

Leistungen für Asylbewerber
Einem alleinstehenden Asylbewerber stehen derzeit (Stand 01.01.2024) nach dem Asylbewerberleistungsgesetz Leistungen pro Monat in Höhe von 460 Euro zu (256 Euro für notwendigen Bedarf und 204 Euro für persönlichen Bedarf (Taschengeld)).

Künftig sollen geflüchtete Menschen mit der Bezahlkarte staatliche Leistungen beziehen. [...] 14 Bundesländer verständigten sich auf das Vergabesystem – Bayern und Mecklenburg-Vorpommern gehen eigene Wege. So geben die bayrischen Behörden bereits seit Ende März [2024] die Karten während einer Pilotphase in vier Kommunen heraus. [...] Derzeit zahlen die Kommunen Asylbewerbern Bargeld aus, damit sie damit einkaufen können. Künftig sollen Menschen mit Duldungsstatus oder im Asylantragsverfahren, das mit der Bezahlkarte erledigen können – ähnlich wie mit einer EC-Karte. Die Behörden überweisen das Geld an die Banken und die Karten werden mit dem Guthaben aufgeladen. Eingesetzt werden können sie im Einzelhandel und an Automaten. Zusatzfunktionen und regionale Einschränkungen seien Ländersache. Die technische Abwicklung hingegen soll bundesweit einheitlich geregelt werden. Die Nutzung solcher Bezahlkarten soll Schutzsuchenden die Möglichkeit nehmen, Geld aus staatlicher Unterstützung an Angehörige und Freunde im Herkunftsland zu überweisen. Die Karten sollen überall einsetzbar sein, jedoch nicht im Ausland. Überweisungen sollen gar nicht möglich sein.
„Mit der Einführung der Bezahlkarte senken wir den Verwaltungsaufwand bei den Kommunen, unterbinden die Möglichkeit, Geld aus staatlicher Unterstützung in die Herkunftsländer zu überweisen und bekämpfen dadurch die menschenverachtende Schlepperkriminalität", hatte Hessens Regierungschef Boris Rhein (CDU) als Vorsitzender der Ministerpräsidentenkonferenz gesagt. Ein weiterer Grund sei die Entlastung der Behörden. Durch die Einführung der Bezahlkarten soll der Verwaltungsaufwand sinken.

Anabel Schröter, So funktioniert die Bezahlkarte für geflüchtete Menschen, in: https://www.wiwo.de/politik/deutschland/migration-so-funktioniert-die-bezahlkarte-fuer-gefluechtete-menschen/29632998.html, 02.05.2024

M3 Rückûberweisungen

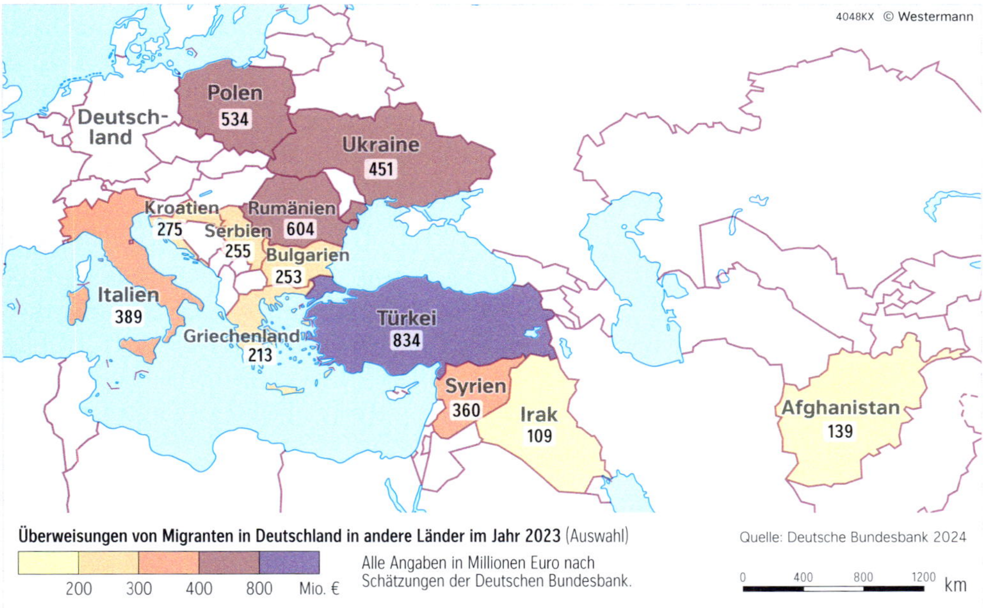

INFO

Rücküberweisungen
Nach Schätzungen der Deutschen Bundesbank stieg die Höhe der Rücküberweisungen aus Deutschland in andere Länder von über zwei Mrd. Euro im Jahr 2006 auf über sechs Mrd. Euro im Jahr 2024 an.

M4 Flüchtlinge auf dem Arbeitsmarkt

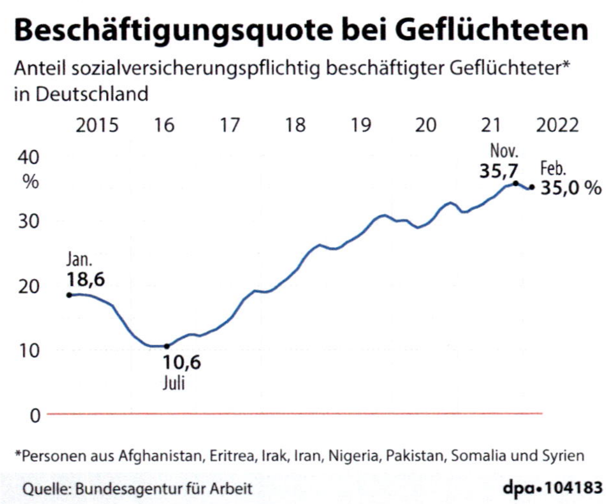

QUERVERWEIS

Worst-Case-Szenario Fachkräftemangel: Migration in den Arbeitsmarkt oder in die Sozialsysteme?
S. 580 f.

Best-Case-Szenario Fachkräftemangel: Migration in den Arbeitsmarkt oder in die Sozialsysteme?
S. 582 f.

Trendszenario Fachkräftemangel: Migration in den Arbeitsmarkt oder in die Sozialsysteme?
S. 584 f.

1 **Setzen** Sie sich anhand von M 2–M 4 mit dem Zitat (M 1) **auseinander**.
2 **Werten** Sie M 3 und M 4 **aus**.
3 **Diskutieren** Sie, ob in Deutschland Migration vor allem in den Arbeitsmarkt oder in die Sozialsysteme stattfindet (M 1–M 4).
4 **Analysieren** Sie die Materialien im Hinblick auf den Zugang zum Arbeitsmarkt mithilfe der Szenariotechnik und **beurteilen** Sie abschließend das wahrscheinlichste Szenario.

4.4 Ist Deutschland ein Land der Auswanderer?

M1 Ist es woanders besser?

Zeichnung: Marcus Gottfried

M2 Warum wandern Deutsche aus?

Mehr als eine Viertelmillion Deutsche sind 2022 ausgewandert. Der größte Teil sind Männer und Frauen im arbeitsfähigen Alter. In der Mehrheit sind es hoch qualifizierte Fachkräfte: Etwa drei Viertel haben einen Hochschulabschluss. Der Anteil der 25- bis 39-Jährigen liegt mit 63 Prozent unter den ausgewanderten Deutschen deutlich über dem Anteil dieser Altersklasse in der Gesamtbevölkerung. Das bestätigt eine Studie des Bundesinstituts für Bevölkerungsforschung (BiB). Bevorzugte Auswandererziele der Deutschen sind nach den Zahlen des Statistischen Bundesamts die Schweiz und Österreich. Das sind Länder, in denen die Sprachbarriere für deutsche Arbeitskräfte niedrig ist. Auch die kulturellen Unterschiede sind gering. Außerdem handelt es sich um direkte Nachbarländer Deutschlands. „Nahezu alle deutschen Bundesländer haben Wanderungsverluste, mit Ausnahme von Niedersachsen. Relativ hoch sind die deutschen Verluste in Bayern und Baden-Württemberg, was auch mit der Nähe zu Österreich und der Schweiz zusammenhängt“, sagt Karl Brenke vom Deutschen Institut für Wirtschaftsforschung [...]. „Am höchsten sind die Auswandererzahlen in den Stadtstaaten. Am wenigsten Menschen wandern in den ostdeutschen Flächenländern aus“, erklärt er weiter. Das dürfte auch an den Nachbarländern Polen und Tschechien liegen, die für die meisten Auswanderer als nicht attraktiv gelten, meint Brenke.

Die Entscheidung, das Land zu verlassen, geht meistens auf mehrere Gründe zurück. Dazu sagte Prof. Dr. Marcel Erlinghagen von der Universität Duisburg-Essen: „Es liegt immer ein ganzes Motivbündel zugrunde, letztlich muss das Gesamtpaket stimmen. Innerhalb dessen spielen berufliche Gründe bzw. das Einkommen eine zentrale Rolle.

In den meisten Fällen bilden Arbeit und Einkommen die wesentliche Motivation für einen Wegzug aus Deutschland. Insgesamt nennen 58 Prozent der Befragten berufliche Gründe bei der Entscheidung für ein Leben im Ausland. Eine Unzufriedenheit mit dem Leben in Deutschland wird in 18 Prozent der Fälle als hauptsächlicher Grund angegeben.

Nach Angaben der internationalen Organisation für wirtschaftliche Zusammenarbeit und Entwicklung ist (OECD) leben rund 3,8 Millionen Deutsche außerhalb Deutschlands. Mit einer Auswanderungsrate von 5,1 Prozent liegt Deutschland außerdem auf Platz drei im internationalen Vergleich. Nur in Großbritannien und Polen wandern noch mehr Menschen aus.

In den politischen Debatten hierzulande geht es derzeit hauptsächlich um die Einwanderung nach Deutschland. Über die hohe Zahl der Abwanderung wird kaum gesprochen. Dabei ist sie ein wichtiger Bestandteil der deutschen Migrationsbewegungen. [...] Ökonomen sagen, dass die Löhne in Deutschland nach Jahren der Zurückhaltung deutlich steigen müssten, um die Auswanderung zu bremsen und die dringend benötigenden Fachkräfte im Land zu halten. Ebenso wäre es nötig, das Steuer- und Abgabensystem umzubauen und auf ein angemessenes Maß zurückzuführen, damit die Arbeitnehmer netto mehr Geld im Portemonnaie behalten.

Olaf Zinke, Hunderttausende Fachkräfte wandern aus – und verlassen Deutschland, in: https://www.agrarheute.com/management/recht/fachkraefte-hunderttausende-deutsche-wandern-gruende-608481, 30.06.2023

M3 Wohin wandern Deutsche aus?

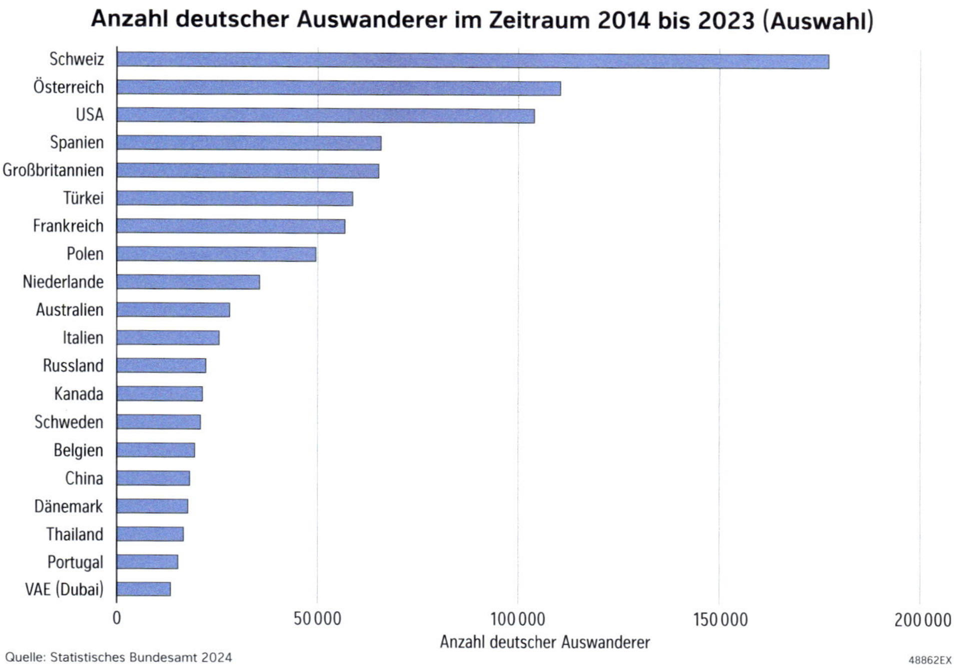

M4 Ein Kommen und Gehen?

Wanderungsstatistik bei deutschen Staatsbürgern für das Jahr 2021			
Alter	**Auswanderer**	**Rückkehrer**	**Saldo**
0-19	42 912	35 291	–7 621
20-30	59 644	42 474	–17 170
30-40	57 691	43 203	–14 488
40-50	33 897	26 176	–7 721
50-60	25 966	20 228	–5 738
über 60	27 719	16 278	–11 441
insgesamt	247 829	183 650	–64 179

Quelle: Statistisches Bundesamt 2022

1 **Beschreiben** Sie M 1 und **formulieren** Sie Deutungshypothesen.
2 **Fassen** Sie M 2 in eigenen Worten **zusammen**.
3 **Werten** Sie M 3 und M 4 **aus**.
4 **Diskutieren** Sie, ob Deutschland ein Land der Auswanderer ist (M 1–M 4).
5 **Entwickeln** Sie ein eigenes Szenario bezüglich der Auswanderung von Deutschen auf Grundlage der Materialien. **Stellen** Sie die Ergebnisse in geeigneter Form **begründet** in einem medialen Produkt **dar**.

4.5 Willkommenskultur war einmal? Ist Deutschland rassistischer geworden?

M 1 Ist Rassismus Alltag in Deutschland?

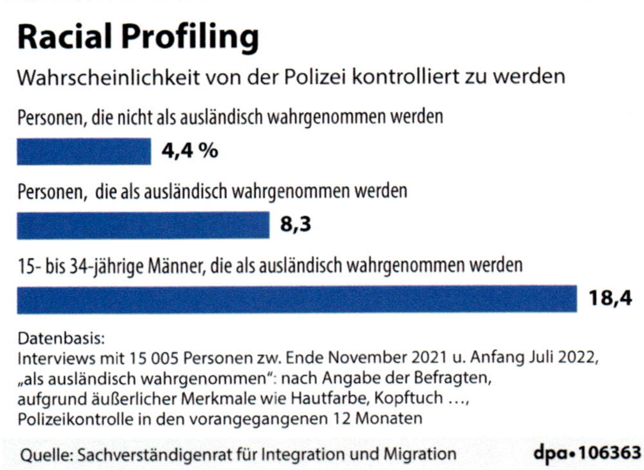

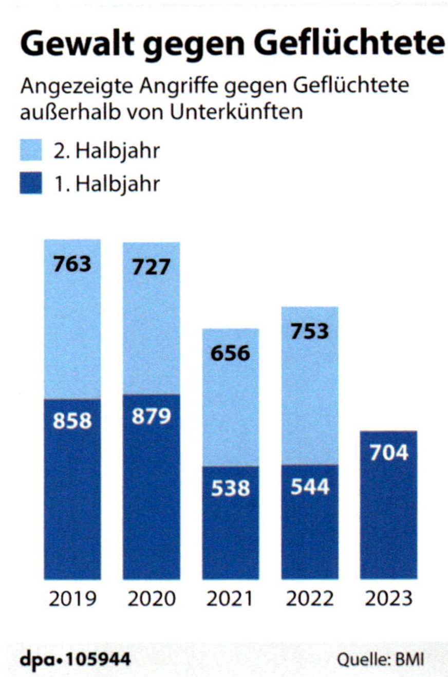

M 2 Ist ein Kopftuchverbot rechtens?

Darf eine Muslima bei der Arbeit in der öffentlichen Verwaltung ein Kopftuch tragen? Diese Frage hat […] der Europäische Gerichtshof (EuGH) geklärt (Az. C-148/22). Der Generalanwalt Anthony Michael Collins hatte in seinen Schlussanträgen vom 4. Mai 2023 vorgeschlagen, dass ein Kopftuchverbot auch in einer Kommune gerechtfertigt sein kann. Das solle zumindest dann gelten, wenn eine solche Regel allgemein und unterschiedslos angewandt wird und die Gemeinde ein vollständig neutrales Verwaltungsumfeld gestalten möchte. Der EuGH hat sich diesem Vorschlag nun angeschlossen. Das Gericht entschied: Eine öffentliche Verwaltung kann das sichtbare Tragen von Zeichen, die weltanschauliche oder religiöse Überzeugungen erkennen lassen, verbieten, um ein vollständig neutrales Verwaltungsumfeld zu schaffen. Eine solche Regel sei nicht diskriminierend, wenn sie allgemein und unterschiedslos auf das gesamte Personal dieser Verwaltung angewandt wird […]. Die Prüfung, ob die getroffenen Maßnahmen die Religionsfreiheit mit den diesem Verbot zugrunde liegenden rechtmäßigen Zielen in Einklang bringen, obliegt den nationalen Gerichten. […]

Längst hat sich auch das Bundesverfassungsgericht mehrfach mit dem Thema Kopftuch befasst. Für den Schulbereich hat das BVerfG entschieden, dass ein Verbot religiöser Bekundungen durch das äußere Erscheinungsbild verfassungswidrig ist. […] Die Richter:innen […] argumentierten, eine abstrakte Gefahr der Beeinträchtigung des Schulfriedens oder der staatlichen Neutralität reiche für ein Kopftuchverbot nicht aus. Das BVerfG stelle eine ungerechtfertigte Verletzung des Grundrechts auf Glaubensfreiheit fest. Eine solche äußere religiöse Bekundung dürfe nur verboten werden, wenn sie zu einer hinreichend konkreten Gefahr für den Schulfrieden oder die staatliche Neutralität führt. Ein pauschales Kopftuchverbot sei ausgeschlossen.

Tanja Podolski/LTO-Redaktion, Auch öffentliche Arbeitgeber können das Kopftuch verbieten, in: https://www.lto.de/recht/hintergruende/h/eugh-c14822-kopftuch-verbot-oeffentlicher-arbeitgeber, 28.11.2023

M3 Wachsende Skepsis gegenüber Zuwanderung?

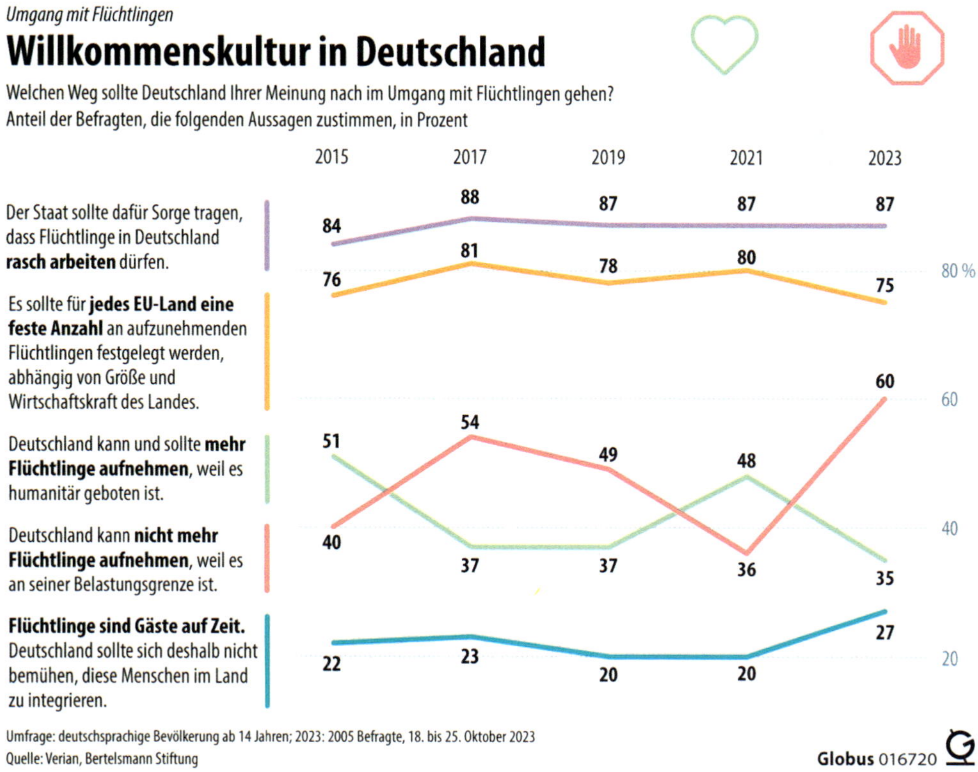

M4 Änderungen in der Migrationspolitik gewünscht?

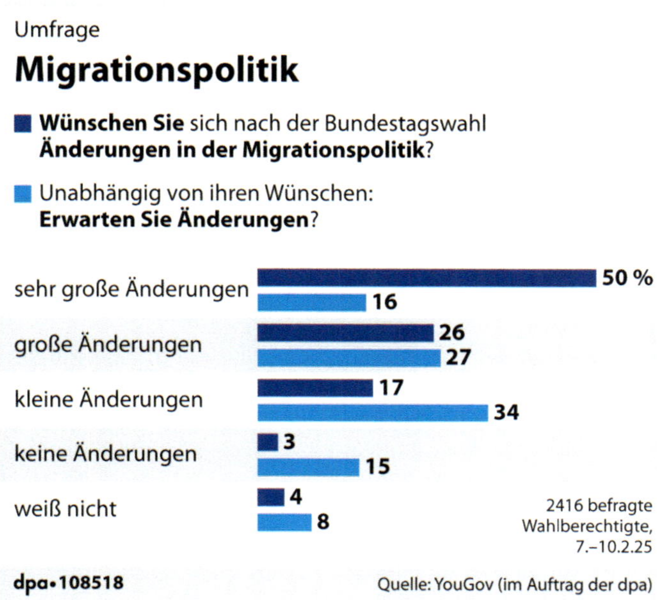

1 **Werten** Sie M 1, M 3 und M 4 **aus**.

2 **Fassen** Sie M 2 in eigenen Worten **zusammen**.

3 **Diskutieren** Sie, ob sich Deutschland von der Willkommenskultur verabschiedet hat und rassistischer geworden ist (M 1–M 4).

4 **Analysieren** Sie ein Zuwanderungsszenario mithilfe der Szenariotechnik. **Begründen** Sie Ihre Entscheidung und **stellen** Sie Ihre Ergebnisse im Plenum **vor**.

4.6 Ist der Islam ein Problem in Deutschland?

M1 Ist Rassismus Alltag in Deutschland?

Zeichnung: Jan Rieckhoff

M2 Jeder zweite Deutsche muslimfeindlich?

Mehr als fünf Millionen Menschen in Deutschland sind muslimisch. Viele von ihnen berichten von Diskriminierung und Ausgrenzung. Ein Expertenbericht zeigt: Feindlichkeit gegenüber Muslimen ist hierzulande weitverbreitet. Eine muslimfeindliche Haltung hält sich laut einem Expertenkreis in weiten Teilen der deutschen Bevölkerung auf einem „beständig hohen Niveau“. Jeder Zweite in Deutschland stimme muslimfeindlichen Aussagen zu, hieß es in dem Abschlussbericht des neunköpfigen Unabhängigen Expertenkreises Muslimfeindlichkeit (UEM). Muslime seien „eine der am meisten unter Druck stehenden Minderheiten im Land“. Insgesamt leben rund 5,5 Millionen Muslime in Deutschland, von denen die Mehrheit die deutsche Staatsangehörigkeit besitzt. Sie würden teils Ausgrenzung und Diskriminierung bis hin zu Gewalt erfahren. Für Betroffene seien das keine Einzelereignisse, sondern wiederkehrende und mitunter sehr belastende Erfahrungen. Laut Bericht sind Muslime, die offen ihre religiöse Zugehörigkeit bekennen, ob durch Kleidung oder Mitgliedschaft in Organisationen, am massivsten betroffen. Vor allem kopftuchtragende Frauen berichteten von „besonders drastischen Formen der Anfeindungen“. Insgesamt berichteten muslimische Frauen, dass sie als nicht selbstbestimmt angesehen würden. Muslimische Männer erzählen, sie würden als aggressiv und gewalttätig wahrgenommen. Unter Muslimfeindlichkeit verstehen die Fachleute aus Wissenschaft und Verbänden „Zuschreibungen pauschaler, weitestgehend unveränderbarer, rückständiger und bedrohlicher Eigenschaften gegenüber Muslimen“. Dadurch werde bewusst oder unbewusst eine „Fremdheit“ oder sogar Feindlichkeit konstruiert. Als Gründe für feindliche Ansichten nannten die Fachleute etwa ein „unbewusstes Vorverständnis“, Fehlinformationen oder auch pauschale Ängste. [...]

Explizit [...] raten die Fachleute der Bundesregierung, einen Sachverständigenrat und einen Bundesbeauftragten für die Bekämpfung von Muslimfeindlichkeit zu ernennen. Außerdem empfiehlt der Bericht eine Melde- und Dokumentationsstelle sowie mehr Beratung. Zudem sollten die Kultusministerien die Lehrpläne und Schulbücher überarbeiten und die Politische Bildung einen eignen Themenbereich anbieten. Für den Kampf gegen institutionellen Rassismus sollten Berufsgruppen in allen staatlichen Einrichtungen stärker sensibilisiert werden.

Der Bericht sieht auch in vielen Medien eine „einseitig konfliktorientierte Berichterstattung“ über den Islam. Im Internet und den sozialen Medien falle das Negativbild noch drastischer aus. Auch christliche Medien nähmen „in sehr unterschiedlicher Intensität an einseitigen Islamdiskursen teil“. [...]

[Die damalige sozialdemokratische] Bundesinnenministerin Nancy Faeser versprach eine intensive Beschäftigung mit den Ergebnissen. Muslimisches Leben gehöre selbstverständlich zu Deutschland, alle sollten die gleichen Chancen und Rechte haben.

Muslimfeindlichkeit in Deutschland weit verbreitet, in: https://www.tagesschau.de/inland/gesellschaft/muslimfeindlichkeit-expertenbericht-100.html, 29.06.2023

M3 Islamisten rufen nach einem Kalifat

Eine Demo in Hamburg hat zuletzt für Empörung gesorgt – unter anderem wegen Plakaten mit der Aufschrift „Kalifat ist die Lösung". Jetzt fordert der CDU-Bundestagsabgeordnete de Vries, solche solche Aufrufe künftig unter Strafe zu stellen. Nach der von Islamisten organisierten Demonstration in Hamburg gibt es [...] Rufe nach deutlichen Konsequenzen. Nach Ansicht des Unionspolitikers Christoph de Vries sollte künftig bestraft werden können, wer in Deutschland öffentlich zur Errichtung eines Kalifats aufruft. Der Hamburger Bundestagsabgeordnete sagte [...], es brauche einen parteiübergreifenden Schulterschluss, dass man Demonstrationen wie zuletzt in Hamburg nicht dulde und dagegen auch strafrechtlich vorgehen wolle. [...] Denkbar wäre aus seiner Sicht eine Regelung, wonach sich strafbar machen würde, wer öffentlich fordert, in Deutschland eine Staatsordnung zu errichten, die mit der freiheitlichen demokratischen Grundordnung unvereinbar ist. Möglich wäre auch eine Änderung, die an den Tatbestand des Hochverrats oder der Verunglimpfung des Staates anknüpfe.

Am vergangenen Wochenende hatte eine von Islamisten organisierte Demonstration in Hamburg für Empörung gesorgt. Die über 1 000 Teilnehmer hatten eine angeblich islamfeindliche Politik und Medienberichterstattung in aggressiver Form angeprangert. Außerdem wurde ein Kalifat als Lösung gesellschaftlicher Probleme gefordert – wenn auch nur für islamische Staaten. Organisatorin der Kundgebung war die Gruppe Muslim Interaktiv, die vom Verfassungsschutz als gesichert extremistisch eingestuft ist.

Auch Nordrhein-Westfalens Ministerpräsident Henrik Wüst dringt nun auf Konsequenzen. „Forderungen nach einem Kalifat in Deutschland, auf die Straße getragener Hass und Hetze sind absolut inakzeptabel", sagte der CDU-Politiker. [...] Der Religionsbeauftragte der Bundesregierung, Frank Schwabe (SPD), verwies [...] mit Blick auf derlei Demonstrationen auf die Grenzen der Religionsfreiheit. „Hass und Hetze und eine Untergrabung der freiheitlich demokratischen Grundordnung haben mit Religionsfreiheit natürlich nichts zu tun. Im Gegenteil, sie untergraben den Gedanken der Achtung der Menschenrechte – und damit auch der Religions- und Weltanschauungsfreiheit – in einem demokratischen pluralistischen politischen System."

Mehrere Politiker fordern: Ruf nach Kalifat soll strafbar werden, in: https://www.br.de/nachrichten/deutschland-welt/mehrere-politiker-fordern-ruf-nach-kalifat-soll-strafbar-werden,UBgIRrM, 03.05.2024

INFO

Christian Wulff
(* 1959)
Der deutsche Politiker (CDU) war von 2010 bis 2012 (Rücktritt) Bundespräsident der Bundesrepublik Deutschland.

Horst Seehofer
(* 1949)
Der deutsche Politiker (CSU) war von 2018 bis 2021 Bundesinnenminister.

M4 Politisches Engagement

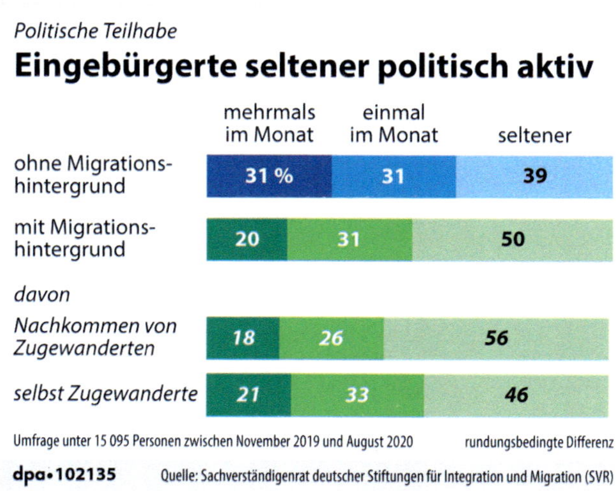

1. **Beschreiben** Sie M 1 und **formulieren** Sie Deutungshypothesen.
2. **Fassen** Sie M 2 in eigenen Worten **zusammen**.
3. **Erklären** Sie am Beispiel von M 3 mögliche Grenzen der Demonstrations- und Meinungsfreiheit.
4. **Werten** Sie M 4 **aus**.
5. **Setzen** Sie sich mit folgenden Zitaten **auseinander**: „Der Islam gehört zu Deutschland." (Christian Wulff) und „Nein. Der Islam gehört nicht zu Deutschland. Deutschland ist durch das Christentum geprägt." (Horst Seehofer).
6. **Diskutieren** Sie, ob der Islam ein Problem in Deutschland ist (M 1–M 4).
7. **Diskutieren** Sie mögliche Szenarien für die Migration anhand der Materialien.

4.7 Was sind die Hauptgründe für die Flucht nach Deutschland?

M1 Push- und Pull-Faktoren für Migration

Push-Faktoren	Pull-Faktoren
• Krieg	• demokratische Strukturen/Freiheit
• Verfolgung von Minderheiten	• Frieden
• politische Unterdrückung	• politische Stabilität
• Armut	• Sicherheit
• Arbeitslosigkeit	• Arbeitsplätze mit guter Bezahlung
• fehlende Bildungschancen	• soziale Unterstützung
• schlechte medizinische Versorgung	• Bildungsmöglichkeiten
• niedriger Lebensstandard	• gute medizinische Versorgung
• Naturkatastrophen	• hoher Lebensstandard

M2 Flüchtlingsabwehr statt Flüchtlingshilfe?

Auf nichts kann sich die EU in Sachen Migration so leicht einigen wie den Versuch, die Flüchtlinge schon in Drittstaaten zu stoppen. Der gerade geschlossene Vertrag mit dem Libanon ist nur die neuste Volte. Die Jahrzehnte zurückreichenden Bemühungen sind dabei von steten Rückschlägen gekennzeichnet. Im Juli 2023 etwa unterzeichneten die EU, Italien und Tunesien einen Pakt gegen irreguläre Migration. Tunesien hatte in der Zeit des Diktators Ben Ali den Zugang zum Mittelmeer weitgehend dichtgehalten, wurde zuletzt aber zum Haupttransitland Richtung Italien. Die EU sagte Tunis Hilfe von insgesamt 1 Milliarde Euro zu, im Gegenzug sollte die Regierung die Boote Richtung Sizilien und Lampedusa stoppen. Doch schon im Oktober überwies Tunis die erste Rate der Haushaltshilfe, rund 60 Millionen Euro, an Brüssel zurück. Man war verstimmt über die europäische Kritik an den tödlichen Abschiebungen in die Wüste und auch über den Wunsch der EU nach Abschiebungen von Nichttunesier:innen in das Land. EU-Delegationen wurde gar die Einreise verweigert.

Im Jahr 2024 hat Tunesiens Küstenwache bisher rund 20 000 Menschen auf Booten aufgehalten – bis Ende April kamen aber auch rund 7 300 Menschen von dort nach Italien durch. Im April unterzeichnete Ministerpräsidentin Giorgia Meloni dann ein neues Abkommen mit Tunis, Abschiebungen von Drittstaatler:innen werden darin vorerst nicht erwähnt. Ziel ist, die Migration nach Europa einzudämmen Im März 2024 hatte die EU eine neue Vereinbarung mit Ägypten vorgestellt. Schon lange hält Kairo gegen Cash den Zugang für Flüchtlinge zum Mittelmeer meist dicht. [...] Nun fließt noch mehr Geld, um Migration aus dem Land einzudämmen: Die Regierung soll trotz ihrer katastrophalen Menschenrechtsbilanz 5 Milliarden Euro billige Kredite, 1,8 Milliarden Euro Investitionen und 600 Millionen Euro Zuschüsse bekommen.

Christian Jakob, Milliarden für die Festung Europa, in: https://taz.de/Migrationsabkommen-der-EU/!6004505/, 03.05.2024

INFO

Giorgia Meloni (* 1979)
Die italienische Politikerin ist seit 2022 Ministerpräsidentin Italiens.

M3 Migrationsabkommen

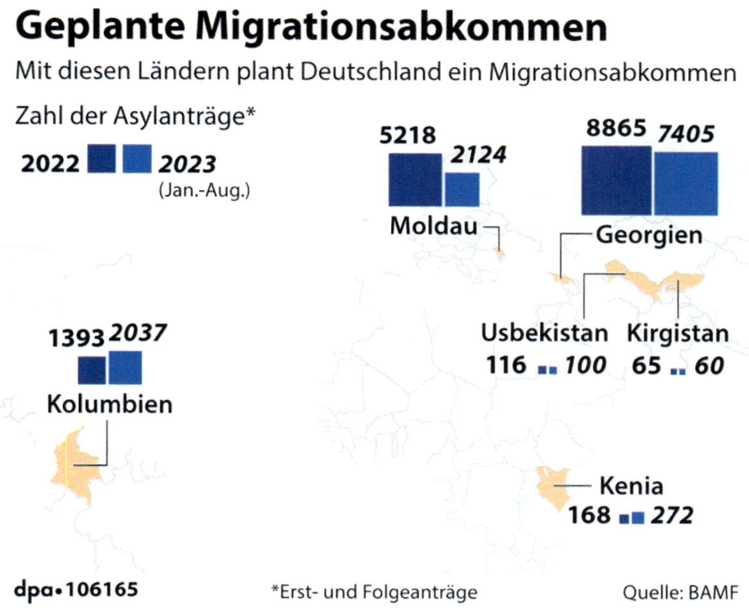

M4 Das neue Europa?

Zeichnung: Burkhard Mohr

1 **Erklären** Sie die Begriffe „Push- und Pull-Faktoren" (M 1).

2 **Interpretieren** Sie M4 anhand von M 1–M 3.

3 **Gestalten** Sie ein mediales Produkt zu der Frage, welche Hauptgründe es für die Flucht nach Deutschland gibt (M 1–M 4).

4 **Problematisieren** Sie die Migrationspolitik der Europäischen Union (M 1–M 4).

4.8 Welche Rolle spielen NGOs bei der Migration?

M 1 Rettung auf dem Mittelmeer

Im Juli 2023 waren nach Erkenntnissen der EU-Grundrechteagentur (FRA) und der Betreiber selbst 16 größere und kleinere Schiffe von Nichtregierungsorganisationen (NGOs) vor allem im westlichen und mittleren Mittelmeer auf See, um Schiffbrüchige zu retten. Die Zahl ändert sich jedoch oft, da Behörden in Malta, Italien oder Griechenland, Schiffe in Häfen für Inspektionen und technische Kontrollen festsetzen oder sie wegen mutmaßlicher Verstöße gegen Einwanderungsrecht beschlagnahmen. Die [...] italienische Regierung verlangt zum Beispiel seit einigen Monaten, dass die Rettungsschiffe jeweils nur die Insassen eines Bootes aufnehmen dürfen und dann sofort einen Hafen ansteuern müssen, der oftmals weit entfernt vom eigentlichen Einsatzgebiet zugewiesen wird. Dieses Vorgehen verringert die Kapazitäten und erhöht die Kosten zum Beispiel für Treibstoff, beklagen die Betreiber, die NGOs.

Die größte Zahl von Schiffen wird von sechs privaten Hilfsorganisationen betrieben, die in Deutschland ihren Sitz haben. Die größte von ihnen ist Sea-Watch e.V. aus Berlin mit einem Jahresetat von rund 12 Millionen Euro. Die Schiffe fahren allerdings teilweise unter ausländischen Flaggen. Hinzu kommen drei spanische NGOs, wie zum Beispiel Open Arms aus Barcelona. Die in Deutschland, Frankreich, Italien und der Schweiz registrierte Organisation SOS Méditerranée lässt die „Ocean Viking" im Mittelmeer kreuzen. Die niederländische Sektion der internationalen Organisation Ärzte ohne Grenzen setzt die „Geo Barent" für Rettungsaktionen ein. In Italien, Hauptzielland der Migranten, die die Reise über das Meer wagen, gibt es nur zwei kleinere NGOs, Saving Humans und ResQpeople. Sie haben das Schiff „Mare Jonio" im Einsatz.

Die meisten Hilfsorganisationen sind als gemeinnützige Vereine organisiert und finanzieren sich nach eigenen Angaben ausschließlich über Spenden. Diese Vereine sind oft aus privaten Initiativen nach Schiffskatastrophen im Mittelmeer in den Jahren 2015 bis 2018 entstanden. Anlass zur Gründung war auch das Ende der Seenotrettungs-Operation Mare Nostrum der italienischen Marine im Jahr 2014. Die Marine hatte in zwei Jahren rund 150 000 Menschen aus dem Mittelmeer gerettet. Die Operation galt in Italien dann aber als Anreiz für immer mehr Migranten, in die Boote zu steigen, und als zu teuer. Danach organisierte die Europäische Union vier Missionen von Triton über Themis und Poseidon bis zur Operation Sophia. Sie alle hatten als Aufgabe, Schlepperbanden zu stellen, aber nicht mehr die systematische Rettung von Schiffbrüchigen. Trotzdem haben alle EU-Operationen von 2015 bis heute nach Angaben der EU-Kommission 615 000 Menschen aus dem Meer geholt. Gleichzeitig wurden 25 000 Tote registriert. Die Operation Sophia zwischen der italienischen und libyschen Küste wurde 2020 eingestellt. Seither sind dort nur noch private Rettungsschiffe systematisch unterwegs.

Der Vorwurf, die Staaten hätten sich aus der Seenotrettung komplett verabschiedet, trifft nicht unbedingt zu, denn nach wie vor sind die Regierungen für ihre Rettungszonen im Mittelmeer zuständig. So koordiniert etwa die Rettungsleitstelle der Marine in Rom auch die Einsätze der privaten Rettungsschiffe der NGOs oder fordert Handelsschiffe oder Kreuzfahrtschiffe oder die eigene Küstenwache in ihrer Rettungszone zu Einsätzen auf. Die Überwachung der Rettungszonen aus der Luft geschieht sowohl mit staatlichen als auch mit privaten Flugzeugen der NGOs, die ihre Erkenntnisse an die Leitstelle in Rom melden. Schiffbrüchige können sich bei einer zentralen Notrufnummer melden, die von NGOs betrieben wird und die Meldungen an die staatliche Koordinierungsstelle in Rom weiterleitet. Der Inselstaat Malta allerdings schaut in seiner Rettungszone eher angestrengt weg, meinen die NGOs. Malta definiert zum Beispiel Seenot anders als Italien und greift nicht ein, wenn Migranten auf einem überfüllten Boot ihre Fahrt „freiwillig" fortsetzen.

In Deutschland arbeiten die NGOs mit zwei weiteren Vereinen zusammen, die sich hauptsächlich um das Einwerben von Spenden und den Kauf von geeigneten Schiffen kümmern. Der Verein United4Rescue mit Sitz in Hannover steht der evangelischen Kirche nahe. Zwei Vorstandsmitglieder sind Pastoren. Der Verein stützt sich auf viele kleine Ortsgruppen und war bislang in der Lage, drei Schiffe unter anderem für Sea-Watch zu finanzieren. Der Verein Bewegung Seebrücke hat einen Stiftungsfonds gegründet, mit dem zivile Seenotrettung finanziert wird. Neben den Schiffen müssen die Gehälter für die professionellen Schiffscrews, Betriebskosten, Wartung und Verpflegung für monatelange Einsätze bezahlt werden. Viele andere Helfer arbeiten auf den Schiffen ehrenamtlich. Die NGOs beschäftigen meist in ihren Zentralen je nach Größe professionelle Manager für die Einsatzplanung und das Einwerben von Spenden.

Bernd Riegert, Schiffbrüchige im Mittelmeer: Private Rettung statt EU-Hilfe, in: https://www.dw.com/de/schiffbrüchige-im-mittelmeer-private-rettung-statt-eu-hilfe/a-66356360, 28.09.2023

M2 Fluchtweg Mittelmeer

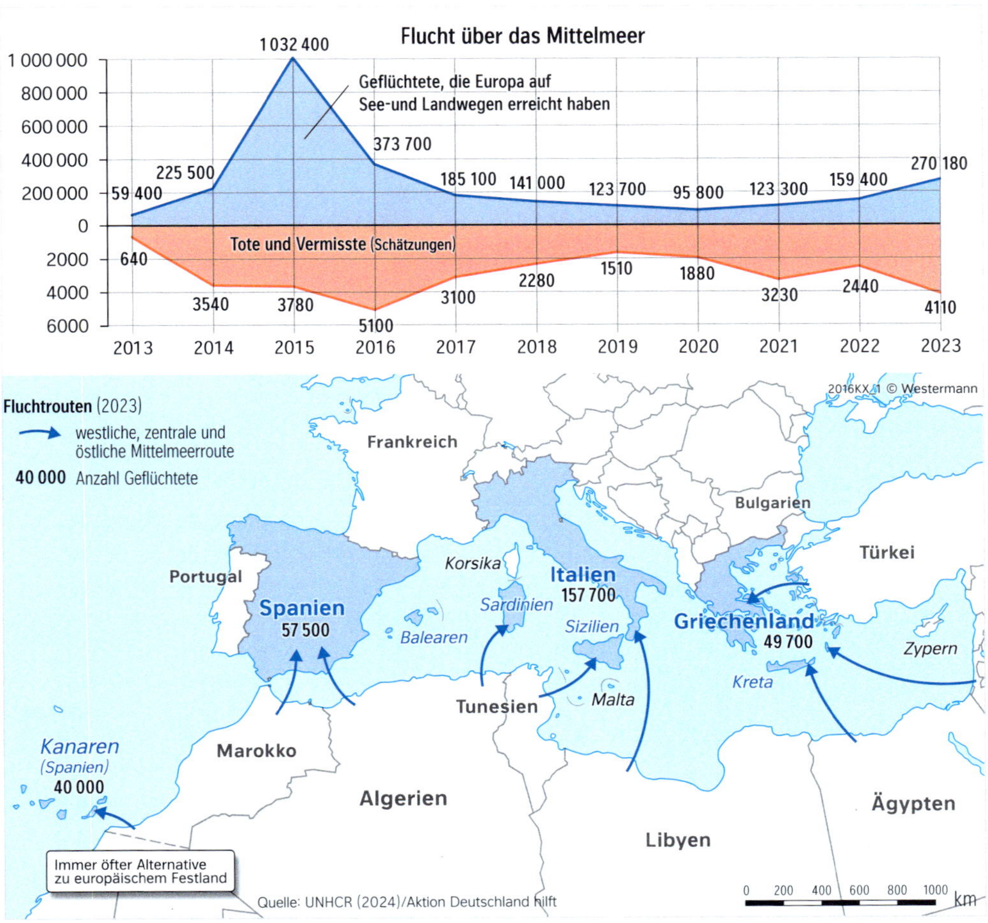

1 Fassen Sie M 1 in eigenen Worten **zusammen**.

2 Analysieren Sie M 2.

3 Erläutern Sie die Rolle von Nichtregierungsorganisationen in Zusammenhang mit der Migration nach Europa (M 1, M 2).

4 Beurteilen Sie abschließend das wahrscheinlichste Szenario für die Migration auf Basis der Materialien sowie eigener Recherchen.

4.9 Wie bewältigt Deutschland die Migration?

M1 Migrationshintergrund

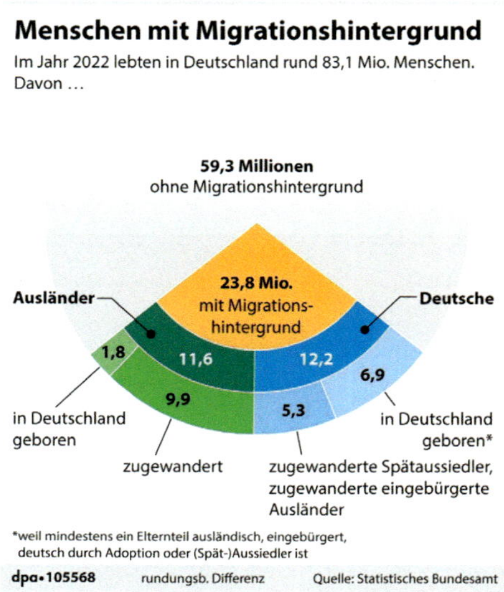

M2 Was Flüchtlingshilfe den Bund kostet

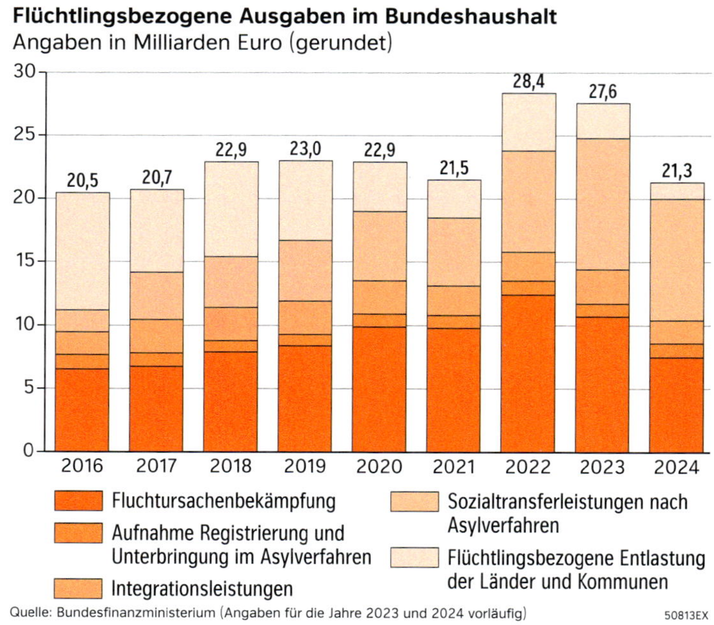

M3 Asylanträge und Abschiebungen

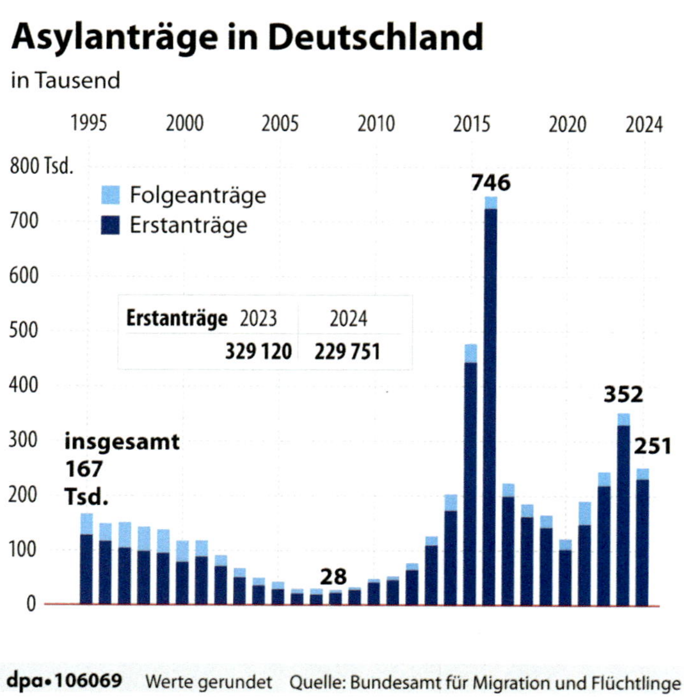

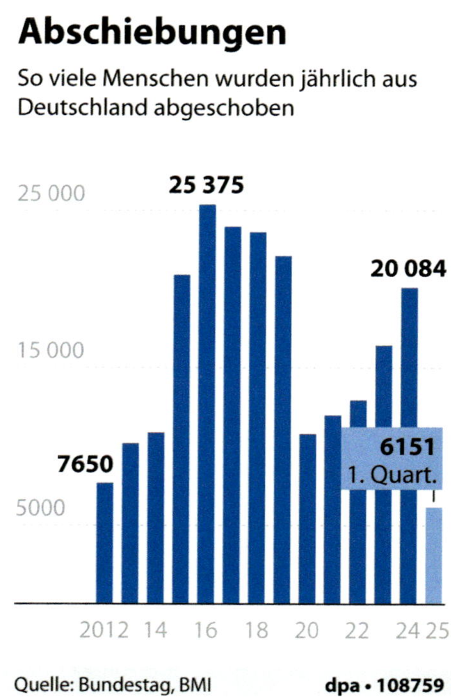

M4 Ausländer und Kriminalität

Von allen Tatverdächtigen hatten 2023 rund 34 Prozent keinen deutschen Pass: Das sind 695 000 der insgesamt rund zwei Millionen Personen. Während die Zahl deutscher Verdächtiger damit fast gleich blieb, gab es 13,5 Prozent mehr nicht deutsche Verdächtige als im Vorjahr. Davon waren 179 000 Zuwanderinnen und -Zuwanderer, die ihren Wohnsitz in Deutschland hatten. [...]

Während ein hoher Anteil von Zugewanderten in der Bevölkerung nicht automatisch zu mehr Kriminalität führe, wie [...] [der Präsident des Bundeskriminalamtes Holger] Münch erklärte, könne „hohe Migrationsdynamik", also viel Zu- und Abwanderung in kurzer Zeit, zu schwierigen Lebensbedingungen und schlechteren Integrationschancen für den Einzelnen führen – und damit die Wahrscheinlichkeit erhöhen, dass er straffällig wird. Ein hoher Anteil Zugewanderter führe nicht zu mehr Kriminalität, sofern sie gut integriert werden. Das gelinge bei schnellem Zuwachs aber schwerer, zudem seien die Lebensbedingungen für die Ankommenden dann schwierig, was ebenfalls zu Diebstahl und Gewalt führe. Das zeigt sich auch daran, dass auch die Zahl der nicht deutschen Opfer von Straftaten mehr als doppelt so stark wie die deutschen Opfer angestiegen ist: um 15,2 Prozent auf knapp 270 000 Opfer.

WEBCODE
WES-117977-504
Informationen der Bundeszentrale für politischen Bildung zu Migration und Integration

Steven Geyer, Im Faktencheck: Ist Deutschland durch die Zuwanderung unsicherer geworden?, in: https://www.rnd.de/politik/kriminalitaetsstatistik-im-faktencheck-ist-deutschland-durch-die-zuwanderung-unsicherer-geworden-NW2FJKPMY5H3DBKTPSQXPGYGXE.html, 09.04.2024

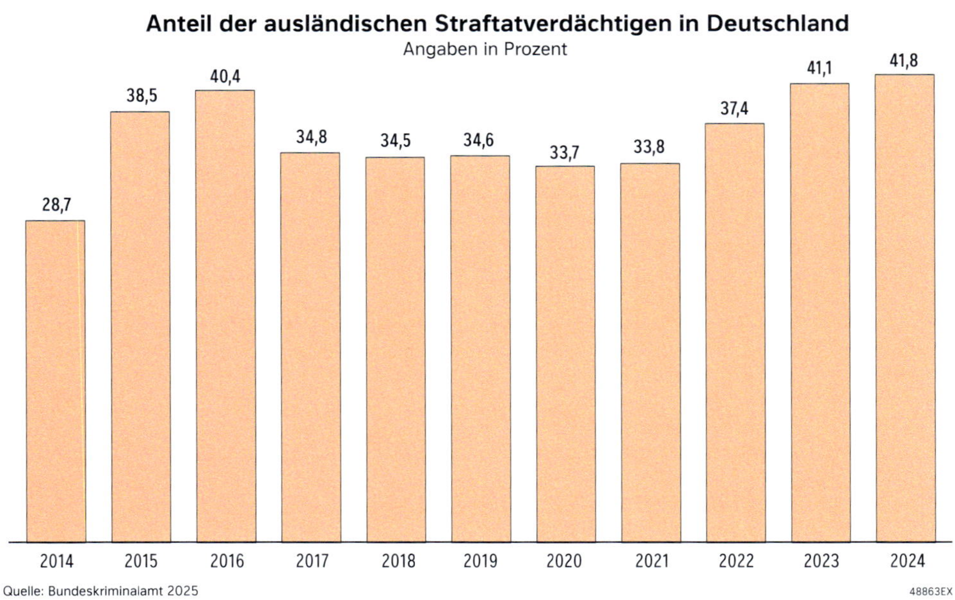

1 **Werten** Sie M 1–M 4 **aus.**

2 **Nennen** Sie Inhalte zur Frage „Wie bewältigt Deutschland die Migration?", die auf dieser Doppelseite fehlen.

3 **Diskutieren** Sie, wie Deutschland die Migration bewältigt (M 1–M 4). **Recherchieren** Sie ggf. nach weiteren Informationen.

4 **Analysieren** Sie die Materialien mithilfe der Szenariotechnik im Hinblick auf die Entwicklung der Fluchtbewegung nach Deutschland.

4.10 Worst-Case-Szenario Fachkräftemangel: Migration in den Arbeitsmarkt oder in die Sozialsysteme?

M 1 Löst (mehr) Zuwanderung die Finanzierungsprobleme des deutschen Sozialstaats?

Die sozialversicherungspflichtige Beschäftigung ist zuletzt fast nur noch dank Einwanderern gewachsen. Sie helfen also mit ihren Steuern und Abgaben, den Sozialstaat zu finanzieren. Doch unter dem Strich geht die Rechnung nicht auf, wie eine Studie zeigt. Denn auch die Einwanderung kann danach nicht kompensieren, dass das alternde Deutschland bei den Sozialausgaben über seine Verhältnisse lebt. Und die Zuwanderung kostet mehr, als sie einbringt. „Migration ist ein Kostenfaktor“, sagt der Freiburger Finanzwissenschaftler Bernd Raffelhüschen. Er berechnet für die Stiftung Marktwirtschaft regelmäßig die sogenannte Nachhaltigkeitslücke in der Generationenbilanz.

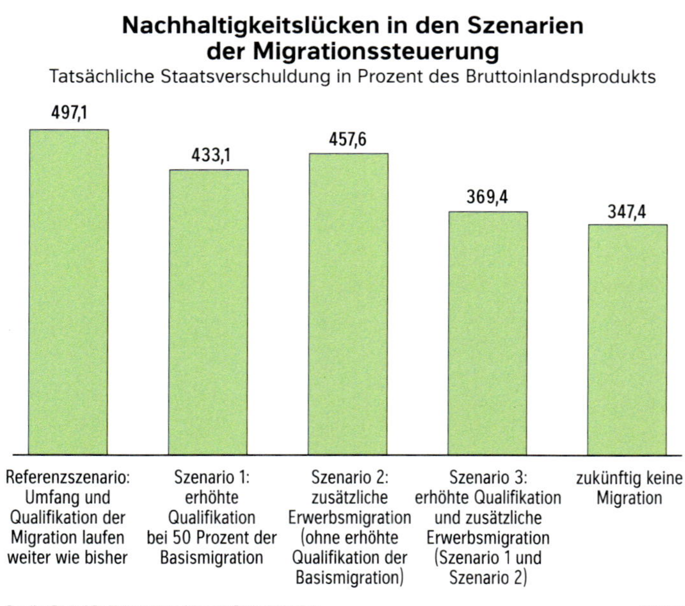

Zu den explizit ausgewiesenen Staatsschulden addiert er die implizite Staatsverschuldung. Vereinfacht gesagt, ist das die Summe, die der Staat auf die Seite legen müsste, um alle Leistungszusagen des Sozialstaats für heutige und künftige Generationen finanzieren zu können. Der staatliche Schuldenberg läge dann nicht nur bei den offiziell ausgewiesenen rund zwei Dritteln des Bruttoinlandsprodukts (BIP), sondern deutlich höher. Raffelhüschen und seine Kollegen haben nun verschiedene Szenarien berechnet, wie diese Nachhaltigkeitslücke durch Zuwanderung verändert würde. Die ist im Jahr 2022 mit netto 1,5 Millionen Einwanderern auf den höchsten Stand seit Einführung der Wanderungsstatistik im Jahr 1950 gestiegen, wie das Bundesamt für Migration und Flüchtlinge (BAMF) [...] mitteilte. 2,7 Millionen Menschen kamen nach Deutschland, 1,2 Millionen zogen fort. Der Saldo hat sich damit im Vergleich zum Vorjahr mehr als vervierfacht. [...] Unter der Annahme, dass netto weiter jährlich knapp 300 000 Ausländer mit ähnlicher Qualifikations- und Altersstruktur wie in der Vergangenheit einwandern, läge die Nachhaltigkeitslücke bei gewaltigen 497 Prozent des BIP. Dabei wird unterstellt, dass Migranten sechs Jahre für die Integration benötigen. Käme die Zuwanderung dagegen künftig zum Erliegen, wäre der theoretische Schuldenberg mit rund 347 Prozent des BIP deutlich kleiner. Nun gibt es theoretisch zwei Variablen, die die Sozialkassen entlasten könnten: eine verstärkte Zuwanderung oder ein höheres Qualifikationsniveau der nach Deutschland einwandernden Ausländer. Angenommen, bei konstanter Einwanderung hätte die Hälfte der Migranten die durchschnittlich bessere Qualifikation von Inländern, würde sich die Nachhaltigkeitslücke nur auf rund 433 Prozent des BIP verkleinern. Eine Steigerung der Nettozuwanderung um rund ein Drittel bei unverändertem Qualifikationsprofil ließe den Schuldenberg nur auf 458 Prozent der Wirtschaftsleistung abschmelzen. Selbst das optimistischste Einwanderungsszenario schneidet schlechter ab als das Szenario ohne künftige Migration. Denn stiege der Wanderungssaldo um rund ein Drittel und hätte die Hälfte der Zuwanderer einen Berufs- oder Hochschulabschluss, läge die Nachhaltigkeitslücke immer noch bei rund 369 Prozent des BIP. „Die Migrationspolitik ist zwar für die fiskalische Nachhaltigkeit in Deutschland von großer Bedeutung, kann aber die Folgen des demografischen Wandels nicht ausreichend kompensieren“, sagt Raffelhüschen. Der Sozialstaat in seiner jetzigen Form sei auf Dauer weder für die in Deutschland lebende Bevölkerung noch für Zuwanderer bezahlbar.

Frank Specht, Studie: Einwanderung löst Finanzierungsprobleme des Sozialstaats nicht, in: https://www.handelsblatt.com/politik/deutschland/demografie-studie-einwanderung-loest-finanzierungsprobleme-des-sozialstaats-nicht/100005544.html, 11.01.2024

M2 Demografie, Arbeitsmarkt und Migration

Deutschland hat ein demografisches Problem: Seit über 50 Jahren werden zu wenig Kinder geboren, um die Bevölkerungszahl konstant zu halten. In der Folge fehlen in der Wirtschaft mehr und mehr Fachkräfte und auch das Rentensystem gerät aus den Fugen, weil immer weniger Arbeitende immer mehr Rentner finanzieren. Migration hilft Deutschland ökonomisch seit vielen Jahren und könnte zukünftig einen noch wichtigeren Beitrag leisten. [...]

Auch wenn Migranten in Arbeit seien, heißt das [aber] nicht automatisch, dass sie ihr Leben vollständig selbst finanzierten, sagt der Rentenexperte Bernd Raffelhüschen von der Universität Freiburg. Er ist überzeugt, dass Zuwanderung die Sozialversicherung nur kurzfristig entlastet. Langfristig schaffe sie neue Probleme. Wissenschaftliche Studien zeigen, dass Zugewanderte im Schnitt weniger verdienen als Deutsche und ein höheres Risiko haben, zeitweise arbeitslos zu sein. Dadurch erwerben sie im Schnitt geringere Rentenansprüche. Das kann dazu führen, dass ihre Rente später nicht ausreicht und sie Anspruch auf Wohngeld und Grundsicherung im Alltag haben. Das gilt vor allem für Geringqualifizierte, die im Niedriglohnsektor gearbeitet haben. Es sei zwar die Grundidee des deutschen Sozialstaats, sozial Schwächere zu unterstützen, sagt Bernd Raffelhüschen. Aber: „Wenn ich einen Sozialstaat habe wie in Deutschland, der schon für die Deutschen nicht zu finanzieren ist, dann ist es sehr dumm, unterdurchschnittlich Qualifizierte dazuzuholen.“ Denn diese würden in der Gesamtbilanz eines Sozialstaats eben von den überdurchschnittlich Qualifizierten subventioniert. Wenn Menschen mit geringer Qualifikation nach Deutschland kommen, ist das aus Raffelhüschens ökonomischer Sicht immer ein Verlustgeschäft, selbst wenn sie ihr Leben lang in Deutschland arbeiten. Raffelhüschen sieht das zentrale Problem aber nicht in der Migration, sondern in zu hohen Leistungen für Geringverdiener und Arbeitslose. Und da Migranten im Durchschnitt schlechter qualifiziert sind, verstärkten sie dieses Problem. In der Summe sei die wirtschaftliche Bilanz der Migration daher negativ, wie er mit zwei weiteren Ökonomen in einer Studie analysiert hat. Raffelhüschen schlägt vor, die Sozialleistungen zu kürzen und das Bürgergeld stärker an Arbeitsanreize zu knüpfen, damit mehr Deutsche auch im Niedriglohnsektor arbeiten. Ob über diesen Weg aber tatsächlich viele Arbeitskräfte mobilisiert werden können, ist umstritten. Raffelhüschen stellt klar, dass die Studie kein Plädoyer für weniger Migration sei. [...] [Er sagt], dass man gar nicht anders könne. „Wir haben ja die letzten 40 Jahre die Kinder, die wir gebraucht hätten, gar nicht gemacht. Insofern haben wir überhaupt keine andere Möglichkeit.“ Er spricht sich dafür aus, junge Menschen ins Land zu holen und gezielt auf die Zuwanderung von mindestens durchschnittlich qualifizierten Menschen nach Deutschland zu setzen. Auch fordert er eine gezielte Steuerung von Migration nach beruflichen Fähigkeiten.

pto/tha, Was Arbeitsmigration Staat und Wirtschaft bringt, in: https://www.deutschlandfunk.de/migration-arbeitsmarkt-fachkraeftemangel-deutschland-100.html, 28.03.2025

1 **Erörtern** Sie das Worst-Case-Szenario im Hinblick auf die Frage „Migration in den Arbeitsmarkt oder in die Sozialsysteme?“ (M 1, M 2).

4.11 Best-Case-Szenario Fachkräftemangel: Migration in den Arbeitsmarkt oder in die Sozialsysteme?

M 1 EU-Beitritt Bulgariens und Rumäniens 2007: Gab es eine Zuwanderung in die Sozialsysteme Deutschlands?

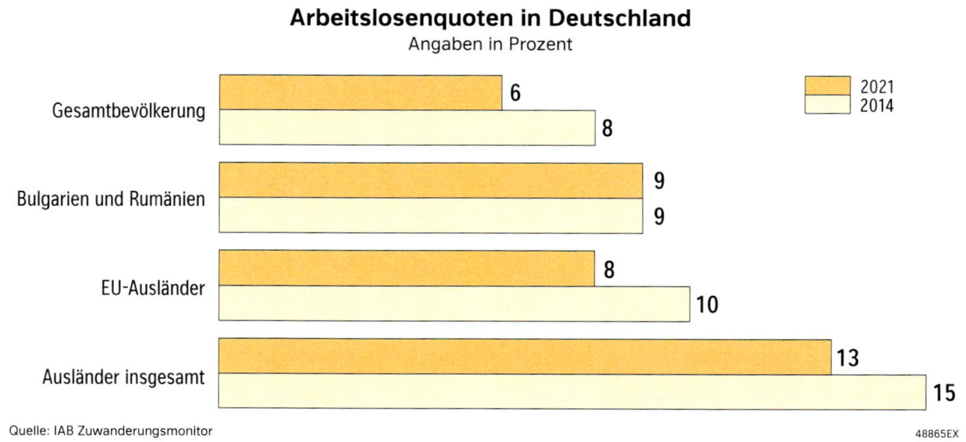

[Im Jahr 2007] kamen Rumänien und Bulgarien in die EU. Die Angst war groß vor einer „Einwanderung in die Sozialsysteme". Heute zeigt sich: Der Gewinn für den Sozialstaat ist deutlich größer als die Probleme. [...] Der EU-Beitritt Rumäniens und Bulgariens am 1. Januar 2007 war von Anfang an umstritten. Besonders heftig wurde die Debatte 2014, als auch die volle EU-Freizügigkeit für die Menschen aus beiden Ländern eingeführt wurde. [...]
Heute ist klar: Die EU-Osterweiterung von 2007 ist eine Erfolgsgeschichte. Hunderttausende Beschäftigte sind auf dem deutschen Arbeitsmarkt angekommen und besetzen hier wichtige Stellen. Deutschland habe wirtschaftlich erheblich profitiert von der EU-Osterweiterung und der Arbeitnehmer*innen-Freizügigkeit, sagt der Arbeitsmarktforscher Herbert Brücker vom Institut für Arbeitsmarkt- und Berufsforschung (IAB). [...]
Kamen viele Osteuropäer nach Deutschland? Ja, besonders aus Rumänien sind in den letzten Jahren viele Menschen nach Deutschland gekommen. Ende 2020 lebten rund 800 000 Menschen aus Rumänien hier und rund 390 000 Menschen aus Bulgarien (zum Vergleich: 2007 waren es insgesamt rund 130 000). Rumänien steht damit auf Platz 3 der häufigsten Herkunftsländer, nach der Türkei und Polen. In Kürze dürfte es auf Platz 2 rücken. Ähnliche groß war der Zuwachs auf dem Arbeitsmarkt: In den letzten Jahren haben Hunderttausende Menschen aus Rumänien und Bulgarien in Deutschland einen Job gefunden. Im September 2021 arbeiteten rund 460 000 Menschen aus Rumänien sozialversicherungspflichtig in Deutschland, aus Bulgarien rund 170 000. Das sind rund drei Mal so viele wie 2014. Häufig arbeiten die Menschen in Hotels und Gaststätten, in der Landwirtschaft, in wirtschaftsnahen Diensten und auf dem Bau.
Kann man von „Armutsmigration" sprechen? Nein, das trifft, wenn überhaupt, nur auf einen kleinen Teil zu. Stattdessen hat die EU-Freizügigkeit 2014 die Arbeitsmarktzugänge für Menschen aus Bulgarien und Rumänien verbessert. Viele kamen dadurch aus prekären Arbeitsverhältnissen in reguläre Jobs. Die Beschäftigungsquote stieg bis September 2021 auf 67 Prozent (2014: 35 Prozent) – sie liegt damit fast gleichauf mit der deutschen Bevölkerung (69 Prozent) und höher als in den meisten anderen ausländischen Beschäftigten-Gruppen. „Ein vergleichbar starker Anstieg der Beschäftigungsquoten wurde meines Wissens bislang in Deutschland in keiner anderen Bevölkerungsgruppe beobachtet, zumindest nicht in einem derart kurzen Zeitraum", sagt

Forscher Brücker. „Das ist ohne Zweifel ein großer Erfolg der Einführung der Arbeitnehmerfreizügigkeit." Ein gutes Beispiel für die Entwicklung: Inzwischen arbeiten rund 5 000 rumänische Ärzt*innen in Deutschland, mehr als aus jedem anderen EU-Land.

War es eine „Zuwanderung in die Sozialsysteme"? Nein. Das zeigen die Zahlen eindeutig: 68 000 Arbeitslose im Vergleich zu 630 000 sozialversicherungspflichtig Beschäftigten aus Rumänien und Bulgarien (September 2021). Die Arbeitslosenquote (9,3 Prozent) liegt nur leicht über der Quote der Gesamtbevölkerung und niedriger als bei anderen ausländischen Beschäftigten [...]. Obwohl fast eine Million Menschen zuwanderten, blieb die Arbeitslosenquote nahezu gleich. Die Beiträge zum Sozialsystem durch die Beschäftigten dürften die „Kosten" zum Beispiel durch Arbeitslosigkeit deutlich überwiegen.

Carsten Wolf, Erfolgsgeschichte statt „Armutszuwanderung", in: https://mediendienst-integration.de/artikel/erfolgsgeschichte-statt-armutszuwanderung.html, 29.12.2021

M2 „Wir brauchen junge, motivierte Menschen"

Auszug aus einem Interview der Zeitung „Merkur" mit dem deutschen Ökonom Marcel Fratzscher, dem Präsidenten des Deutschen Instituts für Wirtschaftsforschung in Berlin (DIW).

Frage: Herr Fratzscher, wenn Sie sich überlegen müssten, in welches Land Sie einwandern – würden Sie sich für Deutschland entscheiden?

Fratzscher: Aus dem Bauch heraus, nein. Deutschland hat keine gute Willkommenskultur und es geht auch darum, wo man sich wohlfühlt. [...]

Frage: Migrationsexperten sprechen von 1,5 Millionen Zuzügen, die wir pro Jahr brauchen, um den Arbeitskräftemangel zu beheben. Das sind nicht nur IT-Programmiererinnen und Ingenieure, oder?

Fratzscher: Wir haben aktuell zwei Millionen offene Stellen in Deutschland und das betrifft alle Branchen. Dafür brauchen wir hoch-, gering- und nicht qualifizierte Beschäftigte. Der Schlüssel ist nicht die Qualifikation, sondern wie sich die Menschen in den Arbeits-markt integrieren.

Frage: Also brauchen wir kein Fachkräfteeinwanderungsgesetz?

Fratzscher: Nicht wenn es so restriktiv ist: Warum müssen Zuwanderer Deutsch können, mindestens 41 000 Euro im Jahr verdienen oder einen Master-Abschluss haben? Wir bauen so viele Hürden auf, dass es für viele Menschen unattraktiv wird, nach Deutschland zu kommen.

Frage: Was brauchen wir dann?

Fratzscher: Wir brauchen junge, motivierte Menschen, die sich in Deutschland weiterbilden wollen. Die meisten Menschen, die nach Deutschland kommen, sind zwischen 20 und 30 Jahren alt. Auch mit geringen Qualifikationen sind sie eine riesige Chance, weil sie noch ein langes Berufsleben vor sich haben. Diesen Menschen können wir Perspektiven bieten.

Frage: Was müssen wir tun, um den über drei Millionen Schutzsuchenden in Deutschland eine Perspektive zu bieten?

Fratzscher: Wir müssen unser Ausbildungssystem flexibler gestalten. Statt zuerst einen Sprachkurs und eine Zusatzqualifikation zu verlangen, sollten wir Geflüchteten direkt eine Stelle oder einen Ausbildungsplatz vermitteln. Dann dauert die Ausbildung eben anderthalb Jahre länger und ein Drittel davon ist ein Sprachkurs. Uns muss klar sein: Es ist besser, es kommen zehn Prozent mehr Menschen zu uns und alle davon haben Chancen Arbeit zu finden, als wenn zehn Prozent weniger zuwandern und die sich nicht integrieren.

Jana Stäbener/Pia Seitler, DIW-Präsident über Migration: „Menschen mit geringen Qualifikationen sind eine riesige Chance", in: https://www.merkur.de/wirtschaft/wachstum-bezahlkarte-fachkraeftemangel-marcel-fratzscher-diw-migration-wirtschaft-konjunktur-zr-92844850.html, 22.02.2024

1 **Erörtern** Sie das Best-Case-Szenario im Hinblick auf die Frage „Migration in den Arbeitsmarkt oder in die Sozialsysteme?" (M 1, M 2).

4.12 Trend-Case-Szenario Fachkräftemangel: Migration in den Arbeitsmarkt oder in die Sozialsysteme?

M 1 Nettozuwanderung von 400 000 Personen im Jahr notwendig?

Die Zahl der Erwerbspersonen, die dem Arbeitsmarkt potenziell zur Verfügung stehen, sinkt langfristig aufgrund des fortschreitenden demografischen Wandels. Selbst bei einer steigenden Erwerbsquote der Frauen und der Älteren sowie einer jährlichen Nettozuwanderung von 100 000 Personen wird sie von 47,4 in 2020 auf voraussichtlich 38,3 Millionen zurückgehen. Nur mit einer jährlichen Nettozuwanderung von 400 000 Personen bliebe das Arbeitskräfteangebot bis 2060 nahezu konstant. Das geht aus einer [...] Studie des Instituts für Arbeitsmarkt- und Berufsforschung (IAB) hervor.

Szenarien für die Entwicklung des Erwerbspersonenpotenzials bis 2060

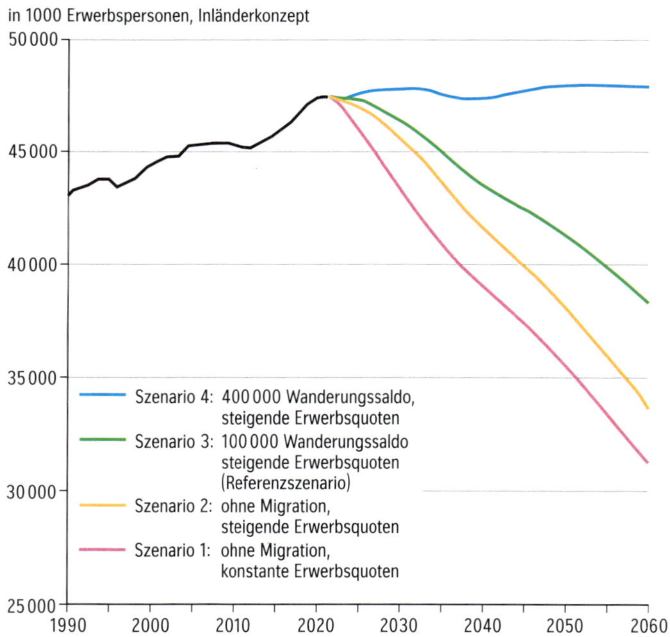

Anmerkung: Der angegebene Wanderungssaldo ist die jährliche Differenz aus Zu- und Fortzügen von Personen im Alter von 0 bis 110 Jahren (also nicht nur Arbeitskräfte).
Quelle: IAB 2021 48866EX

Demografisch bedingt nimmt das sogenannte Erwerbspersonenpotenzial ohne Zuwanderung bis 2035 um 7,2 Millionen, bis 2060 sogar um insgesamt 16 Millionen Arbeitskräfte ab. „Trotz optimistischer Annahmen zur Frauenerwerbsbeteiligung und zur Beschäftigung Älterer wird es schwer sein, den rückläufigen Trend beim Erwerbspersonenpotenzial zu verlangsamen“, betont IAB-Forscher Johann Fuchs. „Bleiben die Wanderungsströme so bestehen, wie sie über einen längeren Zeitraum vor der Pandemie zu beobachten waren, nimmt das Erwerbspersonenpotenzial bis 2035 um 6 Prozent ab, der Rückgang bis 2060 beträgt aber beinahe 20 Prozent“, erklärt er. „Diese im Vergleich zu den letzten Jahren niedrige Nettozuwanderung bewerten wir als durchaus realistisch“, berichtet IAB-Forscherin Doris Söhnlein. Ein wesentlicher Grund dafür sei unter anderem das sinkende Wanderungspotenzial aus den Hauptherkunftsländern der EU-Zuwanderung durch den dort ebenfalls wirkenden demografischen Wandel. Außerdem steigt bei höheren Zuzügen die Zahl der in Deutschland lebenden ausländischen Bevölkerung und damit deren Fortzüge. Erst bei jährlichen Nettozuzügen von 400 000 Personen bleibt das Erwerbspersonenpotenzial langfristig auf dem Ausgangsniveau. „Mit einer besseren Integration ausländischer Frauen in den Arbeitsmarkt, Erwerbsquoten deutscher Frauen, die mit denen der deutschen Männer übereinstimmen, sowie noch einmal deutlich höheren Erwerbsquoten Älterer ließen sich bis 2035 zusätzliche Potenziale von 3,4 Millionen Erwerbspersonen aktivieren“, berichtet IAB-Forscherin Brigitte Weber.

Nur mit einer jährlichen Nettozuwanderung von 400 000 Personen bleibt das Arbeitskräfteangebot langfristig konstant, in: https://iab.de/presseinfo/nur-mit-einer-jaehrlichen-nettozuwanderung-von-400-000-personen-bleibt-das-arbeitskraefteangebot-langfristig-konstant/, 23.11.2021

M2 Wie beliebt ist Deutschland bei Fachkräften aus dem Ausland?

Deutschland ist im Vergleich zu anderen großen Industriestaaten mittelmäßig attraktiv für Fachkräfte. So liegt es im aktuellen OECD-Ranking für „Fachkräfte-Attraktivität“ auf Platz 15 von 38, hinter Ländern wie Kanada, den USA, Großbritannien oder Schweden. Sehr beliebt ist es bei Studierenden.

Potenzielle Fachkräfte sind sehr interessiert an einem Job in Deutschland - entscheiden sich aber oft für andere Länder. Die Gründe hat die OECD in einer großen Umfrage unter 30 000 potenziellen Migrant*innen im Ausland abgefragt. Ergebnis: Nur 5 Prozent arbeiteten drei Jahre später in Deutschland. Die größten Probleme: die deutschen Visa-Stellen im Ausland. Befragte berichten von teilweise monatelangen Wartezeiten, während andere Länder teilweise schon nach einer Woche eine Visa-Entscheidung anbieten können.

Ein weiteres Problem: Viele Fachkräfte, die in Deutschland arbeiten, berichten von Rassismus und Diskriminierung, laut OECD-Umfrage besonders bei der Wohnungssuche, in der Schule der Kinder oder auf der Straße. In einer Umfrage der IAB 2024 (Erhebungszeitraum: 2022) gaben 56 Prozent der Fachkräfte aus dem Ausland an, dass sie im Vorjahr in mindestens einem Lebensbereich Diskriminierung erfahren hatten. Besonders häufig passierte das bei der Wohnungssuche (40 Prozent), in der Öffentlichkeit (auf der Straße/in öffentlichen Verkehrsmitteln: 26 Prozent; in Geschäften/Restaurants: 23 Prozent) sowie bei der Suche nach einem Arbeits- oder Ausbildungsplatz (22 Prozent). [...]

In einer Online-Umfrage [...] unter mehr als 12 000 „Expats“ landete Deutschland 2023 unter beliebten Zielen zum Arbeiten auf Platz 49 von 53 weltweit. Die Hauptgründe für die Unzufriedenheit vieler Expats: die fehlende Willkommenskultur sowie fehlende Digitalisierung, Sprachbarrieren und Probleme bei der Wohnungssuche. Drei von zehn Expats finden, dass die deutsche Bevölkerung „nicht freundlich“ zu ausländischen Arbeitskräften sei (weltweit: 18 Prozent).

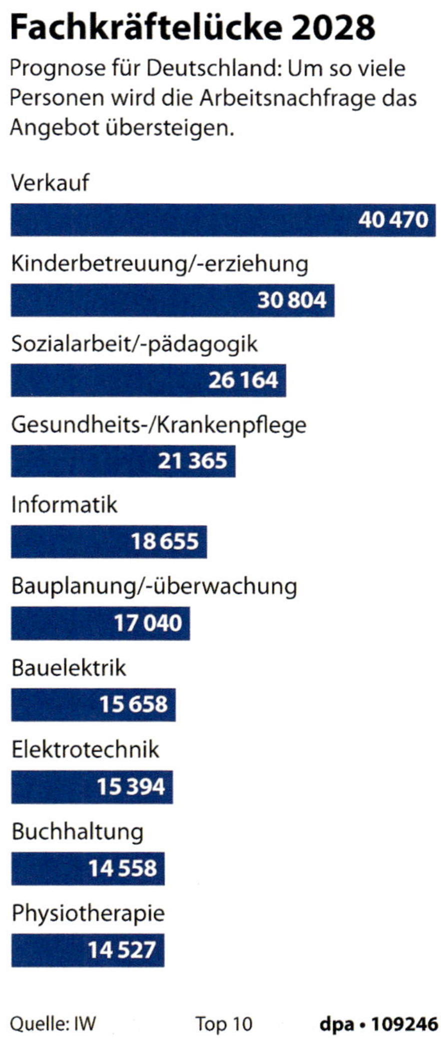

Wie beliebt ist Deutschland bei Fachkräften aus dem Ausland?, in: https://mediendienst-integration.de/migration/arbeitskraefte.html, Oktober 2024

INFO

OECD
Organisation für wirtschaftliche Zusammenarbeit und Entwicklung

IAB
Institut für Arbeitsmarkt- und Berufsforschung der Bundesagentur für Arbeit

Expat
Personen, die längere Zeit im Ausland arbeiten

1 **Erörtern** Sie das Trend-Case-Szenario im Hinblick auf die Frage „Migration in den Arbeitsmarkt oder in die Sozialsysteme?“ (M 1, M 2).

4.13 Zukunft der Arbeit – ist die Tätigkeitsgesellschaft die Zukunft?

M1 Von der Erwerbs- zur Tätigkeitsgesellschaft?

Unsere Arbeitswelt verändert sich stark. Digitalisierung und Automatisierung erlauben oft ortsungebundene Arbeit, die Abkehr von fossilen Brennstoffen zwingt uns zum Wirtschaften mit ökologisch nachhaltigen Energien und Technologien, demografischer Wandel und Einwanderung verändern unsere Gesellschaft grundlegend. Aus diesen Entwicklungen erwachsen Chancen und Risiken. Eine interdisziplinäre und interakademische Arbeitsgruppe widmet sich diesen in der heute veröffentlichten Stellungnahme „Die Zukunft der Arbeit“.
Die Arbeitsgruppe [...] schlägt vor, Erwerbsarbeit in ihrem Wechselspiel mit anderen Formen des Tätigseins zu betrachten, den Begriff der Arbeit weit zu fassen und unterschiedlichste Formen menschlicher Tätigkeit und deren Zusammenspiel in den Blick zu nehmen. Gesellschaftlicher Wohlstand, individuelles Wohlergehen und sozialer Zusammenhalt beruhen wesentlich auf Erwerbsarbeit. Gleichzeitig bedarf es zahlreicher anderer Tätigkeitsformen, um menschliche Bedürfnisse zu befriedigen, Fähigkeiten zu entwickeln und gesellschaftliche Arbeit zu leisten. Diese erweiterte Sicht auf Arbeit rückt menschliche Potenziale und ein neu auszubalancierendes Verhältnis zwischen sozialen, wirtschaftlichen und ökologischen Erfordernissen in den Mittelpunkt.
Mit dem Begriff der „Tätigkeitsgesellschaft“ wird eine Perspektiverweiterung auf das Verständnis von Arbeit vorgeschlagen, bei der neben klassischer Erwerbstätigkeit auch all jene Beschäftigungen berücksichtigt werden, die einen konkreten gesellschaftlichen Nutzen erbringen, wie beispielsweise Sorgearbeit oder auch ehrenamtliche Arbeit. Diese ganz unterschiedlichen Formen von Arbeit sind eng miteinander verbunden und bedingen einander.

Zukunft der Arbeit: Arbeitsgruppe empfiehlt Akzentverschiebung von einer Erwerbs- zu einer Tätigkeitsgesellschaft, in: https://www.leopoldina.org/presse-1/nachrichten/zukunft-der-arbeit-2024, 18.01.2024

M2 Vier-Tage-Woche?

Zeichnung: Ralf Boehme

M3 Sechs-Tage-Woche?

Markus Söder hat nun in einem Gespräch [...] die Sechs-Tage-Woche für Bayern ins Spiel gebracht, um die Wirtschaft anzukurbeln und den Fachkräftemangel zu bekämpfen – als könnten sich besonders gefragte Fachkräfte nicht das Land oder die Region mit den besten Arbeitsbedingungen aussuchen. [...] In dem Interview präsentierte Söder die Einführung der Sechs-Tage-Woche im kaputt gesparten Griechenland als Vorbild und beklagte die öffentliche Diskussion über eine Vier-Tage-Woche in Deutschland. „Der Wunsch nach Work-Life-Balance, den teile ich, der ist auch verständlich. Aber wir entwickeln uns in Deutschland eher in die Richtung Life-Life-Balance“, wird der CSU-Chef [...] zitiert. [...] Laut einer Studie des McKinsey Health Institutes litten im vergangenen Jahr mehr als ein Drittel aller in Deutschland Beschäftigten an körperlicher und geistiger Erschöpfung. 20 Prozent gaben Burnout-Symptome wie Dauermüdigkeit, Konzentrationsstörungen oder eine starke Ablehnung der eigenen beruflichen Tätigkeit an. Nur 51 Prozent der Befragten fühlten sich wirklich gesund. [...] Aber das Rentenproblem kann natürlich auch gelöst werden, indem einfach mehr Menschen das Rentenalter gar nicht erreichen. Nur bitte nicht zu früh umkippen, denn das verschärft dann wieder den Fachkräftemangel!

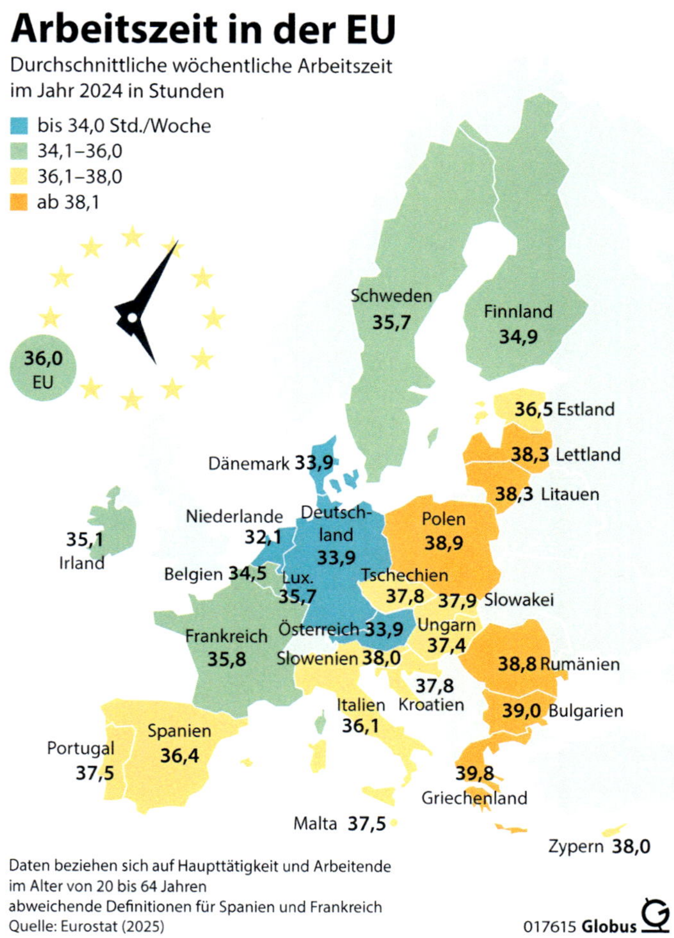

Claudia Wangerin, Sechs-Tage-Woche: Wozu Gesundheit und Work-Life-Balance?, in: https://www.telepolis.de/features/Sechs-Tage-Woche-Wozu-Gesundheit-und-Work-Life-Balance-9780341.html, 27.06.2024

1 **Benennen** Sie den Unterschied zwischen einer Erwerbs- und einer Tätigkeitsgesellschaft (M 1).

2 **Beschreiben** Sie M 2 und **formulieren** Sie Deutungshypothesen.

3 **Werten** Sie die Karte in M 3 **aus**.

4 **Erarbeiten** Sie Pro- oder Kontra-Argumente, die für oder gegen eine Vier-Tage-Woche bzw. eine Sechs-Tage-Woche sprechen (M 1–M 3). **Verteidigen** Sie Ihre Position in einer Fish-Bowl-Debatte.

5 **Diskutieren** Sie, ob die Tätigkeitsgesellschaft eine realistische Zukunftsvision für die deutsche Gesellschaft darstellt (M 1–M 3).

INFO

Markus Söder
(* 1967)
Der deutsche Politiker (CSU) ist seit 2018 bayerischer Ministerpräsident.

4.14 Zukunft des Sozialstaats – muss der Sozialstaat reformiert werden?

M1 Mögliche Szenarien

1. Dominanz des Sozialversicherungsstaats, Spaltung und Ende der Umverteilung:
Eine starke Kontinuität des Sozialstaats ist angesichts der neuen Herausforderungen ambivalent; Kaufmann […] spricht in diesem Zusammenhang sogar von einem „Veralten“ und einem „mismatch“ von sozialen Problemlagen auf der einen sowie den sozialstaatlichen Institutionen auf der anderen Seite. Hier würden das Versicherungs- bzw. Äquivalenzprinzip für einen Teil der Gesellschaft gestärkt und die bedarfsorientierten beziehungsweise beitragsfreien Leistungen aus Steuern – und damit auch die Umverteilung – reduziert. Für alle außerhalb der sozialpolitischen Normalitätsfiktion (Normalarbeitsverhältnis, Normalfamilie) und jenseits der versicherten klassischen Risiken bleibt nur die Sozialhilfe. Damit würden eine Spaltung der Gesellschaft und eine Teilung der sozialen Sicherheit eintreten, die dem Ziel des Sozialstaats widerspricht.

2. Der Wohlfahrtsstaat als Risikomanager durch Infrastruktur und Aktivierung:
Materielle Gleichheit als Leitprinzip sozialer Gerechtigkeit oder gar die Garantie eines hohen Lebensstandards werden abgelöst durch die Prinzipien der Fairness, der Chancengleichheit und der Grundsicherung – und einem Mehr an Selbststeuerung bzw. Selbstmanagement. Mehr lassen die Rahmenbedingungen nicht zu. Sozialpolitik wird hier weit verstanden und ist vornehmlich aktivierend und investiv, das heißt sie versteht sich auch als Bildungs- und gesellschaftliche Infrastrukturpolitik, um Benachteiligungen zu minimieren und eine Verwirklichung von Marktchancen via Beschäftigung für alle zu erreichen. Kurz: nach dem Motto „fördern und fordern“ geht es primär um die Integration aller – also auch Älterer, Frauen und Behinderter – in den Arbeitsmarkt.

3. Abbau des Sozialstaats und Privatisierung der sozialen Sicherung:
Eine dritte Variante läuft darauf hinaus, dass mit der Schwächung der Nationalstaaten auch deren sozialpolitische Aktivitäten reduziert werden. Mehr Markt dient als globale Lösungsformel eines starken Neoliberalismus […]. Solidarische Hilfe und Ausgleich gegen die Risiken des Markts finden nur noch in kleinformatigen, subsidiären bzw. zivilgesellschaftlichen Zusammenhängen statt. Der Sozialstaat kann und soll nur noch in besonderen Notlagen unterstützen. Hinzu kommt eine verstärkte Hinwendung zur privaten Versicherung – aus der sich aber neue Risiken von Unterversorgung und eine erhebliche soziale Ungleichheit entwickeln können.

Zukunft der Arbeit: Arbeitsgruppe empfiehlt Akzentverschiebung von einer Erwerbs- zu einer Tätigkeitsgesellschaft, in: https://www.leopoldina.org/presse-1/nachrichten/zukunft-der-arbeit-2024, 18.01.2024

M2 Eine andere Sicht auf den Sozialstaat?

Zeichnung: Freimut Woessner

M3 Wann, wenn nicht jetzt, sollte der Sozialstaat reformiert werden?

Der Kanzler will den Sozialstaat verschonen. Ein Moratorium der steigenden Sozial- zugunsten der Verteidigungsausgaben werde es nicht geben, sagt Olaf Scholz. Damit hat er jede Diskussion über eine große Sozialstaatsreform im Kern erstickt. Das könnte sich noch als historischer Fehler erweisen. Denn wann, wenn nicht jetzt, will er eine solche Reform anstoßen? Die Gelegenheit ist so günstig wie seit Jahrzehnten nicht. Lange waren die Kassen wegen guter Konjunktur und hoher Beschäftigung gefüllt.

Die gigantischen Ausgaben für Rente, Arbeitslosigkeit, Gesundheit und Pflege fielen zwar ins Gewicht, vergleichsweise kleine und teils mit viel Steuergeld erkaufte Eingriffe reichten aber, um das System am Laufen zu halten. Das ist jetzt anders. Die wachsende Kriegsgefahr, die schlechte Ausstattung der Bundeswehr und die Sparzwänge an allen anderen Ecken und Enden des Staates, der Wirtschaft und Gesellschaft entziehen den wachsenden Sozialausgaben die Legitimität. Die Wohlfahrt kann nicht weiter Misswirtschaft betreiben, während sich ganze Branchen neu erfinden müssen. Kritiker warnen vor gesellschaftlichen Verwerfungen, zu denen ein Moratorium führen könnte – schließlich haben populistische Kräfte, die Staat und Demokratie zersetzen wollen, schon jetzt erschreckenden Zulauf. Im System aber werden Milliarden verschwendet, die niemand vermissen wird. […] Es geht ja nicht darum, sie zu plündern, aber zumindest dafür zu sorgen, dass kurzfristig nicht mehr Geld der Steuer- und Beitragszahler in sie hineinfließen muss. Daran ändern auch die langfristig angelegten Reformen – etwa im Bereich der Kliniken – nichts. Sie kosten sogar Milliarden. Eine Studie der Jungen Unternehmer prognostizierte heute gar, dass die Abgabenlast für Unternehmen und Arbeitnehmer in den nächsten Jahrzehnten auf über 50 Prozent steigen könnte. Ein Horror für jeden, der von seinem eigenen Einkommen leben muss. Deutschland hatte zuletzt kurz nach der Jahrtausendwende den Mut, den Sozialstaat zu reformieren. Auch damals waren wir der kranke Mann Europas. Aus der Zeit stammen Ideen wie das steigende Renteneintrittsalter, die Einführung des Fallpauschalensystems für Kliniken, ein Bundeszuschuss aus Steuermitteln für die Krankenversicherung und auch die Praxisgebühr. Der Druck auf die Regierung war so hoch, dass sie sich nicht mehr wegducken konnte. So ist es nun auch.

Jürgen Klöckner, Nun ist der richtige Zeitpunkt, um den Sozialstaat zu reformieren, in: https://www.handelsblatt.com/meinung/kommentare/kommentar-nun-ist-der-richtige-zeitpunkt-um-den-sozialstaat-zu-reformieren/100018796.html, 28.02.2024

M4 Leistungen des deutschen Sozialstaats

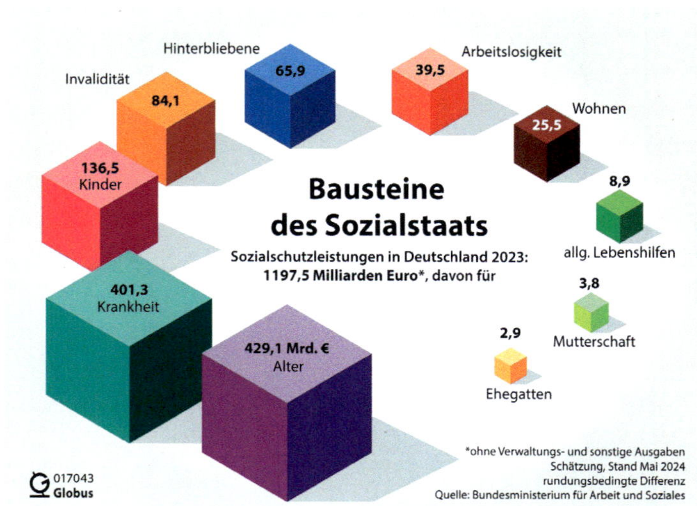

1 **Beschreiben** Sie M 2 und **formulieren** Sie Deutungshypothesen.

2 **Fassen** Sie die möglichen Szenarien in eigenen Worten **zusammen** (M 1).

3 **Nehmen** Sie **Stellung**, welches der Szenarien am wahrscheinlichsten ist (M 1–M 4).

4.15 Leben im Kiez – wird Deutschlands Gesellschaft überaltern?

M1 Prognose zur Bevölkerungsentwicklung

Der demografische Wandel [ist] in Deutschland bereits weit vorangeschritten ist und sich auch in Zukunft mit hoher Wahrscheinlichkeit weiter fortsetzen wird. So reduzierte sich der Anteil der unter 20-Jährigen an der Bevölkerung zwischen 1970 und 2020 von 29,7 auf 18,4 Prozent. Gleichzeitig stieg der Anteil der Personen, die 67 Jahre oder älter sind, von 11,1 auf 19,5 Prozent.
Ausgehend von moderaten Veränderungen bei der Geburtenhäufigkeit und Lebenserwartung bis 2070 sowie einem positiven Wanderungssaldo von durchschnittlich 293 000 Personen pro Jahr [...] wird der Anteil der 67-Jährigen und Älteren weiter stark zunehmen – von 2021 bis 2070 von 19,6 auf 25,6 Prozent. Während der Anteil der unter 20-Jährigen im Jahr 2070 nur leicht höher liegt als 2021 (18,9 gegenüber 18,5 Prozent), nimmt der Anteil der 20- bis unter 67-Jährigen zwischen 2021 und 2070 von 61,8 auf 55,5 Prozent ab. [...] Die Zahl der Menschen ab 80 Jahren wird noch bis etwa 2030 bei rund 6 Millionen liegen. Ab Anfang der 2030er-Jahre wird sie dann für etwa 20 Jahre kontinuierlich zunehmen und im Jahr 2050 nach der hier betrachteten Variante auf gut 9,1 Millionen steigen. Zwischen 2050 und 2060 wird die Zahl der Menschen ab 80 Jahren aufgrund der Sterblichkeit der stark besetzten Jahrgänge [...] sinken. Danach kann sie jedoch bis 2070 um etwa dieselbe Größenordnung wieder zunehmen, da dann die Kinder der Babyboomer-Generation ins hohe Alter kommen („Echo-Effekt“).

Bevölkerungsentwicklung und Altersstruktur, in: https://www.bpb.de/kurz-knapp/zahlen-und-fakten/soziale-situation-in-deutschland/61541/bevoelkerungsentwicklung-und-altersstruktur/, 24.07.2023

M2 Bevölkerungspyramide im Wandel

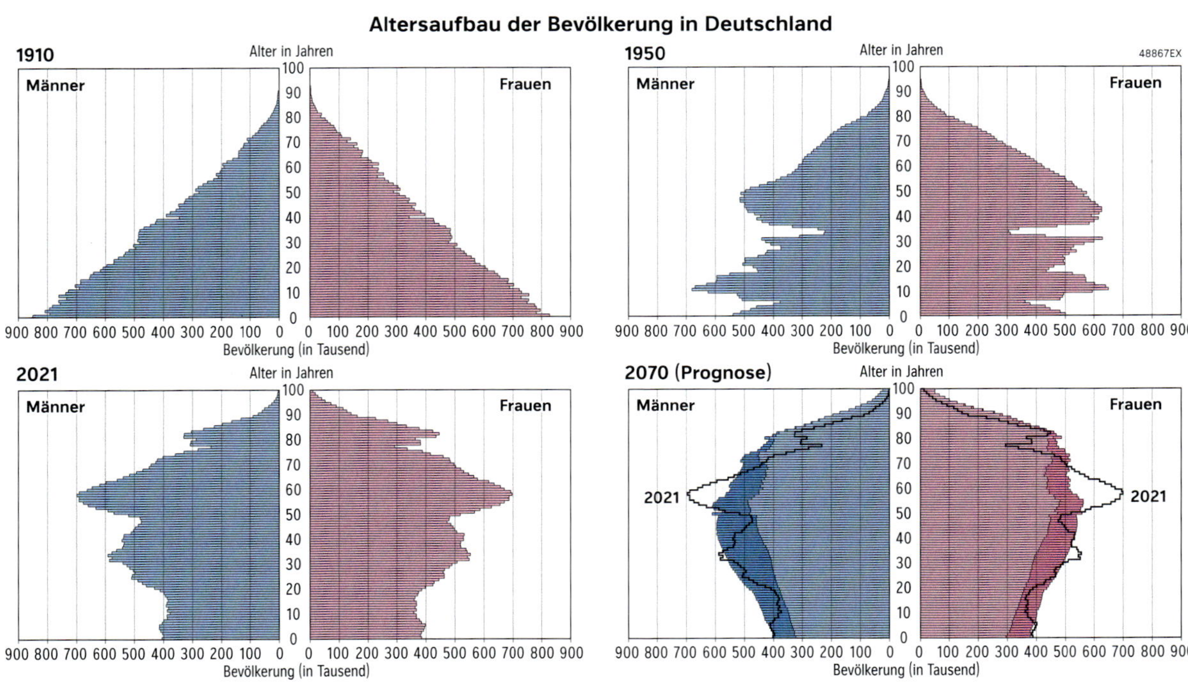

Quelle: Statistisches Bundesamt 2022 (Prognose für 2070: Ergebnisse der 15. koordinierten Bevölkerungsvorausberechnung)

M3 Ein (möglicher) Blick in die Zukunft

Bevölkerungsprognosen für Deutschland

Bevölkerung nach Altersgruppen

2040 und 2070: Ergebnisse der 15. koordinierten Bevölkerungsvorausberechnung, Variante 2

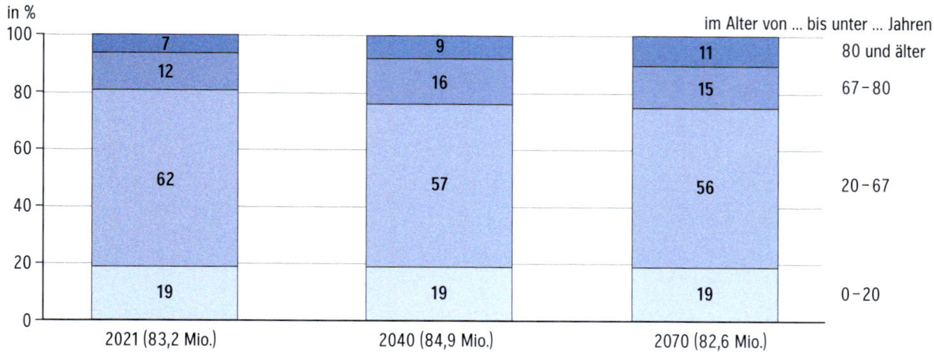

Entwicklung der Bevölkerungszahl

Ab 2022 Ergebnisse der 15. koordinierten Bevölkerungsvorausberechnung

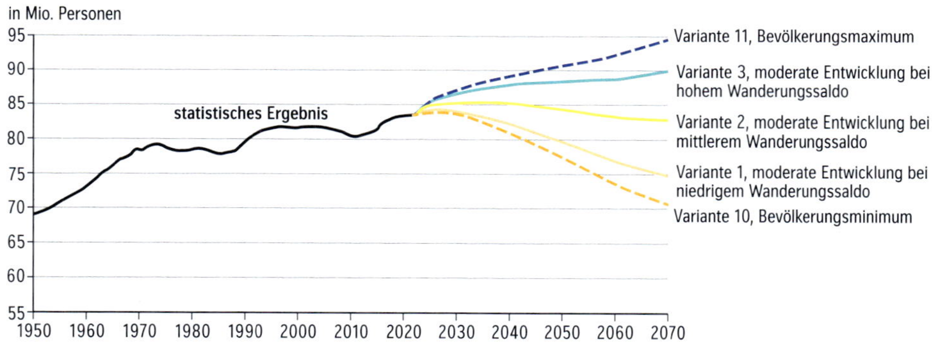

Kinder und Jugendliche bis 18 Jahren

Ab 2022 Ergebnisse der 15. koordinierten Bevölkerungsvorausberechnung

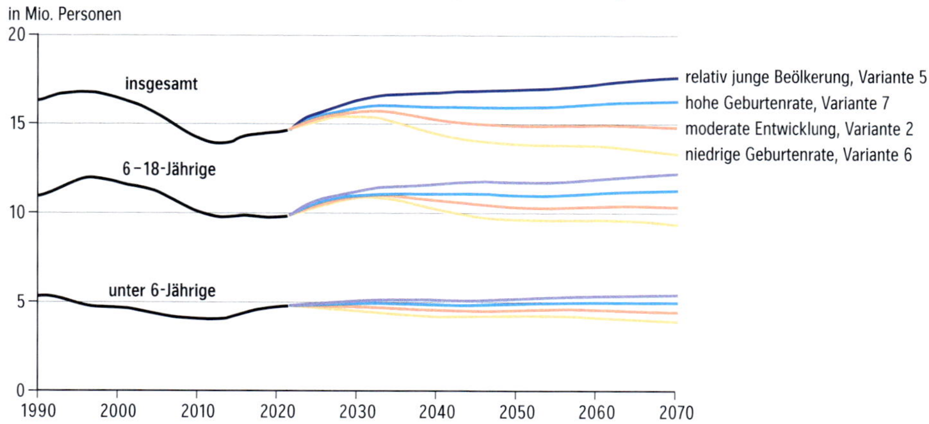

Quelle: Statistisches Bundesamt 2022 (Prognose für 2070: Ergebnisse der 15. koordinierten Bevölkerungsvorausberechnung) 48868EX

M4 Sorgenfreies Rentnerdasein?

Zeichnung: Martin Erl

M5 Umfrage unter Senioren

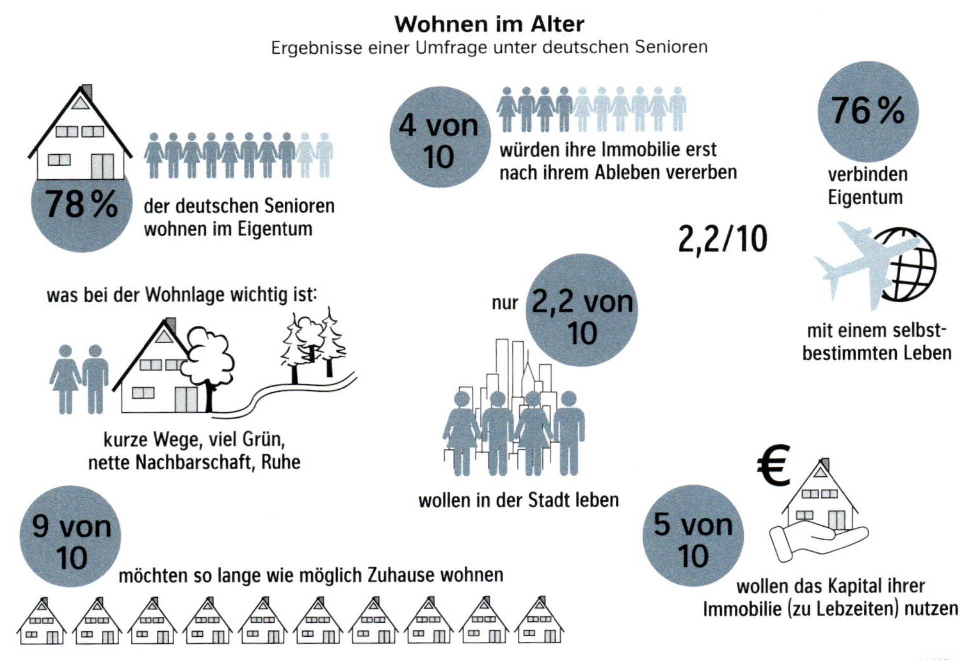

M 6 Elstal: Jung und Alt wohnen fast Tür an Tür

Mit „Wohnen im Grünen“ wirbt das Bildungszentrum Elstal unter anderem für den Standort an der Eduard-Scheve-Allee. Aber eigentlich ist gar keine Werbung nötig, denn die Wohnungen in den Mehrfamilienhäusern unter Bäumen sind immer belegt. Entweder von Studenten oder von Menschen, die einen Wohnberechtigungsschein vorweisen können, sagt Verwaltungsleiter Tobias Kühl, der im Auftrag des Eigentümers Bund Freier Evangelischer Gemeinden (BFEG) fungiert. Menschen im Alter von 18 bis 100 leben auf dem mehr als 55 000 Quadratmeter großen Areal in verschiedenen Wohngebäuden nebeneinander. Es gibt die Theologische Hochschule Elstal mit ihren Seminar- und Bildungseinrichtungen. Die dort Theologie studierenden jungen Leute können eine der 25 Wohnungen mieten, entweder allein oder als Teil einer Wohngemeinschaft. Die WGs sind für zwei oder fünf Personen geeignet. Die Zimmergrößen liegen zwischen elf und 18 Quadratmeter. Die Zweier-WGs haben 52 Quadratmeter, die Fünfer-WGs sind unterschiedlich groß, verfügen über fünf WG-Zimmer mit Wohnküche und zwei Bädern. Dort leben aber nicht nur Studenten der Theologischen Hochschule, sondern auch junge Leute von anderen Universitäten oder Hochschulen, wie der Uni Potsdam. „Dazu kommen 65 Wohneinheiten, zwei bis fünf-Zimmer – die Familien oder Einzelpersonen mit Wohnberechtigungsschein mieten können“, sagt Tobias Kühl, um gleich zu ergänzen: „Die sind alle belegt, die Nachfrage ist sehr groß.“ Zu dem Areal gehören auch ein Seniorenzentrum für Vollzeitpflege (111 Plätze), das es seit fünf Jahren gibt, sowie das Servicewohnen seit Ende der 90er-Jahre. Beide Einrichtungen werden von der Immanuel Albertinen Diakonie betrieben. Die 102 behindertenfreundlich und barrierefrei ausgestatteten Wohnungen (44 bis 55 Quadratmeter) mit Balkon oder Terrasse sind begehrt, nicht nur von Elstalern oder Wustermarkern. [...] Zudem sind alle Wohnungen mit einer 24-Stunden-Hausnotrufanlage ausgestattet. Und dabei kommen auch die Studenten von nebenan ins Spiel. Drückt eine Person im Service-Wohnen den Notfallknopf, wird ein Signal an eine studentische Hilfstruppe, die auf Mini-Job-Basis arbeitet, gesendet. [...] „Die räumliche Nähe zum Bildungszentrum bietet den älteren Menschen die Möglichkeit, an universitären und kirchlichen Veranstaltungen auf dem Campusgelände teilzunehmen“, erklärt Tobias Kühl. Dazu zählen diverse Andachten, aber auch Konzerte oder Vorträge. Die Theologie-Studenten in Elstal können praktisch vor ihrer Haustür im Seniorenpflegezentrum ein Praktikum machen – Übungen in der Heimseelsorge. Sie reden auf Wunsch mit Bewohnerinnen oder Bewohnern, hören zu, geben Ratschläge oder Tipps, muntern die älteren Menschen auf, wenn es nötig ist. Alles in allem ist es in Elstal eine Symbiose zwischen Alt und Jung.

Jens Wegener, Besondere Wohnform in Elstal: Studenten helfen Senioren, in: https://www.maz-online.de/lokales/havelland/wustermark/elstal-wohnen-auf-dem-campus-studenten-helfen-senioren-CDBNOXKJZNCO5NDGV-KU6VOBXUQ.html, 12.07.2024

1 **Erklären** Sie den Begriff „demografischer Wandel“ (M 1, M 2).

2 **Beschreiben** Sie die heutigen Annahmen zum Verlauf des demografischen Wandels in Deutschland (M 1, M 2).

3 **Analysieren** Sie M 3.

4 **Vergleichen** Sie die Angaben in M 1–M 3 und **nehmen** Sie **Stellung** dazu, wie die demografische Situation in Deutschland zu **beurteilen** ist.

5 **Überprüfen** Sie, ob aufgrund der angenommenen demografischen Entwicklung ein Umbau des Sozialstaates notwendig ist (M 1–M 3).

6 **Interpretieren** Sie M 4.

7 **Werten** Sie M 5 **aus** und **nehmen** Sie zu den Ergebnissen Ihrer Auswertung **Stellung**.

8 **Beurteilen** Sie, ob die M 6 geschilderte Form des Zusammenlebens von Jung und Alt eine Zukunft hat.

4.16 Wandel der Lebensformen – Patchwork als Lebensmodell der Zukunft?

M1 Familienbilder

Familienbilder sind soziale Konstruktionen, denen unterschiedliche Vorstellungen von Geschlechterrollen zugrunde liegen. Das gesellschaftlich vorherrschende Verständnis der Rollenverteilung zwischen Mann und Frau, das in der Regel historisch gewachsene Traditionen reproduziert, ist in hohem Maße handlungsleitend für das familiale Miteinander und liefert eine sozial-normative Begründung für die geschlechtsspezifische rechtliche Regelung und faktische Gestaltung der Lebens- und Arbeitsverhältnisse. In Ost- und Westdeutschland differierten die Familienbilder bis zur Wiedervereinigung deutlich. In Westdeutschland dominierte „das Familienbild eines verheirateten Paares mit Kind(ern), in dem die Frau nicht oder nur geringfügig und der Mann voll erwerbstätig ist. In Ostdeutschland war hingegen die egalitäre Geschlechterrollenorientierung verbreiteter" [...]. Nach 1990 hat das ostdeutsche Leitbild im Westen stetig an Unterstützung gewonnen [...]. In dieser Hinsicht findet in Westdeutschland eine nachholende Modernisierung statt.

Familienbilder, in: https://www.bpb.de/themen/deutsche-einheit/lange-wege-der-deutschen-einheit/501167/familienbilder/, 20.07.2025

M2 Familienleben im Wandel

Das Familienleben hat sich in den letzten Jahrzehnten stark verändert. Traditionelle Familienmodelle weichen zunehmend modernen Lebensformen und das Zusammenleben von Eltern und Kindern steht unter neuen Vorzeichen. Dieser Wandel bringt sowohl Herausforderungen als auch Chancen mit sich, welche das Familienleben prägen. Von den veränderten Rollenbildern bis hin zu neuen Wohnkonzepten – das moderne Familienleben ist vielfältiger und individueller geworden.

Die Entwicklung der Familienstrukturen
Früher war das klassische Bild der Familie klar definiert: Vater, Mutter, Kind/er – oft in einem Einfamilienhaus mit klar verteilten Rollen. Der Vater war in der Regel der Ernährer der Familie, während die Mutter sich um Haushalt und Kinder kümmerte. Heute sieht die Realität in vielen Familien anders aus. Es gibt alleinerziehende Eltern, Patchwork-Familien, gleichgeschlechtliche Elternpaare und Familien, in welchen beide Elternteile berufstätig sind. Diese neuen Familienstrukturen erfordern Flexibilität und ein Umdenken in der Aufteilung von Aufgaben und Verantwortung.

Die Herausforderung der Vereinbarkeit von Beruf und Familie
Eine der größten Herausforderungen für moderne Familien ist die Vereinbarkeit von Beruf und Familie. Beide Elternteile sind häufig berufstätig, was den Alltag stark beeinflusst. Die Betreuung der Kinder muss organisiert werden und es gilt, Zeit für gemeinsame Aktivitäten zu finden. Diese Doppelbelastung führt oft zu Stress und Überforderung, vor allem, wenn die Unterstützung durch ein soziales Netz fehlt. Gleichzeitig bietet die Möglichkeit, dass beide Elternteile berufstätig sind, finanzielle Sicherheit und Unabhängigkeit, was wiederum den Kindern zugutekommt.

Familienzeit im digitalen Zeitalter
Die zunehmende Digitalisierung stellt Familien ebenfalls vor neue Herausforderungen. Einerseits erleichtern moderne Technologien den Alltag: Online-Shopping, digitales Lernen und Homeoffice sind nur einige Beispiele dafür, wie das Internet das Leben von Familien beeinflusst. Andererseits führt die ständige Erreichbarkeit dazu, dass die Grenzen zwischen Arbeit und Freizeit verschwimmen. Eltern müssen darauf achten, ausreichend Zeit mit ihren Kindern

zu verbringen und dabei auch bewusst offline zu sein. Die gemeinsame Zeit als Familie sollte aktiv gestaltet werden, um dem digitalen Alltag zu entfliehen und echte Bindungen zu stärken.

Wohnen im Familienverbund: Wohntrends und -konzepte

Mit der Veränderung der Familienstrukturen gehen auch neue Wohnkonzepte einher. Mehrgenerationenhäuser, in welchen mehrere Generationen unter einem Dach leben, erleben eine Renaissance. Diese Wohnform fördert den Zusammenhalt und ermöglicht, sich gegenseitig zu unterstützen. Aber auch moderne Wohnformen wie Co-Housing oder Wohngemeinschaften für Familien werden immer beliebter. Diese Konzepte bieten den Vorteil, dass Ressourcen geteilt und soziale Kontakte gepflegt werden können.

Ein Beispiel für diese Anpassungen im Familienalltag zeigt sich oft schon in der Gestaltung des Badezimmers. Hier trifft man auf Lösungen, die den Bedürfnissen der ganzen Familie gerecht werden. Wer eine Duschkabine kaufen möchte, steht vor der Herausforderung, eine Wahl zu treffen, die sowohl den Erwachsenen als auch den Kindern gerecht wird. Eine großzügige, barrierefreie Dusche bietet beispielsweise Komfort für alle Altersgruppen und ist eine Investition in die Zukunft, welche den Alltag aller Familienmitglieder erleichtert.

Die Bedeutung von Ritualen und gemeinsamen Erlebnissen

Trotz aller Herausforderungen ist und bleibt die Familie ein zentraler Bestandteil des Lebens. Gemeinsame Rituale und Erlebnisse sind wichtig, um den Zusammenhalt zu stärken und eine familiäre Identität zu entwickeln. Ob es sich um das gemeinsame Frühstück am Wochenende, den abendlichen Spaziergang, den jährlichen Familienurlaub oder gar die gemeinsame Planung des neuen Bads oder Gartens handelt – solche Momente schaffen Erinnerungen und fördern die Bindung untereinander. In einer Zeit, in der Individualität großgeschrieben wird, bieten diese gemeinsamen Erlebnisse ein Gefühl von Geborgenheit und Kontinuität.

Hauke Eilers-Buchta, Familienleben im Wandel: Herausforderungen und Chancen in der modernen Gesellschaft, in: https://familiendingens.de/familienleben-im-wandel-herausforderungen-und-chancen-in-der-modernen-gesellschaft/, 26.04.2024

M3 Formen des Zusammenlebens

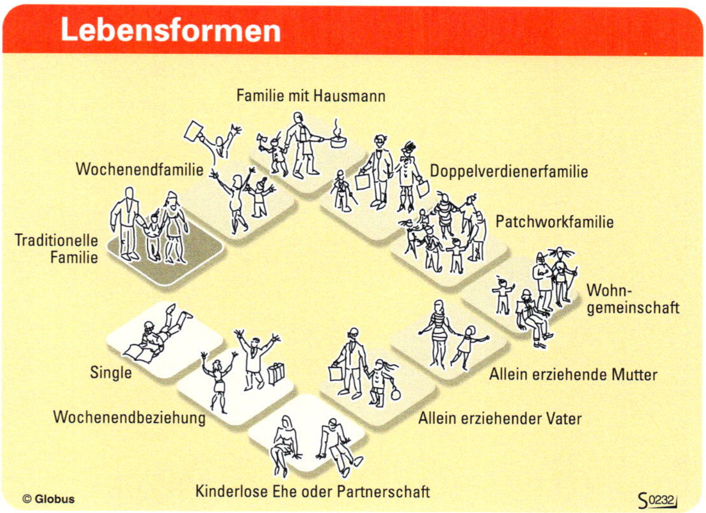

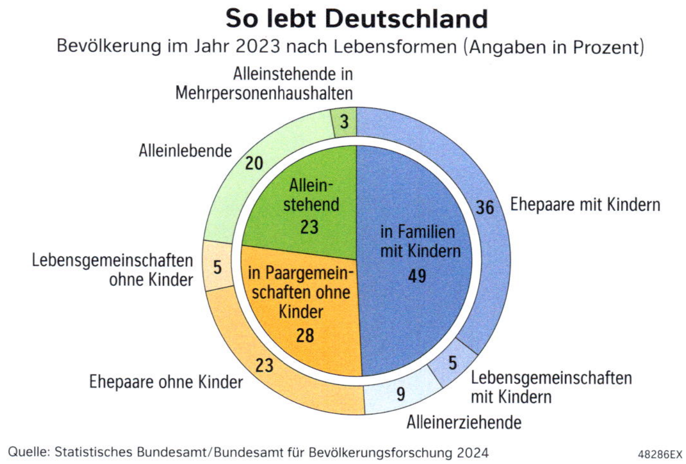

1 **Erklären** Sie den Begriff „Familienbilder“ (M 1).
2 **Fassen** Sie M 2 in eigenen Worten **zusammen**.
3 **Werten** Sie M 3 **aus**.
4 **Beschreiben** Sie, wie sich die Formen des Zusammenlebens in Deutschland im Laufe der Zeit verändert haben (M 1–M 3).
5 **Vergleichen** Sie die in M 1–M 3 dargelegten Entwicklungen mit Ihrem persönlichem Lebensumfeld.
6 **Diskutieren** Sie, was sich Ihres Erachtens im familiären Zusammenleben zukünftig noch verändern sollte.

M4 Ehe für alle

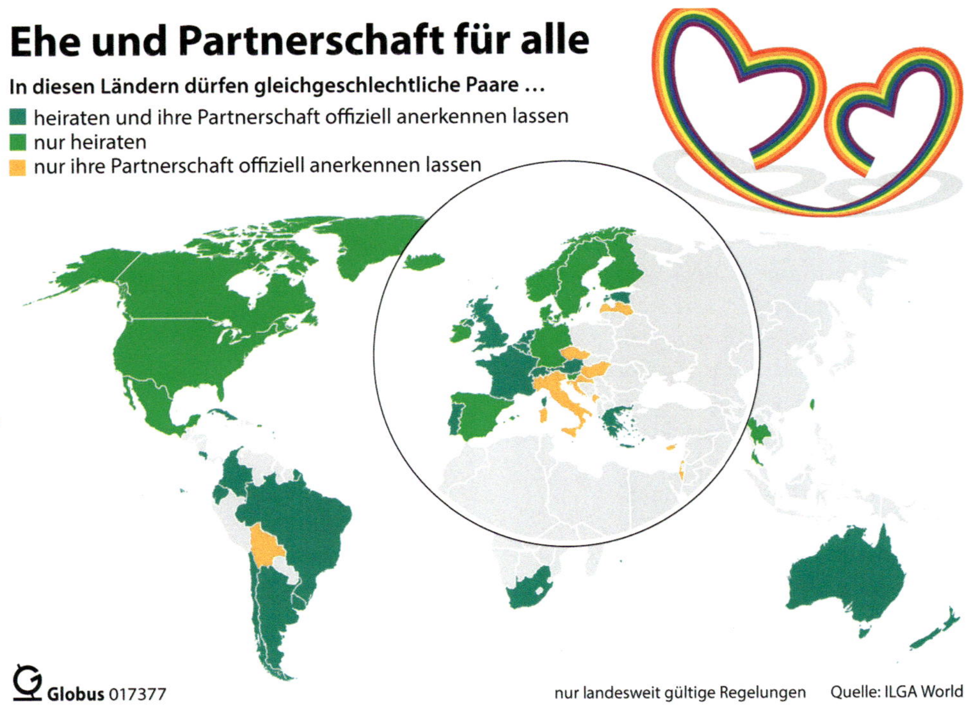

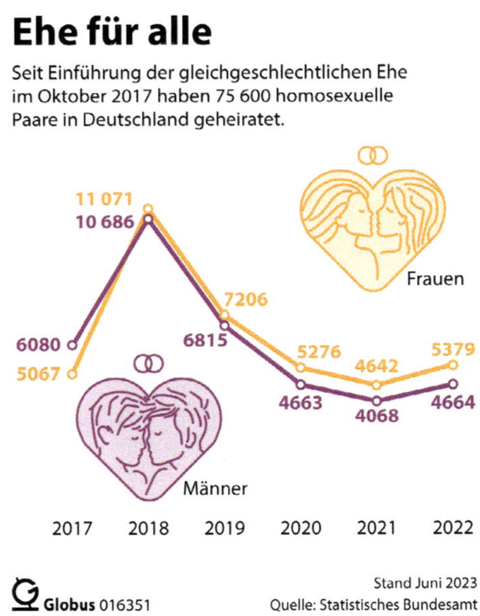

1 **Werten** Sie M 4 **aus**.

2 **Beschreiben** und **erklären** Sie M 5.

3 Versetzen Sie sich in die Rolle eines Befürworters oder Kritikers des Selbstbestimmungsgesetzes und **formulieren** Sie eine Rede dafür oder dagegen (M 6).

M5 Selbstbestimmungsrecht

Zeichnung: Martin Erl

M6 Geschlechtseintrag

Nach einer teils hochemotionalen Debatte hat der Bundestag grünes Licht für das neue Selbstbestimmungsgesetz [...] gegeben [...], mit dem die Änderung von Geschlechtseinträgen auf dem Amt künftig deutlich leichter werden soll als bisher. [...] Das Gesetz ersetzt das umstrittene Transsexuellengesetz, das in Teilen vom Bundesverfassungsgericht verworfen worden war. Verbände der LGBTQ-Community begrüßten das neue Gesetz als „Meilenstein" und „historischen Schritt". Volljährige transsexuelle, intergeschlechtliche und nichtbinäre Menschen können künftig mit einer einfachen Erklärung beim Standesamt ihren Geschlechtseintrag ändern. Bei Kindern unter 14 Jahren sollen die Eltern die nötige Erklärung beim Standesamt einreichen können. Jugendliche ab 14 Jahren können dies selbst tun, allerdings nur mit Einverständnis der Eltern. In beiden Fällen ist aber eine Erklärung über eine vorherige Beratung notwendig. [...] Bundesjustizminister Marco Buschmann (FDP) erklärte zum Bundestagsbeschluss: „Im Jubiläumsjahr des Grundgesetzes ist das stimmig." Bislang behandele der Staat transgeschlechtliche Menschen wie Kranke, wenn sie ihren Geschlechtseintrag ändern lassen wollen. [...] Aus der Opposition kam dagegen scharfe Kritik. Die CDU-Abgeordnete Mareike Wulf (CDU) warf der Regierungskoalition vor, dass mit dem Gesetz künftig jeder Bürger seinen Geschlechtseintrag auf dem Amt ändern lassen könne, ohne dafür eine nähere Begründung zu nennen. [...] Auch die Abgeordnete Sahra Wagenknecht sorgte mit ihren Äußerungen für Aufregung im Saal. „Ihr Gesetz ist frauenfeindlich und Ihr Gesetz macht Eltern und Kindern zu Versuchskaninchen einer Ideologie, von der nur die Pharma-Lobby und die Pharmaindustrie profitiert", befand die Vorsitzende der Gruppe Bündnis Sahra Wagenknecht (BSW).

Bundestag stimmt für Selbstbestimmung bei Geschlechtseintrag, in: https://www.br.de/nachrichten/deutschland-welt/geschlechtseintrag-bundestag-beschliesst-selbstbestimmungsgesetz,U9kXpog, 12.04.2024

4.17 Urteil: Welche Einwanderungsgesellschaft wollen wir?

M1 Abschiebungen – trifft es immer die Falschen?

Zeichnung: Schwarwel

M2 Asyl-Entscheidungen von Syrern vorerst ausgesetzt

Nach dem Fall des Assad-Regimes hat eine Diskussion über das Schicksal syrischer Geflüchteter begonnen. [...] Der überraschende Sturz von Bashar al-Assad in Syrien wirkt sich auch auf die deutsche Asylpolitik aus. Das Bundesamt für Migration und Flüchtlinge (BAMF) stoppt wegen der unklaren Lage vorerst alle Entscheidungen über Asylanträge von Syrern. Das sagte ein Behördensprecher. [...] Die Regelung gelte nicht für sogenannte Dublin-Verfahren, bei denen ein anderes EU-Land für das Asylverfahren zuständig ist, ergänzte der Sprecher. Betroffen seien alle Anträge, für die die Situation in Syrien ausschlaggebend sei. Derzeit seien mehr als 47 000 Asylanträge von Syrern anhängig, davon 46 081 Erstanträge. Syrien zählt seit Jahren zu den Hauptherkunftsländern von Asylbewerberinnen und Asylbewerbern in Deutschland. [...] Dementsprechend ist die Bundesregierung auch noch zurückhaltend, eine Neubewertung zum Umgang mit syrischen Geflüchteten in Deutschland vorzunehmen. Die Lage in Syrien sei derzeit noch „viel zu dynamisch“, um jetzt schon eine Entscheidung zu treffen, sagte ein Sprecher des Auswärtigen Amtes. [...] Auch Österreich setzt sämtliche Asylverfahren von Syrern aus. Diese Maßnahme sei auf Anweisung von Bundeskanzler Karl Nehammer (ÖVP) umgesetzt worden, teilte das Innenministerium in Wien mit. Betroffen sind demnach etwa 7 300 offene Asylverfahren in erster Instanz.

BAMF stoppt vorerst Asyl-Entscheidungen von Syrern, in: https://www.tagesschau.de/inland/syrien-asyl-bamf-100.html, 09.12.2024

M3 Entwicklung der Einbürgerungen

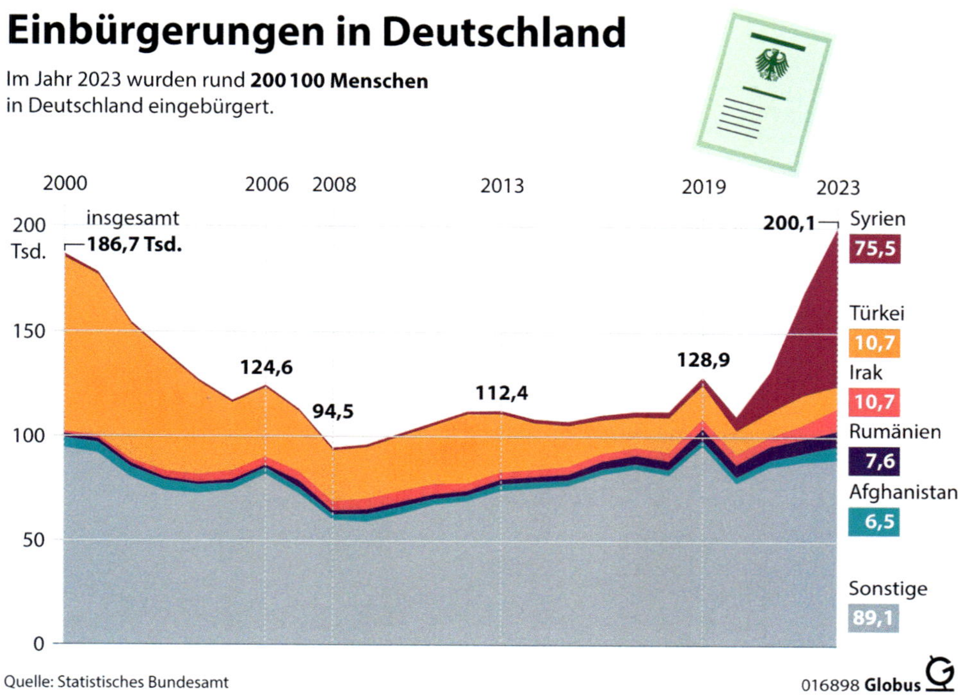

M4 Neue Bürger – neue Wähler?

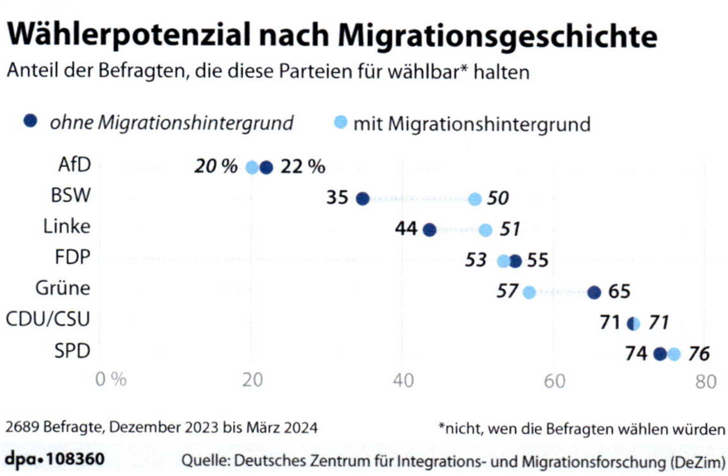

1 **Beschreiben** Sie M 1 aus und **formulieren** Sie mögliche Deutungshypothesen.

2 **Werten** Sie M 3 und M 4 **aus**.

3 **Entwerfen** Sie anhand der Materialien auf den Seiten 560 bis 599 ein Szenario Ihrer Wahl und **präsentieren** Sie Ihre Ergebnisse in einem medialen Produkt (M 1–M 4).

4 **Diskutieren** Sie, welche Art von Einwanderungsgesellschaft wir in Deutschland haben sollten.

5. Die Europäische Union – quo vadis?

5.1 Wie sieht die Zukunft der EU aus?

WEBCODE
WES-117977-505
Weißbuch zur Zukunft Europas

M1 Ist die EU auf Kurs?

Zeichnung: Oliver Schopf

M2 Zukunftsszenarien

M3 Vertrauen in Institutionen

Umfrage unter EU-Bürgern zu ihrem Vertrauen in Institutionen
Es vertrauen eher / Angaben in Prozent

Wie viel Vertrauen haben Sie in bestimmte Institutionen? Geben Sie bitte für die folgenden Institutionen an, ob Sie diesen eher vertrauen oder eher nicht vertrauen. Wie ist es mit ...?

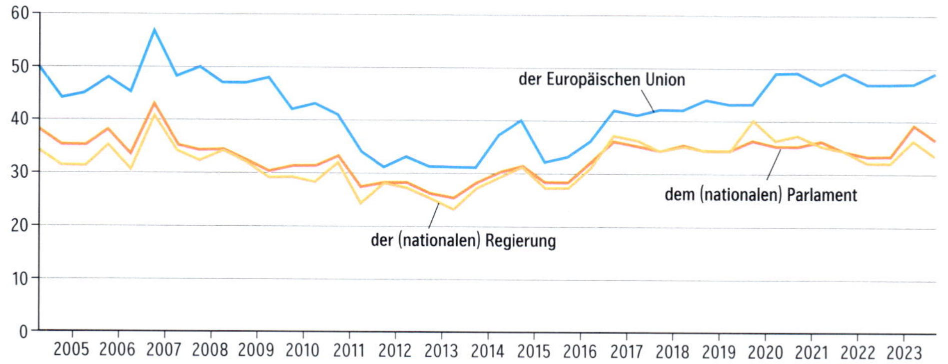

Quelle: Eurobarometer 101 (2024) 48812EX

M4 National, europäisch oder beides?

Umfrage unter EU-Bürgern zu ihrer Selbstidentifikation
Angaben in Prozent

Betrachten Sie sich als ...?

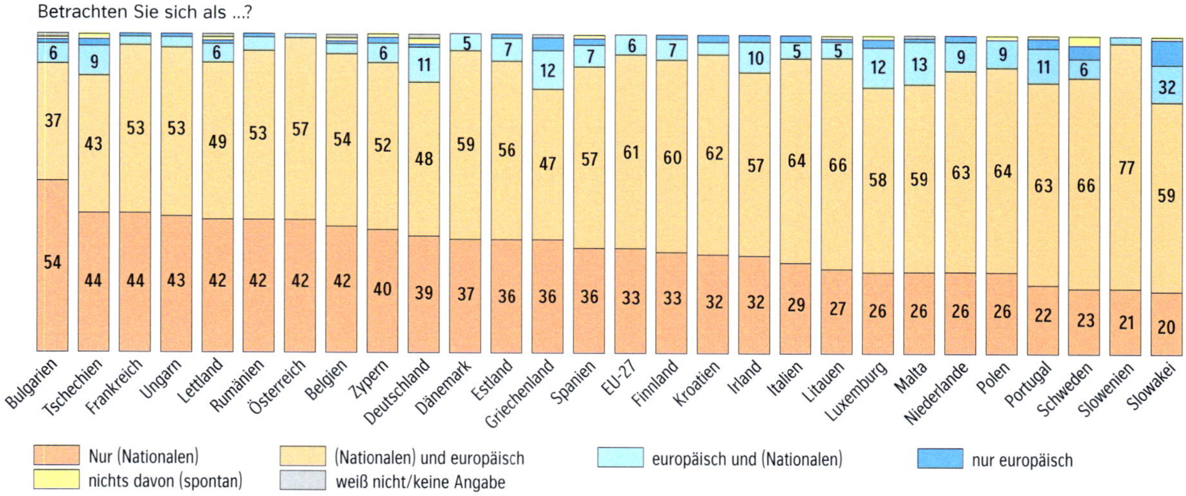

Quelle: Eurobarometer 101 (2024) 48869EX

M5 Wollen rechte Parteien eine andere EU?

„Mittlerweile gibt es eine ernsthafte Debatte über konkrete Regierungsbeteiligungen der Rechtsaußen-Parteien, nicht mehr nur über ihren Aufstieg“, sagt Nicolai von Ondarza, der bei der Stiftung Wissenschaft und Politik (SWP) zum politischen System der Europäischen Union forscht. Gemeinsam mit seinem Kollegen Raphael Bossong hat er im Rahmen einer [...] Studie über „Die Transformation zu einem illiberalen Europa“ geschrieben. Darin entwerfen die beiden Wissenschaftler ein Szenario, in dem rechtspopulistische Parteien im EU-Parlament entscheidend an Einfluss gewonnen haben. „Von sich aus werden die Rechtsaußen-Parteien keine Mehrheit bekommen", sagt von Ondarza. Darauf sei das konsensorientierte EU-System auch nicht ausgelegt. Allerdings stünden die Chancen gut, dass Mitte-Rechts-Parteien den radikaleren Kräften den Weg ebnen. [...] Bleibt abzuwarten, wie und ob sich die EVP nun auf eine Zusammenarbeit mit den Rechten einlassen wird. [...]

Beschlossen Anfang 2020 soll der sogenannte Green Deal Europas Wirtschaft dazu verhelfen, bis 2050 klimaneutral zu werden. Aus Sicht der Rechten ist er vor allem eine unzulässige Einflussnahme der EU auf nationale, teilweise lokale, Wirtschaft und Produktion. Wenn schon Klimaschutz, dann bitte ohne Verbote und Einschränkungen. [...]

So gut wie alle Parteien kritisieren in ihren Programmen die übermäßige Bürokratie der EU einerseits, andererseits mangelnde Transparenz und das Gefühl, von „denen da oben" kontrolliert zu werden. Viele geben an, dass der EU-Verwaltungsapparat verkleinert werden müsse. [...]

Liest man die Programme genauer, so kristallisiert sich oft eine definitive Ablehnung der EU heraus. Die reicht allerdings [...] offiziell nicht so weit, einen Austritt aus der EU zu befürworten. [...] Dass viele Rechtsaußen-Parteien die EU mittlerweile nicht mehr rundheraus ablehnten, sich gar vom Wunsch eines Austritts ihres jeweiligen Landes ganz verabschiedet hätten, mache sie anschlussfähiger, erklärt Nicolai von Ondarza von der SWP. [...]

„Viele versuchen, den Weg der italienischen Ministerpräsidentin Georgia Meloni und ihrer Fratelli d'Italia mitzugehen", sagt von Ondarza: innenpolitisch klar auf einen starken Nationalstaat fokussiert, gleichzeitig aber EU-freundlich. Diese Strategie scheint sich auszuzahlen. [...] Die Unterstützung der Ukraine schien eine einvernehmliche und geschlossene Entscheidung zu sein. [...] Schaut man in die Wahlprogramme der rechten Parteien, zeigt sich ein gemischtes Bild: Die AfD möchte für billiges Gas aus dem Osten die deutsch-russischen Beziehungen wiederbeleben, die Wirtschaftssanktionen gegen Russland „sofort" aufheben und die Nord-Stream-Leitungen neu aufbauen. Mit diesen Forderungen stehen die deutschen Rechten allein, wenngleich auch die österreichische FPÖ sich gegen den aus ihrer Sicht „wohlstandsvernichtenden Sanktionswahnsinn" stellt und gegen weitere Waffenlieferungen und Zahlungen an die Ukraine Kampagne macht. [...] Viele Parteien befürworten einen gewissen Grad an gemeinsamer Außenpolitik, beispielsweise Investitionen in gemeinsame Verteidigung. Andere wie die niederländische PVV wollen auch künftig eine kollektive Verteidigungsstrategie, aber nicht unter europäischer Flagge. [...] Nicolai von Ondarza, sieht in der Außen- und Sicherheitspolitik wichtige Konfliktlinien – insbesondere in der Frage, ob die Parteien sich für oder gegen die weitere Unterstützung der Ukraine positionieren. „Von der EVP wird dieser Punkt besonders betont, um die Rechten zu spalten", sagt er.

Die rechten Parteien Europas werden das EU-Parlament nach dieser Wahl [...] nicht einnehmen oder rechnerisch dominieren. Doch mit ihrem Erstarken wird es für die europäischen Parteien der Mitte immer schwieriger werden, Mehrheiten zu finden. Entscheidungsfindungen könnten künftig dynamischer sein, etwa könnten sich rechte Parteien bei einzelnen Themen absprechen und so Ergebnisse beeinflussen. Auch neue Konstellationen werden denkbar – und Blockaden wichtiger Vorhaben möglicherweise häufiger. [...] Entscheidend wird im nächsten EU-Parlament deshalb das Selbstverständnis der Konservativen sein: Welche Parteien sind ihnen zu rechts? Arbeiten sie mit Rechten zusammen oder suchen sie Mehrheiten in ihren Reihen?

Katja Demirci/Katharina Kalinke, Das sind die rechten Pläne für Europa, in: https://interaktiv.tagesspiegel.de/lab/wahlprogramme-analysiert-diese-zukunft-versprechen-europas-rechte-ihren-waehlern/, 10.06.2024

M6 Auf dem Weg zu einer einheitlichen Wirtschaftspolitik?

Die Europäische Union verfügt nur über ein begrenztes Instrumentarium für eine wirksame und effiziente europäische Wirtschaftsprozesspolitik. Ihre Kompetenzen sind auf die Koordinierung der mitgliedstaatlichen Wirtschaftspolitiken beschränkt, obwohl mit dem Fortschreiten der wirtschaftlichen Integration in Binnenmarkt und Währungsunion eine gemeinschaftliche europäische Wirtschaftspolitik immer dringlicher wird. [...] Zwar konnte die Kommission ihre Handlungsspielräume in den vergangenen Jahren ausbauen. Gleichwohl erschweren folgende Konstanten nach wie vor das Zustandekommen einer kohärenten und effizienten europäischen Wirtschaftspolitik:

Es mangelt an Konvergenz der mitgliedstaatlichen Volkswirtschaften und Wirtschaftspolitiken. Die nationalen Wirtschafts- und Wachstumsmodelle sind noch immer disparat und reichen von einem auf nationale Wettbewerbsfähigkeit angelegten angebots- und exportorientierten deutschen Modell bis zu dem noch immer stark etatistischen und nachfrage-orientierten französischen Ansatz. Die „varieties of capitalism" erschweren eine kohärente europäische Wirtschaftspolitik sowie die weitere Harmonisierung von nationalen Dienstleistungsmärkten, Sozialsystemen und somit eine supranationale Legislativtätigkeit. [...]

Mit dem Instrument der weichen wirtschaftspolitischen Koordinierung allein, das auf gemeinsamen Zielen und rechtlich unverbindlichen Empfehlungen fußt, lassen sich die Mitgliedstaaten mit ihren heterogenen Interessen kaum auf eine kohärente Politik verpflichten. Die europäischen wirtschaftspolitischen Strategien und Vorschläge müssen – ohne zusätzliche Anreiz- oder Sanktionierungsmöglichkeiten – zwangsläufig grundsätzlich, allgemein und unspezifisch bleiben, um eine breite europäische Passfähigkeit herzustellen. [...] Es besteht ein Missverhältnis zwischen der Notwendigkeit, gemeinsame europäische Politiklösungen zu vereinbaren, und den spezifischen Bedürfnissen, Anforderungen und Erwartungen der Mitgliedstaaten und ihren Regionen. [...]

Die vorhandenen Verfahren und Instrumente der sich entwickelnden europäischen Wirtschaftspolitik werden zunehmend politisiert. Das hat zur Folge, dass die Kommission nicht als rein technische Umsetzungsbehörde agieren kann, sondern den jeweils unterschiedlichen politischen Bedingungen in der EU und in den Mitgliedstaaten Rechnung tragen muss. [...] Sie muss vielmehr die Folgen ihrer Entscheidungen für die EU, den Binnenmarkt und die gemeinsame Währung insgesamt abwägen – also für die Stabilität und den Zusammenhalt der Europäischen Union. In den Bereichen der sich entwickelnden europäischen Wirtschaftsprozesspolitik müsste eine Kommission, die sich als politische Akteurin versteht oder als solche wahrgenommen wird, einer demokratischen Kontrolle unterliegen; ihre Entscheidungen und Maßnahmen müssten sich einem offenen und transparenten demokratischen Diskurs stellen und dort überzeugen. Die noch engere Einbindung des Europäischen Parlaments und der nationalen Parlamente in das Europäische Semester scheint deshalb unumgänglich zu sein. [...]

Die aktuelle europaweite und präzedenzlose Krise als Folge der Covid-19-Pandemie hat Möglichkeiten für Veränderungen eröffnet. Die Mitgliedstaaten haben erkennen müssen, dass sie bei aller Unterschiedlichkeit in ihren wirtschaftspolitischen Leitbildern und Ausgangssituationen über den Binnenmarkt und die Gemeinschaftswährung dennoch untrennbar miteinander verbunden, ja aneinander gekettet sind. [...] Diese enge Abstimmung zwischen europäischen und mitgliedstaatlichen Institutionen sowie die immer konkreteren Maßnahmen werden zu einer weiteren Unitarisierung der europäischen Wirtschaftspolitik führen.

Peter Becker, Eine europäische Wirtschaftspolitik im Werden. Erfolge mit bescheidenen Mitteln, Stiftung Wissenschaft und Politik: Berlin 2020, S. 31 ff.

M7 Wie bleibt die EU wettbewerbsfähig?

Am 9. September 2024 wurde der […] Bericht des ehemaligen italienischen Ministerpräsidenten und ehemaligen Präsidenten der Europäischen Zentralbank Mario Draghi zur Zukunft der Wettbewerbsfähigkeit der Europäischen Union (EU) veröffentlicht. […]
Laut Draghi verfügt die EU über gute Grundlagen für eine höchst wettbewerbsfähige Volkswirtschaft – mit einem Binnenmarkt von 440 Millionen Konsumentinnen und Konsumenten, einem Anteil von 17 Prozent am weltweiten Bruttoinlandsprodukt (BIP) sowie gut entwickelten Bildungs- und Gesundheitssystemen und hohen Schutz- und Sicherheitsstandards. […]
Gleichzeitig konstatiert Draghi ein rückläufiges Wachstum der EU, vor allem infolge einer schwachen Produktivitätsentwicklung. Das bisherige Wachstumsmodell der EU sieht Draghi auch durch zuletzt ungünstige Entwicklungen in den Bereichen Außenhandel, Energieversorgung und äußere Sicherheit bedroht. So habe die EU in den letzten Jahrzehnten sehr von der multilateralen Handelsordnung und dem damit verbundenen Wachstum des Welthandels profitiert. Dieses Wachstum werde sich aber so nicht fortsetzen. Unter anderem sei infolge des russischen Angriffskriegs gegen die Ukraine die Versorgung mit günstigem russischen Pipeline-Gas weggefallen, was zu steigenden Energiekosten führe. Überdies könne Europa nicht länger von einer Friedensdividende nach Ende des Kalten Kriegs profitieren, sondern müsse im Zuge zunehmender geopolitischer Spannungen und Unsicherheiten seine Verteidigungsausgaben steigern.
Um diese Herausforderungen anzugehen, schlägt Draghi eine europäische Strategie zur Stärkung der Wettbewerbsfähigkeit vor. […] Im Vergleich zu den USA und China mangele es in der EU an Innovationen, speziell bei Zukunftstechnologien. Weil Unternehmen in der EU vor allem technologisch ausgereifte Produkte produzierten, investierten sie im Vergleich zu US-Unternehmen weniger in Forschung und Innovation […], was sich in niedrigeren Investitionen insgesamt niederschlage. […] Aufgrund ihrer ambitionierten Klimaziele hat die EU laut Draghi die Chance, bei vielen Zukunftstechnologien eine Spitzenposition einzunehmen, falls Dekarbonisierung und Wettbewerbsfähigkeit gemeinsam gedacht würden. Hierfür brauche es dringend international wettbewerbsfähige Energiepreise, da Unternehmen in der EU laut Draghi zwei- bis dreimal höhere Energiepreise zahlten als US-amerikanische Unternehmen. Nötig sei eine Industriepolitik, die nach Bedeutung und Besonderheiten von Sektoren differenziere. So habe die EU aktuell eine führende Rolle bei sauberen Technologien wie Windkraft oder Elektrolyseuren. Diese gelte es gegenüber zunehmend intensivem Wettbewerb aus China, aber auch aus den USA zu verteidigen, wenn die Dekarbonisierung zu europäischem Wachstum führen solle. […] Die EU sei gegenwärtig in Schlüsselbereichen, etwa bei kritischen Rohstoffen oder [bestimmten] Produktionskapazitäten […], stark von einzelnen Lieferanten abhängig […]. Diese Abhängigkeiten sollten reduziert werden, um das Risiko ungewollter politischer Einflussnahme von Dritten zu reduzieren. […]
Als übergeordnete Probleme identifiziert Draghi die Diskrepanz zwischen Zielsetzungen und konkreten Handlungen, den – infolge vieler paralleler nationaler und EU-Instrumente – ineffizienten Einsatz finanzieller Ressourcen sowie einen Mangel an Koordinierung zwischen den Mitgliedstaaten. […] Außerdem fordert er weitere Schritte zur Vertiefung des Binnenmarktes. […] Gleichzeitig könnte eine vertiefte Integration der Kapitalmärkte dazu beitragen, mehr privates Kapital für die erforderlichen Investitionen zu mobilisieren. […] Dies soll begleitet werden von einer Ausweitung des Prinzips der Entscheidung mit qualifizierter Mehrheit auf weitere Politikbereiche. […] [Auch] sollen Bürokratielasten reduziert werden, indem für alle Unternehmen 25 Prozent und für kleine und mittlere Unternehmen (KMU) sogar 50 Prozent der Berichtspflichten entfallen sollen.

Draghi-Bericht zur Zukunft der Wettbewerbsfähigkeit der EU, in: https://www.bundeswirtschaftsministerium.de/Redaktion/DE/Schlaglichter-der-Wirtschaftspolitik/2024/10/04-draghi-bericht.html, 30.09.2024

M8 Wie kann die EU auch militärisch stark werden?

Wo sind Europas größte Schwächen und welche Schritte jetzt am sinnvollsten? Laut dem Thinktank IISS gaben die europäischen Staaten 2024 457 Milliarden Dollar für Verteidigung aus, immerhin beinahe die Hälfte der US-Ausgabe in Höhe von 968 Milliarden Dollar. Trotzdem gibt es ganze Fähigkeitsbereiche, bei denen sich die Europäer bislang weitgehend auf die USA verlassen. [...] Ronja Kempin, Expertin für europäische Sicherheitspolitik bei der Stiftung Wissenschaft und Politik, sagt [...]: „Ohne die Fähigkeiten der USA sind die Europäer quasi blind. Sie sind nicht in der Lage, sich einen eigenen Überblick darüber zu verschaffen, was die Gegenseite tut." In manchen Bereichen haben die Europäer bereits Programme gestartet, um eigene Fähigkeiten aufzubauen – etwa die „European Sky Shield Initiative" zur Raketenabwehr oder das „Elsa"-Programm, das weitreichende Waffen entwickeln soll. Bis es einsatzbereite Ergebnisse gibt, werden noch einige Jahre vergehen. [...]

Nicht nur Deutschland, sondern viele EU-Staaten haben ihre Streitkräfte über Jahrzehnte unterfinanziert. Diese Lücken verglichen mit dem Kalten Krieg belaufen sich auf Hunderte Milliarden Euro. [...] „Munition, Munition und Munition", seien darum ihre ersten drei Prioritäten. Neben der Beseitigung der bekannten europäischen Fähigkeitslücken sollte es im nächsten Schritt um Zukunftstechnologien wie künstliche Intelligenz und den Schutz kritischer Infrastruktur gehen. [...] Dabei ist der europäische Rüstungsmarkt alles andere als effizient und war jahrzehntelang kein großer Gewinnbringer. Vereinfacht gesagt: sehr viele kleine Unternehmen produzieren zu viele verschiedene, teure Produkte in geringen Stückzahlen. Produktion erfolge auf Bestellung, nicht auf Vorrat – mit entsprechend langen Vorlaufszeiten, sagt Kempin. „Noch immer beschaffen die Mitgliedstaaten weit über 80 Prozent ihrer Rüstungsgüter national. Das hat Folgen: hohe Kosten und keine Interoperabilität." Immer wieder waren Erfolgsgeschichten europäischer Kooperation wie die Gründung von EADS/Airbus oder die Entwicklung der Militärflugzeuge Eurofighter oder A400M von Verteilungskämpfen und Rückschlägen geprägt. Aktuell laufen mehrere solcher multinationalen Projekte, darunter FCAS für ein neuartiges Kampfflugzeug oder MGCS für einen neuen europäischen Kampfpanzer.

Zwar hat die NATO in vielen Bereichen verbindliche Standards gesetzt, von Kalibertypen bis zu Materialeigenschaften. In der EU gibt es trotzdem einen Wildwuchs an länderspezifischen Vorgaben, die dafür sorgen, dass Soldaten im Kriegsfall weniger effektiv Seite an Seite kämpfen. „Die Streitkräfteintegration in Europa stockt seit Jahren", sagt Kempin. Trotzdem gibt es Strukturen, auf die man aufbauen könnte – etwa die EU-Battlegroups oder die 5 000 Soldaten umfassende Schnelle Eingreiftruppe RDC [...].

Obwohl politische Forderungen in diese Richtung zuletzt zugenommen haben, sind gemeinsame europäische Streitkräfte kaum realistisch, bevor nicht viele der vorgelagerten Probleme geklärt sind. „Der Weg dorthin ist noch sehr weit. Mitgliedstaaten halten an nationalen Vorrechten fest. Auch die Frage der demokratischen Legitimation ist bislang vollkommen ungeklärt", so Kempin.

Nils Metzger, Was Europa jetzt für sein Militär tun muss, in: https://www.zdfheute.de/politik/ausland/europa-militaer-streitkraefte-ukraine-krieg-russland-100.html, 03.03.2025

1 **Fassen** Sie die wichtigsten Aussagen der Karikatur **zusammen** und **formulieren** Sie Fragen, die sich Ihnen hierbei stellen (M 1).

2 **Beschreiben** Sie die fünf Zukunftsszenarien der Europäischen Union (M 2).

3 **Analysieren** Sie mithilfe von M 3–M 8 mögliche Entwicklungstendenzen der Europäischen Union.

4 **Begründen** Sie, in welchem der fünf Zukunftsszenarien (M 2) sich die Europäische Union im Europawahljahr 2034 wahrscheinlich am ehesten befinden wird.

Gruppenpuzzle

Das Gruppenpuzzle gehört zu den bekanntesten kooperativen Lernformen und fordert einen Arbeitsprozess in Gruppen, der arbeitsteilig abläuft, aber dennoch bewusste Abhängigkeiten schafft.

1. Schritt
Arbeit in Einzelarbeit: Zunächst wird ein bestimmtes Thema in Einzelarbeit erarbeitet.

2. Schritt
Es kommen alle zusammen, die dasselbe Thema bearbeitet haben (sogenannte Expertengruppen), beispielsweise die Schülerinnen und Schüler von Thema 1, Thema 2 usw.

3.Schritt
Nun kommen alle Themen in einer Gruppe zusammen, der sogenannten Stammgruppe. Hier werden alle Themen vorgestellt und danach in eine Anwendung übergeleitet.

Partnerpuzzle

Das Partnerpuzzle ist mit dem Gruppenpuzzle artverwandt und kopiert das Vorgehen im Hinblick auf eine Partnerarbeit. Im Detail bedeutet dies:

1. Schritt
Erarbeitung der Themen in Einzelarbeit.

2. Schritt
Besprechung der Ergebnisse mit der Expertenpartnerin bzw. dem Expertenpartner, die bzw. der dasselbe Thema hat.

3. Schritt
Vorstellung der Teilthemen in dem Stammpaar, hier sind beide Themen vorhanden

Rotierendes Partnergespräch

Das Rotierende Partnergespräch stellt eine Debattenmethode dar und kombiniert das Kugellager mit einem klassisches Bankrücken. Im Detail sieht das Vorgehen so aus: Einem Pro-Argument wird ein Kontra-Argument entgegengestellt, dem wiederum ein Pro-Argument folgt, dem nun wieder ein entsprechendes Kontra-Argument entgegengestellt wird usw.

Hierbei beginnt eine zeitlich beschränkte Diskussion in Partnerarbeit, wobei man seine eigene Position nicht verlassen darf und die Nachbarin bzw. den Nachbarn von dieser überzeugen will. Nach einer festgelegten Frist wechselt Pro oder Kontra eine „Reihe“ weiter und der Vorgang wiederholt sich. Aus der empirischen Forschung weiß man, dass drei Wiederholungen optimal für den Lernprozess sind.

Amerikanische Debatte

Amerikanische Debatten sind eine spezielle Form einer Pro- und Kontradebatte, die einer klaren Struktur folgt: So sind auch hier vier Positionen vorab vergeben worden, nämlich Pro 1, Pro 2, Kontra 1, Kontra 2. Die Abfolge der Debatte ist dann aber klar vorstrukturiert und erfolgt nach dieser Reihenfolge: Pro 1 → (Entkräftung) Kontra 1, Kontra 1 → (Entkräftung) Pro 2, Pro 2 → (Entkräftung) Kontra 2, Kontra 2 → (Entkräftung; führt wieder zurück zu) Pro 1.

Die Debattenmethode bietet sich immer an, wenn die Positionen sich klar gegenüberstehen und man die Fähigkeit ein Gegenargument zu entkräften üben will.

Fishbowl

Der Fishbowl ist eine Diskussionsmethode, die in verschiedener Art und Weisen ablaufen kann: Grundidee ist dabei, dass es im Plenum zu einer Diskussion kommt, die wie in einem Fischglas (daher der Begriff „Fishbowl“) mit speziellen Beobachtungsauftragen bewertet wird. Zugleich bestehen Fishbowls auch in speziellen Interaktionsformen, die man besten herstellt, in dem immer ein freier Platz in der Diskussion bleibt, die jederzeit besetzt werden kann.

Abgeordnete
Von den Bürgerinnen und Bürgern (Volk) durch allgemeine, unmittelbare, freie, gleiche und geheime → **Wahlen** gewählte Repräsentanten, die in den deutschen Parlamenten mit keinerlei Aufträgen oder Weisungen (z. B. aus der → **Partei** oder dem Wahlkreis) gebunden werden können (Art. 38 Abs. 1 GG); dieser Freiheit der Abgeordneten steht allerdings faktisch die Fraktionsdisziplin gegenüber. Zur ungehinderten Ausübung ihres Amtes sind die Abgeordneten u. a. durch ihre Immunität und den Bezug von Diäten, die ihren Lebensunterhalt sichern, in der Lage. Die Abgeordneten einer Partei oder gleicher politischer Überzeugung schließen sich in den Parlamenten zu → **Fraktionen** oder Gruppen zusammen. Im Deutschen → **Bundestag** können Abgeordnete eine Fraktion bilden, wenn dieser mindestens fünf Prozent der Abgeordneten angehören. Der wichtigste Teil der Abgeordnetenarbeit findet nicht in den Plenarsitzungen, sondern in den Parlamentsausschüssen und Fraktionen statt.

Agenda 2010
Bezeichnet ein Bündel von Reformen (vor allem in den Bereichen → **Wirtschaft**, Arbeitslosen-, Kranken- und Rentenversicherung) der rot-grünen Bundesregierung in den Jahren 2003 bis 2005; Ziel war es, durch Senkung der Lohnnebenkosten, Flexibilisierung der Arbeitsverhältnisse sowie Kürzungen der Sozialleistungen die deutsche Wirtschaft international wettbewerbsfähiger zu machen. Bekanntestes Beispiel dieser Maßnahmen ist die Hartz-IV-Reform.

Angebotsorientierte Wirtschaftspolitik
(Ggs.: → **nachfrageorientierte Wirtschaftspolitik**) Wirtschaftspolitisches Konzept, das das Wachstum der Volkswirtschaft durch verbesserte Bedingungen für die Kapitalverwertung steigern will; durch veränderte politische Rahmenbedingungen, z. B. durch Steuerentlastungen, Senkung der Staatsquote, Abbau von die wirtschaftliche Aktivität hemmenden Vorschriften, Senkung der Lohnzusatzkosten usw., sollen die Gewinnerwartungen der Unternehmer erhöht und damit eine gesteigerte Investitionstätigkeit zur Steigerung des Angebots angeregt werden.

Armut
Begriff, der generell die mangelnde Befriedigung von Grundbedürfnissen wie Kleidung, Nahrung, Wohnung, Gesundheit bezeichnet; unterschieden wird zwischen absoluter Armut und relativer Armut. Als absolut arm gelten nach Definition der Weltbank Menschen, die weniger als 2,15 US-Dollar pro Tag (Stand: 2025) für die Befriedigung der existenziellen Lebensbedürfnisse zur Verfügung haben. Demgegenüber basiert der Begriff der relativen Armut auf der Vorstellung sozialer Ungleichheit. So gilt z. B. in Deutschland als relativ arm, wer über maximal 50 % des Medianeinkommens (mittleren Einkommens) einer Bevölkerungsgruppe verfügt. Zusätzlich unterschieden wird zwischen einem Armutsrisiko, das bei weniger als 60 % des Medianeinkommens vorliegt, und einer strengen Armut (weniger als 40 %). Nach den Kriterien der → **Europäischen Union** ist arm, wer 60 % oder weniger des Medianeinkommens zur Verfügung hat.

Asylbewerber
Migranten, die einen Antrag auf Asyl nach Art. 16a GG gestellt haben, der noch in Bearbeitung ist; Voraussetzung für eine Anerkennung ist der Nachweis, persönlich von Verfolgung bedroht zu sein. Sie sind meist in Sammelunterkünften untergebracht und erhalten erst nach einem Jahr eine eingeschränkte Arbeitserlaubnis. Nach Anerkennung eines Asylantrages wird der Antragsteller zu einem Asylberechtigten.

Aufklärung
Epoche, die Ende des 17. Jahrhunderts in England ihren Anfang nahm und im 18. Jahrhundert das geistige Leben im gesamten europäisch geprägten Raum bestimmte; wesentliches Ziel der Aufklärung war, den Menschen „aus seiner selbst verschuldeten Unmündigkeit“ (Immanuel Kant) zu befreien, also vorgegebene und feste (religiöse) Denkmuster zu hinterfragen.

Außenwirtschaftliches Gleichgewicht
Eines der Ziele des Stabilitäts- und Wachstumsgesetzes; außenwirtschaftliches Gleichgewicht meint den Ausgleich der Leistungsbilanz, d. h. die durch das ursprüngliche Leistungsbilanzungleichgewicht entstandene Akkumulation von Verbindlichkeiten gegenüber dem Ausland muss durch Handelsbilanzüberschüsse bedient werden.

Autokratie
Nichtdemokratische Herrschaftsform. Der Oberbegriff Autokratie umfasst dabei sowohl autoritäre als auch totalitäre Regime. Die Abgrenzung zwischen → **Demokratie** und Autokratie ist allerdings nicht immer ganz eindeutig zu ziehen. In einer Autokratie sind alle wesentlichen Entscheidungsbefugnisse bei einem einzigen Machtträger (einer Person oder einer Gruppe) konzentriert. Dessen Machtbefugnisse unterliegen in der Regel weder personellen noch institutionellen Einschränkungen. Der politische Wettbewerb z. B. durch um die Macht konkurrierende → **Parteien** ist eingeschränkt oder ganz ausgeschaltet.

Blauhelme
Angehörige der Friedenstruppen der → **Vereinten Nationen**; ihre friedenserhaltenden Maßnahmen (Peacekeeping) sind zumindest teilweise sehr erfolgreich verlaufen. Für die Entsendung der Blauhelmsoldaten ist die Zustimmung des UN-Sicherheitsrates und aller am Konflikt beteiligten Parteien notwendig. Von den beteiligten Truppen wird strikte Neutralität erwartet. Sie dürfen, außer zur Selbstverteidigung, keine Gewalt anwenden – es sei denn, sie verfügen über ein sogenanntes robustes Mandat. 1988 erhielten die UN-Friedenstruppen den Friedensnobelpreis.

Bruttoinlandsprodukt (BIP)
Das BIP misst den Wert aller Güter und Dienstleistungen, die in einem Jahr innerhalb der Landesgrenzen einer Volkswirtschaft produziert werden. Das BIP enthält also, anders als das Bruttosozialprodukt, auch die Leistungen der Ausländer, die innerhalb eines Landes arbeiten, während die Leistungen der Inländer, die im Ausland arbeiten, nicht berücksichtigt werden. Unterschieden wird üblicherweise zwischen nominalem und realem BIP. Bei der Berechnung des nominalen BIP werden alle produzierten Güter und Dienstleistungen zu laufenden Preisen, d. h. den Preisen des Erstellungsjahres, einbezogen. Eine Erhöhung des nominalen BIP kann daher nicht nur auf größere produzierte Mengen, sondern auch auf Preissteigerungen zurückgehen. Deshalb werden im realen BIP konstante Preise, d. h. die Preise eines bestimmten Basisjahres, zugrunde gelegt; die Inflationsrate wird also herausgerechnet.

Bundeskanzler
Deutscher Regierungschef; von einer Mehrheit des Deutschen → **Bundestages** auf Vorschlag des → **Bundespräsidenten** gewählter, die Richtlinien der Politik bestimmender Chef der Exekutive (→ **Gewaltenteilung**).

Bundespräsident
Deutsches Staatsoberhaupt; von der Mehrheit der → **Bundesversammlung** für fünf Jahre gewählt; eine einmalige Wiederwahl ist zulässig (Art. 54 GG). Seine Aufgaben sind die völkerrechtliche Vertretung Deutschlands und der Abschluss von Verträgen des Bundes mit dem Ausland sowie die Verkündung und Ausfertigung der Gesetze. Der Bundespräsident hat das Recht, Begnadigungen auszusprechen. Außerdem besitzt er das Vorschlagsrecht für die Wahl des → **Bundeskanzlers** (Art. 63 GG). Er ernennt diesen und entlässt ihn auf Ersuchen des → **Bundestages**.

Bundesrat
Der Deutsche Bundesrat ist die zweite Kammer des Parlaments in Deutschland. Durch ihn wirken die Bundesländer bei der Gesetzgebung und Verwaltung des Bundes und in Angelegenheiten der → **Europäischen Union** mit (Art. 50 GG). Ihm gehören 69 Mitglieder an, die nicht direkt von den Wahlberechtigten gewählt, sondern als Vertreter der Landesregierungen an deren Weisung gebunden sind. Die Anzahl der entsandten Mitglieder des Bundesrates variiert entsprechend dem Bevölkerungsanteil der Bundesländer zwischen drei und sechs Vertretern pro Land. Die Stimmen jedes Landes können nur geschlossen abgegeben werden (→ **Gewaltenteilung**).

Bundesregierung
Oberstes deutsches Exekutivorgan (→ **Gewaltenteilung**), an dessen Spitze der → **Bundeskanzler** steht, der von den Bundesministern unterstützt wird (Art. 62 GG).

Bundestag
Der Deutsche Bundestag ist das oberste Parlament in Deutschland; seine Mitglieder (→ **Abgeordnete**) werden in allgemeinen, unmittelbaren, freien, gleichen und geheimen → **Wahlen** (Art. 38 GG) für vier Jahre von den deutschen Bürgern gewählt. Der Bundestag besteht aus 630 Abgeordneten (Stand: 2025).
Zu seinen wichtigsten Aufgaben zählen a) die Wahl (und ggf. Abwahl) des → **Bundeskanzlers**, b) die Kontrolle der → **Bundesregierung** und der ihr unterstellten Verwaltung (Ministerien), c) die Gesetzgebung des Bundes und die Feststellung des Bundeshaushalts, d) die Mitwirkung bei der Wahl des → **Bundespräsidenten** sowie e) der Richter am → **Bundesverfassungsgericht** und f) die Feststellung des Spannungs- oder Verteidigungsfalles. Eine wichtige Funktion bei der parlamentarischen Arbeit der Bundestagsabgeordneten kommt den Bundestagsausschüssen zu.

Bundesverfassungsgericht
Das Bundesverfassungsgericht ist eine Art oberster Hüter der Verfassung in der Bundesrepublik Deutschland (Art. 93 GG). Das BVerfG ist allen anderen Verfassungsorganen (→ **Bundestag**, → **Bundesregierung**, → **Bundesrat**, → **Bundespräsident**) gegenüber selbstständig, unabhängig und diesen gleichgeordnet. Die Kompetenzen des Bundesverfassungsgerichts erstrecken sich u. a. auf a) Verfassungsstreitigkeiten zwischen obersten Bundesorganen, b) Streitigkeiten zwischen Bund und Ländern und zwischen den Ländern, c) Verfassungsbeschwerden von Bürgern und den Gemeinden, d) die Überprüfung von Rechtsvorschriften, e) Feststellung der Verfassungswidrigkeit politischer → **Parteien**, f) Wahlprüfverfahren.

Bundesversammlung
Sie besteht aus den Mitgliedern des → **Bundestages** und einer gleichen Anzahl von Mitgliedern, die von den Volksvertretungen der Bundesländer gewählt werden. Einzige Aufgabe der Bundesversammlung ist die Wahl des → **Bundespräsidenten**.

Demokratie
Herrschaftsform, in der die Macht vom Volk (dem Souverän) ausgeht und die Ausübung von Herrschaft durch Wahlen legitimiert wird. Direkte Demokratie (Ggs.: repräsentative Demokratie) Direkte Demokratie (auch: plebiszitäre Demokratie) bezeichnet eine Herrschaftsform, bei der die politischen Entscheidungen unmittelbar vom Volk z. B. durch Volksabstimmung getroffen werden. Lediglich die Art ihrer Umsetzung wird der Entscheidung einer Behörde überlassen. Rein auf direkter Demokratie basierende Gesellschaftsmodelle gibt es bisher nur in der Theorie (v. a. sozialistischer Rätesysteme). Das Modell der Schweiz ist dadurch gekennzeichnet, dass neben den direktdemokratischen (Volksinitiative, Referendum) auch repräsentative Elemente (z. B. Parlamente) existieren. Die Schweiz wird dabei auch als Konkordanzdemokratie bezeichnet. Grundgedanke dieser Mischform ist es, das Mehrheitsprinzip (der repräsentativen Demokratie) zugunsten einer wesentlich höheren Beteiligung von Minderheiten am Entscheidungsprozess einzuschränken. Auch in Ländern mit repräsentativer Demokratie sind in verschiedenen Verfassungen und Gesetzen (z. B. deutscher Bundesländer und Gemeindeordnungen oder von US-Bundesstaaten) direktdemokratische Elemente wie → **Volksbegehren** und → **Volksentscheid** vorgesehen. Repräsentative Demokratie (Ggs.: direkte Demokratie) Eine Form der Demokratie, in der vom Volk gewählte Vertreter die politischen Entscheidungen treffen, die im Namen des Volkes handeln, dabei aber nicht an dessen Auftrag oder Weisung gebunden sind.

Diktatur
Staatsform, in der sich eine Person, Gruppe, → **Partei** oder Regierung anmaßt, „von oben“ bestimmen zu können, was dem allgemeinen Wohl der Bürger diene. Es werden zumeist autoritäre und → **totalitäre** Diktatur unterschieden. Letztere, zu denen vor allem der Nationalsozialismus und der Stalinismus gerechnet werden, stehen im schärfsten möglichen Gegensatz zum demokratischen Verfassungsstaat. Kennzeichen totalitärer Diktaturen sind eine geschlossene → **Ideologie**, staatlicher Terror gegen Andersdenkende, die Kontrolle der → **Massenmedien** und des wirtschaftlichen Lebens sowie die Konzentration der Macht bei einer hierarchisch strukturierten Massenpartei.

Euro
Europäische Währungseinheit, die im Rahmen der → **Europäischen Wirtschafts- und Währungsunion** nach dem → **Vertrag von Maastricht** seit dem 1.1.1999 in Europa in Ländern, die die festgelegten Kriterien erfüllen, eingeführt wurde. Die Gemeinschaftswährung gilt in 21 Ländern (Stand: 2026).

Europäische Kommission
Exekutivorgan der → **Europäischen Union.** Jeder Mitgliedstaat stellt einen der Kommissare, die jeweils für bestimmte politische Themenfelder zuständig sind. Geleitet wird die Kommission vom Präsidenten der Europäischen Kommission. Über die Zusammensetzung der Kommission wird üblicherweise nach jeder Europawahl (der → **Wahl** der → **Abgeordneten** des → **Europäischen Parlaments**), die alle fünf Jahre in den Mitgliedstaaten der Europäischen Union stattfindet, neu entschieden.

Europäische Union (EU)
1993 von den 12 EG-Mitgliedern (Belgien, Dänemark, Deutschland, Frankreich, Griechenland, Großbritannien, Irland, Italien, Luxemburg, Niederlande, Portugal, Spanien) gegründete → **supranationale** Organisation; der Staatenverbund baut auf der Europäischen Gemeinschaft (EG) auf, deren Anfänge bis in das Jahr 1951 zurückreichen. Seit dem Brexit (2020), dem Austritt Großbritanniens aus der Europäischen Union, zählt die EU 27 Mitgliedstaaten, in 21 Ländern (Stand: 2026) gilt der → **Euro**. Die EU bildet mit dem → **Vertrag von Lissabon** (2009) den rechtsverbindlichen Rahmen für eine → **Gemeinsame Außen- und Sicherheitspolitik (GASP)**, die Zusammenarbeit in der Justiz und Innenpolitik (ZIJP) sowie für die Europäischen Gemeinschaften (Europäische Wirtschaftsgemeinschaft, Europäische Gemeinschaft für Kohle und Stahl, Europäische Atomgemeinschaft). Die zentralen Organe der Europäischen Union sind:
1. das → **Europäische Parlament**,
2. der → **Europäische Rat** (Gremium aus den Staats- bzw. Regierungschefs aller EU-Mitgliedstaaten, dem Kommissionspräsidenten, der Hohen Vertreterin für Außen- und Sicherheitspolitik sowie dem Präsidenten des Europäischen Rates),
2. der → **Rat der Europäischen Union**, auch Ministerrat genannt (Gremium der Fachminister der Staaten),
4. die → **Europäische Kommission** (Exekutivorgan),
5. der → **Europäische Gerichtshof**,
6. die → **Europäische Zentralbank**,
7. der Europäische Rechnungshof.

Europäische Wirtschafts- und Währungsunion (WWU)
Koordination der Wirtschaftspolitiken der EU-Länder und Währungsvereinheitlichung im Euroraum; Ziel: Einbezug aller EU-Staaten in die WWU; für die Wirtschafts- und Währungsunion werden im allgemeinen Sprachgebrauch oft auch die Bezeichnung Europäische Währungsunion (EWU) oder das Kürzel EWWU verwendet.

Europäische Zentralbank (EZB)
Unabhängige Zentralnotenbank in „Euroland" mit Sitz in Frankfurt am Main, die das exklusive Recht zur Ausgabe von Banknoten und Geldmünzen (→ **Euro**/Cent) hat und die → Geld- und die → **Währungspolitik** der → **Europäischen Union** durchführt; geleitet wird die EZB von sechs Direktoren aus verschiedenen Euroländern, denen die Präsidenten der nationalen Zentralbanken aller → **Staaten** der Eurozone im EZB-Rat beratend zur Seite stehen.

Europäischer Binnenmarkt
Mit dem → **Vertrag von Maastricht** (1993) geschaffener einheitlicher Binnenmarkt als Wirtschaftsraum mit freiem Verkehr von Waren, Dienstleistungen, Kapital und Personen.

Europäischer Gerichtshof (EuGH)
Oberstes Gericht der → **Europäischen Union**. Der EuGH bildet gemeinsam mit dem Gericht der Europäischen Union die Judikative auf europäischer Ebene. Zu den grundlegenden Aufgaben des Europäischen Gerichtshofs gehört u. a. die Wahrung einer einheitlichen Auslegung des EU-Rechts in allen Mitgliedstaaten.

Europäischer Rat
Gremium der Staats- und Regierungschefs der EU-Mitgliedstaaten, das regelmäßig zu Sitzungen zusammenkommt. Der Europäische Rat repräsentiert die Regierungen der Mitgliedstaaten der → **Europäischen Union** und ist das bedeutendste intergouvernementale Organ innerhalb der EU.

Europäisches Parlament
Legislative der → Europäischen Union, dass trotz mehrfacher Ausweitung seiner Kompetenzen immer noch nicht über alle üblichen parlamentarischen Rechte verfügt (wie z. B. der → **Bundestag**). So bleibt dem Europäischen Parlament weiter das Recht der Gesetzesinitiative vorenthalten. Dies obliegt in der EU ausschließlich der → **Europäischen Kommission**. Die → **Abgeordneten** des Europaparlaments werden alle fünf Jahre von den EU-Bürgern nach dem Verhältniswahlrecht gewählt.

Extremismus
Bezeichnet politische Einstellungen, die die → **freiheitliche demokratische Grundordnung (FDGO)** beseitigen wollen; Extremisten vertreten fanatische oder → **fundamentalistische** Haltungen, → **Ideologien** oder Ziele, oftmals auch mit Gewalt. Die Formen des Extremismus lassen sich in die Kategorien „rechts", „links" und „religiös" untergliedern.

Föderalismus
(lat.: foedus = Bündnis, Vertrag) Gliederung eines → **Staates** in mehrere gleichberechtigte, in bestimmten politischen Bereichen selbstständige Teile (Bundesländer), die – in der Bundesrepublik insbesondere durch den → **Bundesrat** – an der Willensbildung des Staates (des Bundes) mitwirken.

Fraktion
Organisatorischer Zusammenschluss einer Gruppe von → **Abgeordneten** einer → **Partei** bzw. von Parteien, die nicht miteinander konkurrieren (Fraktionsgemeinschaft), zur gemeinsamen Wahrnehmung parlamentarischer Aufgaben.

Freiheitliche Demokratische Grundordnung (FDGO)
Politische Ordnung der Bundesrepublik Deutschland, die nach der Definition des → **Bundesverfassungsgerichts** im SRP-Urteil von 1952 (Verbot der rechtsextremen Sozialistischen Reichspartei) „unter Ausschluss jeglicher Gewalt- und Willkürherrschaft eine rechtsstaatliche Herrschaftsordnung auf der Grundlage der Selbstbestimmung des Volkes nach dem Willen der jeweiligen Mehrheit und der Freiheit und Gleichheit darstellt". Die FDGO ist gekennzeichnet durch „die Achtung vor den im → **Grundgesetz** konkretisierten → **Menschenrechten**, [...] die Volkssouveränität, die → **Gewaltenteilung**, die Verantwortlichkeit der Regierung, die Gesetzmäßigkeit der Verwaltung, die Unabhängigkeit der Gerichte, das Mehrparteiensystem und die Chancengleichheit für alle politischen Parteien mit dem Recht auf verfassungsmäßige Bildung und Ausübung einer → **Opposition**."

Fundamentalismus
Kompromissloses Festhalten an politischen oder religiösen Grundsätzen; der Fundamentalismus umfasst unterschiedliche, meist religiös motivierte → **Ideologien** und → **extremistische** Strömungen, die → **Pluralismus** ablehnen und den Dialog verweigern.

Gemeinsame Außen- und Sicherheitspolitik (GASP)
Die GASP wurde 1993 durch den → **Vertrag von Maastricht** als Nachfolgerin der Europäischen Politischen Zusammenarbeit (EPZ) geschaffen, um gemäß den Leitlinien des Europäischen Rates eine gemeinsame

Außen- und Sicherheitspolitik zu „erarbeiten" und zu „verwirklichen". Es gilt das Prinzip, dass Entscheidungen bis auf wenige Ausnahmen einstimmig von den Mitgliedstaaten getroffen werden. Durch den → **Vertrag von Lissabon** von 2009 wurde die GASP weiter gestärkt.

Gemeinsame Sicherheits- und Verteidigungspolitik (GSVP)

Militärischer Arm der → **Gemeinsamen Außen- und Sicherheitspolitik** der → **Europäischen Union**; ursprünglich unter dem Namen Europäische Sicherheits- und Verteidigungspolitik (ESVP) vom Europäischen Rat im Dezember 1999 gebilligte Übertragung der Fähigkeiten zur zivilmilitärischen Konfliktprävention und Krisenbewältigung von der (ehemaligen) Westeuropäischen Union (WEU) auf die EU. Diese soll damit in die Lage versetzt werden, autonom Beschlüsse zu fassen und in Fällen, in denen die → **NATO** als Ganzes nicht involviert ist, eigene Militäreinsätze in Reaktion auf internationale Krisen einzuleiten und durchzuführen. Die EU handelt dabei im Spektrum der sogenannten Petersberg-Aufgaben. Mit dem → **Vertrag von Lissabon** wurde die ESVP in GSVP umbenannt.

Gesellschaft

Unter Gesellschaft wird eine dauerhafte und strukturierte Vereinigung von Menschen in einem sozialen Raum zum Zweck der Befriedigung und Gewährleistung der Bedürfnisse ihrer Mitglieder verstanden. Die Gesellschaft umfasst nicht nur die Bürger eines → **Staates**, sondern alle dort Lebenden. Dabei sind die wechselseitigen Beziehungen dieser Menschen von entscheidender Bedeutung. Im Unterschied zu zufälligen Zusammentreffen oder Gemeinschaften sind Menschen einer Gesellschaft dauerhaft aufeinander angewiesen, etwa bezogen auf die Arbeitsteilung in der → **Wirtschaft**. Es ist umstritten, ob wir uns aufgrund der → **Globalisierung** auf dem Weg zu einer Weltgesellschaft befinden.

Gewaltenteilung

Grundprinzip in der Organisation (demokratischer) staatlicher Gewalt; Ziel ist es, die Konzentration und den Missbrauch politischer → **Macht** zu verhindern, die Ausübung politischer Herrschaft zu begrenzen und zu mäßigen, um damit die bürgerlichen Freiheiten zu sichern. Gemeinhin wird zwischen gesetzgebender Gewalt (Legislative), ausführender Gewalt (Exekutive) und rechtsprechender Gewalt (Judikative) unterschieden. Diese Funktionen werden unabhängigen Staatsorganen (z. B. in der Bundesrepublik Deutschland → **Bundestag**, → **Bundesregierung**, → **Bundeskanzler**, → **Bundesrat**, → **Bundesverfassungsgericht**) zugewiesen. In der Praxis ergeben sich Abweichungen vom strikten Prinzip der Gewaltenteilung oder sind Abweichungen sogar vorgesehen (z. B. Verordnungen der Exekutive, Gesetzesinitiativen der Regierung). Auch die Prinzipien des → **Föderalismus** werden als Teil der Gewaltenteilung angesehen.

Gini-Koeffizient

Der Gini-Koeffizient ist ein statistisches Maß der Wohlfahrtsökonomie und dient zur Quantifizierung der relativen Konzentration einer Vermögens- bzw. einer Einkommensverteilung. Im Falle der maximalen Gleichverteilung der Vermögen bzw. der Einkommen nimmt er den Wert Null an, während er im anderen Extremfall einer maximal ungleichen Vermögens- bzw. Einkommensverteilung den Wert Eins hat. Man kann den Gini-Koeffizienten mit der Lorenzkurve bestimmen. Der Gini-Koeffizient entspricht dabei der Fläche zwischen der Winkelhalbierenden (Gerade der perfekten Gleichverteilung) und der entsprechend ermittelten Lorenzkurve in Relation zur Gesamtfläche unterhalb der Winkelhalbierenden.

Global Governance

Der Begriff bezeichnet die grenzüberschreitende Bearbeitung und Regelung von globalen Problemen; zu den Akteuren gehören → **Staaten**, internationale Organisationen, → **Nichtregierungsorganisationen** sowie grenzüberschreitende Wirtschaftsunternehmen.

Globalisierung

Der Begriff bezeichnet eine Zunahme der Staatsgrenzen überschreitenden wirtschaftlichen, politischen, kulturellen und sozialen Beziehungen v. a. ab den 1990er-Jahren. Insbesondere werden zu den Merkmalen der Globalisierung eine starke Zunahme internationaler Wirtschafts- und Finanztransaktionen, die Ausdehnung der Kommunikationstechnologien (Internet usw.) sowie eine weltweite Ausdehnung (westlicher) Kultur gezählt. Ursachen sind neben der technischen Entwicklung vor allem der Abbau von wirtschaftlichen Schranken durch die wichtigsten Industriestaaten. Eine genaue historische Abgrenzung der Globalisierung von früheren Entwicklungen, z. B. des Weltmarktes, ist umstritten.

Grundgesetz (GG)

Das Grundgesetz der Bundesrepublik Deutschland vom 23.5.1949 ist die deutsche Verfassung. Das GG hat Vorrang vor allen anderen deutschen Gesetzen, die mit ihm in Übereinstimmung stehen müssen. Es gliedert sich in 14 Abschnitte, denen eine Präambel (Vorwort) vorausgeht. Aufgrund ihrer Bedeutung stehen die → **Grundrechte** in Abschnitt I des GG (Art. 1–19). Das seit 1949 vielfach veränderte GG kann nur mit einer Zweidrittelmehrheit in → **Bundestag** und → **Bundesrat** geändert werden (Art. 79 Abs. 2); die → **Grundrechte** und der Grundsatz, dass die Länder bei der Gesetzgebung mitwirken, dürfen nicht geändert werden (Art. 79 Abs. 1 und 3). Die Bezeichnung Grundgesetz wählte der Parlamentarische Rat, um den provisorischen Charakter der (west-)deutschen Republik im geteilten Deutschland zu betonen. Im Zuge der Wiedervereinigung 1990 nach Art. 23 GG („Beitrittsartikel") und der europäischen Integration wurden verschiedene Änderungen vorgenommen. Es kam aber nicht zur Ausarbeitung einer neuen gesamtdeutschen Verfassung nach Art. 146 GG.

Grundrechte
Verfassungsmäßige, vom jeweiligen → **Staat** garantierte Rechte, die den Bürger vor staatlichen Übergriffen schützen (Abwehr- bzw. Freiheitsrechte) und ihm die Teilnahme an der politischen Willensbildung garantieren (Teilhaberechte).

Ideologie
Im neutralen Sinne die Lehre von den Ideen, d. h. der wissenschaftliche Versuch, die unterschiedlichen Vorstellungen über Sinn und Zweck des Lebens, die Bedingungen und Ziele des Zusammenlebens usw. zu ordnen; im politischen Sinne dienen Ideologien der Rechtfertigung politischen Handelns, wobei eine bestimmte Weltanschauung und bestimmte Interessen kombiniert werden.

Industrialisierung
Ausbreitung der Industrie, d. h. der Produktion und Weiterverarbeitung von materiellen Gütern und Waren in Fabriken im Verhältnis zu Handwerk und Landwirtschaft; in Europa fand dieser Prozess grundlegend während des 19. Jahrhunderts statt. Inzwischen wurde er von der Tertiarisierung, der Ausweitung des Dienstleistungssektors, abgelöst. Heute ist im Hinblick auf die Digitalisierung der Produktion sogar von einer Vierten Industriellen Revolution die Rede.

Intergouvernementalismus
Zwischen Regierungen stattfindende Zusammenarbeit; sie bedarf im Unterschied zur → **supranationalen** Integration der Einstimmigkeit unter den teilnehmenden Ländern.

Internationaler Strafgerichtshof (IStGH)
(engl.: International Criminal Court, ICC) 1998 beschlossener internationaler Gerichtshof (mit Sitz in Den Haag) zur strafrechtlichen Verfolgung von Völkermord, Verbrechen gegen die Menschlichkeit und Kriegsverbrechen; dies betrifft auch interne Konflikte. Das Gericht kann sich eines Falles annehmen, wenn er vom Sicherheitsrat der → **Vereinten Nationen** überwiesen worden ist oder wenn das Land, in dem das Verbrechen stattgefunden hat, oder das Land, dessen Staatsangehöriger verdächtigt wird, die Jurisdiktion des IStGH anerkannt hat. Der Ankläger arbeitet unabhängig. Infolge einer Erweiterung seiner Zuständigkeit kann der IStGH seit 2018 auch über den Vorwurf des Angriffskriegs („Aggression") verhandeln.

Internationaler Währungsfonds (IWF)
1944 als Sonderorganisation der → **Vereinten Nationen** gegründet, um das Weltwirtschaftssystem nach dem Zweiten Weltkrieg neu aufzubauen; zurzeit (2017) sind 189 Staaten Mitglied des IWF; ihr Stimmrecht orientiert sich an ihrem Kapitalanteil. Da die Beschlüsse im IWF mit einer Mehrheit von 85 Prozent getroffen werden, verfügen die USA und die 28 EU-Staaten de facto jeweils über eine Sperrminorität. 2011 trat eine Reform des IWF in Kraft, nach der Schwellenländer wie China, Indien oder Brasilien mehr Einfluss erhalten. Der IWF verfolgt die Ziele, den Welthandel auszuweiten, die internationale Zusammenarbeit in der → **Währungspolitik** zu fördern, die internationalen Finanzmärkte zu stabilisieren und kurzfristige Kredite zum Ausgleich von Zahlungsbilanzdefiziten zu vergeben. Für die Regulierung der Weltwirtschaft hat er damit eine zentrale Bedeutung. Eine globale Wirtschafts- und Finanzkrise wie die ab 2007 konnte aber auch der IWF nicht vermeiden.

Kapitalismus
Besonders durch Karl Marx und Friedrich Engels im 19. Jahrhundert geprägter Begriff für das System der → **Wirtschaft**, in dem wir leben; es zeichnet sich durch Privateigentum an den Produktionsmitteln und Gewinnstreben aus, wobei Letzteres durch das Wirtschaftssystem selbst erzeugt wird (Marktsteuerung, Konkurrenz). Kapitalismus geht von der Freiheit der einzelnen Wirtschaftssubjekte aus sowie von der Annahme, dass deren Austausch auf dem Markt nicht nur ihrem eigenen Gewinn, sondern letztlich dem Wohle aller diene. Marx kritisierte am Kapitalismus demgegenüber besonders die „Ausbeutung der Arbeiterklasse", seine Krisenhaftigkeit sowie seine Neigung zur Verschwendung (durch Konkurse, Krisen usw.) und zur Hervorbringung von → **Armut**. Versuche, eine Wirtschaft statt über den Markt zentral durch den → **Staat** planwirtschaftlich zu steuern, sind in der jüngeren Geschichte allerdings mehrfach gescheitert.

Koalition
(lat.: coalescere = zusammenwachsen, sich vereinigen) Bündnis zweier oder mehrerer → **Parteien** in einem Parlament, um gemeinsam die Regierung zu bilden und zu stützen und ein politisches Programm durchzusetzen; Koalitionen sind dann erforderlich, wenn eine einzelne Partei nicht über die absolute Mehrheit der Parlamentssitze verfügt und sich deshalb mit (kleineren) anderen Parteien verbünden muss.

Kommunismus
Bezeichnet das politische Ziel einer klassenlosen Gesellschaft, herbeigeführt durch einen gewaltsamen Umsturz, die proletarische Revolution; in der kommunistischen → **Gesellschaft** ist das Privateigentum an Produktionsmitteln aufgehoben, und der erwirtschaftete Reichtum wird gesellschaftlich angeeignet, d. h. allen Menschen gleichermaßen zugänglich gemacht. Der bedeutendste Denker des Kommunismus war Karl Marx.

Konjunktur
Bezeichnet die zyklischen Schwankungen der wirtschaftlichen Aktivität; ein Konjunkturzyklus kann unterteilt werden in Tief (Depression, Stagnation), Aufschwung (Wiederbelebung, Expansion), Hoch (Boom) und Abschwung (Krise, Rezession).

Konjunkturindikatoren
Ökonomische Zeitreihen und ihnen zugeordnete Messgrößen, die den Konjunkturverlauf anzeigen.

Konservatismus
(lat.: conservare = bewahren) Politische Anschauung, die sich vornehmlich für die Erhaltung und Entwicklung des Bestehenden ausspricht. Zentrale Kennzeichen des Konservatismus sind in der Regel Forderungen nach einem ordnenden → **Staat** und die Achtung der nationalen Existenz der Völker.

Liberalismus
Philosophische Weltanschauung, die aus der → **Aufklärung** hervorgegangen ist; im Vordergrund steht die Freiheit des einzelnen Menschen. Jegliche Form des geistigen, sozialen, politischen oder staatlichen Zwangs wird abgelehnt. Unterschieden wird dabei zwischen dem politischen Liberalismus, der die Freiheitsrechte des Individuums und die Beschränkung der politischen Herrschaft in der Form eines → **Rechtsstaats** anstrebt, und dem Wirtschaftsliberalismus, der eine Wirtschaftsordnung des Privateigentums und der Vertragsfreiheit durchsetzen will. In der liberalen Wirtschaftsordnung kann jedes Individuum seinen eigenen Lebensentwurf konzipieren und realisieren, die individuellen Handlungen werden vom → **Staat** lediglich koordiniert.

Magisches Viereck
Populäre Bezeichnung für das in der ersten Großen Koalition entwickelte Stabilitäts und Wachstumsgesetz von 1967. Bund und Länder haben danach die Pflicht, bei ihren wirtschafts- und finanzpolitischen Maßnahmen die Erfordernisse des gesamtwirtschaftlichen Gleichgewichts zu beachten. Dieses wird definiert als das Zusammenspiel der Stabilität des Preisniveaus, eines hohen Beschäftigungsstands, des außenwirtschaftlichen Gleichgewichts und eines stetigen und angemessenen Wirtschaftswachstums (daher magisches Viereck).

Marktwirtschaft
Wirtschaftssystem des Wettbewerbs, in dem die Wirtschaftsprozesse dezentral geplant und über die Preisbildung auf den Märkten gelenkt werden; Gewerbe- und Vertragsfreiheit sowie die freie Wahl des Berufs bzw. des Arbeitsplatzes sind Grundvoraussetzungen der Marktwirtschaft (→ **Kapitalismus**). In Deutschland ist dies durch das Ziel sozialen Ausgleichs ergänzt (→ **soziale Marktwirtschaft**).

Massenmedien
Technische Mittel, durch die Aussagen schnell und über große Entfernungen zu einer großen Zahl von Menschen gebracht werden können; Empfänger und Sender von Nachrichten sind sich dabei nicht persönlich bekannt. Massenmedien sind sehr einflussreich und werden als eine Kontrollinstanz z. B. gegenüber dem → **Staat** angesehen („vierte Gewalt"). Zugleich aber sind die durch sie verbreiteten Nachrichten für die Empfänger kaum noch zu überprüfen. Zu den Massenmedien zählen Zeitungen, Hörfunk, Fernsehen und das Internet.

Menschenrechte
Rechte, die jedem Menschen zustehen, unabhängig von Herkunft, Geschlecht, Religion und Vermögen; ihr Inhalt liegt darin, jedem Menschen eine gesicherte Existenz und Entfaltung zu ermöglichen.
Im Gegensatz zu anderen Rechten sollen die Menschenrechte jedem Menschen von Natur aus zukommen, also nicht erst durch die Garantie eines → **Staates**. Deshalb „gelten" sie nicht wie andere Rechte, sondern bezeichnen den Anspruch auf ein menschenwürdiges Leben.

Migration
(lat.: migratio = Wanderung) Mit diesem Ausdruck werden verschiedene Formen der Ein- und Auswanderung zusammengefasst (Asylsuche, Arbeitswanderung, Flucht vor Krieg usw.). Das trägt der Tatsache Rechnung, dass alle diese Formen Gemeinsamkeiten aufweisen: einen Migrationsgrund, der in fast allen Fällen irgendeine Art von Zwang beinhaltet,

und soziale Probleme, die aus der Situation im Aufnahmeland folgen.

Monetarismus
Wirtschaftspolitische Lehre, die von der Grundannahme ausgeht, dass eine stabilitätsorientierte Geldpolitik unter bestimmten Rahmenbedingungen die → **Wirtschaft** stabilisieren kann.

Monopol
(Ggs.: → **Polypol**) Bezeichnet eine wirtschaftliche Situation, bei der ein Akteur (Unternehmen, Hersteller, Händler) als alleiniger Anbieter auftritt und damit über eine besondere Marktmacht gegenüber den (vielen) Nachfragern verfügt (v. a. freie Gestaltung der Menge bzw. des Preises); umgekehrt kann auch ein Nachfrager (z. B. der → **Staat**) eine Monopolstellung und damit große Marktmacht erlangen. Im übertragenen Sinne wird der Begriff auch im politischen und sozialen Bereich verwendet. Die Monopol-Kommission ist in Deutschland ein gesetzlich vorgeschriebenes Gremium, das alle zwei Jahre einen Bericht zur Lage der Unternehmenskonzentration und des Wettbewerbs vorlegt.

Multilateralismus
Prozess oder Zustand in der internationalen Politik, bei dem mehrere oder viele → **Staaten** kooperativ und prinzipiell gleichberechtigt Diplomatie betreiben und gemeinsam handeln; dabei werden die Interessen aller Partner berücksichtigt. Oft existieren schriftliche, in Form von Verträgen vereinbarte Regelungen oder (internationale) Regime, die alle Beteiligten binden.

Nachfrageorientierte Wirtschaftspolitik
(Ggs.: → **angebotsorientierte Wirtschaftspolitik**) Auf John Maynard Keynes zurückgehender wirtschaftspolitischer Ansatz, nach dem mangelnde private Nachfrage die Ursache von Massenarbeitslosigkeit ist und nur durch zusätzliche staatliche Nachfrage beseitigt werden kann (Deficit spending).

NATO (North Atlantic Treaty Organization)
Während des Kalten Krieges war die Allianz unter Führung der USA in Europa das Gegengewicht zur militärischen Präsenz der Sowjetunion und des → **Warschauer Paktes**. Das Militärbündnis wurde 1949 in Washington geschlossen; 1955 trat die Bundesrepublik bei. Sitz der NATO ist Brüssel. Mittlerweile zählt sie 32 Mitgliedstaaten (2026), darunter viele ehemalige Mitglieder des Warschauer Paktes. Nach dem Ende des Kalten Krieges wandelte sich die Allianz von einem defensiven Verteidigungsbündnis zu einer auch global agierenden Sicherheitsorganisation.

Neoliberalismus
Denkrichtung des → **Liberalismus**, die eine freiheitliche, → **marktwirtschaftliche** Wirtschaftsordnung mit den entsprechenden Gestaltungsmerkmalen (z. B. Privateigentum an Produktionsmitteln, freie Preisbildung, Wettbewerbsfreiheit) anstrebt, staatliche Eingriffe in die → **Wirtschaft** jedoch auf ein Minimum beschränken will.

Nichtregierungsorganisationen
(engl.: nongovernmental organizations, NGO) Nicht staatliche Organisation, die sich für bestimmte Belange des Gemeinwohls einsetzt; das Regionale Informationszentrum der → **Vereinten Nationen** für Westeuropa (UNRIC) bestimmt eine NGO als „nicht gewinnorientierte Organisation von Bürgern, die lokal, national oder international tätig sein kann. Auf ein bestimmtes Ziel hin ausgerichtet, versuchen NGOs, eine Vielzahl von Leistungen und humanitären Aufgaben wahrzunehmen, Bürgeranliegen bei Regierungen vorzubringen und die politische Landschaft zu beobachten. NGOs stellen Analysen und Sachverstand zur Verfügung und helfen, internationale Übereinkünfte zu beobachten und umzusetzen. Manche NGOs wurden für ganz bestimmte Aufgaben gegründet, so zum Beispiel für → **Menschenrechte**, Umwelt oder Gesundheit."

Oligopol
Marktform, bei der zahlreiche Nachfrager wenigen Anbietern gegenüberstehen.

Opposition
Minderheit im Parlament; ständige Alternative zur Regierung, die entsprechend den konstitutionellen Regeln (→ **Wahlen**, konstruktives Misstrauensvotum) Mehrheit werden will und kann.

Partei
Parteien sind auf Dauer angelegte Organisationen politisch gleichgesinnter Menschen. Sie verfolgen bestimmte wirtschaftliche, gesellschaftliche usw. Vorstellungen, die meist in Parteiprogrammen festgeschrieben sind, sowie das Ziel, Regierungsverantwortung zu übernehmen. Politische Parteien existierten bereits in der Antike, die Parteien im heutigen Sinne jedoch erst seit der Entwicklung des Parlamentarismus im 18. Jahrhundert und der Französischen Revolution. In Deutschland ist ihre Stellung im → **Grundgesetz** besonders hervorgehoben (Art. 21 GG).

Partizipation
Beteiligung der Bürger an der Willens- und Entscheidungsbildung im politischen Prozess, u. a. durch → **Wah-**

len, Mitgliedschaft in → **Parteien**, → **Verbänden**, Bürgerinitiativen und Vereinen, bzw. Wahrnehmung der in der Verfassung verankerten Artikulations- und Mitwirkungsrechte.

Plenum
Die Gesamtheit der Mitglieder eines Parlaments; eine Sitzung, an der die → **Abgeordneten** teilnehmen, nennt man auch Plenarsitzung.

Pluralismus
Auffassung, dass es mehrere, in Voraussetzungen und Zielsetzungen verschiedenartige politische und gesellschaftliche Vorstellungen gibt, die in der → **Gesellschaft** gleichzeitig legitim nebeneinander vorhanden sind, wobei allen das gleiche Recht auf Entfaltung ihrer Interessen zukommt.

Polypol
(Ggs.: → **Monopol**) Marktform, bei der viele Anbieter vielen Nachfragern gegenüberstehen.

Populismus
In der Regel negativ besetzter Begriff, der nicht selten mithilfe von Ergänzungen einem bestimmten politischen Lager zugeordnet wird (z. B. Rechtspopulismus). Populisten wird vorgeworfen, eine angebliche Volksnähe zu suchen bzw. nur zu behaupten. Populistische Rhetorik und Inhalte richten sich oft als Kritik gegen die jeweilige politische Führung oder allgemein gegen „die Eliten“. Populismus kann auch in Demagogie übergehen, der ideologischen Hetze gegen Andersdenkende.

Rassismus
Bezeichnet eine → **Ideologie**, die Menschen aufgrund körperlicher oder kultureller Eigenarten oder aufgrund ihrer ethnischen, nationalen oder religiösen Zugehörigkeit in angeblich naturgegebene Gruppen – sogenannte Rassen – einteilt und diese hierarchisiert. Rassisten glauben dabei an die Überlegenheit der eigenen „Rasse“ bzw. Gruppe und betrachten andere kulturelle oder gesellschaftliche Gruppen als minderwertig und schüren Vorurteile gegen diese.

Rat der Europäischen Union
Der Ministerrat der EU ist neben dem → **Europäischen Rat** das andere wichtige intergouvernementale Organ der → **Europäischen Union**, das die Regierungen der EU-Mitgliedstaaten repräsentiert. Deren zuständige Fachminister kommen im Ministerrat zur Beratung und Entscheidung zusammen.

Rechtsstaat
Bezeichnung für einen → **Staat**, in dem das Handeln der staatlichen Organe gesetztem Recht (in der Regel Verfassungen, in Deutschland dem → **Grundgesetz**) untergeordnet ist; den einzelnen Bürgerinnen und Bürgern stehen damit bestimmte unverbrüchliche → **Grundrechte** zu, während dem staatlichen Handeln bestimmte Grenzen gesetzt sind. Im Rechtsstaat soll alles staatliche Handeln dem (Verfassungs-) Recht und der Verwirklichung von Gerechtigkeit dienen.

Schengener Abkommen
Abkommen von 1985, in dem die meisten EU-Staaten den Abbau der Grenzkontrollen und u. a. eine verstärkte grenzüberschreitende Zusammenarbeit der Polizeibehörden vereinbart haben.

Soziale Marktwirtschaft
Von Alfred Müller Armack, Walter Eucken und Ludwig Erhard u. a. konzipiertes wirtschaftspolitisches Leitbild, das ab 1948/49 in der Bundesrepublik Deutschland verwirklicht wurde; es greift die Forderung des Ordoliberalismus nach staatlicher Gewährleistung einer funktionsfähigen Wettbewerbsordnung (Ordnungspolitik) auf, ergänzt jedoch den Katalog wirtschaftspolitischer Staatsaufgaben unter Betonung sozialpolitischer Ziele mit dem Ziel der Integration aller Bürger.

Soziale Ungleichheit
Unterschiede in den Lebenschancen, die nicht nur durch Kriterien wie Berufs- und Bildungsstatus bzw. Einkommen und Vermögen beeinflusst werden, sondern auch durch Geschlecht, Nationalität, Alter, Generation oder Region usw.

Sozialismus
Politische Theorie mit Hauptaugenmerk auf der Gleichheit und Brüderlichkeit der Menschen; er stellt einen Gegenpol zum → **Liberalismus** dar. Nach der sozialistischen Idee soll das Privateigentum abgeschafft werden und die Gemeinschaft die Produktionsmittel besitzen. Damit soll die soziale und ökonomische Abhängigkeit beendet werden. Der Sozialismus beruht auf dem Grundgedanken der solidarischen → **Gesellschaft**. Das Wirtschaftssystem im Sozialismus ist die Plan- oder Zentralverwaltungswirtschaft. In dieser Wirtschaftsordnung werden die Produktion und die Verteilung von Gütern und Dienstleistungen vom → **Staat** gelenkt. Diese Verwaltung folgt einem staatlich vorgegebenen Plan. Alle Wirtschaftssubjekte müssen sich an diesen Plan halten. In der Realität scheiterten vergangene Planwirtschaften daran, dass der Plan und die Realisierung nicht übereinstimmten und so Defizite erwirtschaftet wurden. Zudem konnte mangels Innovationen keine Weiterentwicklung stattfinden.

Sozialstaat
Eines der vier Grundprinzipien des politischen Systems der Bundesrepublik Deutschland; neben → **Demokratie**, → **Rechtsstaat** und Bundesstaat (→ **Föderalismus**). Das Prinzip bedeutet, dass der → **Staat** seine Bürger gegen soziale Risiken abzusichern hilft, um → **soziale Ungleichheit** abzumildern bzw. zu begrenzen.

Sozialversicherung
Die gesetzliche Sozialversicherung umfasst: a) die Gesetzliche Krankenversicherung (GKV), die sich aus (jeweils etwa zur Hälfte entrichteten) Beiträgen der Arbeitgeber und der Arbeitnehmer finanziert; der Beitrag hängt vom individuellen Einkommen des Arbeitnehmers ab; b) die Gesetzliche Pflegeversicherung; c) die Gesetzliche Rentenversicherung (GRV), die sich ebenfalls aus Beiträgen der Arbeitnehmer und der Arbeitgeber finanziert; d) die Gesetzliche Unfallversicherung (GUV), deren Beiträge von den Unternehmen bzw. den öffentlichen Arbeitgebern entrichtet werden; e) die Arbeitslosenversicherung, die hauptsächlich durch (je zur Hälfte entrichtete) Beiträge der Versicherten und der Unternehmen finanziert wird.

Staat
Politische Organisation, unter der die Menschen einer → **Gesellschaft** leben; nach der gängigen Definition sind drei Aspekte für einen Staat notwendig: Er muss ein eindeutiges eigenes Territorium haben (Staatsgebiet), in dem Menschen wohnen, die zu diesem Staat gehören (Staatsvolk; Bürger), und eine Regierung, die vom Staatsvolk anerkannt ist (Staatsgewalt). Ein Staat hat Außenbeziehungen zu anderen Staaten, die im Allgemeinen durch das Völkerrecht geregelt werden. Nach innen ist der Staat souverän, d. h., es steht keine Gewalt über ihm. Im → **Rechtsstaat** verpflichtet sich der Staat, seine Gewalt nur gemäß den geltenden Gesetzen auszuüben.

Subsidiaritätsprinzip
Aus der katholischen Soziallehre stammendes, gesellschaftliches Gestaltungsprinzip, das die Selbstbestimmung und Selbstverantwortung des Individuums bzw. der jeweils kleineren sozialen Gruppen im Verhältnis zum → **Staat** sowie den Vorrang von Regelungen auf jeweils unterer Ebene gegenüber Regelungen „von oben“ betont.

Supranational
übernational, überstaatlich; so werden Organisationen, Zusammenschlüsse oder Vereinbarungen bezeichnet, die durch völkerrechtliche Verträge begründet und deren Entscheidungen und Regelungen für die einzelnen Mitglieder (→ **Staaten**, Nationen) übergeordnet und verbindlich sind. So steht etwa das Recht der → **Europäischen Union** als supranationales Recht über dem der einzelnen Mitgliedstaaten; bestimmte Entscheidungen supranationaler Institutionen der EU sind für alle EU-Staaten und die gesamte EU-Bevölkerung bindend. Im Gegensatz dazu haben z. B. Entscheidungen internationaler Organisationen nur dann bindende Wirkung, wenn sie von den Mitgliedern ausdrücklich anerkannt werden.

Tarifautonomie
Das aus Art. 9 Abs. 3 GG (Koalitionsfreiheit) folgende Recht der Tarifvertragsparteien (Gewerkschaften, Arbeitgeberverbände, Einzelunternehmen), für ihre Mitglieder in Tarifverträgen Arbeits- und Wirtschaftsbedingungen unabhängig von staatlichen Eingriffen verbindlich auszuhandeln und wieder aufzukündigen; die Tarifautonomie umschließt besonders auch das Recht zu Arbeitskämpfen.

Totalitarismus
Eine → **Diktatur**, die die gesamten gesellschaftlichen Verhältnisse im Sinne ihrer → **Ideologie** zu verändern versucht. Dabei hat sie den Anspruch, einen „neuen Menschen“ zu erschaffen. Der Einzelne wird nicht als eigenständig angesehen und muss sich einem Kollektiv unterordnen. Personen, die sich in Gegnerschaft zur Ideologie der totalitären Diktatur befinden, werden von den Machthabern unterdrückt bis hin zu Folter und Mord. Als totalitär werden vor allem der Nationalsozialismus und der Stalinismus angesehen.

Verbände
Organisierte Gruppen mit bestimmten sachlichen und/oder ideellen Zielen und Interessen; sie unterscheiden sich von → **Parteien** dadurch, dass sie kein allgemeines politisches Programm anbieten und keine Beteiligung an → **Wahlen** anstreben. Stattdessen versuchen sie, politische Entscheidungen der Legislative und der Exekutive in ihrem Sinne zu beeinflussen (Interessengruppen).

Vereinte Nationen
(engl. United Nations, UN bzw. United Nations Organization, UNO) Die UNO wurde 1945 gegründet, ihr Hauptsitz ist New York (daneben: Genf und Wien), zurzeit gehören ihr 193 Staaten an. Laut der UN-Charta bestehen ihre Hauptaufgaben in der Sicherung des Friedens und in der Beseitigung von Friedensbedrohungen, der Verständigung der Völker untereinander, der internationalen Zusammenarbeit zur Lösung wirtschaftlicher, kultureller, sozialer und humanitärer Probleme u. a. – dies alles auf der Grundlage der Gleichberechtigung der → **Staaten** und der

Selbstbestimmung der Völker (Art. 1). Die wichtigsten Organe der UN sind:

1. die jährlich stattfindende Vollversammlung (jeder Mitgliedstaat hat eine Stimme) und deren Ausschüsse;
2. der Sicherheitsrat der UN mit fünf ständigen Mitgliedern (China, Frankreich, Großbritannien, Russland, USA), die über ein Vetorecht verfügen, und zehn jeweils für zwei Jahre gewählten Mitgliedern;
3. das Generalsekretariat mit einem Generalsekretär an der Spitze (auf fünf Jahre von der Vollversammlung gewählt);
4. der Wirtschafts- und Sozialrat mit 54 Mitgliedern (jährlich werden 18 Mitglieder für drei Jahre gewählt) und den fünf regionalen Kommissionen;
5. der Internationale Gerichtshof (15 Richter, die von der Vollversammlung und dem Sicherheitsrat für neun Jahre gewählt werden).

Zahlreiche Sonderorganisationen (wie z. B. UNICEF, UNESCO) erfüllen weitere Aufgaben der Vereinten Nationen. Wenn die beteiligten Konfliktparteien zustimmen, kann der Sicherheitsrat entscheiden, ob im Auftrag der UN Friedenstruppen (→ **Blauhelme**) in ein Krisengebiet geschickt werden, um für Sicherheit und Frieden zu sorgen.

Vertrag von Lissabon
Völkerrechtlicher Vertrag zwischen den 27 Mitgliedstaaten der → **Europäischen Union**, der am 13.12.2007 unter portugiesischer Ratspräsidentschaft in Lissabon unterzeichnet wurde und am 1.12.2009 in Kraft trat; der Vertrag übernahm wesentliche Inhalte der in den Niederlanden und in Frankreich (2005) abgelehnten Europäischen Verfassung und gilt als wichtigster Reformschritt seit dem Vertrag von Nizza (2001). Neu geregelt wurden u. a. Abstimmungsregeln, die Rechte des → **Europäischen Parlament**s wurden gestärkt sowie das Amt eines Hohen Vertreters für Außen- und Sicherheitspolitik sowie eines Ratspräsidenten eingeführt.

Vertrag von Maastricht
Mit dem am 7.2.1992 im niederländischen Maastricht von den Finanz- und Außenministern der zwölf EU-Mitgliedstaaten unterzeichneten Vertragswerk wurde die → **Europäische Union** gegründet. Ferner wurde die Einführung einer gemeinsamen Währung (→ **Euro**) beschlossen. Um Haushalts-, Preisniveau-, Zinssatz- und Wechselkursstabilität der gemeinsamen Währung gewährleisten zu können, wurden wirtschaftliche Kriterien für die EU-Staaten formuliert (Konvergenz- oder auch Maastrichtkriterien).

Volksbegehren
Recht der Gesetzesinitiative des Volkes, das dann zu einem → **Volksentscheid** führt, wenn es von einer bestimmten Anzahl wahlberechtigter Bürger durch ihre Unterschrift unterstützt wird.

Volksentscheid
Verbindliche Entscheidung des Volkes zu einer bestimmten Frage.

Wahlen
In einem repräsentativen System werden Volksvertreter gewählt (→ **Demokratie**).

Währungspolitik
Eine Währung ist das gesetzliche Zahlungsmittel eines → **Staates**, der ihre Gültigkeit garantiert und sie in der Regel auf seinem Territorium vorschreibt; bis weit in das 20. Jahrhundert hinein sollte die Verknüpfung einer Währungseinheit mit einer bestimmten Menge Edelmetall den Wert der Währung garantieren. Demgegenüber wird heute die Bewertung der Währung als frei handelbare Devise durch freie Geldmärkte vorgenommen. Währungspolitik bezeichnet nun alle politischen Maßnahmen insbesondere der Zentralbank, um für eine volkswirtschaftliche Versorgung mit Geldmitteln, für Preisstabilität und für Wechselkursstabilität (den Wert der eigenen Währung gegenüber anderen Währungen) zu sorgen; seit der Einführung der gemeinsamen europäischen Währung (→ **Euro**) liegt die Währungspolitik in Deutschland nicht mehr in nationaler Verantwortung, sondern bei der → **Europäischen Zentralbank**.

Warschauer Pakt
Im Westen gebräuchliche Kurzform für den am 14.5.1955 als Gegenpol zur → **NATO** gegründeten militärischen Beistandspakt des Ostblocks, dem die DDR am 28.1.1956 offiziell als Mitglied beitrat und der sich im Zuge des Zusammenbruchs der UdSSR am 31.3.1991 auflöste.

Weltbank
1944 als eine Sonderorganisation der → **Vereinten Nationen** gegründet; Ziel der Weltbank ist es, meist durch Kreditvergabe → **Armut** in Entwicklungsländern zu bekämpfen.

Welthandelsorganisation
(engl.: World Trade Organization, WTO) 1995 gegründet; Sitz: Genf; Sonderorganisation der → **Vereinten Nationen** mit derzeit 162 Mitgliedern neben dem → **Internationalen Währungsfonds** und der → **Weltbank** die wichtigste Institution zur Behandlung internationaler Wirtschaftsprobleme; zu den wichtigsten Aufgaben der nach dem Einstimmigkeitsprinzip arbeitenden WTO zählen die Liberalisierung des Welthandels, die

Senkung von Zöllen und die Überwachung internationaler Handels- und Dienstleistungsregelungen.

Wirtschaft (Ökonomie)
Unter Wirtschaft versteht man die Gesamtheit aller menschlichen Tätigkeiten, die sich auf die Produktion und den Verbrauch von Gütern und Dienstleistungen beziehen. Da unsere → **Gesellschaft** arbeitsteilig organisiert ist, können darunter auch Tätigkeiten fallen, die scheinbar mit der Güterproduktion gar nichts zu tun haben, z. B. Planungs- oder Kontrolltätigkeiten. Häufig werden unter „Wirtschaft" dabei nur die Teilbereiche von Arbeit verstanden, in denen Menschen gegen Bezahlung tätig sind. Tatsächlich aber sind z. B. Arbeiten im Haushalt für eine Gesellschaft von großer Wichtigkeit. Die Art und Weise, in der die Wirtschaft auf gesellschaftlicher Ebene organisiert ist, nennt man Wirtschaftsordnung.

A

B

C

D

E

F

|Africartoons, Craighall: Dr Jack and Curtis, 15 January 2013, „Are We There Yet?" 432.1. |akg-images GmbH, Berlin: 95.1, 147.1, 434.1; De Agostini Picture Library 30.1. |Alamy Stock Photo, Abingdon/Oxfordshire: Imaginechina Limited 444.3; PA Images 318.2; public domain sourced / access rights from Kremlin Pool 482.3; public domain sourced / access rights from NB/MP 493.1; ZUMA Press, Inc. 482.2. |Alamy Stock Photo (RMB), Abingdon/Oxfordshire: Ivuskan, Gints 141.1; Photo 12 296.2; ZUMA Press, Inc. 183.1. |Baaske Cartoons, Müllheim: Bengen, Harm 242.1, 258.1, 262.2, 282.1, 302.1, 344.1; Boehme, Ralf 134.1; Fritz Behrendt 72.1; Harm, Bengen 40.1, 139.1, 164.1, 194.1, 514.1; Mester, Gerhard 64.1, 81.1, 126.1, 160.1, 212.1, 261.1, 328.1, 355.1, 438.1; Mohr, Burkhard 26.2, 243.1, 326.1, 424.1, 575.2; Plassmann, Thomas 533.2; Plaßmann, Thomas 48.1, 60.1, 266.1, 388.1, 538.1; Thomas Plassmann 558.1. |Bengen, Harm, Norden: 506.1. |Buchegger, Sepp, Tübingen: 36.1. |BÜNDNIS 90/DIE GRÜNEN/gruene.de, Berlin: 159.3. |Bündnis Sahra Wagenknecht - Vernunft und Gerechtigkeit, Berlin: 159.5. |Cartoon Movement, Amsterdam: Abbas, Mahmoud 182.2. |CartoonStock.com, Bath: Chappatte, Patrick 223.1. |CDU Deutschlands, Berlin: Koch, Tobias 159.1. |DER SPIEGEL, Hamburg: © DER SPIEGEL 35/2019 56.1; © DER SPIEGEL 4/2021 440.1. |Deutsches Institut für Wirtschaftsforschung e.V., Berlin: aus: Hohe Zustimmung zu bedingungslosem Grundeinkommen – vor allem bei den möglichen Profiteur*innen / Marius R. Busemeyer, Adrian Rinscheid, Jürgen Schupp In: DIW Wochenbericht 90 (2023), 21, S. 245 553.1. |DIE LINKE, Berlin: 159.4. |Domke, Franz-Josef, Wunstorf: 295.1, 545.1. |FDP Freie Demokratische Partei, Berlin: 159.6. |Felix Schaad / Tagesanzeiger, Zürich: 480.1. |Gado Cartoons, Nairobi: 332.1. |Globe Cartoon, Geneva: © Chappatte in International Herald Tribune 330.1. |Hachfeld, Rainer, Berlin: 229.1. |Haitzinger, Horst, München: 26.1; Horst Haitzinger 143.1. |Holtschulte, Michael, www.totaberlustig.de, Herten: 190.1. |Hubbe, Phil, Magdeburg: 528.1. |Hüter, Michael, Bochum: Quelle: Stiftung Jugend und Bildung 24.1. |Imago, Berlin: Bihlmayerfotografie 74.1; Hardt, Christoph 596.3. |Imago Creative, Berlin: Schwenkenbecher, Jürgen 100.1. |Imago Editorial, Berlin: Abdalhkem Abu Riash 110.2; Ashtawy, Omar\ apaimages 12.3; BREUEL-BILD 500.2; Bridgeman Images 434.2; EVENTPRESS Jeremy Knowles 500.1; Funke Foto Services/Andr 110.1; Hoermann, Frank/Simon, Sven 260.2; Hoermann,Frank/Simon, Sven 292.1; Homann, Peter 44.2; Manngold/Keuenhof, Rainer 358.1; Müller-Stauffenberg 358.2; Newscom/SCMP/Hargest, Jon 303.1; Ossowski, Malte/Simon, Sven 281.1; Poling, Andre 34.1; Revierfoto 270.1; Schmidbauer, Stefan 118.2; Schuelke, Olaf 166.1; Smoliyenko Dmytro/Ukrinfor 464.2; Ukraine Presidency via Bestimage 464.3. |Ipsos GmbH, Hamburg: LGBT + Pride 2021 Global Survey 527.1, 527.2. |iStockphoto.com, Calgary: Eric Yang 260.1; IP Galanternik D.U. Titel; PHA-RAON 237.1. |Jäger, Kathrin, Hannover: 578.2. |Janson, Jürgen, Landau: 98.1, 106.1, 320.1, 372.1, 418.1. |Karto-Grafik Heidolph, Dachau: 472.1. |Kartographie Michael Hermes, Hardegsen Hevensen: 16.1, 25.1, 41.1, 42.2, 53.2, 57.1, 68.1, 88.1, 93.1, 96.2, 105.1, 124.1, 125.1, 131.1, 131.2, 137.1, 144.1, 145.1, 202.1, 222.1, 233.1, 250.1, 283.1, 284.1, 285.1, 294.1, 308.1, 317.1, 347.1, 348.1, 364.1, 384.1, 407.1, 427.1, 441.2, 451.1, 459.1, 468.1, 469.1, 473.1, 488.1, 503.1, 506.2, 509.1, 509.2, 513.1, 517.1, 529.1, 531.1, 536.1, 546.1, 549.1, 569.1, 579.1, 580.1, 582.1, 584.1, 590.1, 591.1, 592.2, 595.2, 600.2, 601.1, 601.2. |Kassing, Reinhild, Kassel: 361.1. |Langner & Partner Werbeagentur GmbH, Hemmingen: 22.1, 22.2, 66.2, 67.1, 69.1, 123.1, 397.1, 400.1, 413.1, 512.1. |Löffler, Reinhold, Dinkelsbühl: 130.1. |Mandzel, Waldemar, Bochum-Watt.: 350.1. |Nachlass Felix Mussil, Frankfurt am Main: 152.1. |nelcartoons.de, Erfurt: 184.1, 376.1, 402.1, 478.1. |Picture-Alliance GmbH, Frankfurt a.M.: 112.1; AFP 113.1; ASSOCIATED PRESS | Evan Vucci 29.1; Bungert, Friedrich 395.1; Calleri, Paolo/ dieKLEINERT 70.1; Carstensen, Jörg 318.1; dieKLEINERT.de / Kostas Koufogiorgos 42.1; dieKLEINERT.de / Schwarwel 476.1; dieKleinert.de /Schwarwel 322.1; dieKLEINERT.de/ Erl, Martin 502.1; dieKLEINERT.de/ Essner, Timo 508.1; dieKLEINERT.de/Erl, Martin 274.1; dieKLEINERT.de/Koufogiorgos, Kostas 47.1, 174.2, 245.1, 278.1, 308.2; dieKLEINERT.de/Maurer, Leopold 104.1; dieKLEINERT.de/Moeller, Christian 336.1; dieKLEINERT.de/Schwarwel 134.3; dieKLEINERT/Boehme, Ralf 486.1, 586.1; dieKLEINERT/Calleri, Paolo 117.1; dieKLEINERT/Droigk, Sylvio 530.1; dieKLEINERT/Erl, Martin 453.1, 534.1, 592.1, 597.1; dieKLEINERT/Grolik, Markus 522.1; dieKLEINERT/Koufogiorgos, Kostas 13.1, 52.2, 84.1, 293.1, 356.1, 374.1, 412.1, 444.1, 519.1, 524.1, 561.1; dieKLEINERT/Maurer, Leopold 262.1; dieKLEINERT/Rieckhoff, Jan 572.1; dieKLEINERT/Schwarwel 54.1, 66.1, 134.2, 182.1, 192.1, 198.1, 304.1, 474.1, 501.1, 537.1, 552.1, 598.1; dieKLEINERT/Woessner, Freimut 588.1; dpa 22.3; dpa-infografik 14.1, 43.1, 44.3, 52.1, 53.1, 55.1, 59.1, 61.1, 61.2, 64.2, 65.1, 65.2, 82.2, 84.2, 86.1, 91.1, 99.1, 101.1, 106.2, 108.1, 115.1, 155.1, 168.1, 171.1, 179.1, 180.1, 186.1, 226.1, 263.1, 266.2, 267.1, 268.1, 269.1, 274.2, 274.3, 276.1, 279.1, 292.2, 297.1, 297.2, 305.1, 305.2, 307.1, 307.2, 309.1, 310.1, 313.1, 322.2, 323.1, 325.1, 328.2, 335.1, 340.1, 340.2, 343.1, 345.1, 366.1, 375.1, 403.1, 404.2, 408.1, 410.1, 427.2, 428.1, 430.1, 441.1, 446.1, 446.2, 451.2, 466.1, 485.1, 510.1, 513.2, 525.1, 532.1, 532.2, 533.1, 535.1, 547.1; dpa-Infografik 548.1; dpa-infografik 555.1, 555.2, 566.1, 567.1, 570.1, 570.2, 571.1, 571.2, 573.1, 574.1, 575.1, 578.1, 578.3, 578.4, 585.1, 587.1, 589.1, 595.1, 596.1, 596.2, 599.1, 599.2; dpa/Hofmann, Kira 12.2; dpa/Schulze, Philipp 487.1; dpa/Steinberg, Wolfram 510.2; dpa/von Ditfurth, Philipp 118.3; Ermochenko, Alexander 386.1; Hoppe, Sven 386.3; KEYSTONE/Schmidt, Streffen 221.1; Kostas Koufogiorgos 511.1; Maloletka, Evgeniy 464.1, 464.4; Nuzhnenko, Serhii 482.1; Photoshot 444.2, 500.3; photothek/Kjer, Inga 414.1; PIC ONE/Müller, Stefan 166.2; REUTERS/Schmidt, Axel 35.1; Scheriau, Erwin/ APA/picturedesk.com 12.1; Snyder, Brian 482.4; Vorwerk, Marc/SULUPRESS.DE 44.1; Zhang Lei/ColorChinaPhoto 386.2; ZUMAPRESS/Valcic, Vuk 209.1. |Sakurai, Heiko, Köln: 96.1, 114.1, 136.1, 404.1. |Satiremagazin EULENSPIEGEL, Berlin: 11/2019 56.2. |Schley, Karsten, Lüneburg: 62.1. |Schopf, Oliver, Wien: 406.1, 600.1. |Shutterstock.com, New York: Bueckert, Axel 260.3; N. Steele 422.1. |SPD Landesverband Berlin, Berlin: König, Maximilian 159.2. |STERO/Stefan Roth, Attenweiler: 82.1. |stock.adobe.com, Dublin: Gruhl, Andreas 118.1; Johannsen, M. Titel; Kröger, Bernd Titel; Wussow, Moritz 219.1; Zacherl, E. 528.2. |Stuttmann, Klaus, Berlin: 119.1, 174.1, 296.1, 454.1, 456.1, 460.1. |Tomicek/www.tomicek.de, Werl: Tomicek, Jürgen 387.1, 396.1, 399.1. |Tonn, Dieter, Bovenden-Lenglern: 21.1, 80.1, 133.1, 216.1, 463.1. |toonpool.com, Berlin, Castrop-Rauxel: Gottfried, Marcus 170.1, 568.1; Morales, Miguel 470.1. |Tribune Content Agency, London: (c) 2009 Eric Allie/ All rights reserved. Distributed by Tribune Content Agency 210.2; (c) 2018 Scott Stantis. All rights reserved. Distributed by Tribune Content Agency 206.1; (c) Jack Ohman. All rights reserved. Distributed by Tribune Content Agency 210.1. |Zahlenbilder, Bergmoser + Höller Verlag AG, Aachen: 122.1, 140.1, 191.1. |© dtv Verlagsgesellschaft mbH & Co. KG, München: Vierecke, Andreas/ Kohout, Franz/ Mayerhofer, Bernd/ dtv Atlas Politik, Politische Theorie - Politische Systeme - Internationale Beziehungen, Bonn 2011, S. 68/ Langner & Partner 28.1.

Operatoren und ihre Anforderungsbereiche

Operatoren und ihre Zuordnung zu den Anforderungsbereichen
Viele Operatoren können nicht nur einem Anforderungsbereich zugeteilt werden, da sie auch Leistungen eines zweiten oder dritten Anforderungsbereiches enthalten. In der folgenden Übersicht erhaltet ihr einen Überblick über die im Buch verwendeten Operatoren, deren Beschreiben und deren Zuordnung zu den Anforderungsbereichen.

Anforderungsbereich I umfasst vor allem Reproduktionsleistungen. Hier sollt ihr z. B. die Inhalte eines Textes wiedergeben, gelernte Methoden und Arbeitstechniken anwenden oder Fachwissen unter Verwendung von Fachbegriffen wiedergeben.

Anforderungsbereich II umfasst vor allem Reorganisations- und Transferleistungen. Hier sollt ihr z. B. Sachverhalte erklären können, Karikaturen analysieren können oder Gelerntes auf eine neue Situation anwenden.

Anforderungsbereich III umfasst vor allem Reflexion und Problemlösung. Hier sollt ihr z. B. Probleme / Sichtweisen bewerten, selbstständig und begründet urteilen oder Handlungsoptionen aufzeigen.

aufzählen nennen wiedergeben zusammenfassen	Kenntnisse (Fachbegriffe, Daten, Fakten, Modelle) und Aussagen in kurzer Form unkommentiert darstellen
benennen bezeichnen	Sachverhalte, Strukturen und Prozesse begrifflich genau aufführen
beschreiben darlegen darstellen	Zusammenhang unter Verwendung der Fachsprache wiedergeben
analysieren	Materialien oder Sachverhalte kriterienorientiert erschließen, in systematische Zusammenhänge einordnen und Hintergründe und Beziehungen herausarbeiten
auswerten	Daten oder Einzelergebnisse zu einer abschließenden Gesamtaussage zusammenführen
charakterisieren	Sachverhalte in ihren Eigenarten beschreiben und diese dann unter einem bestimmten Gesichtspunkt zusammenführen
einordnen	eine Position zuordnen oder einen Sachverhalt in einen Zusammenhang stellen
erklären	Sachverhalte durch Wissen und Einsichten in einen Zusammenhang (Theorie, Modell, Regel, Gesetz, Funktionszusammenhang) einordnen und deuten
erläutern	Sachverhalte durch Wissen und Einsichten in einen Zusammenhang (Theorie, Modell, Regel, Gesetz, Funktionszusammenhang) einordnen und deuten sowie zusätzlich Informationen und Beispiele zur Verdeutlichung anführen
herausarbeiten ermitteln erschließen	aus Materialien bestimmte Sachverhalte herausfinden, auch wenn sie nicht explizit genannt werden, und Zusammenhänge zwischen ihnen herstellen
interpretieren	Sinnzusammenhänge aus Materialien erschließen
vergleichen	Sachverhalte gegenüberstellen, um Gemeinsamkeiten, Ähnlichkeiten und Unterschiede herauszufinden
widerlegen	Argumente anführen, dass Daten, eine Behauptung, ein Konzept, oder eine Position nicht haltbar sind